SEXE, MENSONGES ET HOLLYWOOD

Peter Biskind est l'auteur du *Nouvel Hollywood*. Ancien rédacteur en chef du *Première* américain, il écrit régulièrement dans *Vanity Fair*.

DU MÊME AUTEUR

Le Nouvel Hollywood :
Coppola, Lucas, Scorsese, Spielberg…
La révolution d'une génération
Le Cherche-Midi, 2002

Peter Biskind

SEXE, MENSONGES ET HOLLYWOOD

Le Cherche midi

Cet ouvrage est publié en collaboration avec Sylvain Bourmeau, conseiller littéraire de la collection Points.

TEXTE INTÉGRAL

TITRE ORIGINAL
Down and Dirty Pictures. Miramax, Sundance, and the Rise of Independent Film
Simon and Schuster, États-Unis

ISBN 978-2-7578-0426-1
(ISBN 2-74910-510-2, 1re publication)

Pour Betsy et Kate, comme toujours.

Préface

On peut lire ces pages comme une suite à mon précédent opus, dans lequel j'exposais ma vision personnelle des années soixante-dix, décennie d'une exubérance et d'une fécondité sans pareilles qui nous a donné le fameux « Nouvel Hollywood » – bande de gamins sortis des écoles de cinéma qui, sous l'influence de la drogue, du cinéma européen et du mouvement pacifiste, ont instrumentalisé un système des studios pratiquement exsangue afin de produire les meilleurs films américains de l'après-guerre. Même si ce mouvement n'a duré en tout et pour tout qu'une dizaine d'années, il a laissé derrière lui un patrimoine spirituel aussi bien qu'artistique d'une incroyable richesse, revendiqué aujourd'hui par une nouvelle génération de cinéastes communément appelés « indépendants ».

Quand on parle de « cinéma indépendant », de nobles concepts tels qu'intégrité, originalité, expression artistique et sacrifice nous viennent à l'esprit. On imagine de jeunes cinéastes fauchés se couvrant de dettes pour rémunérer acteurs et techniciens qui s'échinent eux-mêmes sans compter les heures, et pour une bouchée de pain, par amour du métier. « Un cinéaste indépendant ne gagne pas d'argent, remarque Quentin Tarantino. Il engloutit tout son fric dans son film. Il est fauché, capable de tout : d'emprunter à ses parents, de voler ou de s'endetter à vie. Le résultat peut être génial, ou bien nullissime, mais, au moins, c'est son film à lui [1]. »

Bien qu'il y ait une part de vérité dans ce lieu commun, les choses sont loin d'être aussi simples. On dit souvent que le milieu indépendant est à Hollywood ce que la mafia russe est à la Camorra : dans les deux cas, les méchants flinguent les gentils, mais à Hollywood – où l'on fait preuve d'une certaine classe – votre assistante reçoit une corbeille de fruits après coup ; chez les indépendants en revanche, on vous butte avant de s'en prendre à votre femme et vos enfants pour faire bonne mesure. Le monde des studios est une prison dorée ; le milieu indépendant, c'est le mitard, cellule plus sombre, plus miteuse et beaucoup plus étroite. La férocité de la concurrence est inversement proportionnelle aux enjeux et aux avantages offerts : il n'y a pas grand-chose à se mettre sous la dent, aussi, quand les temps sont durs, les rats (faisons preuve d'indulgence : les souris) s'entredévorent. Et comme on est livré à soi-même, on n'a aucun répit, aucun recours. Dans ce milieu, les manières sont encore plus désastreuses qu'à Hollywood.

Dans *Le Nouvel Hollywood*, le défi consistait à faire la part des choses entre souvenirs embellis, anecdotes incrustées de légende, histoires à dormir debout contées tant de fois qu'elles finissaient par sembler réelles. Lorsqu'on essaie de faire revivre les années quatre-vingt-dix, l'ennemi est polymorphe : mensonges, peur, manque de recul. Le fossé entre l'apparence, telle que les médias la présentent, et la réalité de ce qui se passe dans les coulisses est aussi profond à Hollywood qu'à Washington, si ce n'est plus ; en effet, le glamour de l'industrie cinématographique – même chez les indépendants les plus « minables » – pèse sur la presse *people* comme une chape de plomb et étouffe dans l'œuf les rares manifestations de curiosité, toutes proportions gardées cependant puisque les enjeux ne sont pas de même nature. Qui plus est, à Hollywood, les ragots ont un cycle de vie propre qui empêche la vérité d'éclater. À leur origine, il y a toujours un conflit, et si un journaliste a la chance d'avoir affaire à l'un des protagonistes furieux au plus fort de la bataille, la vérité a des chances de filtrer. Peu importe quelles atrocités ont été commises sur le plateau ou en salle de montage : à l'heure de la sortie du film, on a réussi à faire admettre aux parties adverses que laver son linge sale en public ne mène à rien et n'aide personne – surtout pas le film, objet de toutes les attentions. Les principaux intéressés qui s'étripaient encore quelques semaines auparavant se retrouvent sur les mêmes plateaux de télévision, impeccables et souriants, pour répondre au pied levé aux questions bateau d'un présentateur lambda, tels ces sportifs aux allures de robot qui marmonnent modestement : « Je joue un match après l'autre » ou « Mon adversaire est un vrai battant ». Si le film fait un four, savoir quelle quantité de sang aura été versé pendant le tournage n'intéressera personne ; si le succès est au rendez-vous – nomination aux Oscars, recettes astronomiques –, tout ce petit monde enterrera la hache de guerre. Dans tous les cas, la vérité passe par pertes et profits, balayée, oubliée quand vient l'heure de la grosse production suivante.

Les noms de Miramax et, dans une moindre mesure Sundance, dominent ces pages comme ils dominent le monde indépendant. Quantité de cinéastes toujours en activité et de techniciens interviewés pour préparer cet ouvrage ont rechigné à s'exprimer franchement sur l'un ou l'autre. Le Festival de Sundance, qui se tient chaque année en janvier, représente l'événement majeur du calendrier indépendant. Les réalisateurs s'arrangent pour que leur film soit sorti du labo à temps pour que Geoff Gilmore, directeur du festival, puisse le visionner dès l'automne précédent. Il existe d'autres festivals – Telluride, Toronto, etc. –, mais Sundance reste de loin la principale vitrine des films indépendants, l'endroit idéal pour voir et être vu, se frotter aux pontes hollywoodiens et tisser des liens avec ses pairs. Citons de nouveau Tarantino évoquant la sélection de *Reservoir Dogs* : « De toute ma vie, je n'ai jamais rien connu de pareil, l'angoisse à l'idée de ne pas être retenu. Comme n'importe quel réalisateur indépendant de ce pays, je me faisais un sang d'encre. » Ceux dont le film est rejeté retournent travailler à la supérette de leur quartier ou reprennent leurs études d'assistant sociale. En outre, si vous agacez Sundance, vous n'aurez pas la possibilité de profiter des séminaires ni de vous faire chouchouter par la fondation. Même si le bilan de Redford en tant que grand manitou de Sundance est au mieux mitigé, l'homme a rarement eu mauvaise presse, en particulier depuis qu'il a pu se ranger sous la bannière du festival, sauf une fois, en 1991, quand votre serviteur s'est fendu d'un article critique paru dans *Premiere*. Même si j'ai pu l'interviewer à l'époque, Redford, qui a bonne mémoire et s'accroche à ses rancunes comme à une planche de salut, a refusé de coopérer sur ce livre et m'a sans doute empêché d'entrer en contact avec au moins un de ses collaborateurs clés.

Et puis il y a Miramax, dirigée par les frères Harvey et Bob Weinstein, qui ont une réputation de grande intelligence, mais aussi de cruauté et de brutalité. Même si, à proprement parler, la société Miramax n'a rien d'indépendant, elle l'a été à une période et, jusqu'à il y a peu, régnait en maître sur ce milieu. Les questions concernant Harvey Weinstein ont tendance à susciter des réponses neutres du style : « C'est un fou de cinéma » ou « Il peut se montrer difficile, mais quel bosseur ! », accompagnées de roulements d'yeux. C'est pourquoi, même si de nombreuses citations de cet ouvrage ont pu être attribuées, d'autres restent anonymes. Weinstein aime vider son sac dans la presse à propos des citations anonymes. Il sous-entend qu'elles constituent le dernier refuge des vauriens, le poignard brandi à la faveur de la nuit. Il est vrai que, dans l'idéal, les sources devraient pouvoir s'exprimer librement – sans craindre de représailles. Malheureusement, le monde dans lequel nous vivons est loin d'être idéal.

Chaque année, Miramax produit autant de films que deux ou trois studios réunis. En vertu du volume de sa production, la société est de loin le principal employeur d'acteurs et de techniciens à New York, et bénéficie d'une visibilité non négligeable à Los Angeles. S'ils parlent, les employés craignent d'être renvoyés ou de se faire, à terme, blackbouler. Les réalisateurs craignent de voir le prochain film avec Nicole Kidman – ou n'importe quel autre film – leur passer sous le nez. Les scénaristes se demandent s'ils parviendront à vendre leur dernier script, les acteurs ont peur de ne pas obtenir le rôle tant convoité dans le prochain film de Lasse Hallström. Comme l'a déclaré le réalisateur James Ivory, « de nombreuses personnes ont peur de s'exprimer : réalisateurs, acteurs, actrices, tous ceux qui pourraient finir par avoir affaire à Harvey, ou qui pourraient avoir envie de collaborer avec lui, même s'ils ont déjà été échaudés [2] ». Les frères Coen, équipe indépendante par excellence, ont récemment produit le film *Bad Santa*, de Terry Zwigoff *(Crumb, Ghost World)*, avec Billy Bob Thornton, sur les plateaux de Dimension, la division de Miramax dirigée par Bob Weinstein. Après plusieurs vilaines disputes, Zwigoff s'est vu retirer le projet par Bob, qui a confié à un autre réalisateur le soin de tourner une nouvelle fin. (Zwigoff a en fin de compte repris les rênes.) « Voilà pourquoi nous avons évité Miramax toute notre carrière », aurait déclaré avec amertume l'un des frères Coen (ou peut-être les deux). Les deux frères répondent généralement aux interviews aussi volontiers que l'on se fait arracher une dent, mais cette fois-là, ils se sont montrés encore moins diserts que d'habitude. « Pouvez-vous confirmer ces propos ? – Sans commentaire », répond Ethan Coen[3]. « Faire une déclaration sur *Bad Santa* ? – Non. – Ferez-vous une déclaration à la sortie du film ? – Non. – Est-ce une bonne idée de s'adresser à Joel ? – Non. » Alors que beaucoup de gens disent du mal des Weinstein en privé, peu de réalisateurs osent le faire ouvertement comme Spike Lee : « Je vais vous le dire comme je le pense : ce gros con ne me fait pas peur, il ne peut pas m'empêcher de travailler[4]. »

Les Weinstein sont enclins à intenter des procès ou à menacer d'un procès ceux qui les contrarient. Lorsqu'un collaborateur clé quitte la compagnie, ou quand les deux frères règlent un différend à l'amiable, la partie adverse se trouve souvent muselée par certaines clauses de son contrat – c'est aussi le cas à Sundance, d'ailleurs. Et quand les Weinstein ont vent d'un article négatif en préparation, ou quand quelqu'un brise l'omerta, les attachés de presse de Miramax s'abattent sur le responsable comme une nuée de criquets. Par le passé, on le sait, ils ont usé d'intimidation avant que quelque chose n'arrive et/ou ont réinventé les faits après coup. Ils sont particulièrement doués pour faire passer de mauvaises nouvelles pour de bonnes nouvelles : l'échec du magazine *Talk* a-t-il coûté 27 millions de dollars à la compagnie ? L'expérience a permis à Harvey de « se recentrer sur l'essentiel[5] ». Transfusions d'argent à répétition pour *Gangs of New York* ? Miramax est à l'abri, car son investissement ne dépasse pas 15 millions de dollars. Craignant une dérive budgétaire, la MGM, partenaire de Miramax sur *Retour à Cold Mountain*, se retire brusquement du projet en laissant à la mini-major déjà à court d'argent une ardoise de 90 millions ? Aucun problème : si Miramax est l'unique propriétaire du film, ses bénéfices n'en seront que plus importants. Harvey ressemble à un conducteur ivre qui roule sur le trottoir, estropie quelques piétons au passage, donne un grand coup de volant pour regagner la chaussée, s'arrête dans un grand crissement de pneus à quelques centimètres d'une poussette, et s'empare du bébé sous les yeux des passants en se félicitant de l'avoir sauvé.

Malgré tout, les Weinstein sont trop intelligents pour ne s'en remettre qu'au bâton. Sachant également manier la carotte, ils promènent à l'occasion leurs rédacteurs en chef préférés dans le jet privé de la société, gagnant les cœurs et les esprits à force de réceptions raffinées, flattant les journalistes en leur offrant des projections privées et en sollicitant leur point de vue. Depuis une dizaine d'années, la presse fait leurs quatre volontés. En 1991, lorsque je travaillais pour *Premiere*, on me commanda un article de fond sur les deux frères, déjà célèbres à l'époque pour leur comportement outrancier. Je n'avais pas encore décroché mon téléphone que Miramax menaçait l'éditeur de retirer toute publicité de son magazine ; peu après, Harvey rédigeait pour *Premiere* des articles que j'étais chargé de suivre sur le plan éditorial. Oubliée, l'enquête coup de poing…

Au beau milieu de la rédaction du présent ouvrage – alors que je me tuais joyeusement à la tâche sans faire de vagues, du moins le croyais-je –, je reçus un coup de téléphone me sommant de me rendre au troisième étage du 375 Greenwich, où se trouvent les bureaux new-yorkais de Miramax, pour m'entretenir avec les deux frères. Harvey n'était pas content. Je lui avais pourtant assuré que je ne me mêlerais pas de sa vie privée – après tout, les années quatre-vingt-dix n'étaient pas les années soixante-dix : sexe, drogue et rock'n'roll ne stimulaient plus la créativité de personne et ne brisaient plus les carrières non plus. Cependant, grâce au réseau d'indicateurs qui cherchent à gagner ses faveurs en mouchardant, il avait appris que je fouinais.

Le siège de Miramax est un endroit déconcertant. Un grand nombre de personnes intelligentes et généreuses y travaillent, comme Matthew Hiltzik, le directeur de la publicité. Certains y sont depuis de longues années, comme l'as du marketing Arthur Manson, personnage à l'allure distinguée et à la chevelure chenue, adoré dans le milieu, ou Irwin Reiter, expert-comptable au service de Miramax depuis quinze ans, dont le sourire timide et le visage ouvert le rendent aimable de prime abord. Je me surpris à penser : « Si ces gars-là travaillent ici, ça ne peut pas être aussi terrible qu'on le raconte. » Mais il y avait tous les autres, tête baissée sur leur bureau, qui jetaient des regards furtifs comme autant de bouteilles à la mer. L'endroit me faisait penser au film *La Maison des otages :* quand un policier finit par sonner pour demander à la mère de famille terrifiée si tout va bien, elle lui lance un sourire forcé en susurrant que oui, même si ses yeux hurlent le contraire.

Harvey était assis à son vaste bureau d'acajou verni. Après avoir longtemps tâtonné, il a fini par trouver son style : polo noir ouvert au col – révélant la cicatrice de la trachéotomie subie à Noël 1999 –, pantalon noir et bretelles blanches. Je ne pus m'empêcher de remarquer la batte de base-ball dans un coin, contre le mur. Comme s'il lisait dans mes pensées, il réagit au quart de tour et, maniant l'autodérision qui est devenue sa marque de fabrique, s'exclama : « Matthew, viens ici ! C'est l'heure de ta correction [6]. » Bob, sombre et songeur, était avachi dans un fauteuil face au bureau – parfait Caliban face à son Prospero de frère –, tandis que je sombrais dans un canapé de cuir noir d'une profondeur si abyssale qu'il me fallait lever les yeux vers Harvey, on ne peut plus conscient de son petit côté caïd. L'air était lourd de menaces. Tel Bruce Willis désamorçant la bombe dans *Une journée en enfer*, je risquais de les faire exploser à la moindre fausse manœuvre.

Passer un peu de temps en compagnie de Harvey, c'est faire la connaissance d'un homme au charme hors du commun, néanmoins en proie à toutes sortes de névroses, un homme chez qui la suffisance le dispute à la haine de soi. En sa compagnie, on ne s'ennuie pas une minute, mais on est aussi submergé par d'implacables vagues d'orgueil, englouti par des torrents de fausse modestie et d'autocomplaisance qui ne sont pas sans évoquer Richard Nixon.

Ayant enfilé sa casquette d'éditeur – il dirige également Miramax Books –, Harvey commença par critiquer mon projet en m'expliquant, comme si c'était pour mon bien, que ce type de livres ne rapportait rien. Tant mieux si j'arrivais à me satisfaire d'une tape amicale sur l'épaule lors de cocktails en ville, mais c'était le bide assuré, et j'étais un tocard. Pour étayer ses propos, il fit référence à plusieurs livres publiés par Miramax alors sur la liste des meilleures ventes du *New York Times* puis me demanda : « Quel livre voudriez-vous vraiment écrire ? »[7] Comme il l'avait deviné – sa capacité à vous tirer les vers du nez fait froid dans le dos –, je nourrissais un projet secret dont je lui fis part tout en me maudissant de m'être laissé manipuler. Il parut emballé par mes révélations. Son visage s'éclaira, et il beugla : « C'est une idée fantastique, on pourrait se faire des millions. Allez, on se lance, qu'est-ce que tu en dis, Bob ? Pourquoi ne pas laisser tomber le livre que vous êtes en train d'écrire pour vous atteler à celui-là ? » Je déclinai son offre, et il parut sincèrement peiné, car je venais de lui confirmer que j'étais bel et bien un tocard.

Sundance et Miramax ne sauraient en aucun cas faire figure d'exceptions puisque, dans ce métier, tout le monde essaie par tous les moyens d'imposer sa volonté aux autres ; en ce qui concerne ces deux-là, il s'agit de contrôler la parution des articles écrits à leur sujet. Mais disons que, en partie grâce à ses participations dans l'édition – à l'époque, le magazine *Talk* s'en sortait à peine, mais Harvey possède aussi des parts dans le magazine *Gotham* et le *Los Angeles Confidential* –, le patron de Miramax dispose d'une belle réserve de carottes. Au final, se montrant plus intelligent que Redford, et ayant fait sienne la maxime de Don Corleone, « Garde tes amis près de toi, et tes ennemis plus près encore », le patron de Miramax décida de se livrer à une série d'entretiens, ce dont je lui sais gré. Il en va de même pour le bataillon d'anciens employés de Miramax. Comme je n'ai pas pu leur garantir l'intervention du Service de protection des témoins, certains ont eu trop peur de parler, mais bien d'autres encore ont accepté de s'exprimer, officieusement, officiellement, ou les deux, et je les remercie eux aussi.

Lynda Obst, à la fois juge et partie, est non seulement l'une des observatrices les plus perspicaces du milieu hollywoodien, mais également un écrivain doué. J'ai pour elle la plus grande gratitude car elle m'a exhorté à entreprendre l'écriture de ce livre et, alors que j'hésitais à me lancer, manquant de certitude quant au résultat, elle m'a poussé dans le vide. J'aimerais également remercier les amis et collègues qui m'ont apporté leur aide, l'ancienne équipe de *Premiere*, maintenant dispersée aux quatre vents, Susan Lyne, Rachel Abramowitz, Corie Brown, John Clark, Nancy Griffin, Holly Millea, Howard Karren, Kim Masters, Christine Spines et Mark Malkin, ainsi que Carl Bromley, James Greenberg, Michael Cieply, Charles Lyons, Dana Harris, David Carr et le documentaliste Stephen Hyde. Beaucoup d'acteurs de la scène indépendante qui m'ont interdit de leur rendre hommage ici se sont mis en quatre pour me mettre en rapport avec leurs contacts, mais je dois souligner que l'opinion exprimée dans ces pages est la mienne, pas la leur.

Sara Bershtel et Lisa Chase ont lu mon manuscrit et m'ont fait bénéficier de leurs conseils éditoriaux, tout comme mon rédacteur en chef à *Vanity Fair*, Bruce Handy.

Comme par le passé, Bob Bender, mon éditeur chez Simon et Schuster, et mon agent, Kris Dahl chez ICM, m'ont énormément aidé sur ce projet. Je dois enfin remercier ma femme Elizabeth Hess et ma fille Kate d'avoir laissé biscuits et verres de lait devant la porte de mon bureau.

Introduction
Résumé de l'épisode précédent…

« À la fin des années soixante et au début des années soixante-dix, les studios n'arrivaient pas à attirer les jeunes au cinéma ; ils firent donc appel à une nouvelle génération de réalisateurs pour résoudre le problème à leur place. Au cours des années quatre-vingt-dix, ce phénomène s'est reproduit, et la génération qui s'est retrouvée aux commandes a produit des films très originaux, d'une grande maturité. Après une décennie qui avait été sans grand intérêt, ces réalisateurs ont insufflé une énergie nouvelle au cinéma américain. L'avant-garde refaisait surface pour la première fois depuis la fin des années soixante. »

Edward-NORTON [1]

Par un frais matin de novembre 1979, Robert Redford, l'une des plus grandes stars des années soixante-dix, inaugurait un séminaire de trois jours réunissant cinéastes et artistes dans son imposant chalet situé sur les pentes du mont Timpanogos, au nord de Provo Canyon, dans l'Utah. Dix ans plus tôt à peine, *Easy Rider* avait déboulé sur les écrans américains, donnant le coup d'envoi de la révolution du Nouvel Hollywood. Rien ne serait plus jamais comme avant – du moins, c'est ce que l'on croyait à l'époque. Alors que cette période extraordinaire touchait à sa fin, *Kramer contre*

Kramer fit le carton de l'année en passant la barre des 100 millions de dollars de recettes, tandis qu'*All That Jazz*, de Bob Fosse, et *Apocalypse Now*, de Coppola, cassaient eux aussi la baraque. *Raging Bull*, de Martin Scorsese, l'un des films les plus extraordinaires de la période, était toujours en préparation, tout comme *La Porte du paradis*, de Michael Cimino. Le temple de la sagesse auquel avait conduit le chemin pavé d'excès de la décennie précédente ne tarderait pourtant pas à s'écrouler : *Star Trek I, Rocky II, Amytiville, Elle, Buck Rogers au XXVe siècle, L'Ouragan* et *Meteor* attirèrent eux aussi les jeunes dans les salles cette année-là, annonçant la tendance des années quatre-vingt.

Le Nouvel Hollywood s'éteignit à peu près fin 1975, au moment où les armées d'Hô Chi Minh entraient dans Saigon ; où (pour passer du sublime au ridicule) Mike Ovitz fondait la Creative Artists Agency ; où Robert Evans quittait le fauteuil de directeur de la Paramount ; où Universal sortait *Les Dents de la mer*, de Steven Spielberg, premier succès interplanétaire de l'histoire du cinéma. Avant la fin de la décennie, la vague de protestation pacifiste et en faveur des droits civiques sur laquelle surfaient les films du Nouvel Hollywood reflua, révélant les bas-fonds boueux jonchés des détritus des studios. Lorsque le raz-de-marée Ronald Reagan déferla sur le pays, la loi du marché remplaça Mao, le *Wall Street Journal* écrasa *Le Petit Livre rouge*, la théorie de l'offre supplanta le pouvoir du peuple. Les baby-boomers qui avaient fait « la guerre à la guerre » approchaient de la quarantaine et se préparaient à céder la place à la nouvelle vague démographique des années quatre-vingt, ces carriéristes avares et égocentriques auxquels succéderaient, au début des années quatre-vingt-dix, les « glandeurs » de la « génération X », qui se moqueraient des yuppies comme des premiers hippies.

À Hollywood, les nouveaux patrons de la Paramount reprirent les clés de l'asile des mains de ses turbulents pensionnaires – cinéastes qui, tel Randle McMurphy dans *Vol au-dessus d'un nid de coucou*, s'étaient enfuis avec l'armoire à pharmacie. Bienheureuses, assises sur les piles d'argent amassé grâce à *La Fièvre du samedi soir* ou *Superman*, les huiles se retranchèrent dans leur forteresse en abandonnant à leur sort des réalisateurs pourtant capables de succès commerciaux – Peter Bogdanovich, Bob Rafelson, Billy Friedkin, Hal Ashby, et même, au bout du compte, Scorsese et Coppola. Lorsque durant l'été 1982 la déferlante *E.T.* s'abattit sur le pays, achevant le travail entamé par *La Guerre des étoiles*, les studios devinrent accros à l'argent comme d'autres à la drogue.

Illustrant la lutte féroce que se livrent à Hollywood art et commerce, des producteurs musclés sauvaient des ruines de la décennie précédente des réalisateurs maigrichons et azimutés en les attirant sur leur terrain, faisant ainsi triompher le commerce. Dans la décennie à venir, Hollywood se laisserait allégrement porter par le courant Simpson/Bruckheimer. Les genres qui faisaient jusqu'alors l'ordinaire des studios – les films destinés aux familles par exemple – migrèrent vers la télévision, poussant les majors à multiplier les films catastrophes pour essayer d'engranger un maximum de recettes.

Roger Corman, producteur de films de série B dans les années soixante et au début des années soixante-dix, a eu l'occasion d'évoquer ses difficultés à tourner dans les années quatre-vingt, quand les studios misaient sur des projets de série B mais tournés à gros budget et interprétés par des stars. Hollywood tourna alors délibérément le dos à l'expérimentation, délaissant les petits films mettant en scène les héros du quotidien – *La Dernière Séance*, *Ce plaisir qu'on dit charnel* ou

Cinq pièces faciles – au profit de films à grand spectacle rapportant gros. Une contre-révolution était en train de s'opérer. Les flics, même noirs et pas vraiment dans leur élément, tel Eddie Murphy dans la trilogie *Le Flic de Beverly Hills*, récupéraient leur aura. Les militaires redevenaient des héros et, gonflés à bloc, les personnages de bande dessinée à la Rambo tentaient de récrire l'histoire en gagnant la guerre du Vietnam, pendant que Superman et Batman se battaient sur le terrain déjà conquis dix ans plus tôt – et sans cape – par l'inspecteur Harry et Paul Kersey (Charles Bronson dans *Un justicier dans la ville*). Dans la médiocrité ambiante, les banlieues proprettes de Spielberg remplaçaient les rues mal famées de Scorsese. Utopistes, Coppola et George Lucas, les plus visionnaires des réalisateurs du Nouvel Hollywood, avaient essayé de défier le système. La tentative du premier s'était soldée par un échec, et celle du second n'avait que trop bien réussi, lui permettant de fonder son empire Skywalker. On ne pouvait pas vraiment blâmer les gens comme Redford de vouloir tirer un trait sur pareil désastre.

Redford n'a rien de la vedette type. Bien que son nom soit pratiquement synonyme de glamour hollywoodien, l'acteur se considère comme un *outsider*. Trop direct et conservateur dans ses habitudes personnelles, prisonnier de l'image véhiculée par les films de George Roy Hill et Sydney Pollack, il n'était pas prêt à l'époque à se porter volontaire pour le prochain film de Dennis Hopper ni à sauter à bord de l'express *sex, drugs and rock and roll* affrété par le Nouvel Hollywood. Marié pendant des années à la même femme, Lola Van Wagenen, la presse à scandale l'ignorait royalement. Cela dit, trop libéral pour adhérer à la cause de l'*establishment* hollywoodien, il s'était employé tout au long de sa carrière à mettre à profit le pouvoir que lui avait conféré sa célébrité pour bousculer la société, montrant des affinités particulières pour la cause écologiste et les droits des Amérindiens.

Cependant, malgré son mépris pour Hollywood, son indifférence aux signes extérieurs de réussite et son insistance à passer pour Monsieur Tout-le-Monde, il n'en reste pas moins une star. Bien que doux et courtois, il a la réputation de faire poireauter les gens, d'annuler ses rendez-vous et de ne pas tenir ses engagements. À Hollywood, tout le monde sait que signer un contrat avec l'acteur est synonyme de complications sans fin – scénarios annotés, réécritures successives – ne menant à rien la plupart du temps. Habitué aux flatteurs et aux béni-oui-oui, il se méfie de son entourage. Bien qu'il fasse grand cas de la loyauté, lui-même n'est pas toujours à la hauteur. Il refuse de déléguer, tout en faisant preuve d'indécision et de passivité. D'un naturel prudent et presque paralysé par son perfectionnisme, il met continuellement en doute la parole de ses collaborateurs. Même s'il sait se montrer charmant et amusant, force est de reconnaître avec l'un de ses anciens employés que « les gens, c'est pas son truc [2] ».

Bien que Redford ait contribué pendant une décennie à faire la fortune des studios grâce à ses succès répétés au box-office, le constat qu'il dressa à l'analyse de la situation à la fin des années soixante-dix lui déplut. Dix ans plus tôt, les studios avaient tellement été aux abois qu'ils avaient permis à des réalisateurs comme Scorsese ou Altman (qui dans les années quatre-vingt auraient été – étaient pratiquement d'ailleurs – des cinéastes indépendants) de travailler au cœur du système, si bien qu'une institution telle que celle dont rêvait Redford se serait révélée superflue. La situation ayant tellement changé depuis cette époque-là, une telle structure devenait indispensable. L'acteur n'ignorait pas que le système excluait de plus en plus les réalisateurs les plus talentueux. Il savait aussi qu'être basané, noir, Amérindien ou femme constituait une tare pour les apprentis réalisateurs, dont les projets n'avaient, par conséquent, pratiquement aucune chance de voir le jour. Il savait que les réalisateurs indépendants étaient contraints de puiser dans leur bas de laine car, hormis quelques bourses d'État et le pécule avancé – comme le veut la légende – par les amis de la famille (orthodontistes, oculistes et autres), ils disposaient de très peu d'argent pour produire leurs films. Le financement, sans parler de l'écriture du scénario, du casting, du tournage et du montage, représente une tâche difficile et harassante qui peut prendre des années ; si, par miracle, le projet aboutit, les cinéastes découvrent souvent, n'en déplaise à la poignée de petits distributeurs acharnés, qu'il leur faut distribuer le film eux-mêmes, ce qui finit par leur coûter, outre leurs économies, leur santé et leurs illusions. Bref, les indépendants avaient besoin d'aide.

Pour Redford, le cinéma américain avait davantage à offrir que des suites peu inspirées et resucées. À l'origine, avant que les studios ne rétablissent leur mainmise sur l'industrie, les films avaient permis à de véritables artistes de s'exprimer. Ce pourrait de nouveau être le cas, à condition de laisser le temps aux réalisateurs de développer leur talent, de trouver leur voie avant qu'ils soient lâchés sur le marché. Aussi étrange que cela puisse paraître, l'acteur avait – ou se croyait avoir – connu personnellement les problèmes que ces jeunes rencontraient. Comme il l'a déclaré à plusieurs reprises : « Je sais ce que signifie distribuer un film que l'on a produit soi-même. En 1969, je me suis investi dans le projet *La Descente infernale* et j'ai été confronté aux mêmes difficultés que les autres. » De son propre aveu, il a fait l'expérience du dilemme « du réalisateur qui consacre deux ans à la réalisation de son film et un an de plus à sa distribution, avant de découvrir qu'il ne pourra en tirer aucun profit et qu'il vient de perdre quatre ans de sa vie. Je me suis dit : "Ces gens-là ont vraiment besoin d'aide[3]" ».

Au milieu des années soixante, Redford avait fait l'acquisition d'une étendue à moitié sauvage nichée à quelque mille sept cents mètres d'altitude au cœur des montagnes Wasatch, dans l'Utah. Au fil du temps, il s'offrit les parcelles voisines et, grâce au cachet rapporté par son grand succès *Butch Cassidy et le Kid*, ses partenaires et lui devinrent propriétaires de la station de sports d'hiver de Timp Haven le 1er août 1968. Il devait se dire : « Construis ta station, ils viendront. » Il ignorait cependant qu'à cause de l'altitude relativement modeste, les chutes de neige étaient de moindre importance à cet endroit, et la saison de ski plus courte que chez ses concurrents. En dépit de l'argent investi dans le projet, personne, ou presque, ne vint. En fait, l'acteur était devenu la risée des moqueurs avec sa station de ski sans neige. Mais l'hémorragie de capitaux ne le faisait pas rire du tout.

Redford savait que, en accueillant la Fondation Aspen, la petite ville tranquille d'Aspen, dans le Colorado, était devenue à la fois La Mecque des cadres passionnés de ski et un refuge hivernal incontournable pour stars hollywoodiennes et investisseurs. Il s'inspira de cet exemple afin de sauver la mise. En accueillant une colonie d'artistes, au mieux sa propriété prendrait de la valeur et, au pire, cela ne pouvait pas faire de mal. Cette idée géniale lui permit de faire d'une pierre plusieurs coups, de tirer un profit financier d'une idée altruiste.

Le but du séminaire de Redford était de jeter les bases d'une nouvelle organisation visant à prendre soin des réalisateurs indépendants. Cette organisation fut baptisée Fondation Sundance en hommage au Kid de Sundance, personnage de voleur de banques que l'acteur incarnait dans le film à succès de 1968. Le parfum d'illégalité attaché à ce nom le flattait, car lui-même se voyait comme un anticonformiste dans la profession. Mieux, cette nouvelle entreprise évoquait un film comme *Les Sept Mercenaires* – avec Redford dans le rôle de Steve McQueen –, dans lequel la star hollywoodienne aux cheveux d'or et ses acolytes protégeraient les fermiers sans défense (dans la nouvelle version, les indépendants) des vandales et pillards (les studios) pour leur permettre de cultiver leurs récoltes (les films) en paix. Le nom de Redford attira un nombre impressionnant de cerveaux ; pourtant cette réunion d'esprits au diapason n'avait rien d'officiel. Les participants – dont beaucoup portaient barbe, anorak, chemise à carreaux, jeans et croquenots qui deviendraient plus tard les accessoires de rigueur à Sundance – logeaient dans la station voisine. Le cadre était idyllique. De rustiques chalets jouaient à cache-cache entre les branches des pins et des trembles qui couvraient les pentes de la montagne ; un ruisseau bouillonnant serpentait en contrebas, s'arrêtait un moment pour former l'étang de Bob's Pond, avant de reprendre sa course. Par temps clair, l'air était si pur que l'on aurait cru pouvoir toucher les cieux.

Discret, comme toujours, plutôt mal à l'aise, entouré de sa collection de poupées Kachina, Redford servait de la bière à ses invités derrière le bar. Sa modestie étudiée – « Je suis là pour écouter et apprendre [4] » – et l'obtention d'un oscar l'année suivante pour son film *Ordinary People (Des gens comme les autres)* lui vaudraient bientôt l'affectueux sobriquet d'« Ordinary Bob ». Il en faisait un peu trop pourtant, tout ça était à la limite du kitsch et avait des allures de parc d'attraction, sorte de Bobland sponsorisé par la marque B.C.B.G. Eddie Bauer. (Plus tard, dans la boutique de souvenirs de la station, on écoulerait des glacières portant le logo de Sundance.) Pourtant, Redford avait du charisme et de l'enthousiasme à revendre, et le groupe exerça vite une forte attraction.

Beaucoup partagent l'avis de Liz Manne qui, bien des années plus tard, travailla pour lui sur la chaîne Sundance Channel, quand elle explique l'attrait de la vision de Redford : « C'était un mélange de politique et d'esthétique. Il ne cessait pas de répéter à quel point il était important qu'existent un point de vue indépendant, une diversité, des voix originales. Vous aviez envie de croire à cette merveilleuse cité par-delà les nuages. Dans la vie, il y a peu d'occasions de faire du bon boulot auquel on croit vraiment. Alors c'est génial de pouvoir travailler pour un type qui représente autant, qui joint le geste à la parole en mettant la main au portefeuille, qui ne se sert pas de son pouvoir bêtement mais, au contraire, de façon très éclairée. Au début, je me sentais simplement honorée de prendre part à la mission. J'étais l'une des disciples, acquise à sa cause [5]. »

Au bout de trois jours, les participants posèrent pour des photos devant un enclos dans la propriété de l'acteur, sur fond de sommets pittoresques couverts de neige. À l'issue de la séance photo, un aigle royal qui avait recouvré la santé grâce à Redford vint se poser sur la main de l'acteur, et celui-ci lui ôta son chaperon [6]. Comme l'oiseau majestueux déployait ses ailes puissantes et s'envolait, s'élançant haut dans le ciel, porté par les courants, aucun des congressistes n'aurait pu ignorer le symbolisme de la scène – Redford n'était pas star-réalisateur de film par hasard –, et même le plus cynique d'entre eux ne put s'empêcher d'essuyer une larme. Ils assistaient à la naissance du Festival de Sundance qui, tel l'aigle royal, ne tarderait pas à prendre son essor.

CETTE ANNÉE-LÀ, à l'autre bout du pays, deux frères aux cheveux crépus et sans beaucoup d'allure, les Weinstein, plus habitués aux pigeons du Queens qu'aux aigles d'Utah, s'apprêtaient à déménager leur minuscule compagnie de production, baptisée Miramax en hommage à leurs parents Miriam et Max, de Buffalo vers New York, ville de tous les défis. Les deux frères faisaient figure d'anomalies dans le monde de la distribution indépendante. Contrairement à la plupart de leurs collègues distributeurs qui avaient débuté en dirigeant les ciné-clubs universitaires dans les années soixante-dix, les Weinstein avaient fait leurs armes dans l'univers impitoyable de la promotion de concerts de rock. D'après Tom Bernard, coprésident de Sony Classics, « nous sommes tous le produit de nos origines. La promotion des concerts de rock, c'est la jungle. On se bat pour protéger son territoire en usant d'intimidation ».

À la fin des années soixante-dix, Harvey Weinstein avait fait l'acquisition du Century Theater, une salle du centre de Buffalo, et, pour le rentabiliser entre deux concerts, Bobby (comme se faisait appeler son frère à l'époque) et lui se mirent à y montrer des films. Lorsqu'ils ouvrirent boutique à New York, Bobby devint président de leur compagnie. Cependant, malgré ce titre ronflant, il n'en restait pas moins le petit frère de Harvey. Celui-ci prenait toujours sa défense avec des déclarations du type : « Vous avez tort de penser que Bobby ne sert à rien dans la compagnie. Vous n'avez qu'à vous barrer si ça ne vous plaît pas. Touchez pas à mon frère [7]. » Mais le cadet voulait prouver sa valeur. Un jour, il annonça : « Mon nom, c'est Bob. Appelez-moi Bob. » Les deux organisateurs de concerts de seconde zone installèrent leur bureau dans un petit deux pièces au 211 West de la 56e Rue, à l'angle de Broadway. L'adresse n'avait rien de distingué. Une prostituée faisait le trottoir devant l'immeuble.

Né en 1952, Harvey Weinstein est une version plus pâle et pâteuse de Bob, né deux ans plus tard. On dirait la première crêpe du tas, cuite dans une poêle pas assez chaude. Avec son mètre quatre-vingts et ses cent trente-cinq kilos et des poussières, des yeux pareils à des noyaux d'olives enchâssés dans un visage rond et bouffi, un cou de taureau et les battoirs qui lui servent de mains, il domine Bob à bien des égards. Si on le croisait dans la rue on changerait de trottoir. Débraillé, le col ouvert, la chemise auréolée de transpiration, il ressemblait à l'époque à Broderick Crawford dans *Les Fous du roi*.

Il passait son temps avec une canette de Coca Light dans une main et une True Blue dans l'autre, à fumer comme un pompier ; il n'inhalait pas mais faisait littéralement disparaître la cigarette entière – fumée, papier, tabac compris –, méthodiquement, un paquet après l'autre. Ses assistants apprirent à acheter le Coca par caisses entières, les cigarettes par cartouches, les sucreries au kilo chez un grossiste. Harvey Weinstein a un appétit d'ogre. Le regarder manger constitue un spectacle marquant, évocateur des grandes scènes de ripaille immortalisées sur pellicule – de *La Grande Bouffe* à la spectaculaire séquence du *Sens de la vie*, des Monty Python, dans laquelle un convive affamé explose comme une baudruche trop gonflée. Comme il surveille sa ligne, ses déjeuners sont toujours composés d'un sandwich au thon sur du pain de seigle grillé, d'une tranche de fromage et de l'incontournable Coca Light. Puis il conclut le repas avec une ou deux portions de frites, en récompense de tant de retenue, sans doute. « Alors Harvey, qu'est-ce que tu as mangé ce midi ? » plaisantait un jour Bingham Ray – cofondateur d'October Films, aujourd'hui directeur de United Artists. « Voyons voir : soupe de petits pois, pizza, salade, crème anglaise... Voilà pourquoi il porte des chemises noires [8] ! »

Au lieu de corriger ses défauts, Harvey en fait étalage, tente de les transformer en qualités. Même s'il est connu pour ne pas toujours être très clair, il s'est forgé une réputation de franchise. Il sait qu'il peut se servir de la sueur, des taches, de la tenue négligée, de ses démons intérieurs étalés sur son visage buriné pour envoyer le message emprunté à Popeye : « Ch'uis c'que ch'uis. » Et, dans le monde d'apparences dans lequel il évolue – celui des costumes Armani et des grosses cylindrées –, il s'en tire, la plupart du temps. Les gens admirent cette fidélité à sa nature profonde et lui pardonnent souvent ses péchés. Comme le dit Matt Damon, « c'est la vieille fable de la grenouille qui aide le scorpion à traverser la rivière et se fait piquer avant d'arriver sur l'autre rive. "Pourquoi as-tu fait ça ?" demande la grenouille. "Parce que je suis un scorpion, telle est ma nature." C'est la même chose avec Harvey [9]. »

Harvey adore les feux de la rampe, c'est un séducteur-né. Au fond, il aime plaire. Il est drôle, manie un humour cruel, acerbe, à ses dépens lorsque le cœur lui en dit, ou aux dépens des autres, si bien que de grands gaillards en sont parfois réduits aux larmes. Lorsqu'il est en forme, il est irrésistible, capable de remarques du style : « C'est le genre de type qu'il faut materner pendant qu'on lui tranche la tête [10]. »

Dans la poitrine de Harvey bat le cœur sinon d'un poète, du moins d'un cinéphile. Il aime sincèrement les films quels qu'ils soient, grosses productions, séries B, films d'horreur, de science-fiction, comédies, musicales ou non, films de kung-fu ; mais, par-dessus tout, il aime les films étrangers, les films d'auteur, les films « spécialisés ». Il adore raconter sa découverte des *Quatre Cents Coups* à l'âge de quatorze ans, œuvre qu'il avait prise, pour des raisons toutes personnelles, pour un film pornographique. Pendant l'heure et demie que dura la projection, la magie de François Truffaut le transporta. Pour reprendre les propos de Mark Lipsky, chargé de la distribution chez Miramax à la fin des années quatre-vingt : « J'ai entendu cette histoire – "J'ai vu *Les Quatre Cents Coups*, ça a changé ma vie" – des centaines de fois. Logique que Harvey raconte cette histoire, et pas Bob [11]. »

Vêtu de noir, Bob n'a jamais l'air dans son assiette, semble toujours mal à l'aise, comme s'il n'était pas à sa place, perdu dans son monde à lui. Si Harvey est plus grand que nature, Bob est tout le contraire, tout en retenue, un modèle réduit, du « concentré de Harvey ». L'aîné est aussi extraverti que le cadet est introverti. Plus calme, ce dernier préfère rester dans l'ombre. Il se soucie peu qu'on l'apprécie.

Malgré ses déclarations à la presse – « Nous sommes des artistes, l'argent ne nous intéresse pas [12] » –, Bob n'a que faire de Truffaut. Patrick McDarrah résume très bien la situation : « Dans ce métier, tout tourne autour de l'ego et de l'avidité. L'ego, c'est le domaine de Harvey, l'avidité, celui de Bob [13]. » Le frère cadet aime les produits commerciaux pouvant être directement exploités en vidéo. Il va droit à l'essentiel. Quel que soit le film, il demande systématiquement : « Ça va nous rapporter quelque chose, Harve ? [14] »

Si Harvey laisse paraître ses sentiments, Bob est opaque et sujet à des sautes d'humeur extrêmes. « Difficile de deviner ce qui trotte dans la tête de Bob », déclare Mark Tusk, qui fut l'un des employés les plus efficaces du département achats de droits chez Miramax au milieu des années quatre-vingt-dix. « C'est une véritable girouette [15]. »

L'OMBRE DE SUNDANCE ET DE MIRAMAX, les tours jumelles du milieu indépendant, plane sur ces pages, mais, en 1979, ces deux empires se résumaient encore à des rêves. À peu près à l'époque où l'aigle de Redford prenait son envol et où les Weinstein débarquaient à New York, trois petits films indépendants faisaient une sortie discrète sur les écrans, récoltant succès d'estime et nombre d'entrées respectables. Aucun des trois ne devait avoir l'impact du film de Dennis Hopper et de Peter Fonda, et tous manquaient cruellement de fantaisie. Ils provoquèrent pourtant l'enthousiasme des cinéphiles désireux de trouver autre chose que les films lisses, surproduits et sans intérêt proposés par les studios. Réalisé par Robert M. Young et produit par Michael Hausman, *Alambrista !* (1978) relatait les difficultés d'un clandestin mexicain en quête de travail aux États-Unis ; *Northern Lights* (1978), réalisé par Rob Nilsson et John Hanson, rendait hommage à ces fermiers misérables et engagés qui peuplèrent le Dakota du Nord et créèrent un syndicat, la Non-Partisan League, pour faire valoir leurs droits face aux banques, aux grainiers et aux compagnies de chemins de fer. Le troisième, *Heartland* (1979), réalisé par Richard Pearce et produit par Annick Smith, était consacré aux déboires et aux tribulations d'une veuve intrépide qui, en dépit des difficultés, s'installe seule dans l'Ouest inhospitalier du début du siècle. Autant, dans *Easy Rider*, film nerveux et paranoïaque, le vaste territoire entre les deux côtes était peuplé de bouseux, autant Nilsson, Hanson, Pearce et Smith en glorifiaient l'authenticité. Ces réalisateurs appartenaient tous à la génération de la guerre du Vietnam, et leur cinéma était marqué par la politique de l'époque. Plus tard, au cours des années quatre-vingt, le régionalisme et l'authenticité que célébraient leurs films allaient dégénérer en un enthousiasme niais pour tout ce qui ressemblait à une grange ou à du folklore ; pourtant, au début, ces cinéastes se dressaient en véritables sentinelles solitaires contre les hordes hollywoodiennes.

En 1978, Sandra Schulberg, productrice associée de *Northern Lights*, contribua à poser la première pierre de l'infrastructure indépendante en créant l'Independent Feature Project. L'IFP proposait une série de séminaires aux artistes souhaitant travailler en dehors du système – comment trouver des financements, produire, distribuer un film seul. Le b.a.-ba, donc. Le but était simple : faire bénéficier les indépendants américains du système de distribution déjà en place pour les films étrangers. La mise en pratique, par contre, était loin de l'être. En 1980, pourtant, *Return of the Secaucus 7*, de John Sayles, équivalent indépendant d'*Easy Rider*, sortit sur les écrans. Soutenu par Vincent Canby, du *New York Times*, ce film modeste constitua l'un des succès surprise du box-office et rapporta la somme extraordinaire de 2 millions de dollars. Très différents par certains aspects, les deux films étaient, par d'autres, étonnamment semblables. Œuvre crépusculaire, *Return of the Secaucus 7* portait le deuil d'une révolution avortée et paraphrasait la célèbre réplique de Fonda : « On a foiré. » Contrairement à *Rocky*, *Superman* et autres *Porky's*, *Return of the Secaucus 7* traitait d'un sujet sérieux – l'essoufflement du mouvement pacifiste après la guerre du Vietnam – qui touchait et était susceptible d'intéresser des gens comme vous et moi. « Les systèmes de financement n'existaient pas lorsque nous avons commencé, confie Sayles. Difficile de faire parvenir un script indépendant à un acteur et, à moins d'avoir un scénario commercial, inutile de contacter les studios. Et encore, même avec un scénario commercial, si vous n'aviez pas d'agent pour vous recommander, on ne le lisait pas. Les films indépendants étaient vraiment en marge [16]. » *Secaucus 7*, entièrement financé par Sayles lui-même, coûta en tout et pour tout 600 000 dollars et n'aurait jamais pu être réalisé en studio, même si, signes des temps à venir, la Columbia se le réappropria pour en faire *Les Copains d'abord*. En 1981 sortit *My Dinner with André*, de Louis Malle

(1,9 million de dollars de recettes), et, l'année suivante, *Chan a disparu*, de Wayne Wang, et *Eating Raoul*, de Paul Bartel, qui rapportèrent respectivement 1 million et 4,7 millions de dollars. Trois ans plus tard sortirent *El Norte*, de Greg Nava (2,2 millions de dollars de recettes), ainsi qu'une série de films signés John Waters et interprétés par Divine, Mink Stole et la clique de zarbis habituels. En 1984, Jim Jarmusch tournait *Stranger Than Paradise* pour trois francs six sous et engrangeait 2,5 millions ; *Sang pour sang*, des frères Coen – Ethan et Joel (celui-ci étant diplômé de l'école de cinéma de l'université de New York) –, petit bijou de cruauté réalisé pour une bouchée de pain, rapportait 2,1 millions. En 1986, Spike Lee – autre diplômé de l'université de New York – perçait grâce à son film *Nola Darling n'en fait qu'à sa tête*, qui allait rapporter la somme astronomique de 7,1 millions. David Lynch en impressionna plus d'un avec *Eraserhead* en 1977 puis *Blue Velvet* en 1986. Là où, autrefois, n'existaient qu'une poignée de documentaires à petit budget et quelques films d'auteurs indigents, on trouvait pléthore de films élégants, plutôt bien produits, dont certains avaient bénéficié des moyens sans précédent alloués au National Endowment for the Arts pendant le mandat de Jimmy Carter. Soudain, un mouvement indépendant semblait émerger, et les cinéphiles se frottaient les mains. Les organisateurs du Festival de Sundance espéraient que ces réalisateurs autodidactes généreraient la même énergie, la même effervescence et le même engouement public qu'Ingmar Bergman, le néoréalisme italien et la Nouvelle Vague dans les années soixante.

Cependant, les quelques distributeurs – dont UA Classics, où Ira Deutchman, Tom Bernard et Michael Barker firent leurs premières armes – ayant le bras suffisamment long pour avoir accès à des salles potables donnaient toujours la priorité aux films étrangers.

Ceux-ci remportaient un succès suffisant pour justifier le fait que, au début des années quatre-vingt, pratiquement chaque studio ait sa propre division « classique ». Le cinéma indépendant américain restait à de rares exceptions près une curiosité sans réel public. En 1982, Deutchman quitta UA Classics pour fonder une compagnie du nom de Cinecom avec Amir Malin et John Ives. « Les studios faisaient monter les enchères sur les grands noms comme Truffaut, Fellini, Bergman, indépendamment des profits qu'ils pouvaient générer, se souvient Deutchman. Comme nous débutions, nous nous sommes dit : "Impossible de lutter avec ces compagnies. Que pourrions-nous faire pour nous démarquer ?" Nous nous sommes intéressés à ce que l'on commençait tout juste à appeler le "mouvement indépendant américain". Nous n'avions pas pour objectif de faire un carton. Il s'agissait simplement d'éviter les films que nous ne pouvions pas nous permettre de distribuer [17]. » « Le marché des films spécialisés était très restreint », déclare l'ancien directeur de la distribution de Miramax, Eamonn Bowles. « Quand l'un d'eux rapportait deux ou trois millions, c'était formidable. On pouvait gérer ses atouts, limiter les dégâts et empocher un modeste profit [18]. »

Pourtant, les films indépendants disposaient d'un atout qui allait se révéler décisif. Cinecom eut la chance d'ouvrir ses portes au moment même où le marché de la vidéo explosait. « Ces nouvelles entreprises de vidéo avaient tellement besoin de produits à mettre sur leurs étagères que la moindre cassette valait son pesant d'or, explique Deutchman. Ces gars-là n'avaient que faire des films étrangers, puisque le public était allergique aux sous-titres. Mais, même si les films indépendants américains n'attiraient pas les foules dans les salles, ils valaient quelque chose en vidéo [19]. »

Du jour au lendemain, la vidéo balaya le marché des films étrangers et, avec l'aide du câble et des télévisions publiques européennes, lança le cinéma indépendant grâce à des investissements massifs. En effet, des compagnies telles Vestron, RCA/Columbia Home Video et Live Entertainment se mirent à investir directement dans la production. Au même moment, Ira Deutchman étant chargé de l'achat de droits, Cinecom connut une série de succès avec *Stop Making Sense,* documentaire sur les Talking Heads réalisé par Jonathan Demme (5,5 millions), *Swimming to Cambodia*, film-monologue de Spalding Gray (1 million), et le troisième film de Sayles, *Brother* (1986), qui ne coûta que 400 000 dollars à Cinecom et engrangea 3,7 millions.

Les compagnies déjà établies comme New Yorker Films, New Line et la Samuel Goldwyn Company se remplirent elles aussi les poches grâce à la vidéo, tandis que des centaines de nouveaux venus s'engouffraient par la porte qui venait de s'ouvrir. UA Classics était une branche de la United Artists d'Arthur Krim, compagnie connue pour son bon goût et son respect des artistes. Lorsque Krim quitta la compagnie pour fonder Orion Pictures en 1978, Barker et Bernard, de UA Classics, lui emboîtèrent le pas pour créer Orion Classics. « Nous suivions les préceptes mis en pratique par Krim lorsque nous travaillions chez UA, explique Bernard. Une fois que nous avions un script, un réalisateur, et que nous étions sûrs de pouvoir faire le film pour le budget fixé, nous nous retirions pour laisser l'artiste faire son travail. Nous n'intervenions pas dans le processus créatif en proposant d'arranger ou de remonter le film. La dernière chose que nous voulions, c'était bien d'influencer le point de vue du réalisateur [20]. » Les autres distributeurs indépendants partageaient le même credo. Contrairement à ce qui se pratiquait dans le système des studios, où on avait de tout temps traficoté les films, ces compagnies servaient les intérêts du réalisateur.

Au milieu des années quatre-vingt, les films indépendants commençaient à se construire une identité et un public. Les profits ne cessaient d'augmenter : en 1985, *Le Baiser de la femme araignée* rapporta à Island la coquette somme de 17 millions, et *The Trip to Bountiful* 7,5 millions. L'année suivante, *Chambre avec vue*, d'Ismail Merchant et James Ivory, cassa la baraque et permit à Cinecom d'empocher 23 millions, tandis que trois films britanniques – *Sid et Nancy*, *My Beautiful Laundrette* et *Mona Lisa* – connurent un beau succès public. Le marché commençait à être saturé, et un retour de bâton semblait inévitable ; il se produisit avec le crack boursier d'octobre 1987 qui, allié à l'essor des distributeurs les plus prospères, mena à un tassement du marché. À la fin de la décennie, le ciel tomba sur la tête de certaines compagnies, dont Cinecom et Vestron, apparemment parmi les plus florissantes, pourtant, mais qui avaient commis l'erreur d'abandonner l'achat de droits pour se lancer dans la production de leurs propres films.

EN DIGNES HÉRITIERS du Nouvel Hollywood, les indépendants lui empruntèrent, du moins au début, son esthétique anti-*establishment*. On a débattu *ad nauseam* de ce qui définit un film indépendant ; mais, en ce temps-là, en dépit de quelques réserves concernant tel ou tel film, il existait une espèce de consensus : c'était le règne des puristes. « L'adjectif "indépendant" caractérisait en principe n'importe quel film ne visant pas exclusivement à faire des recettes et refusant de se plier à la norme proposée par les studios [21] », déclare le réalisateur-producteur Sidney Pollack. Les indépendants étaient l'antithèse de Hollywood. Hollywood tournait des films à grand spectacle ? Les indépendants des films intimistes. Hollywood vendait du rêve et de l'exotisme ? Les indépendants se nourrissaient de réalisme et prônaient un cinéma engagé. Hollywood évitait la controverse ? C'était le fonds de commerce des indépendants. Les films hollywoodiens coûtaient cher ? Pas les films indépendants. Hollywood employait des stars ? Les indépendants préféraient les acteurs inconnus et même les non-professionnels. Les studios conservaient le *final cut* ? Les réalisateurs indépendants exigeaient un contrôle total. Hollywood surexploitait certains filons et produisait des films à la chaîne ? Les films indépendants exprimaient un point de vue personnel, ce qui les rendait uniques et interdisait les suites. À Hollywood, un comité de scénaristes décidait de la teneur des films ? Les films indépendants étaient réalisés par des individus pleins de talent, au point de vue original, capables d'écrire leur propre scénario, de mettre en scène, parfois même de manier la caméra et de s'occuper du montage. Si, à Hollywood, les réalisateurs payés à la tâche allaient au studio comme à l'usine, les metteurs en scène indépendants, eux, vouaient un véritable culte au septième art. Tandis que les réalisateurs de Hollywood accumulaient BMW et résidences à Malibu, les indépendants consentaient à d'incroyables sacrifices. Ils vivaient à New York, de préférence dans le Lower East Side, arnaquaient, trimaient, mentaient, trichaient, allaient même jusqu'à vendre de la drogue ou leur propre sang pour financer leurs films.

Hollywood privilégiait le spectacle, l'action et les effets spéciaux tandis que les indépendants travaillaient à une échelle bien plus intime, en privilégiant le scénario et en mettant l'accent sur les personnages et la mise en scène. Allison Anders *(Gas Food Lodging)* emploie une jolie métaphore pour définir son esthétique personnelle. L'intrigue, a-t-elle déclaré, ressemble à « une corde à linge ». « Moi, je m'intéresse à ce qui y est étendu, alors que, dans l'ensemble, Hollywood ne s'intéresse qu'à la corde[22]. » Hollywood reflétait les goûts du public et s'y pliait, tandis que les indépendants ne s'en préoccupaient pas ; si, par quelque heureux hasard, ils parvenaient à trouver leur public, il ne s'agissait jamais d'une audience de masse. Alors que les films hollywoodiens faisaient partie d'un système économique dans lequel les marchés annexes (vidéo, DVD, télévision, câble, etc.) limitaient les risques, les indépendants fonçaient tête baissée – souvent de façon idiote –, sans se soucier le moins du monde de la distribution : ils travaillaient sans filet.

Les films indépendants poussaient à l'ombre de Hollywood, ce qui revient à dire qu'ils se consacraient aux sujets dont Hollywood ne voulait pas. Et vice versa : ils rejetaient ce qui plaisait à Hollywood, non seulement parce que cela ne les intéressait pas, mais aussi pour une question de moyens. L'indigence est mère d'une certaine esthétique. Hollywood se contentait de colporter la sagesse populaire et l'idéologie dominante, alors que les indépendants les mettaient – parfois – à mal. Comme Young, Pearce, Sayles et Lee, les premiers réalisateurs indépendants qui émergèrent dans les années quatre-vingt s'inspiraient des mouvements pour la paix et pour les droits civiques qui avaient réussi à survivre aux années soixante-dix et fait perdurer leurs idéaux. Sayles, en particulier, avait fait siennes les valeurs politiques des années soixante ; le travail de Lee, quant à lui, avait subi l'influence du Black Power. Tous deux essayaient de faire passer un message politique. D'autres transgressaient les tabous sexuels, comme Gus Van Sant dans *Mala Nocha,* exploraient des territoires esthétiques originaux, comme Jarmusch, ou se contentaient de laisser libre cours à leur ironie, comme les frères Coen. Les films indépendants n'ont jamais revendiqué des idées de gauche ni même été ouvertement « politiques », ou alors de façon extrêmement modérée ; en revanche, beaucoup laissaient transparaître une volonté de se démarquer des studios et autres institutions américaines dirigées par les *Movie Brats* des années soixante-dix. Les préoccupations des années soixante et soixante-dix – classe, travail, race, impérialisme américain et guerre des sexes – étaient en fin de compte passées à la trappe, à quelques exceptions près. Pourtant, grâce à la poussée démocratique provoquée par ce mouvement, à mesure que les groupes jusque-là privés de leurs droits de représentation – gays, femmes, minorités – avaient accès au cinéma, et étant donné aussi la façon dont les films étaient produits (en faisant la manche), les nouveaux réalisateurs se trouvaient presque automatiquement en marge et venaient *de facto* grossir les rangs de la résistance, aussi modérée soit-elle.

Dans les années quatre-vingt, quantité de films à succès s'intéressaient aux marginaux, aux éclopés *(Waterdance)*, aux Noirs en colère *(Do the Right Thing)*, aux travailleurs exploités *(El Norte)*, aux homosexuels atteints du Sida *(Un clin d'œil pour un adieu)*, aux dealers et truands minables *(Drugstore Cowboy)*, et même aux obèses *(Heavy)*. Côté sexe ou guerre des sexes, une légère dose de perversion étant de mise, les films transgressifs – pour employer un terme à la mode – abordaient des sujets rarement traités dans les films grand public (voir *Blue Velvet*, de David Lynch, ou *Working Girls*, de Lizzie Borden, comparé à *Pretty Woman*, produit par Disney). Étant donné le mépris nourri par les pionniers du mouvement à l'égard des films grand public, passer à l'ennemi restait le pire des crimes. Jarmusch a toujours travaillé hors du système, et les incursions de Sayles, Lee et des frères Coen à Hollywood se sont dans l'ensemble mal terminées. De nouveau prospères, les studios n'étaient pas prêts à faire les quatre volontés de réalisateurs anticonformistes trop sûrs d'eux.

Cela dit, à quelques exceptions près (je pense au travail de Jarmusch), ces films ne souffraient d'aucun des maniérismes esthétiques propres aux films underground, antinarratifs des années cinquante et soixante, tels ceux de Stan Brakhage, Michael Snow, Andy Warhol, ou même ceux du Nouvel Hollywood. « Le péché originel du cinéma indépendant américain, lorsqu'il s'est détourné de l'avant-garde, c'est d'être devenu narratif », déclare le scénariste et producteur James Schamus, aujourd'hui président adjoint de Focus Features. « Ce faisant, on entre dans un système commercial. Et, à partir de là, que l'on se soit ou non emparé des "moyens de production" chers à Karl Marx n'a aucune importance, car on ne contrôle ni les moyens de diffusion, ni le marketing, ni la distribution et, au final, on est forcé de se plier aux règles des grosses légumes [23]. »

Avec le recul, il est évident que les années quatre-vingt constituent le grand marais originel d'où les indépendants sont sortis avant de gagner la jungle en rampant. D'après Sayles, « c'est comme si l'on examinait les fossiles d'animaux disparus [24] ». La compétition féroce – digne de la sélection naturelle de Darwin – qui a détruit des compagnies prometteuses comme Cinecom et Vestron dès qu'elles eurent mis un pied dans la production a permis à de nouveaux venus, plus jeunes et plus dynamiques, de trouver leur place, ce qui a ensuite conduit la relève à acquérir une autonomie suffisante pour se dresser contre les dinosaures des studios.

Dans les années quatre-vingt-dix, plus que jamais, Hollywood se concentrait sur les films à grand spectacle, créant ainsi un espace, pour ne pas dire « une avenue », réservé aux réalisateurs désireux de raconter des histoires à échelle humaine. Même si l'on est tenté d'affirmer que cette décennie – période de détente entre les indépendants et Hollywood, leur ennemi juré – a sonné le glas du mouvement, il faut rester prudent. Pour en revenir à nos moutons, on récoltait ce qui avait été semé dans les années quatre-vingt. Les pionniers

– Sayles, Lee, Lynch, Demme, Van Sant, Wang, Waters et les frères Coen – poursuivaient leur évolution, et, en l'espace de quelques années, sont apparues des légions de réalisateurs au nombre desquels on compte Anders *(Gas Food Lodging)*, Steven Soderbergh *(Sexe, mensonges et vidéo)*, Hal Hartley *(L'Incroyable Vérité)*, Rick Linklater *(Slacker)*, Todd Haynes *(Poison)*, Gregg Araki *(The Living End)*, Quentin Tarantino *(Reservoir Dogs)*, David O. Russell *(Spanking the Monkey)*, Ang Lee *(Salé, sucré)*, Kevin Smith *(Clerks)*, Neil LaBute *(En compagnie des hommes)*, Robert Rodriguez *(El Mariachi)*, James Gray *(Little Odessa)*, James Mangold *(Copland)*, Tom DiCillo *(Ça tourne à Manhattan)*, Carl Franklin *(Un faux mouvement)*, Nick Gomez *(Laws of Gravity)*, Todd Solondz *(Bienvenue dans l'âge ingrat)*, Larry Clark *(Kids)*, Nicole Holofcener *(Walking and Talking)*, Alexander Payne *(Citizen Ruth)*, Wes et P. T. Anderson *(Bottle Rocket et Boogie Nights)*, Lisa Cholodenko *(High Art)*, Kim Peirce *(Boys Don't Cry)* et Darren Aronofsky *(Pi)*. Sans parler des réalisateurs britanniques, irlandais et australiens dont les films ont été largement distribués aux États-Unis, comme Michael Caton-Jones avec *Scandal*, Jim Sheridan avec *My Left Foot*, Jane Campion avec *La Leçon de piano*, Neil Jordan avec *The Crying Game* et, plus tard, Danny Boyle avec *Trainspotting*.

Comme le Nouvel Hollywood l'avait fait pour Jack Nicholson, Robert De Niro, Harvey Keitel, Al Pacino et Dustin Hoffman, le cinéma indépendant a révélé une nouvelle génération d'acteurs de genre dont Steve Buscemi, John Turturro, Tim Roth, Joaquin Phoenix, Tim Blake Nelson, Billy Bob Thornton, James Spader et John C. Reilly, ainsi que leurs pendants féminins Lili Taylor, Parker Posey, Catherine Keener, Janeane Garofalo, Gwyneth Paltrow, Annabella Sciorra et Uma Thurman. Preuve que les temps ont changé, la plupart de ces acteurs, contrairement à leurs prédécesseurs, et en particulier ceux issus de minorités ethniques, n'ont jamais accédé au statut de star hollywoodienne. En fait, on a assisté au phénomène inverse : des stars hollywoodiennes s'abaissaient à accepter des rôles de composition dans des films indépendants.

Comme les années soixante-dix, les années quatre-vingt-dix ont bouleversé le monde du cinéma. « Je me souviens du Festival du film de New York où ont eu lieu les premières de *Sang pour sang* et de *Stranger Than Paradise*, raconte le producteur Ted Hope. Tout d'un coup, les frères Coen sont montés sur scène et je les ai reconnus pour les avoir croisés à la supérette de mon quartier... Je me suis dit : "Oh, bon sang, ces deux glandeurs habitent à côté de chez moi !" Et, environ deux jours après avoir vu *Stranger Than Paradise*, je croise Jim Jarmusch dans le métro. On avait vraiment l'impression que tout était possible [25]. » Edward Norton se souvient : « En 1991, je sortais tout juste de la fac. J'avais vingt-deux ans. Les possibilités semblaient infinies. Je glandais à New York, je faisais un peu de théâtre. Un jour, je croise par hasard Connie Britton, une voisine. Je lui demande ce qu'elle devient. Elle me dit :

"Je suis censée auditionner pour un petit film indépendant que va réaliser un jeune type. C'est loin, à Brooklyn, et je n'ai vraiment pas envie d'y aller.

– Tu as lu le scénario ?

– Ouais.

– Il est bien ?

– Ouais, pas mal en fait.

– De quoi tu te plains, putain ? Il faut saisir ce genre d'opportunités."

Plus tard, elle m'annonce : "Le type veut que je fasse son film, ça prendra neuf ou dix semaines, dans la maison de ses parents. Il a un budget de 25 000 dollars.

– Connie, tu n'as jamais joué dans un film : c'est une bonne expérience."

Elle a accepté et, cinq mois plus tard, elle me dit : "J'ai vu le film dans lequel j'ai joué et il n'est pas mal. On vient d'apprendre qu'on est sélectionnés au Festival de Sundance." Elle venait de tourner dans *Les Frères McMullen* ! On avait l'impression de découvrir une nouvelle galaxie vers laquelle graviter qui n'avait rien à voir avec Hollywood, le sentiment qu'un jeune type qui avait emprunté 25 000 dollars à ses parents pouvait atterrir au Festival de Sundance et qu'on était à l'aube d'une nouvelle ère [26]. »

Les indépendants des années quatre-vingt-dix formaient un groupe disparate allant de Haynes, avec son cinéma gay, intello et acerbe, à Smith, avec ses comédies scatologiques pour ados attardés, en passant par une infinie variété de réalisateurs et de films. Ce mouvement-là n'avait pas la cohérence du précédent, et beaucoup de jeunes cinéastes fantasmaient sur la solidarité – réelle ou supposée – dont avaient fait preuve leurs aînés, et sur l'impression qu'ils avaient accompli une mission exceptionnelle. « C'est tellement excitant, lorsqu'on commence à faire du cinéma, explique Anders, et que l'on découvre Scorsese et ses confrères : leurs débuts, Brian De Palma qui vient donner un coup de main à Marty pour monter une scène de *Mean Streets*. On se dit que ces mecs ont vécu des moments historiques [27]. » En fait, le fantôme du Nouvel Hollywood hantait les indépendants des années quatre-vingt et quatre-vingt-dix. « À vrai dire, je me comporte depuis le début de ma carrière comme si je vivais à la fin des années soixante ou au début des années soixante-dix, avoue Soderbergh. Comme les cinéastes de cette période, j'essaie d'insuffler à des sujets typiquement américains une esthétique européenne. Après tout, ça reste leur contribution majeure au cinéma [28]. » Dans les années quatre-vingt, il restait encore un réseau de cinémas d'art et d'essai permettant aux indépendants en devenir d'avoir accès aux films du Nouvel Hollywood, ainsi qu'aux classiques étrangers et américains. « Je me souviens d'avoir vu *Taxi Driver* dans l'un des cinémas Landmark », raconte Linklater, qui a grandi au Texas. « C'était juste après l'assassinat manqué de Reagan. Je suis resté sous le choc pendant deux jours. Je n'oublierai jamais ces années-là. J'étais fou de cinéma, et il y avait quelque chose à voir tous les soirs : *Badlands*, *Days of Heaven*, des reprises comme *La Splendeur des Amberson*, *La Grande Illusion*, *Los Olvidados*. C'était vraiment magique de s'asseoir dans une salle pour regarder ces magnifiques copies en 35 mm. C'est fini, tout ça, aujourd'hui [29]. »

Avec le recul, il devient clair que cette génération de réalisateurs constituait un mouvement à part entière, bien qu'hétéroclite et différent du Nouvel Hollywood. Quant aux films – à l'exception de ceux de Quentin Tarantino –, ils sont moins tape-à-l'œil et pas aussi flamboyants que ceux de leurs prédécesseurs. Et certains des réalisateurs majeurs refusent même l'étiquette d'auteur. « Je ne me voyais pas devenir un Steven Spielberg, mais je ne me voyais pas non plus en Martin Scorsese, confie Soderbergh. Je ne suis pas du genre visionnaire. Je me situe entre les deux. J'aimerais une carrière à la John Huston : travailler longtemps sur toutes sortes de projets [30]. » Le travail de ces cinéastes est subtil, mais ils n'en laissent pas moins leur marque. Citons de nouveau Schamus : « La plupart de ces réalisateurs sont audacieux du point de vue esthétique tout en se montrant sérieux et rigoureux. Ils vont bosser tous les matins. Ils ont une voix unique, mais n'ont pas la moindre prétention. Leur travail est précis, ciblé, exécuté avec modestie [31]. »

MÊME SI LA FUSÉE indépendante a mis toute une génération de cinéastes doués sur orbite, elle n'aurait jamais décollé sans les entrepreneurs brouillons et talentueux qui ont soutenu envers et contre tous des films auxquels personne ne croyait. Comme nous avons pu le constater grâce à l'émission *Project Greenlight*, lorsque le budget est serré et le calendrier de tournage réduit, le drame qui se joue derrière la caméra est aussi passionnant que celui qui se joue devant. Le drame en question est souvent lié aux contrats, au financement du film et à la distribution du produit fini. Comme l'explique Ray Price, vétéran de la distribution, « mieux vaut un bon contrat qu'un bon film. On peut avoir le meilleur film du monde sans qu'il n'intéresse personne. Un bon contrat ne vous déçoit jamais [32]. » On connaît la célèbre formule de Jean-Luc Godard : « Pour faire un film, il faut une fille et un flingue [33]. » « Sans oublier un distributeur, si vous voulez que quelqu'un le voie », pourrait-on ajouter. « Les films indépendants ont percé grâce au talent des distributeurs chargés de les vendre et à la personnalité des cinéastes. Peut-être moins d'ailleurs grâce à leur personnalité qu'à leur histoire personnelle, explique Kevin Smith. Robert Rodriguez, avec *El Mariachi*, en est le parfait exemple. Billy Bob Thornton aussi. On pourrait dire que tout ce qui comptait, dans les années quatre-vingt-dix, c'était l'histoire personnelle [34]. »

Ceux qui nous vendaient cette histoire personnelle, c'étaient les distributeurs, les commerciaux, et si dans les années soixante-dix le réalisateur avait été roi, dans les années quatre-vingt-dix c'était au tour des commerciaux. Le marketing a toujours été au cœur de l'industrie indépendante. Si le doute plane sur la rentabilité d'un « produit ciblé », il n'a aucune chance de voir le jour, la plupart des compagnies de distribution étant gérées par des commerciaux (Deutchman chez Cinecom et plus tard chez Fine Line, Barker et Bernard chez UA Classics, Orion et enfin Sony Classics, Bingham Ray et Jeff Lipsky chez October). Bien sûr, dès le début des années soixante-dix, période où les commerciaux influençaient la production des studios et décidaient de ce qui obtiendrait ou pas le feu vert, cet état de fait avait suscité désespoir et grincements de dents. Les comptables prirent le contrôle et étouffèrent le peu d'originalité qui restait aux adeptes des films prédigérés, « à formule », réunissant des acteurs connus, destinés à un public conquis d'avance et testés à mort lors d'avant-premières organisées par le National Research Group, dont l'influence ne cessait de grandir.

Cependant, marketing indépendant et marketing des studios avaient aussi peu en commun que films indépendants et films de studios. Alors qu'Hollywood dépensait sans compter dans la publicité, les indépendants misaient sur la publicité gratuite fournie par les médias. Les studios pratiquaient le matraquage et lançaient de coûteuses campagnes incluant achat massif de temps d'antenne à la télévision ou à la radio, encarts dans les journaux, panneaux d'affichage et autres, afin d'attirer autant de monde que possible dans le plus grand nombre de salles possibles le plus rapidement possible – en général au cours du premier week-end suivant la sortie du film. Les distributeurs indépendants faisaient le contraire : au lieu de prendre l'oseille et de se tirer, ils comprenaient que la première semaine serait la plus difficile et s'appuyaient donc sur le bouche à oreille et de bonnes critiques pour amener progressivement le public vers des films projetés dans peu de salles sur de longues périodes. (Au plus fort de sa popularité, *Chambre avec vue* n'était visible que dans cent cinquante salles, mais Cinecom eut la bonne idée de fêter sa première année de diffusion au Paris Theatre de New York en se payant une pleine page dans le *New York Times*.) Les studios croyaient à la règle du grand nombre : ils sortaient une longue liste de films tous les ans en pariant sur le succès d'une poignée d'entre eux et en laissant tomber les autres ; les distributeurs indépendants, eux, sortaient peu de films, pouvaient difficilement se permettre ne serait-ce qu'un flop, encore moins deux ou trois, et chouchoutaient donc tous leurs films.

À la fin des années quatre-vingt pourtant, les distributeurs étaient dans l'impasse. Aucun des films indépendants à succès n'avait dépassé le seuil des 25 millions de recette, et le nombre d'entrées plafonnait. C'était sans compter sur Harvey et Bob Weinstein, qui allaient bouleverser l'univers du cinéma indépendant. Comme l'a expliqué Harvey (toujours prêt à se faire mousser), « si je n'existais pas, il faudrait m'inventer ; à part moi, il n'y pas grand-chose d'intéressant[35] ». Il a peut-être raison. Si les Weinstein n'avaient pas existé, d'autres auraient sans doute occupé leur place, qui sait, et les années quatre-vingt-dix auraient alors davantage ressemblé à la décennie précédente, les films d'auteur restant cantonnés dans les cinémas d'art et d'essai.

Il paraîtrait logique de prendre *Stranger Than Paradise*, de Jarmusch, comme point de départ d'un livre comme celui-ci ; en effet, tourné en noir et blanc, pour ainsi dire sans intrigue, il donnait l'impression trompeuse d'être facile à faire, ressemblait à un film de vacances. Tout comme *Shadows*, de John Cassavetes (1959), ce film a inspiré une génération de cinéastes en les persuadant qu'eux aussi étaient capables de passer derrière la caméra. Cependant, dans sa perpétuelle quête de la perle rare, le monde du cinéma américain évolue à une telle vitesse que, aux yeux de la seconde vague d'indépendants, les années quatre-vingt semblaient déjà loin ; ç'aurait aussi bien pu être l'ère du cinéma muet – avec Jarmusch dans le rôle de D.W. Griffith – tant cette époque semblait dépassée. Dans le climat hautement spéculatif des années quatre-vingt-dix, de nombreux réalisateurs de cette première génération passaient pour des idiots et des ratés en refusant de se plier aux règles du jeu instaurées par les studios et, il faut bien l'admettre, par le public aussi. Bien sûr, les considérer comme tels ne serait pas sérieux et reviendrait à se montrer extrêmement injuste avec les pionniers ; cela dit, l'explosion du mouvement indépendant des années quatre-vingt-dix a été si spectaculaire et exceptionnelle qu'elle mérite qu'on lui consacre un livre à part entière. Et, comme nous nous proposons de nous intéresser autant à l'industrie du cinéma indépendant qu'aux films et aux réalisateurs eux-mêmes, il paraît logique de commencer notre histoire quelques années plus tard et de considérer 1989 – l'année de *Sexe, mensonges et vidéo* au Festival de Sundance – comme la date de naissance du nouveau mouvement indépendant. Ce film a marqué l'apparition de Soderbergh, l'un des cinéastes les plus brillants de la nouvelle génération, mais aussi l'émergence du Festival de Sundance (encore officiellement appelé « Festival du film américain », à l'époque) qui servit de vitrine au film, et de Miramax qui le distribua. À première vue, Redford semble à des années lumières des frères Weinstein – la classe d'un côté, le trash de l'autre ; pour parler crûment, d'un côté l'institution pour fils et filles de bonnes familles, qui apprend aux jeunes réalisateurs à soigner leur image (Sundance), et de l'autre la maison de redressement, où on façonne leur caractère à coups de trique (Miramax). Sundance et Miramax incarnent le yin et le yang de l'univers indépendant, la voie royale et le chemin de traverse, le jour et la nuit, Luke Skywalker et Darth Vador. Pourtant, ils ont davantage de points communs qu'il n'y paraît de prime abord. Sundance n'est jamais parvenu à se débarrasser de son jumeau maléfique et, au bout du compte, a fini par passer du côté obscur de la force. Nul ne sait si c'est une bonne chose, mais, en tout cas, ainsi va l'histoire de cette décennie.

Chapitre 1
Made in USA
1989

Où Redford réussit à faire éclore sa fondation mais pousse ses protégés à bout, avant que *Sexe, mensonges et vidéo* ne sauve le festival dont la star ne voulait pas et lance Miramax à la conquête du monde.

« Dans les années quatre-vingt, les studios étaient capables de prédire quel film marcherait ou pas. Et voilà à quoi cette décennie s'est résumée : une suite de films sans originalité. Soudain, ça n'a plus marché… Quand le public en a marre des trucs standard et réclame du nouveau, c'est là que les choses deviennent excitantes à Hollywood. »

Quentin TARANTINO [1]

Le samedi 21 janvier 1989, dans l'après-midi, Steven Soderbergh atterrissait à l'aéroport international de Salt Lake City. Il venait de fêter son vingt-sixième anniversaire une semaine plus tôt et se rendait au Festival du film américain, à Park City, à une soixantaine de kilomètres au nord-est de la ville. Il avait fait le déplacement avec la copie de son film *Sexe, mensonges et vidéo,* tout juste récupérée au labo le matin même. Le temps était nuageux, avec d'occasionnelles chutes de neige, l'air de la montagne était vif et coupant ; pourtant, le réalisateur se sentait bien. Il venait de subir une douloureuse opération pour corriger la déformation de sa mâchoire – la malédiction de la famille –, mais ses gencives avaient fini par cicatriser. Ayant grandi dans la moiteur de Baton Rouge, en Louisiane, il appréciait les climats rigoureux. Il avait hâte que son film soit projeté devant un vrai public.

En ce temps-là, Park City n'était qu'une petite station de ski minable, pâle copie d'Aspen, ramassis d'immeubles ternes encerclés de bungalows pour nouveaux riches disséminés sur les collines alentour. Ville minière au XIXe siècle, Park City se transformait à vitesse grand V en parc d'attraction avec fausses façades en bois style western alignées le long de la rue principale. Sur les enseignes des restaurants – Le Prospecteur, La Taverne de l'Ouest et j'en passe –, des personnages hirsutes et moustachus vous lançaient des regards menaçants. On se serait cru sur le plateau d'un *John McCabe* réalisé par Disney plutôt que par Robert Altman. Joyau de la couronne quelque peu terni, l'Egyptian Theater, réplique construite en 1926 du vieux cinéma de la Warner à Pasadena, était situé en haut de la rue principale et constituait la salle de projection de prédilection lors du festival. À tous les coins de rue, on tombait sur des réalisateurs bedonnants venus là pour tenter de fourguer leur film au premier venu.

En 1985, la Fondation Sundance avait pris les commandes du Festival du film américain, qui périclitait, bien que Redford ait souvent ouvertement critiqué le principe des festivals. Trop de battage médiatique, trop de compétition, etc. Pourtant, il avait fini par se laisser convaincre par la logique de l'argument : jusque-là, la Fondation Sundance ne s'intéressait qu'à l'aspect « développement » de l'équation. En faisant l'impasse sur le marketing, la distribution et la diffusion, elle se tirait une balle dans le pied. « On craignait vraiment que Sundance soit perçu comme le projet utopiste d'une bande de hippies, sans aucun impact sur l'industrie du film indépendant aux États-Unis », renchérit l'ancien directeur du festival, Sterling Van Wagenen. « Si un arbre tombe dans la forêt mais que personne ne l'entend, est-ce qu'il fait vraiment du bruit ? À moins de trouver son public, un film n'a aucun impact », explique le réalisateur Sidney Pollack.

Chaussé de vieilles bottes éraflées, vêtu de plusieurs couches de pulls, de jeans, et d'un cache-poussière en coton lui arrivant aux chevilles, Soderbergh cheminait prudemment le long des rues couvertes de givre et bordées de congères crasseuses. Ses oreilles proéminentes se nichaient entre les longues boucles auburn qui lui encadraient le visage comme un halo de barbe à papa. Ses lunettes à verres épais étaient perchées sur un nez aquilin, lui-même en équilibre sur des lèvres fines. Sa silhouette dégingandée lui donnait l'air, selon la description peu flatteuse d'un journaliste, « d'une cigogne à cheveux roux ». Il s'était toujours trouvé sans charme. Un jour, en visionnant une scène de son propre film, il se passa les mains sur le visage, se tapota les joues et s'exclama : « Regardez Jimmy [Spader] et Andie [MacDowell], ils ont des pommettes, eux. Moi, par contre, zéro [2]. » Pourtant, en dépit d'un certain manque d'harmonie, l'effet d'ensemble n'était pas déplaisant. Ses yeux respiraient l'intelligence, il avait un charme fou et un sens de la dérision très poussé.

Le Festival du film américain était l'un des rares à se consacrer exclusivement au cinéma indépendant américain, qui, à l'époque, n'intéressait personne, hormis une bande de passionnés dévoués corps et âme. Il s'agissait alors d'un petit festival pépère et pas encore de l'événement où un jour se feraient et se déferaient les carrières des cinéastes. Peu de films projetés trouvaient un distributeur ; les scénarios qui, après un passage par les séminaires, finissaient par être produits étaient encore moins nombreux, et certainement pas de nature à révolutionner le monde du cinéma. Quelques rares attachés de presse et journalistes faisaient le déplacement, mais aucun agent. Il n'y avait aucune raison d'assister au festival : à de rares exceptions près, les films que l'on y voyait étaient loin d'être mémorables. Même les critiques, qui assistaient à tous les festivals par obligation, comme on rendrait visite à un ami malade, perdaient patience. John Powers, dans un article de *Film Comment*, éreintait l'édition de 1987, à son avis plus intéressante pour « le ski et les soirées [3] » que pour les films, et accusait le cinéma indépendant d'avoir « sombré dans une médiocrité et une complaisance telles que la moindre prises de risques était exclue ».

Le film de Soderbergh, qui avait coûté 1,2 million, somme astronomique pour un film indépendant à cette époque, avait failli ne pas être sélectionné. Hormis le fait qu'il avait été tourné à Baton Rouge, ce qui en faisait un film « régional », il n'avait pas le profil adéquat. Autant à dessein que par défaut, Sundance était devenu abonné à l'espèce de populisme édulcoré qui se perpétuait depuis les années soixante, celui de *Northern Lights* et *Heartland*. Les chevaux de bataille de Sundance – comme *Gal Young'Un, El Norte* et *The Ballad of Gregorio Cortez*, que Lory Smith, l'un des membres du jury de sélection, décrivait avec admiration comme des « films profondément humains, socialement responsables [4] » – véhiculaient les valeurs de l'Amérique profonde, politiquement correctes. Ils accordaient plus d'importance au fond qu'à la forme et traitaient de problèmes sociaux loin de passionner les foules. C'était *La Petite Maison dans la prairie* pour adultes, avec la plupart du temps Colleen Dewhurst, Richard Farnsworth et Wilford Brimley, ou d'autres acteurs du même acabit dans les rôles principaux. Parfois, un réalisateur chanceux arrivait à embaucher Sam Shepard pour jouer au bouseux devant sa caméra.

On considérait par conséquent le grand prix du Jury, rarement attribué au meilleur film mais plutôt au film le plus consensuel, comme le baiser de Judas. En 1987, le prix du Meilleur Film fut attribué au paralytique *Waiting for the Moon*, de Jill Godmilow, et l'année suivante à *Heat and Sunlight*, de Rob Nilsson. Cette année-là, le festival avait encore repoussé les bornes de la médiocrité que l'on croyait pourtant avoir atteintes depuis longtemps grâce à une sélection de films dont l'intrigue n'était visible qu'à la loupe – *Rachel River* ou *The Silence at Bethany*, qui se déroulait chez les mennonites et relatait la crise provoquée par une livraison de lait un dimanche. Beaucoup de distributeurs fuyaient le festival comme la peste. Quand les patrons de Cinecom, par exemple, ou de la Samuel Goldwyn Company, pensaient tenir un film à succès, ils ne le présentaient pas à Sundance de crainte qu'il ne soit stigmatisé et qualifié de « film d'auteur ». Déjà, en 1989, c'était recevoir le coup de grâce que d'obtenir ce label, et cela ne présageait rien de bon pour la suite. On avait prié Soderbergh de qualifier *Sexe, mensonges et vidéo* de « film spécialisé ».

Pourtant, personne dans ce film-là ne portait de salopette ; il se déroulait au contraire en milieu urbain, parmi les yuppies de Baton Rouge. Soderbergh avait été soutenu par Marjorie Skouras, directrice du département achats de droits chez Skouras Pictures, qui avait réussi un coup d'éclat en distribuant *Ma vie de chien*, de Lasse Hallström, en 1985 (avec à la clé la coquette somme de 9,1 millions de dollars de recettes). Dans les années quatre-vingt, les quelques distributeurs ayant investi de l'argent dans la production, dont Cinecom, firent faillite ; les autres achetèrent les droits de films découverts dans des festivals et financés par d'autres. Les ventes se déroulaient dans une atmosphère courtoise, sans pression aucune, et les vétérans se remémorent cette époque avec nostalgie. Skouras adorait son travail. Elle raconte : « Les gens étaient passionnés pour les bonnes raisons : l'art, les cinéastes, l'enthousiasme à l'idée de toucher le public. Les films intéressants ne coûtaient pas cher. Le marché n'était pas dominé par l'argent[5]. »

Skouras étant membre du comité de sélection de Sundance, Nancy Tenenbaum, une amie et l'une des productrices de *Sexe, mensonges et vidéo*, lui demanda de jeter un coup d'œil au film. Ce n'était encore qu'une ébauche et aucun acteur de renom n'apparaissait au générique. N'en attendant rien de particulier, Skouras le visionna sur son magnétoscope un soir avant d'aller se coucher et ne fut pas déçue ! Le scénario était mince, l'action rare et le sexe quasi inexistant, en dépit du titre provocateur. Juste des conversations sur le sexe. Elle fut décontenancée.

Tenenbaum comprit sa réaction : elle avait eu la même en parcourant le scénario pour la première fois. « On aurait dit un brouillon, explique-t-elle, avec de longues tirades, des tonnes de monologues[6]. » Puis Soderbergh l'appela et la persuada de le rencontrer. Elle s'en souvient comme d'un sosie d'Elvis Costello, avec sa chemise boutonnée jusqu'en haut, d'un type ringard, ou rétro, plutôt, si l'on était d'humeur généreuse. Il ne pouvait desserrer les mâchoires pour parler à cause des points de suture de ses gencives. Il vivait en véritable célibataire, se nourrissait de raviolis et de cassoulet. Pourtant, il fit bonne impression à Tenenbaum. Il lui dit exactement ce qu'il pensait, parut décidé à devenir réalisateur ; c'était un diamant brut. « Il n'a pas la langue dans la poche, se montre extrêmement rationnel, explique-t-elle. Il ne fait pas dans le sentimentalisme, n'aime pas simplifier les choses ou les détailler *ad nauseam.* » Elle accepta de l'aider. Mais Tenenbaum eut énormément de difficulté à financer un film dont le héros est un impuissant qui filme des femmes en train de raconter leurs expériences sexuelles et prend son pied en visionnant les cassettes. « Presque toute la profession a rejeté *Sexe, mensonges et vidéo*, se souvient-elle. Beaucoup pensaient que c'était un film de pervers. L'une de mes amies, qui n'a pourtant rien de prude, l'a trouvé infâme. Elle m'a dit : "C'est carrément dégoûtant, Nancy, qu'est-ce qui te prend de t'impliquer dans un projet pareil ?" L'idée que je faisais peut-être quelque chose de mal m'a traversé l'esprit. »

Quelques jours plus tard, Skouras déjeunait avec Larry Estes, vice-président du département achats de droits chez RCA/Columbia Home Video, principal investisseur dans le projet ; au même titre que Bobby Newmyer et Nick Wechsler, il figurait au nombre des cinq producteurs que le film avait accumulés au fil de son lent et tortueux parcours vers l'écran, tel l'escargot laissant un sillon baveux dans son sillage. Même si les partisans de Soderbergh l'encourageaient poliment, personne ne disait au réalisateur qu'il avait fait un film formidable [7]. On se contentait de remarques comme « Ce n'est pas mal » ou « Tu n'as pas à rougir de ton travail – ah ! au fait, il est encore trop long ». Aucun des producteurs ne pensait que le film avait un véritable potentiel commercial. Estes, qui avait conservé ce qu'il estimait être l'atout principal de *Sexe, mensonges et vidéo* – les droits vidéo –, cherchait simplement à récupérer sa mise, d'autant que, selon lui, Soderbergh n'avait pas tenu sa promesse d'inclure des scènes de nu. Des mois auparavant, lorsqu'Estes avait visionné les bouts d'essai de Laura San Giacomo, il avait demandé au réalisateur : « Est-ce que les scènes de nu vont lui poser problème [8] ? » Sans hésiter, l'autre l'avait assuré que non. « Elle joue tous les soirs au théâtre dans *Beirut* ; elle est nue sur scène pendant presque toute la durée de la pièce. » Mais, en regardant les rushes, Estes ne trouva pas ce qu'il cherchait. Il appela Soderbergh et lui demanda : « Vous êtes sûr de m'avoir donné toutes les séquences ? Parce que je n'ai pas vu de fesses. Comment ça se fait ?

– Il n'y en a pas, c'est tout.

– Pourquoi pas ?

– J'ai décidé que ce n'était pas la peine. Moins les scènes seront explicites, plus le film sera érotique.

– Vous avez l'obligation de tourner ce qui est dans le scénario. Nous avons un problème, je le crains. »

Soderbergh était agacé qu'Estes ne le félicite pas sur l'esthétique impeccable de ses rushes et se contente de lui demander où étaient passés les nichons.

Estes demanda à Skouras de distribuer le film, lui offrit même un « contrat de service » – type de distribution pour laquelle le producteur ne perçoit aucune avance et paie même le coût des bobines et de la publicité. D'après Jeff Lipsky, chargé de la distribution chez Skouras Pictures, « RCA/Columbia était sûre que le film ferait un bide [9]. » Margie avait des doutes, mais découvrit que, plus elle pensait au film de Soderbergh, plus elle l'appréciait. Lipsky, prompt à s'emballer, le visionna à son tour et se montra extrêmement enthousiaste. Il se dit : « C'est le meilleur film indépendant américain jamais tourné. Je suis soufflé. » Il alla voir Tom Skouras, lui dit : « Je parierais le futur de la compagnie sur ce film. » Mais son patron refusa de lui donner le feu vert pour en acquérir les droits. Tom, le beau-père de Margie, n'était autre que le neveu du légendaire Spyros Skouras, qui avait fait fortune dans l'exploitation de salles et contrôlé la Twentieth Century Fox jusque dans les années soixante. Certains pensaient que Tom se passionnait davantage pour sa collection de voitures de courses que pour la distribution de films. Lipsky raconte : « Il répugnait à prendre des risques, et Margie savait que le convaincre d'acheter un film dont les droits vidéo n'étaient même plus disponibles était une tâche digne de Sisyphe. Elle avait eu les pires difficultés trois ans auparavant à obtenir de lui qu'il avance la somme hallucinante de 45 000 dollars pour *Ma vie de chien.* »

Margie pensait que le film était suffisamment bon pour être sélectionné au festival et dit au directeur, Tony Safford : « Tu devrais vraiment le voir, c'est novateur[10]. » Safford, homme intelligent, sûr de son bon goût et à la limite de l'arrogance, accepta de le visionner. Bien qu'il détestât les films régionaux que Sundance adorait et se vantât de ses goûts éclectiques et peu banals, le film de Soderbergh le laissa froid. Pourtant, Margie insistait : « Fais-moi une faveur et prends-le, j'y crois très fort. » Safford finit par céder, et *Sexe, mensonges et vidéo* fut en 1989 le seizième et dernier film à entrer dans la sélection du Festival du film américain.

Dans la courte et terne histoire du festival, cette édition allait se révéler mémorable. Parmi les autres films en compétition, on trouvait *True Love*, de Nancy Savoca, avec Annabella Sciorra ; *Apartment Zero*, de Martin Donovan, avec Colin Firth et Hart Bochner ; *Powwow Highway*, de Jonathan Wack, dont le producteur exécutif n'était autre que George Harisson ; *Prisoner of Inertia*, de Jeffrey Noyes Scher, avec Amanda Plummer ; et *Fatal Games*, de Michael Lehmann, avec Winona Ryder, Shannen Doherty et Christian Slater – choix vraiment douteux étant donné le pedigree hollywoodien de ce dernier film. Même en ces temps relativement innocents, juste avant l'invention du téléphone portable, on trouvait des stars de second ordre ou des graines de stars au générique de la plupart des films. Les budgets allaient de 15 000 dollars, pour *Morgan's Cake*, de Rick Schmidt, à 3 millions, pour *Fatal Games*. Safford fit les honneurs d'une rétrospective à Cassavetes, considéré par beaucoup comme le père du cinéma indépendant américain.

La première de *Sexe, mensonges et vidéo* eut lieu le dimanche 22 janvier à 22 heures au Prospector Square, petit cinéma exigu à quelques kilomètres du centre-ville de Park City. Avant que les lumières ne s'éteignent, Soderbergh s'éclaircit la gorge puis se lança dans les mises en garde d'usage : le film était encore trop long, le mixage du son en cours, le générique encore composé de simples photocopies. Les rencontres en petit comité le rendaient toujours nerveux, mais ce type d'événement ne semblait pas le perturber. Il était fataliste : le film était ce qu'il était. Lorsqu'Anne (Andie MacDowell) et son psy (Ron Vawter) apparurent à l'écran, au moins un spectateur se dit : « Oh, non, encore un de ces films indépendants rasoirs », avant de sombrer dans un profond sommeil. Mais, après une vingtaine de minutes, le film trouva son souffle, et le public sembla accrocher. Après la projection, Soderbergh monta sur scène pour répondre aux questions. Il n'était pas encore sûr du titre, source de tension entre RCA/Columbia Video et lui ; les producteurs craignaient qu'il ne soit trop passe-partout et ne sente à plein nez le film destiné au marché vidéo. Il se souvient : « Ils en étaient arrivés à me dire : "Tu sais, on pourrait garder les deux premiers termes, 'sexe' et 'mensonges', ça, c'est bon. Mais le troisième, il faudrait peut-être le remplacer." Et moi, je répondais : "Par quoi ? *Sexe, mensonges et oxyde magnétique ?*[11]" » Soderbergh en avait envisagé d'autres, dont le facétieux *Hair and Plants* (tous les acteurs avaient des cheveux magnifiques et s'offraient des plantes pendant tout le film), mais aucun ne semblait convenir. Environ la moitié des spectateurs se prononça en faveur d'une modification. Bien qu'il ait été encore trop tôt pour avoir une base de comparaison solide, Soderbergh était soulagé : au moins, il n'avait pas quitté la salle sous les huées. Impressionnés par son film, les deux jeunes producteurs Ron Yerxa et Albert Berger l'invitèrent à déjeuner deux jours plus tard et voulurent savoir s'il avait un autre projet en tête. Soderbergh évoqua *King of the Hill*, de A. E. Hotchner, un roman d'apprentissage situé à Saint Louis pendant la grande dépression.

Sexe, mensonges et vidéo arriva à point nommé pour le Festival du film américain et la Fondation Sundance, société à but non lucratif. À deux ans de son dixième anniversaire, le festival tentait de survivre à moult faux départs, erreurs de parcours et impasses. La direction de la fondation était depuis longtemps empêtrée dans une crise apparemment insoluble. Redford, obsédé par le pouvoir, ne semblait pas en mesure de diriger la fondation lui-même et semblait pourtant incapable de confier les rênes à un tiers. Le directeur n'était autre que le cousin de sa femme, Sterling Van Wagenen, homme charmant à l'allure juvénile, aux mèches blondes ébouriffées, plus passionné qu'expérimenté. Ancien directeur du Festival du film américain, il possédait un atout encore plus important : il faisait partie de la famille de Redford, ce qui apaisait la méfiance de la star. « Bob est complètement parano et ne fait confiance qu'aux béni-oui-oui [12] », raconte Maria Schaeffer, administratrice de la fondation pendant quatre ans avant d'être virée, expérience décevante qui l'a rendue amère. « Sterling est un homme vraiment charmant et complètement désorganisé : il était tout à fait à sa place à Sundance. »

Au départ, Van Wagenen n'avait été qu'un administrateur plein de déférence pour le conseil d'administration où siégeaient réalisateurs indépendants, personnalités de Hollywood et dirigeants de la fondation. Mais il apprenait vite. Selon une de mes sources, « Sterling est un type très ambitieux ; il a compris dès le départ que les membres du conseil d'origine, tous beaucoup plus expérimentés que lui dans le domaine cinématographique, représentaient un danger potentiel pour lui car ils pouvaient lui mettre des bâtons dans les roues [13] ».

Les membres du conseil pouvaient être reconduits à leur poste… mais certains plus que d'autres : en l'espace de quelques années, un certain nombre de mandats – ceux des indépendants – ne furent pas renouvelés. Plusieurs membres fondateurs du conseil se sentirent trahis. L'un d'eux, Annick Smith, appartenait à la « famille » Sundance, et la fondation aspirait à développer et même à produire des projets de l'acabit de *Heartland*, qu'avait produit Smith. Au cours des premiers festivals, elle prenait part à tous les séminaires, apportait des projets, était toujours là quand on avait besoin d'elle. « Le concept de départ n'a pas fait long feu, expliquait-elle en 1990. Sundance ressemblait de plus en plus à Hollywood. Je n'y suis pas retournée depuis. Je n'y ai pas été conviée [14]. » Un autre membre du conseil ajoute : « Ils ont éliminé ceux qui ont créé la fondation, qui ont sué sang et eau pour la faire exister et se sont vraiment impliqués, les visionnaires et les passionnés. Nous sommes plusieurs à y avoir investi énormément de temps et, au final, tout ce que nous en avons tiré, c'est une médaille en chocolat. »

En outre, le numéro du « type ordinaire » joué par Redford commençait à fatiguer certains membres du conseil. D'après l'un de ses proches collaborateurs, « Bob voudrait être perçu comme un membre de la bande, mais il a aussi un côté monarque. Il vous le fait sentir à travers tout un tas de signes subtils : à sa façon de quitter la pièce au beau milieu de votre exposé, de rédiger des notes pendant que quelqu'un d'autre prend la parole, à sa façon de faire un discours de quarante-cinq minutes après s'être tu pendant une demi-heure, puis de s'en aller comme si la messe était dite. Bob disait souvent : "Ce festival n'est pas celui de Robert Redford ; c'est votre festival à vous tous." L'intention était louable, mais nous savions qu'il n'en pensait pas un mot [15] ».

Quoiqu'en disent ses détracteurs, Van Wagenen était un type honnête et l'un des personnages clés du festival en ce temps-là. Mais il ne tarda pas à piaffer d'impatience. Au début, il se contentait de faire ce que Redford lui demandait, le plus consciencieusement du monde. Cela dit, ce dernier se trompait en croyant que Van Wagenen n'avait pas d'ambition personnelle. Les deux hommes faillirent en venir aux mains à propos du scénario de *The Giant Joshua*, qu'ils avaient lu à l'occasion du tout premier séminaire, en 1981. Les séminaires réservés aux réalisateurs se tenaient une fois l'an, en juin, et constituaient l'épine dorsale de Sundance. On partait du principe que les indépendants avaient quelque chose à dire mais manquaient de talent pour le faire, et qu'au contraire Hollywood n'avait rien à dire mais du talent à revendre pour exprimer ce « rien ». Le séminaire mettait les deux partis en contact, les indépendants apportant des scénarios prometteurs qu'ils s'employaient à retravailler, diriger, tourner et monter, épaulés par des artistes hollywoodiens de premier ordre ou « référents ». Sundance offrait un grand bol d'air aux pauvres méritants de Hollywood. Environ sept scénarios furent choisis pour le coup d'essai, en 1981. Au début, c'était le règne de la débrouille, dans ces séminaires. Chaque jour voyait son lot d'improvisation tandis que la station de ski se transformait en scène de théâtre. Le magasin de location de skis, par exemple, devenait salle de projection. « Pendant la journée, on transformait le restaurant en salle de répétition », se souvenait Redford avec émotion en 1990. « Le soir, nous remettions les meubles en place. Nous sortions le camion des pompiers de la caserne et tournions dans le hangar. C'était vraiment à la dure [16]. »

The Giant Joshua, adapté par John et Denise Earle, s'inspirait de la saga écrite en 1940 par Maureen Whipple et sur laquelle le couple avait mis une option. Le scénario relatait les aventures de trois générations de pionniers mormons. Selon Denise, une semaine après la fin du séminaire, ils furent contactés par un porte-parole de Redford, qui voulait acheter leur script. Redford « était agacé lorsque nous avons acheté les droits, se souvient-elle. Il avait l'air de dire que le scénario ne valait rien, qu'il allait nous en débarrasser. Nous étions censés être flattés qu'il s'y intéresse et nous retirer. On se sentait complètement minables [17] ». Puis, toujours selon Denise, Van Wagenen leur fit une offre plus intéressante pour le même scénario : il souhaitait le produire lui-même, tout en prévoyant un intéressement financier pour les Earle. Ils firent affaire. En 1984, John Earle succomba à une crise cardiaque, et il fallut mettre le projet en attente. En octobre de la même année, Van Wagenen prit un congé exceptionnel pour produire *The Trip to Bountiful*, écrit par le chouchou de la fondation, Horton Foote, et réalisé par Peter Masterson. En l'absence de Van Wagenen, Redford était seul maître à bord. Mais « Redford n'était pas là quand on avait besoin de lui, explique Safford. Il n'était pas simplement difficile à joindre : il se livrait à un véritable jeu du chat et de la souris, jouait avec vos nerfs [18] ». En janvier 1985, la star leva le camp pour aller tourner *Out of Africa*. Comme le raconte l'un des anciens membres du conseil, « il n'y avait plus de pilote dans l'avion Sundance ».

Trip to Bountiful obtint un succès phénoménal (Geraldine Page remporta l'oscar de la Meilleure Actrice), et Van Wagenen réintégra Sundance en 1986. Redford, qui n'avait pas apprécié de le voir partir, ne sembla pas très heureux de le voir revenir. Enhardi par son succès en tant que producteur, Van Wagenen essaya de relancer le projet *Giant Joshua*. « Ce scénario nous avait ensorcelés, c'était un philtre puissant dont l'effet sur les gens était assez incroyable, se souvient Redford. Sterling m'a demandé si je voulais faire le film et j'ai répondu : "Oui." Il m'a demandé s'il pouvait se charger de la production et j'ai répondu : "Oui." Une fois les droits en poche, Sterling est devenu plus ambitieux. Au début, il devait développer le projet pour moi pendant que j'étais pris par ailleurs. Très vite, il a voulu se charger de la production en me laissant le soin de réaliser ; et puis il a voulu réaliser tout court. En moins de deux, il m'excluait du projet tout en me demandant d'y faire participer ma compagnie. Cela revenait pratiquement à me forcer la main. Ça a été la cause de notre dispute [19]. »

Le soutien de Redford avait permis à Van Wagenen de monter le plan de financement avec Carolco, compagnie désireuse de faire oublier qu'elle était sortie de la cuisse de Rambo au printemps 1987. Van Wagenen avait confié le premier rôle féminin à Vanessa Redgrave. « Les circonstances étaient idéales. Si seulement Bob avait eu confiance en mes talents de réalisateur… déplore Van Wagenen. Nous étions prêts à démarrer – à dix jours seulement du début des préparatifs de tournage. Et là, Bob a fermé les vannes [20]. » D'après Michael Hausman, qui aurait dû produire le film, « Redford a dit à Carolco que cela n'allait pas être possible. Il pensait que le budget était insuffisant, ce qui était complètement ridicule. Il a créé [tant d'] obstacles que les capitaux ont fini par s'envoler [21] ». Selon Denise Earle, « Redford ne voulait pas que Sterling vole de ses propres ailes. Il voulait qu'il reste son larbin [22]. » Van Wagenen resta membre du conseil d'administration jusqu'en

1988. Ironie du sort, avec le recul, il a changé d'avis sur sa participation à l'aventure. « Parce que nombre d'entre nous avons grandi pendant les années soixante, nous rêvions d'un système ouvert, dont le fonctionnement serait transparent, et dont les réalisateurs indépendants feraient partie intégrante, explique-t-il. Je me souviens des premières réunions avec Victor Nunez, Moctezuma Esparza, Larry Littlebird et Annick Smith : ils avaient une idée claire de la direction dans laquelle Sundance devait aller. Mais ces gens-là ont été évincés. Le dernier conseil d'administration auquel j'ai participé s'est tenu dans une salle de conférence chez CAA, à Beverly Hills. Joe Roth était assis à ma droite, Mike Ovitz à ma gauche ; mais il n'y avait pas un seul réalisateur indépendant dans la salle[23]. » La fondation pâtissait de l'intérêt de Van Wagenen pour la production et de ses mauvaises relations avec Redford – aujourd'hui, ce dernier ne prend plus ses appels. D'après Howard Klein, de la Fondation Rockefeller, ancien membre du conseil d'administration, « en 1984, 1985 et 1986, il n'y avait personne aux commandes[24] ».

En 1985, Redford engagea Gary Beer, ancien lobbyiste à Washington, pour remettre de l'ordre dans la pagaille. Homme replet au physique quelconque, aux longues mèches rebelles lui tombant négligemment sur le front et aux lunettes d'aviateur surdimensionnées, Beer venait d'un univers complètement différent ; il fit à certains l'effet d'une bouffée d'air frais. Suzanne Weil, directrice du festival entre 1989 et 1990, déclare : « Il était plus drôle et plus branché que la majorité des membres du conseil[25]. »

Beer devint vice-président-directeur, et il ne fallut pas longtemps avant que réalité (la gestion au quotidien d'une organisation à but non-lucratif sans le sou) et glamour (la récolte de fonds, requérant de frayer avec les célébrités) ne se télescopent. D'après plusieurs de mes sources, Beer – qui gagnait environ 100 000 dollars par an – avait les habitudes dispendieuses d'un dirigeant de studio hollywoodien. Maria Schaeffer, engagée par Beer, explique : « Gary Beer n'a qu'un seul but dans la vie : se vanter qu'il travaille pour Redford. Il était prêt à tout pour le satisfaire. C'était "oui, Bob" par-ci, "oui Bob" par-là [26]. » Beaucoup en voulaient à Redford de devoir supporter Beer. « Bob avait des œillères [27] », raconte une de mes sources. Beer jouait le rôle « du bossu qui manipule le prince charmant ».

Beer, aujourd'hui directeur général de Smithsonian Business Ventures, se défend avec emphase d'avoir eu un comportement inconvenant. La fondation « n'est pas l'une de ces organisations où 90 % du budget est destiné aux frais généraux. Nous étions très en dessous de la moyenne nationale, qui se situe autour de 15 ou 17 % [28]. » Aucune des pratiques de Beer n'était illégale, et, d'après Johann Jacobs, ancien directeur financier de Sundance, le problème n'était pas tant Beer en soi que « l'absence de limites clairement définies entre la fondation, la station et le Sundance Group [société à but lucratif destinée à trouver des débouchés financiers et commerciaux pour Redford]. Il était difficile de dire : "Ça, c'est bien, mais ça, c'est pas bien [29]." »

Les dépenses avaient beau être justifiées et les procédures comptables correctes, à tort ou à raison, l'impression générale de gâchis pesait lourd sur le moral des troupes. Un gouffre se creusait entre les cadres ambitieux, fréquentant les hautes sphères de la richesse et de la célébrité, et les jeunes employés idéalistes, exploités et traités comme des moins-que-rien. « Je travaillais là-bas depuis un an et demi quand Redford a prononcé mon nom pour la première fois [30] », raconte Schaeffer. Ceux qui essayaient de faire tourner la fondation avaient du mal à joindre les deux bouts. « Il y avait beaucoup de rancune, ajoute Cathy Schulman, programmatrice du festival au début des années quatre-vingt-dix, car les dirigeants de la société vivaient avec faste, tandis que, côté festival, on comptait chaque sou. Nous n'avions pas droit aux notes de frais. Impossible d'inviter un réalisateur à déjeuner. Nous prenions toujours les pires avions, aux pires horaires, avec le maximum de changements. » Il est même arrivé à Schulman de devoir partager une chambre d'hôtel avec un collègue. « C'était bizarre, un homme et une femme dans la même chambre, même s'il était gay. Il me disait de faire comme s'il était une fille. Et, quand son ami était du voyage, nous dormions à trois dans la même chambre [31] ! »

Au départ, il était question que la station, entreprise à but lucratif et propriété de Redford, finance la fondation. Mais la station n'avait jamais fait de bénéfices et, en fin de compte, son plus gros client n'était autre que la fondation, qui engloutissait un peu moins de la moitié du budget annuel des séminaires dans la location de bungalows et les frais de bouche. « Nous aurions pu obtenir les mêmes services à des prix plus intéressants en faisant appel à [des commerçants hors de la station], mais nous n'y étions pas autorisés, car il fallait participer au financement de la station [32] », explique Schaeffer. Ainsi, le modèle d'origine avait été complètement perverti : une institution à but non lucratif endossait le financement d'une entreprise peu lucrative.

Redford était tout à fait conscient du mécontentement ambiant. « Cela me rendait fou, explique-t-il. Je voulais instaurer un système égalitaire. Je n'apprécie pas du tout les flambeurs. J'ai mis Gary en garde à ce sujet [33]. » Cela dit, l'animosité à l'égard de Beer n'avait peut-être pas lieu d'être. Comme le précise l'un des anciens dirigeants de Sundance, « faire de Gary, ou de qui que ce soit d'autre, un bouc émissaire pour désamorcer les conflits au sein de l'organisation ressemble un peu à un tour de passe-passe. Bob est incroyablement doué pour rejeter les responsabilités sur les autres ; parce qu'en fin de compte c'est lui qui tire les ficelles. Toutes les routes mènent à Bob[34] ».

En 1988, Redford nomma Tom Wilhite (ancien vice-président de la production chez Disney) directeur, et Beer fut transféré au Sundance Group, apparemment parce que de nombreux chefs de département s'étaient plaints de lui. Wilhite ne fit aucun effort pour cultiver sa relation avec Redford ; il n'était pas du genre à lui demander la permission avant de se moucher, contrairement à ses prédécesseurs, et les deux hommes ne tardèrent pas à entrer en conflit. Chose étrange, la disgrâce de Wilhite pourrait bien avoir été causée par ce qu'on a appelé les « Great Movie Music ». Organisée par le compositeur David Newman et le nouveau directeur entre mars 1988 et fin 1989, cette série de spectacles connut un énorme succès. Au dire de tous, la soirée au Lincoln Center de New York aurait dû marquer un tournant dans la collecte de fonds mais devint une source de tension. Le Tout-Hollywood fit le déplacement, et des compositeurs de renom tels Maurice Jarre, Marvin Hamlisch et Henry Mancini se produisirent gratuitement.

Pourtant, Redford était mécontent. D'après l'un de ses employés, « il trouvait que cela faisait trop "Hollywood"[35] ». Il piqua apparemment une grosse colère parce qu'il refusait de porter un smoking, et parce que Charlton Heston, porte-parole de la National Rifle Association, était impliqué dans le projet – même si, comme le soulignent certains employés, Redford avait été averti de sa présence à l'avance, et à plusieurs reprises, sans jamais rien y trouver à redire. En tout cas, il refusa de quitter le salon vert du Lincoln Center pour venir accueillir les donateurs. « Je les avais avertis : "Ne faites pas de moi le centre d'intérêt de cette soirée." Et, tout d'un coup, je me suis retrouvé en plein sous les projecteurs. J'ai été contrarié[36] », explique la star. « Bob est profondément intègre », explique Van Wagenen, qui a sans doute mieux connu Redford que quiconque. « Son instinct lui a dit qu'une personne bénéficiant d'une certaine visibilité et d'un pouvoir au sein de l'industrie devait soutenir les indépendants. Être un personnage public n'est pas évident pour lui et, dans ce genre de situation, il peut devenir irritable. Cette irritation tourne même à la haine, parfois [37]. »

Le nom de Redford avait un tel pouvoir que, dès le départ, la fondation reposa entièrement sur lui pour son financement. Mais la star trouvait humiliant de faire la manche. Un jour, au début des années quatre-vingt, il rendit visite à Marvin Davis, patron de la Fox à l'époque, pour solliciter un don. Davis regardait du football américain à la télévision et semblait plus intéressé par le match que par Redford. « Il m'a dit : "Écoute, je vais te donner l'argent, parce que c'était assez important à tes yeux pour que tu prennes la peine de te déplacer", se souvient la star. Et puis, il a ajouté : "Il y a quelques dames dans la piscine, pourquoi ne pas aller piquer une tête ?" C'est terrible, mais je l'ai fait. Il est vrai qu'en ce temps-là toute aide était bonne à prendre [38]. »

Malgré l'énorme succès du concert de New York – 600 000 dollars de recettes –, Redford tenta de faire annuler un spectacle similaire à Los Angeles (il ne céda que lorsque le Hollywood Bowl, qui avait déjà vendu des places, menaça de lui intenter un procès), et réussit à annuler celui de Chicago, où l'orchestre symphonique de la ville devait se produire. Fiers de leur travail, les employés considérèrent cela comme « un camouflet [39] », rapporte l'ancien comptable Gary Burr. Mary Cranney, directrice adjointe du développement, ajoute que l'attitude de Redford était souvent perçue ainsi : « C'était comme si Bob disait : "Voici mon rêve, mais ne venez pas me déranger : débrouillez-vous pour le financer [40]." »

« Redford ne congédie pas les gens, il cesse simplement de leur parler[41] », explique Safford. Il n'adressa plus la parole à Wilhite. Son limogeage rendit les employés furieux, mais ne les surprit pas. Sundance se retrouvait une fois de plus sans directeur. Comme la fin de l'année approchait, c'est un Redford mélancolique qui s'adressa à ses employés dans le *Sundancer*, le bulletin de la fondation. « Sundance, écrivait-il, est un endroit maudit, où les oiseaux refusent de nicher, où le soutien des entreprises locales n'existe qu'en théorie, où les cours d'eau s'assèchent ; la neige nous évite comme la peste, et les factures s'accumulent comme la suie dans une cheminée, mais, bon Dieu, j'aime cet endroit, je vous aime et c'est tout ce qui compte. Joyeux Noël[42]. »

BIEN QU'IL AIT PASSÉ quelques années à signer des scénarios à Los Angeles, à se débrouiller pour gagner un peu d'argent et faire avancer sa carrière, Soderbergh ne connaissait absolument personne à Park City. Il était fauché, ayant dépensé les 35 000 dollars et des poussières obtenus pour écrire, tourner et monter son film. Il n'avait même pas les moyens de louer une voiture et devait se déplacer en bus ou à pied. Il n'avait rien d'autre à faire qu'attendre la projection prévue pour le mercredi suivant et à laquelle devaient assister une poignée d'amis, ainsi que Peter Gallagher et Laura San Giacomo, deux des acteurs du film. À sa grande surprise, toutes les places étaient vendues une demi-heure avant le début de la séance, et une foule de spectateurs enthousiastes se pressait dans l'entrée du cinéma. C'était également la première projection à laquelle devaient assister les distributeurs, ce qui ne voulait pas dire grand-chose, car, en ce temps-là, très peu daignaient faire le déplacement jusqu'à la lointaine Salt Lake City. Parmi les courageux, on comptait Michael Barker et Tom Bernard, patrons d'Orion Classics. Soderbergh s'alarma de les voir quitter la salle au bout de vingt minutes. « Bon, eh bien je suppose qu'on ira direct sur le marché vidéo », se dit-il.

Assis par terre au fond de la salle, Ira Deutchman, un jeune homme de petite taille, frêle, agréable, avenant, semblait bien trop jeune pour avoir été l'un des membres de la troïka fondatrice de Cinecom. Quelques semaines auparavant à peine, à la mi-décembre, Deutchman en avait été honteusement évincé ; il était venu à Sundance à ses frais pour se refaire une santé. Sur le trajet de l'aéroport, il avait demandé au chauffeur de taxi : « Alors, vous avez entendu parler d'un bon film [43] ? » Sans hésiter, le jeune homme lui avait répondu : « Tout le monde parle de celui d'hier soir : *Sexe, mensonges et vidéo.* » Deutchman fonça tout droit à la projection suivante. Il remarqua Newmyer, l'un des producteurs du film, debout au fond de la salle. Deutchman savait que ni lui ni les compagnies de vidéo comme RCA/Columbia qui s'étaient lancés dans la production n'avaient d'expérience dans le domaine du marketing. Il flaira un créneau : il les aiderait à trouver un distributeur et leur servirait de consultant marketing. Il aborda Newmyer avec cette idée derrière la tête et lui proposa de travailler sur *Sexe, mensonges et vidéo.* « Excellente idée. Très intéressant », répondit le producteur.

Soderbergh, qui était du genre à voir le verre à moitié vide, minimisa les réactions positives à son égard : après tout, le public des festivals était d'ordinaire plus indulgent. Il craignait que le bouche à oreille positif généré par son travail ne se retourne contre lui et que les prochains spectateurs, attendant trop du film, ne soient inévitablement déçus. Pourtant, il ne pouvait rester insensible lorsque des inconnus l'abordaient dans la rue. Un homme lui demanda même si sa petite amie pouvait lui baiser les pieds [44].

Une semaine après l'arrivée de Soderbergh, *Sexe, mensonges et vidéo* fut enfin projeté à l'Egyptian. On s'arracha les places, du jamais vu au festival. L'engouement était tel que Soderbergh avait l'impression de s'être fait « piéger [45] ». Il se souvient : « C'était la première fois que je me sentais l'objet d'une telle attention. J'ai dû me battre pour sortir de la salle. À un moment donné, une femme m'a tendu sa carte en disant que, si j'avais besoin d'un endroit où dormir à Los Angeles, elle m'accueillerait volontiers. J'ai échangé un regard avec mon agent, Pat Dollard, qui m'accompagnait ; nous trouvions tout ça vraiment très bizarre. »

L'intérêt pour le film était palpable et semblait contagieux. Avec le recul, il n'est pas difficile à comprendre. *Sexe, mensonges et vidéo* incarnait le film indépendant par excellence : Soderbergh l'avait non seulement réalisé, mais il en avait aussi écrit le scénario, ce qui faisait de lui un véritable « cinéaste ». Qui plus est, l'intrigue s'inspirait de son histoire personnelle, évoquant certains aspects de sa vie privée auxquels il n'aimait pas beaucoup faire allusion. En 1987, à l'âge de vingt-quatre ans, il avait eu une révélation. « J'avais une petite amie que je trompais et manipulais. Je sortais simultanément avec un certain nombre d'autres femmes – c'était n'importe quoi. Avec le recul, je réalise que j'étais prêt à solliciter à peu près n'importe quelle femme, et puis, dès que c'était fait, elle ne m'intéressait plus… J'en étais arrivé au point où, assis dans un bar, il pouvait y avoir à moins de deux mètres de moi trois femmes avec qui je couchais. Six mois de plus à ce rythme – ça a duré presque un an – et je serais devenu au minimum alcoolique, avant de finir complètement cinglé… J'étais devenu le genre de type que je détestais en temps normal. Un jour, j'ai réalisé que ça ne s'arrêterait jamais. J'allais simplement tomber de plus en plus bas et finir par mourir d'une cirrhose ou me faire tirer dessus [46]. » Il entama une thérapie qui ne donna rien. S'il avait pu, il serait entré en cure de désintoxication pour menteurs repentis.

Sorti à la fin des années quatre-vingt, *Sexe, mensonges et vidéo* est le premier film de la génération X. Il tire à boulets rouges sur les yuppies de l'ère Reagan, ces prédateurs BCBG que Peter Gallagher incarne avec juste ce qu'il faut de suffisance, et prend le parti de Spader, l'alter ego de Soderbergh, menteur en voie de guérison, impuissant pour couronner le tout, mais doux et sensible, un homme tenaillé par la culpabilité, contrairement aux machos insolents à la Oliver North qui pullulaient dans les années quatre-vingt. Glandeur avant la lettre, désœuvré, sans argent, sans carrière ni ambition, Graham, le personnage de Spader, pourrait faire tenir l'ensemble de ses possessions terrestres dans le coffre de sa voiture. Pourtant, grâce au doigté de Soderbergh, ses préoccupations morales le rendent noble, surtout si l'on considère la vénalité du personnage de yuppie interprété par Gallagher.

En dépit de son côté schématique, de son manichéisme consensuel (le brave glandeur contre le méchant yuppie, auxquels s'ajoutent les deux sœurs, la gentille et la méchante, interprétées par MacDowell et San Giacomo), le film de Soderbergh fit mouche. Edward Norton le considère comme *Le Lauréat* de sa génération. Au souvenir de l'impact du film, il explique : « Il a capté l'esprit de l'époque, il exprime l'énergie d'une génération. Beaucoup se sont retrouvés dans l'attitude irrésolue de Spader, sa répugnance à s'engager, son espèce d'hébétement face à la complaisance dont avait fait preuve la génération de nos parents, par rapport à l'époque pourrie dans laquelle on vivait. Ce mec prend ses distances avec les normes de son milieu, il fait le choix de rester simple. Je me souviendrai toujours de cette réplique : "Une seule clé suffira." Les gens se sont complètement identifiés à ce sentiment[47]. »

Sexe, mensonges et vidéo n'est pas un grand film, mais un bon film. Évidemment, toujours prêt à faire son autocritique, Soderbergh ne peut ou ne veut pas lui rendre justice. « Lorsque je revois le film aujourd'hui, dit-il, on dirait qu'il a été tourné par un réalisateur qui se croit intelligent mais ne l'est pas vraiment. Pour moi, le fait qu'il ait suscité de telles réactions montre simplement qu'à l'époque il n'y avait pas grand-chose d'autre d'intéressant[48]. »

Le festival touchait à sa fin, mais on ne lui avait toujours pas fait d'offre. « C'était différent à l'époque, poursuit le réalisateur. Les studios ne se disaient pas : "Si je ne conclus pas d'accord aujourd'hui, le film va me passer sous le nez." C'était plutôt : "Voyons ce qui va se passer après le festival[49]". »

Comme la remise des prix approchait, la rumeur enflait : le film de Soderbergh allait obtenir le grand prix du Jury. Craignant le pire, le cinéaste refusait d'en entendre parler et, pour une fois, il avait raison. Le prix fut attribué à *True Love*, de Nancy Savoca, hommage inspiré à l'amour dans le Bronx. Puis, Paul Mazursky, le maître de cérémonie, annonça le lauréat du prix du Public de façon très dramatique : « Je l'ai vu et l'ai adoré : *Sexe, mensonges et vidéo*[50] ! » Visage cramoisi et oreilles écarlates, le réalisateur grimpa sur scène et marmonna quelques mots, remercia Marjorie Skouras et sortit fêter ça. Le lendemain, il repartait pour Los Angeles.

Pour le jeune homme, les dix jours passés à Sundance ressemblaient à un rêve. Il était toujours fauché, souffrait toujours des dents. Ses parents n'avaient jamais pris la peine de l'emmener consulter un dentiste. « À l'âge de neuf ans, raconte-t-il, j'ai eu une rage de dents et je suis allé chez le dentiste pour la première fois. Le type a eu peur. Pendant le tournage de *Sexe, mensonges et vidéo*, mon orthodontiste m'a annoncé que j'avais la mâchoire déboîtée. On a prélevé de la chair de mon palais pour la greffer sur les gencives qui avaient besoin d'être consolidées. C'était un véritable désastre, quatre ans de travail. J'ai dû porter un appareil pendant un an [51]. »

Un jour, un ami lui mit entre les mains cinq copies de la critique dithyrambique de Todd McCarthy dans *Variety*. Son agent reçut un appel de Sydney Pollack, qui l'avait lue et souhaitait voir le film. Sur ce, Soderbergh fut contacté par Barbara Maltby, productrice ayant des entrées chez Wildwood, la compagnie de production de Redford. Yerxa et Berger l'avaient mise sur la piste du film et lui avaient passé *King of the Hill*. Elle annonça à Soderbergh que Redford voulait travailler avec lui.

Le bureau de Don Simpson et Jerry Bruckheimer le contacta. Pour quelqu'un comme Soderbergh, les superproducteurs représentaient tout ce qu'il fallait fuir dans l'industrie, et il ne prit même pas la peine de les rappeler. « Ils sont pourris, à peine humains [52] », déclara-t-il à Terri Minsky, de *Rolling Stone*, quelques mois plus tard. Mais, comme il ne les connaissait pas personnellement, il dut faire publier des excuses fort embarrassantes.

Dollard, qui reçut cinq cents appels concernant Soderbergh en l'espace d'un mois, devait travailler nuit et jour pour pouvoir s'occuper aussi de ses autres clients. « C'est comme être le manager des Doors en 1967 », a-t-il déclaré à l'époque. Dollard fit passer le tarif de Soderbergh de 35 000 à 250 000 dollars pour l'écriture de scénario, à 100 000 dollars pour une réécriture, et à 500 000 pour une réalisation.

Soderbergh savait qu'il devait profiter de l'engouement qu'il suscitait avant que l'atmosphère ne redevienne glaciale, ce qui ne tarderait pas à arriver selon lui. Le 8 mars, il rencontra Pollack. Enthousiaste, n'en revenant pas, il lui recommanda la lecture de *The Last*

Ship, l'histoire d'un petit groupe de survivants de la Troisième Guerre mondiale, sorte de *On the Beach* sur les flots. Sur ce, Mark Johnson, directeur de Baltimore Pictures, la compagnie du réalisateur Barry Levinson, le contacta. Soderbergh lui confia qu'il s'interessait à *Kafka*, scénario de Lem Dobbs qui circulait depuis des années et bénéficiait d'un prestige considérable dans le milieu underground, mais dont personne ne voulait car il n'avait rien de commercial. Entre-temps, Pollack proposa *The Last Ship* à Casey Silver, de la Universal, qui accepta le projet courant avril. Soderbergh jonglait soudain avec trois projets. Sa brillante carrière se compliquait.

À la même époque, les distributeurs indépendants ne se croisaient pas les bras. Les acheteurs se bousculaient devant les bureaux de Larry Estes, de RCA/Columbia, installés dans un immeuble flambant neuf à l'angle d'Olive et Riverside, à Burbank. Les finances précaires de certaines de ces compagnies de distribution ne les rendaient que plus avides : *Sexe, mensonges et vidéo* représentait pour elles un enjeu vital. En outre, étant donné la réputation de leur film, Estes et Newmyer pouvaient se permettre d'être difficiles, position enviable s'il en est. Les deux producteurs accordèrent une heure à chacun des distributeurs de la ville et les regardèrent faire leur numéro. Barker et Bernard, d'Orion Classics, Janet Grillo, de New Line, Lipsky, de chez Skouras, se succédèrent devant eux. Bingham Ray, qui représentait Alive Films, fit un discours enflammé : « Nous ne sommes pas des nantis, contrairement à certains, mais nous en voulons ! Moi, en particulier, y a pas plus motivé que moi, plaida-t-il. Ce film me fait baver d'admiration. Je donnerais mon bras gauche pour l'avoir. Je vous ferais la meilleure offre possible si seulement je n'étais pas fauché ! Merci beaucoup [53]. » Inutile de dire qu'il n'obtint pas le contrat.

New Line offrit 200 ou 300 000 dollars, mais fut découragée par l'absence de droits vidéo et considéra *True Love*, de Savoca, comme un choix plus avantageux. Goldwyn aussi était enthousiaste. Comme Tom Skouras, Sam Goldwyn était l'héritier d'une des familles royales de Hollywood. Il avait la réputation de rechercher l'approbation des studios, de se soucier de leur opinion, de vouloir rester dans les petits papiers de la bande à Lew Wasserman. Goldwyn était un gentleman : distingué, magnanime et gracieux. Sa compagnie avait pour principe de ne pas verser d'avance sans obtenir de droits vidéo en contrepartie. Mais une petite compagnie tirant le diable par la queue et n'ayant rien de distingué, de magnanime ni de gracieux, contacta Estes et Newmyer. Elle s'appelait Miramax.

À LEURS DÉBUTS, en 1979, les frères Weinstein n'étaient que des charognards se jetant sur les films – n'importe quoi sur pellicule – auxquels les autres n'auraient pas touché, même avec des gants. Comme bien d'autres dans le milieu, ils ont quelques mauvais films érotiques sur la conscience, dont *I'm Not Feeling Myself Tonight* et *1001 Nights of Pleasure*. Le sexe faisait vendre, ils l'avaient compris. Si *Les Quatre Cents Coups* a changé la vie de Harvey, comme il le prétend, pour Bob le choc est venu de *Je suis curieuse (jaune)*, classé X pour nu intégral. Comme Bob l'a écrit dans *Vanity Fair*, les deux frères avaient remarqué « la présence d'une foule "d'amateurs d'art" qui ne seraient jamais allés voir de films sous-titrés s'il n'y avait pas eu ce petit quelque chose en plus [54] » – le sexe, pour ne pas le nommer. Ils achetaient des films classés X, souvent britanniques, à un prix convenable, les modifiaient pour attirer le public américain, avant de les vendre aux insatiables distributeurs de vidéo ou à des chaînes câblées comme Showtime et Cinemax, alors en plein essor. Lorsque Harvey tomba sur *Goodbye, Emmanuelle*, troisième épisode de l'interminable (et rentable) saga érotique avec Sylvia Krystel, il dut sourire à pleines dents et reprendre un sandwich au thon.

Les deux frères se tournèrent vers la distribution avec quelques films de concerts, dont l'un consacré à Genesis et l'autre à Paul McCartney. À son retour de Cannes, en juin 1981, Harvey passa par Londres, où il fit l'acquisition de *The Secret Policeman's Ball (The SPB)*, version filmée d'un concert de charité au profit d'Amnesty International auquel participaient entre autres les comiques les plus en vue d'Angleterre – Beyond the Fringe et les Monty Python, forts du succès de *La Vie de Brian* (1979) – ainsi que le musicien Pete Townshend. Les membres d'Amnesty, association au bord de la faillite, ne connaissaient rien au marché du cinéma, n'attendaient pas grand-chose du film, et n'espéraient pas obtenir d'avance – situation parfaite pour les Weinstein, qui l'exploitèrent à fond.

Le producteur du film, Martin N. Lewis, un Anglais flamboyant au débit de mitraillette qui tentait de percer comme comique lui-même, rencontra Harvey dans un hôtel de Mayfair. Même s'il n'avait pas vu le film, Harvey se montra terriblement enthousiaste, s'exclamant d'une voix caverneuse aux accents du Queens : « C'est fantastique, nous allons tout donner pour promouvoir ce film, déployer l'artillerie lourde, comme on l'a fait pour Paul McCartney [55] ! » Lewis fut dérouté mais reconnaissant de l'intérêt suscité par son bébé. Après avoir écouté Harvey bavasser pendant trente secondes, la surprise se mua en amour et il s'écria : « D'accord, vous avez gagné. » Des années plus tard, il se souvient : « C'était une décision impulsive. Ce type faisait preuve d'une telle énergie… Je n'ignorais pas qu'il existe des arnaqueurs professionnels sur cette terre, mais j'avais l'impression que lui, au moins, il allait assurer. »

Lewis commit pourtant une erreur. Il laissa échapper qu'il travaillait à une suite de *The SPB*. Harvey s'exclama : « Génial, fantastique ! » et, à partir de cet instant, il le relança chaque semaine : « Alors, et cette suite, elle avance ?

– Eh bien, nous allons nous y mettre…

– Pour quand est-ce prévu ?

– Pour septembre. Nous vous confierons peut-être la suite, mais voyons d'abord comment vous vous débrouillez avec le premier épisode.

– Martin, il va falloir y apporter quelques modifications.

– Des modifications ?

– Eh bien, certains de ces gags ne vont pas passer auprès du public américain. Nous allons devoir remonter le film. »

Lewis hésitait. Après tout, il s'agissait de sketches originaux et inédits des Monty Python. Mais Harvey n'avait aucun état d'âme, et après son intervention le film avait pratiquement fondu de moitié. Lewis ne comprenait toujours pas pourquoi Harvey était si avide de mettre la main sur la suite. Tournée par un véritable réalisateur, Julian Temple, pour un budget avoisinant les 120 000 dollars, contenant beaucoup plus de sketches des Monty Python et de musique – signée Sting, Eric Clapton, Jeff Beck, Phil Collins –, la suite s'intitulait *The Secret Policeman's Other Ball (The SPOB)*. Harvey appelait Lewis plusieurs fois par jour. Plein de sollicitude, il lui demandait : « Est-ce que tout va bien ? Que donne le nouveau film ? Les droits sont-ils disponibles ? » Lewis devait avant tout tenir ses engagements vis à vis d'Amnesty et obtenir le meilleur prix possible. Il était persuadé que *The SPB* ferait un malheur, et espérait vendre la suite à une major américaine en échange d'une avance considérable. Voilà pourquoi il faisait toujours la même réponse à Harvey : « Voyons comment vous vous débrouillez avec *The SPB*. »

Espérant trouver un acheteur, Lewis se rendit au Filmex, le Festival du film de Los Angeles, au mois de mars 1982. Au lieu de ça, il tomba sur Harvey, qui lui rebattit de nouveau les oreilles avec *The Secret Policeman's Other Ball* : « Vous devez absolument nous le confier, il nous le faut, donnez-le-nous. » À bout de force, Lewis céda. Niant toujours l'évidence, il demanda à Harvey : « Vous pensez à une sortie simultanée, c'est ça ? » Harvey répondit : « Non, pas du tout, ce serait trop long. Le public ne va pas passer trois heures à regarder deux films alors qu'on peut leur en proposer un seul. On peut gagner beaucoup plus d'argent avec un seul film s'il cartonne. » « Cartonner » était son expression préférée à l'époque. Au bout de six mois de travail en salle de montage, les Weinstein réussirent à réduire les deux films en un seul de cent minutes. Ils baptisèrent cette version *The Secret Policeman's Other Ball* en espérant qu'elle allait cartonner.

Harvey avait convaincu Lewis sur la foi de son expérience des films de concerts ; mais, lorsque le producteur commença à se pencher sur les films dont les Weinstein avaient assuré la promotion, il se demanda dans quel pétrin il avait bien pu se fourrer. *Spaced Out* ? *Goodbye, Emmanuelle* ? Bon Dieu, mais qu'est-ce qu'il faisait là ? « J'ai découvert qu'ils ne connaissaient strictement rien à la distribution, explique-t-il. Ils étaient passionnés, mais brassaient surtout beaucoup d'air. J'ai été consterné par leurs maquettes publicitaires : elles étaient nulles, de très mauvais goût. Sur l'une d'entre elles, les citations de différents critiques cinématographiques se succédaient sur un rouleau de papier-toilette. » Lewis dit aux deux frères : « En toute franchise, votre campagne de pub, c'est vraiment de la merde.

– Écoutez, je suis peut-être gros, mais pas débile. Vous pensez pouvoir faire mieux, c'est ça ?

– Honnêtement ? Oui. »

Lewis savait que Jerry Falwell avait fait campagne contre *La Vie de Brian*, des Monty Python, à sa sortie, en 1979. Tentant de créer lui-même une polémique en provoquant les conservateurs, le producteur britannique imagina un spot publicitaire mettant en scène Graham Chapman, l'un des comiques de la bande. Vêtu d'un costume trois-pièces très strict, Chapman était assis à son bureau sur fond de drapeau américain et faisait une déclaration du style : « Mes chers compatriotes, j'appartiens à la majorité bruyante. Je souhaite protester violemment contre ce nouveau film dégoûtant, *The Secret Policeman's Other Ball*. C'est sans aucun doute le film le plus obscène, lascif, écœurant depuis *The Sound of Music*. Il doit être interdit avant de faire de nous une nation de pervers ! » Sur ce, il se levait, dévoilant un tutu rose et des bas résille. Lewis fit part de son idée aux frères Weinstein en lançant : « Faisons interdire ce film ! » Il se souvient : « Bob et Harvey m'ont lancé un regard vide. Ils ne comprenaient rien à la publicité. Ils n'avaient jamais entendu parler de concept, d'angle d'attaque, de tendance, ni de truc publicitaire. Pour eux, la publicité se résumait aux critiques de films, aux affiches, à l'achat d'espace publicitaire. C'étaient des promoteurs de concert. »

Pourtant, ils donnèrent le feu vert à Lewis. Au mieux, ce dernier espérait récolter un entrefilet dans la presse. C'était sans compter sur la Coalition pour une meilleure télévision, de Donald Wildmon, qui, à l'époque, faisait campagne contre les grandes chaînes nationales. Frileuse, la filiale de NBC à New York refusa de passer le spot en invoquant une résolution du Congrès datant de 1941 et interdisant l'usage du drapeau américain dans les publicités. Lewis appela aussitôt l'équipe du *Saturday Night Live* qui, bien qu'un peu décrépite, était encore auréolée du succès obtenu durant les premières saisons de l'émission, et qui accepta de passer le spot dans la rubrique « Weekend Update ». Lewis raconte : « L'impact a été énorme ! Bob et Harvey ouvraient des yeux ronds comme des soucoupes. Eurêka ! Ils avaient enfin saisi en quoi consistait la publicité. "Martin, nous allions dépenser 5 000 dollars pour un spot sur une chaîne locale, alors que ça, c'est diffusé au niveau national : ça vaut 100 000 dollars." » Soudain, Lewis, à qui les Weinstein ne faisaient pas entièrement confiance jusque-là, était le meilleur. « Harvey m'appelait "le troisième frère". C'était comme être le cinquième membre des Beatles. Il y en a eu des milliers depuis, mais j'ai été le premier. »

La première de *The SPOB* eut lieu à New York le 21 mai 1982. Si l'on en croit l'encart publicitaire que les deux frères publièrent plus tard dans *The Hollywood Reporter*, le film rapporta 6 millions de dollars. Apparemment, Amnesty ne reçut qu'une infime partie de cette somme. Selon Lewis, « les entrées ne nous ont pas rapporté grand-chose, si je me souviens bien. Est-ce que l'association a touché chaque centime qui lui revenait ? Je l'ignore. Une bonne partie de la somme a été engloutie dans les frais, sans doute élevés, mais nous [à Amnesty], nous ignorions comment les évaluer. Est-ce que je pense que Harvey et Bob ont volé sans complexe 4 millions à une organisation luttant pour le respect des droits de l'homme, qu'ils ont arnaqué Amnesty International ? Non. Ils nous disaient que grâce au passage du film en salle, la publicité et l'enthousiasme pour la sortie en vidéo (et pour la diffusion télévisée) seraient décuplés. Est-ce qu'on était déçu, à Amnesty ? Nous n'espérions pas tirer grand-chose de ce projet, rien, même. Il n'y a pas de mots pour décrire la satisfaction qui, du coup, fut la nôtre. »

Se croyant futé, Lewis avait conservé les droits de diffusion télévisée et d'exploitation vidéo en imaginant pouvoir les vendre à un meilleur prix après la sortie du film. Harvey s'obstinait à vouloir les récupérer. Il revenait sans cesse à l'attaque, braillait : « Vous allez me vendre les droits…

– Non, pas question. Je veux attendre la sortie du film.

– Mais ils m'appartiennent…

– Ça ne fait pas partie de notre accord.

– Nous n'avons pas ménagé nos efforts sur ce projet. Nous formons une équipe. »

Lewis poursuit : « Il m'a rudoyé, m'a culpabilisé. À la fin de l'entretien, j'étais en nage. On aurait dit que je venais de vivre la partie de jambes en l'air la plus intense de toute ma vie. C'était horrible et agréable à la fois. Je me suis dit que ma copine allait me tuer. » Lorsque Lewis raccrocha, il avait accepté de céder les droits télé et vidéo à Harvey.

Les deux frères tirèrent le maximum de chaque scène du film, remaniant *The Secret Policeman's Other Ball* à l'infini, recyclant le produit original comme le faisaient les Indiens avec les bisons. En 1983, les frères Weinstein firent apparemment l'acquisition des droits d'exploitation cinématographique de *Monty Python, sacré Graal*, déjà vieux de huit ou neuf ans. Ils le ressortirent simultanément avec *The SPOB*, à l'affiche depuis déjà un an, et distribuèrent des badges frappés du slogan : « Faites le plein de Pythons ! » Ils engrangèrent ainsi encore plus d'argent. Pour nourrir l'insatiable monstre vidéo, ils montèrent les chutes des deux *Secret Policeman* pour en faire une cassette de quatre-vingt-dix minutes intitulée *The Secret Policeman's Private Parts*, qu'ils vendirent à Media Home Entertainment. Harvey et Bob recoupèrent même le gâteau en deux *best of* (« comédie » et « musique ») intitulés *The Secret Policeman's Private Party* et *The Secret Policeman's Rock Concert* qu'ils vendirent à une compagnie japonaise.

Contrairement à d'autres distributeurs qui, comme eux, avaient débuté en faisant les poubelles de compagnies plus riches, Harvey et son frère aspiraient à une certaine respectabilité intellectuelle et esthétique. Ainsi, quand au Festival de Cannes Harvey tomba sur *Eréndira* (1983), film brésilien tiré d'une nouvelle de García Márquez et réalisé par Ruy Guerra, il se jeta dessus. Comme l'explique Robert Newman, aujourd'hui agent chez ICM, mais à l'époque tout jeune diplômé de l'école de cinéma de l'université de New York, et chargé des basses besognes pour Miramax à 3,50 dollars de l'heure : « Que les négociations pour l'achat d'un film soient toujours en cours n'empêchait pas Harvey et Bob de vendre les droits vidéo à quelqu'un et les droits pellicule aux exploitants de salles. Ça revenait à s'acheter une vache en vendant son lait[56]. » Figuraient au générique d'*Eréndira* la légendaire actrice grecque Irène Papas et une petite nouvelle, inconnue mais sexy, Cláudia Ohana. Newman s'interrogeait, sceptique : « Comment allez-vous vendre ça ?

– Facile, répondit Harvey. On a un Prix Nobel d'un côté et du sexe de l'autre. On joue sur les deux tableaux. »

Harvey savait que García Márquez, homme de gauche critiquant ouvertement les États-Unis, s'était vu refuser un visa d'entrée par le gouvernement américain. Il exploita cette histoire, causant un esclandre : comment le ministère des Affaires étrangères pouvait-il refuser au Prix Nobel d'assister à la première de son propre film ? D'après Newman, il s'agissait de « faire passer le message sans forcément avoir à débourser un sou ». En jouant la carte Papas, Harvey parvint à faire accepter *Eréndira* au Festival du film de New York, tandis qu'il fourguait Ohana à *Playboy*. Engagé pour représenter le film, Reid Rosefelt, attaché de presse chevronné des réalisateurs indépendants, explique que Miramax « a retouché la poitrine d'Ohana pour qu'elle paraisse plus généreuse ! Là, je me suis dit : "Ça, c'est nouveau." Je n'avais jamais encore été témoin d'une telle volonté – revendiquée – de faire de l'argent sur le marché des films indépendants [57]. »

Le film de Guerra se débrouilla plutôt bien. Mais, plus important encore, avec le mélange de sexe, de controverse et de prestige qu'apportait la signature de García Márquez, le film devint une véritable référence pour Miramax, exactement le type de film que la société aspirait à distribuer, et le type de campagne marketing qu'elle mènerait pour les lancer.

Il était clair depuis le début que les Weinstein n'allaient pas se contenter de promouvoir les films des autres. Ces deux passionnés de cinéma étaient aussi des cinéastes frustrés, comme nombre de ceux qui s'échinent à distribuer des films indépendants. Avec l'aide de Harvey, Bob, qui se piquait d'écrire, s'attela à un scénario ayant trait au base-ball *(Grand Slam)* mais qui ne mena nulle part. En 1980, les deux frères commirent un ersatz de film *gore* (imitant la série des *Halloween* de John Carpenter) intitulé *The Burning*, dans lequel le gardien d'un camp de vacances taille en pièces une bande d'adolescents en rut à coups de sécateur. Harvey se chargea de la production et Bob s'autoproclama coscénariste.

À la fin des années soixante-dix, l'aîné des Weinstein avait fait l'acquisition d'un cottage à Crystal Beach, au Canada, à quelques kilomètres au nord de Buffalo, et c'est là que les deux frères entreprirent l'écriture du film qui, ils l'espéraient, lancerait leur carrière de cinéastes. C'était un mélange de comédie musicale et de film pour adolescents à la *Breakfast Club* : une bande de jeunes hérite d'une énorme maison décrépite dans une petite ville et la transforme en hôtel à thème. Librement inspirée des aventures des Weinstein dans leur Century Theater de Buffalo, l'histoire devient ensuite de plus en plus autobiographique. Leurs amis considèrent d'ailleurs *Playing for Keeps* comme la pierre de Rosette permettant de décrypter le caractère déconcertant des deux frères.

N'ayant aucune expérience de la réalisation, ils tournèrent une bande-annonce publicitaire de vingt minutes qu'ils emmenèrent à Cannes afin de trouver un financement. Alan Brewer, l'ami d'enfance de Harvey qui supervisait la musique du film et aurait dû figurer au générique comme producteur, se souvient : « Les gens les prenaient pour des fous de tenter l'aventure, étant donné leur expérience limitée dans le domaine ; pourtant, ça n'a fait que les motiver, surtout Harvey. "Vous me croyez fou ? Vous allez voir[58] !"» Harvey présenta le film sur la base de la bande originale sur laquelle, promit-il, se bousculeraient les groupes superstars dont les deux frères avaient fait la promotion à Buffalo. Que le film fasse un four n'avait aucune importance, expliqua-t-il : la bande originale vaudrait de l'or, sans parler des retombées des clips vidéo. Une compagnie basée à Londres, J & M Films, crut en lui et accepta de financer le film à hauteur de 4 millions de dollars environ.

Chaque tournage fonctionne grâce à un délicat système de pouvoir et de contre-pouvoir : le réalisateur modère le pouvoir du producteur, la star celui du réalisateur ou du producteur, voire des deux, et le studio les tient tous en laisse. Mais, peut-être à cause de leur mégalomanie, de leur paranoïa, ou d'une autre névrose plus exotique, les Weinstein décidèrent, dans leur grande sagesse, de se charger eux-mêmes de la réalisation et de la production. Et, pour rendre les choses encore plus pénibles, ô combien pénibles, chacun toucherait à la fois à la réalisation et à la production.

Le tournage de *Playing for Keeps* eut lieu dans une ferme de Bethany, près de Wilkes-Barre, en Pennsylvanie. Les Weinstein avaient fait réaliser le story-board complet du film à Los Angeles, et par conséquent le tournage aurait dû être un jeu d'enfant : ils n'avaient qu'à suivre le modèle. En pratique, ce fut loin d'être le cas. Jeff Silver, aujourd'hui partenaire chez Outlaw Productions, fut engagé à l'époque par le chargé de production du film pour devenir… chargé de production. « J'ai toujours considéré *Playing for Keeps* comme une espèce d'arche de Noé parce que tout y allait par deux [59] », ironise-t-il.

Inutile de dire que l'hydre à deux têtes engloutit le budget en deux temps, trois mouvements. De graves problèmes financiers apparurent très tôt, bien avant le début des prises de vue. Silver se souvient : « Lorsqu'on m'a fait venir, deux semaines avant le début du tournage, c'était déjà le naufrage, et j'étais censé découvrir où le bât blessait. J'ai enquêté auprès de chaque service en cherchant à savoir pourquoi ils dépassaient le budget à ce point. Ils m'ont répondu : "Bob nous donne une directive, Harvey une autre." Les deux frères étaient en désaccord sur tout, sauf lorsqu'il s'agissait de mettre la pression sur l'équipe de production pour réduire les coûts. Ils s'énervaient beaucoup à propos du budget, mais c'étaient eux qui généraient les plus gros dépassements en se montrant incapables de prendre la moindre décision. J'ai rendu mon verdict : "Harvey et Bob sont en train de tout gâcher." J'avais été engagé pour mener l'enquête et je venais de découvrir que le coupable, c'était mon client. »

Le tournage débuta à la mi-septembre 1984. Les réalisateurs travaillant à quatre mains sont aussi rares que les mules bicéphales et, grâce à *Playing for Keeps,* on comprend pourquoi. À chaque fois qu'il fallait agir, ils n'avaient aucune idée de ce qu'ils devaient faire. « Ils ne cessaient de se disputer sur le plateau, raconte Silver, et nous, on attendait en se demandant si on était censés intervenir. Ça pouvait durer une vingtaine de minutes et, sur un plateau, c'est une éternité. » Lorsqu'ils ne pouvaient se mettre d'accord, c'est-à-dire la plupart du temps, ils tournaient le même plan deux fois, en se disant qu'ils trancheraient au montage.

Hormis la bande-annonce publicitaire, les Weinstein n'avaient aucune expérience du travail de direction d'acteurs, âmes sensibles qu'il faut traiter avec beaucoup d'amour et de patience, en particulier quand il s'agit de jeunes inexpérimentés et sous-payés (Mary Ward jouait ici la jeune première, et c'était le deuxième film de Marisa Tomei). Les acteurs n'apprécient pas particulièrement les menaces ou le mépris, seules armes que maniaient efficacement les deux frères. Une de mes sources souvent présente sur le plateau raconte : « C'était du genre : bon, Bob est resté derrière le moniteur pendant deux heures à se détendre et à récupérer, alors maintenant il va venir vous botter les fesses. Harvey va aller se reposer, et puis il reviendra vous botter les fesses plus tard. Ils dirigeaient en binôme. Un jour, à cause d'eux, Mary Ward a eu une crise de larmes. Ils se sont ligués contre elle, lui ont hurlé dessus. C'est déjà assez pénible de se faire assassiner par un réalisateur, alors par deux…[60] »

« Cela ne se limitait pas à Mary Ward, ajoute Silver. J'ai vu des monteurs et des décorateurs pleurer. Ces deux types étaient tyranniques, manipulateurs. Ils vous ordonnaient de faire quelque chose et vous engueulaient le lendemain en soutenant mordicus qu'ils ne vous avaient jamais demandé ça. Quelque chose pouvait être génial à un moment donné et carrément nul la seconde suivante. En général, je me montre très patient avec les réalisateurs caractériels. La personnalité des gens change au cours d'un tournage, il faut un mental à toute épreuve. Après une dizaine de crises, je me suis dit : "J'ai compris les gars : vous ne vous en sortez pas et vous vivez un cauchemar ; ce n'est pas grave, nous sommes là pour vous aider." Mais il n'y avait pas que ça. On avait affaire à deux types irascibles avec lesquels il était impossible de communiquer. Quand ils commençaient à s'en prendre à vous et à se conduire comme si vous leur vouliez du mal, il valait mieux jeter l'éponge. Ils nous ont rendu la vie impossible à tous. » Au bout du compte, Silver laissa tomber. « J'étais censé "reprendre le contrôle du film". Mais c'était mission impossible [61]. »

Comme les Weinstein étaient chargés à la fois de la production et de la réalisation, il n'y avait personne pour leur dire non. Brewer, lui aussi embarqué dans l'aventure comme producteur, raconte : « Il leur était difficile d'entendre : "Si vous faites ça, vous devrez payer, et nous n'avons pas un budget suffisant." Ils répondaient : "On s'en fout, faites des économies ailleurs !" Mais, au bout d'un moment, on ne pouvait plus faire d'économies [62]. » Silver poursuit : « Personne ne savait exactement de quel budget on disposait. À vrai dire, le montant n'était pas fixé. C'était la pagaille complète [63]. »

Encore aujourd'hui, il est impossible d'évaluer le coût global du film. « Je ne serais pas surpris d'apprendre que le double du budget prévu au départ a été englouti, conclut Silver. Le retard se comptait en semaines, le déficit en millions. »

Alarmée, Film Finances, la compagnie chargée de veiller au bon déroulement du projet, dépêcha sur place David Korda – fils de Zoltan Korda, qui réalisa *Les Quatre Plumes blanches* en 1939 et fut membre de la prestigieuse famille du British Film. Entre-temps, J & M avait envoyé Chris Mankiewicz, ancien cadre chez United Artists, sur le tournage. Comme Korda, Mankiewicz, appartenait à l'aristocratie hollywoodienne – c'était le fils de Joe Mankiewicz, qui dirigea des classiques comme *Eve,* et le neveu de Herman J., le scénariste de *Citizen Kane*. « C'était du pur amateurisme, raconte Mankiewicz.

Ni Harvey – le Otto Preminger des deux, le râleur, le gueulard – ni Bob – le gnome à tête de mule, le dur à cuire – ne savait diriger un film, et ils refusaient de l'admettre. Ces rustres, ces barbares venus de Buffalo n'avaient pas la moindre aptitude pour la réalisation. Ils ne savaient ni ce qu'ils voulaient ni comment l'obtenir. J'ai le souvenir d'un tournage d'une extrême lenteur, où régnait une énorme indécision. Le scénario était on ne peut plus douteux. Une épouvantable comédie, absolument pas drôle. Les Weinstein capables d'une comédie à la Frank Capra ? Impossible. Ils me faisaient l'effet de charlatans. Je n'arrivais pas à croire qu'ils aient pu trouver un financement. Ils étaient extrêmement brutaux, à l'époque. Harvey faisait le gros dos lorsque j'entrais dans son champ de vision. L'enfer n'est rien comparé à un Weinstein en colère… Quelle férocité ! On aurait dit Mike Tyson en début de carrière, quand il se jetait sur son adversaire au premier coup de gong, quand tout le monde retenait son souffle en se disant qu'il n'en ferait qu'une bouchée. Je n'avais jamais vu pareille animalité chez quelqu'un [64]. »

Mankiewicz ne trouva pas Harvey particulièrement féru de cinéma non plus. « Rien dans l'histoire du cinéma ou le cinéma lui-même ne lui inspirait le moindre respect, je crois. Rencontrer un Korda ou un Mankiewicz et ne jamais demander : “Hé ! Racontez-moi une anecdote sur votre père ou votre oncle.” Je pense qu'il ignorait complètement qui était le père de David ou le mien, ou qu'il s'en moquait éperdument. J'ai rencontré beaucoup de scénaristes de talent en grandissant : ils ont une âme de poète ou de romancier, ont une sensibilité artistique. On ne peut pas dire que [Harvey] ait la fibre artistique : il pourrait aussi bien fabriquer des beignets ou des armes à feu que des films. Ce sont des produits, pour lui. L'ambition de ce type était sans limites : il voulait faire carrière ou devenir riche à millions. »

Le tournage était interminable. Il déborda le planning de plusieurs semaines, et finalement Film Finances coupa le robinet le 10 novembre 1984, après quarante-huit jours de travail. D'après Martin Lewis, les deux frères savaient que le film n'était pas terrible. « Ils essayaient de le sauver grâce à la bande originale. Ils ont frappé à toutes les portes. Ils ont demandé une chanson à Townshend. Pete Townshend, vous vous rendez compte ! Il leur a donné *Life to Life*. Et puis ils se sont adressés à Simon Lebon, de Duran Duran. Phil Collins leur a offert une chanson qu'il n'avait pas retenue pour l'un de ses albums, mais pas mauvaise pour autant. Pourtant, ils n'étaient toujours pas satisfaits. Ils voulaient attirer un public plus âgé, alors ils ont sollicité Peter Frampton. Pour attirer le public afro-américain, ils se sont adressés à Sister Sledge. Il y avait une chanson correspondant à chaque groupe ethnique existant ! Bob et Harvey ne disposaient pourtant pas de photos de ces gars-là en train de se taper des animaux : c'est leur charme implacable, la pression et les cajoleries qui leur ont permis d'obtenir ces chansons. "Allez, faites-nous plaisir. On vient de tourner un film et on a besoin de votre aide." Leur énergie dépasse de beaucoup leur talent de réalisateur, elle force l'admiration. Ils n'acceptent pas les refus. Comme Terminator, ils n'arrêtent jamais [65]. »

Harvey avait confié la boutique de New York à Robert Newman et Jim Doyle, son copain de Buffalo. Cependant, en l'absence des deux frères, les affaires stagnaient : le montage de *Playing for Keeps* s'éternisa pendant près d'un an, et le film finit par pomper l'air – sans parler des capitaux – à tout le monde. D'après Brewer, « *Playing for Keeps* a sans aucun doute affaibli la compagnie en la mettant dans une situation financière délicate. Au bureau, l'ambiance était tendue, terrifiante [66] ». « Le désir des deux frères de voir leur projet réussir était sans proportion aucune avec la qualité du film, ajoute Lewis en pesant ses mots. Le film comptait davantage que leur amitié pour moi. Je n'ai pas eu l'impression de me faire arnaquer mais je me suis senti floué. Lorsque vous donnez une fête, que les invitations sont lancées, les préparatifs terminés, au bout d'un moment il faut lâcher prise en se disant : "Advienne que pourra." Eux, ils n'étaient pas comme ça. Ils ne pouvaient pas arrêter. Si le succès avait été au rendez-vous, cela aurait représenté un coup magnifique pour eux. Ils couraient après ce genre de succès [67]. »

La Universal, qui avait récupéré le film – sans doute pour la bande originale – alors que Franck Price s'apprêtait à passer la main, le laissa tomber sans ménagement. Selon Tom Pollock, le successeur de Price, « Harvey a fait subir à ce film ce qu'il a fait subir à tant d'autres depuis [68] ». « Des idiots se seraient dit : "Notre film est génial, nous nous sommes fait avoir par la Universal et nous allons tourner une suite. Allons-y pour *Playing for Keeps II !*" poursuit Lewis. Mais eux se sont dit : "On n'a rien de Steven Spielberg, il faut qu'on se trouve un créneau." Ils comprenaient le cinéma, ils avaient une passion pour les films et savaient les vendre. Ils se sont engagés dans cette voie [69]. »

Harvey et Bob se consacrèrent de nouveau à Miramax, mais la compagnie avait changé. *Playing for Keeps* avait fait des dégâts. Pour reprendre les propos d'Ed Glass, monteur de bandes-annonces pour les Weinstein : « Ce film, c'était comme la Seconde Guerre mondiale : on n'en voyait pas la fin. Ils l'ont tourné, monté, ont retourné des scènes qu'ils ont remontées. Ça criait pas mal. [Les deux frères] se disputaient ; ça a détruit tous ceux qui se sont approchés de trop près [70]. » Petit à petit, la vieille équipe se désintégra. « En l'espace de quelques jours, ou de quelques semaines, après la sortie du film, nous sommes tous partis, se souvient Doyle. Harvey et Bob étaient furieux, déçus de leur échec. Travailler pour eux n'avait [jamais] été facile, mais, pendant cette période, ça a été l'horreur pure et simple[71]. » Brewer, qui connaissait Harvey depuis le collège, quitta son poste. Lewis aussi. « Newman a décidé que lui non plus ne voulait plus avoir affaire à eux, continue Doyle. Il est passé à autre chose. Tous les employés me disaient : "Bob m'a dit ceci, Harvey m'a fait cela, je n'en peux plus, Jimmy, il faut que je parte." Je me retrouvais tout seul. Les autres étaient libres. Alors j'ai décidé que je ne voulais plus de ce travail. »

Le premier étage de la fusée Miramax venait de s'écraser.

Après le désastre *Playing for Keeps*, les deux frères firent front. En priorité, il leur fallait regarnir les effectifs très clairsemés de la compagnie. Trop pauvres ou trop ladres pour embaucher des collaborateurs expérimentés, ils préférèrent employer de la main-d'œuvre jeune et bon marché, embaucher le premier venu ou des gamins tout juste sortis de l'université. Ils avaient retenu la leçon de Lewis et prirent soin de faire le plein d'attachés de presse, en engageant au moins deux fois plus que n'importe quelle autre compagnie de cette taille. C'étaient leurs troupes de choc, leurs *marines* à eux, les premiers à descendre dans l'arène et à lancer le bouche à oreille qui porterait les films. Une fois l'enthousiasme créé, les financements publicitaires suivraient, d'abord au niveau local, puis, si le film marchait, au niveau national. En première ligne, les attachées de presse, car il s'agissait de femmes pour la plupart, subissaient une pression énorme qu'elles répercutaient inévitablement à leur tour. On les surnommait les « Furies ».

La deuxième priorité consistait à trouver un successeur à Robert Newman, une personne capable de prendre en charge la distribution. Dans la pénombre du cinéma

Lincoln Plaza de Dan Talbot – salle de projection privilégiée des films indépendants à New York –, Bob proposa le poste à Bingham Ray. Celui-ci refusa, mais lui suggéra de contacter Mark Lipsky (le frère cadet de Jeff). Ce dernier ne savait pas grand-chose de Miramax, si ce n'est que la compagnie était dirigée par deux fous furieux. Il se souvient : « J'ai appelé tous mes contacts dans l'industrie pour leur demander conseil, et tous sans exception m'ont dit : "Quoi que tu fasses, ne travaille pas pour eux [72]." » Lorsque Bob lui offrit le poste, il l'accepta.

Lipsky eut tôt fait de se rendre compte dans quelle situation financière désespérée se trouvait Miramax. Il raconte : « Nous ne pouvions nous rendre dans une salle de projection à New York sans avoir sur nous l'argent pour régler la facture. Une fois, on m'a littéralement refoulé en me disant de revenir avec un chèque. » Stuart Burkin, membre de l'équipe de postproduction, ajoute : « Si vous disiez travailler pour Miramax, les portes se fermaient. C'était la dernière chose à dire à quelqu'un lorsque vous essayiez de réserver un studio ou d'engager un acteur pour une séance de doublage : "Nous avons besoin de réenregistrer votre voix, mais nous n'avons pas les moyens de vous payer.

– Vous êtes qui, déjà ? Miramax ? Ah, Harvey Weinstein me doit du fric [73] !" »

Qui plus est, les deux frères n'avaient aucune idée de la façon de gérer les affaires courantes. « Il fallait batailler pour que quelqu'un réponde au téléphone, ajoute Lipsky. Les Weinstein ne laissaient pas leurs employés faire leur travail. Trop de gens faisaient la même chose et il fallait recommencer certaines tâches sans arrêt. En investissant 500 dollars dans un cours de gestion par correspondance, ils auraient doublé leur chiffre d'affaires du jour au lendemain [74]. » Lorsque Marty Zeidman fut engagé deux ans plus tard pour prendre en charge la distribution – c'est-à-dire placer les films dans les salles –, sa femme, qui travailla brièvement chez Miramax, découvrit un bureau sur lequel s'empilaient des enveloppes jamais ouvertes : elles contenaient des chèques. Il raconte : « Ça faisait des mois qu'elles étaient là. Personne ne vérifiait le courrier [75].»

En 1986, Miramax engagea la blonde Eve Chilton, née dans une grande famille bourgeoise propriétaire d'une maison sur West Chop, à Martha's Vineyard. Eve était d'une beauté à vous couper le souffle, ses traits parfaits seulement ternis par une minuscule tache de vin sur l'une de ses joues. Elle devint la nouvelle assistante de Harvey, et il s'en éprit immédiatement. « Il lui a fait du gringue dès le premier jour, se souvient Lipsky. Pendant plusieurs semaines, Harvey lui a fait livrer une douzaine de roses tous les jours, au point qu'elle dut lui faire remarquer que ça ne se faisait pas, qu'il était sur son lieu de travail et pas dans sa garçonnière. Peu après, il l'a emmenée au Festival de Venise ou à l'un des festivals européens et, à partir de ce moment-là, ils sont devenus inséparables. Ça a été un véritable coup de foudre [76]. »

D'une élégance folle, Chilton faisait tache dans la porcherie Miramax, mais les employés l'appréciaient malgré sa timidité, sa réserve et sa discrétion. Ils lui savaient gré de ne pas tirer avantage de sa relation avec Harvey. Ce qui ne veut pas dire qu'ils n'avaient pas des pensées cyniques au sujet du couple qu'elle formait avec le patron. Que pouvait bien trouver une femme aussi belle qu'Eve à un homme comme lui ? Mystère. Le fait qu'elle l'ait séduit les fascinait tout autant. C'était comme si sa marque de naissance, sa tache de vin, l'avait rendue plus humaine, plus accessible, et avait donné à Harvey une certaine prise sur elle. Bien sûr, derrière leur dos, on les surnommait « la Belle et la Bête ».

Alison Brantley, une fille du Sud ayant grandi en Caroline du Nord, et que Harvey avait engagée pour chapeauter le département achats de droits, croit avoir compris. « À mon avis, ils s'aimaient vraiment. Lorsqu'elle l'a rencontré, il tirait le diable par la queue, essayait de se faire un nom, et quelque chose en lui l'a séduite, une beauté intérieure [77]. » Avec lui, on savait à quoi s'attendre, ou on aurait dû. « Il fallait être idiot pour ne pas voir qu'il allait essayer de vous arnaquer jusqu'à l'os, poursuit Brantley. C'était comme ça, et ça faisait partie de son charme. C'est l'une des choses qu'Eve a appréciées en lui. »

Ils filaient le parfait amour, et il lui accorda une promotion en la plaçant à la tête du département des films pour la jeunesse. Harvey et Eve finirent par convoler dans un club très chic de l'East Side. Ils partirent en lune de miel à Saint-Barthélemy.

Eve Chilton fut le premier barreau de l'échelle qui permit à Harvey de sortir du ghetto du Queens où il avait grandi. D'autres parmi les nouvelles recrues semblaient refléter le désir des deux frères de donner à Miramax une certaine respectabilité. En plus de Brantley, ils engagèrent Trea Hoving, dont le père, Tom, dirigeait le Metropolitan Museum. Brantley, quant à elle, venait de Granada, la crème de la crème des compagnies de production britanniques. « Je venais d'un milieu diamétralement opposé au leur, se souvient-elle, et j'avais l'impression de me retrouver dans une jungle peuplée de fauves qui n'allaient faire qu'une bouchée de moi. Mais j'ai adoré Harvey dès que je l'ai rencontré. J'avais beaucoup aimé le film *Nocturne indien*, d'Alain Corneau. Harvey a organisé une projection et, au lieu de me hurler dessus en me traitant de folle, il m'a dit : "Tu sais, Alie, parfois, on a un coup de cœur pour un film, et c'est très bien. N'aie pas peur de marcher à l'instinct. Tu n'auras pas systématiquement raison, mais c'est pour ça que nous formons une équipe : pour en parler." Il m'a encouragée. Je n'ai jamais eu peur de lui dire exactement ce que je pensais, parce qu'il me payait pour ça. Il avait beau tout faire pour m'intimider, ça ne m'a jamais arrêtée. »

Harvey et Bob se rendirent à Cannes en mai 1986. Au bar du Petit Carlton, Harvey engagea la conversation avec un grand Anglais échevelé du nom de Nik Powell. Celui-ci dirigeait Palace Pictures avec son partenaire Steve Woolley, jeune homme intelligent, aux traits fins et enfantins, qui portait une queue de cheval. Palace était plus Miramax que Miramax. Duo de risque-tout indépendants dont le flair leur permettait de repérer bons films et réalisateurs talentueux, Woolley et Powell avaient sélectionné le meilleur de la production internationale des années quatre-vingt pour le marché britannique, avec des œuvres aussi variées que *Pixote, la loi du plus faible, Evil Dead, Diva, Sang pour sang, Furyo, Stop Making Sense*, ou la série des *Griffes de la nuit*. Il ne fallut pas longtemps aux Weinstein pour voir en Powell et (surtout) en Woolley des égaux. D'après Paul Webster, qui plus tard dirigerait la production chez Miramax, mais qui à l'époque travaillait chez Palace, « Harvey s'est inspiré de Palace pour façonner Miramax. Sa relation avec Steve fut fondamentale [78]. » « Je suis issu de la scène punk des années soixante-dix, lui de la promotion de concerts rock, se souvient Woolley, et nous adorions tous les deux les films. On s'est donné rendez-vous pour un petit déjeuner d'affaires et, en fin de compte, on a bavardé toute la journée. Harvey voulait imiter Palace en achetant les droits de films comme *Paris, Texas* ou *Le Baiser de la femme araignée*, des films de qualité dotés d'un certain prestige, d'un certain cachet européen qui pourrait leur assurer le succès. Ce que nous lui avons appris, c'est à faire preuve d'une certaine bravoure question marketing, celle qui vous fait dire : "Nous adorons ce film et nous allons le défendre avec autant de passion que les réalisateurs en ont mis à le faire." Je me suis vraiment attaché à Harvey, j'admirais son enthousiasme. Nous avons conclu une espèce d'alliance tacite[79]. »

Si le fiasco de *Playing for Keeps* avait appris quelque chose aux deux frères, c'était bien qu'ils ne connaissaient rien à la production, et Harvey avait soif d'apprendre. Un jour, à Paris, il tomba sur Roger Hakim, l'intimidant et puissant producteur français à l'origine de films tels que *Belle de jour* ou *Isadora.* Saisissant l'occasion, il s'exclama : « Écoutez, je veux faire des films, pouvez-vous m'apprendre ?

– Si vous venez au George V tous les mercredis, je vous accorde quatre heures[80]. »

Harvey le prit au mot, devint l'élève d'Hakim. Un jour, le producteur français lui raconta une anecdote concernant le tournage de *Plein soleil*, avec un Alain Delon alors au sommet de sa gloire. L'acteur n'aimait pas la façon dont les choses se passaient et, quinze jours après le début des prises de vue, il adressa un ultimatum au producteur : « Si les choses ne changent pas, je m'en vais.

– Si vous partez, c'est moi qui arrête tout.

– Comment pouvez-vous faire une chose pareille ? Vous avez quinze jours de travail sur pellicule, vous allez perdre des millions.

– Peu importe. Je ne vais pas vous laisser prendre mon film en otage. »

« Si vous voulez devenir un grand producteur, expliqua Hakim, vous devez être le patron du film et ne pas vous laisser intimider par ce genre de menaces. » « Voilà l'une des premières leçons que j'ai apprises », explique Harvey aujourd'hui.

Les deux frères visionnèrent *Working Girls* à la Quinzaine des réalisateurs où *Nola Darling*, de Spike

Lee, fit aussi un tabac. C'était un film sans concessions sur la vie de prostituées new-yorkaises, réalisé avec un budget poids plume – 100 000 dollars en tout et pour tout –, si brut qu'il aurait pu passer pour un documentaire. Féministe, la réalisatrice Lizzie Borden – frêle jeune femme outrageusement maquillée et vêtue de noir des pieds à la tête – appartenait à la scène artistique et politique new-yorkaise alors en pleine effervescence. À l'époque, avant le coup d'arrêt porté par Ronald Reagan, les films comme le sien bénéficiaient d'aides du gouvernement fédéral et local – ainsi, les 40 000 dollars collectés par Borden constituèrent près de la moitié du budget de son film. « Je récupérais gratuitement des chutes de pellicule, et le développement était gratuit aussi, raconte-t-elle. On passait environ 90 % de son temps à mendier et à emprunter du matériel [81]. »

Pour la réalisatrice, *Working Girls* ne parlait « pas de sexe, mais de travail ». Pour les Weinstein, il parlait de sexe, et Bob surtout mourait d'envie de l'acheter, même si, comme le précise Mark Lipsky, « le film le dégoûtait. C'était un film lesbien, et les Weinstein sont très conservateurs. Ils recherchaient ce type de films tout en étant révulsés, au fond [82] ». Lipsky et les deux frères rencontrèrent John Pierson, de *Working Girls* que les producteurs avaient engagé pour représenter le film. Dégingandé, échevelé et pourvu d'une pomme d'Adam proéminente, Pierson avait l'air d'un épouvantail. Il ne connaissait pas bien les Weinstein mais les appréciait. Ces derniers quittèrent la réunion sur un petit nuage en pensant avoir obtenu le film. Ils reçurent peu après un appel des producteurs leur révélant l'existence d'un accord préalable avec Circle Releasing, qui offrait 100 000 dollars. Bob refusait cet état de fait. Il multiplia les coups de téléphone, exigea une autre entrevue. Les producteurs répondirent qu'il n'en était pas question : le film était vendu, le contrat signé [83]. Bob insista : « Vous ne comprenez pas, vous devez nous accorder un autre rendez-vous. » D'après Borden, « Bob augmentait la mise à chaque fois que nous disions "non". Je ne leur faisais pas confiance, mais je les aimais bien. Je leur ai rendu visite dans l'appartement qui leur servait de bureau. Ce qui m'a fait changer d'avis, c'est la rencontre avec l'assistante de Harvey, Eve. Quelle fille adorable ! Le fait qu'elle puisse être amoureuse d'un type pareil m'a fait réfléchir. » Lorsque Miramax doubla l'offre de Circle en posant 200 000 dollars sur la table, Borden céda. Elle se dit : « Après tout, merde ! Ces mecs ont l'air de tenir davantage au film que les autres, pourquoi ne pas leur donner leur chance ? »

Comme le font tous les distributeurs, Miramax se remboursa d'abord et fut accusée d'investir la part censée revenir aux réalisateurs dans le marketing pour gonfler artificiellement les recettes, pratique qui permettait à la compagnie d'augmenter ses gains tout en y gagnant en visibilité – pratique assez courante dans l'industrie. Les réalisateurs adoraient la publicité créée autour de leur film, les gains générés, mais ne comprenaient l'odieuse vérité que plus tard : zéro profit pour eux au final. Cependant, les deux frères firent du bon travail sur *Working Girls*, qui rapporta près de 1,8 million de dollars à sa sortie en mars 1987 (très bon résultat si l'on considère son coût), dont environ 750 000 dollars de profit pour la réalisatrice et les producteurs. Après avoir vérifié les comptes, ces derniers demandèrent un audit et découvrirent que la location d'un chalet pendant le Festival du film de Sundance et une note de 1 000 dollars à l'hôtel Mark Hopkins de San Francisco, deux mois après la sortie du film là-bas, leur avaient été facturés. Miramax dut rembourser la réalisatrice. C'était de la menue monnaie, mais, comme Pierson l'a écrit plus tard, « sur un film indépendant, il ne devrait y avoir que des coûts de production directs, payés d'avance : l'argent dépensé sur ce film précis. Secundo, un registre des frais réels devrait être tenu à jour, il devrait y avoir des factures [84]. » Le scandale n'aida pas la réputation des Weinstein.

D'autres films seraient bientôt lancés, parmi lesquels *Pelle le conquérant,* réalisé par Bille August, dont Harvey avait acquis les droits à Cannes l'année précédente. Le film était d'un réalisme sombre, bien que magnifiquement mis en image, et se déroulait dans le Danemark du XIXe siècle. Il relatait le combat d'un petit Suédois pour se libérer de la servitude l'attachant à une famille de propriétaires terriens obtus, et son désir d'échapper à l'influence d'un père bien aimé mais inepte, excellemment interprété par Max von Sydow, pilier du cinéma bergmanien, célèbre pour sa partie d'échec avec la Mort dans *Le Septième Sceau.* Sombre et sans compromis, *Pelle* était difficile à vendre. Contrairement à *Working Girls*, il ne contenait pour ainsi dire aucune scène de sexe. Pourtant, Harvey était déterminé à le sortir des salles d'art et d'essai. « Les Weinstein essayaient de faire sortir les films d'auteur de leur ghetto, des minuscules cinémas pour beatniks aux portes des villes, explique Christina Kounelias, de les rendre accessibles au grand public [85]. »

En pratique, cela consistait à donner au film un vernis plus commercial. Dans l'une des scènes du film, un bateau de pêche fantomatique aux voiles déchiquetées, ballotté par une mer démontée, s'échoue sur des rochers près de la grève alors qu'on le croyait englouti. Glass inclut une image de ce bateau dans sa bande-annonce. Zeidman raconte : « Harvey râlait en la visionnant et répétait : "Je veux un bateau plus gai !" Je ne comprenais pas. J'ai demandé à Ed : "Comment ça, un bateau plus gai ?" Ils cherchaient une astuce pour rendre le film moins déprimant [86]. » Et ils y parvinrent. « Leur père était diamantaire, explique Glass. Il y a des millions de diamants à vendre ; pourtant, lorsqu'il en déposait un sur son morceau de velours noir, les gens s'exclamaient : "Oh ! Quelle pierre magnifique !" Comparés à tous les films commerciaux sur le marché, les leurs faisaient l'effet de diamants. Ils savaient parfaitement les mettre en valeur [87]. »

Arrivé chez Miramax en octobre 1988, Zeidman était l'un des seuls parmi les nouvelles recrues à bénéficier d'une réelle expérience. Il avait renoncé à un poste à responsabilité chez Lorimar/Columbia et accepté une baisse de salaire pour travailler chez les Weinstein. « Dès le départ, Harvey était persuadé qu'il pourrait faire nominer Max von Sydow pour l'oscar du Meilleur Acteur, raconte-t-il. *Pelle* était un tout petit film scandinave, l'idée paraissait presque inconcevable. À l'époque, je n'y croyais pas vraiment. Je ne comprenais tout simplement pas [88]. »

Sorti sur les écrans le 21 décembre 1988, le film ne démarrait pas. Harvey inclut alors le plan d'une paysanne à la poitrine presque nue (elle apparaissait l'espace d'un millième de seconde dans le film) dans les publicités. L'un des distributeurs associés de Miramax essaya même de vendre le film au-dessous de la ligne Mason-Dixon, de tout temps un véritable cimetière pour films étrangers. « Nous l'avons vendu sous le label du film de genre : "Pelle le conquérant, héros de film d'action", explique David Dinerstein (qui se retrouverait un jour à la tête du marketing), et nous avons réservé des salles dans plusieurs multiplexes en le présentant comme tel. C'est comme ça que Bob et Harvey ont imposé certains films là où ils n'auraient jamais pu s'imposer auparavant : la méthode n'était peut-être pas complètement honnête, mais elle contribuait à faire connaître le film. Harvey était au mieux de sa forme dans ces moments-là [89]. »

Quand les nominations aux Oscars furent rendues publiques, von Sydow faisait partie de la sélection, tout comme *Pelle* ; en remportant l'oscar du Meilleur Film Étranger, il offrit son premier trophée à Miramax. Zeidman sut alors qu'il s'était trompé. « Pour la première fois, je comprenais que Harvey était capable de prodiges. C'est une espèce de génie, à mon avis [90]. » La longue marche de Miramax venait de commencer.

Chapitre 2
Artistes de la haine
1989

Où les frères Weinstein terrorisent leurs employés mais parviennent à sortir *Sexe, mensonges et vidéo* du ghetto des salles d'art et d'essai pour lui permettre d'accéder aux multiplexes, tandis que le Kid de Sundance est à deux doigts de ruiner la fondation éponyme et tente d'arracher le nouveau film de Soderbergh des griffes de Sidney Pollack.

« Bob et moi, nous nous sommes sentis différents toute notre enfance, et, s'il y a un thème récurrent dans nos films, c'est bien celui du marginal qui débarque pour tout changer. »

Harvey WEINSTEIN [1]

Lorsque Miramax se lança dans l'aventure *Sexe, mensonges et vidéo,* peu après Sundance, les Weinstein étaient toujours à la recherche d'un premier succès capable de les propulser au premier plan de l'industrie. En 1988, la branche new-yorkaise de la banque britannique Midland Montague avait acheté 45 % du capital de Miramax à hauteur de 3,5 millions, dont 2,5 millions versés en prêt direct à la compagnie. Sur cette base, Miramax obtint un crédit de 10 millions auprès de la banque Chase. La compagnie avait fait parler d'elle en produisant le documentaire coup de poing d'Errol Morris *Le Dossier Adams*, qui était toujours à l'affiche. Victime du système judiciaire texan, Randall Adams, le héros du film, avait purgé une peine de prison pour un meurtre qu'il n'avait sans doute pas commis, et il venait d'être libéré grâce au battage médiatique provoqué par Miramax – aux dires de la compagnie. *Scandal*, sur lequel les Weinstein fondaient de grands espoirs, était en préparation, sa sortie prévue en fin d'année, tout comme celle de *My Left Foot*, du réalisateur Jim Sheridan, avec Daniel Day-Lewis.

Les deux frères avaient payé le documentaire de Morris 400 000 dollars. Du point de vue du marketing, le film présentait les mêmes handicaps que les autres distributions Miramax : en gros, pour attirer les spectateurs dans les salles, il fallait cacher sa véritable nature. Tout comme on ne pouvait pas vendre *The SPOB* sous l'étiquette « film de concert » (censée garantir un bide), il était impossible de vendre *Le Dossier Adams* sous l'étiquette « documentaire ». On présenta donc le film comme un « programme de non-fiction », aussi obscure cette appellation fût-elle, et on mit l'accent sur l'erreur judiciaire et la croisade journalistique. « Le public des documentaires est très restreint, explique l'attachée de presse Christina Kounelias. Nous avions choisi l'accroche du détective qui résout un mystère : "Un réalisateur mène l'enquête [2]". »

L'interview d'Errol Morris sur la National Public Radio rendit Harvey furieux. Il envoya au réalisateur une lettre assassine, datée du 13 août 1988, pour lui dire qu'il l'avait trouvé mauvais et lui donner une marche à suivre pour ses futurs entretiens : « Répétez après moi : "Question : Quel est le sujet de ce film ? Réponse : Il s'agit d'une enquête mettant à jour une erreur judiciaire. C'est un voyage dans la quatrième dimension plus effrayant que *Les Griffes de la nuit...*" », et autres répliques du même acabit soufflées à Morris. Il concluait sa lettre par les mots suivants : « Si vous persistez à vous montrer aussi ennuyeux, je vais devoir engager un acteur qui se fera passer pour vous. »

Le Dossier Adams sortit en salle le 26 août 1988 et rapporta 1,2 million, du jamais vu pour un documentaire.

Pendant ce temps, de l'autre côté de l'Atlantique, les amis des Weinstein, Steve Woolley et Nik Powell, avaient sélectionné une palette de films très ambitieux dans lesquels Harvey devait investir. D'après Donna Gigliotti, qui allait rejoindre Miramax en 1993 et qui travaillait alors chez Orion Classics, « Harvey était un marginal à Hollywood et, par conséquent, il était à l'affût de ce qui n'intéressait pas les autres. Malin, comme raisonnement[3] ! » *Scandal*, le premier film sur la liste, s'inspirait d'une histoire vraie, cocktail de « pétasses, pouvoir et popotins », qui avait défrayé la chronique en Grande-Bretagne dans les années soixante et conduit à la démission du ministre de la Défense John Profumo. Palace avait investi environ 200 000 livres sterling dans le projet et s'était attaché les services du réalisateur Michael Caton-Jones, dont c'était le coup d'essai et dont le contrat stipulait qu'il serait payé même si le film ne voyait pas le jour. Le sexe et la controverse faisaient de *Scandal* – comme *Working Girls* – un film parfait pour Miramax, et la compagnie investit 2,35 millions de dollars. Joanne Whalley-Kilmer incarnait la call-girl Christine Keeler, et Bridget Fonda sa meilleure amie, Mandy Rice-Davies. Le tournage débuta fin juin 1988. Vêtu d'un tee-shirt Aertex et d'un pantalon noir, plusieurs scripts sous le bras afin de rentabiliser son temps, Harvey se rendait régulièrement à Londres pour garder un œil sur le film. Le tollé causé par *Angel Heart*, d'Alan Parker, classé X aux États-Unis, avait profondément impressionné les deux frères. Harvey insista donc pour que Powell et Woolley fassent de *Scandal* un film X. Il susurrait constamment à l'oreille de Caton-Jones : « Michael, tu dois insister pour que Joanne se déshabille[4] », tout en harcelant Woolley : « Steve, tu prends toutes les décisions. Je suis quand même ton producteur exécutif, tu dois me donner quelque chose à faire : j'ai envie de m'impliquer dans ce film[5]. » Woolley finit par répondre : « Tu veux prendre les décisions ? D'accord. Ce week-end, je vais me reposer un peu, pourquoi tu ne me remplacerais pas ? » Il vaut mieux faire attention à ce que l'on dit avec Harvey… Woolley savait pertinemment que la scène de nu de Whalley-Kilmer approchait. Après avoir téléphoné à son mari Val Kilmer, l'actrice refusa catégoriquement de la tourner : « Val ne veut pas que je le fasse », dit-elle. Ayant envisagé cette éventualité, Harvey avait déjà engagé une doublure. Whalley-Kilmer assista au tournage de la scène et, au bout d'un moment, n'y tenant plus, s'emporta : « Bon sang, cette fille a un cul énorme ! Je ne peux pas lui laisser faire ça. » Et elle finit par tourner l'essentiel de la scène elle-même.

Le film fut bouclé à la fin de l'été 1988. L'équipe enchaîna avec la postproduction au cours de l'automne. Harvey exigea que le film soit monté différemment pour le marché américain. « Je suis né dans le Queens. Si avec l'enfance que j'ai eue, avec un père joaillier et une mère secrétaire, j'ai pu apprécier ce genre de réalisateurs – les Truffaut, Fellini, de Broca, Visconti –, pourquoi un type de Kansas City n'aurait-il pas le droit de les apprécier aussi ? Pourquoi rendre les choses si difficiles[6] ? » Harvey n'avait jamais oublié la projection au Century Theater de *Toute une vie*, de Lelouch, un de ses réalisateurs préférés. Le public de chevelus avait hué, hurlé : « C'est de la merde, ce film ! À bas les sous-titres ! » Pour réussir, il fallait modifier les films afin d'attirer le public américain. « Nous avons remonté *Scandal*, raconte Ed Glass. Harvey a dit : "Personne ne sait qui est ce satané Profumo, personne ne connaît Christine Keeler, on a affaire à des Américains ! Il faut le leur expliquer d'emblée." Woolley et Caton-Jones le prenaient pour un fou. Les scénaristes avaient du mal à avaler tout ça. Ils refusaient de sacrifier le moindre plan. Pourtant, Harvey a rendu le film accessible à un plus large public [7]. »

En novembre 1988, Alison Brantley accompagna Harvey à Londres, où ils assistèrent à la projection de *My Left Foot*, l'histoire d'un homme qui parvient à devenir artiste en dépit de son handicap. Lorsque le petit garçon tout tremblotant trace « maman » sur le sol en tenant une craie avec le pied, Alison et Harvey éclatèrent en sanglots. « La plupart des films qu'appréciait Harvey mettaient en scène des antihéros, se souvient Brantley. Ça lui parlait [8]. »

Harvey voulait absolument ce film produit par Granada, ancien employeur de Brantley. « Chez Granada, ils n'avaient jamais entendu parler de Miramax, poursuit la jeune femme, ou ce qu'ils avaient entendu dire n'était guère flatteur. J'étais la femme de la situation et j'ai conseillé à Granada d'accepter ce rendez-vous : "Même si vous ne les appréciez pas, ces gars-là savent ce qu'ils font." » Harvey savait qu'il devait faire son numéro, se comporter comme s'il était un puissant producteur indépendant, même si ce n'était pas le cas. Il loua une suite au Savoy et donna rendez-vous à Steve Morrison, le directeur de la programmation de Granada. Ce dernier était persuadé que le film n'aurait aucun mal à se vendre grâce à Daniel Day-Lewis. Harvey dut prouver son enthousiasme tout en essayant de le convaincre qu'il faudrait mener une campagne publicitaire agressive, puisque Day-Lewis était jusque-là abonné aux rôles de jeune premier et que personne n'avait envie de le voir recroquevillé sur lui-même pendant deux heures. Harvey fit à Morrison son coup classique de la séquestration, et promit évidemment pendant l'entretien d'obtenir un oscar pour l'acteur. Le patron de Miramax allait devoir s'accommoder du fait que Day-Lewis jouait le rôle d'un hémiplégique et refusait d'être photographié en dehors du plateau. Mais, en attendant, il convainquit Morrison d'accepter 3 millions pour les droits internationaux.

À son retour à New York, Harvey organisa une projection du film pour ses collaborateurs. Lorsque les lumières se rallumèrent, la moitié des spectateurs était en larmes et l'autre moitié éberluée : « Vous avez perdu la tête ? Un Irlandais alcoolo et handicapé ? Day-Lewis a beau être un objet de fantasmes, il est plié en quatre sur une chaise roulante pendant tout le film. Vous croyez vraiment que ça va marcher[9] ? » Harvey était en effet persuadé que cela marcherait, du moins après avoir arrangé le film à sa sauce. « Je l'avais testé, dit-il au sujet de *My Left Foot*. Le public adorait, mais certains détails lui échappaient. Au lieu d'adopter l'approche d'Alan Parker pour *Les Commitments* – je n'ai rien compris à la moitié du film –, j'ai gommé l'argot et certains des accents irlandais les plus rustiques. J'ai fait réenregistrer certains dialogues. Le but n'est-il pas de communiquer ? Si c'est le cas, il faut trouver un moyen de le faire sans compromettre l'intégrité de ce que l'on voit à l'écran. On n'a pas décrété tout d'un coup que Daniel allait devoir danser comme Fred Astaire. Personne n'a touché à la fin, à la souffrance. L'essence du film restait intacte, et il pouvait tenir l'affiche trente-deux semaines à Kansas City. »

Harvey frappa aux portes de tous les studios pour trouver un partenaire susceptible de partager les frais. Il se souvient : « J'ai dit que j'adorerais obtenir leur aide. Ils m'ont répondu que j'étais dingue d'oser sortir ce film. » Il était alors impossible pour un producteur comme Miramax de traiter sur un pied d'égalité avec les studios. « Quand vous vous adressez à la Universal ou à la Paramount, qui viennent d'empocher 40 millions en un week-end, en leur disant que vous en avez gagné 2 en quinze ou seize semaines avec *Pelle*, ils vous prennent pour un débile [10] », explique Jack Foley, transfuge de la MGM et vice-président de la distribution chez Miramax au milieu des années quatre-vingt-dix. « Cela montre simplement l'inflexibilité, la paralysie, l'inconscience, l'inefficacité des grands studios. C'est à qui sera le plus puissant, à qui pissera le plus loin. » Cependant, les majors avaient trouvé en Harvey quelqu'un à leur mesure. « Ils m'ont foutu les boules, et ma foi en ce film en a été décuplée [11]. »

Le verdict de la Motion Picture Association of America (MPAA) tomba au printemps 1989 : *Scandal* était classé X, et la scène de la partouze devait être amputée de deux secondes. Cela n'allait pas aider la promotion du film, car la majorité des journaux refuserait d'en assurer la publicité. Les magasins de location de vidéo, comme le géant Blockbuster, très orienté famille, refuseraient de voir le film figurer sur leurs étagères. Pourtant, la MPAA rendait service à Harvey, et, lorsqu'il finit par céder en coupant ladite scène, le bras de fer avait généré une énorme publicité sans que Miramax ne débourse un centime. Depuis *The SPOB*, Harvey avait la même stratégie : être classé X, faire autant de bruit que possible, puis sortir sans interdiction après quelques modifications. D'après Woolley, dans le cas de *Scandal*, il substitua à « une scène de sexe simulé un plan de Keeler couvant amoureusement du regard le corps nu d'un homme noir [12] ».

Aucun des deux frères n'avait pris la peine de se rendre à Park City cette année-là. Les mormons ? Le ski ? Très peu pour eux. Pourtant, après le festival, Miramax chercha à acquérir *Sexe, mensonges et vidéo* et *True Romance*. Harvey et Bob virent le film de Soderbergh lors d'une projection au Magno, à l'angle de la 49e Rue et de la Septième Avenue à New York. Ils adorèrent. S'il y a un sentiment auquel ils pouvaient s'identifier, c'était bien celui de la duplicité.

En ce temps-là, Miramax était suffisamment modeste pour être épargnée par la compétition qui règne dans la plupart des compagnies. En fait, il y avait les deux frères au sommet de la pyramide, et puis tous les autres employés à la base. Chacun d'eux, quel que soit son titre (vice-président de ceci ou de cela), leur servait en fait d'assistant et pouvait facilement se retrouver à coller des timbres, répondre au téléphone ou prendre des notes au cours d'une réunion. Les titres ne servaient qu'à flatter leur ego et à remplacer des salaires décents. Les deux frères avaient aussi pour habitude de jeter leurs bébés dans le grand bassin et de les regarder boire la tasse. Il leur arrivait d'inviter à des projections des assistants de troisième zone, ou même des stagiaires, pour solliciter leur avis sur des films dont ils pensaient acheter les droits. C'était flatteur et amusant pour certains, mais un véritable calvaire pour d'autres, puisque l'expérience tournait souvent à l'interrogatoire en règle. Impossible de s'en sortir en jouant les lèche-bottes, car si vous vous contentiez de leur servir la soupe, les deux frères vous trouvaient stupide ou peu fiable et pouvaient décider de se passer de vous. S'ils sentaient que vous aviez peur de vous exprimer, ils insistaient et vous tarabustaient jusqu'à ce que vous crachiez le morceau. Puis, ils vous faisaient passer pour un idiot si vous ne partagiez pas leur avis. L'un d'eux (ou les deux) disait toujours : « Ça, c'est une réponse vraiment débile. Je peux faire mieux que ça. Je peux faire ton boulot en plus du mien [13]. » Pour des types soi-disant francs, les deux frères se montraient particulièrement susceptibles. « Il était plus facile de dire : “Oui, Harvey, c'est une excellente idée” que de lui tenir tête. Alors ses collaborateurs ont tous fini par devenir des béni-oui-oui [14] », explique Mark Tusk, ancien cadre au département achats de droits.

Dès que les lumières se rallumaient après une projection, Harvey s'exclamait : « Qu'est-ce que vous en pensez [15] ? » Silence de mort. « Qu'est-ce que vous en pensez ? » Une âme courageuse tentait un : « J'ai beaucoup aimé. » Harvey s'engouffrait dans la brèche : « Qu'est-ce que tu as aimé exactement ?

– J'ai aimé…

– Sois précis, allez, dis-moi.

– J'ai aimé la fin.

– Qu'est-ce qui t'a plu dans la fin ? Tout ? »

Etc. Bob aimait le film de Soderbergh plus que Harvey. Lorsque son tour vint de demander « Qu'est-ce que vous en pensez ? », plusieurs collaborateurs firent part de leurs réserves quant aux réactions des critiques. « Pas la peine de m'expliquer ce que je viens de voir, les interrompit Bob. Combien ça va rapporter ? Que pensez-vous du titre ? On doit le garder ou pas ? » Quelqu'un émit un doute. Bob s'exclama : « Ça va pas, non ? C'est le meilleur titre que j'aie jamais vu ! Le titre à lui tout seul suffit à vendre le film. » Du point de vue du marketing, le simple fait que le titre contienne le mot « sexe » faisait du film une affaire en or. « À partir de là, poursuit Tusk, on a mis les bouchées doubles pour décrocher le contrat. Il fallait être présent sur tous les fronts et aussi agressif que possible [16]. »

Les deux frères étaient des négociateurs hors pair. Ils possédaient un instinct très sûr, savaient ce pour quoi il fallait se battre et comment obtenir ce qu'ils voulaient de la partie adverse. Harvey était particulièrement doué pour conclure une affaire : il s'arrangeait toujours pour que les circonstances lui soient favorables, s'assurait qu'il savait tout sur la personne qui prendrait la décision finale et pourquoi c'était elle qui la prendrait, connaissait ses ennemis afin de pouvoir les neutraliser. « Les gens disent tout un tas de conneries sur toi dans ce métier, alors il faut être partout présent, impliqué à fond dans le processus[17] », explique David Linde, qui géra l'achat de droits et les ventes internationales au milieu des années quatre-vingt-dix. « Si Miramax était en pleine négociation avec un producteur de Los Angeles, il fallait absolument envoyer un représentant là-bas pour lui parler en face, se montrer agressif et remporter l'exclusivité. Il fallait obtenir son numéro personnel et l'appeler sans relâche jusqu'à ce qu'on décroche le contrat. Quand les deux frères laissaient passer un film, ils devenaient fous furieux, limite violents. »

Harvey avait fait forte impression à Larry Estes, qui se souvient : « Avec les distributeurs qui nous appelaient, c'était toujours la même chose : "Nous avons vu le film, il est formidable, mais nous devons le montrer à nos collaborateurs." Harvey a appelé de New York et m'a demandé si on pouvait se voir le lendemain. Vingt-quatre heures plus tard, il était à Los Angeles[18]. » Comme les autres acheteurs, Harvey fit un pèlerinage jusqu'à la salle de conférences de RCA/Columbia. Propre sur lui, poli, vêtu d'un costume, il semblait irrité par l'interdiction de fumer. « Harvey est arrivé avec trois affiches et quelques maquettes de publicités mélaminées et montées sur un support, se souvient Estes. Il avait déjà fait le travail de marketing. Miramax était enthousiaste. » Harvey dit à Estes et au producteur Bobby Newmyer : « Je ne repars pas pour New York sans ce film[19] », et proposa 100 000 dollars de plus que ses concurrents. Selon Newmyer, « à cette époque, Miramax occupait la quatrième ou cinquième position parmi les distributeurs. Mais nous avions l'impression qu'ils avaient plus envie d'avoir le film que les autres[20] ».

Tous les autres acheteurs critiquaient la compagnie des Weinstein, traitaient Harvey et Bob de tous les noms, sous-entendaient qu'ils mettraient la clé sous la porte d'ici la fin de l'année. « Pour eux, ces types n'étaient que de vulgaires promoteurs de concerts, des escrocs ou, au mieux, deux types qui ne savaient pas ce qu'ils faisaient », raconte John Pierson. Nancy Tenenbaum se souvient qu'Estes et Newmyer « semblaient un peu nerveux, étant donné la réputation des Weinstein. J'ai eu une idée : "Et si nous envoyions un représentant là-bas [21] ?"» Elle pensait à Ira Deutchman. Harvey et lui n'avaient rien en commun. Deutchman était coincé, conservateur côté finances, et paralysé par ses principes. Il refusait de dépenser un centime à moins d'être certain de le récupérer plus tard. « Les gens étaient assez paranos au sujet de Miramax, explique-t-il. Ils avaient la réputation de remonter les films et d'agir comme s'ils savaient mieux que personne à quoi le film devait ressembler. Leur brutalité, leur façon malhonnête de promouvoir les films en essayant de rouler les gens faisaient fuir les réalisateurs. Soderbergh était particulièrement inquiet pour *Sexe, mensonges et vidéo,* à cause du titre. Mon boulot consistait à faire en sorte que Harvey ne laisse pas tomber le film, ou au contraire n'aille pas trop loin [22]. »

Newmyer et son avocate, Linda Lichter, décidèrent de ne pas se dégonfler devant le bluff de Harvey – s'il bluffait – et de vérifier à quel point il tenait au film. Ils lui présentèrent une liste de sept exigences. Estes raconte : « C'était une situation de rêve. "Alors, voyons, de quoi avons-nous envie ? Nous voulons une avance d'un million.

– OK, répondit Harvey.

– Nous voulons un million pour les frais publicitaires.

– OK.

– Nous voulons que vous engagiez Ira comme consultant marketing et que vous lui versiez un salaire.

– OK.”

On a passé la liste en revue, et, au bout du compte, après avoir dit “amen” à tout, Harvey a dû penser que le marché était conclu. Alors j’ai dit que je devais vérifier auprès des grands patrons, mais qu’en principe c’était bon [23]. »

Le gang de *Sexe, mensonges et vidéo* assommait Miramax de conditions. « Estes insistait pour que la compagnie verse l’avance immédiatement sur un compte bloqué pour être sûr d’être payé, raconte Tenenbaum. Nous avons exigé qu’ils acceptent le film en l’état. Il n’y aurait pas de modifications supplémentaires [24]. » Miramax donna son accord. Estes jubilait : « À l’époque, obtenir un million juste pour la distribution dans les salles et les droits télé sur un film dont vous ne pouviez pas avoir les droits vidéo, c’était du jamais vu ; et obtenir un million de plus pour la publicité et les droits d’impression, un contrat de pratiquement 2 millions juste pour la sortie en salle… Aucune des compagnies indépendantes auxquelles nous avions parlé n’était assez agressive pour dire : “Annoncez la couleur, nous voulons conclure un accord.” Il y avait beaucoup de bla-bla. Et puis, j’étais rassuré qu’Ira ait été engagé pour cafter [25]. » Les Weinstein estimaient que le film de Soderbergh pouvait rapporter entre 5 et 10 millions. Le réalisateur était atterré. « Tout ça me mettait vraiment mal à l’aise, raconte-t-il. Je me disais que ces types étaient complètement tarés. On se demandait ce qui avait bien pu nous échapper, où était le hic. Le truc, c’est qu’ils avaient trouvé une combine pour s’en sortir [26]. » « Ils ont probablement payé trop cher, explique Mark Lipsky, mais ils n’avaient pas le choix, car personne ne voulait leur confier de films. Les Weinstein se trouvaient très généreux parce qu’ils versaient directement aux réalisateurs des avances substantielles, mais cette pratique faisait aussi fuir la concurrence. Ils obtenaient exactement ce qu’ils voulaient [27]. »

Leurs concurrents étaient abasourdis. « En apprenant que Harvey offrait un million, raconte Janet Grillo, je me suis dit que c'était ridicule. Cela semblait impossible. Quand nous avons appris que c'était bien le cas, j'étais sous le choc et je me suis dit : "Quel imbécile de gaspiller son argent comme ça, il vient de ruiner sa compagnie. Ou alors il sait quelque chose que nous ignorons[28]." »

Évidemment, Miramax savait quelque chose que New Line et les autres ignoraient. « C'était très audacieux de sa part, poursuit Grillo, parce que ça changeait tout. Jusqu'à l'arrivée de Harvey, nous savions quels films allaient sortir sur le marché et attendions sagement notre tour, invitions les représentants à déjeuner, assistions aux projections tous ensemble avant d'aller prendre un café. Mais les bonnes manières, Harvey ne connaît pas. » Weinstein n'allait certainement pas attendre poliment qu'on lui demande son avis avant de s'exprimer. « Jusque-là, les distributeurs avaient tendance à attendre passivement de voir ce qui tombait sur leur fax, ajoute Tony Safford. Cette façon extrêmement agressive de chercher, d'obtenir des films et de négocier a changé le métier[29]. » Un jour, lors d'une projection au Festival du film de Toronto, Margie Skouras se retrouva assise par terre parce que la salle était bondée. Elle se souvient : « Je me suis retournée et j'ai vu Harvey assis à côté de moi. Par terre ! Tom Skouras ne se serait jamais assis par terre. Sam Goldwyn non plus. Ils refusaient même de faire la queue ! Je réalisais pour la première fois que nous allions avoir du mal à lutter avec Bob et Harvey[30]. »

Scandal sortit en salles le 28 avril 1989. Comme à l'accoutumée, Dan Talbot exigea d'obtenir l'exclusivité pendant quelques semaines pour son Lincoln Plaza dans l'Upper West Side. Mais le film attirait une telle foule que Marty Zeidman put briser le monopole de Talbot et réserver trois salles à Manhattan – dans l'Upper West Side, l'East Side et à Greenwich Village –, triplant les profits. « J'ai compris avec *Scandal* que l'on pouvait commencer à montrer ce genre de films dans des endroits classe au lieu de se contenter des cinémas d'art et d'essai, explique-t-il. Lorsque j'ai été embauché chez Miramax, les dates de sortie de tous les films sur lesquels ils travaillaient [tenaient] sur une ardoise. C'est dire le peu de films dont ils s'occupaient ; en plus, ils disposaient d'[à peine] dix ou quinze copies de chaque film pour le pays entier. Nous avons obtenu une centaine d'écrans pour *Scandal*. Ça paraît peu, aujourd'hui, mais il y avait moins d'écrans disponibles à l'époque [31]. » Grâce à l'agressivité de Marty Zeidman, les recettes de *Scandal* atteignirent 8,8 millions pour les États-Unis.

Ce coup de maître lui permit de négocier la création d'une antenne de Miramax à Los Angeles. Tous ses collègues de New York en bavaient d'envie. « Personne ne voulait se trouver dans la même ville et encore moins dans le même bureau que Harvey et Bob, souligne Mark Lipsky. Marty a été le premier à mettre un continent entier entre eux et lui [32]. »

Miramax avait évité le pire. Le bureau de la 56e Rue était bourré à craquer et, à la fin des années quatre-vingt, la compagnie déménagea dans un immeuble sombre et humide à l'angle de la 18e East et de la 48e Rue, entre Madison et la Cinquième Avenue. Le siège de la société se trouvait au seizième, à droite en sortant de l'ascenseur. Même s'il occupait la moitié de l'étage, il était déjà bondé avant la fin du déménagement et ressemblait à un terrier éclairé à la lumière glaciale de néons, avec de faux plafonds, de rares fenêtres et des murs en si piteux état qu'on les aurait dits criblés de chevrotine. Ce nouveau siège était à peine plus spacieux que l'entresol occupé par John Cusack dans le film *Dans la peau de John Malkovich*. Les employés manquaient de trébucher sur la moquette décollée quand ils empruntaient l'interminable couloir, véritable capharnaüm. On se demandait comment Harvey, vu sa carrure, parvenait à s'y faufiler pour atteindre son bureau, situé à l'autre bout et décoré de photos et d'affiches de *The Burning* et de *Playing for Keeps*. Le cabinet du dentiste d'Ed Glass se trouvait dans le même immeuble. « Quand j'allais là-bas, c'était soit pour voir mon dentiste, soit pour voir Harvey et Bob, se souvient-il. Je me demande encore ce qui était le plus pénible. En leur présence, la tension était palpable. C'était comme si un semi-remorque vous percutait et vous roulait dessus pendant des heures [33]. »

Un jour, l'ascenseur tomba en panne, et Harvey dut emprunter l'escalier. D'après l'un de ses collaborateurs, « il soufflait comme un bœuf, et ce jour-là nous avons bien cru que son cœur allait lâcher [34] ». La personnalité agressive de Harvey, le manque de sommeil, les cigarettes, le régime de folie et le surpoids faisaient de lui le candidat idéal à l'infarctus. De temps à autre, la frêle Miriam – la maman de Harvey et Bob – passait leur apporter des biscuits au fromage. « Bob se montrait très désagréable avec elle, raconte Lipsky. Son frère et lui la faisaient attendre, parfois une heure, puis l'expédiaient : "On n'a plus le temps ; salut et merci pour les biscuits [35]." »

Miriam était si gentille « qu'il était difficile d'imaginer qu'elle avait mis au monde et élevé ces deux types [36] », observe un ancien employé. La relation de Harvey et Bob avec leurs parents était compliquée. D'après leur ami d'enfance Alan Brewer, « Miriam était une mère juive exigeante, agressive et brutale [37] ». Lorsqu'ils étaient enfants, elle faisait souvent des comparaisons désobligeantes entre ses fils et les autres enfants du quartier, du genre : « Pourquoi David a eu un A et pas vous ? » ou « Ah, vous n'avez pas eu le temps de faire vos devoirs ? Comment ça se fait que Mikey ait eu le temps, lui ? » Harvey l'appelait « Mama Portnoy ». Les deux frères ont grandi dans la cité ouvrière d'Elechester, construite par le syndicat de l'électricité, tout près du Queens College. Selon Brewer, qui a fait la connaissance de Harvey au Campbell College 218 de Kew Gardens en 1964, les constantes remontrances de Miriam ont aiguillonné l'esprit de compétition et l'agressivité de Harvey. Au cours de la cérémonie des Oscars en 1999, *American Beauty*, produit par DreamWorks, l'emporta sur *L'Œuvre de Dieu, la part du diable*, produit par Miramax. « Je voyais tout à fait Miriam appeler son fils pour lui dire : "Ces gars de DreamWorks, qu'est-ce qu'ils ont de plus que toi ? La mère de Stevie Spielberg, elle a peut-être fait du meilleur boulot ? Tu aurais pu y arriver, en travaillant un peu plus dur." Cela motivait Harvey, le poussait à prouver qu'il était le meilleur, le patron. »

Leur père Max travaillait comme joaillier dans le quartier des diamantaires. D'après les amis des garçons, c'est en fait Miriam qui portait la culotte : elle malmenait son mari, le menait à la baguette. Lorsque les deux frères retrouvaient leur père en privé, celui-ci leur disait : « Ach, votre mère... Ne vous en faites pas pour ça[38]. » Ils avaient un certain mépris pour Miriam et, d'après Brewer, au fond, Harvey et Bob préféraient Max, qui admettait avoir commis des erreurs et se servait de la liste de ses désillusions pour motiver ses fils. « Faites mieux que moi, leur disait-il. Ne laissez personne vous dire que vous n'y arriverez pas ou vous barrer la route, et, si quelqu'un essaie de le faire, rentrez-lui dedans. » Une leçon que les deux frères prirent de toute évidence au pied de la lettre. Ils avaient également le sentiment tenace d'être seuls contre la terre entière.

Max était stationné au Caire durant la Seconde Guerre mondiale et, lorsque les hostilités prirent fin, il resta dans la région et travailla pour les services secrets israéliens en Palestine. En grandissant, Harvey dévora les romans de Leon Uris. Il se sentait humilié par le stéréotype du Juif passif, grimpant dans des wagons à bestiaux sans l'ombre d'une protestation. Les Juifs auxquels il s'identifiait chassaient les Britanniques de Palestine ou, bien qu'en infériorité numérique, repoussaient une armée arabe et fondaient l'État d'Israël. « Au lieu de devenir professeur, docteur, avocat, on peut devenir soldat, protéger son peuple, déclara-t-il un jour dans le *New York Times*. On peut être fort. Ressembler à John Wayne[39]. » Il admirait *Exodus*, adapté du roman d'Uris par Dalton Trumbo – une victime du maccarthisme. « Le thème de prédilection de Trumbo, c'était les faibles qui bravent les puissants, observe-t-il. C'est toute ma vie : on peut tenir tête aux puissants, se mesurer aux majors, et gagner. » Devenu adulte, il aimait à dire : « Je ne suis pas du genre à marcher gentiment vers la chambre à gaz. Moi, je suis plutôt du genre à dire : "Je vais te poursuivre et te buter, toi et ta famille, espèce de sale SS." » Ce sont peut-être *Hulk*, de Ang Lee, et *Tough Jews*, ode lyrique de Rich Cohen aux gangsters juifs de New York, qui nous donnent le meilleur éclairage sur la psychologie des Weinstein. Plus proches de Meyer Lansky que de Woody Allen, s'ils étaient nés soixante-quinze ans plus tôt, on aurait pu les croiser sur Hester Street en train de prendre des paris, de vendre du whisky de contrebande, ou en pleine partie de poker avec Louis Lepke, patron du syndicat du crime.

Le succès de *Scandal* et les nouveaux bureaux ne suffirent pas à améliorer l'humeur des deux frères. Ils avaient tous deux des tempéraments volcaniques et étaient passés maîtres dans l'art de l'insulte et de l'humiliation publique, se déchaînant sur leurs employés devant leurs collègues. Stuart Burkin, qui intégra l'équipe de postproduction en 1991, raconte : « L'entreprise Miramax marchait à la peur. Les Weinstein sont intimidants, ils crient beaucoup, ils entrent dans des rages folles [40]. » « Tout ce que l'on dit de leur méchanceté est vrai [41] », ajoute Amy Hart, employée chez Miramax pendant trois ans comme coordinatrice du marketing.

La délicatesse n'a jamais fait partie de l'arsenal de Harvey. Il arrachait les téléphones des murs et les balançait à travers la pièce. Il claquait les portes et renversait les tables. À peu près tout ce qui lui tombait sous la main pouvait lui servir d'arme – cendriers, livres, cassettes, cadre contenant une photo de famille posé sur son bureau – et être balancé sur un collaborateur malchanceux avant de se fracasser contre le mur. En vérité, ces projectiles n'atteignaient que rarement – voire jamais – leur cible. Tout ça n'était qu'un jeu, un jeu bien cruel cependant. Les employés plaisantaient : il n'y avait qu'à le laisser vous frapper, négocier et toucher les indemnités de départ. Hart se rappelle : « Les vitres de la salle de conférences tremblaient sous les insultes ». Certains employés faisaient parfois des remontrances au patron : « Comment pouvez-vous traiter les gens de cette façon ? Vous obtiendrez davantage d'eux par la gentillesse, même si vous ne les aimez pas. » « Oui, oui, je sais, répondait Harvey avec un soupir, mais je ne peux pas m'en empêcher. Je fais de mon mieux, mais j'ai un caractère de cochon, c'est tout [42]. »

Si les deux frères vous aimaient bien, l'ambiance chez Miramax avait un côté familial. David Dinerstein vivait dans l'Upper West Side, à l'angle de la 101ᵉ et d'Amsterdam, à côté d'un terrain de basket-ball situé en face des HLM. Pour un Juif court sur pattes, Bob était un assez bon joueur et, de temps en temps, Dinerstein et lui se faisaient conduire là-bas pour disputer une partie contre les gamins du quartier. Harvey préférait le *softball* et n'avait rien de l'athlète qu'était son frère : il n'aimait pas courir et n'entrait sur le terrain que pour frapper la balle. Il avait adapté cette règle du base-ball au *softball*. Bob était capitaine d'une équipe, Harvey d'une autre ; la compétition était féroce. Bob offrit un jour 100 dollars à une employée qui s'avançait pour frapper la balle, à condition qu'elle atteigne la première base. Elle réussit, et il lui versa la somme promise. Un jour, il vira l'un de ses collaborateurs pour avoir laissé tomber la balle. Le pauvre homme faillit éclater en sanglots, et Bob le réembaucha dès la manche suivante.

Pourtant, même pour les quelques élus, la vie avec les Weinstein n'était pas une partie de plaisir. En effet, « chez Miramax, on cultivait une ambiance de travail très rentre-dedans », observe Mark Urman, attaché de presse qui a travaillé pour la compagnie plus ou moins régulièrement pendant des années et est maintenant chargé de la distribution sur le marché américain chez ThinkFilm. « Tout n'était qu'agressivité. Rien n'allait jamais, il n'y en avait jamais assez. » Les Weinstein aimaient bien Myrna Chagnard, qui travailla dans le petit bureau de Los Angeles pendant cinq ans. C'était une femme de caractère, pas du genre à se laisser marcher sur les pieds et, pourtant, elle finit par craquer elle aussi. « Je faisais une dépression, raconte-t-elle. Je ne supportais plus le stress, de m'entendre dire par Bob que j'étais virée. Je prenais mes affaires, j'allais chercher ma voiture, et puis il me rappelait. J'ai commencé à perdre du poids, à avoir des sautes d'humeur, à être déprimée ; ça a failli me détruire. Je me suis mise en arrêt maladie pendant trois ou quatre mois. J'étais devenue une vraie loque [43]. » « Travailler là-bas, c'était être sous pression constante », ajoute Eleanor Reznikoff, attachée de presse au bureau de Los Angeles à l'époque. « Tout le monde avait des problèmes pas possibles, tout le monde les craignait. Harvey est venu à Los Angeles pour assister à une première, et j'ai fait sa connaissance à cette occasion. En général, il arrivait le jour de la projection. Il a appelé de l'avion pour me dire que si vingt-cinq tickets ne l'attendaient pas à son arrivée, j'étais virée[44]. »

Si les Weinstein ne vous aimaient pas, la vie dans leur bunker pouvait être infernale. Grand et solidement charpenté, Jeff Rose semblait partager les mêmes gènes que les deux frères et, pendant un moment, il fit partie des favoris – un nouveau frère cadet –, accompagnant même Harvey au chevet de sa grand-mère mourante (Rose attendait dans la voiture). « Au bout du compte, il n'y a que deux frères Weinstein[45], dit-il. Une année, à Cannes, dans la suite de Harvey, il était 7 heures du matin, nous étions en réunion, poursuit-il. Harvey ne portait qu'une serviette de bain, si je me souviens bien, et il m'a fait une remarque à propos d'un contrat. Je n'étais pas d'accord et, au lieu de me dire : "Tu sais quoi, on va le faire à ma façon parce que c'est moi le patron", il a soulevé la table du petit déjeuner et me l'a jetée à la figure. » À partir de là, Rose eut tout faux. Au cours des six mois suivants, il perdit du poids, devint de plus en plus hagard et finit par faire une espèce de dépression. Rose refuse de faire le moindre commentaire, si ce n'est : « Il m'a poussé à bout ; j'ai touché le fond, et puis je suis parti. »

Certaines personnes étaient simplement trop gentilles pour travailler chez eux, et les Weinstein leur en faisaient voir de toutes les couleurs. Comme Harvey, Mark Silberman était très baraqué, mais, à la différence de Harvey, c'était un être doux. Le jour de la Saint-Patrick, en mars 1988, on aurait dit que le défilé passait par les bureaux de Miramax tant le bruit était infernal. Soudain, on entendit des éclats de voix si forts que les employés en conclurent que des fêtards ivres s'en donnaient à cœur joie dehors. Lipsky raconte : « Les cris étaient terrifiants, quelqu'un implorait en hurlant qu'on appelle la police. Et puis, quelques minutes plus tard, Mark est entré dans mon bureau, l'air hagard. Je n'avais jamais vu ça de ma vie [46]. » Il y avait eu une altercation. Peu après, Silberman quitta Miramax sans aucune explication. Ce n'est peut-être pas un hasard si, à la fin des années quatre-vingt-dix, la série *Scream* allait faire la fortune de la compagnie grâce à un scénario où les victimes seraient méthodiquement descendues l'une après l'autre –, métaphore de plus en plus parfaite de l'ambiance régnant chez Miramax.

Les employés débattaient pour savoir qui de Harvey ou de Bob était le pire. Pour Paul Webster, chef de la production au milieu des années quatre-vingt-dix, « le fou furieux, c'est Bob. Il a une telle violence en lui, une telle rage [47]... » Brantley partage son avis. « Bob m'effrayait beaucoup plus, dit-elle. Pendant mes trois premiers mois chez Miramax, je ne suis même pas entrée dans son bureau. L'atmosphère y était tellement bizarre [48]... » Une personne qui les côtoyait à l'époque ajoute : « Bob est plus sombre que Harvey. En sa présence, j'avais l'impression de me trouver dans le couloir de la mort. Il fout la trouille [49]. » Pour reprendre la formule attribuée à Tina Brown : « Bob, c'est celui qui n'a pas appris le caniveau [50]. »

Pourtant, certains le préféraient à Harvey. De l'avis d'Eamonn Bowles, ancien cadre au département marketing : « Quand Bob est dans un de ses mauvais jours, mieux vaut l'éviter. Mais c'est un type bien. Il est capable de péter les plombs, de se mettre dans une colère noire, mais jamais sans raison [51]. » « Quand Bob commençait à bouillir intérieurement, c'était toujours à cause du boulot, ce n'était jamais personnel, ajoute Dennis Rice, ancien directeur du département marketing. Il a horreur de se faire avoir, c'est tout [52]. »

Harvey rendait certaines personnes malades, leur retournait les tripes. Il vous mettait en garde lui-même : lorsqu'il perdait la tête, il était capable de tout. D'après Brantley, lorsqu'il était en colère « il enflait, comme si la pression atmosphérique avait changé, et on avait peur qu'il explose. Et cela lui arrivait, parfois. Son visage devenait écarlate et ses traits se figeaient. On avait moins peur de se recevoir une chaise dans la figure que de se faire étrangler[53]. »

« Je suis très sensible à la flatterie, et Harvey sait se montrer absolument charmant, poursuit Bowles. Certains jours, au bout de trois quarts d'heure en sa présence, je me disais que c'était un mec génial ; mais, en l'espace de deux minutes, il pouvait devenir ignoble. Ça fiche une trouille bleue[54]. » « Quand Harvey [se déchaîne], ajoute Lipsky, il a envie de faire du mal aux gens. Il perd vraiment la tête par moments, il est tellement dans son truc qu'il n'est plus capable de penser normalement. Il a fait pleurer toutes les femmes de la compagnie. Ça peut être à n'importe quel sujet, même un concept marketing. Une fois, il était tellement perturbé et agacé qu'il s'est acharné sur une de ses collaboratrices qu'il avait confondue avec l'un de ses employés hommes ! Il ne savait même pas à qui il avait affaire. Ce qui est bizarre chez Harvey, c'est qu'il voudrait passer pour un de ces nababs hollywoodiens à l'ancienne. Mais, quand il s'en prend à vous, ce n'est pas beau à voir. Il en fait une affaire personnelle[55]. »

Certains de ses collaborateurs trouvaient ses colères plus calculées que spontanées. « Il a un caractère de cochon, il faut bien l'avouer, raconte Bowles, mais je crois qu'il se met parfois en scène quand il convoque quelqu'un dans son bureau pour le passer à tabac verbalement. Il essaie toujours de trouver le point faible des gens, de trouver ce qui les motive. Il vous provoque pour voir si vous réagissez, puis s'en sert contre vous[56]. »

Safford, qui travailla pour Miramax au milieu des années quatre-vingt-dix, est du même avis : « Ses émotions sont complètement calculées. Je n'arrêtais pas de dire aux collègues de ne pas être déroutés par sa colère, car elle est feinte. Mais je leur disais aussi de ne pas se laisser abuser par ses compliments, car eux aussi sont bidons. Harvey est-il un mec sympa qui n'arrive pas à se contrôler ? Je ne le pense pas, non. À mon avis, c'est un type odieux qui n'arrive pas à se contrôler[57]. »

Les deux frères jouaient de leur mauvais caractère, soufflant le chaud et le froid sur leurs pauvres employés pour les garder à leur botte. « Ils rendaient tout le monde dingue, raconte Lipsky. Depuis que je les connais, leur *modus operandi* n'a pas changé : vous rentrer dedans, vous aider à vous relever, vous passer un coup de brosse à reluire et puis s'excuser[58]. » L'argent que Harvey a dépensé en bouquets de fleurs pour se faire pardonner aurait pu servir à produire un petit film. Comme le dit Rice, « certains jours, il vous insultait ; d'autres, il vous caressait dans le sens du poil, vous offrait des trucs, une prime pour se faire pardonner, et vous vous faisiez avoir. L'image même du jeu du chat et de la souris : au moment où la souris pense être tirée d'affaire, le chat pose la patte sur sa queue pour l'empêcher de s'échapper[59] ». « Ils soufflaient le chaud et le froid chacun leur tour, ajoute l'une de mes sources, on ne savait jamais lequel était bien disposé. L'un te lançait des trucs à la figure, l'autre s'excusait ; l'un te licenciait, l'autre te rembauchait. C'était infernal. »

Certains collaborateurs pensaient que tenir tête aux deux frères pouvait être efficace. Lipsky se souvient d'avoir mis Bob très en colère à propos de *The Quest* (1986) un « horrible navet australien » avec Henry Thomas : « J'avais dit [aux producteurs] que nous étions prêts à payer jusqu'à 10 000 dollars pour les droits télé, parce que c'était la seule façon de remporter le contrat. Deux jours avant la sortie du film, Bob entre dans mon bureau et me dit : “Laisse tomber la télé.” Ça le tuait de devoir débourser les 10 000 dollars en sachant que le film allait faire des recettes minables. J’ai répondu : “Non, je me suis engagé, c’est hors de question.” Bob s’est approché tout près de moi, l’air furibond, il a vidé mon pot à crayons et les a cassés un par un. J’ai éclaté de rire en disant : “Bob, qu’est-ce que tu fais au juste ?” Il est sorti, n’a plus jamais abordé le sujet. Et Miramax n’a jamais versé l’argent [60]. »

Mais ne pas céder, ou rendre coup pour coup, rendait souvent les choses plus difficiles, décuplait la rage des deux frères. « On hésite à agiter un chiffon rouge devant Harvey, explique Safford, parce que ça lui fait péter les plombs, et il se met à agir de manière irrationnelle pour vous blesser [61]. » « Si vous perdiez votre sang-froid, vous étiez fichu, ajoute Bowles. Ils pouvaient s’acharner sur vous [62]. »

Les WASP trouvaient que les Juifs bénéficiaient d’un traitement de faveur. Les Juifs trouvaient que les deux frères leur en faisaient baver. Mais, « côté insultes, les Weinstein ne faisaient aucune discrimination, d’après John Schmidt, comptable chez Miramax au début des années quatre-vingt-dix. S’ils avaient envie de s’en prendre à quelqu’un, peu leur importait sa race, sa religion, son origine ethnique ou la couleur de sa peau : ils le mettaient K.O. [63] » ! Cependant, on s’accorde à dire qu’ils étaient plus durs avec leurs collaborateurs masculins. « Les hommes me faisaient davantage de peine, se souvient Brantley, parce qu’avec eux Harvey devenait enragé, comme un chien prêt à mordre, sans forcément avoir de raison valable. Il les testait sans relâche. Il voulait qu’ils sachent qui était le patron [64]. » Dans une certaine mesure, Harvey et Bob chouchoutaient les collaborateurs experts dans des domaines qu’eux-mêmes ne maîtrisaient pas. Si par contre vous aviez la malchance de travailler dans le marketing, que Harvey considérait comme son domaine de prédilection, vous étiez bombardé de critiques, condamné à de laborieuses vérifications, aux remises en question permanentes. Pire, vous dépensiez leur argent ! Un homme employé au département marketing n'avait vraiment rien pour plaire... Un jour, irrité par un encart publicitaire mal placé dans les pages du *New York Times*, Harvey rugit : « Dinerstein, je vais te balancer par la fenêtre [65]. »

L'ambiance de travail chez Miramax était tout de même très stimulante. D'après Rice, qui semble exprimer un sentiment partagé par tous les anciens employés, « on déteste travailler chez Miramax, mais on adore ce que la compagnie représente, la magie qu'ils ont amenée au monde du cinéma indépendant. C'est un sentiment grisant dont on a du mal à se passer ; alors on ferme les yeux sur la façon dont ils mènent leurs affaires et on essaie de ne pas penser à ceux qui en ont fait les frais [66] ». « Leur énergie, leurs colères, leur méchanceté, même, étaient colossales, ajoute Foley, mais collaborer avec eux, c'était grandiose [67]. »

LA CRISE QUI AFFECTA la direction de Sundance au cours des années quatre-vingt avait beau être grave, il y avait pire. Pendant cette période, les projets sélectionnés pour les séminaires n'étaient pas à la hauteur des attentes de Redford. « Bob n'arrêtait pas de critiquer le processus de sélection, explique Sterling Van Wagenen. Il trouvait que la qualité des films américains se dégradait, surtout par rapport à la production australienne ou allemande [68]. » En brandissant la promesse de produire les films, on attirait dans les séminaires les projets les plus intéressants tout en les aiguillant dans une direction plus commerciale. Cependant, Redford craignait que, ce faisant, l'atmosphère du festival ne se dégrade, allant vers encore plus de compétition et d'hypocrisie.

Qui plus est, produire coûte cher : la fondation allait devoir récolter davantage de fonds, conclure des alliances risquées avec les studios, voire les deux. « Bob nous a dit de laisser tomber, poursuit Van Wagenen. Il pensait qu'en nous associant aux studios nous allions conclure un pacte avec le diable. » Redford finit par changer d'avis. Il se souvient : « J'avais entendu des réalisateurs se plaindre de leur manque de moyens. Alors je me suis dit qu'en mettant l'accent sur le côté financement pendant quelque temps, en les motivant, nous aurions peut-être un moyen de pression pour pousser les réalisateurs à faire des films plus attrayants pour les studios [69]. »

Mais, comme il ne tarderait pas à s'en rendre compte, il y avait un gros problème : pour les réalisateurs idéalistes auxquels il avait affaire, le mot « commercial » sonnait comme une insulte. Le fonds d'aide aux réalisateurs courait droit au désastre, et le désastre se produisit effectivement en 1984. Le film *Desert Bloom* relatait le passage à l'âge adulte d'une jeune fille dans les années cinquante, sur fond d'essais nucléaires dans le désert du Nevada. C'était l'un des meilleurs projets chapeautés par Sundance à l'époque, et, même s'il tomba dans l'oubli après une sortie confidentielle en 1986, la performance de Jon Voight en père abusif aurait dû lui valoir une nomination aux Oscars. C'était un scénario d'Eugene Corr, qui devait aussi réaliser le film, et de Linda Remy, qui s'était inspirée de sa propre histoire.

Remy et Corr, en couple à l'époque, assistèrent au séminaire de juin 1983. « Au début, Sundance a été une expérience fabuleuse, se souvient Remy. Ils nous ont ouvert des portes. Nous avons pu demander conseil aux meilleurs directeurs de la photographie, aux meilleurs décorateurs, aux meilleurs costumiers. Pendant quelque temps, nous avons eu la cote [70]. » Le soutien de Sundance permit de monter le projet chez TriStar, mais la situation s'envenima très rapidement. Comme l'explique Safford, « le seul nom de Redford garantissait que le projet serait financé, mais il a voulu mettre son grain de sel du début à la fin [71] ». « Nous pouvions contacter qui nous voulions, à condition de respecter le choix des gens de la fondation, poursuit Remy. [Sinon], ils nous retiraient leur aide. Sterling a dit : "Faites-moi confiance.

– Oui, mais vous nous demandez de sauter dans le vide.

– Je vous tiendrai la main." Au final, Gene et moi avons été les seuls à sauter [72]. »

C'est à ce moment-là que (Johnny) Carson Pictures récupéra *Desert Bloom.* Le tournage dégénéra en bataille rangée entre Remy et Corr, d'un côté, Sundance et Richard Fischoff, président de Carson Pictures, de l'autre, à propos des extérieurs, du casting, du montage, du moindre détail. Le coup de grâce fut donné par Redford lorsqu'il « s'est emparé du film et a interdit à Gene l'accès à la salle de montage, raconte Remy. Il était pire qu'un patron de studio. Je pensais que Sundance nous protégerait. Plus naïve que moi, tu meurs ! Redford détestait notre film ; il aurait aimé quelque chose de plus glamour [73]. »

D'après Fischoff, Corr ne s'est pas vu interdire l'accès à la salle de montage. « Ça aurait pu marcher, si seulement Sundance avait tenu ses engagements envers Gene et l'avait aidé à produire son film, précise-t-il. Mais la fondation n'a rien fait. Redford n'est pas venu sur le plateau une seule fois, n'a jamais rassuré les acteurs qui avaient accepté une baisse de salaire et s'étaient mis entre les mains d'un réalisateur inexpérimenté à cause de lui. Au lieu de ça, il est parti tourner *Out of Africa.* Nous voulions faire ce film par passion, pas parce que nous pensions qu'il allait cartonner. Moralité : aucune bonne action ne reste impunie, pour reprendre l'aphorisme d'Oscar Wilde [74]. »

Safford raconte que, en 1986, Redford tenta d'interdire *Desert Bloom* de festival après qu'il eut été sélectionné. Lorsque Safford menaça de démissionner, Redford renonça à son entreprise, mais refusa d'assister à la première du film.

Cela dit, Safford n'était pas le seul à se plaindre de Redford. *Animal Behavior,* comédie réalisée par Jenny Bowen et produite par Kjehl Rasmussen, avait été écrite sur mesure pour Redford, développée par la société Wildwood après un passage par le séminaire de Sundance. Cependant, l'acteur décida finalement qu'il était trop âgé pour le premier rôle. « Nos investisseurs nous donnaient 3,5 millions cash pour financer le film, explique Rasmussen. Nous adorions le scénario, le casting était incroyable, mais nous étions inquiets car c'était le premier film de la réalisatrice. Au cours d'un dîner, Redford a dit aux investisseurs : "Elle est formidable, je l'adore. Et puis, je suis là. Je ne serai pas loin en cas de problème, je veille au grain." Nous lui avons fait confiance et nous sommes mis au travail ; et puis, évidemment, il est parti faire *Out of Africa*. Lorsque nous avons eu des problèmes, il n'était pas là pour nous aider [75]. »

La perspective de la production, carotte censée convaincre les réalisateurs de faire des films plus commerciaux, n'avait pas l'effet escompté. Corr et Remy, comme beaucoup d'autres réalisateurs de leur génération, se souciaient peu de leur carrière : se battre pour imposer leur point de vue artistique était plus important à leurs yeux. « Nous traitions avec des réalisateurs idéalistes qui se fichaient de mettre un pied à Hollywood, voilà le problème, explique Van Wagenen. Je me suis mis en quête de gens qui avaient envie de travailler au cœur du système [76]. »

Mais il y eut un prix à payer. « La fondation a vraiment raté le coche, concluait Safford en 1990. Les réalisateurs qu'attire Sundance appartiennent à la catégorie des "mous du genou". Sundance n'est pas politiquement correct, mais "stylistiquement" correct. Tous les films qu'on y voit sont très conservateurs[77]. » Il était de plus en plus difficile d'ignorer que les stars du mouvement indépendant ayant émergé au milieu des années quatre-vingt – Spike Lee, John Sayles, Jim Jarmusch, Gus Van Sant, les frères Coen et David Lynch – n'avaient pas besoin de Sundance et ne participaient jamais aux séminaires. Certains des participants – New-Yorkais pâles et maigrichons tout droit sortis de studios miteux, qui se retrouvaient sans transition dans l'Utah à respirer goulûment l'air frais des montagnes, sous l'éblouissant soleil – se plaignaient d'être contraints par les référents oscarisés de faire des films commerciaux. Tom DiCillo, cadreur sur *Stranger Than Paradise*, de Jarmusch, intégra le séminaire en 1989 avec le script de ce qui allait devenir son premier film, *Johnny Suede*. « C'était bien de pouvoir jouer une scène, de la tourner en vidéo, de répéter avec les acteurs puis de voir ce que ça donnait, explique-t-il. On n'a jamais l'occasion de faire ça sur un film indépendant. Mais c'était la première fois que j'entendais dire que les intrigues A et B ne coïncidaient pas au bon moment dans le script ! J'ai dit : "Excusez-moi, mais de quoi vous parlez ?" Tout le monde me disait que je n'avais pas de véritable scénario. C'était une ambiance dingue, destructrice, négative. Ils voulaient me donner la recette pour réussir à Hollywood, mais, moi, ça ne m'avait jamais intéressé. J'avais carrément les boules[78]. »

Au début, « indépendant » était un terme générique employé pour parler des cinéastes et des compagnies travaillant en dehors du système et à l'origine d'une large palette de projets, du film d'auteur au film porno. Sundance érigea un mur entre les films d'auteur et les autres, s'appropria le terme « indépendant » et décréta que tout le reste ne valait pas tripette. En réalité, le festival avait quelque chose de schizophrène. Las de prendre en charge la programmation, Safford en avait confié la responsabilité à son protégé, le jeune Alberto Garcia, ancien chauffeur bénévole qui portait des lunettes de mamie et une queue de cheval, et passait son temps à organiser des hommages à de vieux « schnocks » comme Samuel Fuller, par exemple, dont Redford ne comprenait pas et n'appréciait guère le travail. Le dégoût qu'éprouvait l'acteur pour le côté trash de la culture populaire avait sans doute beaucoup à voir avec son propre sentiment d'insécurité. Il avait jadis bénéficié d'une bourse pour intégrer l'équipe de base-ball de l'université du Colorado, mais, n'ayant décroché aucun diplôme, il souffrait d'un complexe d'infériorité qui le poussait à rechercher l'approbation des milieux littéraires ou artistiques. Voilà pourquoi nombre des films qu'il a réalisés *(Et au milieu coule une rivière, La Légende de Bagger Vance, L'homme qui murmurait à l'oreille des chevaux)* sont impeccables du point de vue esthétique, mais sans âme, aussi vivants que des fossiles.

Le penchant de Redford pour les projets ayant trait à la culture amérindienne et aux minorités lui avait certainement fait gagner des points auprès des associations antiracistes, mais ça n'en faisait pas des films excitants. Étant donné le niveau lamentable des productions hollywoodiennes de l'époque, on ne pouvait pas blâmer Redford – même s'il vivait sur un petit nuage – de fuir comme la peste les films de genre mettant en scène gendarmes et voleurs, vampires et loups-garous, voyageurs spatio-temporels, visiteurs venus de Mars dans leurs drôles de machines, G.I. et guérilleros asiatiques, flics des stups et dealers, narcotrafiquants sud-américains, adolescents boutonneux et leurs problèmes de fesses. Mais, et c'était là le hic, dans son cas, la liste des sujets tabous était longue comme le bras, et, au bout du compte, les possibilités étaient très réduites lorsque vous souhaitiez réaliser un film indépendant sponsorisé par la fondation. « Nous avions des instructions : travailler sur des sujets régionaux, humanistes, typiquement américains, mais rares sont les projets véritablement intéressants dans chacune de ces catégories, reconnaît Michelle Satter, directrice du programme fiction à l'époque. Nous avons soutenu beaucoup trop de projets médiocres[79]. »

Sexe, mensonges et vidéo avait été sélectionné au Festival de Cannes. Bien que Harvey y ait déjà assisté, il fit à l'attaché de presse Mark Urman – engagé pour représenter la compagnie sur place – l'effet d'un péquenaud. Urman se rappelle que, pour économiser de l'argent, « Harvey et Bob étaient venus avec leur propre fax. Quand ils l'ont branché, il a explosé, parce qu'ils n'avaient pas réalisé que le voltage était différent en France[80] ». Urman fut pourtant impressionné : « Ils étaient convaincus qu'on pouvait faire parler de n'importe quel film, aussi petit soit-il. »

Harvey avait demandé à Brantley de servir de chaperon à Soderbergh, son jeune réalisateur anxieux. Tous deux venaient du Sud. Leur première rencontre eut lieu au cours d'un dîner organisé par Miramax en l'honneur du réalisateur et des acteurs du film. « Quand je l'ai rencontré, se souvient Brantley, il m'a donné l'impression d'être extrêmement gentil et peu sûr de lui. Il n'arrivait pas à croire à ce qui lui arrivait. Tout le monde parlait de lui, mais nous, on restait nous-mêmes, on prenait ça à la rigolade. Steven avait un point de vue très sain sur tout ça. Sa simplicité l'a sauvé[81]. » Ils s'entendirent tout de suite comme larrons en foire ; une idylle semblait sur le point de naître.

Do the Right Thing, de Spike Lee, film coup de poing sur les relations interraciales dans un quartier sur le point d'exploser, faisait également partie de la sélection cette année-là. À l'origine, le film devait être produit par la Paramount. « Le studio voulait que je change la fin, raconte le réalisateur. Ils pensaient qu'elle était trop déprimante, pas assez optimiste. Ils voulaient que Mookie et Sal se prennent par la main pour entonner *We Are the World*, ou une autre connerie du genre. C'était hors de question [82]. » La Paramount laissa tomber le film, et Lee apporta le projet à la Universal, dirigée à l'époque par Tom Pollock. Lee poursuit : « Tom m'a dit : "Spike, je ne vais pas me mêler du contenu de ton film. Je te donne 6,5 millions, le *final cut*, fais ce que tu veux", et il m'a fichu la paix. » Résultat : le meilleur film de Lee. Soderbergh craignait que Lee ne juge son film trop « blanc, trop bourgeois [83] », mais ce dernier prétendit l'aimer. Wim Wenders, encore auréolé du succès des *Ailes du désir*, présidait le jury.

La remise des prix eut lieu le 23 mai au Palais des festivals. Harvey refusait que Brantley s'asseye à côté de Soderbergh et la relégua donc au fin fond de la salle. Pour Soderbergh, *Do the Right Thing* allait remporter la Palme d'or. Mais, en se dirigeant vers leurs sièges, les Weinstein et lui remarquèrent que l'équipe du film avait l'air sombre : ils savaient déjà qu'ils repartiraient bredouilles. Gilles Jacob, président du festival, avait averti Harvey qu'il allait passer « une bonne soirée ». Soderbergh avait déjà gagné le prix international de la Critique, et s'attendait à recevoir la Caméra d'or, attribuée aux premiers films. Il était si anxieux qu'il disait n'importe quoi. Soudain, on appela James Spader. Ce dernier avait déjà quitté le festival, et le jeune réalisateur grimpa sur scène pour recevoir des mains de Sally Field le prix d'Interprétation Masculine à sa place. Puis il rejoignit les coulisses, où il pensait assister à la fin de la cérémonie, mais on le reconduisit jusqu'à son siège, à temps pour assister à la remise de la Palme d'or.

Lorsque Wenders évoqua « l'œuvre d'un jeune réalisateur », Soderbergh essaya de faire le lien avec les autres films de la sélection. Soudain, le président du jury lâcha les mots : *« Sexe, mensonges et vidéo »*. Qui plus est, il fit un éloge enthousiaste du film qui, selon lui, « permettait d'envisager l'avenir du cinéma avec sérénité [84] ». Soderbergh raconte : « Tout d'un coup, c'est comme si une porte s'était ouverte et qu'un bruit terrible s'en était échappé ; je me suis retrouvé debout, le sang battait à mes oreilles sûrement cramoisies. Jane Fonda m'a remis la Palme ; je suis resté là un moment à attendre que les applaudissements cessent, à chercher quelque chose à dire sans m'effondrer complètement. J'ai regardé droit devant et j'ai dit : "Eh bien je suppose qu'à partir de ce soir ça ne peut qu'aller de mal en pis [85]." » Il dit plus tard qu'il avait eu l'impression que, d'un coup de baguette magique, une fée lui avait donné la possibilité d'être John Lennon pendant trois heures [86]. Lorsque la cérémonie prit fin, Soderbergh, entouré de ses admirateurs et encore sur son petit nuage, se dirigea lentement vers la sortie en oubliant le trophée sous son siège.

Spike Lee ne cachait pas sa déception. On lui avait apparemment rapporté que, d'après Wenders, il n'y avait pas de héros dans *Do the Right Thing*. Il répondit qu'il possédait une batte de base-ball avec le nom de Wenders gravé dessus, avant d'ajouter, se référant au personnage masochiste interprété par Spader : « Qu'est-ce qu'il y a d'héroïque à mater des femmes sur vidéo [87] ? » En fait, le triomphe de *Sexe, mensonges et vidéo* marquait un tournant, le passage des films engagés, pleins de haine, qui trouvaient leur origine dans les mouvements politiques des années soixante et soixante-dix, vers une esthétique plus sage, caractéristique des années quatre-vingt-dix.

En rentrant à Los Angeles, Soderbergh découvrit que la querelle à propos de son film suivant n'avait fait que s'intensifier. Redford avait donné son accord à Barbara Maltby pour *King of the Hill* : elle et lui seraient producteurs exécutifs, Ron Yerxa et Albert Berger producteurs. Mais Soderbergh passa un accord de principe avec le producteur Mark Jonhson et le scénariste Lem Dobbs pour collaborer sur *Kafka*. Redford continuait à courtiser le jeune réalisateur et lui donna rendez-vous pour faire connaissance. Comme à son habitude, l'acteur était en retard, mais Soderbergh était si impressionné qu'il s'en rendit à peine compte. Il a fait référence à l'événement dans son journal et écrit à propos de Redford : « C'est un homme extrêmement intelligent, très candide, et je crois que nous avons passé autant de temps à bavarder de choses et d'autres que du boulot… Nous avons évoqué *King of the Hill* : il m'a dit que ce projet l'enthousiasmait. Je n'ai vraiment pas vu le temps passer[88]. » Le jeune réalisateur était sous le charme, ignorant tout de la relation compliquée qu'entretenait l'acteur avec les indépendants.

« Ni Redford ni Pollack ne voulaient laisser échapper le projet suivant de Steve[89] », se souvient Newmyer. Redford semblait agacé que son copain Pollack essaie de lui couper l'herbe sous le pied. Il avait toujours dit que Sundance ne lui appartenait pas, mais à présent il agissait comme si c'était le cas en tentant d'user de ses prérogatives royales. « Qu'est ce que ça veut dire ? Pourquoi Sydney a un contrat avec Soderbergh et pas nous ? C'est mon festival, quand même[90] », aurait-il dit.

Malgré son désir de voir Redford devenir son mentor, Soderbergh tenait à travailler sur les projets dans l'ordre où on les lui avait amenés. Il dit à Maltby que Redford passerait après Pollack, et peut-être même après Johnson. Chez Wildwood, on était abasourdi. En 1989, la chute du mur de Berlin enterra définitivement le projet *The Last Ship*, qui avait pour arrière-plan la guerre froide ; du coup, le projet *Kafka* avança d'un cran dans l'ordre des priorités. Il y avait d'ailleurs quelque chose de kafkaïen, proche de l'autodestruction, à voir Soderbergh s'accrocher à ce film. On aurait dit qu'il faisait acte de contrition pour le succès immérité de *Sexe, mensonges et vidéo*. « Quoi que je fasse, on allait me crucifier à la sortie de mon second film, explique-t-il. Je m'y étais préparé. D'une certaine façon, j'ai décidé d'offrir aux critiques une cible facile [91]. »

S'attendant au pire, Soderbergh fit tout pour voir le pire se produire. Pour George Clooney, ami et associé de Soderbergh, la simple idée de réussir lui est insupportable.

Redford n'était pas content de devoir passer après *Kafka*. Selon la rumeur, Soderbergh avait finalement décidé de ne pas faire *King of the Hill*. De temps à autre, Maltby lui reparlait du projet, et le réalisateur répondait : « Vous ne me faites pas confiance, ou quoi ? Je vous ai dit que ce serait mon prochain film, et je m'y tiendrai [92]. »

Le réalisateur cherchait une actrice pour *Kafka*. Peter Gallagher se souvint d'avoir travaillé sur une pièce de Clifford Odets avec Betsy Brantley, la sœur d'Alison, et la lui recommanda. C'est Theresa Russell qui obtint finalement le rôle, mais Soderbergh s'était trouvé une nouvelle petite amie. La réalité rejoignant la fiction, Steven s'éloigna d'Alison pour se rapprocher de Betsy. Elle avait sept ans de plus que lui, mais il disait aimer les femmes « mûres [93] », qui n'avaient pas besoin de lui pour vivre pleinement. « Un passionné de bowling ne peut pas être quelqu'un de trop compliqué [94] », déclara Betsy dans la presse.

Cependant, le mois d'août approchait à grands pas et, avec lui, la sortie de *Sexe, mensonges et vidéo ;* Miramax s'affairait sur la campagne marketing. « Leur réflexe, c'était toujours d'exploiter le truc le plus juteux – dans ce cas, le sexe et rien que le sexe, se souvient Deutchman.

Steven était horrifié. Il pensait que Miramax laissait espérer plus que le film n'avait à offrir[95]. » « Miramax cherchait à exploiter un filon, à titiller le public en impliquant que les enregistrements de Graham étaient en fait des films pornos amateurs, ajoute Liz Manne, qui travaillait pour Deutchman à l'époque. Ils sont allés trop loin[96]. »

Pendant les réunions marketing, l'atmosphère était tendue. Soderbergh boudait, Harvey bouillait. Lorsqu'un jour le réalisateur quitta la pièce, sur le point d'exploser, Harvey leva les bras au ciel en signe de frustration et s'écria : « Comment est-on censé vendre ce film ? Ce n'est absolument pas réaliste[97]. » Il était du genre à dire : « C'est mon fric, c'est mon film, je me fous pas mal de ce que pense le réalisateur. Ce type va nous adorer si le film marche, et s'il ne marche pas, quelle importance ? Un de perdu, dix de retrouvés. » Mais il avait investi bien plus que de l'argent dans le film de Soderbergh, et, quand ce dernier lui proposa de réaliser lui-même la bande-annonce, il accepta. Harvey la détesta, la qualifia de « merdouille pour salle d'art et d'essai[98] ». Grâce à Deutchman, qui faisait le tampon entre les deux – « je les ai empêchés de s'entretuer[99] » –, ils trouvèrent un compromis : les images sélectionnées par Soderbergh illustreraient les idées de Miramax.

Le jeune réalisateur avait déjà soupé de la réussite éclair. « Tout le monde veut faire ma connaissance[100] », se plaignait-il. Le 9 juillet, il jeta la Palme d'or dans le coffre de sa voiture et traversa le désert du Mojave en direction de Charlottesville, en Virginie. Il conduisait la nuit pour éviter une surchauffe du moteur. « Steven a du mal à être heureux là où il est, explique Alison Brantley. Quand il est à Los Angeles, il veut vivre à New York. Quand il est à New York, il se dit qu'il ferait mieux de déménager à Los Angeles. » Sa famille avait vécu à Charlottesville, et il y avait disputé une partie de base-ball idéale quand il avait huit ans. « Il avait envie de retourner là où il avait connu ce moment de pur bonheur, poursuit Alison. Mais, au fond, il est incapable d'être heureux [101]. » « Ce n'est pas parce que mon premier film a eu un succès phénoménal que j'ai forcément recherché ce succès [102], reconnaît Soderbergh. Je ne m'y attendais pas, et je n'en avais pas envie. Quand c'est arrivé, je me suis fait violence pour m'en réjouir ; et puis, vous savez, ça aurait été malhonnête et limite mal élevé de ne pas s'en réjouir [103]. »

Miramax organisa la première de *Sexe, mensonges et vidéo* le 4 août 1989 : c'était un coup de maître, stratégiquement parlant, car les succès de l'été commençaient à s'essouffler, et les spectateurs à qui il restait un ou deux neurones intacts cherchaient quelque chose à se mettre sous la dent. Les réactions furent si enthousiastes que, lors du cocktail qui suivit la projection, Soderbergh était sur un petit nuage. Il confia à son journal : « Je pense que les gens qui réussissent du jour au lendemain pètent les plombs parce que, tout d'un coup, ils ont l'impression de devoir obligatoirement se sentir comblés ; quand ce n'est pas le cas, ils se disent qu'ils ne sont pas normaux et se mettent à avoir un comportement autodestructeur. Ce qui m'est arrivé est vraiment génial, mais je ne me sens pas plus comblé qu'il y a un an et demi. À mon avis, c'est une mauvaise idée de lier l'image que l'on a de soi à sa pseudo-réussite professionnelle. Ça peut vous rendre amer [104]. »

Pour dépasser le seuil des 10 millions de dollars de recettes et être diffusé dans les grandes villes, un film indépendant doit au préalable passer dans les multiplexes de banlieue. Zeidman avait ouvert la voie avec *Scandal*, et *Sexe, mensonges et vidéo* suivit le même chemin. « Jusque-là – et encore aujourd'hui –, pour certains distributeurs, comme Sony Classics par exemple, les films étaient sacrés, explique Jack Foley. Ils se cantonnaient au cinéma Orson-Welles de Cambridge, aux cinémas Landmark ou au Laemmles, à Los Angeles. Montrer les films d'auteur dans certaines salles, dans des centres commerciaux, par exemple, c'était les avilir, en faire des produits de consommation. Quel point de vue imbécile et élitiste ! Et puis, un jour, Marty Zeidman a dit : “Un peu d'audace ! Qu'on le veuille ou non, l'industrie du film est un commerce comme les autres. On va se faire du fric.” Harvey a rendu les films d'auteurs tendance, mais il n'aurait jamais connu un tel succès si Marty n'avait pas enfreint quelques règles [105]. »

« C'était comme un raz-de-marée, ça a tout emporté sur son passage [106] », raconte Zeidman. Poussé par l'ambition des Weinstein ainsi que par la soif de nouveauté et d'originalité des médias, le film de Soderbergh fut très rapidement projeté sur cinq ou six cents écrans dans les plus grandes villes américaines. « Le film était partout, même à Corpus Christi, au Texas, même dans des villes et des cinémas où l'on ne projetait pas ce genre de films d'habitude, continue Zeidman. Ne sous-estimez jamais la vénalité des propriétaires de salles : quand ils ont vu les chiffres, ils se sont jetés dessus. » Les moyens publicitaires déployés étaient proportionnels au nombre de salles projetant le film. D'après Bingham Ray, « [jusqu'alors,] si vous placiez un encart de dix centimètres dans le journal le jour de la sortie, les gens le remarquaient. La sortie d'un film à New York ne vous coûtait que 15 000 dollars en tout et pour tout. On n'aurait pas pensé à promouvoir un film indépendant ou étranger à la télévision. C'était réservé à la presse écrite. Ou alors, si vous aimiez vraiment le risque et que vous aviez un peu d'argent à dépenser, vous faisiez de la publicité à la radio. Avec *Sexe, mensonges et vidéo*, Harvey s'est mis à investir dans les spots télé [107]. » Larry Estes ajoute : « Pour gagner 25 millions, il faut dépenser plus d'un million en publicité. Ça leur a coûté 2,5 millions. Ils n'y sont pas allés avec le dos de la cuillère [108]. » En plus des 24,7 millions engrangés aux États-Unis, le film rapporta 30 millions dans le reste du monde.

Soderbergh était ravi du travail des Weinstein. « Je suis sidéré de voir jusqu'où ils ont pu aller avec ce film, déclara-t-il à l'époque. Ils sont capables de remuer ciel et terre. Comparées aux coûts publicitaires, les recettes amassées sont astronomiques [109]. » Ce qu'il y avait de bien avec Miramax, quand tout allait pour le mieux, c'est qu'ils vous offraient le meilleur des deux mondes : ils chouchoutaient les films comme les distributeurs indépendants savaient si bien le faire et dépensaient une fortune dans des pubs télé. Mais tout n'allait pas toujours pour le mieux. Harvey et Bob étaient capables du meilleur comme du pire.

LORSQUE REDFORD adressa la fameuse lettre à ses collaborateurs à Noël 1988, la fondation semblait au plus mal, ce qui n'empêcha pas la situation de se dégrader davantage. Safford, directeur du festival, abandonna ce qui ressemblait à un navire à la dérive en 1990 pour aller travailler chez New Line. Geoff Gilmore, qui prit la relève cette année-là, ne s'investit que très peu dans cette édition du festival. Plombé par un moral en berne et des luttes de pouvoir au sommet de la hiérarchie, le festival toucha le fond. À défaut d'un film de la trempe de *Sexe, mensonges et vidéo*, Sundance s'accrochait à Soderbergh lui-même. Président du jury, il était en passe de devenir la mascotte du festival, acceptant d'en faire la promotion. Cette édition était placée sous le signe du cinéma afro-américain, avec *La Rage au cœur*, de Charles Burnett, et *House Party*, des frères Hudlin, qui offrit un énorme succès à New Line. *L'Incroyable Vérité*, de Hal Hartley – que Miramax avait repéré au Festival de Toronto en septembre –, et *Metropolitan*, de Whit Stillman, sortaient aussi du lot.

Il fallait que Sundance se trouve un nouveau *Sexe* de toute urgence. La médiocrité de la programmation semblait confirmer les pires craintes de Redford. Gilmore se souvient : « On avait l'impression de revenir à la case départ, d'en être encore à l'époque où les films indépendants étaient marginaux, n'intéressaient personne [110]. » Ironie de l'histoire, le changement ne tarderait pas à s'opérer. Mais, durant les heures sombres de cette année 1990, personne ne pouvait le prédire, et surtout pas la fondation, qui conclut donc à l'échec de sa mission. Depuis le départ, Redford craignait que les indépendants ne soient trop… indépendants. « Il est peut-être temps de s'interroger sur l'emploi du terme "indépendant", déclarait-il, à deux doigts de jeter l'éponge. Avons-nous raison de le mettre à toutes les sauces ? Après tout, un film est un film [111]… » Il avait tenté d'aiguiller les réalisateurs rebelles vers les films commerciaux en leur faisant miroiter l'argent des producteurs ; son échec lui fit comprendre que, dans la mare aux indépendants, les gros poissons étaient tout bonnement très rares. Écœuré, Frank Daniel, qui dirigeait les séminaires, se joignit à la grogne générale : « Chez les indépendants, le talent ne court pas les rues [112] », remarqua-t-il. C'est ainsi que le festival décida de privilégier les célébrités qui, après avoir fait leurs preuves dans d'autres domaines, mouraient d'envie de s'essayer à la réalisation, au lieu de privilégier les débutants dont la maladresse et le manque d'intérêt pour ses conseils décevaient Redford. « Les artistes reconvertis dans le cinéma font de meilleurs réalisateurs, ajoute Daniel, sans cacher son mépris pour les cinéastes indépendants. Un artiste qui a des années d'expérience au théâtre est plus susceptible de repérer une bonne histoire, possède un meilleur sens de l'intrigue et des personnages, que les réalisateurs ou les scénaristes. Ils nous soumettent de meilleurs projets. » Gênée par son incapacité à générer un succès critique ou un carton au box-office, la fondation était prête à tourner le dos aux indépendants qui, au départ, avaient été sa raison d'être.

Daniel ne savait pas ce qu'il disait, évidemment. Comme l'a souligné à l'époque Ulu Grosbard, réalisateur de *True Confession* et engagé comme « référent » à Sundance, même si le dramaturge moyen écrit mieux que le scénariste moyen – ce qui reste à prouver –, « ses qualités de dramaturge même font de lui un mauvais scénariste. Les conventions et le langage sont différents au théâtre et au cinéma. » Ayant mis le doigt sur l'un des défauts majeurs de Sundance, il poursuit : « Les gens se tournent vers la littérature quand ils cherchent à éviter le cinéma commercial, mais je préfère voir un film de genre bien ficelé qu'une mauvaise adaptation de *Guerre et Paix*[113]. »

Redford engagea Suzanne Weil, ancien factotum chez PBS, pour succéder à Tom Wilhite. Redford espérait sans doute trouver en elle un directeur plus malléable, mais apporta une nouvelle fois la preuve de son manque de discernement. Elle était l'antithèse de Wilhite. Selon plusieurs témoins, c'était une administratrice sans grand talent ; par contre, elle cultivait sa relation avec Redford et avec un groupe de réalisateurs (parmi lesquels Carl Bernstein, Martha Clarke, Twyla Tharp et Peter Weller, alias Robocop) dont personne ne se souvient plus aujourd'hui.

Safford était un directeur de la programmation doué, mais, paradoxalement, la plus significative de ses contributions a peut-être été d'engager Gilmore pour lui succéder. Ce dernier venait de la cinémathèque de l'UCLA (University of California, Los Angeles). Son parcours faisait de lui un *outsider*. « Le cinéma indépendant ne m'impressionnait guère, se souvient-il, en particulier les films pleins de bons sentiments que privilégiait

Sundance[114]. » Il n'aurait pu tomber à un plus mauvais moment. En 1990, les recettes du festival s'élevèrent à 617 000 dollars, les dépenses à 546 000, les profits à 71 000 dollars. À peine quelques mois après son arrivée, un cataclysme s'abattit sur la fondation, dont les finances étaient dans le rouge. On pria les directeurs des différents départements de ne garder qu'un collaborateur chacun et de licencier les autres. Du jour au lendemain, la fondation passa de trente-cinq à douze ou treize employés. Le budget fut amputé de près de 50 %, passant de 2,7 millions à environ 1,55 million.

Quelques mois plus tard, à son retour de Saint-Domingue, où il avait tourné *Havana,* Redford découvrit que le déficit de Sundance s'était dangereusement creusé. « Je n'arrivais pas à l'accepter[115] », avoue-t-il. Il licencia Weil. Celle-ci prétend que son impopularité était liée aux changements qu'elle avait tenté d'apporter. « J'ai eu la possibilité de semer la pagaille, avoue-t-elle, mais on ne m'a pas laissé celle de réparer les dégâts[116]. »

Une fois de plus, Sundance partait à la dérive. D'après Pollack, un des plus vieux amis de Redford, présent à la création du festival, « il ne s'agissait pas d'agressivité passive dans son cas. C'était plus sain que cela : une sorte d'ambivalence entre l'envie de diriger le festival et de passer la main à quelqu'un d'autre[117] ». En 1991, à l'approche du dixième anniversaire du festival, la survie du bébé de Redford était compromise. De crainte de ne pas pouvoir payer ses employés, la fondation mettait la pression sur les sponsors pour qu'ils versent leur contribution immédiatement. « Quel que soit le mal que vous vous donnez, vous énervez quelqu'un, déplorait Redford, amer. Il est à présent temps pour moi de me retirer et de voir si cette organisation peut voler de ses propres ailes. Si elle n'en est pas capable, eh bien ! qu'elle disparaisse. Cela me navre de penser que j'ai gâché dix ans de ma vie, mais, si problème de management il y a, c'est à moi de le résoudre en trouvant un administrateur efficace. Je n'ai pas su le faire, un point c'est tout. Cela dit, il y a un nouveau venu à la fondation qui emploie des méthodes très efficaces pour récolter des fonds : il s'agit de Gary Beer[118]. »

Beer se débarrassa de ce qui restait de la vieille garde, mais le massacre laissa des traces sur le moral des troupes. Chargé de la programmation, Alberto Garcia exprime un sentiment quasi unanime lorsqu'il déclare : « J'avais espéré, après avoir consacré plusieurs années de ma vie à travailler pour une organisation artistique à but non lucratif, que l'on mettrait les formes au lieu de me sacquer sans ménagement. Je trouve la situation on ne peut plus ironique : la fondation a été créée pour que les cinéastes puissent se concentrer sur leurs films au lieu de devoir batailler avec des avocats et des banquiers ; pourtant, aujourd'hui, ce sont eux, les comptables, qui dirigent Sundance[119]. »

Témoin du naufrage, Redford se demandait comment les choses avaient pu si mal tourner. Il avait de plus en plus l'impression d'être un boulet pour Sundance, et de traîner Sundance comme un boulet. « On a souvent dit que je représentais un atout pour le festival, remarquait-il à l'époque, mais j'ai commencé à voir les choses autrement : j'étais un handicap, je faussais le jeu. S'ils me voient comme un dilettante planqué dans l'Utah, pour qui tout ça n'est qu'un prétexte pour payer moins d'impôts, les gens ne vont pas se bousculer pour apporter leur contribution ! Voilà pourquoi j'ai délibérément tenté de me désengager, parce que je me disais que la situation n'était pas saine. Certains pensent que je suis schizophrène, mais c'est faux. C'était un choix conscient : j'ai décidé il y a trois ans qu'il était temps de me consacrer de nouveau à ma carrière. J'ai des choses à faire, des films à tourner. Je n'ai joué que dans quatorze ou quinze films dans les années soixante-dix, et à peine dans quatre dans les années quatre-vingt. Je n'ai jamais eu l'intention de mettre un terme à ma carrière pour gérer Sundance[120]. »

N'en déplaise à Pollack, beaucoup considèrent que la star a un comportement « passif agressif » et le chic pour voler au secours de la victoire. À ce titre, la réplique finale de *Votez McKay* (« Et maintenant, qu'est-ce qu'on fait ? ») est tout à fait emblématique du personnage Redford. « Bob aurait adoré que la fondation puisse fonctionner sans lui, conclut Van Wagenen. Mais peu à peu, il est devenu clair qu'il en était la clé de voûte. Il a compris qu'il devrait assumer ce rôle. Il ne s'attendait pas à ça[121]. »

Cependant, Redford était impatient de voir le projet *King of the Hill* démarrer. Soderbergh et toute l'équipe de *Sexe* avaient pris part au séminaire de production, au mois d'août précédent. Le réalisateur confia à Estes qu'il s'apprêtait à épouser Betsy Brantley, et, en décembre 1989, un juge de paix de Charlottesville célébra leur union. Le couple semblait très amoureux. Quelques mois plus tard, Soderbergh tournait *Kafka*, tout en réfléchissant à son film suivant. Redford pensait qu'il s'agirait de *King of the Hill*. Mais Soderbergh estimait devoir un film à Pollack. Alors qu'il travaillait sur la post-production de *Kafka*, Redford lui donna rendez-vous dans son bungalow aux studios Universal. La star avait quarante-cinq minutes de retard, et, comme l'immeuble était vide, le jeune réalisateur dut patienter dehors. D'après les souvenirs de Soderbergh, Redford lui dit :

« Si j'ai bien compris, vous allez tourner un autre film avant *King of the Hill*.

– Oui, c'est possible.

– Je me demande si je ne devrais pas simplement me retirer du projet, parce que je n'arrive pas à savoir s'il vous intéresse toujours[122]. »

Soderbergh en fut tout retourné. Il se dit : « C'est très bizarre, parce que c'est moi qui ai conseillé le livre lorsqu'ils m'ont contacté. Ils ne sont pas à l'origine du projet. » Redford avait l'air de le menacer. « En fait, il se demandait s'il devait travailler sur ce projet avec ou sans moi. » Soderbergh répondit : « Non, je compte mener ce travail à bien. Mais il est parfois difficile de quantifier ces choses-là. Ce dont vous pouvez être sûr, c'est que j'ai la ferme intention de faire ce film. Je ne vous raconte pas de blagues. Je ne suis pas en train de vous mener en bateau.

– Très bien. »

Cependant, lorsqu'ils se quittèrent, Soderbergh était mal à l'aise, d'autant que les droits du livre appartenaient désormais à Redford.

HARVEY AVAIT ACHETÉ *Cinema Paradiso* au Festival de Cannes en mai 1989. Personne d'autre n'en voulait. Le film de Giuseppe Tornatore – qui dépassait les deux heures et demie – avait déjà connu un bide retentissant en Italie l'année précédente. La plupart des distributeurs n'avaient pas pour habitude de remonter les films et restèrent donc les bras ballants. Harvey n'était pas si regardant. À l'époque, il disposait d'un studio de post-production rudimentaire qui lui permettait de monter les bandes-annonces et les spots de publicité, mais aussi de travailler sur le montage et le doublage des films. Les deux frères étaient tellement fauchés qu'ils travaillaient directement sur les copies d'exploitation, coupant et collant à tour de bras. Plus tard, lorsque la compagnie devint plus prospère, ils modifiaient certaines scènes, en ajoutaient même certaines à des films que les réalisateurs considéraient comme achevés. Ils confiaient la tâche à des étudiants payés des clopinettes sous prétexte qu'ils en apprendraient cent fois plus à l'école Miramax que sur les bancs de la fac.

Cinema Paradiso fut amputé d'une demi-heure – Russel Schwartz, cadre au département marketing, prétend que Tornatore l'a remonté lui-même. Deux heures, c'était encore long, mais pas interminable. Raccourcir un film, bien que ce soit dégradant pour le réalisateur, passait encore, surtout quand le travail était fait avec tact, sensibilité, et en accord avec le réalisateur. Mais Harvey n'en restait pas là. « Harvey disait toujours que notre boulot consistait à porter sur ces films, même les films britanniques, un regard américain », se souvient Stuart Burkin. Lorsque les acteurs venaient réenregistrer leurs dialogues, « nous leur demandions de gommer leur accent britannique [123]. »

Charcuter les films étrangers pour les rendre plus digestes, éliminer les particularités culturelles qui auraient pu rester en travers de la gorge du public américain, était plus discutable. Ce sont justement ces coutumes, cette façon de s'exprimer, ces comportements différents, qui contribuent à l'originalité des films étrangers ; ils ouvrent une porte sur des univers inconnus, ne se contentent pas de nous renvoyer notre propre image. La dernière chose dont on a envie, c'est de tomber sur un McDonald au cœur de la Cité interdite à Pékin. Harvey Keitel s'escrimant à faire parler l'héroïne muette de *La Leçon de piano*, de Jane Campion, c'est à ça que devrait ressembler la relation entre public américain et films étrangers. Il faut les apprivoiser, et, lorsqu'on y parvient, les meilleurs d'entre eux nous procurent un plaisir infini. De plus, il est périlleux de s'engager dans la voie des « adaptations » car préserver l'intégrité du réalisateur ne pèse alors pas lourd dans la balance, comparé à la perspective de recettes colossales. Une fois que l'on commence à trafiquer un film, en modifiant ceci, en retouchant cela, il est difficile de savoir où s'arrêter, et on a vite fait de dépasser les bornes (comme dans ces merveilleux films de kung-fu hongkongais, détruits par un doublage désastreux, dont Miramax se fit une spécialité). « Nous n'avons jamais testé les films auprès des spectateurs dans le but de les modifier [124] », insiste Harvey. Pourtant, Diana Tauder qui a travaillé à la postproduction chez Miramax entre 1993 et 1999, explique : « Miramax a bien organisé des projections tests, et, en fonction des réactions du public, nous faisions des modifications. Je savais que mon travail laissait à désirer du point de vue éthique, mais, grâce à moi, les films allaient rapporter plus d'argent. Et, à mon avis, dans la plupart des cas, ils n'en étaient que meilleurs [125]. » Cependant, en permettant au public de prendre part au processus créatif, Harvey signait l'arrêt de mort d'une création digne de ce nom – films étrangers, indépendants, d'auteur – et contribuait à faire la fortune de chaînes de télévision dont la programmation est assujettie à l'audimat. Bref, Miramax ressemblait de plus en plus à McDonald.

Quel que soit le but visé, procéder à des coupes était souvent vécu par les réalisateurs comme un acte coercitif. « Nous ne nous adressions jamais [au réalisateur] en ces termes, explique Burkin, mais cela revenait à leur demander d'atteindre le but fixé par les frères Weinstein. C'était plus simple quand ils se montraient compréhensifs parce que, de toute façon, ils savaient que ça allait arriver [126]. »

La plupart des étudiants embauchés par Harvey avaient appris qu'un auteur, ça se respecte. Même s'ils pensaient « aider » les réalisateurs en améliorant leurs films, ils n'avaient souvent aucune envie de se charger de cette tâche. « Ce n'était pas marrant, continue Burkin. Parfois, je me disais que je privais le film de ce qui faisait son originalité au profit d'un rythme plus rapide. J'y pensais beaucoup et j'avais tout le temps mal à l'estomac, à l'époque. » Le stress lui déclencha un ulcère.

Diana Tauder partage son avis. « C'était comme dire à des parents que l'on va opérer leur bébé alors que, d'après eux, il va très bien. Certains de ces réalisateurs étaient des talents confirmés, des artistes. J'étais gênée. À la fin de ma carrière chez Miramax, je me suis rendu compte que retravailler l'œuvre de quelqu'un d'autre n'était pas le meilleur moyen pour moi d'exprimer ma créativité [127]. »

L'aîné des Weinstein faillit en venir aux mains avec Ismail Merchant, producteur de *Mr & Mrs Bridge*, que dirigeait son partenaire James Ivory. Paul Newman et Joanne Woodward tenaient les premiers rôles de ce film relativement coûteux, adapté de deux ouvrages d'Evan Connell. La compagnie Cineplex Odeon le finançait. Miramax versa 4 millions sur la foi du casting et du script écrit par la scénariste attitrée d'Ivory/Merchant, Ruth Prawer Jhabvala. « J'adore Ruth, déclare Weinstein. C'est elle la plus talentueuse des trois [128]. » Les réalisateurs connaissaient la réputation des frères Weinstein, mais, comme le contrat garantissait le *final cut* à Ivory, ils se sentaient assez bien protégés. Harvey et Bob se rendirent sur le tournage à Kansas City. D'après Merchant et Ivory, les deux frères avaient du mal à dissimuler leur enthousiasme et clamaient à qui voulait l'entendre : « C'est formidable, nous sommes tellement heureux de travailler avec vous [129] », etc. Tout allait pour le mieux jusqu'à ce que Harvey et Bob voient le film. Là, tout se gâta.

Ivory avait modifié la fin, alors que le script se terminait sur une note plus gaie, un flash-back sur les noces de Mr et Mrs Bridge. « D'après les Weinstein, explique Merchant, Paul Newman aurait dû venir à la rencontre de sa femme, la prendre dans ses bras pour la ramener chez eux, tout ça sur fond de violons, pour faire plaisir au public américain [130]. »

Ni Cinecom ni aucun autre distributeur collaborant avec le duo n'organisait de projection test ; alors, quand Miramax en organisa une pour *Mr & Mrs Bridge*, Merchant et Ivory furent atterrés. Au fil du temps, ils s'étaient forgé une très haute opinion de leur talent – pas imméritée d'ailleurs – et, avec *Chambre avec vue* sur leur C.V., ils se croyaient à l'abri des sondages d'opinions et autres panels. La projection eut lieu au Paris Theater de New York. « Les réactions étaient négatives, se souvient Weinstein, surtout par rapport à la fin. Le public était choqué [131]. »

Lors d'une réunion avec le réalisateur et le producteur dans les bureaux de Tribeca, Harvey revint à la charge : « Nous devons apporter certaines modifications au film [132]. » Merchant, vieux routier habitué au monde indépendant et à ses luttes de pouvoir, ne s'en laissa pas conter. « C'est impossible, répondit-il. Ici, vous avez la possibilité de distribuer un film de premier ordre. Si vous ne voulez pas le distribuer, ne le faites pas. » Ivory demanda à voir les notes prises par les spectateurs lors de la projection. « Ce film est destiné à un public sophistiqué, éduqué, s'exclama-t-il à la lecture d'une fiche. Ces gens-là ne viennent pas des beaux quartiers, contrairement à ce que vous prétendez.

– Qu'est-ce qui vous fait dire ça ?

– Regardez l'écriture. J'arrive à peine à déchiffrer ces notes ; ceux qui les ont prises savent à peine écrire [133]. »

« Ça alors, se dit Harvey, qui avait grandi dans le Queens, ce type méprise son public. » Il explosa : « Bon sang, vous n'êtes qu'un prétentieux. L'écriture, voyez-vous donc ! Je vais vous en foutre, moi, de l'écriture, bordel de merde [134] ! » « Harvey est devenu enragé, se souvient Ivory. Il s'est mis à hurler, à faire les cent pas autour de la table. Je pense que ces deux-là n'aiment pas être contrariés. Ils se croient plus fort que les autres, comme ces petites teignes dans la cour de recréation [135]. » Après avoir essuyé quelques injures,

Merchant bondit de son siège en hurlant avec son accent fleuri : « Je vous retire le film. Vous ne méritez pas de le distribuer, Cineplex vous remboursera[136]. » Il menaça ensuite les deux frères de les défier en combat singulier dans la rue. Puis il quitta la pièce comme une furie. Ce faisant, il heurta avec son attaché-case une cloison de verre qui se brisa en mille morceaux. « Ils ne sont pas sortis parce que, évidemment, ils ont eu peur de cet Indien passionné, comme si l'épée de Shiva allait s'abattre sur eux pour leur trancher la tête », commente Merchant.

Harvey exigea que certaines scènes soient supprimées ; le duo refusa. D'après Ivory, Miramax « a retenu le dernier paiement de la somme qu'ils nous devaient alors que, bien évidemment, nous en avions besoin pour payer le labo, le studio d'enregistrement et les intérêts de l'emprunt contracté. Même si j'avais le *final cut*, Harvey se disait qu'il me ferait céder en gardant l'argent. Nous en avons parlé à Paul Newman, qui a appelé Harvey pour lui dire de laisser tomber et de payer. Et celui-ci l'a fait[137]. » Merchant n'adressa plus la parole à Harvey pendant dix ans.

Les réalisateurs confiaient parfois leur amertume à la presse, ce qui agaçait Harvey car, si l'on apprenait qu'il retravaillait les films, les cinéastes dont il avait absolument besoin dans son écurie l'éviteraient. Ivory, par exemple, encore furieux de la façon dont Weinstein l'avait traité, se déchargea de sa colère auprès de Howard Feinstein, rédacteur en chef des pages cinéma du *Village Voice*. Feinstein proposa à ses collaborateurs de rédiger un article à ce sujet. Lorsque le cofondateur de Miramax l'apprit, il frôla l'attaque cardiaque, d'autant que l'article devait paraître à la veille d'une soirée organisée au profit du Centre national du film et des archives vidéo de l'American Film Institute, une soirée sponsorisée par Miramax. D'après Feinstein,

Harvey l'appela à son domicile, sur sa ligne privée, et le menaça d'envoyer une équipe le filmer à son bureau en train de charcuter les articles de ses collaborateurs. « Il est devenu très désagréable, se souvient le rédacteur en chef. À l'époque, j'ai perçu ses propos comme une menace voilée contre ma personne. J'avais peur qu'il m'arrive quelque chose. Il n'était pas assez bête pour dire : “Je vais mettre un contrat sur ta tête”, mais il était si désagréable qu'il m'a fait peur [138]. » Lorsque l'article, signé Elliott Stein, parut, il faisait la liste d'une demi-douzaine de films retravaillés par Miramax en plus de *Cinema Paradiso*, au nombre desquels figuraient *Le Dossier Adams, Pelle le conquérant*, *Scandal* et *La Petite Voleuse*. À partir de là, on surnomma l'aîné des Weinstein « Harvey Scissorhands » (Harvey aux mains d'argent). D'après Steve Woolley, « personne n'aurait dû être surpris, parce qu'il a toujours été comme ça. Prenez *The Secret Policeman's Other Ball* : en charcutant deux films de deux réalisateurs différents, il en a obtenu un troisième. À mon avis, pour Harvey, ce sobriquet n'est ni péjoratif ni négatif : ça lui réussit de retravailler les films. Pour lui, c'est un compliment [139]. »

Cependant, Harvey récoltait souvent la tempête : il s'attirait l'antipathie des réalisateurs et le mépris de la presse pour avoir supprimé certaines scènes. Il se gardait cependant d'aller trop loin, soit parce qu'il avait besoin des réalisateurs pour assurer la promotion de leurs films, soit parce qu'il espérait retravailler un jour avec eux (ou peut-être pour les deux raisons). Bien que déterminé, Harvey se posait parfois des questions. « Est-ce qu'on va les agacer ? C'est une décision stupide, non ? Je devrais peut-être laisser tomber. » Quelquefois, après une projection, il disait : « Vous savez, je crois que je suis allé trop loin. Il manque ce petit quelque chose que mon frère et moi avons adoré lorsque nous avons vu ce film. » De manière générale, comme l'explique Burkin, « à l'époque où j'étais titulaire de mon poste, entre 1991 et 1994, les films qui ont le mieux marché étaient achevés lorsque nous les avons achetés et ont été distribués tels quels : *Sexe, mensonges et vidéo*, *My Left Foot*, *The Crying Game*. Harvey était vraiment un amoureux du cinéma, mais il aimait aussi l'argent, et la célébrité [140]. »

Chapitre 3
Pour l'amour du risque
1990-1992

Sale temps pour Miramax au moment où Todd Haynes et Christine Vachon lancent le « nouveau cinéma gay », où l'ouragan Quentin s'abat sur Sundance, et où Bingham Ray et Jeff Lipsky deviennent les heureux parents d'October.

« Sexe, mensonges et vidéo, *c'était comme une première expérience sexuelle. Depuis, tout le monde essaie de retrouver cette sensation, mais ce film était un véritable OVNI.* »

Tom BERNARD, coprésident de Sony Classics [1]

Un beau jour de 1990, Jeff Lipsky, de chez Skouras Pictures, déambulait le long de la Tamise, lorsqu'il eut un déclic. Chauve comme un œuf – il est atteint d'alopécie et n'a donc pas un poil sur le corps –, Lipsky a le visage anguleux, et il portait à l'époque des lunettes à montures noires à la Mr Magoo. C'est un être perfectionniste, coincé, exalté, intimidant. À l'époque, il s'habillait parfois de violet des pieds à la tête, chaussettes comprises, car il avait un faible pour cette couleur. Du temps où il travaillait chez Goldwyn, les chaises dans son bureau étaient violettes elles aussi. Il avait la réputation d'être un partisan acharné de la cause indépendante, de faire preuve de la même motivation que les patrons de Miramax, mais, contrairement à eux, d'être aussi un ardent défenseur de l'intégrité artistique des réalisateurs. Sur la plaque minéralogique de sa voiture, on pouvait lire : MPAA-NOT (Motion Picture Association of America-NON)

En tant que directeur du département fiction chez Skouras, Lipsky s'était rendu à Londres pour voir le nouveau Mike Leigh, qui n'avait pas encore de titre. Lipsky s'était illustré en assurant à *High Hopes*, premier film de Leigh à sortir en Amérique du Nord, un succès d'estime. Il avait fait découvrir le réalisateur aux critiques américains, qui avaient adoré son travail. Dire que Lipsky était l'artisan de la carrière américaine de Leigh n'aurait rien d'exagéré : il avait permis au cinéaste anglais jusque-là inconnu d'accéder à une certaine reconnaissance internationale. Lipsky le vénérait ; il avait réussi à gagner la confiance du réalisateur misanthrope et celle du producteur Simon Channing-Williams, qui l'entourait de toutes ses attentions. Leigh avait plusieurs fois convié Lipsky à venir voir son film à Londres. Lipsky encouragea son patron, Tom Skouras, à cultiver cette relation, mais ce dernier ne se montrait guère enthousiaste[2]. Les semaines passèrent. Leigh appela de nouveau, mais Skouras se faisait prier. Lipsky se dit que même si son patron avait envie de mettre un terme à la relation avec Leigh et Channing-Williams, lui n'en avait aucune intention. Il acheta un billet de sa poche et s'envola pour Londres avec son épouse pour visionner le film qui devait s'intituler *Life Is Sweet.* « C'est un chef-d'œuvre, mais nous ne sommes pas preneurs », annonça Lipsky au réalisateur et au producteur au cours d'un déjeuner. Il leur parla de la situation chez Skouras, et les deux hommes l'encouragèrent à monter sa propre compagnie : « Vous avez l'expérience et les relations… Si vous voulez le film, il est à vous. »

Lipsky et sa femme repartirent pour Los Angeles le lendemain. Jeff fit irruption dans le bureau de son patron et annonça de but en blanc qu'il démissionnait. Il bénéficiait alors de seize ans d'expérience dans le métier, mais savait qu'il ne pouvait se lancer seul. Il avait déjà évoqué plusieurs fois avec Bingham Ray – qui, lui non plus, n'était pas très heureux chez Avenue – l'idée d'un partenariat. Ray raconte : « Nous en avions assez de travailler pour le compte des autres, assez que d'autres nous disent si oui ou non nous pouvions faire l'acquisition de tel ou tel film. Je me sentais pieds et poings liés. J'avais envie de prendre les décisions [3]. » Lipsky appela son ami du bureau. « Ça y est, je viens de démissionner, je lance ma propre compagnie. J'ai vu un film génial en Angleterre… Ce serait notre premier projet, tu es partant ? » Ray prit une profonde inspiration et accepta.

Comme son ami, Ray, quarante-six ans, ne vivait que pour les films. Fils d'un ingénieur, il avait grandi à Scarsdale, ville bourgeoise du très bourgeois comté de Westchester, au nord de New York. « Je débarquais à l'Elgin avec ma chemise amidonnée et je m'asseyais à côté d'un pervers à imper, se souvient-il. Mon père me disait : "Si tu continues à aller au cinéma comme ça, tu finiras clochard [4] !"» Ray était une caricature de producteur : vulgaire, incapable de fixer son attention, il était soupe au lait, hyperactif, impulsif, et se vantait de son instinct sans faille. Si Lipsky avait une passion pour le violet, Ray avait lui aussi ses petites fantaisies vestimentaires. Il portait le même uniforme toute l'année – tee-shirt, bermuda, blazer, chaussures de navigation et casquette des Mets – et ne supportait pas les cravates. « Une cravate ? Pour quoi faire ? C'est tellement ridicule. Je connaissais un entraîneur de hockey – il avait gagné la Stanley Cup – qui se mouchait dans sa cravate. Moi, on m'a toujours dit que ça ne se faisait pas. Mais, après tout, pourquoi pas ? Quand on n'a pas de mouchoir sous la main, c'est pratique[5]. » Ray fumait comme un pompier – des Marlboros –, aimait bien l'alcool. C'était un véritable charmeur, un conteur né, extraverti et haut en couleur. Les réalisateurs l'adoraient. Il disait tout ce qui lui passait par la tête, faisait preuve d'un humour cinglant et acerbe envers ses amis comme envers ses ennemis, ce qui lui causait souvent des problèmes. Comme Lipsky, il ne mâchait pas ses mots, cherchait la confrontation. « Si on enfermait Bingham seul dans un placard, il se chercherait des noises[6] », disait-on de lui.

Ray avait lui aussi travaillé pour la plupart des sociétés indépendantes qui comptaient : Island, New Yorker, Goldwyn, Alive et Avenue. Le bon côté de l'association Ray/Lipsky, c'est qu'aucun des deux hommes ne recherchait l'enrichissement personnel : ils partageaient l'enthousiasme et la passion qui animaient les jeunes réalisateurs dans les années soixante-dix et quatre-vingt. La distribution et le marketing n'avaient pas de secret pour eux. Contrairement à leurs concurrents, ils avaient un intérêt commun pour des films sombres, originaux et novateurs. Lipsky avait par exemple fait l'acquisition du déprimant *Sid et Nancy*, d'Alex Cox, pour Goldwyn. Pour eux, « gai » et « plein d'espoir » étaient des gros mots, et ils étaient prêts à tout risquer pour des films auxquels personne ne croyait. « Je voulais avoir la liberté de prendre des risques avec des choses qui n'étaient pas forcément viables d'un point de vue commercial, raconte Ray. Je ne suis pas avant-gardiste, je sais faire la différence entre un projet réellement expérimental et un projet commercial ; mais je crois qu'entre les deux il existe un créneau. Ce n'est peut-être pas le plus large ni le plus lucratif, mais c'est celui qui me passionne le plus[7]. »

Le mauvais côté de l'association, c'est que distribution et marketing n'avaient de secret ni pour l'un ni pour l'autre : au lieu d'être complémentaires, les compétences de l'un empiétaient sur celles de l'autre. Vu leur orgueil démesuré, ils n'allaient pas tarder à se taper dessus. De l'extérieur, Ray et Lipsky avaient l'air inséparables, et ils partageaient la même passion pour les Mets. Pourtant, leurs personnalités étaient bien différentes. Ils formaient un couple étrange. Lipsky, en vrai maniaque, aimait que chaque chose soit exactement à sa place ; il se levait et se couchait comme les poules. Ray, au contraire, se levait et se couchait tard. En outre, il avait passé une bonne partie de sa vie professionnelle dans l'ombre de Lipsky et, comme on ne tarderait pas à le découvrir, il était prêt à occuper une place sous la lumière des projecteurs.

Personne ne réussissait en distribuant des films indépendants à cette époque-là, et ni Ray ni Lipsky n'avait de capital propre. Le 1er mars 1991, ils se mirent au travail dans la maison de Lipsky, située sur Haseltine Avenue à Sherman Oaks. Tous les jours, Ray faisait le long trajet depuis Venice, où il vivait, empruntait l'autoroute 405 jusqu'à la vallée de San Fernando, frappait à la porte et attendait que Lipsky – qui avait refusé de lui donner un double des clés – vienne lui ouvrir. Il travaillait sur la table de la salle à manger de Lipsky. À son arrivée, il trouvait sur sa chaise les « mémos » matinaux « De la part de : Jeff, À l'attention de : Bingham », alors qu'ils passaient la journée côte à côte. Grâce à un ami, Ray s'était débrouillé pour se faire prêter un bureau chez Republic Home Video, près de l'aéroport, plus près de chez lui. Mais Lipsky refusait de bouger. « Jeff est bourré de talent, explique Ray. On lui doit la distribution de dizaines de films à succès, ce qui n'arrive pas par hasard. Mais il n'y a pas plus intransigeant que lui. Il n'y avait qu'une manière de faire les choses : celle de Jeff. Il fallait respecter les horaires de Jeff. Il fallait que ça se passe chez Jeff. C'était le business de Jeff. Moi, j'étais la potiche de service [8]. »

Mais le fait de travailler chez Lipsky ne rendait les choses faciles pour personne. Un lundi matin, Ray découvrit en arrivant que la moitié des meubles avaient disparu. « Où sont passés les meubles ? demanda-t-il, surpris. – Oh, un ami a emménagé en ville, répondit Lipsky, et nous lui avons prêté quelques chaises et quelques tables. » Ray apprit peu après que la femme de Lipsky l'avait quitté, emportant avec elle sa part du mobilier.

Lipsky était un type stressé de nature, et la pression le rendait hystérique. Un jour, se souvient Ray, « Jeff est entré dans la pièce une main sur les yeux ; il était très agité et hurlait : "Je suis aveugle ! Je suis aveugle !" Il se cognait contre les meubles. Je lui ai demandé : "Qu'est-ce qui t'arrive, putain ? – J'y vois plus rien !" Vingt minutes plus tard, il était guéri, bien sûr. » Lorsque Ray rentra chez lui, ce soir-là, et que sa femme lui demanda comment s'était passée sa journée, il répondit : « Oh ! Jeff est simplement devenu aveugle aujourd'hui ! »

Un autre jour, au cours d'un déjeuner d'affaires dans un restaurant italien à la mode, sur Santa Monica Boulevard, Lipsky et Ray s'employaient à séduire Bob Laemmle. Laemmle, une force de la nature dont la famille possède des salles de cinéma depuis toujours et a fondé la Universal, jouait un rôle fondamental dans la diffusion des films indépendants à Los Angeles et, à ce titre, constituait un élément clé de leur réussite. Les deux amis voulaient absolument faire bonne impression, se présenter sous leur meilleur jour en se servant de *Life Is Sweet* comme carte de visite. Mais, au beau milieu du repas, Lipsky devint brusquement muet. « Jeff n'a plus dit un mot, raconte Ray, il ne quittait plus son assiette des yeux. Bob et moi nous nous regardions en nous demandant s'il allait bien. Mais Jeff n'a pas donné la moindre explication sur son étrange comportement. Il y avait un silence pesant. J'avais honte. » En sortant du restaurant, ils sautèrent dans la Thunderbird 1986 bleue de Lipsky. « Jeff conduisait à toute berzingue, poursuit Ray. Il agrippait le volant de toutes ses forces. J'avais l'impression d'être dans *Starsky et Hutch.* » Incapable de se contenir davantage, Ray finit par exploser. « Bordel de merde, qu'est-ce qui te prend ? Comment peux-tu rester là sans rien dire pendant près d'une heure ? Bob Laemmle doit nous prendre pour deux gros nases, tu as tout foutu en l'air ! » Le visage de Lipsky devint cramoisi. Il balbutia : « Je... suis... en train... de... mourir... d'une... hémorragie... interne. » Il reprit sa respiration avant d'ajouter : « J'ai... avalé du verre... dans ce restaurant... voilà pourquoi... je ne disais... rien. Ils ont mis... des éclats de verre... dans mon assiette. Je fonce aux urgences du Cedars Sinaï. » Il tendit à Ray l'« éclat de verre » qu'il comptait montrer aux médecins. Ray l'examina et s'exclama : « Jeff, ce n'est pas du verre, c'est un morceau de pâte trop cuite : le bord d'une lasagne. » Ils firent demi-tour et, vingt-cinq minutes plus tard, tout était rentré dans l'ordre. « Je vais faire preuve d'indulgence et me contenter de vous dire que Jeff est un excentrique, pas un dingue complet », conclut Ray.

En 1990, on ne comptait plus les compagnies de distribution contraintes au dépôt de bilan, victimes de leur incursion dans la production. Lipsky et Ray avaient donc décidé d'éviter bien sagement de s'aventurer dans cette voie. « On ne voulait pas commettre la même erreur que tous les autres, explique Lipsky, et simplement faire nos petites affaires. Au sommet, il y avait des types pleins aux as qui faisaient des choses insensées comme produire des films ; en bas de l'échelle, il y avait ceux qui n'auraient jamais les moyens d'acquérir les films qui leur plaisaient vraiment. Mais, entre les deux, il n'y avait pas grand-chose, et c'est le créneau que nous avions l'intention d'occuper [9]. »

Les deux amis essayaient de réunir un demi-million chacun pour organiser une sortie exceptionnelle de *Life Is Sweet*, et 7 millions pour constituer le capital de leur société, qu'ils appelèrent October en hommage au film d'Eisenstein, et parce qu'ils étaient tous les deux nés en octobre. Ils réussirent dans le premier cas, mais échouèrent dans le second. Lorsque vous essayez de lever des fonds dans le milieu du cinéma, toutes les routes semblent mener à la banque d'affaires Allen & Co., et, après moult hésitations, Lipsky et Ray finirent par aller faire la manche devant sa porte. « Je n'avais aucune expérience du monde des affaires avant October, explique Lipsky, et j'ignorais tout d'Allen & Co. Ils ont jeté un coup d'œil à notre projet et nous ont répondu : "Vous êtes bien mignons, mais vous n'avez aucune expérience concrète de la gestion d'entreprise. On vous rappellera, les gars [10]." »

Les quelques *cents* que Ray et Lipsky avaient réussi à grappiller étaient partis en fumée. Ils étaient à sec. Forts de trente ans d'expérience à eux deux, ils ne doutaient pas de pouvoir réunir les fonds nécessaires avant le début du Festival de Cannes. Mais le mois de mai passa, et leurs efforts restèrent vains. Par un torride après-midi d'été dans ce contexte morose, le téléphone de Lipsky sonna. Amir Malin souhaitait parler à Ray. Ce dernier râla intérieurement. Des années auparavant, il avait travaillé quelque temps chez Cinecom, la société de Malin et Deutchman, avant de partir chez Goldwyn. Il ne portait pas Malin dans son cœur.

En fait, personne ne portait Malin dans son cœur. Ses détracteurs lui reprochaient – à tort ou à raison – d'avoir évincé Deutchman et John Ives, ses associés, et d'avoir mené une société prospère à la ruine avant d'être lui-même remercié par le nouveau patron. Chez Cinecom, Malin était l'homme de l'ombre, position qui semblait parfaitement lui convenir. Il était passé maître dans l'art de tirer le maximum des contrats annexes. « Amir a été le premier dans le monde du cinéma indépendant à comprendre la valeur de la vidéo et de la télévision, à voir que c'étaient les droits annexes et pas les droits cinématographiques qui pouvaient rapporter le plus, estime Michael Barker, de chez Sony Classics. Et à comprendre que le catalogue fait la valeur d'une compagnie [11]. » Cependant, quand Deutchman lui vola la vedette en faisant ami-ami avec les réalisateurs et en se voyant attribuer le succès de la compagnie, Malin fut piqué au vif, bien qu'il s'en défende. Il donnait l'impression de vouloir passer inaperçu, mais au fond il débordait sans doute d'ambition. C'était en somme Harvey dans la peau de Bob.

« J'ai toujours pensé qu'Amir était un homme bon et honnête, et nos rapports professionnels ont toujours été cordiaux », explique Bart Walker, ancien vice-président directeur de Cinecom et aujourd'hui agent chez ICM. « Il est très intelligent et m'a beaucoup appris. Mais le côté impénétrable qu'il cultivait causait certaines difficultés à Cinecom. Il avait le don de mettre les gens mal à l'aise, un atout lorsqu'on mène des négociations, mais un énorme problème quand il s'agit de gérer une petite société [12]. »

Auprès de ses anciens collègues, Malin n'avait pas la réputation d'être quelqu'un de franc, loin de là. « En fait, tous ceux qui ont affaire à lui s'en mordent les doigts », explique John Shestack, qui a travaillé pour Malin des années plus tard comme chargé de production chez Artisan. « La vérité n'est qu'un outil parmi d'autres à ses yeux, un outil dont il ne se sert qu'à l'occasion, lorsque cela peut lui être utile. Ce sont des petits détails qui s'accumulent au fil du temps. Il ment pour vous culpabiliser. Il lui est arrivé de dire à propos d'un script : "Je l'ai lu et il m'a beaucoup déçu ; si tu n'arrives pas à l'améliorer, je vais embaucher quelqu'un qui en sera capable", alors qu'il ne l'avait même pas lu. Et puis, plus tard, comme ce script intéressait quelqu'un d'autre, il disait : "Non, on le garde. – Mais pourquoi ? Je croyais que vous le détestiez. – Non, je l'adore, c'est précisément sur ce film que j'ai envie de travailler. – Voici l'e-mail dans lequel vous disiez le détester, qu'il était très décevant. Décidez-vous." Impossible d'obtenir de réponse. Tout le monde avait peur de lui [13]. » Shestack l'avait surnommé « Malach Hamavet » ce qui en hébreu signifie « l'ange de la mort ».

Certains réalisateurs ont déclaré avoir eu du mal à récupérer leur dû. *Chambre avec vue*, de Merchant et Ivory avait été le grand succès de Cinecom en 1985. Les deux cinéastes remarquèrent, pour reprendre les termes d'Ivory, que « les pourcentages que nous touchions venaient toujours d'Europe et d'Angleterre, mais jamais des États-Unis [14] ». Merchant renchérit : « Lorsque nous contactions le comptable de Cinecom, il avait toujours toutes sortes d'excuses : son oncle était décédé, quelqu'un d'autre était hospitalisé, etc. Nous avons fini par demander un audit [15]. » Lorsque le film franchit la barre des 20 millions, Malin leur fit envoyer une très belle pendule Tiffany's. D'après eux, il s'est servi de l'argent rapporté par le film pour l'acheter. Donc, en réalité, ils ont payé leur propre cadeau. Toujours d'après eux, il s'est aussi fait payer plusieurs costumes Armani en prétendant qu'il en avait eu besoin pour assister à la cérémonie des Oscars, auxquels le film était nominé. Un jour, les deux réalisateurs qui se rendaient à Los Angeles tombèrent sur Malin. Rien de tel qu'un vol commercial pour éclairer sur les rapports de force à l'œuvre dans le milieu :

Malin voyageait en première, Merchant et Ivory en classe économique. « Ça me donne envie de tuer [16] », s'exclama Merchant, ne blaguant qu'à moitié. Et d'ajouter, aujourd'hui : « C'est l'argent des réalisateurs qui finance tout ça. C'est le succès d'un film qui paie les costumes Armani et les gigantesques bureaux des distributeurs. Mais les hommes d'affaires qui fondent ces compagnies ne se sentent aucune obligation envers elles. Ce qui importe, c'est de se remplir les poches au maximum. Amir Malin est comme ça. Il a bousillé une compagnie qui marchait très bien [17]. » « Nous ne collaborons plus avec lui [18] », conclut Ivory.

« Je ne me souviens pas lui avoir offert cette pendule, réplique Malin. Qu'est-ce que c'est que cette histoire de costumes Armani ? Je ne me fais pas payer mes vêtements, je ne trafique pas les factures, il n'y a pas un mot de vrai dans tout ça. S'ils avaient trouvé à redire avec les comptes, ils nous auraient poursuivis en justice. Ce dont je me souviens, par contre, c'est qu'un jour Ismail est venu me voir au bureau avec un cadeau, une magnifique photo de lui, moi et Denholm Elliott prise lors d'un brunch dominical au Plaza. Nous fêtions le succès de *Chambre avec vue* au Paris Theater. Je l'ai remercié, mais, quelques jours plus tard, nous avons reçu la facture de la photo et du cadre [19]. » « On ne me fera pas dire qu'Amir est responsable de la faillite de Cinecom, estime Walker. Il avait créé cette société et sa survie comptait beaucoup à ses yeux. Je ne crois pas non plus qu'Amir ait trahi Deutchman. D'après ce que j'ai pu observer, c'est Stephen Swid, qui a succédé à Amir au poste de directeur, le responsable [20]. »

Richard Abramowitz a commencé chez Cinecom en 1983 au département des ventes et a quitté la société en 1992. « Pendant toutes ces années, j'étais le seul employé à prendre la défense d'Amir, explique-t-il. Nous déjeunions souvent ensemble, et, au fil du temps, j'ai appris à mieux le connaître. On disait souvent de lui qu'il faisait le bonheur des antisémites, et je n'aurais pas voulu qu'il soit choisi pour nous représenter. On avait souvent envie de lui dire : « Allez, Amir, ressaisis-toi, tu donnes une mauvaise image de nous tous. » Il incarnait la plupart des stéréotypes les plus dérangeants aux yeux de ceux qui, comme moi, sont sensibles à la façon dont les Juifs sont perçus. Pour Amir, il ne suffisait pas de remporter une négociation, il fallait humilier son adversaire. Il ne pensait pas avoir gagné à moins d'avoir raclé le dernier centime. Les gens me disaient : "C'est le diable en personne." Je le défendais : ''Mais non, vous lui accordez trop de crédit. Le diable a une certaine envergure. On ne peut pas comparer tout le monde à Hitler. Amir n'est pas si horrible, juste désagréable [21]." »

Quoi qu'il en soit, Lipsky et Ray savaient qu'un homme d'affaires pouvait leur être utile. Malin avait réussi à convaincre ses créanciers que personne d'autre que lui ne pourrait gérer le seul véritable atout de la compagnie : son catalogue. D'après Ray, Malin leur dit : « Je pense que ce que vous faites tous les deux est génial. Je m'occupe du catalogue de Cinecom, j'ai accès à l'argent. Vous ne connaissez rien aux droits annexes, et c'est ma spécialité : pourquoi ne pas envisager un partenariat [22] ? » Ray faisait les cent pas en fumant comme un pompier ; il hésitait. Il ne supportait même pas la voix de Malin. Lipsky, quant à lui, ne connaissait Malin que de réputation. Les deux associés se croyaient à l'abri, et puis, pour Ray, la fin justifiait les moyens : si s'associer à Malin pouvait leur permettre de convaincre Allen & Co., ce n'était peut-être pas un mauvais calcul. « Allons à New York et voyons ce qu'il nous propose [23] », lança Lipsky.

My Left Foot sortit en novembre 1989, *Cinema Paradiso* fin décembre, juste à temps pour être sélectionnés aux Oscars. Vincent Canby descendit en flammes le film de Tornatore dans le *New York Times*, le comparant à un mauvais épisode de *Quoi de neuf, docteur ?* Harvey n'en continua pas moins à le soutenir et en fit un succès, à une période où les films italiens se faisaient rares – c'est un euphémisme – sur les écrans américains.

Lorsqu'il devint évident que ces deux films allaient rapporter beaucoup d'argent à Miramax, Harvey et Bob rachetèrent leur part aux producteurs en leur faisant une offre qu'ils ne pouvaient refuser : ils les payaient rubis sur l'ongle, ce qui leur permettrait peut-être de financer un autre film. *Un tiens vaut mieux que deux tu l'auras*, avec des types susceptibles de changer d'avis du jour au lendemain.

Au moment des Oscars, *Cinema Paradiso* obtint même une nomination comme Meilleur Film Étranger. Miramax fut vraiment gâtée cette année-là, avec six autres nominations, dont cinq pour *My Left Foot*, et une pour Soderbergh dans la catégorie Meilleur Scénario Original.

Certaines compagnies indépendantes commençaient à envoyer des cassettes (ou *screeners*) en avant-première aux membres de l'Académie du film, pratique qui leur permettait de jouer sur un pied d'égalité avec les grands studios au moment du vote. « Ces cassettes ont fait le succès de *My Left Foot*, explique Weinstein. Nous n'avions pas les moyens d'organiser projection sur projection, de trimballer les invités en limousine, d'organiser des fêtes somptueuses. Ça a rétabli l'équilibre [24]. » Pour ses campagnes publicitaires, Harvey s'appuyait essentiellement sur les acteurs et les réalisateurs. Il persuada le réalisateur Jim Sheridan et le producteur Noel Pearson de déménager à Los Angeles pour faire jouer leurs relations, cruciales au moment du vote pour l'attribution des Oscars. Pearson, en particulier, donna de sa personne au cours d'une interminable série de tête-à-tête qui se termina en apothéose avec quelques dîners très select donnés par les piliers de la communauté irlandaise de Hollywood, dont Gene Kelly et Carroll O'Connor. Ces événements faisaient la une des journaux spécialisés et *people* – sous la plume d'Army Archerd, George Christy et Liz Smith –, ce qui généra le bouche à oreille autour du film. Harvey demanda même à Daniel Day-Lewis de prendre la parole devant le Sénat en faveur de la loi pour les handicapés. (Pour ses détracteurs, il s'agissait d'une manœuvre destinée à garantir un oscar à l'acteur, mais, d'après Weinstein, les votes étaient déjà clos à ce moment-là.)

Les deux frères n'étaient pas les premiers à employer de telles méthodes. Les studios organisaient depuis toujours des dîners présidés par des célébrités dans leur demeure de Bel Air ou de Brentwood, dîners suivis de projections de films en lice pour les Oscars. Cependant, personne n'avait jamais songé à appliquer la méthode aux films indépendants ou étrangers jusqu'à ce que Miramax s'y mette avec un certain acharnement. « À l'époque, les studios avaient la mainmise sur les Oscars parce qu'aucun indépendant ne menait de campagne agressive, explique Weinstein. Au lieu d'attendre gentiment d'être battus parce que les autres étaient plus riches, plus puissants, plus influents que nous, nous avons décidé de mener une véritable guérilla. » « Il faut organiser des soirées où faire jouer ses relations paraît parfaitement naturel, explique Mark Urman, ancien attaché de presse. Il s'agit en gros de mettre en contact le maximum de bouches et d'oreilles[25]. » Ces événements étaient particulièrement utiles aux acteurs et réalisateurs étrangers qui n'appartenaient pas à la communauté hollywoodienne. Miramax exporta aussi le rituel des dîners-projections à Londres, Rome, partout où se trouvaient les membres de l'Académie du film.

« Les Weinstein ont compris qu'il suffit parfois d'une voix pour gagner un oscar, et ils mettent le paquet pour séduire chacun des membres de l'Académie, poursuit Urman, qui a travaillé sur plusieurs campagnes pour Miramax. Ils organisent davantage de projections que les autres, jusque dans les maisons de retraite où vivent certains membres de l'Académie, même si ces derniers sont sous assistance respiratoire. Ils s'arrangent pour découvrir où les gens passent leurs vacances de Noël et, que ce soit Aspen ou Hawaii, organisent des projections sur place. Il leur est déjà arrivé d'appeler les gens chez eux. Et, depuis que les compagnies n'ont plus le droit de faire ça, ils emploient des gens pour le faire à leur place, des gens au bras long, membres de l'*establishment* hollywoodien pour la plupart et qui, le reste de l'année, ne s'intéressent ni de près ni de loin aux films distribués par les Weinstein. Pendant la saison des Oscars, en revanche, ces gens se mettent au service de Miramax.

« Si le fait d'être nominé à l'oscar du Meilleur Maquillage ou de la Meilleure Bande Originale (en plus des nominations évidentes comme Meilleur Réalisateur, Meilleur Film, etc.) leur permettait de se vanter d'avoir obtenu dix nominations au lieu de sept, par exemple, ils parcouraient la liste des membres de l'Académie dans la branche concernée et se mettaient au travail. Ils appliquaient la théorie des *six degrés de séparation* : "Qui, dans tes relations, pourrait contacter untel ?" » Harvey passait lui-même les coups de téléphone. Plus tard, lorsque Miramax se développa et se lança dans le financement, il lui arrivait d'appeler un réalisateur ou un acteur pour lui dire quelque chose comme : « J'adorerais travailler avec vous un jour. Vous ne trouvez pas *La Leçon de piano* formidable [26] ? »

Cependant, Daniel Day-Lewis posait problème. Fils du poète lauréat anglais Cecil Day-Lewis, il se prenait très au sérieux. Sur le plateau, il ne quittait pas la peau du personnage, refusait de se servir de ses mains pour manger. Il considérait Harvey comme le parfait bonimenteur hollywoodien, et ce dernier dut l'obliger à assurer la promotion du film. « Je suis entouré de gens à qui l'on ne dit jamais la vérité, raconte Harvey. Ils sont archiprotégés. On leur lèche les bottes à longueur de journée. Daniel Day-Lewis, par exemple, c'est "Oui, Monsieur Lewis" par-ci, "Non, Monsieur Lewis" par-là. "Votre altesse, votre seigneurie. Votre ceci, votre cela." Comment peut-on se fier à son jugement ? Je lui dis toujours que, oscar ou pas, il finira en Irlande, dans un théâtre régional, à répéter à qui veut l'entendre qu'il était célèbre autrefois [27]. » Harvey adore citer ces mots de l'acteur : « Il n'y a qu'un truc de bien chez vous : votre capacité à choisir les scripts et les films. À part ça, en tant qu'être humain, vous êtes nul. »

Comme tous les collaborateurs de Miramax, Brantley avait fini par se lasser de travailler au quotidien avec les Weinstein à New York, et elle avait supplié Harvey de la laisser travailler dans leur bureau londonien, élégante demeure de Redburn Street, à Chelsea, entre la Tamise et Kings Road. Son travail consistait à babysitter Day-Lewis, qui s'enticha d'elle. Il semblait penser qu'elle était la seule personne saine d'esprit dans cette compagnie de fous. Harvey n'aurait jamais réussi à franchir les portes de Granada sans elle mais, oh surprise ! il avait oublié de lui verser la prime promise à l'époque. Elle n'avait jamais assisté aux Oscars et estimait qu'il avait une dette envers elle. Au terme d'âpres négociations, il accepta de lui payer le billet pour Los Angeles et une chambre d'hôtel, mais déclara : « Alie, impossible de te trouver une invitation. » « Ne vous en faites pas, Harvey, je m'en occupe [28]. » Aussitôt dit, aussitôt fait : Day-Lewis lui proposa de l'accompagner. Lorsqu'elle arriva à Los Angeles, la veille de la cérémonie, elle reçut un coup de téléphone de l'attachée de presse de Miramax, Christina Kounelias, lui annonçant que Harvey souhaitait lui parler. Brantley, surprise de découvrir qu'elle serait assise au premier rang au côté de Day-Lewis, se souvint que Harvey avait refusé de la laisser s'asseoir à côté de Soderbergh à Cannes et comprit immédiatement qu'il voulait sa place. « Plutôt crever que de lui donner cette invitation », se dit-elle. Cependant, Harvey découvrit qu'elle avait révélé ses intentions au producteur de *My Left Foot*, Noel Pearson : l'aîné des Weinstein passait pour un rustre, ce qui le rendit furieux. L'équipe de Miramax se réunit au Beverly Hills Hotel le lendemain à midi. Harvey appela Brantley au téléphone : « Amène-toi ici tout de suite », hurla-t-il. Elle se dit : « Oh, merde, je vais me faire tuer. Je n'assiste pas à cette réunion avec l'invitation dans mon sac. Je vais aller à l'hôtel et l'enfermer dans le coffre. » Elle s'imaginait Harvey fouillant dans son sac en lui demandant où elle l'avait cachée.

Vingt minutes plus tard, Brantley entra dans la suite réservée par Miramax. À son grand désarroi, tous les collaborateurs importants étaient présents dans la pièce. Elle s'attendait à un tête-à-tête, n'avait pas imaginé qu'il s'en prendrait à elle devant tout le monde. Elle se dit qu'il essayait simplement de l'intimider. Bob s'avança vers elle, la prit par l'épaule, et lui dit : « Quelle bêtise d'aller dire ça à Noel. Tu es complètement idiote, ou déloyale ? » On se serait cru dans la Mafia. Mais, ne voulant pas s'attirer davantage d'ennuis, Brantley répondit d'une toute petite voix : « Euh, complètement idiote… » Au même moment, le téléphone sonna : c'était Tom Pollock, patron de la Universal. Harvey prit sa voix des grandes occasions et, après avoir raccroché, fusilla Brantley du regard en disant : « À la Universal, on se fait virer pour moins que ça. » Bob escorta l'employée vers la sortie. Il n'était jamais plus effrayant que lorsqu'il se montrait gentil. Tout ça fichait vraiment la trouille, et Brantley s'attendait à entendre Bob lui annoncer qu'elle était finie. Il n'en fit rien, cependant, mais elle raconte : « J'étais convaincue que mes jours étaient comptés. On ne tient pas tête à Harvey. » Personne ne prononça un mot pour sa défense. « On se serait cru dans une arène, ajoute Brantley. Avec le recul, j'aurais aimé les envoyer bouler avant de partir, mais je n'ai pas été élevée comme ça. Je suis du Sud, moi. » Elle conserva l'invitation. « J'ai assisté à la cérémonie en compagnie de Daniel : c'était fantastique. »

Harvey n'avait peut-être pas réussi à obtenir une place au premier rang à côté de Day-Lewis, mais le palmarès lui offrit une ample consolation. L'acteur anglais remporta l'oscar du Meilleur Acteur, Brenda Fricker celui du Meilleur Second Rôle Féminin, et *Cinema Paradiso* celui du Meilleur Film Étranger, soit un total de trois statuettes pour Miramax. Les récompenses obtenues faisaient monter la cote des films à l'étranger et augmentaient la valeur des futurs marchés annexes, tout en établissant la réputation de la société. Du même coup, les promesses de Harvey devenaient crédibles, ce qui l'aidait à remporter des contrats. *My Left Foot* rapporta 14,7 millions. 1989 faisait figure d'*annus mirabilis* pour Miramax. Pour citer les propos de Bob : « En 1989, on a assuré comme des bêtes. »

Les Weinstein se laissèrent porter par le succès de *Scandal*, *Sexe, mensonges et vidéo*, *My Left Foot* et *Cinema Paradiso* jusqu'en 1990. Le film italien sortit sur les écrans américains en février. « Nous avons innové, explique Mark Tusk, ancien cadre au département achats de droits. Bob s'est dit : "Pourquoi le vendre comme un film intello ? Et si nous le vendions comme un film de genre ? Pourquoi ne pas en faire la publicité à la télévision, le diffuser dans six ou sept cents salles ?" Grâce à Harvey et Bob, le film a eu accès à des salles qui ne diffusaient jamais de films sous-titrés [29]. »

Les deux frères ont le chic pour flairer les films qui ratissent large, susceptibles de plaire à Miriam – qui les accompagnait souvent aux projections – et ses amies. Comme l'a dit Bernardo Bertolucci, qui aurait l'occasion d'en découdre avec Harvey quelques années plus tard, « les films italiens ont la particularité d'être extrêmement sentimentaux. Harvey est violent de nature et, quand il regarde un film, il aime pouvoir se mettre devant un miroir et dire : "Si, regardez bien : il y a une larme-là [30] !"»

Le catalogue de Miramax est constitué de films ouvertement sentimentaux d'une part et de films réellement novateurs de l'autre. La stratégie de Harvey et Bob se résumait à acheter tout ce qui pouvait provoquer une réaction chez les spectateurs, qu'elle soit positive ou négative. Tout sauf l'ennui. Lors de la projection du film de Peter Greenaway *Le Cuisinier, le voleur, sa femme et son amant* au Festival de Toronto, la moitié du public avait quitté la salle. Attaque cinglante contre le thatchérisme pur et dur, ce film bourré d'humour noir et d'érotisme était tout sauf ennuyeux. Harvey voulait que le réalisateur remonte le film et lui fournit vingt-sept pages de notes pour l'y aider. Greenaway décida d'ignorer les remarques de Harvey, qui, tellement agacé par l'article d'Elliott Stein, finit par renoncer aux modifications. Le film s'en sortit bien puisqu'il rapporta 7,7 millions de dollars – Miramax n'avait déboursé que 625 000 dollars pour en acheter les droits –, et remporta également un franc succès en vidéo.

D'après Kees Kasander, le producteur hollandais de Greenaway, Harvey leur versa l'avance et quelques primes modestes, mais ni lui ni le cinéaste ne reçurent le moindre centime sur les recettes. « Ils nous doivent au moins un million, mais récupérer l'argent nous serait revenu plus cher, déclara Kasander après un audit. Ça a causé un énorme préjudice à notre compagnie [31]. »

D'après Harvey, le film a connu « un certain succès, mais pas suffisant pour générer des excédents. Ils n'étaient pas partie prenante aux recettes parce qu'ils n'avaient jamais fait leurs preuves. Kasander a fait appel à un cabinet de comptables de premier ordre, mais ils n'ont jamais ordonné d'audit. Apparemment, leurs allégations n'étaient pas fondées. Kasander aurait découvert que nous leur devions un million et y aurait volontairement renoncé ? Vous voulez rire [32] ? »

Portée par son succès, Miramax s'était développée au point que les bureaux de la 48e Rue ressemblaient au métro à l'heure de pointe. En février 1990, la compagnie prit ses nouveaux quartiers dans l'Ouest de la ville, au sein du très tendance Tribeca Film Center de Robert De Niro, immeuble flambant neuf à l'angle de Greenwich et Franklin. Le petit bureau de Harvey était équipé de l'inévitable poste de télévision, encombré de piles de cassettes vidéo, décoré de photos d'Eve, de ses parents, et de l'un de ses biens les plus précieux : un cliché de Bob et lui posant en compagnie de Keith Hernandez, le joueur des Mets. Le pseudo-régime de Harvey l'autorisait semble-t-il à ingurgiter quantité de cochonneries. La haine de soi devait certainement lui dicter ses habitudes alimentaires. Il lui arrivait de baisser la garde une fois de temps en temps : « J'ai l'air d'un hippopotame [33] », déclara-t-il un jour à Steve Earnhart, qui travaillait à la postproduction. Pourtant, il ne changeait rien. Quand il devait passer prendre sa femme pour se rendre à une projection ou une réception, il sortait un sandwich au thon de sa poche, maugréait : « Mon haleine va indisposer Eve toute la soirée, mais je m'en fiche [34] », l'avalait en deux bouchées, avant de fumer une cigarette pour masquer les relents de poisson.

À la demande d'Eve, sans aucun doute, il engagea un prof de gym. Au début de leur collaboration, Harvey l'aurait apparemment menacé : « Vous avez intérêt à vous pointer ici tous les jours. Voici 1 000 dollars d'avance, ne prêtez aucune attention à mes protestations, faites-moi travailler [35]. » Très ponctuel, le coach se présenta au bureau à l'heure dite. Harvey, en train de répondre au téléphone, le fit attendre indéfiniment. L'homme finit cependant par avoir accès au saint des saints et voulut commencer la leçon. « J'ai pas le temps, l'avertit Harvey. Tenez, voilà 50 dollars, dégagez de mon bureau et revenez demain. » Le lendemain, même topo. Il revint jour après jour, semaine après semaine, puis finit par laisser tomber.

Les frères Weinstein en avaient assez de vivre dangereusement, de mettre la compagnie en péril chaque fois qu'ils lançaient un film. Ils savaient que la branche dans laquelle ils travaillaient nécessitait des investissements et que, pour réussir, il leur fallait davantage de liquide. En outre, la Chase Bank leur mettait la pression pour qu'ils fassent le ménage dans leurs affaires. Une des solutions consistait à ouvrir leur capital, mais les deux frères étaient méfiants. « Nous nous sommes adressés à une de ces sociétés genre Allen & Co., à Sun Valley, se souvient Harvey. Vous vous asseyez à une table et une quarantaine de types, des analystes financiers, vous bombardent de questions. Si vos bénéfices ne progressent pas de 15 % par an, vous vous faites éreinter. Mais l'industrie du cinéma est versatile. Quelle tête ils feraient si on leur proposait le nouveau *My Left Foot*, un film bizarre ? On s'est dit : "Pas question d'ouvrir notre capital." C'est le seul truc, à part notre mère, qui nous a toujours terrifiés [36]. »

Allen & Co. leur fit changer d'avis. Vu les profits générés par *Scandal*, *Sexe, mensonges et vidéo*, *My Left Foot* et *Cinema Paradiso*, ils comprirent que c'était le moment ou jamais d'agir. Mais le comptable qui aurait dû gérer l'offre pour Miramax semblait s'être volatilisé dans la nature. Ce fut donc John Schmidt, son successeur, qui s'en chargea. Schmidt incarnait parfaitement le genre de collaborateur dont les Weinstein voulaient s'entourer. Frère de Benno Schmidt, président de Yale, il était blond, avenant, doté d'un sens de l'humour désarmant. Son père avait été l'ami et l'associé de John Hay « Jock » Whitney. Schmidt prit ses fonctions au printemps 1989. Comme Mark Lipsky et Marty Zeidman avant lui, il découvrit le chaos qui régnait dans la maison, en particulier au niveau des finances. « Miramax était à trois, peut-être six mois du naufrage, explique-t-il. Le crédit avait été négocié, mais pas finalisé, car il n'y avait personne pour s'en occuper. Personne non plus pour s'occuper des créances, d'ailleurs, ni pour gérer les liquidités de la compagnie. Quels sont nos résultats financiers ? Quand serons-nous à court d'argent ? Combien devrons-nous emprunter dans un an ? Ils étaient incapables de répondre à une seule de ces questions [37]. »

Pourtant, Schmidt adorait travailler chez Miramax, au moins au début. « Il y avait de l'électricité dans l'air, poursuit-il. Nous nous battions sur tous les fronts en même temps, nous innovions. Nous inventions tous les jours. Cette mentalité "seuls contre tous" était très amusante. Mais, au bout du compte, lorsque la compagnie a évolué, Harvey et Bob se sont retrouvés seuls contre leurs employés aussi. »

Frais émoulu de Harvard, Schmidt était un type réglo et idéaliste, mais savait aussi que, pour passer au niveau supérieur, Miramax devait devenir respectable. « Je voulais convaincre Harvey et Bob que nous en étions arrivés au point où, en tant que compagnie indépendante montante, nous devions mener nos affaires d'une certaine façon pour gagner en légitimité. Nos films attiraient l'attention. Il [fallait] rembourser les investisseurs, prouver aux gens qu'ils ne regretteraient pas de s'associer à nous. C'était ça, passer au niveau supérieur. » Miramax versa environ 4 millions aux producteurs de *Sexe, mensonges et vidéo*, et Harvey ne cessa pas de s'en vanter et de s'en servir comme preuve de la fiabilité de sa compagnie. « En principe, continue Schmidt, s'ils versaient un excédent, une prime à un producteur, c'était parce qu'ils voulaient quelque chose en échange. » En effet, dans ce cas, ils cherchaient à acquérir une certaine légitimité. « Peut-être que si je les avais laissés faire, ajoute Schmidt, ils auraient volontiers arnaqué les producteurs de Soderbergh, même si une part des bénéfices revenait d'office à ces derniers – cette somme, les Weinstein ne pouvaient pas vraiment leur sucrer. Mais ils se faisaient tirer l'oreille pour payer leur dû aux producteurs et ne finissaient par céder que par peur de la publicité désastreuse que cela leur ferait. » (Miramax nie en bloc.)

Schmidt les poussait à introduire la société en Bourse pour une raison similaire : elle permettrait aux Weinstein d'augmenter leur capital de 30 ou 40 millions et d'améliorer leur solvabilité, tout en les soumettant à un contrôle strict de leurs finances, ce qui assiérait leur légitimité dans le milieu des affaires, tout comme le versement des excédents avait assis leur légitimité dans l'industrie du cinéma.

Parallèlement, à la même époque, Harvey et Bob négociaient avec certains studios intéressés par le rachat de la compagnie. Si l'ouverture du capital échouait, ils voulaient qu'un papa gâteau puisse les renflouer lorsqu'ils en auraient besoin. Mais, au beau milieu de toutes ces manœuvres, le filon Miramax s'épuisa. Trois des productions dans lesquelles les deux frères s'étaient imprudemment lancés du temps où tout leur souriait – *The Lemon Sisters, Strike It Rich* et *Animal Behavior* – connurent un bide retentissant. Ironie du sort, *Mr & Mrs Bridge*, sorti en novembre 1990, fut sans doute le film le plus rentable cette année-là : il rapporta à Miramax la coquette somme de 7,7 millions, et Joanne Woodward fut même nominée pour l'oscar de la Meilleure Actrice. Mais, comme d'habitude, cela ne suffisait pas. « New Line s'en mettait plein les poches avec *Les Tortues Ninja*, raconte Schmidt. La société était toujours en avance sur Miramax, et ça rendait les deux frères malades [38]. » Ils récupérèrent plus ou moins leur mise avec *Les Arnaqueurs* ; *Le Cuisinier, le voleur, sa femme et son amant* connut un joli succès ; *The Long Walk Home*, de Dick Pearce, engrangea 4,8 millions, *Attache-moi*, d'Almodovar, 3,8 millions, tandis que deux succès critiques – *Judou*, de Zhang Yimou, et *The Nasty Girl*, de Michael Verhoeven – rapportèrent une somme quasi symbolique. Suivit une longue série de bides – quelque chose comme huit films d'affilée –, dont *The Tall Guy* (gain : 510 712 dollars), *American Dream* (gain : 269 000 dollars), *L'Incroyable Vérité*, de Hal Hartley (gain : 546 541 dollars). *Love Crimes*, le second film de Lizzie Borden, se mua en véritable gouffre financier. Il fut réécrit, re-monté, re-tourné, et j'en passe, sans résultat. Miramax commença une traversée du désert qui dura deux ans et qui, en dépit de succès occasionnels, allait mener la compagnie à deux doigts de la banqueroute.

REDFORD, QUANT À LUI, semblait arrivé au bout de son voyage au cœur des ténèbres de la Fondation Sundance. Pourtant, il s'accrocha, et on doit lui reconnaître le mérite d'avoir mené le projet à bien. « Les gens ne se rendent pas compte à quel point c'est dur quand on débute, explique Edward Norton. Les acteurs fondent sans arrêt des troupes de théâtre, mais elles ne durent jamais, parce que, par définition, les acteurs ne doivent penser qu'à leur propre carrière. Ils poussent le camion en haut de la colline mais, dès qu'ils voient qu'il ne redémarre pas, ils l'abandonnent dans le fossé. La constance est rare dans ce métier. Redford a beaucoup de mérite [39]. » Ironie du sort : c'est le festival dont il ne voulait pas entendre parler qui fit bouillir la marmite et sauva la fondation. Comme le dit Sydney Pollack, « au départ, il était quasi impossible de faire vivre Sundance. Le tournant s'est produit quand la fondation a pris le contrôle du Festival du film américain [40]. » Non seulement Sundance devenait rentable, chose rare, mais, comme le dit Larry Estes, *Sexe, mensonges et vidéo* en avait fait « un endroit où les films venus d'on ne sait où se transformaient en succès phénoménaux [41] ». Sous la direction de Tony Safford d'abord, puis celle de Geoff Gilmore, il offrit un contrepoids efficace au conservatisme du comité de sélection des séminaires.

Si l'édition de 1990 était d'un ennui mortel, dès 1991, malgré le spectre de la guerre du Golfe, le festival commença à s'améliorer. La fondation fêtait ses dix années d'existence et, pour la première fois, on se référa à la manifestation sous le nom de « Festival du film de Sundance ». Gilmore, qui tâtonnait toujours, avait de nouveau confié la programmation à Alberto Garcia. Faisaient partie de la sélection : *Slacker*, de Richard Linklater, *Trust Me*, de Hal Hartley, *City of Hope*, de John Sayles, *Daughters of the Dust*, de Julie Dash, *Straight Out of Brooklyn*, de Matty Rich, et *Poison*, de Todd Haynes, produit par Christine Vachon. Sur les seize films en compétition, huit sortirent en salles.

Le timing était parfait pour *Poison,* entre les bons sentiments du Sundance d'hier et le Sundance des hommes d'affaires de demain. Tourné en noir et blanc, sans star, abordant des sujets difficiles pour ne pas dire choquants, *Poison* était un film fourre-tout composé de trois histoires : la parodie d'une série B des années cinquante dont le héros était un savant fou ; un conte filmé selon les conventions du documentaire dans lequel un garçon de sept ans tirait sur son père ; un épisode situé en prison et basé sur le roman de Genet *Miracle de la rose*. D'après Todd Haynes, on trouve dans *Poison* « de l'humiliation, de la violence, un "homo-érotisme" assumé, et un certain degré de ce que l'on pourrait qualifier de masochisme[42]. » Tout ça était un peu dur à avaler pour le public de Sundance. Au cours de la projection, de nombreux spectateurs quittèrent la salle pendant la scène où deux détenus crachent dans la bouche d'un troisième.

Le jury penchait pour *Trust Me*, de Hal Hartley, mais la journaliste Karen Durbin fit un éloge enflammé de *Poison*, qui, à la surprise générale, remporta le grand prix du Jury. *Paris Is Burning*, ode aux transsexuels réalisée par Jennie Livingston, remporta le prix du Meilleur Documentaire, et annonça la naissance d'un mini-mouvement d'avant-garde homosexuel instantanément baptisé « nouveau cinéma gay ».

Le nouveau cinéma gay était un cinéma transgressif né en réaction à l'épidémie de sida. Comme l'explique Haynes, « le sida était une question de vie ou de mort à l'époque. Beaucoup d'homosexuels voulaient être acceptés et traités comme tout le monde, mais la maladie rendait ça impossible et on n'avait pratiquement pas le choix : il fallait prendre la parole, militer. Être homosexuel pour moi, ça ne signifie pas seulement m'intégrer et ressembler à tout le monde, mais reconnaître aussi à quel point l'homosexualité est dérangeante pour la société. C'est pour ça que j'adore Genet : parce qu'il a réussi à exprimer clairement le côté criminel de l'homosexualité, s'en est réjoui, et a tiré parti de son statut de marginal[43]. »

Sundance commençait peu à peu à se décoincer. *Poison* marqua un tournant pour le festival. « Les réalisateurs qui célébraient les valeurs de l'Amérique profonde, ceux qui autrefois formaient le noyau dur du monde indépendant, occupaient tout à coup une place moins prépondérante, explique Gilmore. On en était revenu à l'opposition New York/Los Angeles[44]. » Le film de Haynes était à des années lumières de *Heartland*. Les piliers du festival des débuts, réglos et politiquement corrects, les Glen Petrie, Gregory Nava, Annick Smith, furent balayés par une vague de jeunes trublions, et Sundance fut assez malin pour surfer sur cette vague. À partir de là, les scripts ne devaient plus forcément être achevés pour être sélectionnés, et les membres du comité, dont certains commençaient à montrer leur âge, devraient changer tous les ans. Les choses étaient en train de bouger.

Haynes et Vachon avaient fait leurs études ensemble à l'université de Brown dans les années soixante-dix. À l'époque, même si tout le monde avait oublié la « nouvelle gauche », le mouvement avait profondément marqué les professeurs de l'université de Brown, alors un repaire d'adeptes du déconstructionnisme et de théoriciens du cinéma, tendance marxiste. Vachon n'était pas du genre à se poser des questions du style : « Où se cache donc le public gay ? Où sont les films qui nous représentent, mes amis et moi ? » De toute façon, « je n'ai découvert mon homosexualité que sur le tard, confie-t-elle. Quand je suis entrée à l'université, la mode était à la bisexualité. Alors, tout le monde était bi. On était à la veille de l'épidémie de sida, et on croyait encore que plus on était "libéré" sur le plan sexuel, plus on était cool et tendance. Mais pendant toutes mes études universitaires je suis sortie avec des garçons. Je me suis même mariée. À un taré ! Je n'ai fait mon *coming out* que bien après la fac[45]. »

Après ses études à Brown, Vachon, petite femme boulotte aux cheveux bruns coupés au carré et à l'air déterminé, retourna à New York, d'où elle était originaire.

À l'époque, les réalisateurs à la mode comme Jim Jarmusch, Amos Poe, Eric Mitchell, Beth B, Lizzie Borden et Paul Morrissey traînaient avec les punks au célèbre club CBGB's, dans le Bowery. « C'était un cercle fermé dans lequel je n'étais pas admise, explique Vachon. Je me rappelle être allée à des soirées et m'être sentie totalement intimidée et dépassée par ce que je voyais : j'aurais voulu être comme eux. » Sa sœur aînée, Gail, cinéaste indépendante, l'entraînait dans des endroits comme le Collectif pour un cinéma vivant, sur White Street, à Tribeca ; mais les films que Vachon y voyait l'ennuyaient. « Ils étaient d'une lenteur incroyable, l'histoire était inexistante », se souvient-elle. Les amis de sa sœur la déconcertaient. « Ils étaient condescendants au possible ! Pour eux, soit tu faisais ces films expérimentaux dépourvus d'histoire, qui utilisaient pratiquement l'ennui comme arme politique, soit tu faisais de la daube hollywoodienne pour New Line, et tu étais un vendu. Entre les deux, il n'y avait rien[46]. » Elle travailla effectivement sur quelques films à petit budget pour New Line, dont *Demon Lover,* ce qui lui valut d'encourir le mépris du milieu indépendant. « Je voulais simplement apprendre à travailler, mais on considérait ce que je faisais comme du cinéma de bas étage. On me disait : "C'est très bien, mais si tu veux faire un film important, va travailler gratuitement pour Jim Jarmusch." J'aurais sans doute travaillé pour lui si j'en avais eu l'occasion, mais bien apprendre mon métier et payer mon loyer m'importaient davantage. »

Elle collabora cependant à quelques films « importants », comme *Far from Poland*, de Jill Godmilow, et *Variety*, de Bette Gordon. Godmilow la présenta à Bill Sherwood, qui l'engagea pour *Un clin d'œil pour un adieu*, en 1986. Passer de second assistant-réalisateur à premier assistant lui prit deux ans, et elle eut constamment le sentiment de se heurter à l'ordre établi. Elle fit ses débuts en même temps que le producteur Ted Hope, avec qui elle était en compétition. « Je ne l'aimais pas, se souvient-elle. Pour moi, il appartenait à un club très fermé dans lequel je n'étais pas admise, en tant que femme. C'était un beauf tyrannique. Son arrogance me rebutait. Pour ces gens-là, les filles comme moi sont des emmerdeuses. »

Pendant l'été 1987, Haynes, qui étudiait les beaux-arts au Bard College, réalisa un film intitulé *Superstar : The Karen Carpenter Story* grâce à une bourse du Conseil pour les arts de l'État de New York, qui avait également permis à Spike Lee de tourner *Nola Darling* en versant une mise de fonds. Le film de Haynes relatait la déchéance de Karen Carpenter, l'icône de la pop victime de la célébrité et de l'anorexie. Haynes avait eu l'idée géniale d'utiliser des poupées Barbie pour incarner les personnages ; il explorait par là même les mécanismes de distanciation et d'identification chez le spectateur. Vachon, qui aida Haynes sur le montage son, adorait le film, et les critiques comparèrent Haynes à David Lynch et John Waters pour le regard ironique qu'il portait sur les icônes de la culture populaire. « Ce film a été une révélation pour moi, raconte Vachon. Je me suis dit : "Eurêka !" *Superstar* est un film intelligent, qui donne à réfléchir, mais en même temps très divertissant et tout à fait délicieux. À la fin du film, les spectateurs sont pratiquement en larmes en voyant la poupée mourir. Ça m'épate à chaque fois que je le vois : c'est la preuve qu'un film peut être à la fois extrêmement intelligent et divertissant. Exactement le genre de films que j'avais envie de faire[47]. »

Superstar eut un tel impact que même CAA contacta le jeune cinéaste : « Nous avons visionné votre film lors de la pause déjeuner, dirent-ils, et nous aimerions vous proposer un contrat. » « Mais tout le monde a vite compris que je n'avais pas besoin d'être représenté, raconte

Haynes. J'écrivais mes propres scénarios, je vivais à New York et je tournais ces trucs bizarres pour homos avec une bonne femme prénommée Christine[48]. »

Malgré son pedigree brechtien, *Superstar* fit un bide à New York. Vachon se souvient : « Todd avait fait des études d'art et de sémiotique à Brown, et il aurait voulu qu'Yvonne Rainer et tous ces gens-là s'extasient sur son travail. Mais, pour eux, c'était de la merde. Quand il a tenté de faire projeter son film au Collectif pour un cinéma vivant, ils ont refusé. Le film était trop narratif[49] ! »

Superstar acquit rapidement le statut de film culte et garantit à Haynes la possibilité de financer son film suivant, *Poison*. Vachon lui annonça son intention de le produire. À une époque où les auteurs récoltaient tous les lauriers, et où tout le monde faisait des pieds et des mains pour réaliser, Vachon, elle, préférait la production. Contrairement à ce qui se passe dans le monde des studios, où le financement et la distribution font partie des rouages de la grande machine, les indépendants doivent repartir de zéro pratiquement à chaque projet ; d'où le rôle primordial des producteurs. « Lorsque le mouvement indépendant a émergé à New York, poursuit Vachon, nous avions l'impression qu'il y avait des choses à faire, que ce soit égaler la réussite de John Pierson en vendant nos films aux distributeurs nord-américains, leur permettre d'être diffusés dans des festivals, ou financer les projets suivants de nos réalisateurs. Soudain, tous ceux que les affaires intéressaient ont vu qu'il y avait un marché. »

James Schamus, frais émoulu de Berkeley, ne savait pas très bien quoi faire de sa vie. Il contacta Vachon et Haynes et les supplia de lui donner quelque chose à faire, n'importe quoi pourvu qu'il soit utile. Affublé d'un nœud papillon et de lunettes qui allaient devenir ses signes distinctifs (elles lui donnaient l'air d'un

Peter Lorre bienveillant), il faisait tache dans le milieu très *rock and roll* du cinéma new-yorkais. Mais, comme Haynes et Vachon, Schamus avait étudié la théorie cinématographique, en maîtrisait le vocabulaire et, pour couronner le tout, aspirait à écrire des scénarios. « Scénarios ou pas, ajoute Vachon, le premier amour de James a toujours été l'art de faire des affaires : comment conclure un marché, comment lire entre les lignes d'un contrat. L'idée de vendre les droits nord-américains d'un film l'enthousiasme. » Elle embaucha Schamus comme producteur associé.

En décembre 1990, Schamus s'associa à Ted Hope pour fonder Good Machine, qui devint l'une des trois compagnies basées à New York, avec Killer Films, de Vachon et Lauren Zalaznick, et The Shooting Gallery, de Larry Meistrich, à se consacrer aux films d'auteur. Quand Schamus se rendit dans l'Utah avec *Poison* sous le bras, Hope resta à New York à se demander ce qu'il pourrait bien aller faire dans ce trou. « C'est à ce moment-là qu'Ang Lee a débarqué [50] », se souvient-il. Lee avait obtenu deux bourses du gouvernement taiwanais et, lorsqu'il demanda à un ami qui serait capable de produire un film pour une misère, on lui répondit de s'adresser à Ted Hope. Hope lui conseilla de voir James Schamus, et la suite fait partie de la légende, si l'on peut dire. Schamus et Lee s'associèrent pour écrire *Garçon d'honneur, Salé, sucré, The Ice Storm* et *Tigre et Dragon*.

Contre toute attente, *Poison* obtint une bourse du National Endowment for the Arts, ainsi qu'une subvention de l'American Film Institute et du Conseil pour les arts de l'État de New York. Pour réunir le reste du budget (300 000 dollars), Vachon fit appel à sa famille, comme tout le monde.

En février, après Sundance, Haynes, Vachon et Schamus allèrent présenter *Poison* au Festival de Berlin.

C'était le film événement. Haynes se souvient : « Dans tous les festivals auxquels nous assistions, Christine et moi, il y avait une espèce de culte du jeune réalisateur homosexuel branché venu de New York. Je me rendais compte qu'elle était systématiquement exclue [51]. » À sa grande honte, Schamus, qui n'avait pas produit le film, éclipsa la productrice. Les gens s'agglutinaient autour de lui, le félicitaient de son succès et ignoraient Vachon parce que c'était une femme. Les droits nord-américains furent vendus à une petite compagnie du nom de Zeitgeist. Vachon se souvient : « Avec des critiques formidables, la liberté de rester longtemps à l'affiche et un réalisateur prêt à sillonner le pays, on pouvait arriver à se faire un million de dollars, ce que l'on pouvait espérer de mieux pour un film indépendant à l'époque. Quand on a franchi la barre du million, nous avons sablé le champagne. J'ai reçu un chèque d'un peu moins de 200 000 dollars que j'ai envoyé aux investisseurs, et bien m'en a pris, car ils ont investi la somme dans *Safe,* le film suivant de Todd. Todd et moi nous sommes fait un peu d'argent, mais nous étions tellement honnêtes et reconnaissants envers les investisseurs que nous n'avions pratiquement rien gardé pour nous. Je n'avais pas encore compris comment faire de l'argent en produisant [52]. »

Même si Vachon déclare ne pas avoir fait de *Poison* « une affaire personnelle (je n'ai jamais vraiment réfléchi [à sa composante homosexuelle]) », le film remporta un énorme succès auprès de la communauté gay. « Même à l'époque, j'étais assez futée pour savoir qu'il existait là un marché que personne n'avait encore exploité. Des gens qui, d'habitude, ne seraient jamais allés voir un film aussi expérimental le firent juste parce qu'ils avaient entendu dire qu'il contenait des scènes de sexe entre hommes. Ceux-là se sentirent lésés, regrettant d'avoir vu un film “pour seulement deux secondes de baise entre mecs [53] !”»

Si l'intention de Haynes avait été de choquer son monde, on peut dire qu'il avait réussi. Le NEA eut des problèmes pour lui avoir accordé une bourse. « Roger Ebert et Todd se sont rencontrés à l'Indie Spirit Awards, lors d'une soirée en l'honneur de *Poison*, se souvient Vachon. Quand Todd s'est présenté, Roger ne voyait pas du tout de qui il s'agissait. Il a donc précisé qu'il avait réalisé le film, et l'autre a refusé de lui serrer la main[54]. »

Pour MIRAMAX, la mauvaise passe commença dès le milieu de l'année. 1991 était pire que 1990. Profitant des dollars gagnés en 1989 et du prêt de la Chase Bank, les Weinstein se lâchaient côté dépenses et inondaient le marché de films. Le plus rentable en 1991, *In Bed with Madonna*, rapporta 15 millions. « Juste après *In Bed with Madonna*, se souvient Eamonn Bowles, ancien cadre chez Miramax, ils ont sorti quelque chose comme treize films – dont certains sur une multitude d'écrans – qui se sont plantés les uns après les autres. Impossible de subir de telles pertes sans en souffrir[55]. »

Les films s'écrasaient l'un après l'autre comme des moustiques sur le pare-brise de Miramax. La compagnie sortit une quarantaine de films cette année-là, environ deux fois plus qu'un grand studio. « En 1990 et 1991, nous avons tenté de faire évoluer la compagnie, explique Schmidt, mais c'était devenu de plus en plus dur car nos films ne marchaient plus. On se traînait. »[56]

Les deux frères étaient tellement désespérés qu'ils songeaient même à créer une division spécialisée dans la série B, qu'ils baptiseraient Dimension. Le succès de New Line, leur ennemi juré, avec la série *Les Griffes de la nuit* les faisait baver d'envie. Le schéma sur lequel fonctionnait leur rival – les profits générés par les films de genre étaient réinvestis dans les films d'auteur – leur semblait de plus en plus logique, au moment où leur compagnie battait de l'aile. Les séries B rapportaient gros et, comme aucune star n'était impliquée, elles ne revenaient pas cher ; en outre, il n'était pas nécessaire de rembourser les investisseurs tout de suite après la sortie du film. Ironie du sort, la création par Bob Shaye de la nouvelle division Fine Line, présidée par Deutchman, semble avoir servi de catalyseur pour les deux frères (ou tout du moins pour Bob), qui l'ont vécue comme un affront personnel. Deutchman fêta l'événement lors du gala donné en l'honneur de Robert De Niro au Museum of the Moving Image, début mars 1991. Il repéra Harvey à l'autre bout de la salle et, radieux, fondit sur lui pour lui serrer la main. Harvey le salua chaleureusement. « Félicitations, on va bien s'amuser[57] ! » s'exclama-t-il. « On va vous enterrer », lança Bob, qui se trouvait à côté. Puis, rouge de colère, il se mit à hurler quelque chose du genre : « Comment osez-vous revenir vers le cinéma d'auteur ! Je sais que vous avez monté cette compagnie pour nous coincer. On va vous couler en battant New Line sur son propre terrain : on se lance dans les films d'horreur et les films pour ados. » Bob, qui tenait toujours parole, poussa son frère à se mesurer à leurs concurrents[58]. (Deutchman a toujours revendiqué la « paternité » de Dimension.)

Certains réalisateurs complètement fauchés avaient du mal à récupérer les sommes dues par Miramax. Kjehl Rasmussen leur intenta une action en justice pour obtenir sa part des recettes d'*Animal Behavior*, sorti en 1989. « Miramax avait fait des bénéfices sur ce film, explique-t-il, et je n'avais pas touché ma part. Ils me devaient de l'argent, un point c'est tout. Le film n'est resté à l'affiche que quinze jours, et nous avons mis trois ans à récupérer l'argent. Ça a été une période difficile[59]. » D'après Miramax, le film était un désastre absolu et n'avait même pas rapporté 50 000 dollars. « Après avoir dû payer des frais judiciaires conséquents, se souvient Harvey, et avoir obtenu la certitude que ça irait de mal en pis si la procédure continuait, nous avons jugé qu'il valait mieux trouver un accord. Sans pour autant reconnaître la moindre irrégularité au niveau des comptes[60]. »

Deux ans après le succès de *My Left Foot* aux États-Unis, le producteur du film, Noel Pearson, se plaignait de ne pas encore avoir reçu le moindre sou alors qu'il avait investi 2,5 millions. « C'est un peu frustrant, dit-il. C'est comme attendre Godot en se disant qu'on aimerait qu'il se dépêche un peu. » Weinstein estimait ne rien devoir à Pearson : si quelqu'un lui devait de l'argent, c'était Granada.

Après avoir acheté les droits de certains films, les patrons de Miramax tentaient parfois de renégocier les contrats en leur faveur. « Ils étaient à l'époque, et sont encore aujourd'hui, des négociateurs nés – ils sont même encore plus efficaces quand il s'agit de *renégocier*, estime Mark Lipsky. Ils auraient dit ou fait n'importe quoi – quelles que soient les conséquences – pour conclure un marché, et puis le lendemain, ils le regrettaient. Sur le moment, quand ils affirment que leur vie dépend de l'achat de votre film, ils sont sincères. Mais, la seconde d'après, c'est comme si rien ne s'était passé. Et ils ne s'en rendent pas compte[61]. » Safford ajoute : « Les réalisateurs les plus intelligents étaient conscients de ça et ajoutaient des termes au contrat du type : le film doit sortir dans tant de villes, vous devez avoir dépensé tant d'argent d'ici telle date. Harvey signait de bon cœur, mais ça ne voulait pas dire qu'il allait respecter le contrat. Il retardait la sortie du film, ou l'annulait carrément. On ne peut pas se fier à lui, il le sait aussi bien que vous. Que faire ? Lui intenter un procès ? Vous avez beau hurler et le menacer, vous ne serez ni le premier ni le dernier. C'est comme Kane et Xanadu, l'instinct du prédateur, le plaisir de s'approprier quelque chose, que ce soit un script, un film, un réalisateur. Une fois que Harvey a eu ce qu'il voulait, cela ne l'intéresse plus[62]. »

Bobby Newmyer ne savait rien de tout ça lorsqu'il vendit *The Opposite Sex* à Miramax. Depuis 1989, il dirigeait Outlaw, minuscule maison de production indépendante financée avec les gains de *Sexe, mensonges et vidéo*. Mais l'argent fondait comme neige au soleil, et Newmyer était près de déposer le bilan. *The Opposite Sex*, son second film, comédie romantique avec Courteney Cox, Ari Gross et Kevin Pollak, s'appuyait sur un scénario qu'il avait financé de sa poche. Il avait réuni un budget de 2,5 millions par tranches de 50 000 et 100 000 dollars empruntés à des amis et de la famille. Pour les salaires, y compris le sien, on verrait plus tard. Après le tournage, Newmyer montra le film aux distributeurs, parmi lesquels Miramax. Il n'avait pas revu Harvey depuis l'époque du film de Soderbergh, mais gardait un bon souvenir de lui, car Harvey avait tenu ses promesses. Un été, Newmyer et sa femme Debbie étaient tombés sur Harvey et Eve à Martha's Vineyard, et ils avaient fait du ski nautique ensemble, ou, plutôt, Newmyer et Eve avaient fait du ski nautique, tandis que Harvey restait assis à l'arrière du bateau, vêtu d'un short et d'une chemise Izod trop grande, à fumer cigarette sur cigarette, en nage, l'air mal à l'aise. Newmyer était sous le charme. « C'était très touchant de voir un type de 200 kg assis dans ce bateau, dit-il. Un patron de studio ne ferait jamais ça. Il avait quelque chose d'authentique, de vrai. »

D'après Newmyer, Harvey lui offrit 5 millions – 1 million tout de suite et 4 autres à réception des composants physiques du film – la pellicule, la bande-son, le scénario, etc., ainsi que les documents légaux concernant le copyright et différents autres droits –, une somme inouïe pour un film indépendant en 1991 : il voulait le film à tout prix. Emballé, Newmyer écrivit à ses investisseurs : « Voici 1 million de dollars, 40 % de votre investissement. Dans quelques mois, lorsque nous aurons mis la dernière main au film et le livrerons à Miramax, tout le monde aura droit à une bonne part du gâteau[63]. » En prime, tous ceux qui avaient participé au film toucheraient leurs émoluments. Il remit le film à Harvey. « Les producteurs reçoivent en principe 10 % à la signature du contrat d'achat et 90 % à la remise du film, explique l'avocat David Steinberg, qui a négocié bon nombre de contrats pour Miramax. Souvent, ils retiennent les 90 % quand l'un des éléments manque – les droits d'un morceau de musique, par exemple[64]. » C'est dur, mais le contrat les y autorise. D'après Linda Lichter, avocate de Newmyer à l'époque, « nous avions inclus dans le contrat toutes les garanties possibles, mais ils ont quand même trouvé la faille. Outlaw avait livré tous les éléments, mais les gens de Miramax ont dit : "La livraison ne sera complète que lorsque nous aurons tout vérifié ; or, pour l'instant, nous n'avons pas le temps." Vérifications faites, ils ont ajouté : "Vous avez négligé tel point concernant les droits de tel morceau[65]" ». « Ils invoquaient tout un tas de raisons ridicules, ajoute Newmyer. Un jour, Harvey a dit : "Bon, une collure fiche le camp sur la bobine numéro 8. Envoyez quelqu'un pour la réparer. Page cinquante-deux du script, il y a une coquille[66]." » « C'était surtout un bon moyen de gérer les rentrées d'argent, une façon de tenir jusqu'à ce qu'on ait les moyens de payer[67] », explique Schmidt.

Mais Newmyer avait l'impression qu'on ne voulait pas lui verser ses 5 millions. Il contacta des personnes ayant déjà eu affaire à Miramax. D'après eux, c'était le mode opératoire de Harvey. Il n'avait pas l'intention de payer 5 millions, mais 4. Ils conseillèrent à Newmyer de passer un accord avec lui. Newmyer avait « découvert » Soderbergh, apporté aux deux frères le film qui les avait fait connaître. Quelqu'un d'autre se serait montré reconnaissant, mais pas Harvey. Peut-être qu'il l'était, au fond, mais là, on parlait affaires. Newmyer affirme que le patron de Miramax n'arrêtait pas de l'appeler – le film l'intéressait toujours, mais pas pour 5 millions – pour tenter de le convaincre d'accepter une somme moindre. Pour le producteur, il n'était pas question de revenir sur leur accord, alors il refusa. Il entama une descente aux enfers qui dura quatre mois, au cours desquels il ne dormit pas plus d'une heure et demie d'affilée, se remit à fumer quatre paquets par jour, et prit quinze kilos. « Les trente-deux investisseurs qui m'avaient fait confiance – mes amis les plus chers et ceux de ma famille –, qui me voyaient jusque-là comme un *golden boy* qui allait leur permettre de réaliser un joli profit, me considéraient à présent comme un débile qui avait signé un contrat foireux. »

Un jour, Newmyer déjeunait avec un ami, un avocat en vue, dans le Polo Lounge du Beverly Hills Hotel, lorsque Harvey passa près de leur table. Selon Newmyer, son ami, un homme encore plus imposant que Harvey, attrapa celui-ci au vol, le fit asseoir, et insista pour qu'il se tienne tranquille. Harvey ne tenait pas en place. Allumant cigarette sur cigarette, il refusait de regarder Newmyer dans les yeux. Il finit par accepter de verser 4,7 millions. À l'époque, le producteur avait déjà dépensé plusieurs centaines de milliers de dollars en frais juridiques et perdu un an à batailler ; il prétend avoir accepté de prendre en charge des frais qui, d'après le contrat, incombaient à Miramax, ce qui lui coûta environ un million de dollars.

« Je travaille dans l'industrie du cinéma depuis 1982, j'ai produit une quinzaine de films. Je suis habitué à toutes les tromperies et les manipulations imaginables, mais que quelqu'un se moque de moi ouvertement et me dise pratiquement qu'il va m'entuber, simplement parce qu'il en a la possibilité, ça, c'était une première pour moi », conclut Newmyer.

Harvey dément catégoriquement avoir manqué à sa parole dans cette affaire et met en doute la version de Newmyer. « Newmyer a signé un contrat pour 4,7 millions, que Miramax lui a versés, somme d'ailleurs bien supérieure aux 2,7 millions de budget. Miramax a également accepté d'investir pas moins de 2 millions en frais de publicité en vue de la sortie en salle aux États-Unis. Qui plus est, on nous a livré un film qu'il était impossible de sortir en l'état, et nous avons dû débourser environ 500 000 dollars pour tourner à nouveau certaines scènes. Malgré tous nos efforts, *The Opposite Sex* a été un véritable désastre, aussi bien financier qu'artistique. Miramax a dépensé plus de 4 millions, le double de la somme que nous nous étions engagés à verser par contrat pour le promouvoir à sa sortie. Il n'a rapporté que 700 000 dollars aux États-Unis. La compagnie a perdu des millions sur ce film [68]. »

Au cours des démêlés financiers, Harvey perdit le peu de patience qui lui restait. Il engagea David Linde pour compléter l'équipe achats de droits, déjà composée de Trea Hoving et Mark Tusk. Hoving avait un goût très sûr ; Tusk, homosexuel très branché, allait toujours là où personne n'osait s'aventurer. Linde était chargé des contrats. Quand Harvey était d'humeur taquine, il les appelait affectueusement ses trois « souris vertes ». Mais il n'était pas souvent d'humeur taquine. On voyait souvent Hoving avaler des Rennie en sortant de son bureau.

Le Festival du film de New York, fin septembre, suivait celui de Toronto. Harvey avait réalisé un joli coup en imposant la projection de *La Double Vie de Véronique*, de Krzysztof Kieslowski, lors de la soirée d'ouverture. Les deux frères organisèrent une soirée au Mayflower Hotel, sur la 62e et Central Park West, pour fêter l'événement. Ç'aurait dû être l'occasion de s'amuser, mais la joie procurée par les bonnes nouvelles n'arrivait à distraire Harvey de ses soucis que très brièvement. Après la projection, les employés de Miramax, tirés à quatre épingles, entrèrent nonchalamment dans la salle de réception, détendus, grisés par le champagne qui coulait à flots. Harvey repéra Linde, qui s'occupait du contrat de *Proof*, de Jocelyn Moorehouse, interprété par le jeune Russell Crowe. Il lui demanda s'il avait conclu l'affaire [69]. Soudain, les rires se turent, et un nuage noir sembla s'abattre sur la pièce. Tout le monde retint son souffle en attendant la réponse de Linde, sachant que l'accord n'avait pas été conclu : le film était toujours sur le marché, et Linde était toujours en compétition avec Deutchman, de chez Fine Line. Dr Harvey se transforma instantanément en Mr Hyde. Il entraîna Linde et Tusk dans l'entrée, se colla à Linde comme il le faisait toujours lorsqu'il se servait de sa stature pour vous intimider et aboya : « Trouvez-moi Kim Lewis – l'agent de Moorehouse –, *pronto* ! Vous avez son numéro personnel ? Appelez-le chez lui ! Appelez-le à Los Angeles ! Appelez son bureau ! Allez ! » La femme de Linde les avait rejoints. Horrifiée, elle vit Harvey, vert de rage, menacer son mari tout en lui lançant une bordée d'injures telles qu'elle n'en avait plus entendues depuis le collège. « Je vais te tuer », éructa-t-il à deux doigts du visage de Linde. Ce dernier fut secoué, mais « Harvey menaçait de tuer quelqu'un toutes les cinq minutes », explique Schmidt, hilare. (Au bout du compte, Miramax perdit *Proof*, et, aujourd'hui encore, Linde se fait tout petit lorsqu'il croise Harvey.)

Comme les créanciers s'impatientaient et la tentative de vente de la compagnie ne menait nulle part, le succès de l'ouverture du capital devenait de plus en plus crucial pour les deux frères, et les préparatifs allaient bon train. Il n'y avait qu'un seul problème : Midland Montague possédait une grosse part de la compagnie (45 %), et la banque allait elle aussi en tirer avantage. Bob et Harvey étaient donc déterminés à lui racheter sa part. Les petits malins qui avaient négocié l'accord n'étaient plus là, les bureaux new-yorkais de la banque avaient fermé. L'investissement était géré par un banquier d'affaires londonien, David Hutchings. Ce dernier avait tout du Britannique bien comme il faut et pointilleux ; rien ne le préparait à travailler avec les Weinstein. « Ils lui disaient – à lui, leur plus gros actionnaire – des choses du style : "Cette compagnie ne vous rapportera jamais un centime. On préfère la couler que de vous verser un sou [70]" », explique Schmidt.

Se préparer à l'ouverture du capital de sa société est un processus ardu, prenant et coûteux. Par une étouffante journée d'août, juste après le passage de l'ouragan Bob (le bien nommé), Harvey et son frère s'engouffraient dans une limousine garée devant les locaux d'Allen & Co., au 711 de la Cinquième Avenue, pour regagner le siège de Miramax. Tous les documents financiers de la compagnie étaient prêts à être expédiés à la Securities and Exchange Commission, l'organe de régulation des marchés financiers américains, qui devait enregistrer l'offre. Mais, à leur retour au bureau, Harvey et Bob annoncèrent gaiement qu'ils avaient changé d'avis et décidé de tout arrêter. Schmidt venait de risquer sa vie dans l'avion qui le ramenait de Nantucket à cause du mauvais temps. Il explosa : « Allez vous faire foutre, je démissionne. »

La volte-face des deux frères stupéfia tout le monde. « Tous les efforts consentis pour adopter des méthodes de travail plus intelligentes n'ont mené à rien, explique Schmidt. Pour moi, renoncer à l'ouverture du capital a été une décision clé. Ils ont décidé de ne rien changer, de courir après les films et de vivre à crédit. En gros, ils ont choisi de continuer à gérer la compagnie à leur façon, celle qui leur avait permis d'en arriver là, et tant pis si ça impliquait de devoir entuber les gens [71]. » « Ils n'arrivaient pas à accepter que ces British se fassent une fortune sur leur dos. Ça les rendait dingues [72] », ajoute une de mes sources. « Comme pour toutes les petites compagnies, continue Schmidt, l'ouverture du capital allait donner aux employés de Miramax la possibilité de bénéficier de stock-options. Midland Montague n'est pas la seule à avoir été pénalisée, il y a aussi les producteurs à qui Harvey et Bob devaient de l'argent et les employés qui avaient travaillé d'arrache-pied pour permettre à la compagnie de réussir. Les patrons auraient pu s'en mettre un peu moins dans les poches et redistribuer un peu plus aux gens qui les avaient aidés à en arriver là. Mais ils n'ont jamais raisonné comme ça, parce qu'ils estiment ne rien devoir à personne. Quelle tristesse [73] ! »

Schmidt comprit que les deux frères n'étaient pas prêts à partager le gâteau avec quelqu'un d'autre et démissionna le 1er mars 1992. « Au bureau, c'étaient les insultes, la pression constante, se souvient-il. Les principaux collaborateurs qui les aidaient à faire évoluer la compagnie n'avaient pas leur mot à dire, ne touchaient pas de primes non plus : ça ne pouvait pas durer longtemps. J'ai quitté Miramax parce que mes parents ne s'appelaient pas Miriam et Max [74]. » Schmidt se tournait les pouces en se demandant ce qu'il allait bien pouvoir faire lorsqu'il reçut un appel de ses amis d'Allen & Co. Ils lui apprirent qu'ils examinaient l'idée de deux types qu'ils aimaient bien et qui voulaient monter une nouvelle compagnie. Serait-il partant ? Quelques jours plus tard, Schmidt rencontrait les deux hommes. Ils s'entendirent très bien et il accepta de travailler chez October Films.

TARANTINO AVAIT BEAU être un illustre inconnu, lorsqu'il arriva à Park City pour le Festival de Sundance 1992 avec son nouveau film, *Reservoir Dogs*, sa réputation l'avait précédé. Il avait participé au séminaire de juin 1991, et presque tout le monde en ville avait lu le script du film. Allison Anders, dont le second film *Gas Food Lodging* était en compétition, entendit parler de lui pour la première fois lors d'une réunion où elle devait présenter son propre film. Son partenaire, Kurt Voss, interrompit son laïus pour faire l'éloge du jeune réalisateur pendant une demi-heure. « Je n'en revenais pas, se souvient Anders. Bon sang, on était censés parler de mon film, et j'ignorais complètement de qui ils étaient en train de parler ! "Bon, d'accord, c'est un auteur de génie, mais ça vous dérangerait si on en revenait à nos moutons [75] ?" »

Tarantino n'avait jamais assisté à un festival de sa vie, n'avait presque jamais quitté Los Angeles, n'avait jamais vu de neige. Il se promenait en tee-shirt par -10 °C, jusqu'à ce que Ronna Wallace, de chez Live Entertainment, lui achète une parka. Il avait l'air d'un gamin dans un magasin de jouets, qui ne sait pas où donner de la tête. L'air tout droit sorti d'une bande dessinée, avec son front haut et son menton proéminent, on aurait dit Martin Scorsese prisonnier du corps de Popeye. Il était surexcité en permanence, marchait à l'adrénaline, et les mots se bousculaient dans sa bouche quand il dissertait sur le sous-texte homosexuel dans *Top Gun* (la manière dont les traînées de condensation des avions évoquent la sodomie). Il connaissait par cœur les scènes, les bouts de dialogues tirés de n'importe quel film de Tony Scott, les citant à qui voulait l'entendre et souvent, aussi, à ceux qui ne le voulaient pas. Son enthousiasme, sa vitalité, sa simplicité et sa sincérité évidente le rendaient irrésistible. Anders fit sa connaissance au Z Place, un club dans la rue principale de Park City, et fut ravie de découvrir chez lui une cordialité, une gentillesse et une générosité qu'elle n'avait pas soupçonnées. « Les gens se répandaient tellement en compliments et le montaient tellement en épingle que je m'attendais à ce qu'il mesure trois mètres, porte une barbe et ait tous les défauts du réalisateur égocentrique. Il m'a abordée en me disant : "Tu t'appelles Allison ? Je m'appelle Quentin et j'ai adoré ton film." Je n'en revenais pas [76]. »

D'une année sur l'autre, à Sundance, on se croyait de plus en plus à Hollywood. Tout d'un coup, tout le monde avait un portable collé à l'oreille. Pendant une projection, on vit même un agent en appeler un autre assis à quelques rangées de lui. Les Ford Explorer et les Jeep Cherokee, pleines d'acheteurs, de producteurs, d'agents et de journalistes recherchant toujours (en vain) le successeur de Soderbergh, embouteillaient les rues étroites de la ville et monopolisaient les places de parking. Gilmore et Garcia s'étaient occupés de la sélection cette année-là. (Garcia, épuisé et déçu, démissionna quelque temps après.) De soixante scripts soumis en 1987, on était passé à environ quatre cents en 1992. Soderbergh, toujours la mascotte du festival, assistait à cette nouvelle édition. « Pour moi, Park City est l'endroit le plus génial de tout le pays [77] ! » déclara-t-il à un journaliste.

Le succès du nouveau cinéma gay ne se démentait toujours pas. Vachon revint au festival pour la seconde année consécutive avec l'élégant *Swoon,* de Tom Kalin, ainsi qu'avec les films de deux nouveaux venus : *The Living End*, de Gregg Araki, mettant en scène les ébats de deux amants séropositifs en cavale, et *The Hours and Times*, de Christopher Munch, compte rendu fictionnel de la relation entre John Lennon et le manager des Beatles, Brian Epstein, pendant leurs vacances à Barcelone. « Quand des films comme *The Living End*, qui a ensuite trouvé un distributeur et mené une belle carrière commerciale, font partie de la sélection, les gens changent d'avis sur ce qu'on peut montrer à Sundance [78] », souligne Vachon. Ou, pour reprendre les propos de Gilmore : « Il devenait évident que les réalisateurs inconnus, les Gregg Araki du monde entier, avaient une réelle valeur [79]. »

Vachon, Haynes, Kalin, Araki, et le critique Ruby Rich, entre autres, participèrent à une table ronde sur le nouveau cinéma gay. À l'instar de *Poison*, les films de ce mouvement cherchaient davantage à choquer les spectateurs hétérosexuels qu'à les rassurer en leur brossant le portrait de yuppies homosexuels BCBG auxquels ils auraient pu s'identifier (c'est ce qu'avaient fait quelques années auparavant des films comme *Un clin d'œil pour un adieu*, qui avait semblé, à l'époque, très osé). La nouvelle génération de réalisateurs s'inspirait plutôt de *Drugstore Cowboy*, de Gus Van Sant. Exercice d'agit-prop, *The Living End* tournait en ridicule le modèle de l'homo bien sous tous rapports si cher aux activistes gays, que le rôle de lesbienne psychopathe incarné par Sharon Stone dans *Basic Instinct* avait rendus furieux. Au lieu de ça, le film mettait en scène des criminels en puissance rêvant d'inoculer le virus du sida au président Bush père. « C'était de la folie, à l'époque, raconte Vachon. La plupart de ces réalisateurs militaient dans une association ou une autre ; *Poison* et *Swoon* étaient dédiés à des personnes qui venaient de mourir. Nous étions très jeunes et, à vingt ans, vous avez une certaine droiture. Vous ressentez une certaine urgence. Vous devez à tout prix vous exprimer, car le temps vous file entre les doigts [80]. »

Parmi les autres films en compétition figurait le charmant *In the Soup*, d'Alexandre Rockwell. Ce film à très petit budget tourné en noir et blanc, format rare et exotique en ce temps-là, racontait l'histoire d'un réalisateur qui extorque de l'argent à un mafieux sur le retour, magnifiquement interprété par Seymour Cassell. Allison Anders était également présente avec *Gas Food Lodging*, portrait décalé de deux adolescentes (Fairuza Balk et Ione Skye) que leur mère (Brooke Adams) élève seule dans des conditions très modestes au Nouveau-Mexique, les voyant grandir avec une certaine inquiétude. Ce film réunit tous les ingrédients du gros mélo politiquement correct dont Sundance est friand, mais le ton est si juste, le film si modeste, mis en scène avec une telle finesse et une telle sincérité, qu'il transcende le genre.

Allison Anders était une force de la nature, une femme extrêmement attachante, elle-même mère célibataire. Née à Ashland, dans le Kentucky, en 1955, elle avait longtemps bénéficié de l'aide sociale. Ray Price, vétéran du cinéma indépendant dont la compagnie, IRS Releasing, distribua le film, explique : « Tout le monde adorait Allison. On lui doit le succès du film. Le public féminin s'identifiait complètement à elle. Allison transcende ses films. Elle est guidée par des valeurs très fortes et vous pousse à être meilleur. J'adorais la fréquenter. Grâce à elle, j'avais une meilleure image de moi-même [81]. » Il n'y avait pas une once d'artifice ou de prétention chez Anders : elle était brute de décoffrage. « Elle est très à l'écoute des autres [82] », ajoute Rockwell.

« Les critiques sont plus sévères à l'égard des réalisatrices, poursuit Price, et le film d'Allison était un peu trop mièvre au goût de certains ; les femmes sont plus à l'aise avec le langage des feuilletons télévisés, qui font davantage partie de leur vie. Les hommes ont leur propre langage, celui des femmes est différent. J'ai toujours pensé que l'essentiel, dans un film, c'est de sentir la présence du réalisateur à travers l'écran. C'est le cas avec les films d'Allison [83]. » Anders, Rockwell, Araki, Kalin et plusieurs autres réalisateurs sélectionnés n'avaient tourné qu'un ou deux films, exactement le type de cinéastes que Sundance aurait rejeté encore un an auparavant.

Trea Hoving et Mark Tusk, de Miramax, avaient assisté à la première projection de *Reservoir Dogs*, un samedi à 22 h 30 au Holiday Village Cinema ; ils l'avaient adoré. David Linde assista à la seconde projection. « Le film faisait peur à tout le monde, se souvient-il. C'était une expérience très intense et, à l'époque, on n'avait pas l'habitude de voir ça dans les films indépendants [84]. » Quel euphémisme ! Les rumeurs concernant le script de Tarantino étaient fondées : le jeune homme était extrêmement doué. Bien que dans un style différent, son travail rappelait celui de Robert Towne, auteur, dans les années soixante-dix, de scripts magnifiques mêlant avec talent le style de la série B et la décontraction de la Nouvelle Vague – la classe, pour les passionnés de cinéma.

On avait rarement la chance de voir des types brandir des flingues à Sundance : c'était un plaisir coupable. Les programmateurs du festival n'en finissaient pas de se demander si un film pouvait à la fois porter l'étiquette de « film de genre » et de « film d'auteur ». *Reservoir Dogs* incarnait parfaitement ce dilemme. L'intrigue est écrite sur mesure pour correspondre à un budget modeste, et le film démontre à quel point le manque de moyens peut devenir un atout du point de vue esthétique. Histoire d'un hold-up sans hold-up, il se concentre sur l'*avant* et l'*après*. Les dialogues priment, les extérieurs sont rares. L'idée n'est peut-être pas novatrice, mais la mise en image, les ellipses temporelles, l'habile juxtaposition de la culture (des gangsters dissertant sur des points de culture populaire comme des universitaires) et de l'horreur, le sont incontestablement, le tout étant dopé par des décharges de violence extrême. Les films de Tarantino ont un côté trash, et on peut compter sur lui pour nous abreuver de situations politiquement incorrectes. Le machisme, l'inventivité des insultes, le tir nourri de mots tabous comme « nègre », par exemple, la sodomie, les shoots d'héroïne, le plaisir que ces films semblent tirer d'une violence gratuite savamment mise en scène (pour rire, certes, mais quand même), les bains de sang presque baroques, le sadisme, l'absence de message positif, l'indulgence assumée du réalisateur à l'égard de ses personnages de paumés, forment un cocktail explosif. Tarantino flirte avec le sexisme, le racisme, l'homophobie, tordant ainsi le cou à toutes les valeurs défendues par Sundance. Sarcastique, Tarantino a un jour déclaré que les Blancs de gauche étaient « de loin les êtres les plus sensibles de la planète » et qu'il était plus que ravi de leur faire un pied de nez. *Reservoir Dogs* dynamitait toutes les valeurs politiquement correctes.

Avec le recul, il est facile de minimiser le scandale que provoqua la sortie du film en l'attribuant à quelques conservateurs coincés – après tout, au lendemain de la guerre du Golfe, George Bush père se laissait encore porter par l'euphorie ambiante. Un an plus tôt, Anthony Hopkins se repaissait de chair humaine dans *Le Silence des agneaux*, de Jonathan Demme. Mais il s'agissait là d'un film de studio, alors que *Reservoir Dogs* était un film indépendant, et Sundance le temple de l'esprit indépendant. Les aficionados du festival considéraient depuis longtemps la violence comme l'apanage des films hollywoodiens honnis ; il n'est donc pas surprenant que la projection du film de Tarantino ait suscité des réactions aussi tranchées. « Lorsque nous avons été sélectionnés, se souvient Richard Gladstein, responsable du projet chez Live Entertainment, je n'avais pas réalisé – imbécile, inconscient, ignorant que j'étais – que ce genre de film n'avait pas sa place à Sundance. Assister à la projection m'a causé un choc. Les spectateurs étaient outrés [85]. » On mourait rarement dans les films de Sundance, si ce n'est du sida, de vieillesse ou d'ennui ; dans *Reservoir Dogs*, par contre, on mourait de mort lente, pénible, avec force hémoglobine et sentiment. Le découpage d'oreille sur fond de *Stuck in the Middle with You*, scène qui devait passer à la postérité, souleva un tonnerre de protestations et éclipsa le scandale provoqué par le nouveau cinéma gay, d'autant que Tarantino tint tête aux ayatollahs du cinéma indépendant qui lui reprochaient son irresponsabilité. Au lieu de plier, il en rajouta pour provoquer ses détracteurs. Lors de la dernière projection à l'Egyptian Theater – véritable événement que le réalisateur a surnommé « la projection Faye Dunaway [86] », car l'actrice se trouvait dans la salle –, un spectateur se leva pour demander à Tarantino comment il pouvait justifier pareille violence. Celui-ci répondit : « Je ne sais pas vous, mais moi, j'adore la violence au cinéma. Ce qui me choque, c'est toute cette merde de chez Merchant/Ivory. » Il déclare aujourd'hui : « La violence est l'un des trucs les plus enthousiasmants que l'on puisse montrer au cinéma. C'est pour ça qu'Edison a inventé la caméra, bon sang ! »

Tarantino avait grandi dans les années soixante-dix alors que l'influence de la décennie précédente se faisait encore sentir. « La guerre du Vietnam et l'affaire du Watergate ont porté un coup fatal à la confiance des Américains dans leur propre pays, observe-t-il. J'ai grandi en croyant que tout ce que l'on vous racontait n'était que mensonge, que le président était un rigolo. J'entendais mes parents dire que les poulets n'avaient qu'à aller se faire foutre [87]. » Pourtant, les allusions à la politique en tant que telle sont rares dans ses films. Sa rébellion est essentiellement culturelle : son esthétique de *mauvais garçon* s'inspire non seulement des films de Martin Scorsese, du grand-guignol de Brian De Palma, mais aussi des sitcoms et des films de kung-fu qu'il regardait enfant – bref, de tout ce qui sort de la culture de masse bien comme il faut. Le réalisateur avait beau aimer Godard (Truffaut était trop sentimental à son goût), il préférait Hong-Kong à Paris et les films d'art martiaux à la Nouvelle Vague. Il était le Howard Stern du cinéma indépendant et le revendiquait.

La violence de *Reservoir Dogs* inquiétait Gilmore. Dans un dernier sursaut de décence, le festival avait rejeté *Laws of Gravity*, de Nick Gomez, ainsi qu'*Un faux mouvement*, du tandem Billy Bob Thornton/Tom Epperson, à cause de leur violence extrême. La ligne officielle de Sundance était claire. « Un soir, raconte Redford, j'ai assisté à quelques projections de films… tellement violents que, le lendemain, j'en étais encore tout retourné. Trop de films ici se servent de l'alibi de la violence pour exploiter l'aspect le plus commercial du marché. Là, j'ai décidé qu'il fallait se bouger pour trouver des films plus originaux, plus expérimentaux, novateurs sans être formatés [88]. » Tarantino trouvait cette décision incompréhensible. « Ils ne veulent pas sélectionner deux films de gangsters. Cet argument serait valable s'ils n'avaient pas sélectionné six films gays la même année, ironise-t-il. Le festival aurait pu être rebaptisé Festival du film Gay et Lesbien de Sundance. »

Malgré l'homophobie à peine voilée de Tarantino, *Reservoir Dogs* a plus en commun avec les films gays sélectionnés en 1992 qu'il ne veut bien l'admettre. Réponse (pas si) hétéro à ces films, *Dogs* marqua un tournant radical dans le cinéma indépendant, de plus en plus orienté vers les films de genre – agrémentés d'une pointe de provocation et d'ironie toute postmoderne. Malgré le succès de *Poison*, l'intérêt pour le nouveau cinéma gay commença à s'émousser en 1992, pratiquement dès la naissance du mouvement. Il existe de multiples explications à ce phénomène, mais l'une des raisons majeures, c'est que Tarantino lui a volé la vedette. *Reservoir Dogs* était aussi dérangeant que *Poison,* sans avoir à endosser l'étiquette gay.

La clé de l'impact de *Reservoir Dogs* réside dans l'attitude nihiliste du réalisateur à l'égard de « la merde de chez Merchant/Ivory », c'est-à-dire des films d'auteur. C'est un film d'auteur anti-films-d'auteur, cocktail très malin d'académisme et d'innovation. Si la Nouvelle Vague a influencé les films de série B hollywoodiens, Tarantino a rendu leur identité américaine aux hybrides inspirés du cinéma français, les a recyclés pour ainsi dire et, ce faisant, a apporté aux films indépendants la sophistication et le romantisme du cinéma français. Mais il a également coupé le cordon ombilical qui reliait les indépendants des années quatre-vingt-dix aux prédécesseurs européens qui leur faisaient de l'ombre. Grâce à Soderbergh, d'abord, puis à Tarantino, le cinéma indépendant américain est devenu adulte.

Parce qu'il ouvrait la voie aux films de genre, boudés par Sundance depuis les années quatre-vingt, *Reservoir Dogs* incarnait le retour du refoulé, la revanche de la série B. En sélectionnant le film de Tarantino, Gilmore avait donné l'aval du festival à un tout autre style de films indépendants, plus à même de plaire aux « barbares » (ces Américains ne résidant pas à Park City), et potentiellement commerciaux, ce qui présageait mal pour le mouvement. Film sombre, pessimiste, irrévérencieux, *Reservoir Dogs* incarnait tout ce que Sundance n'était pas. Comme Harvey Weinstein, Tarantino était l'antithèse de Redford. Mais ce film avait un tel pouvoir que c'est Redford, et pas Tarantino, qui finit par céder.

Avec un tel passif, il n'est sans doute pas étonnant que le jury ait ignoré *Reservoir Dogs* au moment de la remise des prix. Le festival ne faisait pas un mystère de sa politique : réticence envers les films de genre et la violence, mais aussi, comme l'avait remarqué Tarantino, volonté de Gilmore de privilégier la diversité au lieu de la qualité. En ce qui concerne les prix, ils étaient attribués aux films qui « avaient besoin » d'un coup de pouce, comme le réalisateur se l'entendit dire plus tard, pas à ceux, comme le sien, qui se débrouillaient très bien tout seuls. Il n'a toujours pas digéré cet affront. « C'est l'aspect de Sundance que je détestais le plus à ce moment-là, explique Tarantino. Ils étaient de gauche* au pire sens du terme. Ça n'aurait pas été aussi pénible si tout le monde ne m'avait pas dit que j'allais remporter un prix. J'ai été vexé. J'étais triste, en colère. Quand tout a été fini, j'ai plus ou moins claqué la porte en leur disant d'aller se faire foutre. » Par la suite, lorsque Tarantino devint célèbre, se souvient l'ancienne programmatrice du festival Cathy Schulman, « nous essayions sans arrêt de l'impliquer dans nos activités. Nous l'avons sollicité pour participer au jury, aux séminaires en tant que référent. Il n'était jamais libre. Il nous en voulait[89] ».

Le jury décerna son grand prix au séduisant *In the Soup*, de Rockwell, qui bien sûr était fou de joie. « Ce prix a changé ma vie, raconte-t-il. Tout d'un coup, CAA me faisait envoyer des petits gâteaux encore chauds dans ma chambre d'hôtel. J'ai signé avec eux et puis, au bout de quatre mois, je suis parti, après avoir compris que les films indépendants ne les intéressaient pas[90]. » Rockwell, Tarantino et Anders traînaient ensemble et se surnommèrent « la classe de 92 ». Rockwell, qui à l'époque était marié à l'actrice Jenni-

* Dans le texte anglais : *« They were libéral ». (N.d.É.)*

fer Beals, se souvient : « Quand mon film a remporté le grand prix du Jury, une polémique est née à cause de *Reservoir Dogs* : certains critiques estimaient que le film de Quentin aurait dû gagner. Par la suite, Quentin est venu me rejoindre à New York. Un jour, dans ma cuisine, il m'a dit : "Je suis très heureux que tu aies gagné le grand prix, je suis vraiment fier de ton film", avant de me prendre dans ses bras. Chez mes autres amis réalisateurs, je sentais un peu de rancune – ils refusaient de me présenter à des gens susceptibles de financer mes films. Mais Quentin n'était pas du tout comme ça. C'est le type le plus généreux et le plus enthousiaste que j'aie jamais rencontré. » Tarantino resta quinze jours chez Rockwell. « Ce n'était même pas la peine d'entrer dans sa chambre, on aurait dit qu'une bombe y avait explosé : il y avait des bouteilles de soda à moitié vides partout, des jeux de société, des poupées grandeur nature de John Travolta. Quentin est quelqu'un de très exalté [91]. »

Chapitre 4
Qui veut claquer des millions ?
1992-1993

Où Quentin Tarantino fixe les limites avec les Weinstein, qui vendent leur compagnie, si ce n'est leur âme, à Disney, alors que Robert Redford plante Steven Soderbergh devant l'autel.

« Devenir le nouveau Walt Disney ne nous intéresse pas. »

Bob WEINSTEIN, 1989 [1]

Il y a deux types de dirigeants dans l'industrie du cinéma indépendant. Selon Tom Bernard, de chez Sony Classics, « il y a les gens comme Michael Barker, moi, Ira Deutchman, Bingham Ray ou Jeff Lipsky : nous sommes dans ce business parce nous adorons ça. Mais il y en a beaucoup, comme Amir Malin par exemple, qui créent leur compagnie dans le simple but de s'enrichir [2] ».

Lipsky et Ray s'envolèrent pour New York afin de rencontrer Malin et eurent tout le loisir de constater comment il dépensait l'argent que, selon eux, Cinecom devait toujours à Merchant et Ivory. Ray se rappela tout de suite ce qui lui déplaisait tant chez Malin. « Il était plutôt trapu ; sur lui, même un costume Armani avait l'air mal coupé [3]. Quand Amir me disait que le soleil brillait, je regardais par la fenêtre pour vérifier par moi-même. Encore aujourd'hui, je ne suis pas sûr qu'il sache que les gens n'ont aucune confiance en lui [4]. »

Ray et Lipsky passèrent la nuit à Oyster Bay Cove, dans le manoir de brique blanche anonyme et flambant neuf où Malin vivait avec sa femme, dermatologue, et leurs deux enfants. Ray, qui n'était pas prêt à lui faire le moindre cadeau, était persuadé qu'Oyster Bay Cove était une de ces communautés créées de toutes pièces par une agence immobilière, et que Malin habitait en fait Syosset, ville voisine beaucoup moins distinguée. Pour l'agacer, il envoyait systématiquement son courrier à cette destination et, à sa grande satisfaction, Malin n'avait jamais eu aucun problème pour le recevoir. Le mobilier (chaises noires design à hauts dossiers, énorme projecteur vidéo…) était flambant neuf lui aussi, tendance et hors de prix. « La déco était hyperdesign, raconte Ray. On n'avait pas affaire à un mec simple aux goûts sans prétention. Il s'habillait comme un pied. Amir a sans doute jeté ou donné à l'Armée du Salut plus de costumes que je n'en ai jamais eus dans ma vie. On m'a donné une petite chambre : on se serait cru dans un hôpital, en milieu stérile, ou dans le film de Todd Haynes *Safe* [5]. »

Les cigarettes n'avaient pas droit de cité chez Malin, mais Ray était un fumeur invétéré. Le soir, la maison ressemblait à un quartier de haute sécurité. « Il avait une alarme extrêmement coûteuse pour surveiller les moindres recoins de la maison, poursuit Ray. Ce type avait peur, Dieu seul sait de quoi ; il est Israélien, il craignait peut-être que des Arabes viennent l'enlever ? J'avais envie d'une cigarette, j'ai ouvert la fenêtre pour ne pas que ça sente la fumée et, bien sûr… *bip, bip, bip !* Il a fait irruption dans ma chambre : "Vous fumez ou quoi ?" J'avais l'impression qu'un escadron antitabac venait m'arrêter ! Je me suis dit : "Comment peut-on vivre comme ça, dans la peur ? Syosset – ou plutôt Oyster Bay Cove –, c'est une banlieue chic !" »

«Lorsqu'Amir a intégré October, raconte Richard Abramowitz, ancien cadre exécutif de Cinecom, tout le monde s'est demandé qui allait être viré le premier, de Jeff ou de Bingham. Ce qui était sûr, c'est que s'il n'en restait qu'un, ce serait Amir [6]. » Dès que la nouvelle fut connue, le téléphone se mit à sonner. C'étaient leurs concurrents, dont Barker et Bernard. D'après Ray, ils disaient : « "Vous êtes complètement tarés ou quoi ? Vous ne le connaissez pas ? Il ne va faire qu'une bouchée de vous !" J'ai répondu : "Écoutez, je ne prétends pas pouvoir le contrôler, et je n'ai pas l'intention de devenir son ami. Je veux juste faire des affaires avec lui. Même si tout le monde le déteste, c'est un homme respectable. Je pense que nous avons assez de recul pour que ça marche." » Deutchman se souvient : « On disait tout un tas de trucs sur Amir à l'époque, mais, pour une raison ou une autre, ils ont choisi de ne pas écouter. J'ai essayé de les avertir, mais ils n'arrêtaient pas de dire qu'il avait changé, qu'il s'était rendu compte des erreurs qu'il avait commises chez Cinecom. Et puis, il avait certaines compétences qui leur étaient précieuses [7]. » Ray rendit visite à Malin au 850 de la Troisième Avenue, dans le bureau où on l'avait relégué et où il gérait le catalogue de Cinecom, le gardant bien au chaud comme une poule couve son œuf. D'après Ray, ils eurent la conversation suivante : « Ce que vous avez fait chez Cinecom, dit Ray, je sais que vous allez essayer de le refaire chez October, mais je vais vous en empêcher.

– Il va falloir m'accorder le bénéfice du doute, répondit Malin.

– Pourquoi ? Qu'avez-vous fait pour le mériter ? Rien. Vos résultats sont minables. Chassez le naturel, il revient au galop.

– J'ai vraiment changé de conduite [8]. »

Ray poursuit : « Il vous caressait dans le sens du poil, vous disait tout ce que vous vouliez entendre. C'était grâce à lui si tout marchait parfaitement et à cause des autres que tout foirait. »

Ray avait beau se méfier de Malin, Lipsky le rendait dingue, et Malin lui prêtait toujours une oreille attentive lorsqu'il l'appelait pour se plaindre de son partenaire ; ils passaient ainsi des heures au téléphone. Malin se demandait dans quel pétrin il était en train de se fourrer.

Lipsky, par contre, était beaucoup plus positif au sujet de Malin. « Je n'ai jamais eu à me plaindre d'Amir, dit-il. C'est l'un des hommes d'affaires les plus doués que j'aie jamais rencontrés. Est-il faux, déloyal et tout ce qu'on entend dire de lui ? Je n'en ai jamais fait l'expérience. Je pense que son habileté fait des jaloux [9]. » En tout cas, Ray et Lipsky acceptèrent de s'associer avec Malin. Lipsky cria victoire auprès d'Allen & Co. : « Excellente nouvelle : nous venons de trouver un nouveau partenaire. Ce type a même fondé une compagnie qui a connu un certain succès… avant de faire faillite ! »

Loin d'être convaincue, la banque ne voulut pas leur faire confiance. Le premier film distribué par October, *Life Is Sweet,* était sorti sur les écrans en octobre 1991. En décembre, la compagnie, qui n'existait pas encore tout à fait, reçut un coup de pouce de la prestigieuse National Society of Film Critics, qui élit *Life Is Sweet* meilleur film de l'année. « Engranger plus de 2 millions alors qu'on n'était que deux à s'en occuper… dit Ray. Je n'avais jamais été aussi fier de ma vie [10]. » Puis Allen & Co. leur présenta John Schmidt, transfuge de Miramax. Il était vierge, aussi neutre que la Suisse. D'après Ray, Malin leur avait assuré pouvoir « conclure », trouver les fonds dont ils avaient besoin, mais il ne l'avait pas fait. Pour lui taper sur les nerfs, Ray se postait souvent devant la porte de son bureau en criant : « Qui c'est qui conclut ? C'est Schmidt [11] ! »

Schmidt remania le plan de développement en mars et avril 1992 et réunit les fonds, ironie du sort, le 5 octobre 1992. Même s'il régnait une certaine euphorie chez October, Allen & Co. avait déçu Ray et Lipsky. Au lieu des 7 millions demandés, les banquiers avaient réuni la somme dérisoire de 3,3 millions, sur laquelle ils prélevèrent une commission de 300 000 dollars. October démarrait donc avec un capital de 3 millions. « Quelle bande de radins ! s'exclame Lipsky. On se demandait s'ils faisaient ça pour se débarrasser de nous ou s'ils nous mettaient à l'épreuve. "Si vous croyez pouvoir faire des miracles avec trois fois rien, c'est exactement ce qu'on va vous donner : trois fois rien [12]." » Qui plus est, Lipsky ne pouvait ignorer que ses parts et son pouvoir au sein de la compagnie fondaient comme neige au soleil. « Au départ, poursuit-il, je possédais 100 % des parts de rien, puis Bingham et moi nous sommes partagé ce rien ; ensuite Bingham, Amir et moi avons pris chacun un tiers de ce quelque chose qui ne valait rien. Et puis, nous nous sommes retrouvés à nous partager quelque chose qui ne valait rien à quatre. Et bien sûr, une fois que nous avons fait affaire avec Allen & Co., nous n'étions plus que de simples employés. Du jour au lendemain, il a fallu rendre des comptes aux actionnaires, et nous avons fini avec un siège sur huit au conseil d'administration. Notre autonomie n'était pas simplement compromise mais bel et bien annihilée. »

Financièrement parlant, Lipsky et compagnie se retrouvèrent coincés. « Nous avions la possibilité de prendre n'importe quelle décision à condition de ne pas dépasser un certain plafond financier – 750 000 dollars par film pour couvrir l'achat des droits et les frais de publicité –, plafond au-delà duquel nous devions obtenir l'aval des actionnaires. [Et les investisseurs, un panel de banquiers], n'arrêtaient pas de se vanter : ils allaient se faire de l'argent et puis nous laisser tomber. Ces gens n'investissaient pas dans l'avenir de Jeff Lipsky, Bingham Ray, Amir Malin ou John Schmidt. Ils n'avaient qu'une passion : l'argent. La nôtre, à Bingham et moi, du moins, c'était le cinéma, et nous avons parfaitement réussi à concilier ces deux passions – au moins les deux premières années. »

À l'automne 1992, la compagnie October Films était prête à en découdre. L'argument de vente auprès des cinéastes était le suivant : « October, c'est Miramax en plus gentil, en plus doux. Pas de risque d'avoir affaire à un Harvey Scissorhands chez nous. Nous vous laissons réaliser le film que vous avez en tête [13]. » *The Living End*, de Gregg Araki, qui n'avait pas trouvé de distributeur après le Festival de Sundance, fut leur première acquisition. Le film leur coûta à peine 100 000 dollars (il avait été réalisé pour 30 000 dollars), le lancement 350 000, et il leur rapporta 1,4 million. *Tous les matins du monde* et *The War Room*, le documentaire de D. A. Pennebaker grâce auquel James Carville devint une espèce de star, connurent un franc succès. En même temps, ils exploitaient les points forts de Malin. Celui-ci vendit les droits télé et vidéo de films comme *Chain of Desire* ou *Hold Me, Thrill Me, Kiss Me*, tout en tirant entre 200 000 et 400 000 dollars par an du catalogue de Cinecom. « Il aurait été très difficile de lancer October Films en se consacrant uniquement à la distribution de films d'auteur, explique Schmidt. Les films tournés directement pour le marché vidéo rendaient la compagnie beaucoup plus viable. Ils représentaient une source de revenus considérable [14]. » Même Ray est forcé de reconnaître ce que la compagnie doit à Malin : « C'est un type très intelligent. Il a contribué à créer pas mal de contrats en béton [15]. »

Pourtant, tout n'était pas rose. Ray voulait acheter *Reservoir Dogs* mais ne put réunir les fonds nécessaires. « Quelle frustration quand on ne peut pas lutter, déplore-t-il. J'aurais voulu avoir les moyens de me mesurer à tous ces types, mais je n'ai jamais pu. Alors, je me suis dit : "Pourquoi se rendre malade ? On a un créneau : il faut l'exploiter intelligemment avec des films à la portée de notre bourse [16]." » *Last Seduction*, de John Dahl, est sans doute l'achat le plus rentable de la période. En 1994, October déboursa 300 000 dollars pour les droits nord-américains et permit au film de faire une belle carrière en salle à l'automne après un passage sur HBO – fait rarissime à l'époque. Le film rapporta 5,8 millions. Si des problèmes se profilaient à l'horizon – et c'était le cas –, chez October, on était trop enthousiaste pour s'en rendre compte.

Né le 27 mars 1963, Quentin Tarantino grandit dans le quartier de South Bay à Los Angeles, banlieue tristounette proche de l'aéroport où s'alignaient les pavillons miteux. Il vécut avec sa mère et une série de pères de substitution et, lorsque sa mère épousa l'un d'entre eux, l'adolescent adopta le patronyme de son nouveau beau-père, devenant Quentin Zastoupil. Il changeait souvent d'école. Éternel nouveau, son nom ridicule, son faux air de créature de Frankenstein et son aversion pour le sport lui valurent le statut d'excentrique, de solitaire. « J'étais le sous-doué, complètement largué en classe [17] », explique-t-il. Souffrant de solitude, malheureux, il séchait les cours aussi souvent que possible ; il se cachait dans la salle de bains jusqu'à ce que sa mère parte travailler et passait la journée à la maison à se gaver de bd et de télévision –, le cauchemar de toutes les mères. Il arrêta l'école en troisième ou en seconde, à quinze ou seize ans (cela dépend des biographes), fit toutes sortes de petits boulots, suivit des cours de comédie avant d'être engagé en 1984 chez Video Archives à Manhattan Beach, véritable pôle d'attraction pour tous les fondus de cinéma du Sud de Los Angeles. Symbole d'une nouvelle génération de réalisateurs gavés de vidéos, il prenait le contre-pied des cinéastes des années soixante-dix, les fameux *Movie Brats,* ces diplômés des écoles de cinéma qui avaient ingurgité tous les classiques du cinéma mondial. « Je n'ai jamais appris à faire des films, ce sont les films qui m'ont tout appris », aime-t-il à dire. Avant d'ajouter : « Je n'ai jamais pensé faire des études de cinéma. Je ne suis pas allé à la fac. Je ne suis même pas allé au lycée. C'est en tournant mon premier film, *My Best Friend's Birthday*, que j'ai fait mon apprentissage de la réalisation. Les gens déboursent des petites fortunes pour aller à la fac, et j'ai envie de leur dire : "Gardez votre argent, putain, faites plutôt un film avec [18] !" »

Roger Avary, ex-ami, coscénariste et collègue chez Video Archives, arrêta ses études entamées à l'Art Center College of Design, à Pasadena. « Avant l'avènement de la vidéo, je louais des bobines 16 mm et je lisais des livres sur le cinéma, se souvient-il. Certains films étaient entourés d'une véritable légende. De temps à autre, ils passaient dans une salle, et je me précipitais pour les voir – quand j'avais la chance de pouvoir entrer, bien sûr. Lorsque la vidéo a fait son apparition, on s'est retrouvé tout d'un coup avec une base de données de vingt mille titres à notre disposition. Un jour, je me suis dit : "Attends, qu'est-ce que tu es en train de faire, là ? Pourquoi aller dans une école de cinéma pour assister à un cours dépassé, alors que tu peux rester chez toi à discuter de cinéma avec tes copains huit ou dix heures par jour ?" Il n'y avait pas de meilleure école [19]. »

Avec l'avènement de la vidéo, la pénurie se mua pratiquement du jour au lendemain en abondance et, du même coup, le cinéma fut dépouillé de son aura sacrée, cette mystique de l'image qui avait tant inspiré les critiques catholiques français comme André Bazin et, à travers eux, une génération d'auteurs et d'aspirants auteurs américains (après tout, Scorsese avait failli devenir prêtre). La vidéo annonçait une Réforme du cinéma ; déjà « art démocratique » par excellence, celui-ci se démocratisait encore davantage en éliminant les intermédiaires – ces critiques-enseignants, grands prêtres de la religion du cinéma. Mais, pour court-circuiter les écoles de cinéma, il y avait un prix à payer : sacrifier la « culture cinématographique », la « grande tradition » que les universitaires se chargeaient jusque-là de transmettre aux étudiants. Vierges de toute influence civilisatrice, et contents de l'être, les ados attardés comme Tarantino préféraient leurs films de kung-fu à Eisenstein ou Renoir, par exemple. La vidéo se mettait au service d'une nouvelle spontanéité dont Tarantino allait devenir le chantre le plus en vue et le plus accompli.

Avary, visage auréolé de longs cheveux filasse, rencontra Tarantino pour la première fois en 1984 chez Video Archives. « Au début, je ne l'aimais pas tellement, raconte-t-il. C'était un cinéphile beaucoup plus accompli que moi. Il avait des connaissances encyclopédiques, une mémoire visuelle incroyable. Quand nous faisions équipe et qu'il passait une vidéo, je disais que je n'aimais pas le film juste par esprit de contradiction, pour le provoquer. Il m'expliquait pourquoi il était formidable et quel idiot j'étais, et je finissais par me rendre compte qu'au fond c'était lui qui avait raison. Et puis je faisais pareil avec lui. Au bout d'un moment, je me suis dit : “Ce type est génial !” » Les employés de Video Archives testaient mutuellement leurs connaissances cinématographiques, se disputaient comme des chiffonniers – aucun film n'était trop minable pour provoquer une colère ou porter un coup fatal à une amitié – et se faisaient des blagues. Un jour, Avary – qui est hétérosexuel – découvrit à son grand dam dans la section cinéma porno gay, tout au fond du magasin, une photo de lui agrémentée d'une pancarte sur laquelle on pouvait lire : « Salut, je m'appelle Roger, je travaille chez Video Archives, et je vous recommande tel film. » C'était un coup de Tarantino. « Il a réussi à me persuader de la laisser là pendant quelque temps, se souvient Avary. Quentin est un bonimenteur-né. »

À cette époque, Tarantino, comme Avary d'ailleurs, écrivait fébrilement. Pourtant, il ne se considérait pas vraiment comme un auteur. Il avait en tête de jouer la comédie, ou, mieux encore, de diriger. « Je me disais qu'en tant qu'acteur, j'aurais du mal à contrôler ma carrière, explique-t-il. À moins de devenir une mégastar, je serais toujours contraint de passer des auditions à cinquante-cinq ans, comme beaucoup d'acteurs de composition que j'admirais. Et j'avais également remarqué que les acteurs de films indépendants ne devenaient pas célèbres. C'étaient les réalisateurs qui faisaient parler d'eux, pas les acteurs. Après avoir tourné un film indépendant, ils enchaînaient les projets [20]. »

Tarantino et Avary se faisaient lire leurs scripts, s'échangeaient des scènes et des répliques. « Nous pensions devenir les nouveaux frères Coen, explique Tarantino. Roger ferait le boulot d'Ethan, et moi celui de Joel [21]. » En 1987, lorsqu'il demanda à Avary s'il l'autorisait à retravailler un court scénario que celui-ci avait écrit et baptisé *The Open Road*, son ami accepta sans hésiter. « J'adorais Quentin à l'époque, se souvient-il. Au bout de plusieurs mois, il est arrivé avec un tas de papiers, un manuscrit presque illisible – orthographe phonétique, grammaire et ponctuation inexistantes – dont les pages avaient été découpées, scotchées les unes aux autres et réarrangées. Il avait littéralement jeté toutes ses idées dans ce truc, des bribes de *Reservoir Dogs,*

Tueurs nés, Pulp Fiction. Mais c'était écrit comme il parle, il y avait ce ton propre à Quentin. J'étais en larmes quand je suis arrivé au bout. Il n'y avait presque plus aucune trace de mon scénario original, mais il avait apporté une émotion, une profondeur qui dépassaient ce que j'avais pu écrire. Je lui ai conseillé de le mettre au propre, parce que personne n'allait supporter de le faire à sa place. Après quoi, il le réaliserait[22]. » C'était le scénario de *True Romance*.

En 1989, après cinq ans de galère, Tarantino décida de se lancer. « Tous les six mois, se souvient-il, c'était "la fête à Quentin". Je restais debout toute la nuit à faire le bilan de tout ce qui n'allait pas dans ma vie. Je me reprochais de ne pas faire ce que j'aurais dû faire et d'être un raté. Mais en fait, ces séances m'ont toujours poussé à aller de l'avant. Je me disais : "Tu compares tes progrès à ceux de tes copains du vidéoclub, et c'est vrai que, par rapport à eux, tu fais pas mal de trucs. Mais c'est facile puisque niveau carrière, eux, ils font que dalle. Tu dois te tirer de South Bay. Donne ta démission. Déménage à Hollywood, parce que c'est là-bas que ça se passe. En jouant dans la cour des grands, tu feras automatiquement de grandes choses, même si elles passent inaperçues." Un de ces matins, j'avais pris ma décision[23]. »

À l'automne 1990, Tarantino et Avary décidèrent d'écrire un court métrage en pensant qu'il serait moins difficile à produire qu'un long. Mais ils s'aperçurent rapidement que les courts métrages n'intéressaient pas les producteurs, et le projet se transforma en trilogie dont l'un des volets devait être écrit par Tarantino, l'autre par Avary, et le troisième par un réalisateur qui ne se matérialisa jamais. Chacun des volets devint finalement un script à part entière : celui d'Avary s'intitulait *Pandemonium Reigns*, celui de Tarantino *Reservoir Dogs*.

Tarantino s'associa à Lawrence Bender, ancien danseur et acteur, pour produire son projet. Bender fit passer le scénario à Harvey Keitel, qui accepta de participer au projet. Grâce à Monte Hellman *(Macadam à deux voies)*, le scénario atterrit entre les mains de Richard Gladstein, de chez Live Entertainment, une compagnie de production vidéo dirigée par Jose Menendez jusqu'à ce que ses fils ne l'abattent devant sa télévision, en 1996. « Monte a déposé le scénario chez moi au lieu de me l'envoyer au bureau, se souvient Gladstein. J'ai ouvert le paquet et, sur la page de garde, j'ai lu : "*Reservoir Dogs*, écrit et réalisé par Quentin Tarantino". C'était un peu surprenant. Ça disait aussi : "Version définitive". J'ai posé mes clés et je l'ai lu d'une traite. J'ai été complètement bluffé[24]. » Lors de leur première rencontre, Tarantino mit les choses au point : il n'avait pas l'intention de se laisser évincer. « Même si je dois le faire dans mon garage avec ma propre caméra et cinq copains, que ça me prenne trois jours, trois mois ou trois ans, je vais réaliser ce film moi-même. » Gladstein donna son accord : il avait été tellement impressionné par le scénario qu'il avait décidé de faire le film avec son auteur, à moins que celui-ci ne soit fou à lier.

À l'époque, Live ne faisait jamais de budget prévisionnel. Gladstein demanda à son patron : « On a une bande de types avec des flingues plus Harvey Keitel : combien d'unités peut-on écouler si le film ne sort pas en salle ? » Réponse : 50 000 à 56 dollars pièce. « Live était prêt à investir 2 millions pour tourner le film avec Harvey et un autre grand nom, mais nous n'avions personne d'autre, se souvient Tarantino. Alors, c'est tombé à l'eau. Et puis ils ont dit : "D'accord, si personne d'autre n'accepte, on fait le film avec Harvey pour 1,3 million." J'étais sous le choc. Ça fait bizarre quand, tout d'un coup, on te dit que ça marche[25]. »

Dans une certaine mesure, tous les films parlent d'eux-mêmes. Lorsqu'on lit le scénario de *Reservoir Dogs* à la lumière de l'histoire de Tarantino et de son envol du nid douillet de Video Archives, il est difficile de ne pas y reconnaître la genèse du film. Le scénario est bourré de blagues, de clins d'œil et de bribes de dialogues glanées pendant les cinq années passées à South Bay ; le code couleur remplace le nom des collègues de travail ; le casse, c'est le film à faire, la réussite, et Tarantino – celui qui s'en sort et réalise un film – se retrouve à la fois en Mr Orange, qui trahit ses partenaires, et en Mr White, voleur chevronné qui aime Mr Orange en dépit de sa trahison et lui accorde son pardon. *Reservoir Dogs* exprime les sentiments complexes de Tarantino vis-à-vis de ses amis, sa culpabilité de les avoir exploités avant de les laisser en plan, ainsi que son désir d'être pardonné par un père qu'il n'a jamais eu, mais qu'il a trouvé en Keitel, interprète de Mr White et parrain du film.

Juste avant le début du tournage, Tarantino alla passer deux semaines à Sundance pour participer au séminaire. « J'ai adoré, dit-il aujourd'hui. Arriver là-bas et se rendre compte que de grands professionnels comme Sydney Pollack ou Ulu Grosbard, les référents, ainsi que tout cet argent, étaient à notre disposition, nous qui n'avions jamais fait quoi que ce soit de significatif avant, simplement pour nous donner la possibilité de faire de notre mieux… ça m'a bouleversé. Je n'avais jamais vécu ça avant. Personne n'avait jamais vraiment cru en moi[26]. »

Mais tout n'allait pas pour le mieux dans le meilleur des mondes. Tarantino tournait ses scènes de façon peu conventionnelle, en longs plans-séquences. Un jour, Stephen Goldblatt, directeur de la photographie de *Cotton Club*, entre autres, et qui faisait partie des référents, passa voir Tarantino dans la salle de montage.

« “Hé, s’exclama le jeune réalisateur, on vient de finir le montage de la scène.

– Génial, j’aimerais voir ce que ça donne.”

On adorait ce qu’on avait fait. Lui, il a détesté et nous a dit qu’il fallait couper. J’ai répondu : “Merde, je voulais expérimenter avec les plans-séquences ! Quand Godard…

– J’adore Godard moi aussi mais y’en a marre !” Il m’a descendu, avant d’ajouter : “Le truc qui m’inquiète le plus dans tout ça, c’est que tu as trouvé l’argent pour réaliser ton film. Et voilà comment tu vas le dépenser… Je te garantis que si tu t’amuses à ça sur un vrai tournage, on va te virer.” J’avais une trouille bleue de me faire virer. Parce qu’on ne laisse pas les gens comme moi tourner des films. »

Après le flop de *Kafka* et le naufrage de ses autres projets, Steven Soderbergh était fin prêt à se lancer dans *King of the Hill*. Fin avril, début mai 1992, pendant les émeutes de South Central, il se trouvait à Los Angeles et travaillait au scénario du film. Le héros, un petit garçon pratiquement livré à lui-même, présentait des points communs avec Soderbergh. Le mariage des parents du cinéaste avait été un fiasco, et sa mère se passionnait pour le paranormal, lisant les cartes, organisant des séances de spiritisme, etc. La mère de Soderbergh, c’est « le cauchemar qui hante ses nuits [27] », d’après Betsy Brantley. « C’était forcément personnel, explique la productrice Barbara Maltby. L’histoire originale et la façon dont Steven l’a interprétée n’ont pas grand-chose à voir. Le livre raconte la vie d’un petit diable plein d’enthousiasme. Au cours de la première réunion de travail sur le scénario, Steven l’a présenté comme une espèce de tragédie. Ce garçon était sans doute son *alter ego* [28]. » *King of the Hill* n’avait toujours pas l’accord de la Universal, et Soderbergh avait besoin du soutien de Redford. De multiples réunions furent organisées au studio, certaines en présence du patron d'Universal, Tom Pollock, et du directeur de la production, Casey Silver. Les rendez-vous avaient été fixés en fonction de l'emploi du temps de Redford, qui les annula quand même ou ne vint tout simplement pas, peut-être encore agacé que Soderbergh l'ait fait poireauter ou, comme il est plus probable, parce qu'il vivait tout simplement à son propre rythme. Il appelait parfois alors que Maltby et Soderbergh étaient au beau milieu d'une réunion, monopolisait la productrice, lui annonçait qu'il avait l'intention de téléphoner à Soderbergh car, apparemment, il culpabilisait d'avoir raté tant de rendez-vous. Mais il n'en fit jamais rien. « Certains de ses choix et certaines de ses décisions ne m'ont pas plu, j'ai eu du mal à les comprendre [29] », explique Soderbergh avec tact.

La Universal tenait à ce que le budget n'excède pas les 8 millions de dollars, ce qui signifiait que tout le monde devait accepter un report de paiement, « comme cela avait été le cas pour *Kafka* et *Sexe, mensonges et vidéo*, explique Soderbergh. En tant que réalisateur, j'avais l'habitude de donner les grandes lignes du calendrier de paiement à l'avance. J'aurais voulu que Redford touche le plus gros pourcentage de ses profits après la sortie du film, tandis que les producteurs et moi aurions touché un pourcentage plus conséquent au moment du tournage, puisque nous avions apporté le projet à Wildwood. Ce n'était pas Wildwood qui l'avait mis au point, et personne chez eux n'était censé s'y consacrer puisque la compagnie ne produisait pas directement le film. » Redford refusa : il considérait la demande de Soderbergh comme une insulte. On parlementa pendant des jours, des semaines, mais l'acteur demeurait intraitable. Au bout du compte, comme c'était Redford, il obtint gain de cause. Soderbergh exprima sa déception. Fin de l'histoire.

Puis, un jour, pendant la préparation, Mark Johnson, le directeur de Baltimore Pictures, proposa à Soderbergh de réaliser un film appelé *Quiz Show* et lui fit parvenir le script qui circulait depuis des années sans trouver preneur. « Lisez-le et dites-moi si vous l'aimez », dit Johnson.

Le film traitait du scandale qui avait entaché les jeux télévisés dans les années cinquante. « C'est parfait ! annonça Soderbergh après la lecture du script. Je suis prêt à tourner le film tout de suite, [en l'état.] » « Formidable ! » fut la réaction de Johnson. Soderbergh rencontra Richard Goodwin, auteur du livre dont s'inspirait le scénario, ainsi que Tim Robbins, qui avait accepté d'incarner Charles Van Doren.

Pendant ce temps, Gail Mutrux, qui travaillait pour Johnson, avait dû montrer le script à son mari Tony Ganz, directeur de Wildwood. À son tour, Ganz avait dû le faire passer à Redford, qui décida que c'était à lui, et pas à Soderbergh, de tourner le film. Le jeune réalisateur ignorait bien évidemment que la star avait parfois tendance à piquer les projets aux réalisateurs indépendants que Sundance était censé protéger. À en croire Denise Earle, c'est ce qu'il avait fait avec *The Giant Joshua*, puis avec *Et au milieu coule une rivière*. En 1983, la productrice Annick Smith acheta les droits du livre de Norman Maclean grâce à un prêt de 15 000 dollars accordé par Sundance. Elle s'associa au scénariste Bill Kittredge et à Richard Pearce, qui avait réalisé *Heartland*. Smith apporta une ébauche de scénario au séminaire de 1985. Deux ans plus tard, sur le point de perdre les droits, elle apprit que Redford était intéressé. Son sang ne fit qu'un tour car elle savait ce que cela signifiait. « Quand Redford prend le contrôle d'un projet, il n'y a de place pour personne d'autre, explique-t-elle. Il a pris les rênes [30]. » Et effectivement, l'acteur contacta Maclean et acquit les droits du livre. Comme il voulait réaliser le film, Pearce fut évincé. (Smith et Kittredge se virent finalement crédités comme coproducteurs.)

« Il est tellement au-dessus de nous, pauvres mortels… raconte Pearce. Je me demande s'il savait à quel point ce projet me tenait à cœur. Un ami m'a dit quelque chose qui m'a permis de trouver un sens à tout ça. Selon lui, Redford se comporte comme une très belle femme inconsciente de la pagaille qu'elle sème autour d'elle. Mais une chose est sûre : si j'avais un projet susceptible de plaire à l'une de ses compagnies, j'hésiterais à le leur envoyer à cause de ce qui s'est passé sur *Et au milieu coule une rivière* [31]. »

« Il n'y a rien de machiavélique là-dedans, dit Smith, résignée. Rien ne l'oblige à se désintéresser de tous les projets évoqués à Sundance. On n'est pas toujours obligé de prendre les choses au pied de la lettre – rien n'est gravé dans la pierre [32]. » « Quand j'accordais des bourses pour Rockefeller, explique Howard Klein, ancien membre du conseil d'administration de la célèbre fondation, j'avais pour principe de ne jamais accepter de cadeau de la part d'un artiste. Je ne suis pas sûr que Bob ait compris qu'il n'était pas censé toucher à la marchandise. Il y avait tant de zones d'ombres, et puis il venait d'un univers complètement différent [33]. »

Redford réfute ces accusations en faisant les cent pas dans son bureau new-yorkais. « Ce problème nous hante depuis dix ans. Beaucoup de rumeurs à propos de ce que nous avons dit ou fait sont infondées, injustes. On dit : "Redford monopolise tous les projets." Je me mets en quatre pour éviter de garder ces projets pour moi [34]. » Mais comprend-il vraiment ce qu'on lui reproche ? « Je n'avais pas conscience d'évincer qui que ce soit », dit-il à propos de *Et au milieu coule une rivière*. Nous

nous sommes tous serré les coudes. Pour être tout à fait franc, c'est vrai que j'ai du mal avec le travail en équipe. Alors j'ai souhaité développer ce projet en solo. J'ai demandé si c'était possible ou pas. Annick s'est montrée extrêmement compréhensive en acceptant. » Redford ne pouvait pas se permettre de donner l'impression d'évincer un réalisateur indépendant prometteur qui passait son temps à faire la promotion de son festival, et surtout pas le réalisateur d'un film qu'il produisait. On ne dit jamais ce qu'on pense à Hollywood, surtout quand ce que l'on pense est moche. Voilà pourquoi Johnson annonça en substance à Soderbergh : « Désolé, mais TriStar, qui finance *Quiz Show*, est prêt. Vous n'êtes pas libre, puisque vous travaillez déjà sur un film. Nous allons soumettre le projet aux autres réalisateurs sur notre liste. » Pause. « Personne sur notre liste n'est libre mais, surprise ! Bob Redford est intéressé. Il peut commencer tout de suite [35]. » Soderbergh n'y comprenait rien du tout. Pour lui, tout ça n'était pas très net. Si on veut commencer à tourner tout de suite et travailler vite, mieux vaut embaucher Sidney Lumet, le lièvre, que Redford, la tortue. « Ah… » répondit Soderbergh. Il en voulait à Redford de ne pas lui avoir annoncé la mauvaise nouvelle en personne. Après tout, il pensait qu'ils étaient « liés ». « Si j'avais été à sa place, j'aurais passé un coup de téléphone, explique-t-il. La plupart des gens auraient passé un coup de fil, à mon avis [36]. » Mais pas Redford. (Celui-ci expliqua par la suite qu'il n'avait pas appelé Soderbergh car Johnson devait s'en charger. Or, à l'époque, lorsque plusieurs personnes lui en firent la remarque, il eut l'air surpris et déclara : « Eh bien ! si j'avais su que Steven y tenait [37]… » Il promit de lui téléphoner. Ce qu'il ne fit jamais.)

Soderbergh avait achevé le tournage de *King of the Hill* et s'apprêtait à terminer la postproduction lorsque, un samedi de février 1993, le téléphone sonna dans le trois pièces lugubre de North Hollywood que le jeune homme partageait avec des amis. Il fignolait toujours le montage, peaufinait ses plans. Deux ou trois détails ne lui plaisaient pas, et il prévoyait de retourner quelques scènes, essentiellement à la fin du film. C'était Redford au bout du fil. « Écoutez, je sais que nous avons beaucoup de choses à nous dire, lança-t-il pour rompre la glace, et je tiens absolument à une mise au point ; mais avant, accepteriez-vous de me montrer *King of the Hill*, même si vous n'avez qu'une ébauche ?

– Oui, quand souhaitez-vous le voir ? répondit Soderbergh, plutôt perplexe.

– Demain.

– Je m'en occupe, je vais voir ce que je peux faire.

– Formidable. Je visionne le film et puis nous parlerons [38]. »

Le lendemain était un dimanche, et Soderbergh dut faire des pieds et des mains pour trouver un projectionniste, mais il parvint à organiser une projection au Skywalker Sound de Lantana, sur West Olympic Boulevard. Pourtant, d'après le réalisateur, « nous ne nous sommes plus jamais parlé après ce coup de téléphone ». Redford n'aborda jamais le sujet *Quiz Show* et ne rappela jamais Soderbergh à propos de *King of the Hill*.

Plus tard, le jeune réalisateur apprit par le bouche à oreille que la star n'avait pas aimé son film. « Ce n'est pas mon genre de film, aurait-il dit. Je ne l'aurais pas tourné comme ça [39]. » Tout cela doit être vrai, car, d'après Soderbergh, Redford annonça subitement : « Je ne veux pas que mon nom soit associé au projet. Je n'ai rien fait, à part déjeuner une fois avec Hotchner.

– Très bien, mais si vous n'avez rien fait, pensez-vous qu'il soit juste de toucher le reste de votre pourcentage ? Vous ne pouvez pas tout avoir : dire que vous n'avez pas participé et toucher le reste de l'argent. Alors, qu'est-ce que vous décidez ?

– Dans ce cas, laissez mon nom, je prends l'argent[40]. »

King of the Hill avait déjà été sélectionné à Cannes. « J'étais en colère et pas d'humeur à me montrer conciliant », se souvient Soderbergh. « Nous allons nous en tenir là et retirer votre nom de l'affiche, annonça-t-il à Redford. Et si on me force la main, je ne vais pas me gêner pour ouvrir ma gueule. » Il menaça de tout déballer et l'affaire fut oubliée. Pour l'acteur, Soderbergh est seul responsable : selon lui, le temps de commencer le tournage, d'autres projets l'accaparaient déjà. « Ça a tellement traîné que j'étais trop occupé pour m'investir là-dedans quand ça s'est fait[41] », expliqua-t-il.

En 1994, Soderbergh reçut une lettre officielle de Redford l'invitant à une soirée *best of* de Sundance à Tokyo. Il ne prit même pas la peine de répondre. La lune de miel entre le Festival de Sundance et le plus célèbre de ses anciens élèves avait pris fin. « L'image [d'un Redford] ami des réalisateurs est à des années-lumière de la personne à qui j'ai eu affaire », déclare Soderbergh.

LE FESTIVAL DE SUNDANCE s'était achevé sans que *Reservoir Dogs* n'ait trouvé de distributeur. Gladstein se souvient d'avoir quitté Park City en doutant de jamais pouvoir diffuser le film en salle. Pourtant, Hoving et Tusk mouraient d'envie de l'acheter. Aucun des deux frères Weinstein ne s'était déplacé. Il fallait se serrer la ceinture, et « nous voyagions avec des billets non remboursables, se souvient Tusk. Comme je ne pouvais pas échanger le billet retour pour New York, je suis allé jusqu'à Los Angeles : j'ai apporté la copie du film chez Carolco, à West Hollywood, pour que Harvey et Bob le voient[42]. » Au bout de vingt minutes, Harvey commençait à s'impatienter un peu. « Patience, lui dit Tusk. Faites-moi confiance. » À la fin du film, Harvey doutait toujours. Il craignait d'avoir du mal à convaincre le public, quand bien même le film bénéficierait du soutien de la presse, ce qui semblait par ailleurs improbable, vu le carnage. De retour à New York, les deux frères organisèrent une nouvelle projection puis firent un sondage auprès de leurs collaborateurs. « C'est sans doute le pire film que j'aie jamais vu, annonça Ben Zinkin, avocat consultant.

– Russell ?

– Pas ma tasse de thé. À mon avis, il faut s'abstenir, répondit le directeur du marketing.

– Marty ?

– Je pense que ça pourrait marcher aussi bien que *Sang pour sang* », répondit Zeidman.

En revanche, plusieurs jeunes adoraient. Gladstein se souvient : « Harvey m'a dit que c'était vraiment l'enthousiasme de l'équipe qui l'avait convaincu d'acheter le film. J'ai toujours pensé que c'était plutôt Bob qui était derrière cette acquisition [43]. » La scène de l'oreille mettait Harvey particulièrement mal à l'aise. « J'avais peur qu'elle dégoûte les femmes [44] », explique-t-il. Il se servit aussi de sa femme Eve et de sa sœur Maude comme cobayes. « Dès le début de la scène, elles ont bondi de leur siège, comme montées sur ressort, se souvient-il. Je me suis dit que c'était pas la peine de compter séduire le public féminin. » En sortant, Eve se tourna vers Harvey et lui dit : « Le film a beau être génial, je m'en fiche : ça, c'est dégoûtant ! » Il avait l'impression d'entendre sa mère. Harvey voulait impressionner Tarantino mais se souvient que « les deux femmes faisaient les cent pas devant la salle, en colère contre moi, contre Quentin, après le film. Furieuses. » Gêné, il s'excusa auprès du réalisateur qui, exaspéré, répondit : « J'ai pas fait ce film pour ta femme [45] ! » Eve et

Maude restèrent dehors pendant un quart d'heure avant de regagner leurs sièges pour voir la fin du film. « Je croyais que vous détestiez le film, qu'est-ce que vous faites là[46] ? » demanda Harvey. « On voulait savoir comment ça finit », répondit Eve.

Mais Harvey ne voulait pas lâcher le morceau. « Quoi, tu veux couper la scène de l'oreille[47] ! » fit Tarantino, incrédule. Weinstein avait le chic pour soutenir un réalisateur avant de faire une fixation sur une scène clé portant la patte du réalisateur, exprimant son originalité, et d'essayer de s'en débarrasser par tous les moyens. « En coupant cette scène, on obtient une œuvre grand public, expliqua-t-il au réalisateur. Si on la garde, personne ne verra le film ; si on la coupe, je peux le montrer dans trois cents salles au lieu d'une ! Trente secondes pourraient changer le destin du film sur le marché américain. »

« S'ils s'attendent à voir *Pretty Woman*, on a un problème, répondit Tarantino. Je n'ai jamais eu l'intention de plaire à tout le monde avec ce film. Je l'ai fait pour moi, et les autres peuvent venir le voir s'ils en ont envie. Pas la peine d'insister, on garde la scène[48]. » « Je n'ai pas eu besoin de couper quoi que ce soit, parce qu'il a acheté le film tel quel, se souvient le réalisateur. Mais, pour lui, ça ne veut rien dire. Il a organisé une projection test de *Reservoir Dogs* dans la salle de Miramax, en présence de ses larbins. Il voulait couper dix minutes, l'air de rien. La scène de l'oreille en particulier. Ça a vraiment été un moment déterminant dans notre relation[49]. » Tarantino repensait à son expérience au séminaire de Sundance, lorsque tous les référents avaient critiqué la séquence. Il avait eu l'impression d'avoir affaire à l'Inquisition : c'était une journée magnifique, les oiseaux gazouillaient en volant çà et là, et tout le monde lui disait qu'il était nul. « Je pense que la plupart des réalisateurs sont des dégonflés, dit-il aujourd'hui. Si on ne s'en sort pas à Sundance, avec des gens qui ont les meilleures intentions du monde, comment pourrait-on s'en sortir face aux requins comme Harvey Weinstein ? On doit se battre pour imposer son point de vue sans pour autant se faire d'ennemi, et faire simplement son travail, c'est-à-dire protéger son bébé. »

« Harvey a répondu : "Voilà ce que je te propose : je donne *Reservoir Dogs* à mon équipe, laisse-la le retravailler. On verra si on aime. On ne touche pas à ton film. Ce sera fait sur vidéo : tu peux tout effacer si tu veux. Laisse-moi essayer." Je savais que si je laissais quelqu'un fourrer son nez dedans, j'étais fichu. Mais c'était difficile de refuser, parce que Harvey n'obtient pas ce qu'il veut en hurlant comme un fou. C'est facile de contrer les gens qui se comportent comme des fous furieux. Lui avait l'air si raisonnable, si gentil… et puis il s'est mis à citer tous les films qu'il avait retouchés : "J'ai coupé dix minutes du film de Steven…" Il essayait de me séduire et je ne voulais pas le décevoir. Je voulais être accepté et entrer dans cette famille qui avait fait tant de bons films, je voulais hurler "oui !", simplement pour lui faire plaisir ; mais c'était impossible. Alors je lui ai dit : "Non, Harvey. Je trouve le film parfait comme il est. La scène de torture, même si elle réduit le nombre potentiel de spectateurs, est à mon avis l'une des meilleures scènes du film." Il y a eu un très court silence, puis il a répondu : "Bon, d'accord. Mais souviens-toi que c'est Miramax qui t'a permis de sortir le film que tu voulais !" C'est dans ce genre de situation que tout se joue, et ce moment-là a été décisif pour ma carrière et ma réputation. "L'essentiel, c'est de savoir dire 'oui' ou 'non' au bon moment", comme on dit dans *La Couleur de l'argent.* »

Reservoir Dogs sortit le 23 octobre 1992 à New York. « Tout le monde était tendu, explique David Linde, parce que Miramax courait après le succès depuis un moment et faisait tout pour que ce film cartonne[50]. » Mais ce ne fut pas le cas. Les Weinstein s'étaient distingués en distribuant les films indépendants comme s'ils étaient des films grand public. Pourtant, ironie du sort, dans ce cas ils faisaient le contraire – c'était en tout cas le point de vue de Tarantino. Miramax vendait *Reservoir Dogs* comme un film d'auteur, et cela ne lui plaisait pas. « Miramax avait baisé Live avec *In Bed with Madonna*, que la compagnie aurait voulu sortir en vidéo un an plus tôt ; alors, quand Live a eu l'occasion de se venger, elle ne s'est pas gênée[51]. » Elle mena des négociations si dures que Miramax n'était pas très motivée pour promouvoir le film. Bref, il s'agissait sans doute du pire lancement dont ait jamais bénéficié un réalisateur destiné à une brillante carrière. *Reservoir Dogs* ne rapporta que 2,5 millions, malgré le tapage médiatique dont il bénéficia. Bender, le producteur du film, n'était pas satisfait. « Je pensais qu'ils auraient pu mieux faire, explique-t-il. J'aurais aimé qu'ils le poussent davantage[52]. » Le film de Tarantino rapporta plus de deux fois cette somme en Angleterre (6 millions), où il bénéficia d'une promotion digne d'un film grand public. Les ventes vidéo (sur lesquelles les Weinstein ne touchaient qu'un maigre pourcentage) dépassèrent les 100 000 unités aux États-Unis et sans doute autant dans le reste du monde. (La vente de la vidéo fut interdite en Angleterre.) En 2000, *Reservoir Dogs* avait rapporté environ 20 millions de dollars tous pays confondus. « Quel pied[53] ! » comme dirait Tarantino.

Tarantino fit plus que renvoyer l'ascenseur à Keitel. L'acteur avait réussi sur le tard, et le rôle mémorable que lui avait offert Tarantino avait redynamisé une carrière passée dans l'ombre de De Niro. Keitel devait ensuite donner une performance sensationnelle dans *La Leçon de piano*, rôle qui lui valut en quelque sorte de devenir l'un des acteurs fétiches de Miramax. Pourtant, ironie du sort, les frères Weinstein allaient devenir une malédiction pour lui. Depuis de nombreuses années, lorsqu'il n'y avait encore à Tribeca que des entrepôts, des rats et des ordures, bien avant que l'endroit ne devienne à la mode et que Miramax ne s'y installe, Keitel et De Niro habitaient le quartier. Ils furent longtemps les seuls « Harvey et Bob » du coin. À mesure que Miramax prospérait, ces prénoms devinrent exclusivement associés aux Weinstein. Désormais, lorsque l'assistante de Keitel commandait des sushi chez Nobu pour son déjeuner, ils finissaient souvent sur le bureau de Weinstein, ce qui avait le don d'énerver l'acteur.

Le succès de Tarantino agaça les gars de chez Video Archives, qui, à l'exception d'Avary, comptaient désormais au nombre de ses ex-amis. Ils entendaient dans *Reservoir Dogs* et *True Romance* (finalement réalisé par Tony Scott) des bribes de conversation, des anecdotes et des blagues dont ils revendiquaient la paternité. Tarantino avait ramassé tout ce qui traînait, sans même demander la permission, et ses amis lui en voulaient d'être parti. « Pendant ces deux ans et demi, nous avons travaillé tous les jours côte à côte Quentin et moi, nous étions très proches, estime Rand Vossler. Il dormait souvent par terre à la maison. [Mais] aujourd'hui, c'est *M. Tarantino*. Il est extrêmement difficile à joindre parce que tout s'est enchaîné très vite après *Reservoir Dogs*. Rien de ce que je fais n'a plus aucun intérêt pour lui[54]. »

Allison Anders avait demandé à Bumble Ward (son attachée de presse et celle de Tarantino) de jouer les entremetteuses pour elle. Le réalisateur entretenait une relation à rebondissements avec la femme de sa vie, Grace Lovelace, et à l'époque ils étaient séparés. En matière de cœur, il semblait avoir des exigences très spécifiques : sa fiancée devait aimer être assise au troisième rang au cinéma et apprécier *Rio Bravo*. « Elle ne doit pas être trop exigeante en ce qui concerne mon hygiène corporelle, ajoute-t-il. Elle doit me fiche un peu la paix. Ce n'est pas que j'aime sentir mauvais, mais les gens ont une odeur naturelle : elle doit aimer mon odeur. Si ça lui pose un problème, c'est le début de la fin[55]. »

Quoi qu'il en soit, Tarantino et Anders sortirent ensemble lors d'une fête donnée pour *In the Soup.* Leurs origines plus que modestes les rapprochèrent.

Pour leur premier rendez-vous, ils allèrent voir *Passager 57*, avec Wesley Snipes, puis il la ramena chez lui dans la Geo Metro rouge deux portes qu'il s'était offerte avec l'argent de *True Romance*. L'aile droite était complètement enfoncée et l'intérieur ressemblait à un véritable dépotoir, le sol couvert de gobelets en plastique écrasés et de bâtonnets en coton crasseux qui avaient traîné dans des endroits plus que suspects.

Tarantino vivait en célibataire dans des conditions plutôt sordides : il occupait un appartement minuscule et bordélique (dans Crescent Street, au sud de Sunset Boulevard) où s'entassaient affiches de films, objets évoquant le cinéma, poupées et piles de linge sale. Un portrait de Lovelace endormie, lovée sur un canapé violet, trônait sur le manteau de la cheminée à côté du rasoir rendu célèbre par *Reservoir Dogs*. (Tarantino avait « rangé » l'oreille quelque part.) Dans le minuscule salon, il y avait à peine assez de place pour l'énorme télévision Panasonic format 16/9. Le réalisateur était terrorisé à l'idée que les rats n'envahissent l'appartement et avait décidé d'agir : il dormait dans une pièce différente tous les soirs.

Allongés par terre, Tarantino et Anders écoutèrent de la musique en faisant des parties de Mystery Date et de Mr T, que Tarantino avait tirés d'un placard renfermant sa vaste collection de jeux de société inspirés d'émissions de télé et de films. Anders n'avait toujours pas vu *Reservoir Dogs* et n'en avait pas très envie, tout en se disant que, si ça devenait sérieux entre eux, elle allait tout de même devoir faire un effort.

Comme beaucoup, Anders idolâtrait Scorsese. Elle confia à Tarantino qu'elle lui avait envoyé une copie de *Gas Food Lodging*. Il répondit : « Ah, ouais ? Il a écrit à Miramax pour dire qu'il avait beaucoup aimé mon film.

– Vraiment ? Moi, il m'a envoyé un fax.

– À la compagnie ?

– Non, à moi !

– À toi, personnellement ?

– Ouais, et il m'a invité à dîner chez lui.

– Il va te préparer des lasagnes ? Dire que ce type est mon héros [56] ! »

Tarantino faisait le tour des festivals, avec leur lot de paparazzi, de chasseurs d'autographes et de groupies. « Je pense écrire un article qui s'intitulerait le *Guide du jeune réalisateur : comment baiser dans les festivals*, expliqua-t-il à Anders un soir. D'abord, choisir les grands festivals, puis les festivals cool, et puis aller partout où les filles vous plaisent. Si vous aimez les Suédoises, allez à Stockholm.

– Ça ne marche pas comme ça pour les filles, répondit Anders. On n'a pas toutes ces groupies. Moi, j'attire les femmes ménopausées ; elles me suivent partout [57]. »

Tarantino et Anders n'étaient pas faits l'un pour l'autre. Ils n'avaient toujours pas couché ensemble au bout d'un mois et demi. Un soir, après un dîner au restaurant, il lui demanda : « Je te ramène ou tu préfères venir chez moi et me regarder classer mes vidéos par ordre alphabétique ? »

« Deux réalisateurs ne peuvent pas sortir ensemble, observe Anders. D'après Kathryn Bigelow, c'est “pas plus de quatre fois”. Je suis sortie avec Quentin certains soirs après avoir passé la journée en salle de montage. Je me disais : “Ce type ne peut pas être mon petit ami. Il est littéralement en train de vider sa poubelle devant moi, de passer en revue toutes les scènes géniales qu'il a dû couper dans *Reservoir Dogs*.” Moi, je n'avais pas envie de savoir : c'est trop intime, tout ça. »

La situation des Weinstein commença à s'améliorer en 1992, mais les résultats n'étaient pas encore assez bons pour leur permettre de se tirer de la galère dans laquelle ils s'étaient fourrés au cours des deux années précédentes. La déchéance de la compagnie semblait même s'accélérer. *Avril enchanté,* réalisé par Mike Newell, sortit le 31 juillet et devint le gros succès de l'année pour la compagnie, avec des recettes de 13,2 millions. *Mediterraneo*, qui avait valu son unique oscar à Miramax cette année-là, rapporta 4,5 millions, et *Delicatessen* 1,9 million. Mais aucun de ces films n'arrivait à la cheville de *The Player*, de Robert Altman, distribué par Fine Line, ou de *Retour à Howards End*, de Merchant-Ivory, sorti par Sony Classics, qui avaient engrangé près de 25 millions chacun. Les frais généraux des Weinstein augmentaient aussi, alors même que l'achat de droits leur revenait plus cher, conséquence de la flambée des prix qu'ils avaient eux-mêmes provoquée. Mais il y avait pire : l'argent investi ne leur rapportait rien. *Le Souffle du démon*, suite de *Hardware,* de Richard Stanley, ne sortit jamais, tandis que *Tom et Jerry : le film* et *Love Crimes* se plantèrent tous les deux. Harvey acheta *Spotswood*, alias *The Efficiency Expert*, réalisé par Mark Joffe, parce que c'était le premier film d'Anthony Hopkins après *Le Silence des agneaux*. Il le retravailla et assista à son naufrage en novembre : les recettes atteignirent 101 307 dollars, somme faramineuse comparée aux 13 477 dollars engrangés par *Johnny Suede*, de Tom DiCillo.

« Miramax a perdu son originalité des débuts à force d'acheter trop de films [58] », déclara un exploitant dans les colonnes de *Variety*. Toujours selon le magazine, en septembre 1992, seize films dont Miramax n'avait pas les moyens de financer la sortie attendaient sur leurs étagères. *Variety* avait mis la main sur des documents financiers prouvant que Miramax avait fait des bénéfices nets de 2,64 millions pour 28,12 millions de chiffre d'affaires en 1989. En 1990, les bénéfices nets de la compagnie s'élevaient à 4,04 millions pour un chiffre d'affaires de 49,9 millions ; mais en 1991, les bénéfices nets n'avaient presque pas bougé, alors que le chiffre d'affaires avait pratiquement doublé, atteignant 74,09 millions. Ces chiffres montrent que l'on ne peut pas se fier aux revenus bruts pour connaître la rentabilité d'une entreprise et donnent une bonne indication des sommes investies par Miramax en 1992 pour se maintenir à flot. Les marges de profit passèrent de 9 % à 8 %, puis à 5 % sur trois ans. L'industrie du film fonctionne par cycles, et les studios, grâce à leurs moyens colossaux, sont capables de supporter ces inévitables périodes de vaches maigres ; pour une petite compagnie indépendante, en revanche, il est très difficile de se remettre d'une mauvaise année, et pratiquement impossible de survivre à deux ou trois d'affilée.

Miramax distribua vingt-deux films en 1992 qui rapportèrent 39 millions, soit à peine 1,8 million par film. La nouvelle division, Dimension – que les employés avaient rebaptisée Démence –, démarra sur les chapeaux de roues avec *Hellraiser 3* (12 millions de profit) et *Les Démons du maïs 2* (7 millions de profit pour un budget de 900 000 dollars). Les recettes de ces deux films représentaient à elles seules un peu plus d'un quart des profits de Miramax. Ces chiffres – qui excluent les avances, les notes de frais, et ne prennent pas en compte les remboursements d'emprunts, les profits annexes et autres – n'offrent qu'un aperçu de la situation financière de la compagnie, mais ce qu'ils montrent n'est pas bon : Miramax était presque à sec. « Les créanciers tambourinaient à notre porte, se souvient Tusk. On nous allouait un budget de 50 dollars par jour pendant le Festival de Cannes[59]. » Pas même de quoi se payer un hamburger. Les employés devaient recycler le papier pour faire leurs photocopies. Au lieu de changer les cartouches de toner, ils les réutilisaient dans les photocopieuses. Ils devaient payer leur café, leur eau et leur place de parking. Tusk continue : « On entendait dire qu'ils ne payaient pas leurs fournisseurs. Ou alors, ils essayaient de payer 75 % de ce qu'ils leur devaient tout de suite et le reste plus tard. On nous avait toujours encouragés à lire autant de magazines que possible, à lire la presse pour se tenir au courant de ce que disaient les critiques. Tout d'un coup, tous les abonnements ont été résiliés sauf ceux de *Variety* et de *Hollywood Reporter*. » Les employés se précipitaient à la banque les jours de paie pour encaisser leur chèque, de peur que la compagnie ne devienne vite insolvable (ce ne fut jamais le cas). Stuart Burkin raconte : « Bob nous disait : "Eh, les gars, vous allez travailler chez vous pendant quelques jours. On nous coupe la lumière et le téléphone." Les factures n'avaient pas été payées[60]. » « J'allais souvent mendier à la Chase Manhattan Bank, se souvient Bob, et je finissais par ramper en les suppliant de me prêter de l'argent. J'essayais de parler de Jane Campion à ces banquiers et puis, au beau milieu de ma phrase, je me disais : "Pourquoi me fatiguer[61] ?" »

Miramax était au bord du gouffre. La compagnie s'appuyait sur quatre secteurs fragiles : la distribution de films sur le territoire américain, les ventes à l'étranger, la vidéo et le câble. La distribution de films avait toujours représenté un point faible, car, même pendant les périodes les plus fastes, les deux frères devaient investir des sommes astronomiques pour réaliser de maigres profits : plus ils gagnaient, plus cela leur coûtait cher, et plus ils devaient se démener pour conserver leur position. Même avec des films « à succès », on se demandait vraiment ce qui restait des profits, car plus le film restait en salle, plus il fallait dépenser en publicité, et plus le pourcentage des recettes destiné aux exploitants de salles était élevé. Le contrat avec HBO, qui couvrait 25 à 30 % de leurs coûts de production, devait expirer d'ici peu. Cette association était vitale pour Miramax, car les produits ciblés que distribuait la compagnie s'adressaient justement au public du câble, plus classe, et n'avaient que peu de valeur pour les chaînes hertziennes. Cependant, même des chaînes comme HBO essayaient de toucher un plus large public grâce à de grosses productions hollywoodiennes et, lorsque la chaîne ne renouvela pas l'accord, la nouvelle fit l'effet d'une bombe chez Miramax, qui était encore endettée auprès de plusieurs banques, dont Midland Montague. D'après John Ptak, de chez CAA, engagé par les Weinstein pour réparer les pots cassés, « Harvey était dans une merde noire [62] ».

Pour employer une autre métaphore, disons que Miramax eut des résultats en dents de scie en 1992. Tony Safford, qui avait quitté Sundance pour diriger le département achats de droits chez New Line, était insatisfait depuis quelque temps déjà ; il choisit ce moment pour arriver chez Miramax. « Les razzias chez leurs adversaires, ils adorent [63] », explique-t-il. Safford doutait : quitter une compagnie prospère pour une autre « au bord du gouffre, dont beaucoup de films ne marchaient pas, dont beaucoup d'autres attendaient sur les étagères, une compagnie que les banques surveillaient… Mais, pour moi, Bob Shaye [de chez New Line] était un type maussade qui restait assis dans son bureau à longueur de journée sans jamais allumer la lumière, même s'il faisait de plus en plus noir. Harvey, au contraire, était non seulement incapable de masquer ses émotions, mais savait magnifiquement en jouer selon les circonstances. Travailler chez Miramax à l'époque était extrêmement stimulant ».

Bien que le serrage de ceinture imposé par les Weinstein laissât des marques profondes sur le tour de taille de leurs employés, les patrons, eux, n'étaient pas prêts à renoncer à leur mode de vie. « C'étaient les rois des notes de frais [64] », explique Schmidt. Ils adoraient les hôtels de luxe, le Beverly Hills Hotel à Los Angeles, le Savoy à Londres, l'Hôtel du Cap à Antibes, le Ritz de la place Vendôme. « Ils voyageaient en première, continue Schmidt, et puis ils ont commencé à affréter leurs propres avions ; ils roulaient en limousine avec chauffeur. » Au plus fort de la tempête, Michael Kuhn, directeur de PolyGram, tomba sur Harvey au Beverly Hills Hotel, fut invité dans la suite avec vue panoramique qu'il y occupait et, sidéré, l'écouta râler et se plaindre de devoir réduire ses dépenses et ses effectifs. Incrédule, Kuhn fit remarquer : « Harvey, si c'est le cas, comment se fait-il que vous occupiez cette luxueuse suite ?

– Eh bien ! ils me la font au prix d'une chambre simple, répondit Harvey.

– Comment diable vous débrouillez-vous ? Moi, je n'arrive jamais à avoir de chambre pareille à cet étage.

– Je suis un de leurs très bons clients [65]. »

Miramax avait emmené *Reservoir Dogs* à Cannes cette année-là. Les Français avaient adoré le film et, plus important encore, ils avaient adoré Tarantino, en passe de devenir une star dans le circuit des festivals. Il était très facile d'accès. Les Weinstein misaient tout sur leurs réalisateurs et, avec Tarantino, ils avaient selon toute vraisemblance tiré le gros lot.

Le festival offrit également l'opportunité aux deux frères de se débarrasser de quelques films dont leur compagnie avait fait l'acquisition mais qu'elle n'avait pas les moyens de distribuer. Ptak, l'un des rares pionniers à avoir exploité le filon des préventes et de la coproduction, présenta Harvey à Jeffrey Katzenberg. Il espérait convaincre le patron de Disney d'acheter la comédie musicale sud-africaine *Sarafina !*, avec Whoopie Goldberg, ainsi que *Map of the Human Heart*, de Vincent Ward. Après avoir visionné quarante minutes de *Sarafina !*, Katzenberg accepta de l'acheter, avec cinq autres films destinés au marché vidéo, pour la somme de 13,5 millions. « On n'aurait pas pu être plus heureux chez Miramax, se souvient Ptak. On était à environ six mois de la faillite. Quand je suis allé au bureau de New York, les secrétaires m'ont embrassé [66]. » (Il fallut cependant neuf mois à CAA pour récupérer sa commission sur la vente.) En plus d'avoir vendu un lot de films à Disney, Ptak s'arrangea pour obtenir un contrat d'exclusivité qui permettrait à Miramax de produire des films à plus gros budget et de voir les choses venir. En contrepartie d'un soutien financier, ce type de contrat permettait à la compagnie de production d'obtenir l'exclusivité sur n'importe quel projet développé par une compagnie plus modeste, un producteur, un réalisateur, un acteur, etc.

La profession considérait la création de Dimension et la vente de *Sarafina !* comme des tentatives désespérées, signes indéniables que Miramax n'en avait plus pour longtemps, ce qui n'était pas faux. « Sans *The Crying Game*, résume Schmidt, ils auraient mis la clé sous la porte [67]. » Oui, mais voilà : le chemin de Miramax croisa celui de *The Crying Game*. Bien des années plus tôt, pendant l'été de 1982, Neil Jordan (dont le film *Mona Lisa* fit sensation dans le milieu indépendant en 1986) s'était lancé dans l'écriture d'une histoire intitulée tour à tour *The Soldier's Story* et *The Soldier's Wife*. Incapable de résoudre les problèmes qu'elle lui posait, il la mit de côté pour travailler à *La Compagnie des loups*, que Palace produisit en 1984. Sept ans plus tard, Jordan et Steve Woolley assistaient au Festival de Berlin où devait être projeté le dernier film du réalisateur irlandais, *L'Étrangère*, qui traitait de l'inceste. Autour d'un verre dans un bar berlinois, Jordan évoqua son scénario inachevé et demanda à Woolley : « Qu'est-ce que tu dirais si Dil, la copine du soldat noir que Fergus recherche à Londres, était en fait un homme [68] ? » Le producteur réfléchit, décida que c'était une idée géniale, et promit à Jordan de produire son film. Il envoya le script aux Weinstein. « Comment tu vas te débrouiller ? demanda Harvey.

– On trouvera quelqu'un.

– J'en doute, mais bon courage. »

D'après Jordan, le sujet faisait peur à Weinstein – comme à tout le monde – avec son mélange explosif de relations interraciales, de politique et de sexe. Harvey « s'engageait à faire le film si une femme jouait le rôle du travesti car, d'après lui, le public serait trop choqué et dégoûté autrement [69]. » Sans se laisser abattre, Woolley poursuivit ses démarches avec le soutien de Channel Four, du British Screen et d'un consortium de banques. Trouver une fille assez masculine pour interpréter Dil s'avérait difficile. Le petit ami du réalisateur Derek Jarman recommanda finalement Jaye Davidson, noctambule et assistant dans la mode à ses heures. Jordan et Woolley trouvèrent les auditions de Davidson convaincantes, mais poursuivirent néanmoins le casting. Puis, un jour, Woolley en eut assez. « C'est idiot, dit-il à Jordan. Jaye est très bien, il dit son texte à la perfection. On devrait l'embaucher et passer à autre chose, ou je vais finir par me le faire [70]. » Le tournage eut lieu à l'automne 1991. Malgré trois films toujours en production qui allaient tous remporter un énorme succès, Palace déposa le bilan en août 1992.

Le film de Jordan, mélancolique, tout en demi-teintes, qui s'ouvre et se clôt sur un décès, a Londres pour décor et pour toile de fond le terrorisme de l'IRA. Il retrace l'histoire de Fergus (interprété par Stephen Rea, l'acteur au regard de chien battu) dont la maîtresse, Dil, est un travesti. Tour à tour séduisant, vulnérable et effrayant, Jaye Davidson se montre extrêmement convaincant. Détail ironique : pour structurer son film, Jordan s'est servi de la fable du scorpion et de la grenouille dont Matt Damon se sert pour évoquer le caractère de Harvey Weinstein.

Jack Lechner, qui travaillait chez Channel Four à l'époque, visionna une première mouture du film, le trouva magnifique et quitta la salle en espérant qu'au moins vingt-cinq personnes iraient le voir. « Aux yeux de tous ceux qui travaillaient sur ce projet, raconte-t-il, c'était un joli petit film britannique qui, avec un peu de chance, nous permettrait de rentrer dans nos frais, sans plus. Il n'a été retenu ni à Cannes ni à Venise. Il ne semblait pas avoir grand-chose pour lui [71]. » En février 1992, Woolley et Powell décidèrent de viser haut en présentant le film aux studios plutôt qu'aux distributeurs indépendants. Évidemment, les dirigeants des studios étaient à côté de la plaque. Ils n'arrêtaient pas de téléphoner pendant les projections. Brandon Tartikoff, président de Paramount, prit un appel juste avant le gros plan sur les parties intimes de Dil et ne comprit rien au film. À la fin de la projection, Woolley fit remarquer qu'il s'attendait à une controverse énorme. « Ah bon, pourquoi [72] ? » s'étonna Tartikoff.

L'équipe de Miramax visionna le film lors de l'American Film Market, deux mois avant Cannes, dans la salle de projection de Charles Aidikoff. Il plut à Harvey, mais c'est Bob, surtout, qui fut littéralement emballé, et c'est grâce à son enthousiasme qu'ils décrochèrent le contrat. Les deux frères pensaient pouvoir convaincre la presse de ne pas piper mot du membre de Dil. Mais, comme toujours, on en revenait à l'argent. Ils ne cessaient de se demander : « Étant donné le sujet, *quid* du marché vidéo [73] ? » Ils craignaient que Blockbuster ne boycotte le film. Ils décidèrent finalement de tenter le tout pour le tout et de prendre part aux enchères pour l'acquisition du film. Miramax, qui n'avait montré aucun intérêt pour *The Crying Game* au stade du scénario, alors qu'elle aurait pu acheter les droits américains à moins d'un million, se les disputa avec Sony Classics tout au long du printemps. Mais, économes, Barker et Bernard refusèrent de fournir le petit effort supplémentaire, et les droits échurent à Miramax pour environ 1,5 million. Beaucoup de distributeurs (Deutchman, de chez Fine Line, par exemple) regrettèrent de s'être désintéressés du film. « J'aurais pu ruiner Harvey et Bob », se souvient Deutchman avec une pointe de nostalgie. « J'étais à deux doigts d'acheter ce film, mais j'ai fini par y renoncer, persuadé qu'il serait impossible de garder la surprise et que, une fois sorti, le film n'intéresserait plus personne [74]. »

Jordan trouvait que Harvey avait laissé tomber son film précédent et insista pour obtenir des garanties strictes. « J'avais peur qu'ils remontent le film et qu'ils le testent à mort [75] », explique-t-il. « Neil avait été échaudé, ajoute Woolley. Il était hors de question de laisser quelqu'un massacrer *The Crying Game*, et nous avons fait en sorte qu'ils ne puissent pas toucher au moindre plan, ni au titre ni aux dialogues, et qu'ils ne puissent pas le tester : tout ce qu'ils avaient à faire, c'était sortir le film [76]. » C'était une bonne affaire pour les investisseurs, mais une mauvaise pour Miramax. En échange de la somme de 1,5 million, la compagnie ne touchait aucun bénéfice une fois le film sorti ; on leur remboursait simplement les frais contractés pour la sortie plus une commission de 25 %. En d'autres termes, une fois que Miramax aurait touché sa commission et déduit les frais de sa part des recettes, le reste revenait aux investisseurs.

Pendant tout l'automne 1992, *The Crying Game* fit la tournée de festivals comme Telluride et Toronto. Au départ, Miramax ne fit rien pour le film, et mit le paquet sur la promotion de *Ballroom Dancing* – son chouchou pour les Oscars. Woolley, qui avait mis au point une stratégie pour que le secret ne filtre pas lors de la sortie en Grande-Bretagne, se retrouvait seul. Pour la première projection à Telluride, la salle était déserte. « Personne [chez Miramax] n'avait consacré une once de travail à ce film, raconte-t-il. On paniquait. » Mais la projection suivante attira davantage de monde, et la troisième fit salle comble. Après la critique dithyrambique de Todd McCarthy dans *Variety*, c'était parti. Les chiffres prévisionnels étaient encourageants : le film s'annonçait comme un succès. « Harvey n'est pas à l'origine du phénomène, explique Woolley. En revanche, il a parfaitement su le gérer. »

The Crying Game – rebaptisé d'après un titre de Dave Berry datant de 1964 pour minimiser l'importance du thème terroriste – sortit en Grande-Bretagne en octobre 1992, alors même que l'IRA lançait une nouvelle campagne de terreur en Angleterre. Malgré des critiques respectables, les chiffres furent désastreux : les recettes ne s'élevaient qu'à 300 000 livres, moins d'un septième du coût du film, sans compter la publicité. Au vu de tels résultats, il était plus qu'improbable que Channel Four et Palace puissent honorer les dettes contractées lors du tournage.

La sortie américaine de *The Crying Game* eut lieu le 25 novembre dans une poignée de salles à New York et Los Angeles. Chez Miramax on était encore extrêmement désorganisé à cette époque-là, et Woolley fut atterré de découvrir que la compagnie n'avait pas fourni d'affiches aux salles. Pendant les premières semaines, Harvey roda à l'entrée des cinémas pour demander aux spectateurs : « Qu'est-ce qui se passe dans ce film ? C'est quoi, ce grand secret [77] ? » Woolley raconte : « Les spectateurs n'auraient pas révélé le secret de *The Crying Game* même si on avait couché avec leur femme ! Le public a été formidable. C'est lui qui a fait le succès du film [78]. »

Endettés, presque sans le sou, les Weinstein tenaient enfin le succès dont ils avaient toujours rêvé. Le parfum de l'argent leur tournait la tête. Ils redoublèrent d'efforts pour racheter les parts de Midland Montague, ce qu'ils parvinrent à faire en décembre 1992 pour 3,1 millions, plus la cession d'une créance de 2,7 millions. « On a galéré pour trouver jusqu'au dernier centime, souligne une personne travaillant sur le dossier pour Miramax. Il ne restait aux Weinstein que leurs yeux pour pleurer [79]. » Bob était enthousiaste. Il n'arrêtait pas de dire : « Quel contrat d'enfer : c'est génial, bordel ! » « Nous n'avons pas évincé Midland Montague ; ce sont eux qui voulaient se désengager, rectifie Harvey. Ils avaient peur que nous leur fassions perdre leur argent. Ils ont évoqué la faillite annoncée d'Avenue Pictures, celle de Cinecom : ils ne trouvaient pas l'investissement profitable. Ils se sont servi du fait que Miramax avait atteint sa limite d'emprunt chez Chase. Chase ne voulait pas nous prêter davantage et souhaitait même que son prêt lui soit intégralement remboursé pour freiner notre expansion. L'opération leur a profité. Et, à l'époque, on ne négociait encore ni avec Disney ni avec qui que ce soit d'autre [80]. »

Cependant, il y avait un problème de taille : « Nous voulions racheter les parts des investisseurs de *The Crying Game* pour pouvoir projeter le film dans mille salles [81] », explique Harvey.

Acquérir les droits du film de Jordan n'allait pas être simple. En décembre, alors que les recettes atteignaient déjà plusieurs dizaines de milliers de dollars, Bob s'envola pour Londres afin de proposer un accord aux différentes parties en présence. Channel Four, qui détenait les droits de vente internationaux, avait conclu le marché avec les Weinstein et, à ce titre, servait de porte-parole au groupe d'investisseurs constitué du British Screen, des créanciers de Palace, de la Berliner Bank, de PolyGram, ainsi que des agents de l'équipe du film – de Neil Jordan aux machinistes –, à qui l'on devait approximativement 500 000 livres. Le rendez-vous eut lieu dans une salle de conférence sombre au sous-sol du séculaire Saint James's Club. Pour Miramax, il s'agissait de découvrir ce qui pousserait les investisseurs à vendre, quelle carotte agiter sous leur nez.

Si l'on en croit Harvey, Bob annonça aux investisseurs : « Nous allons dépenser 10 millions de dollars pour que *The Crying Game* passe dans ces salles du fin fond du Nebraska où les gens vont voir les films de Disney et de Bruckheimer[82]. » Navrés, ils répondirent : « Nous savons comment vous procédez. Vous allez gaspiller notre argent.

– Mais non, nous allons faire exploser les profits. Tout le monde va y gagner.

– C'est faux, nous, nous allons y perdre. »

En d'autres termes, les investisseurs craignaient de voir Bob utiliser leur part des profits pour faire une publicité outrancière au film, de voir Bob monter le film en épingle, ce dont d'autres producteurs l'avaient déjà accusé par le passé.

Sans prendre de gants, Bob leur dit en substance : « Rien ne nous oblige à sortir le film dans cinquante États, à moins que vous ne cédiez les droits[83]. » Mais il s'était montré trop brutal, avait fait l'erreur de ne pas offrir de contrepartie, ce qui rendit les investisseurs furieux : ils avaient le choix entre conserver leurs intérêts, auquel cas Miramax s'arrangerait pour enterrer le film et leur profit serait nul, ou céder leurs intérêts à Miramax et ne rien tirer de l'énorme succès du film, si succès il y avait. L'atmosphère était lourde de haine et de méfiance. « Bob se montrait agressif, il était à prendre avec des pincettes, raconte Simon Perry, du British Screen. Il nous a menacés : "Faites ce que je dis, ou vous n'aurez rien." Nous sentions que le film allait cartonner et que s'ils voulaient racheter les droits, c'est qu'ils savaient quelque chose que nous ignorions. Voilà pourquoi, au départ, nous avons refusé leur offre [84]. »

Comme Bob était dans l'impasse, Harvey dépêcha son conseiller financier Peter Hoffman pour lui prêter main-forte. Celui-ci avait joué un rôle prépondérant au sein de la compagnie Carolco, la mini-major hollywoodienne qui avait engrangé beaucoup d'argent avec *Rambo* et *Terminator* avant de se planter. Il passait pour un comptable brillant, pour l'une des personnes les plus perspicaces de la profession, peut-être trop perspicace pour son propre bien. « Il était intarissable sur les fusions auto-amortissables rendues possibles par le paragraphe 32 E du code des impôts [85] », plaisante un dirigeant hollywoodien.

Hoffman soufflait le chaud, Bob le froid. Channel Four et British Screen devaient plier les premiers. Une fois ceux-ci convaincus, personne ne s'opposerait plus à l'accord. Hoffman savait que Channel Four et British Screen n'avaient pas pour vocation de faire des profits, mais de chouchouter les réalisateurs anglais. L'important pour eux était de rembourser leur dette jusqu'au dernier sou. « On se faisait énormément de souci. Ces gens avaient travaillé pratiquement pour rien [86] », explique Powell. Hoffman l'avait compris et il en joua, valorisant la décision de vendre. « Allons les gars, leur dit-il en substance, c'est la seule chose à faire. Si vous

vous braquez contre Harvey et Bob, vous allez prendre la mauvaise décision. Gardez vos priorités à l'esprit. Tous les honnêtes travailleurs qui ont fait ce film méritent d'être payés [87]. »

Colin Leventhal, de chez Channel Four, doutait du succès du film. Hoffman exploita ce doute, mit l'accent sur le risque encouru. « Les Weinstein misent gros, ils sont impétueux, et qui sait ce que cela va donner, déclara-t-il, d'après l'un des participants à la réunion. Vous pensez vraiment qu'ils vont vous verser quoi que ce soit ? Vous aurez de la chance si vous obtenez une facture, sans parler d'un chèque, et le montant ne voudra rien dire. Qui sait s'ils pourront payer… Parce que, d'ici là, ils auront peut-être claqué tout le fric dans un autre projet ; et puis, Dieu sait où ils seront passés. Les banques sont après eux, c'est risqué. De toute façon, ça va être la guerre », ajouta-t-il pour leur faire peur.

Ce n'étaient pas des paroles en l'air ; les menaces et les cajoleries finirent par marcher. « On a du mal à croire que les gens puissent parfois agir de manière désintéressée, déclare ma source. Pourtant, Leventhal et Simon Perry ont bel et bien sacrifié les intérêts de leur compagnie pour s'assurer que, quoi qu'il arrive, les dettes seraient honorées. » Comme prévu, une fois que Channel Four et British Screen eurent donné leur accord, les autres les suivirent.

Au terme des négociations, toutes les parties se retrouvèrent pour signer le contrat par lequel Miramax devenait seule propriétaire des droits américains et canadiens du film, en échange d'une somme comprenant un montant garanti versé après la sortie, ainsi que des bonus si le nombre d'entrées dépassait un certain seuil aux États-Unis. Au dernier moment, Powell annonça : « Je ne suis pas sûr de pouvoir faire ça. Je vais vérifier avec Neil, il est inquiet. » On aurait dit que, tout d'un coup, il se rendait compte à quel point le marché conclu leur était défavorable. (Il est intéressant de noter que Miramax prenait sa part de risques, car, même si le film connaissait un joli succès sur le circuit des salles d'art et d'essai aux États-Unis, le succès grand public, lui, n'était pas encore garanti.) Bob était furieux ; il semblait prêt à étrangler Powell. Hoffman s'interposa : « Bob, ça suffit. Du calme. » Weinstein quitta la pièce en marmonnant : « Je vais le tuer, nom de Dieu. »

Au bout du compte, le processus était trop avancé pour pouvoir être interrompu. La méfiance à l'égard de Miramax était telle – on redoutait qu'ils ne versent jamais un centime –, la pression si énorme – il fallait assurer le remboursement des dettes –, que tout le monde préférait signer sans attendre. Toutes les dettes purent être épongées et les bonus liés à la performance du film aux États-Unis furent versés.

Pendant que les négociations allaient bon train, Jordan et Woolley étaient à Los Angeles en pleine promotion du film, déjà couvert de récompenses attribuées par de nombreuses associations – Producers Guild, L.A. Film Critics, New York Film Critics, Writers Guild, Directors Guild –, ce qui était de bon augure pour les Oscars. « Je n'ai pas participé aux négociations, explique Woolley, car j'avais l'impression que quelque chose clochait. Ils m'ont écarté, ils ont écarté Nik, British Screen, tout le monde. Ils ont fait le ménage à fond. C'était malin de la part de Harvey, mais bizarre. Je m'en suis remis à Nik. Je n'aurais pas dû, mais il fallait assurer la sortie du film, et puis je n'avais aucun pouvoir[88]. » *The Crying Game* obtint six nominations aux Oscars. Harvey ne se sentit plus de joie pendant à peu près deux minutes, avant de passer à autre chose en l'occurrence – une embrouille à propos de Jaye Davidson, dont il n'avait pas anticipé la nomination. Après tout, pour assurer au film un succès durable, il fallait préserver l'illusion que l'acteur était une femme ; or,

Davidson avait été nominé dans la catégorie du Meilleur Second Rôle Masculin. Les journalistes allaient se l'arracher, l'acteur allait vendre la mèche. Harvey l'expédia en Égypte, mais Davidson n'y resta qu'une journée car, dans ce pays musulman, il n'arriva pas à trouver un seul endroit où boire un verre.

Avec ses 62,5 millions de recettes, *The Crying Game* explosa le record des 25 millions de dollars qu'aucun film indépendant n'avait jamais pu battre. « Quand il a commencé à rapporter des sommes colossales aux États-Unis, explique Jordan, j'aurais dû ramasser 2 ou 3 millions au passage. Après avoir fait le film pour presque rien, ce qui est une expérience extraordinairement difficile, j'en voulais moins à Miramax qu'aux partenaires anglais – les producteurs et Channel Four – qui s'étaient montrés assez stupides pour ne pas protéger les droits annexes et pour accepter aussi facilement qu'une chose pareille arrive. On se doute que les Weinstein vont essayer de vous soutirer jusqu'à votre dernier centime. Harvey ne peut pas se refaire, pas vrai ? Et Bob ne peut certainement pas se refaire non plus. Comme dans la fable de la grenouille et du scorpion. Le problème, c'est que les cinéastes indépendants n'ont nulle part où aller à part chez eux. Je préférerais qu'ils aient le choix. D'un autre côté, les Weinstein ont fait un travail formidable et cela ne me dérangerait pas de collaborer de nouveau avec eux. » Effectivement, d'après Harvey, « nous n'avons jamais passé d'accord avec Neil Jordan, mais avec Film Four. Si Jordan pense qu'on lui doit de l'argent, il devrait les appeler[89] ».

Miramax a dû ramasser environ 20 millions avec *The Crying Game*, bien plus qu'avec n'importe quel autre film jusque-là. Pourtant, l'aspect le plus important du succès du film n'était pas le profit en soi : en rendant la compagnie assez séduisante pour qu'un studio – Disney en l'occurrence – lui fasse les yeux doux, ce succès a permis à un vieux rêve de se réaliser.

GRÂCE À *THE CRYING GAME*, un véritable déluge d'argent s'abattit sur Miramax, apportant une conclusion heureuse à trois années de galère. Même les deux frères n'arrivaient pas à entamer cette manne providentielle. Le succès remporté par le film de Jordan semblait contagieux, puisque les Weinstein connurent une année exceptionnelle : *Passion Fish*, de John Sayles (sorti le 29 janvier 1993), rapporta la somme très respectable de 5,4 millions ; il fut suivi trois semaines plus tard par *Ballroom Dancing*, de Baz Luhrmann, qui permit d'engranger 11,7 millions, somme phénoménale pour un petit film australien charmant mais mal foutu. Deux mois plus tard, en avril, sortait *Les Épices de la passion*. « Tout le monde se le refilait, personne n'en voulait vraiment, se souvient Eamonn Bowles. Harvey a procédé à une restructuration radicale du film et en a fait l'un des plus grands succès en langue étrangère de tous les temps [90] », avec ses 21,6 millions de recettes. « On se moque, on le surnomme Harvey Scissorhands, mais sans lui beaucoup de films n'auraient pas connu un tel succès commercial », ajoute Bowles.

En février, Miramax obtint douze nominations aux Oscars. Outre les six pour *The Crying Game*, dans les catégories Meilleur Film, Meilleur Acteur (pour Stephen Rea) et Meilleur Réalisateur, il y en eut trois pour *Avril enchanté*, deux pour *Passion Fish*, et une pour *Urga*, dans la catégorie Meilleur Film Étranger. La compagnie remporta finalement quatre statuettes. Les deux frères comprirent que c'était le moment où jamais d'en profiter.

Harvey, qui parlait à tout le monde sans faire confiance à personne, eut une discussion avec Katzenberg, à qui il avait fourgué *Sarafina !* Bien sûr, les studios avaient toujours dénigré le circuit indépendant, trop gagne-petit à leur goût. « Investir 1 million pour en gagner 10 ne semble pas très intéressant, explique Katzenberg. Mais si cela se reproduit quatre ou cinq fois par an, alors votre affaire pèse 40 ou 50 millions et, tout d'un coup, elle acquiert une certaine envergure [91]. » Katzenberg se renseigna sur Miramax auprès de Ptak, qui l'avait présenté aux Weinstein. Ptak lui conseilla de se lancer : « Ces types ne savent pas trop ce qu'ils font. Pour eux, cultiver une amitié est un signe de faiblesse, mais je les adore quand même [92]. »

Le premier avril, Katzenberg téléphona à Chris McGurk, alors directeur financier des studios Disney : « Hé ! Appelle Harvey Weinstein. On va lui proposer d'acheter sa compagnie [93]. » McGurk avait travaillé chez Pepsico avant d'entrer chez Disney. C'était un passionné de chiffres, le parfait technocrate au visage étroit, aux lèvres fines, tout droit sorti du tableau *American Gothic*, de Grant Wood, ou d'une épicerie du Nebraska au début du siècle. Mais c'était aussi un esprit vif, sardonique et mordant. Il se réjouissait lorsque ses piques faisaient mouche. Plus important encore, il n'était pas borné. McGurk appela Harvey et Bob et leur annonça : « Nous sommes intéressés, quel est votre prix ? » Alors que la veille encore Miramax était sous perfusion, les deux frères demandèrent plus de 90 millions.

Si l'on en croit McGurk, lorsque Disney commença à étudier la proposition, « nous nous sommes dit : "Hé, attendez, là : en les prenant en charge, en les intégrant dans nos contrats audiovisuels, en incluant leurs produits dans notre activité vidéo, on peut augmenter leur chiffre d'affaires de 30 ou 40 % et faire exploser leur résultat financier. Ça leur donnerait un avantage énorme sur le marché, ça pourrait être intéressant." Nous avons élaboré une stratégie permettant à Miramax de conquérir le marché indépendant et d'écraser tous ses concurrents.

Restait à savoir si ces deux types étaient capables de travailler avec nous, au cœur du système [94]. »

Tout le monde chez Disney craignait la réaction d'Eisner, étant donné la réputation de sa société, à l'opposé des nombreuses controverses associées aux Weinstein. À la surprise générale, il donna son accord. Impuissant, Eisner avait vu ses concurrents s'implanter dans le monde de la télévision. D'après Katzenberg, « Michael ne voulait pas procéder à une intégration verticale de la compagnie, il ne voulait pas acheter de chaîne ni câblée ni hertzienne, car il était trop tard, selon lui. Notre stratégie consistait à accroître notre influence en termes de contenu. Si on arrivait à contrôler une bonne part de la production – disons à hauteur de 25 ou 30 % –, les Rupert Murdoch, John Malone, Viacom, Time Warner, qui eux possédaient des chaînes de télévision, seraient obligés de traiter avec nous. Miramax a joué un rôle essentiel dans l'élaboration de cette stratégie [95] ». De plus, s'il y avait bien un domaine dans lequel Eisner s'y connaissait, c'était celui de l'image de marque. Et, de toute évidence, Miramax en possédait une. « On avait aussi des résultats médiocres depuis deux ans, explique McGurk, et Eisner considérait sans doute Harvey comme un garde-fou, tout comme Joe Roth, qu'il avait embauché et à qui il avait offert un contrat de producteur [96] ». Les deux frères avaient beau passer pour des types incontrôlables, Katzenberg et Eisner avaient toujours réussi à démolir ceux qui avaient voulu faire cavalier seul ; il n'y avait donc aucun souci à se faire de ce côté-là.

Quant aux Oscars, ce n'était même pas la peine d'y penser : Disney était hors course. Cette année-là, Miramax obtint douze nominations contre cinq pour le dessin animé *Aladin*. En achetant Miramax pour une bouchée de pain, le studio acquérait du même coup une usine à oscars avec à son actif une flopée de films pour adultes plus prestigieux les uns que les autres. Côté fiction, le catalogue de Disney était plutôt clairsemé comparé aux autres studios. En revanche, les Weinstein étoffaient le leur à vitesse grand V et à peu de frais – selon les critères d'un studio.

Du point de vue des Weinstein, le rachat offrait d'énormes avantages. Harvey a toujours refusé d'admettre que sa compagnie connaissait des problèmes financiers. Cependant, il se souvient : « La menace planait, les réalisateurs nous fuyaient. Jim Sheridan n'avait fait que passer, tout comme Steve Soderbergh. On vivait au jour le jour, et tout d'un coup on mettait tous ces moyens à notre disposition [97]… »

Cela dit, le pari était risqué pour les deux parties. « Tout reposait sur les épaules de ces deux types, explique McGurk, et si quelque chose arrivait à l'un d'eux, on était mal… Ajoutez à cela des profits aléatoires : ils n'avaient jamais gagné plus de 5 ou 6 millions par an. Comment justifier de débourser ne serait-ce que 70 millions pour une compagnie pareille ? Il fallait avoir la foi [98]. »

Frank Wells, président de Disney, savait que les Weinstein avaient toujours vécu au jour le jour et craignait qu'ils ne soient plus aussi efficaces une fois le gros chèque encaissé. « Si vous leur versez 60 millions, ils vont partir à la retraite ! » dit-il. « Ça ne leur ressemble pas [99] », répondit Katzenberg. L'un des avantages majeurs, pour Disney, c'était que Miramax fonctionnait avec un budget réduit. Mais Wells craignait aussi qu'il ne devienne de plus en plus difficile pour les deux frères d'invoquer l'excuse de la pauvreté lors de leurs tractations, une fois nourris à la mamelle Disney. Ni le personnel ni les réalisateurs ou acteurs travaillant pour eux n'accepteraient plus servilement d'attendre la sortie des films pour toucher leurs salaires.

Et puis, le vendredi 1er mai, les parties se retrouvèrent à Burbank, dans la salle de conférences située au sixième étage du building Team Disney conçu par Michael Graves – le bâtiment décoré des sept *nains* de six mètres de haut – pour signer l'accord. Wells, qui s'apprêtait à présider une soirée de charité pour la Fondation Martin Luther King, portait un smoking. Bob était ombrageux, de mauvaise humeur. Il craignait que son frère et lui ne fassent la pire erreur de leur vie, redoutait de perdre son autonomie. « Les gens n'arrêtaient pas de m'appeler pour me dire que Disney ne tiendrait jamais sa promesse, se souvient Harvey. On était morts de peur [100]. » Le pire aurait été qu'ils « essayent de nous mener à la baguette. À moins de protéger nos arrières, on allait avoir des problèmes ».

Bob avait entrepris de lire de bout en bout le contrat d'une cinquantaine de pages, en plus de l'énorme annexe listant les films et les droits détenus par Miramax. « Attendez, nous n'avons pas ces droits-là, comment ce film a-t-il pu se retrouver sur cette liste [101] ? » bredouillait-il, de plus en plus nerveux. « Tout d'un coup, Bob a eu peur que tout ça ne soit qu'un piège, raconte Rob Moore, ancien vice-président du département finances de Disney, qu'une fois le contrat signé, on leur fasse un procès parce qu'un détail n'était pas conforme, et qu'on en profite pour baisser le prix d'achat. » Dans la position de Disney, c'est certainement ce que les deux frères auraient fait. Bob pensait que McGurk et Wells étaient comme lui. Comme le dit Moore, « la plupart des gens qui ont eu affaire à Frank savent qu'il est digne de confiance. Mais cela sonnait faux, pour les Weinstein, parce qu'eux n'ont pas l'habitude de travailler comme ça. C'est leur intérêt qui prime. Ça veut dire que s'ils ont la possibilité de vous sucrer un million de dollars, ils ne vont pas se gêner ».

Au bout du compte, on estima quand même les avantages plus nombreux que les inconvénients. L'affaire fut conclue, et les deux frères purent trinquer avec Wells. Tout le monde pensait avoir fait une bonne affaire. Disney endossa toutes les dettes de la compagnie, y compris les dettes à court terme (22 millions environ) et les crédits (20 millions supplémentaires). Le studio avait accepté de verser aux Weinstein un salaire avoisinant 1,5 million par an. Grosso modo, le contrat pesait à peu près 100 millions. Qui plus est, les deux frères conservaient ce qui leur était le plus cher : leur autonomie. « J'ai dit à Wells : "Je sais que le contrat le stipule, mais j'ai envie que ce soit parfaitement clair", et puis j'ai formulé ça par écrit, et Frank a signé devant moi, raconte Harvey. C'est stipulé, à la main, dix fois dans le contrat. Tant qu'on ne dépassait pas 12,5 millions par film, personne n'avait le droit de venir nous dire combien on pouvait en acheter, quel film produire ou combien en produire. Personne n'avait le droit de nous dire quoi faire [102]. » (La somme de 12,5 millions n'est pas aussi restrictive qu'il y paraît car si les préventes à l'étranger leur rapportaient 5 millions, disons, cette somme venait s'ajouter à celle versée par Disney, et les Weinstein pouvaient investir 17,5 millions dans un film ; s'ils avaient gagné 15 millions à l'étranger, ils pouvaient faire un film de 27,5 millions.)

« Eisner avait tellement peur que l'argent n'en fasse des fous furieux qu'il s'est arrangé pour les obliger à être rentables [103] », explique Roth. Pour s'assurer que les Weinstein n'allaient pas simplement profiter de Disney, prendre l'oseille et se tirer, les paiements leur étaient versés au compte-gouttes sur une période de cinq ans, à condition qu'ils se présentent tous les jours au bureau, travaillent dur et soient aussi productifs qu'auparavant. Une clause additionnelle stipulait que, si Miramax n'atteignait pas ses objectifs deux ans d'affilée, Disney avait le droit de mettre fin à son autonomie. Bien que Miramax appartînt désormais à Disney, le studio cherchait à motiver les deux frères : il ne leur offrit pas le statut de producteurs – ce qui leur aurait permis de toucher un pourcentage des recettes et n'aurait fait que les inciter à dépenser l'argent du studio dans des productions pharaoniques rapportant gros – mais celui d'actionnaires dont l'intérêt serait de voir la compagnie se développer. On leur promit des primes indexées sur la valeur des actions. De plus, Harvey et Bob bénéficiaient d'une clause d'indexation leur permettant d'empocher une part de plus en plus importante des profits à mesure que ceux-ci augmentaient : si leur chiffre d'affaires dépassait les 10 millions prévus dans leur plan de développement, 15 % de l'excédent leur reviendrait. Miramax ne versait rien en échange de la gestion du capital et bénéficiait d'un emprunt illimité auprès du studio pour financer ses projets. Disney voulait souscrire une assurance-vie au nom des deux frères, mais eut du mal à trouver une compagnie prête à rédiger les contrats. Bob fut vexé de voir que son frère valait plus que lui.

En vendant leur compagnie à Disney, les Weinstein jetaient les bases du succès phénoménal encore à venir. Pourtant, le choix qu'ils avaient fait de ne pas ouvrir le capital de la compagnie pour en accroître la valeur reviendrait plus d'une fois les hanter, et attiser leur animosité à l'égard de la société mère. « Ce que Harvey et Bob font si bien dans le domaine de la distribution – surmonter les obstacles qui se présentent sur leur route – fonctionne bien au sein de la machine Disney, explique Schmidt. Pourtant, les deux frères n'ont jamais eu la possibilité de créer le géant de la distribution qui aurait pu leur permettre de se partager 100 ou 200 millions au lieu de 60 [104]. » Les Weinstein auraient pour toujours le sentiment de s'être fait avoir.

En effet, lorsque Miramax accepta la main de Disney, il s'agissait à l'évidence d'un mariage de raison, pas d'amour, et la plupart des observateurs, sidérés, leur prédirent un divorce douloureux. Après tout, Disney représentait tout ce que les Weinstein détestaient, ou prétendaient détester. Harvey faisait des déclarations du genre : « Michael Eisner n'a aucun pouvoir sur moi [105] », opinion à la fois sincère et calculée, visant à prouver à ses clients qu'il faisait toujours du Miramax. Pour sa part, qu'aurait fait l'Oncle Walt du *Cuisinier, le voleur, sa femme et son amant*, de *Paris Is Burning* ou de *Reservoir Dogs* ? À première vue, il semble difficile d'imaginer couple plus mal assorti : d'un côté, la compagnie bon teint, saine, créatrice de Mickey et Donald, située à Burbank ; de l'autre, l'entreprise bordélique, négligée, dirigée par deux gars du Queens depuis leurs bureaux de Tribeca. « Quand Harvey et Bob sont à Los Angeles, raconte un employé de Disney, c'est le jeu des sept erreurs, mais à l'envers : vous ne voyez qu'eux… Ils ont l'air d'extraterrestres venus d'une autre galaxie [106]. »

Maintenant que Miramax se lançait sérieusement dans la production, restait à savoir si les Weinstein allaient se montrer aussi doués pour mettre au point, tourner et monter leurs propres films qu'ils l'avaient été pour acquérir et distribuer ceux des autres. Il est beaucoup plus aisé de repérer dans un produit fini les éléments qui pourront être exploités lors d'une campagne marketing efficace que de développer un projet à partir de zéro et de lui faire passer avec succès le cap de la production. Car, pour parler franchement, aucun des films produits par Miramax jusque-là n'était bon.

Tandis que les Weinstein négociaient avec Disney, Harvey achetait les droits de *La Leçon de piano*, de Jane Campion, avec Harvey Keitel et Holly Hunter. Ptak gérait les droits nord-américains. Il organisa une projection à Los Angeles pour tous les distributeurs, mais Jean-François Fonlupt, banquier d'affaires tout juste nommé à la tête de CiBy 2000, refusa de lui envoyer une copie du film et exigea qu'il se déplace à Paris. Après une nuit entière passée dans l'avion, Ptak arriva à 10 heures du matin dans la salle de projection Pathé et fut dérouté : Harvey était en train de faire l'article à Fonlupt, alors que Ptak avait promis aux distributeurs qu'ils verraient *La Leçon de piano* tous ensemble à Los Angeles. Harvey n'était pas plus enchanté de voir Ptak car il croyait avoir trouvé en Fonlupt, novice dans le domaine de la distribution, un pigeon, et avait réussi à le convaincre de lui vendre le film. Fonlupt lui en avait demandé 3 millions et Harvey venait d'accepter. Pendant les négociations qui suivirent la projection, devant huit ou neuf personnes, Weinstein, qui jetait de temps en temps de petits coups d'œil à Ptak, promit un bonus de 10 % par tranches de 500 000 dollars si le film dépassait 13,5 millions de recettes en Amérique du Nord. Ptak, qui ne se laissait pas facilement impressionner, lui demanda : « Combien de films distribués par Miramax ont dépassé 13,5 millions de recettes en Amérique du Nord ? » Weinstein marqua un temps d'arrêt, le regarda dans les yeux et répondit : « Neuf ! Euh… non : dix ! Parce que nous venons de sortir un film qui à mon avis va faire un tabac [107]. » Puis il reprit son laïus. Plus tard, pendant une pause, Ptak lui demanda : « Harvey, pourquoi avoir dit à tout le monde que Miramax a distribué neuf films dont les recettes ont dépassé 13,5 millions en Amérique du Nord ?

– Quoi ? Que voulez-vous dire ?

– Ce n'est pas vrai. Il n'y en a eu que trois.

– Vous ne leur avez rien dit, j'espère ? demanda Weinstein, livide.

– J'ai été obligé de le faire, je ne pouvais pas leur mentir moi aussi.

– Oh non ! L'affaire va me péter dans les mains. John, pourquoi avoir fait ça ?

– Je leur ai simplement dit que ça prouvait votre enthousiasme, à quel point vous teniez à ce film. »

Weinstein se jeta au cou de Ptak, et Miramax obtint le film. Ptak rentra à Los Angeles pour annoncer aux autres distributeurs que *La Leçon de piano* n'était plus à vendre. « Ils m'en voulaient tous à mort, explique-t-il, mais quel compliment pour Harvey. »

Peu de temps après l'achat des droits, les Weinstein allèrent à Cannes avec *La Leçon de piano*, qui obtint la Palme d'or ex æquo avec un autre film Miramax, *Adieu ma concubine*, de Chen Kaige. À la mi-novembre 1993, le film de Jane Campion sortit en salle et remporta un énorme succès critique. Il rapporta la somme astronomique de 40 millions aux États-Unis.

Comme *Cinema Paradiso*, *Adieu ma concubine* était un film long. La version qui remporta la Palme d'or faisait presque trois heures. Harvey prit ses ciseaux et coupa dix minutes. Une fois de plus, il y eut des protestations : Harvey Scissorhands avait osé amputer un film qui venait de remporter le prix le plus prestigieux. Louis Malle, président du jury cette année-là, était furieux. « L'œuvre que nous avons tant admirée à Cannes, déclara-t-il, n'est pas le film diffusé aux États-Unis : même amputé de vingt minutes, il paraît plus long, parce qu'on n'y comprend rien. Il était meilleur avant que ces types le trafiquent [108]. » Pourtant, *Adieu ma concubine* rapporta 5 millions. Les Weinstein allaient obtenir dix nominations aux Oscars cette année-là : huit pour le film de Campion, deux pour celui de Chen Kaige. Et ce n'était qu'un début.

Chapitre 5
Harvey Weinstein n'en fait qu'à sa tête
1993-1994

Où Bernardo Bertolucci se ramasse à cause de Miramax, Quentin Tarantino bluffe Cannes avec *Pulp Fiction*, alors que, pour des films indépendants comme *Clerks* et *Spanking the Monkey*, c'est le baroud d'honneur.

« Tout un tas de gens pensent que je ne suis pas un bon réalisateur, ils me détestent carrément et n'arrivent pas à comprendre comment je peux continuer à faire des films. Le truc, c'est que je n'ai pas besoin de beaucoup de fric pour tourner mes "films de merde", comme ils les appellent. Du coup, je pourrai continuer ad vitam aeternam[1]. »

Kevin SMITH

En 1994, Christine Vachon fit son retour au Festival de Sundance avec un petit film lesbien en noir et blanc intitulé *Go Fish,* réalisé par Rose Troche et produit par Guinevere Turner. John Pierson, qui représentait le film et avait pris part à sa production, le vendit à Goldwyn pour 450 000 dollars. La vente de *Go Fish*, quoique relativement banale en soi, était significative : c'était en effet la première fois qu'une affaire était conclue avant la fin du festival et, à ce titre, elle constitue un tournant, ouvrant l'ère de la concurrence acharnée dans l'univers impitoyable des achats de droits. Ted Hope, de chez Good Machine, arriva à Sundance juste après. « C'était un véritable événement, raconte-t-il. Il régnait déjà à l'époque l'espèce de frénésie que l'on connaît aujourd'hui. Tout ce qui comptait, c'était de conclure une affaire. Ce film – deux personnes dans une pièce qui parlent de leurs problèmes – n'allait pas faire de recettes faramineuses, et pourtant tous les distributeurs voulaient mettre la main dessus. À cause de lui, l'essence même du festival a changé [2]. » D'après Mark Tusk, c'est surtout Pierson qui a contribué à faire naître l'esprit de compétition à Sundance. « C'est avec la projection de *Go Fish* que le festival s'est transformé en vente aux enchères, se souvient-il. Pierson répétait à qui voulait l'entendre que le film allait se vendre, que cela irait très vite. Il fallait s'assurer que les Harvey Weinstein et compagnie, ceux qui signaient les chèques, assisteraient à la projection, et pas simplement leurs représentants [3]. » La compétition était féroce. « Dans le petit monde de l'achat de droits, explique Bingham Ray, ce qui pousse les gens à se lever le matin, c'est de voir les films avant tout le monde, avant ses concurrents, les Harvey, Tom Bernard ou Michael Barker [4]. » « À l'époque, on disait que le meilleur moyen de faire affaire avec Miramax, c'était de leur dire que Goldwyn était intéressé », ajoute Tusk.

En mai 1993, après le rachat par Disney, Miramax passa la surmultipliée. Vu que le studio leur fournissait le carburant, les deux frères n'avaient pas besoin de Pierson pour les pousser à la consommation. Pour employer une autre métaphore, Harvey ressemblait à un affamé placé devant un buffet débordant de plats savoureux. Il avait toujours eu un gros appétit mais disposait désormais des moyens de se rassasier. « Lorsque les deux frères ont fait main basse sur l'argent de Disney, explique Eamonn Bowles, ancien directeur du département achats de droits de Miramax, ils ont été pris d'une véritable frénésie d'achats. L'argent leur brûlait les doigts, alors ils se sont jetés sur tout et n'importe quoi. Quand ils pensaient qu'un film intéressait d'autres distributeurs, ils s'en emparaient immédiatement [5]. » Si chez New Line on recommandait la prudence, tout en se montrant offensif, chez Miramax, tout était affaire d'imprudence. « À l'époque, le simple fait de piquer un film à Harvey et Bob représentait une victoire », conclut Bowles.

Finie, l'époque où les employés du département achats de droits des différentes compagnies (qui se connaissaient tous puisqu'ils assistaient aux mêmes festivals, prenaient les mêmes avions, descendaient dans les mêmes hôtels) étaient amis et – horreur suprême – s'entraidaient. « Chez Miramax, on se méfiait de tout le monde, raconte Tony Safford. On voyait très peu nos collègues, et pas question d'échanger des informations avec eux : c'était interdit [6]. » L'équipe achats de droits des Weinstein était maintenant composée de Safford, Tusk, Hoving, et d'une foule d'assistants. Les petits soldats de Miramax était si nombreux à Sundance que la plupart d'entre eux s'employaient surtout à faire la cour aux réalisateurs – « Nous avons adoré le scénario, votre film intéresse beaucoup Harvey » – et à se renseigner sur leur emploi du temps pendant le festival. Il fallait qu'ils se sentent uniques, les persuader qu'ils étaient sur le point de signer un contrat avec la compagnie. L'équipe de Miramax rusait pour voir les films en exclusivité, allant paraît-il jusqu'à soudoyer les projectionnistes pour avoir accès aux bobines des films convoités entre deux projections, suborner les employés des labos, s'introduire dans des projections réservées aux techniciens et aux acteurs en prétendant être l'ami d'un ami, et j'en passe. Ils auraient même espionné leurs collègues pour découvrir avec qui ils négociaient. Miramax s'efforçait d'être partout à la fois. La compagnie dépêcha Safford en Australie plusieurs fois et envoya un représentant en Chine à une époque où les films chinois n'intéressaient personne. Un employé s'était rendu à Hong-Kong pour jeter un coup d'œil en avant-première à *Adieu ma concubine*. « Hong-Kong ? À l'époque, raconte Tusk, on pouvait concevoir d'assister à un festival là-bas, mais se déplacer pour un seul film[7]... » « "Prête à tout, n'importe où" : telle était la devise de Miramax, ajoute Safford. On ne se séparait jamais de notre passeport car il était difficile de prévoir où on allait passer la nuit[8]. »

Amy Israel, qui avait rejoint l'équipe en tant qu'assistante de Hoving, se souvient : « Après avoir passé la journée dans des salles de projection et des dîners d'affaires, on se retrouvait à minuit pour regarder d'autres films jusqu'à 3 heures du matin, bobine après bobine. En général, Harvey achetait ce qui plaisait à sa mère. *Passion Fish*, par exemple, c'est à cause de sa mère[9]. »

Mais il n'y avait pas que l'orgueil et la convoitise qui motivaient Miramax. La folie, d'accord, mais assortie d'une certaine logique. « Si Harvey et Bob pouvaient se permettre de débourser 1 ou 2 millions de plus par film, explique Chris McGurk, c'était simplement parce qu'ils pouvaient compter sur l'argent des programmes télé et des vidéos Disney. Alors ils achetaient n'importe quoi, quarante, cinquante, soixante films : ils étaient intouchables. L'astuce consistait à sortir autant de films que possible. La plupart perdaient de l'argent, certains permettaient de récupérer la mise de départ, et, s'il y en avait un ou deux qui sortaient du lot, ils rapportaient des sommes considérables. Quand vous contrôlez le marché, possédez un catalogue plus fourni que celui de vos concurrents, et que vous disposez de moyens d'investissement avec lesquels personne ne peut lutter, vous dictez votre loi. C'était génial. Quelle époque formidable [10] ! »

Harvey appliquait la loi des grands nombres. Ses films coûtaient si peu cher qu'il pouvait se permettre de sortir trois ou quatre prétendants aux Oscars à la fin de l'automne, d'attendre pour voir lequel se débrouillait le mieux, et lancer la formidable machine publicitaire et marketing de Miramax au secours de l'élu, comme il l'avait fait avec *The Crying Game*. En sortant davantage de films que tous les autres distributeurs indépendants réunis, Miramax parvenait à monopoliser les salles de cinéma. Plus tard cette même année, Jack Foley, transfuge de la MGM, remplaça Marty Zeidman au poste de vice-président de la distribution. Il explique : « Mon plan était simple : sortir quarante films par an, presque un par semaine, devenir la General Motors du cinéma indépendant et dominer ce secteur. C'est ce qui s'est produit [11]. » Il fallait empêcher les concurrents d'accéder aux salles et de faire des affaires. « Disons qu'une salle gagnait 5 millions par an. Miramax représentait peut-être 50 % de cette somme. Alors je pouvais me permettre de menacer le patron, de dire : "Écoute, tu nous dois tout, tu as une dette envers nous, donne-nous cette salle ! Sinon, tu n'obtiendras plus jamais un film Miramax de ta vie." Je passais mon temps à mettre la pression aux exploitants de salle, à les intimider, les railler, les baratiner, les provoquer, les rudoyer. En arrivant à occuper complètement le terrain, je barrais la route à quelqu'un d'autre. Et si ce quelqu'un parvenait quand même à obtenir des salles, je pouvais lui mettre des bâtons dans les roues, faire en sorte qu'il doive attendre sept semaines avant de montrer son film. Le timing est essentiel. Les concurrents perdaient du terrain. En n'obtenant pas leurs salles, ils n'engrangeaient aucun profit et se retrouvaient dans la mouise. »

À force d'acheter sans compter, Miramax devenait le chouchou des agents et des maisons de production – à moins que ces derniers n'aient déjà eu maille à partir avec les Weinstein et qu'ils aient donc une bonne raison de les éviter ; pourtant, même lorsque c'était le cas, ils en redemandaient. Les deux frères exigeaient de visionner les films en exclusivité et avaient droit à tout un tas d'autres privilèges. Si Harvey ne pouvait assister à tel ou tel festival, il réclamait qu'on lui fasse parvenir le film – ou au moins une cassette – où qu'il soit, et, en général, on ne se faisait pas prier pour le satisfaire. En plus de la possibilité d'enchérir le premier, il exigeait d'avoir le dernier mot, de pouvoir renchérir sur la meilleure offre.

Les énormes moyens résultant du rachat par Disney, doublés du succès de *The Crying Game* et de *La Leçon de piano*, donnèrent aux petits soldats de Miramax une nouvelle assurance, le sens de leur propre importance. Ils tentaient systématiquement d'obtenir un petit extra, de repousser les limites pour leur patron. S'ils n'obtenaient pas satisfaction, ils multipliaient les cajoleries et les menaces, imitant Harvey. En général, on disait au vendeur : « Il faut que Harvey voie ce film. » Après visionnage, c'était : « Harvey préfère réfléchir un peu. Mais si vous êtes sur le point de vendre à quelqu'un d'autre, faites-nous signe, on ne sait jamais.

– Non, pas question.

– Comment ça ?

– Si quelqu'un d'autre me fait une offre après avoir vu ce film, il ne serait pas correct de ma part de vous appeler pour vous demander si vous voulez renchérir.

– Soyez sympa, vous devez faire un geste.

– On a déjà fait un geste ; si nous décidons de donner une seconde chance aux autres, vous y aurez droit aussi.

– Vous ne pouvez pas faire ça, Harvey va être fou de rage [12] ! »

Miramax essayait d'intimider la concurrence pour s'en débarrasser. D'après Larry Estes, spécialiste du domaine vidéo, *Twenty-One*, de Don Boyd, avait enthousiasmé Harvey lorsqu'il avait vu le film à Sundance en 1991. Mais, « après avoir annoncé à tout le monde que l'affaire était entendue, il a fait machine arrière [13]. » Le réalisateur tenta de vendre son film à d'autres mais « on lui répondait : “Comme on fait son lit, on se couche.” Pour les autres distributeurs, c'était du réchauffé. » Cela n'avait rien d'exceptionnel : c'était la politique de Miramax, du business à la sauce Weinstein, tout simplement. *The Young Poisoner's Handbook*, de Ben Ross, jeune réalisateur britannique, fut programmé à Sundance en 1995. Le film était financé par Pandora, compagnie dirigée par Ernst Goldschmidt. La projection eut lieu au Prospector Square. Si l'on en croit Mark Urman, engagé pour représenter le film, « chez Miramax ils en étaient fous [14] ». Harvey orchestra son arrivée dans la salle au moment où le réalisateur en sortait. « Il s'est jeté au cou de Ben en disant : “Que personne n'approche ce mec”, raconte Urman, qui assistait à la scène. Ben a été convoqué à un rendez-vous ; il était persuadé que Harvey allait acheter son film. À la fin du festival, l'affaire n'était toujours pas conclue, mais Miramax n'arrêtait pas d'en parler, de jouer avec cette idée, de flirter avec Ross. Tout laissait croire que la compagnie allait le prendre, ce qui interdisait aux concurrents de s'y intéresser. Et, au final, Miramax n'en a pas voulu. Ça a fait un tort énorme au film. Personne ne s'est rendu compte qu'il n'avait pas trouvé preneur. Il était trop tard pour se retourner. Miramax était restée sur le qui-vive pour voir qui d'autre était intéressé. Au bout d'un moment, voyant que personne ne se manifestait, ses dirigeants se sont dit qu'ils ne devraient pas être intéressés non plus, et ils se sont désengagés. » Dans l'absolu, pareille attitude ne semble pas tellement scandaleuse – après tout, un film de plus ou de moins sur un marché déjà saturé… –, mais elle peut avoir un effet dévastateur sur la carrière d'un jeune réalisateur. Ross remporta un Emmy, mais côté films, zéro. (Miramax nie avoir promis d'acheter le film mais persiste : l'absence d'intérêt de ses concurrents a conforté son jugement.)

Les concurrents de Miramax n'appréciaient pas beaucoup le petit jeu de Harvey : Sony Classics, October, Fine Line et Goldwyn le détestaient, et ne manquaient pas une occasion de calomnier les deux frères. Une année, à Cannes, Bingham Ray faillit en venir aux mains avec le patron de Miramax. Mais, bravache comme à son habitude, ce dernier se contente d'en rire. « Ça me rappelle la scène dans *Le Bon, la Brute et le Truand* où trois bandits surprennent Eli Wallach dans sa baignoire », a-t-il confié au journaliste David Carr. (Ses souvenirs sont erronés, il n'y a qu'un seul flingueur.) « Ils s'apprêtent à dégainer, quand l'autre sort de la baignoire et les descend en disant : "Quand on cause, on cause ; quand on tire, on tire." Michael Barker, Tom Bernard et Ismail Merchant n'arrêtent pas de bavasser comme des vieilles dames, se demandant ce que va faire Harvey. Pendant qu'ils causent, moi, je tire [15]. »

Quand la concurrence décida de riposter, une véritable course à l'armement s'enclencha. Selon Bowles, qui travaillait alors chez Goldwyn, la stratégie de Harvey « fonctionnait. Elle paralysait ses adversaires. À moins qu'ils ne génèrent leurs propres projets, il ne leur restait pas grand-chose à se mettre sous la dent [16] ». Les compagnies comme October, qui n'avaient pas d'argent à investir dans la production, étaient les plus vulnérables. « Parce qu'ils s'étaient fait souffler tous les produits, poursuit Bowles, les autres distributeurs ont renforcé leur équipe achats de droits et ont lancé toutes sortes de frappes préventives ; ils se sont mis à conclure des contrats sans avoir vu les films, à investir massivement, avec des résultats désastreux dans la plupart des cas. » En plus de provoquer une flambée des prix, cette ruée sur les films eut des effets terribles sur le long terme. Dans une profession où la prudence était de mise, le point fort de Harvey était la rapidité, l'assurance, l'amour du risque : il était si téméraire qu'il eut bientôt la réputation d'être *accro* au risque. Le prix des films devenait si élevé qu'il s'avérait plus sûr et moins cher pour un distributeur d'investir dans un projet au stade du script. Au bon vieux temps, avant que Miramax ne fasse de la surenchère, la distinction entre « achat de droits » et « production » était claire ; mais, comme les compagnies investissaient à un stade de plus en plus avancé du processus, cette distinction avait tendance à devenir plus floue. L'achat de droit céda la place au préachat, puis à la production. À l'exception de quelques films à gros budget, la production est plus coûteuse que l'achat de droits, et ces compagnies devaient prendre des mesures pour se protéger. « Comme les risques ne cessaient d'augmenter, explique Janet Grillo, de chez New Line, nous avons dû devenir moins audacieux, et c'est à partir de là que j'ai commencé à entrevoir la fin du cinéma indépendant. Malheureusement, c'est devenu de plus en plus difficile pour les films plus personnels ou poétiques. D'un point de vue commercial, ils ne rimaient plus à rien, à moins de bénéficier d'une distribution exceptionnelle, garante du succès du film [17]. » Les distributeurs indépendants adoptèrent en effet les pratiques des studios en engageant des stars pour minimiser leurs risques. Ethan Hawke, révélation du *Cercle des poètes disparus* en 1988, observe : « Un des trucs qui a complètement changé depuis le début de ma carrière, c'est que pratiquement 100 % du financement des films repose sur la distribution aujourd'hui. À l'époque, un réalisateur mettait un film sur pied avant de s'occuper de la distribution. Aujourd'hui, c'est impossible. Peu importe que l'acteur convienne au rôle, l'important, c'est que son nom permette de trouver le financement… C'est la faute de Miramax[18]. »

Pourtant Miramax n'était pas seule en cause. Sélectionné à Sundance en 1994, *Spanking the Monkey* – premier film audacieux et polémique de David O. Russell, mettant en scène la relation incestueuse d'une mère et son fils – est le parfait exemple de cette pratique. Bob Shaye, de chez New Line, adora le scénario et mit une option sur les droits ; il refusait cependant de produire le film sans vedette féminine. Russell se souvient : « Shaye m'a dit : "Si tu arrives à convaincre Faye Dunaway, je te suis." Quand je suis allé la voir chez elle, elle m'a ri au nez[19]. » On disait que ce rôle pouvait briser une carrière, et aucune actrice n'en voulait. New Line ne renouvela pas son option.

Après des études universitaires, Russell avait travaillé dans le milieu du syndicalisme et tourné un documentaire sur les émigrés d'Amérique centrale vivant à Boston. « J'ai raté la guerre du Vietnam et la lutte pour les droits civiques, explique-t-il. Pendant l'ère Reagan, j'étais à peu près le seul activiste, mais, à l'époque, ça n'intéressait déjà plus les nanas. Elles sortaient avec les banquiers et les courtiers pendant que moi, dans le Maine, j'aidais les ouvriers du textile à fonder un syndicat, pour 6 000 dollars par an ! Qu'est-ce qui avait bien pu se passer[20] ? » Avec une bourse de 40 000 dollars du National Endowment for the Arts et de la pellicule 35 mm dont on lui avait fait cadeau, il tourna *Spanking the Monkey* à Pawling, dans l'État de New York, en faisant appel aux relations de la mère de son colocataire de la fac. (Celle-ci ne sut jamais quel était le véritable sujet du film.) Russell fit le montage sur la table de sa salle à manger. Le tournage revint à 80 000 dollars, plus 150 000 prêtés par un investisseur pour la postproduction, soit environ 250 000 dollars au total.

Après *L'Étrangère*, de Neil Jordan, « Harvey refusait d'entendre parler d'un autre film sur l'inceste, poursuit Russell. Ce n'est pas vraiment le genre de sujet qui booste les entrées, et lui allait plutôt vers des sujets à la *Shakespeare in Love*. À Sundance, il n'a rien voulu savoir de mon film. » En fait, Russell eut l'impression d'être un paria au festival. « J'avais fait un film qui proclamait : "Je hais ma mère", ce que les gens considéraient comme une hérésie, en tout cas à Sundance à l'époque. Je passais pour un salaud. Dans ce pays, la famille est sacrée. La compagnie de Harvey porte le nom de ses parents, on croit rêver ! Il les adule. Mais c'est aussi en famille que l'on s'adonne aux pires tortures émotionnelles, pourquoi le nier [21] ? » Quand le film de Russell remporta le prix du Public à Sundance, Ira Deutchman en acheta les droits pour Fine Line au prix de 250 000 dollars. À sa sortie, il engrangea 1,5 million.

Harvey ne s'était pas rendu à Sundance depuis un moment, et les observateurs interprétèrent sa venue en 1994 comme le signe de son attachement au cinéma indépendant malgré le rachat de sa compagnie par Disney. À la fin du festival fut projeté *Clerks*, de Kevin Smith ; pendant hétérosexuel et macho de *Go Fish*, cet autre petit film en noir et blanc était lui aussi représenté par Pierson. Harvey était tellement agacé d'avoir laissé échapper *Go Fish* qu'il dit à Pierson de ne pas l'ennuyer avec ce film-là, de l'apporter directement à Goldwyn. Mais Tusk, qui avait déjà fait preuve de flair par le passé, ne tarissait pas d'éloges au sujet de *Clerks*.

Petit homme trapu issu d'un milieu ouvrier, Smith avait grandi à Red Bank, dans le New Jersey. Son père était postier. Il tourna son film au Leonardo Quick Stop, la supérette où il travaillait. Réalisé en noir et blanc avec les moyens du bord et une bande de copains, *Clerks* était un véritable festival de propos machistes et orduriers que l'humour potache de Smith rendait irrésistibles. Dans sa critique, Dave Kehr, du *New York Daily News*, eut la gentillesse de le qualifier de croisement entre Howard Stern et David Mamet. *Slacker*, de Richard Linklater, vu au multiplexe Angelika, à l'angle de Mercer et Houston à New York en 1991, le jour de ses vingt et un ans, avait donné à Smith envie de faire du cinéma. « Voir ce film m'a donné une confiance énorme [22] », se souvient-il. L'action y était rare, on suivait les héros dans leurs allées et venues, il n'y avait pas d'intrigue mais beaucoup de dialogues. Smith fut surpris d'apprendre que l'on considérait ça comme du cinéma et se dit : « Merde, si ce con peut faire son film à Austin, Texas, et qu'un type comme moi l'apprécie, qu'est-ce que j'attends pour faire un film dans le New Jersey, bon sang ? J'en suis capable, bordel ! »

Comme *Go Fish*, *Clerks* était le parfait exemple du film indépendant, brut de décoffrage, produit pour trois francs six sous, sorti de nulle part, sans soutien financier digne de ce nom, sans star ni contrat vidéo. Le genre de produit à côté duquel il est facile de passer vu la profusion de films indépendants à la production léchée. Pourtant, *Clerks* avait quelque chose qui faisait défaut aux films montrés à Sundance : une atmosphère. Il sautait aux yeux que ses protagonistes n'étaient jamais sortis de Red Bank, et on voyait tout de suite que le film était l'œuvre d'un jeune homme talentueux et follement inventif, dont la fraîcheur et l'originalité explosaient à l'écran.

La première projection du film eut lieu à New York lors de l'Independent Feature Market, fin septembre 1993. Tusk, qui avait pour mission de traîner à l'Angelika, où se tenait le festival, de se frotter aux réalisateurs et de voir autant de films que possible, avait fait la connaissance du producteur de Smith, Scott Mosier. Miramax et Disney venaient de faire affaire. En apprenant pour qui Tusk travaillait, Mosier s'exclama : « Ce n'est pas un film pour Disney[23] ! » Les pires craintes de Tusk se réalisaient. En son for intérieur, il se demanda si les gens croyaient vraiment qu'il travaillait pour Disney. Il avait soutenu *Paris Is Burning*, et craignait de ne plus pouvoir acquérir ce genre de films à l'avenir. « Les gens pensaient que Miramax allait se dissoudre dans Disney, se souvient-il. Ils croyaient qu'on n'allait plus avoir le droit de montrer certains films, qu'on allait avoir les mains liées[24]. » Les doutes étaient fondés. Harvey venait d'acheter un spectacle filmé de Martin Lawrence intitulé *You So Crazy,* interdit aux moins de dix-sept ans* à cause des obscénités qu'il contenait, et Disney avait obligé Miramax à le revendre à Goldwyn, son ennemi juré – rien que ça ! –, qui le distribua sans interdiction. Harvey était furieux : « Je n'ai plus jamais retravaillé avec Martin Lawrence, alors que notre collaboration aurait pu devenir très rentable au fil des années, explique-t-il. Il adorait notre compagnie, et puis, tout d'un coup, il n'a plus voulu me parler. C'est là que je me suis dit qu'il fallait trouver une autre manière de fonctionner avec Disney[25]. »

La projection de *Clerks* eut lieu un dimanche matin. Pratiquement personne ne vint, à part une femme qui s'exclama en attrapant Smith par le col : « C'est vraiment un petit film haineux que vous avez fait là[26].

– Ouais, merci.

– J'ai toujours dit que tous les nazis s'étaient réincarnés en habitants du New Jersey, et votre film le prouve.

* Aux États-Unis, 17 ans est l'âge à partir duquel quelqu'un est autorisé par la loi à voir un film comportant des scènes jugées trop osées ou trop violentes pour être montrées aux mineurs. *(N.d.É.)*

– Ah, oui ? Je n'avais jamais vu les choses comme ça. »

Et elle lui tendit sa photo. « Le lendemain, j'étais complètement déprimé, poursuit Smith, parce que j'avais l'impression d'avoir tout raté. Quelqu'un lui suggéra d'envoyer son film au comité de sélection de Sundance. Pour Smith, comme pour beaucoup d'autres réalisateurs, Sundance était le festival de *Sexe, mensonges et vidéo,* un vrai film léché, à gros budget, plein de stars (ou quasi-stars) et de femmes magnifiques. « On n'avait même pas pensé à Sundance, dit-il ; on n'était pas faits pour ce festival. » Mais à sa grande surprise, le film fut sélectionné. Il travaillait toujours à la supérette dans laquelle le film avait été tourné. « J'avais envie d'en parler à tous les clients, mais ce n'était pas la peine, personne n'avait jamais entendu parler de Sundance. » Smith engagea Pierson pour représenter le film. « Pierson a sonné à la porte des cinq grandes maisons, poursuit Smith. On a passé la cassette à Sony, Fine Line, October, Goldwyn et Miramax. » Tusk se souvient d'avoir vu le film au Tribeca Film Center. Harvey n'en voulut pas, à la grande déception de Smith. « Miramax, c'était le label rouge du milieu indépendant, explique-t-il. C'est chez eux qu'il fallait être. On s'est dit que c'était foutu, le patron ne s'était même pas déplacé. Avant Sundance, personne ne voulait de *Clerks*[27]. »

Smith n'attendait pas grand-chose du festival non plus. Pierson ignorait son film et concentrait tous ses efforts sur *Go Fish*. Pourtant, le public avait l'air enthousiaste. Les discussions avec les spectateurs après les projections étaient très enlevées. Les gens adoraient les anecdotes autour du tournage : comment l'équipe dormait par terre dans la supérette ; comment Smith avait raconté à Kodak qu'il était dans une école de cinéma pour bénéficier d'un rabais sur la pellicule et avait ensuite été obligé de s'inscrire en catastrophe à la New

School pour obtenir une carte d'étudiant. Le bouche à oreille commençait à fonctionner. Tusk promit au jeune réalisateur d'amener Harvey à la dernière projection. Il prit son patron entre quat'z'yeux et lui dit : « Je n'en reviens pas que ce film soit toujours disponible. Vous allez vous asseoir dans cette salle et voir les réactions du public.

– Pas question.

– Harvey, c'est un ordre [28] ! »

Le patron de Miramax faillit ne pas venir : un scénariste aigri l'avait attaqué lors d'une soirée, et on disait qu'il avait quitté la ville. Mais, le vendredi soir, il arriva à l'Egyptian Theater après avoir remonté la rue principale de Park City, la cigarette au bec et à la limite de l'asphyxie.

À peine le film avait-il commencé que Harvey s'impatientait déjà. L'équipe achats de droits déployait des trésors d'ingéniosité pour qu'il reste tranquille. Il aimait s'asseoir en bout de rangée pour pouvoir sortir rapidement ; on le coinça donc entre Tusk et Hoving. Il adorait grignoter des amandes enrobées de chocolat de la marque Bazzini. Le temps qu'il les fasse passer, elles étaient toutes fondues et collantes. Personne ne supportait d'y toucher et encore moins d'en manger : à la faveur de l'obscurité, on s'en débarrassait sur la moquette. Harvey pouvait facilement en descendre deux boîtes, mais, cette fois-là, il n'y en avait pas. Tusk annonça : « Vous devez absolument rester jusqu'à ce que le chiffre trente-sept apparaisse à l'écran, d'accord ? Jusqu'à l'histoire de la fellation. » (Il faisait référence à une prise de bec entre l'un des personnages et sa copine concernant le nombre d'hommes avec lesquels elle avait couché.) Harvey fut intrigué. Smith, assis au fond de la salle, entendit bientôt un spectateur s'esclaffer. « Qui est ce gros rustre qui a le même rire que Max Cady dans *Les Nerfs à vif* ? » se demanda-t-il. Bien entendu, c'était

Harvey. Une fois la séance terminée, Tusk présenta son patron à Smith. Weinstein s'exclama : « Ton film est génial, on va mettre une bande-son dessus et le sortir dans tous les multiplexes du pays [29]. » Smith se dit que c'était son jour de chance et répondit : « Monsieur Weinstein, c'est un honneur de vous rencontrer, je suis très impressionné par votre travail ; j'ai déjà vu ce film quatre fois avec un public, j'ai pris des notes et j'aimerais pouvoir couper une dizaine de minutes [30]. » À dessein ou pas, il disait à Harvey tout ce que celui-ci voulait entendre. « On savait qu'il était surnommé Harvey Scissorhands, se souvient Smith, mais, quand tu essaies de vendre ton film, tu t'en fous ! Si quelqu'un m'avait annoncé qu'il voulait en faire des cocottes de celluloïd, comme dirait Quentin, je lui aurais dit de ne pas se gêner [31] ! »

Weinstein, Tusk et David Linde accompagnèrent Smith, Mosier et Pierson à l'Eating Establishment, en face du cinéma. Ils y croisèrent Ray et Lipsky, d'October, et Pierson leur demanda de parler tout de suite ou de se taire à jamais. Le film ne les intéressait pas. Harvey, en revanche, ne tarissait pas d'éloges sur ses qualités. « On s'est tout de suite bien entendus, avec Harvey, parce qu'il était vraiment vulgaire, explique le réalisateur. Je me demandais s'il se forçait, quand il s'adressait à nous, ou s'il était toujours comme ça. Plus tard, j'ai compris que c'est sa personnalité, qu'il jure comme un charretier. Il fumait dix cigarettes à la fois, s'empiffrait de frites. J'en revenais pas que ce soit lui, le patron, c'était fou ! » Pierson prit Smith et Mosier à part : « Leur offre n'est pas très généreuse, leur dit-il, mais vous ne faites pas ça pour l'argent, n'est-ce pas ?

– Pas du tout, non. Je suis prêt à leur filer le film pour rien, je m'en fous : c'est Miramax, vous vous rendez compte ?

– Génial ! Ils nous proposent 200 000, mais je vais les faire monter jusqu'à 227 000. »

Clerks avait coûté 27 000 dollars. « Il faut 100 000 dollars pour raccourcir le film, le remixer, le passer sur 35 mm et tout ça, expliqua Weinstein. Le reste est à vous. » Smith n'était pas dupe, cependant : les Weinstein avaient eu beau aimer *Clerks,* le rachat de leur compagnie par Disney était pour beaucoup dans leur décision de l'acheter. Tout le monde se demandait comment leur affaire allait évoluer, si on allait continuer à voir des films comme *The Crying Game* chez Miramax, si Disney allait laisser un type sortir sa bite à l'écran. En achetant *Clerks*, les deux frères envoyaient un message clair : « Nous sommes toujours Miramax parce que nous venons de sélectionner ce film en noir et blanc mal foutu et supervulgaire. » Quelqu'un commanda du champagne. En quittant le restaurant, Smith dit à Mosier : « J'aurais jamais pensé qu'on pourrait payer l'équipe. C'est trop cool ! » Ils allèrent faire la fête dans le chalet de Miramax.

Jim Jacks – qui travaillait à la Universal et venait de produire le troisième film de Richard Linklater, *Génération rebelle*, avec son partenaire Sean Daniel – tomba sur Smith à la soirée de clôture du festival. « Miramax vient d'acheter votre film, non ? demanda le producteur. C'est dommage, j'aurais voulu en faire un remake pour la Universal. » « Je n'avais aucune envie de faire un remake du film, dit Smith, et travailler pour un studio ne m'intéressait pas. Un studio n'aurait jamais accepté de tourner *Clerks*. Ce qu'ils aiment, ce sont les histoires simples de gens qui arrivent à vaincre l'adversité. Dans mon film, on voit deux types qui travaillent dans une supérette, qui détestent leur boulot, et à la fin du film rien n'a changé. Personne ne surmonte quoi que ce soit. Je voulais être indépendant, travailler chez

Miramax. À l'époque, le cinéma indépendant, c'était eux [32]. »

Ironie du sort, les vrais films indépendants comme *Clerks*, *Go Fish* et *Spanking the Monkey* n'eurent plus droit de cité après 1994. À partir de cette date, il n'y aurait plus que des films comme *Quatre mariages et un enterrement* qui, distribué par Gramercy, devait rapporter 53 millions. « Aujourd'hui, il serait impossible de vendre *Go Fish*, explique Christine Vachon. Voilà un véritable film bricolé, à petit budget. Les attentes du public dans ce domaine ont vraiment changé : quand les gens vont voir un film prétendument indépendant, ils veulent *Shakespeare in Love*, pas se colleter avec un sujet difficile, des images en noir et blanc et un son pourri [33]. » « Vous avez beau être raisonnable, ajoute Hope, quand vous voyez Kevin Smith ou Rose Troche propulsés au sommet du jour au lendemain, vous espérez inévitablement subir le même sort. Autrefois, la principale préoccupation était de pouvoir montrer son film, mais, aujourd'hui, on veut cartonner, prendre sa part du gâteau [34]. »

Liz Manne, alors responsable du marketing chez Fine Line, a elle aussi remarqué le changement. « On s'était mis à faire les films pour de mauvaises raisons, dit-elle. Les réalisateurs étaient atteints du syndrome de la rock star. Ils gagnaient leurs galons d'auteur sur la foi d'un seul film. Et en guise de critiques, on n'avait plus les articles d'Andrew Sarris, mais les interviews en direct de l'Egyptian Theater menées par la tache de service à Entertainment TV, qui demandait leur avis à des types qui n'avaient jamais vu un film de Bertolucci, et pour qui Antonioni était une marque de ravioli. Ça devenait lamentable [35]. »

Grâce au succès du festival, Geoff Gilmore faisait la pluie et le beau temps au sein de la Fondation Sundance. Son équipe et lui devinrent intouchables, provoquant la jalousie et le ressentiment des autres branches de l'institution. Les employés du festival, quant à eux, considéraient les autres branches comme des parasites subsistant à leurs dépens. « La fréquentation du festival explosait d'année en année, explique Cathy Schulman, on se demandait toujours en faisant les comptes où l'argent avait bien pu passer. Certains disaient qu'il servait à rembourser les dettes, à renflouer les caisses de la station de ski, entre autres [36]. »

Le succès du festival était à double tranchant. D'un côté, c'était une source de profit dont la fondation, fauchée, avait désespérément besoin. « L'édition 1994 représente un tournant : nous sommes devenus solvables et avons pu exiger de la fondation un budget plus conséquent, raconte Gilmore. C'est la première année où nous avons fait relier notre programme. Sundance devenait une institution et, aux yeux des professionnels, le festival donnait le ton dans le milieu indépendant. Même s'ils n'achetaient pas de films, les gens de l'industrie assistaient au festival et se demandaient comment permettre aux jeunes réalisateurs et acteurs de travailler à Hollywood. Tout d'un coup, la frontière entre milieu indépendant et industrie hollywoodienne disparaissait. Les agents y étaient pour beaucoup. Robert Newman a permis à Robert Rodriguez de mettre le pied chez Columbia [37]. » Gilmore se réjouit d'un phénomène qui écœure les puristes. La présence de négociateurs au festival, si dangereuse soit-elle, offrait en effet aux réalisateurs la possibilité sans précédent de vendre leur film pour une somme conséquente. Et tant mieux si les distributeurs, Miramax et Goldwyn, leur permettaient de faire des profits…

D'un autre côté, Redford avait eu raison de se montrer réticent lorsqu'il avait été question de reprendre le Festival du film américain. Non seulement la compétition entre réalisateurs était désormais féroce, mais « elle attirait Hollywood, déplore Schulman. Les studios aiment les gagnants[38]. » Gary Beer, chargé de récolter des fonds, appréciait la compétition justement pour ces raisons-là. Afin de développer Sundance, il ne perdait pas une occasion de mettre en avant l'image de marque du festival. Pire, le marché du film cannibalisait le festival. La qualité des productions s'évaluait en dollars, et la fondation avait tant besoin d'argent que le moindre recoin de Park City se vendait au plus offrant (concessionnaires automobiles, studios, magazines, vignobles, etc.). Il devenait impossible de faire un pas dans Main Street sans qu'on vous mette entre les mains un sac rempli de gadgets promotionnels en tout genre – hormis les objets siglés Sundance, puisque les pulls, parkas, casquettes et tenues de ski frappés du logo du festival étaient vendus dans des kiosques spéciaux à des prix exorbitants. L'année précédente et pour la première fois, on avait vu le nom des sponsors s'afficher sur grand écran à la fin du spot publicitaire pour le festival. « Gary Beer savait y faire pour attirer les financements », commente Lory Smith, ancienne programmatrice du festival. « Maintenant, Mercedes-Benz, Hugo Boss et Piper-Heidsieck soutiennent les indépendants. Quelque part, pourtant, c'est comme si l'organisation avait perdu son âme. Elle n'a plus de Sundance que le nom[39]. » Tant de places étaient réservées pour les sponsors et les assureurs lors de la remise des prix qu'il n'y en avait plus pour les réalisateurs de courts métrages, dont certains allaient sans doute revenir un jour avec leur long. Épuisé et déçu, Pierson cessa son activité cette année-là, laissant aux agents et aux avocats le soin de représenter les films. « Le message de certains films indépendants projetés à Sundance, remarque Alexander Payne, présent en 1995 avec *Citizen Ruth*, c'est : "Engagez-moi, je veux faire des films commerciaux, je veux un agent, je veux faire carrière à Hollywood[40]." » Citons le jugement lapidaire de Bingham Ray, pour qui le festival était devenu « un zoo, un cirque, une vraie prise de tête[41] ».

Même si le marché du film était bénéfique aux réalisateurs, il avait des conséquences non négligeables. Si l'on en croit l'avocate Linda Lichter, spécialiste du milieu indépendant, « au début, il existait une contre-culture qui exprimait un point de vue alternatif – politique ou artistique. Tout ça est fini aujourd'hui ; au fond, tout ce qui compte, c'est de réussir. Le sujet de la majorité des films que l'on voit à Sundance, c'est la perte de la virginité. C'est très immature, tout ça. À quelques exceptions près, les réalisateurs n'ont pas encore trouvé leur voie, et la pression est telle qu'ils se font bouffer tout cru[42]. »

1994 représente un tournant pour Sundance, et même si, à l'époque, on pouvait encore se demander si *Clerks, Go Fish* et *Spanking the Monkey* marquaient la fin d'une époque ou le début d'une nouvelle ère, le nouveau film de Quentin Tarantino allait changer la donne, récrire les règles du jeu en montrant très clairement dans quelle direction Sundance devait aller.

QUENTIN TARANTINO qui, jusque-là, n'était jamais sorti des États-Unis, passa presque toute l'année en tournée à l'étranger avec *Reservoir Dogs*. Lorsqu'il faisait escale à Los Angeles, Avary l'hébergeait dans son appartement de Manhattan Beach. Jersey Films, la compagnie de Danny De Vito, offrit à Tarantino un contrat d'un million de dollars pour préparer son projet suivant. On lui avait soumis tout un tas d'idées, mais il ne pouvait oublier la trilogie dont Avary et lui avaient écrit le scénario tout en essayant de lancer *True Romance*. « C'est vraiment une idée géniale, dit-il à Avary, mais j'aimerais écrire le scénario tout seul.

– Super, vas-y.
– Tu me donnes ton histoire ?
– Aucun problème[43]. »

Pandemonium Reigns, l'histoire imaginée par Avary – celle d'un boxeur qui se couche, échappe à une bande de gangsters, tout en essayant de récupérer la montre en or de son père –, constitue un tiers du film finalement réalisé par Tarantino. « Lorsque nous nous sommes lancés dans le projet *Pulp Fiction*, raconte Avary, nous étions d'accord pour que nos deux noms apparaissent au générique en tant que scénaristes, et pour nous partager le salaire. » Jersey Films était associée à TriStar, dirigée à l'époque par Mike Medavoy. Le studio n'avait que faire d'Avary, et Tarantino se battit pour son ami lorsqu'on essaya de l'évincer. Il se servit aussi de sa notoriété toute neuve pour l'aider à trouver le financement de son propre film, *Killing Zoe*, en participant au projet en tant que producteur exécutif.

Éreinté par sa tournée mondiale, le réalisateur finit par se poser à Amsterdam pendant trois mois pour écrire *Pulp Fiction*. Avary, qui le rejoignit là-bas, se souvient : « Nous avons récrit mon histoire, mais il est difficile de dire précisément qui a fait quoi. En fait, on a fouillé dans tous nos dossiers, sélectionné nos meilleures scènes, et on les a réunies. Je les combinais en séquences sur mon ordinateur. TriStar versait un salaire à Quentin, mais moi j'étais fauché. Alors, au bout d'un moment, je suis rentré pour tourner *Killing Zoe*. »

« On aurait pu tourner *Pulp Fiction* pour 8 millions de dollars sans que TriStar y perde, poursuit Tarantino, mais ils ont préféré que je leur fournisse un scénario susceptible d'attirer des stars et investir 25 millions. À mon avis, des recettes inférieures à 100 millions ne les intéressaient pas[44]. » Tarantino faisait peur au studio. Lors de la première réunion chez TriStar, les cadres lui battirent froid. « Ils pensaient que le film était déprimant et violent, raconte le réalisateur. Moi, j'ai répondu : "Attendez, ce passage-là, vous n'avez pas trouvé ça drôle ?

– Il y a quelques répliques amusantes, mais…

– Faites-moi confiance, les gars, ça va être très drôle.

– Peut-être bien, Quentin, mais tout ce que je vois, moi, c'est un type s'enfoncer une aiguille dans le bras et, à mon avis, ça ne va faire rire personne[45]." »

D'après Rick Hess, assistant chez TriStar à l'époque, Medavoy trouvait que le film « partait dans tous les sens ».

« Au pire, poursuit Tarantino, ils n'aimaient pas, ne comprenaient pas, mais se disaient qu'ils ne pouvaient pas vraiment y perdre, qu'ils n'allaient pas être assez bêtes pour laisser passer mon second film, et ils fonçaient quand même. J'étais prêt à leur demander de ne pas faire le film s'ils n'étaient pas sûrs à 100 %. Je leur aurais proposé de me laisser aller voir ailleurs, parce que je voulais qu'il y ait une alchimie totale entre nous. Alors je leur ai dit que si on voulait être prêt pour le Festival de Cannes, ils devaient se décider tout de suite. Ils ont réfléchi, et puis ils ont dit non[46]. »

Medavoy décida de remettre le scénario sur le marché, mais avant qu'il ne le fasse, Lawrence Bender, le producteur de Tarantino, le soumit à Richard Gladstein, que Harvey Weinstein avait engagé comme chargé de production. Gladstein le parcourut avant de le faire passer à son patron, qui s'apprêtait à reprendre l'avion pour New York. Le scénario faisait cent soixante pages, et Harvey le regarda l'air de dire : « C'est quoi, ça ? C'est le bottin, ou quoi ? » Gladstein insista : « C'est le nouveau scénario de Quentin. Il faut le lire[47].

– C'est bien ?

– C'est génial.

– Tu penses qu'on doit le faire ?

– Oui.

– Et il faut que je le lise dans l'avion ce soir ?

– Oui, parce qu'on nous fait la fleur de nous le montrer en exclusivité. On nous donne un coup de pouce, il faut en profiter. »

Trois heures plus tard, Harvey rappelait Gladstein. Il venait de lire les vingt premières pages.

« C'est génial ! La scène d'ouverture est incroyable. Est-ce que ça continue comme ça ?

– Oui.

– Bon, bouge pas, je continue à lire. »

Quarante-cinq minutes plus tard, il rappela :

« Le personnage principal vient de mourir.

– Et alors ?

– Comment ça finit ?

– Harvey, lisez l'histoire jusqu'au bout.

– Richard, est-ce que ça finit bien ?

– Oui.

– Il revient, c'est ça, hein ? Je te rappelle. »

Il rappela au bout d'une demi-heure. « Putain, on doit absolument faire ce film. L'histoire est incroyable. Achète le script, je produis ce film. »

Weinstein n'en revenait pas d'avoir autant de chance. « Contrairement à beaucoup d'autres à Hollywood, explique Tarantino, les Weinstein ont confiance en leur propre jugement et travaillent à l'instinct. Harvey lit la moitié d'un script dans l'avion et, avant même d'être arrivé au bout, il décide qu'il faut acheter. Difficile de lutter face à un enthousiasme pareil [48]. »

Pulp Fiction n'était pas aussi risqué que *La Leçon de piano* ou *The Crying Game*. Si l'on en croit Hess, « personne n'aurait acheté un film où la fille ne dit pas un mot du début à la fin, ni un film où le type montre son zizi au troisième acte, et tout le monde tirait son chapeau à Harvey et Bob de l'avoir fait. Mais, avec *Pulp Fiction*, c'était différent. D'accord, la chronologie était originale, complètement chamboulée, mais c'était un cocktail de *sex, drugs and rock'n'roll* et de violence, et, pour ça, les studios auraient [foncé sans problème[49]] ».

Si Harvey voulait produire ses films pour une fraction de ce qu'un studio aurait dépensé, il devait convaincre les acteurs de baisser leurs salaires. Tout le monde savait que le cinéma indépendant était affaire de passion et, selon Harvey, les acteurs devaient céder, travailler au minimum syndical et/ou partager les risques en acceptant d'être payés au pourcentage des recettes, comme certains l'avaient fait par le passé en tournant pour Woody Allen ou Robert Altman. Avant le rachat par Disney, Miramax ne pouvait pas se permettre de faire autrement. Après le rachat, lorsqu'il devint évident que la compagnie n'était plus vraiment *indépendante* et avait les moyens de payer le prix fort, il fallut à tout prix conserver une image d'indépendance, rempart indispensable contre les agents et les syndicats. D'où l'achat de *Clerks*, comme le suspectait Smith. Harvey essayait de convaincre les acteurs de baisser leurs salaires et les agents détestaient ça. « Il aurait voulu être agent pour pouvoir contrôler les acteurs et leurs salaires, explique Safford. J'ai assisté à des réunions où il s'est montré odieux avec les agents, il les menaçait d'ouvrir sa propre boîte et de leur piquer la moitié de leurs clients[50]. » Pourtant, ils en redemandaient. « Harvey doit son pouvoir aux artistes, explique Marcy Granata, ancienne vice-présidente du département marketing. Les artistes feraient n'importe quoi pour lui. Les agents ont beau lui en vouloir à cause des contrats qu'il leur fait signer, ce sont les stars, les réalisateurs et les scénaristes qui les forcent à négocier, par loyauté envers Harvey. Beaucoup d'acteurs, en particulier ceux de la nouvelle génération, doivent adapter leur personnalité aux standards dictés par Hollywood : ils étouffent, là-bas. Avec Harvey, pas besoin de faire semblant : ils peuvent être eux-mêmes[51]. »

Heureusement, Tarantino était tellement branché et son scénario si cool que les acteurs se bousculaient au portillon. Preuve des affinités entre Weinstein et Katzenberg, la distribution de *Pulp Fiction* s'annonçait comme un festival Katzenberg : une pincée de stars en déroute ayant besoin de se refaire (John Travolta et Bruce Willis) ; un soupçon d'acteurs de composition (Harvey Keitel et Samuel L. Jackson) ; quelques petits nouveaux pas encore confirmés (Uma Thurman) ; plus deux ou trois piliers du cinéma indépendant, comme Amanda Plummer ou Eric Stoltz. Tarantino ne retint pas Daniel Day-Lewis, pressenti pour le rôle finalement interprété par Travolta, et choisit Uma Thurman au lieu de Meg Ryan ou Holly Hunter, limitant ainsi le budget à 8,5 millions, une broutille. Willis venait de connaître une série de bides *(Hudson Hawk, gentleman cambrioleur, Le Dernier Samaritain* ou *Piège en eaux troubles)*, mais il avait toujours la cote à l'étranger et, sur la seule foi de son nom, Miramax vendit les droits internationaux pour 11 millions de dollars, engrangeant des bénéfices avant même le début du tournage. Preuve que le monde indépendant changeait à vitesse grand V, d'après l'agent Cassian Elwes, William Morris aurait fait un « prix de gros » sur *Pulp Fiction* puisque Tarantino, Avary, Willis, Travolta, Keitel et Ving Rhames étaient tous clients de l'agence[52].

Début 1994, à peine le film terminé, Avary entra au labo CFI, à Los Angeles, pour superviser l'étalonnage de *Killing Zoe*. Un jour, il reçut un coup de téléphone « affolé » de l'avocat de Tarantino. Celui-ci allait lui faxer une clause additionnelle à son contrat, en vertu de laquelle Avary devait renoncer à apparaître au générique en tant que coscénariste et se contenter de la mention « d'après une histoire de ». Il voulait qu'Avary la signe et la lui renvoie immédiatement. Avary appela son ami : « C'est quoi, cette histoire, Quentin ? Tu veux que je signe un document disant que je renonce à mes droits sur le scénario [53] ? lui demanda-t-il, incrédule.

– Oui, c'est ça : je veux que le générique se termine par la mention "Écrit et réalisé par Quentin Tarantino" », aurait répondu Tarantino, si on en croit Avary. Tout ça, explique Avary aujourd'hui, parce que « quand vous faites des pieds et des mains pour être sous le feu des projecteurs, vous ne voulez pas que quelqu'un vienne vous faire de l'ombre. »

D'après Avary, Tarantino tenta de le persuader que c'était une bonne opération pour lui : « Écoute, on dira qu'on a écrit l'histoire ensemble, et moi je serai crédité du scénario ; le fait est que l'histoire du boxeur est de toi, mais, en faisant ce que je te dis, on dirait que tout est de toi. C'est génial, non ? » Tarantino était vraiment convaincant, comme la fois où il avait persuadé son ami d'afficher sa photo dans le rayon porno gay à Video Archives. Mais tout un tas de détails disséminés dans *Pulp Fiction* venaient d'Avary, aussi il répondit qu'il refusait de signer. Sur ce, « Quentin s'est mis dans une colère noire ». « Très bien ! hurla-t-il, comme tu veux, mais dans ce cas je vais récrire le scénario en me débarrassant de toutes tes idées et tu n'auras rien du tout. » Avary n'était pas membre de la Writers Guild, et Tarantino lui promit l'équivalent des droits d'auteur plus une part des bénéfices revue à la hausse après la sortie du film. Avary, qui venait d'investir tout ce qu'il avait dans *Killing Zoe*, devait 10 000 dollars à la banque et plusieurs mois de loyer. Après avoir réfléchi, il accepta. Il signa le document, le faxa et empocha l'argent.

« Je me suis payé une maison grâce à ce film, alors je ne me plains pas, mais ça a brisé notre amitié. Je lui en voulais de ne pas m'avoir averti lui-même. Sa façon de m'attaquer, tout d'un coup, m'a davantage surpris que ce pour quoi il se battait, la paternité du projet. Quelle agression ! Notre collaboration ne m'a plus amusé à partir de là. J'adore Quentin, mais rien n'a jamais plus été pareil entre nous après ça. Je me suis rendu compte à ce moment-là que les années quatre-vingt-dix n'étaient pas différentes des années soixante-dix ou quatre-vingt. Ce milieu a le chic pour briser l'amitié, l'amour, la passion, l'envie de créer, l'idéalisme aussi. J'aimerais que ça redevienne comme avant, et ce n'est pas une question d'argent : faire des films par amour du cinéma me manque, c'est tout. Et Quentin me manque aussi. »

« Ce que Roger considère comme une trahison n'est que l'évolution naturelle des choses, réplique Tarantino. Je lui avais dit : "Vends-moi *Pandemonium Reigns*. Je ferai une première mouture, j'intégrerai mes propres idées, et puis on fera une deuxième mouture ensemble." Mais elle n'a jamais vu le jour parce que le premier jet était suffisamment bon. Il n'avait plus aucune raison d'intervenir. Il n'aurait jamais réussi à faire produire son film de toute façon. J'aimais bien l'idée de base et un ou deux détails, mais j'ai balancé tout le reste [54]. »

Les Weinstein étaient tellement fous de Tarantino, ou tellement persuadés que son film allait faire un tabac, qu'ils le dispensèrent de respecter le commandement suprême de Miramax : « Aux résultats des tests tu obéiras. » (Les films font systématiquement l'objet de projections tests auprès du public, qui coche des cases sur des fiches. Le nombre de croix dans les deux cases les plus importantes, celles du haut – excellent ou très bon –, est ensuite converti en note. Ces projections tests vont souvent de pair avec des sondages d'opinion.) « Le gros truc quand nous avons conclu le contrat, raconte Tarantino, la condition *sine qua non* à ma signature, c'était que je refusais les tests, les sondages ou les questionnaires. En fait, quand je leur ai montré le film, j'ai dit : "Voilà le produit fini." Pas la peine de faire remplir ces fiches débiles pour savoir ce qui va ou ne va pas. Demandez à n'importe quel réalisateur de la planète qui voit un film avec un public, il sera capable de vous dire quand son film manque de rythme, quand il n'est pas drôle, quand le public est perdu. Je ne fais pas le film en fonction de l'opinion du public, de toute façon. Je me tape de ce que pense M. Tartempion. Par contre, ce qu'il ressent m'intéresse [55] ! »

Harvey était convaincu des bienfaits de l'exposition médiatique, des apparitions publiques, des interviews et tout le tralala ; il exploita donc le potentiel dont Tarantino avait fait preuve à Cannes deux ans auparavant. Comme le dit le réalisateur Alexandre Rockwell, « Quentin est une star-née [56]. » Lors des avant-premières, le protocole veut que le réalisateur arrive en catimini après le début de la séance et se fasse tout petit au fond de la salle ou dans l'entrée pour ne pas influencer le public. Mais Tarantino était incapable de se contenir : il adorait épater le bouseux de Pétaouchnoc, Iowa, et arriver à l'improviste pour faire son numéro.

Une projection avait été organisée dans une grande salle de Portland, dans l'Oregon. Lorsque le gang de *Pulp Fiction* débarqua, on leur annonça qu'un employé du cinéma allait présenter le film. Tarantino s'exclama : « C'est moi qui vais le faire, pas ce connard [57] !

– Non, Quentin, rétorqua Gladstein. Tu ne peux pas entrer dans la salle et présenter le film

– Ah, bon ? Pourquoi pas ?

– Tu vas en faire des tonnes et fausser la réaction des gens.

– Si je te comprends bien, Richard, tu veux dire que si je présente le film moi-même, le public va peut-être l'aimer un peu plus ? Je croise les doigts pour que ça n'arrive pas !

– On ne se sert déjà pas des fiches… tu ne veux pas savoir ce qu'ils en pensent vraiment ?

– Putain, Quentin, intervint Bob qui assistait à la scène, tu as envie d'y aller ? Vas-y ! »

Tarantino s'avança vers la scène comme s'il était chez lui et annonça : « OK, je veux être sûr d'avoir le bon public en face de moi. Qui parmi vous a vu *Reservoir Dogs* ? » Un tiers des spectateurs leva la main. « Bien », dit-il. Les spectateurs commençaient à comprendre de qui il s'agissait. L'enthousiasme était palpable. « C'est pas fini, je voudrais savoir autre chose, continua-t-il en faisant les cent pas sur scène. Que ceux qui ont vu *True Romance* lèvent la main. » La moitié des spectateurs l'avaient vu. La salle entière chuchotait : « C'est Quentin Tarantino ! » « Oh ! la ! la ! c'est très, très bien. Dernière question, et puis je vous laisse. Qui parmi vous a aimé *Les Vestiges du jour* ? » Quelques spectateurs levèrent allégrement la main. « Vous n'avez rien à foutre ici ! » lança-t-il avant de s'éloigner. Le public se mit à applaudir et à hurler frénétiquement. Les lumières s'éteignirent et la première projection de *Pulp Fiction* débuta.

Avant la sortie du film de Tarantino, *The Crow* donna aux Weinstein un avant-goût de ce qui les attendait. La compagnie de Bob, Dimension, sortit le film d'Alex Proyas en mai. Le fils de Bruce Lee, Brandon, avait été tué durant le tournage à cause d'une arme défectueuse. Le film étant inachevé, personne n'avait voulu y toucher, à part Bob, qui en acheta les droits et boucla le montage. « Le film a rapporté 12 millions le premier week-end, raconte Foley. Les deux frères n'avaient jamais gagné autant, et encore moins en un week-end. Ça a tout déclenché. [Dimension] a cassé la baraque. Les Weinstein n'ont même pas eu le temps de rêver à ce que ce serait de gagner autant en un week-end : ça leur est tombé dessus. Ils adorent le fric. Ils ont trouvé ça génial. Et c'est arrivé si vite que ça leur a tourné la tête[58]. » Au bout du compte, *The Crow* rapporta 51 millions et permit à Dimension de s'imposer dans le milieu.

À Cannes, Miramax faisait maintenant partie des grosses pointures. Les Weinstein étaient venus avec d'autres films que *Pulp Fiction* – *Fresh*, *Picture Bride* et *Clerks*. Une vingtaine d'acteurs ou d'amis de Tarantino, ainsi que l'entourage des Weinstein, étaient du voyage. Smith et Mosier, qui avaient décliné l'invitation, préférant rester à Red Bank, virent le film lors d'une avant-première organisée par Harvey pour des critiques et des amis à l'Olympia Theater. Le film durait deux heures quarante. « On a été soufflés, se souvient Smith, on a compris que ce que l'on venait de voir était énorme. C'était un film tout simplement cool, un truc qu'il fallait avoir vu et que tu avais envie de recommander à tes amis ; tu avais l'impression de faire partie d'un club très fermé quand tu l'avais vu. Pourtant, j'ai dit à Mosier : "C'est génial, mais ça s'adresse aux cinq personnes qui ont vu *Reservoir Dogs*." Quand Miramax a décidé de sortir le film sur mille écrans – chiffre inouï pour un film d'auteur à l'époque –, les gens rigolaient parce qu'il allait devoir se mesurer au film de Stallone *L'Expert*[59]. »

Cannes était en manque de vedettes cette année-là, la seule autre star présente sur les écrans étant Paul Newman dans *Le Grand Saut*, des frères Coen. Les fans et les paparazzi se déchaînèrent donc sur l'équipe de *Pulp Fiction*. Tarantino faisait déjà partie des chouchous du festival et semblait susciter autant d'engouement que les acteurs eux-mêmes. Cela faisait plus d'un an que *Reservoir Dogs* tenait l'affiche de l'Utopia à Paris.

La première eut lieu le samedi soir à minuit. La Croisette fut interdite à la circulation entre le Carlton, où résidait Tarantino, et le Palais des festivals. Un convoi de deux douzaines de limousines, où avaient pris place l'équipe du film, les employés de Miramax, de Jersey Films, et quelques parasites, se frayait un chemin sur l'avenue. La foule massée sur les trottoirs se jetait sur les voitures en scandant : « Quen-tin, Quen-tin, U-ma, U-ma. » « Sur trente personnes », observe Tarantino, pour qui ce genre de chose compte, « à peu près quinze étaient venues pour Bruce, neuf pour John, et quatre pour moi. »

Rebelote le soir de la remise des prix. Au cours de la cérémonie, Harvey, dans un murmure pas très discret, demanda à Tarantino : « Tu penses que tu vas avoir le prix du Meilleur Scénario ?

– Oui, répondit l'autre, c'est sûr[60]. »

Mais le prix fut attribué à Michel Blanc pour *Grosse fatigue*. Tarantino commençait à se sentir un peu mal à l'aise, mais se disait qu'il avait encore une chance de remporter le prix du Meilleur Réalisateur, étant persuadé que *Trois couleurs : Rouge*, de Krzysztof Kieslowski, obtiendrait la Palme d'or et sachant pertinemment que l'on ne pouvait pas cumuler les deux. Mais Nanni Moretti remporta le prix pour *Journal intime*. Il se dit : « Bon, c'est râpé pour ce prix-là. Tout est possible, maintenant. » Finalement, il ne restait plus que la Palme d'or. Harvey sautait sur son siège comme un phoque sur un trampoline en hurlant : « Oh ! mon Dieu, tu as remporté la Palme ! Tu as remporté la Palme, bordel !

– La ferme, Harvey, on a rien remporté du tout ! » Le réalisateur se disait que les acteurs seraient récompensés et se préparait à monter sur scène pour représenter Willis, Travolta et Jackson, et recevoir ce prix de consolation. Les yeux rivés à la scène, il vit Clint Eastwood s'avancer et annoncer : « Le prix suivant, la Palme d'or, est attribué cette année à *Pulp Fiction* ! » À travers un tonnerre d'applaudissements, on entendit une spectatrice hurler : « Scandale ! Fasciste ! »

Lorsque Tarantino remporta le prix, ses vieux amis commencèrent à se faire du souci. Rockwell tenta de lui parler à cœur ouvert. « Crois-moi, dit-il, ils vont se jeter sur toi comme une meute de loups [61]. » Tarantino lui lança un regard vide, l'air de dire : « Et alors ? C'est quoi ton problème, exactement ? » Rockwell se sentit idiot : il passait pour le paranoïaque de service. Il s'obstina, expliqua à son ami combien il importait de préserver son intégrité. « Tu es un grand réalisateur, dit-il, ne fais pas de concessions. Peu importe le nombre de spectateurs. Contente-toi de faire de grands films.

– Mais je suis capable de faire les deux, répondit Tarantino. Je peux être le prochain… »

Rockwell se souvient : « Il était ailleurs quand je lui parlais d'intégrité artistique, et je me suis dit qu'il allait s'embourgeoiser. Regardez ce qui s'est passé dans les années soixante-dix : les réalisateurs de cette époque ont vraiment tourné des films magnifiques et puis, tout d'un coup, fini la rébellion. Le système, c'était eux. Ils ne se parlaient plus, ils avaient renoncé à leur éthique. Moi, ce qui me motive, c'est le fait de dire "merde". Si j'étais accepté, à qui je pourrais bien dire "merde" ? À moi-même ? Il faut rester rebelle. Mais j'aurais tout aussi bien pu parler chinois à Quentin. »

Allison Anders eut plus de chance. Elle l'appela à son retour de Cannes. « J'avais très peur, explique-t-elle. Vous savez ce que c'est, quand vous avez peur qu'un ami vous échappe. J'étais en larmes. C'est un type tellement génial. Il m'a rassurée : "Tu ne pensais quand même pas que j'allais changer ?

– Qu'est-ce qui t'en empêcherait ?"

J'ai compris qu'il allait s'en sortir. C'est frustrant, parce qu'on a envie de le sauver, mais on se rend vite compte qu'il a la tête sur les épaules, et bien plus que les gens ne l'imaginent. Quand il a eu son magnétoscope PAL, il m'a dit, le plus sérieusement du monde : "Tu sais, si ça ne marche pas dans le milieu du cinéma, je pourrai toujours gagner ma vie en convertissant des cassettes PAL en format NTSC." Je me suis dit : "C'est bien d'avoir un plan B, Quentin[62] !"»

CLERKS, LE PETIT FILM DE KEVIN SMITH, connut un succès inouï à Sundance. Le réalisateur était dubitatif. « Ma vie a changé du jour au lendemain, se souvient-il, et en même temps tout était exactement comme avant. Je me demandais si je devais continuer à travailler à la supérette ; je n'étais pas sûr que ça allait marcher. Finalement, j'ai décidé de ne pas lâcher mon petit boulot. Bien sûr, Miramax a tout de suite exploité ça, c'est devenu un argument marketing : "Regardez ! C'est ça, l'Amérique ! Il est caissier dans une supérette." Je ne reprenais pourtant pas mon poste pour devenir un symbole[63]. »

Lorsque Smith et Mosier retournèrent à New York, Harvey leur dit : « Moi, je suis vieux, et vous avez fait un film de jeunes ; je suis incapable de vous dire ce que vous devez couper. Vous avez carte blanche, il faut le raccourcir de dix minutes. » Sur ce, il les envoya dans tout le pays. « Harvey et Bob m'ont appris l'importance de la promo sur le terrain, explique Smith. Nous avons passé un an à aller de festival en festival, de Cannes au Colorado, en passant par La Nouvelle-Orléans. On a fait la tournée des facs aussi. J'étais devenu très à l'aise, à force. Les gens me demandaient de danser comme dans le film, ou voulaient savoir si j'avais déjà essayé de me faire une fellation. Ce n'est pas le genre de question qu'on pose à Woody Allen quand il donne une conférence sur un campus ! Mais c'est pas grave, je ne suis pas Woody Allen. »

Smith était intelligent, sympathique et très drôle : tout ce qu'il fallait pour assurer le spectacle. Il faisait preuve d'une franchise et d'une candeur rafraîchissantes, refusait de se faire passer pour ce qu'il n'était pas, et ses fans s'identifiaient à lui. Il n'avait pas le potentiel de Tarantino, mais, dans son genre, il s'en sortait très bien. Il devint l'idole de la génération X, une sorte de George Lucas du New Jersey. Il avait monté son propre site Internet, sur lequel il vendait des tee-shirts, des posters, des gadgets et, aujourd'hui encore, il consacre quatre ou cinq heures par jour à *chatter* avec ses fans. Il fait la tournée des facs, même lorsqu'il n'a rien à vendre. « Miramax a transformé les réalisateurs en rock stars, explique-t-il, parce que c'était plus simple de leur faire faire la promo des films que de le demander à un acteur (ou à son agent), surtout quand celui-ci était pris par un autre projet. »

Clerks sortit en salle le 21 octobre 1994. Il rapporta 3,1 millions aux États-Unis – plus que *Slacker* et, peut-être, *Reservoir Dogs*, deux des films préférés de Smith – et la même somme dans le reste du monde. C'était pas mal comme boulot, quand tout se passait bien. Smith avait terminé le scénario de *Dogma*, une satire de l'Église catholique. Mais il préférait acquérir un peu d'expérience avant de se lancer dans ce projet plus ambitieux. Il soumit le script à Harvey, qui en apprécia la lecture. « Super, j'adore, dit-il. On le sortira pour le vendredi saint. » « Quand on a fini par tourner le film, explique Smith, il n'en était plus question. »

À l'instar de Linklater, Smith ne put s'empêcher de croquer la pomme et tourna son second film, *Les Glandeur,* pour James Jacks et Sean Daniel à la Universal. « Jacks voulait que ça ressemble à *Porky's*, mais en plus intelligent », se souvient Smith, ce qui lui convenait parfaitement. « Je n'ai pas été élevé aux films d'Éric Rohmer, mais aux films de John Landis. Moi, je voulais tourner une comédie coquine pour ados, le genre de film que personne ne fait plus aujourd'hui. Jim n'avait en tête que les priorités du studio. Au départ, on voulait faire le film pour 3 millions, mais ils prétendaient que c'était impossible. "Mais si, c'est possible, on a bien fait un film pour 27 000 dollars !

– Ce n'était pas un vrai film. On ne peut pas s'en sortir pour moins de 6 millions." Plus tard, j'ai compris : on ne peut pas s'en sortir pour moins de 6 millions quand les producteurs touchent 750 000 dollars par tête ! Je n'avais pas envie de suivre certains de leurs conseils. Par exemple, dans une scène qu'on avait baptisée… *"Les Dents de la mer"*, les personnages évoquaient les blessures reçues pendant leurs parties de jambes en l'air. Ils insistaient pour qu'on la coupe. "Pourquoi ?

– Les spectateurs ne vont pas trouver ça drôle, juste vulgaire, et ils vont fuir à toutes jambes.

– Vous voulez enlever tout ce qui rend le scénario original.

– Non, nous essayons de toucher un public aussi large que possible. Ça ne vous intéresse pas ?

– Je suppose que si.

– Vous ne voulez pas qu'un maximum de spectateurs aillent voir votre film ? Est-ce que ce serait vraiment si terrible ?

– Ouais, ça se tient, je suppose." Et puis, plus tard, on se rend compte par soi-même que, malgré les changements, le film ne s'adresse pas forcément à tout le monde. L'important, c'est de trouver *son* public, même s'il est restreint. Certaines personnes aiment raconter des histoires, et peu importe si elles touchent un million de personnes ou mille. Elles éprouvent une certaine satisfaction, qu'on appellera artistique à défaut d'un mot plus approprié, à faire du cinéma. C'est mon cas. Le cinéma indépendant permet à n'importe qui de prendre une caméra et de raconter son histoire. Je ne me prends pas du tout pour un artiste, mais je pense que je suis assez têtu pour avoir envie de raconter mes histoires à ma façon, sans que d'autres s'en mêlent, sans conseils de l'extérieur. »

La promotion – ou plutôt l'absence de promotion – assurée par Universal pour *Les Glandeurs* montre à quel point les studios et les distributeurs indépendants ont une vision différente du marketing. « Dire qu'ils ont carrément laissé tomber le film est un peu dur, poursuit Smith, mais on n'a pas du tout fait de promotion sur le terrain. Je me suis retrouvé à parler à des journalistes de quarante ou cinquante balais d'un film qui ne s'adressait pas à eux. Grâce à cette expérience, j'ai compris que je n'avais pas envie de travailler pour un studio et je me suis dit : "Allez, on laisse tomber et on va bosser pour Miramax." On se rend vite compte que Miramax est à peu près aussi indépendante que la Universal, mais la grande différence, c'est que les Weinstein sont humains. Ils n'ont pas des physiques de play-boys bien proprets ; ils ressembleraient plutôt au boucher du coin… »

EN 1994, ENTRE LE RACHAT DE LA COMPAGNIE et la sortie imminente de *Pulp Fiction*, beaucoup de nouvelles têtes apparurent chez Miramax.

Les frères Weinstein tenaient indéniablement les rênes de la société, mais leurs employés contribuèrent énormément au succès qui culmina avec le rachat par Disney. À leur place, n'importe quel patron leur aurait accordé une prime. Au cours d'une réunion dans leurs locaux de Tribeca, ils annoncèrent bien à l'équipe le versement d'un bonus que, bizarrement, les employés ne reçurent jamais.

Les deux frères avaient toujours su évaluer les points forts de leurs adversaires et débaucher leurs collaborateurs clés. Ils usaient d'un mélange de flatterie, d'enthousiasme – réel ou feint –, d'une incroyable capacité à détecter les fantasmes des pigeons, à comprendre ce qui pourrait les faire venir chez eux. C'est grâce à ce don qu'ils avaient pu s'attacher les services de tant de réalisateurs et étoffer leur catalogue. Lorsque, las des objections de Harvey, Pierson vendit *Go Fish* à Goldwyn, il laissa entendre que Bowles avait joué un rôle clé dans l'obtention du contrat. Harvey menaça immédiatement Goldwyn de l'embaucher, ce qu'il fit un an plus tard. Lorsque les deux hommes se rencontrèrent sur la plage, à l'occasion du Festival du film de Sarasota, si l'on en croit Bowles, « il s'est avancé vers moi en se dandinant dans son ensemble en éponge et s'est mis à hurler : "Quel coup de maître. Beau travail, j'adore, j'adore. Génial. Parfait [64]". » Peu après, Bowles démissionnait de chez Goldwyn. « On est mort de peur à l'idée de travailler pour les Weinstein, à cause de leur réputation, et je n'étais pas très chaud, se souvient-il. Mais en même temps, j'avais hâte de commencer. » Au début, il adora son travail. « Chez Goldwyn, quand je lançais une idée, les dirigeants disaient toujours que c'était trop compliqué. Chez Miramax, on trouvait mes idées géniales. Ça fusait dans tous les sens. On travaillait comme des brutes. Il n'était pas question de pause-café. » Bien entendu, du moment que les deux frères vous payaient, vous deveniez leur esclave. Ils perdaient toute espèce de respect pour vous, et le talent qui les avait intéressé au départ ne leur était plus du tout indispensable. Vous aviez beau faire de l'excellent travail chez Fine Line, Goldwyn ou Sony Classics, chez Miramax vous étiez nul, et quelqu'un d'autre, dans une autre compagnie, servait de référence. « C'est comme ces hommes pour qui la conquête d'une femme est plus excitante que le passage à l'acte, raconte un ancien employé. Une fois qu'ils ont couché, ils perdent tout intérêt [65]. »

Les Weinstein réunirent néanmoins autour d'eux une foule impressionnante de collaborateurs talentueux qui allaient assurer le succès de la compagnie pendant les quatre années suivantes, succès dont l'apothéose serait la sortie de *Shakespeare in Love*, en 1998. Marcy Granata et Mark Gill, de chez Sony Pictures Entertainement (Columbia et TriStar), vinrent grossir les rangs du département marketing et publicité. « Nous étions censés transposer chez Miramax les méthodes de travail des grands studios, explique Granata. Par exemple, il est possible d'être présent à l'émission de David Letterman six soirs d'affilée au lieu d'un seul en faisant inviter six stars différentes comme Sam Jackson ou Uma Thurman qui n'avaient jamais participé à l'émission. C'était le nouvel état d'esprit : on peut avoir le beurre et l'argent du beurre[66]. »

Gill était un homme à l'esprit vif, charmant et ambitieux. Dans cette industrie qui fonctionne grâce à la presse, son éloquence et sa réputation de franchise, même si elles lui causaient parfois des ennuis, avaient fait de lui le chouchou des journalistes. Il ne s'entendait pas aussi bien que sa collègue avec les Weinstein. D'après Stacy Spikes, qui avait quitté Columbia Records pour aider Gill à cibler un public plus jeune et branché en exploitant les musiques des films de Miramax, « Gill se disputait avec Harvey et Bob, disait ce qu'il avait sur le cœur, et ils répondaient : "Tu n'as qu'à démissionner, Mark !

– Ça vous ferait trop plaisir. Vous n'avez qu'à me virer.

– Pas question, démissionne. Tu es minable et débile, de toute façon.

– Allez-y, virez-moi. Vous n'avez pas assez de couilles pour le faire ou quoi ?" Mark refusait de démissionner et les patrons ne voulaient pas le virer non plus. Il savait très bien quand s'arrêter, il les poussait au maximum[67]. »

Spikes avait ses propres problèmes. Le jour où il fut embauché, on le convoqua dans la salle de réunion. Bob lui passa un spot publicitaire pour un film de Miramax et s'assit à côté de lui. Harvey était à l'autre bout de la table. « Stay-cee ? demanda Bob, comme s'il s'adressait à un enfant, tu as aimé cette publicité ? Est-ce que c'est une bonne publicité ?

– Oui, Bob, je pense que c'est un bon spot.

– Il est nul. Lamentable. Comment tu peux penser qu'il vaut quelque chose ? »

Harvey lui faisait penser à Don Logan, le gangster interprété par Ben Kingsley dans *Sexy Beast*, tellement effrayant qu'un simple coup de fil de sa part suffit à vous tordre les tripes. On ne pouvait rien lui refuser. « Impossible de lui dire non, raconte Spikes. On était là, à attendre Harvey pour commencer une réunion, et tout le monde se vantait de pouvoir lui tenir tête. Harvey arrivait, et on repartait en ayant fait ses quatre volontés. »

Spikes quitta rapidement Miramax pour October Films.

Donna Gigliotti, très respectée collègue de Michael Barker et Tom Bernard chez Orion Classics dans les années quatre-vingt, rejoignit Jack Foley comme directrice de la production en 1993. Après un passage chez HBO, Jack Lechner, de chez Channel Four à Londres, devint vice-président-directeur du département développement. Cary Granat quitta la Universal pour diriger Dimension, la compagnie de Bob. Et puis, il y avait l'avocat Scott Greenstein, transfuge du service juridique de Viacom. Pour rigoler, on disait que lorsque Harvey faisait passer un entretien à un nouvel avocat, il sortait un contrat d'un tiroir et lui demandait : « Si tu es si malin, dis-moi comment me sortir de ce guêpier[68] ! » Greenstein, sosie du comique Drew Carey, avec son visage carré et sa mâchoire massive, avait un problème de poids et souffrait d'une affection de la peau, genre psoriasis ou eczéma. Ses collègues ne l'aimaient pas (il était chargé de négocier les contrats de travail des employés) et se moquaient de sa maladie. « Quand, pour rigoler, on parlait de neige en sa présence, on ne faisait pas allusion à la cocaïne mais à ses pellicules [69] », raconte Tusk.

Greenstein avait grandi dans le New Jersey et, en dépit de sa réussite professionnelle, il faisait toujours un complexe d'infériorité par rapport aux New-Yorkais. Pour compenser, il n'arrêtait pas de se vanter de tutoyer « Bruce » (Springsteen), « le petit Stevie » (Van Zandt) et Jon (Bon Jovi). Il adorait les sportifs célèbres, les stars du rock, du cinéma. Il en faisait des tonnes pour avoir l'air branché, avec ses costumes bleu vif et ses lunettes *oversize* à monture dorée et verres teintés, qui lui donnaient l'air d'une chouette. Il faisait de son mieux pour avoir l'air cool et finit par y arriver – plus ou moins. Après la sortie de *Pulp Fiction*, il se mit à porter les mêmes lunettes de soleil que Samuel Jackson. C'était un flatteur éhonté, et même si son interlocuteur le voyait venir à des kilomètres et savait qu'il faisait le coup à d'autres, la méthode marchait à chaque fois. « Allons, écoute, [nom du pigeon], on est entre nous. Tu es l'un des rares à qui je puisse faire confiance sur ce coup-là. Je me sens en confiance, parce que toi, tu sais vraiment de quoi je parle [70]. »

Cependant, comme il se montrait plus énergique que la moyenne – un de ses collègues le surnommait « le terrier sous amphés [71] » –, il sut rapidement se rendre indispensable. « Scott était le pitt-bull de Harvey [72] », explique Paul Webster, ancien chargé de production chez Miramax, qui arriva de Channel Four à peu près à cette époque. Il le suivait partout, collé à lui comme un bon toutou, faisant tout comme lui. Il avait un portable collé à une oreille en permanence, tandis que Harvey aboyait dans l'autre : « Dis-lui d'aller se faire foutre [73] ! » ou « Dis-lui que je vais lui couper les couilles et les lui fourrer dans le trou de balle ! » – ou quelque chose de moins élégant encore. Greenstein réparait les erreurs de son patron. Parfois, Harvey rencontrait quelqu'un dans une soirée, se la jouait Don Corleone en lui promettant la lune et, le lendemain, hurlait : « Pourquoi j'ai fait ça ? Scott, sors-moi de ce pétrin [74]. » Scott annonçait la mauvaise nouvelle, réussissait à trouver une échappatoire, harcelait le type, le menaçait, lui faisait peur, l'achetait. C'était M. Propre qui nettoie tout sur son passage, une sorte de Winston The Wolf, personnage interprété par Harvey Keitel dans *Pulp Fiction*, qui récure les murs et shampouine la moquette pour faire disparaître le sang et la cervelle. « Chaque fois qu'il y avait une tâche rébarbative, dégradante, presque impossible à accomplir, elle était réservée à Scott, raconte Bowles. Tous les moyens étaient bons, à ses yeux, c'est ce que Harvey et Bob adoraient. Ils lui faisaient une confiance aveugle et s'en remettaient beaucoup à lui. Il faisait ce qu'on lui demandait [75]. » Il finit à son tour par faire office de « troisième frère ».

Greenstein avait aussi ses partisans. C'était l'ami fidèle de certains employés pour qui l'air bravache, les postures et l'empressement à servir la soupe aux patrons masquaient le vague à l'âme d'un petit garçon mal dans sa peau. « J'adore Scott, déclare Lechner. Harvey exigeait sans cesse de lui qu'il trouve des solutions et ce n'était pas facile, car il demandait toujours l'impossible. C'est extraordinaire, mais dans la plupart des cas, Scott y arrivait. Il a joué un rôle décisif dans la création de Miramax Books, la signature de contrats musicaux et le développement de la marque [76]. » « Il en voyait de toutes les couleurs, raconte une de mes sources, mais à chacun son seuil de tolérance : Scott était plus coriace que la moyenne [77]. »

Hélas, même si tout le monde chez Miramax en prenait pour son grade, en devenant le troisième frère, Greenstein devenait aussi le souffre-douleur de service. Harvey et Bob l'humiliaient sans cesse. Plus l'avocat s'approchait de la flamme, plus il se brûlait les ailes. Harvey venait de débourser 4 millions pour *Dead Man*, de Jim Jarmusch, sans l'avoir vu. En sortant de la salle de projection à Cannes, en 1995, l'un des deux frères demanda à Scott : « Qu'est-ce que tu penses du film [78] ? » N'étant pas connu, à cette période de sa carrière, pour le raffinement de ses goûts ou même son intérêt pour le septième art, et sachant que ses patrons avaient déjà investi beaucoup d'argent dessus, l'avocat répondit : « Bon sang, je crois bien que c'est le meilleur film que j'aie jamais vu. Absolument sensas ! » « Tu sais quoi ? On trouve ça complètement nul », répondirent les Weinstein.

Un jour, Harvey se rendait dans la salle de projection de Miramax, au deuxième étage de l'immeuble de Tribeca, quand Greenstein s'engouffra dans l'ascenseur. « Tu vas où comme ça, Scott ? demanda Harvey.

– Je pensais voir un bout du film avec vous, répondit l'autre.

– Pour quoi faire [79] ? » fit Harvey, aussi incrédule que si Greenstein lui avait annoncé qu'il savait voler. Le patron de Miramax ne voulait pas être désagréable, il ne comprenait simplement pas pourquoi Greenstein voulait perdre son temps (et leur argent) à regarder un film au lieu de torturer un client dans son bureau.

La prospérité n'avait pas rendu les Weinstein plus gentils ou plus doux, bien au contraire. Le succès annoncé de *Pulp Fiction* le persuadant un peu plus de sa perspicacité, Harvey Scissorhands prit de l'assurance. « Quand j'ai commencé chez Miramax, avant le rachat par Disney, raconte Stuart Burkin, tout ce qui comptait, c'était de courtiser les réalisateurs. Après Disney, c'était différent, il y avait beaucoup d'arrogance[80].» Harvey avait repéré *Little Buddha*, de Bernardo Bertolucci. Comme chacun sait, Bertolucci est l'un des maîtres incontestés du cinéma mondial, l'auteur de *Prima della Rivoluzione*, du *Conformiste*, du *Dernier Tango à Paris* ou de *1900*. Il n'a rien d'un Robert Bresson, n'a jamais aimé l'austérité ou les narrations dépouillées. Il préfère les fresques épiques, un peu comme Francis Ford Coppola. Tourné au Népal, au Bhoutan et à Seattle, *Little Buddha*, avec Keanu Reeves, avait été financé par CiBy 2000 à hauteur de 40 millions. Bertolucci avait cartonné avec son épopée *Le Dernier Empereur*, et Harvey était enthousiaste à l'idée de travailler avec le réalisateur et son producteur, Jeremy Thomas, l'un des seuls avec Saul Zaentz dont les films étaient d'une qualité constante. Il offrit 8 millions pour les droits américains après avoir lu le script et visionné une vingtaine de minutes du film pour son plus grand plaisir. Jeffrey Katzenberg lui déconseilla de l'acheter. « Harve, dit-il, ne fais pas ça. J'ai déjà commis ce type d'erreur.

– Mais c'est Bertolucci !

– Maintenant que tu as tout cet argent, tu crois que tu peux travailler avec Bernardo ? Si le film fait trois heures, tu cours à la catastrophe. Tu n'as pas besoin de ça.

– Jeffrey, je me fous qu'il fasse trois heures. *Le Dernier Empereur* était long et ça ne m'a pas dérangé.

– Je te garantis que l'expérience va être pénible. »

« J'aurais dû écouter Jeffrey, admet Harvey aujourd'hui. Ça a mal tourné entre moi et Bernardo[81].» L'offre de Weinstein n'était pas la plus intéressante, mais, d'après le réalisateur, « en Europe, nous étions intrigués par ce distributeur américain capable de faire du fric avec des films qui n'avaient pas été distribués correctement, même chez nous[82] ». Bertolucci se disait que Harvey était l'un des seuls distributeurs à comprendre qu'il existe une multitude de publics, que chaque film a son public, en fait. À la tête d'une petite compagnie indépendante, il n'allait pas sortir le film sur quinze mille écrans comme l'aurait fait un studio, mais sur quinze, quitte à augmenter le nombre d'écrans petit à petit. « J'avais une espèce de fascination pour ce type, ajoute le réalisateur, parce qu'il est rare de rencontrer quelqu'un qui n'a rien du dirigeant type hollywoodien. »

Lorsque le montage de *Little Buddha* fut achevé, les deux frères se rendirent à Londres voir « le film qu'ils avaient acheté à l'aveugle, poursuit Bertolucci. Harvey n'y est pas allé par quatre chemins et m'a dit que je devais couper au moins douze ou treize minutes. Il me menaçait. Mais à ce moment-là, j'étais en plein mixage ; ce film et moi, on ne faisait qu'un, alors la moindre [critique] m'était insupportable. »

Une fois la fièvre un peu retombée, le réalisateur reconsidéra les choses et accepta un compromis. « Dites-moi ce que vous aimeriez couper, annonça-t-il à Harvey. Je ne suis pas là pour jouer au *cinéaste européen*, tellement égocentrique qu'il s'évanouit d'horreur quand quelqu'un veut couper une scène de son film. Si vous arrivez à me convaincre, c'est d'accord. » Mais Harvey ne parvint pas à le convaincre. Ils étaient en froid. Harvey envoya par écrit à Bertolucci la liste des scènes à couper, lui annonça qu'il voulait sortir le film dans des milliers de salles, mais que c'était impossible à moins de le raccourcir, et menaça de le sortir directement en vidéo s'il ne cédait pas. Pendant l'hiver 1993-1994, Bertolucci et Thomas se rendirent à New York. Harvey fit une projection test du film dans le New Jersey. « En voyant le cinéma, on connaissait les résultats d'avance, se souvient Thomas. C'était un multiplex situé au milieu d'une friche industrielle[83]. » « Ils avaient réuni un mélange bizarre de gens qui, à coup sûr, allaient détester le film, explique Mark Urman, l'attaché de presse de *Little Buddha*. Ça ne s'est pas bien passé, et ils ont saisi ce prétexte pour retravailler le film [84]. » « Les avant-premières sont une arme terrible dans les mains de gens comme Harvey [85] », ajoute Bertolucci. (Miramax projeta de nouveau le film à Manhattan où il obtint les mêmes résultats.)

D'après Harvey, « je n'aurais pas pu convaincre Bernardo de se couper une mèche de cheveux, alors couper une scène de son film… On ne veut jamais m'écouter. La seule façon d'amener ces grands réalisateurs à faire des modifications, c'est de demander à d'autres grands réalisateurs de les convaincre. Jonathan Demme a joué un rôle crucial dans cette histoire. Dès que Demme lui a dit que le film était trop long, Bernardo s'est mis à couper à tour de bras [86]. » Bertolucci nie catégoriquement : « Encore un de ses fantasmes [87] ! »

Le réalisateur était descendu dans un hôtel de Midtown. En compagnie de Thomas, Urman, Jean-François Fonlupt, patron de CiBy 2000, et de quelques autres personnes, il prit une limousine pour se rendre à Tribeca et assister à ce qu'il pensait être une simple réunion marketing. Quelques flocons tombaient, recouvrant les voitures d'un voile léger, pareil à du sucre glace. Il est de coutume dans l'industrie du cinéma de faire part des mauvaises nouvelles à la dernière minute, lorsqu'il est déjà trop tard pour y changer quoi que ce soit, et Fonlupt attendit que la voiture soit à quelques mètres des bureaux de Miramax avant de lancer : « Ah, au fait, nous allons voir une nouvelle version du film sur vidéo [88]. » Sous le choc, Bertolucci, dont le contrat garantissait le *final cut*, s'exclama : « Qu'est-ce que vous racontez ? Je n'ai encore rien coupé !

– Eh bien… ce sont eux qui s'en sont chargés ! »

Urman raconte : « Ils avaient demandé à quelqu'un du département postproduction qui travaillait sur les bandes-annonces – qui sait de qui il s'agissait ? Certainement pas de Bertolucci, ni de son chef monteur, en tout cas – de faire une version courte de *Little Buddha.* » Bertolucci annonça, avec un accent italien à couper au couteau : « On ne me fait pas ça à moi. Je refuse d'assister à cette réunion. » Et, se tournant vers Thomas, il ajouta : « Comment avez-vous pu les laisser faire ça ? Pourquoi ne pas m'avoir protégé [89] ? » « Bernardo a pété les plombs, continue Urman. Il n'en revenait pas qu'ils osent faire ça à un réalisateur de son envergure, d'autant qu'il venait d'accepter de retravailler le film en personne. C'était Bernardo Bertolucci, quand même ! Il a demandé au chauffeur d'arrêter la voiture, il est descendu et a disparu pendant des heures. Nous étions inquiets car il n'est jamais venu à la réunion [90]. »

« J'ai repéré un bar, raconte le réalisateur, et, en m'approchant de la porte, j'ai glissé sur une plaque de neige gelée. Je me suis retrouvé sur les fesses et j'ai pensé : "Voilà qui résume parfaitement ma situation [91] !" »

Le réalisateur ne visionna jamais la version de Miramax, mais, raconte-t-il, « [au fil des mois], j'ai compris que le film ne sortirait pas. Alors je me suis dit que ces deux ou trois ans passés avec des bouddhistes m'avaient appris la modestie. Je me suis dit : "Oublie ton ego, et alors peut-être que le film sortira. Sinon, c'est direct pour la télé ou la vidéo." Je n'ai pas coupé douze minutes mais dix-huit. Quand j'ai montré le film à Harvey, il a dit : "Ah ! merci, vous avez fait du bon travail, le film est génial à présent." Il l'a distribué, mais sans vraiment y mettre de cœur. »

Little Buddha sortit fin mai 1994, mais pas dans les cinquante États, bien que Bertolucci l'ait remonté en personne. Le camp du réalisateur trouvait que Miramax avait laissé tomber le film. Bertolucci et Thomas étaient accablés. « J'ai foutu Bernardo dans la merde, déplore Thomas, j'aurais dû le protéger davantage. Mais je n'aurais jamais cru qu'ils puissent manigancer tout ça derrière mon dos. *Little Buddha* n'est pas un film ordinaire, c'est une entreprise titanesque. Ça prend des années, d'être admis dans ces endroits, au Népal, dans ces sanctuaires millénaires, de créer des costumes pour tous les figurants ; ça laisse des traces, ça vous prend deux ou trois ans de votre vie, et c'est encore pire pour un réalisateur. Bernardo était désespéré ; [il a eu] du mal à s'en remettre. C'est bizarre de ne pas avoir pris plus grand soin d'un génie comme lui, car c'en est un, et les génies ne courent pas les rues dans ce milieu [92]. »

Bertolucci se demande aujourd'hui pourquoi Weinstein a décidé d'acheter son film. « C'est un snob, déclare-t-il. Snob signifie *sine nobilitate*, dépourvu de noblesse. Harvey aimerait être distingué, et c'est peut-être pour ça qu'il achète des films qui peuvent donner l'illusion qu'il l'est. Mais, dans mon cas, il cherchait juste à s'autoflageller. C'est compliqué. Il a eu autrefois un certain flair, et puis, quand il s'est métamorphosé en Harvey Scissorhands, il a commencé à se prendre pour un auteur, et sa mégalomanie a pris le dessus. On ne peut pas croire en un film de qualité, tourné par une personnalité, puis repasser derrière elle avec ses propres idées pas très inspirées : ça ne se fait pas [93]. » Bertolucci vient de terminer un film appelé *Les Innocents*, qui se déroule à Paris en 1968. L'a-t-il offert à Miramax ? « Non, je n'offrirais même pas un café à Miramax. Je n'ai aucune confiance en Harvey. Quand je regarde *Les Sopranos*, je crois reconnaître certains de ses tics. » S'il tournait la biographie des Weinstein, offrirait-il le rôle de Harvey à James Gandolfini ? « Oui, mais je n'en ferais pas le personnage principal, je crois. Il ne le mérite pas. »

Chapitre 6
L'homme qui tombe à pic
1994-1995

Où October lourde Jeff Lipsky, Disney annonce à Miramax que *Kids*, de Larry Clark, est trop sulfureux, tandis que Quentin Tarantino devient la mascotte des Weinstein.

« Y'a pas à tortiller : Miramax est un studio[1]. »

Quentin TARANTINO

Allen & Co. avait toujours trouvé le quatuor d'associés à la tête d'October difficile à gérer. Pire, un an après sa création, la compagnie ne faisait aucun profit. Lors d'un séminaire à Boca Raton en 1993, durant lequel les partenaires étaient censés créer des liens et, définir une stratégie commerciale tout en jouant au tennis et au golf, Amir Malin annonça à Bingham Ray et Jeff Lipsky, au détour de la conversation, que le conseil d'administration voulait que John Schmidt et lui dirigent la compagnie. « Notre problème, explique Malin, c'était que ni Bingham ni Jeff n'étaient des hommes d'affaires et qu'ils se fichaient de l'argent. Tout ce qui les intéressait, c'était de faire parler d'eux, que leurs films obtiennent de bonnes critiques, même sans faire un sou de recette. La compagnie était à deux doigts de couler.

Le conseil d'administration voulait me confier les rênes. J'ai refusé et je leur ai dit que j'accepterais davantage de responsabilités si John était de la partie [2]. »

Malin plaisait davantage à Schmidt qu'à Ray. Pour Schmidt, Amir Malin n'a rien du « mythomane » pour lequel on le fait passer. « Le terme est trop fort, dit-il. Amir est juste un de ces types qui vit dans son propre monde. Je dirais plutôt de lui qu'il manipule les faits, qu'il a des partis pris. Avec lui, on a l'impression d'être dans des sables mouvants. Ce n'est pas une bonne façon de travailler, mais c'est aussi quelqu'un qui a des sentiments très sincères pour autrui, ses amis, sa famille. À ses yeux, tout ce qu'il fait est totalement sincère [3]. » Pourtant, Schmidt explique que c'est lui qui a fait capoter la promotion de Malin, pas Malin lui-même. « C'est à ce moment-là que j'ai commencé à porter crédit à tout ce que j'avais entendu dire sur lui, à savoir qu'il manipulait les conseils d'administration des compagnies qui l'employaient pour se débarrasser de ses partenaires. Amir avait manœuvré pour être éligible au poste de P-DG. Le *Livre d'Amir*, c'est le contraire du *Livre de Job* : tous les gens qui l'entourent chopent des furoncles, mais pas lui. »

« Qu'est-ce que vous êtes en train de nous dire, là ? Que vous allez nous virer ? De notre propre compagnie ? Celle que nous avons fondée et pour laquelle vous êtes venu bosser [4] ? » hurla Ray, furieux. D'après lui, Malin se contentait de répéter : « C'est Allen & Co. qui décide ; ils veulent que je dirige la compagnie. » « Aux yeux du conseil, poursuit Ray, nous n'étions plus des partenaires à part entière : nous étions les subordonnés de Malin et Schmidt. Eux, ils s'occupaient des finances, et nous, on s'occupait des basses besognes, c'est-à-dire des achats de droits, du marketing et de la distribution. Jeff et moi, on était effondrés. » Au fil du temps, Ray acquit la certitude que « Malin avait tout manigancé.

C'était le début de sa conquête du pouvoir. Amir se croit discret, mais ses manœuvres sont grossières. Que le conseil ait pu se faire berner par ses [conneries] reste un des grands mystères de l'univers. C'est une voie sans issue. »

Les conséquences du remaniement à la tête de la compagnie furent sérieuses. Le rôle des deux fondateurs fut modifié : désormais, Lipsky gérerait le marketing et la distribution, Ray l'achat de droits. « On est devenu des mercenaires », explique Ray. Après le séminaire à Boca Raton, les relations entre Ray et Malin, qui n'avaient jamais été bonnes, se dégradèrent encore. Si Ray et Lipsky étaient mal assortis, Ray et Malin venaient de deux galaxies différentes. « Nous ne prenions même plus la peine de cacher notre animosité, poursuit Ray, tout le monde était au courant, on se disputait à tout bout de champ. Amir essayait de passer en force et moi, je refusais de céder. »

Délivré du boulet de l'achat de droits, Lipsky vivait sa vie. « Jeff ne se comportait pas comme un associé, dit Ray. Il se la jouait mercenaire, ce qui agaçait John et Amir. Il détestait *Last Seduction*, parce qu'il n'avait pas eu son mot à dire sur l'achat du film. On le court-circuitait complètement. Il était tellement sous pression qu'il a pété les plombs et s'est mis à avoir des palpitations cardiaques. » Pâle, tremblant, suant à grosses gouttes, Lipsky s'étendit un jour sur le divan de son bureau en criant : « Je fais une crise cardiaque, appelez une ambulance ! » Schmidt, qui n'avait pas l'habitude de ses frasques, s'alarma. Ray lui dit de ne pas y prêter attention : « Il est stressé, c'est tout. Ça va passer, croyez-moi. » Et la crise passa. « Jeff a un talent fou, continue Ray. Je ne connais personne qui puisse se passionner autant pour un film. Le problème, c'est qu'il est à fond tout le temps, il ne fait pas dans la demi-mesure. Ça marche, mais jamais bien longtemps. Il est tellement exalté, sa façon de s'adresser aux gens, de s'habiller, est tellement spéciale que les bureaucrates ont eu beaucoup de mal à le supporter. »

Quant à Lipsky, de plus en plus isolé, il voyait bien que les choses allaient mal. Malin qui, au début, se satisfaisait de rester dans l'ombre comme du temps de Cinecom, s'approchait doucement de la lumière des projecteurs. Au printemps 1994, il dit à Lipsky : « On va faire un film avec Martin Scorsese [5] », dont le nom – il aurait été producteur exécutif – constituait un véritable sésame. Lipsky raconte : « J'ai reçu un script affreux baptisé *Search and Destroy*. Illeana Douglas, qui sortait avec Scorsese à l'époque, devait y interpréter un rôle. J'ai dit : "Attendez, les gars, pourquoi faire ce film ? On a un réalisateur – l'artiste David Salle – qui n'a jamais touché une caméra de sa vie, plus un scénario inspiré d'une mauvaise pièce jouée à Broadway !" J'ai envoyé mon assistante à la Donnell Library pour trouver tous les articles concernant cette pièce ; elle est revenue avec dix critiques parmi les plus cinglantes que j'aie jamais lues dans la presse new-yorkaise. C'était fou. On jouait notre réputation. Si on décidait de prendre des risques, pourquoi le faire avec un film pareil ? On pouvait sûrement trouver mieux. » Pourtant, Malin ignora ses remarques. De son point de vue, étant donné le manque de visibilité d'October, cela ne posait pas de problème. « Chez Cinecom, c'est la production qui avait causé la perte d'Amir, ajoute Lipsky, mais il avait ça dans le sang, et c'est ce qui le motivait aussi chez October. » Le film se planta lamentablement.

Pendant que Lipsky se terrait dans son bureau, Ray passait de plus en plus de temps dans les festivals à acheter des films que son collègue détestait et tenait pour impossibles à distribuer. « Lorsque nous avons débuté, Bingham et moi, se souvient Lipsky, nous étions convenus de n'acheter que des films qui nous passionnaient tous les deux. Si l'un d'entre nous n'aimait pas, nous nous abstenions. Et puis, Bingham a dépensé 700 000 dollars sur *Le Colonel Chabert*, film que je détestais et que je n'ai jamais pu vendre. Ensuite, il y a eu *Dellamorte Dellamore* et *Bad Behavior*. Il me forçait la main. À ce moment-là, j'ai compris qu'October n'avait plus rien à voir avec le concept de départ. »

Lipsky avait un autre problème, nommé Gary Siegler, investisseur principal dans la compagnie et capitaliste sans foi ni loi. D'après Ray, « Gary est un type d'une trentaine d'années, arrogant, cultivé, bourré de fric, persuadé que le monde entier doit lui manger dans la main et lui lécher les bottes. Il faut se le farcir ! Jeff ne pouvait pas le piffer [6]. » Si on l'en croit, Siegler se plaignait continuellement, et ne leur épargnait aucun sarcasme. « Quelle rentabilité ! s'exclamait-il. Si j'avais su, j'aurais investi dans des bons du Trésor ! » « Je comprenais Allen & Co., explique Lipsky, mais je ne comprenais pas Gary. On ne pouvait pas se supporter, je le rendais furieux. On organisait des soirées de charité, des avant-premières à 250 dollars le billet d'entrée ; on réservait des places pour les membres du conseil d'administration et leurs invités. La séance commençait, mais toujours pas de Gary. Au bout d'un quart d'heure, je proposais à un invité assis sur les marches de prendre sa place – après tout, il avait payé 250 dollars ! Gary finissait invariablement par se pointer au bras de sa petite amie vingt-cinq minutes après le début du film, et pétait les plombs. La vie est trop courte, après tout [7]. »

« Ce genre de mesquinerie parasitait les conseils d'administration, raconte Ray. Un jour, Jeff faisait la liste des sorties prévues, et Gary a disjoncté : "Comment osez-vous offrir ma place à quelqu'un d'autre ?" Jeff a profité d'une pause pour lancer, sans se montrer particulièrement sarcastique : "Vous avez fini ?" Et l'autre a hurlé, vert de rage : "Non, je n'ai pas fini, putain de merde !" L'air de dire : "Je suis le patron, et toi tu n'es qu'une merde." À partir de là, ça a été fini [8]. »

Dès 1995, les jours d'October étaient comptés. Si Ray achetait des films que Lipsky détestait, celui-ci lui rendait la pareille, en acquérant par exemple les droits de *Smoking* et *No Smoking*, d'Alain Resnais, lors d'un voyage à Paris. « Jeff faisait cavalier seul, prenait des décisions sans consulter personne, raconte Ray. Il est rentré avec les films sous le bras, et tout le monde les a détestés, on n'avait pas envie de les distribuer. On se demandait à quoi il pensait pour payer ça 200 000 dollars. Si ç'avait été de la trempe d'*Hiroshima, mon amour*, encore, je ne dis pas, mais ce n'était pas le cas. Le procès avec les producteurs français a duré une éternité. On est passé pour des amateurs. »

De l'extérieur, les observateurs qui connaissaient le *modus operandi* de Malin le soupçonnaient d'avoir orchestré le dérapage de Lipsky, élément déclencheur de sa tentative de coup d'État chez October. Cependant, pas besoin de Malin pour mettre le feu aux poudres : il n'avait qu'à se détendre et profiter du spectacle.

Même si leur amitié battait de l'aile, Ray était le seul allié de Lipsky chez October. Si l'on en croit Ray, Malin et Schmidt lui annoncèrent en février 1995 : « Nous allons virer Jeff. Il met la compagnie en danger, on risque de couler si on ne se débarrasse pas de lui. » Ray était d'accord sur le fond mais, d'après lui, la compagnie aurait dû être capable de faire face. « Pourquoi ne pas me laisser parler à Jeff, leur demanda-t-il, il pourra peut-être se reprendre ? – Non, pas question. »

Ray se dit qu'ils voulaient simplement l'évincer pour permettre à Amir de prendre le contrôle. Ils ne voulaient même pas lui annoncer la nouvelle eux-mêmes. « Je suppose que c'est à moi de le faire, si vous ne voulez pas vous en charger », conclut Ray. « Jeff, ils vont te virer, annonça-t-il.

– Quel est ton rôle dans tout ça ? fit Lipsky, sonné.

– Je n'ai pas envie que ça arrive. » Pourtant, d'après Ray, Jeff et lui étaient conscients de leur faiblesse, de la puissance de leurs ennemis, et du fait que ce que pensait Ray n'avait pas la moindre importance. Un week-end, Schmidt, Ray et Malin annoncèrent la mauvaise nouvelle à Lipsky. Il s'y était préparé et il fit preuve de classe. Bingham Ray « m'a trahi [9] », confia-t-il plus tard, non sans amertume. « Je me demande parfois si nous avons jamais été amis. Peut-être que je me servais de lui et qu'il se servait de moi pour arriver à nos fins respectives. Nous avons commencé à perdre de vue notre objectif dès que nous avons accepté les compromis. »

Lipsky avait donné plusieurs coups de pouce à Ray. « J'ai toujours regretté ce qui s'est passé, confie celui-ci. Je les ai laissés faire, je ne leur ai pas tenu tête. J'aurais pu dire : "Pas question, allez vous faire voir : si vous virez Jeff Lipsky, il faut me virer aussi." Mais je me suis dégonflé, parce que j'ai trois bouches à nourrir, et tout le reste… À partir de là, Amir avait les mains libres. Il s'est débarrassé de Jeff avec l'aide de John et en exploitant ma lâcheté. Je n'avais pas envie de le détruire, ce n'était pas mon idée. Il m'a rendu responsable de ses déboires chez October et va m'en vouloir à vie [10]. »

Pulp Fiction sortit sur les écrans le 14 octobre 1994. Le film ne fut pas distribué dans une poignée de salles avant de gagner de plus en plus de terrain au gré du bouche à oreille, comme c'est généralement le cas pour les films indépendants ; il sortit d'emblée dans mille cent salles aux quatre coins des États-Unis, et suscita un tel engouement que le fiasco de *Little Buddha* fut *illico* effacé des mémoires. « J'ai poursuivi le travail de

Marty Zeidman, raconte Jack Foley. Aucune salle n'était trop bien ou pas assez bien pour ce film, ou pour n'importe quel autre qui pouvait rapporter de l'argent. Les affaires sont les affaires. L'art est un produit comme un autre pour nous [11]. »

Le film rapporta 9,3 millions le premier week-end, un peu plus que *L'Expert*, le film de Sylvester Stallone distribué dans deux mille trois cents salles, et dont Kevin Smith pensait qu'il allait écraser *Pulp Fiction* – aux dires de Miramax. Les recettes américaines du film allaient atteindre 107,9 millions, le double de celles engrangées par *The Crying Game*, et 219,9 dans le reste du monde. C'était le premier film à passer la barre des 100 millions de dollars de recettes. « Personne ne l'avait vu venir, dit Smith. Miramax a eu assez de flair pour voir que le film allait cartonner [12]. » « C'était aussi le premier film à rapporter 100 millions à Bob et Harvey, ajoute Foley. C'est du délire, une somme pareille. En 1994, leur façon de penser a changé [13]. »

C'est sur la compagnie elle-même que *Pulp Fiction* a eu le plus d'impact, et par conséquent sur la direction prise par le cinéma indépendant durant le reste de la décennie. Ce n'est pas pour rien que Harvey appelle Tarantino « l'homme qui tombe à pic ». « Il me suffit de dire à un réalisateur que ma compagnie a fait *Pulp Fiction*, explique Harvey, y a rien à ajouter. Ce film nous a mis hors de danger [14]. » Il a transformé Miramax en superpuissance du milieu indépendant.

Tarantino a permis à Miramax de trouver sa voie. Un style *épate bourgeois*, un humour noir doublé d'une connaissance impressionnante de la culture populaire : Harvey voyait en lui tout ce qu'il rêvait d'être du temps où il s'essayait à la réalisation avec *Playing for Keeps*. Plus qu'un troisième frère, il était le fils que Harvey n'avait jamais eu. Le sentiment était réciproque. « Quentin adore Harvey [15] », explique Rick Hess qui, avant de rejoindre TriStar, était assistant chez William Morris, l'agence du réalisateur. « Pour Tarantino, Harvey est le maître de l'univers. » « Si j'avais envie de faire monter les enchères, explique Tarantino, certains paieraient n'importe quel prix pour collaborer avec moi, mais ça ne m'intéresse pas. Ce n'est pas qu'une histoire d'argent, c'est un tout : l'argent, l'autonomie, la liberté de créer. Je suis l'emblème de Miramax. En ce qui me concerne, Harvey peut venir tous les jours sur le tournage si ça lui fait plaisir : on se congratulera mutuellement [16] ! » Tarantino s'est vanté de mener les deux frères par le bout du nez, et à juste titre. « Harvey voyait en lui un moyen de passer au niveau supérieur [17] », ajoute Hess. Il se servait de la loyauté de Tarantino pour assommer ses agents. « Il les appelait, poursuit Hess, et les menaçait : "Si vous ne faites pas affaire avec moi, j'appelle Quentin et je lui dis de signer chez ICM." Mais Harvey n'est pas stupide, il ne voulait pas aller trop loin pour ne pas faire fuir la mascotte de sa société, alors il accédait aux principales exigences de Quentin. Les contrats de Tarantino, c'était du jamais vu. Énormes. Personne n'avait jamais obtenu un tel pourcentage sur les droits vidéo. »

Plus que tout autre cinéaste indépendant de cette génération, Tarantino suivait les traces des réalisateurs du Nouvel Hollywood, des fanas de culture populaire qui n'étaient encore que des gamins lorsque la fortune les avait touchés de sa baguette magique et transformés en princes de Beverly Hills. « C'est le seul à être digne de Martin Scorsese [18] », déclare Weinstein. « La véritable star de *Pulp Fiction*, c'était Quentin : il l'était plus que Bruce Willis, Uma Thurman ou Travolta, ajoute Smith. On croit rêver quand un réalisateur présente *Saturday Night Live* ! C'est énorme. À moi, personne ne m'a jamais dit que j'étais un génie – enfin, à part des types qui n'y connaissaient que dalle [19]. »

Après *Pulp Fiction*, l'ego de Tarantino enfla comme une baudruche. « Quentin est comme au paradis des cinéphiles, déclara Alexandre Rockwell à l'époque. Tout d'un coup, des femmes s'intéressent à lui alors que, peu de temps avant, elles n'auraient même pas voulu qu'il leur loue une cassette. C'est allé à une vitesse folle. » « Tony Scott et tous les grands réalisateurs l'ont adoubé en lui disant qu'il avait réalisé le film qu'ils rêvaient de faire, explique Hess. Les gens se prosternaient devant lui. On voulait se servir de son nom pour une chaîne de restaurants ! C'est assez effrayant, ça vous monte à la tête, ce genre de succès. Certains réalisateurs fuient tout ça, mais lui, il adorait et entretenait cette frénésie. Il trouvait ça "cool [20] !" » Quand, en balade à Los Angeles avec un copain, il trouvait un kiosque sur son chemin, il s'écriait : « Hé, si je ne fais pas la couverture de cinq magazines, ou si cinq articles de fond ne me sont pas consacrés, je te dois 10 dollars. Allez, on parie ! » Il feuilletait tous les magazines et concluait : « T'as vu, je te l'avais dit ! Y en a cinq [21]. »

Alors que beaucoup de jeunes embrassaient déjà la carrière de réalisateur pour de mauvaises raisons, la célébrité et la fortune que Tarantino obtint grâce à son film n'arrangèrent rien. D'après Jack Lechner, ancien directeur du développement chez Miramax, « l'engouement public et médiatique énorme a propulsé Tarantino au rang de star de la réalisation – aucun cinéaste indépendant n'avait jamais atteint ce niveau, même pas Soderbergh. Du coup, des gens qui n'avaient pas la même passion du cinéma que lui ont voulu suivre ses traces [22] ». On dit que l'imitation est la forme de flatterie la plus sincère : à ce compte-là, Tarantino est vite devenu le réalisateur le plus flatté de la planète. « Ça a toujours existé, même du temps du Festival de Sundance première période, où il arrivait qu'on voie dix films d'affilée qui utilisaient la recette "meules de foin-vagabond-petit village", poursuit Lechner. Pourtant, je n'ai pas vu beaucoup d'imitations de *Sexe, mensonges et vidéo*, tout simplement parce que, à l'époque, on ne se disait pas que c'était un bon moyen pour se remplir les poches et devenir célèbre. Cet état d'esprit est vraiment apparu avec *Pulp Fiction*[23]. »

Le film de Tarantino fit l'effet d'une bouffée d'oxygène dans le milieu indépendant. Bizarrement, l'ambition des Weinstein (produire des films d'auteur pour le public des multiplexes) n'était pas très éloignée de celle de Redford. Sundance aussi avait tenté d'allier cinéma indépendant et commercial, mais sans succès ; Redford était un puriste, ce qui le poussait à bannir tout film contenant le moindre élément commercial. En revanche, cela ne faisait pas peur à Miramax. Tarantino réalisait le rêve de Redford : son cocktail de cinéma d'auteur et de cinéma commercial donnait un film indépendant rentable. « Le cinéma de genre, c'est la bonne planque, explique Soderbergh. On peut jouer sur deux registres : le public vient voir un film avec des codes bien précis, s'adonne au plaisir d'une formule bien rodée ; et, en même temps, on peut aborder certains sujets plus sérieux sans paraître trop prétentieux ou ennuyeux[24]. »

Tarantino ouvrait une voie nouvelle aux cinéastes indépendants. Les studios ressortaient souvent aux cinéastes un peu ambitieux l'argument utilisé en 1971 par la Paramount pour convaincre Francis Ford Coppola de tourner *Le Parrain* (qui à l'origine s'inspire d'un best-seller minable) : « Rapporte-nous d'abord beaucoup de fric en faisant de la merde, ce qui te permettra ensuite de tourner ce que tu veux. Fais un film pour nous, et puis tu pourras en faire un pour toi. » On partait du principe que l'art et le commerce ne faisaient pas bon ménage. Le problème, c'est qu'après avoir goûté aux films commerciaux la plupart des réalisateurs renonçaient à faire un film plus personnel. « On me conseille sans arrêt de jouer dans tous ces films qui ne m'emballent pas, juste pour avoir accès à ceux qui m'intéressent », raconte Ethan Hawke, réalisateur et acteur qui doit lui aussi faire face à ce type de choix. « À la fin du tournage du *Cercle des poètes disparus*, je n'avais que dix-huit ans et j'assistais à une réunion chez Disney. Aux chiottes, je suis tombé sur David Hoberman [le directeur de Touchstone]. Il m'a dit : "Est-ce que tu as le courage d'être une vraie star ? Voilà, la véritable question. Est-ce que tu en veux vraiment ?" Le courage, pour lui, consistait à jouer le jeu des studios. Mais il y a un autre type de courage, celui de ne pas suivre les règles du jeu qu'ils imposent. On essaie de vous culpabiliser : "Alors, ça te satisfait d'être un artiste marginal ?" Moi, je ne marche pas. On ne voit pas tellement de stars internationales jouer dans des films sophistiqués, subversifs, stimulants. J'admire la performance de Tom Cruise dans *Magnolia*, mais je ne sais pas si j'aurais pu supporter les dix-huit autres rôles qu'il a dû interpréter pour en arriver là. Moi, je me sens un peu l'héritier de cette espèce de romantisme très années soixante-dix, anti-*establishment*. Je pense que notre génération se compromet trop. Il y a plein de jeunes acteurs aujourd'hui qui se font un paquet de fric, qui se laissent entraîner dans tout un tas de films, c'est effrayant. Si même les acteurs et les réalisateurs ont l'esprit capitaliste, où va-t-on [25] ? »

Mais il se trouve que, dans le cas du *Parrain*, l'art et le commerce ont fait très bon ménage. Coppola n'a pas simplement cherché à satisfaire le studio, c'est aussi un film très personnel qui nous touche tous, exemple réussi d'art populaire – bref : l'oiseau rare. Cela dit, il est plus courant de subir le même sort que Scorsese pendant les années quatre-vingt. Après l'échec de ses projets les plus personnels *(Raging Bull, La Valse des pantins)*, parfois à cause de leur ambition démesurée *(La Dernière Tentation du Christ)*, le cinéaste adopta plus ou moins la stratégie du 50/50 : un film pour les studios, un film pour lui (*After Hours* pour lui, *Les Nerfs à vif* pour eux). Il parvenait de temps à autre à donner à ses préoccupations une forme populaire – ce fut le cas avec *Les Affranchis*, en grande partie parce que le sujet abordé (la Mafia) était vendeur. Tarantino n'a pas été élevé à Little Italy, mais partage les mêmes obsessions que son idole : crime, drogue, violence. Il est le premier et l'unique réalisateur de sa génération capable de marcher sur ce fil-là, d'allier les deux conceptions opposées. Comme le dit Hawke, « ce qui est extraordinaire chez Quentin, c'est qu'il n'y a pas plus intègre que lui. Il a des goûts très commerciaux, tout simplement. Vous vous demandez pourquoi *Pulp Fiction* a cassé la baraque ? Ce type a fait un film sans véritable début, ni milieu, ni fin, qui fait référence au travail de Godard, qui enfreint tout un tas de règles, mais où les personnages brandissent des flingues et se shootent à l'héroïne : c'est quand même plus excitant que la plupart des films d'auteur qu'on a l'habitude de voir. Très peu d'auteurs ont envie de faire exploser la tête d'un type à l'écran. »

Pendant que les Weinstein faisaient leurs comptes, Hollywood, au bord de la faillite, commençait à leur faire les yeux doux. *Hudson Hawk, gentleman cambrioleur*, en 1991, et *Last Action Hero*, en 1993, avaient fait perdre beaucoup d'argent à Columbia TriStar, et *Waterworld* s'apprêtait à boire la tasse et à grever le budget de la Universal. Pour les studios, le chiffre « 100 millions de dollars » apparaissait plus souvent dans la colonne des débits que dans celle des profits. En 1991, Jeffrey Katzenberg publia le fameux communiqué dans lequel il appelait Hollywood à prendre des mesures drastiques pour juguler la hausse des prix. Un an plus tard, lorsque John Ptak, de chez CAA, présenta Harvey Weinstein au patron de Disney, il avait compris que l'industrie avait du plomb dans l'aile. Chaque studio pouvait consacrer environ 750 millions par an à la production d'une vingtaine de films, le minimum pour satisfaire les patrons de salles. Avec une moyenne de 75 millions par film, ça ne pouvait pas aller. Lorsque *Pulp Fiction*, qui n'avait presque rien coûté, dépassa les 100 millions de recettes, sans parler des 30 millions supplémentaires rapportés par les ventes vidéo, Hollywood changea d'avis sur les « petits indépendants minables », et une flopée de divisions dites « classiques » virent le jour pour tenter d'égaler le succès des Weinstein. Vu que les salaires des stars et les coûts publicitaires s'envolaient, certains dirigeants plus malins que d'autres comprirent soudain que les chiffres des recettes et les parts de marché – qui faisaient la une de la presse – n'avaient rien à voir avec les profits. Hess explique : « C'est à ce moment-là qu'ils se sont dit : "Merde, les films indépendants ne coûtent pas grand-chose, les coûts de développement – qui tuent les studios – sont négligeables, et le budget minime." Cela leur semblait tout d'un coup bien tentant [26]. » L'étincelle qui s'était allumée dans les yeux de Katzenberg en 1992 avait pris des allures de brasier deux ans plus tard, et cela ne pouvait échapper à personne, pas même aux dirigeants si accaparés par leur portable qu'ils en avaient le membre de Dil.

Quand les studios comprirent qu'ils pouvaient gagner gros en voyant petit, ils cessèrent plus ou moins d'acheter ou de tourner des remakes pour acheter, plutôt, des compagnies de distribution – c'est ce que fit Disney avec Miramax – ou créer leur propre branche distribution. Les Weinstein devaient soudain faire face à la compétition acharnée de leurs ennemis de toujours

– Sony Classics, Goldwyn, October et Fine Line –, mais aussi à celle de petits nouveaux comme Gramercy/Universal, Searchlight/Fox et même Paramount Classics. Comme de bien entendu, chaque studio souhaitait que sa compagnie de distribution devienne la « nouvelle Miramax ». À l'instar de Fine Line, les autres distributeurs, devenus plus agressifs – ils musclaient leur équipe achats de droits, distribuaient des chèques gros comme le bras, investissaient dans la production –, commençaient à copier les stratégies marketing et distribution de Miramax, sans parler des campagnes qu'ils entreprenaient pour la course aux Oscars.

Le succès des deux frères était tel que le milieu indépendant commençait à se remodeler à leur image. D'après Bingham Ray, « la prise de pouvoir de Miramax dans le milieu indépendant a commencé lorsque Harvey s'est mis à investir dans les spots de pub à la télévision, décision qui a desservi tout le monde. Les véritables indépendants sont exclus de la course, car ils n'ont plus les moyens de lutter. Par conséquent, de moins en moins de films sont produits. Et le public, de plus en plus restreint, ne voit que les films encore produits faisant l'objet d'un battage médiatique agressif. Quelle foutaise [27] ! » « Si votre petit film ne marche pas dès le premier week-end, ajoute James Schamus, il est retiré de l'affiche comme les grosses machines hollywoodiennes. C'est pourquoi il faut engloutir beaucoup de fric dans le marketing en ciblant Los Angeles et New York pour gonfler les recettes dès la sortie. Si ce n'est pas possible, autant mettre la clé sous la porte. D'un seul coup, on a eu besoin d'une compagnie capable de gérer ce genre de promotion à grande échelle. Il fallait suffisamment de personnel pour s'assurer que les films étaient diffusés, pour collecter l'argent des diffuseurs, faire en sorte qu'un grand nombre de copies soient distribuées, et pour réfléchir aux succès suivants. L'industrie indépendante s'est mise à produire des films à la chaîne, exactement comme Hollywood[28]. »

Alors que les studios misaient petit pour gagner gros, les indépendants se hissaient sur la pointe des pieds au niveau des studios ; en effet, si Hollywood rêvait de faire des affaires comme Miramax, Miramax et ses pairs enviaient les studios. Les indépendants perdaient petit à petit toute originalité, au grand dam des puristes, de plus en plus isolés. La convergence du cinéma commercial et indépendant provoqua une crise d'identité : les indépendants étaient devenus plus rentables, soit, mais avaient-ils perdu leur âme au change ? Pour décrire cette nouvelle réalité, on créa le concept d'« Indiewood ». Autre signe des temps, cette année-là, l'Independent Feature Project s'arrangea pour que des films bénéficiant du financement des studios – en d'autres termes les films Miramax – puissent concourir au prix de l'Esprit Indépendant, réponse de l'IFP aux Oscars.

Afin de protéger l'investissement, il fallait des stars à la mesure des sommes colossales englouties dans le marketing. Tout comme Miramax, les studios devaient protéger leurs arrières, et les Steve Buscemi furent vite remplacés par les Hugh Grant. Bien sûr, les films indépendants avaient redonné un coup de fouet à plus d'un acteur sur le déclin. Au moins depuis que, cinq ans plus tôt, *Drugstore Cowboy* avait permis à Matt Dillon de passer de la une d'*OK magazine* à des films (quasi) respectables. Mais il fallut attendre le milieu des années quatre-vingt-dix pour que le cinéma indépendant devienne un passage obligé dans une carrière, permettant aux acteurs – que ce soit Willis, Stallone (qui s'apprêtait à jouer dans *Copland*, de James Mangold), Pam Grier (prisonnière de l'enfer des séries B) ou Robert Foster (qu'on croyait mort) – de faire le ménage dans leur CV plombé par les grosses machines commerciales et de se refaire une virginité. En revanche, pas question d'obtenir une caravane aussi spacieuse qu'un compartiment de train, avec espace pour machine de muscu, ni d'emmener dans vos valises votre entraîneur, la gouvernante, le chef cuisinier ou vos meilleurs copains du lycée, même si cela devenait de plus en plus courant. Le cinéma indépendant était tout simplement bon pour vous, au même titre que le jus de carotte, les bains de boue ou une thalasso.

Pourtant, vu les recettes de *Pulp Fiction*, les stars refusaient de plus en plus souvent de baisser leur tarif, ce qui fit exploser les budgets des films indépendants, avec les conséquences que cela entraîne. « Les agents et les managers contribuent à cette surenchère, reconnaît Robert Newman, de chez ICM. Dès que les agents ont compris que ces films pouvaient être profitables à leurs clients, les prix ont flambé. Un film qu'on aurait pu tourner pour 2 millions en vaut 8 à présent, sans raison valable. Et un film qui ne devrait coûter que 8 millions en vaut 20. Et, quand on risque de perdre 8 ou 20 millions, on devient frileux, on cherche à protéger ses intérêts coûte que coûte. Un enjeu pareil, ça change la donne[29]. » Les intérêts des indépendants et de Hollywood se sont rejoints de plus en plus souvent en une espèce de juste milieu, pour former ce qu'Arthur Schlesinger Jr. a baptisé, dans un tout autre contexte, « le centre vital ». Grâce à Miramax, Sundance et les studios se trouvaient de plus en plus de points communs.

Pulp Fiction devint le *Star Wars* du milieu indépendant en montrant de quoi un film produit hors des studios était capable côté box-office. En plaçant la barre aussi haut, en modifiant les règles du jeu, le film poussa Miramax à se désintéresser des petits films pas commerciaux qui s'accommodent mal des stratégies marketing à la mode des studios, des vrais films indépendants qu'aiment à faire les cinéastes non-conformistes. « Le truc le plus incroyable, se souvient Allison Anders, ça a été le démarrage foudroyant de *Pulp Fiction* le week-end de sa sortie. On a tous pensé que c'était bien pour Quentin, et on a cru que c'était bon pour nous aussi. Mais en fait, cette victoire, c'était un peu le début de la fin pour nous autres, parce que très peu de films indépendants disposent de ce genre d'atouts[30]. »

Les concurrents de Miramax voulaient tous faire leur propre *Pulp Fiction*. « Les gros poissons ont un appétit proportionnel à leur taille, explique Geoff Gilmore, directeur du Festival du film de Sundance. Le but de Harvey, Bob Shaye, Amir Malin c'est de peser 100 millions de dollars. Aussi, modifient-ils leurs priorités. À votre avis, vont-ils privilégier un film capable de rapporter 4 millions ou un film qui peut en rapporter 20, voire 50[31] ? » Pour Anders : « Ils se sont mis en tête de reproduire le succès du film de Quentin... Ça a été fatal aux films sortant du cadre du cinéma de genre, aux films "à personnages"... aux histoires qui prennent leur temps, sans violence et sans star internationale... Ça a détruit le rêve que nous avions au début des années quatre-vingt-dix. »

Bien que *Pulp Fiction* ait fait de l'ombre à tous les films de Miramax sortis en 1994, plusieurs autres films s'en sortirent bien, en particulier *The Crow*, la trilogie *Bleu, Blanc, Rouge*, de Kieslowski, et *Coups de feu sur Broadway*, de Woody Allen, premier des quatre films issus de la collaboration du réalisateur avec Miramax. L'année fut exceptionnelle, à la fois en termes de profits et de diversité des films distribués, si bien que les Weinstein passaient pour des génies – y compris à leurs propres yeux. Pour reprendre la formule de Matthew Cohen, vice-président du département publicité et architecte de la campagne de *Pulp Fiction* : « À l'époque, Miramax se croyait invincible, avait l'air invincible, était tout simplement invincible[32]. »

À COURT TERME, le film de Tarantino, tout comme *La Leçon de piano* et d'autres films achetés par les Weinstein après la fusion avec Disney, donna de l'assurance aux deux frères. Faire sauter la banque avec un film aussi scabreux que celui-là les autorisait à continuer dans la même veine en achetant des films sombres comme *Exotica*, d'Atom Egoyan, *Créatures célestes*, de Peter Jackson, ou *Fresh*, de Boaz Yakin, tous sortis en 1994. Mais brusquement, peu après la première du film de Tarantino à New York, Katzenberg démissionna : il venait de perdre la bataille pour succéder à Frank Wells après le décès accidentel de ce dernier. Avec le départ de Katzenberg, la lune de miel entre Disney et Miramax, fondée sur l'amitié des trois hommes et le succès des deux frères, s'acheva. Cela dit, la relation entre Katzenberg et les Weinstein n'avait pas toujours été forcément cordiale. « Bob m'a engueulé, une fois, raconte Katzenberg. Je lui ai dit : "Bob, tu peux toujours gueuler, mais ne va pas trop loin. T'as pas intérêt à me menacer, c'est tout. Avec moi, ce qui est dit laisse toujours une trace[33]." »

Au bout de quelques mois, Katzenberg demanda à son directeur du marketing et de la distribution, Dick Cook, de s'occuper de Miramax. Cook, homme doux et courtois au visage de chérubin, travaillait à l'ancienne, comme du temps de Disney avant l'arrivée d'Eisner. Il n'était pas le mieux placé pour traiter avec les Weinstein, qui se considéraient comme les égaux d'Eisner et n'étaient pas prêts à se soumettre à des gens comme lui. Bob Weinstein et Cook faillirent même en venir aux mains un jour. « Bob a vraiment pourri notre relation avec Dick, se souvient Harvey. Étant donné que c'est mon frère, j'ai dû choisir son camp. Je me suis retrouvé dans une position impossible qui m'empêchait de coopérer avec Dick, contre mon gré. Dick aurait pu nous être utile mais, très franchement, Bob a tout gâché[34]. »

Comme Cook et les deux frères se détestaient, Katzenberg demanda à Bill Mechanic, alors directeur de la branche vidéo internationale, de s'en occuper. Mechanic était un homme d'affaires, passionné de chiffres, mais franc ; il connaissait les Weinstein de longue date. D'entrée, il fut obligé de tancer Bob pour avoir manipulé les chiffres des profits. D'après lui, Disney a découvert que Bob « avait gonflé les chiffres ; j'ai dû le convoquer pour lui expliquer qu'il appartenait désormais à une entreprise cotée en bourse, que donner des informations incorrectes tombait sous le coup de la loi et violait les règles instaurées par la Securities and Exchange Commission. J'ai dit : "Je refuse d'aller en taule à ta place, alors…" Mais il s'est contenté de nier[35]. »

Faire en sorte que les pratiques commerciales de Miramax soient conformes au modèle Disney constituait l'une des missions de Mechanic. En gros, c'était aussi simple que de faire entrer la Russie postcommuniste dans l'économie de marché. D'après Mechanic, Miramax n'avait pas prévu de primes de retraite pour ses employés. Encore une fois, il leur fit la leçon : « C'est obligatoire. Ne vous en faites pas, personne ne reste suffisamment longtemps pour en bénéficier, de toute façon[36]. » Et en effet, « personne ne passait plus de trois ans dans la compagnie, explique Mechanic. Les Weinstein se contentaient de presser leurs collaborateurs comme des citrons, alors les primes de retraite n'avaient aucune valeur. »

Mechanic quitta Disney à l'automne 1994 (pour devenir P-DG de la Fox) ; puis ce fut au tour de Katzenberg. Les Weinstein passèrent sous le contrôle de son remplaçant, Joe Roth, ancien directeur de la production à la Fox. Facile à vivre, il était aussi décontracté que son prédécesseur était stressé. Il mettait un point d'honneur à boycotter les costumes, refusait de porter une cravate – c'était son signe distinctif – et avait la réputation d'aimer les artistes. Roth admirait les deux frères, au moins en principe. « Ce qui coûte le plus cher dans l'industrie du film, outre le tournage, ce sont les spots publicitaires, explique-t-il. Ils ne suivaient pas les règles. Là où ils étaient géniaux, c'est qu'ils attendaient de voir si le film allait marcher avant d'engloutir 20 millions en publicité. Sur la quarantaine de films qu'ils sortaient annuellement, seuls quatre ou cinq bénéficiaient d'une très large diffusion. Aucun de leur film ne perdait 30 ou 40 millions. Ce n'était pas le cas des studios, dont quatre ou cinq films se trouvaient dans cette situation chaque année. Et eux avaient au moins un grand succès par an[37]. »

À peine Roth eut-il remplacé Katzenberg qu'il se rendit à New York en compagnie de Chris McGurk pour déjeuner avec les Weinstein. Pour les deux frères, Roth était l'inconnue de l'équation. Ils se méfiaient de lui, cherchaient une bonne raison de le détester. Bien sûr, le fait que les deux frères auraient souhaité remplacer Katzenberg n'arrangeait rien : ils avaient proposé à Eisner de s'occuper de la branche cinéma de Disney, mais le patron avait refusé. Harvey nie, mais ses propos sont très révélateurs : « Je suis persuadé que si on nous avait confié la branche cinéma, nous l'aurions rendue plus rentable en réduisant les coûts[38]. » Les quatre hommes déjeunèrent au Tribeca Grill, dans l'enceinte du Tribeca Film Center, où se trouvaient les bureaux de Miramax. « Vous savez, en vous donnant un peu de mal, votre compagnie pourrait facilement vous rapporter 100 millions par an[39] », lança Roth innocemment, pour les amadouer. Toujours prêt à mal interpréter les propos des gens, Bob se mit à hurler : « Comment osez-vous nous mettre une telle pression ?

On fait déjà du bon travail, foutez-nous la paix. » Roth garda son calme, ne releva pas. Il tenta de l'interrompre plusieurs fois et finit par déclarer : « Vous avez fini ? Je sais que vous n'avez rien contre moi, que vous en voulez à Michael et Jeffrey mais que vous allez vouloir me faire porter le chapeau. Je veux vous donner plus de liberté. Je ne vais pas me mêler de vos décisions. Dans deux ans, vous ne vous souviendrez même plus de Jeffrey. » « C'était la première fois que je les rencontrais, se souvient-il aujourd'hui. Je voulais leur faire un compliment, et Bob a disjoncté. »

Les Weinstein passèrent la journée avec les deux dirigeants de chez Disney et finirent chez Elaine's à 1 heure du matin. Avant son départ, Katzenberg avait promis aux deux frères qu'ils pourraient prendre la direction de Hollywood Pictures, la division de production de Disney qui connaissait des difficultés. (On la surnommait « le sphinx qui a du plomb dans l'aile », à cause de son logo.) Ç'aurait été un gros coup, qui aurait permis aux deux frères de se lancer dans des productions plus coûteuses. Mais Eisner leur préféra Michael Lynton, malgré son manque d'expérience dans le domaine. On disait que les mères d'Eisner et Lynton étaient amies, membres de la mafia de Park Avenue. McGurk avertit Roth qu'il allait y avoir du grabuge, mais, n'ayant pas encore pris la mesure du problème, celui-ci le rabroua : « On pourra peut-être modifier le contrat, donner aux frères la possibilité de produire deux films par an pour Hollywood Pictures ; ils toucheront un cachet de producteur, un pourcentage, et le tour est joué. » McGurk leva les yeux au ciel et s'exclama : « Ouais, c'est ça ! » Bien sûr, les deux frères n'avaient pas oublié la promesse d'un si joli cadeau. « Quid de Hollywood Pictures ? » grommela Harvey en plein dîner. « Je sais que vous aviez envie de vous en occuper, mais, autant être honnête, nous avons décidé de donner le poste à Michael Lynton, répondit Roth, mal à l'aise. Ne vous en faites pas, nous allons modifier l'accord. » On voyait littéralement de la fumée sortir des oreilles de Harvey, et sa tête enfler, à la limite de l'explosion, scène digne de *Scanners*, de David Cronenberg. Il se mit à hurler : « Vous êtes en train de me dire que Michael Eisner et vous pensez que ce petit con de Michael Lynton peut faire du meilleur boulot chez Hollywood Pictures que mon frère Bob et moi ? C'est ça ? » Roth, qui ne savait pas quoi dire, fit machine arrière : « J'ignorais que ça vous tenait à cœur à ce point, bredouilla-t-il, il va falloir qu'on en reparle. » « Tu sais, Chris, quand j'ai accepté ce boulot, j'avais complètement oublié Harvey et Bob ! » s'exclama Roth dans la limousine qui les ramenait au St. Regis.

Roth avait été chargé de remettre à flot la division fiction de Disney, en grande difficulté, mais passa son temps à désamorcer des situations explosives dont les Weinstein étaient la cause. « Quand on m'annonçait que [les patrons d'ICM] Jim Wiatt et Jeff Berg étaient au bout du fil, je savais tout de suite que Harvey les avait menacés de faire signer leurs clients chez William Morris ou CAA à moins que quelqu'un ne travaille gratuitement, que quelqu'un ne soit viré d'un film, qu'un client ne soit délivré de ses obligations, ou autre chose de ce goût-là. Nos autres collaborateurs n'avaient aucun mal à respecter les règles. Harvey et Bob voulaient toujours avoir affaire directement à Michael. C'était difficile à gérer pour moi : ils essayaient sans arrêt de saper mon autorité[40]. »

Roth ne les supportait plus, alors il demanda à McGurk, qui les aimait bien, de traiter avec eux. Celui-ci prit fait et cause pour eux contre leurs nombreux détracteurs. « Personne n'arrivait à la cheville de Harvey du point de vue artistique, et Bob était imbattable en affaires, dit-il. Pour eux, tout se résumait à la passion du cinéma et à la passion de l'argent. C'est ce qu'il y avait de génial chez eux, mais les gens ne le voyaient pas, parce qu'ils n'avaient pas le profil de l'homme d'affaires ou de l'avocat type. Quand on arrivait à les amener sur l'un de ces deux terrains, on pouvait avoir une conversation constructive avec eux, résoudre les problèmes et passer à autre chose. Mais tant que vous n'aviez pas compris ce point, autant essayer de traiter avec Attila et son frère cadet. C'était le bras de fer permanent. Je me sentais vraiment seul quand j'essayais de les défendre chez Disney. »

Aux yeux des employés de Miramax, les cadres de Disney passaient pour des bureaucrates arrogants qui ne cherchaient qu'à leur apprendre leur boulot. « La machine bien huilée de Disney essayait de s'implanter à Chaosville, se souvient Foley. Ces types passaient leur temps à nous dire quoi faire. Ils ont demandé un audit, et il faut savoir que les experts-comptables de chez Disney sont les bureaucrates les plus tatillons, machiavéliques et ridicules qu'il vous sera jamais donné de rencontrer. Ils ont essayé de nous écraser [41]. »

Eisner soutenait Harvey, mais, d'après Roth, « ils se ressemblaient suffisamment pour ne pas pouvoir se supporter. Ils ont eu quelques disputes mémorables [42]. » Une année, les deux frères se pointèrent à un séminaire d'entreprise affublés de tee-shirts portant l'inscription « Financièrement irresponsable », parfait résumé de leur attitude. « À la base, Miramax était conçue pour être autonome et ne respecter aucune règle, continue McGurk. Pour les dirigeants de chez Disney, c'était une compagnie hors-la-loi qui faisait son beurre sur leur dos et les faisait passer pour des incapables parce qu'elle se débrouillait si bien ; ils détestaient cette situation [43]. » « Miramax agissait comme si elle était en compétition avec Disney, ajoute Roth, et Cook avait l'impression de devoir soutenir un concurrent [44]. » Par exemple, lorsque Harvey et Bob préparaient le calendrier de sortie de leurs films, ils ne prêtaient jamais attention à celui de Disney. Il arrivait souvent que les films sortent le même jour que ceux de la compagnie mère. « Ils ne s'en souciaient que lorsque nous risquions de leur causer du tort, explique Roth. Dans ces cas-là, ils nous appelaient, nous suppliaient, faisaient des pieds et des mains pour que l'on modifie notre calendrier. » D'après Rob Moore, vice-président du service financier de Disney, les choses étaient simples pour les Weinstein : « Ils aimaient les gens qui leur rendaient service et détestaient les autres. Soit vous étiez leur meilleur ami, soit ils voulaient vous faire la peau. Avec eux, c'est tout blanc ou tout noir[45]. »

Presque tous les employés à qui les Weinstein avaient affaire, les bureaucrates du milieu de l'échelle, ceux du département droits étrangers – droits cinéma, télé et vidéo –, avaient à peine plus de respect pour eux que pour un chien. C'était comme si les cousins de province avaient débarqué. Ils étaient forcés de prendre en charge des produits qu'ils détestaient, à des années lumière de ceux de Disney. Ils trouvaient que cela les affaiblissait ; au mieux, c'était agaçant, au pire cela cannibalisait l'entreprise. « La marque Miramax n'avait aucune identité propre, déclare un ancien dirigeant de chez Disney. Le packaging était minable, les bandes-annonces aussi ; personne ne connaissait leurs films parce qu'ils n'étaient pas distribués dans les petites villes de l'Amérique profonde. En plus, Harvey et Bob étaient de sales cons au téléphone. Imaginez que vous soyez représentant de Buena Vista Home Video et que votre salaire soit proportionnel aux ventes que vous réalisez, est-ce que vous allez privilégier *Le Roi Lion* ou *Le Cuisinier, le voleur, sa femme et son amant ?* La branche vidéo de Miramax, c'était une crotte collée sous sa chaussure dont on n'arriverait pas à se débarrasser[46]. »

Disney faisait appel à Technicolor pour la fabrication des cassettes. Alors que sa compagnie était soixante fois plus petite, Bob parvint à obtenir de meilleurs tarifs pour Miramax, ce qui permit à Disney de renégocier son propre contrat ; la compagnie fit ainsi une économie de plusieurs millions de dollars. Eisner accepta de verser aux Weinstein une prime de 8 millions, causant beaucoup de rancœur chez ses autres employés. « J'ai cru que c'était une blague, raconte un ancien employé de Disney. Certains d'entre nous faisaient faire des économies de plusieurs millions à la compagnie sans pour autant percevoir de prime. Ça faisait partie du boulot, c'est tout. Cette histoire prouve que, malgré ses déclarations musclées, Michael avait peur de ces types ; il avait peur de les mettre en colère ou qu'ils aillent voir ailleurs[47]. »

L'année où Disney fusionna avec Miramax, le rachat de New Line coûta 505 millions de dollars à Ted Turner, plus de sept fois le prix de Miramax ; c'était une autre cause de mécontentement pour les deux frères. Ils étaient verts de jalousie. C'était comme si Bob Shaye était soudain devenu milliardaire et que les deux frères s'étaient simplement dégoté un boulot. Cela donnait aussi raison à John Schmidt, qui leur avait conseillé d'ouvrir le capital de la compagnie tant qu'ils en avaient la possibilité : New Line avait saisi cette opportunité en 1986 et récolté au passage 4,5 millions en liquide. « Le contrat conclu par New Line les a énervés, se souvient Moore. Et puis, les Weinstein se sont appuyés sur un ou deux succès pour dire qu'ils n'étaient pas satisfaits de leur contrat[48]. » « Pendant tout le temps où j'ai travaillé chez Disney, ils n'ont pas arrêté de renégocier ! explique Roth. Avec ces mecs-là, l'affaire n'est jamais vraiment conclue[49]. »

Les manœuvres entre les deux compagnies prirent vite l'aspect des pourparlers entre Israéliens et Palestiniens. Les menaces volaient de part et d'autre. Les deux frères menaçaient d'aller rejoindre Katzenberg chez DreamWorks. Ce à quoi Disney répondait : « Allez-y, dégagez, on embauchera un des nombreux troisièmes frères Weinstein, Scott Greenstein, par exemple[50]. »

« Ils ont fait tourner McGurk, Dick Cook et Roth en bourriques ! raconte un ancien employé haut placé chez Disney. D'après moi, ils prenaient un malin plaisir à se montrer ingrats, et c'est encore le cas aujourd'hui. Ça entretient l'illusion d'indépendance, l'illusion de ne pas avoir vendu son âme à un grand conglomérat. Pourtant, ils ont bel et bien sacrifié leur liberté pour l'argent. J'ai annoncé la couleur d'entrée : hors de question de lever le petit doigt pour ces gars-là. Pour moi, ce ne sont que des fauteurs de trouble, ils n'ont aucun respect, et je n'ai jamais compris ce que les gens leur trouvaient de si génial[51]. »

*

LE CRU PARK CITY 1995 fut *assez* bon. Le film phare ne faisait même pas partie de la compétition ; il fit l'objet d'une projection confidentielle à l'Egyptian, un soir à minuit. C'était *Kids*, de Larry Clark, et les attentes du public, venu en masse, ne furent pas déçues.

Gus Van Sant était producteur exécutif du film. Il avait fait la connaissance de Clark en 1993 à San Francisco pendant le montage de *Even Cowgirls Get the Blues*. Il connaissait son travail depuis la fin des années quatre-vingt – à l'époque, Van Sant préparait *Drugstore Cowboy*. La série de photos baptisée *Tulsa*, réalisée vingt-cinq ans plus tôt et qui mettait en scène des gamins en train de se shooter, avait inspiré à Martin

Scorsese et Paul Schrader le scénario de *Taxi Driver*. *Teenage Lust*, une autre série, avait exploré la même veine. *Kids* devait être le premier film de Clark, et Van Sant avait accepté de le produire. Mais, de son propre aveu, il n'était pas fait pour la production et, après avoir essuyé plusieurs refus, il commença à se désintéresser du projet et à se consacrer à son film suivant, *Prête à tout*.

Peu après, Christine Vachon reçut un coup de fil d'une productrice britannique qui lui expliqua, dans un accent cockney à couper au couteau : « Je connais un gamin génial, Harmony Korine ; il doit avoir dix-huit ou dix-neuf ans et il a écrit un scénario qu'un photographe a envie de mettre en scène [52]. » Elle résuma le script, c'était du Larry Clark tout craché : une histoire scabreuse, le portait sans fard d'un groupe d'adolescents alcooliques et drogués qui errent sans but dans la chaleur d'un été new-yorkais, en pleine épidémie de sida. Peu soucieux du danger, les garçons ne pensent qu'à dépuceler des gamines les plus jeunes possibles. « Leur idée d'une relation sexuelle sans risque, c'est de coucher avec des filles vierges [53] », précise Clark. Telly, que ses copains ont surnommé « le chirurgien pour pucelles » emballe une gamine de treize ans. À part ça, ces gosses passent leur temps à boire du whisky, à pisser dans la rue, à donner des coups de pieds aux chats du quartier et à voler. Ça semblait tout à fait dans les cordes de la productrice, intriguée par le projet. Comme son père était photographe, elle connaissait parfaitement le travail de Clark.

En mai 1993, juste après le rachat de Miramax par Disney, le script arriva entre les mains de Mark Tusk, qui le fit circuler. Il y eut consensus : c'était tout à fait leur genre de film, le budget leur convenait, il fallait le faire. À peu près au même moment, Cathy Konrad avait aussi eu accès au script par l'intermédiaire d'une amie. Jeune femme noueuse et séduisante qui ne s'en laissait pas compter, elle dirigeait à l'époque la compagnie de production de Cary Woods, Woods Entertainment. « Mon amie m'a dit que le script était très sombre, scabreux, se souvient-elle, qu'elle n'avait même pas pu aller au bout, que ça l'avait dégoûtée, qu'elle l'avait détesté, mais qu'à moi ça me plairait sûrement. D'après elle, le scénariste avait beaucoup de talent. Je l'ai lu et j'ai trouvé ça incroyable, cru, fascinant, différent de tout ce que j'avais pu lire jusque-là [54]. »

Woods et Konrad pensaient pouvoir collaborer avec Miramax. « On n'arrêtait pas de parler de Miramax parce que c'était la seule compagnie à miser sur les films dérangeants de cinéastes débutants, se souvient Konrad. Tout d'un coup, ces réalisateurs avaient d'autres options que celle d'hypothéquer la maison de leurs parents pour tourner leurs projets. »

« Miramax devait nous prêter l'argent pour faire *Kids*, raconte Clark. Harvey m'a pris par l'épaule et m'a dit : "C'est toi ma nouvelle star, mon nouveau poulain. On va faire ton film." Il devait me prêter un million de dollars. Et puis, tout d'un coup, il a tout laissé tomber. C'était bon et, le lendemain, pouf ! ça ne l'était plus. En fait, ils venaient d'être rachetés par Disney et ils ont flippé [55]. » Gladstein appela Vachon : « Si ça ne tenait qu'à moi, on ferait le film, lui expliqua-t-il. Mais ce sont Harvey et Bob, les patrons [56]. » Vachon eut l'impression qu'ils tentaient de la mettre sur la touche, que le script était trop osé pour eux, qu'il allait donner une mauvaise image de la compagnie. D'après elle, ils ne souhaitaient plus faire ce genre de films, désormais. Elle appela Clark : « Écoute, j'ai toujours envie de faire ton film mais je n'ai pas de maison de production pour me soutenir ; je suis seule et je dois aller sur le tournage de *Safe*, de Todd Haynes, à Los Angeles. » Quelques semaines plus tard, Clark la rappela : « Je crois qu'on a trouvé un type qui peut nous trouver l'argent. Un certain Cary Woods. Ça te pose un problème ?

– Si tu arrives à trouver le financement, fonce », répondit Vachon.

Woods avait fait la connaissance de deux fils à papa apprentis investisseurs de vingt-quatre ans ; l'un d'eux était prêt à claquer 10 millions dans un film. Woods avait d'abord eu l'intention d'investir la somme dans *The Devil Inside*, d'Alexander Payne, plus tard rebaptisé *Citizen Ruth*, mais changea d'avis lorsqu'il tomba sur *Kids*. Il trouverait bien un autre moyen de produire le film de Payne. (Woods prétend que le scénario de Payne n'était pas prêt, contrairement à celui de Clark.) Les préparatifs de *Kids* commencèrent pendant l'été 1994 ; en plus de Woods et Vachon, le film comptait six autres producteurs.

Clark insistait pour engager des acteurs non professionnels et obtint gain de cause – à part pour le rôle interprété par Chloë Sevigny. D'après Vachon, le tournage vira au cauchemar. Quand c'est le cas, c'est souvent la faute des acteurs ; mais cette fois, les deux réalisateurs, Clark et Korine, étaient en cause. Toujours selon Vachon, Clark n'avait aucune expérience ; il était paranoïaque, persuadé qu'on voulait le virer. Il pensait que les gens étaient « tous des branleurs », raconte Vachon. Il cherchait sans arrêt une bonne raison de détester quelqu'un, finissait toujours par en trouver une, et exigeait alors que ce quelqu'un – une femme le plus souvent, puisqu'il semble beaucoup mieux s'entendre avec les hommes – soit viré. D'après Clark, Vachon « avait l'habitude de guider pas à pas les réalisateurs débutants. Le premier jour de tournage, elle m'a fait quelques suggestions et je lui ai répondu : “Écoute, j'apprécie, mais tes suggestions ne m'intéressent pas, je n'ai besoin ni de ton aide ni de tes commentaires. Je me débrouille très bien tout seul." Tout le monde avait l'air de penser que je ne savais pas ce que je faisais, que je filmais de trop près, que je ne tournais aucun plan large, aucune scène d'introduction. Mais moi, je disais : "C'est pour ça que vos films débiles se ressemblent tous. Ce sont des clones. Laissez-moi faire mon film tranquillement." Par la suite, Christine m'a laissé faire, m'a aidé. Elle faisait son possible pour que j'obtienne tout ce que je voulais. J'ai adoré bosser avec elle [57]. »

On parlait déjà beaucoup de *Kids*, et, une fois, le tournage fini, Woods le montra à Harvey. Il savait que le film serait interdit aux moins de dix-sept ans et que Miramax était la seule compagnie sur terre qui oserait le distribuer. Mais il était également conscient que Harvey aurait peut-être les mains liées à cause de Disney. Miramax avait déjà refusé le script. Il se dit que si Michael Eisner voyait le film, ce serait fini. La séance eut lieu à midi chez Todd-AO, dans Midtown, à un jet de pierre de la Neuvième Avenue. « Waouh, bravo, c'est un sacré film que tu as là ! s'exclama Weinstein. Qu'est-ce que tu vas en faire [58] ?

– On a été sélectionné à Sundance ; je me disais que j'allais aller y faire un tour pour tâter le terrain, faire monter les enchères.

– Et moi, alors ?

– Écoute, Harvey, tu veux que je te parle franchement ? » Woods connaissait assez bien Harvey pour savoir comment le prendre. « En tant qu'ami, voilà ce que je te dirais : tu fais partie de la famille Disney, tu t'en sors très bien, tu es bien trop riche… Pourquoi te compliquer la vie avec un film pareil ? D'un autre côté, la compagnie qui va distribuer ce film va devenir le nouveau Miramax ! » Woods venait de prononcer la formule magique, plus efficace encore que « Goldwyn est intéressé » ou « Fine Line m'a fait une proposition ». Harvey n'était pas prêt à laisser une autre compagnie voler la vedette à Miramax. « Sois dans mon bureau à quinze heures », ordonna-t-il. Ce jour-là, Harvey acheta les droits internationaux de *Kids* pour 3,5 millions de dollars.

Harvey souffrait littéralement de schizophrénie : conscient des réserves de Disney à l'égard de projets comme *Kids*, il avait refusé de le produire, mais il ne pouvait s'empêcher d'acheter les droits du film. « C'était un truc digne de *Dr Jekyll et Mr Hyde*, explique Lechner. Harvey n'aurait jamais produit *Le Cuisinier, le voleur...*, tout en étant parfaitement conscient de la valeur du film. Même chose avec *Kids* : il ne l'aurait jamais produit, mais il était prêt à en faire l'acquisition[59]. »

Outre *Kids*, étaient présents à Sundance cette année-là *Safe*, de Haynes, *Usual Suspects,* de Bryan Singer, *Ça tourne à Manhattan*, de Tom DiCillo, *The Doom Generation*, de Gregg Araki, *An Awfully Big Adventure*, film traitant de l'inceste réalisé par Mike Newell. *Les Frères McMullen* remporta le grand pix du Jury et rapporta 10 millions à Fox Searchlight grâce à son succès public. Mais c'était un film mollasson et sentimental qui essuya pas mal de critiques désobligeantes. « Ed Burns et *Les Frères McMullen* ont signé l'arrêt de mort du cinéma indépendant, estime Kevin Smith. C'est le genre de films que tournent les studios et qui a autant de personnalité qu'une glace à la vanille sans marque. Tout le monde voulait désormais tourner sa version des *Frères McMullen*, son navet-bon-marché-mais-bourré-de-tendresse, capable de toucher le grand public tout en passant pour un film indépendant. Même Harvey a proposé à Burns de collaborer avec Miramax. J'ai mis un an à m'en remettre[60]. »

La valse folle des employés de Sundance s'était un peu calmée, au moins pour un temps. La fondation reposait sur les épaules de Gilmore, Michelle Satter et

Nicole Guillemet, la directrice. Cependant, les vieux démons ressurgissaient. « C'était le bazar, explique Cathy Schulman. Comme les employés ne gagnaient pas un centime, ils luttaient âprement pour le pouvoir et pour entrer dans le cercle de Redford. Gilmore, Beer et Guillemet bataillaient dur pour pouvoir dîner avec lui [61]. » À de rares exceptions près, Redford était bien connu pour souffler le chaud et le froid sur les gens, et son entourage – composé d'une poignée de groupies éhontées et de quelques flagorneurs – était en perpétuelle mutation, au gré de ses humeurs. À Sundance, on les appelait « ceux qui murmurent à l'oreille de Redford. » D'après Sterling Van Wagenen, « Bob est très manichéen. Tout d'un coup, il décidait qu'un collaborateur n'avait pas le mystérieux "esprit Sundance", et il n'était pas facile de lui dire en face qu'il avait tort. Soit on est avec lui, soit contre lui et, dans ce cas, inutile d'espérer recevoir une invitation au dixième ou vingtième anniversaire du festival, ou de voir les annales de la fondation saluer votre contribution. Une fois qu'on passe dans l'autre camp, c'est fini [62]. » À quelques exceptions près, ceux qui s'en sortent le mieux et conservent leur poste le plus longtemps sont ceux qui évitent de jouer le jeu de Redford, les collaborateurs suffisamment modestes pour se contenter de rester en coulisse au lieu de tenter de lui voler la vedette.

Malgré l'accalmie ressentie sur le front Sundance au milieu des années quatre-vingt-dix, Redford restait égal à lui-même, plus « passif agressif » que jamais, toujours allergique aux conflits, si bien qu'il était presque impossible de connaître son opinion sur un projet et, dans le cas où il ne l'aimait pas, difficile de savoir à quel point. Courtois, il faisait invariablement précéder ses remarques d'un compliment, et enrobait ses critiques avec tant de soin que vous pouviez quitter la pièce en pensant qu'il appréciait votre travail, alors que c'était tout le contraire. Il disait des choses du genre : « L'idée me plaît, mais j'ai une question [63]. » Puis il fronçait les sourcils et passait une main dans ses mèches cuivrées et rebelles, avant d'ajouter un « étudions la question », « il faut qu'on se voie pour en parler » ou « on en reparlera plus tard ». Son interlocuteur, tout chose, rêvait à leur prochaine rencontre. Mais comme « plus tard » n'arrivait jamais, les décisions s'en trouvaient retardées et les tentatives pour le contacter restaient vaines parce qu'il était toujours en tournage, qu'il avait autre chose à faire ou n'était tout simplement pas disponible. Et quand il finissait par prendre une décision, elle consistait souvent à remplacer le responsable dont il aimait (ou n'aimait pas) le travail. Ce double langage donnait à ses collaborateurs l'impression de marcher sur des sables mouvants.

À l'occasion de ses rares apparitions, la star se fendait de quelques déclarations sibyllines avant de s'évanouir de nouveau dans la nature. Ses collaborateurs n'avaient plus qu'à lire dans le marc de café pour tenter d'interpréter ses paroles. « Il partait en tournage plusieurs mois d'affilée, raconte un ancien employé, en vous laissant complètement livré à vous-même. Si dans l'intervalle vous aviez pris trop d'initiatives, parce que vous pensiez que c'était bon pour la fondation, à son retour, ça lui posait un problème [64]. » Il était comme ces maris qui partent souvent en voyage d'affaires prolongé en laissant à leur chère petite femme le soin de s'occuper de la maison et des enfants, et qui demandent le divorce en s'apercevant à leur retour qu'elle a bougé leur fauteuil préféré ou changé le tapis.

Redford était toujours aussi méfiant, et même peut-être davantage depuis que sa famille l'avait trahi – il n'a jamais pardonné à Van Wagenen d'avoir essayé de lui « forcer la main ». Alors il commença à s'entourer de collaborateurs profondément croyants, risque inhérent sans doute à la vie dans l'Utah. L'un de ses plus anciens associés, Reg Gipson, est fils de missionnaire, et, au milieu des années quatre-vingt-dix, Redford confia à Gordon Bowen, pittoresque et brillant publicitaire, les rênes du département publicité du groupe Sundance. Bowen s'était rendu célèbre par des spots qui jouaient sur la corde sensible des spectateurs. Il sut écouter Redford et donner vie à ses idées mais, d'après certains, il ne fit qu'aggraver le problème : il avait des idées à la pelle mais ne mettait rien en pratique. Bowen vous couvrait de compliments puis, comme Redford, disparaissait dans la nature. Il laissait tout le monde en plan au beau milieu d'une réunion à New York, prenait un taxi pour l'aéroport, et s'envolait pour Salt Lake City, où il vivait.

En d'autres termes, plus ça changeait, plus ça restait la même chose. Le festival de Gilmore et les séminaires de Satter marchaient du feu de Dieu, mais Redford se plaignait amèrement du catalogue, de la station et d'autres « entités ». Comme Redford adore se plaindre, on pouvait mettre certaines de ses doléances sur le compte de ce défaut. « Quelle que soit votre position, dès que vous gravitez autour de Bob, il trouve moyen de se plaindre de vous, observe Van Wagenen. Pour se sentir à l'aise avec quelqu'un, il doit découvrir ses faiblesses ; les moindres faits et gestes des gens sont scrutés en permanence. Bob est sans arrêt en train d'analyser ce que font les gens, leurs motivations, leurs points forts et leurs points faibles. Ça fait partie du boulot de l'acteur d'analyser le personnage qu'il interprète, mais au bout d'un moment on se dit qu'il ferait mieux de laisser tomber, de donner leur chance aux gens, de se concentrer sur leurs qualités plutôt que sur leurs défauts [65]. » « Bob est un éternel insatisfait, chez lui c'est pratiquement génétique, observe un ancien employé de Sundance. De son propre aveu, la première victime de son insatisfaction, c'est lui. Il exige tellement de lui-même que c'en est triste. Il se trouve coincé, pédant et rasoir. Il fait un complexe d'infériorité[66]. » Cela dit, le festival avait de véritables problèmes : les éternels doutes concernant la santé financière de Sundance étaient sur le point de refaire surface.

LORSQUE LA SAISON DES PRIX fut venue, Tarantino remporta le gros lot à la cérémonie des Los Angeles Film Critics et à celle de la National Society of Film Critics. Mais tout n'était pas rose pour lui. Lorsqu'il remporta le Golden Globe du Meilleur Scénario, il négligea de remercier ou même de citer Avary – qui se sentait déjà lésé, d'autant que le réalisateur avait utilisé sa blague sur *Top Gun* sans sa permission dans le film *Sleep with Me*. Lorsque Tarantino passa près de la table d'Avary, l'épouse de ce dernier le traita d'«enfoiré[67]. » « Il aurait pu être un peu plus humble, bien que ce soit difficile quand tout le monde vous prend pour le Messie », explique Avary.

Miramax totalisait cette année-là le chiffre hallucinant de vingt-deux nominations aux Oscars, plus du double de l'année précédente. *Pulp Fiction*, qui à lui seul en comptabilisait sept, dont Meilleur Film et Meilleur Acteur, était pour beaucoup dans ce triomphe, comme l'étaient Mark Gill et Marcy Granata, qui venaient d'être embauchés. *Coups de feu sur Broadway* obtint lui aussi sept nominations, *Créatures célestes*, de Peter Jackson, une, et une poignée d'autres films se partageaient le reste. Face à la concurrence acharnée, celle de *Forrest Gump* surtout, Weinstein se la jouait David contre Goliath. « Je suis systématiquement confronté à l'*establishment* hollywoodien, déplorait-il à l'époque, et c'est encore la même chose cette fois. Bob Zemeckis, ou Tom Hanks, pourrait être élu maire de Beverly Hills sans problème[68]. »

Le soir de la cérémonie, le 27 mars, *Gump* assassina *Pulp Fiction*, preuve que les membres de l'Académie n'avaient pas trouvé le film très drôle. Miramax ne remporta finalement que deux statuettes, l'une récompensant Dianne Wiest, Meilleur Second Rôle Féminin dans *Coups de feu sur Broadway,* l'autre Tarantino et Avary pour le Meilleur Scénario Original. Après que le réalisateur, vêtu comme les acteurs de *Reservoir Dogs*, eut pris la parole, Avary, qui n'avait pas l'habitude de ce type de cérémonies, remercia sa femme et s'écria : « Eh bien ! il faut vraiment que j'aille aux toilettes, maintenant, alors salut. Merci[69]. »

Tarantino eut du mal à digérer la bourde d'Avary. « Je m'étais dit que si, après avoir remercié sa femme, Roger me remerciait, on pourrait passer à autre chose, oublier le passé ; c'était tout ce que je demandais, ç'aurait été chouette. Mais il est monté sur scène pour remercier sa femme et dire qu'il devait aller aux toilettes. Et là, je me suis dit : "OK, je vois." Ça ne m'étonne pas. J'avais essayé de l'aider et, au bout du compte, je me suis senti bête. Parce que je savais que notre amitié comptait plus pour moi que pour lui. Roger travaillerait dans une agence de pub, aujourd'hui, si ma mère et mon père ne s'étaient jamais rencontrés. Si je n'étais pas là, il n'aurait jamais tourné le moindre petit bout de film. Et si je n'avais pas écrit *Pulp Fiction*, il n'aurait jamais remporté d'oscar[70]. »

LORSQU'IL ÉTAIT PRÉADOLESCENT, Steven Soderbergh était un joueur de base-ball phénoménal au palmarès impressionnant. Il rêvait de passer professionnel, mais, malheureusement, son don disparut du jour au lendemain. Il ne savait plus ni lancer ni taper. Les dieux du base-ball l'avaient abandonné. Dix-neuf ans plus tard, le cauchemar recommençait : le réalisateur prodige du film indépendant le plus tendance de 1989 venait de connaître deux bides d'affilée, et s'apprêtait à en connaître un troisième. Tous ceux qui, il y a peu, avaient essayé de découvrir le prochain Soderbergh s'escrimaient désormais à découvrir le prochain Tarantino – et apparemment, Soderbergh lui-même ne semblait pas immunisé contre ce virus. En 1994, il avait tourné son propre film de gangster, *À fleur de peau*, basé sur son script et interprété par l'une des stars de *Sexe, mensonges et vidéo*, Peter Gallagher. Mais il détestait ce film et se détestait aussi. « Être assis sur un plateau à trente et un ans et te demander si tu veux vraiment faire ce métier, alors que tu n'as pas vraiment d'autre talent, c'est carrément terrifiant et déprimant [71], raconte le réalisateur. Je m'ennuyais, j'avais un passage à vide. J'aurais préféré me flinguer que de tourner encore un plan caméra à l'épaule [72]. »

À fleur de peau subit le même sort que *Kafka* et *King of the Hill* : l'oubli. Au fond du trou côté carrière, Soderbergh était aussi au plus mal côté cœur, puisque son mariage avec Betsy Brantley se brisa en octobre 1994. Soderbergh avait pris l'habitude de laisser sa femme et sa petite fille dans sa ferme de Charlottesville pendant qu'il voyageait sous d'autres cieux, à l'occasion de tournages ou d'autres activités. D'après le réalisateur, « le problème, c'est que je ne m'étais pas rendu compte à quel point je ne faisais que reproduire tous les schémas du mariage de mes parents [73] ». Betsy Brantley se souvient : « Un jour, je lui ai dit : “Tu as deux personnalités distinctes : dans ta vie professionnelle, tu es sûr de toi, confiant mais, dans ta vie privée, tu es l'être le plus fragile que j'aie jamais rencontré.” Il m'a regardé et m'a dit : “Et tu viens tout juste de t'en rendre compte ?” »

Mais sa vie professionnelle s'effondrait à son tour. Il n'avait jamais eu de mal à trouver du travail. « Les gens se disaient que je pouvais encore répéter l'exploit de mon premier film, se souvient-il. Et ça ne me dérange pas de décevoir les gens. Je fais ça très bien. Mais j'avais l'impression que le temps me filait entre les doigts. Est-ce que j'allais continuer sur la même voie et tomber dans les oubliettes de l'histoire ? Je me suis rendu compte que la réussite me faisait peur et qu'il fallait réagir. J'étais perdu. Je ne savais pas quoi faire. En fait, ajoute-t-il après une courte pause, je savais très bien quoi faire : recommencer de zéro, recréer les conditions dans lesquelles j'avais tourné mes premiers courts métrages ; ils avaient une énergie digne du cinéma de Richard Lester. Qu'est-ce qui avait bien pu se passer ? *À fleur de peau* est tellement aseptisé, les personnages ont l'air de somnambules. Depuis quand je suis formaliste ? Je n'étais pas comme ça, avant [74]. »

Soderbergh se demandait s'il lui arrivait la même chose que lorsqu'il était enfant, s'il avait perdu son don. Il finit par décider que non, qu'il s'était simplement fourvoyé, et la thérapie qu'il avait décidé de suivre impliquait un retour aux sources : rentrer à Baton Rouge, où *Sexe, mensonges et vidéo* avait été tourné. Il appela Rick Linklater à Austin. « Tu connais des gens de confiance ? lui demanda-t-il.

– Ouais, y'en a quelques-uns par ici.

– Ils ont leur propre matériel ?

– Ouais…

– Tu penses qu'ils seraient prêts à travailler pour rien ?

– Steven, en général, ce sont des étudiants en école de cinéma qui me posent ce genre de questions, pas des gars qui ont gagné la Palme d'or ou ont été nominés aux Oscars. Qu'est-ce que tu fous en Louisiane [75] ? » Avec un équipement d'occasion, cinq techniciens et un budget serré (350 000 dollars), il était en train de déconstruire sa vie et d'en tirer un délire autobiographique alternant les moments de comédie et d'autoflagellation, projet sans précédent dans l'œuvre d'un réalisateur de premier plan. Il baptisa le film *Schizopolis*.

Soderbergh admirait Lester à la fois pour son énergie et pour « son éclectisme, qui lui a permis de réaliser *Quatre garçons dans le vent, Petulia, Terreur sur le Britannic, La Rose et la Flèche*, explique-t-il. Je pense que c'est ce qu'on fait quand on ne s'appelle pas Fellini [76]. » Cependant, Lester avait un style bien à lui, en particulier dans ses premiers films, et Soderbergh se mit en tête de l'imiter. Son ex-femme, sa fille et lui – dans deux rôles – font partie de la distribution de *Schizopolis*. Le film est un équivalent indépendant de *Rashomon*. Il traite son sujet (lui-même) avec un humour acerbe, mais ses préoccupations sont on ne peut plus sérieuses, bien qu'abstraites et ennuyeuses, dignes d'un film d'étudiant : impossibilité de connaître la nature profonde des gens, d'établir des rapports humains, futilité de la communication. Le film grouille d'allusions à la propre histoire de Soderbergh (y compris son mariage), de piques lancées à ses contemporains, de références à d'autres films. Dans une séquence hallucinante, l'un de ses alter ego se masturbe dans des toilettes pour hommes, manière de signifier à quel point Soderbergh gaspillait son temps, si ce n'est sa semence, en glandant.

Qui plus est, comme Soderbergh sortait juste d'un divorce très douloureux – « Je ne me suis jamais senti aussi mal de ma vie ! » déclare-t-il – et qu'il dirigeait son ex-femme, l'ambiance sur le plateau était orageuse. « On était comme chien et chat, se souvient Brantley. Je l'avais enfin sous la main : il ne pouvait pas m'éviter puisqu'il réalisait le film [77]. » « Qu'est-ce qui m'a pris, au juste ? se demande Soderbergh avec le recul. On jouait à se moquer d'un mariage qui venait de se briser. Qu'est-ce qui m'a pris de me mettre dans cette situation surréaliste[78] ? J'étais tellement obnubilé par mes problèmes, ajoute-t-il, que je ne voyais pas plus loin que le bout de mon nez. J'aurais aussi bien pu rester enfermé chez moi, les volets fermés, la musique à fond, sans répondre au téléphone. Avec *Schizopolis* j'ai essayé de dynamiter mon passé, de le réduire à néant, et de rendre impossible pour moi tout regard en arrière[79]. Je suppose que j'avais envie d'être mal à l'aise, conclut-il. Je voulais que ce soit difficile, n'avoir aucun contrôle[80]. »

Weinstein lui offrit un million de dollars pour *Schizopolis* sans l'avoir vu. Soderbergh l'avertit : « Harvey c'est très gentil, je suis flatté, mais il vaut mieux voir le film d'abord. » Harvey le rappela après l'avoir visionné : « Merci, j'apprécie vraiment ton geste. » « Ç'aurait été un désastre pour lui comme pour moi », conclut Soderbergh.

DAVID O. RUSSELL faisait partie des réalisateurs que Harvey Weinstein voulait absolument dans son écurie, et il lui fit du rentre-dedans pour pouvoir distribuer son nouveau film, *Flirter avec les embrouilles*. « Ils m'ont laissé à peu près une heure pour me décider[81] », se souvient Russell, qui sauta sur l'occasion. C'était l'été 1994 et, peu après le coup de fil, Russell et sa femme Janet Grillo se rendirent à Martha's Vineyard, où les parents d'Eve Weinstein avaient une propriété. « Tu as rendez-vous avec Harvey pour signer le contrat[82] », lui dit son avocat. Enfant, Russell passait toutes ses vacances d'été sur l'île. « Je suis allé dans une partie de Martha's Vineyard que je ne connaissais pas, East Chop ou West Chop, une communauté privée, *Bourge-land*. J'ai retrouvé Harvey au club de tennis. Tout le monde était en blanc, sauf lui ; il était assis sur la terrasse en tee-shirt bleu et short moule-burnes trop petit pour lui, bide en avant et grosses jambes poilues. Je me suis dit que je serais très mal à l'aise dans cet environnement mais lui, il n'en avait rien à cirer, il s'étalait. Tous les petits minets BCBG venaient le saluer. Et je me suis rendu compte à quel point ce type en avait : c'était le seul Juif du coin, mais à le voir on aurait cru que l'île lui appartenait [83]. »

Russell voulait se démarquer le plus possible de la noirceur de *Spanking the Monkey*. « Cette histoire d'inceste, ça me dégoûtait vraiment, explique-t-il. Je ne voulais pas être catalogué. J'ai décidé de tourner une comédie [84]. » Bizarrement, il s'inspira d'un sujet pas drôle du tout pour faire sa comédie. C'était l'histoire d'un jeune homme adopté qui recherche ses parents biologiques. Il eut tout de suite du mal à capter l'attention de Harvey. « C'est après la signature du contrat qu'il s'est montré le plus emballé, quand c'était encore frais. Il se désintéresse très vite, passe très vite d'une victime à l'autre. Par la suite je n'ai même pas réussi à prendre un café avec lui [85]. » Le réalisateur voulait donner le premier rôle féminin à Janeane Garofalo, mais il devait se décider tout de suite avant qu'elle n'accepte un autre film. Garofalo est une actrice, pas une star, et, aux yeux de Harvey, elle était à peu près aussi glamour qu'un plat de nouilles froides. « Il faut se décider rapidement, il me la faut », annonça Russell. Harvey ouvrit la porte de la salle de conférence en hurlant : « Bob, mets la clé sous la porte ! Janeane Garofalo n'est pas libre ! » Avant d'ajouter à l'intention du réalisateur : « J'en ai rien à cirer qu'elle ne soit pas libre. » Sur ce, il quitta la pièce. Harvey voulait engager John Cusack pour le premier rôle. « Tu vas voir, je vais appeler John Cusack et le tirer du lit. » Il était 6 heures du matin à Los Angeles. On lui passa l'acteur : « John ? Harvey Weinstein et David O. Russell à l'appareil. Tu as vu *Spanking the Monkey* ?

– Euh, non, mais euh, j'en ai très envie !

– Il faut que tu le voies et que tu rencontres le réalisateur. »

« Bien sûr, ça n'a mené à rien, commente Russell. Il voulait lui donner le rôle, soit, mais il l'a surtout réveillé pour prouver qu'il en était capable. » Le réalisateur aimait l'esthétique de *My Own Private Idaho*. « Je veux engager Eric Edwards, le chef opérateur de Gus Van Sant, dit-il un jour au téléphone à Harvey.

– Qu'est-ce qu'on en a à foutre ? Je hais les films de Gus Van Sant. Tu me déprimes. Tu es maniaco-dépressif. J'ai horreur de te parler.

– Qu'est-ce qui vous prend ?

– Tu me déprimes. » Harvey lui raccrocha au nez. Pour le coup, c'était au tour de Russell d'être vraiment déprimé. Bien sûr, par la suite, Harvey s'excusa.

Sur la base du script, Russell recruta une exceptionnelle brochette d'acteurs dont Ben Stiller, Patricia Arquette, Téa Leoni, Lily Tomlin et Mary Tyler Moore. Le film fut réalisé pour un budget modeste. Sur le tournage, chaque acteur avait sa caravane, mais, pour faire des économies, Russell, lui, n'en avait pas et devait se servir de leurs toilettes. Miramax avait les exigences habituelles : dans la scène d'ouverture, où l'on voit Arquette se déshabiller, Russell dut faire quelques gros plans sur ses seins.

Une fois le tournage terminé, Miramax le testa à Ridgefield, New Jersey. « Ça a été atroce, se souvient le réalisateur. Les scores étaient médiocres, entre soixante-cinq et soixante-quinze, certaines personnes avaient même tout juste donné la moyenne ; j'ai compris à quel point l'avis des gens est subjectif. Le plus dingue, c'est que le film fut testé sur un type de public qui ne serait de toute façon pas allé le voir. » Harvey pensait qu'il pouvait faire remonter les scores en se débarrassant de quelques plans très brefs qui passaient après le générique de fin. Dans l'un d'eux, on voyait les deux personnages gays au lit, et, dans un autre, Leoni enceinte en train de boire et de fumer. « Il n'en démordait pas. Il était persuadé que ces plans pouvaient empêcher le film de toucher le grand public. Je n'étais pas du tout d'accord », explique Russell qui, en son for intérieur, trouvait que Harvey se dégonflait. Le réalisateur savait qu'il avait le *final cut*, et refusait de couper les scènes incriminées. « Le film est terminé maintenant, les spectateurs se sont déjà fait une opinion. » Ce à quoi Harvey répondit : « Eh bien, David, j'ai parlé à... – il cita le nom d'un réalisateur –, et il a accepté de collaborer avec moi, ce qui veut dire que je soutiendrai davantage son film que le tien, tout simplement parce que tu refuses de collaborer. » « On était à la veille de la sortie de mon film et il me menaçait de le laisser tomber, se souvient Russell. Alors, j'ai fait ce qu'il demandait. Si c'était à refaire, je lui dirais d'aller se faire foutre. »

Miramax prévoyait des recettes de 30 millions ou plus pour *Flirter avec les embrouilles*, mais elles plafonnèrent à 14,7. Peu après, Harvey laissa tomber Russell. « Ce qui me dégoûte, c'est que les relations à long terme n'intéressent pas Harvey, déplore le réalisateur. Tout ce qu'il veut c'est que vous veniez travailler pour lui quand il a besoin de vous, vous forcer à faire ce qu'il veut, et puis il passe à autre chose [86]. »

Le film de Russell n'était qu'un galop d'essai. Harvey se contentait alors de flirter avec les ennuis. Les véritables emmerdes étaient encore à venir. *Kate & Leopold*, par exemple, projet chapeauté par Cathy Konrad, devait être interprété par Sandra Bullock *(Speed)*, qui n'est pas exactement Meryl Streep, mais est capable de faire vendre un film. Bien que le script – écrit par un copain de fac de Bullock – présentât de sérieux problèmes, Harvey se laissa apparemment aveugler par le succès de l'actrice. Konrad se souvient : « Tout ce qui intéressait Harvey c'était de pouvoir tenir la dragée haute aux studios. Il a dit : “*Kate & Leopold*, c’est mon bon gros film bien commercial.” Il voulait goûter à ce cinéma-là[87]. » Cela dit, il n’avait pas envie de consacrer le même budget que les studios à la conception du projet. Lorsque les coûts frôlèrent la barre des 2 millions, après une récriture très coûteuse du scénario par Carrie Fisher, Bullock laissa tomber et Harvey ferma le robinet. Le projet était au point mort.

Cependant, et tout au long du printemps 1995, les bureaux de Tribeca étaient en pleine ébullition à cause de la controverse autour de *Kids*. Au même moment, Miramax et Disney étaient aux prises avec William A. Donohue, président de la Catholic League, à propos d’un petit film, *Priest*, que Harvey avait acheté à Toronto en septembre 1994 pour la somme de 1,75 million de dollars. *Priest* avait été salué par une *standing ovation* à Sundance quelques semaines auparavant et avait reçu le prix Michael Powell du Meilleur Film Britannique au Festival du film d’Édimbourg. Réalisé par Antonia Bird et situé à Liverpool, c’est un film coup de poing qui relate l’histoire d’un prêtre persécuté par l’Église catholique parce qu’il est homosexuel. L’Église y est représentée comme intransigeante, mesquine et hypocrite. On est loin du film porno, mais on voit le prêtre faire l’amour avec un homme dans deux ou trois scènes tournées avec beaucoup de tact et de délicatesse par Bird. *Priest* n’a rien de racoleur, mais la Catholic League, comité de vigilance conservateur qui cherche à se faire remarquer par tous les moyens, avait envie d’en découdre, et Disney constituait la cible idéale.

Le premier réflexe de Harvey, comme avec *Dogma*, fut de leur rentrer dedans et de sortir le film le vendredi saint. C’était une véritable provocation pour Donohue. Les membres de la ligue inondèrent Disney de plaintes par téléphone et menacèrent de boycotter les produits de la marque. Le cardinal O’Connor, de New York, dénonça cette « attaque haineuse contre l'Église catholique[88] », sans avoir vu le film évidemment. (À la lumière du scandale des prêtres pédophiles qui éclabousse l'Église catholique aujourd'hui, le propos du film semble malheureusement bien en deçà de la vérité.) Disney avait déjà eu à faire face à ce genre de scandale par le passé, mais, cette fois, la virulence des réactions surprit tout le monde. « C'est impressionnant le nombre de coups de téléphone, de fax, de lettres, de menaces de mort que nous avons reçus, explique David Linde, ancien employé de Miramax. Au département publicité, les filles craquaient. *Avril enchanté* avait très bien marché, et elles recevaient tout un tas d'appels du genre : “Bonjour, j'ai vu *Avril enchanté*, pouvez-vous me dire où le film a été tourné, j'aimerais y aller en vacances. À Portofino !” Et puis, sans transition, les menaces[89] ! » « C'est le cardinal O'Connor qui a mis le feu aux poudres, raconte Harvey. Y a rien de plus flippant que de recevoir des lettres disant : “Cher Juif, je vais te tuer, espèce d'enfoiré.” Même ma mère me critiquait, par-dessus le marché ! Moi qui croyais que la publicité était toujours bonne à prendre pour augmenter les recettes ! Pas ce genre de publicité, en tout cas[90]. »

Apparemment, Harvey ne reparla plus d'une sortie le vendredi saint. « Pour Harvey, il n'y avait pas d'interdit, explique Linde. S'il avait envie de faire quelque chose, il le faisait en essayant toujours d'aller le plus loin possible, et peu importe ce qu'en pensait Disney, ou n'importe qui d'autre. Harvey et Bob ont alimenté la polémique, c'était leur façon d'assurer la promotion d'un film. Harvey considérait la controverse comme un moyen de générer davantage de publicité, d'accroître la visibilité d'un film[91]. » Harvey annonça à McGurk ce qu'il comptait faire, et celui-ci, se disant qu'Eisner n'allait pas apprécier, décida de l'avertir. Le P-DG de

Disney avait été victime d'une crise cardiaque neuf mois plus tôt. « Je voulais juste vous avertir que nous avons un problème, et que j'essaie de le régler[92], lui dit McGurk.

– Lequel ?

– Eh bien, Harvey veut sortir *Priest* le vendredi saint ! Pour la publicité. » Silence de mort à l'autre bout du fil. McGurk se dit : « J'espère qu'il n'est pas tombé dans les pommes. » Eisner finit par répondre : « Il faut absolument l'en empêcher. » Harvey reprit finalement ses esprits et repoussa la date de sortie au 24 mars 1995. « *Priest* représente un tournant pour Miramax à plus d'un titre, explique Bowles. C'est à la sortie de ce film que les deux frères se sont aperçus que la controverse avait des inconvénients, qu'ils pouvaient en pâtir. Et que, maintenant qu'ils faisaient partie de l'écurie Disney, les enjeux étaient bien plus importants que du temps où ils ne rendaient de comptes à personne. On parle quand même d'une multinationale ! Harvey n'est pas idiot. Il avait beau aimer la controverse et attirer l'attention sur lui, il n'allait tout de même pas se tirer une balle dans le pied[93]. »

Certains employés de Disney étaient apparemment furieux que Miramax ait acquis les droits de *Kids* et de *Priest* en sachant pertinemment qu'ils ne pouvaient pas faire la promotion de films interdits aux moins de dix-sept ans. Ils le prirent comme un affront car, pour reprendre les propos de l'un d'eux, « les frères Weinstein ne faisaient ça que pour emmerder Michael. C'était désagréable[94] ». « En 1994-1995, c'était difficile, raconte Roth. Il y a eu énormément de controverses autour de Disney. On s'est vraiment demandé comment continuer à faire tourner la boîte et rester rentable tout en étant associé à ces deux types[95]. »

Le 14 juin 1995, Miramax lança *Le Facteur*, la charmante histoire d'un facteur italien dont la vie change quand il rencontre Pablo Neruda, exilé chilien fuyant le régime de Pinochet. Harvey en avait acquis les droits à Toronto l'année précédente. Il avait pleuré toutes les larmes de son corps assis au fond de la salle. Amy Israel, alors assistante de Hoving, se souvient : « Il a dit : "Vous savez ce que je vais faire ? Je vais rééditer un recueil de poèmes d'amour de Neruda accompagné d'un CD sur lequel des acteurs célèbres liront ces poèmes." Et, en l'espace d'une minute, il a mis au point la stratégie marketing du film. Il a sorti un CD sur lequel Julia Roberts et Andy Garcia récitaient du Pablo Neruda[96]. » « Quand Harvey a foi en un film, il ne fonde pas ses décisions sur les recettes du premier week-end, ajoute Amy Hart, responsable marketing. Il disait : "On va y arriver[97]." » *Le Facteur* faisait partie de ces films que Harvey refusait de laisser tomber. « D'abord, on a cité des bouts de critiques, se souvient Peter Kindlon, qui travaillait au département marketing lui aussi, et puis on s'est servi de toutes les célébrités qui avaient un avis. Les publicités foutaient pratiquement la honte à tous ceux qui n'avaient pas vu le film. On leur disait : "Il faut voir ce film et, si ce n'est pas déjà fait, c'est que vous avez un problème." On s'est associé à des restaurants italiens du pays entier : vous pouviez échanger votre billet contre un verre de vin gratuit ! C'était de l'acharnement[98]. » Grâce à Harvey, *Le Facteur* rapporta la somme remarquable de 20,7 millions de dollars.

Le Facteur, c'était le calme avant la tempête suivante, celle que l'on voyait venir même sans s'y connaître en météo. Harvey était trop impliqué dans *Kids* pour se retirer. Le film passa à Cannes en mai. D'après Larry Clark, Gilles Jacob, le directeur du festival, n'en voulait pas dans la compétition officielle. « C'était un film trop controversé. Ils nous ont proposé la Quinzaine des réalisateurs et j'ai dit : "Non, je veux faire partie de la compétition officielle, bordel !" Harvey les a menacés de retirer tous les films Miramax du festival. Il leur a forcé la main, pour mon film, et je lui en serai éternellement reconnaissant. J'ai pu voir mon œuvre sur écran géant au Palais des festivals et, maintenant, je peux mourir heureux[99]. » Les Français furent emballés par le film de Clark, mais le réalisateur se fit doucher par Todd McCarthy, critique influent à *Variety*. *Kids* « offre un spectacle voyeuriste, semble exploiter ses jeunes acteurs [et] sera sans doute taxé de pédophilie[100] », écrivit-il, lâchant le mot qui fâche. Clark eut aussi droit à « Disney surpris au rayon films pour pédophiles », dans les colonnes du *Guardian*.

Pendant ce temps, aux États-Unis, le sénateur et candidat à la présidentielle Bob Dole – dont l'épouse, Elizabeth, avait déclaré vouloir vendre pour 15 000 dollars d'actions Disney à cause de *Priest* – considérait qu'avec *Kids* et un certain nombre d'autres films on atteignait « des sommets de perversion[101] », sans pour autant avoir vu le film de Clark, naturellement. Miramax organisa une projection pour Roth. « J'ai vu le film et j'ai compris qu'il n'obtiendrait même jamais le visa "interdit aux moins de douze ans", raconte-t-il. Je leur ai défendu de le distribuer[102]. » Harvey fut humilié. Les Weinstein rachetèrent le film à Disney et créèrent une nouvelle compagnie, Shining Excalibur Films, dirigée par Bowles, spécialement pour distribuer le film de Clark. « Tout le monde parlait de *Kids*, raconte Bowles, c'était le film le plus choquant de tous les temps, etc. Des rumeurs ignobles circulaient sur son compte – pédophilie, drogue, gamins s'envoyant en l'air sur le plateau. Il n'y avait rien de vrai là-dedans, mais c'est ce qu'on entendait dire. J'ai mis le téléphone au nom de ma femme, et j'ai décidé de me lancer[103]. » Pour Disney, il fallait empêcher les Weinstein de tirer la situation à leur avantage. Selon Bowles, Shining

Excalibur avait sa propre équipe ; pourtant, Disney suspectait les employés de Miramax d'assurer la campagne marketing du film. « Les employés de Miramax faisaient tout le boulot, mais ils travaillaient pour une compagnie prête-nom », avoue Clark. Mais Disney n'a jamais pu rien prouver. D'après Roth, « ça a créé un précédent dangereux. N'importe quel employé de la compagnie pouvait désormais s'emparer d'un film controversé, manipuler le système pour se faire virer, et puis créer sa propre source de revenus. Disney ne voulait pas que Harvey fasse de bénéfices [sur le film] [104] ». Bon courage.

Comme il n'y avait aucune scène de nu, Clark espérait que *Kids* serait interdit aux moins de douze ans seulement ; mais, le 8 juillet, le verdict tomba : interdit aux moins de dix-sept ans, ce qui signifiait qu'il pouvait oublier les multiplexes et les grandes salles hors des métropoles. Ce serait quatre cents salles au lieu de huit cents. Les Weinstein décidèrent de distribuer le film sans tenir compte du visa officiel. « Harvey m'a convoqué pour me dire : "Il nous faut une version du film pour Blockbuster", explique Clark. "On va se faire un million de dollars de plus si on leur fournit un film plus *soft*. Si tu coupes quelques scènes, je te file un dessous de table de 100 000 dollars tout de suite." J'ai répondu : "Harvey, tu ne peux pas m'acheter. Et de toute façon, tu es assez riche comme ça." Il m'a regardé droit dans les yeux et m'a répondu : "Tu as raison, Larry, j'ai suffisamment d'argent comme ça ; mais ce n'est pas pour moi que je te le demande, c'est pour tous les modestes employés de la boîte : les secrétaires dans leur petit bureau ont travaillé dur pour ton film. C'est à elles que tu fais du tort en refusant ma proposition." Je me suis dit : "Ce type est vraiment malin. Rien ne lui échappe." » « Ma passion, c'est le cinéma. Les autres compagnies n'aiment que l'argent.

Moi et mon frère, nous ne supportons pas de voir le talent passer au second plan [105] », pouvait-on lire dans les interviews de Harvey à l'époque.

Kids sortit le 21 juillet à l'Angelika Film Center et au Lincoln Plaza Cinema de New York, puis dans une quarantaine de salles le 28 juillet. « Harvey et Bob ont mis le paquet pour ce film, raconte Clark. On a innové. Aucune chaîne de multiplexes ne montrait de films sans visa officiel, mais nous avons réussi à le faire passer dans les cinémas Sony. Je suis rentré à Tulsa, ma ville d'origine, et je suis allé voir *Kids* avec mes amis d'enfance. Dans un centre commercial [106] ! »

Le film n'établit pas de nouveau record. Pourtant, il rapporta environ 7 millions de dollars sur le marché américain pour un budget de 1,5 million. En dépit des efforts de Disney, les Weinstein s'en tirèrent haut la main et empochèrent même un ou deux millions chacun, d'après Bowles. Toutefois, Clark ne gagna presque rien. « J'ai touché 40 000 dollars pour faire *Kids*, et 125 000 quand les droits ont été vendus. On ne m'a jamais versé de prime. J'étais censé toucher 10 ou 12 % des bénéfices nets, mais d'après leur comptabilité le film n'a jamais rien rapporté – même s'il a eu un succès incroyable à l'étranger. Je me suis fait entuber. Mais ils ont été très gentils avec moi. Et puis j'ai eu la possibilité de faire mon film. » Miramax estime que Clark a touché son dû. D'après Harvey, *Kids* était un film à risque « qui a rapporté 7 millions, pas 70. Il n'a pas du tout marché à l'étranger et on a payé Clark en fonction de son contrat [107]. »

Comme *Priest*, *Kids* marqua un tournant pour Miramax. Pour Vachon, « il a eu un avant et un après *Kids* [108]. » « Basta ! » se dirent les Weinstein. Même s'ils avaient distribué une poignée de films innovants et scabreux, leur réputation de défenseurs du Premier Amendement n'était qu'un truc marketing, partie intégrante de leur stratégie publicitaire. « Pendant que tout le monde nous croyait en train de batailler avec le MPAA et de distribuer tout un tas de films transgressifs, on assurait la sortie de *My Left Foot*, *Hear My Song* ou *Mediterraneo*[109] », explique Tusk. « Bob et Harvey avaient envie de s'attaquer à de plus gros poissons, ajoute Bowles. Ils entraient dans la cour des grands[110]. »

Un an plus tard, lors de la cérémonie de l'Independent Feature Project Spirit où Justin Pierce, de *Kids*, remporta le prix du Meilleur Espoir, l'équipe de Miramax évita d'aller féliciter Clark, Van Sant, Korine, Sevigny, Woods et Vachon, tous assis à la même table. Certains d'entre eux n'apprécièrent pas d'avoir été snobés.

Harvey envoya un gentil petit mot à Clark chaque fois qu'un de ses films sortait, mais s'abstint de les produire ou d'en acheter les droits. « On leur a proposé *Bully*, explique le réalisateur, l'histoire de gosses qui tuent l'un de leurs camarades qui les martyrise, ainsi que *Ken Park* [autre point de vue scabreux sur l'adolescence et ses problèmes], mais ils ont décliné notre offre. C'étaient des sujets difficiles, et puis Miramax avait changé[111]. »

Chapitre 7
Plus vite, plus haut, plus fort
1995-1996

Où *Shine* passe sous le nez de Harvey Weinstein, qui se console avec *Sling Blade* et avec le sauvetage du *Patient anglais*, tandis que la « classe de 92 » de Sundance vole pratiquement en éclats à cause de *Four Rooms* et qu'October remporte quelques victoires.

« Je ne cherche plus à faire de films interdits aux moins de dix-sept ans... Le credo de Disney, c'est de faire des films tous publics, et ça me convient parfaitement. Je ne veux pas causer d'ennuis à Disney. Pourquoi détruire une relation idéale[1] *? »*

Harvey WEINSTEIN

Quentin Tarantino n'était pas du genre à bouder la gloire qui lui était tombée dessus à la sortie de *Pulp Fiction*. « Je veux être une star depuis que je suis gamin », explique-t-il. Il ne tarda pas à découvrir les avantages qui allaient de pair avec le statut. « Les restaurants et les boîtes, par exemple, c'est beaucoup mieux d'y aller quand on n'est plus un loser : "Allez, les taches, on dégage et on laisse la place aux mecs cool[2]." » Il adorait les feux de la rampe, être le centre d'attention, faire parler de lui. En tant que fan lui-même, il se sentait une responsabilité envers la foule de gens qui le vénéraient. Mais évidemment, ce genre de célébrité avait un prix. Les fans n'en avaient jamais assez. Lorsque Chasen, restaurant des stars de Los Angeles, ferma définitivement ses portes, il voulut être de la partie. « Je l'ai conduit là-bas, raconte Robert Rodriguez, et, dès qu'il a mis un pied dehors, la foule s'est jetée sur lui avec des posters de *Pulp Fiction*. Il s'est fait bousculer. Il m'a dit : "Merde, quand j'ai signé l'affiche d'un type, il m'a regardé comme si j'étais un con parce que je ne signais pas les neuf autres[3]." »

« Ça devenait difficile de faire les trucs que j'aime, explique le réalisateur. Si j'étais Neil Jordan, je pourrais me payer une douzaine de putes incognito. Ça devenait difficile de se balader tranquille. C'était comme si le monde entier était rempli de SDF : pour éviter les emmerdes, il fallait fuir le regard de tous ceux que je croisais. Regarder quelqu'un dans les yeux, c'était l'encourager à me parler. Mes habitudes de type normal, comme aller dans un magasin de disques d'occasion et passer deux heures à fouiller dans les cartons pour voir ce qu'ils contiennent, c'était fini ; tout d'un coup, je me faisais emmerder. Je leur disais : "Écoute, c'est mon jour de congé, et j'ai juste envie de fouiller dans les bacs, comme toi[4]." »

Tarantino fit la connaissance de Mira Sorvino en septembre 1995 au Festival de Toronto, où elle suscita l'enthousiasme avec son interprétation de la prostituée au grand cœur de *Maudite Aphrodite*, de Woody Allen, rôle pour lequel elle remporta d'ailleurs un oscar. Lorsque Tarantino rompit une fois pour toutes avec sa petite amie de longue date Grace Lovelace, Sorvino et lui entamèrent une relation. « Mira et moi sommes allés à Paris pour une semaine follement romantique, se souvient-il, et elle ne connaissait pas les jardins du musée Rodin, un de mes endroits préférés. On a pique-niqué là-bas et tout le monde nous regardait nous bécoter. Je me suis dit : “Et merde ! Encore un truc auquel j'ai plus droit.” Si c'était à refaire, bien sûr que je le referais, mais, bon sang, si j'avais su que ce serait comme ça, je serais allé plus souvent dans les jardins du musée Rodin. Il y a tout un tas de trucs dont j'aurais profité davantage si j'avais su. »

Tout en assurant la promotion de *Pulp Fiction* et en faisant campagne pour les Oscars, le réalisateur peaufinait un vieux script intitulé *Une nuit en enfer*, que Rodriguez allait diriger, réfléchissait à une idée de film de kung-fu baptisé *Kill Bill* – conçu en collaboration avec Uma Thurman –, et se préparait à tourner un des sketches de *Four Rooms*, projet auquel participaient aussi Rodriguez, Anders et Rockwell, la fameuse « classe de 92 ». (Rodriguez, qui avait participé au Festival de Sundance en 1993, en était membre honoraire.) Anders aurait voulu retrouver la solidarité qui caractérisait le Nouvel Hollywood dans les années soixante-dix. Comme les cinéastes ne passaient plus systématiquement par des écoles de cinéma, Sundance, avec ses séminaires et son festival, le soutien moral et souvent pratique qu'il apportait, tenait lieu de point commun. « Je galérais tout seul dans mon coin à New York en tant qu'indépendant, raconte Rockwell. Et puis, je suis allé à Sundance et j'ai rencontré Quentin, Allison, Rick Linklater. Tout d'un coup, j'ai compris que les autres réalisateurs ne me voulaient pas forcément de mal. Il y avait tout un tas de nouveaux venus, une ambiance Nouvelle Vague, alors pourquoi ne pas faire un film qui célèbre cet esprit ? Au cours d'une soirée, j'ai lancé l'idée : “Qu'est-ce que vous pensez de ce point de départ : les mésaventures d'un groom dans un hôtel la nuit de la

Saint-Sylvestre." J'ai appelé Quentin et l'idée l'a tout de suite emballé[5]. »

Harvey planait tellement après le succès de *Pulp Fiction* qu'il était prêt à faire n'importe quoi pour Tarantino. Pourtant, il est rare qu'un film choral fonctionne bien et, étant donné les circonstances, personne à part Weinstein n'aurait accepté de soutenir le projet. Dans ces moments-là, il redevenait le Harvey que les cinéastes aimaient, celui qui tente le tout pour le tout sur un projet fou, qui sort des sentiers battus, même si cela doit lui coûter quelques millions. C'était un film voué à l'échec, évidemment, et le producteur ne fut pas étranger au désastre qui s'annonçait.

Chaque réalisateur était chargé d'écrire et de diriger un segment du film mettant en scène un personnage commun, Ted le groom, interprété par Tim Roth. (À l'origine, Linklater devait réaliser un cinquième sketch, mais il eut l'intelligence de se retirer.) « C'était très stimulant de prendre le contre-pied de ce qui se fait d'habitude, explique Anders. Ces gens-là n'avaient jamais vraiment collaboré auparavant, alors il y avait une sorte d'enthousiasme : "On va faire ce film tous ensemble, expérimenter, pas besoin de se prendre la tête avec des stars, on n'a qu'à engager des gens qu'on aime bien." Tout le monde allait toucher le même salaire. Mais très vite, ça n'a plus du tout été la même chanson[6]. » Tout le monde faisait comme si le « poids lourd » – j'ai nommé Tarantino – n'existait pas. « Une fois que Miramax a récupéré le projet, tout a changé, continue Anders, parce que Quentin, lui aussi, avait complètement changé. »

Les quatre réalisateurs collaborèrent à l'écriture du scénario et Tarantino rendit le premier jet. « J'étais horrifiée, se souvient Anders. Je me disais : "Attends un peu, là, on n'a pas fini ! En fait, on a à peine commencé !"» Mais Miramax ne demanda jamais que le script soit retravaillé. « Comme Quentin venait de gagner la Palme d'or, les gens de chez Miramax étaient persuadés qu'ils ne pouvaient pas se tromper, dit Anders. Ils estimaient pouvoir régler les problèmes de scénario au montage, mais c'est une idée trompeuse. Parce que tu ne risques pas de tourner ce qui n'apparaît pas dans le script. »

La préparation de *Four Rooms* débuta à l'automne 1994, juste au moment où *Pulp Fiction* explosait. Tarantino était en train de devenir une star. Comment les autres réalisateurs le savaient-ils ? Primo, parce que, comme ils ne tardèrent pas à le découvrir, aucune décision ne pouvait être prise sans son accord. « J'étais à l'origine du projet et l'un des producteurs exécutifs, rappelle Rockwell, mais si je voulais mettre un cure-dent ou une tasse à café dans le hall de l'hôtel, on me disait qu'il fallait vérifier auprès de Quentin. On me contredisait sans arrêt [7]. » Tarantino n'était pas facile à joindre. Submergé par le battage médiatique suscité par son film, il était toujours par monts et par vaux. « Je me retrouvais à négocier avec le troisième assistant de Quentin, poursuit Rockwell. Quand il y a autant d'intermédiaires, le moindre truc prend des proportions dramatiques. Alors le premier assistant appelait le second pour lui dire : “Oh, mon Dieu, Alex pète les plombs : il pense que le hall devrait être peint en bleu. Demande à Quentin ce qu'il en pense. Dépêche-toi, on doit avoir une réponse d'ici la fin de la journée.” Puis le second assistant disait : “Il y a urgence ! À cause d'Alex, tu n'as qu'une heure pour prendre ta décision.” Et puis, en fin de journée, ça donnait : “Alex est un con parce qu'il veut que le hall soit peint en bleu.” Le lendemain, Quentin finissait par m'appeler : “Qu'est-ce qui se passe ? Tu as fait peindre le hall en bleu ? On dirait que quelqu'un a vomi sur le mur, il paraît.” »

Dans le sketch de Tarantino, les groupies d'une star de cinéma profitent d'elle sans vergogne. Le réalisateur y évoque sa propre ambivalence à l'égard de la célébrité acquise au lendemain de la sortie de *Pulp Fiction*. « C'était un film extrêmement personnel, dit Anders. À un moment, le personnage n'en peut plus de tous ces gens qui traînent autour de lui, qui profitent de sa notoriété, qui picolent à ses frais. Et pourtant, il reste. Voilà les gens avec qui il réveillonne, des gens qu'il ne connaît même pas [8] ! »

Elle ajoute : « Quentin plaisantait : "Mon sketch devrait être intitulé *Celui que vous attendiez tous*." Et nous, on l'envoyait balader : "Ouais, c'est ça, très drôle." » Ses amis le traitaient encore comme leur égal, mais ils étaient bien les seuls. « Son plateau était quatre fois plus grand que le nôtre, poursuit Anders, [pas parce que son scénario l'exigeait, mais] parce que son ego surdimensionné l'exigeait. Tous nos plateaux réunis auraient pu contenir sur le sien. C'était une métaphore de ce qui était en train de se passer. On le taquinait à ce sujet, et il se moquait toujours de lui-même ; mais on n'avait pas envie d'admettre qu'il avait en fait beaucoup plus de pouvoir que nous. Et ça, ce n'était pas bon pour le film. »

À la fin du tournage, *Four Rooms* totalisait deux heures quarante, et les espoirs nourris par les réalisateurs se brisèrent. Harvey fit pression pour que le film soit raccourci, ce qui était loin d'être déraisonnable. Mais, comme Tarantino était intouchable, et le sketch de Rodriguez tourné en un long plan-séquence, la pression reposait sur les deux cinéastes les plus vulnérables, Anders et Rockwell. Ce dernier dit aux Weinstein : « Bon, admettons que je coupe mon sketch : tout le monde va en faire autant, non [9] ? » Ce à quoi ils répondirent : « Qui va annoncer à Quentin qu'il doit raccourcir le sien [10] ? » « Mon sketch durait vingt minutes, enrage Anders, celui de Quentin quarante-cinq, je crois. Mais les seuls qui ont dû couper des scènes, c'est nous. Si Quentin n'avait pas été aussi célèbre, si on avait tous été au même niveau, lui aussi aurait dû raccourcir son sketch [11]. » Rockwell se disait que si c'était ça, travailler avec des amis, il n'allait peut-être plus beaucoup les aimer, à la fin du projet.

Le mépris affiché de Harvey pour Anders et Rockwell n'arrangeait rien. « Tu feras des films d'auteur insignifiants toute ta vie [12] », dit Harvey à Rockwell, ce que le réalisateur trouva drôle sur le moment. On leur rapporta aussi les propos suivants de Harvey : « Tu veux que je te dise ce qui ne va pas sur ce tournage ? C'est qu'on travaille avec deux génies et deux toquards [13]. » « En vérité, poursuit Anders, je ne pense pas que Harvey et Bob aient jamais aimé ce que je fais. C'est à la demande de Quentin que j'ai participé au film. On a beaucoup bataillé. Harvey me hurlait dessus. J'avais la trouille, mais je hurlais aussi fort que lui et, après, il me faisait envoyer d'énormes bouquets de fleurs. J'étais révoltée : "Qu'il aille se faire foutre, je vais les jeter par la fenêtre." Mais je ne l'ai jamais fait parce les fleurs me rendent gaga [14]. »

Weinstein essayait d'intimider Anders. Elle raconte : « Il m'a menacée en me disant : "Je vais réunir toutes tes actrices et leur montrer tes rushes, ce que tu fais, sans artifice. – C'est ça, vas-y." (Le seul qui exige que tout le monde voie ses rushes, c'est Quentin !) Mais quand il m'a dit qu'il allait réunir Madonna, Lili Taylor, Ione Skye et Valeria Golino, ça m'a rendu nerveuse et complètement parano. Je me sentais vulnérable et je me demandais ce qu'il allait leur dire. Que j'étais pas fichue de diriger un film ? Que ce film aurait pu être meilleur ? C'était absurde, il n'aurait jamais fait ce genre de trucs. En réfléchissant, j'ai trouvé ça ridicule. Mais il savait que j'étais fragile et que ça allait me faire peur. Il me disait : "Tu veux vraiment que je sorte cette version ? Tu en es sûre ? Je vais le faire." Même si c'était ce que je voulais au fond, je me mettais à douter. Il m'a fait douter de mon talent. »

Un jour, Harvey appela Rockwell, qui était en rendez-vous chez son dentiste. « Mon dentiste m'a dit : "Quelqu'un veut vous parler." Je me suis demandé si ma mère allait bien. Qui irait m'appeler chez le dentiste pendant que je me fais mettre une couronne ? J'ai dit à Harvey : "Je ne peux pas te parler, il faut que j'y aille." Je l'évitais parce qu'il voulait que je raccourcisse mon sketch. Alors, il s'est écrié : "Passe-moi le dentiste." Il lui a dit : "Arrachez-lui toutes les dents, je me moque du prix que ça coûte, je lui paye un dentier tout neuf s'il fait ce que je lui demande [15]." »

Les disputes à propos du montage de *Four Rooms* jetèrent un froid entre Tarantino et Anders. Le 3 octobre 1995, le jour où O. J. Simpson était acquitté, la réalisatrice s'envola pour la Chine à l'occasion d'un voyage sponsorisé par la Fondation Sundance et auquel devaient également participer Tarantino, Geoff Gilmore, Ira Deutchman, Michael Barker, Ethan Coen et Liz Manne entre autres. Il s'agissait de familiariser le public chinois avec le cinéma indépendant. Anders comptait montrer *My Crazy Life*, Coen avait emporté *Barton Fink*, et Tarantino arriva un jour plus tard avec *Pulp Fiction*. Mais le temps qu'ils passèrent ensemble là-bas ne changea pas les sentiments de la réalisatrice à l'égard de son vieil ami. « Quentin a décidé de faire la star en Chine et il nous a snobés, explique-t-elle. On participait à une table ronde, il était assis à côté de moi et m'a raconté le rêve qu'il venait de faire : il couchait avec une sublime Chinoise. J'ai réalisé que cette femme, c'était le symbole du pays tout entier : Quentin baisait la Chine entière ! Ça résumait assez bien ce qu'il avait en tête, ça m'a complètement perturbée. Il aime trop cette espèce d'idolâtrie [16]. » La veille de leur départ, le groupe fut invité à un dîner de gala au Palais du peuple.

Un somptueux banquet avait été organisé, mais les invités se rendirent vite compte qu'il n'y avait pas assez de chaises pour tout le monde. Ils comprirent alors qu'ils n'étaient pas censés s'asseoir et prendre part au repas, donné à la seule intention de Tarantino, Gilmore et divers dignitaires chinois. « Concept intéressant, souligne Deutchman : vous invitez des gens à dîner pour qu'ils puissent rester debout et regarder les autres manger[17]. » Plus tard, Tarantino fit une scène à Anders : « Tu me fusillais du regard pendant le dîner. » « Sans déconner ! Bon sang, la loyauté, tu sais ce que c'est ? Tes amis et collègues sont debout et toi tu manges comme si de rien n'était ? » (D'après Coen, « Quentin était mortifié[18] ».)

À son retour à Los Angeles, Anders replongea dans l'enfer de *Four Rooms*. « Bob Weinstein m'a appelée et m'a annoncé très calmement qu'ils avaient fait un montage de mon sketch sur vidéo, raconte la réalisatrice. "Vous avez remonté mon sketch ? J'ai le *final cut* sur ce film ! C'est une blague, non ?" J'étais franchement persuadée qu'il plaisantait. Bob a répondu : "Non, je suis sérieux. On aimerait que tu visionnes notre version." Ce connard de Scott Martin, leur chargé de postproduction, s'en donnait à cœur joie. Alex m'a dit que Harvey allait envoyer Scott à Los Angeles, et je lui ai répondu : "Allons le chercher à l'aéroport." Alex a embrayé : "Je vais me déguiser en chauffeur et j'aurai une petite pancarte avec son nom dessus ; je vais baisser la pancarte, sortir mon flingue et là, je le butte !" J'ai parlé de mon problème à Quentin une fois, mais j'ai vite compris que c'était chacun pour soi.

« Quand Harvey et Bob testaient le film, ils demandaient systématiquement aux spectateurs quel sketch ils préféraient ; ils montaient les réalisateurs les uns contre les autres, ce qui allait complètement à l'encontre du projet de départ. Voilà exactement le genre de trucs qu'ils n'étaient pas censés faire, mais ils le faisaient à chaque fois. Tu veux faire un film entre copains, tu entretiens un certain idéalisme, et leur premier réflexe, c'est de nous mettre en compétition. À la fin, je n'en pouvais plus de ce cauchemar[19]. »

Le résultat n'était pas à la hauteur de leurs espérances. Le film finit par coûter 4 millions, quatre fois la somme prévue au départ. Madonna, Bruce Willis, Antonio Banderas et Salma Hayek s'étaient greffés sur le projet, alors qu'au départ aucune star n'était censée y participer : la créature avait échappé au contrôle de ses créateurs. *Four Rooms* sortit sur les écrans le 22 décembre 1995 et se ramassa lamentablement (il rapporta 4,3 millions), même si Lechner prétend qu'il finit par faire du bénéfice. Les quatre amis ne s'adressaient presque plus la parole. « On s'est engueulés, Quentin et moi. Dans cinquante ans, j'aurai toujours envie d'être son amie, mais il ne va pas beaucoup progresser si tout le monde lui lèche les bottes en permanence. Je lui ai dit : "Qu'est-ce que tu préfères ? Qu'on fasse un film génial, ou qu'on te lèche les bottes ?" Et il a répondu : "En fait, je préfère que vous me léchiez tous les bottes." Cette expérience a été tellement pénible pour moi que, au bout d'un moment, le sort du film ne m'intéressait même plus. » Anders était tellement amère qu'elle décida de ne pas faire la promotion de *Four Rooms*, refusa d'aller le présenter au Festival du film de Toronto. Elle raconte que Miramax lui promit un contrat d'exclusivité dans la seule intention de la forcer à assister au festival – ce qu'elle fit pour une soirée. Mais aucune des idées qu'elle soumit aux frères Weinstein par la suite ne fut retenue. Elle s'était fait avoir.

Anders (et Rockwell, dans une moindre mesure) était la conscience du groupe, l'adulte, le surmoi, si l'on veut. Rodriguez, qui a un sens esthétique très sûr, faisait figure, dans tous les autres domaines, d'adolescent attardé – comme allaient le confirmer ses films suivants ; il représentait l'enfant, le ça. Mélange des deux, Tarantino était en fait l'objet d'une lutte d'ordre culturel et esthétique entre ses amis. Sous l'influence de Miramax, *Four Rooms* marginalisa Anders et Rockwell, ce qui n'augurait rien de bon pour la suite des événements.

LORSQUE LES COW-BOYS MIRAMAX – Mark Tusk, Trea Hoving et Tony Safford, secondés par Amy Israel et le reste de la bande achats de droits – débarquèrent à Park City le 19 janvier 1996 avec l'argent de Disney qui leur brûlait les doigts, ils croyaient dur comme fer pouvoir bluffer, et battre à plate couture n'importe quelle compagnie assez folle pour oser s'approcher du feu de camp. Mais, cette année-là, Miramax allait recevoir une correction bien méritée : las de se laisser tyranniser par les Weinstein depuis la fusion avec Disney, leurs concurrents avaient décidé de se rebiffer.

C'était une année particulièrement faste pour le festival. Faisaient partie de la sélection *Bienvenue dans l'âge ingrat*, premier film (en réalité : second) de Todd Solondz, un petit nouveau découvert par Sony Classics ; *Shine*, petit film australien qui ne payait pas de mine, réalisé par Scott Hicks ; *I Shot Andy Warhol*, de Mary Harron, produit par Christine Vachon ; *Walking and Talking*, brillante comédie de mœurs dirigée par Nicole Holofcener ; et *The Devil Inside*, alias *Meet Ruth Stoops*, alias *Precious*, alias *Citizen Ruth*, première réalisation d'Alexander Payne, produite par Cary Woods pour 3,7 millions de dollars, et dont Miramax avait déjà acheté les droits.

Le scandale provoqué l'année précédente par *Priest* et *Kids* semblait avoir laissé des traces chez le patron de Miramax, plus fantasque et imprévisible que jamais. « Dès qu'il est en compétition, il lui est impossible d'agir sans se mettre quelqu'un à dos[20] », explique Safford. Payne était aux anges de participer au festival. Pur produit de l'école Miramax, sa chronique sans concession, ironique, de la guerre entre partisans et adversaires de l'avortement cherchait à offenser tout le monde. Laura Dern crève l'écran dans le rôle de Ruth, une épave, droguée, mère de quatre enfants, enceinte du cinquième et qui, lorsqu'un juge lui ordonne de se faire avorter, devient l'enjeu d'une bataille qui la dépasse. Le tournage s'était bien passé, mais « une semaine avant la première projection à Sundance, se souvient Payne, Harvey a pété les plombs à cause du titre[21] ». Il sonnait comme celui d'un film d'horreur, d'après lui, et il n'avait pas tort. Il exigea que Payne le modifie et menaça de retirer le film du festival s'il n'obtenait pas satisfaction. Payne suggéra *Meet Ruth Stoops*, sur le modèle de *Meet John Doe* (*L'Homme de la rue*, de Capra), mais une dénommée Ruth Stoops manifesta son désaccord. Lorsque Payne arriva à Park City, il fut accueilli par des posters d'une Laura Dern au brushing impeccable et flottant dans les airs – alors que son personnage est sale et échevelé ; en plus, Dieu seul sait pourquoi, Miramax avait rebaptisé le film *Precious*. Payne était mortifié. Pour ajouter à la confusion autour du film, il était toujours intitulé *Meet Ruth Stoops* dans le programme du festival. À la rencontre suivant l'avant-première, Payne écouta patiemment Burt Reynolds, qui avait un petit rôle dans son film, répondre aux questions du public concernant *Délivrance*. Puis quelqu'un s'écria : « Quel est l'imbécile qui a trouvé le titre et conçu l'affiche ? C'est nul[22] ! » Harvey était debout au fond de la salle. « On détestait tous *Precious*, raconte Cathy Konrad, l'une des productrices. J'ai levé la tête et j'ai vu la porte se refermer : j'ai su que Harvey venait de sortir. Il savait pertinemment que le titre n'était pas bon – Harvey sait ce genre de chose. » Lors des projections suivantes, le public hua au moment où le titre apparut à l'écran et, agacé, Payne se tua à répéter que la décision avait été prise par Miramax contre son gré. Harvey l'accusa de vouloir mettre la pagaille, mais il finit par accepter un titre auquel Payne avait déjà pensé : *Citizen Ruth*.

Outre le titre, il y avait le problème de la fin. Harvey aimait bien mettre son grain de sel dans des films indépendants toujours trop déprimants, déroutants à son goût. Ils avaient besoin d'une véritable conclusion. « Il voulait une fin plus positive où l'on verrait Ruth triompher et se faire la belle avec le magot[23] », raconte Payne. Ils n'avaient pas le temps de tourner une autre fin, alors Miramax eut l'idée de placer une petite note explicative après le dernier plan. Le réalisateur protesta, traîna des pieds, jusqu'à ce que Harvey le menace à nouveau de retirer le film du festival. « Alors, on l'a montré à Sundance avec cette note qui suggérait, de façon ironique, c'est vrai, [que Ruth avait fait fortune dans l'immobilier en Californie, et] que son sort s'était amélioré. » Woods tint tête à Harvey, menaça d'appeler Redford, de tenir une conférence de presse. Mais c'était le premier film de Payne, qui dit à Woods, son producteur : « Cary, les gens vont comprendre que c'est la décision du studio. Laisse tomber[24]. » À la surprise générale, le film, censé offenser tout le monde, n'offensa personne.

Pendant ce temps, *Shine* triomphait. En partie financé par Pandora Films, la société d'Ernst Goldschmidt, et représenté par Jonathan Taplin, cet ancien *roadie* de Bob Dylan devenu producteur *(Mean Streets, The Last Waltz)*, le film avait été projeté le premier dimanche soir du festival à l'Egyptian. Hicks avait fait le voyage depuis l'Australie. À la fin de la projection, son film fut salué par une *standing ovation*. La puissance du film était telle que « même les agents étaient en larmes, raconte Taplin, c'était vraiment bizarre. Une fois de temps en temps, on se rend compte qu'on a tiré le gros lot. Tout le monde m'a sauté dessus. Dès 7 heures 30 le lendemain matin, mon téléphone a commencé à sonner : Fine Line, Searchlight avaient appelé, mais silence radio du côté de Miramax[25]. »

Safford avait vu le film le mardi précédent, quatre jours avant l'ouverture du festival. Il était parfait pour Miramax. Ce remake de *My Left Foot* avait pour héros un pianiste prodige et tourmenté (interprété par un Geoffrey Rush nerveux à souhait) rendu fou par un père dominateur (incarné par un Armin Mueller-Stahl tout aussi magistral). Dans les deux films, l'artiste handicapé trouve un bonheur tout à fait improbable dans les bras d'une épouse qui l'est tout autant. Véritable aimant à oscars, *Shine* n'aurait aucun mal à tirer des larmes aux membres de l'Académie, qui comptait de plus en plus de détenteurs de la carte vermeil au fil des années. Le sort de David Helfgott, ce monstre magnifique, crapaud métamorphosé en prince par le baiser magique d'une femme, devait sans doute rappeler à Harvey sa propre histoire. D'après Safford, *Shine* l'avait épaté, mais Taplin n'eut pas cette impression et s'en ouvrit à Goldschmidt : « Le film ne lui a pas du tout plu, il l'a trouvé minable, c'est sûr. »

Le lundi, vers midi, Taplin apprit que Harvey, venu à Los Angeles pour les Golden Globes, souhaitait voir le film. Il envoya une copie au Beverly Hills Hotel, où le patron de Miramax était descendu et, vers 16 heures, Taplin eut enfin des nouvelles de Safford : « On entre dans la course. Où en sont les enchères ? » Elles venaient de passer de 600 000 à 1,4 million de dollars, alors Taplin lui dit : « On va vite dépasser 1,5 million.

– Très bien, on veut le film et on veut être les derniers à enchérir.

– En quel honneur ? » demanda Taplin, même s'il connaissait la réponse : parce que Miramax était Miramax. Hicks aurait dû être content que Harvey entre dans la course, mais il avait déjà eu affaire à lui quelque mois plus tôt lorsqu'il essayait de financer son projet au stade du scénario. Il avait fait le déplacement jusqu'à Los Angeles, à la demande de Miramax, était allé directement de l'aéroport aux bureaux de la compagnie, où on l'avait fait attendre une heure et demie. Lorsque la réunion avait finalement eu lieu, on ne lui avait même pas offert un verre d'eau, ce qui, apparemment, l'avait beaucoup choqué. Il n'arrêtait pas de répéter : « Ils ne m'ont même pas offert un verre d'eau. » Après avoir défendu son film, il s'était entendu dire qu'on le rappellerait à son hôtel. Il était rentré se reposer, n'avait reçu aucune nouvelle. Il avait repris l'avion le lendemain pour l'Australie, furieux. Il ne s'en était toujours pas remis, mais il y avait une différence de taille à présent : on s'arrachait son film. D'après Taplin, Hicks lui aurait dit : « Pour qui ils se prennent ? Je déteste Miramax, je déteste leur arrogance, rien ne me plaît chez eux. » Qui plus est, Pandora Films avait également produit *The Young Poisoner's Handbook*, de Ben Ross, que Harvey avait coulé l'année précédente. L'équipe de *Shine* aurait préféré accepter une offre moins avantageuse que de traiter avec Miramax. Taplin ignora donc les appels de Safford.

Pour une fois, c'est Fine Line, la division indépendante de New Line, qui se montra la plus agressive. Il y avait évidemment un passif entre cette compagnie et Miramax : rivalité de longue date entre Harvey et Bob Shaye, dispute entre Bob et Deutchman cinq ans auparavant, défection de Safford pour aller travailler chez Miramax. Vers 16 heures 30, les responsables des achats de droits de Fine Line, Mark Ordesky et Jonathan Weisgel, prirent littéralement d'assaut l'appartement de Taplin avec portable et imprimante en disant : « On vous rédige un contrat tout de suite. » Ils s'installèrent au bar et se mirent à pianoter pendant que Taplin jonglait avec les coups de fil entre deux réunions. Le prix n'arrêtait pas de grimper et, d'après Taplin, Safford l'appela vers 18 heures : « On veut que vous attendiez jusqu'à ce que Harvey arrive.

– Tony, tu peux toujours courir.

– Je te donne 2 millions, c'est mon dernier mot.

– Franchement, le réalisateur ne vous porte pas dans son cœur. Et puis vous avez dix autres films sous le coude, vous avez *Le Patient anglais*, d'autres compagnies ont davantage besoin de ce film et pourront s'y consacrer pleinement. C'est mal barré pour vous. Attends un peu, je te rappelle s'il y a du nouveau. »

Safford faxa un contrat à Taplin, mais les gars de chez Fine Line offrirent autant que Miramax. Taplin et Hicks s'accordèrent un moment de réflexion avant de décider d'accepter : « Allez, on fonce. Ces types sont présents à 100 %, supermotivés et ils nous offrent un très bon pourcentage de participation aux revenus. » Taplin et Hicks signèrent le contrat et échangèrent une poignée de main avec l'équipe de Fine Line avant d'aller fêter ça.

Si l'on en croit Eamonn Bowles, qui était également à Sundance, Harvey était persuadé que Safford avait conclu l'affaire. Quand il arriva finalement à Park City, le patron alpagua Bowles et lui demanda : « Tu as vu *Shine* ? – Je pense que c'est le succès assuré », répondit Bowles. Ce à quoi Harvey rétorqua : « Il vaudrait mieux, parce que je viens de payer ce film une fortune. Viens avec moi [26]. » En mangeant sur le pouce, ils discutèrent du film, de la campagne publicitaire, de la date de sortie, etc. Une fois Harvey parti, Bowles se dit qu'il pouvait se détendre.

Il neigeait, ce soir-là, le temps était affreux. On envoya Israel, Hoving et Tusk à la recherche de Taplin. Ils finirent par le trouver au Mercato Mediterraneo, un restaurant italien un peu miteux dans Main Street. « L'aigle s'est posé [27] », annonça Israel à Safford. Apparemment persuadé lui aussi qu'il avait remporté le marché, Safford monta parler à Taplin et redescendit peu après, décomposé. Bowles, quant à lui, était en train de boire quelques verres dans un bar. Tout d'un coup, Harvey fit irruption dans la salle en hurlant : « C'est Fine Line qui a eu *Shine* ! On s'est fait baiser [28] ! » D'après Bowles, « Harvey en avait la bave aux lèvres ».

Taplin fêtait la vente du film au bar du Mercato avec quelques amis, dont l'avocate Linda Lichter et l'un de ses collègues, Carlos Goodman, qui représentait Tarantino, ainsi qu'avec Debbie Newmyer – l'épouse de Bobby Newmyer –, qui travaillait chez Amblin, la société de production de Steven Spielberg. Ils avaient commandé deux bouteilles de champagne qu'ils sirotaient à l'étage de l'établissement. Goodman raconte : « Environ une demi-heure après le départ de Tony, qui se faisait un sang d'encre parce que Miramax n'avait pas eu le film, Harvey débarqua [29]. » Taplin ne le vit pas arriver. Il regardait de l'autre côté lorsque Harvey, sorti de nulle part, l'attaqua par surprise. Selon Taplin, il le prit par la cravate et hurla : « Enculé ! Tu m'as baisé ! Tu as dit à Tony Safford qu'il avait le film. Tu avais promis que je serais le dernier à enchérir, enfoiré [30] ! » (« Je ne l'ai pas touché [31] », affirme Weinstein.) Newmyer eut l'impression d'avoir affaire à un fou : Harvey n'arrêtait pas de répéter que Taplin lui avait menti. « Il était à deux doigts de nous agresser physiquement, raconte-t-elle. Il est passé pour un pauvre type [32]. » « Pour une fois, Harvey, lui dit-elle, un peu de classe. Parfois on gagne, parfois on perd. Comporte-toi en gentleman et laisse-nous [33]. »

« Ta gueule, connasse ! Ferme-la [34] ! » éructa Harvey. À ces mots, Lichter, femme à la silhouette frêle – une brindille face à un chêne imposant – se leva et poussa Weinstein en criant : « Je t'interdis de traiter mon amie comme ça [35]. » Toute la tablée était debout, et un concert de hurlements emplissait la salle : « Je t'interdis de la traiter de connasse ! » « Excuse-toi ! » Goodman alla chercher le maître d'hôtel pendant que Harvey hurlait : « Il va te falloir plus d'avocats que ça, Taplin, parce que je vais te faire un nouveau trou de balle [36] ! » Goodman revint avec un serveur qui s'adressa poliment à Harvey tout en l'écartant de Taplin : « Pardon, Monsieur, mais vous dérangez la clientèle du restaurant. » Taplin lança : « Harvey, tu peux râler autant que tu veux : on a déjà signé le contrat. » Weinstein continua à hurler comme si de rien n'était jusqu'à ce que le patron du restaurant, flanqué de deux serveurs au physique de déménageur, ne l'escorte jusqu'à la sortie.

Hoving et Israel attendaient leur patron dans un 4 × 4 garé devant le restaurant. D'après Taplin, Hoving aurait dit à Harvey : « Vous n'auriez jamais dû parler comme ça à Deb Newmyer. Il vaut mieux éviter de mettre Steven en colère. » Dans la voiture, Harvey exigea que Hoving rédige une lettre d'excuses – adressée non pas à Taplin mais à Newmyer – expliquant qu'il ne supportait pas les menteurs.

Susan Glatzer, d'October, qui passait par hasard, vit Harvey tambouriner sur le volant de la voiture. Il criait assez fort pour qu'elle l'entende à travers les vitres fermées : « Je suis trop puissant pour me faire piquer ce film [37]. » « J'ai détruit ma réputation, avoue-t-il aujourd'hui, contrit, je me suis grillé pour toujours auprès de ces gens ; et c'est normal, parce que je me suis extrêmement mal comporté. Tout ça à cause de ma passion pour les films [38]. »

« Tony a complètement merdé, insiste Taplin. Nous n'avions rien signé. Il avait vu le film en exclusivité quatre jours avant l'ouverture du festival. Il aurait pu l'avoir pour 600 000 dollars. Si Scott Hicks avait dit qu'il voulait attendre la décision de Miramax, on aurait attendu. Tout le monde connaissait Harvey Scissorhands, et ça a pesé dans la décision de Scott. La seule chose qui m'importait, c'était qu'ils ne touchent pas au film, qu'ils le laissent tel quel. Avec le recul, c'est clair : le candidat de Miramax aux Oscars, c'était *Le Patient anglais*, c'est sur ce film que Harvey allait tout miser. Si *Shine* a fait tout ce chemin, c'est parce que Fine Line n'avait rien d'autre à promouvoir. »

Si l'on en croit Safford, « on s'était mis d'accord sur les termes du contrat. Taplin m'avait dit : "Rédigez-le et je viendrai le signer." On l'a rédigé, et puis il a changé d'avis. Est-ce que Taplin a menti ? Absolument[39]. »

Laisser filer un film dont tout le monde parlait, c'était le cauchemar de tout employé du département achats de droits. Harvey détestait se faire coiffer au poteau. Il était d'humeur assassine et retourna à son appartement suivi de ses troupes. L'inquisition allait commencer, il y aurait un procès, comme à chaque fois que Miramax perdait un film, et Safford, le suspect numéro 1, était dans la mouise. Le lendemain matin, Harvey sortit de l'hôtel Stein Ericksen Lodge avec une copie de l'article paru dans le *New York Times* mentionnant l'accrochage au Mercato. L'interrogatoire commença : « Alors Tony, tu as vu le film et tu t'es dit qu'il n'était pas pour nous ? Tu leur as dit qu'on allait attendre de voir comment il serait accueilli à Sundance ? Qui a assisté à la projection de Sundance ? Est-ce que quelqu'un est allé voir Scott Hicks pour lui dire qu'on avait aimé son film.

– Eh bien… non.

– NON ! Je dois tout faire moi-même ou quoi [40] ? » hurla Harvey en chiffonnant l'article et en le jetant par terre.

« C'était horrible, se souvient un employé qui assista à la scène. Il avait beau engueuler Tony, on en prenait tous pour notre grade. »

Un peu plus tard, Harvey suivi de Safford coinça Hicks pour le déjeuner. Il menaçait de l'attaquer en justice, obligea Safford à rédiger une chronologie détaillée des événements ayant mené au désastre, et demanda à Israel, installée à une table voisine, de servir de témoin. Hicks se rendait à l'aéroport directement après le déjeuner. Lorsqu'il se leva pour prendre ses bagages, Harvey l'arrêta : « Oh non, Scott, laissez : Tony va s'en charger [41]. »

Après toute cette agitation, la remise des prix semblait bien décevante. *Care of the Spitfire Grill* remporta le prix du Public, catégorie fiction, et *Bienvenue dans l'âge ingrat* le grand prix du Jury. Tusk et Israel adoraient le film, le trouvaient parfait pour Miramax : c'était encore une histoire d'*outsider* qui parvient à vaincre l'adversité, si l'on peut dire. Ce film original, sans compromis, un peu comme *Muriel,* mais sans la fin cucul la praline, mettait en scène les aventures de Dawn Wiener, héroïne insupportable interprétée par Heather Matarazzo. À l'origine, Solondz voulait le baptiser *Pédales et bouffons*, titre qui traduit parfaitement l'atmosphère de ce film coup de poing. C'était précisément là que le bât blessait. Harvey rencontra Solondz à New York et leur entretien fut constructif : au lieu de se contenter de faire du charme au réalisateur en lui faisant tout un tas de promesses impossibles à tenir, Harvey se montra honnête avec lui au point de lui avouer son intention de réaliser un nouveau tournage de la fin, et de l'édulcorer. Solondz refusa et ils en restèrent là. Tusk et Israel étaient amèrement déçus. La compagnie avait décidément tourné la page.

L'édition 1996 de Sundance resta dans les mémoires comme *Les dix jours qui ébranlèrent le monde indépendant*. Non seulement Harvey s'était rendu ridicule en public, mais Castle Rock, compagnie « indépendante » si l'on peut dire (propriété de Warner), qui produisait les films de Rob Reiner et *Seinfeld*, avait surpayé *Care of the Spitfire Grill*, film que Bowles comparait à « une publicité pour Coca-Cola[42] », en déboursant 10 millions de dollars, alors que le concurrent le plus sérieux – une minuscule compagnie baptisée Trimark – proposait moins d'un million.

À peine deux ans plus tôt, Goldwyn avait payé 450 000 dollars pour *Go Fish,* et Miramax 227 000 pour *Clerks*. « 1996, l'année de *Shine*, a été cruciale : plus de films se sont vendus en six jours que pendant l'année et demie précédente, explique Gilmore. Cette édition du festival a suscité un tel engouement que la communauté du cinéma s'est dit qu'elle pouvait s'engouffrer dans la porte qui venait de s'entrouvrir[43]. » Désormais, c'étaient les sommes astronomiques déboursées, et non plus la découverte de nouveaux talents, qui provoquaient une débauche d'enthousiasme et de publicité. Cette frénésie encourageait réalisateurs, agents et producteurs à considérer Sundance non comme un endroit où trouver un distributeur – les contrats étaient de plus en plus fréquemment signés avant le début du festival – mais comme un tremplin pour leur film. De telles sommes (insignifiantes pour les grands studios) injectées dans le marché par l'intermédiaire de compagnies comme Miramax, Fine Line et Castle Rock firent s'écrouler les fondements économiques du monde indépendant et rendirent l'achat de droits de plus en plus irrationnel, tout en faisant monter les enchères. À cause des filiales des grands studios (Sony Classics exceptée), la paranoïa, l'agressivité et la hargne déjà endémiques dans la course aux droits ne firent que s'intensifier. Les temps où Miramax pouvait écraser Fine Line et consorts étaient révolus. Harvey, pionnier dans ce domaine de la surenchère, allait-il se faire doubler par ses concurrents au moment d'empocher les mégaprofits ? L'achat de droits n'était plus une partie de plaisir : c'était devenu une affaire on ne peut plus sérieuse, et laisser un film comme *Shine* vous passer sous le nez pouvait vous coûter votre boulot.

Il y avait une telle effervescence cette année-là que même Soderbergh assista au festival, en tant que coproducteur d'*En route vers Manhattan*, de Gregg Mottola, alors que le film avait été rejeté par Sundance. D'après l'autre coproductrice, Nancy Tenenbaum (productrice exécutive de *Sexe, mensonges et vidéo* et de *Mon beau-père et moi*), « ce rejet lui a été fatal. Le film se trimballait une aura négative, tout le monde était persuadé que c'était un navet [44] ». Pour les gens du milieu, le différend opposant Soderbergh et Redford avait desservi le film, qui fut cependant sélectionné à Slamdance, dont c'était la deuxième édition. Ce festival *off*, contestataire, avait été conçu pour combler le vide laissé par le Festival de Sundance lorsqu'il s'était embourgeoisé. Il se tenait à Park City en même temps que le festival officiel, et seules les premières réalisations sans stars pouvaient y participer. La réaction de Redford à l'initiative manquait pour le moins de classe : amer, il avait qualifié Slamdance de « festival parasite [45]. » « Il est de notoriété publique que Sundance a essayé de virer Slamdance de Park City [46]... déclare Lory Smith, ancienne employée du festival officiel. Les responsables de Sundance ont proposé une ordonnance au conseil municipal interdisant la tenue de deux festivals en même temps. Ils ont tenté de suggérer que Park City n'arriverait pas à gérer l'afflux de visiteurs. » Aux yeux de certains, Slamdance reprenait le flambeau de l'ancien festival, du temps où il se distinguait encore d'une concession Mercedes.

Depuis ses démêlés avec Redford à propos de *Quiz Show* et *King of the Hill*, Soderbergh boycottait le festival. Il n'était pas venu depuis 1992. « J'étais attiré par l'esprit contestataire de [Slamdance], se souvient-il. Sundance a fait preuve d'une hostilité déplacée à l'égard de ce festival en disant que c'était une manifestation parasite et tout ça. Je me suis dit : "Ouh là ! On se calme !" L'essence même du cinéma indépendant, c'est de n'attendre la permission de personne et de passer outre les refus. C'est comme ça que les festivals parallèles ont débuté à Cannes, alors je n'ai pas compris leur réaction. Quand Sundance a rejeté *En route vers Manhattan*, j'ai décidé d'aller à Slamdance [47]. » La participation de Soderbergh donna au festival *off* une crédibilité immédiate et fournit à l'équipe d'*En route vers Manhattan* une occasion de se venger un peu. Mais la satisfaction fut de courte durée. Le film, comme le dit si bien Tenenbaum, « s'est fait baiser une seconde fois. Trea Hoving nous a fait une offre en nous disant en substance : "Vous pouvez compter sur au moins un million, peut-être plus : on veut absolument distribuer ce film." Et puis, quand Harvey l'a vu, il n'en a pas voulu. On avait fondé toute notre stratégie sur l'offre de Miramax, et le film nous est resté sur les bras [48]. »

Les répercussions du fiasco *Shine* se firent sentir pendant des mois. Safford avait toujours fait partie des chouchous chez Miramax, mais, après ça, rien ne fut plus jamais pareil. De toute façon, son contrat arrivait à échéance, et il était prêt à changer d'horizon. « J'en ai eu assez d'apporter des projets que l'on rangeait sur les étagères, ou qu'on ne soutenait pas à 100 % quand ils sortaient, dit-il. Ce n'était pas mon idée du métier. J'ai vu tellement de films et de réalisateurs méprisés. Le soir de la première de *Pleure, ô mon pays bien aimé*, Harvey a serré dans ses bras Anant Singh – le producteur – devant tout le monde, en disant que c'était un frère pour lui. La goutte d'eau qui a fait déborder le vase, en ce qui me concerne, ça a été d'assister aux magouilles pour subtiliser à Anant les droits d'un projet qu'il avait dit détenir alors que l'affaire n'était pas tout à fait conclue. C'était moche de faire ça à un type bien comme lui. J'ai vu comment Harvey traite les gens, comment il les insulte, j'ai vu des pros pleurer à cause de lui [49]. »

Les deux frères, qui plaçaient la loyauté au-dessus de tout, ne voyaient jamais d'un bon œil quelqu'un quitter la forteresse Miramax. Ça donnait le mauvais exemple à ceux qui restaient, et puis Harvey et Bob étaient persuadés que les fuyards livraient des secrets à l'ennemi. Plus victime que fautif selon lui, ne voulant pas porter le chapeau pour le fiasco *Shine*, Safford n'avait pas pris la peine d'annoncer aux Weinstein qu'il s'apprêtait à quitter leur compagnie.

L'American Film Market, qui se tient la troisième semaine de février, est La Mecque des acheteurs étrangers, des distributeurs, des aspirants réalisateurs et des reporters, qui se déplacent en nombre. En un mot comme en cent, pas le genre d'endroit où l'on a envie de se faire ridiculiser devant ses concurrents malveillants par un *petit con* d'employé. Weinstein et Safford étaient assis côte à côte sur un canapé dans la suite Miramax quand Harvey lança une phrase du style : « J'ai entendu dire que tu avais accepté l'offre de la Fox [50].

– Oui, en effet. » Furieux que Safford parte sans lui donner de préavis, sans lui donner l'opportunité d'égaler l'offre de son concurrent, Harvey explosa, arracha le badge épinglé au revers de la veste de Safford et lui cogna le menton du revers de la main, après quoi il éructa un chapelet d'invectives. (« Je me suis encore mal conduit, avoue Weinstein. J'ai bien arraché son badge, mais lui je ne l'ai pas touché [51]. ») Sur ce, ils se jetèrent tous les deux sur leurs téléphones : Safford appela son avocat, Harvey contacta McGurk chez Disney pour calmer le jeu. Beaucoup auraient sauté sur l'occasion pour obtenir une indemnité à vie, mais, au grand soulagement de Harvey et à la surprise générale, Safford se contenta d'une somme dérisoire. « Ils ont jeté tous mes dossiers, changé les serrures de mon bureau, dit-il. J'ai tout laissé là-bas, à part mon Rolodex et mes effets personnels [52]. »

*

EN FÉVRIER, environ un mois après la fin du festival, Redford dévoila son projet de chaîne télé, Sundance Channel, née de la volonté commune de la Fondation Sundance, Showtime et PolyGram, de proposer des films étrangers à un public privé de cinéma de qualité, victime de la prohibition de sous-titres qui en limitait radicalement la distribution sur le câble et en vidéo, tout en donnant accès aux habitants de l'Amérique profonde à des films indépendants qu'ils n'auraient jamais pu voir autrement. Comme tous les projets de Redford, celui-ci avançait à pas de tortue et, lorsque la chaîne finit par être lancée, avec un an de retard sur la date prévue, elle se retrouva à la traîne d'IFC, chaîne dynamique plus insolente et branchée affiliée à Bravo, qui avait commencé à diffuser deux ans plus tôt et ciblait le même genre de public. Il avait été question à un moment que les deux chaînes fusionnent. « Mais Redford exigeait le contrôle de la création et un droit de veto sur toutes les décisions prises, explique Jonathan Sehring, président d'IFC. Dans cette branche, il faut agir vite ; alors quand un acteur vedette, qui est aussi réalisateur, dit qu'il va pouvoir gérer les problèmes d'une station au quotidien, je suis sceptique[53]. »

Le fait que la chaîne soit exclusivement gérée par des spécialistes du câble sans aucune expérience ni aucune relations dans le milieu indépendant (à part Gilmore, embarqué dans l'aventure comme consultant à mi-temps) aggravait son handicap. « Ils étaient complètement largués[54] », raconte un ancien employé. Nora Ryan, présidente de la chaîne, était un transfuge de Showtime, et Dalton Delan, vice-président de la programmation, venait de Travel Channel.

Redford tenta de tout contrôler dans la station, se mêlant des moindres décisions, même les plus insignifiantes. Gilmore s'est toujours plaint de l'obsession très *artiste amateur* de Redford, pour le graphisme de l'affiche du festival, l'allure du programme et des clips promouvant Sundance, alors qu'il ne montrait qu'un intérêt limité pour les films eux-mêmes. C'était pareil pour sa chaîne : il se souciait davantage de l'habillage, des menus, des bandes-annonces, que de la programmation. D'un côté, il fallait remercier le ciel qu'il laisse aux programmateurs le soin de se charger de la sélection parce que, s'il avait dû pinailler sur les films comme il le faisait sur les posters, il n'y aurait tout simplement eu ni festival ni chaîne. D'un autre côté, « une énorme part du travail, que j'estimais extrêmement créatif, n'était pratiquement pas mis en valeur, comme s'il n'existait pas. Je me sentais minable[55] », estime un programmateur.

John Pierson avait eu l'idée d'une émission hebdomadaire sur le monde sans pitié des indépendants. Baptisée *Split Screen*, elle était conçue comme un collage choc d'interviews et de clips présentés par Pierson en personne, et se proposait d'illustrer l'adage suivant : les réalisateurs seraient capables de n'importe quoi pour pouvoir mettre leur film en boîte. Sundance ne se montra intéressé par le projet que lorsque Pierson commença à négocier avec IFC. Finalement, après que Redford en personne, dit-il, lui eut promis le contrôle artistique de l'émission, qui serait également diffusée sur MTV (Pierson souhaitait prêcher l'évangile indépendant aux gamins de moins de vingt ans n'ayant jamais vu de film fabriqué hors du moule hollywoodien), l'inventeur du concept de l'émission remit son sort entre les mains de Sundance Channel. Dans le pilote, un réalisateur au bout du rouleau confessait avoir mis en scène un accident de voiture pour toucher l'argent de l'assurance aussitôt investi dans son film ; un autre racontait avoir bidonné son C.V. pour décrocher son premier contrat. On y voyait également des extraits d'*American Movie*, documentaire incisif de Chris Smith pas encore achevé, mais auquel Pierson croyait très fort. Il relatait les tentatives désespérées d'un dénommé Mark Borchardt pour lancer son premier projet, un film d'horreur incroyablement mauvais à propos de sorcières. Les extraits montraient Borchardt en train de fracasser la tête d'un acteur contre une porte de placard.

« Tout le monde voyait à quel point c'était drôle, explique Pierson, mais je n'arrivais pas à obtenir de réponse [de Sundance], ils n'ont pas réagi [56]. » Loin de trouver l'anecdote de l'accident amusante, Redford semblait craindre que la chaîne soit accusée de cautionner l'escroquerie à l'assurance comme source de financement.

En effet, l'humour ne compte pas parmi les nombreuses qualités de Redford. Celui-ci était assez malin pour savoir que la chaîne se devait d'être irrévérencieuse et branchée, mais lui-même avait du mal à se lâcher. Chaque nouvelle tentative allant dans ce sens était qualifiée d'« immature » ou de « puérile ». Il disait toujours : « Faites de l'humour à la Tchekhov [57] ! » et citait le catalogue J. Peterman comme exemple d'écriture sophistiquée et intelligente. À court d'idées, ses collaborateurs s'en procurèrent une copie sur e-Bay, ce qui ne fut pas d'un grand secours.

Au bout de trois mois, Redford fit savoir par l'intermédiaire de Delan que Smith « "n'[était] pas le genre de réalisateurs qu'[ils voulaient] soutenir". Et puis, bien sûr, continue Pierson, trois ans plus tard, *American Movie* alla à Sundance, fit sensation, et incarna tout d'un coup l'esprit du cinéma indépendant triomphant envers et contre tout, l'esprit dont Sundance se targue d'être l'emblème. Tout ce que Redford voulait, c'était faire ami-ami avec Smith, et lui raconter combien il avait galéré pour réaliser *La Descente infernale*[58]. »

Redford était moins un artiste raté qu'un publicitaire raté. Lorsqu'il insistait pour obtenir le contrôle artistique sur les divisions chapeautées par Sundance, seule l'image lui importait, l'emballage. *Split Screen*, le programme proposé par Pierson, faisait de la mauvaise publicité à Sundance.

Au bout du compte, Sundance et Pierson mirent un terme à leur collaboration. « J'ai passé six mois dans le clan Sundance à m'arracher les cheveux », conclut-il. Presque aussi drôle que Sam Goldwyn, Delan annonça : « On a donné le feu vert à l'arrêt du projet. » Fin novembre 1996, Pierson passa chez IFC, où il présenta *Split Screen* quatre années d'affilée. (Il finit par utiliser l'accident comme accroche de l'émission.) Quand vous essayiez de joindre la compagnie de Pierson à l'époque, vous tombiez sur ce message : « Vous êtes bien chez Grainy Pictures, l'endroit où il est interdit d'utiliser "sun" et "dance" dans la même phrase. »

DIMENSION, LA COMPAGNIE DE BOB WEINSTEIN, commençait quant à elle à engranger d'énormes profits. Juste au moment où l'édition 1996 de Sundance débutait, Dimension sortait *Spoof Movie* dans mille salles. Il rapporta 20 millions. Une semaine plus tard, c'était au tour d'*Une nuit en enfer*, réalisé par Rodriguez d'après un vieux scénario de Tarantino, et qui avant la fin de l'année rapporterait encore plus (26 millions). On aurait dit que Bob transformait en or tout ce qu'il touchait.

Pour Harvey, au contraire, l'année n'aurait pas pu plus mal commencer, avec l'humiliation de l'épisode *Shine*, la bagarre ridicule avec Taplin, et le bras d'honneur de Safford. Mais c'est à ce moment précis qu'il tomba sur un film qui allait guérir la blessure laissée par *Shine*, un pur produit de Southern Gothic intitulé *Sling Blade,* écrit, réalisé et interprété par un original du nom de Billy Bob Thornton. *Sling Blade* avait été tourné en vingt-quatre jours avec un budget de 890 000 dollars à la fin du printemps 1995. Le film relate l'histoire de Karl Childers, le genre d'homme que l'on qualifiait d'« idiot du village » avant l'avènement du politiquement correct. Karl a été interné dans un hôpital psychiatrique pour avoir décapité sa mère avec un instrument tranchant (« une faucille, d'après ce qu'on dit ») quand, petit garçon, il la trouva en train de forniquer avec l'étalon du coin dans la cuisine. Contrairement aux apparences, pourtant, Karl est un être doux, légèrement illuminé, une créature simple et incomprise, Frankenstein chez les ploucs, en gros. Malgré un penchant homicide, au fond c'est un type au grand cœur qui, aussi invraisemblable que cela puisse paraître, se prend d'amitié pour l'homosexuel du village (John Ritter). Il devient aussi l'ami d'un adorable petit garçon dont la très attirante maman (Natalie Canerday) est harcelée par un petit ami gênant, un rustre alcoolique et violent interprété par Dwight Yoakam. De temps à autre, Karl éructe des phrases du type : « J'mangerais bien des biscuits… Merci mon gars… Hum, hum », le « hum, hum » ponctuant ses phrases comme le tic-tac d'une horloge. Le méchant, interprété par Yoakam, est le seul personnage avec un sou de jugeote et, lorsqu'il s'écrie au début du film : « Si vous la fermez pas tous autant que vous êtes, je vais devenir dingue », il est difficile de ne pas s'identifier à lui. Lorsque Karl finit par lui trancher la gorge avec une lame de tondeuse – drôle de sanction étant donné la moralité du film –, après avoir écouté Thornton se racler la gorge pendant deux heures et quelques, on se sent seul.

Le producteur exécutif de *Sling Blade* n'était autre que Larry Meistrich, fondateur de The Shooting Gallery. Cassian Elwes, l'agent de chez William Morris qui avait pris part au lancement du projet et convaincu Robert Duvall, client de l'agence, d'interpréter le père de Karl, représentait le film. Bowles avait aimé le script et entendu parler du film : il cassa les pieds à Meistrich pour qu'il lui permette de le voir en exclusivité. Le producteur finit par accepter. Mais, devant les protestations des concurrents de Miramax, Meistrich et Elwes firent machine arrière et programmèrent deux projections, l'une à New York et l'autre à Los Angeles, pour tous les acheteurs potentiels. Comme tout le monde chez Miramax, Bowles craignait énormément Harvey. Il supplia Meistrich : « Larry, tu veux vraiment que je me fasse saquer ou quoi ? Tu me donnes ta parole, je fais passer l'info, et, maintenant, tu me dis que ce n'est plus possible ? En plus, Harvey sera à Paris pendant la projection. C'est dingue, je me fais complètement avoir sur ce coup[59]. » Elwes et Meistrich organisèrent les projections à New York et Los Angeles le même soir. Ils acceptèrent d'enregistrer le film sur une cassette et de la faire envoyer à Paris pour que Harvey puisse la visionner en même temps que les acheteurs de New York.

« Bon, à toi de jouer, maintenant : il faut que tu vendes ce film, dit Meistrich à Elwes le jour J.

– Combien en veux-tu ?

– Comme j'ai fait déplacer tout le monde, je ne peux pas le retirer du marché avant d'en avoir obtenu une somme exceptionnelle. La séance n'a pas encore commencé à Los Angeles, je me ferais beaucoup d'ennemis. Demandons la plus grosse somme possible[60]. » La plus grosse somme déboursée jusque-là, c'étaient les 10 millions versés par Castle Rock pour *Care of the Spitfire Grill.*

Avec son message humaniste martelé du premier au dernier plan, son *cœur gros comme ça*, son strict respect de la formule dite du « vilain petit canard » inaugurée par *My Left Foot*, *Muriel* et *Shine*, *Sling Blade* était fait sur mesure pour Miramax. Harvey adora. Il lui fallait ce film, coûte que coûte. Des rêves d'oscars plein la tête, il venait d'entrevoir un moyen de botter les fesses à Fine Line. Il appela Bowles de Paris et aboya : « J'ai vu une demi-heure de ce film, il est génial ! Un grand classique américain. Il nous le faut[61]. » Puis Harvey contacta Elwes à Los Angeles. « Combien tu veux ?

– Dis un chiffre.

– Non, toi tu dis un chiffre.

– Fox Searchlight et Paramount Classics proposent sept à huit millions[62]. » Il bluffe, se dit Harvey. « Pour combien je peux l'avoir, là tout de suite ? – Dix millions. » Harvey se mit à rire. « D'accord, on attend la projection de Los Angeles », l'interrompit Elwes. L'homme à qui *Shine* avait échappé voulait conclure l'affaire avant que les autres acheteurs ne voient le film. « Je te rappelle. » Il rappela une dizaine de minutes plus tard et annonça : « J'en tremble, mais marché conclu. – Ça marche ! »

Le temps que Bowles retourne au bureau de Miramax, au cinéma du centre commercial Sunset 5, où la séance de Los Angeles venait de commencer, Scott

Greenstein et Elwes avaient presque achevé les négociations et peaufinaient les détails de l'accord. Meistrich accompagna Elwes jusqu'aux bureaux de l'agence William Morris pour signer le contrat, avant de réintégrer la salle de projection comme si de rien n'était.

Thornton, qui ne tenait pas en place, attendait au Wolfgang Puck Cafe du Sunset 5. Le sort de son film l'inquiétait et le déprimait à tel point qu'il envisageait de retourner dans l'Arkansas. Elwes et Meistrich l'emmenèrent dans le parking au-dessus de chez Virgin. Meistrich lui dit : « Cassian a quelque chose à te dire, Billy Bob.

– Quoi ?

– On a vendu ton film.

– C'est pas vrai ? Pour combien ? » Il imaginait quelque chose comme un ou deux millions, avec un peu de chance.

« Dix millions. » Thornton, qui avait mangé de la vache enragée toute sa vie et qui ne roulait toujours pas sur l'or, ne voulut pas les croire. Puis il blêmit et éclata en sanglots. La projection à peine achevée, les acheteurs étaient remontés à bloc après avoir appris que Miramax avait déjà acheté les droits du film. Ils entrèrent dans une rage folle : on leur avait refait le coup de *La Leçon de piano*. Après avoir organisé des projections sur les côtes Ouest et Est, Elwes les avait roulés, leur avait fait perdre leur temps. C'était un coup d'éclat, mais il y avait un prix à payer : à partir de ce jour, Elwes eut la réputation d'être à la botte de Harvey, et il devait s'en mordre les doigts un an plus tard. « Hi ! hi ! hi ! il faut être vraiment en forme pour suivre le gros lard ! » gloussait Harvey.

Jusque-là, seule une poignée d'agents s'intéressaient aux films indépendants, mais la vente de *Sling Blade*, suivant de près celle de *Care of the Spitfire Grill*, fut à l'origine d'une véritable frénésie. « Je n'ai pleinement pris conscience des conséquences que lorsque je me suis couché ce soir-là, raconte Elwes. Je n'arrêtais pas de me dire : 10 millions, c'est une somme énorme, ça ne se reproduira jamais. Mais tout à coup, ça m'a ouvert les yeux : il fallait absolument être impliqué dans la vente de ces droits, car si l'on pouvait toucher un pourcentage, c'était la fortune assurée. Jusque-là, les agents n'étaient pas très motivés par les indépendants : le budget du film s'élevait à 3 millions maximum, le client touchait 250 000 dollars, l'agent 25 000, à quoi bon ? *Sling Blade* a démontré qu'il y avait un véritable marché des indépendants. En plus, grâce à nous, nos clients indépendants pouvaient devenir des stars. Autrefois, Thornton était cantonné aux séries B en tant qu'acteur et scénariste ; aujourd'hui, il est millionnaire. Son film a changé la perception de notre boulot. Du coup, les studios se sont intéressés à ces films au lieu de se contenter de lire les scénarios sans conviction. »

Les ennuis commencèrent avec la signature du contrat. Certains articles de presse accusaient Harvey d'avoir surpayé le film. « C'était idiot de ma part, reconnaît-il aujourd'hui, personne ne serait monté jusqu'à 10 millions de toute façon. J'ai payé beaucoup trop cher[63]. » Piqué au vif par les critiques et convaincu que le film était trop long, Harvey était déterminé à le raccourcir, voire à le remonter. « Pendant les négociations, se souvient Meistrich, Billy m'a fait comprendre qu'avoir le *final cut* comptait beaucoup pour lui ; Harvey le lui a donné, avant de changer d'avis le lendemain et d'exiger une coupe de vingt minutes. C'était dur à avaler. Miramax a l'habitude de forcer la main aux gens : “Bon, voici ce que tu vas faire et, en échange, je te donne ci ou ça ; si tu refuses, voilà à quoi tu t'exposes[64].” » Thornton refusait de raccourcir son film, alors, d'après Meistrich, la torture commença : Miramax fit traîner la livraison du film, peut-être parce que, une fois celle-ci effectuée, ils devraient payer. « The Shooting Gallery se chargeait de la livraison des films pour des tiers, poursuit Meistrich, on connaissait notre boulot, on n'était pas des bleus. Ils n'avaient pas envie de payer, c'est tout. Ils pinaillaient sur des fautes de grammaire dans le contrat : “Là, il faut mettre un point virgule, pas une virgule”, ce genre de conneries. [Et puis après], ils ont exigé que Billy tourne trois autres films pour eux. La négociation n'en finissait pas, et en plus ils insistaient pour couper le film. Faire accepter cette idée à Billy m'a gâché l'été. Je devais faire le tampon entre deux barjos. »

Weinstein raconte : « On a organisé une projection test. Résultat : en plus de couper le film, on avait envie de s'ouvrir les veines [65]. » Mais l'aîné des Weinstein avait trouvé un adversaire à sa mesure en la personne de Thornton, personnage aussi coléreux, malheureux et déprimé que lui. Le patron de Miramax continue : « C'était une relation orageuse, j'étais son Angelina Jolie, à l'époque. On se battait comme des chiffonniers. » « Billy Bob est un type très désagréable, ajoute Bowles, têtu, acharné. Si vous lui dites de faire quelque chose, il va vous envoyer balader [66]. » Harvey appelait Thornton au milieu de la nuit, le menaçait d'enfermer le film dans un coffre où jamais personne ne le verrait. Il hurlait : « Je suis un gros Juif velu, je pèse 180 millions. » Ou encore : « J'ai tous les droits [67]. » Elwes raconte : « Weinstein a menacé de vendre le film à HBO et de priver Thornton de l'oscar du Meilleur Film. Billy Bob a répondu, avec un accent de l'Arkansas à couper au couteau : “J'en ai rien à cirer. J'ai fait le film pour moi, pas pour les autres. Je l'ai vu, et il m'a plu, alors va te faire foutre. Tu peux le sortir en vidéo ou le foutre à la poubelle, je m'en cogne [68].” » Thornton appelait aussi Harvey : « Je vais te planter une fourchette dans le cou, enfoiré. Tu te crois fort, mais moi je m'appelle Billy Bob et je vais de botter le cul, t'emmener derrière la grange et te casser la gueule.

– T'es qu'un cul terreux attardé.

– Je vais trancher la tête à un canasson et la planquer dans ton pieu.

– Tu dis ça parce que je suis Juif, c'est ça ? Dis la vérité, Billy.

– Ouais. T'es un de ces Hébreux à la noix. Tu appartiens à cette tribu-là. Et là d'où je viens, on n'aime pas les Hébreux[69]. » À en croire Harvey, tous deux éclatèrent de rire à cet instant. Certaines relations tendues, comme celle que Harvey entretenait avec Daniel Day-Lewis, finissaient toujours en embrassades. Mais d'après Meistrich, cette fois, ce n'était pas le cas. « Il n'y avait pas d'embrassades à la fin de ces disputes-là. Il y a eu toute une série de batailles interminables et très moches. C'était menace sur menace des deux côtés. Ils en sont même venus aux mains. Un jour, dans une chambre d'hôtel, ils ont commencé à se pousser par jeu et, au final, le directeur et moi avons dû les séparer[70]. »

Harvey finit par convaincre Thornton de couper plusieurs minutes de film. « C'était une véritable guerre d'usure, poursuit Meistrich. Billy commençait à travailler sur d'autres projets. » En vérité, le film, dont l'action progressait à la vitesse du sang dans une artère bouchée, avait bien besoin d'être raccourci d'au moins vingt minutes. Mais Harvey ne parvint jamais à obtenir tout ce qu'il demandait, et Thornton ne lui planta jamais de fourchette dans le cou. « Ils avaient besoin de Billy pour assurer la promo, explique Elwes. En plus, ils avaient envie de cultiver une relation avec lui, pour pouvoir continuer à le manipuler jusqu'à la fin des temps[71]. » Une autre source impliquée dans cette affaire explique que les Weinstein « achètent l'amitié des gens. C'est ce qu'ils ont fait avec Billy : “Je vais te baiser jusqu'à l'os, mais en échange je paie tes factures pendant trois ans[72]." » (Miramax nie avoir « baisé » Thornton et souligne que tous les studios paient ce genre de frais.)

Sling Blade n'était pas le seul film à tomber dans l'escarcelle de l'équipe achats de droits de Miramax, qui travaillait d'arrache-pied. *Trainspotting* avait cartonné en Angleterre, et Harvey en acheta les droits nord-américains. La Fox acquit les droits du film suivant de Danny Boyle, *Une vie moins ordinaire*. Harvey n'avait aucun droit sur Boyle, mais il voulait une part du nouveau film. Bill Mechanic, encore patron de la Fox à l'époque, reçut un appel de Jeff Berg, de chez ICM, qui représentait Boyle. D'après Mechanic, l'agent lui annonça : « Harvey veut les droits, accepteriez-vous de les lui céder ?

– Je me moque de ce que veut Harvey. Ils sont à moi[73]. » Mechanic trouva la démarche vraiment idiote. Berg insista : « Vous me rendriez vraiment service en acceptant de lui parler. Pour qu'il voie que je fais mon boulot.

– Jeff, ça va mal finir, mais d'accord. Il peut m'appeler. »

Ce que fit Harvey : « Nous avons droit à la moitié de ce film. Partageons les droits.

– Je ne possède même pas tous les droits. Je n'ai que l'Amérique et quelques autres pays.

– Eh bien ! partage ce que tu as. C'est nous qui avons sorti Danny Boyle de l'anonymat, on le mérite.

– Avec tout le respect que je te dois, Harvey, tu n'as rien fait du tout pour ce type. » (PolyGram avait financé *Trainspotting*, et Miramax ne l'avait même pas encore distribué aux États-Unis.)

« Bon, puisque c'est ça, on ne sort pas le film ! » s'écria Harvey, pensant que ce serait dommageable pour *Une vie moins ordinaire*.

« Comme tu veux, va chier, je m'en cogne. C'est ton problème, pas le mien. J'ai un film d'amour, toi un film sur la drogue, et tes décisions n'influencent pas les miennes. Si tu as envie de jeter ton pognon par les fenêtres, te gène pas.

– Alors on ne fait pas de campagne pour les Oscars !

– Parfait, je m'en fous.

– Il me faut la moitié du film ! Il me la faut ! »

Mechanic se souvint que, à l'époque où il travaillait chez Disney et où Miramax sortait *La Leçon de piano*, Harvey avait mis une option sur le projet suivant de Jane Campion. Il lui dit : « Au fait, tu as toujours les droits du prochain Jane Campion ? Je te donne la moitié d'*Une vie moins ordinaire* en échange des droits internationaux du prochain Campion.

– Tu accepterais ce marché ?

– Ouais.

– Je te rappelle. »

« Évidemment, explique Mechanic, je n'ai plus jamais eu de nouvelles. Il fait ça sans arrêt. Au fil du temps, Miramax est devenue de plus en plus agressive. Tout est permis dans ce milieu, puisqu'il n'y a pas de sanctions prévues : les gens comme eux ont les mains libres. On se contente d'ignorer leur comportement en se disant qu'ils font du bon boulot, ce qui est vrai. »

Sorti le 19 juillet, *Trainspotting* rapporta la coquette somme de 16,5 millions.

À la fin de l'été, *Sling Blade* fut invité à participer au Festival du film de New York. Dès que l'équipe marketing de Miramax découvrit d'où sortait Thornton, elle comprit que la compagnie avait tiré le gros lot. C'était « l'auteur aux pieds nus » – ou, du moins, il pouvait passer pour tel –, « l'Orson Welles de la cambrouse », comme l'a surnommé son copain Duvall. Un type bien plus passionnant que son film, ode larmoyante aux bouseux. L'allure dégingandée, l'accent à couper au couteau, les tatouages qui lui couvraient le corps (et commémoraient ses différents mariages – « une bière de trop, voilà où ça mène [74] », ironise-t-il) et les tics nerveux en pagaille faisaient de Thornton l'invité idéal aux talk-shows de troisième partie de soirée. Le plus beau, c'est qu'il n'en rajoutait presque pas.

Il avait quarante et un ans quand *Sling Blade* fit un carton. Il sortait effectivement du fin fond de l'Arkansas, de la petite ville de Malvern, et même là-bas il avait l'air bizarre. « On a été élevés dans les bois, explique-t-il. On n'a jamais vraiment été comme tout le monde. On nous prenait un peu pour la famille Addams, là-bas [75]. » Quand il était jeune, il ressemblait assez à Karl, son personnage dans le film, maladroit et bizarre, avec des lunettes épaisses comme des fonds de bouteille et un sourire à la Bugs Bunny. Son ami d'enfance et coscénariste Tom Epperson l'avait surnommé « Silly Slob [76] » (« le roi des ploucs »).

En 1981, Thornton et Epperson s'étaient fait la belle à Hollywood. Ils n'avaient pas d'ami dans l'industrie, pas de cousin chez Warner ou d'oncle dans une agence, et faillirent mourir de faim. Le nuage noir qui semblait perpétuellement planer au-dessus de la tête de Thornton n'arrangeait rien. Son frère aîné avait succombé à un infarctus, et lui-même souffrait d'une maladie cardiaque rare. Puis sa maison fut détruite par un incendie. « Je ne sais pas pourquoi je suis malheureux tout le temps, se demande-t-il. La misère humaine, ou un truc comme ça… Je suis un angoissé de nature, et c'est l'angoisse qui m'a poussé à prendre un certain nombre de décisions. Parfois, je me mets à hurler de colère, à jurer. Je suis au cinéma en train de regarder un film et, tout d'un coup, je me lève en criant. C'est plus fort que moi [77] ! » À une période, il fut tellement fauché qu'il vécut de patates pendant des semaines.

Thornton payait les factures grâce à ses apparitions dans des nanars comme *Chopper Chicks in Zombietown* ou des téléfilms comme *The Man Who Broke 1,000 Chains*. Ce n'était pas tout le temps drôle. Un jour, il alla se reposer dans sa caravane sur le tournage d'un film et se regarda dans le miroir. « Je me dégoûtais, se souvient-il, je me faisais des grimaces en me demandant ce que je foutais là, pourquoi j'avais accepté ce rôle merdique. "T'es qu'un raté, tu n'arriveras jamais à rien." Je me suis toujours senti à l'écart et je me suis toujours cru plus moche que je ne le suis vraiment [78]. » C'est dans ce contexte négatif qu'il créa le personnage de Karl.

Lentement, Thornton et Epperson sortirent la tête de l'eau. Ils écrivirent le scénario d'*Un faux mouvement*, qui fut également tourné en 1990 et dans lequel Thornton incarnait un trafiquant de drogue. « On s'est donné à fond pour réaliser *Un faux mouvement*, se souvient l'acteur, on a tout fait gratuitement, on a essayé de faire du bon boulot. Et puis, une semaine après la sortie du film, les agents nous ont appelés, tout contents de nous annoncer que TriStar voulait faire un remake du film avec des stars ! Je n'ai pas eu le choix, j'en ai engueulé un : "Espèce d'andouille ! Vous vous rendez compte de l'insulte ?" Le type ne voyait pas pourquoi j'étais furax… Je ne veux pas me la jouer rebelle à Hollywood, mais c'est l'enfer, là-bas [79]. »

Secrets et mensonges, le nouveau film de Mike Leigh, distribué par October – qui venait d'acquérir *Breaking the Waves*, de Lars von Trier –, participait également au Festival de New York. En février 1995, au Festival de Berlin, Bingham Ray avait été le seul à tenir jusqu'à la fin de *The Kingdom*, opus de plus de cinq heures, alors que tous les autres acheteurs s'éclipsaient à l'entracte, les yeux chassieux, à demi morts d'ennui. Sans savoir comment il allait le vendre, il avait acheté le film pour 150 000 dollars, ouvrant ainsi à l'excentrique réalisateur danois et sa compagnie Zentropa Films les portes de l'écurie October, de mieux en mieux fréquentée puisqu'elle comptait déjà parmi ses poulains Leigh, David Lynch et Abel Ferrara, qui vivait à l'époque son quart d'heure de gloire.

Zentropa envoya à Ray le script de *Breaking the Waves*, l'étrange histoire d'une innocente qui passe sans transition de l'amour fou à la prostitution. Ray savait que von Trier idéalisait Carl Dreyer et considérait ce film comme sa version de *La Passion de Jeanne d'Arc*. « Cela m'a carrément intrigué, avoue-t-il, d'autant qu'il correspondait parfaitement au profil de la compagnie. Ce film était un véritable ovni, unique en son genre[80]. » Ni Amir Malin ni John Schmidt ne partageaient son enthousiasme, mais Ray insistait : « On va faire ce putain de film. » Cette année-là, à Cannes, October se délesta de 800 000 dollars durement gagnés pour en acquérir les droits nord-américains. Le casting jouait en faveur du film : Gérard Depardieu était pressenti pour incarner Jan, le premier rôle masculin, et Helena Bonham Carter (« HBC », comme l'appelait Mike Leigh) celui de Bess, centre de gravité émotionnel de l'histoire. Malheureusement, une semaine après le festival, Zentropa annonça à Ray que HBC laissait tomber le projet : si October voulait en faire autant, c'était tout à fait compréhensible. Ray demanda à von Trier : « Par qui vas-tu la remplacer ?

– Une inconnue.

– C'est qui ?

– Une actrice anglaise. J'aime son essai, elle s'appelle Emily Watson. Emily Watson va interpréter Bess. » Il n'avait pas de photo de Watson, pas de biographie, ce qui ne dérangeait pas vraiment Ray. « Depuis que j'ai vu la carrière de Linda Fiorentino ressuscitée par *Last Seduction*, je trouve beaucoup plus passionnant de travailler avec des acteurs ou des réalisateurs que le public ne connaît pas ou n'a pas vus depuis longtemps, explique-t-il. Ils ont une certaine fraîcheur et, à mon avis, c'est ce qu'il y a de mieux. » Il donna son accord à von Trier.

Neuf mois plus tard, Ray fit le voyage du Festival de Berlin jusqu'à Copenhague pour assister à la projection de *Breaking the Waves*, dont le tournage était terminé. « Ce film m'a fichu sur le cul, se souvient-il. Tu es là, tout seul dans la salle, et tu sais que tu es tombé sur quelque chose d'exceptionnel. C'était un film inclassable, j'ignorais s'il allait marcher, si nous allions gagner ou perdre de l'argent dessus ; tout ce que je savais, c'est qu'une aventure exceptionnelle s'annonçait. »

October présenta les films de von Trier et de Leigh à Cannes : tous deux furent sélectionnés et suscitèrent l'enthousiasme des critiques et du jury. « Il y a eu un avant et un après Cannes », explique Ray.

En septembre 1996, *Secrets et mensonges* fit l'ouverture du Festival du film de New York et fut accueilli par des critiques élogieuses. Le public se pressa en masse pour le voir. *Breaking the Waves,* quant à lui, démarra très doucement en novembre dans un grand cinéma Loews, fut évincé deux semaines plus tard, avant d'être repris par Talbot, sur Lincoln Plaza, où il tint l'affiche pendant des mois.

Miramax sortit *Sling Blade* et *Citizen Ruth* en décembre, juste à temps pour être pris en compte pour les Oscars. Même s'il arrivait toujours aux deux frères d'acheter quelques films potentiellement sujets à controverse comme *Trainspotting* ou *Citizen Ruth*, ils ne les distribuaient pas de façon appropriée – quand ils les distribuaient. Miramax évita de sortir le film de Payne avant la fin de la campagne présidentielle de 1996 car – c'est ce que suspecte Jim Taylor, le coscénariste de Payne – Harvey craignait que le sujet n'embarrasse Clinton, pour qui il éprouvait une passion dévorante.

Démocrate depuis toujours, Weinstein s'était mis en tête de jouer un rôle sur la scène politique nationale. Son implication dans la collecte de fonds lui avait permis d'entrer dans le cercle des intimes de Bill et Hillary après les primaires du New Hampshire ; il commençait à les fréquenter l'été à Martha's Vineyard.

La date de sortie approchait, et l'équipe marketing de Miramax s'efforçait de faire passer le film de Payne pour une comédie loufoque. Pour une raison que seule la compagnie devait comprendre, la publicité montrait Laura Dern sous les traits de la statue de la Liberté, un grand sourire aux lèvres, soulevant un tube de colle au lieu de la torche. D'après Payne, « ils vous demandent votre avis mais n'en tiennent aucun compte. Avec eux, c'est : "On a fait tel ou tel film, ne venez pas nous donner de conseils." Le réalisateur est toujours le dernier averti des décisions. Les gens me demandent parfois quel est le budget de mon film : je n'en sais toujours rien, ils ne vous disent rien. Tout n'est que manigances avec eux. Bon, ils en savent peut-être plus que moi, mais ce que je sais, c'est que mentir sur la marchandise marche rarement, et qu'en faisant passer pour des comédies des films dramatiques, réalistes, qui ne cherchent pas à faire croire aux gens que tout est rose – pour moi, réalisme rime plutôt avec drame –, on se met à dos son véritable public. Au risque de passer pour un prétentieux, je fais des films qui me ressemblent, et qu'ils soient difficiles à classer me convient très bien. Dommage que ça les rende aussi difficiles à vendre [81] ».

« Je suis persuadée que Harvey a fait tout un tas de promesses concernant la promotion du film et de Laura Dern qu'il n'a pas tenues au final, ajoute Cathy Konrad. En même temps, comment peut-on reprocher à quelqu'un de ne pas investir de l'argent dans un projet qui ne décolle pas ? L'étape du marketing est le moment le plus crucial dans la vie d'un film. Réussir à créer un univers autour du film est une question de vie ou de mort pour lui. Harvey avait la réputation de pouvoir faire de l'or avec des trucs que personne ne savait vendre. C'était incroyable : il était capable de persuader le public que rater son film, même le plus sombre qui soit, c'était rater l'événement du siècle. Alors tu as envie de croire que, d'un coup de baguette magique, il va aider ton film aussi. Mais, quand tu as l'impression qu'il se donne plus pour quelqu'un d'autre, c'est difficile à avaler. Pendant un temps, tu lui fais confiance, mais ça te ronge, quelque chose te dit qu'il n'assure pas. En même temps, ni moi ni Alexander n'avions de solution[82]. »

Pour Payne et Taylor, la performance de Dern méritait un oscar, mais selon eux Miramax avait décidé de tout miser sur *Sling Blade*, au détriment de *Citizen Ruth*. « J'ai été sous le choc, raconte Taylor, quand je me suis aperçu que des films que je pensais complètement marginaux avaient rapporté trois fois plus que le nôtre. Ç'aurait été bien d'être à l'affiche un peu plus longtemps et de remporter un ou deux prix. Mais je n'ai pas eu l'impression de me faire arnaquer. Je ne m'attends jamais à des miracles[83]. » *Citizen Ruth* n'engrangea que 1,5 million de recettes. « Je n'ai pas reçu une seule lettre de protestation, pas une ! s'étonne Payne. J'espère que dans les années qui viennent, on aura droit à des films subversifs, qui questionnent la société et ne se contentent pas de relayer la pensée unique. L'atmosphère était plus subversive dans les années soixante-dix. Je me demandais vraiment où j'avais bien pu merder[84]. »

Malgré de bonnes critiques, *Sling Blade* avait du mal à trouver son public. L'affiche et la campagne de publicité montraient Thornton dans le rôle de Karl. Tout le monde se demandait : « C'est qui, ça ? Beurk ! se souvient Harvey. Le spot télé de Karl en train de faire “hum, hum” ne donnait pas envie d’aller voir le film. Je savais pertinemment que montrer Karl, c’était condamner le film. Les chiffres des recettes étaient abominables [85]. »

Harvey pensait que le film de Thornton pouvait recevoir une ou deux nominations, mais son espoir le plus sérieux reposait sur *Le Patient anglais,* projet né en 1994 sous l’impulsion de Fantasy Films, la compagnie de production de Saul Zaentz, située dans la baie de San Francisco. Comme les frères Weinstein, Zaentz avait commencé dans la musique. Comme Harvey, il était farouchement attaché à son indépendance et avait un penchant pour les projets de qualité (disons : au montage luxueux mais au budget frugal) inspirés d’œuvres littéraires prestigieuses et correspondant aux goûts de l’Académie. Ces projets lui avaient valu de multiples nominations aux Oscars et parfois même, comme dans le cas de *Vol au-dessus d’un nid de coucou* et *Amadeus*, de remporter la statuette du Meilleur Film. « Saul, explique Jeremy Thomas, producteur de Bernardo Bertolucci, est un flibustier, comme nous tous, mais aussi un exemple. J’espère lui arriver à la cheville un jour [86]. »

Zaentz est un homme de convictions qui voit le monde de façon très manichéenne. « Mes amis sont mes amis, mes ennemis sont mes ennemis [87] », a-t-il déclaré un jour. Anthony Minghella comptait parmi ses proches. Homme petit et râblé, au crâne rasé et au regard caché derrière des lunettes noires, Minghella avait grandi sur l’île de Wight auprès de parents d’origine italienne. Malgré son accent britannique, il dégageait une espèce d’exotisme (la dernière chose à laquelle on pense en le voyant est qu’il puisse être britannique) et, après le 11-Septembre, il lui était impossible de faire un pas dans un aéroport sans se faire arrêter et fouiller. Minghella était un homme cultivé, un interlocuteur brillant, passionné de musique et de poésie, *cosmopolite* au meilleur sens du terme. Malgré la pugnacité de Zaentz et le caractère plus mesuré de Minghella, les deux hommes avaient de nombreux points communs. Comme Zaentz, le réalisateur britannique était un charmeur, un convive enthousiaste capable d'inventer des histoires captivantes. Le producteur se reconnaissait dans le réalisateur, et vice versa. « Les premiers chiffres d'*En liberté dans les champs du Seigneur* [produit par Zaentz] étaient catastrophiques, mais j'étais impressionné par sa force et sa dignité, raconte Minghella, évoquant l'une de ses premières rencontres avec le producteur. Alors qu'il était en train de vivre un échec cuisant, il a dit : "J'ai consacré plusieurs années de ma vie à ce film, c'était un projet auquel je croyais de toutes mes forces, mais il ne marche pas." Il se montrait particulièrement stoïque. »

Minghella venait lui aussi de connaître un échec avec *Mr. Wonderful* et ne pouvait s'empêcher de remarquer que Zaentz n'incriminait pas Hector Babenco, le réalisateur d'*En liberté dans les champs du Seigneur*, alors que Warner Brothers lui imputait l'échec de son deuxième film. Il n'était pas le premier indépendant à se laisser séduire et manipuler par un studio. La Warner avait été intriguée par son premier film, *Truly, Madly, Deeply*, mais l'aventure avait tourné au vinaigre, et sa confiance en lui en avait pris un coup. « Le studio a assez vite perdu toute confiance en mon talent. C'était l'angoisse du matin au soir. À la fin de ce film, je suis rentré chez moi et je me suis dit que si je n'avais pas mon mot à dire, je préférais ne plus tourner. Voilà pourquoi, instinctivement, je me suis mis à fréquenter Saul Zaentz, parce que soutenir les réalisateurs, c'était son credo. En un sens, plus le projet sortait des sentiers battus, plus il était susceptible de l'attirer. Saul vous pousse à croire en vous. En voyant mon petit film, il n'a eu aucune difficulté à imaginer le film à gros budget dont j'étais capable. Moi, par contre, j'avais beaucoup de mal à l'envisager. »

Zaentz avait un nouveau projet, *Le Patient anglais*, inspiré du roman éponyme de Michael Ondaatje, ambitieux et difficile à adapter pour l'écran. Il proposa à Minghella de l'écrire et de le réaliser. Zaentz avait toujours financé ses productions lui-même en combinant ses propres deniers – en général, les profits générés par son précédent film – et la vente des droits étrangers. Puis il vendait les droits nord-américains du film fini à un studio pour rembourser le coût du tournage, et empochait un pourcentage sur les entrées. Mais après *En liberté dans les champs du Seigneur*, explique Minghella, « il avait décidé de ne plus risquer son argent personnel de cette façon », ce qui signifiait être presque entièrement à la merci d'un financement extérieur. Du point de vue d'un studio, *Le Patient anglais* avait tout de la mauvaise idée, puisqu'il s'agissait d'une reconstitution coûteuse (40 millions de dollars) se déroulant pendant la Seconde Guerre mondiale, avec des extérieurs tournés en Italie et en Afrique. Le réalisateur était inexpérimenté et la distribution – Ralph Fiennes et Juliette Binoche – manquait cruellement des Tom Cruise et des Julia Roberts qui font palpiter le cœur des décideurs de Hollywood. Et puis il y avait l'histoire : un homme grièvement brûlé, cloué au lit, raconte des histoires à son infirmière française dans une villa italienne en ruines. « Pas très drôle, tout ça, reconnaît Minghella. Tout le monde a accueilli le projet avec une indifférence polie. Moi non plus je ne l'aurai pas acheté, à leur place. »

Zaentz lança le projet en sortant 5 millions de sa poche et, après avoir fait le tour des studios, atterrit à la Fox. Au terme d'âpres négociations concernant le budget, le scénario et le casting, Mechanic finit par acquérir les droits de langue anglaise pour 20 millions. La préparation du *Patient anglais* débuta pendant l'été 1995, avec les repérages en Italie, la création des costumes à Londres, etc. Comme d'habitude sur ses films, Zaentz réussit à persuader techniciens et acteurs – au nombre desquels figuraient désormais Kristin Scott Thomas et Willem Dafoe – de ne toucher leur salaire qu'une fois le film sorti sur les écrans. Ils acceptèrent, comme toujours, car le producteur avait la réputation d'être honnête et de faire des films de qualité. Tous les membres de l'équipe, de Fiennes à la costumière Ann Roth, acceptèrent de baisser leurs tarifs de moitié. Ce fut même le cas de l'ingénieur du son Walter Murch, détenteur d'un oscar. En tout, cela permit d'économiser 7 millions de dollars sur les salaires.

Ce qui se passa ensuite se perd dans le brouillard de la mémoire sélective et du ressentiment tenace. D'après Minghella, la Fox se désengagea progressivement. Zaentz ne parvint pas à réunir la différence en vendant le reste des droits internationaux. Au bout du compte, la Fox ferma le robinet, et la préparation s'arrêta. Mechanic nie et affirme que Zaentz n'avait pas réussi à réunir le reste du financement : quoi qu'il en soit, le projet était au point mort. Sydney Pollack (ami et futur partenaire de Minghella) et le producteur Scott Rudin contactèrent Harvey Weinstein. Harvey et Bob avaient déjà décliné la proposition car ils refusaient de payer le prix demandé par Zaentz pour les droits américains. Mais la situation avait changé. Il y avait péril en la demeure. « J'ai rameuté la ville entière quand Anthony m'a appris que son projet avait du plomb dans l'aile, raconte Pollack. Personne n'en voulait. Harvey s'est porté volontaire, a payé le prix fort, et a fait une promotion d'enfer au film[88]. » Elwes, impliqué dans le projet puisque l'agence William Morris représentait Minghella, porte un regard beaucoup plus cynique sur les faits : « Miramax rôdait autour du projet depuis un moment en attendant qu'il se casse la figure. Tactique classique [89]. » Elwes persuada la Fox de s'intéresser de nouveau au projet. « Quand Harvey et Bob ont su que la Fox allait remporter le contrat, poursuit-il, ils sont devenus fous et ont envoyé Scott Greenstein à Los Angeles ; il a attendu dans nos bureaux jusqu'à ce qu'il soit sûr que Miramax récupérerait la totalité du film. » Miramax versa environ 28 millions pour les droits internationaux. Harvey fit pression pour repousser le paiement de 2,5 millions de frais après la sortie du film, ce qui signifie par exemple que Minghella ne toucha qu'un cinquième de son salaire au moment du tournage.

Après l'achat des droits du *Patient anglais*, à une époque où Harvey et Zaentz s'entendaient encore, Peter Jackson, dont le film *Créatures célestes* avait été distribué par Miramax, confia à Harvey qu'il avait envie de tourner *Le Seigneur des anneaux*, dont Zaentz détenait les droits depuis trente ans mais dont il refusait de se défaire. D'après Jackson, Harvey s'écria : « "C'est génial. Je connais bien Saul, je vais lui parler." Il a réussi l'impossible [90]. » Comme l'avoue Harvey lui-même, « Saul était fou de moi. Je l'ai convaincu de vendre les droits. Il s'est fait un paquet de fric en tant que producteur exécutif sans dépenser un centime. Moi, j'ai investi 10 millions pour développer le projet [91]. »

Ils prévoyaient de faire deux films de trois heures pour la somme de 75 millions. Il s'agirait de la première coproduction Miramax-Dimension. Étant donné les budgets de leurs films précédents, Jackson et sa partenaire, Fran Walsh, pensaient pouvoir s'en sortir. Avec l'argent de Miramax, ils menèrent à bien la majeure partie de la préparation – repérage des extérieurs, construction des maquettes, conception artistique, écriture des deux scénarios, tout cela sur une période de dix-huit mois. Mais, à la lecture des scénarios, il sautait aux yeux que le budget avoisinerait plutôt les 140 millions que les 75 prévus au départ. Miramax ne pouvait pas suivre. « Disney n'y croyait pas et ne voulait pas me donner les moyens de le faire », raconte Harvey. « C'était la panique chez Miramax, continue Jackson. Bob Weinstein était fou furieux d'avoir dépensé tout cet argent, ils étaient coincés. Il ne comprenait pas le projet et n'y croyait pas du tout. Sa méfiance était contagieuse, même si Harvey essayait malgré tout de rester positif. On nous menaçait à demi-mot de nous faire un procès ; je crois que Bob aurait été ravi de pouvoir lâcher les avocats sur nous et de faire de nos vies un enfer. Mais Harvey calmait le jeu [92]. » Il demanda à ses scénaristes de retravailler les deux scénarios de Jackson et Walsh pour n'en faire qu'un. Il se disait : « On est trop impliqués pour se retirer du projet maintenant, mais on ne peut pas dépenser plus de 75 millions. » « Fran et moi étions horrifiés, continue Jackson. On leur a dit que ce film-là décevrait profondément tous les lecteurs du *Seigneur des anneaux*. Ils n'ont rien voulu entendre. Harvey m'a demandé de laisser tomber. D'après lui, je freinais le projet. Il voulait envoyer Hossein Amini, auteur des *Ailes de la colombe*, en Nouvelle-Zélande pour travailler sur le script avec Fran. Évidemment, Fran a levé les yeux au ciel, l'air de dire que c'était hors de question. Puis Harvey a ajouté : “Peter, si tu n'as pas envie de participer à ce projet, John Madden peut te remplacer.” Il avait tout prévu : Hossein Amini allait récrire le scénario, et John Madden tourner le film. On est rentrés à la maison, et on a décidé de refuser. On savait que cela pourrait mettre un terme à nos carrières, mais, après tout, on pouvait toujours travailler pour la télé. » Ken Kamins, l'agent de Jackson et Walsh chez ICM, annonça à Harvey : « Ils se retirent, mais tu as une dette envers eux : Peter et Fran t'ont amené ce projet, ils ont travaillé dessus pendant dix-huit mois. Tu dois au moins leur laisser la possibilité de proposer le film à d'autres. » Harvey fit ce qu'il fallait, mais posa des conditions si dissuasives que leurs chances de réussir étaient quasi nulles. « J'ai posé à Peter les pires conditions de tous les temps, parce que je n'avais pas envie de perdre le projet. Je lui ai donné trois semaines pour trouver acquéreur et je me suis montré très exigeant : 5 % des bénéfices pour mon frère et moi. Pire encore, je lui ai dit que je voulais mon argent le jour même ! Il devait me rendre 10,1 millions *fissa*. Ce que personne n'exige jamais dans ce genre de situation. En général, on attend que le tournage soit terminé. J'ai demandé à Peter : "Il peut y avoir pire contrat, à ton avis ?" et il a répondu : "Pire que ça, tu meurs !" J'ai dit : "Personne n'en voudra." Sur ce, Bob Shaye a dit à Jackson : "OK pour trois films [93] !" »

Dans le déluge d'articles de presse qui accompagna la sortie du *Patient anglais* le week-end de Thanksgiving, les embrouilles autour du tournage se métamorphosèrent en un conte de fée romantique – mi-rêve, mi-réalité – selon lequel le courageux patron indépendant avait volé au secours de la belle princesse sur son cheval blanc et l'avait sauvée des griffes du méchant studio prêt à l'enlever. « Tout d'un coup, se souvient Mechanic, je lisais dans la presse que Miramax était intervenue pour empêcher la Fox de détruire ce film, d'en faire une daube hollywoodienne [94] » en insistant pour que Demi Moore obtienne le rôle interprété par Kristin Scott Thomas. Mechanic continue : « Je jure sur ma tête – et je ne mens jamais – que l'on n'a jamais prononcé le nom de Demi Moore. Demi Moore n'a pas joué dans un seul film tant que j'étais à la Fox. On ne lui a jamais proposé de rôle, surtout pas dans *Le Patient anglais*. On n'est pas débiles, quand même. » D'après Mechanic, cette histoire est « un tissu de mensonges… que l'on doit sans doute plutôt à Miramax qu'à Saul, bien qu'il ait joué le jeu. Et, comme il est taré, il a fini par y croire. Il n'y a rien de vrai là-dedans ! » (« Je sais qu'on a toujours parlé de Demi comme solution de remplacement [95] », déclare Minghella.) Mechanic reste amer : « Minghella était tout sourire, il répétait : "Je n'y suis pour rien." Mais, pour moi, il est coupable, il aurait pu rétablir la vérité. Et si vous en parliez à Saul aujourd'hui, il vous dirait qu'ils se sont fait avoir par la Fox [96]. » Mais on ne tarderait pas à découvrir que si Saul s'était fait avoir par quelqu'un, ce qui reste à prouver, ce n'était pas par Mechanic, mais par Miramax.

Chapitre 8
Gang de requins
1996-1997

Où Dimension se fait une place au soleil grâce à *Scream*, tandis que Robert De Niro ignore les scènes écrites par Harvey Weinstein, qu'October se laisse acheter par Universal, et que Steven Soderbergh touche le fond.

« La sortie de Scream *a marqué un tournant, a révélé dans quelle direction allait vraiment Miramax/ Dimension, et pourquoi personne ne peut plus parler de vaste contribution à la culture cinématographique en ce qui les concerne. Ce que voulaient Harvey et Bob, c'était faire du New Line à la place de New Line* [1]. »

John PIERSON

Pendant que Harvey lançait *Sling Blade* et *Le Patient anglais*, Bob Weinstein bossait dur chez Dimension à produire des films comme *The Crow : La Cité des anges*, sorti fin août 1996, film qui rapporta 8 millions de dollars, et *Hellraiser 4,* qui en rapporta 9. Au même moment, un agent avec qui Cary Woods avait autrefois travaillé lui fit passer le script d'un film de genre écrit par Kevin Williamson et baptisé *Scary Movie*. Les films d'horreur n'étaient pas la tasse de thé de Woods, mais ses collaborateurs – qui adoraient le scénario – le rassurèrent : « Ne t'en fais pas, ce n'est pas vraiment un film d'horreur, c'est très drôle. C'est une parodie [2]. » Il se dit que c'était le film parfait pour Dimension. Il appela Bob et lui dit : « Il te le faut. » Bob rafla la mise pour 500 000 dollars, et Woods passa le scénario à Drew Barrymore, qui accepta tout de suite d'interpréter le rôle que finirait par jouer Neve Campbell. Avec Barrymore à bord, le film était sûr d'obtenir le feu vert des financiers. Le scénario fut envoyé à Wes Craven, auteur et réalisateur du mythique *Les Griffes de la nuit*, mais qui, à l'époque, n'intéressait plus personne, à l'instar du genre qu'il avait pratiquement inventé, le film gore.

Barrymore accepta le premier rôle avant de changer d'avis et de décider de jouer la fille numéro 1, à l'écran pendant deux secondes avant d'être assassinée. Bob n'aimait pas le titre *Scary Movie*. Craven, qui tentait de se débarrasser de l'étiquette de « spécialiste de l'horreur » qu'on lui avait collée, déclina la proposition à deux reprises. Mais il aimait l'insolence du scénario, son aspect parodique, et finit par se laisser convaincre. Cathy Konrad, qui travaillait encore chez Woods Entertainment à l'époque, se souvient : « Bob était persuadé que, pour vendre le film, il fallait jouer sur ce qui faisait la force de Wes Craven : ses fans purs et durs. Que, pour vendre ce genre de films, on ne pouvait pas s'appuyer sur l'humour. On n'arrêtait pas de lui dire : "Non, tu ne comprends pas", mais lui, il insistait : "Si, je comprends très bien : c'est vous qui êtes à côté de la plaque en essayant d'exploiter l'angle comédie." Il avait tout à fait raison [3]. »

« Je n'avais pas envie que ce soit une parodie [4] », se souvient Bob. Au cours d'un entretien avec Williamson, le scénariste, il dit : « Kevin, je veux être sûr de ne pas m'être trompé : c'est une comédie avec quelques scènes qui foutent la trouille, ou un film d'horreur avec quelques scènes de comédie ?

– C'est un film d'horreur avec quelques scènes de comédie.

– Bon, c'est ce que je pensais. Par contre, ton titre est mauvais. » Bob continue : « C'est mon frère qui a trouvé le titre ; il s'est inspiré d'une chanson de Michael Jackson qui passait à l'époque. » *Scary Movie* devint *Scream.*

Bob, qui n'avait pas encore trouvé son rythme comme producteur, ne faisait confiance ni à Woods, ni à Konrad, ni à Craven, et engagea B. J. Rack pour se couvrir. Intelligente et dure en affaires, Rack avait pas mal roulé sa bosse et produit, entre autres films, *Terminator 2.* Elle avait aussi touché au montage et aux effets spéciaux. Ses compétences étaient utiles aux Weinstein, qui l'aimaient bien et l'employaient à l'occasion depuis le début des années quatre-vingt-dix comme mercenaire. Rack aussi les aimait bien, même si elle trouvait Bob imprévisible. « Ses sautes d'humeur sont vraiment extrêmes, explique-t-elle. Il passe de "ouais, c'est une très bonne idée" à "je la trouve nulle" en l'espace d'une seconde, sans vous quitter des yeux. Il est capable de se montrer charmant, d'être concentré et génial pendant des heures, mais peut aussi être négatif et hostile à ses heures. On m'a chargée de faire le sale boulot sur *Scream*, de réduire le budget au minimum, d'aller leur dire qu'ils nous coûtaient trop cher [5]. »

Bob détestait les rushes, les trouvait plats, plus terre à terre qu'effrayants. Pendant la seconde semaine de tournage, alors que Craven filmait Barrymore, Bob se mit à harceler Konrad qui supervisait la production : « J'ai peur, j'ai des doutes [6]. » Il commença à pinailler. Pourquoi Barrymore portait-elle un pull ? La scène ne devrait-elle pas être plus sexy ? Sa perruque était moche… Cary Granat, directeur de Dimension, était un

ami de Konrad et lui devait son poste. Il la mit en garde : « Bob n'est pas satisfait. Ça ne va pas en s'arrangeant.
– Qu'est-ce que tu veux que je fasse ? » répondit-elle. Elle n'obtint pas de réponse. Un jour, Craven tournait une scène avec Liev Schreiber, qui faisait une brève apparition dans le rôle de Cotton Weary. Bob appela et exigea de parler au réalisateur, que Konrad dut interrompre en plein tournage. Elle raconte : « Bob a dit à Wes qu'il le croyait capable de mieux. Wes m'a dit : "C'est quoi ce patron qui appelle un réalisateur en plein milieu du tournage pour le casser et s'attend ensuite à ce qu'il fasse du bon boulot pendant le reste de la journée ?" » Vingt minutes plus tard, Granat téléphona à Konrad : « Bob vient de voir les scènes avec le masque et il a cru que c'était une blague. Il dit qu'il n'a jamais donné son accord pour le masque.

– Cary, tu déconnes complètement. Tu es le président du studio, bordel, on t'a envoyé des esquisses du masque ! Ce masque a été trouvé dans un grenier par quelqu'un chargé des repérages, ça n'a rien d'une nouveauté, on s'est tous dit que c'était génial, que ça nous faisait penser au *Cri [The Scream]*, de Munch. Je ne comprends pas.

– Bob n'aime pas, c'est tout.

– Je refuse d'arrêter le tournage !

– Bon, euh, il va falloir que je fasse le déplacement, alors.

– J'en ai rien à foutre. Fais le déplacement si ça te chante, mais en attendant que vous nous disiez comment faire différemment et mieux, on va continuer à travailler à notre façon. » Quelques heures plus tard, Granat rappela : « Bob aimerait comparer : tu sais où se trouvent les autres masques que vous nous avez montrés ?

– Non, je n'en sais rien.

– Bob veut que Wes continue à travailler et tourne chaque scène avec quatre masques différents jusqu'à ce qu'il décide lequel il préfère.

– Va mourir ! »

Mortifié, Craven s'interrogeait : « Qu'est-ce que je suis censé faire ? Comment demander à un acteur de faire la même scène quatre fois avec quatre masques différents ? »

« Ils n'avaient aucun respect pour lui, raconte Rack. Avec eux, l'autonomie n'existe pas, sauf pour Quentin. J'ai vu Bob maltraiter Robert Rodriguez [7] », qu'il considérait pourtant comme le nouveau Spielberg. « Ils voulaient qu'on tourne autour du pot, ajoute Konrad. On essayait de leur dire que ce n'était pas possible : le reste du calendrier de tournage comportait des scènes où le masque était indispensable. Sans leur autorisation, on était complètement coincé. On aurait dit qu'ils voulaient nous mettre des bâtons dans les roues [8]. »

« Je trouvais le masque ridicule, se souvient Bob. Je pensais que ça ferait rire les gens. Je prenais Wes pour un fou. Ils m'ont dit qu'ils l'avaient acheté dans un magasin. J'ai hurlé : "Quoi ? Vous l'avez trouvé dans le commerce ? Vous ne l'avez pas créé vous-même ?" J'avais oublié que celui que porte Mike Myer dans *Halloween* est en fait un masque de William Shatner que John Carpenter avait trouvé dans le commerce. Si j'avais été plus intelligent, je me serais contenté de croire que l'histoire se répétait. On comparait masque après masque sans arriver à se décider, et j'ai fini par céder. C'est eux qui avaient raison, j'avais tort [9]. »

Granat sauta quand même dans un avion pour la Californie. À son arrivée, vers minuit, il convoqua Konrad, le directeur de production et quelques assistants dans la chambre de Craven. « Nous sommes dans l'impasse [10] », annonça-t-il avant de leur expliquer comment apaiser Bob. Konrad trouvait qu'il manquait de respect à Craven. « Attends un peu, explosa-t-elle, tu sais à qui tu parles ? Tu engages un mec qui a pratiquement inventé le genre et tu lui apprends à faire son métier ? Il a tourné une trentaine de films, c'est la pire insulte que j'aie jamais entendue ! Et franchement, tu ne nous aides pas du tout. Tu te contentes de nous dire comment tourner autour du pot jusqu'à ce que l'homme invisible décide s'il aime ce qu'il voit. C'est pas comme ça qu'on fait un film. Ça va coûter une fortune, c'est idiot : on refuse de faire ce que tu demandes.

– Exactement ! Pas question ! » renchérit Craven, tous les regards braqués sur lui et Konrad.

Mais la productrice savait qu'elle ne pouvait se contenter de défier Bob. Elle devait aussi proposer autre chose. « Bon, personne ne comprend ce que fait Wes, reprit-elle. La seule façon de résoudre le problème, c'est de monter les scènes que nous avons : si vous aimez ce que vous voyez, vous nous fichez la paix. Mais si vous n'aimez pas, alors on sera contents de vous laisser faire le film de vos rêves avec qui vous voulez.

– C'est une idée géniale », répondit Granat, avant de rentrer à New York. Ils travaillèrent à un premier montage, qu'ils firent parvenir à Miramax tout en poursuivant le tournage. Konrad, qui faisait les cent pas devant le bureau de la production tout en se demandant si les Weinstein s'apprêtaient à signer leur arrêt de mort, put vivre la projection minute par minute grâce à l'un des assistants de Bob : « Le film est dans le bureau… le film est en route pour la salle de projection… le film est arrivé dans la cabine du projectionniste… on charge le film… Bob se dirige vers la salle de projection… Harvey est à présent avec Bob, ils s'asseyent… les lumières s'éteignent… ça commence… je te rappelle. » Konrad tremblait comme une feuille. Craven vint lui demander deux ou trois fois si elle avait des nouvelles. Dix minutes plus tard, coup de fil de Bob : « C'était génial, putain, génialissime ! Harvey était en transe, c'était incroyable, merde. Vous aviez raison, j'avais tort, j'avais tort à un point que c'en est incroyable. Tout ce que vous voulez, vous l'aurez ! » « Ça a été fini, ajoute Konrad, il nous a fichu une paix royale à partir de là. Je dois admettre que c'est l'un des coups de fil les plus agréables que j'aie jamais reçus de la part d'un patron de studio. »

(Les souvenirs de Bob divergent : il n'aurait vu l'ébauche que bien plus tard, au moment où Wes lui demandait [une rallonge de] 400 000 dollars. « Il m'a montré quarante minutes de film. J'ai dit : "J'adore, c'est génial, voilà tes 400 000 dollars [11]." ») À partir de là, ajoute Rack, « Wes est devenu un dieu vivant. Un vrai crack. Une fois qu'on arrive à les rassurer, tout va bien ». [12]

Durant l'été 1996, Dimension était une véritable ruche – « nid de cafards » serait peut-être plus approprié. D'ailleurs, pendant la postproduction de *Scream*, Bob et ses collaborateurs commencèrent à travailler sur *Mimic*, un film d'horreur dans lequel des cafards géants envahissent le métro de New York… Ce projet leur avait été apporté par Michael Phillips, qui avec sa femme – la regrettée Julia – avait été l'un des producteurs les plus puissants du Nouvel Hollywood, à l'origine de *L'Arnaque*, *Taxi Driver* ou *Rencontres du troisième type*. Guillermo Del Toro devait réaliser le film, et Phillips endosser le rôle de producteur exécutif. *Cronos*, l'élégant film d'horreur du talentueux metteur en scène mexicain, distribué par October, avait remporté le prix de la Semaine de la critique à Cannes en 1993, et neuf Arieles (oscars) au Mexique. Stuart Cornfeld devait produire le film. Bob demanda à Rack si elle aimerait travailler sur *Mimic*, ignorant qu'elle faisait partie des proches de Del Toro. Rack se dit qu'elle pouvait ainsi protéger le réalisateur. Mais elle était aussi amie avec Cornfeld. « Tu n'as pas déjà un producteur ? » demanda-t-elle à Bob. Ce à quoi Bob répondit : « Je pense qu'il y a assez de boulot pour deux. » Rack accepta de faire partie de l'aventure. Travailler avec des tyrans n'avait plus de secret pour elle. « J'ai travaillé avec Paul Verhoeven et j'ai produit l'un des films de James Cameron, mais *Mimic* est l'expérience professionnelle la plus éprouvante que j'ai vécue, confie-t-elle. J'avais l'impression d'être une prisonnière de guerre. »

Rack n'a aucune excuse car elle savait ce qui l'attendait, ou aurait dû s'en douter. « Je le savais, et j'ai été assez stupide pour m'embarquer dans cette galère. Une fois mon contrat signé, ils m'ont demandé de virer Stuart. » (Il finit par conserver un rôle symbolique sur ce film.) Moins d'une heure après le début de la première séance de travail réunissant tous les participants au film, quand Phillips présenta ses notes sur le scénario – écrit par Del Toro et son coscénariste Matthew Robbins, un vieux de la vieille, auteur de *Miracle sur la 8e Rue* –, Bob lui ordonna d'arrêter de débiter des platitudes et des idioties. Phillips dut se rendre à l'évidence : les choses avaient changé depuis les années soixante-dix. Rack, qui assistait à la réunion, raconte : « Bob lui a dit : "Qu'est-ce que tu racontes ? C'est débile !" Puis il a ajouté : "Laissez-moi maintenant, j'ai envie d'être seul", et a poussé tout le monde dehors. Une fois Phillips sorti, il s'est écrié : "Il est viré, je me fous de ce que ça va nous coûter, je ne veux plus jamais revoir sa tronche." Phillips avait à peine ouvert la bouche ! »

Scream avait coûté environ 16 millions, *Une nuit en enfer* environ 17 millions, et Dimension allait devoir faire un effort pour *Mimic*, dont le budget s'élevait à 22,5 millions, surtout qu'il s'agissait d'un film de genre réalisé par un jeune metteur en scène plutôt inexpérimenté. Bob voulait que Rack ramène le budget autour de 15 ou 16 millions. En lisant le script, elle conclut que 22 millions – dont 3 millions consacrés aux effets spéciaux –, c'était une somme tout à fait réaliste.

« Bob hurlait, se souvient-elle, me raccrochait au nez, et encore c'était pendant notre lune de miel, quand il n'arrêtait pas de dire qu'il m'adorait. Quelle brute ! En d'autres temps, j'aurais tout arrêté, mais je sentais bien que j'étais déjà trop impliquée. Je le rappelais en disant : "Écoute, il y a un moyen de régler ce problème, il faut se débarrasser des effets spéciaux. On n'est pas obligés de faire *Alien*. Ça peut ressembler à *L'Échelle de Jacob*, plutôt. À ce moment-là, je peux le faire pour 16 millions, si tu collabores." Il répondait : "Non ! Tu n'écoutes pas ! On te demande de travailler avec un budget et tu refuses. Tu es virée." Impossible de communiquer, de parler à quelqu'un au téléphone, et, quand j'y arrivais, c'étaient des cris sans fin. Le chaos était tel que je n'arrivais pas à organiser la moindre réunion ni à discuter, parce qu'il y avait toujours quelqu'un qui hurlait. Quand on dit à Bob quelque chose qu'il n'a pas envie d'entendre, il vous répond de la fermer. Un jour que je lui avais fait une remarque complètement anodine qui l'avait fait exploser, Harvey est allé jusqu'à me pousser *manu militari* dans l'ascenseur. Ils n'en avaient pas particulièrement après moi, ils sont dans un état de colère permanent, c'est tout ; ils hurlent quand les choses ne vont pas comme ils le souhaitent. Ce sont des brutes. »

À proprement parler, c'est Disney qui supervisait le projet. Le bureau de Rack se trouvait dans l'enceinte des studios Disney. Elle soumettait le budget à l'approbation d'une employée de chez Disney dont la signature figurait sur les chèques. Après avoir mis au point un budget préliminaire, elle en référa à son contact habituel et en envoya une copie à Bob. « J'arrive pas à croire que tu aies été assez bête pour leur en envoyer une copie », hurla-t-il. Il l'aurait sans doute volontiers étranglée s'il l'avait eue sous la main. « Bob et Harvey ne font jamais semblant, ajoute Rack. Ils ne savent pas se contrôler. » Mais, selon Rack, loin de les desservir, leur tempérament effrayait les gens de chez Disney, permettant en fin de compte aux deux frères d'obtenir ce qu'ils voulaient.

Les réunions de travail sur le script qui se tenaient dans la salle de conférences exiguë des bureaux de Tribeca ne ressemblaient à rien de ce que Rack avait connu jusque-là. À peu près cinq auteurs retouchaient le scénario. Vers 9 heures, une navette allait chercher les membres de l'équipe – dont certains arrivaient de la côte Ouest et logeaient dans des hôtels luxueux – et les déposait à 9 heures 30 à la réception de Miramax, où ils faisaient le pied de grue pendant deux heures, jusqu'à l'arrivée de Bob et Harvey vers 11 heures, 11 heures 30. Un quart d'heure après le début de la réunion, Bob, s'adressant à un assistant avec son accent chantant du Queens, lui demandait de commander un plateau de saumon fumé. Quelques minutes plus tard, le delicatessen du coin livrait le saumon et les bagels. Harvey, qui n'assistait que rarement aux réunions, fumait cigarette sur cigarette, les écrasait dans le saumon et noyait la pièce dans un nuage de fumée. Quand il n'avait plus rien à fumer, il ramassait les mégots et les rallumait. La collation restait sur la table pendant des heures, car, dès que quelqu'un faisait mine de vouloir débarrasser, il se faisait enguirlander. Lorsqu'on vidait enfin la table, Harvey demandait à ceux qui n'avaient pas terminé leur collation : « Vous allez finir votre assiette ? Non ? » Au besoin, il piochait dedans. Au bout d'un moment, on passait commande pour le déjeuner, qui comme le repas précédent restait sur la table pendant des heures tandis que les assistants continuaient à se faire remballer. Sur le coup de 16 heures, Harvey repartait à la pêche aux restes : « Vous allez finir ce sandwich ? » On servait le dîner vers 19 heures, et la réunion commencée huit heures auparavant était susceptible de se poursuivre jusqu'à minuit.

Au cours de leur collaboration, cependant, Rack vit que les Weinstein n'avaient pas que des défauts. « Ils sont très très forts dans leur domaine », reconnaît-elle. Avec d'autres, les réunions de travail sur le scénario duraient deux heures à tout casser. On parlait de l'histoire en gros, sans entrer dans les détails, et puis basta ! La première réunion à laquelle elle assista avec Bob et Harvey dura onze heures. En jetant un coup d'œil dans la salle, elle s'aperçut qu'ils avaient convoqué tous leurs collaborateurs : vice-présidents, assistants expérimentés ou petits nouveaux frais émoulus de l'école de cinéma. On aurait dit un panel s'apprêtant à répondre à un sondage. Elle croyait boucler le travail en deux temps, trois mouvements, mais Bob se lança dans une analyse linéaire du script, pinailla : « Hé, deux secondes ! C'est plausible qu'une femme travaille dans les égouts ? Elle peut vraiment avoir un boulot d'anthropologue en étant en deuxième année de fac ? » « Des questions pertinentes, remarque Rack. Je n'avais jamais vu un tel souci du détail de la part d'un studio. » « Bob passe beaucoup plus de temps que Harvey à vérifier le script, explique Jack Lechner, il est plus pointilleux. Il a épuisé un paquet de scénaristes sur *Mimic*. Ça n'est jamais arrivé chez Miramax [13]. » « Bob veut savoir exactement quel film il va obtenir, ajoute Kevin Smith. Le truc de Harvey, c'est plutôt : "Vas-y, tourne, et si quelque chose ne va pas, on trouvera une solution, on investira un paquet de fric." Pour Harvey, ce sont les artistes qui comptent. Les films de Bob ne s'embarrassent pas de ça : Bob se met au service du concept, du genre [14]. »

« Dès qu'ils tombaient sur un os, poursuit Rack, ils hurlaient à un de leurs larbins d'aller vérifier telle ou telle information – dans le code de la Metropolitan Transportation Authority, par exemple. Ou, quand on analysait un moment précis de l'histoire, de faire une liste de toutes les scènes d'horreur dans *Alien* et des moments où elles intervenaient. Vingt minutes plus tard, ils beuglaient : "C'est pas prêt ? Comment ça se fait ? Il nous la faut tout de suite ! Prends dix cassettes d'*Alien*, demande à dix personnes d'en regarder un bout, et dictez les résultats à dix autres personnes." Quarante-cinq minutes plus tard, ils avaient la liste sous les yeux. C'est assez impressionnant. Parce que malgré tout ce cirque et la folie ambiante, ils se servent de toutes les ressources à leur disposition. Et ça continue, page après page, ils chipotent sur chaque détail. C'est très utile de passer le scénario au crible, parce que ce genre d'approximations finit toujours par te retomber dessus, de toute façon. Ils ne font pas ça par amour du pouvoir. Ils n'ont pas fait ça avec *Scream*, parce que le scénario était impeccable. Et, même s'ils ne sont pas toujours sûrs de ce qu'ils veulent, ils savent reconnaître un bon script quand ils l'ont sous le nez. Quand Bob aime quelque chose, que Harvey l'aime aussi, quand il y a cette communion entre eux, en général, c'est que l'idée est excellente. Ils ont beau traiter leurs employés comme des chiens, ils respectent leurs opinions. Et quand tout le monde dans la pièce s'accorde à dire qu'une idée est géniale, ils se rangent à l'avis général et passent à autre chose. Ils sont infatigables. Après deux heures de réunion, on se dit qu'on va sans doute faire une pause, aller manger dans un bon restaurant : que nenni ! Ils restent totalement concentrés, alors qu'on étouffe et que ça sent le renfermé dans cette salle de conférences où on a avalé trois repas en dix heures. Et ils continuent à bosser. Ça pleure, ça hurle. Ils vous poussent et vous houspillent jusqu'à obtenir ce qu'ils veulent [15]. »

Au cours d'une de ces réunions qui n'en finissaient pas, un soir vers 22 heures 15, l'un des deux frères s'écria : « Merde, allumez la télé, sur telle ou telle chaîne, vite ! » Avant de râler : « Bon sang, ils ne l'ont pas passé juste à la fin du film, avant les pubs, comme on l'avait demandé ! Ils l'ont passé après les pubs, avant le générique… » Il parlait d'un spot promotionnel pour *Scream*. Ils appelèrent le responsable chez lui, le tirèrent du lit et hurlèrent : « Tu nous as baisés. Pourquoi tu n'as pas fait ce qu'on t'avait demandé ? » « En d'autres termes, poursuit Rack, ils dominent tellement bien leur sujet qu'ils savent exactement à quelle heure la promo est censée passer, sur quelle chaîne, à quel moment de l'émission, en plus du numéro personnel du responsable. C'est le niveau de précision et de contrôle qu'il faut avoir quand on distribue un film, et c'est ce qui leur permet d'obtenir les salles qu'ils veulent, d'avoir des affiches et des pubs qui marchent. Ils sont vraiment forts dans leur domaine. En fait, ils sont forts en tout. »

Robbins, coauteur avec Del Toro de plusieurs versions du scénario original – inspiré d'une nouvelle effrayante mettant en scène des cafards géants capables de marcher sur leurs pattes arrière et passant ainsi facilement pour des êtres humains – ne trouvait pas le processus de récriture très drôle. « Dès le premier jour, tout ce qui sortait des sentiers battus, la moindre notion originale a été battue en brèche, se souvient-il. La ténacité de Bob Weinstein est telle que vous n'avez pas vraiment le choix. Il est tout en volonté et n'a pas une once d'originalité. C'est facile de faire plier les gens à Hollywood, parce que la plupart d'entre eux sont trop timorés pour avoir leur propre opinion. Bob n'a pas ce genre de problème. Il y a quelque chose de désarmant dans sa façon de se dénigrer ou de s'enthousiasmer. Il lui arrivait de s'exclamer : "Bon sang, ça va être absolument génial !" C'est rare pour quelqu'un dans sa position de se livrer à ce point. En général, les gens sont trop circonspects. Il créait l'illusion d'une collaboration, mais, au bout du compte, à force de retravailler le scénario, tout ce qui faisait l'originalité de celui-ci avait été gommé. Miramax a encore de nos jours la réputation de promouvoir l'originalité. Pourtant, pendant les réunions, c'est ce qui pose problème. Tous les jeunes réalisateurs qui mettent le pied dans cette usine se font broyer. Et, quand un réalisateur est fragile, ils le sentent tout de suite, en jouent, s'emparent de son projet et s'en attribuent la paternité : "Nous avons fait de ce film ce qu'il est aujourd'hui." Bob envie énormément les esprits créatifs. Il est comme quelqu'un qui aurait acheté le plus beau piano du monde, un Bösendorfer, et qui ne comprendrait pas pourquoi il n'a pas autant de talent que Vladimir Horowitz [16]. »

Les problèmes autour du script et du budget continuaient, même après que le tournage de *Mimic* eut commencé à Toronto – un des lieux de tournage préférés des Weinstein parce que ce n'est pas cher et que la ville peut passer pour New York. Bob appelait Rack à 4 heures du matin pour se plaindre de ce que les rushes ne faisaient pas peur. Del Toro tournait un film d'atmosphère, sombre, plus proche de *Seven* que du film Dimension de référence, la série *Highlander*. *Mimic* commence sur une séquence digne d'un film noir : un plan aérien sur un service hospitalier où des enfants, contaminés par les cafards, reposent sous des moustiquaires éclairées de l'intérieur, taches de lumière dans la pénombre de la pièce. Bob disjoncta, soutenant qu'aucun hôpital new-yorkais ne ressemblait à ça.

« Bob envisageait le film comme une série B », raconte Robbins, dont les personnages denses correspondaient au style de Del Toro. Les deux comparses se firent étriper. « Au final, le film s'apparentait davantage à un film d'action avec poursuites, mitraillages et explosions en tout genre. Bob n'arrêtait pas de demander :

“Et ma guerre, elle est où ?” Étant donné que c’était une production Dimension, je suppose qu’il était tout à fait en droit de poser la question. » Malgré tout le soin apporté à la préparation, malgré toutes les versions successives du script, le film imaginé par Bob et celui réalisé par Del Toro étaient complètement différents. Bob appelait Rack à des heures impossibles. « Je dois aller me coucher, lui disait-elle, on tourne demain [17]. » Mais il continuait sur sa lancée comme s’il n’avait rien entendu, expliquait quels mouvements imprimer à la caméra. « Il faut que la caméra fasse voom !

– Qu’est-ce que tu entends exactement par “voom” ? Montre-moi un plan, qu’est-ce que tu veux que je fasse ? Que je dise au réalisateur comment faire le film plan par plan ? »

Bob décida de se rendre à Toronto en personne. Rack le supplia de ne pas faire de scène devant les acteurs. Il s’installa cinq mètres derrière la caméra et hurla à Rack les instructions qu’elle devait communiquer à Del Toro. « Il voulait vraiment diriger le film de A à Z », explique-t-elle. Bob critiquait continuellement les décors.

D’après Rack, « il ne s’agissait pas de choisir la meilleure entre deux idées : Bob voulait toujours avoir raison. Je venais de finir un film mis en scène par Sally Field. Je savais que je pouvais lui dire : “On ne peut vraiment pas se permettre deux heures supplémentaires, on n’a pas les moyens.” Mais il n’aurait pas été question de lui dire : “Accélère la scène du bal.” Avec Bob, c’était bel et bien : “Accélère la scène du bal.” Les Weinstein se mêlent de tout. »

Lors d’une réunion particulièrement pénible dans la suite de Bob, agacée que le patron de Dimension ne l’écoute pas, Rack haussa le ton. Bob, raconte-t-elle, « a ramassé une bouteille de Coca et fait mine de la lancer sur moi, avant de la rattraper au dernier moment. Et puis, en regardant la bouteille, il m’a dit : “Tu me mets tellement en colère que j'ai failli te jeter ça à la figure. Qu'est-ce qui m'a pris ? Comment tu peux me mettre en colère à ce point ?" Bob me donnait souvent de petits coups en disant [à Harvey] : "Elle m'agace tellement que j'ai envie de la tuer, comme quand on se bat, toi et moi." Et puis, en s'adressant à moi : "Personne ne m'a jamais mis en colère comme toi." On aurait dit qu'il me faisait un compliment. Il répétait que je faisais partie de la famille. » « Pourtant, se disait Rack, même les membres de ma famille ne sont pas assez fous pour m'agresser à coups de bouteille ! »

Bob jeta un coup d'œil aux rushes avant que Del Toro ait eu l'occasion de travailler le montage et décréta que ça n'irait pas. Il appelait Rack de New York chaque soir, la réveillait systématiquement en hurlant ; elle finissait par débrancher son téléphone, sur quoi il envoyait un des employés de Dimension logé à l'hôtel frapper à sa porte – et réveiller tout l'étage. Il fit de nouveau le déplacement jusqu'à Toronto, cette fois pour renvoyer Del Toro. Il convoqua le réalisateur dans sa chambre : « Tu n'es pas à la hauteur, lui dit-il, tu dois laisser tomber ; j'ai eu tort de te faire confiance, j'ai cru que tu ferais l'affaire, c'était une erreur.

– Peut-être qu'on fait deux films différents, répondit Del Toro, effondré.

– Non, ton film n'est pas bon. C'est fini, tu rentres chez toi ce soir, on va recoller les morceaux avec quelqu'un d'autre à partir de demain. »

Bob craignait cependant que les acteurs aient du mal à avaler le départ de Del Toro, car, dans ce genre de situation, ils se rangent souvent au côté du metteur en scène. Il craignait surtout la réaction de Mira Sorvino. Après avoir remporté l'oscar pour son rôle dans *Maudite Aphrodite*, distribué un an auparavant par Miramax, elle était devenue la chouchoute des Weinstein et faisait des apparitions régulières dans leurs films – dans

Beautiful Girls et *Brooklyn Boogie*, par exemple. En plus, elle sortait avec Quentin Tarantino, qui passait parfois sur le plateau. Bob devait se montrer prudent. Même s'il venait de virer Del Toro, il souhaitait que celui-ci évite toute résistance potentielle. « Mira est à la réception : tu vas aller lui annoncer que tu ne t'en sors pas et que tu te retires », ordonna-t-il à son ex-metteur en scène.

« Ce n'est pas juste, protesta Rack, je ne vais pas le laisser y aller. Il est sous le choc, tu ne peux pas lui demander ça, il a besoin de parler à son agent. » Bob hurla à Rack de la fermer et ordonna à Granat de la jeter dehors. Elle refusa de céder. « Je ne bougerai pas.

– Tu sors. »

Ce petit jeu dura un certain temps avant que Bob ne change de tactique : « Très bien, on va aller le lui annoncer tous ensemble. » Il ne voulait pas que Rack s'en charge seule, de crainte qu'elle n'influence Sorvino. À la réception de l'hôtel, Del Toro, comme un zombie, annonça à l'actrice qu'il laissait tomber.

Sorvino comprit immédiatement ce qui se passait. D'après Rack, l'actrice, qui avait beaucoup à perdre en se mettant les Weinstein à dos, fit un esclandre terrible, lança du tac au tac à Bob : « Espèce de salaud, tu n'as pas le droit de lui faire ça, ni de me faire ça à moi, c'est pas comme ça qu'on fait des films. Je ne viens pas travailler demain sans Guillermo. Je refuse de travailler avec quelqu'un d'autre. Je me tire.

– Tu es obligée de finir le film, c'est dans ton contrat, rétorqua Bob.

– Eh bien ! c'est la guerre ouverte, alors. Tu vas peut-être gagner, mais le film ne se fera pas. »

Sorvino sous-entendit qu'elle demanderait à Tarantino d'intervenir si Bob renvoyait Del Toro. « Quentin a été formidable, souligne Rack, il nous a beaucoup aidés. » Tarantino contacta Harvey.

« Il valait mieux en parler à Harvey, ne pas s'opposer frontalement à Bob et ne pas lui donner l'impression qu'il s'en prenait de tous les côtés, se souvient le réalisateur de *Pulp Fiction*. J'ai dit : "Harvey, tu as fait [ce film] pour Guillermo, tu aimes ce qu'il fait, qu'est-ce qui ne va pas exactement [18] ?"» Cela n'empêcha pas Bob d'engager Ole Bornedal, metteur en scène danois qui avait tourné *Le Veilleur de nuit* pour Dimension, ainsi que Robert Rodriguez, censé lui prêter mainforte. Le lendemain, les agents de Sorvino arrivèrent sur le tournage et l'actrice mit tout le monde d'accord : « Personne ne fait rien tant qu'on n'aura pas vu un montage des scènes. Ensuite, on se réunit et, ensemble, on prend une décision [19]. » Del Toro passa le week-end dans la salle de montage puis apporta le résultat aux deux frères. « Ça a de la gueule, s'exclama Harvey. J'aimerais que tous nos films en aient autant. » Bob répondit : « Ouais, OK. » Bob insista apparemment pour que Del Toro collabore avec Bornedal. Le réalisateur mexicain refusa, et Bob dut céder.

« C'est grâce à Mira qu'il a gardé son boulot, explique Tarantino. Elle voulait travailler avec un auteur, un bon metteur en scène. C'est parce qu'elle avait aimé *Cronos* qu'elle avait accepté de faire ce film, alors, si Del Toro se faisait virer, ça devenait sans intérêt pour elle. [Pour Bob], c'était plus de l'ordre du réflexe [je le fais parce que j'en ai la possibilité], et Mira l'en a empêché. Ça a marché uniquement parce que les Weinstein ne voulaient pas la peau de Guillermo, au fond. Parce que Bob est un dur à cuire, et s'il avait voulu se débarrasser de lui, il l'aurait fait. Il aurait pris un malin plaisir à botter les fesses de Mira, et aurait retourné toutes les scènes pour prouver de quoi il était capable [20]. » (Nous n'avons pas réussi à joindre Del Toro pour obtenir son point de vue.)

Après *Scream*, Cathy Konrad avait directement enchaîné avec *Copland*, un film basé sur un scénario de James Mangold, que Bob avait acheté sur ses conseils en 1994, alors qu'elle produisait *Dernières heures à Denver*. *Copland* bénéficiait de l'engouement pour les films de gangsters généré par *Pulp Fiction*, sans pour autant être aussi tendance. Mangold perpétuait la tradition du réalisme social américain, tout comme James Gray, dont *Little Odessa* – saisissant portrait du déclin d'une famille juive d'origine russe à Brighton Beach (Brooklyn), si réaliste qu'il en est presque douloureux – venait d'être distribué par Fine Line. *Copland* était aux petites villes ce que les contes moraux de Sidney Lumet, dont l'action se déroule dans le milieu sordide des flics corrompus, furent aux grandes métropoles – une sorte de *Serpico* (ou de *Prince de New York*) rencontre *Fargo*.

Mangold, de confession juive et fils du célèbre peintre Robert Mangold, avait grandi à Washingtonville, petite ville conservatrice des Catskills où semblaient s'être réfugiés tous les flics haineux qui ne vivaient pas à Staten Island. Précoce et créatif, il avait intégré Cal Arts à dix-sept ans et avait été embauché par Disney à vingt et un. Eisner l'avait engagé, mais Katzenberg dut s'en séparer après qu'il eut refusé de renvoyer son assistant, comme on le lui demandait. *Copland* représentait pour lui une espèce de retour aux sources, comme *Little Odessa* pour Gray.

« Le phénomène *Pulp Fiction* venait d'avoir lieu, se souvient Mangold, et Miramax jouissait d'un prestige énorme. J'étais content de ne pas travailler pour un studio. Tout le monde voulait participer au futur *Pulp Fiction*, ce qui m'a permis de rencontrer tous les acteurs qui comptent à Hollywood [21]. » Tom Hanks, Tom Cruise, Sean Penn et John Travolta firent part de leur intérêt pour le projet. Mais « Harvey voulait reproduire l'expérience de *Pulp Fiction*, continue Mangold, il n'avait pas envie de payer le prix fort pour l'un de ces acteurs. » Son truc, c'était de faire des films au meilleur prix, de garantir à Miramax la possibilité de produire des films comme un indépendant tout en empochant les recettes d'un studio : le beurre et l'argent du beurre, en somme. Il avait en effet eu l'excellente idée de transposer les stratégies apprises dans les tranchées indépendantes à des projets plus ambitieux sur le plan financier, minimisant les risques grâce aux coproductions et/ou aux préachats à l'étranger. (En contrepartie, il devait bien sûr renoncer à une part de ses profits.)

Miramax avait beau être tendance, les acteurs n'étaient pas prêts à voir leur salaire baisser. Mangold et Konrad se déplacèrent jusqu'en Floride pour rencontrer Travolta à l'église de scientologie. « Écoutez, confia l'acteur, j'adore le script, Harvey m'en a déjà parlé, mais il veut que je travaille pour rien, parce qu'il pense que je lui suis redevable à cause de *Pulp Fiction*. J'aime à croire, pourtant, que je suis pour quelque chose dans le succès du film, et j'ai déjà décidé dans quels projets je serais prêt à me lancer pour l'amour de l'art. Celui-ci n'en fait pas partie. J'ai déjà dit à Harvey qu'il devait me payer. S'il n'est pas prêt à le faire, tant pis pour lui. » Harvey refusa de le payer, et Travolta ne participa pas au film.

Cependant, Hollywood ne manquait pas de stars déchues ayant besoin de se refaire et prêtes à baisser leurs prix. Sylvester Stallone accepta le premier rôle, celui d'un flic de province pas très malin et sourd d'une oreille qui doit choisir son camp entre ripoux et gentils flics. Stallone bénéficiait d'une image très forte, mais Mangold espérait qu'il se mettrait au service du rôle et ferait pour son film ce que Travolta avait fait pour *Pulp Fiction*. Lorsque Stallone s'engagea, ce qui au départ n'était qu'un petit film passa au niveau supérieur, d'autant que Robert De Niro, Harvey Keitel, Ray Liotta et Michael Rapaport avaient eux aussi accepté d'y participer. « Mon intention de départ était de faire un film beaucoup plus modeste, explique Mangold, mais j'avais l'impression que le cinéma indépendant s'apparentait de plus en plus à un plancher en train de s'écrouler lentement. À moins d'avoir une fortune personnelle, ce qui est le cas de certains réalisateurs, je ne voyais pas comment continuer à travailler en dehors du système. Mon premier film, *Heavy*, m'avait pris un temps fou, j'étais conscient des difficultés qui m'attendaient. En plus, le cynisme ambiant dans le milieu indépendant était devenu déprimant, alors je n'allais pas non plus me plaindre de me faire la main avec de grands acteurs et un budget plus conséquent. J'avais la possibilité de changer le cinéma grand public au lieu de changer le cinéma indépendant, réservé à quelques connaisseurs. » Cependant, Mangold ne tarda pas à regretter de ne pas avoir travaillé pour un grand studio.

Tout d'abord, si l'on en croit le réalisateur, Harvey lui demanda d'engager un certain Malik Yoba (qui participait à une série de la Fox, *New York Undercover*) pour jouer au côté de De Niro. Mais Yoba refusait d'auditionner, et Mangold trouvait sa série nulle. Harvey insistait : « C'est le futur Wesley Snipes, c'est un copain de De Niro, Bob a déjà travaillé avec lui, il l'adore. »

Mangold appela De Niro : « T'as déjà entendu parler d'un certain Malik Yoba ?

– Malik quoi ?

– Malik Yoba, tu as déjà travaillé avec lui, apparemment.

– J'ai travaillé avec un paquet de types. Qui c'est ?

– C'est le futur Wesley Snipes, il est dans *New York Undercover*. Tu le connais pas ?

– J'sais pas de qui tu parles. Pourquoi tu demandes ?

– Parce que Harvey veut qu'il interprète ton partenaire. Le gars refuse d'auditionner, et…

– Eh ben, qu'il aille se faire foutre ! »

Quand Harvey découvrit que Mangold avait mêlé De Niro à l'affaire, il explosa : « Espèce de sale petit con, j'essaie de t'aider. » « Il s'est senti menacé et a disjoncté parce qu'il adore son statut d'ami des acteurs, explique le réalisateur. À leurs yeux, Miramax est la compagnie bienveillante par excellence, elle leur permet de réaliser leurs rêves. En tant que réalisateur ou producteur, nous devrions cacher aux acteurs toutes les magouilles. En mêlant un innocent à cette histoire, je lui ai ouvert les yeux sur ce qui se passe en coulisses, j'ai brisé la loi du silence, terni l'image de Harvey, commis la pire des trahisons, d'autant plus qu'il s'agissait de De Niro, que Harvey idolâtre. Alors quand le patron de Miramax t'appelle pour te dire : "Tu vas engager ce type, je te baise sur le prochain rôle si tu ne joues pas le jeu sur celui-ci", tu plies. Malik Yoba joue dans mon film. »

Pourtant, même avec les stars, Harvey n'arrive pas toujours à se contrôler. Comme le dit si bien un employé de Miramax, « il aurait tué pour pouvoir se vanter qu'il bossait avec Al Pacino [22] ». Il fit des pieds et des mains pour acheter les droits de *Looking for Richard*, où Pacino nous entraîne dans les coulisses d'une production de *Richard III* mise en scène par l'acteur en personne. Mais Pacino vendit le film à Fox Searchlight. « Pourquoi tu ne m'as pas donné le film ? demanda Harvey. Personne ne se passionne plus que moi pour ce genre de chose. Je vis à New York, je connais tout ça. Qu'est-ce qu'ils y connaissent, ces types de Hollywood ?

– Eh bien, on m'a conseillé de faire ceci et cela… répondit Pacino en essayant de se montrer diplomate.

– Moi, j'écoute pas les conseils des gens, je me fais confiance. C'est toi le client, c'est à toi de décider. Pourquoi ne pas admettre que c'est toi qui n'as pas voulu me donner ton film ?

– Eh bien on m'a dit qu'il valait mieux… » Harvey bouillait et finit par perdre son sang froid. « Tu sais quoi, Al ? J'en ai carrément marre de toi ! T'es qu'un nase ! »

Le tournage de *Copland* eut lieu pendant l'été 1996, tandis que celui de *Mimic* se poursuivait à Toronto. Mangold choisit de tourner au ralenti la scène clé du film, une fusillade dans laquelle le personnage de Stallone, déjà sourd d'une oreille, perd complètement l'ouïe. Pendant que Mangold travaillait au montage, Harvey découvrit que la scène n'avait jamais été tournée à vitesse normale. Le patron de Miramax craignait qu'elle ne soit trop lente et envisagea de l'accélérer sur ordinateur. Mangold refusa d'en entendre parler, mais Harvey insistait et l'affaire s'envenima. Harvey n'arrêtait pas d'appeler, insistait pour voir la scène en accéléré. « La plupart des studios ne se mêlent pas à ce point de la moindre décision, explique Konrad. Harvey débarque alors que le film est presque terminé, annule les décisions que tu pensais irrévocables, qui faisaient l'unanimité. Tout d'un coup, rien ne va plus [23]. » Excédé par l'ingérence intempestive de Harvey, Mangold demanda au monteur de retirer les disques durs des Avid. « J'ai pris le métro pour rentrer chez moi et j'ai appelé Meryl Poster [24]. »

Poster travaillait dans la production et, comme tant d'autres, elle avait fait ses armes auprès de Harvey. Si l'on en croit l'avocat David Steinberg, qui a travaillé au département achats de droits pendant deux ans, « il faut être capable de renoncer complètement à sa vision du bien et du mal pour travailler chez Miramax. C'est difficile pour un adulte, et c'est pour ça que la plupart des dirigeants de l'entreprise ont commencé comme assistants de Bob ou de Harvey [25] ». Poster n'a « absolument peur de rien, explique Lechner, et elle ne mâche pas ses mots. C'est la seule à pouvoir faire changer Harvey d'avis [26]. » Mais certains ne la portent pas dans leur cœur et ne la respectent pas non plus. D'après Donna Gigliotti, « elle n'aime pas le cinéma et n'y comprend rien non plus. Ce qu'elle aime, ce sont les stars [27]. » Dans son dos, on l'appelait « la fiancée de Weinstein ». Mais, dans ce cas, elle se montra à la hauteur. Mangold continue : « Je lui ai dit : "Meryl, on arrête de tourner. Je ne sais pas comment tu vas pouvoir respecter le calendrier de postproduction, mais je ne retourne pas sur le plateau tant qu'on ne trouve pas une solution." Elle a répondu : "Ok, je comprends." Deux minutes plus tard, elle me rappelait : "J'ai parlé à Harvey dans l'ascenseur, il dit qu'il n'y a pas de problème pour la scène de la fusillade, fais ce que tu veux." Il vous pousse à bout mais parfois, quand il vous aime bien, il finit par céder [28]. »

Mangold, explique Konrad « a trouvé moyen d'exploiter le côté de Harvey que nous aimons tous. Les menaces ne marchent jamais avec lui. Il faut réussir à séduire le réalisateur en lui, comparer votre idée à un grand classique du cinéma américain, tourné pendant l'âge d'or de Hollywood. Mais il faut s'assurer de ce qu'il aime ou ce qu'il déteste avant de lui parler, parce que, si vous évoquez un truc qu'il considère comme de la merde, la réunion ne sera pas pro-ductive [29]. » « Il faut bien choisir tes exemples, continue Mangold, et surtout ne pas évoquer un film qui s'est planté parce qu'on te rira au nez. Interdit aussi de calomnier un film à succès ! Si tu te moques d'*Attraction fatale*, on te répond : "Ça te poserait un problème que ton film rapporte 150 millions de dollars [30] ?" »

Puis vint le temps des projections tests. « Pour moi, explique Mangold, le jour le plus important dans la vie d'un film, ce n'est pas la rencontre avec une star, ni le premier jour de tournage, ni même la première projection pour les employés du studio ; le moment clé, c'est la première projection test. C'est elle qui détermine si vous serez coincé dans la salle de montage pendant l'année qui suit ou si vous vous en sortirez sain et sauf. J'étais terrifié. Sur les invitations, on pouvait lire : "Ça vous dit de voir le nouveau Stallone ?" Assis au dernier rang de ce cinéma de Long Island, j'entendais la foule scander : "Ro-cky, Ro-cky, Ro-cky !" Sly l'a bien dit : "Mes fans ont envie de me voir ramasser un flingue et buter le méchant. Les dialogues, ils ne savent pas ce que c'est. C'est comme si on demandait à des fans de catch d'évaluer un film." J'avais l'estomac en vrac, parce que je savais que Rocky allait en baver pendant quatre-vingt-dix minutes, paralysé par le doute. » Les résultats furent catastrophiques : 40 % de satisfaits. Harvey était atterré. « Dans mon esprit, continue Mangold, *Copland* était destiné à un public beaucoup plus raffiné – à la fin du film, presque tout le monde meurt et le héros devient sourd. C'était comme ça, et pas autrement. »

Mais Harvey n'était absolument pas prêt à voir un film réunissant Stallone, Keitel et De Niro – surtout De Niro – se faire descendre. Voilà pourquoi Mangold dut réintégrer la salle de montage pour bidouiller le film. (Harvey insistait pour qu'il coupe une scène en particulier, celle avec un plan de Stallone en contre-plongée qui, d'après Harvey, lui faisait un gros cul.) Keitel et De Niro n'avaient qu'une scène ensemble. Les deux acteurs ne s'étaient pas donné la réplique depuis *Taxi Driver*, en 1976, depuis qu'ils étaient devenus des stars. Multiplier les face-à-face entre Keitel et De Niro permettrait sans doute de faire décoller le film, mais

Keitel refusa, de crainte que *Copland* n'amoindrisse l'impact d'une future collaboration avec son vieil ami.

Harvey insistait pour que le réalisateur retourne certaines scènes et en ajoute de nouvelles. « J'ai cru avoir replongé dans l'enfer des studios, explique Mangold. Il faisait pression pour qu'il y ait une touche d'optimisme à la fin, "tout est bien qui finit bien et les méchants sont punis". Une scène a été ajoutée à cet effet. » Un jour, si on en croit Mangold, un employé de chez Miramax lui aurait annoncé : « Harvey a écrit une scène qu'il aimerait te lire.

– Quoi ? !

– Ouais.

– Mais on s'est déjà mis d'accord sur ce qu'on allait tourner ! Je refuse de jouer à ce jeu-là. » La scène était censée remonter le moral des spectateurs. On y voyait De Niro, enquêteur de la police des polices, remettre un insigne du NYPD à Stallone à la fin du film. « Je trouvais la scène très mauvaise, poursuit Mangold, et toutes mes craintes étaient en train de se réaliser. Harvey a une énergie destructrice, il vous bouffe. Mais, au moins, je venais d'apprendre une leçon essentielle, et je n'avais pas l'intention de passer pour l'emmerdeur de service. » Le réalisateur contacta De Niro. « Harvey t'a écrit une scène. – De quoi elle parle ? »

Mangold la lui décrivit. L'acteur se contenta de grommeler : « Hum, hum. » Puis il ajouta : « Tu aimes ?

– Non.

– Bon, moi non plus alors.

– Qu'est-ce que tu me conseilles de faire ? Il l'a écrite, il va vouloir...

– On ne la tourne pas.

– Et s'il t'offre plus d'argent pour tourner cette scène que pour le film entier ? C'est lui qui l'a écrite, Bob.

– Je refuse de la tourner. »

Mangold raccrocha, convaincu que cette scène ne serait jamais tournée. Il avait raison. « Si tu arrives à convaincre Bob de la tourner, alors j'accepte d'y réfléchir », dit-il à Harvey. Ce dernier n'y fit plus jamais allusion. Ce n'était pas la première fois qu'il tentait d'imposer une scène au réalisateur de l'un de ses films. Pendant le tournage de *Brooklyn Boogie*, de Wayne Wang, suite en partie improvisée de *Smoke,* le film de Wang et Paul Auster ayant pour cadre un bureau de tabac de Brooklyn, il réveilla Auster, alors en Europe, pour lui dire : « On ne peut pas faire un film sur Brooklyn sans Jackie Robinson [31] ! » Il aurait voulu que toute l'équipe des Dodgers passe dans la boutique, mais Wang et Auster réussirent à l'en dissuader s'en tenant à Robinson. C'est la scène la plus idiote d'un film par ailleurs bien médiocre, à tel point qu'au cours d'une projection test un spectateur s'écria : « C'est complètement débile [32] ! » Sachant à quel point Harvey révérait les tests, les deux réalisateurs se servirent de ce commentaire pour tenter de se débarrasser de la scène, mais Harvey n'en tint aucun compte, se contentant de grommeler : « Qu'est-ce qu'il y connaît, celui-là ? »

Copland sortit le 15 août 1997. Le film avait fini par coûter 29 millions de dollars, plus du triple de *Pulp Fiction*, mauvais signe pour les comptables de Miramax. Malgré des résultats honorables – 45 millions de recettes –, le réalisateur avait « le moral à zéro [33] ».

Alors que *Copland* était en postproduction, *Scream* s'apprêtait à décoller. Il avait passé haut la main tous les tests organisés au cours de l'automne. « Il a fait un véritable tabac, se souvient Bob Weinstein. 80 à 90 % de spectateurs trouvaient le film “excellent” ou “très bon”, 80 % des spectateurs le recommandaient “sans hésiter [34]”. En général, on est content quand les scores atteignent 60 %. Il n'y avait rien à faire, rien à reprendre sur le scénario, pas de réunion, rien du tout. On venait de créer un *monstre*. »

« Harvey ne s'intéressait pas tellement à *Scream*, raconte Konrad, et, franchement, il n'y croyait pas. Il n'arrêtait pas de répéter : “Je ne sais pas trop ce que Bob trafique par là. Il joue dans son bac à sable, et moi dans le mien [35].” » Le mélange détonnant d'amour et de haine que les deux frères éprouvaient l'un pour l'autre faisait partie du quotidien chez Miramax. Ça ressemblait à un bruit de fond, à une musique d'ascenseur au son de laquelle se jouaient tous les autres drames de la compagnie. Il devint de plus en plus difficile d'ignorer le vacarme au fur et à mesure que la division de Bob faisait de l'ombre à celle de Harvey. « À mon avis, explique Foley, c'est un problème psychologique ou hormonal : quand l'un aime quelque chose, l'autre déteste. Il y a des fois où leurs disputes sont dignes de gamins, ils se chamaillent au beau milieu de la salle de réunion devant tout le personnel [36]. » Harvey impressionnait Bob à cause de sa connaissance de tout ce qui est artistique, et Bob impressionnait Harvey à cause de son don de la finance. Les employés avaient remarqué que les deux frères n'arrivaient pas à se regarder dans les yeux. Il était presque impossible de les faire parler ensemble au téléphone, parce que Harvey raccrochait systématiquement au nez de Bob, et vice versa. Il leur arrivait de s'éviter pendant des jours. C'était Bob qui signait les chèques et, quand leurs prises de bec étaient particulièrement graves, il refusait de le faire, paralysant ainsi l'ensemble de la compagnie.

Mais, en dépit de la violence de leurs disputes, ils se réconciliaient toujours. Ils étaient unis comme les deux doigts de la main. « Je me bagarre avec mon frère à longueur de journée, explique Harvey. C'est mon père qui nous a inculqué cette rivalité à la John/Bobby Kennedy. Il voulait qu'on leur ressemble, il nous a bourré le crâne avec des conseils du genre : “Disputez-vous mais réconciliez-vous toujours.” C’est pour ça que j’ai sans arrêt des problèmes, parce que la dispute, c’est ma seconde nature [37]. » Ce qui explique pourquoi, comme le remarque Tusk, « la pire des erreurs que l’on puisse commettre, c’est d’essayer de les monter l’un contre l’autre. Ils peuvent être en train de se disputer dans le couloir à cause d’un problème auquel vous êtes mêlé… Si vous essayez de vous défendre en disant : “Je n’ai fait que ce que le bureau de Bob m’a demandé”, Harvey, le type qui, deux secondes plus tôt, était en train de hurler, se tourne vers son frère et demande : “C’est vrai Booob ? – Non !” Alors, en un clin d’œil, les deux se liguent contre vous [38]. » « Malgré tous les psychodrames, ajoute Foley, ils ne forment en fait qu’une seule et même personne. C’est la terre et le ciel avant l’intervention de Dieu. Et personne ne peut réussir à s’immiscer entre eux et à les séparer. Ça n’arrivera jamais [39]. »

Chez Miramax, le pire endroit où travailler était le département distribution. Comme le souligne Bowles, « il y a toujours un truc qui ne va pas. Vous réservez six salles dans un cinéma, ils en veulent sept [40]. » « Vous vous occupez d’un film de Bob, et il vous pourrit la vie, renchérit Foley. Et puis, Harvey s’en mêle et vous rend la vie impossible. Il remet en cause toutes vos décisions [41]. » Foley était souvent à deux doigts de démissionner. « À chaque fois [qu’ils] m’appelaient, c’était pour m’en mettre plein la tête à propos d’un truc ou d’un autre. Ils se défoulaient sur moi. Dès que je raccrochais, même pas le temps de souffler : on m’apprenait que j’avais un problème avec un distributeur de San Francisco ou de Seattle. “Désolé, je sais que je viens de m’en prendre plein la poire, mais je dois régler ce problème.” On n’est que des cobayes pour eux, ils veulent nous sucer le sang, jouer avec nous, nous posséder, nous couper les pattes avant de nous briser. Harvey ment sur des détails insignifiants simplement pour te contrarier, il cherche constamment à te faire passer pour un incapable et un débile. » Au début de sa collaboration avec les Weinstein, toujours tiré à quatre épingles, Foley avait eu la démarche sautillante et avait toujours semblé dominer la situation. Au bout d'un moment, il commença à avoir des cernes et un regard de chien battu, à perdre du poids. On aurait dit que ses vêtements étaient trois fois trop grands pour lui. Il ressemblait à un pieu habillé.

Harvey le harcelait depuis plusieurs semaines au sujet de *Police Story III : Supercop*, produit par Dimension et interprété par Jackie Chan et Michelle Yeoh, film dont les résultats ne correspondaient pas à ses attentes. Un soir, se souvient Foley, lors d'une projection test de *Scream* à Secaucus, dans le New Jersey, « il m'a dit : "Tu connais les recettes de *Supercop* dans telle ou telle salle ?

– Non.

– Eh bien ! moi, je les connais, parce que je sais tout. J'ai lu les résultats pendant les vacances.

– Content de savoir que tu as pris des vacances ; moi, ça fait trois ans que je n'en ai pas pris. Tu vas essayer de me coincer sur les résultats d'une salle débile au milieu de nulle part ? À quoi tu joues, là ?" C'était vraiment vicieux de sa part. Quelle hyène ! » Foley était dans tous ses états pendant la projection ; au bout d'un moment, l'un des deux frères lui lança un coup d'œil en sortant, puis revint le chercher au bout de quelques minutes en disant : « C'est fini pour toi. » Foley, qui n'en pouvait plus, s'écria : « D'accord, génial.

– On va te payer ce qu'on te doit.

– Parfait. » Foley n'ignorait pas que les deux frères licenciaient certains employés pour les réintégrer le lendemain ; il savait que certains acceptaient de retravailler pour eux. « Alors demain, songeait-il, je vais retourner travailler et laisser Harvey me dire : "T'as vu comment je te traite ? J'ai le pouvoir de te mettre plus bas que terre" ? Pas question ! Il y a des limites. » « Voilà pourquoi j'ai quitté la compagnie, explique-t-il aujourd'hui. Je me suis retrouvé au chômage, mais, pour moi, c'était la goutte d'eau qui faisait déborder le vase ; si j'étais retourné chez Miramax, j'aurais eu l'impression de vendre mon âme au diable. À leur mort, tout le monde va dire que c'étaient des gens bien. Mais c'est faux, ils sont cruels. Ils ont d'énormes problèmes. Ils méprisent la terre entière. » Foley ne retravailla jamais pour les Weinstein.

Bob pensait sortir *Scream* la semaine de Noël. « [Traditionnellement,] pendant la période des fêtes, il fallait sortir des films adaptés : des films un peu classe, à voir en famille, des choses un peu plus consensuelles que d'habitude », explique-t-il. C'est pendant la période des fêtes « que sortent tous les films "classe" de Miramax. En réfléchissant, je me suis aperçu qu'il n'y avait rien pour les ados. Et je me suis dit : "Génial, je vais m'attaquer à *La Leçon de piano*[42] !" » « Qui peut bien décider de sortir un film gore le jour de Noël ? se demande Lechner. Tout le monde, que ce soit chez Miramax ou ailleurs, le prenait pour un fou[43]. » Bob raconte : « Tout le monde me répétait que j'avais perdu la tête : les agents de Wes, CAA, ICM, ils m'appelaient tous, mais ça ne m'a pas empêché de foncer[44]. » « Bob se montrait inflexible, ajoute Konrad, il savait où il allait : il savait tout de ses concurrents, il avait analysé tous les chiffres – son bureau était pire que Wall Street. Contre-programmation, ciblage du public : personne ne faisait ça à la période des fêtes[45]. »

Certaines des critiques les plus virulentes émanaient de Cary Woods. D'après Kevin Smith, qui ne le porte pas dans son cœur, « ce con de Cary a commis la pire des erreurs en ayant une violente dispute avec Bob devant tout le monde à propos de la date de sortie de *Scream*. Bob peut se montrer encore plus hargneux que Harvey si vous l'emmerdez. Cary s'est mis à gueuler : "Je vais organiser une conférence de presse, tout le monde verra que tu es un abruti. Tu vas saboter le film." Woods fait un peu la pute à Hollywood, il aime les stars et s'inquiétait des conséquences sur sa relation avec Drew Barrymore. *Scream* est sorti pendant les fêtes, a rapporté 100 millions de dollars. Bob a eu l'air d'un génie, Cary d'un con, et il s'est fait lourder. "Son contrat n'a pas été renouvelé." Et puis, pour en rajouter une couche (ce que j'ai vraiment respecté parce que, au bout du compte, si vous voulez faire ce métier, il faut être vache), ils ont gardé Cathy Konrad, le bras droit de Woods, et c'est elle qui a produit *Scream 2* et *3*. Vous avez là deux types qui ne devraient pas en faire une histoire personnelle, parce que c'est eux les patrons du studio, mais qui ont quand même la présence d'esprit de dire : "Qu'il aille se faire foutre, on va garder Cathy juste pour l'emmerder." Et c'est exactement ce qu'ils ont fait. Quelle idée de génie ! J'admire ce genre de types[46] ».

Scream, qui n'avait coûté que 15,3 millions de dollars, en rapporta finalement 173 à l'international. Dimension avait à elle seule assuré 37 % des bénéfices du studio cette année-là – 93,4 millions avec cinq films, soit 18,7 millions par film. Les quarante-deux films distribués par Harvey n'avaient rapporté que 160 millions, soit environ 3,8 millions par film. Carlos Goodman, qui gère les intérêts de Tarantino, estime qu'« il y a eu un avant et un après *Scream* pour Miramax ». Comme l'indique la remarque de Bob, le cadet des Weinstein dut éprouver un certain plaisir à se mesurer aux films « classe » de son frère et en obtenant de meilleurs résultats que lui. En effet, tandis que Harvey jouait dans son bac à sable, Bob construisait des châteaux dans le sien, et le grand frère ne tarderait pas à vouloir s'y inviter.

Le Festival du film de Sundance qui venait de se tenir avait marqué un tournant décisif, et l'image de Harvey coinçant Jon Taplin contre le bar du Mercato hantait encore tous les esprits. L'édition 1997 fut d'un ennui mortel, d'autant que le film star de la sélection précédente, *Care of the Spitfire Grill*, avait connu un échec retentissant, et que *Shine,* malgré le bruit et la fureur qui avaient entouré sa sortie, ne s'était pas montré à la hauteur des attentes de Fine Line. Chez Miramax, le noyau dur de l'équipe achats de droits avait quitté la compagnie, ou s'apprêtait à le faire. Safford avait claqué la porte au printemps 1996. Mark Tusk, qui avait rejoint la compagnie en 1988, fit de même le 1er avril, déçu de la façon dont la compagnie évoluait. « Les deux tiers du temps, Harvey ne bougeait pas le petit doigt pour les films que je lui recommandais, explique-t-il. Il devenait de plus en plus difficile de le coincer, de le faire asseoir dans une salle de projection, de l'obliger à se concentrer, parce qu'il ne savait pas où donner de la tête[47]. » Trea Hoving, qui travaillait chez Miramax depuis 1989, imita ses collègues en juin 1997. Amy Israel et Jason Blum les remplacèrent.

Pourtant, rien ne laissait penser à l'époque que le départ des cracks de Miramax marquait la fin de l'âge d'or des ventes de droits, même si cela semble clair avec le recul. Gonflés à bloc par les folles enchères de l'année précédente, les agents se faisaient de plus en plus prier pour déballer leur marchandise, espérant faire monter les prix au cours du festival. Geoff Gilmore lui-même décourageait les réalisateurs de montrer leurs films avant le festival, précisément, semble-t-il, pour faire monter la fièvre qui s'emparait de Sundance un peu plus chaque année. Pourtant, en cherchant bien, les acheteurs pouvaient encore espérer trouver la perle rare. Ce fut le cas de Fox Searchlight avec *The Full Monty*, qui sortit le 13 août 1997 et grâce auquel le studio empocha un profit de 45,9 millions. *En compagnie des hommes,* sulfureux portrait de jeunes célibataires en goguette réalisé par Neil LaBute et dont Sony Classics fit l'acquisition, rapporta la coquette somme de 3 millions. C'est d'autant plus remarquable que la tendance était plutôt à des films consensuels du genre *Les Frères McMullen,* plébiscités par Sundance. Cependant, la plupart des films que l'on s'arrachait pendant le festival connaissaient des échecs retentissant au box-office : on commençait à se rendre compte que *succès dans un festival* ne rimait que rarement avec *succès en salle*. « Les films achetés à Sundance perdaient tellement d'argent, explique Michael Barker, de chez Sony, que tout le monde en a pris de la graine [48]. »

Après des résultats plus que décevants lors de sa sortie à la période des fêtes, *Sling Blade* bénéficia d'une seconde chance en janvier. Dan Talbot voulait le retirer de l'affiche du Lincoln Plaza Theater, où il passait devant des salles vides. « Je me fous de ce que pensent les critiques et le public, lui dit Weinstein au téléphone depuis Saint-Bart, où il passait les fêtes. Je ne laisserai pas tomber ce film même si ça implique de devoir le porter à bout de bras. Tu n'as pas le droit de t'en débarrasser. Tu vas voir, le public va venir [49]. »

Il retravailla la campagne publicitaire, montra Thornton au naturel et pas dans le rôle de Karl. « J'ai fait faire des spots télé où Billy, vêtu d'une chemise d'ouvrier, parlait de *Sling Blade* alors que des scènes du film passaient en fond. » Thornton était le premier réalisateur depuis Tarantino à être propulsé star grâce à Miramax. « Ils ont rendu célèbre du jour au lendemain un type qui n'avait tourné qu'un seul film, remarque Smith. On ne peut pas dire que *Sling Blade* soit un chef-d'œuvre de la réalisation. Pourtant, tout d'un coup, tout le monde se pâmait : "Oh, mon Dieu, Billy Bob s'intéresse à notre projet, il va apporter un peu de la magie *Sling Blade* au projet." Le marketing des réalisateurs venait de passer à la vitesse supérieure. Je ne suis pas en train de dire que Billy Bob n'est pas un acteur génial, mais putain ! c'est une pure création de Miramax [50]. »

« Les spots sont passés sur le câble, à Los Angeles, pendant la campagne des Oscars, continue Weinstein, et tout d'un coup le nombre d'entrées a commencé à augmenter. Le bouche à oreille fonctionnait. Et puis, on est passé sur les chaînes nationales. Et là, les choses se sont emballées, c'est devenu fou [51]. » Le film devint un véritable phénomène, les gens se baladaient en imitant Karl. « Je pense que s'ils n'avaient pas payé 10 millions pour le film, ils ne se seraient pas fatigués à le sortir en salle, ils l'auraient sorti directement en vidéo, observe Cassian Elwes. Je dois reconnaître que Harvey, aussi déséquilibré soit-il, aussi désagréable puisse-t-il se montrer, est un formidable meneur d'hommes qui sait tirer le meilleur de ses troupes quand il s'agit d'assurer la promotion d'un film [52]. »

Thornton reçut un nouveau coup de pouce du destin lorsque les nominations aux Oscars furent rendues publiques, en février 1997. Il en reçut deux dans les catégories Meilleur Acteur et Meilleure Adaptation, tandis que *Le Patient anglais* en obtenait douze, dont celle du Meilleur Film. Miramax fut nominée vingt et une fois, une fois de moins que l'année de *Pulp Fiction*. *Emma l'entremetteuse*, *Trainspotting*, *Simples secrets*, *Ridicule* et *Kolya* se partageaient les autres nominations. Malgré le coup de force de Miramax, il y avait une bonne nouvelle : la petite compagnie October, qui n'avait que trois ans en 1996, fit proportionnellement aussi bien que sa rivale en glanant six nominations dans des catégories majeures : cinq pour *Secrets et mensonges*, dont Meilleur Film et Meilleure Actrice pour Brenda Blethyn, et une pour *Breaking the Waves* – celle de Meilleure Actrice pour Emily Watson. Pour la première fois, les indépendants monopolisaient les nominations. *Fargo*, des frères Coen, *Shine*, de Scott Hicks, et *Jerry Maguire*, de Cameron Crowe (seul film de studio à se faire une place dans ce club très fermé), étaient également nominés dans la catégorie Meilleur Film. Le message semblait clair : Cendrillon avait enfin réussi à enfiler la pantoufle de vair.

Le soir de la cérémonie, Thornton descendit le tapis rouge au bras de sa femme Pietra, âgée de vingt-sept ans, qu'il avait épousée quatre ans plus tôt. Elle venait de poser nue dans l'édition de janvier de *Playboy* et attirait tous les regards, ce soir-là, en portant une robe moulante qui avait du mal à contenir son ample poitrine. « Dieu m'a donné ce corps et je ne vois pas pourquoi j'en aurais honte, déclara-t-elle à la presse. Je suis une maman, pas une fille facile ni rien. Je viens de me faire refaire les seins – avant, ils traînaient pratiquement par terre –, j'ai une nouvelle poitrine absolument fabuleuse, et tout d'un coup tout le monde me remarque[53]. » Mais sa poitrine ne put rien pour elle ce soir-là. À 4 heures du matin, elle rentra en limousine en compagnie de sa belle-mère, tandis que son mari restait à la réception donnée après la cérémonie. D'après les tabloïds, Laura Dern et lui auraient été vus ensemble.

C'est *Le Patient anglais* qui rafla la mise ce soir-là en remportant le nombre incroyable de neuf statuettes, parmi lesquelles : Meilleur Film, Meilleur Réalisateur, Meilleur Second Rôle Féminin (pour Juliette Binoche), Meilleur Montage et Meilleur Montage Son (ces deux dernières pour Walter Murch). Thornton se vit attribuer l'oscar de la Meilleure Adaptation. « C'est comme ces tests où il faut trouver l'intrus, remarque le réalisateur non sans modestie et humour. Vous avez quatre fruits et un bœuf, disons. Le bœuf, dans ce cas, c'était moi [54]. » Miramax remporta douze oscars, October aucun, au grand dam de Bingham Ray. Universal invita l'équipe d'October à se joindre à eux au Governor's Ball ce soir-là, mais Bingham déclina l'offre. « On est des toquards, je rentre à l'hôtel [55] », annonça-t-il.

Minghella avait insisté pour que Steven Soderbergh vienne à la fête donnée par Miramax [56]. Soderbergh avait quitté Baton Rouge depuis un moment, mais n'était rentré à Los Angeles que depuis quelques mois. Il cherchait toujours à faire distribuer *Schizopolis* et ni ce film ni le suivant, *Gray's Anatomy*, n'étaient encore sortis. Il avait été engagé pour retravailler l'histoire d'amour de *Mimic* mais finit par se désister, arguant qu'il n'était pas très qualifié en la matière. Il se démenait aussi vainement pour monter un projet intitulé *Human Nature*, d'après un script de Charlie Kaufman (réalisé depuis par Michel Gondry), avec un budget minuscule de 9 millions de dollars. « Que personne ne veuille faire ce film à ce prix m'a fait réfléchir : j'ai compris quel *has been* j'étais », dit-il aujourd'hui.

Le jour des Oscars, il servait de réalisateur seconde équipe à son ami Gary Ross sur le tournage de *Pleasantville*. « Je suis arrivé à la fête de Miramax, j'ai tourné un moment sans réussir à trouver Minghella, se souvient-il. Et puis je l'ai aperçu à travers la vitre du salon VIP. Le type de la sécurité ne voulait pas me laisser entrer. Je lui ai dit : "Le type qui m'a invité est là." Il m'a répondu : "J'en ai rien à cirer." Pendant qu'il était en train de me dire que c'était même pas la peine d'espérer entrer, les bandes-annonces de tous les films distribués par Miramax depuis leurs débuts passaient sur un écran géant, y compris celle de *Sexe, mensonges et vidéo* ! » Soderbergh décida de ne pas insister. Lui qui sombrait lentement depuis quelque temps déjà venait de toucher le fond.

Les deux nominations de *Sling Blade* permirent aux recettes d'atteindre la somme de 24,4 millions aux États-Unis. (En général, ce sont les nominations plus que les oscars eux-mêmes qui font exploser les entrées.) « Nous avons vendu 240 000 vidéos du film, explique Harvey, et avons vendu les droits étrangers pour 7 millions. On a fait 20 millions de profit sur ce film[57]. » Bien entendu, les investisseurs touchaient un pourcentage sur les revenus nets, pas sur les revenus bruts, ce qu'Eddie Murphy qualifia un jour de « monnaie de singe » : en effet, les méthodes comptables des studios étant ce qu'elles sont, il est pratiquement impossible pour les investisseurs de revoir la couleur de leur argent, quelle que soit la somme engrangée par le film. Les méthodes de Miramax n'étaient pas différentes. « Quand vous recevez le bilan, explique Larry Meistrich, ils prétendent avoir des millions de dollars de perte. C'est une blague, évidemment. Un déficit ? Je n'y crois pas une seconde[58]. » Ni Meistrich ni Thornton ne virent jamais la couleur de ces profits. D'après Elwes, « Harvey est un véritable Pac-Man : il est insatiable[59] ». Meistrich était à deux doigts de traîner Miramax en justice, mais se ravisa. « Ça ne valait pas le coup, continue-t-il. Je n'avais pas envie de m'acharner, je ne considérais pas ce film comme une vache à lait. Je suis passé à autre chose. Billy et moi avons fait un autre film avec Miramax, je n'avais pas envie de l'empêcher de travailler avec eux. J'ai préféré empocher le salaire gagné sur *Daddy and Them* que de payer des comptables à se rouler les pouces[60]. » « Meistrich n'a pas vu la couleur du fric pour la simple raison qu'on lui avait versé 10 millions pour les droits d'un film qui en avait coûté 1,1, rétorque Harvey, ce qui lui avait permis de faire un bénéfice de 8,9 millions d'entrée de jeu[61]. »

Trois semaines à peine après les Oscars, Thornton faisait de nouveau la une des tabloïds et des colonnes *people*, apportant un peu plus d'eau au moulin publicitaire de Miramax. Le 8 avril, Pietra demanda le divorce, l'accusant de l'avoir frappée au visage, d'avoir tenté de l'étouffer et de l'étrangler, de lui avoir mordu l'oreille, lui faisant craindre pour sa vie. D'après le témoignage de Pietra versé au dossier, il lui aurait dit : « Je vais te tuer. J'irai en prison, et les gosses à l'orphelinat [62]. » Thornton nia en bloc et contre-attaqua en prétendant qu'elle l'avait menacé de mort. Quant à la morsure, c'était un jeu sexuel. « Il ne va pas s'en sortir comme ça, déclara-t-elle. Je n'ai jamais dit qu'il m'avait mordu pendant l'amour… Il était fou de rage et m'a mordu exprès. Et puis, franchement, notre vie sexuelle était loin d'être torride [63]. » On put lire dans la presse qu'il l'avait frappée avec sa statuette, ce qu'il nia. Pietra déménagea dans une maison flambant neuve à Malibu, où elle se consacra à la prière. « Croyez-le ou pas, je suis une fervente chrétienne, confia-t-elle à la presse. J'ai sans doute lu la Bible plus souvent que la plupart des pasteurs. À la maison, je parle sans arrêt de Jésus avec mes enfants. »

COMME DANS UNE EXPÉRIENCE DE LABORATOIRE qui aurait mal tourné, la petite compagnie October devint le jouet de forces contraires – art contre argent, indépendants contre studios – qui la réduisirent en miettes. Comparés aux profits engrangés par Miramax grâce au *Patient anglais* et à *Sling Blade*, les chiffres d'October pour *Breaking the Waves* et *Secrets et mensonges* étaient ridicules. « Ce sont les deux derniers films à avoir bénéficié d'un lancement à l'ancienne, explique Bingham Ray, un peu sur la défensive, et on a fait des profits avec les deux. Dans l'absolu, c'étaient des petits joueurs, mais à mes yeux les recettes étaient spectaculaires [64]. »

Cependant, grâce à leurs nominations et aux prix remportés, *Secrets et mensonges* et *Breaking the Waves* avaient révélé October et tout le mérite en revenait à Ray. Le succès, même modeste, change les attentes des gens. Comme l'a si bien dit Woody Allen dans une réplique d'*Annie Hall* passée à la postérité, les relations amoureuses, comme les requins, doivent avancer ou mourir. Il en va de même pour les compagnies de distribution. « On venait de connaître une avancée, et c'est là qu'Amir Malin et John Schmidt ont évoqué la possibilité de "faire évoluer" la compagnie, explique Ray. Nous avions besoin de financements plus importants pour passer "à la vitesse supérieure" – j'ai horreur de cette expression, mais elle revenait sur le tapis tous les jours [65]. » « Ça n'avait rien à voir avec de l'avidité, rétorque Schmidt. La vérité, c'est que, lorsqu'on est un distributeur indépendant, il faut injecter des fonds dans la compagnie pour pouvoir continuer à acheter et distribuer des films de façon efficace. New Line l'a fait, Miramax aussi. Ce serait idiot de ne pas saisir l'occasion d'augmenter le capital quand celle-ci se présente [66]. » Soit les partenaires attiraient de nouveaux investisseurs, au risque d'amenuiser encore leurs parts, soit ils se jetaient dans la gueule d'un plus gros poisson. En outre, October s'apprêtait à perdre 6 ou 7 millions sur *Lost Highway*, de David Lynch, acheté sur les conseils de Ray. « Tout le respect et les profits acquis en 95 et 96 sont partis en fumée [67] », avoue-t-il. Et Schmidt d'ajouter : « Si nous n'avions pas passé cet accord, nous en avions pour trois mois. On ne pouvait pas accepter de disparaître comme ça [68]. »

De tous les studios, Universal semblait le plus approprié. Schmidt vivait à Riverdale, banlieue chic juste au nord de Manhattan. L'un de ses voisins n'était autre que Frank Biondi, P-DG de Universal Pictures, dont l'épouse était la meilleure amie de Wendy Schmidt. Les partenaires de Schmidt le poussèrent à agir : « Si tu veux jouer la carte Frank Biondi, tu ferais mieux de le faire sans attendre. Appelle Frank et demande-lui s'il est intéressé[69]. » C'est ainsi qu'en février l'agneau appela le loup pour lui demander s'il avait faim. Il se trouvait que oui.

Chris McGurk, qui baby-sittait les Weinstein pour Disney, avait fini par grossir les rangs des fuyards, fin 1996, pour devenir directeur de l'exploitation de Universal Pictures. « J'avais pu constater qu'on pouvait générer d'énormes profits en combinant un studio et une compagnie spécialisée qui travaillait à l'ancienne du point de vue création et marketing, explique-t-il. Mais j'avais également vu Miramax laisser progressivement tomber le genre de films qui les avait rendus célèbres pour s'attaquer à des productions beaucoup plus coûteuses (15, 20, 30 millions) et parier gros, juste parce que Harvey ne voulait pas se contenter d'être Harvey : il voulait devenir Louis B. Mayer. Un vide s'était créé. En plus, son frère et lui avaient vraiment agacé tout le monde à force de toujours vouloir tout dominer, et cette antipathie à leur égard était encore pire en Europe. Par conséquent, Harvey n'avait pas réussi à pénétrer le marché européen aussi efficacement qu'il aurait pu. On a eu l'occasion de faire d'October l'anti-Miramax en mettant en avant Bingham Ray, un Harvey qui respecterait les artistes[70]. »

Une autre compagnie s'intéressait à October : Bain Capital, qui regroupait des investisseurs privés immensément prospères basés à Boston. Toujours à la recherche d'entreprises à racheter, Bain reniflait depuis peu du côté de Hollywood. Entre les dessous en cuir et le marché de la vidéo – entre Frederick's of Hollywood et Live Entertainment –, ils choisirent le marché de la vidéo. Live possédait un catalogue assez considérable bricolé à partir de ceux de compagnies défuntes comme Carolco et Vestron. On y trouvait un certain nombre de navets mais également quelques perles comme *Dirty Dancing*, *Reservoir Dogs*, la série des *Rambo*, et tout un tas de films avec Arnold Schwarzenegger au générique, dont *Predator* et la série des *Terminator*. Bain pensait que cela se marierait bien avec October. Ce programme d'action convenait tout à fait à Malin, qui aspirait à davantage de responsabilités.

Quant à Schmidt et Ray, ils préféraient la Universal. Même si October avait l'air d'un nain comparé au studio, c'était toujours mieux que Bain. Ray avait soupé des banquiers et détestait la bande de yuppies qui dirigeait Bain. Schmidt et Ray avaient l'intention de vendre 51 % des parts au studio qui, en échange, leur fournirait les moyens de faire évoluer October.

Les dirigeants des deux compagnies fêtèrent leur partenariat autour d'un dîner dans une salle privée chez Prego. À la fin du repas, alors qu'ils sirotaient leur grappa, Malin se leva pour contempler les lumières scintillant sur Beverly Hills. McGurk lui cria : « Alors, Amir, tu as hâte de prendre la tête de la section distribution[71] ? » McGurk savait pertinemment que Malin aspirait à mieux. Schmidt se mit à glousser, mais « fut un véritable coup de poignard pour Amir », se souvient-il.

Et c'est là que Malin prit une initiative idiote, ou du moins qui apparut comme idiote à l'époque. Par l'intermédiaire d'un de ses amis qui siégeait au conseil d'administration d'October, il contacta le P-DG de la Universal, Ron Meyer, lui demanda s'il le considérait (lui, Malin) comme l'homme clé de la boîte, et s'ils poursuivraient les négociations s'il n'était plus là. Meyer, Biondi et McGurk trouvèrent la question bizarre. Elle leur indiquait en tout cas que Malin négociait de son côté, avec Bain, sans doute. Ils lui répondirent en substance : « Il vaudrait mieux que tu voies avec tes collègues, ça ne nous regarde pas [72]. » McGurk et Malin ne s'étaient jamais appréciés et McGurk appela Ray. « Pour qui il se prend au juste ? Je ne voudrais pas l'avoir comme partenaire. » Si l'on en croit Malin, « Bingham craignait que je n'aie compromis les négociations en m'adressant à Ron Meyer par ces moyens détournés [73] ». Il prétend avoir eu l'intention inverse. « Je n'avais pas envie de voir les négociations capoter si je décidais de partir. Je voulais simplement m'assurer qu'elles se poursuivraient. » Et, une fois qu'il s'en fut assuré, il se sentit libre de partir.

Quoi qu'il en soit, Ray et Schmidt étaient furieux. Ils avaient l'impression que Malin avait essayé de les court-circuiter. « Quelles qu'aient été ses intentions, il a essayé de nous couillonner, estime Ray. J'étais furibard. Il se prenait toujours pour la personne clé de la boîte et, si la Universal avait dit : "Si tu t'en vas, on laisse tomber", il s'en serait servi pour restructurer notre partenariat – "C'est moi qui commande, rien à foutre ni de John, ni de Bingham, ni d'October." Mais il a mal interprété les signes [74]. » Schmidt vécut les choses de la même façon : « C'était vraiment déstabilisant. Si Meyer avait dit : "On ne fait rien sans toi", il aurait eu les moyens de nous virer [75]. »

En tout cas, continue Ray, « je voulais agir vite pour me débarrasser de ce putain de cancer qui nous rongeait. L'occasion s'est présentée, avec la bénédiction de Universal, de foutre ce connard dehors [76]. » « Amir a tout gâché en l'espace d'un mois, explique un employé du studio. Alors ensuite, ils n'avaient plus qu'une idée en tête : se débarrasser de lui [77]. » Ray appela Schmidt au Château Marmont, l'hôtel où il était descendu à Los Angeles, pour lui demander sa bénédiction. « Mais qu'est-ce que tu vas faire ? demanda Schmidt [78].

– Il faut le virer, et tout de suite. Laisse-moi m'en occuper. Il me suffit d'aller au bout du couloir.

– Tout de suite ? Je rentre demain, j'aimerais être là. » Ils raccrochèrent. Cinq minutes plus tard, Ray rappelait : « Il faut le faire tout de suite, je te dis ! Je vais attaquer immédiatement ! » « Schmidt aimerait autant agir en douceur en évitant les disputes, se disait Ray, mais moi, j'en ai rien à foutre. J'adore les disputes, provoquer les gens jusqu'à ce qu'ils craquent. » « OK, vas-y », lui dit finalement Schmidt. Ray s'élança vers le bureau de Malin, le plus vaste de l'étage, et ferma la porte derrière lui aussi théâtralement que possible sans pour autant la claquer. Il raconte : « Je me suis assis dans ce fauteuil italien en cuir super tape-à-l'œil, devant ce bureau italien en verre, prétentieux comme tout, et j'ai dit : "On m'a raconté une histoire très intéressante. Elle me dérange. Et elle dérange Schmidt aussi. Énormément. Il faut qu'on en parle, je crois.

– De… de… quoi tu parles ? Quelle histoire ? Qu'est-ce que tu as entendu dire ?"

» Bien sûr son premier réflexe a été de nier.

"Amir, je pense que tu sais ce qui te reste à faire.

– Quoi ?

– Je crois qu'il n'y a qu'une solution, parce qu'on sait exactement ce que tu as essayé de faire.

– De quoi tu parles ?

– Ne me force pas à énumérer tout ce que tu as fait pendant ces dix derniers jours. J'espère qu'il te suffira de savoir que, John et moi, on sait tout, et qu'on est d'accord pour que tu partes."

» Il a essayé de nier, mais je l'ai arrêté.

"Je viens de te dire que ça ne prend pas. Absolument personne ne va te laisser t'en tirer après ça. Tu vas devoir en subir les conséquences.

– D'accord, d'accord, je m'en vais."

» Je lui faisais peur, il croyait que j'allais le frapper. C'est la pire mauviette de l'univers. Il gémissait, il tremblait. Il est du genre à trembler de peur. Je vais tourner le film de sa vie et l'intituler *Ça tremble à Manhattan : l'Histoire d'Amir Malin*. On l'a viré. Vous savez, j'ai ressenti le genre de frisson que doit ressentir un héroïnomane quand il se shoote. Je prenais mon pied à faire sa fête à ce connard. C'était la première fois que ça lui arrivait, alors que lui, il avait réglé leur compte à pas mal de gens, des bons, des méchants, que ce soit justifié ou pas – la plupart des fois ça ne l'était pas. Là, c'était son tour. Il avait essayé de nous virer – il avait réussi avec Lipsky –, mais il n'avait pas pu aller jusqu'au bout et il s'était fait prendre à son propre jeu. C'était l'un des plus beaux jours de ma vie. J'ai appelé John pour lui dire : "Ça y est, c'est fait : Satan est terrassé." »

Malin assure que c'est lui qui a quitté October de son plein gré. « Une fois ma décision prise, je l'ai annoncée à Bingham, raconte-t-il. Ça n'a pas été une discussion facile, mais je n'appellerais pas ça une confrontation non plus [79]. »

Alors âgé de quarante-cinq ans, Malin prit ses cliques et ses claques et se retrouva chez Live Entertainment, rebaptisée Artisan. La Universal déboursa 14 misérables millions pour acquérir 51 % d'October. La plus grande et la plus prospère des compagnies véritablement indépendantes appartenait désormais à un studio. Mais le rachat lui permettait de faire grimper sa marge de crédit de 25 à 100 millions de dollars et d'espérer accroître son dynamisme pour que, d'ici cinq ou six ans, quand la Universal achèterait les 49 % des parts restantes, les investisseurs touchent le pactole.

Le futur d'October semblait radieux. La compagnie avait fait l'objet d'une enquête de fond dans le magazine *New York* où on la baptisait – je vous le donne en mille – « la nouvelle Miramax », au grand dam des Weinstein. Lorsque les distributeurs convergèrent vers Cannes en mai, juste après que la fusion October/ Universal eut été dévoilée, l'inévitable se produisit. Ray tomba sur Harvey lors d'une projection. « Pendant des années, remarque Ray, tout le monde avait plus ou moins été traité sur un pied d'égalité. Et puis cet énorme fossé s'était creusé entre Harvey-le-nabab et le reste d'entre nous. Les agents lui faisaient une lèche pas possible. C'était fou. Ils réservaient des places, des rangs entiers pour Miramax. J'étais debout dans l'allée. Il s'est tourné vers moi et m'a dit : "On va voir tout de suite ce que t'as dans le ventre.

– Harvey, si je te pose un problème, dis-le ! T'as la trouille de moi ou quoi ?

– Quoi ? Ha !" Tout d'un coup, je me suis rendu compte du silence de mort dans la salle. Il s'est mis à hurler : "Pas du tout – qu'est-ce que tu racontes, la trouille de toi ?

– Tu me gonfles, Harvey. Tu m'as à peine dit bonjour que tu commences à me les casser. Va te faire foutre !

– QUOI ? TU M'AS DIT 'VA TE FAIRE FOUTRE' ? J'AI BIEN ENTENDU, ESPÈCE DE PETIT CON ? On va voir si t'as vraiment du talent, espèce de connard. Je vais t'en faire voir de toutes les couleurs." Il essayait de se lever, mais il est plutôt costaud, comme type, et il est resté coincé dans son siège. J'ai hurlé : "T'arrives pas à te lever ? ALLEZ, DEBOUT !" Mais impossible. Après la séance, alors que je sortais de la salle, j'ai croisé Tom Bernard. Bernard ne m'avait jamais adressé la parole de sa vie, à part pour me casser, mais là, il m'a dit : "Harvey était coincé, il n'arrivait pas à se lever : tu aurais dû en profiter pour le frapper [80] !" »

Le Patient anglais se transforma en véritable poule aux œufs d'or : les recettes atteignirent 78,6 millions aux États-Unis, 150 millions à l'international, soit un total de 228,6 millions de dollars. Les marchés annexes, en grande partie la vidéo, rapportèrent quelques millions supplémentaires. Mais n'oublions pas que le film était le bébé de Zaentz. Au bout de six ans, ce dernier se plaignit de ne pas avoir vu la couleur de son argent, à part les 5 millions assez vite versés par Harvey aux acteurs. (Le jour de la cérémonie des Golden Globes, Miramax versa les 2,5 millions de salaire dont les acteurs et les techniciens avaient accepté de reporter le paiement.)

« Pourquoi les réalisateurs devraient-ils faire la manche et les techniciens attendre la sortie d'un film pour toucher leur salaire, pour la simple raison qu'ils travaillent sur la scène indépendante [81] ? » se demandait Harvey dans une interview accordée au *Los Angeles Times*. Pourtant, l'équipe technique et les acteurs du *Patient anglais* ne touchèrent pas un centime des bénéfices du film. Minghella reçut environ 750 000 dollars ; sur quatre ans (le temps qu'il consacra à l'écriture et au tournage), cela revient à environ 187 500 dollars par an, dont la moitié touchée après la sortie du film. « Je n'ai pas reçu un centime depuis [82] », déclare-t-il.

Selon plusieurs sources, au cours de ces six années, l'équipe du film se fit balader. « Vous serez payés en octobre [83]. » Le mois d'octobre arrivait, mais pas le paiement. « Vous serez payés en avril. » Même topo. À l'automne 1999, Zaentz demanda un audit pour déterminer, entre autres, combien Miramax avait empoché grâce aux marchés annexes, et savoir quand au juste le film avait commencé à être rentable. Les menaces de procès de la part de Zaentz suscitaient toujours la même réponse de la part de Harvey : « Pas de problème, allez-y. On fait partie de la Walt Disney Company, on a deux cents avocats qui se roulent les pouces, justement. Vous avez envie de payer 1 million pour embaucher un avocat ? Ne vous gênez pas pour moi [84]. »

« Quel monstre, ce Harvey ! ironise Weinstein. On a investi 42 millions dans la publicité et l'affichage. Est-ce qu'on voulait l'oscar ? Bien sûr que oui ! Est-ce que les frais ont été trop élevés ? Bien sûr que oui ! On a fait ce qu'on avait à faire. Zaentz n'a toujours pas digéré le montant des préventes à l'étranger. Je n'avais jamais payé autant pour un film, j'avais une trouille bleue, il fallait que je me couvre. Avec le recul, c'est l'une des pires décisions que j'aie jamais prises. L'argent que Zaentz croit devoir récupérer n'existe [pas]. Il n'arrête pas de dire qu'on lui doit du fric. Mais il n'a pas fait de procès à la compagnie ! C'est beaucoup plus amusant de nous dégommer dans la presse toutes les cinq minutes. De quoi il pourrait parler, à part ça ? De son dernier film ? Il va se faire 100 millions avec *Le Seigneur des anneaux*. C'est grâce à Harvey, tout ça. S'il pense devoir 5 millions à l'équipe du *Patient anglais*, il n'a qu'à dire : "Hé, au fait, je me suis fait une fortune avec *Le Seigneur des anneaux*, voici l'argent." Il n'a qu'à commencer par la fermer et allonger le fric [85]. »

« Je ne vois pas où est le rapport, rétorque Zaentz. On doit leur verser leurs salaires mais, d'abord, il faut que Harvey nous paie ce qu'il nous doit. » Il projette d'attaquer Miramax : « On va le faire, c'est sûr. À quoi ça servirait d'avoir dépensé autant et embauché tous ces avocats, sinon ? Il ne sait pas ce qu'il dit, comme d'habitude [86]. »

Il est possible que Miramax ait raison. *Le Patient anglais* a été acheté un peu dans la précipitation, et les Weinstein ont sans doute été durs en affaires. « Souvent, quand on se lance, on a besoin d'un garde-fou ; on est extrêmement fragile, et c'est là qu'on se met dans des situations pas possibles [87] », explique Jeremy Thomas.

D'après Harvey, Zaentz « est un voleur à la petite semaine, le genre qui met le doigt sur la balance quand une petite vieille vient lui acheter sa viande. Les fois où je lui en ai parlé, il m'a dit : "Ma spécialité, à moi, ce sont les films, pas les comptes [88]." » Walter Murch, brillant chef monteur du *Parrain III* et d'*Apocalypse Now*, qui remporta deux oscars pour son travail sur *Le Patient anglais,* déclare toujours attendre un tiers de son salaire. Il avoue hésiter entre « détachement et agacement [89] » et ajoute : « Au point de vue Oscars, c'est comme si *Le Patient anglais* avait gagné le grand chelem cette année-là, un très gros coup pour Miramax et Disney. Ce succès a été rendu possible par leur énorme machine publicitaire, mais aussi par les gens qui ont participé au film, non ? On se dit que lorsqu'on gagne le grand chelem on a droit à un bonus, à une coupe, à un petit quelque chose, au moins. Non seulement on a dû se contenter de nos oscars – que je suis très heureux d'avoir obtenus, personnellement –, mais en plus on n'a même pas touché les salaires qu'on avait sacrifiés pour pouvoir tourner ce film magnifique. Alors, maintenant, on se rend compte qu'on s'est fait avoir. C'était la première fois que j'acceptais d'être payé à la sortie du film et je me suis fait avoir. » Murch travailla au montage du *Talentueux M. Ripley*, réalisé par Minghella et coproduit par Miramax et Paramount. « Quand j'ai accepté ce travail, dit-il, cela ne faisait pas tout à fait un an que *Le Patient anglais* était sorti. On se disait qu'on allait être payé dans pas longtemps, "encore un peu de patience"... Si c'était à refaire, je ne suis pas sûr que j'accepterais. »

L'ironie, c'est que, évidemment, dans ce genre d'histoire, ce ne sont pas les toquards qui se font exploiter mais les purs, les idéalistes, les quelques passionnés pour qui le cinéma n'est pas un simple boulot mais une vocation. Leurs qualités se retournent contre eux. « Notre dévouement au projet passe toujours avant notre propre intérêt financier, remarque Murch. Si on s'en foutait, si tout ce qui comptait pour nous était l'argent, on ne se ferait pas avoir. » Miramax proposa à Minghella de lui verser la part du salaire qui lui était due, mais celui-ci refusa. « Ma position était claire, dit-il. Être payé ne m'intéresse pas tant que mon équipe n'a pas touché sa part. Je ne pourrais pas les regarder en face sur un tournage en sachant que j'ai eu mon fric et pas eux[90]. » En 2000, Minghella accepta de réaliser *Retour à Cold Mountain*, film produit par Miramax et la MGM. L'imbroglio financier autour du *Patient anglais* eut-il des retombées sur sa façon d'aborder ce projet ? « Je ne me voyais plus dire à mon équipe, envers laquelle je me sens une énorme responsabilité : "On va faire *Retour à Cold Mountain*, vous accepteriez d'être payé à la sortie du film ?" Impossible. Oui, ça a changé mon approche du projet. Je dois quand même préciser que c'est à la demande de Saul que le paiement des salaires a été reporté, pas à la demande de Miramax. Si Saul avait financé *Le Patient anglais*, je serais richissime à l'heure qu'il est, quelle ironie ! » Zaentz collaborerait-il de nouveau avec Harvey ? « Hors de question ! Comme Billy Wilder l'a dit un jour à propos de quelqu'un que tout le monde détestait : "Vous fatiguez pas à l'ignorer !" Il n'a besoin d'aucun prétexte pour se montrer grossier avec les gens. C'est un rustre, voilà tout[91]. »

Le succès critique et commercial du film historico-romanesque de Minghella définit le « style Miramax » pour le reste de la décennie et au-delà. Après *Pulp Fiction*, on se dit un temps que c'est à ce genre de films que la compagnie allait se consacrer désormais, des films trop *cool* et trop *branchés* pour les studios. Mais

Priest et *Kids* donnèrent un coup d'arrêt définitif à cette tendance. Les frères Weinstein avaient beau adorer Tarantino, *Pulp Fiction* était trop bizarre pour remporter un oscar. Par contre, *Le Patient anglais* avait tout pour plaire. Les Weinstein allaient continuer à nous servir des films snobs, plus proches du théâtre filmé, de véritables pièges à oscars souvent adaptés d'œuvres littéraires prestigieuses. Ils exploitèrent sans vergogne le filon Jane Austen pour tourner des films en costume comme *Emma l'entremetteuse* ou *Mansfield Park*. *Emma l'entremetteuse* était sorti le 2 août 1996. C'était un film fait sur mesure pour Gwyneth Paltrow – la blonde racée qui devint pour Harvey ce que Grace Kelly avait été pour Hitchcock : une star qu'il pouvait faire parader devant le public pour se faire mousser. Il l'avait surnommée « la première dame de Miramax ». Tarantino remarqua tout de suite ce qui se passait. « Harvey sait très bien que je déteste toute cette merde, dit-il, ces films irregardables inspirés de livres illisibles. Je lui ai dit : "Tu as besoin de quelques films interdits aux moins de dix-sept ans, ou alors les gens vont se mettre à penser que tu n'as plus de couilles." Mais le fait est : Harvey s'est fait un nom autant grâce à *Avril enchanté* que grâce à *Kids*[92]. » Tarantino pouvait bien dénigrer *Emma l'entremetteuse*, dire que c'était de la « merde ». Pour Miramax, cette merde sentait la rose.

Chapitre 9
Les deux font la paire
1997

Où deux petits gars de Boston, Matt Damon et Ben Affleck, lancent *Will Hunting*, tandis qu'October souffle *Le Prédicateur* à Miramax et trouve le bonheur avec *Happiness*.

« Les films grand public sont à chier, un point c'est tout. Les studios sont incapables de faire des films – Wharton est devenu leur fonds de commerce. Ils vendent des gadgets. Ce que j'aime dans le fait de travailler pour Harvey c'est qu'il ressemble aux nababs d'autrefois : il vous dit en face d'aller vous faire foutre[1]*. »*

Matt DAMON

L'aventure *Will Hunting* commença au début des années quatre-vingt-dix avec un devoir rédigé par Matt Damon pour son cours de réalisation, à Harvard. Damon avait grandi à Cambridge, Massachusetts. Sa famille vivait littéralement du mauvais côté de la ville, à Central Square, à des années lumières, culturellement et économiquement, parlant du campus de Harvard pourtant tout proche. Aspirant acteur, il passait d'un rôle décevant à un autre, s'efforçant de caser les tournages dans son emploi du temps d'étudiant de la prestigieuse université. Il se résolut au bout du compte à faire ce que bon nombre d'acteurs finissent par faire en désespoir de cause et s'écrivit un rôle sur mesure. Il embaucha Ben Affleck pour lui prêter main-forte.

Damon et Affleck étaient amis d'enfance. De deux ans le cadet de son ami, Affleck était né en 1972 de parents hippies, militants pacifistes, qui traînaient le petit Ben au cinéma pour voir des films, étrangers en général. « Personne ne parlait anglais dans ces films, se souvient-il. Mes parents refusaient de m'emmener voir les mêmes films que mes camarades, les trucs amusants. Pour moi, le vrai cinéma, c'était *Terminator* ou *La Guerre des étoiles*. Quand j'avais cinq ans, je trouvais que c'étaient les films les plus géniaux jamais tournés, des équivalents des *Quatre Cents Coups*, du *Voleur de bicyclette*, ou de ces trucs qui ont rendu Scorsese fou de cinéma. Je me disais que rien de ce qu'aimait ma mère, avec sa vision rétrograde du monde (les Truffaut ou tous ces cinéastes hyper rasoir), ne pouvait être bien [2]. » Tim, le père d'Affleck, acteur à l'occasion, demandait souvent à Ben et Matt : « Pourquoi vous voulez être acteurs, les gars ? C'est le métier le plus débile au monde [3]. » Mais ils ne tinrent pas compte de son avis, comme le font tous les enfants, et prirent un aller simple pour la planète Hollywood.

Lorsque Rick Linklater l'embaucha pour *Génération rebelle*, Affleck n'avait qu'une expérience limitée du métier – quelques téléfilms et un film à Hollywood, *School Ties*. « Mon agent m'a dit que c'était le nouveau film du réalisateur de *Slacker*. J'avais vu *Slacker* dans un cinéma d'art et d'essai à Waterville, dans le Maine, quand j'avais dix-huit ans. La chronologie de ce film m'avait paru bizarre, expérimentale. Je me disais que j'aurais dû l'apprécier davantage, mais il faut savoir qu'à l'époque *L'arme fatale* était mon film préféré, à cause du rôle du méchant. Je n'avais pas envie de jouer les méchants, mais je m'étais résolu à le faire quand même. Et puis Rick m'a fait parvenir le script accompagné d'un petit mot disant : "Si on tourne en s'en tenant au scénario, le film sera extrêmement médiocre. J'aimerais que tout le monde mette la main à la pâte." Et il a tenu parole. Quand je proposais des changements, ils apparaissaient dans le film. Avoir mon mot à dire m'a encouragé et m'a appris qu'on pouvait travailler de cette façon [4]. »

Une brochette d'acteurs pleins d'avenir apparaissait au générique de *Génération rebelle*, et le film donna à certains d'entre eux, comme Matthew McConaughey, un véritable coup de pouce. En revanche, « personnellement, le film ne m'a pas du tout aidé, se souvient Affleck. J'étais le seul personnage antipathique d'un film plein de personnages sympathiques. Je suis passé complètement inaperçu. » On préférait confier des rôles à ses pairs – McConaughey, Chris O'Donnell, Brendan Fraser et consorts. Il fallait se débrouiller autrement. Et c'est à ce moment-là que Damon lui parla de son projet : « Ce serait sympa de faire un film sur un petit génie qui aurait grandi à South Boston. » Affleck, qui connaissait bien le cinéma indépendant, se dit que *Clerks* et *Slacker* n'avaient pas coûté grand-chose. Ça devait être facile. « Pour moi, le cinéma indépendant permettait à des gens comme nous de se lancer, explique-t-il. On n'était pas obligé d'attendre que quelqu'un nous donne un rôle dans *Billy Bathgate*, ou nous fasse jouer Robin dans *Batman*, tous ces rôles grâce auxquels Brendan et Matthew perçaient. On pouvait trouver un moyen détourné, faire notre propre film et, à partir de là, peut-être que quelqu'un nous offrirait la possibilité de travailler avec les grands maîtres : De Niro, Scorsese, Coppola, Pacino, Hoffman. »

Affleck voyait donc le cinéma indépendant comme un simple moyen de mettre un pied à Hollywood, ni plus ni moins. *Will Hunting* ne tenait pas particulièrement à cœur à Damon non plus, ce n'était pas une histoire qu'il lui fallait absolument raconter, une vision du monde qu'il brûlait d'exprimer. Le scénario s'inspirait de son expérience, certes, mais il ne représentait qu'un moyen de parvenir à ses fins et de travailler. Cela ne veut pas dire que les jeunes réalisateurs qui émergeaient à la fin des années quatre-vingt aient été plus opportunistes que leurs prédécesseurs, moins soucieux de fournir un travail de qualité. Un nouveau conflit de générations se faisait simplement jour. Lorsque *Génération rebelle* se ramassa, Affleck put constater que Linklater ne s'en souciait guère. Après tout, c'était un film de studio et, du point de vue du réalisateur, c'était le studio qui avait tout gâché. Né dans les années soixante, Linklater avait des croyances d'un autre temps, une mentalité anti-*establishment*, antistudio. « Rick est plus âgé que moi, observe Affleck. Il se croyait encore dans les années soixante-dix, avec sa mentalité libertaire un peu ringarde, style *y'a pas que l'argent qui compte, mec, le public a aimé le film*. Moi, je ne voyais pas du tout les choses comme ça, parce que j'avais grandi pendant la présidence Reagan. À l'époque, je me disais que cette histoire de domination du patronat, c'était n'importe quoi. Personne ne dominait personne. Cette vision du monde me semblait anachronique. Faut vivre avec son temps ! »

Affleck n'avait jamais cru à la supériorité, à la pureté des films indépendants par rapport aux films de studio. Lui aussi aspirait à faire du bon travail, mais l'opposition manichéenne « studios contre indépendants » lui semblait trop simpliste ; pour lui, il s'agissait plutôt de faire la distinction entre bons et mauvais films. Les studios pouvaient faire de bons comme de mauvais films, *idem* pour les indépendants. Voir apparaître à l'écran l'emblème d'un studio ne voulait pas forcément dire que l'on allait voir un navet. Après tout, les grands acteurs et réalisateurs qu'il admirait s'étaient retranchés dans le système. En fait, c'était eux, le système. Comme beaucoup de jeunes réalisateurs de sa génération qui étaient enfants de hippies, Affleck oubliait cependant que c'était au prix de toutes les luttes culturelles et politiques menées au cours des années soixante et soixante-dix qu'on avait pu en arriver là où on en était. Il tenait tout ça pour acquis. L'arrivisme régnait en ce début de décennie, le succès semblait à portée de main. Comme Quentin Tarantino, Affleck sentait qu'il y avait une occasion à saisir, trouvait tout cela terriblement passionnant, glamour, amusant, et se disait que lui aussi avait l'étoffe d'un artiste.

Mais l'avis d'Affleck ne fait pas l'unanimité, même parmi les gens de sa génération. Comme le dit Ethan Hawke, son aîné de seulement deux ans, qui a participé à plusieurs films de Linklater : « Ben a raison de dire que c'est la sincérité d'une œuvre qui en fait la valeur, même si elle est produite au sein des studios. Il n'y a pas de règle dans ce domaine. Pourtant, il n'y a pas que l'opposition entre bons et mauvais films qui compte, il faut aussi prendre en considération la façon dont les films sont faits, ce à quoi ils ressemblent. Pour moi, un artiste se doit d'être anticonformiste. Quand on cesse de l'être, on devient un produit. Ça m'a posé problème de faire *Training Day* avec Time Warner. J'avais les boules. Je ne pense pas que Ben aurait eu les boules. C'est important pour Rick d'être subversif, mais je ne sais pas à quel point ça l'est pour Ben [5]. »

En tout cas, Affleck dit à Damon : « Ce genre de film est monnaie courante, aujourd'hui. Je pense qu'on peut s'en sortir pour un million [6]. » Leur script original était un amalgame de tous leurs films préférés : *Midnight*

Run, Le Flic de Beverly Hills, E.T. et *Searching for Bobby Fischer*. Ils savaient qu'il leur fallait un bon, un méchant, une fille, un budget modeste, pas d'extérieurs. L'action dont ils avaient saupoudré l'histoire pouvait selon eux attirer les financements des studios.

Damon et Affleck s'étaient inspirés de l'expérience d'autres inconnus qui avaient réussi à vendre leur script sans pour autant renoncer à jouer dans leur film. L'exemple le plus célèbre étant, bien entendu, celui de Sylvester Stallone qui, quelque vingt ans auparavant, avait réussi à interpréter le premier rôle du film inspiré de son scénario, *Rocky*. « On admirait Stallone, se souvient Damon, parce que, même s'il lui restait 103 dollars à la banque et que sa femme était enceinte, quand on lui avait demandé d'accepter 30 000 dollars pour laisser Ryan O'Neil interpréter le rôle titre, il avait tenu bon. À chaque fois que les studios hésitaient en se demandant qui on était et pourquoi on insistait pour jouer dans le film, au moins, notre agent pouvait répondre que ça s'était déjà vu. On se disait : “Il ne faut pas qu'on les laisse fixer leurs conditions, il faut oser demander ce qu'on veut, l'exiger, insister, et peut-être qu'on l'obtiendra[7].” »

C'est en voyant *Slacker*, *Clerks* et aussi *Reservoir Dogs* qu'Affleck et Damon avaient eu le déclic et qu'ils s'étaient dit qu'eux aussi pouvaient écrire leur scénario. « Tarantino travaillait dans un magasin de vidéos ! s'exclame Damon. La réussite était à notre portée, et c'est peu après avoir vu *Reservoir Dogs* que nous nous sommes mis à écrire. » Mais ils ne s'inspiraient pas tant de la façon dont Tarantino avait tourné son film que de ce qui lui avait permis de le faire. « On a entendu dire que Lawrence Bender avait fait passer le script à Harvey Keitel dans son cours de comédie et que son seul nom avait permis au film de voir le jour, continue Damon. Ils avaient obtenu 500 000 dollars ou

1 million, je ne sais pas exactement, grâce au seul nom de Harvey Keitel. On s'est dit : "Bon sang, il nous faut notre Harvey Keitel." » Ils construisirent le rôle du psychiatre sur mesure pour une star hollywoodienne, n'importe laquelle ferait l'affaire, lui attribuèrent les meilleures répliques, le rôle étant suffisamment court pour qu'elle puisse le caser dans son emploi du temps. « C'était notre rôle "Harvey Keitel", poursuit Damon. On se disait que n'importe quel acteur pouvait s'emparer du rôle et le faire sien. Si c'était Morgan Freeman, alors le type viendrait de Roxbury, si c'était un Blanc, il viendrait de South Boston. Si c'était Meryl Streep, les enjeux seraient différents. Mais on avait toujours Keitel et Stallone en tête. »

Malgré le précédent impliquant Stallone, personne à Hollywood n'était emballé à l'idée de devoir s'embarquer dans une collaboration avec deux inconnus. « Je suis sûr qu'en lisant le script, les types se disaient : "Merde alors, si seulement on pouvait se débarrasser de ces deux toquards" », observe Damon. Il n'y en avait que pour « Brad Pitt et Leonardo DiCaprio ». Michael Mann adorait le script, mais pas sans « Brad et Leo ». À l'occasion de leur premier rendez-vous chez Castle Rock, Rob Reiner, qui ignorait que les deux acteurs tenaient à jouer dans le film, s'écria : « Ça va être génial ! On va engager Brad et Leo. » Un des dirigeants prit la parole : « Non, Non ! On tourne avec ces deux types. » Les yeux écarquillés, Reiner répondit du tac au tac : « Ces deux types-là ? Encore mieux ! » Ils entendaient pratiquement les rouages cliqueter dans sa tête : pas besoin de payer Brad et Leo. Paramount leur fit les yeux doux, mais Mark Wahlberg mit Affleck en garde car un employé du studio lui avait confié : « On a un super plan pour toi ; on va leur acheter le scénario, se débarrasser d'eux, et te donner le premier rôle. » Wahlberg déclina la proposition.

« On ne faisait pas de vagues, poursuit Affleck, on se contentait de dire qu'il nous fallait une star, qu'on était conscients de ne pas être connus, qu'on était super contents d'être là [8]. » Pourtant, ils ne se faisaient aucune illusion sur les studios, persuadés qu'ils étaient de devoir, au final, se tourner vers les indépendants. Le problème, c'est que leur scénario ne les intéressait pas non plus : Cary Woods venait de le rejeter au nom de Miramax.

Tandis que Damon et Affleck retravaillaient leur scénario, leur carrière d'acteur semblait sur le point de décoller. Affleck avait décidé de participer au film *Les Glandeurs*, que Smith tournait pour les studios. « J'avais envie de rencontrer Kevin Smith, se souvient-il, même si je n'avais pas encore vu *Clerks*. Je me disais qu'il pourrait peut-être m'expliquer comment il avait réussi à tourner son film. Je trouvais son script très drôle. Ça prouve peut-être que j'ai mauvais goût, je n'en sais rien. J'ai de nouveau interprété un rôle de type idiot et désagréable, ce n'était pas malin. J'étais persuadé que personne n'allait m'aimer. Mais ça me faisait halluciner de travailler avec un réalisateur de mon âge. À la fin du premier jour de tournage, Kevin s'est tourné vers son premier assistant en disant : "Comment ça se passe, ici ? Je ramasse les cartons et je les descends ?" Le type s'est mis à glousser : "Non, non ! Ce n'est pas au réalisateur de le faire !" »

Damon auditionna pour *À l'épreuve du feu* et obtint le rôle. Prêt à tout – comme De Niro – pour donner chair à son personnage de drogué, il perdit vingt kilos, bousilla ses glandes surrénales, ce qui provoqua des carences énormes chez lui, au point qu'il faillit y laisser sa peau. Il rentra à Cambridge peu après et se dit : « C'est fini ! Si je dois en arriver là pour grimper les échelons dans la hiérarchie débile des acteurs prometteurs, ça ne vaut pas le coup. Je suis en train de me bousiller la santé. » Il lui fallut six mois pour envisager de tourner un nouveau film.

Heureusement pour Damon, son agent essaya de vendre *Will Hunting* au moment même où les studios s'arrachaient les scripts des scénaristes inconnus. Tout ce qui portait le nom de Shane Black (scénariste de *L'Arme fatale*) valait des millions de dollars. En leur en mettant littéralement plein la vue, l'agent fit monter les enchères. « On a appris que quelqu'un voulait nous l'acheter à 25 000 dollars, se souvient Damon. On s'est dit : "On est riches, putain [9] !" » Le prix s'envola très vite. Linklater avait un contrat chez Castle Rock. Damon et Affleck suivirent ses conseils et acceptèrent les 600 000 dollars que leur offrait la compagnie en novembre 1994. « On était fauchés. Cet argent a changé notre vie. » Ils firent même la une du *Daily Variety*.

Affleck venait de rompre avec sa copine et dormait sur le canapé de Damon, dans son minuscule appartement sur Curson, à West Hollywood. « On avait désespérément besoin d'une avance, se souvient-il, on avait envie de déménager, notre appartement était trop petit [10]. » Ils en trouvèrent un plus grand sur Glencoe Way, près d'Highland, à deux pas du Hollywood Bowl. Le problème, « c'est qu'on n'avait pas l'argent de la caution, continue Affleck, alors on a apporté un exemplaire de *Variety* au propriétaire et, en lui montrant nos photos à la une, on a fait : "Vous voyez, c'est comme si c'était fait : les chèques ne vont pas tarder." »

Mais ils avaient l'impression de faire du surplace chez Castle Rock. « On a travaillé sur le script pendant un an chez eux et ça nous a semblé interminable, raconte Affleck. La situation nous échappait complètement. Ça a été l'euphorie totale un temps, puis on a découvert que 600 000 dollars, ça pouvait se claquer très vite [11]. »

Ils empochèrent chacun 300 000 dollars, ce qui ne faisait plus que 150 000 après impôts, et 135 000 après que les agents eurent reçu leur part. Ils s'achetèrent chacun une Jeep Cherokee à 35 000 dollars. « Le haut de gamme, le pack Sport, parce qu'on était pleins aux as, après tout, pas vrai ? Intérieur cuir, lecteur de CD : "Je veux celle qui fait 'bip bip' quand on ferme les portes !" On voulait tous les deux le même modèle, en noir. On savait bien que ça faisait con, mais aucun de nous ne voulait céder. Alors, on a tiré au sort. Matt a gagné, il a eu la noire, et moi la verte. Un jour, je me suis rendu compte que les copains trouvaient ça bizarre : "Alors, comme ça, vous avez la même bagnole ?" C'était pire que tout, ils nous prenaient pour des tantes. »

Leur appartement de Glencoe Way attira vite tous les fêtards du coin. « Nos millions d'amis se sont immédiatement installés chez nous parce que le fric nous brûlait les doigts, continue Affleck. On a tout claqué en bière et au poker, on faisait des parties de jeux vidéos, on se couchait à des heures impossibles. Un type surnommé Bubba vivait chez nous. Un jour, on était en train de faire une partie de poker, il s'est levé, s'est penché par-dessus le balcon, a vomi et est venu se rasseoir. Il n'y avait pas beaucoup de drogue qui circulait, on tournait plutôt à la bière parce que c'était ce qu'on faisait à Boston : on sortait pour picoler tout le temps. Au moment de fêter nos vingt-cinq ans, on avait tous dix kilos en trop et on s'est tous acheté un tapis de course. »

Damon et Affleck s'impatientaient, soupçonnaient Castle Rock de ne même pas lire les révisions qu'ils apportaient au scénario. Dans l'une des versions, ils ajoutèrent une scène dans laquelle le personnage qu'interpréterait la star – un psychologue – faisait une fellation à Will Hunting dans son bureau. « Personne ne nous en a jamais parlé, poursuit Affleck, et on s'est dit qu'ils aimaient peut-être la scène, après tout… C'était démoralisant. » Le script devait être quelque part dans un tiroir. « Donnez-nous une autre version et vous aurez un réalisateur », leur répétait-on sans cesse, jusqu'au jour où, enfin, ils entendirent un nouveau son de cloche. « Bravo, le film va se faire.

– Génial ! On a une liste de réalisateurs à qui on va proposer le projet. » Ils pensaient à leurs cinéastes préférés : Scorsese, Coppola, Redford, Gus Van Sant, Martin Brest, Peter Weir. Ceux-ci refuseraient sans doute, mais qui ne tente rien n'a rien.

« Pas la peine, Andy Scheinman accepte de le réaliser. C'est une bonne nouvelle, non ?

– Comment ça, Andy accepte de le réaliser ? Vous nous avez autorisés à soumettre le projet aux réalisateurs de notre choix. » Ils ne savaient même pas que Scheinman, l'un des associés de chez Castle Rock, était aussi réalisateur. Ils le prenaient pour le producteur de Reiner.

« Visionnez le film d'Andy. »

Son film était intitulé *Little Big League*, c'était un film pour enfants, pas exactement ce qu'ils avaient en tête. « On préférait faire le film à notre idée, quitte à se planter, plutôt que se plier à la volonté de quelqu'un d'autre, se souvient Affleck. Comme le dit un personnage dans *De si jolis chevaux*, [roman de Cormac McCarthy dont Affleck et Damon étaient tous deux fans], le pourri qui allait nous piquer notre canasson n'était pas encore né ! »

Castle Rock décida de remettre *Will Hunting* sur le marché. « On ne savait pas du tout comment ça marchait, explique Affleck, mais on a vite compris. C'était monnaie courante de gonfler les frais généraux. Comme ça, le coût du rachat pour un autre studio devenait [prohibitif]. Ils en voulaient plus d'un million de dollars. Si on n'arrivait pas à le vendre en un mois, on perdait tout droit sur le scénario. Andy le réaliserait, et on renoncerait à nos rôles. La totale. » Cela crevait les yeux : Castle Rock essayait de se débarrasser d'eux. Selon Damon, « la personne qui allait le racheter devait être prête à nous donner les premiers rôles et à débourser plus d'un million pour un film qui allait sans doute rapporter 3 millions à tout casser. C'était insensé. Castle Rock était persuadé qu'on n'y arriverait pas, et on a failli leur donner raison [12]. »

Les Glandeurs sortit en octobre 1995. Le film ne rapporta que 2,1 millions alors qu'il en avait coûté 6,1 et obtint des critiques désastreuses, pour couronner le tout. « Encore un désastre auquel j'étais mêlé, se souvient Affleck. Tous les acteurs du film apparaissaient sur l'affiche, sauf moi. Je suis sûr que c'est mon personnage qui passait le moins bien auprès du public. J'étais le violeur sodomite – n'importe quoi ! –, et ce genre de type a mauvaise presse à Sherman Oaks [13]. » Smith se fit traiter de « vendu » par les autres indépendants, ce qui, à l'époque, vexa le réalisateur. Cela dit, aujourd'hui, ce mot ne veut plus dire grand-chose. Il fait référence à l'époque révolue où les indépendants et leurs films formaient un véritable rempart contre l'*establishment* hollywoodien. Cet engagement disparut progressivement au cours de la seconde moitié de la décennie. C'est le point de vue d'Affleck, pas celui de Hawke, qui dominait alors. En tout cas, Smith appela Affleck et lui annonça : « Je crois que tu as la stature d'un premier rôle, personne ne t'a encore donné ta chance. Je suis en train de t'écrire un film : c'est sur un type qui tombe amoureux d'une lesbienne. » L'acteur ne le crut pas une seconde, persuadé que cela devait être une de ses blagues débiles. « Ah, super, j'accepte le rôle ! » répondit-il tout de même.

Le temps pressait pour les deux amis. Toutes les compagnies qui, un an auparavant, auraient été prêtes à tuer pour avoir leur scénario refusaient désormais de l'acheter. Pour reprendre les termes d'Affleck : « Tu penses aller au bal de fin d'année avec la fille qui te plaît vraiment, mais elle te plante au dernier moment et tu te retrouves au bras de celle à qui tu avais dit "non". Là, c'était pareil. » Pour eux, c'était retour à la case départ. « La date butoir approchait, poursuit Affleck, on commençait à déprimer sec. Ça faisait trois ou quatre ans qu'on travaillait sur ce projet et on était à deux doigts de se le faire souffler. On hallucinait. » Mais, dans la plus pure tradition hollywoodienne, c'est au moment où l'avenir semblait le plus sombre que le soleil perça à travers les nuages.

En désespoir de cause, Affleck donna son scénario à Smith, qui venait de lui écrire un film. Après l'échec des *Glandeurs*, le réalisateur avait appelé Harvey pour lui demander s'il pouvait retravailler pour lui, et c'est avec Miramax qu'il signa le contrat de *Méprises multiples*[14]. « Ce projet n'aurait jamais pu voir le jour au sein d'un studio, explique Smith. Si ç'avait été le cas, le garçon et la fille auraient fini ensemble et les sous-entendus sexuels auraient été gommés[15]. » Pourtant, le film faillit ne pas voir le jour chez Miramax non plus. Meryl Poster appela Smith pour lui reprocher d'avoir donné le rôle à Affleck : « C'est un boulot sérieux, Kevin, tu n'es pas là pour faire des films avec tes copains[16]. » Mais le réalisateur tint bon et, pour avoir le privilège de tourner avec ses amis, dut se contenter d'un budget étonnamment bas – 250 000 dollars. À sa sortie, en avril 1997, le film rapporta 12 millions de recettes et un joli profit aux Weinstein. Smith valait de l'or.

Affleck le supplia : « On a des problèmes avec Castle Rock. Je t'en prie, Kevin, tu as un contrat chez Miramax, réalise ce film. S'il te plaît ! » Smith lut le script et répondit : « J'ai adoré, j'ai pleuré sur les toilettes en le lisant, mais je ne peux pas le réaliser. Je ne veux pas diriger quelque chose que je n'aurais pas écrit moi-même, je ne ferais pas du bon boulot. Par contre, ce que je peux faire, c'est le soumettre à Harvey. »

C'était très risqué. Primo, Woods avait déjà jeté le script à la poubelle une fois. Secondo, Damon et Affleck se méfiaient de la compagnie. « Tout le monde nous avait avertis, se souvient Damon : "C'est Harvey Scissorhands, il va vous bouffer [17]." » Leur jeune producteur, Chris Moore, doté d'une étonnante perspicacité malgré des dehors un peu niais, mit en garde les deux acteurs : « Si je ne me trompe pas, Weinstein va vous appeler et vous dire tout ce que vous voulez entendre. Quand vous raccrocherez, vous aurez l'impression d'être au septième ciel, mais reste à savoir ce que vous obtiendrez vraiment. » « Comme c'était à prévoir, explique Damon, Harvey nous a appelés pour nous dire exactement ce qu'on voulait entendre : "Je ne sais pas d'où vous sortez, mais j'adore ce putain de scénario, Kevin l'adore, il est génial ; mais ces types de Castle Rock sont trop gourmands, c'est quand même pas *Breaking Away*, votre film ! Et puis, il y a un problème… le gars… ne peut pas se faire faire une pipe dans son bureau, ça va pas être possible. D'accord, les gars ? Si vous vous croyez drôles, laissez-moi vous dire que vous l'êtes pas tant que ça, OK ?" » « On l'a adoré d'emblée, ajoute Affleck. Il a racheté le script [18]. » Un jour après que Smith lui eut fait passer le scénario, Harvey proposait 1 million à Castle Rock, en garantissant les premiers rôles à Damon et Affleck. Il fit ce pour quoi il est le plus doué : déceler le potentiel d'un projet, accepter de courir le risque, payer le prix et agir à la vitesse de la lumière.

Du point de vue de ses collaborateurs, cela ressemblait encore à un de ces achats coup de cœur idiots dont Harvey avait le secret. « C'était de la camelote de seconde main, explique Jack Lechner. Il fallait s'engager à laisser ces deux inconnus tenir les premiers rôles, payer tous les frais de Castle Rock, sans parler des 18 millions supplémentaires pour le tournage. Tout le monde le prenait pour un fou [19]. »

Harvey voulait faire signer un contrat à Damon et Affleck pour deux films en tant que scénaristes et deux en tant qu'acteurs ; Damon toucherait 600 000 et 800 000 dollars, Affleck beaucoup moins, 350 000 et 500 000 dollars. « Vous n'êtes pas obligés d'accepter autant de conditions [20] », les avertit l'agent de Damon. Mais les passionnés de cinéma prêts à tout pour tourner leur film, même à travailler gratuitement, ressemblent à de l'argile entre les mains de Harvey. Pour Damon, 600 000 dollars représentaient une véritable fortune, bien plus d'argent qu'il n'en avait jamais gagné, ou n'en gagnerait sans doute jamais. « Se plaindre de toucher une telle somme, ce serait indécent, se dit-il. Et puis merde : je serais même prêt à travailler exclusivement pour Miramax, parce que Harvey est le seul type assez dingue pour acheter notre script. » « On se fout du nombre de conditions, on veut que le film se fasse », répondit Damon à son agent. À défaut d'autre proposition, et à deux doigts de perdre le script, ils n'allaient pas chercher midi à quatorze heures. « On savait que Harvey avait la réputation d'en faire baver aux réalisateurs, dit Affleck, on connaissait ce côté de sa personnalité – "Espèces de petits cons, vous comprenez que dalle" –, mais ça m'était égal, je préférais ça aux types de Hollywood qui vous font des sourires et vous congratulent avant de vous entuber. J'aime bien Harvey, je le trouve drôle, on s'entend bien. En plus, nécessité fait loi : on était bien contents que quelqu'un veuille de notre rejeton[21]. » À l'automne 1995, Weinstein devint propriétaire du script.

Aussi reconnaissants soient-ils, Damon et Affleck n'étaient pas aussi malléables que Miramax l'imaginait. Ils admiraient Van Sant, qu'ils connaissaient bien. Le réalisateur venait de terminer *Prête à tout,* lorsque Mark Tusk lui montra le script de *Will Hunting*. Il l'adora. Malheureusement, Harvey ne voulait pas de lui. Paul Webster, directeur de la production chez Miramax, plaida la cause du cinéaste auprès du patron : « Harvey, il faut l'engager, il est parfait. Les films avec de jolis garçons, ça le connaît ! – Pas question[22] », répondit Harvey, avant de se mettre pour de bon en quête d'un réalisateur. Mais personne ne voulait diriger deux parfaits inconnus, et il en revint à Van Sant – pour le quart du salaire que celui-ci avait demandé. Le réalisateur était nerveux. Il avait parlé à Tarantino, qui ne ménageait pas les réalisateurs que Harvey menait à la baguette. « La plupart de ces types ne savent pas se défendre, ils se laissent malmener, c'est bien fait pour eux. Ils n'ont qu'à se rebiffer[23]. » Tarantino ne se laissait pas marcher sur les pieds, mais Van Sant ne se sentait pas capable de tenir tête à Weinstein. Il insista pour avoir le *final cut*. Harvey refusa de le lui donner.

« Je voulais juste que vous sachiez qu'on a proposé le film à Chris Columbus[24] », dit Harvey à Damon et Affleck au détour de la conversation, pendant une réunion dans les bureaux de Tribeca. Les deux amis n'en revenaient pas. Il y avait pire réalisateur que Columbus – qui appartenait au club très fermé des champions du box-office grâce à *Maman, j'ai raté l'avion* (puis à la série des *Harry Potter*) –, mais, si Van Sant ne participait pas au projet, ils voulaient au moins tourner avec un réalisateur dont les films étaient passés au cinéma Orson-Welles de Cambridge. Harvey continuait à jacasser : « J'ai offert 5 millions à Chris et il a failli accepter. Il l'a lu trois fois avant de refuser…

– Vous devriez être content, vous venez d'économiser 5 millions ! » l'interrompit Damon. La remarque jeta un froid. C'était la première fois que les deux jeunes gens osaient tenir tête à Harvey. Les clones Miramax se faisaient tout petits. D'après Damon, Harvey disjoncta, se mit à hurler : « Quoi ? Tu te prends pour qui ? Comment oses-tu me parler comme ça, espèce de minable ! » Damon, qui faisait de son mieux pour se contrôler, lança : « Je suis peut-être un minable, mais j'ai mon mot à dire sur le choix du réalisateur. »

Weinstein continua à chercher, mais en vain, parce qu'il refusait de donner le *final cut*. Un temps, Mel Gibson manifesta de l'intérêt pour le projet. Damon, Affleck, Weinstein et Jon Gordon – encore un ancien assistant de Harvey qui montait un à un les barreaux de l'échelle Miramax, et auquel le patron avait demandé de s'occuper du film – le retrouvèrent au Four Seasons, à New York. Si l'on en croit Affleck, Harvey aurait ordonné à Gordon d'attendre dans le hall tandis que les trois autres rejoignaient Gibson dans la salle de réunion. L'acteur s'adressa à Harvey : « J'aimerais parler à ces deux gars en privé. »

Weinstein hésita avant de répondre : « Je sais, je les adore.

– Juste eux et moi.

– OK, Mel, je vois, pas de problème, super », et il rejoignit Gordon dans le hall. (D'après Miramax, Gordon n'était pas présent à la réunion.) Deux semaines plus tard, Gibson refusait de faire le film. Incapable de trouver un réalisateur et, à coup sûr, agacé que les deux inconnus tiennent autant à Van Sant, Harvey se concentra sur d'autres projets, dont la sortie du *Patient anglais*. « Il a gardé le scénario dans un tiroir pendant un an, explique Damon. On sentait que l'engouement suscité par le film avait disparu. C'était horrible. On était dans l'impasse, côté carrière. On était rentrés à Boston pour se préparer à tourner, c'était le moment idéal pour le faire, et Miramax refusait de signer avec Van Sant. On devenait dingues. »

Damon fit une pause, obtint un rôle dans *L'Idéaliste*, inspiré d'un roman de John Grisham. L'acteur annonça la nouvelle à Weinstein par fax. Celui-ci l'appela immédiatement : « Qu'est-ce que tu racontes ?

– Je tourne avec Coppola.

– Le GRISHAM ? ! Tous ses films rapportent 100 millions !

– Eh bien ! j'ai été pris. Je fonce à Knoxville », répondit Damon, qui avait l'intention de préparer son rôle. Webster faisait le forcing pour engager Van Sant, et le temps que Damon arrive dans le Kentucky, le lendemain, Miramax avait accepté de payer au réalisateur la somme qu'il demandait, soit 1,25 million. *Will Hunting* avait le feu vert.

Robin Williams avait contacté Van Sant pour tourner *The Mayor of Castro Street*, l'histoire de Harvey Milk, activiste homosexuel assassiné. Le script de *Will Hunting* plut à l'acteur, qui accepta d'interpréter le rôle du psychiatre. Et voilà ! Le film était sur les rails. « Une fois que Robin a été impliqué dans le projet, se souvient Damon, ça a simplifié pas mal de choses ; tout d'un coup, les Weinstein faisaient un film pas cher avec l'une des plus grandes stars de Hollywood. Ils n'en pouvaient plus. »

Harvey essaya de se débarrasser de Chris Moore, producteur et ami d'Affleck et Damon, pour le remplacer par le producteur de Tarantino, Lawrence Bender. Devant les protestations des deux amis, il accepta de garder Moore comme producteur associé, mais le mal était fait. « J'adore Lawrence, observe Jack Lechner, impliqué dans l'aventure. C'est un type intelligent, mais le tact, ce n'est pas son truc ; il n'a ménagé ni Gus ni Matt et Ben – qui à l'époque étaient encore des inconnus. Lawrence voulait retravailler le scénario [25]. » Damon, qui le peaufinait depuis plus de cinq ans, explosa : « VA TE FAIRE FOUTRE, Lawrence ! On ne change pas une ligne, il est parfait comme il est.

– Eh bien, j'ai appelé Quentin, et il est de mon avis…

– Rien à foutre de ce que pense Quentin. Tu n'es pour rien dans le succès de ses films [26]. » Bender voulait les virer et confier le script à Boaz Yakin *(Fresh)* pour qu'il le retouche. Affleck et Damon menacèrent de tout laisser tomber, et Weinstein dut faire un choix entre le producteur et les inconnus. Il choisit les inconnus. Le tournage de *L'Idéaliste* s'acheva en février 1997. En avril, Damon était à Toronto sur le plateau de *Will Hunting*.

*

DEPUIS QUE SUZANNE WEIL, directrice de la Fondation Sundance avait été licenciée en 1991, il n'y avait personne à la barre. La situation resta la même jusqu'en 1997 avec l'arrivée de Ken Brecher, spécialiste en anthropologie culturelle qui avait l'habitude des musées mais ne connaissait rien au cinéma. Redford aimait embaucher des gens totalement inadaptés à la fonction qu'ils devaient occuper. C'était sans doute un moyen de ne pas calmer l'agitation qui régnait à Sundance, et ainsi de garder la mainmise sur la fondation. Brecher avait beau être un néophyte en matière de cinéma, il s'en sortait plutôt bien avec Redford et fut le premier directeur depuis Sterling Van Wagenen à conserver ses fonctions plus de cinq minutes.

En 1997, Redford s'évanouit de nouveau dans la nature, cette fois pour diriger *L'homme qui murmurait à l'oreille des chevaux*, dans lequel il tenait aussi le premier rôle. Le film était coproduit par sa compagnie, Wilwood, déjà partie prenante dans *King of the Hill*, de Soderbergh, et *Quiz Show* (de Redford, justement). À la tête de Wildwood, on trouvait Rachel Pfeffer – transfuge de Castle Rock qui avait connu son heure de gloire en tant que productrice exécutive du plus grand succès de la compagnie, *A Few Good Men*, avec Tom Cruise. Redford ne la portait apparemment pas dans son cœur et se montrait encore plus pointilleux avec elle qu'avec les autres ; il n'élevait jamais la voix, n'était pas désagréable avec elle, mais ne cessait de s'en plaindre derrière son dos. « C'est vraiment n'importe quoi chez Wildwood, il faut que je fasse quelque chose[27] », disait-il fréquemment. Cependant, au lieu d'agir, il ignorait complètement Pfeffer. La secrétaire de l'acteur fixait des rendez-vous toutes les demi-heures à partir du milieu de la matinée. Pourtant, il était souvent 13 ou 14 heures quand l'Acura de Redford quittait son domicile de Malibu pour les bureaux de Montana Street, à Santa Monica. À cette heure-là, la salle d'attente était pleine à craquer, les gens faisaient le pied de grue depuis des lustres, et Pfeffer, tout de même directrice de la compagnie, mourait d'envie de le voir. Son bureau était face à l'entrée principale. Mais Redford entrait parfois par la porte de service et s'enfermait dans son bureau, de sorte qu'elle ne savait jamais s'il était arrivé. Lorsqu'elle se rendait compte qu'il était là, elle suppliait Donna Kail, assistante de longue date de Redford : « Je dois absolument parler à Bob, il ne me faut que cinq minutes avec lui. » « D'accord, répondait Kail poliment, je vais voir avec lui. » Mais il finissait par s'en aller – par la porte de service. « Pourquoi ne pas avoir licencié Rachel quand il en a parlé pour la première fois ? » se demande un ancien employé de Redford. « C'était pour tout pareil : prendre la moindre décision prenait une éternité. Les gens n'arrêtaient pas de lui demander des choses, et on savait qu'il allait refuser, mais, au lieu de dire non, tout simplement, c'était : "Attends un peu, j'hésite". Les personnes rappelaient plus tard : "Alors ?" Et tu étais forcé de répondre : "Il hésite." Il faisait traîner la décision, faisait marcher les gens pendant des plombes. »

Redford nourrissait depuis longtemps un autre projet ambitieux et finit par le rendre public fin août 1997. Il s'agissait de la signature d'un contrat avec la General Cinema Corporation, propriétaire de salles dans vingt-cinq États américains, qui conduirait à la création d'une chaîne de cinémas estampillés Sundance et consacrés aux films indépendants. En partie grâce au succès de la Fondation Sundance et à une économie florissante, les financements ne semblaient pas manquer. Il y avait même surabondance de films indépendants sur le marché, ce qui entraînait une lutte sans pitié pour les salles. L'époque où un film pouvait rester des semaines à l'affiche et trouver son public petit à petit, grâce au bouche à oreille et à de bonnes critiques, était depuis longtemps révolu. À cause de la fusion des chaînes de cinémas, les salles qui, de tout temps, s'étaient consacrées aux films indépendants se faisaient racheter ou fermaient. Le système de diffusion étant saturé, les films de qualité peinaient à trouver leur public.

Redford envisageait la création sur dix ans d'une chaîne de cinémas aux États-Unis, et même à l'étranger. Et il souhaitait commencer les travaux aussi vite que possible. Les cinémas, dont le design serait confié à des architectes de renom, seraient des satellites de Sundance, oasis culturelles en plein désert de banlieue. De nombreux espaces ouverts permettraient aux spectateurs de s'asseoir pour discuter ou débattre, par exemple, des subtilités du dernier film des frères Coen. On y trouverait aussi des restaurants proposant de la nourriture saine, des galeries d'art, des magasins de location de vidéos, des salles de réunions destinées à accueillir des tables rondes ou des conférences, et enfin une librairie (indépendante). Imaginez le Film Forum de New York ou le Pacific Film Archive de Berkeley construits sur des plans de Frank Gehry, où l'on pourrait manger comme Chez Panisse, voir des films choisis par Gilmore ou Richard Pena, le programmateur du Festival du film de New York, et acheter les livres de la librairie Book Soup de Los Angeles. C'était du Redford tout craché, visionnaire et inspiré, et ç'aurait été formidable… si cela avait marché.

Pour Redford, ses partenaires potentiels devaient automatiquement se sentir flattés de faire affaire avec lui. En pratique, cela signifiait que Sundance apporterait le glamour, et le partenaire le liquide. Mais, selon Gary Meyer, l'un des fondateurs des Landmark Theaters, compagnie pionnière dans la diffusion de films indépendants, que Redford avait engagé comme consultant, « Bob a commis une erreur monumentale en s'associant à General Cinema [28] ». La plupart des salles de ce circuit étaient difficiles d'accès pour le public du cinéma indépendant, ou dans un état tellement lamentable qu'il aurait coûté aussi cher de les rénover que de partir de zéro. Sundance avait eu une opportunité en or : acheter les cinémas Landmark à la place. « S'ils avaient foncé, ils se seraient associés à une compagnie prospère possédant cent cinquante salles et une équipe de direction en place, opérationnelle immédiatement. Au moment où ils se sont finalement décidés, il était trop tard : Silver Cinema avait racheté la compagnie deux jours plus tôt. Dans cette affaire, ils ont été en retard de A à Z. Quand on est une star internationale comme Redford, c'est assez difficile d'être là pour discuter des projets ou pour trouver des salles. Le problème, c'est qu'il déteste déléguer ses pouvoirs, il voulait mettre son grain de sel partout. Ce qui veut dire que personne ne pouvait rien faire avant qu'il ne revienne. »

À un moment donné, Redford eut l'opportunité de rénover l'un des multiplexes de General Cinema situé à Scarsdale, banlieue chic de New York, dans un coin où les cinémas faisaient cruellement défaut mais où les places de parking étaient nombreuses ; il y avait même un bâtiment adjacent pouvant accueillir un café, ou tout ce que la fondation voudrait bien faire sortir de son chapeau. Ayant tout de suite flairé le potentiel de l'endroit, Meyer s'exclama : « Il faut sauter sur l'occasion tout de suite. » Mais Gordon Bowen, le favori du moment, devait lui aussi donner son accord. D'après Meyer, il aurait dit : « Non, il y a une librairie Borders en face du parking. Pas question de s'installer à proximité d'une chaîne, quelle qu'elle soit. » Il ne fit pas d'offre. « Bowen connaissait peut-être quelque chose à la communication, ajoute Meyer, mais il ne connaissait rien à la branche à laquelle Redford s'apprêtait à s'attaquer, et n'avait aucune intention d'apprendre. Clearview a acheté le site et en a fait une salle d'art et d'essai très prospère aujourd'hui. » (Clearview est la branche exploitation d'IFC, la bête noire de Redford.)

Après la fondation, désormais dirigée par un néophyte, et la chaîne de télévision Sundance Channel, lancée par deux dirigeants tout aussi paumés, c'était au tour du projet d'exploitation de salles de cinéma de se retrouver entre les mains de personnes n'ayant pas la moindre expérience dans ce domaine – et encore moins dans l'exploitation de salles d'art et d'essai, aussi incroyable que cela puisse paraître. « Ce qui a coulé le projet, ce sont les gens engagés pour s'en occuper, ajoute Meyer. Une bande d'andouilles ! » Redford a toujours dit qu'il avait l'âme d'un fan et il engagea Bill Freeman, ancien joueur de football reconverti dans le commentaire sportif. Freeman possédait quelques restaurants. « Freeman, observe Meyer, croyait avoir la science infuse parce qu'il avait fondé le ESPN Grill, Fuddruckers et deux ou trois autres restaurants merdiques. Il refusait de collaborer avec des gens qui savaient ce qu'ils faisaient parce qu'il ne supportait pas qu'on en sache plus que lui. »

Les travaux commencèrent sur deux sites : l'un à Portland, dans l'Oregon, l'autre à Philadelphie. Portland possédait déjà un excellent cinéma d'art et d'essai. Au lieu d'entamer un dialogue avec la ville, Sundance se contenta d'arriver et de commencer à construire, se posant d'emblée en concurrent plutôt qu'en partenaire. « Quelle arrogance [29] », commente un ancien employé de la fondation. Tel un film échappant au contrôle de son réalisateur, les chantiers prirent immédiatement du retard, tandis que Redford se plaignait du design. « Robert avait eu une idée fabuleuse, conclut Meyer. N'importe quel amoureux du cinéma aurait voulu passer le plus de soirées possibles dans un endroit pareil, mais malheureusement il a ignoré l'essentiel : son projet était trop grandiose pour la réalité du marché. »

EN 1993, DÉJÀ, juste après la fusion avec Disney, les sceptiques s'interrogeaient : les Weinstein se montreraient-ils aussi efficaces dans le domaine du développement et de la production qu'ils l'avaient été dans celui de l'achat de droits ? Difficile de répondre, étant donné que *Pulp Fiction*, *Le Patient anglais*, *Scream*, *Will Hunting* (et plus tard *Shakespeare in Love*) étaient tous des projets de seconde main. Cela dit, Harvey avait-il vraiment besoin de concevoir ou de produire ses propres projets ? « Les plus grands succès de Miramax n'ont pas été développés par la compagnie, explique Cathy Konrad. D'autres studios avaient travaillé dessus pendant x années, y avaient investi beaucoup d'argent et de passion, et Harvey se les est appropriés pour pas cher[30]. » Harvey laissait les studios faire le gros du travail et se contentait d'en récolter les fruits. Il était devenu le chacal le plus prospère de Hollywood.

Pourtant, il ne pouvait pas se contenter de projets déjà bien avancés pour la simple raison qu'il n'y en avait pas suffisamment. Dans la seconde moitié des années quatre-vingt-dix, Miramax se tourna donc de plus en plus vers la conception de projets. Cependant, souligne Lechner, « la conception en soi n'intéresse pas tellement Harvey. Il n'est pas du genre à planter une graine, l'arroser et la regarder pousser pendant dix ans. Il s'est spécialisé dans l'achat de droits : plus on s'approche d'un produit fini, plus il est facile de le lui vendre parce que, là, ça l'enthousiasme vraiment. Viennent ensuite les films à moitié terminés, puis le cas des scénarios accompagnés des composants physiques du film (bande-son…)[31]. »

Harvey n'est pas quelqu'un de patient. Il n'a pas le tempérament qu'il faut pour faire un bon concepteur de projets, il aime les satisfactions immédiates et bon marché. « Nous, on ne développe pas les films, on les fait[32] », se vantait-il souvent. C'était vrai, et cela posait un véritable problème. « Ce qui me frustrait le plus à l'époque où je travaillais pour cette compagnie, explique Cathy Konrad, c'est qu'ils sont vraiment mauvais à ce niveau-là. On avait le choix entre "trouver un projet prêt à tourner tout de suite" et "rien du tout[33]". » « Harvey n'est pas le meilleur concepteur de projet qui soit, ajoute Paul Webster, et il ne sait pas choisir les scénarios non plus. Quand j'ai travaillé sur *The Tall Guy*, que Miramax a distribué, le tout premier jour de tournage, Harvey nous a envoyé, au réalisateur et à moi, le même cadeau : *When the Shooting Stops, the Cutting Begins [Quand le tournage s'arrête, le montage commence]*, de Ralph Rosenblum et Robert Karen. Ce qu'il essayait de nous dire, c'est qu'il serait là, au bout de la chaîne. Il ne changera jamais[34]. »

Lorsqu'il lui arrivait de concevoir des projets, les résultats étaient souvent médiocres. Prenons *Studio 54*, par exemple. Webster avait soumis *Boogie Nights*, de Paul Thomas Anderson – vision plutôt pessimiste de la scène porno de Los Angeles –, à Harvey à la fin de l'été 1995. Le timing n'aurait pu être pire. Miramax se remettait à peine des échauffourées provoquées par la sortie de *Priest* et *Kids* et, que Michael Eisner le lui demande ou pas, Harvey était déterminé à éviter toute bagarre à l'avenir. Webster pénétra dans le bureau de Weinstein, déterminé à profiter des quinze minutes qui lui étaient allouées pour vanter le film d'Anderson. « C'est un script génial, absolument fantastique », s'écria-t-il, avant d'être interrompu par Meryl Poster : « Harvey, ne te fatigue même pas à le lire, c'est écœurant : ça parle du milieu porno.

– Oh ! ça a l'air dégueulasse, je ne veux pas m'en mêler », répondit Weinstein. « Poster était l'une des rares personnes dont Harvey prenait toujours l'avis en compte, ajoute Webster, et elle avait des goûts très sentimentaux, très romantiques. C'est l'aspect porno qui a poussé Harvey à refuser le script d'emblée. Il ne l'a jamais lu. Les films qui suscitent la controverse ne rapportent pas grand-chose, voilà pourquoi la compagnie s'est de plus en plus orientée vers des films beaucoup plus commerciaux. » (*Boogie Nights*, finalement produit par New Line, cartonna au box-office.)

Miramax voyait *Studio 54* comme une version édulcorée de *Boogie Nights*. Le script de Mark Christopher, frais émoulu de l'école de cinéma de l'université de Columbia, retraçait les heures de gloire du *Studio 54*, club qui joua un rôle majeur dans l'explosion de la culture homosexuelle new-yorkaise à la fin des années soixante-dix et au début des années quatre-vingt. Il était truffé de scènes cochonnes et faisait la part belle à des personnages pas très aimables comme Shane, gamin du New Jersey qui, en couchant à droite à gauche, parvient au sommet de la hiérarchie du club. Il devient l'un des serveurs torse nu pour lesquels le *Studio 54* était célèbre, l'un de ces *golden boys* jouant de leurs muscles pour la clientèle des deux sexes et échangeant à l'occasion des faveurs sexuelles contre de l'argent ou de la drogue.

Studio 54 était exactement le genre de script qui pouvait faire ressortir le pire de Miramax. Il comportait tous les éléments chers au Harvey d'autrefois : sexe, transgression, petit côté tendance, mais ces éléments étaient aujourd'hui au service d'un « vice » dont Harvey avait peur et créaient une ambivalence terrible. Miramax avait distribué un nombre considérable de film abordant les thématiques homosexuelles (*Paris Is Burning*, *The Crying Game*, *Priest*, etc.). Pourtant, aux yeux de la communauté homosexuelle, Harvey était un peu suspect, malgré l'ostensible soutien qu'il apportait à des organisations comme GLAAD ou amfAR. Il passait pour un homophobe – il n'y avait qu'une poignée d'employés ouvertement homosexuels chez Miramax – et, d'après la rumeur, ce type de projets avait du mal à trouver preneur chez lui. Après tout, Harvey avait insisté pour couper une scène du générique de *Flirter avec les embrouilles* où l'on voyait deux hommes au lit. « Miramax a toujours rechigné à distribuer des films évoquant l'homosexualité[35], souligne Mark Tusk, employé ouvertement gay. Harvey et Bob ne sont pas vraiment homophobes, ils se sentent juste plus à l'aise avec des types qui aiment regarder le foot américain, comme eux. Harvey est très macho. Mais, quand ils se sont rendu compte qu'il y avait un marché spécifique et qu'ils pouvaient se faire du fric, ils ont décidé de faire contre mauvaise fortune bon cœur. » Quoi qu'il en soit, à deux doigts de voir leur rêve exaucé, les réalisateurs décidèrent de mettre leurs craintes de côté. Après tout, Christopher ne faisait pas mystère de son homosexualité, le script était rempli de références au milieu gay. Et puis, Miramax n'était-elle pas l'intrépide compagnie qui avait distribué *Paris Is Burning* ou *Priest* ? Ça ne pouvait pas mal se passer.

Très vite, cependant, les ennuis apparurent. Les réalisateurs savaient que leur script était difficile, sans compromis, qu'il ne s'adressait pas à tout le monde et n'était pas particulièrement commercial. Il était plutôt destiné à un public jeune, sophistiqué, urbain. Les réalisateurs voulaient donc se contenter d'un budget modeste, avoisinant les 4 millions. Mais Miramax envisageait un film plus ambitieux et souhaitait doubler la mise de fonds. Les réalisateurs craignaient que cela n'entraîne davantage de publicité afin d'attirer un plus large public et de permettre à Miramax de récupérer ses investissements. Cibler un public plus large impliquerait automatiquement de retoucher le scénario et de faire appel à des stars. Mais, comme un plus gros budget, ça ne se refuse pas, et comme c'était le premier film de Christopher, il n'eut pas le cœur de dire "non", à l'instar de Jim Mangold. Christopher et Harvey se rencontrèrent et, comme toujours lorsqu'il veut séduire quelqu'un, le patron de Miramax dit au jeune homme tout ce qu'il voulait entendre, concluant avec quelque chose du genre : « On va faire le film d'ici Noël[36]. »

Et effectivement, au début, tout se passa comme sur des roulettes. Il faut dire que Christopher était épaulé par de bons producteurs : Dolly Hall, qui venait de terminer l'extraordinaire *High Art*, de Lisa Cholodenko, et Ira Deutchman, qui venait de quitter Fine Line pour s'essayer à la production. Comparé à Harvey, Deutchman avait une carrière en dents de scie. Même si, à une époque – pendant la période noire du début des années quatre-vingt-dix –, Harvey avait été si mal en point qu'il avait demandé à Deutchman de reprendre sa compagnie, il le traitait aujourd'hui avec condescendance et le considérait comme un raté. Deutchman, quant à lui, semblait vouloir gagner le respect de Harvey.

Christopher bénéficiait aussi de l'aide des équipes conception de projets et production de Miramax. Cependant, le vivier de talents de la compagnie se retrouva à sec du jour au lendemain. Ce fut d'abord Jonathan King qui partit, alors qu'il avait amené le projet *Studio 54* à la compagnie. On fit donc appel à Alan Sabinson pour seconder Webster et Lechner, mais ses mésaventures devinrent vite célèbres au sein de la compagnie. Sabinson avait des références impeccables et occupait le poste de vice-président de la programmation chez TNT, à Los Angeles, lorsque les deux frères lui proposèrent de l'engager. Parfaitement heureux là où il était, il savait qu'il aurait du mal à collaborer avec les Weinstein. Il leur fit remarquer en substance qu'il ne leur ressemblait pas, qu'il était un homme doux, qu'il n'avait que peu d'ennemis et qu'il aurait sans doute du mal à s'intégrer. « C'est exactement ce que l'on recherche, on aimerait adoucir notre image », répondirent-ils. Contre toute logique, il déménagea à New York avec femme et enfants et signa un contrat de trois ans avec la compagnie. Mais les faits prouvèrent que son intuition était fondée : les Weinstein ne l'aimaient pas. Harvey lui confiait des tâches impossibles, par exemple celle de convaincre Kevin Spacey de raccourcir son film *Albino Alligator* alors que Harvey en personne lui avait donné le *final cut*. L'acteur refusait d'écouter Sabinson, que Harvey rabaissait sans cesse : « Tu n'es qu'un débile profond, une tache. C'est pour ça que je te paie ? Sors de mon bureau, je ne veux plus t'y voir, espèce de merde. » Les Weinstein prirent rapidement la décision de se débarrasser de lui. « Je l'ai vu se faire descendre pendant un vol entre Los Angeles et New York, raconte Webster. Ils l'ont mis plus bas que terre. Harvey ignorait absolument tout ce que Sabinson disait [37]. »

Celui-ci finit par jeter l'éponge, mais il voulait renégocier son contrat. Harvey et Bob n'en avaient pas envie. Lorsqu'il insista, ils le menacèrent : « Tous les matins, on va s'employer à trouver un moyen original de te rendre la vie impossible. On va t'envoyer à Hong-Kong, tu vas passer ta vie en avion, tu ne verras plus tes gosses [38]. » Sabinson les crut et démissionna. Mark Gill, vice-président du marketing, qui assista à la débâcle, raconte : « C'était une de ces situations où il faut tuer avant qu'on ne vous tue. Lui n'avait pas le tempérament d'un tueur, alors il se faisait taper dessus à longueur de journée. C'était une cible facile [39]. »

Puis ce fut au tour de Webster de quitter la compagnie, en 1997, pour diriger Film Four en Angleterre. C'est Poster qui succéda à Sabinson, et elle gravit très rapidement les échelons. Deutchman fut licencié, et *Studio 54* tomba tout cuit dans l'assiette de Lechner. C'était l'épreuve de force entre Miramax et Christopher à propos de la distribution. Le rôle le plus important était celui de Shane, le gamin du New Jersey. Les réalisateurs voulaient engager un inconnu, mais Poster s'y opposa en hurlant au téléphone : « Il nous faut quelqu'un qui peut passer chez Leno ou Letterman [40] ! » Ils finirent par trouver un compromis en la personne de Ryan Phillippe, un plus ou moins petit nouveau. Salma Hayek incarnait l'élément féminin du triangle amoureux. « Et puis, continue ma source, on nous a fait avaler la couleuvre Neve Campbell. C'est vraiment l'une des plus gentilles filles qui soit, mais question comédie, c'est une catastrophe. Elle ferait passer Salma Hayek pour Meryl Streep ! » Campbell avait joué dans *Scream*. Harvey avait l'habitude de dire aux acteurs comme Campbell : « Faites-vous une fortune en tournant pour Dimension et, après, venez jouer gratuitement pour moi[41]. » La seule présence de l'actrice garantissait une vente télé juteuse, et, même si le film faisait des résultats catastrophiques en salle, la compagnie ne perdrait rien. « Engager exclusivement des visages connus, c'est adopter la mentalité des studios[42] », souligne Lechner. Mais Campbell n'avait qu'un petit rôle, et les réalisateurs étaient prêts à faire avec. Et puis, coup de chance, Mike Myers – qui venait de tourner *Austin Powers* – accepta d'incarner Steve Rubell. C'était un rôle formidable lui permettant d'aborder un registre plus dramatique et d'étendre la gamme de ses talents. Une fois Myers engagé, Harvey donna le feu vert au film.

LA PRESSE AVAIT BEAU FAIRE D'OCTOBER la « nouvelle Miramax », la compagnie n'était encore qu'une petite entreprise new-yorkaise qui devait son succès – infinitésimal selon les standards des Weinstein – à des réalisateurs plutôt obscurs venus d'Angleterre, du Danemark ou de Dieu sait où. Pour McGurk, la compagnie avait besoin d'un nouvel Amir Malin, quelqu'un qui ne se contenterait pas de presser le catalogue comme un citron, quelqu'un d'influent, capable de faire passer October au « niveau supérieur ». L'homme providentiel, celui qui, d'après McGurk, conviendrait parfaitement, travaillait chez Miramax. Il s'agissait de Scott Greenstein.

Le contrat de Greenstein avec la compagnie des Weinstein arrivait à son terme, et le « troisième frère » mourait d'envie d'aller voir ailleurs. Il n'avait aucune perspective de promotion et subissait des brimades quotidiennes. Pourtant, l'idée que Scott pourrait les quitter n'avait même pas effleuré les deux frères, alors que leur employé mettait en avant l'expérience acquise chez Miramax pour se faire embaucher ailleurs. « Scott est venu me voir à la Fox, raconte Bill Mechanic, en me racontant qu'il était le troisième des frères Weinstein. Il voulait que je me débarrasse de Lindsay Law, directrice de Fox Searchlight, parce que ce poste lui revenait de droit, etc. Je n'ai pas voulu en entendre davantage. Apparemment, il est allé en parler à Harvey – en tout cas, Harvey l'a appris – et lui a dit que je lui avais proposé un poste, ce qui était faux. Sur ce, j'ai reçu un des fameux coups de fil à la Harvey : "Comment oses-tu essayer de nous piquer nos employés..." Je lui ai répondu : "Quelqu'un te fait marcher[43]." »

Prétendant que Mechanic lui avait fait une offre, Greenstein alla aussi frapper à la porte de la Universal, où on l'accueillit plus chaleureusement. « Scott est un bon négociateur de contrats, explique McGurk, c'est un fin limier qui sait flairer le talent, et un attaché de presse hors pair : il a pas mal d'atouts en main. Sur le papier, ça semblait une bonne idée. On s'apprêtait à engager le numéro trois d'une entreprise dont la valeur avait été multipliée par dix en dix ans : il devait savoir ce qu'il faisait, quand même[44]. » Ray et Schmidt aimaient bien McGurk et lui faisaient confiance. « Écoutez, leur dit-il, parlez-lui, il pourrait vous être utile. Son contrat expire bientôt, il sera libre dans peu de temps et d'autres compagnies se l'arrachent déjà[45]. » Ils acceptèrent de rencontrer Greenstein.

Greenstein était terrifié à l'idée que Harvey et Bob découvrent qu'il négociait avec October. Alors, un week-end de juin, il se rendit à Riverdale en voiture pour rencontrer Ray et Schmidt au domicile de ce dernier. Ray essayait de se rappeler ce qu'il avait entendu dire de Greenstein. « C'était l'homme de main de Harvey, dit-il, le casse-couilles, le coupeur de têtes ; quand Harvey ne voulait pas faire la sale besogne, c'est Scott qui s'en chargeait. »

Ray arriva en avance. Il voulait réfléchir aux questions à poser à Greenstein et se demandait à quel point il pouvait lui faire confiance. Il appréhendait l'entrevue, ne voulait pas faire la même erreur qu'avec Malin. Il s'en était ouvert à McGurk, qui trouvait qu'il s'inquiétait inutilement, qu'il avait trop d'a priori. McGurk ne voulait pas chercher midi à quatorze heures. « Arrête ! Arrête ! dit-il. Parle-lui. J'ai envie que ça marche entre vous. »

Greenstein arriva dans son gros fourgon GMC Yukon à jantes chromées, en tenue décontractée. Schmidt leur fit du café, se contenta d'écouter. Greenstein attaqua : « Qu'est-ce que vous avez entendu dire de moi ? – Voilà ce que j'ai entendu… » répondit Ray. Greenstein expliqua son rôle chez Miramax. Il leur dit en substance : « Ce n'est pas juste de me coller l'étiquette d'“homme de main”, je ne faisais que réparer les dégâts causés par Harvey et Bob, j'étais le conciliateur, celui qui essayait de résoudre les problèmes qui se présentaient. » Il les flatta, leur dit qu'October était une épine dans le pied de Harvey, mais ne dit rien de bizarre ni de déconcertant. Ray aurait préféré le trouver obséquieux, servile, désagréable, ce qui leur aurait permis de lui dire « non » plus aisément. Mais ce n'était pas le cas. Le lundi matin, Ray appela McGurk. « Alors, vous l'avez vu ? Qu'est-ce que vous en pensez ?

– Ça à l'air d'aller, répondit Ray, sans enthousiasme, c'est difficile à dire après une seule entrevue. John pense qu'on ne peut pas se rendre compte avant d'avoir travaillé avec lui. » Ils passèrent quelques coups de fil, firent quelques recherches. Ils obtinrent des réponses du genre : « Scott est dans une position difficile, celle du numéro trois, c'est vraiment un type bien et, comme il n'y connaît rien en cinéma, il ne va pas se mêler de ce qui ne le regarde pas », etc. C'était l'homme de main de deux hommes de main, alors il était difficile de déterminer quelles actions il menait de sa propre initiative. Pourtant, Ray et Schmidt se méfiaient de lui. Ils voulaient diriger October eux-mêmes, éviter d'avoir un nouveau Malin à leurs trousses. « McGurk avait l'air tellement convaincu qu'on a signé [46]. » Ils auraient beau essayer de ne pas trop se tirer dans les pattes, leur collaboration allait s'avérer difficile.

Cependant, il y avait des choses à faire, des films à acheter et à produire. Quelques semaines plus tôt, Killer Films et Good Machine avaient envoyé à October le script de *Happiness*, que Todd Solondz devait réaliser. Sony Classics s'en était très bien tiré avec le précédent film de Solondz, *Bienvenue dans l'âge ingrat*, qui avait rapporté 4,7 millions, une excellente leçon pour Hollywood, où les personnages antipathiques n'avaient pas droit de cité. Solondz enthousiasmait tout le monde par son originalité. Mince, pas très grand, doté d'une voix chantante et haut perchée, on le comparait inévitablement à Woody Allen, d'autant qu'il s'habillait légèrement rétro, chaussettes jaunes et veston écossais. Aujourd'hui encore, Solondz a le front dégarni, porte des lunettes à montures noires épaisses qui cachent un regard hagard et fuyant. Il fronce les sourcils en permanence, comme s'il sentait un mal de tête arriver ou avait mordu dans quelque chose d'amer. Solondz a l'air tout droit sorti de *La Famille Tenenbaum* mais paraît plus froid, plus calculateur et secret que les héros malchanceux d'Anderson.

Il avait grandi à Livingston, dans le New Jersey, une ville qu'il considérait comme « la plus moche de la planète, l'incarnation de la banalité, un néant du point de vue esthétique [47] », avant de se rendre compte que le reste de l'Amérique n'était pas différent. Parler de son enfance le « rend malade » a-t-il déclaré. Fils d'un maçon, il ne put jamais supporter le regard scrutateur des voisins de ses parents. Il est resté très à cheval sur la question de sa vie privée, filtre les coups de téléphone, n'aime pas être pris en photo. Il va beaucoup au cinéma, déteste à peu près tout ce qu'il voit, a un sens poussé de la compétition. Malgré son air nunuche, ahuri et à côté de la plaque, Solondz est aussi intransigeant, rusé et autoritaire que les réalisateurs au C.V. plus étoffé et brillant que le sien. On est même surpris d'apprendre son âge : contrairement à ce que pouvait laisser penser son physique d'adolescent, il avait trente-sept ans lorsqu'il tourna *Happiness*.

À l'école du cinéma de l'université de New York, Solondz avait réalisé un court métrage qui lui avait valu un contrat pour trois longs métrages à la Fox. Le studio voulait qu'il dirige *Revenge of the Nerds II*. Il va sans dire qu'il refusa et, au lieu de cela, rentra à New York pour tourner un film qui résume sa vision du monde : *Fear, Anxiety and Depression*. Il détesta tellement le résultat qu'il cessa de réaliser des films jusqu'en 1995, date de *Bienvenue dans l'âge ingrat*. Son physique banal et son manque d'aptitude pour le sport faisaient de lui le *pauvre type* classique, et sa vision mordante, implacable – parfois digne de Diane Arbus – de la classe moyenne américaine se nourrit de la souffrance ressentie pendant son adolescence. Son point de vue est beaucoup plus sombre que celui de Kevin Smith ou de Hal Hartley, autres membres de l'école East Coast Mall. À côté du petit théâtre de la cruauté de Solondz, *L'Arriviste*, d'Alexander Payne, *The Good Girl*, de Miguel Arteta, *Ghost World*, de Terry Zwigoff, ou la vision surréaliste de la San Fernando Valley de Paul Thomas Anderson semblent bien inoffensifs. Bref, dans une décennie où régnaient en maîtres les films optimistes tournés à travers une lentille rose (*Mariage à la grecque*, par exemple) et les sourires éblouissants comme celui de Sandra Bullock, Solondz tournait des films déprimants. Tant qu'une voix aussi dissonante que la sienne continuera à se faire entendre, il y aura de l'espoir.

Le script de *Happiness* avait fait le tour des distributeurs, mais ils savaient tous qu'à cause des scènes de masturbation et de la façon d'aborder la pédophilie sans la condamner, le film n'obtiendrait pas de visa de sortie ou serait interdit aux moins de dix-sept ans, ce qui les rendait nerveux. (Même les frères Farrelly, réalisateurs de *Mary à tout prix*, qualifièrent *Happiness* de « dégueulasse ».) Ils s'accordaient à dire qu'il fallait se débarrasser des scènes de pédophilie[48]. Solondz ne se fatigua même pas à envoyer le script chez Miramax car tout le monde avait fini par comprendre que la controverse n'intéressait plus les Weinstein.

Ray et Schmidt avaient tout tenté pour acquérir les droits de *Bienvenue dans l'âge ingrat* après qu'il eut remporté le grand prix du Jury à Sundance l'année précédente et, même si Sony Classics le leur avait soufflé, ils pensaient avoir eu un bon contact avec Solondz. Selon Schmidt, le réalisateur leur avait dit qu'il « n'aimait pas Amir[49] », et que le film leur avait échappé pour cette raison. Les deux partenaires lurent le script de *Happiness* sans attendre et l'adorèrent. Il était sombre, limite douloureux – et presque impossible à financer. Mais David Linde, de Good Machine (il avait quitté Miramax en 1997), anticipant des difficultés à trouver un distributeur aux États-Unis, avait déjà réuni la moitié du budget en vendant les droits étrangers. « C'est tout à fait dans nos cordes, dit Ray, exactement le genre de films que l'on devrait financer, il nous le faut[50]. » October envoya le script à Universal, qui l'approuva, et annonça à l'équipe du film : « Le visa ne nous posera pas de problème, Universal nous laisse une autonomie totale. » « La grosse erreur commise par October quand Universal leur a dit qu'il leur laissait une autonomie totale, ça a été de les croire [51] ! » dit quelqu'un plus tard.

Comme Ray, Vachon adorait *Bienvenue dans l'âge ingrat.* « C'est l'un des rares films que j'aurais aimé produire [52] », déclare-t-elle. Elle invita Solondz à déjeuner au Time Cafe, à deux pas des bureaux de Killer Films, un jour d'été de 1996. À la fin du déjeuner, Solondz lui dit qu'il aimerait qu'elle produise son prochain film – qui n'était autre que *Happiness* – en collaboration avec Ted Hope, de Good Machine. Si l'on en croit Vachon, October approuva le budget de 5 millions de dollars. Patricia Arquette devait interpréter Cynthia Stevenson, la femme du pédophile. Mais elle renonça brusquement au rôle en juin parce que sa mère était malade. « Le lendemain, Ted et moi avons trouvé October très frileux, tout d'un coup, souligne Vachon. C'était la même équipe qui avait déclaré à Cannes : "On veut travailler avec Todd Solondz, et peu importe quels acteurs il choisira." Mais, tout d'un coup, il n'y avait plus que les acteurs qui comptaient. »

Le script fut envoyé à une quinzaine d'acteurs susceptibles d'interpréter le pédophile dont Jeff Bridges, William Hurt, Gary Sinise, John Goodman et Bill Pullman. Ils étaient unanimes : « Le rôle est passionnant, mais… » « C'était un "mais" monumental, explique Ray. Ils se servaient tous de l'argument : "Je suis moi-même père de famille, et père avant tout [53]." » Ils mirent des semaines à se décider, alors que Solondz voulait commencer à tourner le 1er août. Le réalisateur n'arrivait pas à obtenir de réponse claire d'October concernant la distribution et commençait à sentir le film lui échapper. Malin faisait toujours partie de la compagnie, un vrai canard boiteux. « Pendant qu'on perdait notre temps à envoyer le scénario à tous les acteurs en vue de Hollywood, explique Vachon, Malin a été le seul à être direct en termes de fric [54]. » En désespoir de cause, Solondz lui demanda : « Combien vous me donnez pour faire le film sans avoir à continuer cette comédie ?

– 2,2 millions, rétorqua Malin du tac au tac.

– Très bien, marché conclu », répondit le réalisateur.

« Amir avait une réputation pourrie, continue Vachon, mais, d'après ce que j'ai pu voir, il ne cachait pas son jeu, ce qui me convenait très bien. En plus, j'avais énormément de respect pour Bingham, et je me suis dit que si cette alliance contre nature tournait au vinaigre, il nous protégerait. »

D'après Schmidt, Malin « ne voulait pas partir. Il a appelé McGurk en disant : "Ce que j'ai fait me hante. Tu dois revenir sur ta décision." McGurk lui a répondu : "Impossible. Ce qui est fait est fait[55]." » Greenstein rejoignit l'équipe d'October le 14 août 1997. Il apparut très vite que sa défection de chez Miramax avait laissé une plaie béante, à vif. Lorsque Harvey découvrit que le troisième frère, à la fois bourreau et victime préférée, s'était fait la belle pour signer chez un concurrent, il faillit avoir l'infarctus que tout le monde attendait. « Je suis surpris qu'il l'ait laissé s'en tirer, raconte un ancien employé de Miramax. Non seulement Greenstein savait où se trouvaient les cadavres, mais c'est lui qui les avait enterrés ! Quand il est parti, Harvey l'a pris comme un véritable affront personnel[56]. » D'après *Variety*, Weinstein fit changer la serrure du bureau de Greenstein et le fit escorter hors de l'immeuble par la sécurité, ce qui obligea Scott à travailler chez lui pendant quelque temps. « Quand Greenstein est venu travailler pour nous, explique Ray, ça a été la guerre ouverte pendant huit mois. Harvey fait une maladie à chaque fois qu'un collaborateur le quitte. Quand ça concerne un petit minable, ça l'énerve, mais quand c'est quelqu'un qui lui a collé au train pendant quatre ans en tant que comptable de la compagnie, il disjoncte[57]. »

Le téléphone de Schmidt se mit immédiatement à sonner. C'était Harvey qui, d'après Ray et Schmidt, leur asséna d'une voix de stentor un chapelet d'injures et de menaces plus inventives et bizarres les unes que les autres. « Il a passé trois quarts d'heure à hurler à pleins poumons des obscénités et des commentaires idiots, se souvient Schmidt, comme : "Nos missiles sont prêts ! Ils sont pointés vers vous ! Vous n'allez rien comprendre ! À chaque fois que vous sortirez un film, on en sortira trois. Vous allez mettre la clé sous la porte [58]." » C'était trop beau pour ne pas en faire profiter Ray. Schmidt alla le chercher : « Viens dans mon bureau tout de suite. » « J'étais devant la porte du bureau de John, raconte Ray, et j'entendais Harvey hurler dans le combiné : "On va t'enterrer, Schmidt. Ta compagnie ne va plus valoir un clou. On va la détruire. S'il y a un seul employé qui vaut le coup chez vous, je vais vous le piquer, te piquer tous ceux que tu aimes bien. Dans quinze jours, ta compagnie, ça sera de l'histoire ancienne. Et, une fois qu'on aura enterré ta compagnie de merde, quand tu sortiras des décombres d'October, John, tu viendras nous voir en rampant. Alors, Bob et moi, on hésitera : 'On l'aime bien, John, on pourrait peut-être lui redonner son ancien boulot…' Quant à toi, Bingham, espèce de minable, tu te crois malin ? Pauvre con ! Tu ne vaux rien. Le moins puissant de mes pets pourrait te détruire [59]." »

McGurk s'était toujours montré loyal envers les Weinstein. Chez Disney, il les défendait devant des gens comme Dick Cook, qui les détestait, et, à l'époque, il faisait des pieds et des mains pour que la Universal leur vende *Shakespeare in Love*. Mais cette loyauté ne comptait pas. Bob l'appelait pour le menacer de lui briser les jambes, de l'empêcher de retravailler à New York. Comme l'a dit Larry Meistrich, tout est prétexte au rapport de force avec les Weinstein, et ils sont assez malins pour aller jusqu'à employer dans leur compagnie les enfants de quelques-uns de leurs amis – dont ceux de Anthony Minghella ou de John Madden, entre autres –, pratique qui fleure à la fois la générosité et la prise d'otage. À l'époque du départ de Greenstein, la fille de Frank Biondi, le président de la Universal, faisait un stage chez Miramax, et Biondi affirme que Bob l'a menacé de jeter sa fille dehors. Greenstein avait une peur bleue de ses anciens patrons. « Harvey et Bob sont les seules personnes qu'il craint[60] », commente Susan Glatzer, qui a dirigé le bureau d'October sur la côte Ouest. « Le soir des Gotham Awards, il était terrifié à l'idée de tomber sur eux. »

Alors que Malin était un homme de l'ombre, préférant les soirées en famille aux avant-premières, Greenstein était un fêtard. Tandis que Ray et Schmidt menaient leurs affaires en toute discrétion – ils mettaient un point d'honneur à prendre le métro pour se rendre à des projections en ville, se la jouaient un peu rebelles –, Greenstein insistait pour louer une limousine et utiliser les services d'un chauffeur, comme le faisaient Harvey et Bob. « J'ai vu tout de suite où il voulait en venir, explique Ray. Il voulait transformer October en Miramax, mais je ne me suis pas gêné pour lui dire tout de suite que je n'étais pas d'accord[61]. »

Tous les ans, en septembre, le milieu indépendant se retrouvait au Festival du film de Toronto. Le film événement, cette année-là, celui que personne n'avait encore vu – pas de rushes, pas d'ébauche, pas de bobine d'une vingtaine de minutes –, c'était *Le Prédicateur*, écrit et réalisé par Robert Duvall. Duvall, qui était – ou prétendait être – un bouseux du Sud des États-Unis, se montrait fasciné par tout ce qui rappelait de près ou de loin l'Amérique profonde, avec un goût prononcé pour les pasteurs charismatiques. *Le Prédicateur* relatait l'histoire d'un homme de robe flamboyant – grande maison, Cadillac blanche voyante, costumes blancs hors de prix, chaussures en cuir sur mesure – en proie à ses démons intérieurs, âme torturée, mi-escroc, mi-homme de Dieu, partagé entre Jésus et le beau sexe. La violence lui coulait dans les veines. Duvall s'était écrit un rôle en or et mourait d'envie de réaliser le film.

Mais il avait du mal à trouver le financement. Le scénario interminable de cent soixante pages, rempli de prêches enflammés, n'avait rien pour emballer l'industrie, et cela faisait treize ans que, de New York à Los Angeles, des compagnies comme Miramax et même October se renvoyaient la balle sans se décider. C'est l'agence William Morris qui représentait Duvall. Un jour, au cours d'une conversation entre l'acteur, son agent (Todd Harris) et l'avocat de l'acteur, Cassian Elwes lança : « Pourquoi ne pas financer le film vous-même[62] ? » Harris lui donna un coup de pied sous la table en le regardant de l'air de dire « C'est le conseil le plus idiot que j'ai jamais entendu de la part d'un agent. On va le perdre. » Mais Elwes en avait trop dit et se sentit obligé de convaincre Duvall qu'il pourrait récupérer sa mise de fonds juste avec les ventes à l'étranger. L'acteur réfléchit et décida qu'Elwes avait raison. *Le Pédicateur* était un véritable festival Duvall : il avait écrit le scénario, interprétait le premier rôle, et finançait l'aventure à hauteur de 5 millions.

La nouvelle équipe October se rendit à Toronto : l'argent d'Universal leur brûlait les doigts. Malgré sa méfiance à l'égard de Greenstein, Ray faisait contre mauvaise fortune bon cœur. Il tomba par hasard sur Cary Woods, qui l'avertit : « Bingham, laisse-moi te donner un petit conseil : protège tes arrières[63] ! » Ray balaya ses réserves d'un revers de la main : « Oh, non, tu te trompes, tout marche comme sur des roulettes. » En privé, cependant, il était loin d'être aussi enthousiaste. « Tous les indicateurs étaient au rouge, se souvient-il, et c'est à Toronto que la goutte d'eau a fait déborder le vase[64]. »

Les conflits d'intérêts étaient plus nombreux à Toronto en 1997 qu'à une réunion du Conseil de sécurité de l'ONU. D'après Greenstein, Harvey voulait acquérir les droits du *Prédicateur* – c'était ce que ses espions chez Miramax lui avaient dit. « Scott essayait de sortir de l'ombre de ses anciens patrons et de se faire un nom, explique Eamonn Bowles. Quand les Weinstein s'intéressaient à quelque chose, il s'y intéressait automatiquement. Battre Miramax le motivait[65]. » Greenstein n'avait pas l'habitude de lire les scripts et n'avait certainement pas lu *Le Prédicateur* jusqu'au bout. Ray par contre l'avait lu deux fois et n'avait pas aimé. En tant qu'athée, il ne se reconnaissait pas dans ce genre d'histoires où se mêlaient valeurs de l'Amérique profonde et religion. Ce genre de film ne marchait pas à l'étranger, *Sling Blade* en était le parfait exemple. L'affrontement entre Ray et Greenstein se profilait dès le début. Quant à Elwes, qui représentait le film à Toronto, il avait ses propres problèmes. Il devait égaler son record de l'année précédente avec *Sling Blade* ; de plus, comme il avait poussé Duvall à financer le film, il devait s'assurer que l'acteur récupérerait sa mise – sans qui il risquait de perdre un bon client de l'agence. Harvey était imprévisible. Il voulait *Le Prédicateur* mais voulait aussi piéger Greenstein, ce qu'il pouvait faire soit en remportant les enchères, soit en faisant monter le prix du film au point qu'il deviendrait impossible pour son ancien employé d'en tirer un quelconque profit. Enfin, au lieu d'être reconnaissant envers Elwes de lui avoir permis d'obtenir *Sling Blade*, il lui en voulait de l'avoir fait passer pour un idiot en lui soutirant 10 millions. Il cherchait peut-être aussi une occasion de se venger de lui.

Elwes décida d'appliquer de nouveau la stratégie qui avait si bien fonctionné pour *Sling Blade*. Il organisa une projection pour tous les acheteurs potentiels à l'Uptown, le plus grand cinéma de Toronto. Tout le monde serait présent : les troupes de Miramax, Lindsay Law, de Fox Searchlight, Tom Bernard et Michael Barker, de chez Sony, Ruth Vitale, de chez Fine Line, et même Malin, pour Live ; tout le monde, sauf Harvey, en vacances à Martha's Vineyard. Il avait cependant appelé Elwes en exigeant de voir le film [66].

« Bien sûr que tu vas le voir.

– Je veux le voir en même temps que les autres.

– Comment veux-tu qu'on s'arrange ? J'ai dit que tout le monde serait traité sur un pied d'égalité.

– Envoie-moi une copie.

– Non, pas question. » Mais Elwes se ravisa. « Et puis merde ! se dit-il, je vais demander de faire une cassette de plus et la lui faire apporter chez lui au moment exact où la projection commencera à Toronto, pour qu'il ne soit pas pénalisé. »

La projection devait commencer à 21 heures. La veille au soir, Todd Harris, l'agent de Duvall, avait appelé Elwes à son hôtel pour lui rappeler, au cas où l'aurait oublié : « Si tu ne vends pas le film, Bob va voir ailleurs ! » Après avoir raccroché, Elwes était allé vomir.

Les acheteurs se massaient dans la salle de l'Uptown. Ils trouvèrent l'absence du gros lard suspecte. Pendant qu'il achetait du pop-corn à l'entrée du cinéma, Ray posa LA question à Elwes : « Où est Harvey ?

– Il ne vient pas.

– Alors je suppose qu'on n'a pas besoin de se soucier de Miramax ?

– Ah, mais si, parce que tous les membres de son équipe ont les pleins pouvoirs pour acheter.

– Cassian ! Ni Amy Israel ni Jason Blum n'ont le droit d'acheter sans que Harvey ait vu le film. Alors je peux sans doute en conclure qu'il l'a déjà vu[67]. » Elwes refusa de cracher le morceau mais, comme le dit Ray, « c'était la goutte d'eau qui faisait déborder le vase ». Le début de la séance fut mystérieusement retardé, ce qui permit apparemment à Harvey de prendre une longueur d'avance sur ses concurrents. Pendant qu'Elwes patientait, Blum lui tendit son téléphone : « Quelqu'un veut te parler[68]. » Sans préambule, la voix que l'agent ne connaissait que trop bien grommela : « Ça n'a rien à voir avec *Sling Blade*.

– Combien tu veux payer ?

– Minute. Y'a que le fric qui t'intéresse ?

– Je suis agent, qu'est-ce que tu crois ?

– Bon, voici ce que je te propose : je lui rembourse son investissement et j'empoche les recettes. À prendre ou à laisser.

– Il ne va pas se contenter de récupérer sa mise, il a passé sa vie à essayer de monter ce projet.

– À prendre ou à laisser. Je te donne cinq minutes pour aller lui annoncer la nouvelle.

– Le film n'a même pas commencé.

– Rien à foutre !

– Je vais aller parler à Duvall, attendre que la séance commence, et je te rappelle.

– C'est ça, tu as cinq minutes. » À chaque fois qu'Elwes avait affaire à Harvey, c'était comme s'il passait sous la roulette du dentiste : il sentait sa chemise lui coller au corps.

Greenstein, Schmidt et Ray étaient installés à gauche de la salle. Comme le film était interminable, et qu'il craignait que personne ne reste jusqu'au bout, Elwes se leva quelques minutes après le début pour passer du côté droit de la salle, où était rassemblée la majorité des acheteurs, et chuchota, pas très discrètement : « Miramax vient d'offrir 6 millions, est-ce que quelqu'un veut renchérir ? » Sa question fut accueillie par un concert de protestations : « On n'a même pas vu le film, espèce d'enfoiré !

– Désolé les gars, je ne sais pas quoi vous dire : ils essaient de mettre la main sur le film avant tout le monde.

– Alors je suppose qu'on n'a pas besoin de se le taper jusqu'à la fin », s'écria Jonathan Weisgel qui, un an plus tôt, avait aidé Fine Line à faire main basse sur *Shine*.

« Vous pouvez rester pour le plaisir et pour passer un bon moment.

– Arrête ton cirque !

– Je n'ai pas dit que j'acceptais l'offre, j'ai simplement dit qu'ils avaient fait une proposition. » Puis il alla retrouver l'équipe d'October et chuchota à Greenstein : « Harvey vient de nous offrir 6 millions. Si vous voulez rester dans la course, vous devez enchérir tout de suite. » Elwes savait qu'il avait visé juste, car Greenstein sauta de son siège comme un diable de sa boîte et pressa ses partenaires de le suivre dans l'entrée du cinéma – vers laquelle se dirigeaient Elwes et son avocat, Craig Emmanuel. Ils sautèrent tous dans le même taxi, de crainte qu'Elwes n'essaie de les doubler s'ils le laissaient partir de son côté, et se dirigèrent vers le Sheraton, où October avait établi son quartier général pendant le festival. Greenstein avait copié la stratégie de négociation de Harvey : personne ne sort du bureau tant que le contrat n'est pas signé. Ray se sentait mal à l'aise. Il avait l'impression qu'on lui forçait la main et voulait en savoir plus sur le film. Il se demandait comment Harvey avait bien pu enchérir, et trouvait encore plus bizarre qu'il ait proposé 6 millions. Elwes était capable d'avoir tout inventé. Les négociations n'en commencèrent pas moins dans le taxi, et c'est Greenstein qui menait la danse. Il dépassa la prétendue proposition de Harvey en offrant 7,5 millions pour un film dont il n'avait vu qu'une dizaine de minutes. Ce n'était pas du tout du goût de Ray qui demanda de nouveau : « Il est où, Harvey ? Comment être sûr… Comment il s'est arrangé pour voir le film ?

– Il est à Martha's Vineyard, je lui ai envoyé une cassette. Il est en train de regarder le film en ce moment, comme tout le monde.

– Tu te fous de moi, ou quoi ? Harvey a attendu que la séance soit commencée avant de mettre la cassette dans son magnétoscope ? Et tu espères me faire gober ça ?

– Mais oui ! Harvey est un homme de parole. Il ne voulait pas le voir avant vous [69]. »

Ray ricana. Toute cette histoire était tellement ridicule qu'il commençait à croire qu'Elwes l'avait inventée à leur seule intention. Il était convaincu qu'ils étaient les seuls à avoir fait une offre. La prise de risque était énorme. Cassian Elwes essayait de les entortiller. Mais Greenstein se croyait plus malin que tout le monde, persuadé que personne ne pouvait le rouler dans la farine. Ray garda le silence.

Le bureau d'October se trouvait au deuxième étage. Il était plutôt dépouillé, meublé d'une simple table ronde sur laquelle reposaient une carafe en plastique et quelques verres. Craig Emmanuel était en train d'établir le contrat lorsqu'Elwes s'écria : « Oh, merde ! J'ai oublié de rappeler Weinstein !

– Quoi ?

– Je lui ai dit que je le rappelais dans cinq minutes, mais ça fait une heure maintenant. Il doit être fou de rage ! » Greenstein le dévisagea avant de lui dire : « Tu pourras le rappeler, une fois qu'on aura signé.

– Non, je vais le rappeler tout de suite pour lui annoncer qu'on signe.

– Tu rigoles ou quoi ? Pas question de l'appeler avant qu'on signe [70] ! » Elwes avait son portable à la main, et Greenstein fit mine de vouloir s'en emparer. Ils se bousculèrent. « Écoute, Scott, s'écria l'agent, bon sang, on est des adultes, oui ou non ? Je vais poser mon téléphone sur la table là où tout le monde le voit, et on va s'asseoir gentiment. » Les avis divergent sur la suite des événements, même si tous les témoins s'accordent à dire qu'Elwes a perdu le contrôle de la négociation. D'après Schmidt, tout le monde se figea quand le téléphone d'Elwes sonna. Les trois partenaires d'October savaient qu'il s'agissait de Harvey. L'un d'eux avertit l'agent : « Cassian, si tu sors pour répondre au téléphone, on retire notre offre.

– Je ne peux pas ignorer ce coup de fil, c'est mon métier de répondre au téléphone [71] », répondit Elwes au bord des larmes avant de quitter la salle. Selon l'agent, il posa le téléphone sur la table, tout le monde se détendit, puis, soudain, il s'en saisit et sortit en courant. Il composa le numéro de Harvey tandis que l'équipe d'October le coursait dans le couloir. Harvey décrocha : « Qu'est-ce qui se passe, bordel de merde ?

– Je suis avec l'équipe d'October.

– Quoi ? Qu'est-ce que tu fous, bon sang ?

– Eh bien, on négocie un contrat.

– Espèce d'enfoiré ! Tu as accepté leur offre !

– Non, pas du tout. »

Elwes avait toujours les types d'October aux trousses. « Il a accepté ! Il a accepté [72] ! » hurlaient-ils. Elwes, qui voyait le bout du couloir arriver, essayait désespérément de trouver un endroit où se cacher. Il s'enferma dans les toilettes, manquant de renverser deux vieilles dames au passage. L'équipe d'October l'y suivit et tambourina contre la porte en continuant de hurler : « Il a accepté ! Il a accepté ! » Harvey, pendant ce temps, explosait au bout du fil : « J'y crois pas ! T'as accepté ! » Quand soudain la batterie de son téléphone rendit l'âme, Elwes annonça : « C'est fini, je refuse de discuter avec qui que ce soit. » Il se glissa hors des toilettes et partit dans l'autre sens. L'équipe d'October se lança à sa poursuite jusqu'à la sortie de secours. Il tombait des cordes. Quelqu'un, sans doute un employé de l'hôtel, hurla à Elwes : « Il est interdit d'emprunter la sortie de secours.

– Je suis au téléphone avec Harvey Weinstein !

– Ah bon, d'accord ! » L'agent descendit jusqu'au premier, s'enferma dans une pièce vide et changea la batterie de son portable, qui se mit immédiatement à sonner. Croyant que c'était Harvey, il s'écria : « Quoi, qu'est-ce que tu veux, bordel ?

– Cassian, c'est Mike Simpson. [Son supérieur chez William Morris.]

– Salut, Mike, quoi de neuf ? fit Elwes sur le ton le plus décontracté possible.

– Je viens de recevoir un coup de téléphone très bizarre.

– Ah, oui ? De qui ?

– Scott Greenstein. Il prétend que tu t'es enfui en pleine négociation avec lui.

– Il dit vrai.

– Les gars d'October sont très en colère, je te signale.

– Ils sont dans leur droit, je ne savais plus quoi faire, j'ai paniqué. Weinstein propose beaucoup plus. » C'était faux, mais Elwes ne doutait pas qu'il le ferait.

Pendant ce temps, les partenaires d'October enfermèrent la veste et le Palm Pilot d'Elwes dans leur bureau, sachant qu'une fois la conversation avec Weinstein finie l'agent devrait les rappeler pour les récupérer. Ils allèrent se soûler au bar du Four Seasons. Elwes rappela Harvey, qui décrocha en hurlant : « Je propose plus ! Quelle que soit la somme, je propose plus. » L'agent lança le nombre magique de 10 millions, somme payée pour *Sling Blade*.

« D'accord, ça marche. »

Sur ce, l'agent annonça la nouvelle à Schmidt : « Harvey m'a fait une offre que je ne peux pas refuser.

– Cassian, je ne sais même pas pourquoi tu nous appelles, parce qu'on n'est plus dans la course. On t'a dit que si tu sortais de la pièce, on se retirait, alors pour l'instant tu as une offre et une seule. Et au fait : bonne chance [73] ! » Schmidt savait très bien, comme il le dit si bien, que « 10 millions promis par Harvey, ce ne sont pas 10 millions promis par un autre. La technique de négociation de Miramax consiste à faire fuir la concurrence, soit en employant l'intimidation, soit en enchérissant très haut d'emblée. Et puis, lorsqu'ils restent seuls en course, ils font baisser le prix et vont même parfois jusqu'à retirer leur offre. »

Effectivement, ce que Harvey donne, Harvey peut le reprendre. Quelques minutes plus tard, Weinstein, qui avait dû se rendre compte qu'il avait fait fuir l'équipe d'October, qu'Elwes le faisait marcher, ou qui voulait tout simplement se venger de lui après l'affaire *Sling Blade*, annonça : « J'ai changé d'avis, je ne veux plus du film [74]. » (Weinstein assure qu'il n'est jamais monté jusqu'à 10 millions. « Je me suis retiré après en avoir offert 5 [75] », rectifie-t-il.) Elwes était prêt à défaillir, conscient d'être bredouille et à deux doigts de perdre son client. « C'est la pire soirée de ma vie », se disait-il. Malade, trempé de sueur, il devait se rendre à la projection d'*Orgazmo*, l'un des autres films qu'il représentait, et qui avait été réalisé par deux jeunes cinéastes, Trey Parker et Matt Stone. Il essaya de joindre l'équipe d'October, sans succès. Il se rendit à la projection, qui se déroula sans anicroches, puis fit le tour des bars de la ville sous la pluie à la recherche de Ray, Schmidt et Greenstein. Il essaya toute la nuit de les joindre à l'hôtel, en vain, mais finit par les trouver à 4 heures du matin au bar du Four Seasons. Remarquant qu'Elwes était trempé, Ray se dit qu'il devait être encore plus mal en point à l'intérieur qu'à l'extérieur. « T'es vraiment gonflé de te pointer ici, s'écria Ray.

– Écoutez, Weinstein essaie de me baiser.

– Quelle surprise !

– Voilà ce qu'on va faire : on va s'asseoir ici et signer le contrat dont on avait parlé. Je n'appelle pas Harvey, je n'appelle personne, je vous donne le film, c'est officiel, vous le lirez dans les journaux du matin [76]. » Ray était sceptique car Elwes venait de confirmer ses soupçons : personne n'avait fait d'offre. C'est alors qu'il reçut un coup de fil de Simpson : « Tout s'écroule, on est fichus sans votre aide. Comment vous convaincre de prendre le film [77] ? » Ray, Schmidt et Greenstein parlementèrent un moment, puis annoncèrent : « Bon, on prend le film, mais ça va vous coûter 2,5 millions [78]. » À 5 heures 30, l'affaire était conclue. October pénalisait l'agence en offrant 5 millions seulement, mais Duvall récupérerait sa mise. (Pour permettre à Duvall de sauver la face, le chiffre officiel communiqué fut de 6 millions.) Le jour même, Elwes vendit *Orgazmo* à Greenstein et Schmidt malgré les objections de Ray. Greenstein voulait établir une relation de travail avec Parker et Stone.

Même si le cirque concernant le film de Duvall avait été l'un des plus fous de l'histoire, tout le monde semblait avoir obtenu satisfaction. Harvey avait donné une leçon à Elwes. « Je pense qu'il voulait jouer avec Cassian, estime Bowles. Harvey prend la mouche dès qu'il sent qu'on lui manque d'égards. Même s'il vous aime bien, s'il a l'impression que vous pétez plus haut que votre cul, il vous casse et vous remet à votre place [79]. » De plus, Weinstein avait évité la honte d'un autre achat hors de prix. Le fait qu'il ait accepté de laisser filer le film contribuait à prouver que le centre de gravité de la compagnie s'était éloigné du secteur achats de droits. En donnant satisfaction à Duvall, Elwes avait évité de se ridiculiser, de connaître un échec personnel, et pire encore, de laisser filer un client de l'agence. Greenstein ressortait comme le grand vainqueur de cette histoire, même s'il prenait le risque de se mettre Ray un peu plus à dos. Celui-ci lui reprochait en effet de s'être jeté sans réfléchir sur deux films – *Le Prédicateur* et *Orgazmo*. Ray avait coutume de dire qu'« Amir Malin était le diable incarné, se souvient Susan Glatzer, d'October. Mais c'était avant d'avoir rencontré Scott Greenstein [80]. »

Chapitre 10
Je m'voyais déjà…
1997-1998

Où Miramax se remplit les poches grâce à *Shakespeare,* tandis que Spike Lee casse du sucre sur le dos de Tarantino à propos de *Jackie Brown* et que Bingham Ray et compagnie laissent filer *Happiness.*

« Il m'a proposé un film en me disant : "Tu vas devenir riche grâce à moi, tu vas voir." J'étais fauché, mais j'ai renoncé au fric et j'ai répondu : "Harvey, y a pas que le fric qui compte. Ton film, c'est une grosse merde. Je refuse de le faire." Il m'a hurlé d'aller me faire foutre, avant de me raccrocher au nez[1]*. »*

Matt DAMON

La première de *Will Hunting* était prévue juste avant Noël 1997 et le film devait sortir dans les cinquante États en janvier et février suivants. Miramax avait plus ou moins fichu la paix à Gus Van Sant pendant le tournage, si bien que les acteurs et lui en gardent un bon souvenir. D'après une interview de Damon datant de septembre 1997, « il n'y a pas eu la moindre anicroche. Ça a été une véritable partie de plaisir. Même si on s'attend à ce que Harvey nous baise au montage – et je suis sûr qu'il essaiera de le faire un de ces quatre –, il n'a rien tenté pendant le tournage [2]. »

Après avoir vu la version de Van Sant, Harvey s'était simplement écrié : « Génial, testons le film [3]. » Affleck tournait *Armageddon* à Los Angeles lorsque Chris Moore, producteur de *Will Hunting*, lui annonça : « Il y a eu 94 % de satisfaits.

– Et alors ?

– C'est bien. Le film cartonne.

– Le film cartonne ? Il n'est même pas sorti !

– Non, mais ce genre de score, c'est du jamais vu, ils n'en ont jamais obtenu de si bons. C'est carrément excellent [4]. »

Étant donné les résultats fabuleux, la sortie de *Will Hunting* fut avancée au 7 décembre pour concurrencer *Titanic*. Affleck et Damon assistèrent à une projection du film de Cameron chez Weinstein, à Westport, dans le Connecticut, pour voir contre quoi ils allaient lutter. D'après Affleck, Harvey s'écria : « On n'a pas de souci à se faire, à part la scène du naufrage… Ça va aller. »

Comme d'habitude, le département marketing exploita à mort Affleck et Damon. « La philosophie de Harvey, c'était d'obtenir le maximum de visibilité, se souvient Damon. On nous appelait pour nous dire qu'on allait faire la une de tel ou tel magazine. Moi, je n'avais plus envie d'accepter ça. Harvey nous faisait la leçon : "Vous n'avez pas envie que les gens voient votre film ? Vous n'en êtes pas fiers, ou quoi ? Vous ne venez pas de travailler dessus pendant six ans ? C'est quoi, votre problème ? Faites tout ce qu'on vous demande." On finissait par accepter [5]. »

Malgré le succès annoncé de leur film, Damon et Affleck n'avaient pas changé d'avis sur Lawrence Bender, leur producteur. Selon Affleck, Bender leur aurait raconté, à lui et Damon : « Quentin et moi, on utilise la technique de "l'autopromotion." On s'autopromeut.

– De quoi tu parles ?

– On donne des interviews à la presse où on dit du bien l'un de l'autre.

– Ça vous regarde. Mais n'oublie pas que tu as sans doute plus besoin de lui que lui de toi. Fais gaffe à pas te faire virer [6] ! »

À Los Angeles, la première de leur film eut lieu au Bruin de Westwood. Damon raconte : « Le titre de notre film, le nom de Ben et le mien brillaient littéralement de mille feux sur la façade du cinéma, les projecteurs étaient braqués sur nous. On se serrait dans les bras l'un de l'autre tellement on était enthousiastes. C'est une expérience bouleversante, très malsaine. Quelqu'un vous braque une caméra dessus de but en blanc en vous demandant ce que vous éprouvez, et vous n'avez pas le droit de lui dire : "Vous le saurez une fois que vous m'aurez enlevé votre sale caméra de sous le nez pour me laisser partager ce moment en famille." Je ne m'étais pas rendu compte que ça allait passer en un éclair. Et puis, que tu sois une star ou pas, si tu n'as pas de film à l'affiche qui rapporte du blé, on te prend pour un pauvre type. Je me rappelle m'être dit que j'allais abandonner le cinéma et me concentrer sur le théâtre, parce que ça, ce n'était pas une vie [7]. »

Au bout du compte, les recettes de *Will Hunting* atteignirent 138 millions de dollars aux États-Unis et 226 millions à l'international, sans compter les ventes télé, câble et vidéo. Vu son budget modeste de 20 millions, le film permit à Miramax d'empocher un profit considérable, l'un des plus énormes à ce jour. Robin Williams reçut une part énorme des premières recettes : de 10 % au départ, sa part passa à 25 % lorsque la barre des 100 millions fut dépassée. Van Sant, qui ne reçut rien de plus que son salaire de réalisateur, avait droit au départ à 2,5 % des recettes, 7,5 % après réévaluation. « À mon avis, deux ou trois millions sont passés à la trappe », estime le réalisateur. « Van Sant a reçu ce à quoi son contrat lui donnait droit », rétorque Harvey.

Quant à Damon et Affleck, ils n'avaient droit qu'à des bénéfices nets. Autant dire qu'ils ne recevraient jamais de prime. La situation révoltait Affleck. « Le film avait eu un succès considérable, mais on a reçu un relevé de compte disant qu'il était dans le rouge à hauteur de 50 millions, explique l'acteur. On se faisait avoir, c'était évident ! Il fallait un véritable tour de passe-passe pour faire disparaître les profits de ce film[8]. » En cumulant ses salaires de scénariste et d'acteur, Damon avait touché 650 000 dollars, Affleck un peu moins. *Will Hunting* était le bébé de Damon : il en avait eu l'idée, écrit l'histoire, et y avait joué le premier rôle. Pendant le tournage des *Joueurs*, avant la sortie de *Will Hunting*, Weinstein appela Damon et Affleck et leur demanda de le retrouver à l'appartement que Damon louait sur Spring Street, dans Lower Manhattan. « Vous avez déjà vu 1 million de dollars, les gars ? s'écria Harvey.

– Non », répondirent les deux amis, tout excités à l'idée de recevoir 1 million chacun.

« Eh bien voilà ! Amusez-vous bien[9] ! » s'exclama Harvey en leur tendant un chèque de 500 000 dollars à chacun, persuadé de les impressionner. Ils n'avaient jamais vu autant d'argent. Quoique un peu déçus, ils étaient ravis car ni l'un ni l'autre ne roulait sur l'or.

Procéder à un audit est extrêmement coûteux, et il est rare de se lancer dans l'aventure en solo. « Réclamer un audit n'intéressait pas Matt et Ben, explique Van Sant. Ils étaient dans le camp de Miramax, alors ils préféraient régler les problèmes en interne[10]. » « Gus raconte n'importe quoi, rétorque Affleck. Quand il nous disait qu'il voulait demander un audit, on était sceptiques. Personne n'en tire jamais rien, personne ne touche jamais de bénéfices. La dernière fois que c'est arrivé, c'est avec *Trois hommes et un bébé* ! On allait devoir payer l'audit et ne pas voir la couleur du fric. En plus, Gus avait déjà touché un paquet avec *Will Hunting*, et il allait être payé 5 millions pour tourner le remake de *Psychose* [11]. »

Étant donné l'argent que les Weinstein s'étaient fait sur le dos de Damon et Affleck, Harvey aurait très bien pu leur signer un chèque de 1 voire 2 millions sans que ses profits en pâtissent. 500 000 dollars ne représentaient pas grand-chose. Mais Damon ne voit pas les choses sous cet angle : « Pour deux gamins de Boston, c'est énorme, rappelle-t-il. Quand vous participez à un film qui connaît un tel succès, votre salaire à venir s'en ressent automatiquement. Je ne me serais pas senti floué même si Harvey ne m'avait pas versé de prime. Peut-être que si je n'avais jamais tourné d'autres films, alors là j'aurais été amer, ça m'aurait fait râler d'avoir inventé un truc dans mon coin pour qu'une grosse compagnie se l'approprie, le vende et empoche tous les profits. Mais le film a eu des répercussions sur ma carrière : je continue à tirer avantage de cette expérience [12]. »

Damon toucha 800 000 dollars pour tourner *Les Joueurs* – somme dictée par son contrat chez Miramax –, 1 million pour *Ripley*, et son salaire s'envola pour *De si jolis chevaux*, atteignant 5,5 millions. La plupart des acteurs qui participent à un film à succès comme *Will Hunting* voient leur salaire doubler ou tripler mais ne se montrent pas forcément loyaux envers la personne ou la compagnie qui leur a mis le pied à l'étrier. Grâce à sa personnalité et son emploi offensif des options, Weinstein parvint quant à lui à faire entrer Damon et Affleck dans la « famille » Miramax (il les appelait souvent ses « petits frères »), qui comptait déjà parmi ses membres Quentin Tarantino, Gwyneth Paltrow, Wes Craven et Kevin Smith. Ce faisant, il eut la possibilité de contrôler leur carrière – du moins au début – et de limiter la flambée de leur salaire. Damon raconte : « Il m'appelait pour me dire : "Tu vas faire tel film, et voilà ce que tu vas toucher." Comme on avait une relation privilégiée, il était sûr que j'allais accepter. On peut obtenir des concessions de la part de Harvey, mais le département finances se débrouillera toujours pour qu'il s'en sorte gagnant [13]. »

C'était toujours la même histoire : on leur promettait de toucher le jackpot avec leur film suivant. « Ben et Matt se sont fait un nom grâce à Miramax, explique Van Sant, et moi, j'ai pas mal progressé. Miramax a travaillé d'arrache-pied pour qu'on en arrive là. Je ne pense pas que j'aurais pu être nominé sans leur appui. Le film aurait peut-être obtenu trois nominations, à tout casser, mais l'équipe s'est mise en quatre pour qu'il en obtienne neuf. Seulement ils attendent quelque chose en retour : garder tout le fric pour eux. Se défoncer pour vous leur permet de ne pas avoir trop de scrupules quand ils gardent le pognon. Le seul problème, là-dedans, c'est que c'est du business, et que considérer le cinéma comme du business, ce n'est pas bien. Mais au fond, tout ça n'a pas vraiment d'importance. Il était plus simple pour moi de tourner un autre film que de m'escrimer à vouloir récupérer l'argent que Miramax me devait [14]. » La plupart des gens qui se sont un jour trouvés dans la position de Van Sant – Billy Bob Thornton et Larry Meistrich, par exemple – partagent son point de vue, ce dont les Weinstein sont conscients. Pourtant, lorsque Harvey offrit à Van Sant de lui signer un contrat pour trois films, le réalisateur refusa. « J'avais envie de plus d'indépendance, explique-t-il. Je me suis dit que si j'allais dans cette direction, je m'apercevrais au bout de trois ans que j'avais perdu mon temps. J'aurais peut-être gagné un peu d'argent, fait quelques films, mais peut-être pas ceux que j'avais envie de faire. Devenir le prochain Lasse Hallström, très peu pour moi. »

Et Affleck d'ajouter : « La donne, c'est que les Weinstein investissent de l'argent dans la promotion du film et dans la campagne pour les Oscars – Miramax obtient une nomination par an dans la catégorie Meilleur Film. En plus, ils ont la réputation de faire de meilleurs films que leurs concurrents. Mais ce sont aussi les plus durs en affaires. Si ton film fait un four, impossible de négocier un contrat, parce que pour eux tu n'es qu'un minable. Si tu as du succès, ils ne voudront rien lâcher et se battront bec et ongles. Il ne faut pas bosser pour eux si tu comptes faire fortune : ce sera toujours donnant donnant. Mais, après tout, rien ne nous oblige à travailler avec eux. Comme le dit un des personnages de *Hollywood Shuffle*, on peut toujours aller bosser à la Poste ! Alors oui, c'est vrai, on s'est un peu fait avoir. Mais dans l'ensemble on s'en est quand même pas mal tirés [15]. »

Pourtant, l'expérience laissait aux acteurs un goût amer. Damon et Affleck avaient accepté de participer au film de leur copain Smith, mais se braquèrent lorsque Harvey essaya de leur imposer de travailler au salaire minimum. « Ce qui m'a fichu en rogne quand on a tourné *Dogma*, raconte Affleck, c'est qu'il nous avait laissé entendre qu'on aurait un meilleur contrat que pour *Will Hunting*. Il savait qu'on se sentait redevable envers Kevin, et je n'aimais pas qu'il se serve de notre amitié pour nous forcer la main, qu'il dise à Kevin qu'on se montrait difficiles, qu'on ne voulait pas faire son film. Primo, on était liés à Miramax par contrat, et ils ne se gênent pas pour te forcer la main. En plus, s'ils peuvent éviter de payer, ça les arrange. J'avais l'habitude et je me suis dit que, si je voulais mon fric, j'allais devoir batailler dur. Alors j'ai appelé Harvey et je lui ai dit : “Tu te fous de nous, là, après tout ce qu'on a fait.

On s'est pratiquement prostitués pour les Oscars. C'est fou ! Tu t'es fait un fric incroyable avec *Will Hunting*, et nous, on va toucher que dalle. Si c'est ça, on ne veut rien avoir affaire avec *Dogma*, on ne fera aucune promo et on ne retravaillera jamais avec toi. À moins de toucher un million chacun, cash ! »

D'après Affleck, Harvey sauta dans un avion et se rendit à Los Angeles avec un sac rempli de billets de Monopoly, comme s'il rejouait la scène de *Jackie Brown*, de l'air de dire : « Les voilà, vos 2 millions, espèces de rapaces ! » Affleck pensait être payé en espèces jusqu'à ce que Weinstein lui jette le sac à la figure en hurlant : « Vous croyez que je vais filer un sac rempli de billets à deux connards de votre espèce ? Les voilà, vos deux millions ! » ajouta-t-il en sortant deux chèques de sa poche. « Vous êtes contents, maintenant ? Et ne venez pas me dire que je n'ai jamais rien fait pour vous. » « On était fous de joie, ajoute l'acteur. Heu-reux. Je me suis dit qu'on aurait dû lui demander deux millions chacun. Qui sait, il a probablement déduit nos salaires du budget d'un pauvre couillon. »

« Ben est plus âpre au gain que Matt, souligne Smith. Ce qui intéresse Matt, c'est d'interpréter des rôles, sa performance d'acteur. C'est un véritable acteur, lui. Ben a plus la mentalité d'une star, et son salaire l'intéresse. Si vous parlez à Matt un jour où il est mal luné, il vous dira qu'il déteste Miramax lui aussi. Tous ceux qui bossent avec Harvey disent du mal de lui quand ils sont en colère. Parce qu'il y a des raisons de se plaindre, croyez-moi, ce n'est pas comme si tout ça n'était pas fondé. Mais je n'ai jamais vu personne qui inspire une telle fidélité. On est vraiment partagé entre l'amour et la haine, avec les Weinstein. Ben leur en veut encore aujourd'hui de ne pas avoir davantage profité des recettes de *Will Hunting* et d'avoir été forcé de prendre mon film en otage pour obtenir son dû. D'avoir dû s'abaisser jusqu'à leur niveau et les menacer [16]. »

Une semaine après la sortie de *Will Hunting*, Dimension programma celle de *Scream 2*, le vendredi 12 décembre exactement. Le lundi suivant, la compagnie annonça qu'en trois jours le film avait rapporté 39,2 millions, se plaçant ainsi en tête du box-office et pulvérisant le record du *film le plus rentable le week-end de sa sortie* – hors période estivale – détenu par *Ace Ventura en Afrique* depuis novembre 1995 avec la somme de 37,8 millions. Les classements et les records étaient devenus des armes marketing parce que, comme le souligne Spike Lee, « les spectateurs se basent sur les recettes pour choisir les films qu'ils vont voir. Quand vous ouvrez les journaux le lundi, vous trouvez le classement des dix films les plus rentables – et pas seulement dans *Variety*, mais aussi dans le *New York Times*, le *Post*, le *Daily News* [17]. » Ces résultats avaient une telle importance qu'il était pratiquement impossible de résister à la tentation du mensonge, pour Miramax en tout cas, et la compagnie fut prise en flagrant délit de bidonnage. Le 19 décembre, elle fit machine arrière, revoyant les recettes à la baisse – le film n'avait plus rapporté que 33 millions –, et prétendit avoir, en toute bonne foi, compté 449 salles en trop. « Je ne vois pas comment on peut compter 450 salles de trop et gonfler les recettes de 6 millions sans le faire exprès [18] », estime Barry Reardon, président de la distribution à la Warner. D'après Joe Roth, ancien président de Disney, « Dick Cook leur aurait dit après coup que chez Disney, on avait l'impression qu'ils avaient exagéré [19] » les chiffres des recettes. Selon *Variety*, « cela ne fait de mystère pour personne dans le milieu de la distribution/diffusion : Miramax a bidonné le nombre de salles et le chiffre des recettes de *Scream 2*… La compagnie a probablement été obligée de révéler cette information pour des raisons légales, puisqu'elle fait partie d'un empire coté en bourse[20]. »

Jackie Brown sortit en salle le jour de Noël. Tarantino avait revisité *Punch créole*, d'Elmore Leonard, et en avait tiré un hommage aux films de la blaxploitation des années soixante-dix qui l'avaient accompagné pendant toute son enfance. Il confia les deux rôles principaux à Pam Grier, abonnée à ce genre de rôle et qui frôlait alors la cinquantaine, et à Robert Foster, plus connu pour son rôle de photographe dans *Medium Cool*, d'Haskell Wexler, sorti en 1969. Samuel Jackson, Robert De Niro et Bridget Fonda venaient compléter la distribution, mais il fallait de l'estomac pour faire reposer un film sur les épaules de deux acteurs de second plan sur le retour, surtout dans la foulée de *Pulp Fiction*.

Jackie Brown avait mis du temps à venir, puisque quatre ans s'étaient écoulés depuis le tournage de *Pulp Fiction*. Bien que le doute ne semble pas faire partie de l'univers de Tarantino, ses amis en vinrent à croire qu'au moment d'enchaîner avec un autre projet il s'était pratiquement retrouvé paralysé par l'angoisse. Comme dit l'un d'eux, « Quentin avait inspiré des milliers de réalisateurs avec *Pulp Fiction*. Il était dans la position de Welles après *Citizen Kane*[21]. » Tout était matière à distraction. Il avait toujours voulu faire l'acteur et, désormais, il n'avait que l'embarras du choix – incarner Richie, le psychopathe d'*Une nuit en enfer*, par exemple. Il quitta son appartement miteux de Crescent Heights pour une maison grandiose à Hollywood Hills, à un jet de pierre des studios Universal. Certains de ses amis baptisèrent, ce nouveau logis, non sans dérision, « le château. » L'endroit croulait sous les souvenirs de tournage – affiches, jouets, photos, poupées représentant ses personnages. Comme beaucoup de domiciles de stars, le sien devint un monument à sa propre gloire, professionnelle du moins. « Quentin a dû passer pratiquement un an à concevoir et faire aménager sa salle de projection, raconte Rodriguez. Il disait : “Cette année, tous mes amis ont fait un film, moi je me fais construire un cinéma[22].” »

Tarantino commença aussi à se rendre régulièrement à Austin, Texas, d'où Rodriguez était originaire, pour passer du temps avec le réalisateur et ses amis Rick Linklater et Mike Judge, eux aussi de la partie. Débarquant en ville tel un Elmer Gantry des temps modernes, il descendait à l'Omni sous le nom d'un acteur de série B. Austin est une ville très vivante du point de vue culturel, et Tarantino ne tarda pas à mettre son grain de sel en organisant plus ou moins régulièrement le festival « QT Fests », qui durait une dizaine de jours et au cours duquel il présentait et projetait des films tirés de sa collection personnelle, œuvres obscures d'acteurs et de réalisateurs encore plus obscurs tels Arthur Marx (fils de Groucho) ou Cy Endfield *(Zulu)*. Il ressuscita William Witney, qui avait réalisé bon nombre des films de Roy Rogers et Dale Evans, et se prit de passion pour le couple et son cheval, Trigger, au sujet duquel il était intarissable (« quel cheval fantastique, quelle présence incroyable, il vole la vedette aux acteurs »). Trigger Jr., qui apparaît dans *The Golden Stallion*, un de ses films préférés, lui inspirait le même enthousiasme. Il voulait appeler son premier enfant Trigger et on l'a même entendu faire des déclarations du genre : « Si Trigger était une actrice, ce serait Uma Thurman[23] » ou « Uma Thurman et Trigger ont à peu près le même profil ! » À ses yeux, c'était un compliment pour l'une comme pour l'autre.

« Je le rejoignais dans sa chambre d'hôtel pour parler cinéma, se souvient Louis Black, rédacteur en chef de l'*Austin Chronicle* et, de son propre aveu, fana de cinéma. Rick, Harry Knowles, Quentin, moi et deux ou trois autres types, on était tous sur un pied d'égalité. On n'avait pas affaire à la superstar Quentin Tarantino. Mais, dès qu'on sortait dans un endroit public et qu'un groupe de jolies femmes arrivait, y'en avait plus que pour lui. Nous, on ne comptait plus vraiment. Les projecteurs s'allumaient, l'orchestre se mettait à jouer, et Quentin commençait à faire son numéro [24]. »

Dulce Durante, une amie de Tarantino, résidait à Austin. L'idée que le réalisateur ait pu faire une overdose de célébrité la fait pouffer. « Il adorait ça, explique-t-elle. C'était l'une des raisons pour lesquelles il revenait sans arrêt à Austin. C'est une telle star ici qu'il ne pouvait pas faire un pas sans que quelqu'un l'aborde. Il n'en perdait pas une miette [25]. » Elle se souvient qu'un jour il lui dit : « "Je t'emmène faire du shopping, tu pourras m'aider à choisir des fringues, parce que je n'ai aucun goût, et en échange je t'achète une paire de chaussures." Il est carrément fétichiste du pied. Il essayait sans arrêt de me déchausser pour me sucer les orteils. » Rappelez-vous la fameuse scène de *Pulp Fiction* où Jules et Vincent ont une discussion sur les massages de pieds, ou celle d'*Une nuit en enfer* où la caméra s'attarde amoureusement sur les pieds de Juliette Lewis, ou encore les gros plans sur les orteils d'Uma Thurman dans *Kill Bill*. « Il m'a acheté une belle paire de chaussures, continue Durante, dans une boutique qui s'appelait, je vous le donne en mille, Fetish. »

Tarantino était un fumeur d'herbe invétéré. C'était un sujet de plaisanterie parmi ses amis [26]. Après deux années passées à interpréter des petits rôles à droite à gauche, à se la couler douce, à se rendre à Austin, à décorer sa nouvelle maison, l'entourage du réalisateur commençait à se demander si, comme le dit l'une de ses connaissances d'Austin, « il ne cherchait pas n'importe quel prétexte pour éviter de tourner un nouveau film, parce que l'idée d'enchaîner après *Pulp Fiction* le rendait nerveux [27] ».

En partie à cause de la folie médiatique dont il était l'objet et de ses obligations incessantes, il lui arrivait de disparaître pendant des périodes plus ou moins longues. Il se terrait alors chez lui et passait des nuits entières à regarder des films en fumant de l'herbe. « Ça n'avait rien à voir avec Martin Scorsese fasciné par les films de Michael Powell », raconte une connaissance qui se joignait à Tarantino à l'occasion, « là, encore, il y aurait eu une raison d'être enthousiaste. Je ne vous parle même pas de films kitsch, trash, ni de films de Roger Corman. Je vous parle de téléfilms minables, plats, sans aucun intérêt. Et pourtant, il était collé à son siège. Au bout d'un moment, je me suis rendu compte qu'on aurait pu lui montrer n'importe quoi, mettre la télé à l'envers, projeter une image floue, il aurait tout de même continué à regarder. C'était comme un gamin avec sa sucette, un petit garçon solitaire dans le cocon de son salon. C'était à la fois triste et beau [28]. »

Tarantino se défilait, ne tenait pas ses engagements, ce qui rendait dingues les gens qui comptaient sur lui. « Il n'était pas très fiable, souligne l'ancien agent Rick Hess. Il lui arrivait de disparaître pendant trois semaines sans qu'on sache vraiment où le trouver [29]. » « C'est un type foncièrement gentil, raconte un ami. Je ne l'ai jamais vu être méchant ou vindicatif ; mais Quentin, c'est Quentin, et il ne fait que ce qu'il a envie de faire [30]. » Ou, comme le dit Jennifer Beals : « Quentin, ce n'est pas Jimmy Stewart. Il a une part d'ombre, c'est évident, que l'on n'entrevoit que de temps à autre, quand il l'estime nécessaire. C'est comme une bête féroce que l'on vient nourrir de temps en temps avant de la faire disparaître à nouveau. C'est ce qui rend ses films aussi intéressants. C'est ce qui fait son génie [31]. »

De temps à autre, la bête devenait incontrôlable. Deux mois après la sortie de *Jackie Brown*, Tarantino tomba sur le producteur Don Murphy *(La Ligue des gentlemen extraordinaires)*, avec qui il avait une relation difficile et compliquée depuis dix ans. « Avant de devenir célèbre, explique Tarantino, je ne connaissais personne dont le but dans la vie était de devenir mon ennemi juré. Mais alors il y a eu Don Murphy. Il se moquait sans arrêt de moi dans la presse, c'était fou, proche de l'obsession. Je ne suis pas le genre de type à qui il faut faire ça, parce que les règles en vigueur à Hollywood, j'en ai rien à cirer. L'idée d'aller lui casser la gueule chez lui m'avait effleuré, mais je me suis dit qu'après tout Hollywood n'était pas grand, que je n'avais pas besoin d'aller frapper chez lui et m'attirer des ennuis, qu'un de ces jours, je tomberais sur lui, et qu'alors je m'occuperais de son cas[32]. »

Fin octobre, Tarantino entra chez Ago, un restaurant italien à la mode où il devait déjeuner avec Harvey. Murphy attendait une table, installé dans un canapé de l'entrée. Tarantino raconte : « J'ai foncé droit sur lui. Il s'est levé et m'a dit : “Salut, Quentin.

– Garde tes saluts pour toi !” »

(« À chaque fois que je m'énerve, le Noir macho en moi ressort », explique Tarantino.)

« “C'est quoi toutes ces conneries que tu racontes sur moi ?

– Tu sais très bien de quoi je parle.

– Non, non, dis-moi ce que tu penses de moi en face et devant tout le monde.” Il a commencé à parler, et là, je l'ai poussé sur le canapé, je l'ai empoigné par les cheveux d'une main, et de l'autre je lui ai balancé trois claques. C'est là qu'on nous a séparés. » Le réalisateur cogna si fort qu'il en perdit sa montre. Des policiers arrivés sur place forcèrent le réalisateur à monter à l'arrière de leur voiture, d'où il envoya des baisers à

Murphy. Ils l'auraient embarqué au poste sans l'intervention de Weinstein qui le convainquit de s'excuser, et convainquit Murphy de ne pas porter plainte. Quelques jours plus tard, le réalisateur fit une reconstitution de la scène lors de son passage à la télévision dans le *Keenen Ivory Wayans Show*. « Une petite baffe n'a jamais fait de mal à personne », ironisa-t-il ce soir-là. Murphy demanda 5 millions de dommages et intérêts. L'affaire se régla finalement hors des tribunaux. Toute cette histoire – la bagarre, la presse, la télé – avait énormément amusé le réalisateur.

Une fois dans la boîte, *Jackie Brown* totalisait deux heures quarante minutes. D'après Harvey, il fallait couper au moins une demi-heure, mais Tarantino trouvait le film parfait tel quel. Le patron de Miramax et lui faillirent en venir aux mains dans l'entrée d'un multiplex de Seattle lors d'une projection test, un soir de pluie. Le réalisateur était sorti de la salle sur un petit nuage, convaincu que la séance s'était passée à merveille[33]. Weinstein, qui avait demandé leur avis aux spectateurs, ne partageait pas son opinion. « Le public n'est pas convaincu, dit-il.

– Lâche-moi la grappe !

– Il faut le raccourcir.

– Je n'y toucherai pas.

– Tu me fais chier !

– C'est toi qui fais chier !

– OK, très bien, t'as qu'à aller travailler chez New Line. J'ai plus besoin de m'emmerder, je suis trop riche pour ça. » Harvey hurlait : « Essaie ceci, Essaie cela », et Tarantino rejetait en bloc toutes ses remarques. « C'est sans doute de ma faute, j'ai disjoncté, raconte le réalisateur. Mais à lui aussi il a fallu peu de chose pour exploser. On est toujours à deux doigts de se battre, Harvey et moi. Bob et Lawrence [Bender] sont intervenus à temps. » Pour Bob, ça ne valait pas le coup d'en faire une maladie car, même si les recettes n'étaient pas extraordinaires, la compagnie n'y perdrait pas ; l'important, c'était que le réalisateur soit satisfait et que l'on puisse le compter parmi les membres de la famille. Il parla au réalisateur d'homme à homme : « Écoute, Quentin, lui dit-il, si tu réduis le film à deux heures, on va se faire 70 millions. Si tu le sors dans sa forme actuelle, ça va affecter les entrées. Est-ce que ça te convient ? Est-ce que tu vas nous rendre responsables si les recettes n'atteignent pas 70 millions ?

– Non.

– Ça te va ?

– Oui. »

Le réalisateur insista pour sortir le film tel quel, et eut raison. *Jackie Brown* contient certaines de ses scènes les plus abouties du point de vue de l'écriture, dont deux scènes d'anthologie : celle où Louis (De Niro) tue Melanie (Bridget Fonda) sur le parking, et celle où Ordell (Jackson), dans un époustouflant match de ping-pong verbal, convainc un Beaumont (Chris Tucker) plus que réticent de grimper dans le coffre de sa voiture avant de le butter. Sans parler de la scène d'ouverture, véritable morceau de bravoure, où Ordell et Louis regardent un film de série Z pendant que Melanie se fait les ongles des pieds en fumant un joint (inutile de dire que la caméra s'attarde langoureusement sur ses orteils). Dans l'ensemble, c'est un film plus mature que *Reservoir Dogs* ou *Pulp Fiction* ; les performances de Grier et Forster lui confèrent douceur et calme, les personnages sont plus fouillés, la relation entre Grier et Forster d'autant plus émouvante qu'elle est inattendue.

Encore une fois, comme dans *Pulp Fiction*, le mot « négro » était abondamment utilisé, la plupart du temps par Jackson. Le spectacle d'acteurs noirs se traitant de « négros » devant la caméra d'un réalisateur blanc dérangeait profondément Spike Lee. Il demanda même à un stagiaire de compter les occurrences du mot. « Je ne suis pas en train de dire qu'il n'a pas le droit de s'en servir, explique Lee, mais l'emploi excessif du terme m'a dérangé. Dans la seule scène entre Sam Jackson et Chris Tucker, il est prononcé trente-huit fois, je crois. J'avais l'impression de n'entendre que ça[34]. » Lee avait fait jouer Tarantino dans la scène d'ouverture de *Girl 6* : il y interprétait un réalisateur cochon qui brutalise une actrice pour qu'elle montre ses seins lors d'un casting. La scène est très réussie. « J'ai beaucoup apprécié l'humour de Quentin, étant donné qu'il jouait pratiquement son propre rôle », reconnaît Lee. Mais cela ne l'empêcha pas de prendre Tarantino à partie dans la presse en le traitant d'«ignorant[35] » et en l'accusant de vouloir « se faire passer pour un Noir ». Jackson vint à la rescousse du réalisateur, ce qui fit dire à Lee : « Libre à lui de vouloir défendre Tarantino. Mais désolé, pour moi, ça fait un peu trop gentil Nègre qui défend le maître[36]. » Harvey Weinstein ne put s'empêcher de se mêler à l'altercation en se demandant : « Est-ce que [Lee] dit jamais du bien du travail d'un autre réalisateur ? Je commence à en avoir marre… Si Spike veut jouer à ce petit jeu, qu'il ne se gêne pas, je l'attends. » Selon Lee, les recettes du film inquiétaient Harvey. « Spike, arrête de parler de *Jackie Brown* dans la presse, ça me fait du tort[37] », lui aurait-il dit.

Trois ans plus tard, dans *The Very Black Show*, sa satire mordante (et aux trois quarts brillante) des médias, Lee revisita le sujet à travers le personnage du patron de chaîne télé blanc et complètement idiot (incarné avec une belle énergie par Michael Rapaport et de toute évidence inspiré par Tarantino) qui se croit plus noir que le scénariste noir (Damon Wayans) qu'il emploie. Il dit au scénariste : « J'ai grandi entouré de Noirs. À vrai dire, je connais sans doute les négros mieux que toi. Et pas la peine de te formaliser parce que j'emploie ce mot… Je me fous pas mal de ce qu'en pense ce con de Spike Lee. Tarantino avait raison : "négro", c'est un mot comme un autre. »

« Je n'ai fait que citer Tarantino, je n'ai rien inventé, explique Lee. Je faisais la queue à l'Angelika avec ma femme pour voir *Le Projet Blair Witch* quand il est venu vers moi et a commencé à me chercher, comme s'il allait me casser la figure. Il faisait le malin[38]. » « Quand il m'a tendu la main, raconte Tarantino, je lui ai dit : "Tu te plantes si tu crois que je vais te serrer la main[39]." » « Il m'a dit qu'il connaissait les Noirs mieux que moi, continue Lee : "J'ai grandi avec les films de la blaxploitation, j'ai toujours vécu entouré de Noirs, ma mère avait un petit ami noir…" J'ai éclaté de rire. Alors, il a essayé de s'en tirer en disant que ce n'était pas lui qui avait écrit ces répliques, qu'elles avaient été improvisées. Mais un réalisateur ne peut pas faire porter le chapeau aux autres, parce que c'est lui qui décide quelles scènes garder. Quentin est un bon réalisateur. Il était vraiment inspiré, au début, mais il a vite dérapé – très vite, ça a été "négro" à tout bout de champ dans ses films. »

Du point de vue de Tarantino, « C'était presque comme Don Murphy. Il exploitait la polémique pour faire parler de lui dans la presse. Je pense qu'au fond c'est vraiment ce qu'il cherchait à faire. Ce qui m'a vraiment ennuyé, c'est que si ça lui posait vraiment un problème, il aurait dû m'appeler avant de vider son sac dans la presse. C'est un dégonflé, si vous voulez mon avis. Un jour, je tomberai sur lui quelque part et, ce jour-là, je m'occuperai de son cas[40]. »

Tarantino s'efforçait de se justifier. « Le sujet principal d'à peu près tout ce que j'ai fait jusqu'ici, c'est la division entre Noirs et Blancs qui existe dans ce pays. Je veux montrer que tout ça c'est du vent… Les Noirs défavorisés de Chicago ont davantage en commun avec les bouseux des Appalaches qu'avec les Noirs bourges de Pasadena. Ils sont au bas de l'échelle[41]. » Il est presque choquant d'entendre Tarantino nous expliquer que ses films traitent de la lutte des classes, alors qu'il cherche avant tout et par tous les moyens à scandaliser le bourgeois. Pourtant, il y a une part de vérité dans ses déclarations. Tout comme *Clerks* nous parle de la hiérarchisation de la société et *Spanking the Monkey* nous présente une vision alarmante de la famille, les films de Tarantino nous montrent que la classe sociale se joue des barrières raciales.

En tout cas, vouloir faire respecter à l'ouragan Quentin les règles du politiquement correct, c'était se battre contre un moulin. *Jackie Brown*, dont le budget atteignait 12 millions, engrangea 40 millions de recettes aux États-Unis et 40 autres à l'étranger. Bob avait vu juste, cependant : comme il n'avait pas rapporté autant que *Pulp Fiction*, et comme *Will Hunting* et *Scream 2* lui avaient fait de l'ombre, le film fut considéré comme un échec.

GAMIN DE HARVARD, DARREN ARONOFSKY avait étudié à l'école de cinéma de l'American Film Institute avant de paniquer complètement. En janvier 1996, il s'était rendu à Sundance pour apporter son soutien moral à un copain de l'AFI dont le film avait été sélectionné. Il y avait vu *Bienvenue dans l'âge ingrat*. « J'ai trouvé ce film tellement original et bizarre, raconte-t-il, qu'il m'a vraiment donné le courage de rentrer à New York et de tenter le coup[42]. » Il intitula son coup d'essai *Pi*. Il estimait pouvoir réunir 20 000 dollars, ce qu'il parvint à faire en demandant à toutes ses connaissances de lui prêter 100 dollars. (Au bout du compte, il lui fallut 60 000 dollars pour mettre le film en boîte, et 120 000 pour le préparer à la diffusion.) En novembre, le tournage du film avait commencé. « On n'en attendait pas grand-chose, poursuit-il. Parce qu'on faisait un film original en noir et blanc, on s'est dit qu'on pouvait peut-être viser une séance de minuit à Sundance. Le jour où la sélection devait être annoncée, j'étais dans tous mes états, alors je suis rentré chez mes parents à Brooklyn. Si je n'étais pas pris, je voulais pouvoir me réfugier dans leurs bras. Les heures passaient – j'avais entendu dire qu'on prévenait les réalisateurs plutôt le matin, en général. À 19 heures, je me suis dit que c'était râpé. Le téléphone a sonné, c'était quelqu'un de Salt Lake City au bout du fil : "Vous pouvez nous faxer telles informations ?

– De quoi vous parlez ?

– Oh, c'est pas vrai ! Vous n'êtes pas au courant ?

– De quoi ?

– Oh, c'est ma première fois.

– Qu'est-ce que vous racontez ?

– C'est la première fois que j'annonce à quelqu'un qu'il est sélectionné à Sundance !" J'étais sûr qu'un copain me faisait une blague. Je lui ai demandé quel était l'indicatif téléphonique de son État, la personne m'a donné celui de l'Utah, et c'est là que je me suis mis à hurler. C'était l'un des plus beaux jours de ma vie. »

Pi était un thriller psychologique tourné en noir et blanc avec un gros travail sur les contrastes. Vous parlez d'un cache-misère ! Mais il avait du style, rappelait vaguement le cinéma de Fritz Lang et l'expressionnisme allemand, une sorte de *Cabinet du Dr Caligari* indépendant. C'était un film dérangeant, déplaisant, difficile, pratiquement impossible à vendre, mais son originalité ainsi que le talent de son réalisateur crevaient les yeux.

Aronofsky refusa de montrer son film aux distributeurs avant le début du festival. Il engagea un attaché de presse et un agent, un avocat du nom de Jeremy Barber.

Le réalisateur essayait d'analyser Sundance de la même façon que son « héros » s'efforce de comprendre la Bourse. L'un des membres de l'équipe de *Pi* concocta même une brochure intitulée *Comment se comporter à Sundance*, et tout le monde se réunit pour réfléchir à une stratégie marketing. L'une des idées consistait à coller des autocollants portant un symbole π rouge sur les murs de la ville.

La première du film eut lieu dans un cinéma de la station Sundance à une quarantaine de minutes de Park City. « Le public était 100 % business, raconte Aronofsky. Mon film passait après *Et plus si affinités*, un film événement pour lequel Harvey s'était déplacé. Je l'ai vu dans les toilettes après la séance, il n'arrivait pas à ouvrir le robinet. J'ai rien osé lui dire, j'avais trop peur de l'inviter à venir voir notre film. Et il a vite été clair pour moi qu'en 1998 Harvey ne faisait plus le même métier qu'avant : c'était fini, l'époque de *Clerks*, l'époque où il prenait un petit film insolent et bizarre sous son aile et s'escrimait à le vendre. Notre film ne l'intéressait pas du tout. Après la projection, presque personne n'a applaudi, et quand je suis monté sur scène pour expliquer mon travail, ça a été le bide : pas une question. J'étais effondré. Bingham Ray a détesté le film, il est sorti. » C'est Amir Malin qui acheta les droits du film pour Artisan, et bien lui en prit, car la compagnie allait devenir une sorte de nouvelle famille pour le cinéaste. « Amir a été un vrai père pour moi, explique Aronofsky, un mentor. »

Question festival, il y avait du progrès par rapport à l'édition précédente. Parmi les films sélectionnés, on comptait *High Art*, de Lisa Cholodenko, qu'October acheta, et le magnifique film de Don Roos *Sexe et autres complications*, dont Sony Classics s'empara. Miramax déboursa la somme hallucinante de 6 millions pour *Et plus si affinités*, une comédie romantique pas si drôle que ça réalisée par Brad Anderson.

Weinstein visionna une version de deux heures de *Studio 54* en février 1998. Le tournage, qui s'était déroulé à Toronto, avait pris fin à l'automne précédent. Pendant le tournage, Mark Christopher et son équipe avaient à peu près eu la paix. « Pendant le tournage, on vous laisse plus ou moins seul, chez Miramax, estime Paul Webster. L'influence de la compagnie se fait plutôt sentir au moment du casting et de la postproduction [43]. » Harvey passait parfois sur le tournage, histoire d'embrasser les stars, et en profitait pour se plaindre des barmen du Studio 54 : « Il pourrait pas y avoir quelques filles derrière le bar ? Il faut absolument que ces mecs enlèvent leur chemise [44] ? » Par contre, il insistait pour que Hayek enlève la sienne dans la scène où Shane et elle font l'amour dans les toilettes. Elle refusa.

À la fin de la projection, Harvey félicita les deux réalisateurs pour la qualité de leur travail et leur prédit un avenir tout rose et rempli de succès, d'autant que Ryan Phillippe n'était plus du tout un inconnu. Pendant qu'on travaillait au montage de *Studio 54*, *Souviens-toi... l'été dernier*, le film gore pour adolescents écrit par Kevin Williamson et dans lequel Phillippe jouait, avait permis à Columbia d'empocher la coquette somme de 72 millions sur le territoire américain. Tout d'un coup, Phillippe, Myers et Campbell semblaient former un trio gagnant.

Harvey avait senti l'odeur de l'argent. Au lieu de le vendre comme le premier film insolent d'un cinéaste gay, il ferait de *Studio 54* le carton de l'été pour Miramax. « Harvey voulait attirer la jeunesse avec *Studio 54*, alors que le film n'avait jamais été destiné à ce genre de public [45] », explique Ira Deutchman. Début 1998, Weinstein organisa une projection test du film dans un centre commercial de Long Island, ce qui agaça profondément les réalisateurs, qui n'avaient jamais eu ce genre de public en tête. Et ce qui devait arriver arriva : le film obtint des résultats désastreux. Le public détestait particulièrement le personnage de Shane qui passait pour désagréable. « Quand un film obtient de mauvais résultats dans un multiplex, explique une source, personne ne se dit qu'on s'est trompé de public. On se dit qu'on s'est trompé de film[46]. »

L'équipe de *Studio 54* était effondrée. Harvey ordonna à Christopher de se débarrasser de toute allusion à la bisexualité du personnage principal. « Tout le monde est miraculeusement devenu hétéro[47] », raconte Webster. Clairement, Harvey retravaillait le film pour le destiner à des adolescents hétéros de banlieue. Pour Jack Lechner, le problème n'était pas l'homosexualité : « La gageure, c'était de pousser le public à s'intéresser un tant soit peu à ces personnages à deux balles, raconte-t-il. Malheureusement, la scène la plus explicitement gay du film, celle où Shane embrasse son colocataire qui pète aussitôt les plombs, était particulièrement mal jouée, mal dirigée, pas crédible pour deux sous. Le public a éclaté de rire. Et malheureusement, il était impossible de soulever le problème sans se faire taxer d'homophobie[48]. »

En fait, c'est exactement ce que suspectaient les réalisateurs. Weinstein insista pour prouver sa bonne foi et tenta de les convaincre de visionner *Velvet Goldmine*, autre film Miramax, produit par Christine Vachon et réalisé par Todd Haynes. Il leur expliquait qu'il ne s'en était pas mêlé, ce qui, à ses yeux, suffisait à prouver qu'il ne voulait pas retravailler *Studio 54* parce que l'histoire le mettait mal à l'aise. Le jour même où Weinstein convoquait les deux réalisateurs pour expurger le film de toute référence à la bisexualité de Shane, il accepta une récompense de la part de GLAAD.

Au lieu de s'efforcer de traduire la vision du réalisateur en faisant retourner la scène du baiser, Miramax partit dans la direction opposée. « Ils ont décidé de rendre Shane plus sympathique, continue Lechner, mais tourner une version de l'histoire où les gens seraient sympas n'avait aucun sens : ça intéresse qui de voir un film sur le *Studio 54* où tout le monde serait gentil ? Et puis, ça ne correspondait pas à ce qui avait été tourné. Si j'avais été chargé du projet, j'aurais essayé d'améliorer le film au lieu de tout changer. »

Cependant, Lechner n'éprouve aucune pitié pour les réalisateurs qui se laissent broyer par Miramax. « On entend beaucoup de gens se plaindre de l'absence de scrupules avec laquelle Miramax remonte les films, souligne-t-il, mais, dans la plupart des cas, c'est parce que le travail de départ n'était pas satisfaisant. On préfère mettre ça sur le dos de Harvey. Grâce à son incroyable dévouement et à sa passion, il peut transformer quelque chose de bien en joyau ; quant aux films médiocres, il aura beau travailler dur, plus dur même, il n'en fera jamais de bons films, parce que personne n'a encore jamais transformé la merde en or. Tout ce qu'il pourra obtenir, c'est une merde plaquée or, à la limite. Si vous tournez des films merdiques, il vaut mieux travailler pour un studio qui ne va prendre ni le temps ni la peine de transformer votre vie en enfer. »

Dans les grands studios, le stade de la conception de projets est un triangle des Bermudes où les scripts peuvent disparaître pour toujours, un *no man's land*, un trou noir. Dans un studio, continue Lechner « *Studio 54* se serait fait écrabouiller avant même d'être tourné. Chez Miramax, on laisse les réalisateurs tourner leur film », avant de les écrabouiller. On fait de votre vie un enfer au stade de la postproduction en faisant traîner celle-ci pendant des mois, voire des années. Harvey y injecte de telles sommes que toute rentabilité devient impossible et, au lieu de gaspiller davantage d'argent en publicité, il sort alors les films en catimini, ou les range sur une étagère avant de les précipiter dans le néant de la vidéo ou du câble.

Pendant toute la seconde moitié des années quatre-vingt-dix, le nombre de films qui végétaient en post-production était tel que l'embouteillage ressemblait à Times Square aux heures de pointe. « Un chef monteur de mes amis est entré dans leur salle de montage un jour, raconte James Ivory : il y avait une dizaine de bobines cassées, éparpillées sur des tables, comme autant de bateaux échoués dans la pièce [49]. »

Pendant ce temps, les employés de la compagnie n'avaient qu'une obsession : tirer des rushes de *Studio 54* le film capable de rapporter 50 millions [50]. Un jour, les réalisateurs découvrirent que Harvey avait donné le film à son équipe postproduction pour qu'elle le remonte, sans les en avertir au préalable. Lee Percy, le crack du montage *(Le Baiser de la femme araignée, Boys Don't Cry)* qui travaillait avec Christopher, démissionna. Toujours à l'insu de l'équipe de *Studio 54,* Harvey avait également engagé une seconde équipe de scénaristes et même Michael Herr, auteur du livre *Dispatches* et du monologue qui avait sauvé *Apocalypse Now*, pour écrire une voix *off*. Christopher fut banni de la salle de montage. Les nouveaux scénaristes fournirent vingt-cinq pages de script supplémentaires – presque un quart du film – qui mettaient davantage l'accent sur l'histoire d'amour entre Shane et le personnage jusque-là secondaire – mais hétéro – incarné par Neve Campbell, pour qui le jeune homme se prenait d'une soudaine passion.

Comment un scénario ayant passé un an à mûrir dans le giron du département conception de projets pouvait-il avoir besoin d'un coup de bistouri aussi radical au moment de la postproduction ? « La racine du problème, c'est que Mark et Harvey avaient une vision du film totalement différente, explique Lechner. Harvey pensait qu'il ressemblerait à *La Fièvre du samedi soir*. En lisant le script, il voyait John Travolta filmé par John Badham. Au moment où Harvey lit un scénario, il se demande simplement comment il va pouvoir vendre le film. Il se soucie peu des détails jusqu'à ce qu'il voie le résultat [51]. » Si, malgré tout, votre film donne satisfaction lors des projections tests, vous êtes sauvé ; mais si les résultats sont mauvais, alors, au mieux, il y aura des coupes. Au pire, Harvey se l'appropriera pour le remodeler – et tous les moyens seront bons : montage, doublage, ajout de nouvelles scènes si nécessaire – en se prenant pour l'auteur.

À mesure que son succès a grandi, Harvey est devenu la proie d'une ambivalence fatale. « Harvey s'est égaré quand il a commencé à gagner beaucoup d'argent, estime le producteur Peter Newman. Il a commencé à acheter des films à mi-chemin entre indépendants et films de studio. Les résultats des tests étaient passables – autour de 70 % –, mais en les faisant grimper jusqu'à 80-90 % on pouvait en tirer beaucoup d'argent. Alors Harvey passait à la moulinette ce qui faisait l'originalité du film pour essayer d'attirer le public le plus large possible [52]. »

Les réalisateurs voulaient désespérément croire que Harvey savait ce qu'il faisait, essayaient de se résonner : « Bon, Harvey a énormément de succès, il a fait de très bons films, il doit savoir de quoi il parle. » Mais Christopher refusa finalement de tourner les scènes additionnelles, menaça de retirer son nom de l'affiche. Miramax riposta en menaçant de virer le réalisateur alors au bord de la dépression nerveuse. « Harvey peut s'en prendre à vous personnellement, remarque Donna Gigliotti, et, si vous êtes sensible à ce genre de chose, vous pouvez vous mettre à douter de vos capacités, de votre talent. Il n'aime travailler qu'avec les gens qu'il peut dominer. Il est rare qu'il travaille avec un réalisateur qui a le *final cut*, tout simplement parce qu'il est lui-même un réalisateur frustré [53] ! » Christopher finit par accepter à contrecœur de superviser le tournage des scènes additionnelles. Quand il arriva au studio pour superviser le mixage de la bande-son, il n'avait même pas vu le montage définitif de son film.

Lechner quitta le navire avant la sortie de *Studio 54*. « Miramax avait beaucoup changé quand je suis parti, dit-il. La société ressemblait de plus en plus à un studio. J'aurais voulu faire *L'Arriviste*. C'était un film très insolent, digne de la grande époque de Miramax, mais Harvey, dont la précédente expérience avec Payne sur *Citizen Ruth* avait été difficile, m'a dit : "Qu'Alexander aille faire son deuxième film ailleurs et, s'il le souhaite, il pourra revenir chez nous pour le troisième." Alexander était soulagé, il n'avait pas envie de revivre ce genre d'expérience. J'avais envie de faire *American Beauty*, mais j'ai décliné l'offre parce que, d'après moi, ça ne correspondait pas à ce que nous étions. Un jour, j'ai fait le point sur les projets dont je m'occupais, et je me suis rendu compte que presque aucun ne me plaisait, qu'aucun ne correspondait à mes goûts [54]. »

Cathy Konrad aurait elle aussi voulu faire *L'Arriviste*, et son contrat de productrice pour Miramax le lui aurait permis. « Harvey n'a pas souhaité faire d'offre après avoir lu le script, regrette-t-elle. J'avais un contrat d'exclusivité avec sa compagnie et je commençais à me dire que cela m'empêchait de travailler sur des projets qui me passionnaient vraiment ; s'il disait "non", je devais laisser tomber. J'avais du mal à comprendre ce que Harvey et Bob voulaient : un jour, ils achetaient un truc complètement obscur et, le lendemain, quelque chose grand public. » Konrad quitta la compagnie à son tour.

JOHN SCHMIDT, DE CHEZ OCTOBER, est un type sympa. Il s'entend avec tout le monde et aime à penser que les gens sont honnêtes jusqu'à preuve du contraire. Ses premiers doutes sur Scott Greenstein naquirent en mars 1998, lors de la cérémonie des Oscars à laquelle Robert Duvall assistait pour *Le Prédicateur*. « C'est là que tout a basculé, remarque-t-il. Au poker, on cherche le signe, le geste, le tic, le clignement d'œil qui trahit le joueur en train de bluffer. Dans le cas de Greenstein, c'est la cérémonie des Oscars qui l'a trahi [55]. » L'un des attachés de presse appela Schmidt depuis Los Angeles : « Je ne sais pas si vous êtes au courant, les gars, mais Scott a demandé à être assis à côté de Duvall à la cérémonie [56]. » « L'année de *Secrets et mensonges*, raconte Ray, on était assis rangée 21, au milieu de la salle, deux rangées derrière Sumner Redstone (le président de Viacom et de la chaîne de cinémas Showcase Theaters). Sumner Redstone, vous vous rendez compte ! Même lui n'avait pas droit au troisième rang. » Cela rappelait la fois où, des années auparavant, Harvey avait essayé de prendre à Alison Brantley sa place à côté de Daniel Day-Lewis. D'après Ray, lorsqu'on lui demanda de s'expliquer, Greenstein répondit : « Ah oui, Bobby m'a demandé de l'accompagner. Il faut bien que l'un de nous soit assis au premier rang, parce que Harvey, lui, il y sera. » « J'ai vérifié auprès de Bobby et de son producteur, Rob Carliner, dit Schmidt. Ils m'ont dit que c'étaient des conneries, que Scott avait piqué la place de la copine de Rob [57]. » Si l'on en croit Carliner, « Duvall n'y était pour rien. C'est un *outsider*, il ne demanderait sous aucun prétexte à être assis à côté d'un "rond-de-cuir". Scott m'a cassé les pieds pour pouvoir s'asseoir au premier rang [58]. » Schmidt perdait rarement son sang-froid, mais cette fois c'en était trop. « J'y crois pas ! dit-il à Greenstein.

C'est avec nous que tu devrais être assis. Tu tiens tellement à passer à la télé[59] ? » Mais Greenstein n'en démordait pas et devint « fou de rage[60] », d'après Ray. Selon Schmidt, Ray, Greenstein et lui avaient beau être partenaires dans l'aventure October, Scott ne pensait qu'à lui. Il venait de leur faire un coup vraiment pourri, digne de Harvey.

Pour Ray, la route menant au Dorothy Chandler Pavilion avait été longue et chaotique cette année-là. Persuadé que quelqu'un d'offensif permettrait à October d'obtenir davantage de salles, Chris McGurk avait convaincu ses partenaires d'engager Jack Foley, transfuge de Miramax, ainsi que Dennis Rice, ancien de chez Buena Vista Home Video et génie du marketing, à qui Miramax devait les performances phénoménales de ses titres en vidéo. Ray avait cédé à contrecœur. Au retour de Toronto, en septembre 1997, *Le Prédicateur* en poche, poussé à bout par l'attitude de Greenstein, Ray avait fini par craquer. « Bingham lui hurlait dessus, raconte une source. Ça ne lui faisait pas peur. Quand il pensait que Scott avait tort, il le lui disait en face : "Quelle idée de merde !" Il ne sait pas se contrôler[61]. » Les deux hommes s'accrochaient fréquemment et très violemment au sujet du marketing du film de Duvall. « Il y a deux écoles dans le marketing des films indépendants, explique Schmidt. D'un côté, vous avez Bernard et Barker, de chez Sony Classics – sortie étalée dans le temps, publicité discrète, conquête lente du public –, et de l'autre, Harvey, dont la technique consiste à dépenser autant d'argent que possible, à submerger le marché en annexant autant d'écrans que possible, à faire monter la sauce, bref, une technique plus proche de celle des studios. Bingham était plus proche de Sony Classics, Scott plus proche de Harvey. Cette différence fondamentale a fini de déchirer October[62]. »

À la recherche du pactole, Ray, le vieux briscard tendance Sony, aussi prudent et conservateur que Barker et Bernard, et Greenstein, jeune loup tendance Miramax, aussi agressif que Harvey, avançaient lentement jusqu'à ce que Greenstein rue dans les brancards. En effet, s'il y avait quelque chose que Greenstein avait appris chez Miramax, ce n'était pas tant à appliquer certaines techniques d'affaires ou stratégies marketing qu'à ignorer les règles du jeu. Il était partisan du « tout est permis ».

Au sein de la compagnie, le conflit opposant Ray et Greenstein éclatait au grand jour au cours des réunions marketing hebdomadaires pendant lesquelles ils débattaient sans fin du nombre de salles à réserver, de la taille des publicités, des rallonges à apporter à tel budget. Quand Greenstein voulait dépenser de l'argent, Ray voulait en économiser. Quand Ray faisait part de ses objections, Greenstein s'exclamait, avec son accent du New Jersey et en levant les bras au ciel : « C'est de la menue monnaie ! » C'était devenu l'expression préférée de Ray. À chaque fois que quelqu'un se plaignait d'une dépense, il répétait : « C'est de la menue monnaie ! » en levant les bras au ciel et en imitant l'accent nasillard de Greenstein.

Mais ce qui les opposait ne se limitait pas à des divergences philosophiques. Selon plusieurs de mes sources, Greenstein faisait son possible pour saper l'influence de Ray et Schmidt. « Chaque fois que Scott parlait à quelqu'un sur son portable, raconte Susan Glatzer, il disait : "Je suis de ton côté, d'accord ? Les autres te détestent, mais moi, je suis de ton côté. Si tu as un problème, c'est à moi que tu viens en parler [63] !"» «C'était systématique, ajoute Ray, que ce soit avec les acteurs ou les agents. Il répétait : "Si t'as une question, viens m'en parler à moi, surtout pas à Bingham. Je suis de ton côté [64]." » Carliner confirme ce point de vue : « En ce sens, on peut dire que Scott était un manipulateur éhonté. C'était lui la plus grande gueule, et certainement lui le plus arriviste. Mais, au bout du compte, il n'était pas difficile de voir qui connaissait vraiment le marché indépendant. C'était Bingham qui savait comment vendre et positionner un film, et Scott s'y entendait pour mettre la pression sur les clients. Bingham et John ne savaient pas vraiment à quoi s'attendre quand Scott les a rejoints[65]. »

Bien que Greenstein ait acheté leur film *Orgazmo* au Festival de Toronto, Trey Parker et Matt Stone inclurent une imitation très réussie de l'avocat, rebaptisé « Sid Greenfield » pour l'occasion, dans leur CD *South Park version non censurée*. Cela donne : « Allô, Matt ? De toi à moi, je suis complètement sur le cul, là. Tu veux savoir pourquoi ? À cause de ce titre de Mousse T.

– *Horny, Horny, Horny ?*

– Tu dois le mettre sur l'album de *South Park*.

– Non, on en a déjà parlé. On déteste ce titre.

– Je sais que tu le détestes. Tout le monde le déteste. Je suis le seul à être de ton avis. Je suis de ton côté. C'est la meilleure chanson de tous les temps !

– Comment peux-tu dire ça ?

– Qu'est-ce que j'ai dit ?

– "C'est la meilleure chanson de tous les temps."

– Je suis d'accord avec toi, Matt. C'est une chanson géniale, je sais.

– Attends un peu. Trey ! Trey ! Il veut mettre la chanson de Mousse T sur l'album.

– Pas question, mec, on a dit "non".

– Écoute, Matt. De toi à moi : Trey n'a qu'à aller se faire foutre !

– C'est Trey à l'appareil ! Cette chanson est nase !

– Tu sais, je suis de ton avis. Je suis toujours de ton avis. Puisque tu dis non, je ne vais pas la mettre sur l'album. Tu sais pourquoi ? Parce que je suis de ton côté [66]. »

D'après quelques-unes de mes sources, certains réalisateurs travaillaient exclusivement avec Ray et d'autres avec Greenstein. (Ce dernier avait passé contrat avec Michael Douglas et Sean Penn.) « Scott ne risquait pas de dire aux réalisateurs qui travaillaient avec Bingham qu'il était de leur côté, parce qu'il n'a jamais pu parler à un seul d'entre eux [67] », raconte un proche de Greenstein. « Je n'ai jamais eu de problème avec Scott parce que mon contact là-bas, c'était Bingham, ajoute Sandy Stern, président de Single Cell, la compagnie de Michael Stipe. Parler à Scott ne me serait même pas venu à l'idée [68]. »

Le Prédicateur sortit en décembre 1997 et devint le plus gros succès d'October, rapportant à la compagnie environ 23 millions aux États-Unis et deux fois plus dans le reste du monde. October empocha environ 5 millions sur la vente des droits étrangers et quelque chose comme 12 millions grâce à la vidéo. Au total, la compagnie engrangea probablement près de 10 millions avec ce film. « La campagne de publicité pour *Le Prédicateur* avait fait mouche, et rien n'aurait pu blesser Ray davantage, explique Rice. Il a eu l'impression que la compagnie qu'il avait fondée n'était plus [69]. »

Il faut attribuer une grande part du succès du *Prédicateur* à Greenstein. Le film avait grand besoin de coupes et, quand Duvall refusa d'y toucher, Greenstein eut l'idée de faire appel à Walter Murch, à qui le réalisateur faisait confiance, pour alléger le film d'une vingtaine de minutes. En plus, « *Le Prédicateur* a bénéficié d'une campagne agressive, digne de Miramax, avec la réquisition de centaines de salles orchestrée par Greenstein, explique Schmidt. C'est un attaché de presse exceptionnel. On voyait Bobby Duvall partout, même sur la couverture de *Parade*. Au final, le film a tenu l'affiche partout pendant des semaines et des semaines, jusqu'au fin fond de l'Amérique profonde. C'est à ce type de campagne que McGurk et moi songions quand nous avons demandé à Scott de nous rejoindre. Si son style et celui de Bingham avaient pu coexister, on aurait eu beaucoup plus de succès ; mais ces deux mâles dominants se sont étripés. Ça ne les a même pas effleurés de se dire : "Bon, on va s'effacer et faire tout ce qu'on peut pour le film". Ils ont tous les deux campé sur leurs positions pour défendre leur bout de gras, ce qui était complètement con[70]. »

POUR MIRAMAX, *Shakespeare in Love* fut le *Will Hunting* de 1998. C'est le scénariste Marc Norman *(L'Or noir de l'Oklahoma)* qui eut l'idée du scénario à la fin des années quatre-vingt. Il se dit que le théâtre élisabéthain, avec ses dramaturges névrosés, ses producteurs, ses agents, ses querelles, ses procès, ses machinations en coulisses, ressemblait comme deux gouttes d'eau à Hollywood, et réussit à convaincre Ed Zwick, ami et voisin, de participer au projet. Norman écrirait le scénario ; Zwick, qui avait créé avec Marshall Herskovitz la série télévisée à succès *Thirtysomething* et avait réalisé *Glory*, acclamé aussi bien par la critique que par le public, se chargerait de la réalisation. Les deux amis produiraient. Le script de Norman ne plut finalement pas à Zwick, mais plut à Julia Roberts, qui accepta d'incarner Viola, la muse de Shakespeare. Zwick demanda à Tom Stoppard de reprendre la copie de Norman, qui réussit à se raccrocher aux branches en tant que coproducteur. Fin 1991 ou 1992, la préparation commença à la Universal, où Zwick avait un contrat. Les costumiers commencèrent à travailler, et les décorateurs entamèrent la reconstitution du théâtre du Globe aux studios Pinewood, près de Londres. Roberts avait droit de regard sur le choix de son partenaire et elle souhaitait travailler avec Daniel Day-Lewis. Mais celui-ci s'était engagé auprès de Jim Sheridan pour jouer dans *Au nom du père* et avait déjà refusé le rôle. Roberts était sûre de pouvoir convaincre l'acteur de changer d'avis. « Laissez-moi essayer », dit-elle, avant d'aller retrouver l'acteur à Dublin accompagnée de Zwick et Norman. Elle lui fit envoyer des fleurs, lui fit la cour, mais Day-Lewis resta inflexible et, une fois de retour à Los Angeles, Roberts se retira du projet. « Elle ne pouvait pas attendre qu'on ait son nom sur un bout de papier avant de se le faire [71] ? » aurait déclaré en plaisantant Tom Pollock, patron de la Universal. (D'après la presse, ils n'auraient pas été au-delà d'un flirt innocent.) Six semaines avant le début du tournage, la Universal décida de ne pas faire le film, mais, comme elle ne souhaitait pas qu'un autre studio se l'approprie, elle demanda la somme hallucinante de 9 millions à celui qui souhaiterait reprendre le projet, la moitié en coûts de base et l'autre en coûts accessoires. Zwick fit le tour des studios avec son script sous le bras mais, bien sûr, aucun ne mordit à l'hameçon. Pour eux, c'était un film d'auteur, très coûteux pour couronner le tout.

Zwick, qui venait de tourner *Légendes d'automne* pour Sony, fit envoyer le script de *Shakespeare in Love* à Miramax et organisa une projection de son dernier film pour que Harvey puisse se faire une idée de son style. Weinstein, qui adorait le scénario de *Shakespeare*, prétendit adorer le film de Zwick aussi. « Il s'est carrément emballé, raconte le réalisateur, il a dit : "Bon sang ! Il faut qu'on travaille ensemble, ce film est fabuleux." Il a appelé Sony : "Ce film est absolument génial, qu'est-ce que je peux faire pour lui donner un coup de pouce ? J'ai envie de faire passer une bande-annonce avant chaque film Miramax [72]." » Si l'on en croit Zwick, en lui serrant la main et en le regardant dans les yeux, Weinstein lui aurait promis qu'il pourrait réaliser et produire *Shakespeare*. Harvey s'efforça d'acheter les droits du film, mais la Universal et lui n'arrivaient pas à se mettre d'accord sur les modalités de ce rachat. Les négociations restèrent dans l'impasse pendant plusieurs années, jusqu'à ce que Harvey dispose d'un moyen de pression. Universal voulait que Peter Jackson tourne un remake de *King Kong*, mais Harvey avait une option sur le réalisateur datant de *Créatures célestes*, distribué par Miramax en 1994. Harvey proposa de laisser Jackson travailler pour la Universal si la compagnie lui vendait *Shakespeare in Love*[73].

Frank Biondi avait remplacé Pollock, et Casey Silver dirigeait le studio. Les deux hommes savaient que si le film valait quelque chose, les Weinstein s'en attribueraient le mérite, empocheraient les oscars, et qu'il ne leur resterait plus que leurs yeux pour pleurer. McGurk n'était pas de cet avis. « On se fout de leur réputation, dit-il. On n'a qu'à se laisser porter par eux et passer à la caisse[74]. » En général, lorsqu'un studio rachète les droits d'un film en deuxième main, il paie 10 % du coût tout de suite (dans ce cas, 900 000 dollars) et le reste plus tard. Mais la Universal exigeait 2,25 millions, sans doute parce que la compagnie rechignait à faire affaire avec les Weinstein. « Ils étaient gourmands[75] », raconte l'ancien vice-président-directeur de Miramax John Logigian, chargé de négocier avec Silver. Lorsque Logigian en informa Harvey, celui-ci piqua une crise et dit : « C'est pas possible. » Avant d'ajouter : « Tu sais quoi ? Je vais faire baisser le prix[76]. » À ses yeux, Silver n'était qu'un branleur, pas de taille à lutter avec le grand Harvey Weinstein. D'après une autre de mes sources, il contacta Silver et hurla au téléphone : « Je ne sais même pas pourquoi je perds mon temps avec toi : tu n'es qu'un petit vice-président de rien du tout, alors que moi, je suis le patron de ma compagnie. Laisse-moi t'apprendre à faire ton métier, Casey. Si tu ne me donnes pas ce que je veux, je m'adresserai directement à Frank Biondi [77]. » Sur ce, Silver lui raccrocha au nez, sachant que son patron le soutiendrait, ce qu'il fit. La réponse de la Universal ne se fit pas attendre : « Allez au diable. Le chiffre a doublé. » Ils exigeaient maintenant 4,5 millions. (Silver ne se souvient pas des détails de la conversation.) « Ce coup de téléphone vient de nous coûter 2,25 millions ! » s'exclama Logigian, qui raconte aujourd'hui : « C'est là que la Universal nous a dit : "Il y a un détail qui doit absolument figurer dans ce contrat.

– Lequel ?

– Vous n'avez pas le droit de nous acheter ce scénario et de donner le rôle à une grande star.

– C'est quoi une grande star, selon vous ?

– Quelqu'un comme Julia Roberts." Il y en a beaucoup qui auraient dit : "Oh, non ! Je voulais faire ce film avec Meg Ryan ou Demi Moore." Mais pas Harvey ; il ne pensait pas avoir besoin d'une grande star pour que le film fonctionne. Il a du mérite parce qu'il a tenu bon, même quand la Universal lui mettait des bâtons dans les roues en exigeant 4,5 millions et en interdisant la participation de stars. La plupart des gens auraient pris leurs jambes à leur cou. » « C'est le montant le plus hallucinant que j'aie jamais versé, que ce soit pour un scénario ou un projet, ajoute Harvey. Il en fallait, de l'estomac, pour se lancer dans l'aventure. »

Zwick apprit que Miramax avait acheté le script et qu'il était exclu du projet. « Je crois que ça n'emballait personne qu'Ed réalise ce film, explique Gigliotti. En ce qui me concerne, ça ne me disait rien. À Harvey non plus. On faisait semblant de douter de sa capacité à respecter le budget mais, soyons honnête, ce n'était qu'un prétexte : au fond, personne ne voulait de lui [78]. »

Zwick fit appel à Bert Field, puissant avocat hollywoodien. Au cours d'une entrevue à l'hôtel Peninsula avec le réalisateur et son agent, Jeff Berg de chez ICM, Harvey se montra courtois et conciliant. C'était le moment d'agiter la carotte, pas le bâton. Il s'excusa, reconnut qu'il s'était mal conduit, dit à Zwick qu'il était un artiste formidable et que la campagne marketing mettrait en avant son rôle de concepteur du projet, en collaboration avec Tom Stoppard. Il lui proposa de réaliser *Chicago* et de produire une adaptation de *Punch créole*, d'Elmore Leonard. Zwick fut rétabli dans ses fonctions de producteur. « Harvey était tellement contrit, tellement flatteur, que j'ai choisi de le croire[79] », avoue le réalisateur. Peu après, Zwick était exclu du projet.

La légende veut que Paltrow ait été intriguée en voyant le scénario de *Shakespeare in Love* sur la table basse de Winona Ryder. En vérité, elle venait de jouer dans *Emma l'entremetteuse* et n'avait pas envie de participer à un autre film en costume. À l'époque, elle faisait la une de tous les magazines féminins – c'est une passionnée de fringues – et avait de nombreux fans mais, lucide, elle savait pertinemment que son statut de star ne durerait pas. Elle avait le vent en poupe et voulait en profiter. Une fois encore, c'est Harvey qui l'emporta. L'actrice avait touché 3 millions pour donner la réplique à Michael Douglas dans *Meurtre parfait ;* Harvey réussit à l'avoir en ne lui offrant que 2,5 millions plus un petit pourcentage des recettes.

Harvey souhaitait qu'Affleck incarne Shakespeare. L'acteur tournait *Dogma* au même moment. « Oublie *Dogma*, fais *Shakespeare in Love*[80] », le pressa Harvey. Mais, loyal à son ami Smith, Affleck refusa. (Harvey nie avoir voulu lui donner le rôle.) Weinstein s'efforça alors de convaincre l'acteur d'interpréter le petit rôle de Ned Alleyn, avec lequel il pourrait facilement enchaîner à la fin du tournage de *Dogma*. Affleck venait d'achever le tournage d'*Armageddon*, son premier film de studio et, en acceptant un rôle secondaire, il faisait un pas en arrière. Le soir où Affleck et Damon passèrent à côté du prix de la Writers Guild pour leur scénario, ils allèrent noyer leur chagrin chez Elaine's en compagnie du patron de Miramax. Lorsqu'ils en vinrent à parler du rôle d'Alleyn, Damon déconseilla à son ami d'accepter. Il trouvait que c'était une mauvaise idée pour sa carrière. En plus, comme Ben et Gwynnie sortaient ensemble, tout le monde dirait qu'il avait accepté de faire le film juste pour tourner avec elle [81]. C'était son film à elle. On le prendrait pour un sous-fifre. Il valait mieux éviter de se mettre dans ce genre de situation.

« Oublie toute cette merde hollywoodienne, dit Harvey à Affleck. Il faut que tu montres que tu es fait à la fois pour les premiers rôles et pour les rôles de composition. Tu es marrant, c'est bon pour ton image de te montrer sous ce jour-là. Rupert Everett n'a pas peur, lui. Il en a rien à secouer. Il sait qu'il ne va pas jouer Shakespeare, il a accepté de faire une apparition parce qu'il sait qu'il va être génial. » Affleck capitula.

Le tournage coûta à peine 24 millions à Miramax, pourtant l'image soignée du film laisse penser qu'il en a coûté le double. Harvey apparaît au générique en tant que producteur. D'après Marcy Granata, ancienne vice-présidente de la publicité chez Miramax, « aucun détail ne lui a échappé. Même les costumes de l'actrice principale. Il contrôlait tout. C'était Selznick, le retour [82] ! » Il est rare que les patrons de studio revêtent la casquette de producteur, et Zwick était atterré.

D'après Norman, la première fois que Harvey visionna le générique du film, il piqua une crise en voyant le nom de Zwick apparaître en tant que producteur et hurla : « Virez-moi ce guignol [83] ! » Ses avocats lui firent remarquer qu'il n'en avait pas le droit, mais Harvey trouva un autre moyen de faire passer le message. Pendant le générique, Geoffrey Rush, qui incarne l'impresario Philip Henslowe, version élisabéthaine du producteur hollywoodien prêt à tout, cherche désespérément Shakespeare dans tous les coins de Londres. Au moment où apparaît à l'écran le nom de la société de Zwick, Bedford Falls, Rush met le pied dans un tas de crottin.

Shakespeare in Love passa avec succès l'épreuve des projections tests, avec plus de 80 % de spectateurs satisfaits. Mais Harvey était persuadé que les résultats pouvaient être améliorés et demanda au réalisateur John Madden et à Gigliotti, qui pensaient en avoir fini, de poursuivre leur travail. « Le film est bon, leur dit-il, mais pas génial [84]. » Contrairement à d'autres réalisateurs de l'écurie Miramax, Madden accepta de se plier à la volonté de Harvey et devint rapidement l'un de ses chouchous. « C'est l'un des cas où la machine Miramax a fait des merveilles, explique Lechner. Les tests nous ont permis de nous concentrer sur ce qui gênait le public et de trouver des solutions [85]. »

Le public se plaignait de la longueur du film : celui-ci fut donc raccourci. Il ne comprenait pas du tout pourquoi Viola ne s'enfuyait tout simplement pas avec Shakespeare, pourquoi elle devait épouser Lord Wessex. Ce point fut clarifié grâce à la postsynchronisation : on inséra des répliques expliquant que si Viola n'épousait pas Wessex, sa famille serait dépouillée de ses terres et Shakespeare assassiné. Les tests révélèrent également que la fin ne fonctionnait pas, qu'elle manquait de punch et d'émotion. Les spectateurs avaient besoin de sentir que cet amour avait changé la vie de Shakespeare, avait fait de lui le dramaturge que l'on connaît. Madden retourna la scène de la promenade en bateau, au début du film, ce qui permit de rendre plus tangibles les sentiments entre les deux héros. Il fallait que Viola soit plus douce, elle devait pleurer et sourire.

Miramax paniquait : la sortie était prévue cinq semaines plus tard, et le film n'avait toujours pas de fin. Harvey tenait à un *happy end* – Shakespeare et sa muse enfin réunis –, en totale contradiction avec le ton du scénario. Il n'arrêtait pas d'exiger des répliques drôles[86]. Gigliotti avait compris qu'il fallait faire pleurer le public féminin, que c'était tout à fait le genre de mélo susceptible de faire pleurer dans les chaumières. Stoppard, qui trouvait la fin très bien comme elle était, refusait de rajouter une ligne. Harvey le harcela, fit plusieurs fois l'aller-retour New York/Londres, jusqu'à ce que le dramaturge accepte à contrecœur de la retravailler. Elle fut retournée plusieurs fois. Stoppard finit par avoir l'idée qui fut conservée. Le public trouva la scène convaincante. Grâce aux changements apportés, 90 % des spectateurs se déclaraient satisfaits du film. Pourtant, à l'occasion de la dernière projection test fin novembre, les chiffres s'effondrèrent. Weinstein avait peur, envisagea même un temps une sortie confidentielle. Mais, ayant entendu le public féminin sangloter pendant les tests, Gigliotti était convaincue que le film marcherait.

EN 1998, VACHON ET HAYNES allèrent à Cannes présenter *Velvet Goldmine*, le fameux film cité en exemple par Harvey au moment des déboires de *Studio 54* pour prouver qu'il n'était pas homophobe. Même si Harvey n'avait pas modifié le film de Haynes de fond en comble, la collaboration avec Miramax n'avait pas été complètement satisfaisante pour le réalisateur et la productrice, loin de là. *Velvet Goldmine* offre un instantané de la période glam-rock en se concentrant sur la carrière d'un clone de David Bowie. Ewan McGregor, encore auréolé du succès de *Trainspotting*, participait au projet, épaulé par Christian Bale, Toni Collette, Jonathan Rhys-Meyer et Eddie Izzard. Le tournage, qui s'était déroulé en Angleterre, avait été difficile. On disait que Vachon, célèbre pour son caractère de cochon, avait terrorisé l'équipe britannique. Certains la comparaient même à Harvey. « Non, c'est faux ! s'insurge Haynes. Croyez-moi, il n'y a pas une once de cruauté chez Christine, elle n'est pas du tout comme Harvey. Elle ne mâche pas ses mots, c'est tout[87]. » Weinstein était extrêmement désireux de s'approprier les droits nord-américains et il caressa Haynes et Vachon dans le sens du poil. Il dit à Haynes tout le bien qu'il pensait de lui, s'escrima à se faire passer pour un ami des homosexuels.

De toute façon, le réalisateur et la productrice étaient prêts à lui accorder le bénéfice du doute. Bien que leur film soit en partie financé par CiBy 2000 et Film Four, il leur fallait absolument boucler leur budget : ils se voyaient mal cracher sur les quelque 2 millions de dollars que Weinstein s'apprêtait à poser sur la table. Comme à son habitude, Harvey se garda d'intervenir pendant le tournage. Il « a la réputation d'être homophobe. Pourtant, il n'a jamais fait pression pour que l'on coupe la moindre référence à l'homosexualité, souligne Vachon. Les remarques de Miramax étaient loin d'être idiotes, plutôt constructives et présentées avec beaucoup d'ouverture. Il n'a pas du tout cherché à nous imposer son point de vue, ne nous a pas menacés, n'a pas joué au tyran. Et il s'est montré extrêmement respectueux à l'égard de Todd[88]. »

Mais, comme on pouvait s'y attendre, ce fut une autre histoire au moment de la postproduction. Dans l'espoir d'obtenir une rallonge de la part de Miramax, Vachon montra le film à Harvey, sans doute trop tôt. Il fut déçu, insista pour organiser un test. Vachon partageait les réticences des autres indépendants à l'égard des projections tests. « Il n'y a que les “chiffres”, qui comptent, estime la productrice. Essayer de forcer un cinéaste aussi original que Todd à se conformer à cette norme a été une expérience horrible pour moi. Je pense que ces tests ont fini de nous achever. »

À la fin du printemps 1998, juste avant le Festival de Cannes, Haynes et Vachon furent convoqués dans les bureaux de Miramax. Le réalisateur hésitait beaucoup à s'y rendre, mais Vachon lui fit un laïus pour le motiver : « Ne te sens pas menacé, n'aie pas peur, garde l'esprit ouvert. Qui sait ? Si ça peut améliorer le film, on fera ce qu'ils proposent. » Lechner et quelques autres proposaient d'alléger le film de treize minutes, en coupant çà et là. Au bout d'un moment, Lechner s'exclama : « Bon, en fait, voilà : on s'est dit qu'il serait simplement plus pratique de faire les coupes nous-mêmes et de vous montrer le résultat. Vous ne pensez pas [89] ? » C'était une procédure standard chez Miramax, mais Haynes n'en avait jamais fait l'expérience jusque-là. Lechner lui passa une cassette sur laquelle on voyait d'abord la version de l'équipe post-production, puis celle du réalisateur. Haynes se considérait à juste titre comme un auteur, mais, comme il était bien élevé et pas le genre à hurler au crime de lèse-majesté, il se contenta d'un : « D'accord », et commença à visionner la cassette. À mesure que les images défilaient, les yeux de Haynes se remplissaient de larmes. « Todd était effondré, raconte Lechner. C'était la première fois que quelqu'un touchait à l'un de ses films, et j'ai tout de suite su qu'on avait fait preuve d'une incroyable grossièreté, et de cruauté, dans cette histoire. » Mais le mal était fait. Vachon tressaillit et pensa : « Oh, non ! Ce n'est vraiment pas comme ça qu'il faut s'y prendre avec Todd. Ça va mal finir ! » Haynes intervint, sans se départir de sa politesse : « Vous savez, j'ai beaucoup de mal à me concentrer avec tout ce monde dans la pièce. Vous permettez que j'emporte la cassette chez moi ? – Aucun problème ! » « C'était horrible, raconte Vachon, parce que Todd est un perfectionniste. Il avait réfléchi à la moindre séquence, au moindre plan et, pour lui, ça revenait à passer son film à la moulinette. Loin de moi l'intention de dire qu'aucune de leurs idées n'était valable. Mais ils n'avaient pas eu la délicatesse de penser que l'on ne peut pas se permettre d'agir comme ça avec un réalisateur qui fait des films aussi personnels que Todd. Il était furieux, fou de rage [90]. »

« C'est vraiment un coup bas, dit Vachon à l'équipe de Miramax.

– Tu sais, cette cassette nous a demandé beaucoup de travail. John, de la postproduction, a passé le week-end dessus.

– Todd a passé les quatre dernières années de sa vie sur ce film ! »

Une fois calmé, Haynes coupa trois ou quatre minutes de son film. *Velvet Goldmine* reçut un accueil mitigé à Cannes, même s'il remporta le prix spécial du Jury. « L'enthousiasme [de Miramax] pour le film semblait s'être évaporé, se souvient la productrice. J'avais entendu dire à quel point c'était formidable quand la compagnie vous soutenait à 100 %. Je sais que, lorsqu'un film ne marche pas, on a tendance à en rejeter la faute sur le distributeur, mais je n'ai pas senti de leur part une passion débordante pour *Velvet Goldmine*, c'est tout. Est-ce qu'ils avaient trop de films à promouvoir ? Ils pensaient peut-être que celui-là allait vite plafonner mais, dans ce cas, pourquoi dépenser autant d'argent dessus ? Nous avons peut-être payé le fait que Todd n'ait subi aucune pression au cours du tournage. Ça a été une expérience affreuse, la tragédie de ma vie : je ne m'en suis toujours pas remise. »

Miramax avait raison : le film de Haynes ne fonctionnait pas. Mais couper quelques scènes n'allait pas résoudre le problème. La tiédeur de l'accueil finit de faire sombrer le film, sous les yeux de Vachon. Heureusement, la productrice était déjà sur un autre projet : *Happiness*. October laissa Todd Solondz à peu près tranquille pendant le tournage et la postproduction de son film. Le réalisateur avait obtenu le *final cut* à condition de ne pas dépasser deux heures, mais sa version faisait deux heures vingt : Ray la trouvait trop longue et harcelait le réalisateur pour qu'il procède à des coupes. Cependant, contrairement à Miramax, October ne disposait pas d'un département postproduction. On ne testa pas le film dans un multiplex, et Ray ne menaça pas d'enterrer le film s'il n'obtenait pas gain de cause. Solondz bidouilla un peu *Happiness*, mais finit par réintégrer les scènes coupées. « Ted Hope et moi, on avait l'impression de le harceler, explique Vachon. Il nous fuyait autant que possible pour ne pas avoir à subir cette pression-là. Il est impossible de forcer Solondz à faire quelque chose contre son gré [91]. »

Ray finit par accepter de laisser le réalisateur montrer sa version à Cannes. Le film créa un scandale à la Quinzaine des réalisateurs. Le public était très divisé, mais c'était le film événement du festival. Encore un triomphe pour October, qui avait le vent en poupe grâce au succès du *Prédicateur*, à la nomination de Duvall aux Oscars, et à *High Art*. Le coût de poker de McGurk semblait payer. Ray voyait en *Happiness* une œuvre de génie et invita les pontes de Universal – Ron Meyer, Casey Silver, McGurk et compagnie – à une projection. Ray se souvient : « Ils étaient venus à Cannes pour le lancement d'un truc du genre *Les Blues Brothers 2000*, ou je ne sais quoi [92] », et ne se dérangèrent même pas. *Happiness* remporta le prix de la Critique et, une fois rentrée aux États-Unis, l'équipe apprit que le film serait projeté au Festival de New York.

Solondz organisa une projection pour October. D'après Ray, pendant l'une des scènes entre Bill le pédophile (Dylan Baker) et son fils, les yeux de Greenstein faillirent sortir de leurs orbites tandis qu'il s'exclamait : « Il faut avertir Ronnie » (Meyer). « Pas du tout, rétorqua Ray, ça n'a rien à voir avec la Universal. C'est notre film, nos affaires. On leur a envoyé le script, ils l'ont lu, ou s'ils ne l'ont pas fait ils n'ont qu'à le faire maintenant. Ils savent qu'on distribue ce film. On a été tout à fait clair avec eux. En plus, le budget est négligeable. » Même s'il est incapable de le prouver, Ray soupçonne Greenstein d'avoir alerté Meyer.

Si c'est le cas, l'avocat aurait pu s'en épargner la peine. Le 3 juin, *The Hollywood Reporter* publiait un article soulignant qu'October avait prévu de lancer quatre films – *Happiness*, *Orgazmo*, *Les Idiots*, de Lars Von Trier, et *Festen*, de Thomas Vinterberg – susceptibles de se voir attribuer une interdiction aux moins de dix-sept ans et de mener à un clash avec la Universal. Ray avait l'impression qu'on collait à October l'étiquette de compagnie renégate, spécialisée dans la pornographie. Il en conclut que l'un de ses adversaires était l'auteur de cette machination. La Universal exigea brusquement de voir le film de Solondz. Pour d'obscures raisons, Ray se dit qu'il serait facile de ruser. Après tout, October avait déjà distribué des films comme *Happiness* par le passé. « J'ai dit à la Universal : "Défense de toucher au film. Tant pis pour vous, allez vous faire voir, vous avez lu le scénario, vous saviez à quoi vous attendre avec nous, et c'est précisément le genre de films que vous devriez promouvoir au lieu de les censurer. Vous devriez nous soutenir et pas nous mettre des bâtons dans les roues." J'étais d'une naïveté [93] ! » Meyer avait des goûts plutôt conservateurs. La Universal avait refusé d'acheter *Arlington Road* parce que le film s'ouvre sur l'image d'un enfant qui s'est brûlé la main. Selon l'une de mes sources, Meyer disjoncta en visionnant la scène de l'éjaculation. « On ne peut pas distribuer ce film. Débarrassez-vous-en [94] ! » aurait-il hurlé avant de quitter la salle. Meyer était furieux : il pensait qu'October cherchait à créer le scandale pour faire parler d'elle, technique éprouvée par Miramax. « Je me fous de savoir ce qui passe par la tête d'un pédophile [95] », s'exclama-t-il. Il fut atterré d'apprendre que Ray avait laissé le réalisateur utiliser une photo de son jeune fils Nicholas (baptisé ainsi en hommage à Nicholas Ray, le cinéaste culte) pour la scène où le personnage de Baker se tripote à l'arrière d'une voiture. « Ronnie me prenait pour un dégénéré, commente Ray. Il a même dit : "Bingham est une saloperie de pervers." Pour moi, c'était juste un film. Est-ce que mon fils va être traumatisé pour le restant de ses jours ? Non ! Est-ce que ça fait de moi un pervers, président de la branche new-yorkaise des pédophiles associés ? Non. Par contre, est-ce que j'essaie d'aider un film à petit budget auquel je crois ? Absolument. Pour être franc, je trouvais ça plutôt drôle, mais j'étais bien le seul ! Tout d'un coup, tout le monde se déchaîna : "Comment peut-il faire vivre ça à son fils ?" C'était quand même pas comme si Dylan Baker s'était tripoté devant lui, enfin [96] ! »

Lorsque vint le mois de juillet, continue Ray, « l'affaire avait dégénéré en controverse débile, complètement foireuse [97]. » Hope appela Vachon chez elle un soir. « Tu es assise ? fit-il. Je viens de parler à McGurk. Edgar Bronfman a déclaré que la Universal n'allait pas autoriser October à distribuer le film. » « On a le droit de distribuer des films interdits aux moins de dix-sept ans si on veut, notre contrat nous y autorise, s'emporta Ray.

– Non, pas du tout, répondit un des dirigeants de la Universal.

– C'est la Universal qui a inventé l'interdiction aux moins de dix-sept ans pour que *Henry et June* puisse sortir.

– Les temps ont changé. Aujourd'hui, la décision concerne les actionnaires de la compagnie, et les actionnaires de Seagram n'ont pas à cautionner ce genre de spectacle. » « Hé ! Vous n'avez pas besoin de moi pour que le cours des actions s'effondre, Edgar se débrouille très bien tout seul », songeait Ray. « Tout s'est écroulé comme un château de cartes, commente-t-il aujourd'hui. Ça sentait très mauvais depuis le début. C'est avec *Happiness* qu'on a foncé dans le mur, qu'on a touché le fond, que l'idéal a été corrompu, ce rêve d'anticonformisme, d'indépendance et d'autonomie au cœur des studios, tout ça c'était un tas de conneries. Quant à moi, ça m'a fragilisé et fait perdre toutes mes illusions. J'ai dû entendre la phrase "Bingham, tu n'y comprends rien" au moins un milliard de fois en un mois. Malin, chez Artisan, devait probablement bien rigoler en pensant qu'il nous avait prévenus. Si on avait été une compagnie privée, sans aucun lien avec la Universal, il n'y aurait pas eu tout ce foin autour du visa de sortie, il n'y aurait eu aucun problème, *nada*. Ça a été une période horrible, de la torture. Je buvais trop, j'étais d'une humeur de chien, inconsolable. »

Ray ne savait tellement plus où il en était qu'il se dit que sa seule chance de s'en sortir consistait à obtenir que Silver le licencie à force de provocations répétées, sur quoi il distribuerait *Happiness* par ses propres moyens. « Si ces types ne voulaient pas du film, j'allais faire mon *Kids* à moi, me faire virer de ce trou merdique », se souvient-il. Quelque temps plus tard, après avoir quitté le plateau de *Cookie's Fortune*, que Robert Altman tournait à Holly Springs, dans le Mississippi, il appela Silver sur son portable depuis l'aéroport de Memphis. « Espèce d'andouille, hurla-t-il, tu n'es qu'un sac à merde, un débile profond, tu n'as jamais lu le scénario et encore moins vu le film. Comment peux-tu décider de l'avenir d'un film que tu n'as même pas vu ? Y a que les sacs à merde de Hollywood pour faire des trucs pareils. Et tu oses me dire que je n'y comprends rien ? Je crois que c'est toi qui es à côté de la plaque, mon pote ! » Silver se mettait rarement en colère, mais là, c'en était trop. Il raccrocha au nez de Ray, fit irruption dans le bureau de McGurk en criant : « Je vais virer ce fils de pute.

– Attends un peu, Casey, le raisonna McGurk, tu connais Bingham Ray. Ce qu'il essaie de faire, à sa manière très primitive, c'est de te faire perdre ton sang-froid pour que tu le vires. C'est exactement ce qu'il cherche. Et c'est exclu. »

Ray n'en continua pas moins à protester : « Vous feriez mieux de nous achever tout de suite. Collez-nous un pistolet sur la tempe et appuyez sur la gâchette, parce que vous allez nous faire perdre le peu de crédibilité qu'il nous reste. Ça va provoquer une tempête médiatique.

– Non, répliqua le studio, il n'y aura aucune tempête médiatique à moins que tu ne contribues à en créer une, ce qui n'arrivera pas parce que tu as les mains liées. Ni Todd, ni Christine, ni James Schamus, ni Ted Hope ne vont te soutenir : ils veulent ce qu'il y a de mieux pour le film, alors on va conclure un accord avec eux et tout va marcher comme sur des roulettes. »

En guise d'accord, la Universal s'assura en toute discrétion l'obtention d'un prêt bancaire permettant à Good Machine d'assurer la distribution de *Happiness*. Le film fut projeté au Festival du film de New York un samedi soir d'octobre et sortit sur les écrans le lendemain. Malgré l'énorme publicité dont le film bénéficia, positive pour la plupart, il ne rapporta que 3 millions. Ray n'intervint pas. « J'étais au bout du rouleau, vidé », commente-t-il. Solondz ne tira presque aucun bénéfice du film. Il avait reçu 30 000 dollars pour l'écriture du scénario et la réalisation, environ 15 000 dollars par an pour deux ans de travail. « On ne s'est pas comportés en distributeurs dignes de ce nom sur ce coup-là, déplore Vachon. On n'avait ni l'argent ni la capacité de porter le film jusqu'au sommet. Bingham craignait que sa réputation n'en pâtisse, Good Machine craignait que sa relation avec la Universal n'en pâtisse. Tout le monde était trop occupé à se regarder le nombril pour pouvoir se dire : "Ce film représente deux ans de la vie d'un réalisateur, deux ans de travail, faisons le maximum pour le distribuer correctement !" C'était très difficile. Ça a été une expérience très pénible pour Good Machine, qui y a investi beaucoup d'argent et de travail et n'en a pas tiré grand-chose. On aurait facilement pu obtenir une nomination pour le Meilleur Scénario, on aurait peut-être même pu faire nominer Dylan Baker dans la catégorie Meilleur Acteur en se donnant vraiment la peine. C'est ce qu'on appelle une occasion ratée [98]. »

Cette aventure isola un peu plus Ray. Greenstein, quant à lui, n'en avait pas grand-chose à faire. « Il y a d'autres combats à mener, disait-il, passons à autre chose [99]. » Mais Ray songeait : « Conneries ! Quand va-t-on enfin tenter le tout pour le tout ? »

Au printemps, d'anciens employés de Miramax portèrent un recours collectif devant les tribunaux pour obtenir le paiement de leurs heures supplémentaires. Ils réclamaient 1,4 million de dollars de dommages et intérêts. Les conditions de travail dans la compagnie n'étaient pas meilleures que dans les années quatre-vingt et, par certains côtés, elles s'étaient même dégradées, malgré le succès des Weinstein ou à cause de ce succès. Travailler chez Miramax restait stimulant, surtout pour des New-Yorkais avides de côtoyer des stars. Étant donné que le nom de la compagnie apparaissait quotidiennement dans les journaux – dans la rubrique de Liz Smith « Page Six », du *New York Post*, ou dans celle de Rush et Molloy dans le *Daily News* –, les employés avaient l'impression d'être le centre du monde. Vous pouviez très bien vous soulager à côté de Sean Penn quand vous alliez au petit coin, tomber sur Madonna dans l'ascenseur. Sharon Stone déambulait dans les couloirs, plus sublime que jamais. « J'adorais lancer négligemment le nom de Miramax au cours d'une conversation, à l'heure de l'apéro. Ça faisait son petit effet [100] », raconte Peter Kindlon, ancien assistant au département marketing.

Mais autant, autrefois, la compagnie avait été suffisamment petite pour que tout le monde puisse se tasser dans la salle de projection pour visionner une éventuelle acquisition et se faire cuisiner, autant, aujourd'hui, elle était énorme, anonyme. Harvey aimait à penser qu'il était un homme du peuple et exploitait ses origines modestes – « Je suis né à Brooklyn, j'ai grandi dans un HLM du Queens sans aucun confort », etc. Cela ne l'empêchait pas, néanmoins, de traiter les assistants, stagiaires, remplaçants et intérimaires comme quantité négligeable, voire pire. « Harvey et Bob ne nous adressaient jamais la parole à moins de ne pas pouvoir faire autrement, raconte Kindlon. Harvey savait pertinemment qui j'étais ; pourtant, on pouvait être seuls dans un ascenseur sans qu'il me prête la moindre attention. » « Vous pouviez travailler pour eux pendant trois, quatre ans sans qu'ils ne vous adressent vraiment la parole, ajoute Robin Rizzuto, assistant de Mark Gill. Quand Harvey voulait que je fasse quelque chose, j'avais beau être dans la même pièce, il n'aurait jamais daigné prononcer mon nom. Il disait à Mark : "Il me faut un cendrier", sur quoi Mark me demandait : "Robin, tu veux bien aller chercher un cendrier pour Harvey [101] ?" »

Le chauffeur de Harvey lui était entièrement dévoué. Un jour qu'il ramenait le patron de l'aéroport de

Teterboro, une autre voiture de la compagnie Prime Time Limousine partit au même moment pour la même destination. Harvey remarqua que le passager de l'autre voiture était arrivé avant lui en ville. Il incendia son chauffeur, rudoya le pauvre homme : « Ce n'est pas parce que tu es simple chauffeur que tu ne dois pas avoir de fierté. Tu te fous de ton boulot, ou quoi [102] ? » « On aurait dit qu'il faisait tout pour rabaisser ce pauvre type, raconte un témoin de la scène, parce qu'il était chauffeur et pas un de ces gros nababs hollywoodiens. »

« J'avais travaillé chez New Line, explique Amy Hart, ancienne responsable marketing, et, quand un des films de la compagnie remportait un gros succès – disons : quand *Austin Powers* explosa tous les records le premier week-end de sa sortie –, le champagne nous attendait le lundi matin, et tout le monde prenait part au succès. Chez Miramax, après avoir travaillé comme des bêtes pour que *Le Patient anglais* remporte douze [nominations], on a reçu un e-mail nous annonçant : "Plus de tickets restaurants, plus de taxis remboursés pour rentrer chez vous." Ils nous ont fait un beau bras d'honneur en guise de remerciement ! Ça nous a laissé un goût amer ; c'est aussi à cause de ce genre de mesquineries que ça tournait énormément au niveau du personnel. Nous, les assistants, on se sentait complètement exploités. Il y avait une telle méchanceté dans l'air [103]... »

Il y avait toujours une ambiance exécrable dans la compagnie. « Pour s'imposer, raconte un ancien assistant, il fallait engueuler les gens au téléphone. Quand un coursier faisait une connerie, quand un colis n'arrivait pas à temps, il fallait prouver à quel point on pouvait être désagréable. Les gens vous félicitaient : "Eh ben ! Tu ne lui as pas envoyé dire !" Il y avait un véritable sadisme ambiant [104]. » À un assistant qui l'avait mis en colère, Harvey hurla un jour : « Espèce de tête de nœud ! Tu n'es qu'une tête de nœud. Répète après moi : "Je suis une véritable tête de nœud[105]." » L'assistant s'exécuta. Hart continue : « Un jour, une remplaçante – Harvey avait trois autres assistantes – avait très envie d'aller aux toilettes. Elle attendit autant qu'elle le put. Au bout d'un moment, elle se leva. Harvey lui demanda : "Qu'est-ce que tu fais ?

– Il faut que j'aille aux toilettes.

– Tu es en train de travailler, là, alors reste assise[106] !" »

Il dit à un autre de ses employés : « J'ai horreur de t'entendre respirer[107]. » Un jour, il demanda à l'attaché de presse Dennis Higgins de lui rendre un service et précisa : « Tu sais ce qui va t'arriver si tu ne le fais pas ?

– Je vais me faire virer ?

– Je vais te tuer[108]. »

« On avait des vies de chiens chez Miramax, ajoute Gill, à cause de toute cette angoisse et cette cruauté dont on était victime. »

Le personnel eut tôt fait de comprendre que, même si Miramax était le centre du monde, tout tournait autour de Harvey et Bob. Il n'y en avait que pour eux. « Je me souviens que lorsqu'on attendait que Harvey rentre de l'aéroport, la vie au bureau s'arrêtait, continue Kindlon. On poireautait pendant des heures dans la salle de réunion et, quand il arrivait, on n'avait pas intérêt à être en train de rigoler : une chape de plomb s'abattait sur la pièce, tout le monde se taisait[109]. »

Les employés consentaient à d'énormes sacrifices financiers pour travailler chez Miramax. Martha Kirkley, l'une des assistantes de Harvey, avait gagné 150 000 dollars par an chez IBM avant de venir travailler chez Miramax pour 27 000 dollars par an. Mère célibataire, Hart était censée survivre à New York avec 25 000 dollars par an. C'était non seulement impossible mais humiliant,

« surtout quand on sait qu'ils jetaient l'argent par les fenêtres, explique Hart. 100 000 dollars pour offrir un week-end à Paris à Gwyneth Paltrow, juste pour le plaisir… Harvey lui a payé un jet privé et une Mercedes pour qu'elle passe un bon séjour [110]. »

Les deux frères exigeaient de leurs employés qu'ils fassent de longues journées. « Je m'asseyais à ma table à 9 heures 30 et je ne quittai jamais le bureau avant 23 heures, 23 heures 30, explique Kindlon. J'étais usé, épuisé [111]. » « On avait des conditions de travail dignes du tiers-monde, renchérit Hart. On n'avait jamais de pause déjeuner. À moins de fumer, on ne sortait jamais de l'immeuble [112]. » Même si leur journée de travail se terminait aux environs de 19 heures 30, il était mal vu pour les employés de partir. Alors ils tuaient le temps pendant deux ou trois heures. Par conséquent, pratiquement personne n'avait de vie privée – ni famille ni vie amoureuse. Les Weinstein étaient allergiques aux vacances, surtout aux week-ends prolongés ou aux jours de repos pris pendant les vacances d'hiver, de l'aveu général une des périodes les plus chargées pour la compagnie. « Comment ça, tu pars en voyage ? s'étonnaient-ils. Y a des gens qui bossent, ici. Si tu pars, te fatigue pas à revenir ! » Certains employés furent sommés de retourner au bureau alors qu'ils s'apprêtaient à s'envoler pour les tropiques. On dit même qu'une employée dut reporter son mariage. « Tout est question de domination, explique l'une de mes sources. Quand ils ne vous dominent plus, ils ont l'impression que vous n'êtes plus fiable et ne veulent plus de vous [113]. »

Et puis il y avait toujours la peur. Les employés travaillaient sous la menace constante d'un licenciement. Bob appela un jour une responsable récemment embauchée et qu'il n'avait jamais rencontrée. Elle était en ligne avec un réalisateur, et l'intérimaire qui l'assistait ne connaissait pas Weinstein. Malgré tout, il ne lui fallut pas plus de vingt secondes pour prendre son appel. « Vous ne savez pas qui je suis ? On ne me fait jamais attendre. Vous êtes virée.

– Mon assistante ne savait pas que c'était vous, Bob.

– Eh bien, virez-la[114]. » Toute la hiérarchie de l'entreprise était concernée par les insultes. « Harvey est quelqu'un de très négatif et cruel, commente Hart, et cela faisait tache d'huile. En quittant la compagnie, les employés avouaient : "Il était temps, j'étais en train de devenir le plus gros facho de l'univers[115]." » « On avait le sentiment à l'époque que si on n'était pas content de notre sort, des tas de gens ne demanderaient qu'à nous remplacer, ajoute Kindlon. J'imaginais toujours des milliers de jeunes gens massés sous ma fenêtre, me suppliant de les embaucher[116]. »

En 1997, le ministère du Travail mena une enquête de sept mois sur les conditions de travail chez Miramax. L'affaire se régla sans l'accord des plaignants, ce qui leur permit d'intenter une action en justice. Au début du printemps 1998, l'avocate Merri Lane, dont la fille Stacy avait travaillé chez Miramax, réunit une trentaine de personnes dans son bureau de Midtown pour leur annoncer qu'elle intentait un procès à la compagnie. Kindlon se souvient : « Elle a demandé aux personnes présentes si elles souhaitaient se porter partie civile. On entendait les mouches voler. La plupart d'entre eux, tous sauf moi en fait, avaient peur des représailles, de prendre position contre Miramax. J'ai levé la main parce que cela faisait un petit moment que je ne travaillais plus chez eux et que je m'étais rendu compte à quel point ils m'avaient exploité. Je savais que je prenais la bonne décision. Je lui ai dit de me compter parmi les plaignants. Je n'aurais jamais osé le faire si j'avais encore travaillé chez eux. Je suis courageux mais pas téméraire. »

Le 9 avril, une plainte fut déposée contre Miramax au nom d'une trentaine d'employés pour non-paiement d'heures supplémentaires. Le montant n'était pas énorme, mais l'affaire faisait désordre et générait quelque chose que les Weinstein détestaient presque autant que de perdre de l'argent : la mauvaise presse. « Ils faisaient peur à tout le monde, raconte Lane. Aucun des employés qui travaillaient encore pour eux ne souhaitait porter plainte. Ils étaient persuadés qu'ils se feraient renvoyer, blackbouler, que quelque chose de terrible se produirait. Certains m'ont fait part de leur accord mais, avant que j'aie pu porter leur témoignage au dossier, ils s'étaient rétractés. Le père d'une employée n'arrêtait pas de m'appeler en me disant que sa fille souhaitait se joindre aux plaignants mais qu'elle était terrifiée, et je ne pouvais pas lui garantir que rien ne lui arriverait [117]. »

L'affaire se régla à l'amiable pour un montant qui n'a pas été rendu public. Kindlon déclare avoir touché l'équivalent d'environ une année de salaire, 25 000 dollars. Hart, qui figurait aussi parmi les plaignants, se souvient d'avoir reçu entre 7 000 et 10 000 dollars. Kindlon travaillait déjà pour Fine Line à l'époque, pour un salaire presque deux fois supérieur. Il arrivait au bureau à 9 heures et rentrait chez lui à 17 heures. Mais « Fine Line ne savait pas vendre les films, dit-il. J'adorais travailler chez Miramax [118]. »

Chapitre 11
Ripoux contre Ripoux
1998-1999

Où Scott Greenstein vend l'âme d'October, tandis que Harvey Weinstein remporte un oscar pour *Shakespeare in Love*, fait pleurer Rosie O'Donnell et M. Night Shyamalan, mais se fait taper sur les doigts par Michael Eisner.

« J'ai été d'une bêtise crasse. Complètement idiot. Impossible de faire pire. Me faire piéger comme ça… Je me suis laissé ballotter par les éléments avant d'être entraîné lamentablement vers le fond sans pouvoir rien faire[1]. »

Bingham RAY

Au moment où l'on bidouillait *Studio 54* pour améliorer ses résultats, un employé de Miramax rassurait les réalisateurs : pas la peine de s'en faire, ils n'en étaient pas à leur coup d'essai, ils avaient même réussi à sauver *Wide Awake*, mélo insipide, indigeste, espèce de précurseur des *Anges du bonheur* dont personne ne parlerait si ce n'était le deuxième film de M. Night Shyamalan. « Je ne comprendrai jamais comment ce film a pu voir le jour[2] ! » s'étonne Jack Lechner, arrivé chez Miramax après le tournage. L'histoire cucul la praline touchait le côté sentimental de Harvey qui, apparemment, prenait de plus en plus d'emprise sur sa personnalité. Le producteur pensait que ce serait un bon spectacle familial. Comme on pouvait s'y attendre, Meryl Poster prit fait et cause pour le projet et se chargea de le mener à bien. Le film raconte l'histoire d'un gamin d'une douzaine d'années, élève dans une institution catholique, qui à la mort de son grand-père devient obsédé par l'idée de trouver Dieu, et finit par atteindre son but. Il y a une part d'autobiographie dans cette histoire puisque le réalisateur, né à Madras de parents médecins, a fréquenté une de ces écoles à Philadelphie. Dans le film, cependant, l'*alter ego* de Shyamalan est un petit blondinet aux yeux bleus. Et tant pis pour la diversité ethnique dans le cinéma indépendant…

Miramax avait bien changé depuis que Harvey voulait sortir *Priest* un vendredi saint : la compagnie s'inquiétait non seulement de la bêtise de l'histoire, mais aussi de son côté blasphématoire, susceptible de réveiller les comités de vigilance catholiques, qu'il valait mieux ne pas trop titiller. La solution consistait à remplacer Dieu par un de ses sous-fifres, un ange en l'occurrence, et ce malgré les objections de Shyamalan. « C'est génial, non ? L'essence du film est restée intacte [3] », dit le responsable de ce coup de génie à l'équipe de *Studio 54*, fier comme un pape.

Shyamalan fit d'entrée l'unanimité contre lui en faisant preuve de condescendance envers les employés de Miramax. Déjà, à l'époque, alors qu'il n'avait pas encore connu le succès, le réalisateur se montrait arrogant et obstiné. « Je suis le nouveau Steven Spielberg, semblait-il leur dire, Miramax n'est qu'un passage obligé pour moi et je ne serai pas là bien longtemps. Je suis en train d'écrire mon prochain film, *Sixième sens,* qui va rapporter 100 millions : voilà le genre de cinéma qui m'intéresse [4]. » Les Weinstein lui rendirent la monnaie de sa pièce. « Ils le traitaient comme de la merde [5] », commente une de mes sources. Si l'on en croit Paul Webster, ancien chef de la programmation chez Miramax, après avoir visionné *Wide Awake* pour la première fois dans la salle de projection de Tribeca, Bob aurait dit au jeune réalisateur : « Je ne pense pas qu'on puisse faire quoi que ce soit pour ce film », tandis que Harvey faisait « pleurer Night. Il l'a descendu devant tout le monde [6]. »

Comme à leur habitude, les deux frères réduisirent le budget au-delà des limites du raisonnable, torturèrent Shyamalan pour l'avoir dépassé puis, une fois que leurs prédictions se furent réalisées, ils injectèrent un argent fou dans la postproduction du film, permettant ainsi à Harvey de coiffer sa casquette de producteur. « Ils ont coupé à tour de bras, ajoute Lechner, ils ont refait des scènes, changé la musique, doublé les acteurs, mais le film était mal barré depuis le premier jour. Le scénario n'était pas bon, le film ne l'était pas non plus, et même après dix ans de travail il ne l'aurait pas été [7]. » D'après Joe Roth, « Harvey remontait le film derrière le dos de Shyamalan. Pour celui-ci, ce fut l'enfer [8]. »

Rosie O'Donnell faisait une apparition dans le film, dans le rôle d'une religieuse. Pendant le marathon de la postproduction, son émission de télévision connut un énorme succès ; elle avait le vent en poupe. Elle adorait le réalisateur et le film, et Shyamalan lui demanda d'intercéder en sa faveur. Lorsqu'elle appela Harvey, les personnes présentes dans la salle de conférences de la compagnie – dont Shyamalan, Poster et Cathy Konrad, qui était l'une des productrices du film – eurent tout loisir d'entendre la conversation sur le haut-parleur. « Écoute, Harvey, lança O'Donnell, tu n'as pas le droit d'écraser ce pauvre réalisateur, faut que t'assumes. Je refuse que tu distribues le film à moins que ce ne soit la version de Night. On est des artistes, lui et moi. Toi, tu n'es que le vendeur[9]. » Sans vouloir l'insulter, elle avait malencontreusement touché le point sensible de Harvey. « Par moments, explique Cathy Konrad, on peut littéralement voir la fumée sortir des oreilles de Harvey. Ce jour-là, il a craqué et a pété les plombs. » Comme quelques témoins de la scène me l'ont confirmé, il a explosé : « Tu parles d'une artiste ! Tu n'es qu'une présentatrice à deux balles ! Comme si tu savais de quoi tu parlais ! Pétasse ! Pauvre conne[10] ! » « Rosie a éclaté en sanglots, raconte Konrad. On hallucinait : il avait réussi à faire pleurer Rosie O'Donnell[11] ! » (Selon l'une de mes sources, Harvey l'aurait traitée de « grosse vache[12] », mais lui assure n'avoir jamais dit ni « conne » ni « vache[13] ».) D'après Konrad, il aurait continué dans la même veine un moment : « Tu ne sais pas à qui tu t'adresses ! Je peux foutre ton film au placard avec un tas d'autres qui ne reverront plus jamais la lumière du jour ! Et tu sais pourquoi ? Parce que je suis très riche. Alors, dis-toi bien que tu as plus besoin de moi que moi de toi. Et je vais te le prouver en enterrant un projet qui te tient à cœur[14]. » « C'était horrible », ajoute Konrad. Bien sûr, ensuite, il essaya de faire machine arrière, expliqua qu'il rentrait tout juste de Londres, souffrait du décalage horaire, que l'appel l'avait pris de court, etc. Il fit envoyer des fleurs à O'Donnell, mais l'actrice ne décolérait pas. « Je veux qu'on lui retire *Double Wish*, dit-elle à propos d'un de ses autres projets chez Miramax. Je ne lui adresserai plus jamais la parole. Jamais plus je ne travaillerai pour ce type. Plutôt crever que de faire la promo du film. » Évidemment, ce n'était qu'une menace en l'air puisque Miramax laissa tomber le film de toute façon – ce en quoi nous devrions d'ailleurs lui être tous reconnaissants. Quant au reste, comme le dit Konrad : « On a tous dit "jamais plus" un jour, mais, évidemment, on finit tous par retravailler avec lui. Parce qu'il est intelligent, qu'il est cinéphile, qu'il connaît mieux le cinéma que la plupart des patrons d'Hollywood. On est vraiment partagé entre l'amour et la haine, avec Harvey. »

Quelques années plus tard, quand Joe Roth accepta de s'occuper de *Sixième sens* pour Disney, Harvey protesta : « Tu ne peux pas laisser ce type réaliser ce film, regarde un peu le gâchis de *Wide Awake* [15]. » Weinstein avait toutefois demandé à Shyamalan de retravailler *Elle est trop bien*, un film monté autour de Freddie Prinze. « Je pensais qu'on s'entendait bien, explique Harvey, mais, quand *Sixième sens* a commencé à cartonner, il m'a dit ce qu'il avait sur le cœur. Je lui ai proposé de revenir au montage original de *Wide Awake*, pour que tout le monde puisse se rendre compte de quoi il était capable… Mais ça ne lui disait rien [16] ! »

« Travailler chez Miramax, c'était vraiment bizarre, explique Lechner. D'un côté, vous aviez *Le Patient anglais*, *Shakespeare in Love* et *Will Hunting* : tout le monde était d'accord d'entrée sur l'objectif à atteindre, la compagnie faisait tout pour améliorer ces films, qui obtenaient des recettes astronomiques. Mais, au bout du compte, tout le monde finissait par passer plus de temps sur *Wide Awake*, *Studio 54* ou *Talk of Angels*, dont la postproduction dura trois ans [17]. »

Il semble en effet que tous les films aient posé problème en 1998. Bien que Harvey eût déboursé une fortune pour *Et plus si affinités*, il obligea Brad Anderson à modifier la fin. « Si Miramax peut vous écraser, ils ne se gêneront pas, explique le réalisateur. C'était la première fois que cela m'arrivait. Moi, je croyais qu'ils sortiraient le film tel qu'ils l'avaient acheté. Mais ce n'était qu'un produit pour eux. Un produit doit être retravaillé pour correspondre aux besoins du public. Et le réalisateur n'est qu'un empêcheur de tourner en rond… Bien sûr, c'est pas le genre de choses qu'on vous dit au moment où on achète votre film. On vous dit plutôt : “On adore[18].” »

Dogma, satire de l’Église catholique signée Kevin Smith, était une véritable bombe à retardement. Après le succès de *Méprises multiples*, Smith voulait tenter le tout pour le tout. Le film avait été tourné à Pittsburgh. Tout comme Anderson, Smith en voulait à Harvey de ne pas avoir tenu plusieurs de ses promesses. « Bob est franc du collier, mais Harvey aime à vous mener en bateau, explique-t-il. Après avoir lu le scénario, Harvey a dit : “On va demander à Roger Deakins ou Vittorio Storaro de travailler pour nous, je vais les appeler en personne.” On s’est retrouvés à bosser avec Bob Yeoman, qui est génial mais ne leur arrive pas à la cheville. Harvey te promet la lune mais, au bout du compte, t’es déjà bien content de récupérer une poignée de terre. Oubliée, la lune[19]. »

Quand Smith sortit de la salle de montage, le film faisait trois heures vingt. D’après le réalisateur, Harvey lui dit : « “C’est absolument génial, les gars, vous avez fait un travail hallucinant, mais je pense qu’on peut couper une dizaine de minutes.” On a accepté de couper dix ou quinze minutes, et là, il a dit : “Formidable, le tempo est carrément top, mais je pense vraiment qu’on pourrait couper encore une dizaine de minutes.” On est arrivé à deux heures sans s’en rendre compte. Mais il continuait : il voulait pouvoir programmer le film autant de fois que possible en une soirée. Si le film fait quatre-vingt-dix minutes, il peut passer deux fois. On a fini par mettre le holà. Il a insisté : “Je t’assure, cinq petites minutes de moins.

– Harvey, il n’y a plus rien à couper, maintenant, il ne reste que l’essentiel.

– Non, crois-moi, tu devrais te mettre au boulot.

– Écoute, il faut que t’arrêtes avec ça. On n’ira pas plus loin, et si tu nous obliges à le faire, j’irai tout déballer dans la presse.

– OK, OK." Et ça a été fini. » Harvey traitait beaucoup mieux Smith et son producteur Scott Mosier que les paillassons du genre Christopher, Shyamalan, Anderson et consorts. Smith faisait partie de la famille. *Clerks* était l'un des derniers films véritablement indépendants dont la compagnie avait fait l'acquisition. « On lit sans arrêt des interviews de gens qui déclarent avoir vécu une expérience horrible avec Miramax, souligne Smith, à cause de conflits de personnalités, ou d'autres trucs comme ça. *Studio 54* ? Le film a été tourné et retourné et, au final, le réalisateur l'a renié. D'après mon expérience, Harvey ne confisque leur film qu'aux gens qu'il ne respecte pas. On n'a jamais vécu ça. Il n'a jamais perdu d'argent à cause de nous, bien au contraire, mais on ne l'a jamais défié non plus en lui disant d'aller se faire foutre parce que c'était notre film, pas le sien. Il a toujours été clair pour nous que c'était lui, le patron. »

Smith permettait à Harvey de retrouver la Miramax d'antan, certes, mais révélait aussi à quel point la compagnie avait changé. *Dogma* risquait de placer Disney dans le collimateur des groupes de pression catholiques, laissant présager un retour aux jours sombres de 1995 que Disney et Miramax s'efforçaient d'oublier. « J'ai dit à Michael qu'à mon avis *Dogma* n'avait rien à voir avec *Kids*, se souvient Roth, que c'était une parodie, une comédie avec Ben, Matt et Chris Rock. Mais Michael m'a répondu qu'il ne pouvait pas supporter une telle pression. Il m'a dit : "Tu as peut-être raison, mais je ne peux pas prendre ce risque, Joe [20]." » Eisner appela Weinstein pour mettre les points sur les i : « Si une seule personne décide de boycotter Disneyland à cause de ce film, ce sera déjà une de trop. Je ne veux pas que tu le distribues [21]. » « Il est devenu très clair pour Harvey que la situation allait s'envenimer entre lui et Michael s'il essayait de passer en force, raconte Rob Moore, ancien directeur financier de Disney, alors il a accepté de se débarrasser du film. Au bout du compte, il a dû se dépatouiller avec Ben, Matt et Kevin qui protestaient : “Si on est chez Miramax, c’est justement parce que tu es prêt à prendre ce genre de risque. Qu’est-ce qui t’arrive [22] ?” »

Pour Smith, tout ça n’était qu’une tempête dans un verre d’eau. « Kevin se demandait ce qui m’inquiétait tant, raconte Harvey, alors je lui ai envoyé les dix mille lettres d’insulte qu’on m’avait apportées au bureau [23]. » Il changea d’avis à leur lecture. « On était en pleine tempête, ils avaient reçu des tonnes de lettres de menace », se souvient le réalisateur. Dont une de la « Coalition hispanique des guerriers catholiques [24] », par exemple, dans laquelle on pouvait lire, entre autres : « Vous, les sales fils de pute de Juifs de Hollywood, tout ce qui vous intéresse, c’est le fric, et le fric à n’importe quel prix. Je vous conseille de vous payer un gilet pare-balles avec le fric que vous avez volé. On va s’occuper de vous, je vous promets qu’on vous aura : au bureau, chez vous, ou quand vous irez vous balader. » « La Catholic League s’en est pris directement à Disney, continue Smith. Miramax ne les intéressait même pas, alors notre réflexe a été de mettre la plus grande distance entre nous et Disney. Parce que tout ça n’avait plus rien à voir avec notre film, mais avec la controverse provoquée par notre film. Personne n’avait vu un seul plan de *Dogma*, et c’était déjà un nid d’emmerdes pour toutes les personnes impliquées dans le projet [25]. »

Inutile de dire qu’aucun studio ne voulait avoir affaire au film de Smith. « Ben et Matt venaient de faire *Will Hunting*, un film qui avait rapporté 125 millions et leur avait valu l’oscar du Meilleur Scénario, se souvient Smith. La MGM, la Columbia et la Universal ont vu *Dogma* et ont passé la main. Après l’avoir visionné personnellement, Edgar Bronfman junior a dit : “Impossible de distribuer ce film sans que nos actions s’effondrent.”

Le méchant dont on ne parle pas dans cette histoire, c'est Blockbuster Video : la compagnie s'est engagée à ne louer aucun film interdit aux moins de dix-sept ans ; quand on sait qu'elle possède 85 % de part de marché dans le domaine de la location vidéo, peut-être même plus, c'est dur. Les distributeurs qui comptent sur les marchés annexes pour faire des profits ou pour combler le manque à gagner après des résultats décevants en salle doivent prendre ce point en considération. » La morale de l'histoire, bien sûr, c'est que lorsque les studios dévorent les indépendants, c'est la liberté, si chère aux réalisateurs et aux distributeurs, qui en prend un coup. On ne parlait plus guère d'«indépendance », mais plutôt de « dépendance ».

QUENTIN TARANTINO N'A JAMAIS APPRÉCIÉ *Jackie Brown* à sa juste valeur. Il a au contraire toujours semblé déçu par le film. « Il pensait avoir merdé grave [26] », explique l'un de ses amis. Comme Madonna, il était toujours à l'affût de la tendance, prêt à capter la moindre nouveauté. Bien qu'il ait toujours déclaré faire ses films pour lui seul, refusant de se conformer aux souhaits des Weinstein ou aux commentaires recueillis à l'occasion de projections tests, le cinéaste vivait mal cette impression qu'il avait d'avoir déçu ses fans. Pour la première fois de sa carrière, la presse eut la dent dure avec lui. Il tombait sur des phrases du genre : « Quentin Tarantino, dont on nous rebat les oreilles... » et se disait : « Mais c'est la presse qui bassine tout le monde avec Tarantino ! » « Les journalistes vous tuent avec leurs petites phrases, remarque-t-il, surtout dans les portraits, et je commençais à en avoir marre des "Il entre d'un pas pesant", des "Il gesticule comme un fou", ou encore des "Il a l'air exalté". Ce sont ces termes-là qui vous tuent. Une fois leur scolarité terminée, la plupart des adultes n'ont plus à subir ce genre de moqueries pénibles. Ils peuvent officiellement oublier tout ça. Tout d'un coup, je commençais à avoir honte de ce qui fait mon originalité. Les gens disaient : "C'est un véritable moulin à paroles." Ou encore : "Tu vas la fermer, un peu ?" Mais c'est ça qui m'avait rendu célèbre ! Tout le monde me tapait dessus. J'ai peut-être mal réagi, c'est vrai. J'ai envoyé tout le monde chier !

« À cette époque, j'avais très envie de faire l'acteur, continue Tarantino. J'avais vraiment la haine de ne pas avoir joué dans *Jackie Brown* [27]. » Peu après la sortie du film, le metteur en scène Leonard Foglia lui proposa de participer à une reprise de *Wait Until Dark* à Broadway. Le cinéaste incarnerait un voyou terrorisant une aveugle interprétée par Marisa Tomei. Même s'il n'était pas remonté sur une scène de théâtre depuis les rares expériences de son adolescence, il sauta sur l'occasion. La première eut lieu début avril 1998, et les critiques descendirent la pièce en flammes. Tarantino, quant à lui, se fit littéralement assassiner, massacrer, étriper. Il eut l'impression de se faire traîner par une charrette à travers la ville pendant que tous ses habitants sans exception le fouettaient.

Même dans ses bons jours, Tarantino n'apprécie pas les critiques, même pas les critiques constructives et amicales. « Quentin a besoin d'un fan-club, explique un ami. Il déteste les gens négatifs. Il souffre de cette maladie typiquement américaine qui pousse les gens à positiver à tout prix [28]. » Cela dit, les critiques de *Wait Until Dark* étaient d'une rare violence. « C'était dur, poursuit Tarantino. Le lendemain d'une première, une personne sur deux lit le *New York Times*. Elles lèvent le nez de leur journal et tombent sur toi. Toi qui "ne sais pas jouer". Tu essaies de ne pas le prendre personnellement, mais *c'est* personnel [29]. »

Les critiques étaient si mauvaises que Tarantino commença à se demander si jouer dans cette pièce n'avait pas été une idée stupide. Des années plus tard, sur le plateau de *Kill Bill*, il aborda le sujet avec David Carradine (qui joue le rôle de Bill). Celui-ci avait vu la pièce. « Dis-moi la vérité, ne cherche pas à m'épargner : est-ce que j'ai l'étoffe d'un acteur de théâtre [30] ? » Carradine lui fit une réponse évasive : « Ça a été vraiment très courageux de ta part, cette pièce, mais il y a quelque chose que je ne comprends pas.

– Quoi ?

– Pourquoi vouloir parader sur scène devant un troupeau de vieilles dames à cheveux bleutés, à peine débarquées de leur car ? Parce que c'est ça, Broadway. Alors que tu fais des films qui foutent les gens sur le cul. Qu'est-ce que ça t'apporte ? »

« N'oubliez pas que Quentin a toujours voulu être acteur, explique Uma Thurman, star de *Kill Bill*. Si on lui avait proposé de jouer un petit rôle au cinéma pendant la préparation de *Kill Bill*, il aurait tout laissé tomber sans hésiter. La priorité, ce n'est pas la réalisation. Faire une apparition dans *Alias* l'intéresse beaucoup plus [31]. »

« Au fond, il savait qu'il s'était trompé, dit l'un de ses amis. Il n'aurait jamais dû passer sans transition d'apparitions dans ses propres films à un premier rôle à Broadway, tout ça parce que quelqu'un voulait exploiter sa célébrité (et le fait qu'il ne demandait que ça). C'était horrible. Quentin servait de chair à canon, on l'a jeté en pâture au public. C'est un petit garçon d'un enthousiasme débordant qui aime partager. Il fait confiance aux gens, il est assez ouvert pour tenter des expériences ; jusqu'au jour où il se fait échauder, et alors là, il se renferme sur lui-même. La claque que lui ont balancée les critiques new-yorkais l'a traumatisé. Ça a été la chute libre, après ça. Ça lui a fait peur. Il est très fragile de ce point de vue-là [32]. »

Tarantino louait un appartement à Greenwich Village pour la durée de la pièce, mais il eut tôt fait de découvrir qu'il ne pouvait même pas se promener tranquillement en bas de chez lui. Il demanda conseil à ses amis De Niro et Thurman, new-yorkais eux-mêmes. « Mets une casquette, des lunettes noires, et ça ira, les gens ne te reconnaîtront pas, dit De Niro[33].

– Ça ne marche pas pour moi, on me reconnaît même avec une casquette. Je ne suis pas si célèbre que ça, mais facile à reconnaître. » « Si je me balade dans mon quartier après 9 heures, je me fais aborder sans arrêt, se plaignit-il auprès de Thurman.

– Quentin, c'est toi qui l'as voulu », répondit l'actrice, sans montrer beaucoup de compassion. « Va te balader à 8 heures ! »

*

SCOTT GREENSTEIN se laissait porter par le succès du *Prédicateur*. October avait passé contrat avec Albert Brooks pour *La Muse*, un film au budget modeste (15 millions) avec Angelina Jolie. Greenstein insista pour que Sharon Stone ait le premier rôle à la place de Jolie. Il voulait imiter Harvey, qui venait de faire un film avec elle, et l'actrice avait consenti à un sacrifice financier. Cependant, avec sa participation plus celles d'Andie MacDowell et d'Elton John, le budget s'envolait (pour atteindre 23 millions). Du jour au lendemain, on passait de la gentille comédie d'Albert Brooks, pratiquement assurée de récupérer sa mise de fonds grâce à des ventes étrangères estimées à 20 millions, à un film pas si drôle, taillé sur mesure pour Sharon Stone, et dont on pouvait être sûr qu'il perdrait de l'argent. Schmidt et Ray se jetaient des regards entendus. D'humeur taquine, ils préparèrent même un petit numéro pour l'occasion, sur la musique de *Fugue for Tinhorns*, de la comédie musicale *Guys and Dolls.* « Voici un film d'enfer/Notre but est très clair/On va l'faire pour pas cher/C'est sûr, c'est sûr/Notre homme est persuadé, *La Muse* est un coup sûr/Et voici Albert B/Il rencontre Scottie G/Et on double le budget/C'est sûr, c'est sûr/Notre homme est persuadé, *La Muse* est un coup sûr/Alors Scottie saute sur son téléphone/Et dit, J'veux Sharon Stone/À CAA, il est temps de faire l'aumône/C'est sûr, c'est sûr[34]... », etc.

Déjà tendue, l'atmosphère dans les bureaux d'October devint irrespirable. Les portes, toujours ouvertes jusque-là, étaient dorénavant fermées, et le bruit des disputes faisait trembler les murs. « Les parents se disputent encore[35] », plaisantaient les employés. Ray sentait la compagnie lui échapper et n'avait aucun moyen de l'éviter. « Je suis en train de perdre la partie, songeait-il, j'en suis conscient, mais que faire ? » Il croisa Amir Malin sur l'escalator d'un centre commercial de Toronto, pendant le festival du film. Malin montait et Ray descendait. Fou de rage à cause d'une déclaration faite par son ancien collègue dans les colonnes de *Premiere*, celui-ci, lui hurla : « Va te faire foutre, enfoiré[36] ! » et lui fit un doigt d'honneur. En général, dans l'industrie du film, les gens sont malpolis lorsqu'ils se trouvent au sommet, pas sur le déclin. Plus tard, lorsque la situation se détériora chez October, l'ironie de la scène n'échappa plus à Bingham Ray.

Il était impossible de garder un secret chez October. Tout le monde se parlait, se racontait ce qu'il savait. Greenstein appelait McGurk pratiquement tous les jours pour lui dire des choses du genre : « Bingham n'a rien d'un homme d'affaires. L'argent ne l'intéresse pas, tout ce qu'il veut, c'est distribuer des films d'auteur danois. C'est peine perdue, ce type ne pourra jamais s'intéresser à la rentabilité[37]. » À peine avait-il raccroché que Ray appelait McGurk pour se plaindre de Greenstein : ce n'était qu'un béotien, il se foutait éperdument du cinéma indépendant. Selon l'une de mes sources, Greenstein voulait que Ray lui rende des comptes et a même été jusqu'à pousser McGurk à se débarrasser de son partenaire. Mais il n'en était pas question. « Bingham, c'était l'âme artistique de la compagnie, explique McGurk. Quand on se baladait à Cannes, on ne pouvait pas faire un pas sans que les gens l'abordent[38]. »

McGurk avait d'autres soucis qu'October. Universal connaissait ses pires difficultés depuis longtemps. « On a vécu une série de désastres et, franchement, October était le cadet de nos soucis, explique Dennis Rice, ancien président du marketing chez October. Il y avait le feu au lac, mais Ray harcelait McGurk au sujet de la taille des publicités dans la presse[39]. » « J'ai pas le temps de m'occuper de ça, Bingham, hurlait McGurk. Débrouille-toi. J'en ai rien à cirer, et j'en ai assez de ces disputes mesquines ; t'arrêtes pas de te plaindre de Scott, ça fait qu'un an qu'il est là, t'as pas mieux à faire ? T'as pas du boulot ? *Arrête d'appeler*[40] *!* » Le président avait l'impression de servir de psy. « Chris faisait comme si j'avais peur que le ciel me tombe sur la tête, comme si j'étais juste négatif, individualiste, coincé dans le passé, tandis que Scott et John représentaient la modernité[41]. » McGurk finit par ignorer ses appels.

Au fil des mois, Ray arriva de plus en plus tard au travail. Il s'enfermait dans son bureau, où il fumait cigarette sur cigarette et écoutait Grateful Dead à fond. Il avait toujours été nerveux, mais il ne pouvait plus désormais parler sans crier. « C'est la période la plus pénible que j'ai vécue dans ce métier », avoue-t-il. Il continuait à boire plus que de raison, des martinis vodka et du scotch single malt. « J'étais incroyablement stressé, dit-il, à tel point que j'ai commencé à voir un psy. »

Cependant, l'orage menaçait. Même si elles ne concernaient pas directement October, les décisions prises par certains conseils d'administration allaient affecter l'avenir de la compagnie. En 1998, Edgar Bronfman junior avait acheté PolyGram pour 10,6 milliards de dollars et avait dû contracter une dette importante. Comme la division cinéma de la Universal perdait de l'argent, il avait mis le catalogue de PolyGram sur le marché, tout comme celui de Gramercy, sa division cinéma d'auteur. Greenstein faisait de mystérieuses allusions, disait à ceux qu'il aimait bien : « Il y a quelque chose qui se prépare, je ne peux pas vraiment t'en parler, mais accroche-toi bien… Ça va aller, ne t'en fais pas, tu fais du bon boulot [42]. »

Et puis, au cours du mois de décembre 1998, il fit irruption dans le bureau de Schmidt et s'écria : « J'ai une bonne et une mauvaise nouvelle. La bonne, c'est que Barry Diller veut acheter October. La mauvaise, c'est qu'il veut m'en confier les rênes [43]. » Schmidt était abasourdi. Greenstein lui demanda de n'en parler à personne, surtout pas à Ray. « Comment ça, je ne peux pas en parler ? répondit Schmidt. Primo, tu as des associés. Secundo il y a un conseil d'administration, la Universal et les actionnaires. C'est ridicule [44]. » Il se précipita dans le bureau de Ray en s'exclamant : « Barry Diller propose de racheter October. Il veut que Scott devienne le patron, et qu'on travaille sous ses ordres. Il est absolument hors de question que je travaille pour Scott, et je sais déjà ce que tu vas me répondre, mais, si c'est une offre intéressante pour la compagnie, on doit voir où ça peut mener. » Hébété, Ray dévisagea Schmidt avant de s'exclamer : « Quoi ? Comment on a pu en arriver là ? Cette histoire pue. Comment est-il possible de croire que je pourrais un jour rendre des comptes à ce type ? C'est complètement aberrant. Même si je n'avais pas d'autre boulot, pas le choix… il faudrait être encore plus bête que je le suis pour accepter. » Il appela McGurk. « Qu'est-ce qui se passe, bordel ? » Greenstein l'avait lui aussi pris par surprise. Selon Donna Gigliotti qui n'allait pas tarder à travailler pour Greenstein, « McGurk le déteste. Il se met en pétard dès qu'on mentionne le nom de Scott[45]. »

Greenstein avait un problème de poids et, selon un proche, avait l'habitude de faire de longues promenades. C'est pendant l'une de ces balades qu'il tomba sur Barry Diller. Il lui dit : « Hé, comment ça va ? Je travaille chez October, on est affiliés, indirectement. J'aimerais vendre la cassette du *Prédicateur* sur la chaîne Téléachat, parce qu'à mon avis ça plairait beaucoup aux cols bleus[46]. » Diller trouva l'idée très intéressante et ils se lièrent d'amitié. Diller appela Greenstein pendant une réunion avec Blockbuster, à Dallas, pour lui proposer d'acheter October. C'est là que Greenstein alla voir Schmidt en lui disant qu'il fallait s'occuper de l'affaire.

Entre Noël et le nouvel an 1999, Schmidt, McGurk et leurs épouses respectives se rendirent à un dîner donné par les Ray dans leur résidence de Mount Kisco. L'atmosphère était festive, le sapin brillait de mille feux, les enfants jouaient. Les McGurk apportèrent un joli seau à champagne en cristal. D'après Schmidt, McGurk était contrit. « Je n'aurais jamais dû demander à Scott de rejoindre la société. C'est un opportuniste, un traître, un arriviste. À côté de Scott, Amir passerait pour un enfant de chœur. Ce qu'il veut, c'est diriger la compagnie[47]. » Aucun d'eux ne comprenait pourquoi Diller voulait acheter October, ni ce qu'il croyait acheter. Ils ne croyaient pas non plus que Greenstein soit tombé sur lui par hasard. « Ils se sont peut-être croisés dans la rue, reconnaît Schmidt, mais de deux choses l'une : soit Scott a attendu au coin de cette rue pendant environ trois semaines que Diller passe, soit il l'a vraiment croisé et en a profité pour lui demander un rendez-vous. Mais dans les deux cas, il cherchait un moyen de se mettre en avant. Il préparait sans doute ça depuis le premier jour. » Pour lui, que Greenstein ou Diller ait été à l'origine de la proposition ne change rien. « Dans un partenariat qui marche, souligne-t-il, tous les associés se réunissent autour d'une table pour examiner les offres et se demander si on leur donne une suite favorable ou pas. À moins de vouloir se faire valoir aux dépens de ses associés [48]. » D'après Diller lui-même, « je reconnais que ça a l'air un peu douteux de dire qu'on s'est croisés dans la rue. Je n'ai aucun souvenir qu'il ait évoqué la vente du *Prédicateur* sur la chaîne du Téléachat. C'est possible, mais ça m'étonnerait – l'idée est tellement saugrenue. En tout cas, je souhaitais créer une compagnie de distribution parce que la branche télé de USA Films avait besoin de matière première. J'avais entendu parler de Scott, je lui ai demandé de venir me voir, et nous avons commencé à évoquer la possibilité de racheter October, alors pratiquement en train d'imploser. C'est peut-être Allen & Co. qui a attiré notre attention sur la société plutôt que Scott, je ne m'en souviens pas. De toute façon, Scott est un type intelligent qui déborde d'énergie. Rien ni personne ne lui fait peur, il est capable de tout et j'admire ce genre de personne. Nous avons préféré accorder notre confiance à lui plutôt qu'à Bingham Ray [49]. »

Quels qu'aient été ses arguments, Ray parvint au cours du dîner à convaincre McGurk et Schmidt de changer d'avis. Ceux-ci avaient compris qu'ils devaient se battre et bénéficiaient même du soutien de Malin, toujours partenaire de la compagnie bien qu'en poste chez Artisan. « Quand Scott a confisqué la compagnie à John et Bingham, explique Malin, parce que c'est ce qu'il a fait, je me suis rangé à leur côté. J'ai appelé John pour lui dire que l'attitude de Scott me semblait malhonnête et qu'ils pouvaient se servir de ma voix au conseil pour faire ce qui leur paraissait juste [50]. »

Schmidt se souvient : « Ce dîner nous a permis de réaffirmer ce à quoi nous croyions profondément : dans quel genre d'entreprise on souhaitait travailler, quelle était notre éthique de travail, ce que représentait la compagnie, notre façon de traiter nos employés, l'amitié, la loyauté, toutes ces choses qui pèsent davantage dans la balance que le fait d'accepter un poste à 750 000 dollars par an offert par Barry Diller. J'aurais pu devenir le directeur de l'exploitation ou le président de cette compagnie, Bingham aurait pu créer sa propre division. Ce soir-là, on a renoncé à cet avenir-là, au risque de mettre en péril la sécurité de nos familles et la pérennité de notre activité. On a fait le bon choix. À mes yeux, Scott s'était conduit de façon déshonorante. Et, sachant d'où il venait, on n'envisageait pas de devoir lui rendre des comptes. D'un point de vue éthique, ce qu'il avait fait était intolérable [51]. »

En janvier, Diller offrit 20 millions pour racheter October, plus 200 000 ou 300 000 dollars pour Ray et Schmidt après sept ou huit ans de bons et loyaux services dans la compagnie. C'était un camouflet pour les associés. Aucun des actionnaires minoritaires ne trouvait l'offre suffisante, mais ils avaient peur de la rejeter, de dire non à l'ami de Bronfman et de le mettre dans l'embarras par la même occasion. Ils finirent pourtant par refuser. Apparemment, Greenstein n'avait pas compris que les actionnaires minoritaires possédaient un droit de veto et, pendant un moment, il sembla avoir trop présumé de ses forces. Sur le point de vider son bureau, il faisait de temps à autre irruption dans le bureau de Schmidt en disant : « Il n'y a pas moyen de s'arranger [52] ? » Mal à l'aise, Ray – pour qui *Le Parrain* est une référence absolue – avait l'impression de vivre la scène entre Sollozzo et Michael Corleone, sans bien savoir quel rôle il jouait.

Pourtant, même si les ambitions de Greenstein étaient momentanément freinées, le destin d'October tenait toujours à un fil. Ray et Schmidt s'efforçaient de poursuivre leurs activités comme si de rien n'était, tout en sachant que Bronfman finirait par trouver un moyen – quel qu'il soit – de vendre leur compagnie. Il leur fallait un sauveur. « Une fois que vous êtes sur le marché, c'est le début de la fin, vous êtes fichu », explique Ray. « On était sous pression parce que tout ce remue-ménage affaiblissait October. Même cet idiot de Bingham Ray avait compris ça. Mais ça ne nous a pas empêchés d'aller à Sundance. »

« MIRAMAX SAIT ADMIRABLEMENT se vanter de ses succès, mais sait encore mieux faire oublier ses échecs [53] », observe Dennis Rice. Un certain nombre de films Miramax, dont les titres avaient changé une, deux ou trois fois, sortaient en catimini en vidéo, tout en bénéficiant pour certains d'entre eux d'une diffusion sur le câble. Ce fut le cas de *Studio 54, Velvet Goldmine, Et plus si affinités*, *Wide Awake*, *Talk of Angels*, mais aussi de *Sonia Horowitz l'insoumise*, de *Martha, Meet Frank, Daniel and Laurence* (intitulé à l'origine *The Very Thought of You*) et de *La Sagesse des crocodiles* (avec Jude Law, intitulé *Immortality* au départ), entre autres, qui avaient tous connu des contre-performances ou s'étaient carrément plantés.

La compagnie était à l'origine de certains de ces projets, d'autres avaient été achetés en cours de route, mais cela ne faisait pas grande différence. La triste histoire de *The Hairy Bird* – c'est du moins le titre que la scénariste/réalisatrice Sarah Kernochan lui avait donné avant qu'il n'hérite de deux autres – constitue un cas d'école. Grande blonde pleine de grâce, Kernochan était mariée au dramaturge James Lapine. Elle avait remporté un oscar pour avoir coproduit l'un des plus grands documentaires des années soixante-dix, *Marjoe*, l'histoire d'un jeune pasteur charismatique. (Elle en gagna un autre en 2002 pour *Thoth*.) Puis elle se mit à écrire des scénarios. « J'étais au bas de la liste A ou en haut de la liste B [54] », plaisante-t-elle, après avoir écrit l'excellent *Impromptu*, avec Judy Davis et Hugh Grant. Elle avait également écrit pour Tom Cruise et Steven Spielberg ; ce dernier fit passer l'un de ses scénarios à Robert Zemeckis qui en fit *Apparences*, au générique duquel elle est citée. « Je n'avais aucun problème pour travailler, souligne-t-elle. J'étais obligée de refuser plein de propositions. »

Adolescente, Kernochan avait fréquenté Rosemary Hall, une école pour filles de Wallingford, dans le Connecticut, qui fusionna ensuite avec Choate. À l'occasion de retrouvailles entre anciennes élèves à la fin des années quatre-vingt, elle annonça à ses anciennes camarades : « Je vais écrire un film sur nous à l'intention de nos filles. » Elle se disait que ce projet lui donnerait aussi l'occasion de s'essayer à la réalisation, en plus de l'écriture. Elle acheva le script et, au bout de cinq révisions, se sentit prête à faire le tour des maisons de productions.

The Hairy Bird tente de traduire les pensées secrètes d'une adolescente à l'instant fugace, effervescent, où ses hormones commencent à la travailler, où elle prend conscience de son pouvoir sur les hommes et pressent les contraintes de la vie d'adulte. Ou, comme Kernochan l'a elle-même résumé un jour, le film traite de « la première incursion du pénis dans la vie des jeunes filles [55] ». En s'inspirant de sa propre expérience, la réalisatrice dresse un portrait saisissant des hauts et des bas d'une institution pour jeunes filles, offrant le point de vue malicieux d'une initiée. Quand Miss Godard lutte contre la fusion avec Saint-Ambrose, l'école de garçons voisine, les personnages brisent le carcan de leurs origines privilégiées. Le scénario mêle de façon improbable idéalisme et obscénité, tout en abordant avec subtilité des sujets comme la famille, les classes sociales, l'adolescence, l'éducation, sans jamais plomber la vivacité de l'histoire.

Kernochan finit par entrer en contact avec Ira Deutchman, qui s'était associé à Peter Newman pour créer Redeemable Pictures. Deutchman et Newman persuadèrent Atlantic Alliance, compagnie canadienne sous contrat à la fois avec Miramax et New Line, de financer le film. Kernochan engagea Gaby Hoffman, Kirsten Dunst, Heather Matarazzo et Rachael Leigh Cook, toutes pratiquement inconnues à l'époque, ainsi que Lynn Redgrave pour interpréter le rôle de Miss Godard, la directrice de l'école.

Le tournage de *The Hairy Bird* eut lieu à Toronto pendant l'été 1997, et Kernochan ne dépassa pas le modeste budget alloué (1,5 million). Alliance pensait tenir un film commercial, et la réalisatrice était ravie. En novembre 1997, au cours d'une de ses fréquentes visites à Toronto sur le plateau de *Studio 54* – dont le tournage avait commencé après que celui de *The Hairy Bird* eut pris fin –, Harvey fit l'acquisition d'*eXistenZ*, le film de David Cronenberg avec Jennifer Jason Leigh et Jude Law. Peut-être après coup, il décida d'acheter également le film de Kernochan pour 3,5 millions. Alliance lui avait sans doute montré la 5e bobine, celle où l'on voit les personnages boire, vomir, s'envoyer en l'air et se peloter maladroitement à l'occasion d'une fête donnée à l'institution de filles. En voyant *Studio 54*, Harvey avait *La Fièvre du samedi soir* en tête ; dans le cas de *The Hairy Bird*, il ne pensait qu'à *Porky's* !

« J'étais dans tous mes états, raconte la réalisatrice. Je suis membre de l'Académie, alors, tous les ans, je voyais bien comment Miramax menait sa campagne pour les Oscars. J'admirais leur façon de s'imposer et je les soutenais. Parce qu'il faut savoir qu'aucun auteur n'aime vraiment les grands studios. Pour moi, le terme "indépendant" veut dire beaucoup et, bien sûr, Miramax était la reine des compagnies indépendantes [56]. » Le fait que la compagnie ait allongé plus de deux fois le budget du film pour en faire l'acquisition ne gâtait rien. Cependant, la réalisatrice ne pouvait s'empêcher de remarquer que ses deux producteurs Deutchman et Newman n'avaient pas l'air très enthousiastes. Ils fuyaient son regard, elle voyait bien qu'ils lui cachaient quelque chose – même si elle ignorait ce dont il s'agissait. « Qu'est-ce qui vous arrive, les gars ? » leur demanda-t-elle. « Voyons voir la suite des événements », répondirent-ils d'une même voix.

Harvey insista pour tester le film dans un multiplex de Mountainside, dans le New Jersey. Angoissée, la réalisatrice arriva dans la salle avant Weinstein, qu'elle n'avait jamais rencontré. Il finit par arriver, s'extirpa enfin de sa limousine, suivi de son équipe marketing, et, malgré son retard, trouva moyen d'acheter au passage un container géant de pop-corn. Quand les producteurs tentèrent de lui présenter Kernochan, il continua à se bâfrer. « Harvey, voici Sarah Kernochan, la réalisatrice du film. » Il l'ignora.

Après la projection, en pleine conversation avec son équipe, il ne lui prêta pas la moindre attention. C'est la procédure standard. Avant de faire la cour au réalisateur, le distributeur consulte les chiffres. En l'occurrence, ils n'étaient pas bons. Harvey se mit à détailler, à l'intention du président d'Alliance Robert Lantos, d'Andras Hamori, de Deutchman et de Newman, tous les changements qu'il faudrait apporter au film et conclut par : « C'était bien, on va se voir demain pour en parler, et une fois qu'on aura coupé une dizaine de minutes, ça va cartonner. 9 heures, ça vous va ? » Il tournait toujours le dos à la réalisatrice qui, par contrat, avait le *final cut*. « Oui, et je suis très curieuse d'entendre parler de tous ces changements que vous comptez apporter au film, lança-t-elle soudain. Je ne vois pas où vous allez bien pouvoir enlever dix minutes. » À ces mots, Weinstein se retourna, vert de rage, et lui lança un sonore : « La ferme ! » Sur le point d'exploser, il continua : « C'est très bien ! Si vous n'avez pas envie de tirer partie de mes conseils, contrairement à… » et il lança plusieurs noms de réalisateurs, « tant pis pour vous, j'en ai rien à foutre, je n'ai pas besoin de votre film, je suis déjà assez riche comme ça. Vous, les réalisateurs, vous êtes les derniers à qui on devrait demander leur avis ; question marketing, vous n'y connaissez rien. C'est nous, les experts, et c'est pour ça qu'on nous paie la peau des fesses ! »

Kernochan était sonnée. Quand Harvey remarqua qu'elle essayait d'attirer l'attention de Newman et Deutchman pour qu'ils viennent à la rescousse, il éructa : « Pas la peine de les regarder, parce qu'ils vont faire ce que je leur dirai ! » Puis, en pointant le doigt vers eux, il ajouta : « Vous, vous êtes peut-être prêts à vous coucher devant les réalisateurs, mais c'est pas mon genre : c'est pour ça que je réussis, et pas vous. Je suis plein aux as. Et puis, vous savez quoi ? Votre film m'appartient, maintenant. » Pour ne pas faire de jaloux, il se tourna vers Lantos et Hamori et continua sur sa lancée : « Vous voulez pas collaborer ? Il ira direct à la télé. Parce qu'après tout, c'est qu'un téléfilm canadien parmi tant d'autres. À bientôt sur le petit écran, Robert ! » s'exclama-t-il avant de sortir.

« J'étais abasourdie, se souvient Kernochan. Ce type n'avait même pas pris la peine de me saluer, de me montrer un quelconque signe de respect, ni même fait attention à moi. C'était mon film, quand même ! Il n'était pas producteur, juste distributeur du film aux États-Unis. Les Canadiens, de même que Peter et Ira, étaient muets comme des carpes. Personne n'a pris ma défense. »

Le lendemain matin, ils se retrouvèrent à l'hôtel Stanhope, en face du Metropolitan Museum, pour un petit déjeuner d'affaires. Kernochan n'avait pas fermé l'œil de la nuit. « Je redoutais de me retrouver en face de lui, avoue-t-elle. À chaque fois que j'y pensais, mon estomac se serrait. » Tout le monde fumait des cigares, auxquels elle est allergique, mais pour se montrer conciliante – « comme si j'avais fait quelque chose de mal » – elle accepta de coopérer. Harvey se confondit en excuses. Il lui fit envoyer des fleurs. « Je suis terriblement désolé, dit-il, c'est l'une des mauvaises habitudes que je m'efforce de perdre, je vous en prie, pardonnez-moi. Ça n'a rien de personnel, je fais pareil avec tout le monde, sauf avec Quentin Tarantino. Et tout ça, c'est parce que les films me passionnent. » D'après James Ivory, qui a eu maille à partir avec Weinstein, « Harvey éprouve le même genre de passion pour les films qu'un chien éprouve pour la viande. Il est dévoré par l'envie de passer ses propres films à la moulinette[57]. » « Il invoque toujours la même excuse, ajoute une source proche du projet : "J'ai peut-être menti, tué l'un de vos enfants, détourné un avion, mais les films me passionnent." Il plaide le coup de folie ! Ça fait partie de sa technique de manipulation : il essaie de foutre une trouille bleue aux gens et, le lendemain, il leur envoie des fleurs. Une fois, sa gouvernante s'est même pointée avec sa petite fille dans les bras, le temps qu'il lui dise : "Je t'aime ma puce, Papa arrive." On avait entraperçu le "véritable" Harvey – chaleureux, sentimental, spontané. Mais, en même temps, on aurait dit une scène de film, spécialement conçue pour qu'il ait l'air humain. On ne savait jamais si c'était du lard ou du cochon avec lui[58]. »

Au cours du petit déjeuner, Harvey mit le paquet pour charmer Kernochan et lui dit tout ce qu'elle mourait d'envie d'entendre : « Votre film correspond bien à un public adolescent, tout en restant classe et en faisant passer un message. Il va les inspirer et avoir un véritable impact auprès des jeunes filles[59]. » Ravie de constater qu'il avait compris son film, la réalisatrice buvait du petit-lait tandis qu'il s'enthousiasmait : « Ça va être un succès énorme, je vais le distribuer dans des centaines, des milliers de salles ! »

Kernochan se répétait plusieurs fois par jour que Harvey ne lui voulait pas de mal, qu'il avait beaucoup à lui apprendre. Pendant les mois qui suivirent, ils entretinrent une correspondance nourrie ; celle-ci prouvait clairement l'intérêt tout particulier que Harvey portait au film, qu'il avait visionné plusieurs fois plan par plan. Ils échangeaient des compliments bidon, puis Harvey insistait pour raccourcir le film, et Kernochan pour rétablir les plans coupés. Les changements que suggérait Harvey ne concernaient pas exclusivement le rythme. Il souhaitait toucher à l'esprit du film, le modifier pour le destiner à un public bien précis. « Nous ne devons pas ignorer les garçons, dit-il à un moment donné, parce que le public féminin n'est pas assez fourni.

– Mais ce film s'adresse aux filles ! J'ai prévu assez de petites culottes affriolantes pour que les garçons s'amusent aussi », protesta Kernochan. « Il a beau dire que les projections tests ne font pas tout, pour lui c'est bien le cas, ajoute-t-elle. Il adore voir les résultats s'améliorer. Il est accro, un peu comme les joueurs passionnés. Ça lui donne l'impression d'être tout-puissant. » Mais les résultats n'allaient pas en s'améliorant. Le bricolage de Miramax n'était pas très efficace.

Au bout d'un moment, la réalisatrice comprit que Harvey se lassait. Il mettait de plus en plus longtemps à répondre à ses messages, parfois un mois, tout en s'obstinant à exiger des modifications et des coupes. On aurait dit qu'il prenait un malin plaisir à mettre en question la moindre des décisions de la réalisatrice concernant le montage, qu'il refaisait le film par procuration. « Être un grand distributeur ne lui suffisait plus, estime Kernochan. Maintenant, il se prenait pour un grand producteur, pour David O. Selznick. Il voulait mettre son grain de sel partout, devenir un *auteur*. »

L'expérience de *Playing for Keeps* n'avait en effet nullement calmé l'ardeur de Weinstein pour la réalisation. (Dans une interview accordée au *New York Times* en 2001, il confiait vouloir adapter à l'écran *Mila 18*, un roman de Leon Uris.) Il se voyait au minimum comme le partenaire du réalisateur. Dans un fax adressé à Kernochan le 19 février 1998, Harvey écrivait : « Pratiquement tous les films Miramax sont le résultat d'une étroite collaboration entre le réalisateur, moi, notre équipe de postproduction, etc. [60] » Il déplorait que sa contribution ne soit jamais prise en compte. « Notre travail reste anonyme et passe presque toujours inaperçu. » Harvey était coincé : officiellement, il était obligé de s'en remettre à la volonté du réalisateur mais, au fond de lui, il avait envie d'une reconnaissance qui – pensait-il – lui revenait de droit. Même Tarantino n'était pas épargné. « Harvey m'a dit que c'était lui qui avait monté *Pulp Fiction*, se souvient Spike Lee. Je vous assure ! Pourquoi pas *Citizen Kane*, tant qu'on y est [61] !… »

Cette fameuse « collaboration » est bien évidemment sujette à caution. Comment parler de collaboration quand Harvey brandit la menace d'une sortie directe en vidéo ? La première réaction de Weinstein à l'égard de Kernochan avait mis en place les règles du jeu auxquelles la réalisatrice devait se conformer. Cependant, les demandes de Harvey étaient parfois justifiées. Ses suggestions n'avaient rien de caprices, et, dans une certaine mesure, il était disposé à entendre raison, acceptant à l'occasion de rétablir des plans supprimés qui amélioraient le film. D'après la réalisatrice, il lui aurait « beaucoup appris, niveau montage. Certaines de ses coupes ont amélioré le tempo. Et en plus, il a payé une journée de tournage supplémentaire, ce que les Canadiens n'auraient jamais fait [62]. »

Weinstein traitait Lantos et Hamori avec mépris. C'étaient eux qui payaient les projections tests de Miramax et le travail de l'équipe de remontage de Kernochan. Harvey faisait ce qu'il fait souvent lorsqu'il s'essaie à un genre avec lequel il n'est pas familier : il s'exerçait à leurs dépens.

Au bout du compte, Alliance se mit à redouter que ce processus ne s'arrête jamais et dit « stop ». Tout bascula à ce moment-là. Weinstein n'était pas prêt à continuer à s'embêter avec le film si c'était lui qui payait. Alliance décida d'une date de sortie au Canada et Harvey accepta que le film sorte une semaine plus tard aux États-Unis, fin août 1998.

Au début du printemps, Kernochan se montrait relativement optimiste. Le film était prêt, elle pensait enfin le voir sortir dans les milliers de salles promises. Elle rencontra l'équipe publicité de Miramax, tandis que Deutchman rencontrait l'équipe marketing. En avril, Miramax lui envoya des maquettes pour solliciter ses commentaires. La réalisatrice adressa un message plein d'humour à Harvey : « Tel *Pinocchio* attendant la Fée bleue, j'attends que la légendaire magie de Miramax donne enfin vie à mon film [63]. » Malheureusement, la Fée bleue avait d'autres chats à fouetter – peut-être était-elle en pleins préparatifs du tournage d'*AI*, de Steven Spielberg… Les mois de mai, juin et juillet passèrent, et toujours pas de campagne. Il n'y avait même pas de projet à l'horizon. Vers la mi-juillet, Kernochan comprit enfin qu'il n'y en aurait jamais. Miramax avait décidé de faire sortir *Studio 54* à la date prévue pour son film.

C'était un camouflet pour Alliance. Lantos « avait l'impression de s'être fait castrer[64] », explique Kernochan. Le 17 juillet, il adressa une lettre virulente à Harvey. « Nous distribuons trente films Miramax par an… les bons comme les mauvais. On ne se débarrasse pas de ceux qui ne nous plaisent pas. On se bat pour chacun d'entre eux… Pour une fois que vous avez l'occasion de nous rendre la pareille, vous décidez de balancer le film sur le marché vidéo. Tout ça après cinq mois passés à le bidouiller – à nos frais – pour qu'il corresponde au moindre de vos désirs… Qui plus est, vous nous devez toujours la garantie minimum payable à réception[65]. » Non sans ironie, Lantos avait surnommé Harvey « le grand défenseur du cinéma indépendant. »

Studio 54 sortit finalement début septembre 1998 à la place du film de Kernochan et fut accueilli par des critiques mitigées, plutôt méprisantes dans l'ensemble. Il est inutile aujourd'hui de se demander si la version de Christopher aurait mieux marché. Sous couvert de faire du cinéma indépendant, Miramax empruntait aux studios leurs pires techniques. *Studio 54* connut des résultats médiocres, ce qui eut pour conséquence de ruiner la carrière prometteuse de Christopher. Le tournage de *The Mayor of Castro Street*, pour HBO, fut annulé. « Cette histoire a été tellement douloureuse, c'était si horrible que j'ai failli changer de métier, raconte une personne ayant collaboré au projet. J'ai honte d'y avoir pris part[66]. » Lee Perry, chef monteur, partage ce point de vue : « Après *Studio 54*, j'étais prêt à arrêter ce boulot[67]. » Quant à Christopher, le seul commentaire qu'il ait accepté de nous livrer est : « Sans commentaire ! »

Pendant que *Studio 54* se faisait descendre aux États-Unis, Harvey se trouvait au Festival de Venise pour la première des *Joueurs*, le film de John Dahl auquel participaient Matt Damon et Edward Norton. Comme à l'accoutumée, Miramax s'était mêlée du casting en s'efforçant d'imposer des acteurs avec lesquels elle souhaitait forger une relation de travail, ou susceptibles de servir le film à l'étranger, même si le rôle ne leur convenait pas. Le rôle de Teddy KGB (interprété au final par John Malkovich) exigeait un acteur charismatique, mais Harvey voulait une star spécialisée dans les films d'action. Quand Dahl s'y opposa, le représentant de Miramax sur le film lui dit d'une voix tremblante : « Je ne sais pas si Harvey va beaucoup apprécier. Il tient vraiment à cet acteur, pourquoi ne pas simplement céder ? Il ne faut pas contrarier Harvey.

– S'il s'énerve, dites-lui de m'appeler, je lui parlerai.

– Vous y tenez vraiment[68] ? »

D'après Dahl, « Chaque fois que Harvey vous passait un coup de fil, c'était dingue, on aurait dit que c'était le président des États-Unis en personne. Ses représentants brandissaient la menace d'un coup de fil de sa part pour vous faire peur. »

Dans l'ensemble, le réalisateur juge son expérience avec Weinstein assez positive : « J'ai énormément de respect pour lui. Il n'a pas peur de mettre la main à la poche quand il croit à quelque chose. Contrairement à d'autres patrons dans cette branche, son but n'est pas de garder son boulot à tout prix. Chez [Miramax], ils ont une grande maîtrise des projections tests, ils font ce qu'ils peuvent pour améliorer le film, mais sans en faire trop non plus. » *Les Joueurs* avait une fin originale : le garçon (Matt Damon) et la fille (Gretchen Mol) partaient chacun de leur côté. À la grande surprise de Dahl, Miramax n'y toucha pas.

« On s'est vraiment pris la tête à cause de la musique, par contre, raconte le réalisateur. Je voulais utiliser la bande originale d'*Ascenseur pour l'échafaud*, interprétée par Miles Davis. Ils ont disjoncté : "Quoi ? Du jazz ? Impossible !" Je n'avais pas envie d'emmerder le monde, mais ça me semblait parfait et je le leur ai dit. »

Damon assistait à la projection au Festival de Venise en compagnie de Harvey. « À la fin du film, se souvient l'acteur, il s'est tourné vers moi et m'a dit, en me tendant une cassette : "Maintenant que tu as vu sa version, voilà le vrai film.

– Qu'est-ce que tu veux dire ?

– J'ai modifié la bande-son pour me débarrasser de tout le jazz[69]." »

Les Joueurs est un film épatant qui foisonne de grandes performances d'acteurs, mais il fut injustement boudé par la critique. « Pour moi, *Les Joueurs* est un véritable classique, dit Edward Norton, du Harvey au mieux de sa forme. Matt, Malkovich, John Turturro, Martin Landau et moi, pour la modique somme de 11 millions... Il est le seul à être capable de ce genre de chose[70]. » Pourtant, selon Damon, Miramax a laissé tomber le film, et c'est peut-être la raison pour laquelle *Les Joueurs* n'a pas fait plus de bruit. « C'était *Shakespeare in Love*, leur poulain pour les oscars, ce Noël-là. À mon avis, ils se sont dit qu'ils allaient placer tous leurs espoirs sur lui et sortir *Les Joueurs*, dont ils se foutaient, à la va-vite, pour voir ce qui allait se passer[71]. » Mais rien ne se passa. Le film disparut après avoir rapporté 23 millions.

Après Venise, Harvey enchaîna avec le grand festival suivant, celui de Toronto, mi-septembre. Cette année-là, le film allemand *Cours, Lola, cours*, de Tom Tykwer, faisait grand bruit. Avant l'arrivée de Harvey, l'équipe achats de droits de Miramax – Amy Israel, Jason Blum et Andrew Stengel – avait réussi à coincer l'équipe du film dans une chambre d'hôtel pour une négociation marathon de dix ou douze heures. « Ils essaient de vous coincer pour qu'à la fin Harvey n'ait plus qu'à porter l'estocade, explique le réalisateur. Ils nous mettaient une pression énorme, on était censés se décider immédiatement. Mais le risque était trop grand [72]. » L'équipe du film finit par laisser tomber.

Le lendemain, à son arrivée, Harvey était furieux et insista pour les rencontrer. « Lorsque je suis arrivé au rendez-vous, continue Tykwer, la tension était palpable, c'était désagréable. Ce type avait l'habitude d'obtenir ce qu'il voulait, mais cette fois ça n'avait pas pris : il était très remonté. Il essayait de nous faire croire qu'on allait avoir des problèmes, d'un point de vue légal. » Si l'on en croit le réalisateur, Harvey aurait dit : « Vous osez tout laisser tomber après une négociation de douze heures, alors que vous avez accepté l'offre qu'on vous a faite !

– On n'a rien accepté du tout.

– Bien sûr que si.

– On n'a rien signé.

– Rien à foutre des papiers. Dès qu'on s'assied ensemble autour d'une table, on est partenaires. » « Harvey s'est levé et s'est mis à engueuler Stefan Arndt, mon partenaire, poursuit Tykwer. Je me suis levé pour l'engueuler, lui. Puis j'ai dit à Stefan et à notre avocat qu'on s'en allait. Je n'accepte pas qu'on nous traite comme ça. On a quitté la pièce, et j'ai entendu des pas derrière nous, boum, boum, boum. On est entrés dans l'ascenseur, et deux mains ont empoigné les portes pour les forcer à s'ouvrir. On se serait cru dans *Terminator 2*. »

Par la suite, Tykwer rencontra l'équipe de Sony Classics. Il s'entendit tellement bien avec Michael Barker qu'ils parvinrent rapidement à un accord, bien que leur offre soit inférieure (600 000 dollars contre 1 million proposé par Miramax, d'après le réalisateur). « Sony a fait un travail formidable, conclut Tykwer, et on a même touché une prime. Je ne sais pas si ce serait arrivé avec Miramax. »

Par la suite, Harvey se vengea sur Blum en lançant une cigarette incandescente dans sa direction. Elle atterrit heureusement sur sa chemise, et le patron de Miramax s'excusa en disant qu'il visait la poubelle.

Harvey se préparait également à distribuer *La vie est belle*, de Roberto Benigni, le 23 octobre. De tous les films sortis pendant la période kitsch de Miramax, lorsque la compagnie faisait de son mieux pour fournir sa dose de sirop à une frange de la population américaine sans grande prétention intellectuelle, celui-ci remporte la palme. Même *Le Chocolat* ne lui arrive pas à la cheville, c'est dire. À une époque, la gamme de films distribués par la compagnie avait été suffisamment large pour pouvoir accueillir à la fois *Cinema Paradiso* et *Le Cuisinier, le voleur, sa femme et son amant*, et pour que Miramax tire profit de l'un comme de l'autre. Mais, au fur et à mesure que les films indépendants américains engloutissaient des parts de marché de plus en plus conséquentes (aux dépens des films étrangers), seuls les plus sentimentaux et accessibles d'entre eux arrivaient à s'en sortir. Les frères Weinstein, explique Mark Tusk, ont « provoqué l'engorgement du marché qu'ils ont contribué à développer[73] ».

La vie est belle est à l'Holocauste – et à la condition des Juifs dans l'Italie mussolinienne – ce que les films emblématiques de Weinstein comme *My Left Foot* ou *Sling Blade* sont à l'hémiplégie et à la débilité profonde. Il est, en prime, tout aussi soporifique. La parfaite bêtise de ce film ferait presque passer les mièvreries hollywoodiennes abordant le thème de la solution finale – *La Liste de Schindler*, par excmple – pour des monuments d'audace, de la trempe du vrai et beau cinéma de la Shoah (je pense ici au *Conformiste*, de Bernardo Bertolucci, au *Jardin des Finzi-Contini*, de Vittorio De Sica, ou à ces chefs-d'œuvre du documentaire que sont *Nuit et brouillard*, d'Alain Resnais, *Le Chagrin et la Pitié*, de Marcel Ophuls, et *Shoah*, de Claude Lanzmann). Dans son article de l'*Entertainment Weekly*, Owen Gleiberman qualifia le film de Benigni de « premier mélo sur l'Holocauste[74] », et, dans *Time Magazine*, Richard Schickel écrivit : « Le sentimentalisme est une forme de fascisme qui nous prive de notre faculté de jugement et de notre lucidité : il faut y résister. Commençons par résister à *La vie est belle*[75]. »

Ce qui est vraiment formidable avec ce film, c'est qu'il singe de façon idiote la réalité de l'industrie cinématographique. Quand le personnage de Benigni, Guido, et son fils Giosué se retrouvent dans un camp de la mort nazi, le père cache l'atroce vérité à son petit garçon en inventant une histoire censée le protéger. Il le persuade que ce camp n'est qu'un jeu dont sortira victorieuse la première personne capable d'accumuler mille points. Quand Giosué entend dire que les enfants se font gazer, Guido lui assure que c'est un mensonge destiné à lui faire abandonner le jeu. Substituez au jeu lui-même le gentillet *La vie est belle*, et aux mille points, disons… 60 millions de dollars de recettes, et voilà ! Harvey – le soi-disant Juif couillu qui déclarait au *New York Times* préférer les rebelles à ceux qui avançaient comme des moutons vers les camps de concentration – n'avait aucun scrupule à faire la promotion d'un film qui partage l'état d'esprit – le déni – de millions de Juifs qui marchèrent vers la mort, persuadés que tout finirait par s'arranger un jour ou l'autre. C'est cette illusion même que nous vend ce film.

Poussé par la machine marketing de Miramax, *La vie est belle* allait rapporter 57,6 millions, bien plus que n'importe quel autre film italien jusque-là. *Shakespeare in Love* sortit le 11 décembre dans quelques États et remporta un succès fulgurant : il rapporta 100,3 millions de dollars aux États-Unis. C'est moins que *Will Hunting*, mais le résultat n'en est pas moins remarquable. (Le film de Benigni engrangea 50 millions de dollars de plus à l'étranger, à la grande satisfaction de la Universal.) N'oublions pas toutefois que sur trente-six films distribués par Miramax en 1998, il n'y eut que deux véritables succès.

L'ÉDITION 1999 DU FESTIVAL DE SUNDANCE était bien moins intéressante que la précédente. Pas de *High Art*, de *Pi*, de *Phoenix, Arizona*, de *Buffalo 66*, ni de *Sexe et autres complications*. Bingham Ray n'aima pas grand-chose. Il partit avant la fin d'un film intitulé *Le Projet Blair Witch* en s'exclamant : « C'est de la merde[76]. » C'est Artisan qui recupéra le film et, toujours désireux d'avoir le dernier mot, Ray remarqua : « Le seul truc effrayant à propos du *Projet Blair Witch*, c'est le montant déboursé par Artisan pour l'acheter. » (C'était peut-être une « merde », mais le film rapporta quand même 145 millions de dollars.) Le film événement était *Happy, Texas*, une folle comédie interprétée par Steve Zahn, Jeremy Northam et William H. Macy où deux voleurs de banque se font passer pour un couple d'homosexuels dans une petite ville. Cassian Elwes, représentant du film, déclencha une bataille entre Miramax et Fox Searchlight qui mit un terme définitif à la période dorée de l'achat de droits. Emporté par sa fougue, Weinstein finit par payer 10 millions pour le film, mais les temps avaient changé, et payer un tel prix n'impressionnait plus personne. Au contraire, Harvey eut l'air d'un imbécile, et s'efforça même de faire croire dans la presse qu'il n'avait déboursé qu'une fraction de ce prix (2 millions). Personne ne le crut, et, comme si la situation n'était pas assez embarrassante comme ça, Tony Safford, alors à la Fox, dévoila la vérité. Cela dit, il fallait se lever de bonne heure pour mettre Harvey mal à l'aise. Sans sourciller, il se paya un autre navet, *The Castle*, pour 6 ou 7 millions.

Après Sundance, encouragés par le rejet de l'offre de Diller, Ray et Schmidt poursuivirent leur quête d'un sauveur. La bonne nouvelle, c'était que la compagnie avait trouvé son rythme. Le programme de sortie de l'automne, dans lequel figuraient *Une histoire vraie*, de David Lynch, et le dernier Mike Leigh, *Topsy-Turvy* – biographie filmée de Gilbert and Sullivan –, enthousiasmait Ray. « J'étais sûr qu'on allait cartonner[77] », dit-il. Mais *Topsy-Turvy* durait trois heures dix-neuf, et Ray voulait que Leigh le ramène à deux heures trente. « Écoute, Mike, lui dit-il, c'est un film génial, peut-être ton chef-d'œuvre, mais il est beaucoup trop désordonné pour qu'on puisse le sortir en salle en l'état et espérer récupérer notre mise de fonds. » Leigh avait le *final cut* si le film n'excédait pas cent vingt minutes. « J'avais une idée très précise de ce qui pouvait marcher, continue Ray, et c'est ce qui n'a pas plu à Mike. Parce que je n'étais pas réalisateur, j'étais distributeur, je n'étais pas "qualifié" pour faire ce genre de remarque à des gens comme Mike Leigh. Il trouvait mes suggestions stupides, infondées, complètement à côté de la plaque, et les a balayées d'un revers de la main. "Tu ne sais pas de quoi tu parles." Mike est très dogmatique, il ne prend pas de gants. Lui sait, et personne d'autre n'en sait autant que lui. Il était très remonté. On a eu des moments difficiles. Mike m'a dit : "Tu te prends pour Bingham aux mains d'argent, ou quoi ?" » Ray voulait refuser de distribuer un film de plus de trois heures. Leigh menaça d'enlever son nom du générique s'il était forcé de couper le film. Au bout du compte, il finit par le ramener à une longueur qui lui parut acceptable.

Ce bras de fer n'avait cependant aucun intérêt car il devint vite clair que les jours d'October Films étaient comptés. « La compagnie va disparaître, que vous le vouliez ou non. Qu'est-ce que vous croyez [78] ? » avait dit Bronfman à McGurk. Le 25 février, McGurk emmena Ray déjeuner au grill du restaurant d'entreprise de la Universal. Il pensait devoir remettre les pendules à l'heure avec Ray. Quand il avait quelque chose de désagréable à annoncer, il ne prenait pas de gants, en général. « Bingham, tu devrais prendre le plat du jour, le crabe, dit-il. Au fait, on vend October Films ! »

Diller avait fait une offre légèrement supérieure (24 millions) que le conseil d'administration avait accepté. C'en était fini. October fusionnait avec la Universal et Gramercy pour devenir USA Films, compagnie dirigée par Greenstein. Certains n'eurent aucune compassion pour Ray et Schmidt. « Et Ray qui se prend pour une lumière ! Il a été assez stupide pour se laisser piquer sa compagnie par Scott Greenstein ! ironise Donna Gigliotti. Bien sûr, boire comme un trou n'a rien arrangé. Il était trop vieux pour ce genre de chose. Il avait besoin de grandir un peu. Les années quatre-vingt étaient finies depuis longtemps [79]. » « C'est pas les Weinstein qui se seraient laissé piquer leur compagnie [80] », ajoute Stacy Spikes, qui avait quitté October un an plus tôt pour diriger le Festival du film Urbanworld. « Ils se seraient battus bec et ongles avant d'en arriver là. Bingham aurait dû se rebeller et hurler : “J'en ai rien à foutre ! C'est moi qui ai bâti cette compagnie et je me fous de ce que disent les papiers. Il faudra que les huissiers me passent sur le corps pour me la voler !” Dans la nature, les animaux qui survivent ont des griffes et des dents très acérées. Exactement ce qui manquait à October. »

Dans une certaine mesure, Ray et Schmidt n'ont simplement pas eu de chance : Edgar Bronfman junior, l'homme à la tête de l'empire Universal, était plus intéressé par la musique que par le cinéma (et, au bout du compte, aucun des deux ne l'intéressait vraiment). En dix-huit mois, les dirigeants d'Universal à l'origine de la fusion avec October – Biondi, McGurk et Silver – étaient tous partis. « On n'avait plus personne pour nous couvrir[81] », dit Schmidt. Mais, d'un autre côté, il y avait une certaine logique : le déclin et la chute de la compagnie étaient inéluctables. « Les investisseurs privés d'October voulaient récupérer leur argent, explique Eamonn Bowles, et, au bout du compte, c'est toujours l'argent qui l'emporte sur l'art[82]. » Qui plus est, n'en déplaise à Spikes, on ne saurait comparer la situation de Ray et Schmidt à celle des frères Weinstein, même dans les pires moments de leur carrière. Au fond, October ne leur appartenait pas vraiment. À partir du moment où Ray et Lipsky avaient accepté l'argent des investisseurs, que ce soit Allen & Co. ou Universal, le but avait été de faire du profit : la compagnie avait été victime de son succès. L'impitoyable loi du marché, surtout pendant le boum des années quatre-vingt-dix, lui interdisait de faire du surplace, la poussait à avancer, à passer au « niveau supérieur. » Pour ce faire, il fallait accepter l'argent des studios, prodigué par les dirigeants des studios, eux-mêmes porteurs des valeurs des studios qui avaient contaminé et remodelé les valeurs d'October comme elles l'avaient déjà fait chez Miramax, à tel point que la compagnie était très rapidement devenue méconnaissable. « Le paradoxe, explique Schmidt, c'est qu'il est indispensable de faire évoluer sa compagnie et d'en augmenter la valeur. Mais, ce faisant, on la dénature[83]. » On peut considérer qu'October réussit à battre Miramax à son propre jeu en perdant son âme au passage, ou qu'elle succomba aux attaques des loups de Hollywood, devenant un pion dans le jeu auquel se livraient les grandes multinationales. Mais, dans tous les cas, c'était un fiasco annoncé. Et si c'était à refaire ? « Jamais je ne céderais de parts, ni à Universal ni à Bain », déclare Ray. Pourtant, comme le rappelle

Schmidt, « si on avait décliné la proposition de la Universal et distribué *Lost Highway* quand même, on aurait dû mettre la clé sous la porte[84] ! »

À PEINE UNE DÉCENNIE PLUS TÔT, l'équipe marketing de Miramax avait fait des prouesses en permettant à *Sexe, mensonges et vidéo* d'accéder aux écrans des multiplexes de banlieue et, ce faisant, avait changé la face de l'industrie pour toujours. Mais, à l'époque, on se disait que le public des multiplexes, à qui les films d'auteur n'étaient pas spécialement destinés, représentait la cerise sur le gâteau, la différence entre 5 millions de recettes et 10 ou 25 millions de recettes. La différence était de taille, cependant, et, dix ans plus tard, le doux parfum du succès enivrait Harvey comme un vin capiteux, poussant Miramax à retourner sa veste. En 1998, les multiplexes de banlieue n'avaient plus rien de la cerise d'antan : c'était le pain quotidien de la compagnie, comme le prouvaient les mésaventures de *Studio 54* ou d'autres films estampillés Miramax que l'on avait tenté de faire entrer dans ce moule. Harvey ne serait satisfait que lorsqu'il aurait prouvé que, à l'instar des grands studios, il était lui aussi capable de fabriquer à la chaîne des films pour adolescents. Miramax se mit donc à distribuer des films comme *She's So Lovely* (1997) et *Supersens*, comédie avec Marlon Wayans codistribuée par Dimension en 1998.

Ironie du sort, c'est Eisner en personne qui essaya de mettre le holà. Le dernier week-end de janvier 1999 sortit *Elle est trop bien*, avec Freddie Prinze, qui fit les meilleurs chiffres du week-end. Le lundi 30, Harvey participait à une réunion dans les locaux de la chaîne ABC avec Eisner, le président du groupe ABC (Bob Iger) et Kevin Smith, qui venait présenter un projet de série animée inspiré de *Clerks*. UPN lui avait déjà proposé de prendre douze épisodes en s'engageant à les diffuser. Eisner proposa d'en acheter six, sans garantie de les diffuser tous. Smith penchait pour UPN, mais Harvey lui conseilla d'accepter l'offre d'ABC. « On appartient à la même famille, lui dit-il, c'est dans leur intérêt de te soutenir. C'est de l'argent qui passe de l'une à l'autre de leurs poches. Fonce[85]. » Smith se décida pour ABC.

D'après le réalisateur, « Harvey était incroyablement fier » d'*Elle est trop bien*. Eisner lui dit : « Bravo pour ta première place. Tu as gagné 16 millions avec ce film, alors qu'il n'y a même pas de star dedans.

– T'as vu ça ? Je voulais leur prouver que je pouvais les battre sur leur propre terrain en faisant une grosse merde. Et j'ai réussi.

– Ouais, mais je pense vraiment que tu aurais dû faire produire ce film par Dimension, sous le label du film de genre, parce que ta marque a une certaine valeur. Miramax est synonyme d'une certaine qualité. On a eu le même problème avec Touchstone, il y a quelques années. Quand on a commencé à faire des films vraiment mauvais, l'étiquette Touchstone n'a plus voulu rien dire. Si les gens commencent à se dire que Miramax produit des trucs comme *Elle est trop bien*, alors là, c'est l'image de marque de la compagnie qui en prend un coup. » S'il y avait un domaine où Eisner s'y connaissait, c'était bien celui de l'image de marque. Il avait investi un montant conséquent dans la marque Miramax et savait que, par orgueil, Harvey venait de commettre une erreur, un geste idiot qui risquait de lui coûter beaucoup d'argent.

Smith assistait à la conversation, bouche bée. « C'était vraiment bizarre de voir quelqu'un que l'on considère comme le roi du monde se faire donner une leçon par son employeur, dit-il. Harvey l'écoutait au lieu de l'envoyer balader. Mais j'avais l'impression qu'il se disait : "Cause toujours, c'est moi qui ai fait les meilleurs scores de la semaine." » La raison du box-office était plus forte que celle d'Eisner – *Elle est trop bien* rapporta en tout 63 millions aux États-Unis –, et son laïus ne sembla pas avoir beaucoup d'effet sur Weinstein. « Miramax, poursuit Smith, que beaucoup considèrent comme la marque du cinéma indépendant, fonctionne en fait comme un studio. La compagnie n'a plus rien à voir avec le sanctuaire des films indépendants, improvisés, bidouillés. Il n'est plus question de petit budget. Les rebelles sont devenus conformistes et, pire, ce sont eux qui font régner l'ordre. » Ou, comme le souligne Spike Lee : « Miramax essaie de se faire passer pour un petit poisson, mais c'est un studio comme un autre[86]. »

(ABC finit par retirer *Clerks* de l'antenne au bout de deux épisodes. « On s'est fait baiser, déclare Smith. On a essayé de proposer le projet à UPN, mais ils n'étaient plus intéressés[87]. » Par la suite, ABC acheta une autre série Miramax, *Wonderland*, écrite et produite par Kevin Williamson, mais en annula également la diffusion.)

Non seulement Harvey rendait un mauvais service au milieu indépendant, mais en plus il se tirait une balle dans le pied. En voulant se mesurer aux studios, il commença à se priver des avantages qui avaient contribué au succès de Miramax par le passé. « Au début, leur tactique, c'était de faire des films pour moins de 15 millions, et même le plus souvent pour moins de 10 millions, explique McGurk. Et, quand ils trouvaient un diamant encore à l'état brut comme *Le Patient anglais*, ils pouvaient se permettre d'investir beaucoup d'argent dans le marketing sans que la mise totale ne dépasse la moyenne. Aujourd'hui, le coût moyen d'un film Miramax se situe entre 30 et 50 millions. Leur ancienne façon de fonctionner n'est plus applicable depuis qu'ils sont devenus de gros poissons[88]. »

Prenez *Kate & Leopold*, par exemple, le film sentimental-voyage dans le temps que Cathy Konrad ressuscita en persuadant James Mangold de récrire le scénario et de le mettre en scène. Ce fut un changement radical pour un réalisateur qui gravitait plutôt d'habitude vers des sujets beaucoup plus noirs, du genre *Copland*. Mangold hésitait sérieusement à retravailler pour Miramax. « L'ingérence dans le processus de création est beaucoup plus importante chez Miramax qu'ailleurs, dit-il, et ils ne font pas dans la dentelle non plus. C'est le niveau zéro : en gros, ils s'intéressent aux scores des projections tests, vous disent que tel personnage ne plaît pas aux spectateurs [89]. » Cependant, il devait encore deux projets aux Weinstein, et celui-ci lui donnait l'occasion de se débarrasser de l'un de ses engagements de façon relativement indolore. Mais rien n'est jamais indolore chez Miramax. En 1998, pendant la récriture du scénario de *Kate & Leopold*, il quitta le nid pour écrire et diriger *Une vie volée*, produit par Sony, qui permit à Angelina Jolie de remporter un oscar. Harvey n'appréciait pas que ses poulains fassent gagner des statuettes à d'autres et, quand Mangold finit par lui rendre le script de son film, il protesta : « Il t'a fallu deux ans et demi pour pondre ça ?

– Où en est le film de Quentin sur la Seconde Guerre mondiale ? » rétorqua Mangold du tac au tac, faisant allusion à *Inglorious Bastards*, le scénario inachevé de Tarantino.

« La compagnie doit tout à ce type ! hurla Harvey. N'essaie même pas de te comparer à lui. » Cependant, quand Meg Ryan fit part de son intérêt pour *Kate & Leopold*, tout fut pardonné. Le Harvey d'autrefois aurait rechigné à lui verser les 15 millions qu'elle réclamait, comme il avait rechigné à payer John Travolta du temps de *Copland*, lui préférant Sylvester Stallone. Mais les temps avaient changé. « Autrefois, les acteurs acceptaient de baisser leurs prix pour jouer dans ses films parce que Harvey soutenait des projets risqués dont personne d'autre ne voulait, souligne Konrad. Mais les comédies romantiques, c'est le fonds de commerce de Meg Ryan. Pourquoi lui ferait-elle une fleur, alors que, dans n'importe quel autre studio, elle serait payée plein pot pour le même type de film ? Quel intérêt pour elle [90] ? »

Tout ce qu'avait laissé augurer le succès de *Pulp Fiction* s'était réalisé. En recentrant son activité sur la production, Miramax était forcée de débourser de plus grosses sommes pour un nombre limité de films, tournant ainsi le dos à la stratégie des gros volumes et renonçant donc à la protection offerte par la loi du grand nombre. Miramax avait construit son succès sur la prise de risque, mais plus les films devenaient coûteux, plus la compagnie devenait allergique au risque. « À cette époque-là, explique Konrad, ce sont ceux qui passaient à la télé qui se sont mis à obtenir les rôles. Harvey était prêt à travailler avec toute l'équipe du *Saturday Night Live* [91]. » Paradoxalement, cependant, plus Miramax cherchait à prévenir les risques en faisant appel à des têtes connues, plus les films devenaient risqués.

Harvey aurait dit un jour : « Michael Eisner ne peut rien contre moi [92] », et il s'efforçait sans cesse de le prouver. Après avoir touché le jackpot avec *Elle est trop bien*, il se servit de ce film comme mètre étalon, y compris pour *Dogma*. « Harvey est devenu obsédé par les scores, dit Smith. Quand on a testé *Dogma*, tout ce qui l'intéressait, c'était la réaction des différentes catégories de public. Après l'une des projections, il a dit : "OK, pour ces deux catégories, ça marche du feu de Dieu. Il faut qu'on travaille sur les jeunes filles, leurs chiffres ne sont pas bons. Il faut séduire tout le monde si on veut égaler les résultats d'*Elle est trop bien* [93]." » Incrédule, Smith s'exclama : « Je rêve, ou tu viens de comparer mon film à *Elle est trop bien* ? Est-ce que tu penses sérieusement vendre mon film comme tu le ferais avec un film jetable pour ados ? T'es en train de mélanger les torchons et les serviettes, mon pote. »

Sous la pression de Disney, Miramax vendit *Dogma* à Lions Gate, le distributeur canadien. « Harvey aurait eu l'occasion de sortir le film le vendredi saint, mais il était ravi de s'en débarrasser », ajoute Smith. Même si, d'après le réalisateur, Weinstein se chargea tout de même de la campagne marketing : « Je pense qu'on a fait semblant de ne pas voir qu'il s'en occupait. »

Will Hunting achevait sa carrière, et Harvey voulait mettre en avant Affleck et Damon sur toutes les affiches de *Dogma*. « On avait des contrats très stricts en ce qui concerne les affiches, la publicité, et on n'a rien pu faire, explique Damon. Ben et moi, on leur a dit : "C'est le film de toute une équipe, ne mettez pas nos noms en haut de l'affiche, c'est mesquin et pas représentatif du film", mais ils l'ont fait quand même. Au bout du compte, ils font ce qu'ils veulent. Il vaut mieux avoir une certaine dose de cynisme quand on travaille avec Harvey, parce qu'il n'y a pas plus cynique[94]. »

Deux ans plus tard, à la sortie de *Jay et Bob contre-attaquent*, dans lequel Damon fait une apparition, tout recommença. « Ils m'ont offert un beau paquet pour tourner une scène et mettre ma tête sur l'affiche, continue Damon. J'ai refusé à cause de ce qui s'était passé pour *Dogma*. En plus, à mon avis, c'était plus drôle de faire une apparition surprise. J'ai dit : "Bon, voilà ce que je vous propose : je fais le film pour rien si vous ne mettez pas ma tête sur l'affiche. – D'accord, génial", ils ont dit, tout contents de ne pas devoir me faire un chèque. Marché conclu ! Six mois plus tard, je tournais un film indépendant avec Gus Van Sant en Argentine. On a commencé à recevoir des coups de fil affolés de Miramax. Gus se marrait : "Je parie qu'ils ont besoin d'un service." Ils m'ont dit qu'ils voulaient utiliser ma scène dans la bande-annonce. J'ai répondu que c'était censé être une surprise, que je n'étais pas d'accord. Le film est sorti, et là, j'ai reçu d'autres coups de téléphone – quand Harvey veut vous parler, il vous trouve où que vous soyez. Ils m'ont dit qu'ils voulaient se servir de ma scène dans les spots télé, que la mèche avait été vendue et que tout le monde savait que je participais au film de toute façon. "Ton argument ne tient plus, fais-le pour Kevin." D'un côté, j'avais envie de refuser. Il ne faut pas encourager ce genre de comportement. Mais, d'un autre côté, je voulais faire ce qui était le mieux pour Kevin. Harvey fait très attention à qui est copain avec qui, pour pouvoir te mettre la pression : "Fais-le pour lui, rends-lui service. Ce n'est pas pour moi que je te le demande, moi, j'en ai pas besoin." Comme ça, ce n'est pas lui qui te doit un service, c'est ton copain. Je me suis laissé convaincre, j'ai dit qu'ils avaient carte blanche. Le lendemain, en zappant, j'ai vu les pubs. Ça n'avait pas traîné. »

Dogma sortit le 12 novembre 1999. Le film, qui avait coûté environ 10 millions, en rapporta 30,7 aux États-Unis. En plus, une quantité phénoménale de DVD (un million) fut vendue. « Harvey et Bob ont raflé la mise avec *Dogma*, raconte Smith. On avait touché nos salaires d'entrée et on n'a jamais perçu un centime des recettes. En lisant les récapitulatifs qu'ils vous envoient, vous vous dites : "OK, je vois bien qu'en suivant votre logique alambiquée c'est moi qui vous dois de l'argent. Comme si c'était possible, puisque je sais que vous vous êtes rempli les poches grâce à mon film." Je ne suis pas débile, je sais pertinemment qu'il y a beaucoup d'argent dont on n'a pas vu la couleur. Ils ont soutenu que la publicité de *Méprises multiples* leur avait coûté 7 millions, mais je n'ai jamais compris comment c'était possible, vu qu'on n'est pas sorti aux quatre coins du pays, qu'on n'avait pas plus de cinq cents salles. On n'a pas acheté tant de spots télé que ça. Ils vous font payer tout et n'importe quoi, votre ardoise a vite fait de grimper, avec eux[95]. » « Le tournage de *Dogma* nous a coûté 20 millions, rétorque Miramax, si l'on compte les intérêts et les frais généraux, plus 16 millions en frais de distribution. Qui plus est, Miramax a dû s'acquitter de frais auprès d'autres distributeurs. Le film a connu des résultats médiocres à l'étranger. Kevin a touché son dû. Les frais de publicité de *Méprises multiples* se sont élevés à près de 9 millions, dont 3,3 millions de pub télévisée[96]. »

Chaque fois que Smith était à deux doigts de tout laisser tomber, Harvey, dont le panache est légendaire, arrivait à le récupérer. « La chose la plus sympa dont j'ai été témoin, se souvient le réalisateur, n'a rien à voir avec le boulot. » Une nuit, Smith et son copain Jason Mewes, l'acteur qui incarne Jay dans la série *Silent Bob*, rentrèrent à New York en compagnie de Harvey dans le jet de Miramax. « On en est venu à parler de la mère de Jason, qui était séropositive depuis plusieurs années, continue Smith. Harvey a dit à Jason : "Quand on sera à New York, je te donnerai mon numéro. Tu m'appelleras, et on lui prendra rendez-vous chez le meilleur docteur de la ville, peut-être même du monde. On ne va pas laisser ta mère mourir." J'étais scié. Mewes ne rapportait pas beaucoup de fric à Miramax ; Harvey ne le connaissait pas, et connaissait encore moins sa mère. La plupart des copains de Jason n'attendaient qu'une chose : qu'elle y passe, parce que c'était une horrible bonne femme, qu'elle l'envoyait livrer de la drogue quand il était gamin, qu'elle lui apprenait à voler des cartes de crédit dans les boîtes aux lettres quand il avait six ou sept ans, qu'elle lui avait fait commencer la dope, et tout. D'un côté, j'avais envie de dire à Harvey qu'il essayait de sauver la mauvaise personne, qu'il ferait mieux de garder son fric pour quelqu'un qui le méritait vraiment, et pas pour cette bonne femme qui s'escrimait à détruire la vie de son gamin depuis le jour de sa naissance. Mais qu'un type dans sa position s'intéresse à la mère de mon copain, ça m'a scié. Parce que ce n'était pas pour se faire mousser ! Il n'a pas simplement dit : "Appelle-moi, on verra ce qu'on peut faire", il a fait ce qu'il avait dit : il a envoyé une limousine la chercher dans le New Jersey pour la faire venir chez ce médecin de New York. Il n'a pas fait preuve d'humanité pour épater la galerie, c'était pour de vrai. C'est la seule fois où je l'ai vu être lui-même, sans arrière-pensée ou voulant se la jouer – il n'y avait que nous trois dans un avion, au beau milieu de la nuit. Dans les moments comme ça, j'avais envie de crier : "Tout est pardonné !" C'est à ces gars-là que je dois ma carrière. Ce n'est même pas qu'il m'ait "sauvé" des griffes des studios : s'il n'avait pas acheté *Clerks*, personne d'autre ne l'aurait fait, et je serais encore à la caisse de ma supérette en train de rembourser mon film en me maudissant d'avoir fait un emprunt pour le financer. Pour moi, ça n'a jamais été une question d'argent. Appelez ça de la loyauté, si vous voulez, ou de la culpabilité, peu importe. Je me dis toujours : "Mieux vaut un tiens que deux tu l'auras." »

Ce n'est pas la seule fois où Harvey aida des amis, des parents d'amis ou de simples connaissances en danger de mort ; les bénéficiaires de ses largesses médicales lui en sont reconnaissants et ne sont pas prêts de se montrer ingrats. Mais on peut se demander si ces gestes sont aussi désintéressés que Smith aime à le dire. Ils procurent à quelqu'un d'aussi égocentrique que Harvey le plaisir suprême : posséder le pouvoir de vie ou de mort – ou du moins l'illusion de ce pouvoir. Harvey se trouvait déjà au centre d'un vaste réseau de services rendus ou reçus qui lui permettait de contrôler un certain nombre de personnes bien placées, et, en étendant son influence, il ne faisait que placer la barre plus haut. Il n'hésitait pas non plus à mêler les enfants à tout ça. Au beau milieu d'une dispute avec un employé dont l'enfant avait bénéficié de l'aide de Harvey, par exemple, il était tout à fait capable de demander : « Et ton gamin, comment il va[97] ? »

D'ailleurs, Harvey ne faisait pas l'unanimité. Il lui était de plus en plus difficile d'empêcher ses jeunes poulains de ruer dans les brancards. « Harvey nous donnait une chance que personne d'autres ne nous aurait donnée, explique Jim Mangold. Quand c'est ton premier film, tu te sens une dette énorme envers lui, et il en joue. Parfois, j'avais l'impression de travailler avec un personnage historique, une espèce de Selznick ou de Zanuck. Mais le problème apparaît quand tu te fais un nom. Tu te rends compte que certaines de tes idées fonctionnent, que certains trucs qu'il trouvait stupides font rire le public, contrairement à ce qu'il pensait. Tu comprends qu'il n'est pas infaillible et que tu dois lui résister. Alors, quand d'autres veulent t'engager, tu ne te sens plus redevable au point de lui dire : "Tu as raison, Harvey, je te dois tout." T'es plus à la merci du "parrain" comme pouvait l'être Sinatra, et, si t'as pas envie de jouer à Vegas cette année, t'es pas obligé[98]. »

LE 9 FÉVRIER, lorsque la sélection aux Oscars fut rendue publique, *Il faut sauver le soldat Ryan*, de Spielberg, produit par DreamWorks – film coup de poing qui, malgré quelques petites rechutes, ici ou là, innovait sur bien des points par rapport aux films de guerre standard produits par Hollywood –, faisait figure de favori, avec onze nominations. Mais *Shakespeare in Love* surprit tout le monde avec treize nominations, dont celle du Meilleur Film. (Miramax était nominée deux fois dans cette catégorie, grâce à *La vie est belle*, tandis que d'autres films produits par la compagnie étaient sélectionnés dans d'autres catégories, portant le total au nombre record de vingt-quatre nominations.) La bataille en règle que se livraient les deux vieux amis Weinstein et Jeffrey Katzenberg était à peine moins violente que les scènes de carnage sur les plages de Normandie filmées par Spielberg. Les hostilités entre les deux compagnies étaient déclarées.

Le 15 mars 1999, la critique de cinéma Nikki Finke publia un article dans le magazine *New York*. Qualifiant *Shakespeare in Love* de « vide », elle accusait : « Miramax paie une armée de vieux de la vieille de Hollywood comme attachés de presse – dont Warren Cowan, Dick Guttman, Gerry Pam et Murray Weisman qui, comme par hasard, sont aussi membres de l'Académie – non pour promouvoir le film dans la presse, mais pour copiner avec leurs éminents collègues de l'Académie. Pour faire ami-ami avec ces chères têtes grises, on les paie non seulement pendant les cinq mois que dure la saison des Oscars, mais pratiquement à l'année – ce qui ne s'est jamais vu dans le métier [99]. » La journaliste attirait également l'attention sur les sommes dépensées par Miramax. « Les véritables indépendants, écrivait-elle, vont investir au maximum 250 000 dollars dans une campagne pour les Oscars, les majors, 2 millions. Les concurrents de Miramax estiment que la compagnie a investi 5 millions dans la campagne de *Shakespeare in Love*. » Pire, elle accusait Harvey en personne d'avoir lancé une campagne de diffamation digne de Richard Nixon contre le film de Spielberg. Il aurait dit aux critiques qu'il « ne se passait plus rien au bout de vingt minutes ». Weinstein réfute ces accusations. « Tout ça, c'est des conneries ! s'exclame-t-il. J'adore ce film et j'ai appelé Steven deux jours après l'avoir vu pour le lui dire [100]. » Miramax soupçonnait DreamWorks d'avoir commandité l'article de Finke, et plus particulièrement Terry Press, vice-présidente de la compagnie. « Je soupçonne systématiquement Terry Press d'être à l'origine de ce genre de coups, admet-il. Ces gens-là, ils veulent tout gagner. Pour moi, l'important, c'est de participer. Je suis l'amateur invité content de mettre un coup de pied dans la fourmilière. Je ne suis pas un mauvais perdant. J'ai passé ma vie entière à repartir de zéro, à gagner, à perdre, etc. On ne dit jamais de mal des films des autres. »

À Los Angeles, le vieux Cowan, ancien président du puissant cabinet publicitaire Rogers and Cowan, organisa une série de dîners en l'honneur de Benigni avec ses amis et clients influents – dont Kirk Douglas, Jack Lemmon et Elizabeth Taylor. « Benigni est venu vivre à Los Angeles pendant un mois tandis que le vote battait son plein, raconte l'ancien attaché de presse Mark Urman, et, tous les soirs, quelqu'un donnait un dîner en son honneur. Roberto s'est fait quantité d'amis, ce qui lui a permis de remporter un oscar, même si, à mon avis, l'avenir nous dira qu'il n'était peut-être pas mérité. C'est pour sa performance d'acteur lors de ces soirées qu'il l'a obtenu [101]. »

La cérémonie des Oscars eut lieu le 21 mars. *Shakespeare in Love* comptait alors une poignée de producteurs : Harvey, Gigliotti, David Parfitt, Marc Norman et Ed Zwick – beaucoup trop au goût de Weinstein, qui s'efforçait de convaincre Norman et Zwick de renoncer à leur participation. Il appela Zwick au milieu de la nuit. D'après Parfitt, son raisonnement consistait à dire : « Tout le monde sait que tu n'as pas assisté au tournage, que tu n'as rien fait. C'est la honte, tu vas être la risée de toute la profession [102]. » « Je vais bousiller ta carrière à Hollywood, tonna Harvey, tu ne pourras plus jamais travailler. Tu ne sais pas combien d'ennemis tu as dans cette ville, tu ne sais pas à qui tu as affaire, espèce d'enfoiré... », etc. Norman se souvient que Harvey, persuadé que tout le monde devait recevoir une statuette, lui offrit environ 100 000 dollars pour que son nom soit retiré du générique, et le menaça également de le priver de ses droits en tant que scénariste. Mais les deux hommes tinrent bon. (Harvey nie avoir eu cette conversation avec Zwick.)

Vers la fin de la cérémonie, Harrison Ford monta sur scène pour remettre l'oscar du Meilleur Film. Proche de Spielberg, il parut choqué en découvrant le nom du lauréat avant de prononcer les trois mots magiques : « *Shakespeare in Love* ». Les cinq producteurs s'attroupèrent sur scène pour recevoir la statuette. Ils avaient longuement débattu de la façon de gérer la remise du prix. Zwick avait cru comprendre que Gigliotti s'exprimerait la première. Puis viendrait son tour, et enfin celui de Harvey. Mais, pour Parfitt, « personne n'avait jamais eu l'intention de laisser Zwick parler ». En effet, si l'on en croit Norman : « Harvey s'est rué sur le micro alors que Zwick s'en approchait, l'a bousculé pour s'en emparer [103]. » Le temps que Zwick se remette de ses émotions, la musique était partie, et Harvey rayonnait, tout sourire. La vision d'un Weinstein en majesté, se repaissant du spectacle offert par les rangs d'invités sur leur trente et un, tout ça devant des milliards de téléspectateurs, en disait long : comme le dit Smith, au bout du compte, les rebelles étaient devenus conformistes.

Terry Press assistait à la remise des prix, persuadée que le film de Spielberg remporterait l'oscar du Meilleur Film. Lorsque *Shakespeare in Love* remporta le prix, elle s'empourpra, convaincue qu'on avait manipulé le système et qu'une injustice venait d'être commise. (Du côté de Miramax, on se contente d'en rire : *Shakespeare in Love* était un film d'acteurs, et les acteurs, qui constituent la majorité des votants de l'Académie, se seraient simplement rangés derrière lui.) Peu après, lorsque Press alla féliciter Harvey, elle échangea un regard avec Katzenberg, son patron, en maugréant : « Plus jamais ça [104] ! »

Tout d'un coup, John Madden avait le vent en poupe. Mais Miramax détenait une option sur ses deux projets suivants. Dans l'industrie du cinéma, les options sont monnaie courante, un peu comme le sont les « points fréquence » pour les grands voyageurs. Cependant, la plupart des studios font preuve d'une certaine flexibilité : si un réalisateur veut travailler pour une autre compagnie, ils « suspendent et prolongent [105] » l'option, explique l'ancien P-DG de la Fox, Bill Mechanic. « On la suspend pour la durée du projet que le réalisateur entreprend [ailleurs], puis elle est prolongée. Lorsque vous passez en force, la plupart du temps, ça se retourne contre vous. Alors, mieux vaut ne pas se montrer trop intransigeant. » Harvey, intransigeant ? Madden devait deux films à Miramax, dont aucun n'était prêt. Il s'enthousiasma pour le scénario de *Shanghai*, écrit par Hossein Amini. C'était un projet appartenant à Sony, et Mel Gibson était intéressé. En échange de l'autorisation donnée à Columbia d'engager Madden, Harvey souhaitait s'associer au projet. Mais, d'après Mike Medavoy, dont la compagnie, Phoenix Pictures, possédait une part du film, « Sony ne voulait pas de Harvey [106] » et préféra se passer de Madden plutôt que de s'allier à Miramax.

« À certains égards, c'est un système féodal, observe le réalisateur. Il n'est flatteur pour personne d'être considéré comme un pion dans une transaction. Moi, je me vois comme un réalisateur. »

C'est à ce moment-là que la Universal proposa à Madden de reprendre *Capitaine Corelli*. Son premier choix, Roger Michel, avait été victime d'un infarctus alors que la préparation était bien entamée. La Universal allait perdre des millions puisque la star, Nicolas Cage, toucherait son cachet que le film se fasse ou pas. Miramax exigea qu'on lui cède toute une série de droits de distribution, ainsi que les droits américains du *Journal de Bridget Jones*, même si la compagnie ne possédait d'option ni sur le réalisateur ni sur les acteurs de ce film-ci. D'après Tim Bevan, de chez Working Title, qui possédait une part de *Capitaine Corelli*, la présidente de la Universal Stacey Snider « ne voulait pas vendre les droits [de *Bridget Jones*]. Elle ne voulait rien céder à Harvey. » Mais elle était aux abois. « Ils ont fini par céder la moitié du film, c'était complètement fou, observe Mechanic. Moi, je serais passé au réalisateur suivant sur ma liste[107]. » La stratégie de Weinstein concernant les options complétait parfaitement sa capacité à choisir les films remis sur le marché par d'autres compagnies. Comme il ne savait pas mettre au point les films lui-même, il pouvait au moins se raccrocher aux projets des autres, telle la moule à son rocher. Comme il l'avoue lui-même, en ayant du mal à cacher sa satisfaction : « C'est une aubaine incroyable : on a l'opportunité de faire des films à gros budget en éliminant les risques[108]. »

Norman, à l'origine du scénario de *Shakespeare in Love*, était un homme heureux : il avait remporté deux oscars. Mais il ne put tirer tous les bénéfices du succès du film. Son contrat lui garantissait 7,5 % des recettes, bien plus que n'importe quel autre participant. « Miramax a investi beaucoup d'argent dans la promotion de ce film comme dans la campagne pour les Oscars, et ils ont toujours prétendu qu'ils avaient dépensé tout ce que le film avait rapporté, souligne-t-il. J'étais à deux doigts de demander un audit, mais ça n'intéressait personne à part moi. Tout ce que je sais, c'est qu'un film qui a engrangé 300 millions de dollars n'a rien rapporté à ceux qui étaient censés toucher un pourcentage des recettes… Quand je mourrai, ça me servira d'épitaphe[109]. » Harvey, par contre, avoue : « J'ai gagné une petite fortune avec ce film[110]. »

Après la cérémonie des Oscars, October donna une soirée dans le jardin du Château Marmont recouvert d'un dais pour l'occasion. C'était une soirée très étrange, fête pour certains, veillée funèbre pour d'autres, rappelant étrangement le film *Festen*, de Thomas Vinterberg, dans lequel une réunion de famille tourne au vinaigre. Les vainqueurs – Greenstein et ses fidèles – se congratulaient en avalant du champagne, tandis que les perdants – Ray, Schmidt et toute l'équipe d'October – faisaient semblant de ne pas les voir.

En juillet 1999, Ray quitta la compagnie qu'il avait fondée huit ans plus tôt avec Jeff Lipsky. Huit mois plus tard, un peu plus d'une semaine après la cérémonie des Oscars, le lundi 10 avril 2000, à 10 heures et demie du matin, il percuta un arbre au volant de son Audi A4 noire, à moins de deux kilomètres de sa résidence de Mount Kisco, dans l'État de New York. Hippie dans l'âme, il avait passé la nuit à un concert marquant les retrouvailles de Crosby, Stills, Nash and Young au Meadowlands. Il avait bu, mais son taux d'alcoolémie ne dépassait pas la limite légale. Six semaines plus tôt, cependant, il avait arrêté de fumer et prenait du Zyban pour essayer de se sevrer de la cigarette, ce qui peut expliquer bien des choses. En tout cas, il traversa la petite route de campagne pour aller s'encastrer dans un arbre. Il ne devait pas aller à plus de quarante à l'heure, mais ne portait pas de ceinture, et le choc fut assez violent pour le projeter contre le pare-brise puis sur le plancher côté passager, tandis que ses jambes restaient coincées dans le tas de ferraille. Il avait le haut du bras gauche fracturé et perdait beaucoup de sang. Du sang lui coulait aussi des oreilles et, en percutant le pare-brise, il s'était profondément entaillé le front. Les airbags s'étaient déployés et l'un d'eux avait été crevé par l'humérus mis à nu par la fracture. Ils étaient maculés de sang. Sa voiture ressemblait à celle de la princesse Diana. Ray dut être désincarcéré et héliporté au Westchester Medical Center, à Valhalla, où il passa trois jours dans le coma. « C'est moi qui vous ai récupéré à la descente de l'hélicoptère : c'était pas beau à voir [111] », lui dit l'infirmière à son réveil. « On ne pensait pas que vous alliez vous en sortir. » Quand il voulut regarder sa jambe, il ne vit que de l'os. Les médecins avaient incisé la chair de chaque côté du tibia pour soulager la pression et le gonflement des tissus. Les entailles étaient si importantes qu'il avait fallu poser des broches pour refermer la plaie. Les médecins pensaient le voir mourir et, un jour, quand il se réveilla, il trouva un prêtre à son chevet. « Bonjour, Ray ! » lui dit-il. Tout le monde l'appelait « Ray Bingham ». Feuilletant ses papiers, le prêtre essaya d'être le plus enjoué possible. « Comment vous sentez-vous aujourd'hui ? Vous avez envie de parler un peu ? » La religion n'intéresse pas trop Ray, mais il réussit à articuler : « Plus de morphine ! » « Je n'ai tiré aucun enseignement spirituel de cette expérience, observe-t-il, ce n'est pas mon genre. La morale de l'histoire, c'est que je suis allé littéralement droit dans le mur. Je me suis simplement endormi au volant. »

Ray passa un peu plus de trois semaines allongé avec le bras gauche et la jambe droite surélevés. Il reçut deux amendes : l'une pour défaut de vitesse et l'autre pour ne pas avoir attaché sa ceinture. Un jour, une infirmière le voyant regarder un film sur un lecteur de DVD portable prêté par le fils de Schmidt lui demanda : « Vous travaillez dans le milieu du cinéma ?

– Ouais.

– Vous faites quoi ?

– Autrefois, je dirigeais une compagnie appelée October Films. » Il remarqua son regard vide et ajouta : « Vous avez déjà entendu parler de Miramax ?
– Oui, évidemment.
– Ça ressemblait à Miramax, le succès en moins. »

Chapitre 12

Le roi de New York
1999-2000

Où Harvey Weinstein fait la cour à Tina Brown, tombe malade et manque d'y passer, fait pleurer Uma Thurman et rend Martin Scorsese dingue, tandis que Steven Soderbergh débloque le projet *Traffic*.

« *Quand Marty a décidé de tourner* Gangs of New York, *je lui ai dit : "Cette fois, tu as vraiment vendu ton âme au diable. Au diable en personne. À Satan ! À Lucifer*[1] *!"* »

Spike LEE

En 1999, Harvey avait l'air de s'ennuyer. Le petit monde des achats de droits n'était plus ce qu'il avait été. *Happy, Texas*, couronné par un prix l'année précédente à Sundance, et pour lequel le patron de Miramax, bien qu'il s'en défendît, avait déboursé 10 millions, n'avait rapporté que 2 millions à sa sortie, le 1er octobre. Son échec marquait la fin d'une série de succès allant de *Sexe, mensonges et vidéo* à *La vie est belle*, en passant par *Cinema Paradiso*, *The Crying Game*, *La Leçon de piano*, *Sling Blade*, *Trainspotting*… La compagnie garda sa bourse fermée jusqu'en 2002, lorsqu'elle accepta de payer la somme ahurissante de 20 millions pour *Hero,* dont Harvey pensait qu'il avait le potentiel de *Tigre et Dragon.*

Le département achats de droits, pivot de la compagnie depuis de nombreuses années, s'enfonçait un peu plus chaque jour dans la médiocrité sans que le patron de Miramax ne réagisse. Tous les cracks étaient partis. Amy Israel et Jason Blum fondèrent leur propre maison de production en 2000. En ce qui concerne Blum, l'incident de la cigarette au moment de l'achat raté de *Cours, Lola, cours* en 1998 ne fut sans doute pas étranger à sa décision. « Je n'ai plus aucun contact avec eux [2] », explique Geoff Gilmore à propos des successeurs d'Israel et Blum. « Les autres m'appelaient sans arrêt pour me demander ce qu'il y avait de neuf, d'intéressant. La nouvelle équipe est beaucoup moins difficile concernant la qualité et les atouts des films. Je ne connais même pas leurs noms. Harvey se fait battre à plate couture par ses concurrents. »

Pendant quelque temps, Harvey eut l'air blasé. En 1999 à Cannes, il ne leva pas le petit doigt. La leçon tirée de *Shakespeare in Love* semblait limpide : pourquoi risquer sa vie pour un petit film comme *Priest*, qui ne présente pratiquement aucun avantage, alors que vous pouvez vous remplir les poches, être couvert d'éloges et même remporter un oscar en produisant des films en costume et en refusant systématiquement des projets comme *Kids*, *Boogie Nights*, *L'Arriviste*, *Happiness*, *American Beauty* et, plus tard, *Traffic*, il n'y avait pas photo. « Quand son activité de producteur a pris le dessus, explique Lechner, Harvey a pu se faire de plus en plus plaisir. Il aime les films optimistes, les films sur la bouffe, la Seconde Guerre mondiale, les histoires qui voient les opprimés triompher. Et, avec les succès et les oscars, il s'est senti de plus en plus libre d'être lui-même [3]. » Le succès autorisa Harvey à être Harvey, et le producteur avait davantage d'affinités avec Claude Lelouch qu'avec David Lynch.

Pour les compagnies indépendantes, « la production est un piège, souligne l'avocate Linda Lichter. Une fois qu'elles commencent à investir dans la production, elles disposent de moins d'argent pour l'achat de droits. Des achats de droits financés en dehors du système riment en principe avec davantage de liberté, une véritable indépendance. Il n'y a pas de grande différence à travailler avec Miramax – ou n'importe quelle autre mini-major – ou avec Disney : les mini-majors subissent le même type de pressions financières, développent la même allergie au risque que les studios. Les patrons se prennent pour des producteurs, pinaillent sur les scénarios, éliminent ce qui les rend originaux et les refont à leur sauce. Le film est dénaturé, il a perdu la verve et le charme que nous recherchons tous [4]. »

En d'autres termes, l'influence de Miramax sur le monde indépendant était proportionnelle à celle exercée par Disney sur Miramax. Harvey s'emparait des films indépendants, les édulcorait, se débarrassait des éléments gênants, tout comme il avait autrefois américanisé les films étrangers. Miramax fut en quelque sorte le cheval de Troie grâce auquel les valeurs des studios purent s'infiltrer dans la scène indépendante. Comme le dit John Schmidt, « tout le monde a été contaminé par l'envie de faire des films d'auteur pouvant potentiellement rapporter 30 ou 40 millions, avec à la clé des campagnes marketing à 25 ou 30 millions. On a dépensé de plus en plus pour gagner de moins en moins [5]. » Ça n'avait rien à voir avec une conspiration : personne n'avait décidé de pervertir le monde indépendant. Comme Disney, Miramax essayait simplement d'obtenir un maximum de retour sur investissement, bref de faire de l'argent. Et, à partir de là, tout s'enchaîna. Le changement s'opéra tout simplement. Finalement, il devint clair que la voix la plus représentative de Miramax n'était pas celle de Tarantino, mais plutôt celle de John Madden, ou celle de Lasse Hallström.

Malgré les prises de bec – éclats de voix, vaisselle cassée, claquements de porte –, Miramax et Disney avaient davantage en commun que l'une et l'autre ne voulaient bien l'admettre. Sous la houlette d'Eisner et de Katzenberg, Disney s'inspirait des méthodes très volontaristes appliquées par Barry Diller chez Paramount à la fin des années soixante-dix et au début des années quatre-vingt. (Les deux patrons de Disney avaient travaillé avec lui.) La Paramount surveillait étroitement les coûts, donnait aux scénaristes des cahiers des charges très précis, n'hésitait pas à taper sur les doigts des réalisateurs et à mettre les mains dans le cambouis en récrivant les films, en refaisant des prises ou le montage. C'était la même chose chez Disney et, plus encore, chez Miramax, qui faisait de l'argent, amassait des oscars et étoffait son catalogue. « Miramax et Disney assuraient [6] », reconnaît Rob Moore, ancien employé de Disney qui s'occupa des Weinstein au départ de McGurk. Voilà pourquoi les frictions entre les deux compagnies n'allaient jamais plus loin que les étincelles. Les deux parties avaient tout intérêt à ce que la collaboration fonctionne. Disney savait que sans les deux frères, Miramax n'était qu'une coquille vide. Quant aux Weinstein, ils savaient que Disney les tenait, puisque le nom et le catalogue Miramax lui appartenaient. Quel studio aurait les reins assez solides pour les financer s'ils décidaient de prendre un nouveau départ ? De toute façon, étant donné la nature du contrat passé avec Disney, les deux frères auraient eu trop à perdre en partant. Après *Kids* et *Priest*, McGurk proposa à Eisner : « Tu veux que je vende Miramax ? Ça m'amuserait d'en tirer dix ou vingt fois ce qu'on l'a payée. Juste pour s'amuser.

– Tant que je serai là, répondit Eisner, personne ne touchera à cette compagnie[7]. » Selon McGurk, « Michael pense que les Weinstein ont bâti l'une des meilleures marques de l'industrie, alors, quand d'un côté ou de l'autre on parle de se séparer, c'est du vent. Regardez ce que la compagnie est devenue grâce à Disney. Ils faisaient déjà des profits monstres avant la fusion, mais aujourd'hui ils en sont à 150 millions par an. »

Pour Miramax, l'âge de bronze dura sept ans, de 1979, date de naissance de la compagnie, à 1986, date de sortie de *Playing for Keeps* et du départ des quelques employés fondateurs – dont certains passablement épuisés et amers. L'âge d'argent dura entre six ans et six ans et demi, de 1987 au rachat par Disney mi-1993, qui coïncida également avec le départ d'un certain nombre d'employés. L'âge d'or dura cinq ans, de la fusion à l'oscar du Meilleur Film remporté par *Shakespeare in Love*. Pendant cette période, Miramax domina ses concurrents tout en jouissant à la fois d'une incroyable bienveillance de la part des critiques et d'un énorme succès commercial grâce au rachat de projets mis au point par d'autres. Dimension, de son côté, battait tous les records avec *The Crow* et la série des *Scream*. Harvey réussit à monter sa propre écurie d'acteurs vedettes – Ben Affleck, Matt Damon, Gwyneth Paltrow – et permit à Quentin Tarantino d'atteindre le statut de superstar de la réalisation.

Mais, au lendemain du succès de *Shakespeare in Love*, lorsque la compagnie vira de bord, se rangea, un autre groupe d'employés clés mit les voiles. Ces défections ne touchaient pas seulement le secteur de l'achat de droits : dans la seconde moitié des années quatre-vingt-dix, Linde, Webster, Lechner, Bowles, Gigliotti et Foley quittèrent la compagnie. Le troisième étage de la fusée s'était décroché. Les jours de gloire étaient passés, pour un temps du moins.

Cependant, pour Harvey, rien n'est inscrit dans le marbre. À peine s'était-il désintéressé de l'achat de droits que la jalousie le consuma quand il vit ses concurrents s'engouffrer dans le vide qu'il avait laissé. « J'étais dans le bureau de Harvey le lundi suivant la sortie du *Projet Blair Witch*, raconte Kevin Smith. Ça marchait du feu de Dieu. Il venait de recevoir une copie du *Time* qui consacrait sa une au phénomène. En pointant le magazine du doigt, je lui ai demandé : "Qu'est-ce qui s'est passé ?" Il a répondu : "J'en ai aucune idée." Il avait carrément la haine d'avoir raté ce film et de ce que quelqu'un puisse faire du Miramax à la place de Miramax [8]. » Ses rivaux de toujours avaient beau le rendre jaloux, il semblait de plus en plus clair que son concurrent le plus dangereux était plus proche qu'il ne le croyait – son frère Bob, pour ne pas le nommer, tirait le gros lot au moins une fois par an. « Grâce à Dimension, Miramax pouvait espérer gagner 100 millions par an au lieu de 20, explique Cassian Elwes. La division de Bob les a fait passer au niveau supérieur [9]. » Harvey empruntait ses stars à Bob, Neve Campbell par exemple, pour les faire jouer dans des films comme *Studio 54*. « On a dit à Harvey qu'on ne voulait pas faire *Jay et Bob contre-attaquent* chez Miramax, continue Smith. On préférait travailler avec Dimension, parce que l'étiquette du film de genre semblait mieux correspondre au film. J'ai dit à Harvey : "Écoute, c'est un film de genre. Je sais bien que tu t'y intéresses maintenant, avec *Elle est trop bien* et tout ça, mais je ne veux pas contribuer à faire baisser le niveau ici." Je partageais le point de vue d'Eisner. Harvey était d'accord et m'a répondu : "C'est ça, va faire les films commerciaux chez mon frère ; moi, il faut que je me tape les films d'auteur." Mais, plus tard, j'ai entendu dire que ça l'avait agacé [10]. »

Harvey avait obtenu son oscar et montré à la profession qu'il était capable d'acheter, de produire et de distribuer comme un grand. Du même coup, son frère et lui avaient créé une mini-major incroyablement rentable. Mais Harvey n'en avait jamais assez. Ce n'était pas tant le succès ou l'argent qui l'intéressaient que le pouvoir, l'influence et le respect. Son infatigable équipe d'attachés de presse inondait les revues et magazines spécialisés dans le cinéma, l'édition ou la politique d'articles sur Harvey : il devint le roi de l'autopromotion. « À chaque fois qu'il pète, il éprouve le besoin de le faire savoir dans la presse [11] », ironise le producteur Scott Rudin. Il était à la limite de louer des espaces dans les colonnes *people* des tabloïds de Manhattan, et se voyait bien en représentant de la ville. Aux yeux de ses ennemis, il n'était qu'un hypocrite. « Il a essayé de se faire passer pour M. New York, pour un maire officieux, raconte Spike Lee. Mais, quand il nous bassine avec tout ce qu'il fait pour la ville, on a envie de lui dire : "Hé, espèce d'empaffé ! Pourquoi tu ne tournerais pas quelques-uns de tes films ici, au lieu de Toronto ?" Personne n'aborde jamais le sujet [12]. »

Le gros problème de Harvey, de ce point de vue, c'était que la ville avait déjà un maire, le très à cheval Rudolph Giuliani, ancien procureur. Alors, il se rabattit sur la fonction de « shérif » de New York. (Derrière son bureau, il a posé une affiche de *Nevada Smith* où Steve McQueen apparaît, flingue à la main.) Toujours tenaillé par ce qui doit vous tenailler quand vous êtes né à Brooklyn, que vous avez grandi dans le Queens, laissé tomber la fac et été snobé par l'*establishment* hollywoodien (n'ayant pas su voir le prince sous l'enveloppe du crapaud), il avait soif de conquérir de nouveaux territoires pouvant lui donner une légitimité dans le milieu de l'édition, sans doute huppé à ses yeux. Et il voulait que Tina Brown, ancienne rédactrice en chef de *Vanity*

Fair et alors rédactrice en chef du *New Yorker*, lui serve de trophée.

Le 8 juillet 1998, Brown surprit le monde des médias en plaquant le *New Yorker* pour lancer un nouveau magazine, publié par Miramax et baptisé *Talk*. L'incursion de Miramax dans l'édition creusa un peu plus le gouffre entre Weinstein et Eisner. Le patron de Disney courtisait aussi Brown, à qui il souhaitait offrir un poste. « Quand ils ont embauché Tina Brown, ça a causé un gros problème, explique Joe Roth. Michael pensait être un ami de Tina. Celle-ci insista auprès de Harvey pour qu'il mette Michael au courant de négociations qui sortaient complètement de ce que le programme d'action prévoyait, et qui devaient bénéficier de son aval. Harvey a appelé Michael un soir à 22 heures, juste avant de rendre la nouvelle publique. Eisner a disjoncté. Il pensait que diriger une compagnie de production et diriger un magazine, surtout un magazine de qualité, étaient deux activités inconciliables. Il était contre. Ça n'avait plus rien à voir avec le contrat qu'ils avaient signé. Harvey ne lui avait pas annoncé la nouvelle plus tôt de crainte que Michael ne sabote l'affaire, alors il s'était lancé et avait probablement réussi à convaincre Tina en lui disant qu'il n'avait besoin de la permission de personne [13]. » À ce stade, Eisner pouvait très bien mettre son veto, et il commença par dire à Harvey qu'il n'allait pas lui donner son autorisation. Mais, au fond, le patron de Disney n'avait pas envie d'humilier Weinstein. Cela dit, les deux hommes cessèrent pratiquement de se parler à partir de là.

Après s'être vu refuser l'autorisation d'organiser la soirée de lancement de *Talk* aux chantiers navals de Brooklyn (quand le maire Giuliani eut découvert que Hillary Clinton – sa rivale potentielle au poste de sénateur de New York – ferait la couverture du premier numéro du magazine), Brown réserva Liberty Island à la place. Le 2 août 1999 se tint au pied de la statue de la Liberté, décorée de lampions pour l'occasion, une fête à plus de 200 000 dollars où les stars se bousculaient. Si, en donnant cette sauterie, Harvey avait espéré acheter son billet d'entrée dans le cercle doré de l'intelligentsia new-yorkaise, il y avait réussi au-delà de ses plus folles espérances. Tout le gratin avait fait le déplacement, de Salman Rushdie, à peine sorti de sa retraite, à Madonna, en passant par Henry Kissinger. Alors que les premiers feux d'artifice illuminaient le port de New York, George Plimpton leva son verre en s'exclamant : « À Harvey et Bob Weinstein [14] ! »

*

LA DÉCISION DE USA FILMS d'acheter *Traffic*, de Steven Soderbergh, déplaisait à Barry Diller depuis le début. D'après lui, la compagnie n'avait pas la moindre chance de récupérer sa mise de fonds, et encore moins de faire un quelconque profit. Un film d'auteur à 50 millions sur les milieux de la drogue, qui plus est sortant à Noël, avec un réalisateur comme Soderbergh derrière la caméra, cela faisait beaucoup. En plus, il y avait des séquences en espagnol, sous-titrées, et une telle foule d'acteurs qu'il fallait un organigramme pour s'y retrouver. L'histoire était tellement compliquée, si pleine de retournements de situation qu'on avait les pires difficultés à suivre. Il faut dire aussi que Diller n'aimait aucun des projets de USA Films, ni *La Muse* ni le film encore sans titre des frères Coen, simplement baptisé « le film sur le coiffeur ». Il s'en ouvrit au président de USA, Scott Greenstein : « Les films des frères Coen ne rapportent pas un sou. Le plus rentable a rapporté 35 millions, et c'est grâce à la performance de Fran McDormand, qui lui a valu un oscar d'ailleurs. Elle était enceinte et divine. Billy Bob Thornton n'est ni l'un ni l'autre. Qui a envie de le voir, grimé pour ressembler à Humphrey Bogart, mourir sur la chaise électrique à cause d'un crime qu'il n'a pas commis – et tout ça en noir et blanc ? Tu es dingue de te lancer là-dedans [15]. » Mais c'est comme ça que Diller fonctionnait : pour lui, tout était de la merde, et c'était le boulot des employés de le convaincre du contraire.

Greenstein s'efforçait généralement d'anticiper les moindres caprices de Diller. Mais il avait senti le potentiel de *Traffic*. Soderbergh était en train de remonter la pente. D'un autre côté, le réalisateur avait le couteau sous la gorge : il approchait de la quarantaine et avait désespérément besoin d'un succès. *Schizopolis* avait été projeté à Cannes en mai 1997. Les réactions qu'il avait suscitées, à défaut d'être positives, avaient au moins été unanimes. « Quatre cents personnes se sont gratté la tête en même temps. Beaucoup ont quitté la salle en voyant qu'il n'y avait aucun acteur connu à l'écran [16] », raconte le réalisateur. Le film sortit à l'automne cette année-là, à peu près au même moment que *Gray's Anatomy*, et disparut rapidement de l'affiche. Avec *Schizopolis*, « j'étais sans doute allé trop loin, je m'étais trop aventuré dans la sphère privée [17], reconnaît Soderbergh. Mon idée avait été de faire un film de ce genre tous les deux ans et d'en vivre. Mais je planais complètement en croyant que *Schizopolis* serait suffisamment commercial pour me permettre de rentrer dans mes fonds et d'enchaîner avec un autre projet semblable. Si le film avait rapporté 2 millions, j'aurais continué sur ma lancée [18]. »

Les goûts du réalisateur, au moins à l'époque, n'étaient pas commerciaux. Il suivait les traces des indépendants comme Jim Jarmusch, John Sayles, les frères Coen, ou même Tarantino, qui faisaient des films pour eux-mêmes en espérant qu'ils trouveraient un public. Cela marchait pour Tarantino mais, pour Soderbergh, le réveil fut brutal. « Quentin ne joue le jeu de personne. Malheureusement pour nous, qui ne sommes pas aussi doués que lui, la moindre de nos petites crottes ne se transforme pas forcément en or [19] », explique Ethan Hawke. Soderbergh dut bien réfléchir aux options dont il disposait. *Schizopolis* lui avait appris qu'il devait jouer le jeu, au moins un peu. « Il fallait que j'arrête de me regarder le nombril, je le savais, pour commencer à penser aux réalités économiques de ce milieu et décider si, oui ou non, travailler en marge du système me satisfaisait, explique-t-il. Avec le recul, quand je pense à mes quatre premiers films, il me paraît incroyable d'avoir pu croire que les gens auraient envie d'aller les voir. J'étais dans ma bulle ; je faisais mon truc en me disant que si ça n'intéressait pas le public, ce n'était pas mon problème [20]. » Il opta pour la formule « un film pour moi, un film pour les studios ». Après avoir tourné quelques films pour lui-même, il se mit à chercher un projet de film commercial.

Casey Silver, de la Universal, avait toujours eu un faible pour Soderbergh, qui se souvient : « Casey a été un véritable magicien, sur ce coup-là. Les deux films que j'avais faits pour lui n'avaient pas rapporté un centime. » Silver lui proposa *Hors d'atteinte*, adapté, comme *Jackie Brown*, d'un polar d'Elmore Leonard : « Le projet est libre, vas-y, fonce. Il est pour toi. » Le premier réflexe du réalisateur fut de refuser : « C'est un scénario parfait pour moi – je ne peux pas le faire. » Et s'il échouait ? Le pire, ce serait de faire un film commercial et de le rater – il n'était peut-être même pas capable de se *vendre*… « Ne sois pas ridicule », répondit Silver. Soderbergh prit le temps de la réflexion et se dit que c'était l'occasion ou jamais, que son apprentissage était terminé, et que, s'il avait l'ambition de sortir de la confidentialité, il était temps d'agir. Il était plus facile de rester dans sa situation actuelle, mais il fallait qu'il se bouge. Il rappela Silver pour lui dire qu'il acceptait.

« C'est pour *Hors d'atteinte* que j'ai ressenti la pression la plus énorme de ma carrière, et c'est moi qui me l'imposais, se souvient Soderbergh. Je me lançais à l'assaut d'un pan de l'industrie cinématographique jusque-là hors de ma portée, parce que je m'étais marginalisé. Je me levais tous les matins avec la boule au ventre. Je m'efforçais de ne pas y penser sur le plateau, pour travailler comme je l'aurais fait sur un film comme *Schizopolis*. Je savais qu'en cas d'échec j'étais foutu. »

Hors d'atteinte s'appuyait sur un très bon scénario de Scott Frank. C'était la seconde fois que Soderbergh s'aventurait sur le terrain de Tarantino. D'ailleurs, les acteurs auxquels il avait fait appel avaient déjà joué pour Tarantino, en particulier George Clooney et Ving Rhames, ainsi que les seconds rôles Sam Jackson et Michael Keaton (qui reprenait son personnage de *Jackie Brown*). Soderbergh trouvait que ses films étaient devenus trop « froids et intellos », et il essayait de se rapprocher du style plus « sensuel et intello » de Tarantino. Il y parvint avec *Hors d'atteinte*, copie qui pourrait sans problème passer pour un original. C'est un film pétillant où Soderbergh parvient à tirer le meilleur de ses acteurs, en particulier de Jennifer Lopez. Les seconds rôles – surtout Don Cheadle – sont époustouflants. Comme Tarantino, le réalisateur a expérimenté avec la chronologie et a même utilisé une pellicule teintée, tout ça sous des dehors de film commercial. C'est à partir de là qu'il réunit autour de lui une troupe d'acteurs fidèles, dont Cheadle, Luis Guzmán et, surtout, Clooney. *Hors d'atteinte* égala même les recettes de *Jackie Brown* en rapportant 37 millions. Cependant, contraste saisissant entre un film de studio – même dirigé par Soderbergh – et un film Miramax, il avait coûté le double du film de Tarantino (environ 40 millions) et fut donc considéré comme un échec. La Universal sut néanmoins admettre que Soderbergh avait assuré et lui confia *Erin Brockovich*.

À peu près à la même époque, en septembre 1999, Soderbergh tomba sur Greenstein et le président de USA Russell Schwartz à l'aéroport. Ceux-ci rentraient du Festival du film de Toronto, où le nouveau film de Soderbergh, *L'Anglais*, venait d'être projeté. Le réalisateur avait collaboré à trois reprises avec Schwartz (pour *Kafka, King of the Hill* et *À fleur de peau*), du temps où celui-ci travaillait chez Miramax et Gramercy. Le duo de USA Films avait entendu parler de *Traffic*, remake d'un téléfilm britannique, et lui dit : « À notre avis, personne ne voudra le faire, mais ça nous intéresse. » Ils risquaient gros : *L'Anglais*, qui allait faire perdre de l'argent à Artisan, n'était pas encore sorti, et tout ce qu'ils savaient sur *Erin Brockovich*, c'était qu'il s'agissait d'un film au budget énorme (50 millions), construit autour de Julia Roberts, et que sa sortie était prévue pour le mois de mars suivant. *Traffic* devait se faire à la Fox, et le script n'était même pas écrit. Soderbergh répondit : « C'est bon à savoir, je vous tiens au courant de ce qui se passe avec la Fox. » Greenstein n'avait sans doute jamais vu aucun film de Soderbergh ; le réalisateur, quant à lui, savait peut-être que Greenstein avait le sang d'October sur les mains mais ne s'en souciait guère. « Pour être honnête, avoue-t-il, comme ça ne me concernait ni de près ni de loin, je n'y ai même pas fait attention. S'il y a bien un truc sur lequel on peut compter selon ce milieu, c'est sur l'opportunisme des gens, qui vont toujours agir selon leur intérêt. Voilà pourquoi j'essaie de faire coïncider mes besoins et les leurs au maximum, pour éviter d'avoir des problèmes. »

Traffic allait être un véritable coup de maître pour la nouvelle branche cinéma de USA, pas encore très stable. Tout restait à prouver, pour Greenstein, et il avait grand besoin de réalisateurs de l'envergure de Soderbergh. Ni Greenstein ni Schwartz n'inspiraient confiance à leurs troupes. Le chaos chez USA était tel que, selon un employé, « on n'avait même pas la liste des contrats en cours, personne ne s'occupait d'en superviser l'ensemble. C'était plus facile, par exemple, d'appeler Further Films – la compagnie de Michael Douglas – et de leur demander si on était en affaires ensemble que d'essayer de se renseigner au sein de USA [21]. » Chaque fois qu'on lui proposait un projet, Greenstein répondait la même chose : « Ça pourrait convenir à Harrison Ford et/ou Leonardo DiCaprio ? » Un autre employé de la compagnie observe : « Scott imitait Harvey Weinstein dans tout ce qu'il faisait. Quand on avait du mal à obtenir une réponse d'un acteur, Scott court-circuitait son agent et appelait directement la direction de l'agence, en se disant que c'est ce que Harvey aurait fait à sa place. Le problème, c'est que Scott n'est pas Harvey. Il ne fait peur à personne. Harvey peut vous coincer contre un mur à une soirée et vous menacer jusqu'à ce que vous craquiez. Quand Scott fait ce genre de chose, ça rend juste les gens furax [22]. »

Quelqu'un a décrit la relation entre Diller et Greenstein comme « oscillant entre l'amour et la haine [23] ». Diller conteste cette vision des choses. « C'est faux. Il n'y a jamais eu ni amour… ni haine. On ne s'est pas adorés un jour pour mieux se détester le lendemain. Certaines personnes sont capables de communiquer, d'avoir de véritables conversations. Difficile de travailler quand on ne peut pas se parler. Nous, on en était incapables – à cause de nos expériences passées et de notre tempérament. La collaboration était difficile, mais on en a malgré tout tiré d'assez bons films [24]. »

Diller savait que si USA voulait se lancer dans la production, il aurait besoin d'engager un chargé de production, un nouveau Bingham Ray, quelqu'un qui entretenait de bonnes relations avec les acteurs et les réalisateurs, et qui serait capable de jouer le jeu. À la mi-octobre 1999, il offrit le poste à Donna Gigliotti, qui avait quitté Miramax après *Shakespeare in Love*. Elle avait déjà travaillé avec Greenstein, et n'était pas plus emballée que ça par la proposition. « Les gens m'ont dit que j'étais dingue d'accepter [25] », se souvient-elle. Lors d'un rendez-vous avec Diller, elle lui demanda : « Comment marche la compagnie ?

– Scott dirige la compagnie, vous lui rendrez des comptes.

– Bon, eh bien je pense que nous nous sommes tout dit, lança-t-elle en se levant.

– Qu'est-ce que vous racontez ? fit Diller, décontenancé.

– Il ne connaît rien à mon boulot, pourquoi devrais-je lui rendre des comptes ? » Sur ce, elle sortit. Mais Diller insista. Selon l'une de mes sources, « s'ils avaient pu décrocher la lune pour elle, ils l'auraient fait [26] ». « Propose un chiffre et, si tu l'obtiens, jette-toi à l'eau [27] », lui avait conseillé Harvey. Au bout du compte, Diller introduisit une clause spéciale. « Pas la peine de rendre des comptes. Oublions ça. Si, dans un an, vous n'êtes pas satisfaite, je ferai ce qu'il faut pour que vous le soyez. » Elle accepta le poste.

D'après Michael Jackson, qui avait travaillé pour Channel Four avant que Diller ne lui demande de superviser le travail de Greenstein en faisant de lui le P-DG de USA Entertainment, la relation entre les deux hommes s'envenima lorsque la compagnie perdit environ 20 millions sur *Divine mais dangereuse*, avec Michael Douglas, sorti trop vite dans trop de salles. « Pour une petite compagnie, c'était beaucoup d'argent[28] », souligne Diller.

Gigliotti constata que Diller se servait de Greenstein comme paillasson. « Tous les contrats devaient recevoir l'approbation de Diller, raconte un ancien employé de USA, et cette règle devait rester secrète[29]. » « Scott avait une peur bleue de Diller, confirme Gigliotti. En sa présence, il bafouillait et n'utilisait que la langue de bois. Diller a fini par lui dire : "On n'est pas aux Nations unies, ici, parle anglais !" Scott aurait dit n'importe quoi pour faire plaisir aux gens. Il faisait des promesses qu'il ne pouvait pas tenir, essayait toujours de vendre moins cher que les autres, prenait des décisions idiotes sur un coup de tête, payait certaines choses trop cher – bref, il faisait n'importe quoi[30]. »

Gigliotti pensait, à juste titre, que Greenstein avait peur d'elle. Elle était comme une réincarnation de Bingham Ray et enguirlandait souvent Greenstein devant son équipe. Après avoir subi les insultes des Weinstein pendant des années, l'homme s'était forgé une carapace, mais Gigliotti s'efforçait de trouver la faille. Un jour – l'incident devint légendaire au bureau –, elle décrocha le téléphone et surprit Greenstein en train de négocier avec le producteur Barry Mendel, qui s'occupait d'un projet baptisé *Flora Plum* pour la compagnie de Jodie Foster. Le film avait été mis en route par USA pour la somme de 25 millions de dollars avant l'arrivée de Gigliotti. « Scott avait une peur bleue de produire le film, même si c'était lui qui avait acheté le script et lancé le projet, se souvient Gigliotti. Il avait appelé Barry sans m'en avertir et le tannait pour qu'il baisse le budget. J'ai hurlé : "Scott, retire tout de suite ce que tu viens de dire." »

Bill Mechanic, de la Fox, finit par rendre *Traffic* à Soderbergh quand le projet s'embourba. Le tournage commença en mars 2000, avec Michael Douglas, Benicio

Del Toro et Catherine Zeta-Jones dans les rôles principaux. Pendant ce temps, il devint clair qu'*Erin Brockovich*, tout juste sorti sur les écrans, allait faire un malheur. Greenstein ménageait Soderbergh. Il régnait un tel laisser-faire chez USA Films qu'aucun employé n'avait été chargé du film. Soderbergh pouvait pratiquement faire ce qu'il voulait, ce qui lui convenait parfaitement. « C'est un type intelligent, estime Gigliotti. S'il décèle une faiblesse chez vous, mieux vaut ne pas travailler avec lui, parce qu'il vous traitera avec mépris [31]. »

Lorsque le réalisateur projeta sa version de *Traffic* aux dirigeants de USA, la gamme des réactions alla de « tiède » à « catastrophique ». Le film faisait deux heures cinquante, il y avait au moins quarante minutes de trop, et l'histoire était incompréhensible. La compagnie faisait pression pour couper. En témoignage de bonne volonté, Soderbergh se livra à des coupes claires dans les scènes interprétées par Douglas, se débarrassant même de celle où le personnage démissionne de son poste au ministère. Le réalisateur déjeuna avec l'acteur avant la projection, mais ne jugea pas utile de le préparer à ce qu'il allait voir. En visionnant le film, l'acteur fut extrêmement contrarié, suggérant – « menaçant » serait trop fort – qu'il ne pourrait peut-être pas apporter son soutien au film. Soderbergh réintégra les scènes. Pour certains employés de USA, Soderbergh avait anticipé la réaction de Douglas et s'en servit pour museler la société de production.

Le réalisateur nie avoir agi de la sorte : « Non, je ne fonctionne pas comme ça. Je n'ai pas besoin d'être aussi pervers. J'ai essayé quelque chose de radical parce que tout le monde me disait que moins le film serait long, mieux ce serait ; je voulais voir ce que ça donnerait si je m'en tenais à l'intrigue en éliminant tous les éléments qui étoffaient les personnages. Michael m'a dit : "Écoute, c'est toi qui commandes, mais je pense que mon personnage n'est plus qu'une coquille vide. Dans cette version du film, il n'est rien de plus qu'une ébauche, comme dans la première version du script que tu m'avais fait lire." Il avait raison. C'est vrai qu'un film peut paraître plus long quand vous supprimez certaines scènes, parce que certains détails semblent gratuits, du coup. Il n'y a plus ni motivation ni réflexion [32]. »

USA finit par jeter l'éponge en se disant que c'était l'un de ces films où l'on se contenterait de comprendre l'essentiel : qui sont les bons, les méchants, et basta ! Le film ne fonctionnerait plus si on essayait de le trafiquer. On n'allait quand même pas mettre des sous-titres du genre « général Salazar = méchant ». On abandonna l'idée des coupes.

CEPENDANT, IL Y AVAIT DU RIFIFI dans l'air chez Miramax. *Shakespeare in Love*, *La vie est belle* et *The Faculty* apportaient de l'eau à leur moulin mais, à part *Elle est trop bien*, aucun film n'avait le potentiel qu'avait eu celui de John Madden en 1999, pas même la fable de Benigni dont les Weinstein avaient sorti une version sous-titrée, comptant bien la presser comme un citron. La compagnie connaissait bide après bide : *Holy Smoke, Human Traffic, My Life So Far, B. Monkey, Les Amants du Pont-Neuf, Outside Providence, Le Choix d'une vie, eXistenZ, The Castle, Mansfield Park.*

Même Dimension perdait pied. *Mrs Tingle* (1999), tourné pour 13 millions de dollars, n'en rapporta que 9.

Six ans après le rachat de Miramax par Disney, le chaos régnait toujours. La compagnie était beaucoup plus importante qu'avant, mais elle avait poussé comme de la mauvaise herbe dans un jardin à l'abandon et partait dans tous les sens. Comme une bonne partie du personnel n'avait jamais travaillé ailleurs, certaines des connaissances de base du management faisaient défaut à Miramax. Bob et Harvey se targuaient de savoir maîtriser les cordons de leur bourse. Cependant, d'après l'une de mes sources, des millions de dollars étaient gaspillés en coûts marketing directs. L'inefficacité régnait. Comme le bureau de Harvey refusait de rendre son emploi du temps public, les employés ne savaient jamais quand s'attendre à une réunion. Un des dirigeants de la compagnie recevait un coup de fil d'une des assistantes de Harvey : « Le patron vous demande, venez immédiatement.

– C'est à quel sujet ? Que dois-je amener ?

– Aucune idée, il vaut mieux tout prendre [33] ! » L'employé, qui se trouvait peut-être en réunion avec un réalisateur, en train de monter une bande-annonce, ou encore de vérifier des publicités, devait tout laisser tomber. Après avoir rassemblé ses affaires et ses troupes – disons : le département marketing ou publicité au grand complet, voire les deux –, il allait s'installer dans la salle de réunion, où tout le monde allait peut-être devoir patienter trois quarts d'heure pendant que Harvey prendrait des appels – peut-être même un du président Clinton – en ne se montrant pas particulièrement discret. Parfois, la réunion enfin commencée, Harvey se levait en disant : « Il faut que j'aille manger un morceau, les gars ; attendez là, commandez-vous quelque chose, je reviens. » Ou alors : « Je dois descendre voir un petit bout de film. » Il y avait parfois quatre ou cinq de ces réunions-marathons par semaine, après lesquelles les employés devaient enchaîner avec leurs dix heures de boulot quotidiennes.

Harvey était célèbre pour son incroyable souci du détail, mais, à mesure que la compagnie croissait, que *Talk* ou la politique l'occupaient de plus en plus, débordé, distrait ou simplement de mauvaise foi, il se mit à avoir des trous de mémoire de plus en plus fréquents. À tel point que les employés apprirent vite à garder une trace écrite de toutes les décisions prises. Comme cela avait toujours été le cas, le nombre de ses mauvaises idées dépassait largement celui des bonnes, mais, alors que par le passé on avait quelquefois réussi à le convaincre qu'il pouvait se tromper, il devenait de plus en plus difficile de le faire changer d'avis, ou de lui faire admettre qu'il avait tort. Il avait tendance à éructer des phrases du type : « Moi, je suis Ariel Sharon ! Vous, vous êtes les Palestiniens avec vos bâtons et vos pierres [34] ! » Ou : « Je suis le conducteur de char, et vous, vous êtes l'infanterie sur le point de se faire écraser. » Ou : « Le roi, c'est moi, et le roi décide. » Il insistait pour que tout ce qui lui passait par la tête soit mis en pratique. Persuadé que *Malèna*, de Giuseppe Tornatore, allait faire un carton, il refusait d'écouter ceux qui lui disaient le contraire, et, contre l'avis de tous, il gaspilla des centaines de milliers de dollars avant de laisser tomber le film.

Mais un conducteur de char doit être capable de donner des ordres. Les Weinstein s'embourbaient souvent dans l'indécision, surtout lorsqu'ils paniquaient ou avaient peur de faire un bide avec l'un de leurs films. Il était de notoriété publique que Bob avait beaucoup de mal à prendre des décisions dans tout ce qui touchait le domaine artistique – surtout quand Harvey le rabaissait ou le ridiculisait –, et il se décidait parfois en catastrophe. Les employés apprirent à ne rien jeter, car, ce qu'il détestait un jour, il l'adorait le lendemain.

À l'approche des fêtes, à l'automne 1999, l'ambiance était morose chez Miramax. Weinstein pensait que *Le Talentueux M. Ripley*, d'Anthony Minghella, qu'il avait cofinancé avec la Paramount, ferait un bon candidat pour les Oscars. Lorsque le film montra des signes de faiblesse, la compagnie ne put sauver des décombres de 1999 que *L'Œuvre de Dieu, la part du diable,* mollassonne adaptation du roman de John Irving imposée par Meryl Poster, et qui ne souffrait pas la comparaison avec l'audace d'un film comme *Les Rois du désert*, de

David O. Russell. Le message proavortement du film était si timoré qu'il passait pratiquement inaperçu – même si les militants antiavortement ne manquèrent pas de réagir. Les critiques étaient respectueuses, à défaut d'être enthousiastes. Parmi les dissidents, on comptait Amy Taubin, vestale de l'esprit indépendant qui, dans les colonnes du *Village Voice,* qualifia le film de « paternaliste, ampoulé et rasoir[35] ».

Pendant que Harvey flirtait avec Freddie Prinze, ses rivaux ne restaient pas les bras croisés. Fox Searchlight distribuait *Boys Don't Cry*, de Kim Peirce, fantastique tragédie du travestisme, tandis que USA sortait de ses tiroirs un vieux projet Gramercy : *Dans la peau de John Malkovich*, film d'une délicieuse fantaisie écrit par Charlie Kaufman et réalisé par Spike Jonze, deux quasi-nouveaux venus. New Line, de son côté, finançait l'ampoulé, mais pas inintéressant, *Magnolia*, de Paul Thomas Anderson. Même les studios sortaient une flopée de films originaux, tournés par des indépendants ou des réalisateurs dont c'était la première ou seconde incursion derrière la caméra. Ces films pouvaient être des candidats sérieux aux Oscars, tel *American Beauty*, par exemple, que DreamWorks avait fini par récupérer. Warner Brothers sortait *Matrix*, passé à la moulinette des studios par l'anticonformiste Lorenzo Di Bonaventura, malgré les antécédents douteux du film (les frères Wachowski sortaient pratiquement de nulle part). Di Bonaventura était également à l'origine des *Rois du désert*, de David O. Russell, et la Paramount avait distribué plus tôt cette année-là *L'Arriviste,* réalisé par un autre ancien de chez Miramax, Alexander Payne. D'après l'une de mes sources, une fois que le film eut reçu la bénédiction des critiques, Harvey convoqua Payne à une réunion. Même si la compagnie avait ignoré son film, « ils lui en mirent plein la tête, et lui dirent : “Tu as une dette envers nous ! On a fait ton premier film. Tu nous en dois un[36]." » Payne n'en croyait pas ses oreilles. « "J'étais tellement naïf… aurait-il déclaré par la suite. Je pensais qu'ils allaient me dire qu'ils s'étaient rendu compte de leurs erreurs, qu'ils regrettaient de m'avoir traité comme ça et se demandaient s'il serait possible de retravailler ensemble – ça m'aurait quand même fait plaisir de l'entendre. Mais c'est exactement le contraire qui s'est produit." »

En d'autres termes, après avoir semé le vent avec *Pulp Fiction*, Miramax récoltait la tempête cette année-là : les studios battaient les indépendants à leur propre jeu. Devenue adulte au milieu des années quatre-vingt-dix, la nouvelle génération de dirigeants (Di Bonaventura à la Warner, Amy Pascal chez Sony, Stacey Snider à la Universal, et Mike de Luca chez New Line puis DreamWorks) tournait le dos, dans une certaine mesure, à l'arrogance, la supériorité, le mépris à l'égard des réalisateurs dont avait fait preuve la génération précédente (les Eisner, Lansing, Semel, Daley), et s'essayait aux films de l'« Indiewood », soit directement, soit par le biais de ses divisions indépendantes. « Ceux qui tiennent les cordons de la bourse à l'heure actuelle dans les studios, explique Ted Hope, ont en partie décidé de faire ce métier par amour des films des années soixante-dix et regrettent de ne pas avoir la crédibilité dont jouissaient leurs prédécesseurs[37]. »

Malgré des résultats mitigés, ces nouveaux dirigeants sont loin d'être idiots et savent pertinemment qu'ils n'ont pas vraiment le choix. Comme leurs aînés dans les années soixante-dix, ils savent que les adolescents – surtout les adolescents – peuvent se lasser et que, même si les studios engrangent d'énormes profits, ils ont besoin de renouveler continuellement leur vivier d'acteurs, de proposer des produits variés, de redistribuer les rôles afin de surprendre le public – en montrant

Steve Buscemi dans *Armageddon* ou Ethan Hawke dans *Training Day,* par exemple. Les studios ne se sont pas contentés de passer des contrats avec les réalisateurs indépendants, mais leur ont laissé aussi une certaine liberté.

Cette formule hybride, loin de prouver que les indépendants avaient été neutralisés par les studios, semblait prouver exactement le contraire. « Quelque chose a changé, je crois, déclara Russell à l'époque, plein d'espoir. Je pense que la culture Sundance a eu un véritable impact et sur le public – elle l'a rendu plus sophistiqué – et sur les studios. Il y a dix ans, un film comme *Les Rois du désert* – film de guerre et d'action – aurait donné *Le Maître de guerre*, avec Clint Eastwood, et *L'Arriviste* – qui se déroule dans un lycée – aurait donné *Zapped.* Certains patrons de studios aspirent à travailler avec des réalisateurs d'esprit indépendant et à tourner des films qui sortent de l'ordinaire. Les studios ont envie de toucher le public de *Will Hunting*[38]. » Même John Pierson, qui en avait vu d'autres, apportait sa voix au chœur des satisfaits. « David O. Russell est une sorte de héros pour moi en ce moment. Ce type a fait *Spanking the Monkey* avec un tout petit budget, puis *Flirter avec les embrouilles*, comédie de milieu de gamme mais quand même très personnelle et hilarante, chez Miramax, puis *Les Rois du désert*, sans doute le film le plus polémique de l'année, au cœur des studios, tel un termite. Donner un rôle à George Clooney et envoyer la note à Warner, c'est fort[39]. » Mais attention, prévenait Pierson, « ne nous emballons pas ». En effet, même si les studios continuaient à apporter leur soutien à quelques indépendants – Wes Anderson et Spike Lee chez Disney, Russell à la Warner, etc. –, leurs préférences allaient toujours à *Spiderman*, *X-Men* ou *Hulk*. Par contre, ils se désintéressaient des films de milieu de gamme – coûtant entre 40 et 60 millions –, laissant ainsi la place libre à Miramax.

Harvey, qui s'était lui-même exclu de la course, arriva à Saint-Bart le 25 décembre pour y passer quelques jours, comme chaque année. Le lundi 27, il appela le bureau pour dire qu'il ne se sentait pas bien et ne souhaitait pas être dérangé par des coups de téléphone. Il n'arrivait pas à se débarrasser de sa forte fièvre et consulta un médecin sur l'île, avant d'appeler son médecin personnel, qui lui conseilla : « Ne prenons aucun risque, il vaut mieux rentrer immédiatement[40]. » Ses assistants remuèrent ciel et terre pour trouver un avion, et il rentra à New York. Bob alla le chercher à Newark et l'emmena illico au New York Hospital, dans le plus grand secret.

MIRAMAX FUT PRATIQUEMENT INVISIBLE au Festival de Sundance de janvier 2000. C'est *Girlfight*, de Karyn Kusama, qui obtint la plus grosse couverture médiatique, mais le film fit un four. En revanche, David Dinerstein et Ruth Vitale, de Paramount Classics, mirent la main sur *Tu peux compter sur moi*, de Kenny Lonergan, et *Virgin Suicides*, de Sofia Coppola, qui menèrent par la suite des carrières tout à fait respectables. Artisan, qui avait trouvé la perle rare avec *Le Projet Blair Witch* un an plus tôt, fit l'acquisition du deuxième film de Miguel Arteta, l'étrange et envoûtant *Chuck & Buck*. L'opinion du réalisateur sur le festival est très positive : « Dire que Sundance ne compte pas, c'est fou, dit-il. Les gens comme moi n'auraient pas fait carrière si Sundance ne prenait pas de risques depuis des années[41]. »

Le projet *Boys Don't Cry* avait pris forme à un séminaire Sundance et quand, à sa sortie, le film fut couvert d'éloges, Robert Redford fut apparemment piqué au vif qu'IFC Productions, qui l'avait cofinancé, et Fox Searchlight, qui l'avait distribué, récoltent tous les lauriers, tandis que le rôle de la fondation était passé sous silence. IFC agaçait et tourmentait de plus en plus l'acteur. « La concurrence avec IFC était féroce, souligne un employé de la fondation. Si IFC s'était tournée vers la distribution, si IFC s'était attaquée à la production, pourquoi l'entreprise Sundance ne pourrait-elle pas en faire autant [42] ? » Les séminaires aidaient les réalisateurs à développer leurs projets, le festival les programmait, la chaîne les diffusait, les cinémas les projetteraient en salles d'ici peu : il ne manquait que la pièce « production » au puzzle Sundance. La fondation aurait bien voulu récolter une part de la gloire des films qu'elle avait mis en selle, et, plus important encore, une part de leurs profits. Comme le souligne ma source : « Sundance avait tellement contribué à créer le phénomène indépendant qu'on aurait dit que Bob voulait capitaliser là-dessus. Pas simplement pour en tirer un profit pécuniaire, mais pour satisfaire son orgueil. Il voulait ses propres salles de cinéma, sa chaîne télévisée, sa nouvelle compagnie de production, il voulait s'essayer à la distribution, il voulait avoir ce que les autres avaient, quelle qu'en soit la raison. Il a un appétit énorme qui n'a pas cessé de croître au fil des années, peut-être parce que ses films n'ont pas connu le succès escompté, peut-être parce qu'il se fait vieux, qui sait ? Sundance fait à tel point partie de son identité que son succès lui permettra peut-être de combler ce vide qu'il a en lui. C'est psychologique, tout ça. »

Par le passé, Redford s'était toujours servi du festival comme d'un tremplin pour ses initiatives, et cette édition ne dérogeait pas à la règle. Il annonça la création de Sundance Productions, que devait diriger Jeff Kleeman, un vétéran de la production que Redford avait réussi à piquer à la MGM. La nouvelle compagnie était une division du Sundance Group, une société à but lucratif appartenant à Redford gérant également la station de ski, le catalogue, et Sundance Farms (qui fabriquait des bougies parfumées et du savon). Elle jouirait de la même autonomie que le festival et la chaîne télé. Redford s'apprêtait à signer un contrat très juteux avec Vulcan Ventures, la société de Paul Allen, censé financer la nouvelle branche production. L'opération devait donner à Allen une certaine mainmise sur la chaîne télé grâce au rachat des parts de la Universal (qui avait hérité des investissements de PolyGram) et de Showcase, tout en faisant disparaître General Cinema du marché des multiplexes, dont il aurait ainsi le monopole à Sundance. De plus, il finançait un nouveau projet de site Internet Sundance. Dans tout ça, ce qui semblait enthousiasmer le plus Allen était la chaîne de télévision.

L'avenir semblait si radieux que Redford se targuait de pouvoir assurer le financement du développement et du marketing de Sundance Productions. Il envisageait même d'acheter une compagnie de distribution qui transformerait Sundance en véritable empire du milieu indépendant, capable de rivaliser avec les plus grands et de rabattre leur caquet aux parvenus de chez IFC. Que ce monstre soit en totale contradiction avec la vision du Sundance de jadis, créé précisément pour protéger les réalisateurs novices des exigences du marché, ne semblait plus gêner que quelques puristes, espèce en voie de disparition dans les rangs de la fondation. « Alors maintenant, tu as des salles de cinéma ? Tu as une chaîne télé ? Mais enfin, c'est exactement pour cette raison que le gouvernement a dissous MCA[43] ! » ironisait Sydney Pollack.

Sundance Productions envisageait de produire douze films sur quatre ans. Certains auraient un budget modeste, entre 1 et 2 millions ; pour d'autres, le budget pourrait atteindre 20 à 25 millions. Mais la moyenne se situerait autour de 15 millions. À l'automne 1999, Kleeman engagea sept personnes pour travailler dans la nouvelle compagnie, trouva des locaux dans le quartier de Westside, à Los Angeles, et engagea un architecte pour les réaménager. Il rencontra quelques compagnies de production américaines et européennes, dont Good Machine, avec qui Sundance Productions espérait s'allier. Même s'ils respectaient Sundance, les cadres de ces compagnies étaient extrêmement sceptiques à l'égard de Redford, qui passait pour un capricieux. Son aura de star se désintégrait à toute allure, et il avait beau avoir énormément de films à son actif, il n'en avait pas moins raté beaucoup d'occasions.

Au printemps 2000, cependant, le calendrier des projets était bien rempli, et la nouvelle compagnie semblait prête à se lancer. Il ne manquait qu'un détail : le liquide. Où donc était passé l'argent de Paul Allen ? « Il arrive, il arrive, leur répondait-on. Vous l'aurez dans une semaine ou deux. Engagez un attaché de presse, préparez les communiqués. » C'est ce que fit Sundance Productions ; mais, au bout d'une ou deux semaines, toujours pas d'argent. On leur servait toujours le même refrain : « Soyez patients, attendez un peu, ça va venir. » Les semaines passèrent, puis les mois, et, au début de l'été, les rumeurs allaient bon train. On racontait, en particulier, que le contrat était prêt, mais que Redford hésitait à y apposer sa signature. Pourquoi ? D'après ce que l'on apprit plus tard, tout était prêt, mais, prudent comme toujours, Redford avait consulté Ruth Bernstein, la conseillère en « image de marque » qu'il avait engagée pour l'aider à utiliser la marque Sundance à bon escient. Au cours d'un dîner, il lui demanda : « Tu penses que je dois conclure ce marché[44] ? » Elle posa une serviette sur la table et y dessina un ovni. « De mon point de vue, dit-elle, ce contrat est un véritable ovni. Il va atterrir dans ton jardin, et tu n'as pas la moindre idée de qui va en descendre pour venir s'installer chez toi. » Redford savait qu'elle avait raison : il devait apprendre à mieux connaître Vulcan Ventures. Mais cela attendrait encore quelque temps, car il était en pleine postproduction de *La Légende de Bagger Vance*.

Et puis, en juin 2000, Vivendi, la compagnie des eaux française qui s'improvisait géant du divertissement, racheta la Universal. Lors d'une conférence de presse télévisée, le patron de Vivendi, Jean-Marie Messier, énumérant tout ce qu'il venait de s'offrir, mentionna non seulement le nom de la Universal, mais aussi celui de la chaîne Sundance qui avait tant suscité l'intérêt d'Allen. Autrement dit, Sundance venait de laisser passer l'occasion de racheter grâce à l'argent d'Allen les parts dont la Universal était propriétaire. L'acteur, qui avait un sens bien à lui du timing, avait toujours eu l'habitude de faire attendre les gens. Une fois *La Légende de Bagger Vance* achevé, il tenta apparemment de ressusciter sa relation avec Allen mais découvrit qu'il n'avait plus les cartes en main. Personne ne le rappela : il devint vite clair que l'affaire était grillée. (Allen refuse de faire le moindre commentaire.) « Bob ne sait pas ce qu'il veut, estime Sydney Pollack. Comment céder un gros intérêt financier à quelqu'un sans lui céder une part de son pouvoir par la même occasion[45] ? » C'est juste, mais cela faisait une belle jambe aux employés recrutés pour travailler chez Sundance Productions, compagnie qui s'écroula avec le contrat, tout comme le rêve de prise de contrôle sur la chaîne et les multiplexes.

Cet hiver-là, Redford licencia son directeur de l'exploitation, Gary Beer, pourtant à ses côtés depuis le départ de Sterling Van Wagenen au milieu des années quatre-vingt. C'est Beer qui avait été chargé de négocier les contrats concernant la chaîne télé et les cinémas, et il reçut apparemment sa lettre de licenciement par recommandé – une fois le marché conclu pour la chaîne… « Bob cesse d'aimer les gens, même ceux qui travaillent avec lui depuis de longues années, souligne un ancien employé de Sundance. Un jour, les gens cessent d'être des joujoux tout neufs. Bob voulait que Gary fasse la pluie et le beau temps pour lui, mais il y avait des limites à ce dont Gary était capable[46]. » Beer s'était débarrassé de pas mal d'employés à ses heures, et c'était à son tour de passer à la trappe.

Pendant ce temps, la chaîne Sundance s'efforçait de ne pas se faire distancer par IFC. Sundance était à IFC ce qu'Avis est à Hertz, et Redford trouvait la situation insupportable. Nora Ryan et Dalton Delan, la présidente et le vice-président exécutif de la programmation, s'en allèrent, et, en janvier 1998, dans une tentative désespérée de retourner la situation, Redford engagea Liz Manne. Enfin quelqu'un qui connaissait quelque chose au monde indépendant. Grâce à Manne, la programmation s'améliora et le nombre des abonnements augmenta. Cependant, Redford trouvait toujours à redire. Comme Harvey, même lorsque l'avenir lui souriait, il n'était jamais content. Il tirait des plans sur la comète, et les employés de la chaîne se retrouvaient invariablement dans la position du rabat-joie. Il leur fallait par exemple annoncer à leur patron qu'il était impossible de lancer telle ou telle programmation originale, ou de faire l'acquisition de tel ou tel film primé à Sundance, parce que la chaîne n'en avait pas les moyens. Évidemment, Redford n'aimait pas qu'on lui dise « non ». Comme le précise l'une de mes sources, « c'est bien joli de vouloir peindre un tableau, mais il vous faut aussi un cadre. Quand vous rappelez systématiquement en quoi consiste le cadre, vous vous retrouvez vite dans la position du grand méchant. Et ce n'est pas une position agréable. »

COMME TOUT LE MONDE, Bob Weinstein était persuadé que son frère était à deux doigts de l'infarctus. Apparemment, le vice-président de la comptabilité Irwin Reiter et lui se réunissaient parfois pour envisager un scénario catastrophe. Leurs pires craintes semblaient sur le point de devenir réalité. La nature exacte de la maladie de Harvey était un secret bien gardé. Peut-être, comme le suspectaient certains, parce que le producteur était en pleine renégociation – encore une – de son contrat avec Disney ; mais aussi parce que, apparemment, Eve préférait qu'il en soit ainsi. Eisner apprit par voie de presse que Harvey était hospitalisé. Et même lorsqu'il fut au courant, Bob refusa de lui indiquer dans quel hôpital son frère avait été admis. (Il y était entré sous un nom d'emprunt.) Tout le monde pensa d'abord à une crise cardiaque, même si les blagues ne tardèrent pas à fuser parmi les employés : « Une crise cardiaque ? Mais il faut avoir un cœur pour en faire une ! » Les rumeurs allaient bon train : du cancer du poumon à la drogue, en passant par les bactéries carnivores, le sida, un peu tout et n'importe quoi ; en tout cas, les quelques personnes à être au courant restaient muettes. C'était le « mystérieux syndrome du leader du Kremlin[47] », comme l'avait baptisé le réalisateur James Gray.

Au début, comme le chat n'était pas là, les souris dansèrent. Mais lorsqu'il devint clair que Harvey était sérieusement atteint et qu'il serait absent un moment, le personnel, motivé par un mélange de compassion, de loyauté et, comme toujours, de peur, se démena pour garder le navire à flots. C'est Bob qui tenait la barre, et tout le monde se serra les coudes pour agir comme l'aurait voulu Harvey. Puis, le 2 février, les cadres de la compagnie apprirent que leur patron sortait de l'hôpital et serait bientôt de retour au bureau.

Lorsqu'il retourna travailler, juste avant que les nominations aux Oscars ne soient rendues publiques, il avait encore l'air épuisé, faible, tenait à peine debout et essayait de cacher la cicatrice de la trachéotomie qu'il avait subie sous un col roulé. Il avait perdu vingt kilos et arrêté de fumer. Réduit à siroter de la soupe au miso et du bouillon de volaille, il était d'une humeur massacrante. Les résultats médiocres de *Ripley* l'avaient amèrement déçu ; il accusait la Paramount d'avoir bâclé la campagne marketing en son absence. Il semblait déterminé à prouver qu'il restait le même, et qu'il était plus impitoyable que jamais. « Les films ne marchaient pas aussi bien qu'ils auraient dû, raconte une ancienne assistante de Weinstein. Harvey ne s'est pas dit : "Ça va passer, c'est juste un cycle, continuons à travailler dur." Il s'est dit qu'il n'en faisait pas assez et son personnel non plus. Il avait toujours ce côté vicieux, et s'assurait que tout le monde fût trois fois plus productif qu'avant. Rien n'était jamais assez bien [48]. »

Pour les employés, qui s'attendaient à être félicités pour avoir fait du bon boulot en son absence, ou à ce que sa maladie ait adouci Harvey, le choc fut rude. Le patron remettait en question la moindre de leurs décisions, ridiculisait leur avis, comme pour montrer que Miramax ne pouvait pas fonctionner sans lui. Mais le cœur a sa raison que la raison ignore, et certains employés avaient pitié de lui, même lorsqu'ils faisaient les frais de sa mauvaise humeur. Certains lui trouvaient des excuses : il adorait danser, mais avait passé le nouvel an confiné à l'hôpital. Et arrêter de fumer du jour au lendemain l'avait rendu fébrile. « Les gens se forçaient à faire des déclarations du genre : "Après tout, les Weinstein sont moins désagréables qu'ils voudraient nous le faire croire ; ils finissent toujours par s'excuser." Ou : "Harvey ne se rend pas compte. Ne le prenez pas mal, il est comme ça avec tout le monde." Mais certains n'étaient pas d'accord : "Tout ça, c'est des conneries. Il sait très bien ce qu'il fait. Est-ce qu'il parle comme ça à Eve ? À sa fille ? À Gwyneth Paltrow ? Bien sûr que non ! Qu'on ne vienne pas dire qu'il ne s'en rend pas compte, il n'en a rien à foutre, c'est tout [49]." »

Weinstein organisa une réunion dans les locaux d'Elegant Film, la maison de production d'Eve, pour savoir où en était la campagne pour les Oscars concernant *L'Œuvre de Dieu, la part du diable* – un véritable travail de galérien étant donné la tiédeur de l'accueil réservé au film. C'est la division marketing, fière d'avoir remporté deux oscars en quatre ans, qui avait le plus à perdre dans la bataille. « On se disait qu'on allait pouvoir lui montrer ce dont on était capables, raconte un membre de l'équipe. On a remué ciel et terre pour que Harvey soit parfaitement satisfait et pour obtenir le maximum de nominations aux Oscars. On a travaillé comme des dingues. » Ils minimisèrent les éléments pouvant susciter la controverse – avortement, addiction, etc. – et se servirent d'images d'une grande douceur pour promouvoir le film. Mais, au lieu d'être satisfait, Harvey se montra sarcastique. « Il a trouvé la campagne merdique, se souvient ma source. Il nous a dit qu'on n'obtiendrait jamais aucune nomination parce qu'on avait merdé. Le lendemain, on apprenait qu'on était nominés sept fois… »

L'Œuvre de Dieu, la part du diable se mesurait à *La Ligne verte*, *Révélations* et *Sixième sens*, mais le favori était *American Beauty*. Une fois encore, Miramax se retrouvait face à DreamWorks et la lutte fut de nouveau acharnée. Cette fois, DreamWorks avait appris sa leçon et renforcé ses rangs pour lutter à armes égales avec Miramax. Elle avait compris que c'était la compagnie qui dépenserait le plus qui gagnerait, et c'est exactement ce qu'elle fit.

Pendant ce temps, toujours pas achevé, *The Hairy Bird*, que Harvey avait pour de mystérieuses raisons rebaptisé *Strike !*, restait perché bien au chaud sur son étagère. C'était devenu un paria, un de ces films inclassables, trop « film d'auteur » pour le public des films commerciaux, trop « film pour ados » pour le public des films d'auteur. Pour remplir ses obligations envers Alliance, Harvey était obligé d'assurer au film une sortie sur le territoire américain. C'est ce qu'il fit, en 1998, à Seattle. Sur les 1 600 salles promises à Sarah Kernochan, il n'en restait plus qu'une. Le film fut projeté, disparut de l'affiche, et retourna nicher sur son étagère.

Mais, après le carton d'*Elle est trop bien*, Harvey se rendit compte qu'il avait peut-être en sa possession le succès suivant de Rachael Leigh Cook, puisque celle-ci jouait dans *The Hairy Bird/Strike !*. Au printemps, il demanda à Kernochan et à Nora Ephron, la productrice exécutive du film, d'écrire une voix *off*. Elles y passèrent un mois, l'envoyèrent à Miramax, mais n'obtinrent jamais de réponse.

Kernochan écrivit une lettre de plus à Harvey, le suppliant de distribuer le film à New York et Los Angeles. « Harvey est d'accord, mais qui va payer[50] ? » lui répondit-on. Elle tapa dans ses économies pour financer la sortie elle-même : elle ne pouvait se permettre davantage qu'une semaine à New York. Sur les 100 000 dollars dépensés, 80 000 servirent à payer la publicité dans le *New York Times*. Rebaptisé *All I Wanna Do*, le film sortit enfin le 24 mars 2000.

La collaboration de Kernochan avec Miramax brisa sa carrière. « Quand j'ai cessé d'écrire des scénarios, en 1997, pour tourner mon propre film, je voyais ça comme un progrès, dit-elle, contrite. J'étais très fière de moi. » Lorsqu'elle reprit son activité de scénariste, trois ans plus tard, elle découvrit qu'on l'avait oubliée. « J'avais l'impression de devoir repartir de zéro, poursuit-elle. Je devais auditionner pour des films de zombies pour ados. Je n'arrivais même pas à obtenir les projets les plus minables. Même comme simple scénariste. Alors, comme réalisatrice, ce n'était même pas la peine d'y penser ! » À l'achat du film par Miramax, elle avait reçu 100 000 dollars pour le scénario et 100 000 autres pour la réalisation. Si l'on soustrait à cette somme les 100 000 dollars dépensés pour financer la sortie du film à New York, et que l'on divise le reste sur les trois ans qui s'étaient écoulés entre le début du tournage et la sortie du film (sans parler des années de préparation), elle s'en sortait avec un salaire de 33 333 dollars par an ! Envisagerait-elle une nouvelle collaboration avec Miramax ? « Jamais. Je préférerais avaler des bouts de verre ! »

Trois jours plus tard, le 27 mars 2000, DreamWorks rafla la mise. *L'Œuvre de Dieu* obtint deux oscars, celui du Meilleur Second Rôle pour Michael Caine et l'autre pour le scénario de John Irving, mais *American Beauty* remporta celui du Meilleur Film, plus quatre autres statuettes.

À cause de la maladie de Harvey et des multiples centres d'intérêt de celui-ci outre Miramax, le début du nouveau millénaire ressemblait beaucoup à la fin de l'ancien. Toujours pas de successeur au *Patient anglais*, à *Will Hunting* ni à *Shakespeare in Love* à l'horizon. *Vatel*, luxueux film en costume dirigé par Roland Joffé, avait été récupéré pour pas cher à Cannes l'année précédente, et Miramax espérait en tirer quelques nominations pour les Meilleurs Costumes ou les Meilleurs Décors. Mais Harvey le laissa tomber après de mauvais résultats aux projections tests. Le film sortit de manière si discrète, et sa carrière fut si brève, que la star du film, Uma Thurman, ne sut même pas qu'il avait été distribué. C'était insultant pour elle mais, de toute façon, Harvey la traitait comme si elle faisait partie des meubles.

Thurman tenait aussi le premier rôle féminin de *La Coupe d'or*, de Merchant et Ivory. Les deux hommes avaient évité Harvey depuis le fiasco de *Mr & Mrs Bridge*, presque dix ans plus tôt, mais « un certain laps de temps s'était écoulé, raconte Merchant. On trouvait qu'il s'était adouci, et puis il m'a écrit une lettre magnifique, sincère je crois, à propos de *La fille d'un soldat ne pleure jamais*, me disant combien il avait aimé le film. Alors, ça m'a laissé penser qu'il avait changé, et qu'il nous laisserait peut-être tranquilles. À aucun moment il n'a fait la moindre réflexion sur la distribution, ne nous a dit de modifier le scénario ou quoi que ce soit. Il n'a jamais tenté de nous influencer d'aucune manière [51]. »

Comme souvent, la lune de miel prit fin lorsque Harvey vit le film. « Il a dit les paroles d'usage, se souvient Ivory : "C'est de l'excellent travail, messieurs, digne de figurer [au panthéon] des succès de Merchant-Ivory", et tout le bazar. Mais on a commencé à entendre parler de tout ce qui ne leur plaisait pas dans le film. Ses larbins voulaient m'expliquer comment le raccourcir. En fait, Harvey n'aimait pas Uma. Il trouvait qu'elle en faisait des tonnes, qu'elle surjouait, et il le lui a dit au cours d'une soirée donnée pour le lancement de *Hamlet*, le film de Michael Almereyda dans lequel jouait son mari, Ethan Hawke [52]. »

Harvey avait également financé ce projet et ne l'aimait pas non plus, et la fameuse « soirée » qui se tint début mai était en fait une projection de *Hamlet* organisée pour les amis de l'équipe du film dans les bureaux de Tribeca. *La Coupe d'or* offrait à Thurman un rôle substantiel qui pouvait potentiellement lui valoir une nomination aux Oscars, ce qui effacerait la disgrâce de *Vatel*. Elle était fière de son travail. Harvey arriva tard ce soir-là, après avoir eu plusieurs confrontations ailleurs. Il voulait le soutien de l'actrice pour convaincre

Merchant et Ivory que le film était trop long, et pour les empêcher d'envoyer le film à Cannes (les réalisateurs l'avaient soumis au comité de sélection). Il voulait qu'elle leur dise : « N'emmenez pas le film à Cannes, prenez un peu de temps pour le retravailler, protégez ma performance[53]. » En général, les acteurs, un peu comme les êtres humains, aiment entendre qu'ils ont fait du bon travail avant que les critiques commencent à fuser. Mais Harvey se dispensa des préliminaires. Ivory, qui n'était pas là mais à qui Thurman se confia plus tard, poursuit : « C'était affreux. Il lui a dit devant tout le monde qu'il n'aimait pas sa prestation, qu'elle pouvait être améliorée si seulement je faisais ce qu'il me demandait, mais que si je m'y refusais, il ne pouvait répondre des réactions des critiques[54]. »

Quand il eut fini, Thurman était en larmes. Son comportement la choquait. Après tout, elle faisait partie de la famille Miramax, c'était l'actrice préférée de Tarantino, et il était déjà prévu qu'elle incarne le premier rôle dans son prochain film, *Kill Bill*. « J'ai entendu ça tellement souvent, raconte Hawke, "elle fait partie de la famille Miramax" ! C'est ça, ouais, jusqu'à ce que ton film ne marche pas, et là, tu ne fais plus du tout partie de la famille. Ils ne te considèrent même plus comme un cousin éloigné. C'est n'importe quoi. Uma ne fait pas partie de la famille Miramax, elle a sa propre famille, la famille Thurman[55]. » Thurman refusa d'appuyer la tentative de Harvey de raccourcir le film. « Tout le monde sait que Harvey veut laisser son empreinte sur les films qu'il distribue, déclare l'actrice. Il essayait de m'enrôler en me montrant que c'était dans mon intérêt personnel. Il disait, à sa manière assez effrayante, que le film avait du potentiel dans la course aux Oscars, que Merchant et Ivory allaient tout foutre en l'air, mais que si on l'écoutait, je m'en sortirais bien. Je me fichais de savoir qui avait tort ou raison. Moi, je n'allais pas essayer de manipuler Jim – que ce soit dans mon intérêt ou pas. J'ai trop de respect pour lui. James Ivory est un auteur, un artiste, et, de toute façon, ça ne se fait pas de se retourner contre un réalisateur [56]. »

Cela ne suffit pas à apaiser Merchant et Ivory. « Ils ont choisi le centre commercial de Clifton Commons, dans le New Jersey, pour tester *La Coupe d'or*, continue Merchant. On leur a demandé : "Pourquoi le New Jersey, pourquoi précisément Clifton Commons ? En quoi ce genre d'endroit convient-il à notre film ?" Ils nous ont répondu qu'ils avaient recruté le public à la sortie de la librairie Barnes and Noble qui se trouve juste à côté du cinéma ! Le public des films intelligents, des films de qualité, se trouve en ville. Si un film comme le nôtre doit sortir dans les multiplexes, comme cela s'est produit pour *Chambre avec vue*, ce n'est qu'après, et pas avant, une sortie en ville. Si votre film sort partout en même temps, il n'aura aucun succès, parce que le bouche-à-oreille n'aura pas eu le temps de fonctionner, et les spectateurs n'auront pas lu les critiques non plus. C'est très important, sinon on perd la bataille [57]. » Miramax s'était métamorphosée, Merchant l'avait bien compris.

Avec l'autorisation des deux réalisateurs, Harvey travailla à sa propre version du montage. D'après le président du département marketing Mark Gill, « Miramax a coupé vingt et une minutes, et le film ne s'en portait que mieux. On ne leur a pas ordonné de faire ci ou ça, on leur a demandé d'y réfléchir et de nous rappeler pour en discuter. Ce qu'ils n'ont jamais fait. Ils nous ont envoyé un courrier d'une ligne disant qu'aucun des changements n'avait été approuvé. Autant nous dire d'aller nous faire foutre [58]. » Effectivement, Merchant et Ivory rejetèrent la version de Miramax. « Merci, dirent-ils, mais nous n'en voulons pas. » « C'est là qu'ils ont disjoncté, se souvient Merchant. Nous avons une relation privilégiée avec les exploitants de salles, qui nous ont appelés pour nous prévenir que le film avait été retiré des deux cinémas où il avait été programmé. On ignorait ce qui se passait. Et puis les sous-fifres [de Harvey] nous ont appelés : ils ont dit qu'ils distribuaient le film directement en vidéo et sur HBO [59]. »

Que le film fût trop long ou pas, on peut se demander comment on avait pu en arriver là, encore une fois. Il est facile d'estimer la durée d'un film à partir de la longueur du scénario. Mais Harvey avait apparemment négligé de s'intéresser au script et avait traité le film comme à son habitude, persuadé que, le moment venu, il arriverait à persuader les réalisateurs de « l'arranger » au montage. Mais Merchant et Ivory n'avaient rien d'un Mark Christopher ou d'une Sarah Kernochan. Ils avaient fait leur part de navets, mais avaient une longue et prestigieuse carrière derrière eux. Ils refusèrent de céder et finirent par racheter le film à Miramax pour 5 millions de dollars. Weinstein, déclare Ivory, « ne connaît pas la valeur de ses films. C'est un sauvage qui marche dans la jungle et tombe sur un objet brillant, par terre ; il s'arrête pour le ramasser, l'examine sans savoir exactement ce que c'est, mais il sait que c'est précieux. Alors il le met dans sa poche et reprend sa route [60]. »

Est-ce que les deux réalisateurs envisagent de retravailler avec Miramax ? « Non, j'en doute, déclare Merchant. On s'est presque ruinés en essayant de réunir les 5 millions. On n'a pas les reins assez solides pour faire ce genre de chèque. Encore, on est Merchant-Ivory, on peut s'appuyer sur notre travail, notre catalogue, on peut s'en sortir. Quelqu'un d'autre se serait tout bonnement effondré. C'était un véritable cauchemar [61]. » Qu'en dit Ivory ? « Jamais de la vie, s'exclame-t-il. Que vous fassiez des films depuis quarante ans et que vous ayez un nom ne signifie rien pour Harvey. Ça lui plaît de jouer les terreurs de cours d'école qui vous martyrisent jusqu'à ce que vous vous rendiez[62]. » « J'ai demandé à Jim et Ismail pourquoi ils avaient accepté l'argent de Harvey, ajoute Hawke. Combien de réalisateurs vont-ils devoir regretter d'avoir travaillé avec lui avant que tout le monde comprenne ? Lui en vouloir, c'est comme en vouloir à un scorpion qui vous pique. Je sais qu'il est l'un des rares à avoir assez d'argent pour produire ce genre de films, mais c'est un jeu dangereux. Si Harvey tombe amoureux de *La Coupe d'or*, le film peut rapporter 40 millions et sept nominations aux Oscars. Mais si ce n'est pas le cas, il le fiche au placard. Et il a suffisamment d'argent et de pouvoir pour que ça ne lui pose aucun problème[63]. »

Quant à *Hamlet*, le meilleur film de l'année pour le critique du *New York Times* Elvis Mitchell, Harvey le laissa tomber. Comme il l'avait déjà prouvé à plusieurs reprises, ce ne sont pas les toquards qu'il exploite, mais les réalisateurs dignes de ce nom, ceux qui sont prêts à tous les sacrifices pour s'exprimer. Comme le dit si justement Hawke, « les réalisateurs se punissent eux-mêmes en faisant des films à petits budgets. On a tourné *Hamlet* pour moins de 2 millions, un budget ridicule pour New York, tout ça pour avoir une complète liberté de création. Je n'ai pas été payé, Bill Murray non plus, personne n'a été rémunéré. On l'a fait par amour du projet. Si on l'avait fait pour 10 millions, ils auraient été obligés de promouvoir le film. Et, à ce moment-là, il aurait eu sa chance. »

Mais dépenser plus ne vous mettait pas forcément à l'abri non plus, comme put le constater James Gray avec *The Yards*. Gray se fit avoir sur toute la ligne. Comme son premier film *(Little Odessa)*, *The Yards* fut produit par Paul Webster, l'ancien directeur de la production de Miramax, après qu'il eut quitté la compagnie pour diriger Film Four à Londres. Sur la base du scénario, le réalisateur réussit à réunir une exceptionnelle brochette d'acteurs dont un en particulier avait le vent en poupe : Mark Wahlberg, qui venait de jouer dans *Boogie Nights*. Deux étoiles montantes, Charlize Theron et Joaquin Phoenix (qui s'était distingué dans l'exceptionnelle distribution de *Prête à tout*, de Gus Van Sant), étaient également de la partie – ainsi qu'une pléiade de vétérans des années soixante-dix dont Ellen Burstyn, James Caan et Faye Dunaway. Grâce à cette distribution, Miramax empocha 15 millions sur les ventes à l'étranger, somme qui couvrait pratiquement l'intégralité du budget du film (17,7 millions). Le tournage eut lieu à la fin de l'été 1998.

The Yards, comme *Little Odessa* d'ailleurs, ressemble à un film des années soixante-dix. Sombre, sans compromis, lent, il met en scène l'inexorable désintégration d'une poignée de vies, aspirées dans un tourbillon de corruption dont le vortex se situe dans un chantier du métro de New York. Amaigri, l'air hagard et moins arrogant que d'habitude sous la direction de Gray, Wahlberg livre la meilleure performance de sa carrière, épaulé par la qualité de l'interprétation de Theron et Phoenix. Mais le film ne ressemblait ni à *Shakespeare in Love* ni à *L'Œuvre de Dieu, la part du diable*. Ici, on n'assistait pas à la naissance d'un génie, et il n'y avait pas d'orphelin courageux à encourager non plus. La fin n'avait rien de proprette ni d'optimiste, jusqu'à ce que Harvey s'empare du film. (À son retour de l'hôpital, il avertit les employés chargés de lire les scénarios que, désormais, la compagnie ne ferait plus que des films avec des *happy ends*.) Gray a confié à Patrick Goldstein, journaliste au *Los Angeles Times*, que c'était Harvey qui « prenait toutes les décisions importantes. Il contrôle tout[64]. » Pour pouvoir confier un petit rôle au chanteur Steve Lawrence, « Gray dut garantir qu'il reverserait son salaire au studio pour payer les journées de tournage supplémentaires si ses scènes ne fonctionnaient pas ». D'après une source proche de la production, Weinstein écrivit une scène (comme il l'avait fait avec Jim Mangold) qu'il dicta à Gray au téléphone. Inquiet que les spectateurs pensent qu'il existait une relation incestueuse entre les personnages de Wahlberg et Theron, ce qui les aurait rendus antipathiques (ils sont cousins dans le film, et leur relation est équivoque), Harvey écrivit un dialogue levant toute ambiguïté. Ne bénéficiant pas de l'appui d'un Robert De Niro, Gray dut tourner la scène, mais il réussit à ne pas l'inclure dans le film.

Et puis *The Yards* sombra dans le trou noir de la postproduction – pendant deux ans. Gray livra sa version en septembre 1998. Les résultats des tests ne furent pas bons. En mai 1999, Harvey et lui déjeunèrent ensemble. « Harvey hurlait : "Je suis passé maître dans l'art de la coupe invisible !" en me crachant des bouts de crabe à la figure », se souvient Gray. Weinstein lui paya trois jours de tournage supplémentaires. En échange, il exigeait un tout autre film. Bien évidemment, parmi les nouvelles scènes, on trouvait une fin plus positive à laquelle Weinstein tenait absolument : contre toute logique ou vraisemblance, le personnage de Wahlberg y démasquait les méchants devant une assemblée de bureaucrates et de politiciens. La scène sonnait faux, on aurait dit qu'elle sortait d'un autre film, d'une autre époque – c'était Marlon Brando en train de moucharder Lee J. Cobb cinquante ans plus tôt dans *Sur les quais*. Quand Gray demanda un jour supplémentaire de tournage payé de sa poche, Weinstein exigea en échange qu'il fasse deux films supplémentaires avec Miramax.

Harvey était capable de dépenser sans compter pour un bon script – surtout avec une distribution exceptionnelle qui attirerait les acheteurs étrangers – mais, au bout du compte, on l'entendait souvent dire : « J'ai dépensé une fortune pour ce film que personne d'autre ne voulait faire, et maintenant on n'arrive pas à rentrer dans nos fonds. » Dans le cas de *The Yards*, après avoir investi un argent fou dans la postproduction, il se rendit soudain compte que le budget frisait les 23 millions. « Il est très pénible d'être coincé dans cet enfer de la postproduction, raconte Webster. Quand je travaillais chez Miramax, on rédigeait ce qu'on appelait le "rapport en or[65]", imprimé sur du papier jaune, qui résumait la situation financière de chaque film. Il atterrissait sur le bureau de Harvey chaque semaine et, à mon avis, il n'y a jamais prêté la moindre attention. Harvey se fiche des budgets – jusqu'à ce que la situation le force à s'y intéresser. Le problème, c'est qu'il est souvent trop tard. »

The Yards serait directement sorti en vidéo si le président du Festival de Cannes Gilles Jacob ne l'avait adoré et invité à participer à l'édition de mai 2000. Cependant, le film reçut un très mauvais accueil critique, et Gray se retrouva à la case départ. « Non mais vous avez vu l'histoire ? ! s'exclame l'ancien directeur du marketing Dennis Rice. Il n'y a que des personnages désagréables, un antihéros minable qui, à peine sorti de taule, s'attire de nouveau des ennuis et part en cavale parce que son ami, un minable lui aussi, l'a balancé. Expliquez-moi pourquoi un type qui vit à Spokane, dans l'État de Washington, devrait s'intéresser aux chantiers du métro de New York[66] ? » Miramax organisa une projection à New York début octobre. Il n'y avait personne du film à part Gray et Wahlberg. Le réalisateur, d'abord plein d'espoir en voyant un siège réservé pour Harvey, déchanta lorsque celui-ci resta inoccupé pendant toute la projection. Mais ce que Gray appelle « la prétendue première[67] » à la Writers Guild de Los Angeles « a été un événement réellement humiliant ». « L'endroit était à moitié vide, raconte-t-il, et personne de chez Miramax n'avait fait le déplacement.

Le lendemain, quelqu'un m'a dit : "Bon sang, c'était sans doute la pire première de l'histoire." » Le saumon poché, les filets de bœuf et les gambas auxquels avaient droit des réalisateurs plus chanceux avaient été remplacés par des petits-fours rassis et du cidre.

The Yards sortit enfin le 20 octobre 2000, sans aucun soutien publicitaire. « Miramax a gardé le film en post-production pendant près de deux ans avant de le laisser tomber sans ménagement, explique Webster. C'était tellement évident que ça équivalait à une exécution publique[68]. » Les critiques étaient partagés, mais Elvis Mitchell le fit figurer au nombre de ses films préférés de l'année, au même titre que *Hamlet*. Au bout de six semaines, le film disparut de l'affiche en ayant rapporté moins d'un million. Comme on avait économisé sur la publicité, Miramax finit malgré tout par faire des bénéfices.

Nick Wechsler, l'un des producteurs du film, qui participa également à *Quills – La Plume et le Sang* et *Requiem for a Dream,* observe : « Ces deux films traitent de sujets difficiles et dérangeants, pourtant Fox Searchlight et Artisan n'ont pas lésiné pour les soutenir. La plupart des distributeurs auraient donné à *The Yards* un véritable coup de pouce, mais Harvey n'a plus ni l'énergie ni le besoin de faire des pieds et des mains pour créer un marché là où il n'y en a pas : il a dépassé ce stade[69]. »

Les compagnies appuient sans arrêt des films qui ne font pas de recettes mirifiques en salles. Les vidéos et les DVD représentent de telles sources de revenus que les sorties en salles servent souvent simplement à en faire la promotion. Certaines compagnies considèrent aussi qu'assurer le marketing des films est un bon moyen de cultiver leurs relations avec les acteurs et les réalisateurs. Mais ce ne fut pas le cas cette fois-là. « Harvey a porté un regard impitoyable, très froid sur le film, continue Webster. Il en a conclu que James Gray était un réalisateur intéressant du point de vue artistique mais pas du point de vue commercial, et que Joaquin Phoenix ne deviendrait sans doute jamais une star. Quant à Charlize Theron, il l'avait déjà fait jouer dans une demi-douzaine de films, ça allait de ce côté-là. James Caan était un bon acteur, mais en fin de carrière, alors quel intérêt ? C'était Mark Wahlberg, la clé. Si Harvey avait réussi à obtenir les deux films suivants de Mark, il aurait soutenu le film. Il a essayé, mais ils ne se sont pas bien entendus[70]. » Wahlberg n'aimait pas la façon dont Harvey avait traité Gray. « En l'occurrence, conclut Webster, Harvey a essayé de sauver sa peau. Si Miramax n'aime pas ton film, elle va le laisser tomber comme une vieille chaussette. Je soutiens le film de Gray, parce que c'est un bon film. »

Gray fit des déclarations publiques, brisa le tabou interdisant de tout déballer dans la presse. « J'ai déconseillé à James de faire ça, souligne Webster. Pour un jeune réalisateur qui a toute sa carrière devant lui, c'était se montrer incroyablement naïf. Il est impossible de battre les Weinstein sur ce terrain-là, ils connaissent trop bien les médias. Les allées du pouvoir sont si obscures qu'il est facile de s'y égarer. » Une source proche de Gray estime que Miramax lui a fait payer ses déclarations en se montrant intraitable sur les deux films qu'il devait à la compagnie. La Warner proposa au réalisateur d'écrire et de réaliser un film, mais Miramax lui mit des bâtons dans les roues. Gray dut prendre un avocat pour que la compagnie lâche un peu de lest. Il craignait de se ruiner en frais juridiques. « Croyez-le ou pas, je ne suis pas amer, déclare-t-il. J'ai fait le film dont j'avais envie… J'aurais préféré, pour moi et pour mes acteurs, que Harvey s'en montre fier et le juge sur ses mérites, et pas simplement sur son potentiel commercial[71]. » Est-ce qu'il envisage une nouvelle collaboration avec Miramax ? « Seulement parce que je n'ai pas le choix. »

Après son licenciement très médiatisé de chez Disney, Mike Ovitz s'était mis à son compte en créant l'agence Artists Management Group. Un de ses clients n'était autre que Martin Scorsese, qu'il représentait depuis le milieu des années quatre-vingt, lorsqu'il dirigeait encore CAA. Deux de ses collaborateurs, Rick Yorn et Cathy Schulman, qui avait depuis longtemps déjà quitté Sundance, s'envolèrent un jour pour New York afin de rencontrer le réalisateur. « Si vous aviez le choix, dans quel projet vous lanceriez-vous[72] ? » lui demandèrent-ils. « *Gangs of New York*, répondit Scorsese, un film auquel je réfléchis depuis onze ou douze ans. » Il le décrivit comme une saga, l'histoire d'une revanche dans le New York du milieu du XIXe siècle, avant et pendant la guerre de Sécession, lorsque des gangs xénophobes traînaient dans les rues, enrôlant tous les nouveaux arrivants et surtout les immigrés irlandais. Le film n'avait jamais été produit en partie parce qu'il reposait sur les épaules d'un acteur d'une vingtaine d'années : aux yeux des patrons hollywoodiens, aucun des jeunes loups ne semblait jamais avoir les reins assez solides pour porter un projet d'une telle ampleur. Yorn, qui représentait Leonardo DiCaprio, ouvrit toutes grandes ses oreilles. Dans l'avion qui les ramenait à Los Angeles, les deux agents lurent le script, long et alambiqué, de Jay Cocks. « Il faisait non seulement allusion à ces gangs, se souvient Schulman, mais aussi aux émeutes de la conscription, à la présidence de Lincoln, aux deux incendies qui ont détruit la ville, aux différentes politiques d'immigration, à la corruption, etc. On se demandait vraiment par quel bout on allait bien pouvoir prendre ce scénario. Il était beaucoup trop long, trop sombre. On l'a retravaillé deux ou trois fois avec Cocks, mais on avait l'impression d'aller nulle part. »

Pourtant, AMG commença à vendre le concept d'un *Gangs of New York* réalisé par Scorsese avec dans le rôle principal DiCaprio, que tout le monde s'arrachait encore à l'époque. Le budget prévisionnel s'élevait à environ 84 millions. Le projet avait été initié par Disney, chez qui Scorsese avait un contrat, mais *Kundun* n'avait pas rapporté un centime au studio, ni *Bringing out the Dead* à la Paramount, ni *Casino* à la Universal. Les films aux budgets titanesques intéressaient de moins en moins les studios, et Joe Roth commençait à douter de ce projet. Il décida finalement de le remettre sur le marché. Aucun studio n'en voulut. C'est à ce moment-là que Graham King, qui essayait de faire parler de sa compagnie, Initial Entertainement Group, et ignorait tout du passé compliqué de *Gangs of New York*, en acheta les droits étrangers pour 65 millions de dollars. Cela fit réfléchir Roth, qui proposa le projet à Miramax. Harvey était aux anges. C'était le film parfait pour entamer le nouveau millénaire, un luxueux film en costumes réalisé par le légendaire Scorsese, un véritable auteur qui, avec peut-être Woody Allen et Robert Altman (parmi les réalisateurs qui travaillaient toujours régulièrement), incarnait le mieux ce qu'avait été la révolution du Nouvel Hollywood. Avec DiCaprio dans le premier rôle, le film n'était pas si risqué que ça. Et puis Harvey était persuadé de pouvoir éliminer les scènes les plus violentes et controversées, marque de fabrique de Scorsese. Faire entrer dans son écurie ce réalisateur, réputé pour son talent et son intégrité, était un moyen infaillible de porter un coup d'arrêt aux vilaines rumeurs qui couraient sur le compte de Miramax. Ce serait un coup de maître du point de vue de l'image de marque. Vu que Tarantino s'était égaré dans les méandres de son labyrinthique scénario sur la Seconde Guerre mondiale, Scorsese pourrait relancer les affaires. C'était un trophée, un piège à oscars, et il amènerait la légitimité que même la statuette de *Shakespeare in Love* n'avait pu apporter à Miramax. En fait, flairant l'oscar du Meilleur Film à plein nez, Harvey décida de devenir producteur du film.

D'après ce que l'on dit, Bob Weinstein était farouchement opposé à la participation de son frère pour ce projet, gouffre financier en puissance selon lui ; en plus, il n'aimait pas le script. Mais Harvey était déterminé. Il prétendait ne pas pouvoir perdre plus de 15 millions, puisque Scorsese et DiCaprio devaient renoncer à une partie de leur salaire en cas de dépassement de budget. Cependant, personne à Hollywood ne le croyait. (Un ancien employé de Miramax, bien placé pour le savoir, assure que le film a coûté 32 millions à la compagnie, chiffre corroboré par Laura Holson dans les colonnes du *New York Times*.) Le salaire de Scorsese s'élevait à 6 millions, comme pour *Casino*, dont 3 millions devaient lui être versés à la sortie du film s'il n'avait pas dépassé le budget. Comme à son habitude, Harvey souhaitait que tout le monde baisse ses prix. DiCaprio fut payé 15 millions au lieu de 18, dont 4 couvriraient le dépassement éventuel du budget. Quant à Cameron Diaz, dont le rôle était moins important, elle travailla pour moins de 2 millions. Daniel Day-Lewis, qui ne porte pas Weinstein dans son cœur, participa au projet du bout des doigts. « Ce que Harvey ne comprend pas, c'est que j'ai fait *Gangs of New York* en dépit de lui, pas à cause de lui [73] », déclare l'acteur.

Le patron de Miramax ne tarda pas à exploiter sa relation avec Scorsese. Il pimentait ses phrases d'allusions au réalisateur. C'était « Marty » par-ci, « Marty » par-là : il avait voté pour *Shakespeare in Love*, pas pour *Le Soldat Ryan*, il l'avait invité à son soixantième anniversaire, etc. Lorsque, le 30 avril 2003, Harvey révéla au public conquis du Learning Annex de New York qu'il avait l'intention de réaliser *Mila 18*, il précisa : « Marty sera à mes côtés. Je ne veux prendre aucun risque [74]. » Mais ces déclarations firent sourire ceux qui connaissaient à la fois le caractère bien trempé de Scorsese et l'impatience de Weinstein. « La seule préoccupation de Marty, c'est de faire le meilleur film possible, et il est assez fort pour se battre pour ses convictions, explique Saul Zaentz. La seule préoccupation de Harvey… c'est de faire de l'argent [75]. » Comme un observateur l'a déclaré à la journaliste Kim Masters : « Harvey a enfin trouvé un réalisateur à sa mesure, et ils se battent à armes égales [76]. » En fait, l'improbable mariage de Scorsese et Weinstein fut la cause d'une confrontation homérique entre l'esthétique des années soixante-dix, très centrée sur les auteurs, et la mentalité studio des années quatre-vingt-dix, confrontation à deux doigts d'éclipser le drame qui se jouait à l'écran. Harvey s'était toujours vu comme une espèce d'Irving Thalberg, de David O. Selznick, et admirait l'ancien système des studios. « Je reconnais volontiers que les années soixante-dix représentent l'âge d'or de la réalisation, dit-il, mais il s'est passé plus de choses intéressantes en 1939 que pendant toutes les années soixante-dix. Les films sortis cette année-là, de *Citizen Kane* à *Elle était verte ma vallée*, éclipsent tous ceux des années soixante-dix [77]. » (*Citizen Kane* sortit en fait en 1941.) Un Thalberg a besoin de son von Stroheim, un Selznick de son *Autant en emporte le vent*. Le von Stroheim de Harvey, c'était Scorsese, et *Gangs of New York* serait son *Autant en emporte le vent*.

Le tournage débuta entre la fin de l'été et le début de l'automne 2000. Inquiet à l'idée que son méticuleux et capricieux réalisateur prenne du retard, Harvey devint obsédé par le film et passa le nombre hallucinant de seize semaines sur le plateau. Effectivement, Scorsese avançait à pas de tortue, tournant moins d'une page de script par jour, dépassant allégrement le budget fixé à 93 millions. Certains tournages harmonieux ont donné de mauvais films, d'autres, orageux, de bons films – *Chinatown*, par exemple –, mais, dans ce cas, on aurait dit que le duel au sommet entre réalisateur et producteur faisait ressortir le pire chez l'un et l'autre. « J'en ai assez de cette image de tyran qui me colle à la peau, se plaint Harvey. C'est des conneries, tout ça [78]. » Pourtant, *Gangs of New York* ne fit rien pour améliorer son image. Les deux hommes se volèrent dans les plumes à cause du physique de Day-Lewis, en particulier à cause de sa chevelure et des prothèses qu'il portait sur le visage. « Il interprète une ordure, explique Schulman, il fallait qu'il fasse peur. Marty avait l'intégrité du personnage en tête, et Harvey voulait que la campagne marketing présente Daniel et Leo sous leur meilleur jour. Il ne trouvait pas Daniel assez sexy [79]. »

Miramax engagea comme consultant le producteur David Parfitt – qui avait fait de l'excellent travail sur *Shakespeare in Love* – et le chargea de raisonner Scorsese. Mais c'était mission impossible. « C'est Marty qui commande, explique Parfitt. Il est entouré de son équipe, il ne fait que ce qu'il a envie de faire. Difficile d'aller lui dire : "Bonjour, je m'appelle David Parfitt, voilà ce que vous allez faire." C'est un géant de la réalisation, on sait à quoi s'attendre avec lui [80]. »

Bien que la tension fût palpable entre Scorsese et Weinstein, le patron de Miramax se montrait en général extrêmement respectueux à l'égard du réalisateur. Cependant, d'après un proche, « Marty était conscient que ce n'était pas son meilleur film. Il n'en était pas satisfait [81]. » En gros, Scorsese mettait, au moins en partie, son échec sur le dos de Harvey. D'après cette même source, le réalisateur trouvait que « Harvey, avec ses suggestions et son ego surdimensionné, bridait sa créativité. À chaque étape du film, Marty avait l'impression d'être freiné. Il trouvait que Harvey l'empêchait d'avoir une vision globale du film parce qu'il n'arrêtait pas de lui suggérer de faire ci ou ça, de se débarrasser de telle ou telle scène. Aucun producteur n'avait parlé comme ça à Marty depuis qu'il était gamin. » D'autres racontent que c'est Scorsese qui faisait le fier-à-bras. Après une réunion particulièrement houleuse dans sa chambre d'hôtel, il jeta sa table basse sur un représentant de Miramax, mais elle s'écrasa contre la porte. (Scorsese avait fait monter des miroirs sur les moniteurs vidéos pour ne pas être surpris par l'arrivée de Weinstein.) « Marty est aussi désagréable et difficile que Harvey [82], raconte un collaborateur de Weinstein. Il a un caractère de cochon et refuse de céder. » « Marty a dit plus d'une fois qu'il allait tout plaquer et laisser quelqu'un d'autre terminer le film », ajoute un technicien.

Les prises de vue s'éternisèrent à tel point que le tournage du prochain film de Cameron Diaz, *The Sweetest Thing*, approchait. « La plus grosse dispute que j'ai eue avec Marty, raconte Harvey, a été au sujet de Cameron. Il fallait qu'on la libère. Marty m'a répondu : "C'est impossible.

– Marty, on ne peut pas demander à une actrice qui a travaillé [pratiquement] pour rien et qui est restée sur un tournage quatre mois et demi d'affilée, six mois en tout, de renoncer à un chèque de 15 millions !

– Je vais parler à la Columbia moi-même.

– Vas-y, fais ce que tu veux." Il a appelé la Columbia, qui lui a dit d'aller se faire foutre. Il s'est mis en rogne contre moi, a renversé ce qu'il croyait être mon bureau, mais c'était celui [du producteur] David Parfitt [83]. »

Le tournage prit fin au bout de sept mois, le 13 avril 2001, avec huit semaines de retard. Comme à l'accoutumée, Harvey se montra plus agressif pendant la postproduction, et c'est à ce stade qu'eurent lieu plusieurs disputes mémorables. Scorsese produisit un brouillon de trois heures quarante. Weinstein menaça de ne pas le distribuer à moins de procéder à des coupes drastiques. Le camp Scorsese était furieux, car l'équipe de Miramax annonçait à qui voulait l'entendre que ce brouillon constituait la « version du réalisateur », alors que Scorcese avait toujours eu l'intention de la raccourcir. Miramax voulait simplement faire croire à tout le monde que Scorsese était incontrôlable.

Trahissant quelque amertume – même s'il prétend toujours adorer le film –, Harvey déclare avoir voulu couper le dernier tiers : « Lorsque nous avons achevé la scène de la pagode où DiCaprio est démasqué, j'ai dit à Marty : "Ça y est, on a fini. Stop ! Du point de vue dramatique, le film est terminé. En ce qui me concerne, je pense qu'il faut se dépêcher de conclure. On devrait arriver au bout en un quart d'heure maximum[84]." » Il pensait pouvoir forcer Scorsese à laisser tomber la séquence de l'émeute de la conscription, ce qui donna lieu à l'une des disputes les plus violentes entre les deux hommes. En parlant de la chef monteuse de Scorsese, Thelma Schoonmaker, Weinstein aurait dit : « Elle est trop vieille pour ce boulot, maintenant. Débarrasse-toi d'elle[85]. » D'après le patron de Miramax, le réalisateur refusa de couper la scène. « C'est exactement ainsi que je l'avais imaginée », aurait-il déclaré. « Ça vous montre à quel point j'ai eu mon mot à dire sur ce film, poursuit-il. Pourquoi devrait-il m'écouter ? Après tout, c'est "Monsieur Scorsese[86]" ! »

Ironie du sort, alors que Harvey rêvait de travailler avec Scorsese, une fois qu'il y parvint il fit tout pour masquer la patte du réalisateur, pour édulcorer les détails qui feraient de *Gangs of New York* un film digne de lui. Comme à son habitude, Weinstein essayait de rendre le film plus « accessible ». Or, s'il y a bien un qualificatif que l'on ne peut appliquer aux films de

Scorsese, c'est bien celui-là, et ce projet-ci n'était pas différent des autres. Il comportait trois grandes scènes d'émeutes entre gangs rivaux. Pour entrer plus rapidement dans le vif du sujet, Harvey voulait éliminer la première – et aussi la meilleure –, trop longue, éprouvante et violente à son goût. D'autre part, les dialogues regorgeaient d'argot XIXe : Harvey essaya d'en inclure des paraphrases dans la voix *off*, mais Scorsese s'y opposa [87]. Et puis il y avait le bocal rempli d'oreilles (des trophées) exposé dans un bar. « J'ai essayé de virer ce putain de truc du film il y a trois ans, se plaint Harvey. J'ai dit que je n'aimais pas ça quand j'ai lu le script. Qui a envie de voir un bocal rempli d'oreilles, putain, c'est dégueulasse ! » Ce fut pareil avec la scène où on voit un chien dévorer un rat. « Marty, je te rends tes 3 millions si tu enlèves les oreilles et le rat », avait envie de dire Weinstein, mais il économisa sa salive. Au lieu de ça, amer, il se contenta d'un : « Il en a rien à cirer. »

À mesure que le film s'enfonçait dans le bourbier de la postproduction, l'hémorragie de capitaux prenait de plus en plus d'ampleur. « Harvey a mis toutes les ressources de la compagnie, la machine Miramax tout entière au service de ce film pendant deux, trois ans, explique Cassian Elwes. Les coûts non comptabilisés en termes de temps pris sur d'autres films furent titanesques [88] ! »

Chapitre 13
Fini de rire
2000-2001

Où Steven Soderbergh fait de la concurrence à Sundance, tandis que Harvey Weinstein catche avec un journaliste, met la carrière de réalisateur de Billy Bob Thornton sur pause, et pulvérise Todd Haynes.

« Miramax a été à la fois une bénédiction et un fléau pour l'industrie du film. Il faut reconnaître que les Weinstein ont rendu les films indépendants sexy en prouvant qu'ils pouvaient être rentables. Le problème, c'est qu'au passage ils en ont fait des films commerciaux[1]. »

Ethan HAWKE

Pas encore complètement remis de son séjour de cinq semaines à l'hôpital, alors que le magazine *Talk* pataugeait et que la campagne présidentielle approchait, Harvey avait un rythme effréné. Malgré les nominations aux Oscars de *L'Œuvre de Dieu, la part du diable*, les raisons de se réjouir se faisaient rares. Le retour de Harvey avait traumatisé ses employés et, en plus, même si c'était humiliant, il fallait bien admettre que c'était Dimension, la compagnie de Bob, qui faisait bouillir la marmite. (Elle venait d'engranger 89 millions juste sur le marché américain avec *Scream 3*.)

Parmi les projets prévus chez Dimension, Bob plaçait beaucoup d'espoirs dans *O*, réalisé par Tim Blake Nelson, déjà auteur d'un autre petit film intitulé *Eye of God*. Nelson, pas très grand, passionné, éloquent, aux multiples talents (acteur, scénariste, réalisateur), était plutôt connu pour ses rôles de bouseux un peu crades dans des films aussi divers que *The Good Girl*, de Miguel Arteta, ou *Minority Report*, de Steven Spielberg. Il avait grandi dans l'Oklahoma et fait ses études à la Brown University, avant de suivre des cours de comédie à la Juilliard School.

En gros, *O* transposait l'histoire d'*Othello* dans une école chic. C'était un film violent comportant plusieurs scènes extrêmes, dont le viol d'une jeune fille blanche par un élève noir et une fusillade dans les locaux de l'école, à la fin du film. À l'affiche on retrouvait Mekhi Phifer, Julia Stiles, Josh Hartnett et Martin Sheen. Eric Gitter (un ancien avocat reconverti dans la production) et quatre autres coproducteurs avaient réussi à récolter 3,5 millions auprès de différents investisseurs. Juste avant le début du tournage, Bob décida d'acheter le film pour Dimension en faisant valoir l'argument suivant : « On est les meilleurs pour vendre ce genre de films, on s'est occupés de tous les films de Quentin Tarantino, on a fait *Priest* et *The Crying Game*[2]. » La mythologie Miramax et la légende de ses origines – le clin d'œil à papa et maman, immortalisé dans le nom de la compagnie, les histoires de Miriam et ses gâteaux, l'impact profond laissé par la découverte des *Quatre Cents Coups*, la collaboration étroite avec Tarantino, les controverses provoquées par *The Crying Game* ou *Kids*, etc. – jouaient un rôle clé pour maintenir une illusion de modestie et de proximité avec les auteurs. Moins Miramax devenait indépendante, plus il importait de faire croire à tout le monde qu'elle l'était. C'était la feuille de vigne qui permettait aux Weinstein de continuer à exploiter la réputation d'une compagnie défunte. Gitter et Nelson gobèrent cet argument. Le fait que Bob propose une enchère préemptive de 7,5 millions et promette de distribuer le film dans mille salles ne gâtait rien. « Ils ont clairement perçu le potentiel commercial du film », explique Nelson.

Le 20 avril 1999, pendant qu'*O* se trouvait en post-production, douze élèves et un professeur étaient abattus au lycée de Columbine, à Littleton, dans le Colorado : la réalité rejoignait la fiction. Comme on pouvait s'y attendre, le Senate Commerce Committee diligenta une enquête concernant la violence des programmes destinés aux enfants, et le sénateur Joe Lieberman fut entendu le 4 mai. Au lieu de flairer les problèmes, Nelson se dit simplement que son film était plus d'actualité que jamais. Bob paraissait satisfait, et le réalisateur était persuadé que les Weinstein soutiendraient *O* envers et contre tout, comme ils l'avaient fait pour tous les autres projets Miramax. Bob adorait les rushes et voulait hâter la sortie du film, fixée au 17 octobre ou au plus tard fin novembre.

Le 4 juin, Nelson livra une version du film à Bob. Peu après, il reçut un coup de téléphone « adorable » du patron de Dimension : « J'adore *O*, lui dit-il. J'ai vraiment hâte de le montrer à mon frère. Je voulais simplement que tu le saches. » Bob avait toutes les raisons d'être de bonne humeur. *Scary Movie* était sur le point de faire exploser les chiffres du box-office comme jamais aucun film Dimension auparavant, pas même *Scream*. (Le film rapporta la somme hallucinante de 157 millions sur le seul marché américain.) Cependant, Lieberman était en pleine croisade contre la violence au cinéma. « Eric Gitter n'arrêtait pas de m'appeler, se souvient Nelson. Miramax et lui commençaient à se disputer à tout propos. Eric m'a dit : "Ils ont une trouille bleue de ton film. Et ils regrettent de l'avoir acheté." »

Nelson remit sa version finale du film à Dimension le 17 mars 2000. Autant qu'il ait pu en juger, Bob et Harvey avaient l'air satisfaits. Le seul petit problème, c'est que le film ne sortait pas sur les écrans. « Il restait rangé sur une étagère, se souvient le réalisateur. Plusieurs dates de sortie furent annoncées pour mieux être annulées les unes après les autres. »

Cependant, Harvey continuait à faire parler de lui sur la scène politique nationale. Supporter enthousiaste de l'équipe Gore-Lieberman, il se montrait également très généreux en tant que sponsor. Eve et lui firent don de 750 000 dollars à divers candidats et récoltèrent 14 millions supplémentaires. Harvey se montrait invariablement respectueux, pour ne pas dire « obséquieux », en présence du couple présidentiel. Il appelait toujours Clinton « Monsieur le Président », jamais « Bill ». Il ne mangeait jamais devant eux et ne fumait jamais en présence de Hillary, sachant qu'elle n'aimait pas ça. Après coup, dans l'avion qui le ramenait à New York, il s'empiffrait de hamburgers, de frites et de Coca, tout en fumant comme un pompier.

Le 25 octobre, Harvey organisa une soirée d'anniversaire-collecte de fonds au Roseland Ballroom pour les cinquante-trois ans de Hillary Clinton. Quand on réunit en ce genre d'occasion une multitude de célébrités égocentriques, la soirée peut aisément déraper. D'ailleurs, quelques semaines plus tôt, lors d'une soirée donnée pour Gore au Radio City Music Hall, il s'était produit au moins un incident. Les stars – Matt Damon, Salma Hayek, Bon Jovi, Paul Simon entre autres – étaient au coude à coude dans le salon vert, mais il n'y avait pas assez de chaises pour tout le monde. Une jeune assistante du département publicité avait été chargée de monter la garde devant un salon improvisé réservé à Harvey et Julia Roberts, son invitée d'honneur, pour qu'ils puissent avoir un tête-à-tête. L'assistante refusa d'abord que la femme de John Sykes – président de la chaîne VH1 –, alors enceinte de huit mois, s'installe sur l'un des canapés. « C'est mon mari qui a organisé cette fête, rétorqua celle-ci, furieuse.

– Désolée, Madame, vous ne pouvez pas vous asseoir. Ce canapé est réservé à Harvey Weinstein [3]. » Excédée, la jeune femme s'en alla. Puis Jimmy Buffet, Harrison Ford et son épouse, ainsi que Melissa Mathison, scénariste d'*E.T.*, se ruèrent à leur tour sur les sièges. « Désolée, ce coin est réservé à Harvey Weinstein.

– Allez, laissez-nous nous asseoir. » Les écrans de télé disséminés dans la salle montraient Harvey en train de faire un discours sur scène à ce moment-là. « Regardez, il est sur scène, on lui cédera la place dès qu'il arrivera. » À peine se furent-ils assis que Harvey fit irruption dans la pièce accompagné de Roberts et se dirigea droit sur le salon, tandis que l'assistante, paniquée, s'efforçait de chasser le groupe de Ford en les suppliant de se lever en vitesse. Ils s'exécutèrent, manquant de renverser leurs assiettes et leurs verres. Roberts abandonna Harvey pour Damon, tandis que le patron de Miramax, tout sourire, lançait à l'intention des squatters : « Hé ! C'est ma place ! » Mortifiée, l'assistante se confondit en excuses. Furieux, mais soucieux de sauver les apparences devant ses célèbres amis, Weinstein désigna du doigt l'assistante effrayée, éclata de rire, et lança : « Tout est de ta faute. Tu es virée ! » La pauvre fille se décomposa. Le patron réprimanda – aussi discrètement que possible – les deux supérieurs directs de l'assistante, qui à leur tour passèrent immédiatement – et pas très discrètement – leurs nerfs sur la jeune femme. « Tu es tellement bête qu'on ne peut même pas te confier une tâche aussi simple, hurlèrent-ils. Y a pas plus facile, pourtant. Va attendre dans un coin. » Hillary Clinton se trouvait dans les parages, mais Sykes l'entraîna loin de là pour lui épargner le spectacle de l'un de ses plus éminents sponsors en train de saquer un subalterne. (L'assistante fut réintégrée le lendemain.)

Plus tard ce soir-là, John Leguizamo, le maître de cérémonie, s'écarta du scénario prévu et choqua les Gore, les Lieberman et Hillary Clinton, tous assis au premier rang, en improvisant quelques blagues scabreuses.

Le soir de la fête d'anniversaire de Hillary, Harvey était crispé : il lançait des regards assassins à tout ce qui bougeait. Nathan Lane, le maître de cérémonie, travaillait à titre gracieux. Peu avant que l'acteur entre en scène, Weinstein décida de jeter un coup d'œil à son texte de présentation pour s'assurer qu'il ne contenait aucune remarque susceptible de mettre Hillary mal à l'aise. Il s'offensa d'une blague idiote au sujet de la coiffure du maire Giuliani et explosa : « C'est *mon* show, bordel ! On se passera de toi. »

Pendant ce temps, Nelson et Gitter en étaient arrivés à la conclusion que Harvey redouterait de distribuer un film aussi violent qu'*O* tant que Lieberman poursuivrait son *jihad* : ce serait prêter le flanc aux accusations d'hypocrisie. En novembre 2000, citant une source anonyme, la journaliste Rebecca Traister rapporta dans le *New York Observer* que Gitter avait appris « qu'aucune décision ne serait prise avant les élections concernant la sortie d'*O*[4] ». Cependant, Elizabeth Clark, attachée de presse de Dimension, affirmait que Bob Weinstein « soutenait le film », ajoutant que « la compagnie avait déjà distribué des films difficiles par le passé », et assurait qu'*O* sortirait au cours de « l'année suivante ».

Alors âgée de vingt-quatre ans, Traister collaborait à la rubrique potins (« The Transom ») de l'*Observer*. Le soir du 6 novembre, veille des élections présidentielles, elle se retrouva au Tribeca Grand Hotel pour la soirée donnée par le patron de Miramax en l'honneur de Karen Duffy – mannequin pour Revlon, présentatrice sur MTV et amie de Harvey – pour fêter la publication de son livre. Les attachés de presse de la compagnie refusaient de répondre aux questions de Traister, venue dans l'espoir de glaner une petite phrase pour son article.

Le livre de Duffy retraçait sa lutte contre la sarcoïdose, une maladie inflammatoire rare due à un dysfonctionnement du système immunitaire. Selon elle, Harvey lui avait sauvé la vie en l'adressant aux médecins compétents. Accompagnée par son collègue et petit ami de l'époque Andrew Goldman, Traister se retrouva dans le sillage de Harvey, à quelques pas de lui, parmi la foule d'admirateurs branchés qui arrivaient à la soirée. Elle le rattrapa et, se saisissant de son magnétophone, l'interrogea sur *O*. Il la remballa : « Je n'ai rien à voir avec ce projet, dit-il. Ça concerne Bob, c'est la [division] de mon frère. Je n'ai pas vu le film, je ne suis au courant de rien [5]. » Il n'était pas très coopératif, mais elle avait obtenu sa petite phrase et en avait fini pour la soirée.

Cependant, Harvey n'avait pas l'habitude que des journalistes le provoquent en lui posant des questions auxquelles il ne souhaitait pas répondre. Son armée d'attachés de presse était censée le protéger de ce genre de surprises, bien que leur travail soit réduit au strict minimum étant donné la maestria avec laquelle il arrivait à manœuvrer la presse. Lorsque le département marketing de la compagnie achetait de l'espace publicitaire ou des spots télé, il en voulait pour son argent, et c'est bien normal. Mais Harvey exigeait de ses attachés de presse qu'ils fassent parler de la compagnie gratuitement, et qu'ils exercent le même contrôle sur les articles de presse les concernant (lui, son frère, ou la compagnie) que sur les campagnes publicitaires. Les attachés de presse ne se contentaient pas de faire publier des articles flatteurs, ils s'efforçaient continuellement de bloquer la publication de certains papiers, et y parvenaient parfois, d'enjoliver les histoires qu'ils ne pouvaient empêcher de paraître, et d'en sélectionner soigneusement les auteurs. Bien sûr, c'est le boulot des attachés de presse de limiter les dégâts, mais que le patron d'une compagnie soit impliqué dans le processus au point où l'a été – et l'est toujours – Harvey est pratiquement sans précédent. Les critiques qui descendaient les films Miramax pouvaient s'attendre à recevoir soit un coup de fil soit une lettre furibarde de Harvey les accusant de l'avoir « trahi », parfois suivi du traditionnel bouquet de fleurs. Aucun détail n'était trop insignifiant pour lui échapper.

En mai 1995, Harvey avait acheté, visionné et détesté – dans cet ordre – *Dead Man*, avant de tout tenter pour persuader Jim Jarmusch de remonter son film. En vain. Il garda donc le film dans un coin pendant un an, jusqu'en mai 1996, époque à laquelle il le distribua enfin sans grand enthousiasme. « *Dead Man* était le meilleur film de Jarmusch depuis *Stranger Than Paradise*, se souvient Jim Hoberman, critique du *Village Voice*. Mais le cinéaste a osé tenir tête aux Weinstein, qui lui en voulurent énormément. [L'attachée de presse] Cynthia Swartz est allée jusqu'à m'appeler pour me dire à quel point le film était mauvais. Ils cassaient leurs propres films [6] ! » En janvier 1997, Jarmusch, qui était l'un des présentateurs du New York Film Critics Circle Awards, provoqua l'hilarité générale en critiquant publiquement Miramax : *Dead Man* avait été vu plus souvent en privé qu'en public, souligna-t-il, faisant allusion à l'absence de soutien apporté à son film. Cet incident poussa John Clark, journaliste au *Los Angeles Times,* à rédiger un article. Hoberman comptait parmi les personnes interviewées par Clark : « J'ai dit au journaliste – et ça ne prêtait pas à controverse à mon avis – que j'avais le sentiment que Miramax était beaucoup plus conservatrice depuis le rachat par Disney [7]. » Après l'interview, Hoberman se rendit à Santa Monica en voyage d'affaires. « En rentrant à l'hôtel, poursuit-il, j'ai trouvé sur mon répondeur une série de messages de Cynthia Swartz qui m'appelait de Sundance sur son portable. Dans le dernier, elle était très remontée, et me disait en substance : "Tout le monde s'est rétracté sauf vous. J'espère que vous allez le faire, et Harvey aussi, parce que sinon il sera obligé de prendre certaines mesures contre vous, même s'il préférerait ne pas devoir en arriver là." »

Début 2002, Patrick Goldstein provoqua la colère de Harvey en critiquant dans les colonnes du *Los Angeles Times* les méthodes de Miramax pendant la campagne des Oscars cette année-là. Si l'on en croit Goldstein, Harvey l'aurait appelé pour lui dire quelque chose du style : « Tu n'es qu'une merde, ta rubrique, c'est de la merde, tout le monde se fout de ce que tu écris, les gens se servent de ton journal pour emballer leurs épluchures. »

Et puis il y avait les menaces. En 1994, Harvey avait provoqué un petit scandale en emmenant Kurt Andersen, rédacteur en chef du magazine *New York*, jusqu'à Martha's Vineyard dans le jet de la compagnie. (Andersen avait proposé de payer le voyage au tarif en vigueur.) Le patron de Miramax assure que cela ne s'est jamais reproduit, même s'il a ramené Jim Meigs, nouveau rédacteur en chef de *Premiere*, de Sundance à New York en janvier 1997. « Par la suite, j'ai regretté d'avoir accepté, avoue Meigs. C'était déplacé. »

Il est bien connu que certains chroniqueurs *people* de New York mangent dans la main des Weinstein. « Harvey est obsédé par les rubriques *people*, raconte l'ancien attaché de presse Dennis Higgins. Il préfère qu'une information filtre dans une de ces rubriques plutôt que de la voir paraître dans les journaux spécialisés [8]. » L'exemple le plus célèbre est celui de Roger Friedman qui utilise souvent son site Internet *411* pour promouvoir (et, à de très rares occasions, casser) les films Miramax. « Roger leur est tout acquis, continue Higgins. Ils lui dictent pratiquement ses articles. Ils ont [même] réussi à lui faire écrire que *Terre Neuve* était génial. » Harvey a financé le documentaire de Friedman sur les chanteurs soul, *Only the Strong Survive*, et ne s'en excuse pas le moins du monde. « Roger Friedman me fait gagner 1,5 million, déclare-t-il. Il est le bienvenu chez moi quand il veut. A. J. Benza était à sec après s'être fait virer du *Daily News*. Je lui ai donné 50 000 dollars pour écrire un bouquin. Mitchell Fink, du *Daily News*, va écrire un bouquin pour nous. Je ne lui demande pas de me ménager. Il m'a tellement cassé de sucre sur le dos qu'il ne peut pas y avoir conflit d'intérêt [9]. »

Richard Johnson, rédacteur en chef de la très populaire rubrique « Page Six » dans le *New York Post*, fut engagé comme consultant par Miramax lorsque Harvey décida de tourner un remake de *Jet Set*. « J'étais censé travailler avec un scénariste, confie-t-il. Et puis l'enthousiasme est retombé. Je n'ai rien touché [10]. » Si le projet ne s'était pas embourbé, y aurait-il eu conflit d'intérêts ? « Bien sûr, répond Johnson. Difficile d'écrire des articles négatifs sur des gens qui vous versent un salaire. Mais, pour ma défense, il faut dire que je ne parle pas souvent de Miramax dans ma rubrique. » Paula Froelich, sa collègue de « Page Six », a passé un contrat avec Miramax Books pour écrire « un bouquin expliquant comment s'inspirer des célébrités pour avancer dans la vie [11] », explique-t-elle. Certains ont soupçonné Harvey de se servir des magazines dans lesquels il avait investi pour distribuer des largesses aux fouille-merde qui disent du bien de Miramax. « Ils nous balançaient sans arrêt des articles qu'on n'avait pas commandités, des articles rédigés par des journalistes *people* », raconte un ancien rédacteur en chef de *Talk*. « La demande venait de quelqu'un d'autre. De Tina ? Mais Tina se considérait comme une célébrité du monde des lettres, et ces articles étaient indignes d'elle. Alors quelqu'un d'autre devait l'obliger à les commanditer. Harvey par exemple. Ça ne fait aucun doute [12]. »

Harvey savait pertinemment que l'on ne prend pas des mouches avec du vinaigre. Mais Rebecca Traister, n'avait apparemment pas compris les règles du jeu établies par Miramax ; aussi, lorsqu'elle entreprit Harvey ce soir-là, il ne put se maîtriser. Comme elle s'apprêtait à partir, quelqu'un la prit par l'épaule. C'était Harvey, qui l'obligea à se retourner, maugréant : « Vous n'allez pas utiliser ce que je vous ai raconté, n'est-ce pas [13] ?

– Harvey, il n'y a aucune inquiétude à avoir, vous n'avez rien dit de compromettant.

– Je vous interdis de publier ce que je vous ai confié. » Il essayait de se maîtriser, mais cela lui en coûtait.

« Je me suis présentée, vous ne m'avez pas dit que la conversation devait rester entre nous et vous avez vu que mon magnétophone était branché.

– Donnez-le-moi.

– C'est impossible. »

La poussant vigoureusement du doigt et se retournant pour que Goldman – qui s'était approché en voyant l'altercation – en prenne lui aussi pour son grade, Harvey hurla : « Vous ne me laissez pas tranquille une minute, je n'arrive pas à croire que vous puissiez me faire ça. Vous venez à cette soirée que je donne par pure bonté d'âme en l'honneur de mon amie atteinte d'un cancer, vous vous pointez sous un prétexte bidon – vous êtes des pourris, les vrais reporters ne se comportent pas comme ça ; on ne fait pas semblant de couvrir un événement pour enquêter sur autre chose. Il faut passer par mon bureau.

– Harvey, j'ai appelé votre bureau dans la semaine, j'ai demandé à ce que vous m'accordiez une interview, mais ça n'a pas marché. »

D'après un témoin, tout en la poussant et en lui postillonnant au visage, il hurla un truc du style : « Cette pétasse s'est introduite ici, elle a menti en disant qu'elle couvrait la soirée, mais c'est faux. Elle est venue me poignarder dans le dos. »

Traister était paralysée. Si Harvey était capable de ruiner sa propre soirée en faisant un scandale, se disait-elle, Dieu seul savait ce qui allait arriver maintenant.

Goldman, qui avait moins de trente ans et pesait cinquante kilos de moins que le patron de Miramax, choisit ce moment pour intervenir : « Attendez, Harvey, c'est moi qui ai été invité à cette soirée, c'est moi qui couvre l'événement…

– Vous mentez, vous accompagnez cette bonne femme. On va régler ça entre hommes, *mano a mano*, on sort et je te casse la gueule. »

Goldman avait si peur qu'il était sur le point de se liquéfier. Mais il eut la présence d'esprit de sortir son magnétophone et, la bouche sèche, hésitant, il s'écria : « Oublions le différend avec Rebecca et concentrons-nous sur Karen Duffy. » Pendant ce temps les attachés de presse de Miramax entouraient Traister pour lui présenter leurs plus plates excuses : « Oh ! On est navrés, c'est la veille des élections, Harvey est dans tous ses états, appelez-nous demain, on vous obtiendra un entretien. » Weinstein se calma aussi soudainement qu'il s'était emporté, comme si l'on avait actionné un interrupteur, et les deux hommes entamèrent une conversation on ne peut plus courtoise au sujet de l'invitée d'honneur de la soirée. Pensant qu'il avait une ouverture, comme

Harvey avait recouvré son calme, Goldman fit l'erreur de reparler de l'incident qui venait de se produire. « Harvey, dit-il, je pense vraiment que vous vous êtes mal conduit avec Rebecca. Elle ne faisait que son travail. Le journal a toujours fait preuve de respect envers vous jusqu'ici, je ne vois pas pourquoi vous vous êtes comporté comme ça devant tout le monde. » Sans le vouloir, il venait de provoquer Weinstein, qui se mit à trembler de rage. Sous les yeux de la foule en émoi, Harvey disjoncta : « Foutez-moi ces gens dehors, ils sont entrés sous un prétexte bidon, ce sont des menteurs, finies les interviews avec eux !

– Harvey, ne faites pas ça, dit Goldman.

– J'en ai marre de ce genre de trucs. Si vous jouez à ça, alors je vais régler le problème en homme et vous botter le cul. OK ? C'est une soirée contre le cancer. C'est déplacé. Alors vous allez avoir affaire à moi. Et vous savez quoi ? Heureusement que je suis le shérif de cette putain de ville sans foi ni loi. Y a au moins un type ici qui ne se fout pas de tout. » Il repoussa Goldman et, désignant Traister, beugla : « Surveille ta pétasse de collègue ! » Harvey dut s'apercevoir à ce moment-là que le magnétophone était allumé, car il enchaîna en hurlant : « J'y crois pas, tu es en train d'enregistrer tout ça ? » Il essaya de s'emparer de l'appareil. Goldman tomba à la renverse et frappa une actrice avec son magnéto. « Regardez ce qu'il vient de faire ! s'exclama Harvey en désignant le reporter. Il vient de frapper une femme, je vais le tuer ! » Il coinça la tête de Goldman sous son bras et l'entraîna dehors, escorté par les invités et les paparazzi qui s'en donnaient à cœur joie. Les attachés de presse, tels les Lilliputiens face à Gulliver, s'efforçaient de séparer les deux hommes et de raisonner Harvey, et finirent par y parvenir. Weinstein ordonna à la sécurité de l'hôtel de se saisir du magnétophone, mais les vigiles ne connaissaient pas Goldman, qui profita de la panique pour s'enfuir.

En plus des paparazzi, plusieurs journalistes *people* étaient présents à la soirée. Goldman et Traister s'attendaient donc à voir un compte rendu des échauffourées à la une de tous les tabloïds le lendemain. Après tout, le patron d'une importante division de la compagnie Walt Disney avait attaqué un journaliste lors d'une soirée donnée dans un hôtel chic de la ville, devant des dizaines de témoins. Mais ils ne trouvèrent pratiquement rien. Les articles qui parurent faisaient porter le chapeau aux deux victimes et semblaient avoir été dictés par Harvey lui-même. On pouvait lire dans « Page Six » : « Deux importuns, reporters du *New York Observer*, poussent Harvey Weinstein à bout et provoquent une scène à ce qui aurait dû être une fête en l'honneur de l'ancienne présentatrice de MTV Karen Duffy [14]. » Dans *Inside.com*, l'un des seuls médias à relater fidèlement les faits, un attaché de presse de Miramax refusait d'admettre que la bagarre entre Harvey et Goldman ait eu lieu et se contentait de reconnaître que son patron avait « escorté » le journaliste vers la sortie. Les attachés de presse de la compagnie n'en démordaient pas : ils avaient accepté de répondre aux questions de Traister, mais son comportement avait été déplacé. La journaliste confia à des amis qu'elle croyait avoir été suivie par un détective privé suite à cet incident, et que Miramax avait passé des coups de fil à ses anciens employeurs pour vérifier s'il lui était déjà arrivé d'agir de façon répréhensible.

Plus tard dans la soirée, Harvey s'envola pour Miami en compagnie d'Affleck, Robert De Niro et Glenn Close. Ils allaient rejoindre Jon Bon Jovi, Stevie Wonder et d'autres célébrités à la soirée de soutien à Gore donnée à la veille de l'élection. Les stars voyaient rarement Harvey perdre son sang-froid, et il ne fit bien entendu jamais allusion à la bagarre du Tribeca Grand

Hotel. « Harvey maltraite les journalistes ? s'interroge Affleck. Je l'ignorais. Il a raison de les maltraiter, ils le méritent. Ils passent leur vie à écrire des conneries. Un type qui essaie de réduire le monologue de Iago, qui fait quatre pages (dans *O*), à une réplique du style : "Mec, fais gaffe à ta meuf" et qui se fait engueuler puis jeter dehors, c'est pas non plus comme si ça remettait en cause la paix dans le monde. Quand son tempérament de mec du Queens reprend le dessus, qu'il redevient le promoteur de concerts, je le trouve assez charmant. C'est sans doute moins charmant quand c'est à vous qu'il fait une prise de catch, mais bon, Harvey est un gros dur, il n'est pas très sociable. Il a du mal à se contrôler. Mais ce n'est pas un tueur non plus. Chacun se fait sa propre idée des gens, et moi, je n'ai vu que son côté humain. Il nous a soutenus, Matt et moi, c'est un ami très chouette [15]. »

Le soir de l'élection, le 7 novembre, Harvey réserva chez Elaine's et avertit tout le monde que les Clinton passeraient. Mais la soirée prit un tournant si dramatique, vu les résultats serrés en Floride, que Hillary l'appela du Sheraton, où le couple était descendu, pour lui annoncer qu'ils ne viendraient pas. Furieux, Weinstein répondit qu'il viendrait les rejoindre avec quelques amis. « Pas de journalistes et comité restreint de rigueur : je compte sur vous », intervint Capricia Marshall, secrétaire de la Maison Blanche chargée des relations publiques. Harvey faisait les cent pas dans le bar en ressassant : « Quand on dit qu'on vient, on vient. » Affleck, Tina Brown, Uma Thurman et Ethan Hawke faisaient partie des élus qui se rendirent au Sheraton, ainsi que Roger Friedman et quelques autres journalistes, malgré la demande expresse de Marshall.

Les films que Harvey était censé produire pâtissaient incontestablement de son implication dans la campagne et dans le projet *Gangs of New York*. Jim Mangold et

Cathy Konrad préparaient *Kate & Leopold.* « En général, quand on entame une collaboration avec Miramax, on prie pour que Harvey ne vienne pas fourrer son nez dans nos affaires. Cette fois-là, pourtant, on aurait fait n'importe quoi pour qu'il passe, mais quand il s'est décidé, c'était trop tard [16]. » Les rouages de la production semblaient l'avoir lassé. « Il nous a demandé si on était au courant de ses activités, se souvient Mangold. Il nous a dit : "Vous savez, je ne me contente plus de faire des films, je change le monde [17] !" » « C'est censé m'aider ? se demandait Konrad. On a sans doute l'air idiot – nous aussi, le monde nous intéresse – mais on doit commencer à tourner dans quinze jours, et tout le monde s'en fout ! »

À l'automne 2000, la situation de Scott Greenstein était on ne peut plus précaire. Aucun des films de USA n'avait fait beaucoup d'argent et, comme les frais généraux étaient énormes, la compagnie sombrait. La veille de la sortie de *Traffic*, *Variety* publia un article selon lequel Greenstein n'en avait plus pour longtemps : Barry Diller était sur le point de le licencier. Le couperet allait tomber, on comptait les jours.

Mais Greenstein faisait preuve d'une endurance étonnante. Russell Schwartz lui avait amené *The Barber*, des Coen. Donna Gigliotti avait sauté sur *Possession*, de Neil LaBute, et *Gosford Park*, de Robert Altman. Greenstein s'en était réjoui : en peu de temps, USA s'était constitué une réserve de films tout à fait respectables dont aucun n'était encore sorti sur les écrans.

Soderbergh pensait pouvoir récolter un oscar et souhaitait que *Traffic* sorte avant la fin de l'année, mais il était difficile de se faire une place à cette période de l'année. Il incombait à Jack Foley d'obtenir les salles. Pour une petite compagnie qui débute, comme USA, « la compétition est tellement féroce, tellement destructrice, que se mesurer aux gros poissons pendant les fêtes revient à signer pour un électrochoc, explique-t-il. *Traffic* était un film complètement atypique : il parlait des milieux de la drogue, vous poussait à réfléchir, n'était pas commercial. Or l'Amérique voulait qu'on la divertisse, elle courait après des films comme *Mon beau-père et moi*. Alors, comme je venais de chez Miramax, où on est plutôt iconoclaste – genre : vos règles, vous pouvez vous les fourrer là où je pense ! –, j'ai misé sur le cinéma Avco, à Westwood, disponible parce qu'il venait de traverser une période difficile, et ça a marché. Ça a été un triomphe [18]. »

Traffic sortit le 27 décembre 2000 et battit vite tous les records. Bien que l'histoire de Michael Douglas soit complètement invraisemblable (à de très rares exceptions près, il n'y a que dans les films que de hauts responsables politiques démissionnent par principe) et que le film en pâtisse, c'était un retour au grand cinéma pseudo-documentaire des années soixante et soixante-dix (voir *La Bombe*, de Peter Watkins) ; de plus, du point de vue formel, Soderbergh avait expérimenté dans de nombreux domaines. « J'ai passé pas mal de temps à analyser *La Bataille d'Alger* et *Z*, raconte Soderbergh, deux films qui donnent l'impression d'avoir été saisis sur le vif, pas mis en scène, tout à fait ce que je cherchais à faire [19]. »

Contre toute attente, *Traffic* rapporta 124 millions, à peine 1,5 million de moins qu'*Erin Brockovich*, l'énorme succès du réalisateur tourné pour Universal. Greenstein disposait d'un sursis. Quant au réalisateur, il avait enfin acquis un certain pouvoir grâce à ces deux triomphes consécutifs. Après plus d'une décennie, il récoltait enfin les fruits de *Sexe, mensonges et vidéo*, et il en profita pour créer avec la star de *Hors d'atteinte*, George Clooney, une nouvelle compagnie de production, baptisée Section Eight. Il contacta quelques réalisateurs comme Kim Peirce, James Gray, Lodge Kerrigan *(Clean, Shaven)*, Harmony Korine *(Julien, Donkey-Boy)*, Alison Maclean *(Jesus' Son)*, John Maybury *(Love Is the Devil)*, Chris Nolan *(Memento)*, Alejandro González Iñárritu *(Amours chiennes)* et Alfonso Cuarón *(Et... ta mère aussi)* pour leur demander s'ils avaient des projets et leur proposer son aide. « Je ne vois pas ce que l'on est censé faire quand on a une certaine influence à part se démener un peu pour que des films intéressants voient le jour, explique le réalisateur. Il faut agir aussi vite que possible avant que son pouvoir ne s'évanouisse[20]. »

Il envisageait d'apporter une aide financière aux réalisateurs qu'il admirait pour les inciter à tourner des films plus commerciaux. Il partait du principe que les studios, avec leur obsession croissante des grosses machines, avaient déserté le type de films aux budgets moyens qu'ils faisaient autrefois. « À mon avis, il y a une insatisfaction aux deux extrêmes, dit-il. Les spectateurs des films d'auteur sont déçus et le public des films hollywoodiens aussi. » Il proposait autre chose : « On peut trouver un compromis, comme dans les années soixante-dix, quand les films financés par les studios et interprétés par des stars étaient réalisés par des metteurs en scène très intéressants. J'aimerais mieux que les films de Todd Haynes soient projetés dans quatre mille salles à la place de ceux d'un gros nase. » « Pourquoi ne pas adopter l'esthétique des [années soixante-dix] ? renchérit Clooney. On essaie simplement d'insuffler une sensibilité indépendante aux films de studio. »

« Vous voulez rester enfermés dans le ghetto des films d'auteur toute votre vie, ou vous préférez faire des films de genre interprétés par des stars ? demanda Soderbergh à ses protégés. Parce qu'il y a moyen d'être vous-mêmes sans que les studios vous mettent des bâtons dans les roues, tout en faisant un film que les gens iront voir[21]. » Il explique : « La raison du succès de *Memento* ?

C'était un film d'auteur, mais aussi un film policier, interprété par quelques acteurs connus, même s'il ne s'agissait pas de stars. Je crois que le public s'est dit : "Enfin, quelqu'un veut me raconter une histoire sans me faire mourir d'ennui. Ce n'est pas indigeste." La plupart des réalisateurs que j'ai contactés m'ont répondu qu'ils en avaient marre de faire des films que personne ne voyait. »

Soderbergh s'y attendait ; après tout, il était passé par là. Il se servait de sa propre trajectoire comme modèle. Il avait frappé fort dès son coup d'essai ; sur ce, endossant la haire du pénitent indépendant, il s'était écarté du droit chemin pour se perdre dans le désert pendant près de dix ans, avant de se retrouver à Hollywood et de délaisser les projets intellos (personnels, en d'autres termes) qui avaient caractérisé le début de sa carrière. « Il est logique que je sois devenu une espèce d'hybride, étant donné la manière dont le mouvement indépendant s'est fait bouffer par les studios, explique-t-il. Peut-être que j'anticipais en décidant d'aller plus au centre, parce que je n'étais plus sûr de pouvoir mener ma carrière [à l'écart du cinéma grand public]. J'ai dû me dire que c'était sans espoir [22]. » En jouant le bon Samaritain auprès de ses collègues moins fortunés que lui, Soderbergh prêchait l'évangile de saint Harvey et saint Robert. Pratiquement toutes les institutions indépendantes s'efforçaient de pousser les réalisateurs vers un cinéma plus commercial, que ce soit Sundance, Miramax, les Independent Feature Project's Spirit Awards ou le *Project Greenlight* de Damon et Affleck. L'exceptionnelle carrière de Quentin Tarantino en était la preuve.

Cependant, Soderbergh demandait à ses protégés de réussir là où il avait échoué. Le réalisateur est moins un hybride à la Tarantino qu'un irrésolu, un indécis : il suit le modèle classique et confortable du « un pour moi, un pour les studios ». Les films hybrides sont casse-gueule : lorsqu'ils échouent, on les critique car ils n'appartiennent clairement à aucun genre. Et en quinze ans de carrière, Soderbergh n'avait réussi à viser juste que deux fois, avec *Sexe, mensonges et vidéo*, perçu de plus en plus comme un coup de chance, et *Traffic*. Après *Traffic*, il s'embarqua dans *Ocean's 11* pour la Warner, film ouvertement commercial, 100 % pur star. L'expérience n'eut rien d'agréable. « Pour moi, le film n'avait aucun sens, dit-il. Ce fut l'expérience la plus pénible de ma vie. C'était un film creux, une véritable torture. Ça n'a jamais été facile, je ne me suis jamais senti à l'aise. J'ai eu du mal à tenir le coup[23]. »

À peine son film de studio fut-il entamé qu'il eut envie de se faire plaisir. « Au bout de quinze jours de tournage, je voulais réaliser un petit film fauché. J'avais besoin de me changer les idées. » Ironie du sort, il parlait du film qu'il avait envie de faire comme du « fils de *Schizopolis* ». « *Schizopolis* n'était pas destiné à être compris par qui que ce soit, poursuit-il. J'ai ajouté à l'énergie de ce film une ligne directrice plus cohérente, une narration plus proche de celle de *Sexe, mensonges et vidéo*. » Pendant le tournage d'*Ocean's 11*, il écrivit le scénario avec Coleman Hough, un ami dramaturge. Le film s'intitulerait *How to Survive a Hotel Room Fire*.

En février 2000, Soderbergh avait lu dans le *New York Times* un article sur les péripéties de Godfrey Reggio, qui cherchait à financer le dernier volet de sa trilogie *Qatsi* depuis dix ans. Il trouva cette histoire hallucinante et Reggio incroyable. Il appela le réalisateur et lui proposa de financer la phase initiale du tournage avec les dividendes rapportés par *Erin Brockovich* et *Ocean's 11*.

Il donna à Reggio 1,7 million sur les 6 qu'il lui fallait pour boucler son budget, mais commença à manquer d'argent au moment où le tournage de *Naqoyqatsi* démarrait. La MGM possédait les deux premiers épisodes de la trilogie : il allait leur demander de payer les 4 millions restants et, en échange, il ferait *How to Survive a Hotel Room Fire* pour eux. Il renonçait à son salaire pour rendre le projet plus attractif. Les dirigeants eurent l'air emballés, mais rien ne bougea. Plusieurs mois s'écoulèrent. Soderbergh finit par appeler son agent, Pat Dollard : « Qu'est-ce qui se passe ? Il faut que je sache, j'ai plus de fric, c'est la dèche complète, là. » Dollard se renseigna auprès de la MGM et annonça à Soderbergh : « Ils font leurs calculs.

– Bon, appelle Miramax et USA pour leur parler du projet. » Les deux compagnies furent tout de suite intéressées par le projet. Soderbergh choisit Miramax parce que Harvey ajouta : « Je prends le relais financier sur le projet de Godfrey. Tu ne devrais jamais te mettre dans ce type de situation. Je verse les 6 millions. » « Quarante-huit heures plus tard, ajoute Soderbergh, on recevait un contrat de trois pages ; Godfrey put être financé, et nous, on a fait notre film. » Et voilà : deux articles pour le prix d'un pour Harvey, qui mourait d'envie de relancer sa collaboration avec Soderbergh, le réalisateur le plus en vogue du moment, et de collaborer avec Clooney, la star que l'on sait. Rebaptisé *Full Frontal*, le film fut tourné en dix-huit jours en novembre 2001 pour un budget ridicule de 2 millions en restreignant les coûts au maximum, environ un tiers sur pellicule et deux tiers en vidéo numérique. Aucune des stars, pas même Julia Roberts, n'eut droit à une caravane.

Malheureusement, *Full Frontal*, ce compromis grâce auquel Soderbergh et Clooney tentaient de redonner un coup de jeune à la réalisation américaine, sembla offenser tout le monde. Au lieu de faire l'éloge de Soderbergh, comme ils le faisaient de nombre de ses collègues qui – oserions-nous lâcher le mot ? – étaient des « vendus », les critiques l'éreintèrent. Ils flairaient une combine, comme si un réalisateur à succès n'avait pas le droit de revenir à ses premières amours sans être automatiquement suspect. « Les critiques n'avaient pas arrêté de l'encenser, raconte Ethan Hawke, ils en avaient fait le plus grand réalisateur de Hollywood, et il était enfin sur le point de récolter les fruits de son premier film et de pouvoir exercer une certaine influence. Mais il a de nouveau viré vers le cinéma indépendant pour récupérer un peu de crédibilité, et ils ont trouvé ça suspect. Ils sont dingues [24]. »

Les puristes, les « véritables » indépendants pour qui faire un film au cœur du système ne présentait aucun intérêt, n'aimaient pas le film non plus. Pour eux, Soderbergh avait tout d'une souris pendant une expérience de Pavlov : dès qu'il s'aventurait en territoire indépendant, il recevait une décharge qui le renvoyait du côté des studios.

De son propre aveu, Soderbergh n'avait jamais aspiré à devenir un auteur (il s'est toujours servi de cette excuse pour justifier son flirt avec le cinéma commercial). Mais, ce faisant, il offensa un certain nombre d'«hybrides » qu'il essayait de promouvoir, ceux-là mêmes qui tournaient pour les studios sans pour autant faire de concessions. « J'ai participé à une table ronde avec lui au Hamptons Film Festival en 1997, se souvient David O. Russell, et une de ses remarques m'a surpris. Il a dit : “Je me demande qui va succéder à Sydney Pollack.” Je me suis dit que c'était vraiment une question bizarre, avant de me rendre compte que ce serait lui ! Il se considère comme un artisan, ce qui est très pratique parce que ça lui permet de s'abriter derrière le fait qu'il n'a aucune prétention, qu'il n'a rien d'un visionnaire, et de justifier des films grand public comme *Ocean's 11*. C'est un point de vue plutôt manichéen. Est-ce qu'Alexander Payne ou Spike Jonze sont des visionnaires ? Je n'en sais rien. Tout ce que je sais, c'est qu'ils ne se contentent pas d'être des artisans, qu'ils font des films novateurs, et c'est ça qui m'intéresse. Je ne pense pas être un "grand artiste", mais j'en bave, je fais des choix, et je pense qu'on a le droit de faire des films qui prennent leur temps et ont plus d'ambition[25]. »

Soderbergh a sans doute raison : il y a un compromis possible entre marginalité et cinéma commercial. C'est la voie que suivent Russell, Payne, Jonze et les deux Anderson : ils ont tous réussi, avec des budgets modestes et de grandes stars, à se faire financer par les studios, tout en faisant le moins de concessions possible au marché. Même Hawke y est venu. « Il n'est pas possible de pisser contre le vent aussi longtemps sans éclabousser ses chaussures, dit-il. Pour être honnête, j'ai été très content de faire *Training Day* : c'est un film qui passe dans les multiplexes mais dont je n'ai pas honte. Ça m'a permis de voir que j'en étais capable. J'ai envie de continuer sur cette voie. Au lieu d'alterner films commerciaux et films indépendants, je préférerais tourner un film commercial dont je puisse être fier. Un jour, peut-être[26]... »

Mais cela revient à marcher sur la corde raide sans filet. Un faux pas et les réalisateurs se retrouvent en train de faire la manche au bas de l'échelle, comme les frères Coen après l'échec du *Grand Saut*, en 1994, quand la Warner les a laissés tomber sans cérémonie. Ressusciter le modèle des années soixante-dix comme Soderbergh et Clooney ont tenté de le faire a-t-il un sens ? Les pressions économiques qui ont poussé les studios à s'associer les uns aux autres – ou à n'importe quel groupe ayant un compte en banque – dans des coproductions peuvent très bien les conduire à prendre davantage de risques. Mais n'oublions pas que, dans les années soixante-dix, ces mêmes studios étaient au bord de la faillite et n'avaient pas le choix, contrairement à aujourd'hui. Qui plus est, à l'époque, le public auquel les studios s'adressaient en priorité, celui de la contre-culture, était beaucoup plus uniforme que ne l'est le marché du film aujourd'hui.

En outre, il y a de bonnes raisons pour que les indépendants fuient les studios, et vice versa. Russell, le réalisateur qui parvint le mieux à insuffler sa vision personnelle, subversive même, dans le petit monde des studios, décida, après *Les Rois du désert*, de se consacrer à des films plus modestes. « Avec *Les Rois du désert*, j'ai touché le fond, raconte-t-il. C'était une expérience tellement stressante et désagréable que j'ai décidé de ne plus jamais refaire de film à gros budget, de n'écrire que des choses personnelles que je pourrais tourner à une échelle plus modeste. Quelques réalisateurs, comme Soderbergh par exemple, ont décidé d'alterner entre les deux types de films, mais moi, ce genre de compromis ne m'intéresse plus [27]. »

En 2000, à l'approche de la sacro-sainte période des fêtes, les espoirs de Miramax reposaient sur son trio de stars : Affleck et Paltrow à l'affiche d'*Un amour infini*, Affleck dans *Piège fatal*, et Damon premier rôle de *De si jolis chevaux*, réalisé par Billy Bob Thornton, lui aussi un pur produit Miramax.

De si jolis chevaux était un film coûteux, complexe, à l'histoire alambiquée, dont Miramax partageait les droits avec la Columbia. John Calley avait acquis les droits du roman de Cormac McCarthy dont s'inspirait le scénario à l'époque où il dirigeait la MGM/UA, et avait engagé Mike Nichols, un vieil ami, pour le réaliser. Nichols préférait produire et, du coup, il fallait trouver un réalisateur. Lorsque Calley devint le patron de Sony Pictures en 1996, il emporta le projet avec lui et parla de Thornton à Nichols. Un jour, sur le plateau de *Primary Colors*, Nichols jeta le script sur les genoux de Thornton, qui était en train de déjeuner, en lui disant : « Ce film est pour toi [28] ! » Thornton, qui n'était pas un grand lecteur, n'avait jamais entendu parler du roman de McCarthy ; en revanche, il adorait les westerns, en particulier *Le train sifflera trois fois*.

Thornton avait la réputation de ne pas bien supporter les ronds-de-cuir, et se lancer dans un projet aussi énorme – 50 millions de dollars – le laissait sceptique. « Soyons clairs, aurait-il dit à la Columbia avec son inimitable accent de l'Oklahoma, vous connaissez mes films. Si c'est des panoramas grandioses que vous voulez, vous vous trompez d'adresse. Pas la peine de m'engager pour me scier les pattes plus tard. » Effectivement, les dirigeants de la Columbia ne souhaitaient pas engager son directeur de la photographie, Barry Markowitz, qui avait participé à *Sling Blade* et au *Prédicateur*, car, selon eux, il n'avait pas le style requis. « Il nous faut Roger Deakins, John Seale ou Tak Fujimoto », annoncèrent-ils. Ce à quoi Thornton répondit : « Je veux mon équipe au complet, tous ces types qui en ont bavé avec moi sur des tas de petits films sans être payés. » La Columbia finit par céder, et Thornton accepta de diriger le film. Miramax, qui détenait des options sur ses trois films suivants, pouvait exiger des parts auprès de la Columbia en échange de ses services. Thornton engagea son coscénariste, Tom Epperson, pour récrire le scénario de Ted Tally qui faisait cent cinquante pages, trente de plus que la moyenne. Celui d'Epperson fut tout aussi long. « Billy ne m'a pas demandé de le raccourcir, se souvient le scénariste. Le fait que le script soit long ne semblait pas poser de problème. » Mais « c'est précisément ce qui a causé la perte du film [29] », ajoute-t-il.

Thornton voulait que Damon incarne le premier rôle. « J'ai parlé à la Columbia, et j'ai carte blanche[30] », lui assura le réalisateur. « Je veux faire le film pour 25 millions, pas 50, parce que j'ai peur que vous ne soyez pas contents du résultat et que vous paniquiez », annonça-t-il à la Columbia, qui répondit : « Non, pas question. Ce film est notre grande épopée. » « On se demande vraiment qui avait lu le livre, à la Columbia, commente Damon. Affirmer que *De si jolis chevaux* est une épopée simplement parce que le titre évoque les grands espaces, c'est n'importe quoi. C'est une histoire très sombre. Rien à voir avec *Braveheart*, ni même avec un scénario de Larry McMurtry. C'est exactement le contraire. »

Après en avoir bavé pour ramener le film à des proportions raisonnables, Thornton réussit à fournir une version de trois heures quarante qu'il montra à Calley et Nichols. Dennis Rice, ancien directeur du département marketing chez Miramax, qui visionna lui aussi cette version du film, commente : « J'avais jamais vu un truc aussi complaisant. Quelle torture[31] ! » « Moi, j'ai trouvé ça magnifique, déclara Affleck, un véritable chef-d'œuvre. Mais je veux bien reconnaître que j'ai des goûts spéciaux, je me trompe peut-être[32]. » Apparemment, Calley était lui aussi très enthousiaste. Mais il disparut et passa le film à la présidente de Columbia Pictures, Amy Pascal. Pascal et Thornton ne s'aimaient pas. On raconte que le réalisateur aurait passé son temps à faire des coloriages un jour où ils avaient rendez-vous. (Pascal n'a pas souhaité faire de commentaire.)

Pourtant, le studio s'était tellement entiché de *De si jolis chevaux* que, fin 1999, on proposa à Thornton de diriger *Terre Neuve*, inspiré du roman d'Annie Proulx. Le réalisateur sortait à l'époque avec Laura Dern et insistait pour qu'elle interprète le rôle de Wavey Prowse. La Columbia voulait Julia Roberts, Meg Ryan ou Julianne Moore, n'importe qui sauf Dern, et refusa de l'engager. Agacé, le réalisateur, qui bataillait avec Pascal au sujet de la longueur de *De si jolis chevaux*, se retira du projet. Sur ce, si l'on en croit Weinstein, la Columbia annonça qu'elle ne voulait plus participer au film [33]. Lasse Hallström voulait le réaliser, et Miramax acheta le projet pour 3 millions de dollars.

Thornton avait le *final cut* sur son film tant qu'il ne dépassait pas deux heures ; au-delà, le studio avait le droit de le lui confisquer. La Columbia testa le film à la Galleria de Sherman Oaks – l'équivalent des centres commerciaux du New Jersey de Miramax – une semaine avant Noël. Des ménagères, les bras chargés de sacs de courses, entraient au beau milieu du film, restaient quelques minutes, avant de retourner à leur shopping. Bref, le test se solda par un désastre. Pascal faisait toujours le forcing pour raccourcir le film. « On peut comprendre qu'ils aient paniqué, commente Damon, qu'ils n'aient pas eu envie de sortir un film de trois heures, lent et plus profond que ce qui se fait de nos jours. Quand vous allongez 50 millions, vous voulez récupérer votre mise. Apparemment, Amy a engueulé Billy Bob : "C'était pas un film d'auteur à 50 millions que je voulais faire [34] !" » La sortie de *De si jolis chevaux* fut repoussée.

Les discussions entre Thornton et la Columbia au sujet des coupes se résumaient à un véritable dialogue de sourds. Volant au secours du réalisateur, Affleck remarque : « En coupant, on allait obtenir un truc qui ne serait ni chair ni poisson. Les critiques allaient mépriser le travail du réalisateur, son génie, parce que le film serait tronqué, et le public n'allait pas se bousculer non plus parce qu'il n'y aurait ni Wookies ni Hobbits [35]. » Pendant ce temps, Harvey clamait à qui voulait l'entendre : « Amy Pascal me casse les couilles avec ce film. La Columbia ne sait pas comment le vendre.

D'après eux, il n'a aucune chance aux Oscars. Le film est long, mais génial, et on peut en faire quelque chose [36]. » En août 2000, Pascal était à bout de patience. La Columbia anticipait un bide. Si l'on en croit Damon, le studio aurait dit en substance : « Harvey, tu n'as qu'à t'en occuper. L'ami de Billy Bob, c'est toi, tu sais comment le prendre, et tu serais capable de vendre à peu près n'importe quoi. Alors, débrouille-toi, et bon courage [37] ! » Ravi d'avoir l'opportunité de jouer une fois de plus le rôle du chevalier blanc, Harvey sauta sur l'occasion et récupéra les droits américains, tandis que la Columbia conservait les droits étrangers. « Je sais exactement quoi faire, dit Harvey à Thornton, on va t'obtenir plein de nominations aux Oscars [38]. » Le département publicité de Miramax prétend que Thornton n'écoutait que Harvey, ce qui, bien évidemment, est un énorme bobard. Le réalisateur n'a jamais eu de respect particulier pour les talents de chef monteur de Harvey – il s'était d'ailleurs battu bec et ongles avec lui sur *Sling Blade* – et disait souvent, non sans ironie, que Harvey se prenait pour Orson Welles. D'après une source proche de Thornton, le réalisateur n'eut rien à voir avec la décision de Miramax de récupérer les droits américains.

En fait, une fois que la compagnie eut récupéré le film, rien ne changea vraiment. Thornton n'arrêtait pas de se plaindre, parce que Harvey insistait pour couper des scènes [39]. Weinstein prétendait ne pas avoir le choix à cause des termes du contrat qui liait Thornton à la Columbia. Thornton et Damon ne purent jamais élucider ce point. « Comme il n'avait aucune responsabilité, il pouvait rejeter la faute sur le dos de quelqu'un d'autre et dire qu'il avait les mains liées. C'est ce qu'il y a de pervers dans cette histoire », estime Damon. « Les deux compagnies s'étaient mises d'accord par contrat sur la longueur du film, explique l'une de mes sources à la Columbia, mais si Thornton nous avait pondu un nouveau *Lawrence d'Arabie* ou *Snow Dogs*, il aurait certainement obtenu gain de cause, et ce malgré les minutes supplémentaires [40]. »

Weinstein obligea Thornton à raccourcir son film d'une heure vingt, ce qui le ramenait à une heure cinquante-cinq. « Au moins, il me reste deux heures de film », ironisa Thornton, cachant mal sa déception. « On était tous déçus du résultat, et c'est un euphémisme », renchérit Damon. Le réalisateur demanda à Epperson de visionner le film et de réfléchir à l'écriture d'une voix *off*. « La version que j'ai vue ne fonctionnait pas du tout, confie le scénariste. C'était un résumé du script que je connaissais si bien, tronqué, lacunaire [41]. » « Le film avait l'air d'avoir été rafistolé, ajoute Damon, ça ne pouvait pas marcher [42]. »

Weinstein décida de sortir cette version-là, après avoir provoqué la colère du réalisateur en remplaçant la partition composée par Daniel Lanois, déjà auteur de celle de *Sling Blade*. « Au bout du compte, explique Damon, on en voulait énormément à Harvey, parce qu'il avait dirigé la campagne marketing du film, décidé quelle version sortirait, et comment la vendre. Il a essayé de faire croire que c'était une histoire d'amour, pour attirer les ados. Il a fait une bande-annonce où on nous voit nager à poil, Penélope Cruz et moi, avec Bono en fond sonore. Billy a dit : "Écoute, j'adore U2, mais ça ne marche pas du tout." Et, sur l'affiche, ils ont écrit : "Certaines passions ne meurent jamais", exactement le contraire du propos du film. L'histoire n'a rien de romantique : c'est l'histoire d'un amour à sens unique, les personnages sont brisés par la vie. Au final, le film a été interdit aux moins de douze ans, alors les gamins n'ont pas pu aller le voir. C'était bien la peine ! »

Harvey n'assista pas à la première à Los Angeles. Un représentant de la compagnie lut un message de sa part : son avion avait dû faire demi-tour à cause du mauvais temps. Plus tard dans la soirée, lorsqu'on lui posa la question, le même représentant avoua qu'à sa connaissance Harvey n'avait jamais eu l'intention de se déplacer.

De si jolis chevaux sortit le 25 décembre 2000 et se planta royalement. Il récolta environ 10 millions (si l'on fait abstraction des droits étrangers et des ventes annexes) pour un budget total qui avait sans doute excédé les 100 millions, publicité comprise.

Thornton fut dévasté par cette expérience. « Il ne veut plus diriger, explique Damon. Il dit que ça a failli le tuer. Il a perdu je ne sais pas combien de kilos et a dû être hospitalisé pour un problème cardiaque ; il était tellement stressé qu'il n'arrivait plus à dormir. Il s'était investi à fond dans ce projet. Maintenant, il dit : "J'ai des gamins, une vie, et ça ne vaut pas le coup de mettre autant de mon âme dans un projet pour me faire briser. Je ne supporterais pas de revivre ça, ça me tuerait." » Il avait toujours dit qu'il devait sa carrière de réalisateur à Harvey, mais il lui reprochait maintenant d'y avoir porté un coup fatal. « Harvey sait vraiment s'y prendre avec les réalisateurs [43], explique une de mes sources qui connaît bien son mode de fonctionnement, mais, dans la vie, ce sont souvent ceux qui nous veulent du bien qui font notre malheur. Il a un énorme besoin d'être aimé, et c'est ce qui lui permet d'obtenir des acteurs ce que d'autres ne peuvent obtenir. Il sort en boîte avec eux, les tire de leurs mauvais pas, leur sert de confident ; mais les affaires sont les affaires et, quand il l'estime nécessaire, il n'hésite pas à les trahir. Quand ça se gâte, c'est pas beau à voir. »

À peu près tous les films Miramax sortis cette année-là à la période des fêtes (*Piège Fatal*, ou *Capitaine Corelli*, de John Madden, coproduit par la Universal) se plantèrent. (*Le Journal de Bridget Jones* cartonna, mais Miramax n'avait pas grand-chose à voir ni avec la conception ni avec la production du film.) *Un amour infini*, sorti à la veille de Thanksgiving, ne rapporta que 37 millions alors qu'il en avait coûté 35.

Au bout du compte, et aussi invraisemblable que cela puisse paraître, le seul film Miramax à s'en sortir fut *Le Chocolat*, encore une chronique à porter au crédit de Hallström. Comme *Corelli*, c'était un film mièvre au casting international – un critique le qualifia d'« euro pudding ». En effet, l'histoire se déroulait dans une France extrêmement pittoresque, sur un scénario et des dialogues anglo-américains, avec un casting très *auberge internationale* (Johnny Depp l'Américain, Juliette Binoche la Française, la Suédoise Lena Olin et la Britannique Judi Dench) mais anglophone, ce qui rendait superflu l'usage de sous-titres ou d'un doublage bas de gamme. À cette époque-là, Harvey essayait d'imposer Paltrow dans tous ses films. Pensant qu'elle avait obtenu le rôle, Juliette Binoche raconta à l'époque : « J'ai pris l'avion pour New York pour rencontrer Harvey et lui parler [du rôle]. Il m'a dit qu'il fallait d'abord lui demander poliment, que c'était lui qui décidait. J'ai été surprise, mais je l'ai pratiquement supplié de me le donner. Il a répondu : “OK, le rôle est à vous [44].” » Et puis, si l'on en croit l'actrice, il changea d'avis et offrit le rôle à Paltrow, qui le refusa. En mars 2000, Diane Keaton s'était plainte elle aussi de ce que Miramax avait essayé de lui fourguer Paltrow à la place de Parker Posey pour un rôle dans *So Shoot Me*, qu'elle devait diriger. « Nous, on veut des actrices beaucoup plus originales, dit-elle, mais Miramax veut voir Gwyneth dans tous les films qui tombent dans son escarcelle [45]. » Comme le dit Paltrow, en véritable reine de l'euphémisme : « Il veille sur moi [46]. »

Inoffensif en soi, *Le Chocolat* annonçait une vague de films euro-américains téléphonés, dont les moindres détails étaient dictés par les standards du marché international, et qui correspondaient pour la plupart aux standards américains. Dans la veine des *Épices de la passion*, c'était tout à fait le rayon de Harvey : une ode aux propriétés libératrices des sucreries. Dans l'ensemble, les critiques l'apprécièrent, tout en le traitant avec une certaine dose de condescendance. Dans le *New York Times*, Elvis Mitchell écrivit une critique beaucoup moins élogieuse, dans laquelle il qualifiait *Le Chocolat* de « film d'auteur pour les gens qui détestent les films d'auteur. Et ce n'est pas un compliment [47]. » Lisa Schwarzbaum, d'*Entertainment Weekly*, se montra encore plus caustique : « Livré sous film plastique pour en préserver toute la fraîcheur, *Le Chocolat* est la dernière sucrerie de synthèse fabriquée selon une recette éprouvée, et contenant tous les ingrédients préférés des inconditionnels de Miramax… [Le film est] réalisé par Lasse Hallström et contient la même dose de mièvrerie que le réalisateur a insufflée à *L'Œuvre de Dieu, la part du diable* [48]. » Schwarzbaum alla jusqu'à se moquer de Weinstein parce qu'il avait réussi à obtenir le soutien de poids lourds comme Jesse Jackson ou Abraham Foxman, de l'Anti-Defamation League, dans ses efforts pour faire nominer le film aux Oscars. *USA Today* publia une de ses petites phrases, dans laquelle elle traitait Foxman de « représentant de commerce » pour avoir accepté de se laisser utiliser ainsi. « Apparemment, Harvey a disjoncté [49] », dit la journaliste. Il appela son rédacteur en chef Jim Seymour, en plein déjeuner au « 21 », et exigea un rendez-vous. Seymour l'envoya balader. Peu après, Schwarzbaum se rendit à Sundance. À peine arrivée, un des fantassins de Miramax l'appela à minuit pour lui annoncer : « Harvey vous cherche.

– C'est gentil.

– Il a besoin de vous voir. »

Le lendemain matin, à l'heure convenue, il déboula dans l'entrée de l'Eccles, une salle de projection où ils s'étaient donné rendez-vous. « Comment osez-vous traiter Foxman de "représentant de commerce" ? hurla Harvey, si l'on en croit la journaliste. Vous dépassez les bornes, c'est un grand homme, certains membres de ma famille sont morts dans les camps, comment pouvez-vous dire ça à son sujet ?

– Vous voulez qu'on compare le nombre de nos morts dans les camps ?

– Je pourrais toucher deux mots de cette histoire à vos supérieurs et vous rendre la vie impossible. »

Elle se souvient : « Il voulait que je l'accompagne à une séance du Hallström pour que je me rende compte à quel point le public adorait le film. C'était l'époque où il était complètement barjo. Le lendemain, j'ai reçu un cadeau de sa part, un recueil d'essais de Truffaut accompagné d'un message : "Il y a de la place pour toutes sortes de films, de Truffaut au *Chocolat*." »

À l'approche de la nouvelle année, il devenait évident que sans *Scream 3* et *Scary Movie*, l'année 2000 aurait été tout à fait désastreuse. Mais, d'après l'une de mes sources, grâce à Dimension, le chiffre d'affaires de Miramax s'éleva à 120 millions.

SUNDANCE 2001 MARQUA le vingtième anniversaire de la Fondation Sundance. Le programme du festival était solide : *Memento*, *Bleu profond*, *In the Bedroom* et *Hedwig and the Angry Inch* remportèrent tous un franc succès. Mais le plus intéressant, c'est que les meilleurs films ne furent achetés que bien plus tard, et ne bénéficièrent alors que de sorties pour la forme. En effet, les acheteurs insistaient désormais pour tester les films avant de les acheter. Fox Searchlight flirta avec *Lift*, réalisé par cette fleur rarissime qu'est la réalisatrice noire, en l'occurrence Khari Streeter, et interprété par DeMane Davis. Le studio décida de le tester à Pasadena, l'endroit le plus incongru possible ; les résultats furent désastreux et Fox Searchlight n'acheta pas le film. *Waking Life,* film d'animation révolutionnaire de Rick Linklater, n'intéressa personne pendant des mois, jusqu'à ce que la Fox se décide à l'acheter. *Danny Balint*, le film de Henry Bean qui relate l'histoire d'un skinhead juif tourmenté, remporta le grand prix du Jury, mais fut considéré comme antisémite et trop provocateur par les distributeurs. Six mois plus tard, il cherchait toujours un distributeur. (Showtime finit par l'acheter.) De même, le remarquable *Long Island Expressway,* de Michael Cuesta, fut boudé parce qu'il brossait le portrait d'un pédophile avec compassion. Malgré une fin décevante, c'était un premier film époustouflant, bourré de performances d'acteurs extraordinaires, en particulier celle de Brian Cox dans le rôle du pédophile. Lot 47, la nouvelle compagnie de Jeff Lipsky, finit par en acquérir les droits, mais, par manque de moyens, elle ne put lui donner le coup de pouce dont il avait besoin, et qu'il méritait.

Que faisait l'équipe achats de droits de Harvey pendant que ces films – que la compagnie d'autrefois aurait récupérés – n'arrivaient pas à trouver preneur ? Ils achetaient *In the Bedroom*, de Todd Field, pour 1,5 million. John Penotti, dont la compagnie, GreeneStreet Films, avait financé le projet avec Good Machine, se souvient : « Il était déjà difficile de vendre aux gens un film avec Sissy Spacek, mais c'était pire encore étant donné le concept de celui-ci. Pourtant, à la minute où la projection s'est achevée, Mark Gill et Agnes Mentre se sont exclamés que le film était génial et qu'ils le voulaient[50]. » Harvey n'était pas d'accord. « Tu parles d'un film qui aurait bien besoin de coupes. Vous avez perdu la tête, ou quoi ? Ce type ne va jamais nous laisser y toucher.

– Mais si !

– Les gars, ça va encore se transformer en bataille épique. Je ne veux rien avoir à faire avec ça. Je vais me faire lyncher.

– Prends le film, il fera ce que tu voudras [51]. » Searchlight, Universal Focus et Lions Gate étaient aussi intéressées, « mais l'équipe de chez Miramax est venue à notre hôtel et a littéralement refusé de partir [52] », continue Penotti. Le contrat stipulait que, dans l'éventualité peu probable où le film dépasserait les 10 millions de recettes, Miramax devrait verser des primes à chaque fois que certains seuils seraient franchis – 15, 20 ou 25 millions par exemple. Pour Miramax, c'était de la monnaie de singe, car personne n'anticipait le succès colossal du film.

Au même moment, Robert Redford avait du pain sur la planche, occupé qu'il était à sauver son empire du naufrage, précipité par l'échec du contrat avec Vulcan Ventures. D'après l'une de mes sources, il avait demandé aux employés de Sundance Productions de patienter pendant qu'il tentait de juguler l'hémorragie de capitaux qui touchait les cinémas. Et c'est ce qu'ils firent, pendant que la star négociait pour étendre les responsabilités de Jeff Kleeman, et se préparait à licencier le personnel de Wildwood et South Fork. Puis il disparut, comme il l'avait fait tant de fois par le passé, et cessa de répondre au téléphone.

Il se trouve que General Cinema, comme tous les autres grands exploitants de salles, avait eu les yeux plus gros que le ventre. Pendant l'hiver 2001, la chaîne déposa le bilan : un autre vaisseau de la flottille Sundance venait de couler. Deux multiplexes étaient à moitié construits, l'un à Philadelphie et l'autre à Portland. D'après un ancien employé de Sundance qui connaît bien le dossier, le projet de complexe cinématographique avait été tellement mal géré que cela se serait mal passé, même si General Cinema n'avait pas fait faillite. « Du point de vue financier, le projet "salles de cinéma" nous a échappé [53] », explique l'une de mes sources chez Sundance.

Vers la fin mars, quelques semaines seulement après le naufrage du projet, Redford se rendit à l'évidence et mit enfin un terme à l'aventure Sundance Productions, à peine un an après l'avoir initiée. Il licencia tous les employés, Kleeman compris, désormais libre d'aller grossir les rangs des chômeurs aux côtés des employés des complexes cinématographiques. Kleeman dut saisir la justice pour récupérer les sommes qu'on lui devait toujours puisqu'il avait signé un contrat de plusieurs années.

Redford commémora le vingtième anniversaire de Sundance en licenciant quelques-uns des employés clés de l'empire. Liz Manne, qui avait sauvé la chaîne télé du néant en faisant passer le nombre de ses abonnés de trois à dix millions en trois ans et demi, partit en 2001. Redford se sépara également de son attachée de presse Lois Smith, qui travaillait à ses côtés depuis les années soixante, et vira Patricia Warren, gestionnaire du catalogue, à qui tout le monde attribuait le mérite de l'avoir amélioré.

Travailler pour Redford était une telle source de stress et de désillusion que, après un ou deux ans passés sous ses ordres, un jeune employé idéaliste renonça à son rêve de travailler dans le milieu du cinéma. « Bob est censé faire partie des gentils, explique-t-il, et il n'est pas si gentil que ça. Alors je me suis dit que ça ne pourrait qu'être pire ailleurs [54]. » L'ancienne productrice Barbara Maltby, qui travaille avec Redford en gros depuis vingt ans, explique ainsi l'amertume si répandue à son égard : « À ses heures, il n'y a pas meilleur que Bob. Il a une véritable vision, et il a certainement œuvré pour le bien de tous en apportant son aide aux réalisateurs. Il est extrêmement intelligent, plein de bonnes intentions et, qualité rarissime dans ce métier, sait écouter. Fatalement, il est aussi charmeur et vit l'instant présent. Lorsque vous faites l'objet de son attention, vous avez l'impression d'avoir gagné le gros lot. Mais lorsqu'il se lasse, vous n'existez plus : il est passé à quelqu'un d'autre. C'est difficile de ne pas en faire une affaire personnelle et, parfois, c'est personnel. Vous l'avez déçu. Mais il n'est pas le seul à être déçu dans l'histoire : vous vous décevez vous-même parce que, en pensant que vous étiez spécial à ses yeux, que vous comptiez davantage que les centaines d'employés qui vous avaient précédé, vous vous êtes laissé aller au narcissisme le plus vil. Alors, l'échec est double. Clinton et lui ont beaucoup en commun[55]. »

CHEZ MIRAMAX, la tension était toujours à son comble au moment de la course aux Oscars, et la petite équipe marketing enchaînait les heures sous le fouet des Weinstein. Harvey, quant à lui, avait du mal à se remettre de la déception causée par la prise de pouvoir forcée de George W. Bush, au détriment de ses amis et alliés politiques. Puis vinrent les Golden Globes, cérémonie qui avait commencé comme une blague avant de voir son influence grandir au fil des années, au point de devenir une répétition générale des Oscars. Lorsque Renée Zellweger *(Nurse Betty)* l'emporta sur Juliette Binoche lors de la cérémonie qui se tint le 21 janvier 2001, cela après l'échec du *Chocolat* face à *Almost Famous*, Harvey disjoncta en public. Il réunit les troupes du département publicité dans le hall du Beverly Hills Hilton et leur vola dans les plumes, se déchaînant particulièrement sur sa chère Marcy Granata.

Lorsque février arriva, rien n'avait changé pour *O*, toujours dans un placard chez Miramax. Tim Blake Nelson partait du principe que, une fois les élections passées, Miramax allait enfin sortir son film. Il rencontra Bob et Harvey dans leurs bureaux de Tribeca. D'après lui, Harvey aurait dit : « Distribuer *O* ne servait ni nos intérêts ni ceux du film. Nous aimerions que quelqu'un d'autre s'en charge[56]. »

« Vous vous adressez à la mauvaise personne, répondit Nelson. C'est avec mon producteur, Eric Gitter, qu'il faut discuter des termes du contrat. Je dois vous avertir, par contre, qu'il prend les contrats très au sérieux. » À ces mots, Harvey, que le *come-back* inattendu du *Chocolat* – nominé cinq fois aux Oscars – aurait pourtant dû mettre d'une relative bonne humeur, perdit les pédales. D'après Nelson, il se mit à hurler en faisant allusion à Gitter : « Je vais le lyncher, le tuer, le… ! Il vaudrait mieux pas pour lui qu'il devienne un de mes ennemis, et il le deviendra s'il m'oblige à honorer ce contrat. Je vais ruiner sa carrière. »

Arborant chemise et bretelles, Harvey rejoignit Gitter au très chic Peninsula Hotel sur Little Santa Monica, à Beverly Hills, début mars. « Ça a été une de ces fameuses réunions avec Harvey, raconte Nelson. C'était moche. Eric m'a raconté qu'il avait cassé des verres. Des menaces obscènes ont été proférées. » Les circonstances précises de cette entrevue relèvent du secret professionnel, mais Gitter laisse entendre que Weinstein aurait renversé des meubles et que, même s'il ne portat à aucun moment la main sur lui, il était suffisamment proche pour que l'avocat « puisse sentir ce qu'il avait pris pour déjeuner. C'était pas joli joli[57]. » Harvey aurait dit au producteur que ses projets avaient changé parce qu'il s'était impliqué dans la campagne pour le parti démocrate. « Honorez le contrat, répondit Gitter. Mille salles, 10 millions de publicité, sinon on réglera ça au tribunal. »

Fidèle à sa parole, Gitter porta plainte le 19 mars, modifiant la nature de sa plainte le 17 avril : il demandait

17,85 millions – 10 millions d'indemnités et 7,85 millions de dommages et intérêts. D'après le *New York Observer*, selon les allégations du plaignant, à moins que l'équipe d'*O* n'accepte le transfert du film chez Lions Gate, les Weinstein « feraient en sorte que le film soit diffusé dans mille salles de seconde zone à des horaires inadéquats, sans bénéficier d'un soutien publicitaire digne de ce nom ». Harvey aurait menacé de « gaspiller la somme destinée à la campagne publicitaire et "de descendre" le film dans la presse. » Le journal rapportait des propos de Gitter selon lesquels Harvey l'aurait menacé : son frère et lui allaient « faire en sorte que "plus personne à Hollywood" ne travaille avec M. Gitter à l'avenir ». Miramax régla le litige à l'amiable en versant aux plaignants une somme dont le montant n'a pas été rendu public. *O*, distribué par Lions Gate, sortit le 31 août 2001, près de deux ans après la date initialement envisagée et, bien évidemment, le film fit un bide.

Quelques semaines après l'entrevue de Gitter et Weinstein eut lieu la cérémonie des Oscars 2000. Miramax, nominée dix fois, repartit bredouille. Pour la seconde année consécutive, DreamWorks remporta l'oscar du Meilleur Film, cette fois-ci pour *Gladiator*. *Traffic*, nominé cinq fois, remporta quatre statuettes, dont celle du Meilleur Réalisateur.

Confessions d'un homme dangereux, réalisé par Clooney pour Miramax, *Insomnia*, réalisé par Christopher Nolan, pour la Universal, *Bienvenue à Collinwood*, des frères Russo, et *Keane*, de Lodge Kerrigan, comptaient parmi les projets mis sur pied par la compagnie de Soderbergh et Clooney. Todd Haynes faisait partie des réalisateurs contactés par Soderbergh. Haynes, qui avait quitté New York pour Portland, dans l'Oregon, n'avait rien tourné depuis *Velvet Goldmine*, quatre ans plus tôt. Il avait un projet intitulé *Loin du paradis*, un hommage à Douglas Sirk, relatant l'histoire d'une ménagère de banlieue dont la vie est bouleversée par la découverte de l'homosexualité de son mari, et qui entame une relation avec son jardinier noir. De fil en aiguille, les deux réalisateurs se retrouvèrent autour d'un verre à Los Angeles. « Ma position me permet de rendre la vie un peu plus facile aux gens dont j'aime le travail. J'ai l'intention de tout faire pour vous aider sur ce projet[58] », dit Soderbergh à Haynes. Il accepta de devenir producteur exécutif du film.

En juin, Harvey se retrouva en compétition avec l'ex-troisième frère Weinstein pour le film de Haynes, dont le budget s'élevait à une douzaine de millions. Christine Vachon en était la productrice et Julianne Moore l'interprète principale. Rien ne laissait penser que Greenstein connût Haynes ou son travail. « Son seul atout était qu'il avait une confiance quasi aveugle en Soderbergh et en son instinct artistique[59] », explique Haynes. Vachon savait que, en dépit de son caractère difficile, on pouvait au moins être sûr que Harvey connaissait Douglas Sirk (on ne pouvait en dire autant de Greenstein). Par contre, bien qu'elle eût un caractère bien trempé, elle ne pouvait garantir à Haynes qu'elle serait capable de le protéger de Harvey. Comme le réalisateur penchait pour USA, c'est à eux qu'il finit par confier le projet.

Harvey souhaitait toutefois plaider sa cause auprès de Haynes. À ce moment-là, l'accord n'était pas encore gravé dans le marbre. La dernière chose dont Haynes avait envie, c'était bien d'avoir une conversation téléphonique avec Weinstein. Il lui en voulait encore au sujet de *Velvet Goldmine*. « Il m'avait fait des suggestions que j'avais ignorées et, après ça, il avait tout bonnement enterré le film, estime le réalisateur. Même après coup, quand ils le sortirent en DVD, ils ne me demandèrent même pas de commenter le film ; mon nom n'apparaissait pas sur la jaquette, simplement en tout petit dans le générique de fin. Harvey se montre même incapable de faire ces petits gestes qui ne coûtent rien – le respect et lui, ça fait deux. » Mais Vachon insista : « Écoute, il sait que tu as pris ta décision et que tu vas travailler avec Scott chez USA, il veut simplement te parler. » Par politesse, Haynes finit par céder. « J'étais chez moi, à Portland, se souvient-il, dans ma magnifique maison Arts and Crafts, avec son jardin plein d'arbres fruitiers, de fleurs et de légumes. J'avais fait des galipettes avec mon ami toute la nuit sur la terrasse et, sans transition, je me retrouve au téléphone avec Harvey Weinstein, qui m'appelle de Capri pour m'en mettre plein la tête et me parler comme personne ne m'a jamais parlé de ma vie. C'était brutal. »

Haynes se lança dans un discours qu'il semblait avoir appris par cœur : « Écoutez, Harvey, je vous remercie de l'intérêt que vous me portez, je sais pertinemment que Bob et vous êtes des membres influents de la communauté du cinéma. Nous aurons sans doute d'autres occasions de travailler ensemble à l'avenir, et je me ferai une joie d'en parler avec vous. Mais, pour ce film, j'aimerais vivre une expérience différente. » Si Haynes croyait que Harvey allait lui taper dans le dos et lui souhaiter bonne chance, il se trompait.

« QUOI ? TU AS DÉJÀ PRIS TA DÉCISION ? Espèce de petit enfoiré, tu m'as même pas laissé la possibilité de te parler ? » Le cœur serré, Haynes comprit qu'il y avait eu un malentendu quelque part, et que Harvey ignorait qu'il avait déjà fait son choix. « J'ai parlé à Christine et Julianne : elles veulent travailler avec Miramax ! beugla Harvey.

– Si c'est le cas, c'est le résultat de vos intimidations. Les gens ne vous disent pas ce qu'ils pensent vraiment. Vous êtes très puissant. » Sur ce, le réalisateur en profita pour vider son sac et dire ce qu'il avait sur le cœur depuis quatre ans. « On ne m'a pas écouté à propos de

Velvet Goldmine, pourquoi le ferait-on cette fois-ci ? conclut-il.

– Ce n'est pas ma faute si ton film n'a pas marché. J'ai investi 2 millions dedans et il ne nous a pas rapporté un rond. Espèce de petit con, t'es qu'un enfant gâté, tu te prends pour un génie. C'est indigne d'écouter les conseils, c'est ça ? Espèce de diva, prétentieux de mes deux. » D'après Haynes, Weinstein menaça de dépenser 10 millions pour empêcher Julianne Moore, à l'affiche de *Terre Neuve* à l'époque, d'être nominée aux Oscars pour son rôle dans *Loin du paradis*. Meryl Poster, vice-présidente de Miramax, qui n'avait pas perdu une miette de la conversation, fit remarquer à Harvey : « Encore un réalisateur que tu viens d'exclure de notre écurie, Harvey.

– Ça leur fait du bien qu'on leur dise leurs quatre vérités, répondit-il. Le problème avec toi, Meryl, c'est que tu es trop gentille ! »

Peu après, Haynes appela Soderbergh. « Harvey vient de m'en mettre plein la tête au téléphone.

– Tu vas avoir droit à un panier garni avec fromage et cornichons. »

Mais, dit Haynes, « je n'ai pas eu droit au panier, ni même à un fax d'excuse. Il m'a rappelé deux ou trois jours plus tard, mais je n'ai pas décroché. Plus tard, je me suis demandé pourquoi je ne lui avais pas tout bonnement raccroché au nez. Pourquoi accepter de subir ce genre de chose ? Personne n'a le droit de me parler comme ça. J'avais l'impression d'être passé sous un semi-remorque. J'étais vidé, crevé. Ça m'a coupé les jambes. »

Comme si se faire souffler *Loin du paradis* par Greenstein n'était pas assez pénible, Harvey était assailli par les difficultés : le magazine *Talk* avait du plomb dans l'aile, *De si jolis chevaux* lui coûtait un argent fou, *Get over It*, comédie pour ados avec Kirsten

Dunst, venait de faire un bide, les recettes de *Malèna* étaient nulles, et *Le Chocolat* avait pris une veste aux Oscars. Pendant l'imbroglio au sujet d'*O*, l'équipe du film avait eu l'impression que Bob n'était pas plus satisfait qu'eux de la situation. Il voulait que Dimension se charge de distribuer le film, pensait pouvoir faire de l'argent avec, alors que Harvey, pour qui le film ne représentait aucun enjeu, faisait passer ses relations politiques avant tout. Pendant une certaine période, le partage des tâches entre les deux frères – Harvey gagnait des oscars et Bob renflouait les caisses – avait semblé les satisfaire. Mais Harvey ne remportait plus d'oscars et ne gagnait pas beaucoup d'argent non plus. En revanche, l'ascension de Dimension avait été si fulgurante que la relation entre les deux frères s'en ressentait fatalement. La contribution de Dimension au chiffre d'affaires de Miramax passa d'environ 25 % en 1992 à près de 75 % en 2000, lorsque la division récolta 339 millions de dollars de recettes avec huit films, soit la somme phénoménale de 42,4 millions par film. Au même moment, Harvey récoltait 137 petits millions grâce à vingt et un films (soit 6,5 millions par film [60]). Grâce à *Scary Movie* et *Scream 3*, Bob dépassa pour la première fois son frère dans le classement des personnalités les plus influentes publié par *Entertainement Weekly* : il occupait la huitième place, et Harvey la vingt-deuxième. Les employés remarquèrent aussi que Bob tenait plus souvent tête à son frère. Par le passé, les deux frères avaient toujours eu des équipes communes pour le marketing et la publicité, mais Bob insistait à présent pour avoir les siennes propres.

Selon certains employés, leur relation n'a jamais été plus tendue qu'à l'époque. « Ils ont passé un moment sans se parler. L'atmosphère était très explosive, c'était moche [61]. » « Tu te fous complètement de Miramax, accusa Harvey un jour, tu ne vois jamais aucun de mes films. Tu viens à la séance de travail pour *De si jolis chevaux* ?

– J'peux pas, je vais à un match des Knicks[62] », répondit Bob. Il emporta néanmoins une copie du film, qu'il visionna chez lui. Le lendemain, il annonça à son frère qu'il l'avait détesté. Harvey agaçait Bob en voulant lui faire de l'ombre avec des comédies pour ados du genre de *Get over It*. « Et puis Harvey prenait un malin plaisir à casser du sucre sur le dos de son frère quand il sortait un film comme *Dracula 2000* ou *Highlander : Endgame*, raconte un de leurs employés. Harvey a eu les boules quand *Scary Movie* a cartonné. Ça le tuait de ne pas avoir eu d'énorme succès commercial depuis des lustres. » Les Weinstein avaient sauté sur *Les Autres*, un film construit autour de Nicole Kidman. Harvey s'investissait beaucoup dans sa relation avec Tom Cruise, dont la compagnie, Cruise/Wagner, devait produire le film. Mais il courtisait également Kidman, dont la carrière connaissait une ascension fulgurante, en particulier depuis que Paltrow, sujette à des crises de rejet anti-Miramax, apparaissait de plus en plus comme un mauvais cheval.

Au bout du compte, le film fut confié à Dimension, et cette décision ne fit qu'envenimer un peu plus la situation. D'après Kevin Smith, grand spécialiste de Miramax : « Harvey avait la haine que Bob ait récupéré un film qui n'était pas fait pour sa compagnie, et avait l'impression que Bob ne savait pas ce qu'il faisait. Les chiffres n'étaient pas bons, alors il a repris le marketing en main[63]. »

Harvey savait pertinemment que le divorce de Cruise et Kidman faisait saliver le public, et il réussit un coup médiatique phénoménal en réunissant le couple pour la première fois depuis l'annonce de leur séparation le soir de la première du film d'Amenábar, suscitant ainsi un énorme battage médiatique. *Les Autres* sortit le

10 août, récoltant la coquette somme de 14 millions le premier week-end, et de 96,5 millions au total. C'était encore un de ces inexplicables miracles marketing dont Miramax avait le secret. « Si Harvey ne s'en était pas mêlé, le film aurait gentiment récolté 40 millions avant de disparaître discrètement, continue Smith. Mais cette histoire a causé beaucoup de frictions entre les deux frères. Bob a déclaré [publiquement] que Harvey avait sauvé le film. Mais on a dit que Bob était en rogne que son frère ait repris les rênes. Ils ne se sont pas adressé la parole pendant plusieurs semaines. Il y avait une animosité terrible, des bruits de couloir. Ils se menaçaient à mots couverts de scinder la compagnie en deux. Bob avait envie de vivre sa vie. Je pense qu'ils n'ont jamais été plus près de couper les ponts qu'à l'époque. » Diviser la compagnie en deux était pratiquement inimaginable, mais c'est à Bob que la compagnie devait la majorité de ses profits. Comme les deux frères étaient intéressés aux résultats à parts égales, le cadet perdait des millions.

Depuis que Miramax occupait le 375 Greenwich, depuis 1991, les bureaux de Bob et Harvey se trouvaient côte à côte au troisième étage. Des travaux eurent lieu en août et septembre 2001 et les deux frères déménagèrent au quatrième. Il n'échappa à aucun employé habitué à lire entre les lignes, que lorsque Harvey réintégra son bureau flambant neuf au troisième, Bob, qui voulait un bureau aussi grand que celui de son frère, resta au quatrième.

À L'APPPROCHE DE L'AUTOMNE 2001, il sembla y avoir une embellie dans le ciel de Miramax. En fait, le seul problème des frères Weinstein, c'est qu'ils avaient l'embarras du choix. Ils appliquaient toujours peu ou prou la même technique : bombarder les salles avec une foultitude d'aspirants aux Oscars pendant la période des fêtes, la plupart se bousculant au portillon entre Noël et le nouvel an. *Le Fabuleux Destin d'Amélie Poulain*, délicate meringue confectionnée par Jean-Pierre Jeunet *(Delicatessen)* et interprétée par Audrey Tautou, clone d'Audrey Hepburn aux yeux ronds comme des soucoupes, pouvait s'enorgueillir de nuages en forme de lapin retouchés par ordinateur, et semblait bien placé pour succéder au *Chocolat* cette année-là – ou, du moins, pour empocher l'oscar du Meilleur Film Étranger. *Iris*, une biographie d'Iris Murdoch produite par Harvey en collaboration avec Scott Rudin, et interprétée par Kate Winslet et Judi Dench, semblait fait pour le prix d'Interprétation Féminine. *Piñero*, qui avait valu à Benjamin Bratt des critiques élogieuses, fournirait encore une autre nomination. *In the Bedroom*, acquis cette année-là à Sundance, passait presque inaperçu, alors que la performance de Sissy Spacek pouvait très bien lui valoir une récompense. Et si la chance souriait vraiment aux Weinstein, Spacek se mesurerait peut-être à Nicole Kidman, si celle-ci était nominée pour *Les Autres*. Bien sûr, le poids lourd cette année-là était le très attendu *Gangs of New York*, candidat parfait aux Oscars, d'autant que Scorsese n'avait jamais reçu de statuette – pas même pour *Raging Bull* ou *Les Affranchis*. Et si, par malheur, *Gangs of New York* trébuchait, *Terre Neuve*, confié aux mains expertes du réalisateur maison Lasse Hallström, était un autre candidat tout trouvé pour Miramax. La compagnie ne pouvait pas perdre.

La sortie de *Gangs* avait été initialement prévue pour le 21 décembre 2001. Mais, au lendemain du 11-Septembre, cela ne semblait pas du meilleur goût, étant donné la violence inouïe et la brutalité des émeutes antigouvernementales mises en scène par Scorsese. De plus, toujours aussi perfectionniste, le réalisateur montait et remontait son film, qui était loin d'être prêt. Au lieu de lui forcer la main, comme l'avait fait la Paramount avec Coppola et l'infortuné *Parrain III* en 1990, Weinstein jugea préférable de repousser la date de sortie, d'abord au 12 juillet 2002, puis au 25 décembre 2002.

Mais ce qui à la fin de l'été s'était annoncé comme un festival Miramax tourna au fiasco à l'arrivée de l'automne. Privée de sa pierre angulaire *(Gangs of New York)*, la maison ne tarderait pas à s'écrouler, entraînant dans sa chute tout le calendrier des sorties de l'automne, d'autant que *Terre Neuve* n'obtenait pas les résultats escomptés. Harvey commençait à paniquer.

Le Fabuleux Destin d'Amélie Poulain, sorti le 2 novembre et dans l'ensemble favorablement accueilli par la critique, marchait bien, à l'instar de *In the Bedroom*, sorti quant à lui le 23 novembre et salué par des critiques encore meilleures. Ces films étaient cependant trop modestes pour combler le vide laissé par le Scorsese. À la recherche d'un remplaçant de la même envergure, Harvey tomba sur *Kate & Leopold*, de James Mangold qui devait sortir le jour de la Saint-Valentin 2002. Vu la constance des résultats obtenus lors des projections tests, le film avait tout pour rééditer l'exploit de *Nuits blanches à Seattle*. À l'occasion de la projection organisée pour les deux frères dans les bureaux de Tribeca, « Harvey a fondu en larmes, raconte Konrad, productrice du film. Il a dit ne rien avoir vu de tel depuis une éternité… Il a invoqué les grands maîtres, Sturges, Capra, a qualifié Jim de génie. Bob, qui maîtrise mieux ses émotions, a pris Jim à part pour lui dire : “Si ce film ne rapporte pas 100 millions, c'est qu'on est des taches [64].” » Après que les distributeurs enthousiasmés eurent tressé des couronnes de lauriers au film, les Weinstein décidèrent d'avancer sa sortie au 21 décembre. Malheureusement, *Kate & Leopold* ne répondrait jamais à leurs attentes. Le film fut victime des faiblesses de la compagnie, qui abordait le nouveau millénaire sur les chapeaux de roues et n'avait plus rien de la vaillante locomotive des débuts. Elle ressemblait à présent à un train à grande vitesse, bien trop puissante et rapide pour les vieux rails sur lesquels elle évoluait.

Mangold et Konrad déploraient le fait que la campagne publicitaire ne s'adresse qu'au public féminin, mais Harvey restait introuvable. « On a hurlé, remué ciel et terre pour le trouver, se souvient Konrad. On a tiré la sonnette d'alarme en demandant où pouvait bien être passé le type qui autrefois ne jurait que par le marketing, le véritable magicien de la production… Harvey était dans *Gangs of New York* jusqu'au cou. »

Mieux vaut faire attention aux vœux que l'on formule : ils risquent de se réaliser. Après que la date de sortie de *Kate & Leopold* eut été avancée, Harvey réapparut dans l'univers de Mangold et Konrad et « alors, explique la productrice, ça a été l'enfer. Beaucoup de réalisateurs me demandent comment gérer une collaboration avec Miramax. Je leur réponds toujours qu'ils vont se faire entuber un jour où l'autre, que ça va être la plus grosse surprise de leur vie et qu'ils vont se demander comment ils ont pu ne pas voir venir les problèmes. » C'était à leur tour de se faire entuber. Le réalisateur et la productrice avaient déjà donné des interviews à la presse, et certains magazines avaient déjà préparé leur critique du film. D'après Weinstein, mille copies avaient été fabriquées.

La première avait eu lieu à New York le 16 décembre, le jour de l'anniversaire de Mangold, et le lendemain, quatre jours avant la date de sortie prévue, Mangold et Konrad rejoignirent Harvey pour ce qu'ils croyaient être une réunion marketing.

« Venez, leur dit-il, j'ai quelques personnes à vous présenter. » Une quinzaine de personnes étaient entassées dans la pièce. « Je me suis mise à trembler, se souvient Konrad, parce que je savais que quelque chose d'horrible était sur le point d'arriver. Ce métier m'a appris à toujours m'attendre au pire, mais rien n'aurait pu me préparer à ce qui s'est passé pendant cette réunion. »

Konrad avait négligé de régler un détail qui chiffonnait Harvey. En effet, selon certains critiques, les allers-retours entre passé et présent et l'hérédité compliquée des personnages suggéraient une relation incestueuse entre deux des personnages. Pire, le pourcentage de spectateurs satisfaits n'atteignait plus que 70 %, score correct mais insuffisant pour survivre à la période des fêtes. *Harry Potter* se portait toujours très bien, *Ocean's 11* était toujours en course, tout comme l'inattendu *Vanilla Sky*. « On est dans la merde, s'exclama Harvey lors d'une réunion. On a sous-estimé la concurrence. Allez me chercher les chiffres du *Seigneur des anneaux*. C'est énorme ! J'ai jamais vu ça. » « J'y crois pas ! se dit Konrad. Le film sort dans quatre jours et il vient à peine de te procurer les chiffres ? On s'est cassé le cul pendant deux ans et lui, il est même pas foutu de faire son boulot ? » « Je l'admets, je ne m'en suis pas trop préoccupé, reconnut Harvey. Après les premières séances du *Seigneur des anneaux*, on disait que le film rencontrait quelques problèmes. Mais maintenant… J'ai repoussé la date de sortie de votre film : il sort le jour de Noël. Et, au fait, il faut le raccourcir de quatre minutes ! » Konrad n'en croyait pas ses oreilles. « Deux premières viennent d'avoir lieu ! se dit-elle. On a fini. Le film est bouclé. Basta ! La salle de montage n'est plus libre, l'Avid, c'est fini ! Le chef monteur travaille sur *Infidèle*, d'Adrian Lyne. On est à deux doigts de sortir le film, les bobines sont prêtes ! » À l'autre bout de la table, elle aperçut « le boucher avec sa cassette », comme elle dit, faisant allusion au vieux briscard de la postproduction de chez Miramax, Scott Martin.

Elle savait ce que cela signifiait. *Kate & Leopold* s'apprêtait à passer sur le billot à la veille de sa sortie.

« Ils m'ont montré une version du film dans laquelle ils avaient fait des coupes terribles, monstrueuses, raconte Mangold. Ils s'étaient débarrassés d'une scène sans laquelle le film n'avait plus de sens. C'était un véritable massacre[65]. » Ironie du sort, la principale coupe concernait un clin d'œil du réalisateur à lui-même, une séquence dans laquelle il faisait état de son mépris pour les projections tests. Il se sentait acculé. « C'est compliqué, même pour une star, de dire non à quelqu'un d'aussi influent que Harvey, quelqu'un qui a un tel pouvoir, explique-t-il. Je me trouvais placé devant le choix de Sophie. La seule façon de me sortir de la situation dans laquelle il m'avait mis, c'était de choisir moi-même les scènes à couper. »

La presse avait entendu parler de ces coupes de dernière minute. Dans les journaux spécialisés, on assurait que c'était l'idée de Mangold. Il était dans le pétrin. « J'avais l'impression qu'on me faisait passer pour un parfait crétin. Mais je savais aussi qu'en déclarant publiquement qu'on m'avait forcé la main, je flinguais mon propre film trois jours avant sa sortie. Il n'aurait pas survécu au scandale. Impossible de faire ça. J'étais effondré. » Si *Kate & Leopold* avait besoin d'être raccourci, les coupes auraient dû être pratiquées bien plus tôt. Enlever quatre minutes à une date si tardive ne servait qu'à ajouter le nom de Mangold et Konrad à la liste de plus en plus longue des ex-collaborateurs de Miramax. Cette affaire choqua même certains employés aguerris. « On se demande vraiment comment ce genre de truc a pu arriver à un film comme *Kate & Leopold*[66] », s'exclame Smith.

Le film sortit le 25 décembre, face à *Ali*, entre autres, et se fit laminer. *Ali* rapporta 14,7 millions le premier week-end, *Kate & Leopold* 9,7.

Morale de l'histoire : si l'on en croit le réalisateur et la productrice, leur film a été victime du dilettantisme de Harvey, d'un département marketing complètement débordé, et d'une mauvaise gestion de la compagnie. Handicapée par un fonctionnement chaotique fondé sur le culte de la personnalité, Miramax n'avait plus rien de l'entreprise insolente en pleine expansion qui, grâce aux deniers de Disney, pouvait piétiner ses concurrents. C'était désormais une dame d'âge mûr, employant cinq cents personnes dans des locaux qui occupaient trois immeubles à Tribeca, bien trop énorme pour pouvoir être gérée comme une petite boîte familiale, surtout quand les deux principaux membres de la famille avaient la tête ailleurs. Aucun des cadres supérieurs, les soi-disant vice-présidents, n'avait un quelconque pouvoir décisionnel, et ils s'en accommodaient parfaitement. Chez Miramax, on privilégiait la loyauté, pas l'esprit d'initiative.

Le film de Mangold mettait à jour des problèmes beaucoup plus graves, comme l'incapacité de Harvey à se hisser au niveau des studios pour se mesurer à eux. « *Kate & Leopold* aurait pu être produit par une major, explique Rudin. Miramax fabrique aujourd'hui des ersatz de films hollywoodiens, ce qui ne lui a jamais réussi. La compagnie dépense moitié moins que les studios dans le marketing. Or, si vous sortez deux mille cinq cents copies d'un film, il faut investir en conséquence. Impossible de faire comme si vous n'en sortiez que huit cents [67]. » « Le problème, ajoute un ancien employé de Miramax, c'est que Harvey pense qu'il peut s'en sortir en dépensant plus pour les stars ; il a tendance à oublier qu'il doit aussi vendre le film. Il essaie d'économiser ces 5 ou 6 millions qui lui auraient permis d'atteindre la masse critique. C'est vrai qu'autrefois Harvey avait la réputation, dans le milieu indépendant, de dépenser gros, mais les studios évoluent dans une tout autre galaxie, question dépenses. Lui, ça le met mal à l'aise. Il a peur que Bob lui fasse la leçon : "Qu'est-ce qui t'intéresse, Harvey ? Les recettes ou le fric ? Tu vas gagner des clopinettes [68]." »

« Voilà : votre film sort, il s'effondre, c'est la période des fêtes, et Harvey ne vous passe même pas un coup de fil, déclare Konrad avec amertume. Il vous adore, et puis, la minute qui suit, il vous marche sur la gueule, et vous redevenez une merde. Ce que je n'aime pas, chez Miramax, c'est qu'ils prétendent être d'une loyauté absolue envers les réalisateurs, n'ont que le mot "famille" à la bouche… Mais les membres d'une même famille ne se traitent pas de cette façon ! La famille doit être à vos côtés quand tout va bien, mais aussi quand les temps sont durs. Les acteurs et les réalisateurs n'ont pas le droit de l'ouvrir, chez Miramax. On doit se contenter de mendier. Je ne leur ai jamais plus adressé la parole. Ça m'est impossible, parce que ça ne sert à rien, dans ce milieu, de rappeler aux gens leurs erreurs. Tout le monde vous regarde bizarrement et vous dit : "Reprends-toi ! *Business is business* [69]." »

Chapitre 14
Le choc des Titans
2001-2002

Où James Schamus et David Linde prennent les rênes de Focus, sauvant Christine Vachon et Todd Haynes des griffes de USA, tandis que Miramax cartonne avec *Chicago,* mais humilie Martin Scorsese au passage.

« Harvey a une passion pour l'art. C'est le genre de type qui croit qu'en aidant les artistes à réaliser leur rêve il peut devenir artiste lui-même, ce qui est en partie vrai. Heaven, Gangs of New York *ou* Retour à Cold Mountain *n'existeraient pas sans lui. Il s'approprie la vision du réalisateur, mais elle ne lui appartiendra jamais vraiment. Et c'est ça, la tragédie de Harvey*[1]*. »*

Tom TYKWER

La campagne pour les Oscars 2001 prouva avec quelle dextérité Miramax était capable de jongler avec ses atouts marketing. *Kate & Leopold* et *Terre Neuve* furent perçus comme des échecs, victimes abandonnées au bord de l'autoroute Miramax. En revanche, *In the Bedroom,* de Todd Field, commençait à ressembler au carton de l'année, tendance artillerie lourde. « Harvey n'en avait pas grand-chose à faire de nous, se souvient Fisher Stevens, partenaire chez GreeneStreet, jusqu'à ce qu'il se rende compte que *Terre Neuve* n'allait pas marcher. Alors là, il a tout misé sur notre film[2]. » Miramax avait acheté un produit fini ; mais lorsqu'un film tombe entre les mains des Weinstein, ceux-ci considèrent toujours qu'il peut être amélioré. « Ils n'hésitent pas à charcuter les films et ne laissent personne leur mettre des bâtons dans les roues, explique Ted Hope, qui a produit le film pour Good Machine. Je redoutais cette collaboration. J'ai fait un laïus à Todd Field : "Tu sais ce que ça veut dire ? Ils vont vouloir remonter ton film, ils vont se battre bec et ongles pour obtenir gain de cause[3]." »

Et effectivement, Harvey voulait raccourcir *In the Bedroom* de trente minutes. Devant le refus de Field, Harvey organisa une campagne élaborée, destinée à faire pression sur le réalisateur en instrumentalisant Martin Scorsese. Celui-ci visionna *In the Bedroom* avec sa chef monteuse Thelma Schoonmaker. Si l'on en croit Weinstein, le cinéaste aurait dit à Field : « "Tu es malade ou quoi ? Il faut couper vingt minutes." Ils ont tous les deux trouvé la dernière partie interminable[4]. » Pourtant, Field ne cédait pas. Et puis Harvey disparut, comme il l'avait fait avec Jim Mangold et Cathy Konrad. Au bout de sept mois de vaines tractations avec ses collaborateurs, « Todd se décomposait, raconte Hope. Ça le rendait dingue de ne pas pouvoir mettre un point final à son film[5]. »

Au bout du compte, Field et Hope obtinrent un rendez-vous avec le Patron. Il les reçut dans une salle de montage et leur passa deux versions du film : celle de Field et la sienne, en les encourageant à lui dire ce qu'ils aimaient ou pas dans chacune d'elles. Mais il insistait : « En fin de compte, c'est ma décision qui primera. » Après le visionnage, à leur grande surprise, il ne les obligea à couper que cinq minutes. « On a gagné, dit Hope, mais ça nous a pris neuf mois alors qu'on aurait pu avoir ce rendez-vous six semaines après l'achat du film. Todd a chopé un ulcère. Je crois que ça n'en valait pas la peine. »

Ce que Field et Hope ignoraient, c'est que le film faisait l'objet d'une lutte acharnée entre deux factions rivales au sein de la compagnie : les « pro » et « anti » coupes. Les « anti » ne voulaient pas y toucher à cause de la mauvaise publicité provoquée par l'imbroglio avec James Gray l'année précédente à propos de *The Yards*. « Cette histoire avec James Gray avait tellement mal tourné ! raconte l'une de mes sources chez Miramax. Ça avait été violent, la compagnie avait été humiliée publiquement et ça ne valait pas le coup [6]. » L'argument des « anticoupes » consistait à dire : « Harvey, ça ne te suffit pas d'avoir massacré un film, tu veux recommencer l'expérience ? Ton problème, en ce moment, c'est que ta côte de popularité auprès des journalistes dégringole à vue d'œil ; ceux qui hier t'adoraient pensent que tu déconnes complètement aujourd'hui. Il faut récupérer un peu d'intégrité. Ils ont déjà vu le film à Sundance, ils l'ont adoré, ne t'en mêle pas. » C'était un petit film dont Harvey n'attendait pas grand-chose, alors il accepta de laisser Field s'en tirer à bon compte.

Les Weinstein adoraient les résultats de *In the Bedroom*, mais détestaient le contrat qui les désavantageait (ils s'en rendaient compte à présent). Les collaborateurs de Harvey se lancèrent dans une guerre d'usure avec Penotti et Stevens pour les forcer à renégocier le contrat, les harcelant de coups de téléphone, même le dimanche matin à 7 heures. Mais GreeneStreet tint bon, refusant de céder.

Il y avait de l'animosité dans l'air à cause de *Piñero*, également produit par GreeneStreet. « Encore une expérience extrêmement pénible, raconte Stevens. Ils tarabustaient Leon Ichaso, réalisateur aguerri, pour qu'il fasse leurs quatre volontés, et il finit par les envoyer bouler. Ils ont menacé de mettre le film au placard, et c'est ce qu'ils ont fait, finalement. Dès qu'ils ont su que Benjamin Bratt ne serait pas nominé aux Golden Globes, ça a été fini. Ils font des trucs dans votre dos. Par exemple, ils nous ont menacé de déprogrammer *Piñero* de certains festivals, alors que c'est déjà fait. » Les sentiments de Stevens sont partagés à l'idée de retravailler avec Miramax : « Je n'hésiterais pas une seconde à refaire un film avec eux, mais je ne leur ferais pas du tout confiance. On a tellement souffert de cette expérience qu'on en est ressorti avec une bonne dose de scepticisme et d'amertume. Harvey a souvent raison, mais sa façon de procéder rend les choses franchement désagréables. Le pire, c'est quand ils ont essayé de nous reprendre de l'argent. C'était une question de survie pour notre petite compagnie, ils voulaient nous sucer le sang. John et moi, on n'a rien gagné du tout. On ne s'est pas fait payer. Ted Hope et Todd Field ? Ils ont gagné des clopinettes ! »

Fauché, Field avait hâte de s'attaquer à un autre projet. Après Sundance, il accepta d'écrire un scénario pour une petite compagnie baptisée Catch 23. « J'ai dit à Miramax qu'ils auraient le projet s'ils m'offraient les mêmes conditions, dit-il, mais ils ne m'ont jamais recontacté[7]. » Plusieurs mois plus tard, lorsque *In the Bedroom* créa l'événement, Harvey chercha désespérément à engager Field. Après tout, s'il n'arrivait pas à attirer dans ses filets le réalisateur d'un film minuscule qui avait fait 30 millions, avec qui allait-il bien pouvoir travailler ? Il voulait rendre la nouvelle publique à la veille de la révélation des nominations aux Oscars, le 12 février. Mais cela n'arriva jamais. D'après Stevens, un proche de Field, « les deux hommes n'étaient pas en très bons termes. Miramax n'était pas le premier choix de Todd, ça c'est sûr[8]. » (Field refuse de faire le moindre commentaire, si ce n'est : « J'ai décidé de refuser leur offre. Je n'étais pas prêt à m'engager de la sorte avec qui que ce soit à l'époque[9]. » Au bout du compte, il atterrit chez DreamWorks.)

Les luttes d'influence en vue des Oscars cette année-là prirent une tournure particulièrement déplaisante. Au nez et à la barbe de la Universal, DreamWorks était parvenu à remporter l'oscar du Meilleur Film deux années de suite en appliquant les méthodes des Weinstein. Fin décembre, à l'époque des nominations aux Golden Globes, *Un homme d'exception*, de Ron Howard, favori dans la catégorie Meilleur Film, fut la cible d'une campagne de diffamation d'une violence sans précédent. L'affaire commença quand un consultant de chez Miramax attira l'attention d'un journaliste du *Los Angeles Times* sur un article de Matt Drudge. Celui-ci évoquait les révélations concernant la supposée homosexualité de John Nash mentionnées dans la biographie de Sylvia Nasar, mais omises dans le film. Les supporters de Miramax firent un battage monstre jusqu'à ce que les nominations aux Oscars soient rendues publiques, et que l'on apprenne qu'*Un homme d'exception*, *Moulin Rouge* (pour la Fox), *Le Seigneur des anneaux* (pour New Line), *Gosford Park* (pour USA) et *In the Bedroom* faisaient partie de la sélection dans la catégorie Meilleur Film. (Pour Miramax, c'était la onzième nomination en dix ans.) Puis, le 5 mars, juste avant le vote, Drudge frappa de nouveau : « Certains membres de l'Académie, écrivit-il, découvrent avec horreur des passages d'un antisémitisme inouï dans le livre qui a inspiré *Un homme d'exception*[10]. » Pour Brian Grazer, dont la compagnie Imagine avait produit le film, c'était vraiment comme tirer sur une ambulance : Nash luttait depuis quarante ans avec la schizophrénie, et on le livrait soudain en pâture aux critiques. C'était en contradiction totale avec le propos du film, qui tentait de briser les tabous concernant la maladie mentale, pas de faire la liste des problèmes de ce type. Comme il est impossible de se défendre contre ce genre d'attaque, il se dit que c'était foutu, qu'il ne gagnerait jamais.

Aux Golden Globes, le 19 janvier, Sissy Spacek remporta le prix de la Meilleure Actrice dans un rôle dramatique pour son interprétation dans *In the Bedroom* ; Miramax remporta deux prix supplémentaires, mais, étant donné ses quinze nominations, c'était un camouflet. Pire, *Un homme d'exception* remporta le prix du Meilleur Film Dramatique, et, comble de l'horreur, le prix du Meilleur Film Étranger ne fut pas attribué au *Fabuleux Destin d'Amélie Poulain*. Il alla à *No Man's Land* – dans lequel le Bosniaque Danis Tanovic traite par l'absurde et l'humour noir les massacres en ex-Yougoslavie –, un film distribué par UA Classics, compagnie dirigée par Bingham Ray. Chris McGurk avait engagé celui-ci après avoir quitté la Universal pour devenir directeur de l'exploitation de la MGM, filiale de UA. En se rendant à la soirée donnée par UA, Ray, qui avait beaucoup de mal à cacher sa joie, s'exclama : « On a botté le cul du gros lard [11]. » Ces propos devinrent, sous la plume du reporter de *Variety* Bill Higgins, soucieux de respecter les convenances : « On a botté le cul de Miramax [12]. » Mais même ça, c'était trop pour Harvey, qui découpa l'article et l'envoya à McGurk après avoir encerclé en rouge la déclaration de Ray. McGurk prit Ray entre quat'z-yeux : « Tu as vraiment dit ça ?

– Non, répondit Ray, solennel.

– Bien. Donc, on a déformé tes propos ?

– Oui. Ce que j'ai dit était pire que ça.

– Qu'est-ce que tu as dit ?

– "On a botté le cul du gros lard [13] !" »

McGurk était atterré.

D'humeur massacrante, Harvey se rendit à la fête donnée par CAA au restaurant Muse. Plus tôt dans la soirée, il avait présenté des excuses à la présidente de Universal Pictures, Stacey Snider, pour l'indiscrétion commise par son consultant – « Vous n'avez qu'un mot à dire et je le vire [14] » –, et il découvrait à présent que tout le monde faisait des gorges chaudes de son *mea culpa*. De plus, il venait d'apprendre que sa bête noire, la journaliste Nikki Finke, s'apprêtait à publier un article dans le *New York Post* accusant Miramax d'avoir télécommandé la campagne de diffamation contre *Un homme d'exception*. Harvey rendait Terry Press, de chez DreamWorks, responsable de ces deux affronts. En fait, il la rendait responsable de toutes les critiques à l'égard de sa compagnie.

Heureusement pour elle, Press n'assistait pas à la soirée de CAA, mais Snider – 1 m 60 pour 50 kg, une puce par rapport à Harvey – y était, elle. Avec force gestes rageurs, il l'accosta dans la pièce bondée et lui dit : « Cette histoire va vous coûter votre poste ! Faites le ménage chez vous, ou c'est nous qui allons nous en charger [15]. » Il dénonça l'attitude de Press et avertit Snider que si elle ne faisait pas attention, elle pourrait être victime d'une balle perdue. « Si tu penses que c'est la faute de DreamWorks, songea Snider, va le leur dire ! » « Il hurlait, se souvient-elle. Il était furieux et refusait de se calmer. En général, on peut retrouver ses esprits, essayer de discuter, et trouver une solution. Mais on ne l'arrêtait plus [16]. » (« Je n'ai jamais levé la voix [17] », rectifie Weinstein.)

« C'était la seconde crise de rage de la soirée, raconte un collaborateur de Harvey. Après la cérémonie des Golden Globes, il s'est défoulé sur ses troupes dans le hall du Beverly Hills Hilton. Parce que *Amélie Poulain* n'avait pas gagné. Ce genre de comportement passe quand vous êtes jeune et inexpérimenté, mais, quand vous avez cinquante ans et que vous êtes une huile, vous avez beau faire tous les galas possibles en soutien à la ville de New York, votre comportement compte[18] ! » « Le problème était double, ajoute Snider aujourd'hui. Ça faisait neuf ou dix ans d'affilée que Miramax était nominée au prix du Meilleur Film, et Harvey tenait absolument à préserver cela, ce qui est tout à fait légitime. Mais que la compagnie tout entière serve les intérêts d'une seule personne – Harvey Weinstein – et que cette personne soit incontrôlable ouvre la voie à ce que intimidation et diffamation deviennent des méthodes de travail comme d'autres[19]. » Peu après, Barry Diller infligea une humiliation publique à Harvey. D'après *Variety*, Diller « se déchaîna[20] » sur Weinstein à cause de ses « menaces et tentatives d'intimidation. »

Le lendemain, au téléphone, le patron de DreamWorks Jeffrey Katzenberg accusa Weinstein d'avoir dépassé les bornes. « Tu n'as pas le droit de travailler comme ça. Tu compromets mes amis : il faut que tu fasses des excuses à Stacey. Et puis, j'en ai marre de t'entendre accuser Terry de tout et n'importe quoi. Quand il pleut, c'est la faute de Terry…

– Cette bonne femme me rend parano.

– Elle dit ne pas avoir parlé à Nikki Finke depuis six mois.

– Elle ment.

– Tu parles de l'une de mes proches, fais attention avant de la traiter de menteuse[21]. »

Dans l'entourage de Katzenberg, on disait que l'amitié de celui-ci pour Harvey était à sens unique. Même chose (mais en sens contraire) dans l'entourage de Weinstein. « C'est Harvey qui investit le plus dans cette relation[22] », remarque un de ses anciens collaborateurs. « J'aime beaucoup Jeffrey, avoue Harvey, et je n'oublierai jamais que je lui dois d'avoir fait affaire avec Disney ; je pense qu'il a de quoi être satisfait de mon travail là-bas, parce que je crois lui avoir rapporté beaucoup d'argent. [Mais] des centaines de personnes m'ont dit que je me faisais avoir. J'ai entendu dire à maintes reprises qu'il s'était montré déloyal envers moi ; quand je lui demande des comptes, il nie [23]. »

À part l'incident impliquant le consultant, il n'y avait aucune preuve directe liant Miramax à la campagne de diffamation visant *Un homme d'exception*. Même les attachés de presse de la compagnie, bien placés pour savoir ce genre de choses, n'en étaient pas sûrs. « Lorsque *Un homme d'exception* est sorti, raconte l'un d'eux, A. O. Scott a fait allusion dans sa critique du *[New York Times]* à des éléments censurés. Harvey a réagi en disant que c'était incroyable, ce qui sous-entendait que le public devait en être informé. On nous a dit d'insister là-dessus, toute l'équipe devait se concentrer sur ce point. Un des attachés de presse de Miramax est un proche de Drudge : il a fait allusion à l'antisémitisme dès la première semaine, et Drudge en a fait état peu après. Ça ne peut pas être une coïncidence. Mais Harvey se voilait complètement la face. Même quand on était entre nous, il n'a jamais admis que la campagne s'était retournée contre Miramax. Il répétait qu'on n'avait rien fait de mal. Mais on était loin d'être innocents, c'est sûr [24]. » Comme l'explique Tony Safford à tout autre propos, Miramax « travaille très dur pour ses films – et contre ceux des autres. Elle se sert de la moindre allégation pour éclabousser un concurrent [25]. » Mais Matthew Hiltzik, vice-président de la publicité, dément : Miramax ne s'abaisserait jamais à ce genre de campagne négative. « Harvey ne souhaite jamais le pire aux films des autres [26] », dit-il. « On avait les mains plutôt propres sur ce coup-là, renchérit Mark Gill. Harvey est toujours terrifié à l'idée de représailles [27]. » Et Weinstein d'ajouter : « On a servi de parfait bouc émissaire[28]. » (La Universal a publiquement blanchi Miramax.)

Le 4 mars, Harvey délaissa momentanément la campagne des Oscars pour descendre en flammes la réalisatrice Julie Taymor dans l'entrée du Lincoln Square Theater de New York, devant des spectateurs médusés. C'était après une projection test réussie de son film *Frida*, biographie de Frida Kahlo, l'artiste mexicaine moustachue et compagne du célèbre muraliste communiste Diego Rivera. Le projet avait suivi un parcours long et tortueux : Madonna l'avait initié, puis Salma Hayek l'avait récupéré. Harvey avait accepté à regret de produire le film interprété par Hayek, Alfred Molina, Antonio Banderas et Edward Norton, entre autres, mais il défendit âprement son bifteck. À chaque fois qu'il semblait sur le point de donner son feu vert au film, il ajoutait une option au contrat de Hayek, la liant à Miramax pour un rôle ou une apparition supplémentaires, ou lui demandait de baisser ses tarifs. Après avoir investi huit ans de travail dans ce projet, l'actrice fut rémunérée au minimum syndical (70 000 dollars).

La première version de *Frida* faisait entre deux heures et deux heures et demie. Harvey voulait un film plus court. « Je suis venu au monde pour m'occuper des artistes, pour améliorer leur travail[29] », estime-t-il. Mais Taymor, elle, ne le prenait pas pour le Messie. Harvey testa le film. La réalisatrice et l'équipe Miramax faisaient les cent pas dans l'entrée du cinéma en attendant que le public finisse de remplir les questionnaires, et avant de répondre aux questions d'un panel de spectateurs. Harvey trouvait les scores corrects : environ 85 % des spectateurs étaient satisfaits, un petit miracle étant donné le sujet du film. « Que pensez-vous des remarques des spectateurs ? demanda-t-il à Taymor.

– Trotsky, le communisme au Mexique, ça leur est passé au-dessus de la tête – on pourrait expliciter tout ça, mais personne ne veut d'un film plus long…

– On pourrait réenregistrer certains dialogues ?

– Ils ont aimé le film, ça a bien marché, je ne crois pas qu'on doive forcément répondre à toutes les questions que se pose le public sur la révolution mexicaine. Le sujet du film, c'est Frida Kahlo. » Ce que Taymor ignorait, c'est que de bons résultats au test peuvent vous attirer plus d'ennuis que de mauvais : quand le film obtient de bons scores, Harvey est persuadé qu'il peut encore l'améliorer, et c'est ce qui se passa apparemment avec *Frida*. Pour une raison connue de lui seul, Harvey explosa. Il déchira les questionnaires en hurlant à Taymor : « Vous êtes la personne la plus arrogante que j'aie jamais rencontrée ! Mon frère m'avait averti et il avait raison. » (Bo, en fait, venait tout juste de faire la connaissance de la réalisatrice.) Il fit mine de partir après avoir lancé une dernière tirade (« Débrouillez-vous pour faire la promo du film, je le vends à HBO ! »), avant de faire volte-face et de s'exclamer à l'attention de Bart Walker, l'agent de Taymor : « Vous, dégagez. » Puis, sans aucune raison, il désigna Elliott Goldenthal, compagnon de Taymor, compositeur nominé aux Oscars et auteur de la musique du film, et poursuivit sur le même ton : « J'aime pas ton air de deux airs. Pourquoi tu ne défends pas ta femme, que je puisse te casser la gueule ? » Il se tourna ensuite vers ses employés horrifiés, vers le chef monteur et le producteur de *Frida,* et hurla : « Toi, toi, toi et toi : vous êtes virés ! » « Il voulait simplement montrer que c'était lui le patron, explique Gill. "C'est moi qui commande. Je vais la faire plier[30]." » Taymor déclara plus tard à propos de l'incident : « Je n'appellerais pas ça une dispute, vu qu'une seule personne hurlait. J'aurais tout laissé tomber s'il n'y avait pas eu Salma. Je voulais que ça marche pour elle [31]. »

Depuis de nombreuses années, Harvey avait pour habitude de montrer des films – terminés ou à l'état d'ébauche – à un groupe d'amis journalistes et critiques. Comme c'était le cas dans d'autres domaines, il s'était emparé d'une pratique douteuse, vieille comme le monde mais qui était jusqu'alors restée informelle – Pauline Kael, par exemple, lisait des scripts et prodiguait souvent ses conseils en salle de montage. Harvey exploita cette pratique au maximum. C'était intelligent, puisque cela permettait de faire d'une pierre plusieurs coups : le patron de Miramax avait un aperçu de l'accueil qui serait réservé au film par les critiques, pouvait envisager des changements lui assurant des critiques plus favorables, et puisait des arguments valables pour convaincre les réalisateurs récalcitrants. Enfin, cela lui permettait d'établir une certaine complicité avec des scénaristes, critiques et rédacteurs en chef, flattés de l'intérêt que Harvey portait à leur avis, ce qui influençait incontestablement leur opinion, bien qu'ils refusent de l'admettre. Dans ce cas, il montra à Taymor les commentaires de Rex Reed, Lynn Hirschberg, Graham Fuller, John Brody et Tina Brown, entre autres. (Pour être parfaitement honnête, je dois reconnaître avoir moi aussi visionné à l'occasion des ébauches de film – pour les studios, pas pour Miramax.) « Les critiques, les projections tests et les studios forment un drôle de ménage à trois [32] », estime Mangold, farouchement opposé à ce genre de pratique « dans laquelle le critique devient complice du montage et pousse le réalisateur à sa perte. Il n'est plus seulement question de ce que pense le public des multiplexes. Maintenant, on sait aussi que Peter Travers a aimé le film, bien que tel ou tel détail l'ait un peu gêné. Ce monde ressemble un peu à celui d'*Alice au pays des merveilles.* » Harvey montra *Frida* à ses amis et se servit de leurs commentaires pour faire pression sur Taymor.

Ils finirent par résoudre leur différend, mais une certaine amertume persistait. En plus, après le savon qu'il avait passé à son équipe devant tout le monde aux Golden Globes, les réprimandes adressées à Stacey Snider, et l'esclandre avec Taymor, Harvey semblait plus incontrôlable que jamais.

Il s'engagea à se faire soigner. « Le lendemain de la projection du film de Julie, j'ai parlé à Meryl Poster, avoue-t-il. J'ai reconnu avoir du mal à contrôler ma colère ; il fallait que je règle ça. "J'ai bousillé tous mes films à cause de [ma] personnalité. J'ai un caractère de cochon, il faut que ça cesse. Bon sang, quel enfoiré j'ai été [33]." »

Le samedi 23 mars, Miramax donna une soirée avant la cérémonie des Oscars au Sky Bar du Mondrian Hotel, sur Sunset Boulevard. Pour montrer qu'ils restaient en bons termes, Weinstein et Katzenberg avaient préparé un sketch qui tournait leur prétendue rivalité en dérision. L'idée était amusante, mais les sept cents spectateurs furent choqués par les allusions sexuelles que le sketch contenait. Mal à l'aise, les employés de la Universal et de DreamWorks se demandaient ce qu'ils faisaient là, tandis que les deux patrons, déguisés en gladiateurs, se disputaient dans le « bureau de Snider » (interprétée par Christina Applegate), alors que celle-ci tentait de convaincre les deux hommes de trouver un terrain d'entente. Merci à la fameuse Nikki Finke pour l'extrait suivant :

KATZENBERG (à SNIDER) : Salut, chérie. Tu es magnifique aujourd'hui.

WEINSTEIN : Je savais qu'il te faudrait moins de deux minutes pour commencer à faire de la lèche.

KATZENBERG : Avec deux kilos de plus, tu pourrais passer pour le Colisée.

SNIDER : Je vous ai donné rendez-vous ici aujourd'hui parce que j'en ai ras-le-bol de vos scènes de ménage.

WEINSTEIN (à KATZENBERG) : C'est qui la femme dans notre couple, à ton avis ?

SNIDER : D'abord, il y a eu *Il faut sauver le soldat Ryan* contre *Shakespeare in Love*, et maintenant toutes ces médisances à propos d'*Un homme d'exception*.

WEINSTEIN : Je jure sur la tête de mon chauffeur que les rumeurs ne viennent pas de moi. Mais Nash était homo, non ?

KATZENBERG : Vu ta jupette, tu dois être au courant.

WEINSTEIN : Va te faire voir chez les Grecs, gros malin.

KATZENBERG : J'ai l'impression que tu as oublié un détail. C'est moi qui ai racheté ta compagnie.

WEINSTEIN : Ouais, en 1993, avec le fric de Michael Eisner.

KATZENBERG : Heureusement pour toi, à l'époque, il lui en restait un peu.

WEINSTEIN : Pas que tu en aies vu la couleur, personnellement.

KATZENBERG (à SNIDER) : Ça t'excite, quand il te malmène comme ça [34] ? »

Et ça continuait – à n'en plus finir – dans la même veine. Si ce sketch avait eu pour but de calmer les esprits dans les deux compagnies, c'était raté. Comme le souligne un employé de chez DreamWorks : « C'était un coup monté. Ils avaient mis les gens de Universal et DreamWorks aux premières loges comme des figurants. On aurait dit qu'ils voulaient montrer qu'ils avaient réussi à nous amener sur leur propre terrain. Pour nous humilier [35]. »

Le lendemain, le 24 mars, eut lieu la cérémonie des Oscars, qui pour la première fois se tenait au tout nouveau Kodak Center, sur Hollywood Boulevard. *In the*

Bedroom fut battu par *Un homme d'exception* pour l'oscar du Meilleur Film ; Sissy Spacek par Halle Berry – récompensée pour son rôle dans *À l'ombre de la haine* – pour le prix de la Meilleure Actrice. D'après une de mes sources, Harvey accusa l'actrice de ne pas s'être suffisamment mise en valeur pendant la campagne. Bien qu'*Amélie Poulain* ait battu le record du film français le plus rentable de l'histoire (sur le territoire américain : 33 millions de dollars) détenu jusque-là par *La Cage aux folles*, c'est *No Man's Land* qui remporta l'oscar du Meilleur Film Étranger. Harvey dut se contenter du prix du Meilleur Second Rôle Masculin, attribué à Jim Broadbent pour *Iris*. Comme si ce n'était pas suffisamment pénible, les deux frères devinrent un objet de plaisanterie pendant la cérémonie. Nathan Lane présentait l'oscar du Meilleur Film d'Animation. Il cherchait sans doute à prendre sa revanche suite à la crise de Harvey à l'anniversaire de Hillary Clinton lorsqu'il déclara : « Jusqu'à ce soir, je croyais que *Monstres et Cie* était le titre d'un documentaire sur les frères Weinstein. »

Miramax n'avait pas eu de candidat sérieux depuis *Shakespeare in Love*, en 1998. La traversée du désert durait depuis trois ans. Ce n'était pas simplement l'humiliation de l'échec qui leur restait sur le cœur : promettre de leur faire remporter un oscar était un moyen pour Weinstein de récupérer les acteurs pour pas cher. S'il n'assurait plus, ils refuseraient de baisser leurs tarifs, et, s'ils ne baissaient pas leurs tarifs, la compagnie serait à jamais privée de poules aux œufs d'or comme *Pulp Fiction* ou *Will Hunting*. Ce serait signer l'arrêt de mort du « film à succès de milieu de gamme » devenu la spécialité de la maison. La compagnie vacillait sur ses bases, et la situation n'était pas prête de s'arranger.

TODD HAYNES ET CHRISTINE VACHON avaient mis tous leurs œufs dans le panier USA. *Loin du paradis*, avec Soderbergh comme producteur exécutif, était censé se faire pour 12 millions et des poussières, budget extrêmement modeste pour un film aussi ambitieux s'efforçant de reproduire la sophistication des mélodrames de Sirk, avec leurs décors raffinés, l'attention méticuleuse portée aux costumes, et des images d'un luxe fou. Le film faillit ne pas survivre aux multiples difficultés qui l'assaillirent, parmi lesquelles la grossesse de Julianne Moore, qui insistait pour que le tournage ait lieu à New York, ville où elle réside. Puis ce furent les attentats du 11-Septembre, qui amputèrent de plusieurs semaines la préparation et détruisirent un quart des extérieurs, tous concentrés dans la pointe Sud de Manhattan. Lorsque Vachon se plaignit du budget trop modeste, Scott Greenstein lui dit ce qu'elle voulait entendre : « On va trouver une solution. » Mais plus tard, le manque de moyens devint vraiment problématique. C'est toujours la même histoire : les indépendants doivent porter le film sur leurs épaules, et quand USA fit pression sur Vachon et Haynes pour qu'ils sacrifient une part de leur salaire, ils acceptèrent de le faire. Le tournage fut cauchemardesque. La compagnie d'assurances congédia Vachon parce que le film avait dépassé le budget de 300 000 dollars. La productrice fut convoquée et on lui fit la leçon, comme à une élève désobéissante : « Vous nous avez cruellement déçus.

– Écoutez…

– Nous vous avons fait confiance, mais vous nous avez menti.

– C'est faux.

– Vous savez ce que je vais devoir faire ?

– Non, quoi ?

– Je vais devoir arrêter le tournage.

– On ne peut pas faire ça.

– Dites plutôt que vous ne voulez pas. » Si la compagnie d'assurances pouvait prouver que Vachon avait commis une faute professionnelle ou qu'elle refusait de coopérer, la productrice pouvait être tout bonnement licenciée, et ce qui restait de son salaire saisi. Les choses n'en arrivèrent pas là, mais c'était la première fois en presque vingt ans de carrière et trente-huit films qu'une compagnie d'assurances faisait pression sur elle. Vachon fulminait. « Je n'avais pas dix ans, j'en ai quarante ! J'ai vraiment eu l'impression que USA et la compagnie d'assurances pensaient que j'étais dépassée parce que j'étais une femme. Si Ted Hope avait été à ma place, ils auraient dit : “Pauvre Ted, il n'a que des incapables sous ses ordres, nous allons l'aider à trouver une solution.” Mais ils ont simplement voulu me punir, ils cherchaient la petite bête. C'était le règne de la terreur, je n'arrivais pas à croire que USA puisse faire ça au film. Scott ne prenait ni mes coups de téléphone ni ceux de Todd. »

Lorsque le tournage fut enfin achevé, Vachon avait changé d'avis au sujet de Miramax : « J'aurais préféré travailler avec Miramax, dit-elle. J'avais compris qu'un connard qui aime le cinéma vaut mieux qu'un connard qui s'en fout. »

USA voulait tester *Loin du paradis*. « D'après mon expérience, continue Vachon, les studios vous disent systématiquement que ce ne sont pas les scores qui comptent, qu'il s'agit de définir à quel type de public on s'adresse. Et puis, bien sûr, quand les chiffres sont mauvais, ce qui est presque toujours le cas pour des films comme *Boys Don't Cry*, *Loin du paradis* ou *Photo Obsession*, ils en font tout une histoire et il n'y a plus que ça qui compte. » (*Photo Obsession*, passé presque inaperçu et tourné avec un budget de 12 millions, rapporta 31,5 millions, ce qui en fit le film le plus rentable jamais produit par Vachon.)

Évidemment, les scores du film de Haynes furent mauvais. Malgré le succès de *Traffic*, Greenstein se sentait fragilisé. Soderbergh constituait son plus gros atout. « Scott a assuré pour Steven, explique Vachon. Il a permis à *Traffic* de se faire, lui a obtenu des nominations aux Oscars et lui a permis de remporter le prix du Meilleur Réalisateur. Ils formaient une bonne équipe. Les idées de Scott semblaient parfois folles, mais Steven arrivait à isoler ce qui avait du sens et à le mettre en œuvre. Au meilleur de sa forme, Scott peut se montrer extrêmement perspicace. Il cerne assez facilement l'essence de ce qu'il est censé vendre [36]. » Il n'en appelait pas moins Haynes pour lui annoncer, hystérique : « Je vais me faire virer à cause de ton film [37] ! » Il se servait des remarques des spectateurs – « 20 % des spectateurs trouvent le film trop lent » – pour étayer ses propos et essayer de convaincre le réalisateur de raccourcir *Loin du paradis*. Deux jours avant le début du tournage de *Solaris*, Soderbergh se rendit à Portland pour une séance de travail avec Haynes. « Soderbergh avait le *final cut* sur mon film », explique Haynes. « Il n'a rien laissé passer, mais ce fut très constructif. Il me dit aussi que, quelle que soit ma décision, il la respecterait. » Soderbergh suggéra de nombreuses coupes, dont certaines carrément radicales, que Haynes rejeta pour la plupart. « J'avais besoin de faire le film à ma façon, explique le réalisateur. On fait des films complètement différents, et c'est justement ce qui l'avait poussé à me soutenir au départ. » En signe de bonne volonté, Haynes appela USA : « "La réunion avec Soderbergh a été très constructive, leur déclara-t-il, mais certaines de ses suggestions sont trop radicales et je ne pense pas toutes les appliquer." Scott en a conclu que j'allais rejeter en bloc les recommandations de Steven. Il a appelé Christine et s'est montré très dur avec elle. Il l'a menacée de laisser tomber le film si je ne faisais pas tout ce que Soderbergh m'avait suggéré. » Il ne faisait qu'appliquer ce qu'il croyait avoir appris de Harvey. « La méthode a peut-être été efficace, après tout, remarque Michael Jackson, P-DG de USA Entertainment. Regardons les choses en face : *Velvet Goldmine* n'avait pas changé la face du monde. Scott a peut-être tenté de s'imposer, mais je suis sûr qu'il essayait d'obtenir un film qui fonctionnerait auprès du public au lieu d'un film radicalement personnel. Et ça a marché [38]. »

À 16 heures 30 le jeudi 4 mai, Vachon tomba sur Julianne Moore à un cocktail organisé chez Sandcastle, la société de Robert Altman. Moore lui sauta dessus en demandant : « Il y a un problème avec le film ?

– Non, tout va bien.

– Allons, qu'est ce qui se passe, qu'est-ce qui ne va pas ? Ils te créent des problèmes ? Ils veulent tout bousiller ou quoi [39] ? »

Ne supportant pas de faire croire à Moore que tout allait bien, Vachon sauta dans un taxi pour rentrer en ville. En route, son portable sonna : c'était James Schamus et Ted Hope, de chez Good Machine. « Tu ne vas pas le croire, mais Scott s'est fait virer, et on prend les rênes de USA. » Vachon était aux anges. Elle apprit la nouvelle à Haynes, fou de joie lui aussi. « C'était une nouvelle incroyable, parce que je connaissais James depuis longtemps, explique le réalisateur. Je le trouvais très intelligent, et c'était quelqu'un à qui je pouvais tout dire [40]. » Et Vachon d'ajouter : « Le seul qui n'avait pas l'air ravi de cette nouvelle, c'était Soderbergh, parce qu'il s'est toujours montré d'une loyauté sans faille envers Scott. Il semblait penser que ce ne serait pas bon pour le film [41]. »

Le drame se jouait aussi dans la coulisse, sur un plan beaucoup plus général. Début 2002, Vivendi avait racheté les capitaux télévisuels et cinématographiques de Barry Diller, ce qui plaçait celui-ci en position de force à la Universal. USA Films devint Universal Focus, dirigée par Stacey Snider. Greenstein était pressenti pour gérer la nouvelle division, et un article de *Variety* y fit allusion. Tout le monde, même Snider, était persuadé que Greenstein lui-même avait communiqué l'information à la presse. Ce n'était pas le cas, mais peu importe : c'est l'impression qui compte. « C'est du suicide[42] », remarqua David Linde, exprimant le sentiment général.

Pourtant, il semblait tout à fait improbable que Greenstein dirige Focus Features, nouveau nom de la compagnie. Chez USA, c'est Diller qui prenait toutes les décisions, du design des affiches à l'attribution du budget pour la campagne marketing d'un film. Greenstein ne convenait pas à la compagnie telle que l'envisageait Snider. Pour elle, une compagnie indépendante sans indépendance n'avait aucun sens, et d'ailleurs il était prévu que Focus possède sa propre division marketing et distribution, indépendamment de la compagnie mère. Avant d'occuper son poste à la Universal, Snider avait travaillé chez Sony, et elle admirait à distance le travail de Michael Barker et Tom Bernard, qui n'avaient pas peur d'imposer leur point de vue auprès de la société mère[43]. « J'adorais ça », dit Snider. Elle admirait aussi Good Machine, Vachon, le producteur et avocat des indépendants John Sloss, et Miramax avant sa fusion avec Disney, « à l'époque où c'était la compagnie de Miriam et Max, comme elle le dit. Ce sont tous des anticonformistes à forte personnalité. » Elle déclara à Diller : « Scott est un excellent gestionnaire, c'est vrai, mais, si j'ai mon mot à dire, je veux faire quelque chose de radicalement différent. Je ne veux pas engager des gestionnaires, plutôt des gens du métier. » Qui plus est, Diller avait demandé à Jackson de chercher un remplaçant à Greenstein, ce que Snider ne pouvait ignorer. Diller, qui ne se souvient pas de ce détail, a une version des faits un peu différente : « Ma position était claire : je n'avais pas l'intention de dicter leurs décisions aux [dirigeants de la Universal]. Je savais qu'ils n'avaient pas l'intention d'offrir le poste à Scott, et je respectais leur choix. Mais je trouvais aussi que Scott n'avait rien fait de mal et qu'il ne méritait pas d'être traité comme ça [44]. »

La Universal et Good Machine faisaient déjà des affaires ensemble. Schamus avait été engagé par la Universal pour produire et participer à l'écriture de *Hulk* avec Ang Lee, le réalisateur du film. Snider stupéfia tout le monde en offrant de racheter Good Machine et en plaçant Schamus et Linde à la tête de la nouvelle division, Focus Features. « Fais le film que tu veux », annonça Schamus à Haynes. « Trois jours après, ajoute-t-il, je l'ai visionné et j'ai pleuré comme une madeleine [45]. »

Il semblait de plus en plus que les petites compagnies indépendantes n'étaient guère que des pions sur l'échiquier du capitalisme international, entre les mains de grands groupes pour qui ils n'avaient que peu de valeur intrinsèque. La Universal avait racheté October, qui fut revendue à Diller pour devenir USA, qui à son tour fut dévorée par Vivendi et retomba dans l'escarcelle de la Universal, où elle fusionna avec Good Machine pour former Focus Features.

Cette fois, pourtant, les bons avaient gagné. Hope décida de voler de ses propres ailes en créant sa maison de production. « Ça fait du bien de savoir que, pour une fois, un groupe est géré en majorité par des gens du métier, remarque-t-il, de savoir qu'on aura peut-être l'occasion de parler à quelqu'un qui ne sera pas seulement obnubilé par les chiffres, pour qui la passion du cinéma comptera un peu. Les studios sont tellement allergiques au risque, ils font tout pour couvrir leurs arrières. Les petites compagnies, elles, n'ont peur de rien[46]. »

WEINSTEIN AVAIT ACCOMPLI UN MIRACLE avec *In the Bedroom,* dont les recettes s'élevaient à 35,9 millions. Mais cela lui avait coûté cher, et d'après la rumeur Bob craignait que son frère ne puisse pas rentrer dans ses fonds. « Est-ce que c'est rationnel de dépenser 20 ou 25 millions pour [en gagner] 5 ou 6 ? » se demande John Penotti, de GreeneStreet. « Je l'ignore[47]. » Harvey dépensait peut-être trop pour promouvoir des films indépendants classiques, mais pas assez sur les ersatz de films hollywoodiens comme *Kate & Leopold.* À une certaine époque, Harvey avait atteint un équilibre précaire en réussissant à combiner le meilleur du marketing des studios et du marketing indépendant ; mais, depuis quelques années, il ne semblait plus combiner que le pire.

Fin 2001, début 2002, les chiffres ne prêtaient pas à sourire. *Terre Neuve* avait perdu 10 millions, *Piñero* était sorti en catimini, *Frères du désert*, coproduit avec la Paramount, avait eu des résultats désastreux en ne rapportant que 18 millions tous pays confondus, alors qu'il en avait coûté environ 80. La perte sèche s'élevait à 13 millions pour Miramax. *On the Line*, film avec deux gamins de 'N Sync, rapporta 4,4 millions alors qu'il en avait coûté 10.

Comme d'habitude, c'était Dimension qui faisait bouillir la marmite grâce à *Spy Kids*, sorti en mars 2001 (113 millions de recettes pour un budget de 35 millions), et *Les Autres*, sorti en août. Si l'on en croit Harvey, la compagnie fit les meilleurs résultats de sa carrière en 2001 avec 170 millions de chiffre d'affaires. En revanche, l'année fiscale suivante – qui prenait fin le 31 octobre 2002 – fut l'une des pires. Les pouvoirs magiques de Bob semblaient l'avoir abandonné. *Texas Rangers*, avec James Van Der Beek (budget : 38 millions), ne rapporta que 623 000 dollars. *Impostor,* avec Gary Sinise (budget : 40 millions), n'en rapporta que 6,11. *Abîmes*, alias *Proteus,* coécrit par Darren Aronofsky, film d'horreur à 40 millions, ne rapporta que 589 000 dollars. *Equilibrium,* avec Christian Bale (budget : 16 millions), ne rapporta que 1,2 million. Elvis Mitchell écrivit dans le *New York Times* à propos de ce film « qu'il ne pourrait être plus débile que s'il était plus long[48]. » Trop radin pour employer des stars (Van Der Beek, Sinise et Bale ne seraient pas fichus de vendre un cornet de glace par 40 °C, alors un film...), Bob se retrouvait soudain dans l'incapacité de créer des concepts aussi percutants que la série des *Scream,* et ne pouvait même pas espérer rattraper le coup à l'international ou sur les marchés annexes. Pour ne pas trop plomber la comptabilité, Miramax repoussa la sortie de certains films : *Waking Up in Reno*, un navet dont on remettait la sortie de trimestre en trimestre de crainte qu'il ne porte la poisse à ceux qui sortiraient après, quitta le nid en octobre 2002, et se crasha lamentablement après avoir rapporté la somme ridicule de 269 109 dollars. Puis il y eut les 27 millions (sans doute plus) perdus par Harvey en janvier 2002 dans l'échec retentissant du magazine *Talk*. Enfin, pour couronner le tout, Miramax dut endosser la moitié des coûts de tournage et de marketing de *Sixième sens* et *Incassable,* de M. Night Shyamalan, des coûts qui, d'après une de mes sources, s'élevaient à 80 millions. (En échange de l'option sur Shyamalan, Miramax s'était vu attribuer des parts dans les deux films. Disney s'aperçut un peu tard que si les Weinstein devaient empocher des bénéfices, ils étaient également tenus de partager les frais. Ces coûts ont-ils été déclarés sur l'année 2001 ou 2002 ? Ce n'est pas clair.) D'après un article paru dans le *New York Times* à l'automne 2002, les profits sur cinq ans ne plaçaient plus Miramax qu'au septième rang des studios[49].

Au printemps, les deux frères cessèrent d'approvisionner les bureaux en sodas, eau minérale, bagels et gâteaux. Les courses en taxi n'étaient plus systématiquement prises en charge. Le 15 mars, soixante-quinze employés furent remerciés : il s'agissait des premiers licenciements de masse de l'histoire de la compagnie. Les dégâts furent aggravés par la désertion de collaborateurs clés qui commença en octobre 2000 avec le départ de Cary Granat, qui gérait Dimension depuis longtemps, suivi de celui de Marcy Granata, présidente de la publicité, employée chez Miramax depuis sept ans. Le directeur financier adjoint Bahman Naraghi ne tarda pas à les imiter, comme le firent le chargé de production Kevin Hyman et les responsables du département marketing Matthew Cohen et David Brooks. Apparemment, la pression était trop forte, ils n'avaient pas supporté de devoir faire du chiffre à partir de films qui ne marchaient pas. Janet Hill, directrice de la publicité pour la côte Ouest, partit elle aussi, et puis, mi-octobre 2002, ce fut au tour de Mark Gill, qui avait rejoint Miramax fin 1994 et était devenu le président du bureau de la côte Ouest, de démissionner ; sur l'ordre de Bob, il fut escorté jusqu'à la sortie par un des avocats de la compagnie. « Ils ont un comportement de mafieux, commente Gill : ils massacrent tous ceux qui ne font pas partie de la famille[50]. »

Miramax avait bien compris que ces licenciements et ces démissions faisaient grand bruit et mauvaise impression – impliquant que la compagnie traversait une mauvaise passe. Ainsi, lorsque les deux frères procédèrent à une nouvelle vague de dégraissage, ils se montrèrent si discrets que la presse y fit à peine allusion. Le remue-ménage de 2002 rivalisait avec les restructurations de 1986 et 1993-1994. En tout, c'est environ un quart du personnel qui fut renvoyé.

Mais Harvey refusait d'admettre que les déboires de la compagnie étaient liés à son dilettantisme. Après la faillite de *Talk* et l'élection présidentielle, il allait de nouveau pouvoir se concentrer sur la compagnie et, en effet, le programme de l'automne 2002 sembla en bénéficier. Mais il n'avait pas plus tôt juré d'abandonner le monde des médias qu'il proposa en toute discrétion à Arthur Carter de racheter le *New York Observer*. L'opération échoua. Et puis, il avait toujours l'ambition de changer le monde, comme il s'en était vanté auprès de Mangold et Konrad. Allait-il pouvoir résister à l'envie de se mêler des affaires du parti démocrate aux élections présidentielles suivantes ? Sans doute pas.

Apparemment, Harvey n'avait cure de s'aliéner des réalisateurs comme Taymor, Haynes ou tous ceux qu'il avait laissés pour morts sur son passage. En tout cas, la liste constitue un véritable *Who's Who* des jeunes réalisateurs américains, qui pour la plupart se moquent pas mal de lui, d'ailleurs. Bien que la compagnie s'efforce à coups d'options de contraindre réalisateurs et acteurs à retravailler avec elle, très peu réitèrent l'expérience. Ils « ne sont pas masos, non plus, souligne Donna Gigliotti. Combien retournent chez Miramax pour leur second film[51] ? » Bien que « ne jamais dire jamais » soit le mot d'ordre à Hollywood, une vaste majorité de réalisateurs de la génération Miramax refuse de retravailler avec les Weinstein, à l'instar d'Alexander Payne, Todd Haynes, James Gray, David O. Russell, Larry Clark, Jim Mangold, Baz Luhrmann, P. J. Hogan ou Todd Field.

Hormis pour les membres de la famille Miramax, ces « réalisateurs et acteurs consacrés », comme les appelle Rick Linklater, et pour ceux qui lui étaient liés par option, Miramax n'était plus la compagnie de prédilection. Ang Lee, Neil LaBute, Wes et Paul Thomas Anderson, Todd Solondz, Nicole Holofcener, Allison Anders, Lisa Cholodenko, Hal Hartley, Kim Peirce, Darren Aronofsky et Miguel Arteta n'auraient pas travaillé pour elle. Les réalisateurs britanniques autrefois distribués par Miramax – Jim Sheridan, Neil Jordan, Michael Caton-Jones, Danny Boyle – ne se bousculaient pas au portillon non plus, sans parler de Mike Leigh, qui évitait la compagnie depuis le début. Les réalisateurs de renommée internationale, enfin, ne semblaient pas très désireux de confier leur sort aux Weinstein. Cela est d'autant plus notable qu'il était parfois difficile de se passer d'eux. « Étant donné sa réputation, explique Russell, Harvey aurait pu monopoliser le marché ; les jeunes réalisateurs les plus doués auraient dû faire la queue pour travailler avec lui en remerciant le ciel. Sa passion du pouvoir et de l'argent lui a causé du tort. S'il ne peut pas vous avaler tout cru comme Matt Damon, il vous jette. Il fait fuir tout le monde [52]. » « Harvey est capable du meilleur comme du pire, ajoute Mangold. C'est vrai qu'il donne à certains des opportunités qu'ils n'auraient jamais eues sans lui. De ce point de vue-là, il est plus courageux que les autres. Le problème, c'est qu'il peut aussi bien dire à un type qu'il croit en lui que le casser très frontalement [53]. » Harvey a fait des pieds et des mains pour travailler avec Soderbergh et Clooney, mais le prochain film du réalisateur *(Ocean's 12)* sera pour la Warner. Soderbergh produit en ce moment huit films dont un seul pour Miramax, *A Confederacy of Dunces,* que Harvey lui a acheté. *Intolérable cruauté,* avec Clooney, a été réalisé par Joel Coen pour Imagine.

« Harvey m'envoie quatre scénarios par semaine, remarque Vachon. Rien que des comédies romantiques [54]. » Ironie du sort, la productrice est devenue la

Harvey de Harvey. « Il se dit : “Bon, nous, on peut faire le film pour 20 millions, mais je parie que Christine pourrait le faire pour 12”, ironise-t-elle. Les films sont prêts à être tournés, tout ce que j'ai à faire est de dire “oui” et passer à la caisse ; mais je refuse d'associer le nom de Killer Film à un navet. Je respecte ses compétences, mais autant souffrir pour quelque chose auquel je crois. Je sais que je ferai un film pour Miramax dans un an ou deux. Soit Harvey m'envoie la comédie romantique faite pour moi, soit je trouverai un projet qui lui convienne. »

Bien qu'il répétât à qui voulait l'entendre qu'un « nouveau Harvey était né », il n'avait pas changé. Il avait l'air stressé, s'était remis à fumer. Certains prétendaient même l'avoir entendu marmonner seul à haute voix dans l'ascenseur. En mai 2002, il eut une altercation avec Diller à Cannes. N'ayant toujours pas digéré ses commentaires publiés par *Variety*, Harvey l'interpella : « Pourquoi tu m'as traité de brute ?

– Parce que tu es une brute [55] », répondit Diller, persuadé qu'ils allaient en venir aux mains. La dernière chose dont Harvey avait besoin, c'était bien d'une dispute avec Diller, étant donné la foule de problèmes qui l'assaillaient de toutes parts. Maltraiter son personnel et bousculer de pauvres réalisateurs était une chose ; menacer les patrons de studio, c'était une autre paire de manches. En milieu d'année, le Tout-Hollywood semblait s'accorder sur un point : Harvey pétait plus haut que son cul. « Je pense qu'il a complètement disjoncté, estime Scott Rudin. Les gens en ont par-dessus la tête et ne veulent plus avoir affaire à lui. Ils en ont marre de se faire rudoyer, menacer, marre des vendettas, des punitions et de toutes ces mesquineries. On n'est pas dans la cour de recréation, on bosse, on se donne du mal pour avoir l'air sérieux. Ses manipulations donnent une mauvaise image du métier et de ceux dont les entreprises sont cotées en Bourse. On peut se faire un fric fou à Hollywood, et personne n'a envie qu'on bousille notre gagne-pain ; pourtant, c'est exactement ce qu'il fait [56]. »

Harvey semblait au bout du rouleau, au bord du précipice. « Il est allé trop loin, explique un employé bien placé. Si quelqu'un pète plus haut que son cul, faut le virer [57]. » « À Hollywood, ajoute Cassian Elwes, ce que les gens préfèrent dans le journal, c'est la rubrique nécrologique. On aspire plutôt à voir les gens se planter, il y a énormément de jalousie dans l'air. Et puis Harvey s'est fait pas mal d'ennemis [58]. » Harvey était si affaibli qu'il semblait sur le point de tomber dans le *no man's land* où erraient Mike Ovitz et quelques autres.

Offenser le Tout-Hollywood avait des conséquences plus fâcheuses que se voir privé de la meilleure table chez Morton ou de la plus belle suite du Peninsula Hotel. Les agents sont devenus ses ennemis jurés, c'est évident. « Il a voulu se mesurer aux studios, continue Elwes, et il va de soi que les agents ne vont pas chercher à l'aider en suggérant à leurs clients de travailler gratis pour lui. S'il a les moyens de faire des films à 50 millions, les acteurs n'ont pas à travailler pour le minimum syndical. Si les acteurs doivent vivre un enfer, autant qu'ils soient payés. » « Les agents sont ceux qui me cassent le plus de sucre sur le dos, contre-attaque Harvey. Ce sont des ronds-de-cuir sans aucune pitié : ils feraient mieux de bosser à Wall Street [59]. »

Par le passé, Harvey a réussi à forcer certains studios à travailler en partenariat avec Miramax, mais son comportement le lui interdit de plus en plus souvent aujourd'hui. Prenez DreamWorks par exemple. Le président adjoint Walter Parkes avait demandé à Lasse Hallström de réaliser *Attrape-moi si tu peux*. D'après une source proche du réalisateur et de DreamWorks, à l'époque aucune obligation contractuelle ne liait

Hallström à Miramax, et pourtant Harvey exigea la moitié du film. Hallström mourait d'envie de le réaliser, surtout après avoir réussi à convaincre Leonardo DiCaprio, avec qui il avait travaillé des années auparavant dans *Gilbert Grape,* de participer au projet. Pour tenter de le dissuader, Miramax lui envoya scénario sur scénario, dont *Rent*. En vain. Harvey proposa finalement *An Unfinished Life* (« Une vie interrompue ») au réalisateur et, au cas où il n'aurait pas compris, il « le mit plus bas que terre, le menaça de ne plus jamais le faire travailler[60] », raconte un employé haut placé de chez DreamWorks. « C'était de l'intimidation pure et simple. » (Un proche du réalisateur explique que celui-ci s'est retiré volontairement du projet parce que la postproduction de *Terre Neuve* ne lui permettait pas de respecter la date de sortie d'*Attrape-moi si tu peux*.) Hallström en fut réduit à aller voir le film en salle, comme tout le monde. Peu après, Miramax et DreamWorks coproduisirent *Tulip Fever,* et Miramax réussit à grappiller un bout de *A House of Sand and Fog*. « Pour Jeffrey Katzenberg, se montrer loyal envers Harvey est une véritable obsession[61] », explique un dirigeant de DreamWorks.

Après l'échec des négociations, les employés de DreamWorks furent amusés de voir que Miramax cherchait à revendre *Rent*, preuve de l'intérêt profond que la compagnie portait au projet. Miramax et Tribeca Films, la compagnie de Robert De Niro, avaient placé une option sur le film. On proposa le projet à Spike Lee. « Je croyais qu'on allait [me] traiter avec quelques égards parce que le projet était soutenu pas Bob De Niro et Marty Scorsese, mais je me trompais, commente Lee, rageur. On s'est fait baiser[62]. » Le réalisateur travailla sur le script pendant tout l'été 2001. Il eut besoin de parler à Harvey à un moment donné. « Impossible de l'avoir au téléphone. J'ai une rési-

dence secondaire à Martha's Vineyard et j'ai dû me débrouiller pour le contacter là-bas par mes propres moyens. Il a décroché, il ne pouvait plus m'éviter. "Harvey ? j'ai dit.
– Qui est à l'appareil ?
– C'est Spike ! Il faut que je te voie." »

Lee le retrouva chez lui, dans sa maison qui domine le détroit de Vineyard Haven. Ils passèrent une heure sur la terrasse à parler du scénario, du budget, du casting, tout en sirotant du Coca Light. D'après Lee, à la fin de la séance de travail, Harvey lui serra la main en disant : « On va faire ce film, Spike ! » Mais rien ne bougea. Lee avait déjà engagé les acteurs, il était prêt à se lancer dans la préparation. « On essayait de rassurer les acteurs, mais on n'a pas vu venir le fric, continue-t-il. J'ai fini par tout envoyer balader. Ils ont essayé de mettre ça sur le compte d'un problème de budget, mais c'est faux. S'il n'avait pas envie de faire ce film, il avait qu'à le dire au lieu de nous faire poireauter tout l'été. Et au bout du compte, après avoir bossé comme des fous, on s'est partagé 50 000 dollars à peine. » Envisagerait-il de collaborer avec Harvey à l'avenir ? « Hors de question. Je préférerais vendre des hot-dogs dans la rue. Mais il ne l'emportera pas au paradis ! Toutes les saloperies qu'il a faites finiront par lui retomber sur la tronche. Ce fumier ne fait que raconter des craques ! C'est un salaud de première. Un gros con ! »

C'est la Paramount qui avait sans doute coproduit le plus de films avec Miramax, mais les deux compagnies avaient une relation difficile. Harvey avait fait porter le chapeau à la Paramount pour les scores médiocres du *Talentueux M. Ripley* et avait aussi eu des démêlés avec Rudin, alors un des piliers de la Paramount. De l'avis général, le mauvais caractère de Rudin rivalisait avec celui de Harvey, et le président de Miramax avait trouvé quelqu'un à sa mesure en la personne du producteur. D'après ce dernier, Harvey se servit d'*Iris*, qu'ils produisaient ensemble, pour le contrer dans la bataille qui les opposait à propos de *A Confederacy of Dunces,* que Harvey s'efforçait de lui retirer à la demande de Soderbergh. D'après Rudin, Harvey le menaça : « Si tu ne me vends pas *Dunces*, je mets *Iris* au placard.

– Fais ce que tu veux. Moi, j'ai fait le film, je l'ai livré. Je me fiche de ce que tu fais. Si tu ne veux pas le distribuer, je te donne le numéro de Judi Dench, tu l'appelles et lui annonces la nouvelle. Ne compte pas sur moi pour le faire. Amuse-toi bien[63]. » Le producteur continue : « Après un an de torture, de menaces de chantage, et après avoir pris *Iris* en otage, il a fini par accepter de me payer. Ce fut sans doute l'expérience la plus pénible et désagréable de ma carrière. Tout ça grâce à Harvey. »

Avant la brouille concernant *A Confederacy of Dunces*, Rudin et Weinstein s'étaient mis d'accord pour produire *The Hours*, adapté du roman de Michael Cunningham, avec Nicole Kidman (dans le rôle de Virginia Woolf), Meryl Streep et Julianne Moore. « C'était mignon tout plein de voir Harvey me faire la cour jour après jour, me supplier de lui faire l'honneur de lui confier le projet, se souvient Rudin. Bien sûr, vous êtes [cuit] à la seconde où il obtient ce qu'il veut. Il ne voulait pas que Nicole touche à son apparence pour incarner Woolf ; il était déterminé à ne pas lui laisser porter de prothèse au visage. Ç'aurait été ridicule. Mais il n'en démordait pas, au point d'envoyer quelqu'un à Londres pour l'en dissuader. J'ai placé un vigile sur le plateau pour lui en interdire l'accès. » (« C'est n'importe quoi, contre-attaque Harvey. Je voulais qu'ils gardent la surprise pour le nez de Kidman, un peu comme on l'avait fait pour *The Crying Game*. Et évidemment, ils ont mis Kidman sur l'affiche du film, les cons[64] ! »)

« Chaque fois que vous finissez un projet chez Miramax, ajoute Rudin, vous vous jurez de ne plus jamais recommencer. Et puis, tôt ou tard, vous avez envie de faire un film très spécifique et le chemin vous mène à Harvey. Mais, quant à moi, je ne pense pas réitérer l'expérience. Je suis arrivé à la conclusion qu'aucun film ne vaut de subir ce genre de pression. »

Aux alentours du 9 août 2001, on livra à Harvey un cadeau emballé dans du papier rouge. Il resta un certain temps au milieu du bureau sous le regard suspicieux de ses quatre assistants qui, lorsqu'ils se décidèrent à l'ouvrir, découvrirent qu'il contenait vingt-sept cartouches de Marlboro Light accompagnées d'un mot : « Merci pour ton aide précieuse sur *The Hours*. Amitiés, Scott[65]. » Ce à quoi Harvey répondit apparemment : « Cher Scott, je suis en train de chercher un remède contre le cancer. Espérons que ta famille n'en aura jamais besoin ! » (Harvey dément cette information.) Bien qu'il fume habituellement des Carlton, il fuma toutes les Marlboro Light.

Et puis il y eut le cas *Retour à Cold Mountain*, adapté du best-seller surprise de Charles Frazier, réalisé par Anthony Minghella, et initié par la MGM. McGurk, de chez MGM, décida que, au lieu d'en faire un énorme film de studio « dans lequel on investirait 100 millions, il serait plus judicieux de le coproduire avec Miramax. Comme ça, il serait moins coûteux. On garderait les droits internationaux, eux les droits américains, et ils pourraient gérer la relation avec Minghella. »

En résumé, *Retour à Cold Mountain*, qui se déroule pendant la guerre de Sécession, suit les pérégrinations d'un homme à travers la forêt. Il fut un temps où Miramax aurait fait ce film pour 10 millions maximum. Au départ, Harvey envisageait un film à 40 ou 50 millions, mais, très vite, le budget s'envola pour atteindre 80 millions. Pour Harvey, c'était la faute de Minghella.

« Des réalisateurs comme Minghella, que l'on traitait autrefois avec beaucoup d'égards, se faisaient désormais marcher dessus, explique Gill. On était passé de "on adore travailler avec toi" à "on veut ta peau [66]". » Le scénario comportait quelques batailles coûteuses. Pour économiser un peu, Harvey voulait que des passionnés de la guerre de Sécession jouent les scènes, mais, d'après lui, Minghella tenait à ce qu'elles soient jouées par des acteurs. « Anthony insistait, dit Harvey. Il est aussi méticuleux que Scorsese, mais moi, je n'avais pas envie que *Retour à Cold Mountain* devienne un nouveau *Gangs of New York* [67]. » Le réalisateur obtint cependant gain de cause.

Autrefois, Harvey aurait confié le premier rôle à un nouveau venu mal payé, comme Hugh Jackman avant *X-Men*. Mais là, il voulait Tom Cruise, l'acteur le mieux payé de Hollywood, et voulait qu'il baisse son tarif – quelque chose comme 20 ou 25 millions par film à l'époque, plus 20 % des recettes dès que le film était distribué. « Il est en plein divorce, répondit l'entourage de Cruise, il a besoin d'argent [68]. » L'offre fut rejetée.

Le salaire de Cruise ferait s'envoler le budget à plus de 100 millions, chiffre que McGurk espérait éviter. Après moult négociations, Harvey offrit à Cruise un tiers des recettes du film s'il renonçait à son salaire, mais l'acteur refusa de nouveau et les pourparlers s'embourbèrent. « Lorsque Harvey a finalement décidé d'accepter les conditions de Tom, ce dernier n'était plus intéressé [69] », explique Sydney Pollack, qui produisait le film en collaboration avec Ron Yerxa et Albert Berger. « Cruise s'est expliqué : "On a trop bataillé, je ne le sens pas, j'ai pas envie de le faire." » D'après ce que l'on dit, l'acteur trouvait que Harvey l'avait traité comme un moins-que-rien. Minghella et Miramax réunirent une distribution (Kidman, Jude Law, Renée Zellweger, Donald Sutherland, entre autres) dont les salaires réunis étaient à peine inférieurs à celui de Cruise seul ; en plus, aucun n'avait de pourcentage élevé sur les recettes. Le budget du film avoisinait néanmoins les 90 millions de dollars.

Harvey fit des pieds et des mains pour économiser en allant tourner en Roumanie, et gagna 10 millions supplémentaires en signant une cession-bail : le budget se situait désormais entre 90 et 100 millions. Mais la météo ne sourit pas à l'équipe pendant le tournage, et il pleuvait quand il aurait dû faire beau. Les dirigeants de la MGM commençaient à douter : un drame sur la guerre de Sécession marcherait-il à l'étranger ? *Frères du désert*, également un film historique, s'était planté lamentablement, tandis que le budget de *Gangs of New York* semblait partir en vrille. La MGM se retira.

Weinstein devait maintenant faire la manche dans tout Hollywood pour trouver un remplaçant. On aurait dit George W. Bush essayant de trouver en catastrophe des alliés pour aller envahir l'Irak à contrecœur. Malgré son scénario adapté d'un best-seller, son réalisateur de renommée internationale, son casting de rêve et des rushes époustouflants, personne n'en voulut. Harvey, ou plutôt Disney, se retrouvait à devoir payer l'ardoise, et apparemment Michael Eisner n'était pas content.

Cela dit, tout ça c'est du business, et l'argent n'a pas d'odeur. Voilà pourquoi certains studios se bouchent le nez d'une main tout en signant un contrat avec Weinstein de l'autre, en faisant bien attention à être le moins en contact possible avec Miramax durant leur collaboration. La compagnie des Weinstein obtint une partie de *Master and Commander,* une production de la Fox, mais, comme le dit Russell Crowe, la star du film : « Il est préférable de les maintenir dans un rôle subalterne pour être sûr qu'ils ne feront pas de vagues [70]. » La Universal, où les démêlés au sujet d'*Un homme d'exception* avaient laissé des traces, coproduit *De l'ombre à la lumière*, également interprété par Crowe, avec Miramax. Le contrat ne datait pas d'hier, puisque sa signature avait précédé le tournage d'*Un homme d'exception*. « Notre partenariat actuel se déroule parfaitement, explique Snider. La plupart du temps, quand il ne me hurle pas dessus, Harvey se montre plutôt respectueux [71]. » Mais les termes des contrats font que la Universal garde Miramax à bonne distance. « Si vous ne vous montrez pas prudent, et j'irai même jusqu'à dire paranoïaque, vous pouvez vous retrouver à faire une concession en réponse à une demande qui n'aurait jamais dû être formulée au départ, explique une de mes sources à la Universal. Même si ça ne se fait pas, Harvey n'hésite pas à faire des coups tordus à ses partenaires : mettre un de ses films en compétition avec l'un des vôtres, par exemple, et ne modifier la date de sortie qu'en échange d'une faveur de votre part. Il faut un contrat en béton pour vous protéger, vous et votre film [72]. » Dans le cas de *De l'ombre à la lumière*, la Universal gérait le tournage et contrôlait la distribution aux États-Unis, tandis que Miramax s'occupait des droits internationaux. Pourtant, observe Mark Gill : « Il est impossible d'être complètement à l'abri de Harvey [73]. »

Grazer et Ron Howard, respectivement producteur et réalisateur du film, qui avaient du mal à digérer le scandale d'*Un homme d'exception*, se lancèrent dans la collaboration avec angoisse. « Nous étions séduits à l'idée de faire le film, mais, en même temps, Miramax nous faisait peur, raconte Grazer. J'ai beau détester les Weinstein, j'ai un respect énorme pour ce qu'ils ont accompli. Je me suis dit que leur efficacité pourrait nous être utile. C'est un peu ce que Spiro Agnew dit à James Brown quand il le reçut à la Maison Blanche : "Si vous êtes capable d'arrêter une émeute, vous pouvez fort bien en provoquer une." Soit vous collaborez avec quelqu'un sur un film, soit vous laissez tomber.

J'ai choisi d'accorder ma confiance à Harvey – et je la lui conserverai jusqu'à ce qu'il me prouve qu'il n'en est pas digne[74]. »

Sur une période relativement courte – entre l'été 2001 et le printemps 2002 –, Harvey avait réussi à se mettre à dos Mangold, Konrad, Hallström, Field, Snider, Katzenberg, Taymor, Haynes, Scorsese, Penotti, Stevens, Cruise, Rudin, Ron Howard et Brian Grazer, ainsi qu'une foule d'agents et d'anciens employés de Miramax.

Même Disney, qui faisait face à une conjoncture économique défavorable, s'en prenait à Miramax. Vu les recettes qui s'effondraient et le prix des actions qui dégringolait, Eisner n'avait pas envie que l'on fasse de vagues. Or, c'est ce que les Weinstein – dont le contrat prend fin en 2005* – font le mieux. Eisner était nerveux et d'humeur à résoudre leurs différends aussi amicalement que possible. D'un autre côté, on ne peut ignorer l'animosité qui existe entre les deux compagnies. Depuis que Katzenberg, McGurk et Roth, les amis des Weinstein, sont partis, remplacés par Dick Cook, avec qui les deux frères ont des relations difficiles, l'atmosphère est glaciale. Entre autres griefs, Disney n'apprécie pas l'envergure des films tournés par Miramax et voudrait que les Weinstein reviennent à peu de chose près à leurs anciennes méthodes : se concentrer sur des films à 20 ou 30, voire 40 millions, pas sur des films qui en valent le double. Le programme de Miramax en 2003 comprenait plusieurs pompes à fric du genre *Retour à Cold Mountain* ou *Kill Bill*, qui a dépassé son calendrier de tournage d'au moins trois mois, et dont le budget avoisine sans doute les 70 millions. Ou encore *Un duplex pour trois,* passé d'un budget de 35 à 60 millions – tout ça pour une comédie tristounette

* Le contrat n'a pas été reconduit. *(N.d.É.)*

dont l'action se déroule dans un appartement – après que Miramax eut viré Greg Mottola, réalisateur au salaire raisonnable, pour le remplacer par le très gourmand Danny DeVito.

Les Weinstein opèrent avec un plafond de dépenses annuel de 700 millions de dollars, frais de tournage et de publicité inclus. D'après Harvey, la compagnie a dépassé ce plafond lorsque la MGM l'a plantée sur *Retour à Cold Mountain,* et Disney tenterait de redéfinir le calcul de ces dépenses pour profiter de Miramax et diminuer la part des bénéfices touchée par les deux frères. Toujours d'après Weinstein, Disney essaierait également de ramener le plafond à 500 millions, en partie en modifiant les modalités grâce auxquelles les ventes à l'étranger peuvent contrebalancer les coûts. Le chipotage de Disney contrarie les Weinstein. « Disney traverse une mauvaise passe et ils essaient de renégocier le contrat[75] », déclare Harvey. Les deux frères ont toujours eu du mal à partager leurs profits – que ce soit avec les agents, les producteurs, les investisseurs, les réalisateurs ou leurs collaborateurs –, alors il doit leur être encore plus pénible de les partager avec Disney. « Ça doit les torturer de penser que, s'ils avaient réussi à rester indépendants et eu le succès qu'ils ont eu ces huit dernières années, ils seraient milliardaires, et pas multimillionnaires[76] », explique Elwes.

Eisner a exigé un audit des comptes de Miramax en 2002 – ces contrôles sont pénibles mais relativement courants – et les Weinstein se sont vengés en engageant deux puissants avocats, Bert Field et David Boies, chargés de trouver un motif légal à une demande d'audit sur les comptes de Disney en lien avec les ventes vidéos et la diffusion télé des produits Miramax. « Comme de bien entendu, ils demandent un audit de nos comptes toutes les cinq minutes, explique Harvey. Ils peuvent les vérifier quand ils le veulent, alors on ne risque pas de leur cacher quoi que ce soit. D'un autre côté, nos salaires à mon frère et moi sont fixés par la comptabilité de Disney. Je n'ai pas la possibilité de vérifier tout ça à moins de demander un audit. On avait l'impression qu'on nous devait de l'argent. On a demandé à vérifier certaines informations, et ils ne se sont pas montrés aussi coopératifs que nous l'avions espéré[77]. »

Les Weinstein, qui ont toujours pensé qu'ils s'en sortiraient mieux qu'Eisner et son équipe pour gérer Disney, ont souvent critiqué ouvertement les décisions du patron, à commencer par son refus de laisser Miramax produire *Le Seigneur des anneaux*. « N'oublions pas qui a été le premier à croire en ce projet, dit Harvey, parlant de lui-même, et n'a pas réussi à convaincre sa propre compagnie de le soutenir. Vu le fric qu'ils se font avec les parcs d'attractions, ils auraient peut-être pu récupérer un milliard de dollars après coup. Et aujourd'hui, au lieu d'avoir des actions à 13 dollars, celles-ci seraient au niveau de Viacom », trois fois ce prix-là au moment de l'entretien. Selon des sources chez Miramax, d'autres décisions d'Eisner ont rendu les deux frères furieux, dont celle de refuser l'émission *Le Maillon faible,* qui remporte un énorme succès sur NBC, ou celle de mettre son veto au projet visant à transformer le bâtiment sis au 1 Times Square à New York en paradis touristique. Eisner a aussi été la risée de la profession pour avoir surpayé la chaîne ABC Family, et à cause de la fuite de cerveaux incessante dont est victime son studio – voir par exemple la défection de Jerry Bruckheimer, passé chez Warner's Television avec le concept des *Experts*. Les Weinstein ont pensé réunir un groupe d'investisseurs susceptibles de racheter Miramax – compagnie estimée à environ 600 millions par Harvey. Eisner a rejeté la proposition et même refusé de la présenter au conseil d'administration.

Espérant peut-être pousser Eisner à bout et le forcer à se défaire de Miramax, Harvey arriva apparemment à son bureau le vendredi précédant les Oscars 2003 en compagnie de Bert Field. Eisner déteste Field, qui a permis à Katzenberg de remporter 275 millions au cours du procès qui l'opposait à Disney, et ce geste équivalait à peu près à inviter Yasser Arafat à la Knesset. Furieux, Eisner lui aurait dit qu'il avait franchi le point de non-retour [78].

Même Smith, Affleck et Damon ont fait les frais des relations conflictuelles de Miramax et Disney. « J'ai entendu Ben et Matty se demander, soit en cœur, soit à tour de rôle, s'ils pourraient continuer à travailler avec Miramax bien longtemps, explique le réalisateur de *Clerks*. Affleck me pousse à partir parce que, d'après lui, on peut se faire beaucoup plus ailleurs [79]. » C'est avec Disney, pas Miramax, qu'Affleck et Damon ont passé contrat pour leur compagnie LivePlanet, simplement parce que Harvey ne voulait pas leur donner la somme qu'ils demandaient. Et, hormis *Jay et Bob contre-attaquent*, *Père et fille* (qu'Affleck a tournés avec Smith), *Daddy and Them* (tourné pour faire plaisir à Billy Bob Thornton) et *Une soirée parfaite* (tourné pour faire plaisir à un de ses protégés, le scénariste Jay Locopo), aucun des dix films auxquels l'acteur a participé depuis *Un amour infini*, en 1999, n'a été produit par Miramax. « *Père et fille* représentait une opportunité unique de faire rentrer Ben au bercail, explique Smith. Ben en était conscient, lui aussi, et c'était de la torture de lui faire accepter de travailler pour Miramax. À un moment, il n'arrêtait pas de répéter : "Tu sais que, toi et moi, on pourrait se faire une tonne de fric si on apportait ce projet ailleurs.

– Ouais, mais c'est chez moi, ici. Un tiens vaut mieux que deux tu l'auras – j'aime bien ces types.

– L'esclavage a été aboli y a un moment, mon pote. Harvey nous monte l'un contre l'autre. Il sait qu'on a envie de tourner ensemble, il sait que je voudrais tenter ma chance ailleurs, mais que toi tu tiens à rester. On est coincés. Écoute, je t'adore, et tu sais très bien que je vais faire ton film, mais je te demande simplement de ne pas te mêler des négociations, parce que je vais mettre le paquet." Et c'est exactement ce qu'il a fait. Son salaire à lui seul dépasse le budget de *Pulp Fiction*. »

Affleck reçut 10 millions plus 10 % des recettes, une affaire quand on sait qu'il touche entre 15 et 20 millions par film. Jennifer Lopez, qui interprétait un petit rôle, toucha 4,5 millions plus 4 % des recettes. « Mon producteur Scott Mosier et moi, précise Smith, on a dû toucher 4 ou 5 millions à nous deux : le budget en était déjà à 20 millions alors qu'on n'avait pas tourné un seul plan. Ça laissait 10 ou 11 millions pour le film, la même somme que pour *Dogma*. » *Père et fille* coûta un peu moins de 40 millions – une paille pour un film Miramax ces temps-ci. « Si on avait fait le film pour une boîte indépendante, il nous aurait coûté 12 millions et les acteurs auraient tourné pour rien, conclut Smith. Autrefois, Miramax s'arrangeait pour payer les gens bien au-dessous de leur tarif habituel. Mais c'est fini, tout ça. »

Weinstein n'est pas satisfait de la direction prise par ses deux « petits frères ». « Quand j'ai commencé dans ce métier, dit-il, il était impensable qu'un Robert De Niro ou qu'un Al Pacino dise : "Il me faut mon hit, je vais même lancer une ligne de produits dérivés." Aujourd'hui, j'entends Ben et Matt, des gamins qui travaillent avec moi depuis leurs débuts – et ça leur a réussi – exiger de faire *La Somme de toutes les peurs* ou *La Mémoire dans la peau*. C'est le triomphe des agents. On n'entend aucun de ces cocos dire : "Attendez un peu, comment ça, les produits dérivés ? Et le septième art dans tout ça ? Je vais faire le maximum pour leur obtenir les meilleurs rôles [80]." »

« C'est très dur pour Harvey de se résoudre à payer Ben 20 millions alors qu'il y a quelques années à peine il bossait au minimum syndical, ajoute Smith. Mais dès que la cote de Ben et Matty est montée, dès qu'ils ont eu la possibilité de se faire 15 millions ailleurs au lieu de batailler pour que Harvey leur en donne 10, ils se sont dit qu'après tout les affaires étaient les affaires, surtout Ben [81]. » Selon Smith, c'est *Will Hunting* qui a semé la discorde. « Ce film a rapporté 130 millions dont Matt et Ben n'ont pas touché un centime – à part leur salaire de départ. Les négociations autour du *Project Greenlight 2* se sont assez mal passées aussi. Le premier épisode avait marché, mais Matt et Ben avaient dû mouiller leur chemise pour vendre le projet. Ils avaient perdu de l'argent avec le premier épisode, alors que Miramax en avait gagné. Harvey voulait faire la deuxième saison selon les mêmes modalités, mais Affleck répétait : "Je me fous de faire de l'argent, mais je veux au moins rentrer dans mes frais." Harvey ferait n'importe quoi pour faire des affaires avec ces deux types. La même chose s'est passée avec *Une soirée parfaite*, un petit film à 3 millions que Ben et Matt avaient produit. Miramax distribue beaucoup de merdes, elle aurait très bien pu s'occuper de ce film-là… »

Après avoir achevé le tournage de *Père et fille*, Kevin Smith avait un peu de temps avant d'enchaîner avec *Ranger Danger*, son projet suivant chez Miramax. Affleck lui demanda de réaliser le film qu'il devait tourner pour Disney, *Ghosts of Girlfriends Past*. « D'habitude, dit Smith à Affleck, je ne réalise que des films que j'ai écrits ; mais comme c'est toi et que j'ai le temps, ça pourrait être sympa [82]. » Tourner une grosse machine grand public aurait pu être très lucratif pour le réalisateur ; cela aurait pu lui permettre de travailler à

Los Angeles, son nouveau port d'attache, et de passer du temps avec son copain Affleck. Son contrat chez Miramax lui permettait de réaliser d'autres films tant qu'il n'était pas à l'origine du projet, donc rien n'aurait dû l'empêcher d'accepter. À mille lieues de penser que les Weinstein mettraient leur veto, il leur parla de son projet : « J'aimerais le faire, mais si vous refusez, je respecterai votre décision. Contre toute attente, ils ont refusé. Harvey et Bob avaient demandé la moitié des droits du film à Disney, comme d'habitude, et Michael avait dit "non". » « Pourquoi tu veux travailler pour Disney ? auraient-ils demandé à Smith. Ils ont sacrifié *Dogma* et la série d'animation *Clerks* !

– Je ne veux pas travailler *avec* eux, je veux juste faire un film avec Ben. Mais de toute façon, je croyais qu'on travaillait déjà pour eux ?

– Pas comme ça. » Puis Harvey traita Smith comme il avait traité Hallström, lui montra un côté de sa personnalité dont le réalisateur avait déjà entendu parler mais dont il n'avait jamais fait les frais avant. « Harvey est une espèce de figure paternelle un peu bizarre pour Smith [83], explique le producteur et ancien employé d'Artisan John Shestack. Il lui a bourré le crâne pour le dissuader de ne pas faire le film en utilisant toutes les armes à sa disposition, chantage affectif compris : "Comment tu peux me faire une chose pareille ? Je ne travaillerai plus jamais avec toi si tu réalises ce film." » Affleck dit à Smith : « Écoute, mon pote, Disney te signerait sans doute exactement le même type de contrat que Miramax [84]. » Cependant, Scott Mosier, son producteur, le mit en garde : « D'accord, ils veulent que tu tournes ce film, mais qu'est-ce qui va se passer quand tu leur amèneras un projet comme *Dogma* ? Ils n'en voudront pas, contrairement à Harvey et Bob. »

Smith déclare aujourd'hui : « Il est bien gentil, Ben, mais Miramax, c'est chez moi. J'ai été forcé de refuser. »

Le réalisateur demanda à tourner *Fletch Won* en octobre, et Harvey donna son accord. Le producteur accepta également de verser à Smith une partie des arriérés sur ses précédents films. « Kevin m'a expliqué son point de vue, affirme Harvey. Je lui ai demandé combien il voulait, et il a répondu : "Un million." J'ai accepté. Je lui ai aussi donné un pourcentage des recettes sur ses deux films suivants. Il était déchiré entre Ben et moi. C'est pas comme si je lui avais donné un million pour ne pas faire ce film. Je le lui ai donné parce qu'il s'est montré loyal et qu'il m'a défendu[85]. » Mais cette affaire envenima encore un peu plus la situation entre Affleck et Weinstein. « Ben a dit à Harvey que s'il faisait ça, ce serait plus la peine de le rappeler, raconte Shestack. Il a déclenché les hostilités, mais ça n'avait pas grande importance, parce que Harvey n'en faisait qu'à sa tête[86]. »

La pépinière de talents Miramax manquait cruellement de nouvelles pousses à la Damon et Affleck. « Par qui vous voulez les remplacer ? s'interroge Smith. Ashton Kutcher ? *Will Hunting*, c'était de la bombe, et, pour être franc, je vois mal avec qui Miramax pourrait cultiver ce genre de relations aujourd'hui[87]. »

Après avoir levé le pied question achats de droits, Harvey était furieux de ne pouvoir revendiquer aucun des meilleurs films des deux ou trois dernières années. En 1999, Paramount Classics avait récupéré *Boys Don't Cry*, Sony *Cours, Lola, cours* ; en 2000, Paramount Classics avait sauté sur *Tu peux compter sur moi*, tandis que Sony ramassait *Tigre et dragon* ; en 2001, Searchlight avait distribué *Sexy Beast* et *Bleu profond*, Lions Gate avait acquis les droits d'*À l'ombre de la haine*, UA avait distribué *Ghost World*, et IFC *Memento*. Il arrive encore à Harvey d'acheter un film ou deux à l'occasion, même parmi les plus sombres et les plus sujets à controverse, parce qu'il a besoin de la crédibilité qu'ils lui apportent pour conserver à la compagnie sa réputation ; cela dit, quelle que soit sa motivation profonde, il faut lui rendre hommage d'avoir le courage de les distribuer. Il acheta les droits de *The Magdalen Sisters* tout en finançant le tournage de *La Cité de Dieu*. Il demanda également à Tom Tykwer de réaliser *Heaven* à partir d'un scénario du regretté Krzysztof Kieslowski. « Ma première impression de lui avait été horrible, explique Tykwer, mais, pendant ce tournage, j'ai été totalement libre de faire le film que je souhaitais, et cela inclut le *final cut*. Et c'est exactement le film que j'avais en tête. Quand il m'a fait des suggestions, mon premier réflexe a été de les rejeter. Pourtant, très souvent, une réaction violente de sa part cache quelque chose de sensé [88]. » Cependant, Miramax ne risque pas de se relancer de sitôt dans l'achat de droits à grande échelle, à moins que Disney ne réduise drastiquement le plafond de ses dépenses. En 2002, Harvey ne bougea pas le petit doigt. Pendant ce temps-là, Focus achetait les droits du *Pianiste*, lauréat de la Palme d'or, du BAFTA et des Césars, UA achetait *Bowling for Columbine*, de Michael Moore, Sony acquérait *Parle avec elle*, IFC distribuait *Et... ta mère aussi* et *Mariage à la grecque*, Paramount Classics sortait *Chère Martha*, et Searchlight sautait sur *The Good Girl*. « Les films indépendants à petit budget et originaux ne constituent plus le fonds de commerce de Miramax, estime Rudin. D'autres font ça mieux qu'eux aujourd'hui en faisant des profits dont seuls les Weinstein pouvaient se vanter il y a peu [89]. » « Ils ont pratiquement abandonné le terrain indépendant, ajoute Elwes. Ils essaient simplement de garder un pied dedans, mais ces films ne constituent plus le gros de leur production [90]. »

Ce qu'il y avait de pervers dans tout ça, c'est que lorsque Harvey se trouvait en possession d'un film de valeur, il ne le distribuait pas. Il avait payé 5,5 millions pour les droits nord-américains d'*Un Américain bien tranquille*, inspiré d'une histoire du vénérable Graham Greene ayant pour toile de fond l'enlisement américain au Vietnam. Michael Caine, dans une forme éblouissante, y donnait la réplique à un Brendan Fraser à peu près correct en impitoyable agent de la CIA. Le film obtint des résultats médiocres lors du test organisé par Harvey dans le New Jersey, le 10 septembre 2001. Le réalisateur Phillip Noyce et son producteur avaient rendez-vous chez Miramax le lendemain matin. « En arrivant à l'angle de Greenwich vers neuf heures moins vingt, on a vu des gens courir, complètement affolés, le doigt pointé vers le ciel, se souvient Noyce. J'ai vu un trou béant près du sommet d'une des tours du World Trade Center d'où sortaient la queue d'un petit avion de ligne et un nuage de fumée dû à la collision qui s'était produite trente secondes plus tôt. On est restés là pendant deux heures, on a assisté à la tragédie en direct, et on n'est partis que lorsque la deuxième tour s'est effondrée. Finalement, le rendez-vous a eu lieu deux jours plus tard. Les gamins de Harvey nous ont chanté "America the Beautiful[91]". »

En octobre, le film fut de nouveau testé. Les scores s'effondrèrent. « On a entendu certains spectateurs dire qu'ils n'aimaient pas les réalisateurs qui tapent sur l'Amérique », poursuit Noyce. Certains critiques dans l'entourage de Harvey n'apprécièrent pas le film non plus. Noyce livra *Un Américain bien tranquille* en mai 2002, mais n'obtint aucune réponse de la part de Harvey. Puis, au cours de l'été, Gill annonça au réalisateur que le film sortirait directement en vidéo. (Gill dément cette information.) Le réalisateur engagea Mickey Cottrell, attaché de presse aguerri, spécialiste du cinéma indépendant. « Les gens s'investissent corps et âme dans ces films, et puis on les met au placard, explique

Cottrell. Harvey leur promet monts et merveilles avant de les trahir[92]. » Cottrell organisa des projections de presse – contre le souhait de Miramax – et tenta de persuader Harvey de projeter le film au Festival du film de Toronto. Celui-ci refusa jusqu'à ce que Michael Caine, impatient de voir le film sortir, l'appelle et le menace, si l'on en croit Noyce : « Je refuse de faire la promotion de *The Actors* [un autre film Miramax auquel il avait participé] et c'est la dernière fois que je travaille avec vous[93]. »

À Toronto, « pas une interview n'a été organisée après la projection de presse », se souvient Cottrell, qui avait mobilisé les critiques pour pousser Harvey à distribuer le film. Sa tactique fonctionna et *Un Américain bien tranquille* sortit en novembre. Mais les problèmes étaient loin d'être réglés. « Cette sortie a été cauchemardesque, poursuit Cottrell. Ils ont fait le minimum syndical pour le film[94]. » Vu la qualité de son interprétation, Caine méritait une nomination aux Oscars, mais d'après Noyce « le film n'a tenu l'affiche que quinze jours avant de disparaître. Les gens me demandaient comment ils pouvaient voir le film et je répondais : "Vous n'avez pas reçu le *screener* [DVD ou cassette envoyés aux professionnels et membres de l'Académie des Oscars avant que le vote n'ait lieu] ?" À part les acteurs, les professionnels ne reçurent leur copie qu'une semaine avant le début du vote. Un problème de jaquette, d'après ce qu'on m'a dit[95]. » Caine fut tout de même nominé (mais ni le film ni le réalisateur n'eurent cette chance), mais certains soupçonnèrent Miramax de ne pas avoir fait le maximum pour l'acteur, car Daniel Day-Lewis avait sa préférence.

Un Américain bien tranquille continua sa carrière bon an, mal an, rapportant 13 millions aux États-Unis et 25 millions à l'international. « Il aurait pu rapporter cette somme sur le territoire américain seul, si seulement

Miramax l'avait soutenu[96] », déclare Cottrell. Noyce fait preuve de plus d'indulgence : « Harvey est un dur à cuire, un égocentrique qui interprète au pied de la lettre les lois qu'il a lui même édictées ; malgré toutes les difficultés qu'a rencontrées mon film, je continue à croire qu'on s'en sort mieux avec lui que sans lui[97]. »

À l'automne 2002, Harvey chargea de nouveau la mule de la programmation, comme il l'avait fait les années précédentes, en distribuant *Frida*, *Un Américain bien tranquille*, *Confessions d'un homme dangereux*, *Gangs of New York*, *Pinocchio* et *Chicago*, entre autres. Étant donné la restructuration de l'équipe marketing et la nature et le coût de ces films, c'était une stratégie à haut risque. Weinstein était persuadé de pouvoir tout mener de front et semblait croire qu'il suffisait d'apposer la marque Miramax sur un film pour qu'il se vende tout seul.

Vu le succès de *Chicago* – des recettes de plus de 170 millions firent du film le plus gros succès de l'histoire de la compagnie –, il était sans doute dans le vrai, au grand dam de ses détracteurs. Bénéficiant d'une exploitation progressive et d'une campagne classique, à l'ancienne, *Chicago* sortit donc du lot. Cela dit, c'est le bilan financier en fin d'année, pas les Oscars, qui témoigne de la bonne santé d'un studio, et certains des profits générés par le film n'ont sans doute fait que compenser le manque à gagner de *Gangs of New York*. D'après le producteur consultant David Parfitt, à la fin du tournage, les coûts de base du film avoisinaient 105 millions. Ajoutez à cette somme 10 millions pour l'année et demie passée en postproduction, et entre 40 et 60 millions pour le marketing, et le budget du film flirte avec les 175 millions, alors que les recettes américaines atteignirent à peine 80 millions. *Pinocchio* coûta à Miramax 20 millions et n'en rapporta que 3,5 ; *Confessions d'un homme dangereux* en coûta 35 et en rapporta

15,9 – alors que la sortie de *Hero*, le film à 20 millions, était encore repoussée. C'étaient les marchés annexes qui faisaient vivre Miramax, en particulier les DVD en édition de luxe de *Pulp Fiction* et *Jackie Brown*, remastérisés pour la énième fois, ainsi que des vaches à lait comme *Seventh Inning Fetch*, sorti directement en vidéo et dont personne n'avait jamais entendu parler. Cela dit, il serait sans doute plus facile d'élucider les mystères de l'univers que de dissiper l'épais brouillard qui plane sur le paysage financier de la compagnie.

Les mésaventures de *Gangs of New York* résument parfaitement ce qui est arrivé à Miramax lorsqu'elle essaya de rivaliser avec les studios sur leur terrain. Au lieu de partir d'un scénario abouti avant de se lancer dans le casting, comme on le faisait autrefois, Miramax privilégia la distribution. Ainsi, le tournage de *Gangs* dut débuter sans script digne de ce nom pour pouvoir s'adapter à l'emploi du temps surchargé des stars, dont la présence était rendue nécessaire par le budget astronomique. « Tout le monde savait que le scénario n'était pas prêt, avoue un ancien employé de Miramax, mais on pensait ne pas avoir le choix. S'ils n'avaient pas commencé à ce moment-là, ils auraient perdu les acteurs et le réalisateur. Mais c'était trop tôt [98]. »

Malgré une superbe scène d'ouverture dans laquelle s'affrontent les membres de gangs rivaux, clones du Chapelier fou, et malgré la spectaculaire performance de Daniel Day-Lewis, le film n'était qu'un brouillon. C'en était presque choquant, d'ailleurs, étant donné les professionnels impliqués dans le projet. Le problème le plus flagrant – et les problèmes ne manquaient pas –, c'était l'erreur de casting concernant le rôle d'Amsterdam Vallon : Leonardo DiCaprio n'avait ni la présence physique ni le talent pour faire le poids face à Day-Lewis. Pire, l'indigence de son rôle déséquilibrait la relation entre Vallon et Bill the Butcher Cutting. Comme dans

Le Paradis perdu, le méchant était plus humain et intéressant que le héros, et Vallon le boudeur passait pour une petite frappe. C'est du côté de Bill the Butcher que l'on se rangeait. Vallon aurait dû avoir l'envergure d'un héros de tragédie, déchiré entre sa soif de vengeance et l'amour qu'il porte à Bill, assassin et père de substitution. Mais rien ne se passait à l'écran. La vie intérieure du personnage ne semblait pas d'une grande richesse non plus, si bien que lorsque Jenny Everdeane lui demandait qui il était, elle exprimait les interrogations du public aussi bien que les siennes. La question est restée en suspens.

Nous ne sommes pas en train de parler de physique nucléaire, mais des principes de base de la réalisation ! Malheureusement, même l'armée de gros cerveaux qui retravailla le film ne parvint jamais à recoller les morceaux. « Chez Miramax, on avait le sentiment que, depuis quelques années, les films de Marty étaient froids, que ce n'étaient pas les personnages qui primaient, estime Parfitt. Pour sauver le film de la brutalité, il aurait fallu qu'on tombe amoureux des personnages malgré leurs défauts. Weinstein voulait une véritable histoire d'amour entre Cameron et Leo, une affection sincère entre Leo et Daniel. Kenny Lonergan fut engagé pour retravailler les personnages et les dialogues, mais le miracle ne se produisit pas à l'écran. Le courant n'avait pas dû passer entre Marty et ses acteurs [99]. » « Ils ont essayé de se persuader que ce n'était pas si mal, ajoute un ancien employé de Miramax : "Après tout, il y a Leo, c'est une star, et la moindre de ses apparitions sera géniale [100]." » La scène des émeutes lors de la conscription – qui ne fut pas touchée – donnait au film un côté ampoulé. Harvey avait eu raison en proposant de la remonter : cette séquence spectaculaire, qui retrace un événement d'une incroyable complexité, aurait mérité mieux qu'un commentaire de match de foot ridicule.

Scorsese sortit vainqueur de sa confrontation épique avec Weinstein, mais c'était une victoire à la Pyrrhus qui révélait ce que le Nouvel Hollywood avait de pire – les excès, la drogue en moins, en quelque sorte –, et le film faisait davantage penser à *La Porte du paradis* qu'à *Raging Bull*. La passe d'armes entre les deux hommes produisit quantité d'étincelles mais se révéla plutôt décevante – le réalisateur et le producteur luttaient sans conviction, un peu comme Vallon et Bill à la fin du film. Au bout du compte, personne ne l'emporta vraiment. Après tout, Affleck avait peut-être raison : l'opposition rebelles/establishment était dépassée. Vu les défauts du film, l'insistance de Scorsese pour préserver son intégrité artistique semblait creuse ; les tentatives de Harvey d'imposer son autorité semblaient futiles elles aussi. Si le fiasco de *Gangs of New York* prouvait quelque chose, c'est que le côté économique avait primé sur tout le reste – génie artistique, expérience, originalité, intentions. C'est Karl Marx qui aurait été content.

Harvey avait eu chaud, et, si *Chicago* n'avait pas marché, il aurait sans doute pu mettre la clé sous la porte. Cela dit, apparemment motivé par sa légendaire passion du cinéma, par un désir dévorant de montrer que Scorsese et lui étaient les meilleurs copains du monde, par un besoin vital de faire parler de lui et de rester dans la tendance, enfin par un goût manifeste pour l'autoflagellation, il signa un nouveau contrat avec la Warner et Graham King pour distribuer *Aviator*, une biographie de Howard Hughes, un film de nouveau interprété par DiCaprio et réalisé par Scorsese. Cette fois, le budget de départ s'élève à 107 millions. Apparemment, Scorsese était loin d'être ravi à l'idée de collaborer de nouveau avec Harvey et a fait savoir que le patron de Miramax n'était pas particulièrement bienvenu sur le plateau. « Graham King n'avait nulle part où aller, raconte une de mes sources. Si Harvey n'avait pas été là, c'était la mort du film. Il est le dernier recours d'un homme aux abois [101]. »

Comme cela avait été le cas l'année précédente pour *In the Bedroom*, Harvey ne considérait pas *Chicago* comme un candidat sérieux aux Oscars jusqu'à ce que *Gangs of New York*, le film sur lequel il avait tout misé, ne s'effondre. Son instinct l'avait induit en erreur par deux fois, mais une analyse des chiffres lui permit de placer son argent sur le meilleur candidat au bon moment. *Chicago* n'avait rien d'un film indépendant, mais il n'avait pas coûté très cher et était relativement amusant, tout à fait le genre de films que Hollywood tournait autrefois. « J'ai eu davantage mon mot à dire sur le montage de *Chicago* que sur celui de *Gangs of New York* [102] », avoue Harvey. Contrairement à Scorsese, Rob Marshall, le réalisateur du film, était « tout à fait ouvert à l'idée d'une collaboration. Je pouvais participer au montage et lui suggérer les moments où ça devrait aller plus vite, ceux où on devrait enchaîner. »

Cela dit, le tournage de *Chicago* donna lieu à un de ces carnages dont Miramax a le secret. D'après l'une de mes sources, Harvey « torturait [103] » Marshall. Un jour, celui-ci s'effondra même sur le plateau. Richard Gere appela Harvey pour lui demander de « lâcher du lest et de ne pas être aussi dur avec Rob. Parlez-lui en privé, pas devant tout le monde, c'est démoralisant, ça gêne tout le monde, un peu de classe, bon sang [104]. » Harvey lui demanda de s'occuper de ses affaires. (Nous n'avons pu joindre Marshall pour qu'il nous livre ses commentaires.)

À l'approche de la saison des prix, *Loin du paradis* passait pour un candidat sérieux. Les critiques étaient unanimement enthousiastes et la plupart l'avaient inclus dans leurs coups de cœur de l'année. Il rafla la mise lors des New York Film Critics Awards, remportant cinq prix dont celui du Meilleur Film. « Harvey est venu nous voir, l'air contrit, presque penaud ; il n'arrivait même pas à me regarder dans les yeux. Il a fini par bredouiller : "Todd, je… suis… navré." Puis il a enchaîné en disant qu'il allait se faire soigner ou un truc comme ça, "parce que ce genre de mésaventure ne peut pas se reproduire[105]." » Il semblait évident que Moore, déjà vainqueur du prix d'Interprétation Féminine à la Mostra de Venise, et le légendaire Elmer Bernstein, compositeur de la bande originale du film, allaient se voir attribuer un oscar. Les prix du Meilleur Film et du Meilleur Réalisateur semblaient également à portée de main. Mais Haynes et Vachon avaient l'impression que Focus misait tout sur *Le Pianiste* et *Loin du paradis* passa pratiquement inaperçu. « On me disait : "Focus ne soutient pas suffisamment le film. Vous ne regrettez pas de ne pas être chez Miramax ?" se souvient Haynes. Mais je répondais sans hésitation que non, car ce qui est primordial à mes yeux, et de loin, c'est de faire le film qui correspond à mes désirs. Que quelqu'un se mêle du tournage, c'est pire qu'une campagne marketing terne. D'un autre côté, j'avais envie de dire : "Allez, les gars, un peu d'ambition ! Vous semblez être les derniers à découvrir que le film a du potentiel." » Et Vachon d'ajouter : « Ce n'était pas un film pour Focus. Il a été laissé pour compte, livré à lui-même. Soderbergh avait raison. » « En ce qui concerne la campagne marketing de *Loin du paradis*, contre-attaque Schamus, tout le monde s'est tué à la tâche. Aucun de nous n'avait intérêt à ce qu'elle échoue. On a tout tenté, on a raté le coche, on fera mieux la prochaine fois. » Cette mésaventure jeta néanmoins un froid entre de vieux amis.

Malgré une compétition acharnée, *Chicago* s'en sortit plutôt bien auprès des gens qui comptent – scénaristes, producteurs, réalisateurs, critiques (catholiques, new-yorkais, angelinos ou tout simplement américains), en particulier auprès de ceux de la Foreign Press Association –, ce qui augurait bien pour les Oscars. À la cérémonie des Golden Globes, le 26 janvier, tous les lauréats, les uns après les autres, dont Scorsese, Zellweger et, plus ostensiblement, Gere, firent de leur mieux pour redorer le blason de Harvey terni par la publication d'un impitoyable article de Ken Auletta dans *The New Yorker*. Pendant que Bob se plaignait d'être traité comme un pestiféré, Gere qualifia Harvey d'« homme aimable, adorable et délicat que nous aimons tous, pas bien dégrossi mais ayant un cœur d'or [106] ». Il se moqua même ouvertement d'Auletta. (La passion mise en scène par Gere aurait suffi à vous faire douter de la sincérité du dalaï-lama. « Je pense que sa flagornerie lui a coûté sa nomination [107] », estime Rudin.) Tous ceux qui firent l'éloge de Harvey ce soir-là ont travaillé ou travailleront un jour pour lui. Sachant que le producteur n'hésite pas à se jeter des fleurs par personne interposée lorsque les circonstances l'exigent, ceux qui connaissent bien son mode de fonctionnement pensèrent que c'était le cas, une fois encore. « Ils sont entraînés à faire ça, explique un ancien employé de Miramax. On dit à Catherine Zeta-Jones de parler de Renée Zellweger à chaque interview, de dire qu'elle est géniale, et vice versa. On dit à Richard de dire du bien de Harvey. Ils se cirent les pompes mutuellement [108]. »

La semaine suivante, Miramax obtint tant de nominations aux Oscars (40) que le *Los Angeles Times* rebaptisa la cérémonie « les Harveys ». Trois des cinq films nominés – *Gangs of New York*, *Chicago*, *The Hours* – étaient liés de près ou de loin à Miramax, tandis que les Weinstein étaient producteurs exécutifs du quatrième, *Le Seigneur des anneaux*. (Le cinquième film en lice était *Le Pianiste*.) Deux réalisateurs Miramax, Scorsese et Marshall, se mesuraient à Pedro Almodóvar *(Parle avec elle)*, Stephen Daldry *(The Hours)* et Roman Polanski *(Le Pianiste)*.

Harvey soutenait Scorsese de toutes ses forces et l'obligea à écumer toutes les salles des fêtes entre Los Feliz et Santa Monica pour y recevoir, sourire aux lèvres, les prix les plus minables de la terre. L'un de ses adversaires remarque : « Ça me scie de voir ce dont Harvey est capable : l'un des plus grands réalisateurs de l'histoire était prêt à laver votre voiture pour obtenir votre vote [109]. » Weinstein fit scandale et se tira une balle dans le pied en convainquant Robert Wise, réalisateur de *La Mélodie du bonheur*, alors âgé de quatre-vingt-huit ans et limite gâteux, d'apposer sa signature sur un texte écrit par un consultant de Miramax chantant les louanges de Scorsese. (Il aurait été plus logique pour lui d'apporter son soutien à Marshall, auteur d'une comédie musicale, et cela n'échappa d'ailleurs pas au réalisateur. Déjà contrarié par le soutien dont bénéficiait Scorsese [110], il perçut cette initiative comme un camouflet, eut des mots avec Harvey à ce sujet, et boycotta la fête que le patron de Miramax organisa en l'honneur du succès de *Chicago* aux Screen Actors Guild Awards.) Le soutien de Wise causa un tel émoi que, si cette histoire avait été ébruitée une semaine plus tôt, *Le Pianiste*, qui avait le vent en poupe, aurait très bien pu remporter l'oscar du Meilleur Film. Lorsqu'il se vit attribuer le BAFTA à Londres, Miramax paniqua. L'attachée de presse Swartz se mit à critiquer Polanski, le qualifiant de « pédophile [111] ». Du jour au lendemain, le site Internet Smoking Gun publia la déposition datant de près de trente ans de la victime de Polanski, et les petits soldats de Miramax, dont Roger Friedman sur son site et en « Page Six » du *New York Post*, se chargèrent d'attiser ces braises. Certains auraient juré que Miramax était à l'origine de la publication du document, bien que cela n'ait jamais été prouvé. « Harvey a commis deux erreurs, estime Schamus : sa campagne de diffamation a échoué, et il s'est vanté publiquement de pouvoir offrir l'oscar du Meilleur Réalisateur à Scorsese simplement parce qu'il l'avait décidé [112] »

Lorsque Polanski l'emporta, on crut un moment que l'express Miramax avait déraillé, mais *Chicago* gagna, offrant à Miramax son premier oscar du Meilleur Film depuis *Shakespeare in Love,* en 1998, et remettant Harvey sur les rails. Cependant, le remue-ménage concernant *Le Pianiste* ternissait l'image de Harvey. Après avoir affirmé pendant des mois que c'était dans la poche pour Scorsese, il fit volte-face, prétendant ne jamais s'être attendu à le voir gagner après son échec (face à Marshall) à la Directors Guild et le désaveu de la critique. Malgré les défauts de *Gangs of New York*, voir Scorsese s'incliner fut un moment particulièrement triste. Son visage apparut à l'écran un millième de seconde au moment où l'on prononçait le nom de Polanski, masque tragique où la surprise le disputait au désarroi et à la douleur. C'était comme si Harvey s'était vu confier un vase Ming et qu'il l'avait laissé tomber.

Post-scriptum
De beaux lendemains

Même si Miramax s'est rangée, la compagnie peut être fière de son bilan. Les Weinstein ont non seulement transformé la distribution, mais sont également à l'origine d'un nouveau genre de films, hybrides à mi-chemin du film indépendant et grand public. Entre originalité et banalité, films d'auteur et films commerciaux, visions personnelles et films de genre, sous des dehors hollywoodiens, ces films gardent un esprit indépendant, même si cette notion est vague et difficile à définir. Les cinéastes indépendants se sont mis à s'exprimer sous une forme plus commerciale. Quant aux stars, elles ont été de plus en plus disposées à être leurs complices. Pas nécessairement parce que leur carrière avait besoin d'un lifting, comme John Travolta et Bruce Willis à l'époque de *Pulp Fiction*, mais parce que Miramax avait rendu les indépendants « sexy », pour citer Ethan Hawke. Il n'y a qu'à regarder la liste des films de 2002 : *Loin du paradis*, avec Julianne Moore et Dennis Quaid, *Monsieur Schmidt,* avec Jack Nicholson, *Solaris,* avec George Clooney, *Confessions d'un homme dangereux,* avec George Clooney et Julia Roberts, *The Good Girl,* avec Jennifer Anniston, *Punch-Drunk Love,* avec Adam Sandler, *Adaptation,* avec Nicolas Cage, dans deux rôles, *The Hours,* avec Nicole Kidman, et *Photo Obsession,* avec Robin Williams. Même chose en 2003 pour le trio de chez Focus : *Lost in Translation,* avec Bill Murray, *Sylvia,* avec Gwyneth Paltrow, et *21 grammes,* avec Sean Penn. Tous ces films sont les enfants de Miramax, bien que leurs réalisateurs ne veuillent pas l'admettre.

Même les critiques les plus virulents ne vont pas jusqu'à dire que le monde indépendant se porterait mieux si les Weinstein avaient été usuriers, chasseurs de prime, ou gérants de déchetterie. « Miramax a fait un travail formidable, explique Spike Lee. Les Weinstein font tout ce qu'il faut pour obtenir des nominations, que ce soit légal ou pas [1]. » « Je ne pense pas qu'ils ont eu une mauvaise influence, ajoute Rudin. Beaucoup de films ont touché un plus large public grâce à leurs campagnes marketing très agressives [2]. » L'idée qu'un film d'auteur soit interprété par une grande star ne paraît plus incongrue aujourd'hui, et cette association détonante a provoqué l'explosion du cinéma indépendant dans les années quatre-vingt-dix ; mais elle est fragile, aussi, comme le suggère le sort de *Loin du paradis*.

En outre, Harvey n'a rien d'un Michael Ovitz. Les Weinstein ont bâti une structure viable, même si sa gestion laisse à désirer, et mis sur pied un catalogue de grande valeur. Et puis, bien sûr, Harvey peut compter sur son frère. Comme l'année 2002 l'a prouvé, nombre de ses atouts restent intacts : courage, agressivité, capacité à agir vite, contrairement aux studios qui ne peuvent, ou ne veulent, en faire autant. Il a l'œil pour repérer la perle rare dans un tas de nullités. Comme le souligne Marcy Granata, il crèverait de faim sans les stars. Tant que les rôles substantiels se feront rares à Hollywood, et qu'il pourra se permettre d'acheter les meilleurs films du marché, il attirera les stars dans son écurie en leur faisant miroiter des oscars. Les réalisateurs, quant à eux, sont plus prudents – Harvey se montre plus brutal avec eux –, mais, quand les stars sont là, les réalisateurs suivent de près en général. Harvey sera-t-il capable de renoncer à imiter les studios pour se laisser aller à son esprit de contradiction ? S'il se met au régime, résiste à la tentation de se gaver de films hypercaloriques à la *Gangs of New York* et s'en tient plutôt à des amuse-gueules du genre de *Chicago*, il s'en sortira, au moins du point de vue commercial.

Mais rien n'est moins sûr. Des projets comme *Retour à Cold Mountain* ou *Aviator*, et sa soudaine passion pour les grosses machines du genre de *The Green Hornet,* suggèrent même qu'il n'en sera pas capable. Le marché du film est en perpétuel mouvement, c'est un théâtre d'ombres où il est presque impossible de trouver son chemin. Ce qui marche aujourd'hui sera dépassé demain et idéalisé après-demain. Pour rendre les choses encore un peu plus compliquées, Miramax est particulièrement difficile à cerner, et prédire dans quel sens la compagnie va évoluer n'est jamais simple. Dominée par la volonté de deux hommes, elle peut changer de trajectoire à tout moment. Cela dit, malgré le bruit et la fureur que suscitent les Weinstein, pas besoin d'être devin pour prédire dans quelle direction générale ils vont. C'est un peu comme le réchauffement de la planète : malgré une gelée précoce par-ci, un blizzard tardif par-là, on sait ce qui nous attend. À présent que Miramax est passée au « niveau supérieur » et se mesure aux studios, le sort de la compagnie est lié au système économique qui régit les studios, ce qui lui fera sans doute perdre de son originalité.

Cela dit, même si, par le plus grand des hasards, Miramax était immunisée contre la logique du marché, le principal souci de Harvey resterait sa propre personne. La raison du plus fort et du plus riche a toujours été pour lui la meilleure. Son énorme complexe d'infériorité, sa soif de reconnaissance, son féroce instinct de compétition, sa passion des célébrités, son profond besoin de les côtoyer, tout cela a propulsé Miramax dans l'orbite des studios et fait de lui un piètre gardien de la flamme indépendante, bien que cela n'ait jamais fait partie de ses priorités. Il s'est toujours agi pour lui d'attiser cette flamme et de la transformer en brasier, le danger étant bien sûr de se brûler au passage. Néanmoins, les réalisateurs et distributeurs indépendants sont entrés dans l'ère post-Miramax. Qu'est-ce que cela implique pour eux ?

À STRICTEMENT PARLER, avec le passage au nouveau millénaire « le mouvement indépendant tel que nous l'avons connu est mort, et cette disparition est peut-être légitime. C'est fini[3] », estime Soderbergh. Et c'est Miramax qui l'a tué. À coups de succès. Des succès payés au prix fort. On va trop loin en disant cela, bien sûr. On peut considérer que « vendre son âme » et « mercantilisme » sont des notions galvaudées – on n'est plus dans les années soixante, après tout –, et dire avec Affleck que tout ça n'est qu'un faux débat. Ces questions restent malgré tout d'actualité, plus que jamais à vrai dire. Autrefois, il pouvait s'écouler des années avant qu'un réalisateur passe d'un film Sundance à une grosse machine hollywoodienne – Soderbergh dut attendre une décennie entre *Sexe, mensonges et vidéo* et *Erin Brockovich* –, alors qu'aujourd'hui Bryan Singer passe de *Usual Suspects* à *X-Men* et *X-Men 2*, et les frères Wachowski de *Bound* à *Matrix,* en deux ou trois ans. Darren Aronofsky a signé pour *Batman 5* après son second film, *Requiem for a Dream,* et, aujourd'hui, c'est Christopher Nolan qui le réalise, après seulement deux incursions derrière la caméra. Doug Liman est passé de *Go* à *La Mémoire dans la peau,* et Charles Herman-Wurmfeld de *La Tentation de Jessica* à *La Blonde contre-attaque*. La rentabilité croissante – ou supposée telle – des films indépendants, ajoutée à l'explosion du marché de la vidéo et du boom économique des années quatre-vingt-dix, a fourni le motif (le profit) et les moyens (le liquide) pour transformer un mouvement artistique en un mouvement commercial.

2002 et 2003 eurent certes toutes les caractéristiques d'années exceptionnelles et tinrent toutes leurs promesses. Mais il est important de garder à l'esprit tous les films qui ne sont pas et ne peuvent pas être produits aujourd'hui à cause de la frilosité du milieu indépendant. Dans la conjoncture actuelle, Anthony Minghella ne pourrait sans doute pas mettre sur pied un projet comme *Le Patient anglais*, surtout pas chez Miramax. « Sydney Pollack et moi essayons de monter *The Assumption of the Virgin*, explique le réalisateur, projet jumeau du *Patient anglais*, et nous avons beaucoup de mal à réunir les 5 millions nécessaires à la distribution aux États-Unis. On est loin des 15 millions que la Fox nous a prêtés pour *Le Patient anglais*[4]. » Spike Lee a toujours du mal à financer ses films, comme le prouvent ses difficultés sur le projet *Rent*, et cela ne va pas en s'arrangeant. Son dernier film, *La 25e Heure*, a été tourné pour un budget modeste de 15 millions chez Touchstone qui s'inquiétait de n'avoir aucun candidat sérieux aux Oscars. La division de Disney refusa de faire le film à moins que Lee n'engage un acteur de l'envergure d'Edward Norton, qui a accepté de travailler pour une fraction de son salaire habituel. « C'est nul, ce qui arrive à Spike, dit Norton. Il souffre du syndrome Woody Allen. Les gens disent : "Ah ! Spike Lee nous ressert encore le même film[5]." » Même chose pour John Sayles : « Ça devient de plus en plus dur de trouver un financement pour nos films… Dès que le budget dépasse 1 ou 2 millions, les distributeurs commencent à égrener les noms des cinq ou six acteurs capables d'après eux de "vendre" un film[6]. »

Le cinéma indépendant s'est à tel point détérioré qu'il imite la dégénérescence du cinéma hollywoodien avec un décalage de cinq ans. D'abord, les films sont devenus dépendants des stars. Puis, comme le souligne Ethan Hawke, « même au niveau indépendant, le film de milieu de gamme ont peu à peu disparu. Les films dans lesquels j'aurais tourné il y a une quinzaine d'années de ça ne se font plus aujourd'hui. J'ai sans doute obtenu les meilleurs critiques de ma carrière, unanimes et tout, pour *Tape*. Mais personne ne l'a vu ! Andrew Niccol, scénariste et réalisateur de *Bienvenue à Gattaca* et scénariste de *The Truman Show*, a écrit un scénario phénoménal qu'il n'arrive pas à financer, alors qu'Ewan McGregor et moi sommes partants. Et il a besoin de moins de 20 millions ! J'ai appelé un producteur pour lui demander de nous aider. Il a répondu : "Le scénario est génial, à condition d'aimer Beckett.

– J'adore Beckett, moi ; ça ne pèse pas dans la balance ?

– Non. Je n'ai pas envie de faire un film qui passera au Film Forum dans vingt-cinq ans." C'est drôle, parce que moi, si[7]. »

Pas besoin d'être un puriste fan de Jim Jarmusch ou de suivre un strict régime Sundance pour s'inquiéter de la dérive commerciale qui touche le milieu indépendant. Les films qui ne passeront jamais en première partie de soirée, ceux que Rick Linklater, Hal Hartley, Allison Anders ou Gus Van Sant (à l'occasion) aiment à réaliser, et dans lesquels des acteurs comme Ethan Hawke aiment à jouer, ont pratiquement disparu. « Impossible de faire un film pour 10 millions aujourd'hui, continue Hawke. Linklater a ce script incroyable inspiré d'une nouvelle de Philip K. Dick, *Scanner Darkly*, qui m'intéresse vraiment. Depuis *Training Day*, je peux facilement vous obtenir 30 millions pour tourner un film policier, mais personne ne veut nous en donner 10 pour ce projet-là. Obtenir des critiques élogieuses, être un réalisateur indépendant respecté vaut que dalle quand vous essayez de financer un projet. » Aujourd'hui, bien sûr, après avoir réalisé *Rock Academy*, Linklater a suffisamment d'influence pour tourner la suite de *Before Sunrise* avec Hawke (et Julie Delpy), mais il lui a fallu dix ans pour en arriver là.

Certains, Affleck et Damon par exemple, se sont servis de leur premier film comme passeport, mais si vous revendiquez le statut d'«auteur» ou si vous aspirez à l'atteindre, si vous avez quelque chose à dire et une façon originale de le faire, si vous cultivez un « style » qui vous est propre, la route menant aux Independent Spirit Awards ou à une projection en salle sera tortueuse et semée d'embûches. La postérité est réservée aux gagnants – Soderbergh, Tarantino, les deux Anderson, Payne, Russell et consorts – qui soutiennent, comme le fait Vachon, que les réalisateurs valables arriveront toujours à se hisser au sommet, et considèrent ceux qui n'y parviennent pas comme des perdants, des pleurnichards ou des nases. Cependant, les nouvelles règles du jeu indépendant sont fortement orientées vers le succès au box-office, et certains films prometteurs ou même carrément géniaux, mais pas commerciaux pour deux sous, ont du mal à se faire distribuer, comme en témoigne le sort réservé à *Long Island Expressway* et *Danny Balint*.

Justement parce que leurs films sont devenus « sexy », les réalisateurs montants subissent une pression énorme. Comme le dit John Sayles : « Au cours des dix dernières années, le nombre de films indépendants a explosé, et le pourcentage de ceux qui ne sortent jamais aussi. Et il n'y en a pas beaucoup plus qui sortent directement en vidéo non plus [8]. » « De notre point de vue, ajoute Ethan Coen, la grande différence entre autrefois et aujourd'hui, c'est qu'avant, quand vous aviez un film tourné en 35 mm, vous pouviez vous débrouiller pour que tout le monde le voie. Aujourd'hui, en partie parce qu'il est plus facile de tourner, il est plus difficile de montrer votre film aux gens : il y en a tellement… »

Une concurrence féroce et la recherche obsessionnelle de tout ce qui est jeune et nouveau impliquent que l'on n'a pas le droit à l'erreur et, par conséquent, pas le droit d'apprendre non plus. Le système de l'apprentissage a disparu. « La plupart des réalisateurs des années soixante-dix ont fait leurs classes aux côtés de Roger Corman, ils ont appris les bases du métier bien avant de trouver leur style, explique Schamus. Les gens ne le savent pas, mais Spielberg a énormément tourné pour la télé. Aujourd'hui, quand on suggère à un type qui sort de NYU de tourner pour la télé, il se sent insulté [9]. »

La Fondation Sundance était censée combler ce vide, mais la différence est grande entre travailler pour Corman et assister à un séminaire de trois semaines, à tout casser. L'équivalent d'un premier roman boiteux mais prometteur est rare au cinéma parce que l'on ne vous donne pas de seconde chance. Ou, pour le dire différemment, le cinéma indépendant est fait presque exclusivement de premiers films. « Le désir de devenir un réalisateur indépendant a supplanté celui de devenir un auteur, poursuit Schamus. Pour moi, il est indéniable que Sundance en tant que phénomène culturel a dangereusement infantilisé le cinéma d'auteur, parce qu'aujourd'hui on part du principe que soit vous êtes un auteur dès l'âge de dix-sept ou dix-huit ans, soit vous ne le serez jamais. Si on avait appliqué ce principe à quelqu'un comme Coppola, il ne serait jamais devenu ce qu'il est aujourd'hui. Qu'est-ce qu'un type peut avoir à dire à vingt ans ? Il faudrait trouver sa voix dès son premier film ; dès que vous débutez, on vous met la pression pour que vous soyez un artiste. C'est devenu une sinistre blague. »

Quand son premier film est couronné de succès, le réalisateur est couvert d'éloges et de propositions qu'il (ou plus rarement elle) ne peut refuser. Puis, ajoute Kevin Smith, « le réalisateur indépendant doit créer quelque chose qui provoque un engouement égal à celui suscité par son film précédent, et qu'il avait lui-même encouragé. La pression est énorme. La vie est trop courte pour supporter ça[10]. » Si d'autre part un premier film est un échec, financer le second se transforme en véritable parcours du combattant. Il y a tant de réalisateurs et si peu d'argent qu'il peut être plus difficile de réaliser un second ou un troisième film qu'un premier. Quoi qu'il en soit, le réalisateur ne peut plus avoir de vie normale. Alors qu'un premier film fait souvent l'état des lieux de la vie personnelle de son auteur, les suivants n'ont souvent aucun sujet précis ou, quand on s'appelle Charlie Kaufman, deviennent totalement nombrilistes et s'intéressent au métier de scénariste lui-même.

Le paysage indépendant est jonché de premiers (ou occasionnellement de seconds) films prometteurs, mais ces promesses sont rarement tenues : pas nécessairement à cause du manque de talent des réalisateurs, mais à cause de l'environnement culturel et économique dans lequel ils évoluent. Comparez par exemple les premiers films d'Allison Anders, Gregg Araki, Aronofsky, Whit Stillman, Neil LaBute, Billy Bob Thornton, Nick Gomez, Alexandre Rockwell, Bryan Singer, Lisa Cholodenko, Scott Hicks, Hal Hartley, Rose Troche, Larry Clark et Boaz Yakin à leurs films suivants. « Une fois qu'on a compris que vous n'êtes pas le nouveau George Lucas, votre cote s'effondre, remarque Linklater. Ça ne devient pas plus facile, au contraire. Parce que, au fur et à mesure, si votre style s'affine, vos limites apparaissent plus clairement aussi. Si vous n'avez pas connu un succès financier énorme, vous vous marginalisez de plus en plus. Je me rappelle avoir assisté à une conférence de Robert Altman à la fin des années quatre-vingt, à Houston. Il disait que n'importe quel inconnu dans la salle avait de meilleures chances de trouver un financement que lui. Je pensais qu'il exagérait – après tout, c'était Robert Altman. Mais aujourd'hui, je sais qu'il disait vrai[11]. »

On s'aperçoit en jetant un coup d'œil à la programmation du Festival du film de Sundance que, chaque année, seul un cinéaste sur dix accède à la notoriété : les autres sont laissés pour morts. Et encore, Sundance n'accepte qu'un infime pourcentage des films soumis à la sélection. La liste des réalisateurs qui n'ont jamais percé est aussi longue que l'annuaire de Salt Lake City. Qu'est-il arrivé à Leslie Harris, dont *Just Another Girl on the IRT* fit sensation à Sundance en 1992, à Karyn Kusama, dont *Girlfight* a été couvert d'éloges en 2000, à Susan Streitfeld *(Female Perversions)* ou à Mark Illsley (*Happy, Texas*) ? Si l'on juge Sundance à l'aune de ses intentions premières, pleines de noblesse – aider les *outsiders* –, la fondation a échoué. Les femmes, les Indiens, les Noirs et les pauvres n'ont toujours pas accès à la caméra. Quant à créer un environnement stimulant à l'abri des exigences commerciales de Hollywood, dans lequel les réalisateurs pourraient progresser, apprendre, faire des erreurs et s'épanouir… Les séminaires font du bon travail, dont une bonne partie est malheureusement réduite à néant par la folie du festival. Les sceptiques craignaient autrefois que Sundance ne devienne un vivier de talents au service des studios, et c'est exactement ce qui s'est produit. « Si vous êtes le genre d'indépendant qui veut montrer son film à Miramax ou Focus, alors Sundance est extrêmement utile, estime Sterling Van Wagenen. En revanche, si vous souhaitez rester en marge, ce n'est pas la solution. Si vous m'aviez dit il y a vingt ans que le festival allait prendre cette direction, j'aurais été surpris [12]. » Les indépendants présents à la naissance de Sundance – Victor Nunez, Annick Smith et compagnie – en sont toujours au même point qu'il y a vingt ans.

On peut comparer Harvey à Terminator, que ses défaites successives rendent plus fort. Sundance, ce serait plutôt le cavalier sans tête qui se relève, époussette ses vêtements et repart à l'assaut. Schizophrène, le festival a toujours entraîné la fondation dans la direction de Hollywood, alors que les séminaires – en toute discrétion – continuaient à cultiver la vision originale. En évoluant, les séminaires ont pris de l'ampleur sans pour autant renier leur concept de départ : au programme destiné aux réalisateurs sont venus s'ajouter des séminaires à l'intention des scénaristes et des compositeurs, ainsi qu'une conférence annuelle destinée aux producteurs. Si Sundance s'est débrouillée pour couler sa branche production, d'après Michelle Satter, héroïne très discrète de la fondation, Sundance continue d'apporter « un soutien sans faille aux projets – financement, casting, tournage, etc. – pour leur permettre de voir le jour [13]. » Et si les cinémas Sundance ont coulé, la Sundance Channel – en collaboration avec les cinémas Loews – a assuré en 2003 la sortie de quatre films indépendants en partie financés par les majors, tout en distribuant en DVD des films diffusés en avant-première sur son antenne.

Les Weinstein se sont envolés dans la montgolfière Miramax sous les hourras de leurs fans et les huées de leurs détracteurs, montant aussi vite et aussi haut que leur réserve d'air chaud le leur permettait. Mais, à vrai dire, ils avaient échappé à l'attraction exercée par la planète indépendante depuis longtemps déjà, dès 1998, avec *Shakespeare in Love*, voire dès 1994, après *Pulp Fiction*. Et malgré les efforts déployés par les deux frères pour tout assaisonner à la sauce Miramax ou Disney, exagérer leur influence serait une erreur. Leur présence écrasante ne doit pas occulter le fait que par maints aspects, Miramax est unique. Harvey et Bob ont redessiné le paysage indépendant, soit, mais leurs rejetons ont échoué à faire des distributeurs indépendants qu'ils ont infiltrés des clones de Miramax. Scott Greenstein a pourtant fait ce qu'il pouvait, chez October, sans jamais parvenir à égaler le succès de ses anciens employeurs. Même si tous les studios voulaient faire de leur branche indépendante (que ce soit October, Artisan, USA ou Focus) la « nouvelle Miramax », cela ne s'est jamais produit. Parce que créer une compagnie comme Miramax nécessite une certaine personnalité et une bonne dose de cruauté : il faut être prêt à charcuter les films, à les mettre au placard, à les « enterrer », comme le dit si souvent Harvey. Les méthodes des Weinstein allaient à l'encontre de tout ce qui se faisait dans le monde indépendant jusque-là, et la plupart de leurs anciens collaborateurs n'eurent pas assez d'estomac pour les suivre. Ils ont créé des compagnies plus respectueuses des règles en se positionnant comme des antithèses de Miramax.

Sans les bagarres avec les Weinstein, la vie après Miramax, manquera peut-être un peu de piment, mais, au moins, on y gagnera en courtoisie. La solidarité des débuts régnera peut-être de nouveau, surtout avec la réapparition de piliers du milieu indépendant comme Bingham Ray, et l'arrivée au pouvoir de professionnels sensés comme James Schamus, David Linde et Mark Gill à la tête de la nouvelle division Warner's Independent Pictures. « Maintenant que Miramax s'est retirée, les autres distributeurs ne sont plus obligés de se ruiner pour acheter les films qu'ils aiment, explique Cassian Elwes. Les réalisateurs et les agents ne vont plus gagner autant, parce que Miramax ne seront plus là pour les arroser, mais, au bout du compte, les films continueront à être distribués. C'est sain pour l'industrie [14]. »

Avec la fin de la concurrence effrénée – au moins pour l'instant – et sans l'avalanche de dollars Disney déversés sur Sundance par Weinstein, les véritables réalisateurs, pas les petits malins aux dents longues, pourront peut-être reprendre les rênes du mouvement. À voir.

En effet, c'est peut-être l'état des studios plus que la présence ou l'absence de Miramax qui décidera du sort du mouvement indépendant. Au début de la décennie, le milieu indépendant se contentait surtout de réagir, c'étaient les studios qui menaient la danse et dictaient la marche à suivre. Au fil du temps, les deux milieux se sont rapprochés – les uns en créant leurs divisions indépendantes, les autres en tournant des films hybrides –, mais tout cela est un jeu dangereux pour les plus faibles. Malgré les tonnes de films « d'esprit indépendant » sortis en 1999, 2002 et 2003, les indépendants ont tort de croire que les studios leur fourniront plus qu'une aide occasionnelle, et cela pour une bonne raison : les studios n'ont pas vraiment de stratégie cohérente sur le long terme. Une année, ils font *American Beauty*, et la suivante *Gladiator*. Leurs préoccupations ne convergent avec celles des indépendants que pour diverger à nouveau. Les studios ne sont pas plus adaptés au marketing de ces films marginaux aujourd'hui qu'autrefois, et quand ils font l'acquisition de – ou créent de toutes pièces – leur division indépendante, c'est pour mieux la négliger, la laisser mourir de faim. Les ronds-de-cuir de Hollywood ne partagent pas l'amour du risque qui a si bien réussi aux Weinstein. Les dirigeants qui durent sont les plus conservateurs, comme Sherry Lansing de la Paramount. Bill Mechanic, par contre, qui a voulu innover à la Fox en initiant des projets comme *Le Patient anglais*, *Traffic*, *Bulworth* ou *Fight Club* s'est fait balayer lors de la « reprise en main » du studio par

Rupert Murdoch. Si l'on fait abstraction de ***Pulp Fiction***, ***Les Rois du désert*** a été le film le plus important de la décennie passée en montrant qu'un réalisateur indépendant pouvait imposer à une major – la Warner, l'une des plus conservatrices – un grand film de gauche, novateur du point de vue esthétique. Lorenzo Di Bonaventura, qui s'était battu pour ce film, se fit virer après ses démêlés avec Alan Horn, directeur de l'exploitation du studio, qui lui reprochait d'avoir tourné des films comme *Training Day*, qu'il jugeait « trop sombre ». Au bout du compte, il sera peut-être plus facile et plus profitable pour les studios d'en revenir à leurs anciennes amours et de se consacrer à ce qu'ils font le mieux : films de superhéros, suites, comédies grand public et adaptations sous stéroïdes de vieilles séries télé. Étant donné la crise économique, ce sont les résultats financiers qui leur importent – plus que les Oscars, de modestes profits, ou la collaboration avec de nouveaux talents. Ils risquent fort bien de se lasser de leurs divisions indépendantes.

Comme toujours, le danger est que, en faisant à l'occasion un film hybride, les Payne, David O. Russell et Anderson se fassent happer par les studios. Comme l'a admis Bob Shaye, de chez New Line, lorsqu'il s'est justifié d'avoir retravaillé *Monsieur Schmidt* (et au cas où certains ne l'auraient toujours pas compris) : « Nous ne sommes pas un sanctuaire de la culture[15]. » (Même si Payne avait le *final cut* sur *Monsieur Schmidt*, New Line le força à éliminer la séquence d'ouverture et à ajouter un *happy end*, lui faisant ainsi revivre l'expérience de *Citizen Ruth* chez Miramax. La version New Line ayant obtenu des scores médiocres, la compagnie autorisa le réalisateur à sortir la sienne ; mais sans cela, elle serait passée à la trappe.) « Au début de ma carrière, ajoute Ted Hope, les Jim Jarmusch, Hal Hartley ou Todd Haynes voulaient faire de l'Art avec un grand A, et le public semblait apprécier ; mais financer ce genre de films est devenu de plus en plus difficile, contrairement aux potentiels candidats aux Oscars. Depuis, "cinéma d'auteur" est synonyme de "cinéma de qualité à petit budget conforme aux attentes des membres de l'Académie[16]". »

En outre, il y a un système de quotas pour les films indépendants dans les studios, comme Russell a pu le découvrir. Avant que Di Bonaventura ne quitte la Warner, Russell y avait mis sur pied son projet suivant, *J'adore Huckabees*. Miramax détenait toujours une option sur le réalisateur, mais ni lui ni la Warner ne souhaitaient s'associer à Harvey. Cependant, d'après Russell, « Weinstein a contesté cette décision. On a cherché à s'en sortir par tous les moyens, mais en fin de compte on a décidé de trouver un compromis. C'est la Warner qui allait superviser le tournage, comme ça on n'aurait pas à traiter directement avec Miramax. Et, comme la Warner ne sait pas comment s'y prendre pour distribuer un film intéressant, Miramax se chargerait de la distribution aux États-Unis. On avait le meilleur des deux mondes[17]. » En tout cas jusqu'à ce que Di Bonaventura disparaisse et que Russell découvre que ni Miramax ni la Warner ne voulaient soutenir son projet, dont le budget modeste se situait autour de 22 millions alors que Jude Law, Naomi Watts, Dustin Hoffman, Lily Tomlin et Isabelle Huppert y participaient. « C'est là qu'entre en jeu le problème des stars, dit Russell. Je leur ai demandé comment ça se faisait qu'ils aient accepté de faire *Confessions d'un homme dangereux* – qu'on m'avait proposé de tourner deux ans plus tôt avant que je ne comprenne à quel point l'histoire était creuse. Est-ce que c'était juste pour mettre Clooney dans leur lit ? Ils acceptent sans hésiter de faire des films avec des stars – regardez la Fox, avec *Solaris* ! »

Russell fit le tour des studios avec son projet sous le bras. « New Regency avait claqué 45 millions dans *7 jours et une vie*, une comédie romantique avec Angelina Jolie et Ed Burns, continue-t-il, alors depuis l'austérité régnait. J'arrive avec mon projet, je demande 12,5 millions et on me dit “non”. Ce n'est pas à moi de payer pour leurs erreurs débiles, quand même ! Même chose chez Universal, qui venait de vider les caisses dans le remake de *Charade* par Jonathan Demme. Je respecte Demme, mais il a gaspillé le capital réservé aux indépendants avec ce film. Un vrai gâchis. Il s'est passé la même chose pour Payne chez Sony. La société venait de claquer 50 millions dans *De quelle planète viens-tu ?* Ils ont ignoré *Monsieur Schmidt* et l'on revendu. Ce n'est pas le moment de faire des films indépendants, sauf s'ils coûtent moins de 10 millions. »

Russell atterrit finalement chez Fox Searchlight, qui finance également le nouveau film de Payne et a cartonné en 2003 avec *28 jours plus tard*, de Danny Boyle, *Thirteen*, de Catherine Hardwicke, et *Joue-la comme Beckham*, de Gurinda Chadha. « Il est clair que les films les plus risqués et ceux qu'il faut chouchouter n'intéressent pas Miramax, poursuit Russell. Non, ce sont les stars qui intéressent Harvey, il faut qu'il traite directement avec les stars, comme ça a été le cas avec Clooney. Il s'ennuie, c'est tout. Aujourd'hui, c'est Fox Searchlight qui occupe son ancien terrain. »

Mais la bonne nouvelle, c'est que, depuis la fin de la décennie, les indépendants ont créé leur propre infrastructure, avec ses distributeurs (des filiales des studios et des compagnies indépendantes qui s'occupent de films indépendants dignes de ce nom, sans stars), son lobby, l'IFP, ses médias (*indieWire*, *Filmmaker* et consorts), et enfin, détail le plus important sans doute, sa propre base au sein des agences, comme en témoigne la création de la William Morris Independent, dirigée par Elwes. Tout cela donne pour la première fois au mouvement les moyens de lutter avec les studios et leur permettra, espérons-le, d'éradiquer le syndrome du premier film. Selon l'avocate Linda Lichter, des agents comme Elwes, Robert Newman et John Lesher « leur ont trouvé de l'argent pour qu'ils n'aient plus à faire la manche et puissent réaliser leur film suivant, construisant une véritable carrière [18]. »

La contradiction qui a toujours miné Sundance reflète celle qui se trouve au cœur du phénomène indépendant : est-ce que ce milieu est simplement un vivier de talents pour les studios, ou est-ce un monde à part entière, avec ses propres valeurs et sa propre esthétique, existant en dehors et luttant même contre l'attrait exercé par le système ? Le remarquable succès des indépendants dans les années quatre-vingt-dix – auquel Sundance, Miramax, Sony Classics, October et compagnie ont largement contribué – a prouvé que les deux phénomènes coexistaient. « Tout l'intérêt de faire un film en dehors du système, c'est qu'on vous foute la paix, continue Lichter, et que vous puissiez faire entendre votre voix. Comme ça, quand les grosses légumes viennent vous chercher, c'est pour ce que vous représentez, ce que vous pouvez leur apporter, pas pour vous manipuler. Au lieu d'alterner films personnels et films de studios, il faut chercher à en réaliser un qui satisfasse les deux partis. Tout d'un coup, les indépendants ont quelque chose que les studios n'ont pas, c'est ça leur force. Bien sûr, il faut voir s'il est possible de travailler sans faire de concessions, faire attention à ne pas se laisser bouffer par le système. David O. Russell a réussi avec *Les Rois du désert*, mais je ne suis pas sûre que quelqu'un puisse renouveler ce genre d'expérience un jour. »

Rien n'aurait pu faire ressortir plus clairement l'influence menaçante des indépendants que la douche froide qui leur fut infligée le 30 septembre 2003 lorsque Jack Valenti, de toute évidence soutenu par les sept majors plus DreamWorks et New Line, rendit publique la décision de ne plus envoyer de *screeners* aux membres de l'Académie, aux critiques ni aux syndicats. La décision prit tout le monde par surprise alors que la course aux Oscars 2003 – déjà écourtée par la décision d'avancer la cérémonie à la fin février 2004 – battait son plein. Barry Meyer, P-DG de la Warner, avait apparemment manœuvré en coulisse pour imposer cette nouvelle procédure, envoyant en première ligne Jack Valenti, 82 ans, lobbyiste aguerri du MPAA et à deux doigts de la retraite. La mesure était destinée à enrayer le piratage galopant qui avait fait tant de dégâts dans l'industrie du disque. Cependant, les effets de cette décision auraient été – ont été ? – fatals aux indépendants, surtout aux filiales des sept majors qui dépendent des *screeners* pour lutter sur un pied d'égalité avec leur maison mère. Certains indépendants allèrent jusqu'à accuser les studios de conspirer pour se réapproprier les Oscars en les empêchant de prendre part à la compétition. « C'est une manœuvre de Barry Meyer, un point c'est tout, accuse Bingham Ray, désormais chez UA. Ils se sont tous ligués contre les indépendants, et, pour moi, la question du piratage n'était qu'un prétexte. Nous savons tous, sans pouvoir le prouver, malheureusement, que les studios essayaient de se réapproprier les Oscars [19]. » Et Christine Vachon de renchérir : « C'était un écran de fumée. Ça en agaçait plus d'un de voir les indépendants se tailler la part du lion à chaque cérémonie, c'est clair. Il ne fait aucun doute pour moi qu'il s'agissait avant tout de remettre un coup de projecteur sur les grosses machines des studios [20]. » Scandalisés, les distributeurs se posaient également des questions sur le timing de la décision et l'absence de concertation avec ceux qu'elle affectait le plus, c'est-à-dire les divisions indépendantes elles-mêmes. (Ironie du sort, les « véritables » compagnies indépendantes, pas affiliées aux studios, comme IFC Films, Lions Gate, Newmarket, Strand et Artisan auraient sans doute pu continuer à envoyer des *screeners*.)

Mais l'objection la plus sérieuse à cette décision était également la plus évidente : ce n'étaient pas les minuscules films indépendants, originaux et ancrés dans le réel, qui risquaient le plus d'être victimes du piratage – la plupart du temps, ils restaient confidentiels. C'étaient plutôt les grosses machines, les films d'action comme *Le Dernier Samouraï*, avec Tom Cruise, produit par Ed Zwick, ou *Matrix : Revolutions*, tous deux distribués par la Warner, ainsi que *Le Seigneur des anneaux : Le Retour du roi*, de New Line, division de la Warner.

Même si les studios avaient raison sur le principe, un fait précis creva soudain les yeux de tout le monde : malgré l'explosion des indépendants dans les années quatre-vingt-dix, la viabilité de leur mode de fonctionnement et leur visibilité accrue auprès du public, les studios se fichaient complètement de leurs divisions indépendantes. « J'aimerais que les studios conspirent contre nous, ça prouverait qu'ils savent qu'on existe, ironise Ted Hope. Cette histoire prouve leur mépris à notre égard. Pour eux, on n'est qu'un petit détail sur leur organigramme, à la rubrique profits et pertes. Ils n'en ont rien à cirer de nous[21]. » Le piratage faisait rage, et si l'interdiction des *screeners* faisait quelques victimes, empêchant bel et bien certains indépendants de prendre part à la course aux Oscars, les studios étaient tout à fait prêts à les sacrifier pour lutter contre ce fléau. Surtout si, comme le supposaient Ray, Vachon et quelques autres, cela leur permettait de rester seuls en course. En outre, les événements semblaient prouver que la supposée indépendance de ces divisions n'était qu'une illusion. Le dos au mur, elles furent incapables d'agir indépendamment de leur maison mère.

Cependant, cette mesure provoqua un tollé dans le camp indépendant. « Les gens qui ont pondu cette règle vivent encore au Moyen Âge, estime le producteur Jeremy Thomas. Ce sont les récompenses qui font vivre les labels indépendants. Le petit coup de pouce apporté par une nomination leur permet de se maintenir à flot [22]. » Un oscar dans une catégorie importante peut signifier 10 ou 15 millions de profits supplémentaires pour un distributeur indépendant. « Quand j'ai entendu parler de cette décision pour la première fois, j'ai cru à une blague, ajoute Amir Malin, P-DG d'Artisan. C'était une véritable injustice, une réaction irrationnelle et contre-productive [23]. » Robert Altman, qui est resté un *outsider* pratiquement toute sa carrière, comprit immédiatement ce qui se passait. « C'est une manœuvre digne de Karl Rove, déclara-t-il, furieux. C'est n'importe quoi [24]. » Loin d'être démunis, les indépendants se mobilisèrent : acteurs, réalisateurs, scénaristes, critiques, et tous ceux que l'onde de choc produite par la décision hâtive et injuste des studios risquait de toucher. Valenti et les majors furent pris par surprise. Inutile de dire que c'est Ray qui organisa la contre-offensive, avec l'aide de quelques amis. Fin septembre 2003, il passa quelques coups de fil. « On a parlé aux bureaux de l'IFP à New York et Los Angeles, ils ont motivé tout un tas de gens, et puis ça a fait boule de neige, raconte-t-il. Altman, Scorsese et Coppola ont écrit des lettres. On a appelé des amis, qui à leur tour ont contacté les leurs. On s'est mobilisés pour mener une bonne vieille guérilla à l'ancienne [25]. »

Ray réunit les six familles, comme Kevin Smith aime à les appeler, au Four Seasons de New York. UA, Sony Classics, Focus Features, Paramount Classics, Fine Line et Miramax enterrèrent la hache de guerre et se retrouvèrent pour la première fois dans la même pièce. (À vrai dire, Tom Bernard ne put se résoudre à se retrouver face à Harvey et se joignit à eux par téléphone, tout comme Ruth Vitale et David Dinerstein, de chez Paramount Classics.)

Au départ, Harvey ne s'écarta pas de la ligne des studios. *Variety* le cita : « J'appliquerai cette interdiction si elle peut servir à combattre le piratage [26]. » Pendant la réunion au Four Seasons, Harvey resta en retrait, expliquant que l'Académie l'avait déjà à l'œil et que, s'il jouait un rôle de premier plan, les médias grossiraient l'affaire et en profiteraient pour dire que le torchon brûlait entre lui et Michael Eisner. « Il ne s'agit pas d'un différend entre Harvey et Disney, expliqua-t-il, cette affaire est bien plus grave [27]. » Mais, selon la rumeur, si Harvey traîna des pieds au début de l'affaire, c'est qu'il estimait Miramax trop solide pour pâtir de l'interdiction. Il aurait changé d'avis que lorsque ses employés se rebellèrent. Hope, qui avait produit cet automne-là *American Splendor*, de Shari Springer Berman et Robert Pulcini, et *21 grammes*, d'Alejandro González Iñárritu, deux films qui seraient affectés par l'interdiction, raconte : « J'ai trouvé ça bizarre que quelqu'un comme Harvey ne prenne pas [position], alors que cette décision était soutenue à 100 % par la communauté du cinéma. C'est l'un de ceux qui se battent avec le plus de fougue et dont la voix se fait le plus clairement entendre, et pourtant il n'a pris aucun risque. Pour moi, c'est la preuve qu'aujourd'hui il se cantonne à des grosses productions du style *Retour à Cold Mountain* et ne donne plus dans les films indépendants. Il aurait pu rallier beaucoup de monde à sa cause. C'est vraiment la fin d'une époque [28]. » Ray n'est pas de cet avis : « Harvey a fait du bon boulot, je trouve [29] », estime-t-il.

Bernard trouvait ridicule l'idée que des membres de l'Académie piratent les films indépendants et suggéra que l'on crée un dessin humoristique les représentant en train d'embarquer sur un bateau battant le pavillon noir, coiffés de chapeaux de pirates, déambulateur dans une main et DVD dans l'autre. Harvey dit qu'il connaissait bien le patron d'eBay et que s'il le lui demandait, il cesserait de vendre des films. Comme Weinstein ne souhaitait pas prendre position, le groupe choisit Ray comme porte-parole, mais à peine l'eurent-ils désigné que le téléphone sonna. Harvey décrocha et passa le combiné à Ray en bredouillant : « C'est Alex Yemen-yemen-yemenegian [30]… » Il était incapable de prononcer le nom du P-DG de MGM Pictures, Alex Yemenidjian. Ce dernier ne s'énervait pas aisément, avait la réputation de rarement perdre son sang-froid. Ray le comparait à son ancien patron, Sam Goldwyn : « Il aurait littéralement fallu tuer la femme de Sam sous ses yeux pour le faire réagir. » Mais Ray parvint à rendre le patron de la MGM furieux, tout comme Chris McGurk, lui aussi au bout du fil, qui s'était fait engueuler par Yemenidjian à cause de Ray. Apparemment, Valenti avait appelé le P-DG de la MGM à 6 heures du matin pour lui dire : « Dis donc, ton employé fait la une de la presse spécialisée, c'est quoi ce *binz* [31] ? » comme s'il lui reprochait de ne pas être le patron chez lui. D'après Bernard, le problème pour Yemenidjian, c'était le piratage. Pour Ray, cela n'avait rien à voir. Le ton monta, la conversation s'envenima, et (toujours d'après Bernard), Yemenidjian demanda implicitement à Ray de choisir entre le scandale et sa place. Il y eut une longue pause. Ray hésitait. Ce soir-là, il demanda à sa femme combien il leur restait à la banque. « Oh, non, encore un psychodrame ?

– Ouais, comme tu dis. » Aujourd'hui, il explique : « Lorsqu'Alex m'a dit de laisser tomber, je l'ai fait. Je me suis senti mal, un véritable vendu. Mais il fallait que je pense aux études de mon gosse. »

Le vice-président de la Paramount, Rob Friedman, appela lui aussi Vitale et Dinerstein, alors qu'ils étaient encore au bout du fil avec le groupe du Four Seasons, et les réduisit au silence. L'industrie cherchait à obtenir les faveurs du Congrès : meilleure protection du copyright, concessions commerciales, etc., et aucun studio ne pouvait donc avoir l'air de « cautionner le piratage ». D'après ce que l'on raconte, le patron et P-DG de Sony, Howard Stringer, ne voyait pas la logique d'une interdiction des *screeners*, mais avait accepté de la soutenir de peur que sa compagnie ne soit taxée de collaboration avec les pirates. Après tout, Sony avait inventé le magnétoscope.

Le groupe choisit James Schamus – sans doute le seul titulaire d'un diplôme universitaire – pour rédiger une lettre à Jack Valenti à partir de toutes leurs suggestions. Puis Schamus, Weinstein et Michael Barker s'entretinrent au téléphone avec le vieil homme. « Le consommateur est très cynique à l'égard des compagnies qui fabriquent les produits, lui expliqua Schamus. Pour lui, ce sont des géants avides de tout contrôler et de piétiner tout ce qui présente un quelconque intérêt ou une quelconque originalité du point de vue artistique. Et c'est exactement ce que vous venez de faire. En faisant mine de combattre le piratage, vous venez de créer les conditions qui ont détruit le marché du disque [32]. »

Au départ, Valenti s'était dit qu'il était prêt à assumer ce genre de responsabilité, puisqu'il était à deux doigts de la retraite. En effet, on l'avait entendu dire à plusieurs reprises : « S'il doit y avoir un méchant dans le lot, ce sera moi [33]. » Mais Schamus réussit à toucher sa corde sensible : « Vous voulez vraiment laisser ce genre de souvenir, Jack ? Nous sommes à un tournant, vous ne devriez pas quitter la scène de cette façon [34]. »

Valenti n'est pas idiot et fut secoué par ces arguments. Quelques jours plus tard, un compromis provisoire fut trouvé : on enverrait des cassettes, pas de DVD, aux seuls membres de l'Académie, comme cela se faisait par le passé. Et le problème serait réexaminé plus tard.

Les branches indépendantes des majors poussèrent un soupir de soulagement tout en restant méfiantes. En l'absence de véritable mesure luttant contre le piratage, cet accord semblait destiné à les bâillonner pour que « Jack puisse partir tranquille [35] », comme le dit Bernard.

Le 31 octobre, Weinstein dénonça avec véhémence la nouvelle mesure dans les colonnes de *Variety*. « Cette interdiction, écrivait-il, nuit gravement au rayonnement des films indépendants et étrangers. Priver ces films de récompenses éventuelles, c'est aussi les priver d'un public. Nous ne pouvons rester les bras croisés devant ce type de menace [36]. »

La dispute laissa des traces. La vérité éclatait au grand jour : malgré leur mariage contre nature, célébré dans les années quatre-vingt-dix sous le règne de Miramax et Sundance, un gouffre profond séparait les studios et leurs divisions indépendantes, sans parler des « véritables » indépendants. Il existait encore deux camps, ce qui est sans doute une bonne nouvelle. Les divisions indépendantes, bien que propriétés des studios, conservent un certain sens des réalités. Leurs dirigeants sont fondamentalement différents des ronds-de-cuir hollywoodiens. Après la bagarre entre Ray et Yemenidjian, McGurk appela son ami : « Il faut quand même que je te dise, Bingham : avec toi, on ne s'ennuie jamais. C'est fatigant. Tu sais, quoi que tu fasses, où que tu ailles, avec toi, il y a toujours un problème. C'est dans ta nature.

– Et tu viens tout juste de t'en rendre compte [37] ? » répondit Ray. Il poursuit : « Où que j'aille, le seul élément qui ne change pas, c'est moi. Je fais ressortir le meilleur comme le pire chez ces gens. Tout tourne autour de l'argent ; pourtant je continue à croire que certaines décisions ne sont pas motivées par l'appât du gain. Le milieu indépendant est différent de celui des studios. Ils ne visent pas les mêmes objectifs, n'ont pas les mêmes motivations ; tout le monde n'a pas forcément en tête de devenir riche et puissant, certains font passer l'art avant tout, même s'ils espèrent que le reste suivra. De ce point de vue-là, les indépendants sont extrêmement naïfs, ça ne se passe généralement pas comme ça. On vous rit au nez si vous dites ce genre de chose. Mais il y a une part en moi qui continue à y croire, et ça ne changera jamais. »

Distribution

Toutes les personnes citées ne sont pas référencées ici. Seules celles dont les noms apparaissent à plusieurs reprises ou dans des chapitres très éloignés les uns des autres font partie de cette liste. J'ai aussi indiqué leur profession sur la période que couvre ce livre.

Ben Affleck : acteur, *Will Hunting, Méprises multiples, Shakespeare in Love, Dogma* ; coscénariste, *Will Hunting*.

Allison Anders : réalisatrice, *Gas Food Lodging, My Crazy Life, Four Rooms*.

Paul Thomas Anderson : réalisateur, *Boogie Nights, Magnolia*.

Wes Anderson : réalisateur, *Bottle Rocket, Rushmore*.

Gregg Araki : réalisateur, *The Living End, Totally Fucked Up, The Doom Generation*.

Darren Aronofsky : réalisateur, *Pi, Requiem for a Dream*.

Bille August : réalisateur, *Twist and Shout, Pelle le conquérant*.

Roger Avary : coscénariste, *Pulp Fiction* ; réalisateur-scénariste, *Killing Zoe*.

Michael Barker : coprésident, Sony Classics ; ancien de chez UA Classics et de chez Orion Classics.

Gary Beer : successivement président, Sundance Group ; vice-président-directeur, Fondation Sundance ; etc.

Lawrence Bender : producteur, *Reservoir Dogs, Pulp Fiction, Will Hunting.*

Albert Berger : producteur, *King of the Hill, L'Arriviste, Retour à Cold Mountain.*

Tom Bernard : coprésident, Sony Classics ; ancien de chez UA Classics et de chez Orion Classics.

Bernardo Bertolucci : réalisateur, *Prima della Rivoluzione, Le Conformiste, 1900, Little Buddha.*

Frank Biondi : P-DG, Universal Studios.

Jason Blum : vice-président-directeur du département achats de droits et de la coproduction, Miramax.

Lizzie Borden : réalisatrice, *Born in Flames, Working Girls, Love Crimes.*

Eamonn Bowles : vice-président-directeur du département achats de droits et du marketing, Miramax.

Danny Boyle : réalisateur, *Petit meurtre entre amis, Trainspotting.*

Alison Brantley : directrice du département achats de droits, Miramax.

Betsy Brantley : actrice, *Havana, Schizopolis* ; mariée à Steven Soderbergh.

Alan Brewer : compositeur, *The Burning, Playing for Keeps* ; ami d'enfance de Harvey Weinstein.

Edgar Bronfman junior. : P-DG de Seagram, filiale de la Universal.

Tina Brown : présidente et rédactrice en chef, magazine *Talk.*

Stuart Burkin : postproduction, Miramax.

Jane Campion : réalisatrice, *Sweetie, La Leçon de piano, Portrait de femme.*

Vincent Canby : critique, le *New York Times.*

Simon Channing-Williams : producteur des films de Mike Leigh.

Eve Chilton : mariée à Harvey Weinstein.

Larry Clark : réalisateur, *Kids.*

Joel et Ethan Coen : réalisateurs, *Sang pour sang, Arizona junior, Miller's Crossing* ; producteurs, *Bad Santa.*

Matthew Cohen : vice-président-directeur, marketing et publicité, Miramax.

Dick Cook : président, Walt Disney Studios.

Matt Damon : acteur, *Will Hunting, Dogma, De si jolis chevaux* ; coscénariste, *Will Hunting.*

Daniel Day-Lewis : acteur, *My Left Foot, Gangs of New York.*

Dalton Delan : vice-président de la programmation et directeur artistique, Sundance Channel.

Guillermo del Toro : réalisateur, *Cronos, Mimic.*

Mike De Luca : président de la production, New Line.

Ira Deutchman : fondateur associé et président du marketing et de la distribution, Cinecom ; président, Fine Line Features.

Tom DiCillo : réalisateur, *Johnny Suede, Ça tourne à Manhattan.*

David Dinerstein : vice-président-directeur du marketing, Miramax.

Pat Dollard : agent de Steven Soderbergh.

William A. Donohue : directeur, Catholic League for Religious and Civil Rights.

Jim Doyle : employé de Miramax dans les années quatre-vingt ; ami de Harvey Weinstein.

Denise Earle : scénariste.

Steve Earnhart : postproduction, Miramax ; réalisateur, *Mule Skinner Blues.*

Cassian Elwes : agent, William Morris.

Larry Estes : vice-président-directeur du département achats de droits fiction, Columbia/TriStar Home Video ; a financé *Sexe, mensonges et vidéo, Gas Food Lodging, Un faux mouvement.*

Nikki Finke : journaliste, critique cinématographique.

Jack Foley : président de la distribution, USA Films ; ancien vice-président-directeur de la distribution, October Films ; président de la distribution, Miramax.

Jean-François Fonlupt : président, CiBy 2000.

Alberto Garcia : directeur de la compétition, Festival du film de Sundance.

Donna Gigliotti : présidente de la production, USA Films ; ancienne vice-présidente-directrice, Miramax.

Mark Gill : successivement vice-président-directeur du marketing et président du bureau de Los Angeles, Miramax.

Geoff Gilmore : directeur, Festival du film de Sundance.

Eric Gitter : producteur, *O*.

Richard Gladstein : vice-président-directeur de la production, Miramax ; ancien vice-président du département production et achats de droits, Live Entertainment.

Ed Glass : partenaire, Glass/Schoor Films.

Susan Glatzer : vice-présidente, October Films.

Ernst Goldschmidt : président, Pandora Films.

Sam Goldwyn : président, Samuel Goldwyn Company.

Carlos Goodman : avocat spécialisé dans le domaine artistique.

Cary Granat : président, Dimension Films.

Marcy Granata : président de la publicité et de la communication d'entreprise, Miramax.

James Gray : réalisateur, *Little Odessa, The Yards*.

Scott Greenstein : président, USA Films ; ancien président adjoint, October Films ; vice-président directeur, Miramax.

Janet Grillo : vice-présidente-directrice, New Line ; mariée à David O. Russell.

Ulu Grosbard : réalisateur, *Le Récidiviste, Sanglantes confessions*.

Nicole Guillemet : vice-présidente et directrice générale, Fondation Sundance.
Dolly Hall : productrice, *Studio 54, High Art.*
Lasse Hallström : réalisateur, *Le Chocolat, L'Œuvre de Dieu, la part du diable, Terre Neuve.*
Todd Harris : agent (de Robert Duvall), William Morris.
Amy Hart : responsable du marketing, Miramax.
Hal Hartley : réalisateur, *L'Incroyable Vérité, Trust Me.*
Michael Hausman : producteur, *Alambrista !, Heartland, Desert Bloom.*
Todd Haynes : réalisateur, *Poison, Safe, Velvet Goldmine, Loin du paradis.*
Rick Hess : agent, William Morris.
Dennis Higgins : vice-président-directeur de la publicité, Miramax.
J. Hoberman : critique, le *Village Voice.*
Peter Hoffman : consultant, Miramax ; ancien P-DG, Carolco Pictures.
Nicole Holofcener : réalisatrice, *Walking and Talking, Lovely & Amazing.*
Ted Hope : partenaire, Good Machine ; producteur exécutif, *Trust Me, Safe, Walking and Talking, Les Frères McMullen* ; producteur, *Happiness, In the Bedroom.*
Trea Hoving : vice-présidente-directrice du département achats de droits, Miramax.
Amy Israel : vice-présidente-directrice du département achats de droits, Miramax.
James Ivory : réalisateur, *Chambre avec vue, Retour à Howard's End, Mr & Mrs Bridge, La Coupe d'or.*
Peter Jackson : réalisateur, *Créatures célestes, Fantômes contre fantômes, Le Seigneur des anneaux.*
Gilles Jacob : directeur, Festival de Cannes.
Jim Jarmusch : réalisateur, *Stranger Than Paradise, Dead Man.*

Neil Jordan : réalisateur, *L'Étrangère, The Crying Game, Entretien avec un vampire.*

Jeffrey Katzenberg : fondateur associé, DreamWorks ; ancien président, Walt Disney Studios.

Dave Kehr : critique.

Sarah Kernochan : réalisatrice, *Marjoe, The Hairy Bird/Strike !/All I Wanna Do, Thoth.*

Peter Kindlon : assistant, Miramax.

Jeff Kleeman : directeur, Sundance Productions ; ancien vice-président-directeur de la production, MGM.

Howard Klein : membre du conseil d'administration, Fondation Sundance ; chargé du domaine artistique, Fondation Rockefeller.

Cathy Konrad : productrice, *Citizen Ruth, Scream* (*1, 2, et 3*), *Copland, Kate & Leopold* ; coproductrice, *Kids* ; ancienne de chez Woods Entertainment ; mariée à James Mangold.

Harmony Korine : scénariste, *Kids, Gummo, Julien Donkey-Boy* ; réalisateur, *Gummo, Julien Donkey-Boy.*

Christina Kounelias : publicité, Miramax.

Jack Lechner : vice-président-directeur de la production et du développement, Miramax.

Spike Lee : réalisateur, *Nola Darling n'en fait qu'à sa tête, Do the Right Thing.*

Mike Leigh : réalisateur, *High Hopes, Secrets et mensonges.*

Martin N. Lewis : producteur, *The Secret Policeman's Other Ball.*

Linda Lichter : avocate spécialisée dans le domaine artistique.

David Linde : président adjoint, Focus Features ; ancien partenaire, Good Machine ; vice-président-directeur, Miramax International.

Richard Linklater : réalisateur, *Slacker, Génération rebelle, Waking Life.*

Jeff Lipsky : fondateur associé, October Films ; ancien de chez Skouras Pictures, the Samuel Goldwyn Company, New Yorker Films.

Mark Lipsky : directeur de la distribution, Miramax ; frère de Jeff.

John Madden : réalisateur, *La Dame de Windsor, Shakespeare in Love, Capitaine Corelli.*

Amir Malin : partenaire, October Films ; fondateur, Cinecom.

Barbara Maltby : productrice, *King of the Hill.*

James Mangold : réalisateur, *Copland, Kate & Leopold* ; marié à Cathy Konrad.

Liz Manne : vice-présidente-directrice de la programmation et du marketing, Sundance Channel.

Todd McCarthy : critique, *Variety.*

Chris McGurk : vice-président du conseil d'administration et directeur de l'exploitation, MGM ; ancien président et directeur de l'exploitation, Universal Pictures ; président du département fiction, Walt Disney Company.

Bill Mechanic : P-DG, Twentieth Century Fox ; ancien président, distribution internationale et vidéo, Walt Disney Company.

Larry Meistrich : fondateur associé, the Shooting Gallery ; producteur exécutif, *Sling Blade.*

Ismail Merchant : producteur, *Chambre avec vue, Mr & Mrs Bridge, La Coupe d'or* ; partenaire de James Ivory.

Jason Mewes : acteur, *Clerks, Méprises multiples, Jay et Silent Bob contre-attaquent.*

Anthony Minghella : réalisateur, *Le Patient anglais, Le Talentueux M. Ripley, Retour à Cold Mountain.*

Elvis Mitchell : critique, le *New York Times.*

Rob Moore : vice-président-directeur et directeur financier, Walt Disney Company.

Errol Morris : réalisateur, *Le Dossier Adams.*

Scott Mosier : producteur, *Clerks, Méprises multiples, Dogma.*

Tim Blake Nelson : acteur, réalisateur, *O.*

Peter Newman : producteur, *Smoke, Brooklyn Boogie, The Hairy Bird/Strike !/All I Wanna Do* ; partenaire d'Ira Deutchman.

Robert Newman : agent, ICM ; ancien vice-président-directeur, Miramax.

Bobby Newmyer : producteur, *Sexe, mensonges et vidéo, The Opposite Sex* ; marié à Debbie Newmyer.

Debbie Newmyer : productrice exécutive, *Les Chenapans, Le Patchwork de la vie* ; mariée à Bobby Newmyer.

Marc Norman : scénariste, *Shakespeare in Love.*

Edward Norton : acteur, *Peur primale, Les Joueurs, Frida.*

David Parfitt : producteur, *The Madness of King George, Les Ailes de la colombe, Shakespeare in Love* ; consultant, *Gangs of New York.*

Alexander Payne : réalisateur, *Citizen Ruth, L'Arriviste, Monsieur Schmidt.*

John Penotti : fondateur associé, GreeneStreet ; producteur exécutif, *In the Bedroom.*

John Pierson : représentant de maison de production et agent, *Nola Darling n'en fait qu'à sa tête, Working Girls, Clerks* ; auteur de *Spike, Mike, Slackers & Dykes.*

Sydney Pollack : réalisateur, *Nos plus belles années, Tootstie ;* membre du conseil d'administration, Fondation Sundance.

Tom Pollock : vice-président-directeur, MCA ; président, Universal Pictures.

Nik Powell : partenaire, Palace Pictures ; coproducteur, *Mona Lisa* ; producteur exécutif, *Scandal, The Crying Game, Little Voice.*

Terry Press : directrice du marketing, DreamWorks ; ancienne vice-présidente-directrice du marketing, Walt Disney Company.

John Ptak : agent, CAA.

B. J. Rack : productrice, *Terminator 2, Mimic*.

Bingham Ray : président, UA ; fondateur associé, October Films ; ancien de chez Cinecom, Goldwyn, Island, Alive.

Robert Redford : fondateur, Fondation Sundance ; acteur, *Butch Cassidy et le Kid* ; réalisateur, *Des gens comme les autres, Quiz Show*.

Dennis Rice : président du marketing, Miramax ; ancien président du marketing international, October Films ; directeur du marketing au département vidéo, Walt Disney Company.

Alexandre Rockwell : réalisateur, *In the Soup, Four Rooms*.

Robert Rodriguez : réalisateur, *El Mariachi, Four Rooms, Une nuit en enfer*.

Joe Roth : président, Walt Disney Studios.

Scott Rudin : producteur, *Simples secrets, La Famille Tenenbaum, The Hours*.

David O. Russell : réalisateur, *Spanking the Monkey, Flirter avec les embrouilles, Les Rois du désert* ; marié à Janet Grillo.

Nora Ryan : présidente, Sundance Channel.

Tony Safford : vice-président du département achats de droits, Miramax ; vice-président du département achats de droits, Fine Line ; directeur de la programmation, Festival du film de Sundance.

Michelle Satter : directrice du programme fiction, Fondation Sundance.

John Sayles : réalisateur, *Return of the Secaucus 7, Brother*.

Maria Schaeffer : directrice, Fondation Sundance.

James Schamus : président adjoint, Focus Features ; fondateur, Good Machine ; producteur exécutif, *Poison, Safe, Happiness, Tigre et dragon.*

John Schmidt : fondateur associé, Content Films ; ancien partenaire, October Films ; directeur de l'exploitation, Miramax.

Cathy Schulman : présidente, Artists Production Group ; programmatrice, Festival du film de Sundance.

Russell Schwartz : président, USA Films ; ancien président, Gramercy Pictures ; vice-président-directeur du marketing, Miramax.

Bob Shaye : P-DG, New Line Cinema.

Gary Siegler : président, Siegler, Collery & Co. ; investisseur et membre du conseil d'administration, October Films.

Casey Silver : P-DG, Universal Pictures.

Marjorie Skouras : cadre au département achats de droits, Skouras Pictures.

Tom Skouras : président, Skouras Pictures.

Annick Smith : productrice, *Heartland* ; productrice exécutive, *Et au milieu coule une rivière*.

Kevin Smith : réalisateur, *Clerks, Méprises multiples, Dogma, Jay et Silent Bob contre-attaquent.*

Stacey Snider : présidente, Universal Pictures.

Steven Soderbergh : réalisateur, *Sexe, mensonges et vidéo, King of the Hill, Schizopolis, Traffic* ; marié à Betsy Brantley.

Todd Solondz : réalisateur, *Bienvenue dans l'âge ingrat, Happiness, Storytelling*.

Stacy Spikes : vice-président du marketing, October Films ; vice-président du marketing, Miramax.

David Steinberg : avocat, Miramax.

Fisher Stevens : fondateur associé, GreeneStreet Productions.

Quentin Tarantino : réalisateur, *Reservoir Dogs, Pulp Fiction, Four Rooms, Jackie Brown.*

Nancy Tenenbaum : productrice exécutive, *Sexe, mensonges et vidéo* ; productrice, *En route vers Manhattan.*

Billy Bob Thornton : acteur, réalisateur, *Sling Blade* ; réalisateur, *De si jolis chevaux.*

Mark Tusk : vice-président du département achats de droits, Miramax.

Mark Urman : cadre, Lion's Gate ; attaché de presse, Dennis Davidson Associates.

Christine Vachon : fondatrice associée, Killer Films ; productrice, *Poison, Safe, Kids, Velvet Goldmine, Happiness, Boys Don't Cry, Loin du paradis.*

Gus Van Sant : réalisateur, *Drugstore Cowboy, My Own Private Idaho, Prête à tout, Will Hunting.*

Sterling Van Wagenen : directeur, Fondation Sundance ; cousin de Lola, épouse de Robert Redford.

Lars von Trier : réalisateur, *The Kingdom, Breaking the Waves.*

Paul Webster : producteur, *Little Odessa, The Yards* ; directeur de la production, Miramax.

Suzanne Weil : directrice, Fondation Sundance.

Bob Weinstein : président et cofondateur, Miramax.

Harvey Weinstein : président et cofondateur, Miramax.

Tom Wilhite : directeur, Fondation Sundance.

Cary Woods : fondateur, Woods Entertainment ; producteur, *Kids, Citizen Ruth, Copland, Scream.*

Steve Woolley : fondateur, Palace Pictures ; producteur, *Mona Lisa, Scandal, The Crying Game.*

Ron Yerxa : producteur, *King of the Hill, L'Arriviste, Retour à Cold Mountain.*

Saul Zaentz : producteur, *Vol au-dessus d'un nid de coucou, Amadeus, L'Insoutenable Légèreté de l'être, Le Patient anglais.*

Marty Zeidman : vice-président-directeur de la distribution, Miramax.

Ed Zwick : producteur-réalisateur, *Légendes d'automne* ; producteur, *Shakespeare in Love* ; réalisateur, *Glory* ; producteur exécutif, *thirtysomething* (série télé).

Notes

Un mot sur la recherche

L'écriture de cet ouvrage s'appuie sur des centaines d'entretiens. Les propos rapportés de conversations se basent sur des entretiens avec au moins l'une des personnes citées. Lorsque nous attribuons une opinion à une personne, nous nous basons également sur les entretiens.

Préface

1. (Et propos suivants) Quentin Tarantino, entretien avec l'auteur, 30/04/2003.
2. James Ivory, entretien avec l'auteur, 09/07/2001.
3. (Et propos suivants) Ethan Coen, entretien avec l'auteur, 15/10/2003.
4. Spike Lee, entretien avec l'auteur, 08/11/2002.
5. Rick Lyman, « After *Talk*, Miramax to Refocus on Movies », *New York Times*, 21/01/2002.
6. Propos tirés des notes de l'auteur.
7. (Et propos suivants) Propos tirés des notes de l'auteur.

Introduction
Résumé de l'épisode précédent

1. Edward Norton, entretien avec l'auteur, 08/08/2002.
2. Source confidentielle.
3. Robert Redford, entretien avec l'auteur, 13/11/1990.
4. Source confidentielle.

5. Liz Manne, entretien avec l'auteur, 05/10/2001.

6. Lory Smith, *Party in a Box : The Story of the Sundance Film Festival* (éditions Gibbs-Smith, Salt Lake City, 1999, p. 38).

7. Alan Brewer, entretien avec l'auteur, 02/04/2000.

8. Bingham Ray, entretien avec l'auteur, 19/05/1999.

9. Matt Damon, entretien avec l'auteur, 26/09/2001.

10. Jack Lechner, entretien avec l'auteur, 31/05/2001.

11. Mark Lipsky, entretien avec l'auteur, 15/11/1999.

12. Lynn Hirschberg, « The Mad Passion of Harvey and Bob », *New York Times*, 10/10/1994.

13. Peter et Rochelle Schweitzer, *Disney : The Mouse Betrayed* (éditions Regnery, Washington DC, 1998, p. 192).

14. Source confidentielle.

15. Mark Tusk, entretien avec l'auteur, 03/02/2000.

16. John Sayles, entretien avec l'auteur, 09/07/1997.

17. Ira Deutchman, entretien avec l'auteur, pas de date.

18. Eamonn Bowles, entretien avec l'auteur, 07/06/2000.

19. Ira Deutchman, entretien avec l'auteur, pas de date.

20. Tom Bernard, résumé de l'article d'Eugene Hernandez « Decade : Michael Barker and Tom Bernard – Another Ten Years in the Classics World », 1re partie de l'entretien, 20/12/1999, indieWIRE.com.

21. Sydney Pollack, entretien avec l'auteur, 10/06/2002.

22. *My First Movie*, textes réunis par Stephen Lowenstein (éditions Pantheon, New York, 2000, p. 61).

23. James Schamus, entretien avec l'auteur, 02/07/2002.

24. John Sayles, entretien avec l'auteur, 09/07/1997.

25. Textes réunis par Todd Lippy dans *Projections 11 : New York Film-Makers on Film-Making* (éditions Faber and Faber, Londres-New York, 2001, p. 9).

26. Norton, entretien avec l'auteur, 08/08/2002.

27. Allison Anders, entretien avec l'auteur, pas de date.

28. Bill Desowitz, « Puzzling Filmgoers, with Serious Intent : The Coolly Received Drama "Solaris" Aims to Challenge Audiences with Tough Questions, Say Its Star and Director », *Los Angeles Times*, 03/12/02. (« Accueil mitigé pour *Solaris*, film déroutant qui cherche à bousculer le public, si l'on en croit l'interprète principal et le réalisateur du film. »)

29. Richard Linklater, entretien avec l'auteur, 12/03/2001.

30. Steven Soderbergh, entretien avec l'auteur, 22/04/1999.

31. Schamus, entretien avec l'auteur, 04/03/1999.

32. Ray Price, entretien avec l'auteur, 09/12/2000.

33. Colin MacCabe, *Godard : A Portrait of the Artist at Seventy* (éditions Bloomsbury, Londres, 2003, p. 97).

34. Kevin Smith, entretien avec l'auteur, 18/12/2001.

35. Elaine Dutka et John Clark, « Miramax Finds Success Breeds Admiration, Envy », *Los Angeles Times*, 30/01/1997.

Chapitre 1 : Made in USA (1989)

1. Peter McAlevey, « All's Well That Ends Gruesomely », *New York Times*, 06/12/1992.

2. Terri Minsky, « Hot Phenomenon », *Rolling Stone*, 18/05/1989.

3. (Et propos suivants) Smith, *Party in a Box*, p. 123.

4. Smith, *Party in a Box*, p. 89.

5. (Et propos suivants) Marjorie Skouras, entretien avec l'auteur, 02/05/2000.

6. (Et propos suivants) Nancy Tenenbaum, entretien avec l'auteur, 02/10/1999.

7. Katherine Dieckmann, « Liar, Liar, Pants on Fire », *Village Voice*, 08/08/1989.

8. (Et propos suivants) Steven Soderbergh, *Ssx, lies, and videotape* (éditions Harper & Row, New York, 1990, p. 206-207).

9. (Et propos suivants) Jeff Lipsky, entretien avec l'auteur, 04/10/1999.

10. (Et propos suivants) Marjorie Skouras, entretien avec l'auteur, 02/05/2000.

11. Minsky, « Hot Phenomenon ».

12. Maria Schaeffer, entretien avec l'auteur, 03/10/1990.

13. Source confidentielle.

14. Annick Smith, entretien avec l'auteur, pas de date.

15. Source confidentielle.

16. Robert Redford, entretien avec l'auteur, 13/11/1990.

17. Denise Earle, entretien avec l'auteur, pas de date.

18. Tony Safford, entretien avec l'auteur, pas de date.

19. Redford, entretien avec l'auteur, 13/11/1990.

20. Sterling Van Wagenen, entretien avec l'auteur, pas de date.

21. Michael Hausman, entretien avec l'auteur, pas de date.

22. Earle, entretien avec l'auteur, pas de date.

23. Van Wagenen, entretien avec l'auteur, 22/10/2003.

24. Howard Klein, entretien avec l'auteur, pas de date.

25. Suzanne Weil, entretien avec l'auteur, 10/10/1990.

26. Schaeffer, entretien avec l'auteur, 02/10/1990.
27. Source confidentielle.
28. Gary Beer, entretien avec l'auteur, 15/11/1990.
29. Johann Jacobs, entretien avec l'auteur, pas de date.
30. Schaeffer, entretien avec l'auteur, 02/10/1990.
31. Cathy Schulman, entretien avec l'auteur, 25/04/2002.
32. Schaeffer, entretien avec l'auteur, 22/10/1990.
33. Redford, entretien avec l'auteur, 13/11/1990.
34. Source confidentielle.
35. Source confidentielle.
36. (Et propos suivants) Redford, entretien avec l'auteur, 13/11/1990.
37. Van Wagenen, entretien avec l'auteur, 22/10/2003.
38. Redford, entretien avec l'auteur, 13/11/1990.
39. Gary Burr, entretien avec l'auteur, 15/11/1990.
40. Mary Cranney, entretien avec l'auteur, pas de date.
41. Safford, entretien avec l'auteur, 06/12/1990.
42. « Sundance », *Sundancer*, Noël 1988.
43. Deutchman, entretien avec l'auteur, 17/09/1999.
44. Minsky, « Hot Phenomenon ».
45. (Et propos suivants) Soderbergh, entretien avec l'auteur, 22/04/1999.
46. Minsky, « Hot Phenomenon » ; James Greenberg, « sex, lies, and Kafka », *Connoisseur*, octobre 1991.
47. Norton, entretien avec l'auteur, 08/08/2002.
48. Greenberg, « sex, lies, and Kafka » ; Steven Soderbergh, *Getting Away with It* (éditions Faber & Faber, Londres, 1999, p. 185).
49. Soderbergh, entretien avec l'auteur, 22/04/1999.
50. Soderbergh, *sex, lies, and videotape*, p. 225.
51. Soderbergh, entretien avec l'auteur, 02/05/2002.
52. (Et propos suivants) Minsky, « Hot Phenomenon ».
53. Bingham Ray, entretien avec l'auteur, 15/02/2001.
54. Bob Weinstein, « All thanks to Max », *Vanity Fair*, avril 2003, p. 440.
55. (Et propos suivants) Martin N. Lewis, entretien avec l'auteur, 06/04/2000.
56. (Et propos suivants) Robert Newman, entretien avec l'auteur, 13/06/2000.
57. Reid Rosefelt, entretien avec l'auteur, 18/10/2000.
58. Alan Brewer, entretien avec l'auteur, 02/04/2000.
59. Jeff Silver, entretien avec l'auteur, 14/06/2000.
60. Source confidentielle.

61. Silver, entretien avec l'auteur, 14/06/2000.
62. Brewer, entretien avec l'auteur, 02/04/2000.
63. (Et propos suivants) Silver, entretien avec l'auteur, 14/06/2000.
64. (Et propos suivants) Chris Mankiewicz, entretien avec l'auteur, 12/04/2000.
65. Lewis, entretien avec l'auteur, 06/04/2000.
66. Brewer, 02/04/2000.
67. Lewis, entretien avec l'auteur, 06/04/2000.
68. Tom Pollock, entretien avec l'auteur, 11/03/2003.
69. Lewis, entretien avec l'auteur, 06/04/2000.
70. Ed Glass, entretien avec l'auteur, 23/10/2000.
71. (Et propos suivants) James Doyle, entretien avec l'auteur, 19/03/2000.
72. (Et propos suivants) Mark Lipsky, entretien avec l'auteur, 15/11/1999.
73. Stuart Buskin, entretien avec l'auteur, 29/04/2002.
74. Mark Lipsky, entretien avec l'auteur, 15/11/1999.
75. Marty Zeidman, entretien avec l'auteur, 28/04/2000.
76. Mark Lipsky, entretien avec l'auteur, 15/11/1999.
77. Brantley, entretien avec l'auteur, 18/10/1999.
78. Paul Webster, entretien avec l'auteur, 20/10/2001.
79. Steve Woolley, entretien avec l'auteur, 26/02/2002.
80. Harvey Weinstein, entretien avec l'auteur, 28/06/2002.
81. Lizzie Borden, entretien avec l'auteur, 25/10/2000.
82. Mark Lipsky, entretien avec l'auteur, 15/11/1999.
83. Source confidentielle.
84. John Pierson, *Spike, Mike, Slackers and Dykes* (éditions Miramax Books, New York, 1995, p. 97).
85. Christina Kounelias, entretien avec l'auteur, 05/04/2000.
86. Zeidman, entretien avec l'auteur, 28/04/2000.
87. Glass, entretien avec l'auteur, 23/10/2000.
88. Zeidman, entretien avec l'auteur, 28/04/2000.
89. David Dinerstein, entretien avec l'auteur, 22/10/1999.
90. Zeidman, entretien avec l'auteur, 28/04/2000.

Chapitre 2 : Artistes de la haine (1989)

1. « The big bad wolves of Miramax », *Rolling Stone*, 03/04/1997.
2. Kounelias, entretien avec l'auteur, 05/04/2000.

3. Donna Gigliotti, entretien avec l'auteur, 14/02/2001.

4. Angus Finney, *The Egos Have Landed* (éditions Arrow, Londres, 1998).

5. (Et propos suivants) Harvey Weinstein, entretien avec l'auteur, 28/06/2002.

6. Harvey Weinstein, entretien avec l'auteur, 28/06/2002.

7. Glass, entretien avec l'auteur, 23/10/2000.

8. (Et propos suivants) Alison Brantley, entretien avec l'auteur, 18/10/1999.

9. (Et propos suivants) Brantley, entretien avec l'auteur, 18/10/1999.

10. Jack Foley, entretien avec l'auteur, 21/06/2001.

11. Harvey Weinstein, entretien avec l'auteur, 03/10/2002.

12. Finney, *The Egos Have Landed.*

13. Source confidentielle.

14. Tusk, entretien avec l'auteur, 31/01/2000.

15. (Et propos suivants) Tusk, entretien avec l'auteur, 03/02/2000 et 16/08/2000.

16. Tusk, entretien avec l'auteur, 31/01/2000.

17. David Linde, entretien avec l'auteur, 16/11/1999.

18. (Et propos suivants) Larry Estes, entretien avec l'auteur, 29/10/1999.

19. Michael Fleming, « Miramax, Riding "Sex" Wave, Storms on into the '90s », *Variety*, 31/01/1990.

20. Bobby Newmyer, entretien avec l'auteur, 20/04/1999.

21. Tenenbaum, entretien avec l'auteur, 02/10/1999.

22. Deutchman, entretien avec l'auteur, 17/09/1999.

23. Estes, entretien avec l'auteur, 29/10/1999.

24. Tenenbaum, entretien avec l'auteur, 02/10/1999.

25. Estes, entretien avec l'auteur, 29/10/1999.

26. Soderbergh, entretien avec l'auteur, 22/04/1999.

27. Mark Lipsky, entretien avec l'auteur, 15/11/1999.

28. (Et propos suivants) Janet Grillo, entretien avec l'auteur, 10/04/2001

29. Safford, entretien avec l'auteur, 29/09/1998.

30. Marjorie Skouras, entretien avec l'auteur, 02/05/2000.

31. Zeidman, entretien avec l'auteur, 28/04/2000.

32. Mark Lipsky, entretien avec l'auteur, 15/11/1999.

33. Glass, entretien avec l'auteur, 23/10/2000.

34. Source confidentielle.

35. Mark Lipsky, entretien avec l'auteur, 15/11/1999.

36. Source confidentielle.

37. (Et propos suivants) Brewer, entretien avec l'auteur, 02/04/2000.

38. (Et propos suivants) Brewer, entretien avec l'auteur, 02/04/2000.

39. (Et propos suivants) Rick Lyman, « Watching Movies with Harvey Weinstein », *New York Times*, 27/04/2001.

40. Burkin, entretien avec l'auteur, 29/04/2002.

41. (Et propos suivants) Amy Hart, entretien avec l'auteur, pas de date.

42. Source confidentielle.

43. Myrna Chagnard, entretien avec l'auteur, 14/03/2002.

44. Eleanor Reznikoff, entretien avec l'auteur, 13/03/2002.

45. (Et propos suivants) Jeff Rose, entretien avec l'auteur, 28/04/2002.

46. Mark Lipsky, entretien avec l'auteur, 15/11/1999.

47. Webster, entretien avec l'auteur, 20/10/2001.

48. Brantley, entretien avec l'auteur, 18/10/1999.

49. Source confidentielle.

50. Source confidentielle.

51. Bowles, entretien avec l'auteur, 24/03/2000.

52. Dennis Rice, entretien avec l'auteur, 27/08/2003.

53. Brantley, entretien avec l'auteur, 18/10/1999.

54. (Et propos suivants) Bowles, entretien avec l'auteur, 24/03/2000.

55. Mark Lipsky, entretien avec l'auteur, 15/11/1999.

56. Bowles, entretien avec l'auteur, 24/03/2000.

57. (Et propos suivants) Safford, entretien avec l'auteur, 29/09/1998.

58. Mark Lipsky, entretien avec l'auteur, 15/11/1999.

59. Rice, entretien avec l'auteur, 24/07/2001.

60. (Et propos suivants) Mark Lipsky, entretien avec l'auteur, 15/11/1999.

61. Safford, entretien avec l'auteur, 29/09/1998.

62. Bowles, entretien avec l'auteur, 24/03/2000.

63. John Schmidt, entretien avec l'auteur, 09/06/2000.

64. Brantley, entretien avec l'auteur, 18/10/1999.

65. Source confidentielle.

66. Rice, entretien avec l'auteur, 23/07/2001.

67. Foley, entretien avec l'auteur, 21/06/2001.

68. (Et propos suivants) Van Wagenen, entretien avec l'auteur, pas de date.

69. Redford, entretien avec l'auteur, 13/11/1990.

70. Linda Remy, entretien avec l'auteur, 20/12/1989.
71. Tony Safford, entretien avec l'auteur, pas de date.
72. Remy, entretien avec l'auteur, 20/12/1989.
73. Remy, entretien avec l'auteur, 15/12/1989.
74. Richard Fischoff, entretien avec l'auteur, pas de date.
75. Kjehl Rasmussen, entretien avec l'auteur, 31/03/2001.
76. Van Wagenen, entretien avec l'auteur, pas de date.
77. Safford, entretien avec l'auteur, pas de date.
78. Tom DiCillo, entretien avec l'auteur, 04/01/2001.
79. Michelle Satter, entretien avec l'auteur, 13/11/1990.
80. (Et propos suivants) Urman, entretien avec l'auteur, 31/10/2001.
81. Alison Brantley, entretien avec l'auteur, 18/10/1999.
82. (Et propos suivants) Lee, entretien avec l'auteur, 08/11/2002.
83. (Et propos suivants) Soderbergh, *sex, lies, and videotape*, p. 239-241.
84. Scott Collins, « The Funk of Steven Soderbergh : His First Film, "Sex, Lies, and Videotape", Put Him on Top of Hollywood's Hill. He Predicted Then That It Was All Downhill from There. Why Was He Right ? », *Los Angeles Times Magazine*, 16/02/1997. (« Le blues de Steven Soderbergh : il avait prédit qu'après avoir atteint les sommets hollywoodiens avec son premier film, *Sexe, mensonges et vidéo*, ça ne pouvait que se gâter. Il avait vu juste. Voici pourquoi. »)
85. Soderbergh, *sex, lies, and videotape*, p. 241.
86. Alex Simon, « Steven Soderbergh : Hiding in Plain Sight », *Venice*, juillet 1998, p. 37.
87. (Et propos suivants) Soderbergh, *sex, lies, and videotape*, p. 247.
88. Soderbergh, *sex, lies, and videotape*, p. 244.
89. Bobby Newmyer, entretien avec l'auteur, 20/04/1999.
90. Source confidentielle.
91. Collins, « The Funk of Steven Soderbergh ».
92. Source confidentielle.
93. Dieckmann, « Liar, Liar, Pants on Fire ».
94. Greenberg, « sex, lies, and Kafka ».
95. Deutchman, entretien avec l'auteur, 17/09/1999.
96. Manne, entretien avec l'auteur, 28/09/2001.
97. Deutchman, entretien avec l'auteur, 17/09/1999.
98. Soderbergh, *sex, lies, and videotape*, p. 244.
99. Deutchman, entretien avec l'auteur, 17/09/1999.

100. Dieckmann, « Liar, Liar, Pants on Fire ».

101. (Et propos suivants) Brantley, entretien avec l'auteur, 18/10/1999.

102. Soderbergh, entretien avec l'auteur, 31/08/2001.

103. Dennis Lim, « Having Your Way with Hollywood », *Village Voice*, 3-9/01/2001.

104. Soderbergh, *sex, lies, and videotape*, p. 249.

105. Foley, entretien avec l'auteur, 21/06/2001.

106. (Et propos suivants) Zeidman, entretien avec l'auteur, 28/04/2000.

107. Ray, entretien avec l'auteur, 08/03/2001.

108. Estes, entretien avec l'auteur, 29/10/1999.

109. Fleming, « Miramax, Riding "Sex" Wave, Storms on into the '90s ».

110. Geoff Gilmore, entretien avec l'auteur, 09/03/2001.

111. Redford, entretien avec l'auteur, 13/11/1990.

112. (Et propos suivants) Frank Daniel, entretien avec l'auteur, pas de date.

113. Ulu Grosbard, entretien avec l'auteur, pas de date.

114. Gilmore, entretien avec l'auteur, 09/03/2001.

115. Redford, entretien avec l'auteur, 13/11/1990.

116. Weil, entretien avec l'auteur, 10/10/1990.

117. Pollack, entretien avec l'auteur, 10/06/2002.

118. Redford, entretien avec l'auteur, 13/11/1990.

119. Garcia, entretien avec l'auteur, 20/10/1990.

120. Redford, entretien avec l'auteur, 13/11/1990.

121. Van Wagenen, entretien avec l'auteur, pas de date.

122. (Et propos suivants) Soderbergh, entretien avec l'auteur, 22/04/1999.

123. Burkin, entretien avec l'auteur, 29/04/2002.

124. Harvey Weinstein, entretien avec l'auteur, 18/07/2002.

125. Diana Tauder, entretien avec l'auteur, 09/06/2001.

126. Burkin, entretien avec l'auteur, 29/04/2002.

127. Tauder, entretien avec l'auteur, 09/06/2001.

128. Harvey Weinstein, entretien avec l'auteur, 18/07/2002.

129. (Et propos suivants) Ivory, entretien avec l'auteur, 09/07/2001.

130. Merchant, entretien avec l'auteur, 09/07/2001.

131. Harvey Weinstein, entretien avec l'auteur, 18/07/2002.

132. (Et propos suivants) Merchant, entretien avec l'auteur, 09/07/2001.

133. Ivory, entretien avec l'auteur, 09/07/2001.

134. Harvey Weinstein, entretien avec l'auteur, 18/07/2002.

135. Betsy Sharkey, « The Brothers Miramax : Harvey and Bob », *New York Times*, « Arts and Leisure », 24/07/1994.

136. (Et propos suivants) Merchant, entretien avec l'auteur, 09/07/2001.

137. Ivory, entretien avec l'auteur, 09/07/2001.

138. Howard Feinstein, entretien avec l'auteur, 10/10/2003.

139. Woolley, entretien avec l'auteur, 26/02/2002.

140. (Et propos suivants) Burkin, entretien avec l'auteur, 29/04/2002.

Chapitre 3 : Pour l'amour du risque (1990-1992)

1. Bernard, entretien avec l'auteur, 15/11/1999.
2. Jeff Lipsky, entretien avec l'auteur, 04/10/1999.
3. Ray, entretien avec l'auteur, 15/02/2001.
4. Ray, entretien avec l'auteur, 16/12/1998.
5. Ray, entretien avec l'auteur, 08/03/2001.
6. Pierson, *Spike, Mike, Slackers & Dykes*, p. 90.
7. Ray, entretien avec l'auteur, 08/03/2001.
8. (Et propos suivants) Ray, entretien avec l'auteur, 15/02/2001.
9. Jeff Lipsky, entretien avec l'auteur, 04/10/1999.
10. Jeff Lipsky, entretien avec l'auteur, 04/10/1999.
11. Michael Barker, entretien avec l'auteur, 15/11/1999.
12. Bart Walker, entretien avec l'auteur, 07/12/2000.
13. John Shestack 11/12/2000.
14. Ivory, entretien avec l'auteur, 09/07/2001.
15. Merchant, entretien avec l'auteur, 09/07/2001.
16. Ivory, entretien avec l'auteur, 09/07/2001.
17. Merchant, entretien avec l'auteur, 09/07/2001.
18. Ivory, entretien avec l'auteur, 09/07/2001.
19. Amir Malin, entretien avec l'auteur, 22/10/2003.
20. Walker, entretien avec l'auteur, 22/10/2003.
21. Richard Abramowitz, entretien avec l'auteur, 14/02/2001.
22. (Et propos suivants) Ray, entretien avec l'auteur, 15/02/2001.
23. Jeff Lipsky, entretien avec l'auteur, 04/10/1999.
24. (Et propos suivants) Harvey Weinstein, entretien avec l'auteur, 18/07/2002.

25. (Et propos suivants) Urman, entretien avec l'auteur, 31/10/2001.

26. Source confidentielle.

27. Hirschberg, « The Mad Passion of Harvey and Bob ».

28. (Et propos suivants) Brantley, entretien avec l'auteur, 18/10/1999.

29. Tusk, entretien avec l'auteur, 03/02/2000.

30. Bernardo Bertolucci, entretien avec l'auteur, 26/05/2003.

31. Kees Kasander, entretien avec l'auteur, 06/06/2003.

32. Harvey Weinstein, entretien avec l'auteur, 11/11/2003.

33. Earnhart, entretien avec l'auteur, 21/05/2002.

34. Source confidentielle.

35. (Et propos suivants) Source confidentielle.

36. Harvey Weinstein, entretien avec l'auteur, 18/07/2002.

37. (Et propos suivants) Schmidt, entretien avec l'auteur, 25/05/2001.

38. Schmidt, entretien avec l'auteur, 25/05/2001.

39. Norton, entretien avec l'auteur, 08/08/2002.

40. Pollack, entretien avec l'auteur, 10/06/2002.

41. Estes, entretien avec l'auteur, 29/10/1999.

42. John Lyttle, *The Independent*, 01/03/1991.

43. Todd Haynes, entretien avec l'auteur, 23/03/2002.

44. Gilmore, entretien avec l'auteur, 09/03/2001.

45. (Et propos suivants) Christine Vachon, entretien avec l'auteur, 20/10/2000.

46. (Et propos suivants) Vachon, entretien avec l'auteur, 20/10/2000.

47. Vachon, entretien avec l'auteur, 16/10/2000.

48. Haynes, entretien avec l'auteur, 23/03/2002.

49. (Et propos suivants) Vachon, entretien avec l'auteur, 16/10/2000.

50. (Et propos suivants) Hope, entretien avec l'auteur, 15/10/2003.

51. Haynes, entretien avec l'auteur, 23/03/2002.

52. Vachon, entretien avec l'auteur, 16/10/2000.

53. Vachon, entretien avec l'auteur, 20/10/2000.

54. Vachon, entretien avec l'auteur, 16/10/2000.

55. Bowles, entretien avec l'auteur, 24/03/2000.

56. Schmidt, entretien avec l'auteur, 25/05/2000.

57. (Et propos suivants) Deutchman, entretien avec l'auteur, 10/03/2000.

58. Claudia Eller, « What About Bob ? » *Los Angeles Times*, 06/04/2001.

59. Rasmussen, entretien avec l'auteur, 31/03/2001.

60. Harvey Weinstein, entretien avec l'auteur, 11/11/2003.

61. Mark Lipsky, entretien avec l'auteur, 15/11/1999.

62. Safford, entretien avec l'auteur, 29/09/1998.

63. Bobby Newmyer, entretien avec l'auteur, 18/02/1999.

64. Steinberg, entretien avec l'auteur, 21/02/2000.

65. Lichter, entretien avec l'auteur, 02/10/1998.

66. Bobby Newmyer, entretien avec l'auteur, 18/02/1999.

67. Schmidt, entretien avec l'auteur, 25/05/2000.

68. Harvey Weinstein, entretien avec l'auteur, 11/11/2003.

69. (Et propos suivants) Tusk, entretien avec l'auteur, 03/02/2000, et source confidentielle.

70. Schmidt, entretien avec l'auteur, 27/03/2001.

71. Schmidt, entretien avec l'auteur, 07/08/2003.

72. Source confidentielle.

73. Schmidt, entretien avec l'auteur, 25/05/2000.

74. Schmidt, entretien avec l'auteur, 07/08/2003.

75. Jami Bernard, *Quentin Tarantino : The Man and His Movies* (éditions Harper Perennial, New York, 1995, p. 215).

76. Anders, entretien avec l'auteur, 14/06/1994.

77. John Anderson, *Sundancing* (éditions Avon, New York, 2000, p. 1).

78. Vachon, entretien avec l'auteur, 16/10/2000.

79. Gilmore, entretien avec l'auteur, 09/03/2001.

80. Vachon, entretien avec l'auteur, 16/10/2000.

81. (Et propos suivants) Ray Price, entretien avec l'auteur, 09/12/2000.

82. Peter Biskind, « Four Rooms », *Premiere*, décembre 1995.

83. Ray Price, entretien avec l'auteur, 09/12/2000.

84. Linde, entretien avec l'auteur, 16/11/1999.

85. Richard Gladstein, entretien avec l'auteur, 04/06/2002.

86. (Et propos suivants) Tarantino, entretien avec l'auteur, 30/04/2003.

87. Tarantino, entretien avec l'auteur, 10/06/1994.

88. *Deseret News Archives*, 26/12/1996.

89. Cathy Schulman, entretien avec l'auteur, 25/04/2002.

90. (Et propos suivants) Alexandre Rockwell, entretien avec l'auteur, 13/07/1995.

91. Bernard, *Quentin Tarantino : The Man and His Movies*, p. 220.

Chapitre 4 : Qui veut claquer des millions ? (1992-1993)

1. Lisa Gubernick, « We Don't Want to Be Walt Disney », *Forbes*, 16/10/1989.

2. Bernard, entretien avec l'auteur, 15/11/1999.

3. Ray, entretien avec l'auteur, 15/02/2001.

4. Ray, entretien avec l'auteur, 19/03/2001.

5. (Et propos suivants) Ray, entretien avec l'auteur, 15/02/2001.

6. Abramowitz, entretien avec l'auteur, 14/02/2001.

7. Deutchman, entretien avec l'auteur, 04/10/1999.

8. (Et propos suivants) Ray, entretien avec l'auteur, 02/03/2001.

9. (Et propos suivants) Jeff Lipsky, entretien avec l'auteur, 04/10/1999.

10. Ray, entretien avec l'auteur, 15/02/2001.

11. Schmidt, entretien avec l'auteur, 30/07/2003.

12. (Et propos suivants) Jeff Lipsky, entretien avec l'auteur, 04/10/1999.

13. Source confidentielle.

14. Schmidt, entretien avec l'auteur, 09/06/2000.

15. Ray, entretien avec l'auteur, 15/02/2001.

16. Ray, 15/02/2001.

17. Tarantino, entretien avec l'auteur, 09/04/1994.

18. Tarantino, entretien avec l'auteur, 30/04/2003.

19. (Et propos suivants) Roger Avary, entretien avec l'auteur, 02/05/2002.

20. Tarantino, entretien avec l'auteur, 09/04/1994.

21. Tarantino, entretien avec l'auteur, 04/04/1994.

22. Avary, entretien avec l'auteur, 02/05/2002.

23. Tarantino, entretien avec l'auteur, 10/06/1994.

24. (Et propos suivants) Gladstein, entretien avec l'auteur, 04/06/2002.

25. Tarantino, entretien avec l'auteur, 26/01/1994.

26. (Et propos suivants) Tarantino, entretien avec l'auteur, 30/04/2003.

27. Collins, « The Funk of Steven Soderbergh ».

28. Barbara Maltby, entretien avec l'auteur, 14/06/2003.

29. (Et propos suivants) Soderbergh, entretien avec l'auteur, 22/04/1999.

30. Annick Smith, entretien avec l'auteur, pas de date.
31. Richard Pearce, entretien avec l'auteur, pas de date.
32. Annick Smith, entretien avec l'auteur, pas de date.
33. Klein, entretien avec l'auteur, pas de date.
34. (Et propos suivants) Redford, entretien avec l'auteur, 13/11/1990.
35. Source confidentielle.
36. Collins, « The Funk of Steven Soderbergh ».
37. Source confidentielle.
38. (Et propos suivants) Soderbergh, entretien avec l'auteur, 22/04/1999.
39. Source confidentielle.
40. (Et propos suivants) Soderbergh, entretien avec l'auteur, 02/05/2002.
41. (Et propos suivants) Collins, « The Funk of Steven Soderbergh ».
42. (Et propos suivants) Tusk, entretien avec l'auteur, 03/02/2000.
43. Gladstein, entretien avec l'auteur, 04/06/2002.
44. (Et propos suivants) Harvey Weinstein, entretien avec l'auteur, 18/07/2002.
45. Tarantino, entretien avec l'auteur, 30/04/2003.
46. Bernard, *Quentin Tarantino : The Man and His Movies*, p. 161.
47. (Et propos suivants) Tarantino, entretien avec l'auteur, 30/04/2003, et Bernard, *Quentin Tarantino : The Man and His Movies*, p. 160.
48. Tarantino, entretien avec l'auteur, 30/04/2003, Harvey Weinstein, entretien avec l'auteur, 18/07/2002, et Bernard, *Quentin Tarantino, The Man and His Movies*, p. 164.
49. (Et propos suivants) Tarantino, entretien avec l'auteur, 30/04/2003.
50. Linde, entretien avec l'auteur, 16/11/1999.
51. Tarantino, entretien avec l'auteur, 30/04/2003.
52. Lawrence Bender, entretien avec l'auteur, 03/02/2003.
53. Tarantino, entretien avec l'auteur, 04/04/1994.
54. Vossler, entretien avec l'auteur, 11/07/1994.
55. Margie Rochlin, « Quentin Tarantino, Filmmaker : Interview », *Playboy*, novembre 1994.
56. Anders, entretien avec l'auteur, 17/11/1998.
57. (Et propos suivants) Bernard, *Quentin Tarantino : The Man and His Movies*, p. 218, entretien avec l'auteur, 15/11/1999.

58. John Even Frook, « Miramax Paradiso », *Variety*, 21/09/1992.

59. (Et propos suivants) Tusk, entretien avec l'auteur, 31/01/2000.

60. Burkin, entretien avec l'auteur, 29/04/2002.

61. Hirschberg, « The Mad Passion of Harvey and Bob ».

62. John Ptak, entretien avec l'auteur, 21/10/1999.

63. (Et propos suivants) Safford, entretien avec l'auteur, 29/09/1998.

64. (Et propos suivants) Schmidt, entretien avec l'auteur, 25/05/2000.

65. Finney, *The Egos Have Landed*, p. 274.

66. Ptak, entretien avec l'auteur, 21/10/1999.

67. Schmidt, entretien avec l'auteur, 25/05/2000.

68. (Et propos suivants) Finney, *The Egos Have Landed*, p. 7.

69. Neil Jordan, entretien avec l'auteur, 06/05/2003.

70. (Et propos suivants) Woolley, entretien avec l'auteur, 16/04/2003, Finney, *The Egos Have Landed*, p. 13.

71. Lechner, entretien avec l'auteur, 31/05/2001.

72. Woolley, entretien avec l'auteur, pas de date.

73. Source confidentielle.

74. Deutchman, entretien avec l'auteur, 17/09/1999.

75. Jordan, entretien avec l'auteur, 06/05/2003.

76. (Et propos suivants) Woolley, entretien avec l'auteur, 27/02/2002.

77. Source confidentielle.

78. Woolley, entretien avec l'auteur, 27/02/2002.

79. (Et propos suivants) Source confidentielle.

80. Harvey Weinstein, entretien avec l'auteur, 11/11/2003.

81. Harvey Weinstein, entretien avec l'auteur, 11/11/2003.

82. (Et propos suivants) Harvey Weinstein, entretien avec l'auteur, 18/07/2002.

83. Source confidentielle.

84. Simon Perry, entretien avec l'auteur, 05/03/2002.

85. Source confidentielle.

86. Nik Powell, entretien avec l'auteur, 23/02/2002.

87. (Et propos suivants) Source confidentielle.

88. Woolley, entretien avec l'auteur, 27/02/2002.

89. Harvey Weinstein, entretien avec l'auteur, 11/11/2003.

90. Bowles, entretien avec l'auteur, 24/03/2000.

91. Jeffrey Katzenberg, entretien avec l'auteur, 23/05/2002.

92. Ptak, entretien avec l'auteur, 23/10/1999.

93. (Et propos suivants) Source confidentielle.

94. Chris McGurk, entretien avec l'auteur, 01/05/2001.

95. Katzenberg, entretien avec l'auteur, 23/05/2002.

96. McGurk, entretien avec l'auteur, 01/05/2001.

97. Harvey Weinstein, entretien avec l'auteur, 09/08/2002.

98. McGurk, entretien avec l'auteur, 27/08/2001.

99. (Et propos suivants) Katzenberg, entretien avec l'auteur, 23/05/2002.

100. Harvey Weinstein, entretien avec l'auteur, 09/08/2002.

101. (Et propos suivants) Rob Moore, entretien avec l'auteur, 01/05/2000.

102. Harvey Weinstein, entretien avec l'auteur, 09/08/2002.

103. Joe Roth, entretien avec l'auteur, 01/05/2000.

104. Schmidt, entretien avec l'auteur, 07/08/2003.

105. Ken Auletta, « Beauty and the Beast », *New Yorker*, 16/12/2002.

106. Hirschberg, « The Mad Passion of Harvey and Bob ».

107. (Et propos suivants) Ptak, entretien avec l'auteur, 09/02/1999.

108. Louis Malle, entretien avec James Greenberg, vers 1994, article non publié.

Chapitre 5 : Harvey Weinstein n'en fait qu'à sa tête (1993-1994)

1. Smith, entretien avec l'auteur, 15/02/2000.

2. Hope, entretien avec l'auteur, 10/06/2001.

3. (Et propos suivants) Tusk, entretien avec l'auteur, 03/02/2000.

4. Ray, entretien avec l'auteur, 08/03/2001.

5. (Et propos suivants) Bowles, entretien avec l'auteur, 07/06/2000.

6. Safford, entretien avec l'auteur, 29/09/1998.

7. Tusk, entretien avec l'auteur, 03/02/2000.

8. Safford, entretien avec l'auteur, 29/09/1998.

9. Amy Israel, entretien avec l'auteur, 01/05/2001.

10. McGurk, entretien avec l'auteur, 27/08/2001.

11. Foley, entretien avec l'auteur, 13/07/2001.

12. (Et propos suivants) Source confidentielle.

13. Estes, 29/10/1999.

14. (Et propos suivants) Urman, entretien avec l'auteur, 31/10/2001.

15. D'après David Carr, « The Emperor Miramaximus », *New York*, 26/11/2001.

16. (Et propos suivants) Bowles, entretien avec l'auteur, 24/03/2000.

17. Grillo, entretien avec l'auteur, 10/04/2001.

18. Ethan Hawke, entretien avec l'auteur, 28/10/2002.

19. David O. Russell, entretien avec l'auteur, 30/08/2001.

20. Russell, entretien avec l'auteur, 25/10/2002.

21. Russell, entretien avec l'auteur, 25/10/2002.

22. Kevin Smith in Pierson, *Spike, Mike, Slackers & Dykes*, p. 173-74, entretien avec l'auteur, 18/12/2001.

23. Tusk, entretien avec l'auteur, 03/02/2000.

24. Tusk, entretien avec l'auteur, 03/02/2000.

25. Harvey Weinstein, entretien avec l'auteur, 08/06/2002.

26. (Et propos suivants) Kevin Smith, entretien avec l'auteur, 18/12/2001.

27. (Et propos suivants) Kevin Smith, entretien avec l'auteur, 18/12/2001.

28. (Et propos suivants) Tusk, entretien avec l'auteur, 03/02/2000.

29. Kevin Smith, entretien avec l'auteur, 18/12/2001.

30. Tusk, entretien avec l'auteur, 03/02/2000.

31. (Et propos suivants) Kevin Smith, entretien avec l'auteur, 18/12/2001.

32. Kevin Smith, entretien avec l'auteur, 18/12/2001, et documentaire *Frontline*, mai 2001.

33. Vachon, entretien avec l'auteur, 16/10/2000.

34. Hope, entretien avec l'auteur, 10/06/2001.

35. Manne, entretien avec l'auteur, 28/10/2001.

36. Schulman, entretien avec l'auteur, 25/04/2002.

37. Gilmore, entretien avec l'auteur, 09/03/2001.

38. Schulman, entretien avec l'auteur, 25/04/2002.

39. Lory Smith, entretien avec l'auteur, 08/04/1999.

40. Payne, entretien avec l'auteur, 21/02/2000.

41. Ray, entretien avec l'auteur, 16/12/1998.

42. Lichter, entretien avec l'auteur, 02/10/1998.

43. (Et propos suivants) Avary, entretien avec l'auteur, 02/05/2002.

44. (Et propos suivants) Tarantino, entretien avec l'auteur, 26/01/1994.

45. Rick Hess, entretien avec l'auteur, 23/10/1998.
46. Tarantino, entretien avec l'auteur, 26/01/1994.
47. (Et propos suivants) Gladstein, entretien avec l'auteur, 04/06/2002.
48. Tarantino, entretien avec l'auteur, 26/01/1994.
49. Hess, entretien avec l'auteur, 23/10/1998.
50. Safford, entretien avec l'auteur, 29/09/1998.
51. Marcy Granata, entretien avec l'auteur, 16/12/2002.
52. Cassian Elwes, entretien avec l'auteur, 26/10/2000.
53. (Et propos suivants) Avary, entretien avec l'auteur, 02/05/2002.
54. Tarantino, entretien avec l'auteur, 11/07/2003.
55. Tarantino, entretien avec l'auteur, 09/04/1994.
56. Rockwell, entretien avec l'auteur, pas de date.
57. (Et propos suivants) Tarantino, entretien avec l'auteur, 07/12/2002.
58. Foley, entretien avec l'auteur, 21/06/2001.
59. Kevin Smith, entretien avec l'auteur, 18/12/2001.
60. (Et propos suivants) Tarantino, entretien avec l'auteur, 10/06/1994.
61. (Et propos suivants) Rockwell, entretien avec l'auteur, 13/07/1995.
62. Anders, entretien avec l'auteur, 14/06/1994.
63. (Et propos suivants) Kevin Smith, entretien avec l'auteur, 18/12/2001.
64. (Et propos suivants) Bowles, entretien avec l'auteur, 04/03/2000.
65. Source confidentielle.
66. Granata, entretien avec l'auteur, 16/12/2002.
67. (Et propos suivants) Spikes, entretien avec l'auteur, 23/07/2001.
68. Source confidentielle.
69. Tusk, entretien avec l'auteur, 16/08/2000.
70. Source confidentielle.
71. Source confidentielle.
72. Webster, entretien avec l'auteur, 20/10/2001.
73. (Et propos suivants) Source confidentielle.
74. Source confidentielle.
75. Bowles, entretien avec l'auteur, 07/06/2000.
76. Lechner, entretien avec l'auteur, 08/02/2000.
77. Source confidentielle.
78. (Et propos suivants) Source confidentielle.

79. Source confidentielle.
80. Burkin, entretien avec l'auteur, 29/04/2002.
81. (Et propos suivants) Harvey Weinstein, entretien avec l'auteur, 09/08/2002.
82. (Et propos suivants) Bertolucci, entretien avec l'auteur, 26/05/2003.
83. Thomas, entretien avec l'auteur, 11/04/2002.
84. Urman, entretien avec l'auteur, 31/10/2001.
85. Bertolucci, entretien avec l'auteur, 26/05/2003.
86. Harvey Weinstein, entretien avec l'auteur, 18/11/2002.
87. Bertolucci, entretien avec l'auteur, 26/05/2003.
88. (Et propos suivants) Urman, entretien avec l'auteur, 31/10/2001.
89. Jeremy Thomas, entretien avec l'auteur, 11/04/2002.
90. Urman, entretien avec l'auteur, 31/10/2001.
91. (Et propos suivants) Bertolucci, entretien avec l'auteur, 26/05/2003.
92. Thomas, entretien avec l'auteur, 11/04/2002.
93. (Et propos suivants) Bertolucci, entretien avec l'auteur, 26/05/2003.

Chapitre 6 : L'homme qui tombe à pic (1994-1995)

1. Hirschberg, « The Mad Passion of Harvey and Bob ».
2. Malin, entretien avec l'auteur, 06/08/2002.
3. Schmidt, entretien avec l'auteur, 27/03/2001.
4. (Et propos suivants) Ray, entretien avec l'auteur, 02/03/2001.
5. (Et propos suivants) Jeff Lipsky, entretien avec l'auteur, 04/10/1999.
6. Ray, entretien avec l'auteur, 02/03/2001.
7. Jeff Lipsky, entretien avec l'auteur, 04/10/1999.
8. (Et propos suivants) Ray, entretien avec l'auteur, 02/03/2001.
9. Jeff Lipsky, entretien avec l'auteur, 04/10/1999.
10. Ray, entretien avec l'auteur, 02/03/2001.
11. Foley, entretien avec l'auteur, 21/06/2001.
12. Kevin Smith, entretien avec l'auteur, 18/12/2001.
13. Foley, entretien avec l'auteur, 21/06/2001.
14. Harvey Weinstein, entretien avec l'auteur, 03/10/2002.
15. Hess, entretien avec l'auteur, 23/10/1998.
16. Tarantino, entretien avec l'auteur, 04/04/1994.

17. (Et propos suivants) Hess, entretien avec l'auteur, 23/10/1998.

18. Harvey Weinstein, entretien avec l'auteur, 18/07/2002.

19. Kevin Smith, entretien avec l'auteur, 18/12/2001.

20. Hess, entretien avec l'auteur, 23/10/1998.

21. Source confidentielle.

22. Lechner, entretien avec l'auteur, 08/02/2000.

23. Lechner, entretien avec l'auteur, 08/02/2000.

24. Chris Gore, « Soderbergh Unleashed », *Film Threat*, 1-5, 18/02/2001-17/06/2002.

25. (Et propos suivants) Hawke, entretien avec l'auteur, 28/10/2002.

26. Hess, entretien avec l'auteur, 23/10/1998.

27. Ray, entretien avec l'auteur, 08/03/2001.

28. Schamus, entretien avec l'auteur, 02/07/2002.

29. Robert Newman, entretien avec l'auteur, 13/06/2000.

30. (Et propos suivants) Anders, d'après le documentaire *Frontline*, 2001.

31. Gilmore, documentaire *Frontline*, 2001.

32. Matthew Cohen, entretien avec l'auteur, 10/12/2001.

33. Katzenberg, entretien avec l'auteur, 23/05/2002.

34. Harvey Weinstein, entretien avec l'auteur, 09/08/2002.

35. Bill Mechanic, entretien avec l'auteur, 02/05/2001.

36. (Et propos suivants) Mechanic, entretien avec l'auteur, 02/05/2001.

37. Joe Roth, entretien avec l'auteur, 01/05/2000.

38. Harvey Weinstein, entretien avec l'auteur, 09/08/2002.

39. (Et propos suivants) Joe Roth, entretien avec l'auteur, 01/05/2000.

40. (Et propos suivants) Joe Roth, entretien avec l'auteur, 01/05/2000.

41. Foley, entretien avec l'auteur, 21/06/2001.

42. Joe Roth, entretien avec l'auteur, 01/05/2000.

43. McGurk, entretien avec l'auteur, 01/05/2001.

44. (Et propos suivants) Joe Roth, entretien avec l'auteur, 01/05/2000.

45. Moore, entretien avec l'auteur, 01/05/2000.

46. Source confidentielle.

47. Source confidentielle.

48. Moore, entretien avec l'auteur, 01/05/2000.

49. Joe Roth, entretien avec l'auteur, 01/05/2000.

50. Source confidentielle.

51. Source confidentielle.

52. Vachon, entretien avec l'auteur, pas de date.

53. Marc Fisher, « "Kids" : The Darker Side of Disney », *Washington Post*, 06/08/1995.

54. (Et propos suivants) Konrad, entretien avec l'auteur, 10/06/2002.

55. Larry Clark, entretien avec l'auteur, 22/10/2003.

56. (Et propos suivants) Vachon, entretien avec l'auteur, pas de date.

57. Clark, entretien avec l'auteur, 22/10/2003.

58. Source confidentielle.

59. Lechner, entretien avec l'auteur, 31/05/2001.

60. Kevin Smith, entretien avec l'auteur, 06/06/2002.

61. Schulman, entretien avec l'auteur, 25/04/2002.

62. Van Wagenen, entretien avec l'auteur, 22/10/2003.

63. (Et propos suivants) Source confidentielle.

64. Source confidentielle.

65. Van Wagenen, entretien avec l'auteur, 22/10/2003.

66. Source confidentielle.

67. Avary, entretien avec l'auteur, 02/05/2002.

68. Bernard, *Quentin Tarantino : The Man and His Movies*, p. 240.

69. Bernard, *Quentin Tarantino : The Man and His Movies*, p. 243.

70. Tarantino, entretien avec l'auteur, 11/07/2003.

71. Collins, « The Funk of Steven Soderbergh ».

72. Soderbergh, entretien avec l'auteur, 02/05/2002.

73. (Et propos suivants) Collins, « The Funk of Steven Soderbergh ».

74. (Et propos suivants) Soderbergh, entretien avec l'auteur, 02/05/2002.

75. (Et propos suivants) Linklater, entretien avec l'auteur, 12/03/2001.

76. (Et propos suivants) Soderbergh, entretien avec l'auteur, 02/05/2002.

77. Collins, « The Funk of Steven Soderbergh ».

78. Soderbergh, entretien avec l'auteur, 02/05/2002.

79. Lim, « Having Your Way with Hollywood ».

80. (Et propos suivants) Soderbergh, entretien avec l'auteur, 02/05/2002.

81. Russell, entretien avec l'auteur, 30/08/2001.

82. Russell, entretien avec l'auteur, 08/12/2002.

83. Russell, entretien avec l'auteur, 30/08/2001.
84. Russell, entretien avec l'auteur, 25/10/2002.
85. (Et propos suivants) Russell, entretien avec l'auteur, 30/08/2001.
86. Russell, entretien avec l'auteur, 25/10/2002.
87. Konrad, entretien avec l'auteur, 10/06/2002.
88. Schweizer et Schweizer, *Disney : The Mouse Betrayed*, p. 212.
89. Linde, entretien avec l'auteur, 19/11/1999.
90. Harvey Weinstein, entretien avec l'auteur, 18/07/2002.
91. Linde, entretien avec l'auteur, 16/11/1999.
92. (Et propos suivants) McGurk, entretien avec l'auteur, 27/08/2001.
93. Bowles, entretien avec l'auteur, 24/03/2000.
94. Source confidentielle.
95. Joe Roth, entretien avec l'auteur, 01/05/2000.
96. Israel, entretien avec l'auteur, 01/05/2001.
97. Hart, entretien avec l'auteur, 17/09/2002.
98. Peter Kindlon, entretien avec l'auteur, 04/10/2002.
99. Clark, entretien avec l'auteur, 22/10/2003.
100. (Et propos suivants) Richard Brooks, « Disney Caught in "Child Porn" Film Row », *The Guardian*, 28/05/1995.
101. Bob Dole, discours du 31/05/1995.
102. Joe Roth, entretien avec l'auteur, 01/05/2000.
103. Bowles, entretien avec l'auteur, 24/03/2000.
104. Joe Roth, entretien avec l'auteur, 01/05/2000.
105. Mark Jolly, « Growing Up Fast : *Kids* », *The Times* (Londres), 30/07/1995.
106. (Et propos suivants) Clark, entretien avec l'auteur, 22/10/2003.
107. Harvey Weinstein, entretien avec l'auteur, 11/11/2003.
108. Vachon, entretien avec l'auteur, pas de date.
109. Tusk, entretien avec l'auteur, 03/02/2000.
110. Bowles, entretien avec l'auteur, 24/03/2000.
111. Clark, entretien avec l'auteur, 22/10/2003.

Chapitre 7 : Plus vite, plus haut, plus fort (1995-1996)

1. Bernard Weinraub, « Mavericks Adapting to Power of the Studios », *New York Times*, 24/06/1996.
2. Tarantino, entretien avec l'auteur, 30/04/2003.

3. Rodriguez, entretien avec l'auteur, 14/06/2003.

4. Tarantino, entretien avec l'auteur, 30/04/2003.

5. (Et propos suivants) Biskind, « Four Rooms », décembre 1995.

6. (Et propos suivants) Anders, entretien avec l'auteur, 03/11/1998.

7. (Et propos suivants) Biskind « Four Rooms », décembre 1995.

8. (Et propos suivants) Anders, entretien avec l'auteur, pas de date.

9. Biskind, « Four Rooms », décembre 1995.

10. *Ibid.*

11. Anders, entretien avec l'auteur, 13/06/2000.

12. Bernard, *Quentin Tarantino : The Man and His Movies*, p. 230.

13. Anders, entretien avec l'auteur, 17/11/1998.

14. (Et propos suivants) Anders, entretien avec l'auteur, 13/06/2000.

15. Rockwell, entretien avec l'auteur, 11/06/2003.

16. (Et propos suivants) Anders, entretien avec l'auteur, 13/06/2000.

17. (Et propos suivants) Anders, entretien avec l'auteur, 03/11/1998.

18. Coen, entretien avec l'auteur, 15/10/2003.

19. Anders, entretien avec l'auteur, 13/06/2000.

20. Safford, entretien avec l'auteur, 29/09/1998.

21. Payne, entretien avec l'auteur, 21/02/2000.

22. (Et propos suivants) Konrad, entretien avec l'auteur, 10/06/2002.

23. (Et propos suivants) Payne, entretien avec l'auteur, 21/02/2000.

24. Source confidentielle.

25. (Et propos suivants) Jonathan Taplin, entretien avec l'auteur, 02/02/1999.

26. Bowles, entretien avec l'auteur, 24/03/2000.

27. Israel, entretien avec l'auteur, 01/05/2001.

28. (Et propos suivants) Bowles, entretien avec l'auteur, 24/03/2000.

29. Carlos Goodman, entretien avec l'auteur, 02/10/1998.

30. Taplin, entretien avec l'auteur, 02/02/1999.

31. Harvey Weinstein, entretien avec l'auteur, 09/08/2002.

32. Debbie Newmyer, entretien avec l'auteur, 20/04/1999.

33. Lichter, entretien avec l'auteur, 02/10/1998, Debbie Newmyer, entretien avec l'auteur, 20/04/1999.

34. Taplin, entretien avec l'auteur, 02/02/1999.

35. Goodman, entretien avec l'auteur, 02/10/1998.

36. (Et propos suivants) Taplin, entretien avec l'auteur, 02/02/1999.

37. Susan Glatzer, entretien avec l'auteur, 26/04/2000.

38. Harvey Weinstein, entretien avec l'auteur, 09/08/2002.

39. Safford, entretien avec l'auteur, 29/09/1998.

40. (Et propos suivants) Tusk, entretien avec l'auteur, 03/02/2000, source confidentielle.

41. Tusk, entretien avec l'auteur, 03/02/2000.

42. Bowles, entretien avec l'auteur, 24/03/2000.

43. Gilmore, entretien avec l'auteur, 09/03/2001.

44. Tenenbaum, entretien avec l'auteur, 02/10/1999.

45. Kenneth Turan, *Sundance to Sarajevo* (University of California Press, Berkeley, 2002, p. 33).

46. David Geffner, « Surviving Park City : Do the Craziest 10 Days in January Still Matter ? », *Moviemaker*, 2001.

47. Soderbergh, entretien avec l'auteur, 22/04/1999.

48. Tenenbaum, entretien avec l'auteur, 02/10/1999.

49. Safford, entretien avec l'auteur, 29/09/1998.

50. (Et propos suivants) Safford, entretien avec l'auteur, 04/12/2002.

51. Harvey Weinstein, entretien avec l'auteur, 09/08/2002.

52. Safford, entretien avec l'auteur, 04/12/2002.

53. Jonathan Sehring, entretien avec l'auteur, 24/07/2000.

54. Source confidentielle.

55. Source confidentielle.

56. Pierson, entretien avec l'auteur, 26/11/2001.

57. Source confidentielle.

58. (Et propos suivants) Pierson, entretien avec l'auteur, 26/11/2001.

59. Bowles, entretien avec l'auteur, 24/03/2000.

60. (Et propos suivants) Elwes, entretien avec l'auteur, 26/10/2000.

61. Bowles, entretien avec l'auteur, 24/03/2000.

62. (Et propos suivants) Elwes, entretien avec l'auteur, 26/10/2000.

63. Harvey Weinstein, entretien avec l'auteur, 09/08/2002.

64. (Et propos suivants) Larry Meistrich, entretien avec l'auteur, 13/05/2003.

65. (Et propos suivants) Harvey Weinstein, entretien avec l'auteur, 09/08/2002.

66. Bowles, entretien avec l'auteur, 24/03/2000.

67. Source confidentielle.

68. (Et propos suivants) Elwes, entretien avec l'auteur, 26/10/2000.

69. Source confidentielle, Harvey Weinstein, entretien avec l'auteur, 09/08/2002.

70. (Et propos suivants) Meistrich, entretien avec l'auteur, 13/05/2003.

71. Elwes, entretien avec l'auteur, 26/10/2000.

72. Source confidentielle.

73. (Et propos suivants) Mechanic, entretien avec l'auteur, 02/05/2001.

74. Johanna Schneller, « *Us* interview : Billy Bob Thornton », août 1998.

75. Matthew Gilbert, « Southern Discomfort », *Boston Globe*, 07/02/1997.

76. Richard Corliss, « Billy Bob… Olivier ? » *Time*, 10/02/1997.

77. Schneller, « *Us* interview : Billy Bob Thornton », Mark Jacobson, « Citizen Billy Bob », *Esquire*, 04/1997.

78. Patrick Goldstein, « A Story That Hits Close to Down Home », *Los Angeles Times*, 24/11/1996.

79. Jacobson, « Citizen Billy Bob ».

80. (Et propos suivants) Ray, entretien avec l'auteur, 02/03/2001.

81. Payne, entretien avec l'auteur, 21/02/2000.

82. Konrad, entretien avec l'auteur, 10/06/2002.

83. (Et propos suivants) Jim Taylor, entretien avec l'auteur, 18/10/2001.

84. Payne, entretien avec l'auteur, 21/02/2000.

85. Harvey Weinstein, entretien avec l'auteur, 09/08/2002.

86. Thomas, entretien avec l'auteur, 11/04/2002.

87. (Et propos suivants) Anthony Minghella, entretien avec l'auteur, 30/10/2001.

88. Pollack, entretien avec l'auteur, 10/06/2002.

89. (Et propos suivants) Elwes, entretien avec l'auteur, 26/10/2000.

90. Peter Jackson, entretien avec l'auteur, 12/11/2003.

91. Harvey Weinstein, entretien avec l'auteur, 09/08/2002.

92. Peter Jackson, entretien avec l'auteur, 12/11/2003.

93. Harvey Weinstein, entretien avec l'auteur, 09/08/2002.
94. (Et propos suivants) Mechanic, entretien avec l'auteur, 02/05/2001.
95. Minghella, entretien avec l'auteur, 30/10/2001.
96. Mechanic, entretien avec l'auteur, 02/05/2001.

Chapitre 8 : Gang de requins (1996-1997)

1. John Pierson, entretien avec l'auteur, 13/01/2002.
2. (Et propos suivants) Source confidentielle.
3. Konrad, entretien avec l'auteur, 10/06/2002.
4. (Et propos suivants) Bob Weinstein, entretien avec l'auteur, 05/11/2003.
5. B. J. Rack, entretien avec l'auteur, 01/12/1999.
6. (Et propos suivants) Konrad, entretien avec l'auteur, 10/06/2002.
7. Rack, entretien avec l'auteur, 01/12/1999.
8. Konrad, entretien avec l'auteur, 10/06/2002.
9. Bob Weinstein, entretien avec l'auteur, 05/11/2003.
10. (Et propos suivants) Konrad, entretien avec l'auteur, 10/06/2002.
11. Bob Weinstein, entretien avec l'auteur, 05/11/2003.
12. (Et propos suivants) Rack, entretien avec l'auteur, 01/12/1999.
13. Lechner, entretien avec l'auteur, 31/05/2001.
14. Kevin Smith, entretien avec l'auteur, 18/12/2001.
15. (Et propos suivants) Rack, entretien avec l'auteur, 01/12/1999.
16. (Et propos suivants) Matthew Robbins, entretien avec l'auteur, 08/11/2003.
17. (Et propos suivants) Rack, entretien avec l'auteur, 01/12/1999.
18. Tarantino, entretien avec l'auteur, 30/04/2003.
19. (Et propos suivants) Rack, entretien avec l'auteur, 01/12/1999.
20. (Et propos suivants) Tarantino, entretien avec l'auteur, 30/04/2003.
21. (Et propos suivants) James Mangold, entretien avec l'auteur, 10/06/2002.
22. Source confidentielle.
23. Konrad, entretien avec l'auteur, 10/06/2002.

24. Mangold, entretien avec l'auteur, 10/06/2002.
25. Steinberg, entretien avec l'auteur, 21/02/2000.
26. Lechner, entretien avec l'auteur, 08/02/2000.
27. Gigliotti, entretien avec l'auteur, 14/02/2001.
28. Mangold, entretien avec l'auteur, 10/06/2002.
29. Konrad, entretien avec l'auteur, 10/06/2002.
30. (Et propos suivants) Mangold, entretien avec l'auteur, 10/06/2002.
31. Source confidentielle.
32. Source confidentielle.
33. Mangold, entretien avec l'auteur, 10/06/2002.
34. Bob Weinstein, entretien avec l'auteur, 05/11/2003.
35. Konrad, entretien avec l'auteur, 10/06/2002.
36. Foley, entretien avec l'auteur, 13/07/2001.
37. Harvey Weinstein, entretien avec l'auteur, 30/10/2002.
38. Tusk, entretien avec l'auteur, 07/02/2000.
39. Foley, entretien avec l'auteur, 13/07/2001.
40. Bowles, entretien avec l'auteur, 24/03/2000.
41. (Et propos suivants) Foley, entretien avec l'auteur, 13/07/2001.
42. Bob Weinstein, entretien avec l'auteur, 05/11/2003.
43. Lechner, entretien avec l'auteur, 08/02/2000.
44. Source confidentielle.
45. Konrad, entretien avec l'auteur, 10/06/2002.
46. Kevin Smith, entretien avec l'auteur, 18/12/2001.
47. Tusk, entretien avec l'auteur, 07/02/2000.
48. Barker, entretien avec l'auteur, 14/01/1999.
49. (Et propos suivants) Harvey Weinstein, entretien avec l'auteur, 09/08/2002.
50. Kevin Smith, entretien avec l'auteur, 18/12/2001.
51. Harvey Weinstein, entretien avec l'auteur, 09/08/2002.
52. Elwes, entretien avec l'auteur, 26/10/2000.
53. Ann Oldenburg, « Pietra Thornton Bares Body and Soul », *USA Today*, 08/12/1997.
54. Steven Rosen, « Billy Bob Thornton's Anonymity at an End », *Denver Post*, 16/02/1997.
55. Source confidentielle.
56. (Et propos suivants) Soderbergh, entretien avec l'auteur, 02/05/2002.
57. Harvey Weinstein, entretien avec l'auteur, 09/08/2002.
58. Meistrich, entretien avec l'auteur, 13/05/2003.
59. Elwes, entretien avec l'auteur, 26/10/2000.
60. Meistrich, entretien avec l'auteur, 13/05/2003.

61. Harvey Weinstein, entretien avec l'auteur, 11/11/2003.

62. « Wife Sues "Sling Blade" Star », *Times Picayune*, 20/09/1997.

63. (Et propos suivants) Rosen, « Billy Bob Thornton's Anonymity at an End ».

64. Ray, entretien avec l'auteur, 02/03/2001.

65. Ray, entretien avec l'auteur, 02/03/2001.

66. Schmidt, entretien avec l'auteur, 30/07/2003.

67. Ray, entretien avec l'auteur, 29/09/2001.

68. Schmidt, entretien avec l'auteur, 30/07/2003.

69. Ray, entretien avec l'auteur, 08/03/2001.

70. McGurk, entretien avec l'auteur, 01/05/2001.

71. (Et propos suivants) Schmidt, entretien avec l'auteur, 30/07/2003.

72. (Et propos suivants) Ray, entretien avec l'auteur, 08/03/2001.

73. (Et propos suivants) Amir Malin, entretien avec l'auteur, 06/08/2002.

74. (Et propos suivants) Ray, entretien avec l'auteur, 08/03/2001.

75. Schmidt, entretien avec l'auteur, 30/07/2003.

76. Ray, entretien avec l'auteur, 08/03/2001.

77. Source confidentielle.

78. (Et propos suivants) Ray, entretien avec l'auteur, 08/03/2001.

79. Malin, entretien avec l'auteur, 06/08/2002.

80. Ray, entretien avec l'auteur, 15/02/2001.

81. John Clark and Elaine Dutka, « Miramax Finds Success Breeds Admiration, Envy », *Los Angeles Times*, 30/01/1997.

82. Minghella, entretien avec l'auteur, 01/11/2001.

83. Source confidentielle.

84. Source confidentielle.

85. Harvey Weinstein, entretien avec l'auteur, 09/08/2002.

86. Zaentz, entretien avec l'auteur, 06/11/2003.

87. Thomas, entretien avec l'auteur, 11/04/2002.

88. David Carr, « The Emperor Miramaximus ».

89. (Et propos suivants) Walter Murch, entretien avec l'auteur, 14/11/2000.

90. (Et propos suivants) Minghella, entretien avec l'auteur, 01/11/2001.

91. Zaentz, entretien avec l'auteur, 06/11/2003.

92. Tarantino, entretien avec l'auteur, 30/04/2003.

Chapitre 9 : Les deux font la paire (1997)

1. Damon, entretien avec l'auteur, 12/09/1997.
2. Ben Affleck, entretien avec l'auteur, 21/02/2002.
3. Damon, entretien avec l'auteur, 12/09/1997.
4. (Et propos suivants) Affleck, entretien avec l'auteur, 21/02/2002.
5. Hawke, entretien avec l'auteur, 28/10/2002.
6. Affleck, entretien avec l'auteur, 21/02/2002.
7. (Et propos suivants) Damon, entretien avec l'auteur, 26/09/2001.
8. (Et propos suivants) Affleck, entretien avec l'auteur, 21/02/2002.
9. (Et propos suivants) Damon, entretien avec l'auteur, 26/09/2001.
10. (Et propos suivants) Affleck, entretien avec l'auteur, 21/02/2002.
11. (Et propos suivants) Affleck, entretien avec l'auteur, 21/02/2002.
12. Damon, entretien avec l'auteur, 26/09/2001.
13. Affleck, entretien avec l'auteur, 21/02/2002.
14. Smith, entretien avec l'auteur, pas de date.
15. Documentaire *Frontline*, 2001.
16. (Et propos suivants) Kevin Smith, entretien avec l'auteur, 18/12/2001.
17. (Et propos suivants) Damon, entretien avec l'auteur, 26/09/2001.
18. Affleck, entretien avec l'auteur, 21/02/2002.
19. Lechner, entretien avec l'auteur, 08/02/2000.
20. (Et propos suivants) Damon, entretien avec l'auteur, 26/09/2001.
21. Affleck, entretien avec l'auteur, 21/02/2002.
22. Webster, entretien avec l'auteur, 20/10/2001.
23. Van Sant, entretien avec l'auteur, 18/10/2001.
24. (Et propos suivants) Damon, entretien avec l'auteur, 26/09/2001.
25. Lechner, entretien avec l'auteur, 03/05/2001.
26. (Et propos suivants) Affleck, entretien avec l'auteur, 21/02/2002.
27. (Et propos suivants) Source confidentielle.

28. (Et propos suivants) Gary Meyer, entretien avec l'auteur, 27/11/2001.

29. Source confidentielle.

30. Konrad, entretien avec l'auteur, 07/06/2002.

31. Lechner, entretien avec l'auteur, 08/02/2000.

32. Corie Brown, article pour *Newsweek* (non publié) écrit vers 2000.

33. Konrad, entretien avec l'auteur, 10/06/2002.

34. (Et propos suivants) Webster, entretien avec l'auteur, 20/10/2001.

35. Tusk, entretien avec l'auteur, 16/08/2000.

36. (Et propos suivants) Source confidentielle.

37. Webster, entretien avec l'auteur, 20/10/2001.

38. (Et propos suivants) Source confidentielle.

39. Gill, entretien avec l'auteur, 11/02/2003.

40. Source confidentielle.

41. Source confidentielle.

42. Lechner, entretien avec l'auteur, 31/05/2001.

43. Mechanic, entretien avec l'auteur, 02/05/2001.

44. McGurk, entretien avec l'auteur, 01/05/2001.

45. (Et propos suivants) Ray, entretien avec l'auteur, 08/03/2001.

46. Schmidt, entretien avec l'auteur, 09/05/2000.

47. (Et propos suivants) Hirschberg, « Crabgrass Gothic », *New York Times Magazine*, 27/09/1998.

48. Hope, entretien avec l'auteur, 10/06/2001.

49. Schmidt, entretien avec l'auteur, 31/07/2003.

50. (Et propos suivants) Ray, entretien avec l'auteur, 19/03/2001.

51. Hope, entretien avec l'auteur, 10/06/2001.

52. (Et propos suivants) Vachon, entretien avec l'auteur, 01/06/2001.

53. Ray, entretien avec l'auteur, 19/03/2001.

54. (Et propos suivants) Vachon, entretien avec l'auteur, 01/06/2001.

55. Schmidt, entretien avec l'auteur, 31/07/2003.

56. Source confidentielle.

57. Ray, entretien avec l'auteur, 16/12/1998.

58. Schmidt, entretien avec l'auteur, 09/06/2000.

59. Ray, entretien avec l'auteur, 16/12/1998.

60. Glatzer, entretien avec l'auteur, 26/04/2000.

61. Ray, entretien avec l'auteur, 08/03/2001.

62. (Et propos suivants) Elwes, entretien avec l'auteur, 26/10/2000.

63. Woods, entretien avec l'auteur, 30/11/1999.

64. Ray, entretien avec l'auteur, 08/03/2001.

65. Bowles, entretien avec l'auteur, 07/06/2000.

66. (Et propos suivants) Elwes, entretien avec l'auteur, 26/10/2000.

67. (Et propos suivants) Ray, entretien avec l'auteur, 08/03/2001.

68. (Et propos suivants) Elwes, entretien avec l'auteur, 26/10/2000.

69. (Et propos suivants) Ray, entretien avec l'auteur, 08/03/2001.

70. Elwes, entretien avec l'auteur, 26/10/2000.

71. Schmidt, entretien avec l'auteur, 25/05/2000.

72. (Et propos suivants) Elwes, entretien avec l'auteur, 26/10/2000.

73. (Et propos suivants) Schmidt, entretien avec l'auteur, 25/05/2000.

74. Elwes, entretien avec l'auteur, 26/10/2000.

75. Harvey Weinstein, entretien avec l'auteur, 03/10/2002.

76. (Et propos suivants) Elwes, entretien avec l'auteur, 26/10/2000.

77. Ray, entretien avec l'auteur, 08/03/2001.

78. Schmidt, entretien avec l'auteur, 25/05/2000.

79. Bowles, entretien avec l'auteur, 07/06/2000.

80. Glatzer, entretien avec l'auteur, 26/04/2000.

Chapitre 10 : Je m'voyais déjà... (1997-1998)

1. Lynn Hirschberg, « The Two Hollywoods : The Man Who Changed Everything », *The New York Times*, 16/11/1997.

2. Damon, entretiens avec l'auteur, 26/09/2001 et 12/09/1997.

3. Van Sant, entretien avec l'auteur, 18/10/2001.

4. (Et propos suivants) Affleck, entretien avec l'auteur, 21/02/2002.

5. Damon, entretien avec l'auteur, 26/09/2001.

6. (Et propos suivants) Affleck, entretien avec l'auteur, 21/02/2002.

7. Damon, entretien avec l'auteur, 26/09/2001.

8. Affleck, entretien avec l'auteur, 21/02/2002.

9. (Et propos suivants) Damon, entretien avec l'auteur, 26/09/2001, source confidentielle.

10. Van Sant, entretien avec l'auteur, 18/10/2001.

11. Affleck, entretien avec l'auteur, 21/02/2002.

12. Damon, entretien avec l'auteur, 03/10/2001.

13. Damon, entretien avec l'auteur, 30/10/2001.

14. (Et propos suivants) Van Sant, entretien avec l'auteur, 18/10/2001.

15. (Et propos suivants) Affleck, entretien avec l'auteur, 21/02/2002.

16. Kevin Smith, entretien avec l'auteur, 18/12/2001.

17. Lee, entretien avec l'auteur, 08/11/2002.

18. Len Klady, « *Scream 2* Debut Coin Overstated », *Variety*, publié le 21/12/1997.

19. Joe Roth, entretien avec l'auteur, 01/05/2000.

20. Klady, « *Scream 2* Debut Coin Overstated ».

21. Source confidentielle.

22. Rodriguez, entretien avec l'auteur, 17/06/2003.

23. Source confidentielle.

24. Louis Black, entretien avec l'auteur, 05/06/2003.

25. (Et propos suivants) Dulce Durante, entretien avec l'auteur, 17/06/2003.

26. Source confidentielle.

27. Source confidentielle.

28. Source confidentielle.

29. Hess, entretien avec l'auteur, 23/10/1998.

30. Black, entretien avec l'auteur, 05/06/2003.

31. Jennifer Beals, entretien avec l'auteur, 02/07/2003.

32. (Et propos suivants) Tarantino, entretien avec l'auteur, 30/06/2003.

33. (Et propos suivants) Tarantino, entretien avec l'auteur, 03/02/2003.

34. (Et propos suivants) Lee, entretien avec l'auteur, 08/11/2002.

35. « Quentin's Race Slurs Spark Brawl », « Page Six », *New York Post*, 05/05/1998.

36. (Et propos suivants) Kevin Merida, « Spike Lee, Holding Court », *Washington Post*, 01/05/1998.

37. (Et propos suivants) Lee, entretien avec l'auteur, 08/11/2002.

38. Lee, entretien avec l'auteur, 08/11/2002, S. F. Said, « Getting Spikey, *The Context* interviews Spike Lee, director of *Bamboozled* », thecontext.com, 06/04/2001.

39. Tarantino, entretien avec l'auteur, 30/06/2003.

40. Tarantino, entretien avec l'auteur, 30/06/2003.

41. Quentin Curtis, « The Arts : Why I'm Not afraid of Failing in New York », *Daily Telegraph*, 19/06/1998.

42. (Et propos suivants) Darren Aronofsky, entretien avec l'auteur, 11/12/2001.

43. Webster, entretien avec l'auteur, 20/10/2001.

44. Source confidentielle.

45. Deutchman, 01/03/2000.

46. Source confidentielle.

47. Webster, entretien avec l'auteur, 20/10/2001.

48. (Et propos suivants) Lechner, entretien avec l'auteur, 31/05/2001.

49. Ivory, entretien avec l'auteur, 09/07/2001.

50. (Et propos suivants) Source confidentielle.

51. Lechner, entretien avec l'auteur, 31/05/2001.

52. Peter Newman, entretien avec l'auteur, 01/06/2001.

53. Gigliotti, entretien avec l'auteur, 14/02/2001.

54. Lechner, entretien avec l'auteur, 31/05/2001.

55. Schmidt, entretien avec l'auteur, 09/05/2000.

56. (Et propos suivants) Ray, entretien avec l'auteur, 19/03/2001.

57. Schmidt, entretien avec l'auteur, 09/06/2000.

58. Rob Carliner, entretien avec l'auteur, 20/10/2003.

59. Schmidt, entretien avec l'auteur, 09/06/2000.

60. Ray, entretien avec l'auteur, 19/03/2001.

61. Source confidentielle.

62. (Et propos suivants) Schmidt, entretien avec l'auteur, 09/06/2000.

63. Glatzer, entretien avec l'auteur, 26/04/2000.

64. Ray, entretien avec l'auteur, 19/03/2001.

65. Carliner, entretien avec l'auteur, 20/10/2003.

66. CD *South Park.*

67. Source confidentielle.

68. Sandy Stern, entretien avec l'auteur, 20/10/2003.

69. Rice, entretien avec l'auteur, 23/07/2001.

70. Schmidt, entretien avec l'auteur, 31/07/2003.

71. (Et propos suivants) Source confidentielle.

72. Ed Zwick, entretien avec l'auteur, 29/08/2003.

73. Gigliotti, entretien avec l'auteur, 14/02/2001.
74. McGurk, entretien avec l'auteur, 18/06/2003.
75. John Logigian, entretien avec l'auteur, 30/10/2003.
76. Gigliotti, entretien avec l'auteur, 03/10/2001.
77. Source confidentielle.
78. Gigliotti, entretien avec l'auteur, 14/02/2001.
79. Zwick, entretien avec l'auteur, 29/08/2001.
80. Kevin Smith, entretien avec l'auteur, 06/06/2002.
81. Source confidentielle.
82. Granata, entretien avec l'auteur, 16/12/2002.
83. Norman, entretien avec l'auteur, 13/08/2003.
84. Granata, entretien avec l'auteur, 16/12/2002.
85. Lechner, entretien avec l'auteur, 31/05/2001.
86. Gigliotti, entretien avec l'auteur, 03/10/2001.
87. Rebecca Traister, « All This Gray Hair Is from Far from Heaven : Christine Vachon Her Magnificent Obsession », *New York Observer*, 06/11/2002.
88. (Et propos suivants) Vachon, entretien avec l'auteur, pas de date.
89. (Et propos suivants) Lechner, entretien avec l'auteur, 03/05/2001.
90. (Et propos suivants) Vachon, entretien avec l'auteur, pas de date, et *Projections*, p. 152.
91. Vachon, entretien avec l'auteur, 01/06/2001.
92. (Et propos suivants) Ray, entretien avec l'auteur, 19/03/2001.
93. Ray, entretien avec l'auteur, 19/05/2001.
94. Source confidentielle.
95. Hirschberg, « Crabgrass Gothic ».
96. Ray, entretien avec l'auteur, 29/09/2001.
97. (Et propos suivants) Ray, entretien avec l'auteur, 19/03/2001.
98. Vachon, entretien avec l'auteur, 01/06/2001.
99. (Et propos suivants) Ray, entretien avec l'auteur, 19/03/2001.
100. (Et propos suivants) Kindlon, entretien avec l'auteur, 04/10/2002.
101. Robin Rizzuto, entretien avec l'auteur, 27/07/2000.
102. Source confidentielle.
103. Hart, entretien avec l'auteur, 17/09/2002.
104. Source confidentielle.

105. Eugenia Peretz, « Celebrity's Little Helper », *Vanity Fair*, juillet 2000.

106. Hart, entretien avec l'auteur, 17/09/2002.

107. Source confidentielle.

108. Dennis Higgins, entretien avec l'auteur, 26/04/2002.

109. Kindlon, entretien avec l'auteur, 04/10/2002.

110. Hart, entretien avec l'auteur, 17/09/2002.

111. Kindlon, entretien avec l'auteur, 04/10/2002.

112. (Et propos suivants) Hart, entretien avec l'auteur, 17/09/2002.

113. Dinerstein, entretien avec l'auteur, 22/10/1999.

114. (Et propos suivants) Source confidentielle.

115. Hart, entretien avec l'auteur, 17/09/2002.

116. (Et propos suivants) Kindlon, entretien avec l'auteur, 04/10/2002.

117. Merri Lane, entretien avec l'auteur, 12/06/2001.

118. Kindlon, entretien avec l'auteur, 04/10/2002.

Chapitre 11 : Ripoux contre Ripoux (1998-1999)

1. Ray, entretien avec l'auteur, 19/03/2001.

2. Lechner, entretien avec l'auteur, 31/05/2001.

3. Source confidentielle.

4. Source confidentielle.

5. Source confidentielle.

6. (Et propos suivants) Webster, entretien avec l'auteur, 20/10/2001.

7. Lechner, entretien avec l'auteur, 31/05/2001.

8. Roth, entretien avec l'auteur, 10/05/2000.

9. (Et propos suivants) Konrad, entretien avec l'auteur, 07/06/2002.

10. Harvey Weinstein, entretien avec l'auteur, 18/11/2002, Konrad, entretien avec l'auteur, 07/06/2002, et source confidentielle.

11. Konrad, entretien avec l'auteur, 07/06/2002.

12. Source confidentielle.

13. Harvey Weinstein, entretien avec l'auteur, 18/11/2002.

14. (Et propos suivants) Konrad, entretien avec l'auteur, 07/06/2002.

15. Roth, entretien avec l'auteur, 01/05/2000.

16. Harvey Weinstein, entretien avec l'auteur, 03/10/2002.
17. Lechner, entretien avec l'auteur, 31/05/2001.
18. Anthony Kaufman, « The Six Million Dollar Man Strikes Back ; Brad Anderson Survives with Two New Movies », *IndieWIRE*, 10/08/2001.
19. (Et propos suivants) Kevin Smith, entretien avec l'auteur, 18/12/2001.
20. Roth, entretien avec l'auteur, 01/05/2000.
21. Source confidentielle.
22. Moore, entretien avec l'auteur, 01/05/2000.
23. Harvey Weinstein, entretien avec l'auteur, 18/07/2002.
24. Lettre vue par l'auteur.
25. (Et propos suivants) Kevin Smith, entretien avec l'auteur, 18/12/2001.
26. Source confidentielle.
27. (Et propos suivants) Tarantino, entretien avec l'auteur, 30/04/2003.
28. Source confidentielle.
29. Tarantino, entretien avec l'auteur, 30/04/2003.
30. Tarantino, entretien avec l'auteur, 30/04/2003, David Carradine, entretien avec l'auteur, 30/06/2003.
31. Thurman, entretien avec l'auteur, 27/06/2003.
32. Source confidentielle.
33. (Et propos suivants) Tarantino, entretien avec l'auteur, 30/04/2003.
34. Schmidt, entretien avec l'auteur, 09/06/2000.
35. Glatzer, entretien avec l'auteur, 26/04/2000.
36. Ray, entretien avec l'auteur, 02/03/2001.
37. Source confidentielle.
38. McGurk, entretien avec l'auteur, 01/05/2001.
39. Rice, entretien avec l'auteur, 23/07/2001.
40. Source confidentielle.
41. (Et propos suivants) Ray, entretien avec l'auteur, 08/03/2001.
42. Source confidentielle.
43. Schmidt, entretien avec l'auteur, 09/05/2000.
44. (Et propos suivants) Schmidt, entretien avec l'auteur, 31/07/2003.
45. Gigliotti, entretien avec l'auteur, 04/01/2001.
46. Source confidentielle.
47. (Et propos suivants) Schmidt, entretien avec l'auteur, 31/07/2003.

48. Schmidt, entretien avec l'auteur, 07/08/2003.
49. Barry Diller, entretien avec l'auteur, 28/10/2003.
50. Malin, entretien avec l'auteur, 06/08/2002.
51. Schmidt, entretien avec l'auteur, 31/07/2003.
52. (Et propos suivants) Ray, entretien avec l'auteur, 19/03/2001.
53. Rice, entretien avec l'auteur, 16/07/2001.
54. (Et propos suivants) Sarah Kernochan, entretien avec l'auteur, 14/05/2001.
55. Pam Grossman, salon. com, 17/05/2000.
56. (Et propos suivants) Kernochan, entretien avec l'auteur, 14/05/2001.
57. Ivory, entretien avec l'auteur, 09/07/2001.
58. Source confidentielle.
59. Kernochan, entretien avec l'auteur, 14/05/2001.
60. Mémo de Weinstein adressé à Kernochan, 19/02/1998.
61. Lee, entretien avec l'auteur, 08/11/2002.
62. Kernochan, entretien avec l'auteur, 14/05/2001.
63. Mémo de Kernochan adressé à Weinstein, 07/04/1998.
64. Kernochan, entretien avec l'auteur, 14/05/2001.
65. Mémo de Lantos adressé à Weinstein, 17/07/1999.
66. Dolly Hall, 18/04/2001.
67. Lee Percy, entretien avec l'auteur, 12/05/2001.
68. (Et propos suivants) John Dahl, entretien avec l'auteur, 06/05/1999.
69. Damon, entretien avec l'auteur, 26/09/2001.
70. Norton, entretien avec l'auteur, 08/08/2002.
71. Damon, entretien avec l'auteur, 26/09/2001.
72. (Et propos suivants) Tom Tykwer, entretien avec l'auteur, 01/06/2003.
73. Tusk, entretien avec l'auteur, 03/02/2000.
74. Owen Gleiberman, critique, *Entertainment Weekly*, 30/10/1998.
75. Richard Schickel, « Fascist Fable : A Farce Trivializes the Horror of the Holocaust », *Time*, 09/11/1998.
76. (Et propos suivants) Ray, entretien avec l'auteur, 19/03/2001.
77. (Et propos suivants) Ray, entretien avec l'auteur, 29/09/2001.
78. (Et propos suivants) McGurk, entretien avec l'auteur, 27/08/2001.
79. Gigliotti, entretien avec l'auteur, 04/01/2001.

80. Spikes, entretien avec l'auteur, 23/07/2001.

81. Schmidt, entretien avec l'auteur, 31/07/2003.

82. Bowles, entretien avec l'auteur, 07/06/2000.

83. Schmidt, entretien avec l'auteur, 09/05/2000.

84. Schmidt, entretien avec l'auteur, 31/07/2003.

85. (Et propos suivants) Kevin Smith, entretien avec l'auteur, 19/08/2003.

86. Lee, entretien avec l'auteur, 08/11/2002.

87. Kevin Smith, entretien avec l'auteur, 18/12/2001.

88. McGurk, entretien avec l'auteur, 23/10/2002.

89. (Et propos suivants) Mangold, entretien avec l'auteur, 07/06/2002.

90. Konrad, entretien avec l'auteur, 10/06/2002.

91. Konrad, entretien avec l'auteur, 07/06/2002.

92. Auletta, « Beauty and the Beast ».

93. (Et propos suivants) Kevin Smith, entretien avec l'auteur, 18/12/2001.

94. (Et propos suivants) Damon, entretien avec l'auteur, 26/09/2001.

95. (Et propos suivants) Kevin Smith, entretien avec l'auteur, 18/12/2001.

96. Harvey Weinstein, entretien avec l'auteur, 11/11/2003.

97. Source confidentielle.

98. Mangold, entretien avec l'auteur, 07/06/2002.

99. (Et propos suivants) Nikki Finke, *New York*, 15/03/1999.

100. (Et propos suivants) Harvey Weinstein, entretien avec l'auteur, 03/10/2002.

101. Urman, entretien avec l'auteur, 31/10/2001.

102. (Et propos suivants) David Parfitt, 17/06/2003.

103. Norman, entretien avec l'auteur, 13/08/2003.

104. Source confidentielle.

105. Mechanic, entretien avec l'auteur, 02/05/2001.

106. (Et propos suivants) John Horn, « Signed, Sealed, and Delivered », *Premiere*, janvier 2000.

107. Mechanic, entretien avec l'auteur, 02/05/2001.

108. Horn, « Signed, Sealed, and Delivered ».

109. Norman, entretien avec l'auteur, 13/08/2003.

110. Harvey Weinstein, entretien avec l'auteur, 03/10/2002.

111. (Et propos suivants) Ray, entretien avec l'auteur, 08/03/2001.

Chapitre 12 : Le roi de New York (1999-2000)

1. Lee, entretien avec l'auteur, 08/11/2002.
2. Gilmore, entretien avec l'auteur, 09/03/2001.
3. Lechner, entretien avec l'auteur, 31/05/2001.
4. Lichter, entretien avec l'auteur, 02/10/1998.
5. Schmidt, entretien avec l'auteur, 09/05/2000.
6. Moore, entretien avec l'auteur, 01/05/2000.
7. (Et propos suivants) McGurk, entretien avec l'auteur, 01/05/2001.
8. Kevin Smith, entretien avec l'auteur, 18/12/2001.
9. Elwes, entretien avec l'auteur, 01/05/2003.
10. Kevin Smith, entretien avec l'auteur, 18/12/2001.
11. Scott Rudin, entretien avec l'auteur, 07/06/2002.
12. Lee, entretien avec l'auteur, 08/11/2002.
13. (Et propos suivants) Joe Roth, entretien avec l'auteur, 01/05/2000.
14. Judy Bachrach, *Tina and Harry Come to America* (éditions Free Press, New York, 2001, p. 315).
15. Source confidentielle.
16. Soderbergh, entretien avec l'auteur, 02/05/2002.
17. Dennis Lim, « Having Your Way With Hollywood ».
18. Soderbergh, entretien avec l'auteur, 02/05/2002.
19. Hawke, entretien avec l'auteur, 28/10/2002.
20. (Et propos suivants) Soderbergh, entretien avec l'auteur, 02/05/2002.
21. Source confidentielle.
22. Source confidentielle.
23. Source confidentielle.
24. Diller, entretien avec l'auteur, 28/10/2003.
25. Gigliotti, entretien avec l'auteur, 04/01/2001.
26. Source confidentielle.
27. (Et propos suivants) Gigliotti, entretien avec l'auteur, 04/01/2001.
28. Diller, entretien avec l'auteur, 28/10/2003.
29. Source confidentielle.
30. (Et propos suivants) Gigliotti, entretien avec l'auteur, 04/01/2001.
31. Gigliotti, entretien avec l'auteur, 04/01/2001.
32. Soderbergh, entretien avec l'auteur, 31/08/2001.
33. (Et propos suivants) Source confidentielle.

34. (Et propos suivants) Source confidentielle.
35. Amy Taubin, *Village Voice*, 8-14/12/1999.
36. (Et propos suivants) Source confidentielle.
37. Hope, entretien avec l'auteur, 19/07/2002.
38. Russell, entretien avec l'auteur, 24/02/2000.
39. (Et propos suivants) Pierson, entretien avec l'auteur, pas de date.
40. Source confidentielle.
41. Geffner, « Surviving Park City ».
42. (Et propos suivants) Source confidentielle.
43. Pollack, entretien avec l'auteur, 10/06/2002.
44. (Et propos suivants) Source confidentielle.
45. Pollack, entretien avec l'auteur, 10/06/2002.
46. (Et propos suivants) Source confidentielle.
47. Patrick Goldstein, « Scrappy Miramax Disappears on "Yards" Marketing », *Los Angeles Times*, 28/11/2000.
48. Source confidentielle.
49. (Et propos suivants) Source confidentielle.
50. (Et propos suivants) Kernochan, entretien avec l'auteur, 14/05/2001.
51. (Et propos suivants) Merchant, entretien avec l'auteur, 09/07/2001.
52. Ivory, entretien avec l'auteur, 09/07/2001.
53. Source confidentielle.
54. Ivory, entretien avec l'auteur, 09/07/2001.
55. Hawke, entretien avec l'auteur, 28/10/2002.
56. Thurman, entretien avec l'auteur, 27/06/2003.
57. Merchant, entretien avec l'auteur, 09/07/2001.
58. Gill, entretien avec l'auteur, 11/02/2003.
59. Merchant, entretien avec l'auteur, 09/07/2001.
60. Ivory, entretien avec l'auteur, 09/07/2001.
61. Merchant, entretien avec l'auteur, 09/07/2001.
62. Ivory, entretien avec l'auteur, 09/07/2001.
63. (Et propos suivants) Hawke, entretien avec l'auteur, 28/10/2002.
64. (Et propos suivants) Goldstein, « Scrappy Miramax Disappears on "Yards" Marketing ».
65. Webster, entretien avec l'auteur, 20/10/2001.
66. Rice, entretien avec l'auteur, 23/07/2001.
67. (Et propos suivants) Goldstein, « Scrappy Miramax Disappears on "Yards" Marketing ».
68. Webster, entretien avec l'auteur, 20/10/2001.

69. Goldstein, « Scrappy Miramax Disappears on "Yards" Marketing ».

70. (Et propos suivants) Webster, entretien avec l'auteur, 20/10/2001.

71. Goldstein, « Scrappy Miramax Disappears on "Yards" Marketing ».

72. (Et propos suivants) Schulman, entretien avec l'auteur, 25/04/2002.

73. Biskind, *Premiere*, novembre 2002.

74. David Rooney, « Harvey Set to Helm Again », *Variety*, 01/05/2003.

75. Laura Holson, « Two Hollywood Titans Brawl Over Gang Epic », *New York Times*, 07/04/2002.

76. Kim Masters, « Harvey, Marty, and a Jar Full of Ears », *Esquire*, juillet 2002.

77. Harvey Weinstein, entretien avec l'auteur, 30/10/2002.

78. Masters, « Harvey, Marty, and a Jar Full of Ears ».

79. Schulman, entretien avec l'auteur, 25/04/2002.

80. Parfitt, entretien avec l'auteur, 17/06/2003.

81. Source confidentielle.

82. (Et propos suivants) Masters, « Harvey, Marty, and a Jar Full of Ears ».

83. (Et propos suivants) Harvey Weinstein, entretien avec l'auteur, 11/04/2003. D'après Parfitt, Weinstein ne fut pas mêlé à l'incident. En colère contre lui, Scorsese renversa le bureau de son assistant au lieu du sien.

84. Harvey Weinstein, entretien avec l'auteur, 11/04/2002.

85. Source confidentielle.

86. Harvey Weinstein, entretien avec l'auteur, 11/04/2003.

87. (Et propos suivants) Masters, « Harvey, Marty, and a Jar Full of Ears ».

88. Elwes, entretien avec l'auteur, 01/05/2003.

Chapitre 13 : Fini de rire (2000-2001)

1. Hawke, entretien avec l'auteur, 28/10/2002.

2. (Et propos suivants) Tim Blake Nelson, entretien avec l'auteur, 04/10/2001.

3. (Et propos suivants) Source confidentielle.

4. (Et propos suivants) Rebecca Traister, « The Story of *O*, Weinstein Style : High-School Othello Is Held Up », *New York Observer*, 13/11/2000.

5. (Et propos suivants) Source confidentielle.

6. (Et propos suivants) J. Hoberman, entretien avec l'auteur, 12/03/2002.

7. Hoberman, entretien avec l'auteur, 12/03/2002.

8. (Et propos suivants) Dennis Higgins, entretien avec l'auteur, 26/04/2002.

9. Harvey Weinstein, entretien avec l'auteur, 03/10/2002.

10. Richard Johnson, entretien avec l'auteur, 13/11/2003.

11. Paula Froelich, entretien avec l'auteur, 14/11/2003.

12. Source confidentielle.

13. (Et propos suivants) Source confidentielle.

14. « Page Six », *New York Post*, 08/11/2000.

15. Affleck, entretien avec l'auteur, 21/02/2002.

16. Konrad, entretien avec l'auteur, 10/06/2002.

17. Mangold, entretien avec l'auteur, 07/06/2002.

18. Foley, entretien avec l'auteur, 13/07/2001.

19. Anthony Kaufman, « Man of the Year, Steven Soderbergh Traffics in Success », *IndieWIRE*, 03/01/2001.

20. Bill Desowitz, « Puzzling Filmgoers, with Serious Intent : The Coolly Received Drama "Solaris" Aims to Challenge Audiences with Tough Questions, Say Its Star and Director », *Los Angeles Times*, 03/12/2002.

21. (Et propos suivants) Soderbergh, entretien avec l'auteur, 31/08/2001.

22. Soderbergh, entretien avec l'auteur, pas de date.

23. (Et propos suivants) Soderbergh, entretien avec l'auteur, 31/08/2001.

24. Hawke, entretien avec l'auteur, 28/10/2002.

25. Russell, entretien avec l'auteur, 25/10/2002.

26. Hawke, entretien avec l'auteur, 28/10/2002.

27. Russell, entretien avec l'auteur, 25/10/2002.

28. (Et propos suivants) Damon, entretien avec l'auteur, 26/09/2001.

29. Epperson, entretien avec l'auteur, 29/08/2001.

30. (Et propos suivants) Damon, entretien avec l'auteur, 26/09/2001.

31. Rice, entretien avec l'auteur, 24/07/2001.

32. Affleck, entretien avec l'auteur, 21/02/2002.

33. Harvey Weinstein, entretien avec l'auteur, 18/11/2002.

34. Damon, entretien avec l'auteur, 26/09/2001.
35. Affleck, entretien avec l'auteur, 21/02/2002.
36. Kevin Smith, entretien avec l'auteur, 18/12/2001.
37. Damon, entretien avec l'auteur, 26/09/2001.
38. Source confidentielle.
39. (Et propos suivants) Damon, entretien avec l'auteur, 26/09/2001.
40. Source confidentielle.
41. Epperson, entretien avec l'auteur, 29/08/2001.
42. Damon, entretien avec l'auteur, 26/09/2001.
43. Source confidentielle.
44. Jeanette Walls, entretien avec l'auteur, 26/02/2001.
45. « Gwyn and Bear It », *Toronto Sun*, 03/02/2002.
46. Auletta, « Beauty and the Beast ».
47. Elvis Mitchell, « "Chocolat" : Candy Power Comes to Town », *New York Times*, 15/12/2000.
48. Lisa Schwarzbaum, critique, *Entertainment Weekly*, 16/01/2002.
49. (Et propos suivants) Schwarzbaum, entretien avec l'auteur, 20/03/2002.
50. John Penotti, entretien avec l'auteur, 15/04/2002.
51. Harvey Weinstein, entretien avec l'auteur, 18/11/2002.
52. Penotti, entretien avec l'auteur, 15/04/2002.
53. Source confidentielle.
54. Source confidentielle.
55. Barbara Maltby, entretien avec l'auteur, 16/06/2003.
56. (Et propos suivants) Nelson, entretien avec l'auteur, 04/10/2001.
57. (Et propos suivants) Eric Gitter, entretien avec l'auteur, 09/10/2001.
58. Haynes, entretien avec l'auteur, 23/03/2002.
59. (Et propos suivants) Haynes, entretien avec l'auteur, 23/03/2002.
60. *Daily Variety*, 30/10/2001.
61. Source confidentielle.
62. (Et propos suivants) Source confidentielle.
63. (Et propos suivants) Kevin Smith, entretien avec l'auteur, 18/12/2001.
64. (Et propos suivants) Konrad, entretien avec l'auteur, 07/06/2002.
65. (Et propos suivants) Mangold, entretien avec l'auteur, 07/06/2002.

66. Kevin Smith, entretien avec l'auteur, 18/12/2001.
67. Rudin, entretien avec l'auteur, 07/08/2002.
68. Source confidentielle.
69. Konrad, entretien avec l'auteur, 07/06/2002.

Chapitre 14 : Le choc des Titans (2001-2002)

1. Tykwer, entretien avec l'auteur, 13/07/2003.
2. (Et propos suivants) Fisher Stevens, entretien avec l'auteur, 23/06/2002.
3. Hope, entretien avec l'auteur, 19/07/2002.
4. Harvey Weinstein, entretien avec l'auteur, 18/11/2002.
5. (Et propos suivants) Hope, entretien avec l'auteur, 19/07/2002.
6. (Et propos suivants) Source confidentielle.
7. Todd Field, entretien avec l'auteur, pas de date.
8. Stevens, entretien avec l'auteur, 23/06/2002.
9. Field, entretien avec l'auteur, pas de date.
10. Tom O'Neil, www.GoldDerby.com.
11. Ray, entretien avec l'auteur, 07/08/2002.
12. Bill Higgins, *Variety*, 21/01/2002.
13. (Et propos suivants) Ray, entretien avec l'auteur, 07/08/2002.
14. Source confidentielle.
15. Stacey Snider, entretien avec l'auteur, 26/04/2002, Auletta, « Beauty and the Beast ».
16. Snider, entretien avec l'auteur, 26/04/2002.
17. Auletta, « Beauty and the Beast ».
18. Source confidentielle.
19. Snider, entretien avec l'auteur, 26/04/2002.
20. (Et propos suivants) Craig Offinan, « Diller Defends Viv U Chief Messier, stox », *Variety*, 13/05/2002.
21. Auletta, « Beauty and the Beast ».
22. Source confidentielle.
23. Harvey Weinstein, entretien avec l'auteur, 11/04/2003.
24. Source confidentielle.
25. Safford, entretien avec l'auteur, 29/09/1998.
26. Matthew Hiltzik, entretien avec l'auteur, pas de date.
27. Gill, entretien avec l'auteur, 04/06/2002.
28. Harvey Weinstein, entretien avec l'auteur, 18/11/2002.

29. (Et propos suivants) Source confidentielle.
30. Gill, entretien avec l'auteur, 04/06/2002.
31. Ben Kaplan, « Action Painting », *New York*, 09/09/2002.
32. Mangold, entretien avec l'auteur, 10/06/2002.
33. Harvey Weinstein, entretien avec l'auteur, 11/04/2003.
34. Nikki Finke, salon. com, 28/03/2002.
35. Source confidentielle.
36. Vachon, entretien avec l'auteur, 10/06/2003.
37. (Et propos suivants) Haynes, entretien avec l'auteur, 13/06/2003.
38. Michael Jackson, entretien avec l'auteur, 27/10/2003.
39. Vachon, entretien avec l'auteur, 10/06/2003.
40. Haynes, entretien avec l'auteur, 13/06/2003.
41. Vachon, entretien avec l'auteur, 10/06/2003.
42. Source confidentielle.
43. (Et propos suivants) Snider, entretien avec l'auteur, 21/10/2003.
44. Diller, entretien avec l'auteur, 28/10/2003.
45. Schamus, entretien avec l'auteur, 30/04/2003.
46. Hope, entretien avec l'auteur, 19/07/2002.
47. Penotti, entretien avec l'auteur, 15/04/2002.
48. Elvis Mitchell, critique, *New York Times*, 06/12/2002.
49. Si l'on en croit Laura M. Holson et Rick Lyman, « Miramax's Big Screen Test », *New York Times*, 04/11/2002.
50. Gill, entretien avec l'auteur, 11/02/2003.
51. Gigliotti, entretien avec l'auteur, 10/06/2001.
52. Russell, entretien avec l'auteur, 25/10/2002.
53. Mangold, entretien avec l'auteur, 07/06/2002.
54. (Et propos suivants) Vachon, entretien avec l'auteur, 10/06/2003.
55. Auletta, « Beauty and the Beast ».
56. Rudin, entretien avec l'auteur, 07/08/2002.
57. Source confidentielle.
58. (Et propos suivants) Elwes, entretien avec l'auteur, 01/05/2003.
59. Harvey Weinstein, entretien avec l'auteur, 09/08/2002.
60. Source confidentielle.
61. Source confidentielle.
62. (Et propos suivants) Lee, entretien avec l'auteur, 08/11/2002.
63. (Et propos suivants) Rudin, entretien avec l'auteur, 07/08/2002.

64. Harvey Weinstein, entretien avec l'auteur, 18/11/2002.
65. (Et propos suivants) Source confidentielle.
66. Gill, entretien avec l'auteur, 23/10/2002.
67. Harvey Weinstein, entretien avec l'auteur, 18/11/2002.
68. Source confidentielle.
69. Pollack, entretien avec l'auteur, 01/06/2002.
70. Russell Crowe, entretien avec l'auteur, 04/09/2003.
71. Snider, entretien avec l'auteur, 21/10/2003.
72. Source confidentielle.
73. Gill, entretien avec l'auteur, 11/02/2003.
74. Source confidentielle.
75. (Et propos suivants) Harvey Weinstein, entretien avec l'auteur, 11/04/2003.
76. Elwes, entretien avec l'auteur, 01/05/2003.
77. Harvey Weinstein, entretien avec l'auteur, 11/04/2003.
78. Source confidentielle. Voir aussi Paul Tharp, « Big Trouble at Disney – Weinstein Weighs Split as Feud Grows », *New York Post*, 04/03/2003.
79. (Et propos suivants) Kevin Smith, entretien avec l'auteur, 26/05/2003.
80. Harvey Weinstein, entretien avec l'auteur, 09/08/2002.
81. (Et propos suivants) Kevin Smith, entretien avec l'auteur, 26/05/2003.
82. (Et propos suivants) Smith, entretien avec l'auteur, 19/08/2003.
83. Shestack, entretien avec l'auteur, 20/10/2003.
84. (Et propos suivants) Smith, entretien avec l'auteur, 19/08/2003.
85. Harvey Weinstein, entretien avec l'auteur, 11/11/2003.
86. Shestack, entretien avec l'auteur, 20/10/2003.
87. Smith, entretien avec l'auteur, 26/05/2003.
88. Tykwer, entretien avec l'auteur, 13/07/2003.
89. Rudin, entretien avec l'auteur, 07/08/2002.
90. Elwes, entretien avec l'auteur, 01/05/2003.
91. (Et propos suivants) Phillip Noyce, entretien avec l'auteur, 17/10/2003.
92. Mickey Cottrell, entretien avec l'auteur, 22/09/2003.
93. Noyce, entretien avec l'auteur, 17/10/2003.
94. Cottrell, entretien avec l'auteur, 22/09/2003.
95. Noyce, entretien avec l'auteur, 17/10/2003.
96. Cottrell, entretien avec l'auteur, 22/04/2003.
97. Noyce, entretien avec l'auteur, 17/10/2003.

98. Gill, entretien avec l'auteur, 11/02/2003.
99. Parfitt, entretien avec l'auteur, 17/06/2003.
100. Gill, entretien avec l'auteur, 11/02/2003.
101. Source confidentielle.
102. Harvey Weinstein, entretien avec l'auteur, 11/04/2003.
103. Source confidentielle.
104. Source confidentielle.
105. (Et propos suivants) Haynes, entretien avec l'auteur, 13/06/2003.
106. Rick Lyman, « "Chicago" a Big Winner at Golden Globe Awards », *New York Times*, 20/01/2003.
107. Rudin, entretien avec l'auteur, 04/03/2003.
108. Source confidentielle.
109. Source confidentielle.
110. Rick Lyman, « "Chicago" Is a Hit After Feuds », *New York Times*, 19/03/2003.
111. Source confidentielle.
112. Schamus, entretien avec l'auteur, 30/04/2003.

Post-scriptum. De beaux lendemains

1. Lee, entretien avec l'auteur, 08/11/2002.
2. Rudin, entretien avec l'auteur, 07/08/2002.
3. Soderbergh, entretien avec l'auteur, 02/05/2002.
4. Minghella, entretien avec l'auteur, 01/11/2001.
5. Charlie LeDuff, « Box Office He Wants, Not a Drink », *Los Angeles Times*, 15/12/2002.
6. « 10 Questions for John Sayles », *New York Times*, 23/10/2003.
7. (Et propos suivants) Hawke, entretien avec l'auteur, 28/10/2002.
8. Sayles, entretien avec l'auteur, 09/07/1997.
9. (Et propos suivants) Schamus, entretien avec l'auteur, 04/03/1999.
10. Kevin Smith, entretien avec l'auteur, 18/12/2001.
11. Linklater, entretien avec l'auteur, 12/03/2001.
12. Van Wagenen, entretien avec l'auteur, 22/10/2003.
13. Satter, entretien avec l'auteur, 25/07/2003.
14. Elwes, entretien avec l'auteur, 01/05/2003.

15. John Horn, « Safer Movies, Less Moxie at New Line », *Los Angeles Times*, 09/12/2002.

16. Hope, entretien avec l'auteur, 15/10/2003.

17. Russell, entretien avec l'auteur, 25/10/2002.

18. (Et propos suivants) Lichter, entretien avec l'auteur, 31/10/2003.

19. Ray, entretien avec l'auteur, 17/10/2003.

20. David Rooney, « The Battle of the Ban », *Variety*, article publié le 01/10/2003.

21. Hope, entretien avec l'auteur, 15/10/2003.

22. Cathy Dunkley, Dade Hayes, « The Last Picture Show ? » *Variety*, article publié le 05/10/2003.

23. Andy Seiler, « Small Guy May Fall to MPAA's anti-Piracy Ban », *USA Today*, 02/10/2003.

24. Jean Smith, Devin Gordon, « Hollywood Family Feud », *Newsweek*, 20/10/2003.

25. Ray, entretien avec l'auteur, 17/10/2003.

26. David Romey, « Ben Triggers Niche Bitch », *Variety*, pas de date.

27. Ray, entretien avec l'auteur, 17/10/2003.

28. Hope, entretien avec l'auteur, 15/10/2003.

29. Ray, entretien avec l'auteur, 17/10/2003.

30. (Et propos suivants) Bernard, entretien avec l'auteur, 23/10/2003.

31. (Et propos suivants) Ray, entretien avec l'auteur, 17/10/2003.

32. Source confidentielle.

33. Patrick Goldstein, « The Big Picture : Screeners : Behind the Ban », *Los Angeles Times*, 07/10/2003.2

34. Source confidentielle.

35. Bernard, entretien avec l'auteur, 23/10/2003.

36. Harvey Weinstein, *Variety*, 31/10/2003.

37. Ray, entretien avec l'auteur, 17/10/2003.

Index

C

F

G

H

I

J

K

P

Q

R

U

V

Table

COMPOSITION : PAO EDITIONS DU SEUIL

GROUPE CPI

Achevé d'imprimer en mai 2007
par **BUSSIÈRE**
à Saint-Amand-Montrond (Cher)
N° d'édition : 93250. - N° d'impression : 70864.
Dépôt légal : juin 2007.
Imprimé en France

Collection Points

DERNIERS TITRES PARUS

P1269. En crabe, *Günter Grass*
P1270. Mon père, ce harki, *Dalila Kerchouche*
P1271. Lumière morte, *Michael Connelly*
P1272. Détonations rapprochées, *C. J. Box*
P1273. Lorsque la nature parlait aux Égyptiens
Christiane Desroches Noblecourt
P1274. Les Réquisitoires du Tribunal des Flagrants Délires 1
Pierre Desproges
P1275. Les Réquisitoires du Tribunal des Flagrants Délires 2
Pierre Desproges
P1276. Un amant naïf et sentimental, *John le Carré*
P1277. Fragiles, *Philippe Delerm et Martine Delerm*
P1278. La Chambre blanche, *Christine Jordis*
P1279. Adieu la vie, adieu l'amour, *Juan Marsé*
P1280. N'entre pas si vite dans cette nuit noire
António Lobo Antunes
P1281. L'Évangile selon saint Loubard, *Guy Gilbert*
P1282. La Femme qui attendait, *Andreï Makine*
P1283. Les Candidats, *Yun Sun Limet*
P1284. Petit traité de désinvolture, *Denis Grozdanovitch*
P1285. Personne, *Linda Lê*
P1286. Sur la photo, *Marie-Hélène Lafon*
P1287. Le Mal du pays, *Patrick Roegiers*
P1288. Politique, *Adam Thirlwell*
P1289. Érec et Énide, Manuel *Vázquez Montalbán*
P1290. La Dormeuse de Naples, *Adrien Goetz*
P1291. Le croque-mort a la vie dure, *Tim Cockey*
P1292. Pretty Boy, *Lauren Henderson*
P1293. La Vie sexuelle en France, *Janine Mossuz-Lavau*
P1294. Souvenirs obscurs d'un Juif polonais né en France
Pierre Goldman
P1295. Dans l'alcool, *Thierry Vimal*
P1296. Le Monument, *Claude Duneton*
P1297. Mon nerf, *Rachid Djaïdani*
P1298. Plutôt mourir, *Marcello Fois*
P1299. Les pingouins n'ont jamais froid, *Andreï Kourkov*
P1300. La Mitrailleuse d'argile, *Viktor Pelevine*
P1301. Un été à Baden-Baden, *Leonid Tsypkin*
P1302. Hasard des maux, *Kate Jennings*
P1303. Le Temps des erreurs, *Mohammed Choukri*
P1304. Boumkœur, *Rachid Djaïdani*

P1305. Vodka-Cola, *Irina Denejkina*
P1306. La Lionne blanche, *Henning Mankell*
P1307. Le Styliste, *Alexandra Marinina*
P1308. Pas d'erreur sur la personne, *Ed Dee*
P1309. Le Casseur, *Walter Mosley*
P1310. Le Dernier Ami, *Tahar Ben Jelloun*
P1311. La Joie d'Aurélie, *Patrick Grainville*
P1312. L'Aîné des orphelins, *Tierno Monénembo*
P1313. Le Marteau pique-cœur, *Azouz Begag*
P1314. Les Âmes perdues, *Michael Collins*
P1315. Écrits fantômes, *David Mitchell*
P1316. Le Nageur, *Zsuzsa Bánk*
P1317. Quelqu'un avec qui courir, *David Grossman*
P1318. L'Attrapeur d'ombres, *Patrick Bard*
P1319. Venin, *Saneh Sangsuk*
P1320. Le Gone du Chaâba, *Azouz Begag*
P1321. Béni ou le Paradis privé, *Azouz Begag*
P1322. Mésaventures du Paradis
Erik Orsenna et Bernard Matussière
P1323. L'Âme au poing, *Patrick Rotman*
P1324. Comedia Infantil, *Henning Mankell*
P1325. Niagara, *Jane Urquhart*
P1326. Une amitié absolue, *John le Carré*
P1327. Le Fils du vent, *Henning Mankell*
P1328. Le Témoin du mensonge, *Mylène Dressler*
P1329. Pelle le Conquérant 1, *Martin Andersen Nexø*
P1330. Pelle le Conquérant 2, *Martin Andersen Nexø*
P1331. Mortes-eaux, *Donna Leon*
P1332. Déviances mortelles, *Chris Mooney*
P1333. Les Naufragés du Batavia, *Simon Leys*
P1334. L'Amandière, *Simonetta Agnello Hornby*
P1335. C'est en hiver que les jours rallongent, *Joseph Bialot*
P1336. Cours sur la rive sauvage, *Mohammed Dib*
P1337. Hommes sans mère, *Hubert Mingarelli*
P1338. Reproduction non autorisée, *Marc Vilrouge*
P1339. S.O.S., *Joseph Connolly*
P1340. Sous la peau, *Michel Faber*
P1341. Dorian, *Will Self*
P1342. Le Cadeau, *David Flusfeder*
P1343. Le Dernier Voyage d'Horatio II, *Eduardo Mendoza*
P1344. Mon vieux, *Thierry Jonquet*
P1345. Lendemains de terreur, *Lawrence Block*
P1346. Déni de justice, *Andrew Klavan*
P1347. Brûlé, *Leonard Chang*
P1348. Montesquieu, *Jean Lacouture*
P1349. Stendhal, *Jean Lacouture*

P1350. Le Collectionneur de collections, *Henri Cueco*
P1351. Camping, *Abdelkader Djemaï*
P1352. Janice Winter, *Rose-Marie Pagnard*
P1353. La Jalousie des fleurs, *Ysabelle Lacamp*
P1354. Ma vie, son œuvre, *Jacques-Pierre Amette*
P1355. Lila, Lila, *Martin Suter*
P1356. Un amour de jeunesse, *Ann Packer*
P1357. Mirages du Sud, *Nedim Gürsel*
P1358. Marguerite et les Enragés
Jean-Claude Lattès et Éric Deschodt
P1359. Los Angeles River, *Michael Connelly*
P1360. Refus de mémoire, *Sarah Paretsky*
P1361. Petite musique de meurtre, *Laura Lippman*
P1362. Le Cœur sous le rouleau compresseur, *Howard Buten*
P1363. L'Anniversaire, *Mouloud Feraoun*
P1364. Passer l'hiver, *Olivier Adam*
P1365. L'Infamille, *Christophe Honoré*
P1366. La Douceur, *Christophe Honoré*
P1367. Des gens du monde, *Catherine Lépront*
P1368. Vent en rafales, *Taslima Nasreen*
P1369. Terres de crépuscule, *J. M. Coetzee*
P1370. Lizka et ses hommes, *Alexandre Ikonnikov*
P1371. Le Châle, *Cynthia Ozick*
P1372. L'Affaire du Dahlia noir, *Steve Hodel*
P1373. Premières armes, *Faye Kellerman*
P1374. Onze jours, *Donald Harstad*
P1375. Le croque-mort préfère la bière, *Tim Cockey*
P1376. Le Messie de Stockholm, *Cynthia Ozick*
P1377. Quand on refuse on dit non, *Ahmadou Kourouma*
P1378. Une vie française, *Jean-Paul Dubois*
P1379. Une année sous silence, *Jean-Paul Dubois*
P1380. La Dernière Leçon, *Noëlle Châtelet*
P1381. Folle, *Nelly Arcan*
P1382. La Hache et le Violon, *Alain Fleischer*
P1383. Vive la sociale !, *Gérard Mordillat*
P1384. Histoire d'une vie, *Aharon Appelfeld*
P1385. L'Immortel Bartfuss, *Aharon Appelfeld*
P1386. Beaux seins, belles fesses, *Mo Yan*
P1387. Séfarade, *Antonio Muñoz Molina*
P1388. Le Gentilhomme au pourpoint jaune
Arturo Pérez-Reverte
P1389. Ponton à la dérive, *Daniel Katz*
P1390. La Fille du directeur de cirque, *Jostein Gaarder*
P1391. Pelle le Conquérant 3, *Martin Andersen Nexø*
P1392. Pelle le Conquérant 4, *Martin Andersen Nexø*
P1393. Soul Circus, *George P. Pelecanos*

P1394. La Mort au fond du canyon, *C. J. Box*
P1395. Recherchée, *Karin Alvtegen*
P1396. Disparitions à la chaîne, *Åke Smedberg*
P1397. Bardo or not Bardo, *Antoine Volodine*
P1398. La Vingt-Septième Ville, *Jonathan Franzen*
P1399. Pluie, *Kirsty Gunn*
P1400. La Mort de Carlos Gardel, *António Lobo Antunes*
P1401. La Meilleure Façon de grandir, *Meir Shalev*
P1402. Les Plus Beaux Contes zen, *Henri Brunel*
P1403. Le Sang du monde, *Catherine Clément*
P1404. Poétique de l'égorgeur, *Philippe Ségur*
P1405 La Proie des âmes, *Matt Ruff*
P1406. La Vie invisible, *Juan Manuel de Prada*
P1407. Qu'elle repose en paix, *Jonathan Kellerman*
P1408. Le Croque-mort à tombeau ouvert, *Tim Cockey*
P1409. La Ferme des corps, *Bill Bass*
P1410. Le Passeport, *Azouz Begag*
P1411. La station Saint-Martin est fermée au public
Joseph Bialot
P1412. L'Intégration, *Azouz Begag*
P1413. La Géométrie des sentiments, *Patrick Roegiers*
P1414. L'Âme du chasseur, *Deon Meyer*
P1415. La Promenade des délices, *Mercedes Deambrosis*
P1416. Un après-midi avec Rock Hudson
Mercedes Deambrosis
P1417. Ne gênez pas le bourreau, *Alexandra Marinina*
P1418. Verre cassé, *Alain Mabanckou*
P1419. African Psycho, *Alain Mabanckou*
P1420. Le Nez sur la vitre, *Abdelkader Djemaï*
P1421. Gare du Nord, *Abdelkader Djemaï*
P1422. Le Chercheur d'Afriques, *Henri Lopes*
P1423. La Rumeur d'Aquitaine, *Jean Lacouture*
P1424. Une soirée, *Anny Duperey*
P1425. Un saut dans le vide, *Ed Dee*
P1426. En l'absence de Blanca, *Antonio Muñoz Molina*
P1427. La Plus Belle Histoire du bonheur, *collectif*
P1429. Comment c'était. Souvenirs sur Samuel Beckett
Anne Atik
P1430. Suite à l'hôtel Crystal, *Olivier Rolin*
P1431. Le Bon Serviteur, *Carmen Posadas*
P1432. Traité de savoir-vivre à l'usage des jeunes Russes
Gary Shteyngart
P1433. C'est égal, *Agota Kristof*
P1434. Le Nombril des femmes, *Dominique Quessada*
P1435. L'Enfant à la luge, *Chris Mooney*
P1436. Encres de Chine, *Qiu Xiaolong*

P1437. Enquête de mor(t)alité, *Gene Riehl*
P1438. Le Château du Roi Dragon. La Saga du Roi Dragon I
Stephen Lawhead
P1439. Les Armes des Garamont. La Malerune I
Pierre Grimbert
P1440. Le Prince déchu. Les Enfants de l'Atlantide I
Bernard Simonay
P1441. Le Voyage d'Hawkwood. Les Monarchies divines I
Paul Kearney
P1442. Un trône pour Hadon. Le Cycle d'Opar I
Philip-José Farmer
P1443. Fendragon, *Barbara Hambly*
P1444. Les Brigands de la forêt de Skule, *Kerstin Ekman*
P1445. L'Abîme, *John Crowley*
P1446. Œuvre poétique, *Léopold Sédar Senghor*
P1447. Cadastre, *suivi de* Moi, laminaire..., *Aimé Césaire*
P1448. La Terre vaine et autres poèmes, *Thomas Stearns Eliot*
P1449. Le Reste du voyage et autres poèmes, *Bernard Noël*
P1450. Haïkus, *anthologie*
P1451. L'Homme qui souriait, *Henning Mankell*
P1452. Une question d'honneur, *Donna Leon*
P1453. Little Scarlet, *Walter Mosley*
P1454. Elizabeth Costello, *J. M. Coetzee*
P1455. Le maître a de plus en plus d'humour, *Mo Yan*
P1456. La Femme sur la plage avec un chien, *William Boyd*
P1457. Accusé Chirac, levez-vous !, *Denis Jeambar*
P1458. Sisyphe, roi de Corinthe. Le Châtiment des Dieux I
François Rachline
P1459. Le Voyage d'Anna, *Henri Gougaud*
P1460. Le Hussard, *Arturo Pérez-Reverte*
P1461. Les Amants de pierre, *Jane Urquhart*
P1462. Corcovado, *Jean-Paul Delfino*
P1463. Hadon, le guerrier. Le Cycle d'Opar II
Philip José Farmer
P1464. Maîtresse du Chaos. La Saga de Raven I
Robert Holdstock et Angus Wells
P1465. La Sève et le Givre, *Léa Silhol*
P1466. Élégies de Duino *suivi de* Sonnets à Orphée
Rainer Maria Rilke
P1467. Rilke, *Philippe Jaccottet*
P1468. C'était mieux avant, *Howard Buten*
P1469. Portrait du Gulf Stream, *Érik Orsenna*
P1470. La Vie sauve, *Lydie Violet et Marie Desplechin*
P1471. Chicken Street, *Amanda Sthers*
P1472. Polococktail Party, *Dorota Maslowska*
P1473. Football factory, *John King*

P1474. Une petite ville en Allemagne, *John le Carré*
P1475. Le Miroir aux espions, *John le Carré*
P1476. Deuil interdit, *Michael Connelly*
P1477. Le Dernier Testament, *Philip Le Roy*
P1478. Justice imminente, *Jilliane Hoffman*
P1479. Ce cher Dexter, *Jeff Lindsay*
P1480. Le Corps noir, *Dominique Manotti*
P1481. Improbable, *Adam Fawer*
P1482. Les Rois hérétiques. Les Monarchies divines II
Paul Kearney
P1483. L'Archipel du soleil. Les Enfants de l'Atlantide II
Bernard Simonay
P1484. Code Da Vinci : l'enquête
Marie-France Etchegoin et Frédéric Lenoir
P1485. L.A. confidentiel : les secrets de Lance Armstrong
Pierre Ballester et David Walsh
P1486. Maria est morte, *Jean-Paul Dubois*
P1487. Vous aurez de mes nouvelles, *Jean-Paul Dubois*
P1488. Un pas de plus, *Marie Desplechin*
P1489. D'excellente famille, *Laurence Deflassieux*
P1490. Une femme normale, *Émilie Frèche*
P1491. La Dernière Nuit, *Marie-Ange Guillaume*
P1492. Le Sommeil des poissons, *Véronique Ovaldé*
P1493. La Dernière Note, *Jonathan Kellerman*
P1494. La Cité des Jarres, *Arnaldur Indridason*
P1495. Électre à La Havane, *Leonardo Padura*
P1496. Le croque-mort est bon vivant, *Tim Cockey*
P1497. Le Cambrioleur en maraude, *Lawrence Block*
P1498. L'Araignée d'émeraude. La Saga de Raven II
Robert Holdstock et Angus Wells
P1499. Faucon de mai, *Gillian Bradshaw*
P1500. La Tante marquise, *Simonetta Agnello Hornby*
P1501. Anita, *Alicia Dujovne Ortiz*
P1502. Mexico City Blues, *Jack Kerouac*
P1503. Poésie verticale, *Roberto Juarroz*
P1506. Histoire de Rofo, clown, *Howard Buten*
P1507. Manuel à l'usage des enfants qui ont des parents difficiles
Jeanne Van den Brouk
P1508. La Jeune Fille au balcon, *Leïla Sebbar*
P1509. Zenzela, *Azouz Begag*
P1510. La Rébellion, *Joseph Roth*
P1511. Falaises, *Olivier Adam*
P1512. Webcam, *Adrien Goetz*
P1513. La Méthode Mila, *Lydie Salvayre*
P1514. Blonde abrasive, *Christophe Paviot*
P1515. Les Petits-Fils nègres de Vercingétorix, *Alain Mabanckou*

P1516. 107 ans, *Diastème*
P1517. La Vie magnétique, *Jean-Hubert Gailliot*
P1518. Solos d'amour, *John Updike*
P1519. Les Chutes, *Joyce Carol Oates*
P1520. Well, *Matthieu McIntosh*
P1521. À la recherche du voile noir, *Rick Moody*
P1522. Train, *Pete Dexter*
P1523. Avidité, *Elfriede Jelinek*
P1524. Retour dans la neige, *Robert Walser*
P1525. La Faim de Hoffman, *Leon De Winter*
P1526. Marie-Antoinette, la naissance d'une reine.
Lettres choisies, *Évelyne Lever*
P1527. Les Petits Verlaine *suivi de* Samedi, dimanche et fêtes
Jean-Marc Roberts
P1528. Les Seigneurs de guerre de Nin. La Saga du Roi Dragon II
Stephen Lawhead
P1529. Le Dire des Sylfes. La Malerune II
Michel Robert et Pierre Grimbert
P1530. Le Dieu de glace. La Saga de Raven III
Robert Holdstock et Angus Wells
P1531. Un bon cru, *Peter Mayle*
P1532. Confessions d'un boulanger, *Peter Mayle et Gérard Auzet*
P1533. Un poisson hors de l'eau, *Bernard Comment*
P1534. Histoire de la Grande Maison, *Charif Majdalani*
P1535. La Partie belle *suivi de* La Comédie légère
Jean-Marc Roberts
P1536. Le Bonheur obligatoire, *Norman Manea*
P1537. Les Larmes de ma mère, *Michel Layaz*
P1538. Tant qu'il y aura des élèves, *Hervé Hamon*
P1539. Avant le gel, *Henning Mankell*
P1540. Code 10, *Donald Harstad*
P1541. Les Nouvelles Enquêtes du juge Ti, vol. 1
Le Château du lac Tchou-An, *Frédéric Lenormand*
P1542. Les Nouvelles Enquêtes du juge Ti, vol. 2
La Nuit des juges, *Frédéric Lenormand*
P1543. Que faire des crétins ? Les perles du Grand Larousse
Pierre Enckell et Pierre Larousse
P1544. Motamorphoses. À chaque mot son histoire
Daniel Brandy
P1545. L'habit ne fait pas le moine. Petite histoire des expressions
Gilles Henry
P1546. Petit fictionnaire illustré. Les mots qui manquent au dico
Alain Finkielkraut
P1547. Le Pluriel de bric-à-brac et autres difficultés
de la langue française, *Irène Nouailhac*

P1548. Un bouquin n'est pas un livre. Les nuances des synonymes
Rémi Bertrand
P1549. Sans nouvelles de Gurb, *Eduardo Mendoza*
P1550. Le Dernier Amour du président, *Andreï Kourkov*
P1551. L'Amour, soudain, *Aharon Appelfeld*
P1552. Nos plus beaux souvenirs, *Stewart O'Nan*
P1553. Saint-Sépulcre !, *Patrick Besson*
P1554. L'Autre comme moi, *José Saramago*
P1555. Pourquoi Mitterrand ?, *Pierre Joxe*
P1556. Pas si fous ces Français !
Jean-Benoît Nadeau et Julie Barlow
P1557. La Colline des Anges
Jean-Claude Guillebaud et Raymond Depardon
P1558. La Solitude heureuse du voyageur
précédé de Notes, *Raymond Depardon*
P1559. Hard Revolution, *George P. Pelecanos*
P1560. La Morsure du lézard, *Kirk Mitchell*
P1561. Winterkill, *C. J. Box*
P1562. La Morsure du dragon, *Jean-François Susbielle*
P1563. Rituels sanglants, *Craig Russell*
P1564. Les Écorchés, *Peter Moore Smith*
P1565. Le Crépuscule des géants. Les Enfants de l'Atlantide III
Bernard Simonay
P1566. Aara. Aradia I, *Tanith Lee*
P1567. Les Guerres de fer. Les Monarchies divines III
Paul Kearney
P1568. La Rose pourpre et le Lys, tome 1, *Michel Faber*
P1569. La Rose pourpre et le Lys, tome 2, *Michel Faber*
P1570. Sarnia, *G. B. Edwards*
P1571. Saint-Cyr/La Maison d'Esther, *Yves Dangerfield*
P1572. Renverse du souffle, *Paul Celan*
P1573. Pour un tombeau d'Anatole, *Stéphane Mallarmé*
P1574. 95 poèmes, *E. E. Cummings*
P1575. Le Dico des mots croisés.
8 000 définitions pour devenir imbattable, *Michel Laclos*
P1576. Les deux font la paire.
Les couples célèbres dans la langue française, *Patrice Louis*
P1577. C'est la cata. Petit manuel du français maltraité
Pierre Bénard
P1578. L'Avortement, *Richard Brautigan*
P1579. Les Braban, *Patrick Besson*
P1580. Le Sac à main, *Marie Desplechin*
P1581. Nouvelles du monde entier, *Vincent Ravalec*
P1582. Le Sens de l'arnaque, *James Swain*
P1583. L'Automne à Cuba, *Leonardo Padura*

P1584. Le Glaive et la Flamme. La Saga du Roi Dragon III
Stephen Lawhead
P1585. La Belle Arcane. La Malerune III
Michel Robert et Pierre Grimbert
P1586. Femme en costume de bataille, *Antonio Benitez-Rojo*
P1587. Le Cavalier de l'Olympe. Le Châtiment des Dieux II
François Rachline
P1588. Le Pas de l'ourse, *Douglas Glover*
P1589. Lignes de fond, *Neil Jordan*
P1590. Monsieur Butterfly, *Howard Buten*
P1591. Parfois je ris tout seul, *Jean-Paul Dubois*
P1592. Sang impur, *Hugo Hamilton*
P1593. Le Musée de la sirène, *Cypora Petitjean-Cerf*
P1594. Histoire de la gauche caviar, *Laurent Joffrin*
P1595. Les Enfants de chœur (Little Children), *Tom Perrotta*
P1596. Les Femmes politiques, *Laure Adler*
P1597. La Preuve par le sang, *Jonathan Kellerman*
P1598. La Femme en vert, *Arnaldur Indridason*
P1599. Le Che s'est suicidé, *Petros Markaris*
P1600. Les Nouvelles Enquêtes du juge Ti, vol. 3
Le Palais des courtisanes, *Frédéric Lenormand*
P1601. Trahie, *Karin Alvtegen*
P1602. Les Requins de Trieste, *Veit Heinichen*
P1603. Pour adultes seulement, *Philip Le Roy*
P1604. Offre publique d'assassinat, *Stephen W. Frey*
P1605. L'Heure du châtiment, *Eileen Dreyer*
P1606. Aden, *Anne-Marie Garat*
P1607. Histoire secrète du Mossad, *Gordon Thomas*
P1608. La Guerre du paradis. Le Chant d'Albion I
Stephen Lawhead
P1609. La Terre des Morts. Les Enfants de l'Atlantide IV
Bernard Simonay
P1610. Thenser. Aradia II, *Tanith Lee*
P1611. Le Petit Livre des gros câlins, *Kathleen Keating*
P1612. Un soir de décembre, *Delphine de Vigan*
P1613. L'Amour foudre, *Henri Gougaud*
P1614. Chaque jour est un adieu *suivi de* Un jeune homme est passé
Alain Rémond
P1615. Clair-obscur, *Jean Cocteau*
P1616. Chihuahua, zébu et Cie.
L'étonnante histoire des noms d'animaux
Henriette Walter et Pierre Avenas
P1617. Les Chaussettes de l'archiduchesse et autres défis
de la prononciation
Julos Beaucarne et Pierre Jaskarzec

P1618. My rendez-vous with a femme fatale.
Les mots français dans les langues étrangères
Franck Resplandy
P1619. Seulement l'amour, *Philippe Ségur*
P1620. La Jeune Fille et la Mère, *Leïla Marouane*
P1621. L'Increvable Monsieur Schneck, *Colombe Schneck*
P1622. Les Douze Abbés de Challant, *Laura Mancinelli*
P1623. Un monde vacillant, *Cynthia Ozick*
P1624. Les Jouets vivants, *Jean-Yves Cendrey*
P1625. Le Livre noir de la condition des femmes
Christine Ockrent (dir.)
P1626. Comme deux frères, *Jean-François Kahn et Axel Kahn*
P1627. Equador, *Miguel Sousa Tavares*
P1628. Du côté où se lève le soleil, *Anne-Sophie Jacouty*
P1629. L'Affaire Hamilton, *Michelle De Kretser*
P1630. Une passion indienne, *Javier Moro*
P1631. La Cité des amants perdus, *Nadeem Aslam*
P1632. Rumeurs de haine, *Taslima Nasreen*
P1633. Le Chromosome de Calcutta, *Amitav Ghosh*
P1634. Show business, *Shashi Tharoor*
P1635. La Fille de l'arnaqueur, *Ed Dee*
P1636. En plein vol, *Jan Burke*
P1637. Retour à la Grande Ombre, *Hakan Nesser*
P1638. Wren. Les Descendants de Merlin I, *Irene Radford*
P1639. Petit manuel de savoir-vivre à l'usage des enseignants
Boris Seguin, Frédéric Teillard
P1640. Les Voleurs d'écritures *suivi de* Les Tireurs d'étoiles
Azouz Begag
P1641. L'Empreinte des dieux. Le Cycle de Mithra I
Rachel Tanner
P1642. Enchantement, *Orson Scott Card*
P1643. Les Fantômes d'Ombria, *Patricia A. McKillip*
P1644. La Main d'argent. Le Chant d'Albion II
Stephen Lawhead
P1645. La Quête de Nifft-le-mince, *Michael Shea*
P1646. La Forêt d'Iscambe, *Christian Charrière*
P1647. La Mort du Nécromant, *Martha Wells*
P1648. Si la gauche savait, *Michel Rocard*
P1649. Misère de la Ve République, *Bastien François*
P1650. Photographies de personnalités politiques
Raymond Depardon
P1651. Poèmes païens de Alberto Caeiro et Ricardo Reis
Fernando Pessoa
P1652. La Rose de personne, *Paul Celan*
P1653. Caisse claire, poèmes 1990-1997, *Antoine Emaz*
P1654. La Bibliothèque du géographe, *Jon Fasman*

P1655. Parloir, *Christian Giudicelli*
P1656. Poils de Cairote, *Paul Fournel*
P1657. Palimpseste, *Gore Vidal*
P1658. L'Épouse hollandaise, *Eric McCormack*
P1659. Ménage à quatre, *Manuel Vázquez Montalbán*
P1660. Milenio, *Manuel Vázquez Montalbán*
P1661. Le Meilleur de nos fils, *Donna Leon*
P1662. Adios Hemingway, *Leonardo Padura*
P1663. L'avenir c'est du passé, *Lucas Fournier*
P1664. Le Dehors et le dedans, *Nicolas Bouvier*
P1665. Partition rouge
poèmes et chants des indiens d'Amérique du Nord
Jacques Roubaud, Florence Delay
P1666. Un désir fou de danser, *Elie Wiesel*
P1667. Lenz, *Georg Büchner*
P1668. Resmiranda. Les Descendants de Merlin II, *Irene Radford*
P1669. Le Glaive de Mithra. Le Cycle de Mithra II, *Rachel Tanner*
P1670. Phénix vert. Trilogie du Latium I, *Thomas B. Swann*
P1671. Essences et parfums, *Anny Duperey*
P1672. Naissances, *Collectif*
P1673. L'Évangile une parole invincible, *Guy Gilbert*
P1674. L'époux divin, *Fransisco Goldman*
P1675. Petit dictionnaire des étymologies curieuses
Pierre Larousse
P1676. Facéties et Cocasseries du français, *Jean-Loup Chiflet*
P1677. Ça coule sous le sens, expression mêlées
Olivier Marchon
P1678. Le Retour du professeur de danse, *Henning Mankell*
P1679. Romanzo Criminale, *Giancarlo de Cataldo*
P1680. Ciel de sang, *Steve Hamilton*
P1681. Ultime Témoin, *Jilliane Hoffman*
P1682. Los Angeles, *Peter Moore Smith*
P1683. Encore une journée pourrie
ou 365 bonnes raisons de rester couché, *Pierre Enckell*
P1684. Chroniques de la haine ordinaire 2, *Pierre Desproges*
P1685. Desproges, portrait, *Marie-Ange Guillaume*
P1686. Les Amuse-Bush, *Collectif*
P1687. Mon valet et moi, *Hervé Guibert*
P1688. T'es pas mort !, *Antonio Skármeta*
P1689. En la forêt de Longue Attente.
Le roman de Charles d'Orléans, *Hella S. Haasse*
P1690. La Défense Lincoln, *Michael Connelly*
P1691. Flic à Bangkok, *Patrick Delachaux*
P1692. L'Empreinte du renard, *Moussa Konaté*
P1693. Les fleurs meurent aussi, *Lawrence Block*
P1694. L'Ultime Sacrilège, *Jérôme Bellay*

P1695. Engrenages, *Christopher Wakling*
P1696. La Sœur de Mozart, *Rita Charbonnier*
P1697. La Science du baiser, *Patrick Besson*
P1698. La Domination du monde, *Denis Robert*
P1699. Minnie, une affaire classée, *Hans Werner Kettenbach*
P1700. Dans l'ombre du Condor, *Jean-Paul Delfino*
P1701. Le Nœud sans fin. Le Chant d'Albion III, *Stephen Lawhead*
P1702. Le Feu primordial, *Martha Wells*
P1703. Le Très Corruptible Mandarin, *Qiu Xiaolong*
P1704. Dexter revient !, *Jeff Lindsay*
P1705. Vous plaisantez, monsieur Tanner, *Jean-Paul Dubois*
P1706. À Garonne, *Philippe Delerm*
P1707. Pieux mensonges, *Maile Meloy*
P1708. Chercher le vent, *Guillaume Vigneault*
P1709. Les Pierres du temps et autres poèmes, *Tahar Ben Jelloun*
P1710. René Char, *Éric Marty*
P1711. Les Dépossédés, *Robert McLiam Wilson et Donovan Wylie*
P1712. Bob Dylan à la croisée des chemins. Like a Rolling Stone *Greil Marcus*
P1713. Comme une chanson dans la nuit *suivi de* Je marche au bras du temps, *Alain Rémond*
P1714. Où les borgnes sont rois, *Jess Walter*
P1715. Un homme dans la poche, *Aurélie Filippetti*
P1716. Prenez soin du chien, *J. M. Erre*
P1717. La Photo, *Marie Desplechin*
P1718. À ta place, *Karine Reysset*
P1719. Je pense à toi tous les jours, *Hélèna Villovitch*
P1720. Si petites devant ta face, *Anne Brochet*
P1721. Ils s'en allaient faire des enfants ailleurs *Marie-Ange Guillaume*
P1722. Le Jugement de Léa, *Laurence Tardieu*
P1723. Tibet or not Tibet, *Péma Dordjé*
P1724. La Malédiction des ancêtres, *Kirk Mitchell*
P1725. Le Tableau de l'apothicaire, *Adrian Mathews*
P1726. Out, *Natsuo Kirino*
P1727. La Faille de Kaïber. Le Cycle des Ombres I *Mathieu Gaborit*
P1728. Griffin. Les Descendants de Merlin III, *Irene Radford*
P1729. Le Peuple de la mer. Le Cycle du Latium II *Thomas B. Swann*
P1730. Sexe, mensonges et Hollywood, *Peter Biskind*
P1731. Qu'avez-vous fait de la révolution sexuelle ? *Marcela Iacub*
P1732. Persée, prince de la lumière. Le Châtiment des dieux III *François Rachline*
P1733. Bleu de Sèvres, *Jean-Paul Desprat*